DUSTY LONG ROAD

尘蒙的远路

TU WEN

途文 著

(CHINESE EDITION)

（中文版）

ISBN: 978-1-7378679-0-6

ISBN: 978-1-7378679-1-3 (ebook 电子书)

AUTHOR INTRODUCTION

作者简介

　　我是本书作者，是一位七十多岁的老人。暮年笔下的言词，是几十年人生长河的沉淀，是我的体验，也是旁观者的感言。经历风起云涌的年代，初中一年级遭遇荒年，学校停办，回到偏僻的山村，对一个喜欢文字、向往外面世界的年幼心灵造成极大的伤感。从此，人生百性皆无味，唯有读书解忧思。田间农作的间歇，坐在乱石上仰望峰顶的蓝空，飘向峰后的白云，遐想远方的世界，感言：褛衣沾泥野石坐，仰望白云峰外合。遥想天外大千世，囊空腹饥梦几何？千辛万苦为生存奔波，闲时找能找到的各种书报看，参与六三年农村四清运动，随后任生产队会计，六四年支援三线建设成为合同工，从事建筑工地各工种艰辛的劳作。文化大革命中当过老保战斗队秘书，文革后改革开放，由于自己有技能，爱学习，有点文化，从事基层的各项管理工作。曾经在改革开放试行企业负责人制初始阶段，没有基层管理制度的时期，受领导安排，花了半年时间书写了基层单位的管理制度，从事基层的各项管理工作，历经艰辛，游历社会各阶层，直到退休。子女学业有成，留学海外，靠奖学金完成学业，定居海外。退休后随子女飘游中，美，英及世界各地。文章初笔于北京天坛公园伞树下，续笔于泰晤士河畔，波托马克河畔和旅游世界的路上。回味人生，体味世界，不管置身何处，历经艰辛，游历社会各阶层，总想用文字记录下社会。暮年无忧，圆我儿时之梦，留下文字，给定居世界各地的后嗣还原那历史。

二零二一年九月五日

CONTENT INTRODUCTION

内容简介

　　小说的主人翁马小勇，世辈身居深山，艰难和困苦给后裔留下刻骨铭心的历史。马小勇由于人情义气行事给家庭造成难以承受的经济损失，母亲一气之下，把他赶出家门。走投无路的他，投亲打工，决心改变人生。一个身无分文，举目无亲无故，无社会资源，在那改革开放、竞争复杂的社会，打工仔成为一个房地产开发商。其中复杂曲折的经历，艰辛、压力、家庭分裂、痛苦，令人感慨，黯然泪下，坚强的毅力支撑他一路走下去。

CONTENTS

目录

第一章

1-1 家人

　　人人梦想金钱好，尘蒙蒙，路漫漫，拼死一搏梦成真，方知金钱是镣铐。回头望，还是常人好，回不了，放弃世欲远去了。

　　马占山一大早起来，穿着内衣，拖着布鞋走到了晒坝边。他家坐落在半山腰，眺望远方，晨曦中远处东方模糊的山顶出现了鱼肚白，乳白色的晨雾像梳柔的棉花淹没到半山腰。

　　他转身回到屋里，穿好村裁缝缝制的已经穿旧的蓝布衣服，袖口大，裤子裤脚也大，便于卷袖口和裤脚。他又走到晒坝看到晒坝地面已干，又换上草鞋，因为草鞋走起路来（起脚）。回到屋里，顺手在蚊帐杆上拉下一条汗巾搭在左肩上。因为马占山要长途扛重活，老伴马大娘特别给他准备了一碗红薯干饭，一小碗泡菜和两个煮鸡蛋放在了饭桌上。他狼吞虎咽地吞下肚里，扛起两捆竹子，想在中午下班之前赶到纸厂收购站。他扛着竹子在晨曦中穿行。

　　到了纸厂收购站已是上午十点多钟了。收购站在纸厂的左侧面，是一座单独的两间红砖柱土墙平房。一间是质检员和过磅员的办公室。另一间是出纳员的办公室。房前是一个长三公尺，宽一公尺五十公分，高六十公分的平台。马占山到收购站时，平台前已经有三个人排队。

　　"卖竹子的人把竹子扛过来，整齐地把竹子摆放在平台上，每捆竹子的头端朝向里边，尖端朝向外边"。一个中年男子大声像命令一样的口气喊道。马占山不知道为什么要这样做。只看到男子嘴里叼着香烟，四十岁开外，一米六左右的个子，上身穿一件皱巴巴的蓝色旧西装，白衬衣领有点发黄，衬衣最上面一颗扣子没扣。下身穿着皱巴巴的黑色西裤。右手拿着一支粉笔，在竹子头端隔三叉五地做记号。

　　"你们卖竹子的听着，你们卖竹子的听着，把做记号的竹子取出来"。马占山不解地看着他。"啊，你不知道为什么是不是？你没看到了那墙上贴的竹子收购标准吗？这两捆竹子里面有三根死竹子"。那中年男子手指着那三根做了记号的竹子说道。

　　马占山解开两捆竹子，取出那三根竹子细看，果然是三根死竹子。怎么能从成捆的竹子中把它认出来呢？这个人还真有点识别竹子好坏的本事，马占山又重新把竹子捆好。

　　一个披着长发身穿红底黄花上衣，下身穿黑色裤子的小姐从屋里走了出来，大概有二十三四岁。脑后垂着两根辫子，面庞油黄红润。"卖竹子的人听着，把你们捆好的竹子扛到磅称上过称，过称以后，扛到后面两排砖柱石棉瓦厂棚里去。每间厂棚都有编号，按编号，像已码好的竹子那样堆码整齐，然后回来取票拿钱"。她说完以后把称砣往称上一挂。马占山按照她的吩咐过了称，扛到五号厂棚里码好。回来取了一张红色的过磅单到出纳办公室里去。他走进办公室里，看到一位穿水红色衣服的小姐坐在柜台后的椅子上，低头在看报纸，看样子她看得很专心。看不到她的面庞，不知道她的年龄。她听到有脚步声到了柜台前，把手伸到了柜台上，但没有抬头。马占山把磅单递到她的手里，她接过磅单用复写纸垫上填上金额又递了出来。她语气生硬地说道："在最后空白处填上你的住址，签上你的名字"。她这样说，但仍没有抬头，马占山是个山区的农民，社会地位低下，不管男人，女人什么口气对他说话，他已习以为常，不生气，不见怪。"什么是住址呀"？马占山这样问道。"就写上你是哪个村哪个组和你的名字就行了"。马占山填好后放在她柜台上。又等了片刻，她把那段文章看完后抬起头，这时候才看清她的面容，一个白净面孔二十多岁的姑娘。她把磅码单拿了过去，打开保险柜，抽出了几张各种颜色的钱，数了两遍后递了出来，说道："把钱清好，一十五元八角六分"。她抬起了头顺手把钱递了出来。马占山把钱接了过来，心想我得当着她的面把钱清好，真假辨认清楚，现在假钞已做到五元钱一张的了。他一张一张地甩一甩，听一听声音，再一张一张地看一看，摸一摸，钱虽然旧一点，的确不是假钞。他把钱卷好放进贴身的衣袋里，将马大娘昨晚准备好的别针别好衣袋。这十多元钱在有钱人眼里只能吸几包烟，在我们这样大多数乡下人，用这十多元买红薯的话，五口之家可吃上一个月。

马占山把钱收好后开始回家赶路。从纸厂回家的石板路是沿着一条小河岸边逆流而上，再翻过一座大山就到家。河岸两边是高低不多，形状各异的水田，老乡把这较为平坦的一片水田称作坝。小河从坝中间流过，坝约一里宽。坝的两边都有约二百米高的群山，连绵不断。头天是春分节，眺望群山，遍山是竹，一片嫩绿。那耸立的是茅竹，茨竹，那爬地的是水竹，苦竹。在山坳的凹处岭上粉红色的是桃花，白色的是李花，像飘浮着斑点的彩云，彩云下面隐约可见少数茅屋顶。坝中的田埂上葱绿的胡豆苗把水田，旱田分割成各种形状，其间点缀着墨绿的小麦和金黄色的菜花。江南的二月已是春意融融，暖洋洋的阳光照得人软绵绵的。马占山边走边欣赏这春天的景色。经过大半天的奔波觉得肚子空空的，他想坚持到回家才吃饭，饥饿和口渴让他不自觉的吞咽着口水，但是他越走越提不起劲。走了回家路程一半的地方叫做磴子坝。磴子坝是因为这里过河不是桥而是用石磴子立在河里，人踩着石磴子过河而得名。磴子石岸边有一个小面馆，说是面馆，实际上是一间土墙茅草房，茅草房的前面立了未剥皮的四根桉树桩支撑着草顶的凉棚，凉棚里安放了两张四方桌，八根长条凳围着两张方桌，就算一个面馆。小面馆是马占山回家的必经之路，他走到小面馆时觉得浑身没劲就顺手拉了一根长凳坐下休息一会儿。

"客官吃点什么"？一个头上围着头巾四十多岁的中年妇女，从茅屋里走了出来。手里端了一篓豌豆尖热情地招呼他。马占山本不愿意花钱吃面，只想坐一会儿就走。现在已经坐在面馆的板凳上了，又看到她那张热情的脸，不吃点东西过意不去，勉强地问道："你这里的小面多少钱一碗"？"二两一毛，三两一毛五"。她满面笑容地回答。停顿了一下又问道："加不加豌豆尖"？"豌豆尖加不加钱"？马占山这样问她。"我听你声音是本乡人，乡里乡亲的就不加钱了"。"就来二两吧"，他这样说道。"客官你等着，我这就去给你煮面"。马占山叹了一口气，轻松了下来。转眼看到立在河里磴子石，这过河的磴子石给了他生离死别的烙印。那是二十多年前的事，他十岁读小学

2

二年级，二年级下学期期末考试，正是六月末。头天晚上下了大半夜大雨，天亮时天晴了，田埂上还淌着山水。由于是期末考试，马占山一大早揣了两个熟鸡蛋就往学校赶路。一路边走边吃鸡蛋。到了这里过河，一看水已漫过磴子石顶面，但还能看清磴子石顶面，怎么办呢？他想等来一个大人一起过河，那时刚解放十多年人口少，读书的人就更少，那天又不逢场期。他等了一会儿，不见有人来，离开考时间越来越近，他决心自个儿过河。他弯下腰把裤脚卷上大腿，又把书包挎在双肩上，那磴子石比脚宽一点点，如果踩滑了掉在河里就会被水冲走，他犹豫了一下，还是壮起胆，右脚先跨了一步，然后收拢左脚，心咚咚地直跳，定了定神，又连续地跨了几步，把双脚收在一个磴子石上。低头看着汹涌的河水向下游奔腾而去，还卷起诺大漩涡，心里一阵紧张，全身发热，脚杆直打哆嗦。他抬起头静了静神，又硬着头往前跨，跨了一步，又跨了一步，前面一步磴子石上粘有稀泥，他知道这很滑，他想退回去，掉过头向后看，已过了河中心，退回去还要多走几步。他屏住气，想弯下腰伸手去洗掉磴子石上的稀泥，他手又够不着，想再往前伸手，又怕失去平衡掉进河里。他又慢慢地站起来，硬着头皮往前跨，抬起右脚往前一伸，身子习惯地往前倾，重心移到右脚上，右脚接触到石墩子顶面，由于跨步的惯性力，脚滑出了磴子石，身子瞬间失去平衡，扑通一声掉在河里。天昏地眩，眼前一阵昏白，又一阵昏黄，鼻子呛得难受，张嘴想叫，一口水呛进肚里，双手本能地乱抓，他觉得自己在水中一上一下地被冲走。突然他觉得抓到了什么东西，头露出了水面，等了一会儿，看到自己被冲到了一窝观音竹下，他抓到了几根观音竹的枝梢，赶快把另一只手抓住竹子的躯杆，他交换着手拉着竹子爬上了岸。坐在岸上，觉得气管发痒，鼻子辣痛，肚子涨，恶心想吐。他低下头，一阵剧烈的咳嗽，肚子里翻肠倒胃，清水从胃里吐了出来，他支撑不住倒在地上，躺着，胃里像翻江倒海，水和胃里鸡蛋哇的一声从嘴里吐了出来，一阵狂吐后，感觉舒服了些。他依然躺着没动闭着双眼，耳朵里还在嗡嗡地响，四肢酸软无力，过了一会儿觉得清醒了些。睁开眼睛，右手撑着地坐了起来，静坐了一会儿又站了起来。这时候他想起了书包，转动着头前后左右地看，在他那呆滞的目光下，只有汹涌奔流的河水，两岸静静的观音竹和青青的草，什么也没有。他确信书包已被河水冲走。觉得湿透的衣服粘在身上不舒服，他瞧了瞧周围，走到一窝观音竹的后面，脱掉了粗布上衣，赤裸着上身，他害羞不好脱下裤子，弯下腰把裤口卷到大腿最高位置。提着上衣拖着沉重的步子向上游走去，走到过河磴子石的地方，仍然没看到书包，只看到奔流的河水和石磴子。他坐下来，看到对岸到学校延伸的石板路，想到今天的考试是赶不上了。凝视着河水，脑子里一片空白，阳光直射着周围的一切，寂静而空旷。河水冲走了他的理想和美好的未来，站起来拖着疲惫的步伐踏上了回家的路，伤感：诗一首："世耕后裔求学路，望空发誓变人生，洪水伤志心灰冷，回望学路泪淋淋"。从那以后再也没有去上学，父母也没有强迫他上学。

　　"客官面来了"。这声音把他从往事回忆中拉了回来。看到眼前热腾腾的面，沮丧的心情仍未散去。他用筷子挑了挑面，没有先前的胃口，夹了几根面放在嘴里，然后说道："老板娘给我弄点面水和盐来"。"客官你稍等"，她到屋里一会儿又出来，右手端着一小铜瓢，左手端着一个小粗碗，"

客官请自便，这碗里是自贡的锅巴盐＂，她顺手把铜瓢的面水倒在面碗里。他吃过面，付过钱，拿着竹杠和绳子踏上了回家的路。

　　他到了村口已是午后，翻过这座山就可以看到他家的屋顶，不由自主地加快了脚步。到了山顶，额头上冒出了汗珠，他右手拿起肩上的毛巾揩着额上的汗珠。山顶上的风感觉特别凉爽，站立片刻，注目这生活养育了他家几代人的山沟。这条山沟从西向东延伸，西高东低，大约有二里长，沟的中间是条小溪，沟的最西端是小溪的发源地，是从石缝里流出的泉水，它距离山顶只有二十来公尺。但到了最东端的村口，小溪距离山顶已有近二百公尺，小溪两边是斜土，梯田，土边。田边有棕树，油桐树，柏树和灌木，山崖下面是一带小树林。一九五六年前这沟里森林茂密，听人说还看到过老虎，豹子出没。一九五六年合作化，即将加入合作社的社员，把土改分得的山林中有用的树木都砍伐弄回家，留下小树和灌木。到了一九五八年成立人民公社，集体食堂又将树木当做柴火做饭砍掉，到了一九六零年只剩下光秃秃的山沟，现在这些树都是一九七八年土地下户时栽的树苗。马占山脑子里回忆着自身的经历和传说。突然听到一个混重的声音在山谷中回荡。他听不清楚这是吼声还是骂声，更听不清楚是谁的声音。他紧走了一段下坡路，走出山崖的回音区。＂你个不中用的东西，吃里扒外的家伙，你跟我滚远些，永远不要回来＂！他听出来这是小勇他妈的骂声，她在骂谁呢？听口气她骂我们家的人，他把心一下提到了嗓门。由于是下坡路，他不敢跑步，低着头三梯两步地往家里赶。到了家，看着老婆高高地举着扫帚，那宽大的蓝布袖口坠到了夹肢窝，露出了黝黑的膀，嘴里骂着，缓步地赶着儿子，跨一步就可打着儿子，但她没跨一步打儿子。儿子马小勇，也是悻步走着，并没有快步逃跑。他们好像一个不忍打，一个愿挨打。他走向离家下坡的路。看到女儿坐在门阶上流泪，看到父亲回来没吱声，抬起右袖口揩泪。他又转过头看到娃儿他妈在晒坝边背向着他，面向着沟下，手里拿着扫帚向沟下指划着骂：＂我这辈子命孬，怎么就遇上这家老少冤家＂！马占山走到她身后，她看到是他，把扫帚往地下一扔骂道：＂你这个不中用，提不起来的东西回来干啥！这个家！老的不理事！少的不懂事！这个家我是没办法'当'了＂！她气冲冲地走进了屋里。

1-2　出走

　　小勇流着泪，像是在步空下山的路，犹如从空中一步步坠落深渊。心潮汹涌，愁绪万千，他怨恨自己，钱是冤家！逼我流离，钱是宝贝！是救命的稻草，我立誓：我一定要改变人生，为了钱！上刀山！下火海在所不辞！一生为钱舍去一切！不顾一切只为钱！我一定要征服它！誓金钱为命！改变世家！改变人生！马占山往沟下望，他的儿子马小勇已走进了小溪，不时抬起右手在脸上抹着什么，脚步悻悻。马占山愁绪万千，他到什么地方去呢？到学校去？学校已经放假了，往那条路除了学校，就是二十里外的大姨和十六里外的幺舅。他无奈地叹息，唉！不管他到什么地方去，他已经十九岁了，该懂事了，随他去吧，他望着他转过山坳，消逝在山坳的阴影中。

　　小勇转过山坳，听不到母亲半是哭腔半是骂腔的声音，泪眼茫然，低着头，毫无目的向前走着。一条小溪从路边流过，他毫无意识，脑子里一片空白，不自主伤感的坐在溪边的石头上，走向何方？无意识摸了一下衣袋，空空的，低头一看，变色的劳动布上衣，肩上已补了一块疤，劳动布的裤子膝盖处也补了一疤，解放鞋面脚趾甲已露出鞋面。大脚趾甲还流着血，是下坡时不知道脚碰到了什么，他没感觉到痛，他感觉到血不是从脚趾甲流出，而是从心里流出来的，他用手按住脚指甲止血。一颗小草在溪水里随流漂去，他伤感至极落泪，由情而生："深沟溪边一颗草，风吹雨打且偷生，嫩草无依随流去，漂泊流离何安生"？泪如泉涌，到哪里去呢？！仰望天空，路在何方？！脑子里一片空白，前路茫茫。脑子里思索着：山背后是大叔家，堂哥都到广州打工去了，投靠他们，广州那么远路费是一个天文数字，他家也拿不出钱来。往前走十多里地是么舅的家，外侄还小，夫妻务农，一家也穷。二十里外，只有大姨家，表哥在渝州市打工当工头，到他那里也许还能了解外面的世界，只好投靠他去。走过了一道小溪沟就到村口了。泪眼蒙蒙，啊，到了秀菊家的下边了，他放慢了脚步，想看一下秀菊的身影。避在一棵李子树后，停止脚步透过树丫，他看到竹林尖上露出的茅屋顶，屋顶上的蓝天和飘浮的白云，静悄悄的，只有晒坝边一只母鸡带着一群小鸡在觅食，晒坝边的晒衣杆上随风飘动着红色，蓝色，黑色的衣服。不知道秀菊她现在哪里？在干什么？唉！他叹息了一声，这个时候跟她道别有什么用呢？又能说什么呢？他又不由自主地迈开了步伐向着通往村外的石板路走去。不知不觉他走过了两个山坳，到了一条流水沟旁，一束飘动的白纸在他那呆滞的目光前晃动，刺激了他的目光，使他从沮丧的状态下醒过来。这不是秀菊父亲的坟墓吗？他用目光扫视了一下，三边的茅竹已经逼近了土堆，土堆上长满了荒草和一种带钩的刺，已经七年了。

　　他边走边陷入了往事的回忆，七年前的初秋，也就是一九七八年，那是生产队土地下放到户的第一个年头。得到土地的农民不用说心里有多高兴和踏实，只要有了土地，哪怕是六零年那样的灾荒年月，田边地角种点蔬菜杂粮，一家大小填饱肚子就算是安居乐业。外面世界的好日子乡下人没尝试过，也不去想它。

　　那年风调雨顺，这一村这一沟上下梯田，一片稻谷丰收的景象，农民一到傍晚总是转悠到稻田边去看沉甸甸即将成熟的稻谷，心里乐滋滋的，好像看到的不是稻穗，而是金灿灿的金穗，这是城里人体会不到的，这也许是偏远乡村小农思想的意识。

　　吴成和村里几个同龄人商量着到近处坝上去给别人打谷。因为坝上日照条件好，比这沟里的稻谷早成熟十多天。利用这段时去挣几个盐钱。吴成邀约了凉水湾的李建，瓦屋基的王小川和王兴洲一共四人。在立秋后的第一天一起去给别人收割稻谷。每年收割稻谷的日子，是一年天气最热的日子，他们四个人组成一张'斗'的人员，两个人割稻谷，两人挞稻谷。'斗'是用木板做成的正方形盛装稻谷的容器，四周长约一百七十公分，高约五十公分，斗底像船底，用木板做成斗没有盖，上口三方用竹片编制，约一米五公寸高的竹席围护斗口，挞稻谷时挡住稻粒不向'斗'外散落，这种收割稻谷的容器已沿用上千年。

　　随后吴成他们四人给人收割稻谷六天了。第七天早晨，他们四人赤裸着上身，肩上搭着一根汗巾，下身穿一条短裤。裸露的皮肤晒得黝黑，为了避开中午的炎热，天刚亮他们就起床挞谷去了。李建扛着斗走在前面，王小川扛着斗席走在第二，王兴洲扛着'斗'模，右手提一壶开水走在第三，吴成挑着箩筐走在最后。他们四人一起出来，到了田边的时候，吴成走路有点摇晃，离前面的人已经有一段距离了。等吴成放下箩筐时李建问他，＂你今天怎么啦＂？＂我头有点昏＂，吴成说话时用手揉了揉太阳穴。＂那你今天回去休息吧＂？＂我走以后你们三个人怎么挞谷呢，我还是坚持一下吧＂。李建听着他这么说，心里想：他可能是伤风感冒，三十多岁的人不会有什么大毛病，也就没有再说什么。

　　王兴洲一下田就嚷了起来，＂今天遇到旱田了＂，旱田就是没有水的稀泥田，在稀泥田由于没水的浮力和润滑，粘性很强的稀泥里拔腿走动特别吃力，盛着稻谷的斗沉在稀泥里没有水的浮力拖动就更用力困难。气候炎热的时候稻田里有水能够吸收一些热量，人的感觉会凉爽些，没有水的稀泥田里不但不能吸收热量，而且稀泥里蒸发水蒸气，空气中湿度增大，更加闷热，加之天热，体力劳动感觉特别心慌难受。

　　开始时是早晨凉爽。没一会儿太阳出来了，李建和王小川把斗拖入田里，他们俩抓起稻把高高地举过头，重重将稻穗挞在斗模上，你挞一下，我挞一下交替地挞稻穗，直到谷粒完全脱离，落在斗里。剩下稻草靠立在斗边，凑到一定数量打捆立在稻田里。吴成今天割稻谷没说话，弯着腰右手握镰刀，左手握稻把，割满一把稻把架在稻茬上。他动作缓慢，今天割的稻把比往天少。他感觉到太阳像针一样扎在身上，汗水淌过脸庞像雨点一样撒在稀泥里。他频繁地去喝开水，觉得开水不解渴，想不停地喝但又想吐。太阳渐渐地爬上了高空，太阳像火盆，自己像一块肉在火盆上烤，身上的汗像烤出来的油，讨厌（知了）的叫声像烤出油时那嘶嘶的声音。汗流不止，他觉得自己快烤干了，煎熬得心里发慌，想浇点水在身上，哪里有水呢？闷热的空气像凝固了似的，火辣辣的阳光罩着自己无法躲避。头昏昏的，他放下镰刀站起来，瞬间一片漆黑，身子摇晃了一下站稳了，眼前又一片明亮。其它三人都未觉察到，咚咚的挞谷声有节奏地响着，他看到王兴洲弯着腰在割稻，稻把只剩下一个了。他又弯下腰去割稻，稻谷在眼前晃来晃去，顿觉天幕一落，一片漆黑。只听得扑通一声，王兴洲抬起头看到吴成脸朝天倒在稀泥里，稀泥淹没到耳根子，也淹没到半背，两只脚仍在稀泥里。他惊愕了片刻，大声地喊道：＂吴成！吴成＂！一边喊一边快速地抽动着在稀泥里的腿走过去，李建听到喊声放下稻把，也快速地走了过去。赶紧伸手去捏人中穴位，又忙叫王兴洲这个时候不要去扶吴成，他嘴里不停地呼叫吴成，不见吴成有回应，只见他呼吸微弱，面色灰白，双眼紧闭，四肢冰凉，摸脉，快慢沉浮没有规律而微弱。李建学过一段时间的中医，知道这是危相，他忙叫把草帽拿来扇风，又说道：＂快去砍几根竹子，把斗席上的绳子解下来绑一个担架＂。李建和王兴洲把吴成轻轻地抬到田边的树荫下，放在一块平地上，用汗巾把身上的稀泥揩掉。一会儿王小川绑了一个简易的担架，把吴成抬上担架平卧好，用四个草帽盖着身体，两个人抬着三人轮换着，奔向十里之外的乡镇医院。

1-3 往事

　　他们抬着吴成撞进了乡镇医院急诊室，"什么事？什么事"？白大褂的医生急促地问，累得喘着粗气的三个人说不出话来，过了片刻，"快！快！快救人"！李建断断续续地说了出来。医生已经拿好了听诊器和血压计跪在地上的担架旁，他伸长脖子弯着腰，观察吴成的脸色，已变成灰白，又翻开眼皮，瞳孔已经散大，手伸到鼻孔处，已没有呼吸的感觉，再把脉，触及不到搏动，扒开湿透的布衣又用听诊器细听心脏区，听不到心脏跳动的声音，他断定他已经死亡。医生沉重地说："抬回去吧，没救了"。这沉重的低语犹如晴天霹雳，几人你看我，我看你，谁也说不出话来。李建突然问道："医生，还有救吗"？"已经没有办法了，抬回去吧"。李建取下汗巾蒙住吴成的脸。三个瘫坐在屋檐下的石坎上，双手紧攥着头发低着头，坐了一会儿，有气无力的把吴成抬回家。

　　把吴成抬回家的时候太阳快落山了。邻居蒋婆婆看到吴成被抬了回来，知道情况不妙说："吴成妻子李玉兰去地里割猪草去了"。李建赶到地边，看到她弯着腰在割红薯藤。"姑姑你过来一下"，李建站在地边叫李玉兰，她弯着腰抬起头，左手拿着一把红薯藤右手拿着镰刀，一身已退成灰白色的旧衣服，头发上粘着一片干薯叶。"啊！侄子回来了'？李建说："姑姑快跟我回去"。玉兰仰着头说："侄子你先回去坐一坐，我把这点红薯藤割完就回来"。"姑姑你现在必须跟我回去"。李玉兰紧盯了一眼，想一定有什么重要事情，她站直了腰把红薯藤翻手放在背篓里，跟着李建往回走。李建本想把李玉兰引到卧室里，先给她做一下思想工作，稳定一下情绪。但李玉兰背着红薯藤径直往猪圈那里走，走过堂屋门外时，看到王兴洲和王小川给一个躺在门板上的人揩脚上的泥，她很诧异地细看，看到脚像吴成的。她丢下背篓，快步进屋，王兴洲和王小川突然看到李玉兰走来，王兴洲忙说;："嫂子你"，话还没说完李玉兰已揭开了盖脸的汗巾，她已经看清楚了！一下扑到了吴成的身上，只见她手摇动着吴成，全身颤抖，一会儿就不动了。李建回头一看情况不对，说："王兴洲我们快把姑姑扶起来"。王兴洲转过身和他扶起李玉兰，只见她满面泪水，不省人事。"姑！姑！"李建摇动着李玉兰呼喊，又伸手去揩她的人中穴位，"小川，你快去倒点开水来"。王小川快步的跑向灶房，在灶房里跑了两圈没瞧见温水瓶。又跑向邻居蒋婆婆家，端了一碗开水来，用竹筷撬开了嘴，灌了几勺开水，过了一会儿眼睛睁开了，泪水满面往下流，突然嚎啕地大哭起来："你走了我可怎么办啦！？天啦"！那时才六岁的秀菊，四岁的秀梅，抱着母亲的腿哭喊。猪饿了在叫，牛饿了也叫。这哭声，叫声真是撕裂心肺，真是天要塌下来似的。村民听到这个噩耗，很多人来到晒坝上，看到这情景人人都伤心落泪。

　　吴成的大哥叫吴林。听到噩耗急忙赶来，看到乱成一团，他把李建，王小川，王兴洲叫到跟前说："吴成已去了，剩下孤儿寡母，现在急成这个样子，我们乡里乡亲的一定要帮着把丧事办完"。三个人齐声说道："那还用说："！吴林又说："李建你负责接待吊丧的人，安排食宿。王小川负责登记收礼品，不管谁送什么礼品实物钱粮都是情义，记上名。王兴洲专门负责上供，礼仪。玉兰由嫂子世芬陪着，并照顾两个孩子，大家分头去办 "。吴林主要是筹备钱粮，粮因为土地下放到户不成问题，但是钱就比较困难，吴林现在不好跟玉兰谈钱的事，只好自扛着。他回家将自己信用社存的三百元取出来，听说村里还有五百元救急款没发下去，吴林去求村长开恩借来五百元，那个年代六七百元也可以简单地办完丧事。

夜深了，平常这个时候山沟已经沉睡，除了偶尔有几声狗叫之外，一切都是那样的寂静。今晚山沟树林里延伸的羊肠小道上，隐约闪烁着摇曳的火把光，手电筒光。村民从各个方向向李玉兰的晒坝走来，晒坝上，屋里有许多人忙碌着，村民有送大米的，有送咸菜的，有送蔬菜的，有送水果的，也有拿纸钱香烛来的，还有几个村民妇女背来猪草帮着喂猪，背来牛草帮着喂牛，也有帮着煮饭，烧水，洗刷碗筷，只有这个时候称得上乡里乡亲，邻里团结互助。过去左邻右舍所有矛盾在慈悲的胸怀中化解。堂屋里点着香烛，烧着纸钱。

到了半夜小勇拉着母亲的衣角嚷着回家睡觉。母亲晓萍走时要去卧室里去安慰玉兰几句，顺便道别。她走到卧室里，看到玉兰坐在矮凳上，身子靠在床头的墙，没有哭，只是流泪。秀菊秀梅头上裹着白色孝帕靠在母亲的大腿上睡着了，脸上挂着泪。嫂子世芬坐在玉兰的对面，摇着蒲扇给玉兰母女扇风，不时用蒲扇驱赶蚊虫，嘴里说着话安慰玉兰。晓萍走近玉兰蹲下去，对玉兰说："人已经去了，着急没有用，你一定要保重身体，两孩子还小，全靠你一个人，要保护好身子"。她还想说，只见玉兰泪流得更多，不断地用毛巾揩着泪，母亲担心说多了更伤心，最后母亲说了句，"妹子好好休息，我明天再来看你"。她们母子出了卧室路过堂屋，只见香烛在燃烧。

听大人说，第二天只请了两个道士念了经，把送葬的日子定在第三天早晨卯时，过了卯时就是辰时，辰时属龙只有天子才能占用。安葬已经七年了。

1-4 投亲

小勇在回忆大人的讲述和自身经历的回忆中翻过了两座大山。太阳落山了，一阵凉风吹来，他感到凉意。这才想到自己什么东西都没带，除了身上一身旧的衣服和脚上一双破旧的解放鞋外什么都没有，两手空空，他很茫然，机械的步伐向前走着。到姨父家的时候太阳已经下山了。他家还是五年前来过，跟以前没有什么大的变化，只是东边端头外加了一间灶房，西边端头把猪圈和牛圈往外迁，原来猪圈牛圈的位置盖成了一间大的房间。

小勇轻脚轻手地走向晒坝，害怕把大黑狗惊醒，他走上晒坝往堂屋的大门走去。突然从猪圈的后面蹿出一条大黑狗足有一公尺长，扑向小勇，他顺手抓起一根竹棍挥舞着驱赶大黑狗，那狗毫不畏惧地躲闪着竹棍，一次又一次地向他扑来，那汪汪的叫声越来越大。姨父从牛圈后面走出来，看见是小勇，他拿了一把扫帚去赶大黑狗，他一边驱赶一边骂："你这没眼水的畜牲跟我滚远点"。那大黑狗夹着尾巴被主人赶到猪圈后面去了，再也没出来。姨父回过头放下扫帚，招呼小勇到堂屋坐，小勇走进堂屋一看，却比五年前的摆设大不一样；神位和天地君亲师位及两边神位名称内容没变，但字迹像是用金粉书写的，黄灿灿的。墙面粉刷得雪白。地面用水泥砂浆找平，左边靠墙放着一个黑牛皮大沙发，沙发前面放着茶几，右边靠墙放两个黑牛皮单人沙发，中间摆一个小茶几，靠里面摆放着一张大饭桌，饭桌的四方摆放八根靠背实木椅子。姨父指着单人沙发说："小勇你坐这儿，你看我这一身，我去换件衣服洗一下脸。啊，小勇你抽烟吗"？"姨父，我不抽烟"。"好，你坐一会儿"。他走进了厨房。这时候小勇才看清楚姨父上身一件蓝色便装，下身穿一条黑色裤子，衣服上粘着少许灰土，不是过去那种大袖口大裤脚的蓝布衣服，脚穿一双新式运动鞋。姨父走后小勇看着这屋里的一切，心想真是今非夕比，五年时间不长，这间屋里摆设花费，我这样的农村人是不敢想象的。姨父从灶房走出来，看着小勇瞧着屋里出神。他左手端着一个盘子，盘子里放着陶瓷杯子，右手提着水瓶，小勇立即站起来双手接过盘子放在小茶几上，"谢谢姨父"。"不用谢"。姨父揭开杯盖掺上开水，边掺开水边说："小勇，这屋里的一切摆设是你中民哥去年一年的薪水，你姨今天下午去镇上接中民去了，天快黑了家里没什么菜，我去买点菜回来，晚了店就关门了"。"姨父，不用去买了，随便吃点"。"你不容易来一次，中民也回来了，你们兄弟好好地喝顿酒，你坐着喝会儿茶"。他说着迈出了门坎走了。

　　姨妈叫陈秀兰是母亲的大姐，姨父家共有三个孩子，大儿子叫王中民，老二叫王中山，在广州打工，老三是女孩，去年结婚后小两口一起去了广州打工。姨父家的房子正屋没什么变化，一排共五间，中间一间是堂屋，城里人叫它客厅，左面两间是卧室，右边第一间一半是用石板砌成的粮仓，另一半摆放着缝纫机和书桌，右边第二间也是卧室。这座房子已经近百年了，可以说是古董。现在不修建这样的房子了，而且也找不到那么多树木来造房子，工艺失传，也没有这样的工匠了。屋顶最上面遮雨的一层是粘土烧制成的小青瓦，它铺在从高的屋脊到低的檐口约三十度斜度的木椽条上，木椽条用铁钉固定在房屋纵向的原木檩上，木檩承受着屋面的重量，并将重量传递到排架上，排架又将重量传递到地基石上。排架根据房间横向的宽度分为三根柱，五根柱，七根柱原木结构，垂直立在地基石上传递重量，叫做柱头。柱头是经过挑选较大的原木，原木以原木轴线设计高度，画线设计距离凿方孔，再用与方孔同样断面尺寸的木枋穿过方孔把每根立柱连结起来组成排架，再由檩木和梁把全部排架按设计的房间宽度连结起来组成各个房间，每个房间一丈二尺宽，纵深为排架宽度，整个房屋纵向长度就是几个房间连接的长度。排架成为分隔房间的墙壁，墙壁下面一公尺五十公分高是固定在立柱上的约五公分厚的页岩石板，页岩石板上方用连接在柱上的木枋固定。木枋上方是用竹片编织的竹网，再用石灰粉，泥土，稻草节，水调合成稀凋合适的灰浆，用灰浆抹平竹网空穴并抹平，干燥后刷上石灰水就成不透风，不透光，白色的墙壁。这种建筑结构已是南方民宅几千年的建筑结构。姨父家的房屋是他爷爷的爸爸修建，已过去了四代人近百年了，他爷爷的爸爸传宗下来现在已经有一百多个后人了。怎么就只传给姨父呢，中国历代的遗产分割有一个不成文的规矩，遗产传男不传女，如膝下无男嗣，由女招郎上门，所生嗣子跟姓女方，视为女方宗族，继承一切应得遗产。如生有多子，长子，次子，三子，四子等，结婚后，按当时的家产，根据父母的主张对家产进行分割，分得财产实物另立门户，经济关系独立。一般最小的儿子最后经济独立。如果最小的是女儿，完成婚嫁，也就是父母完成抚养女儿的义务，但无继承遗产的权力，除无男嗣例外。所以父母养老都是和小儿子在一起，父母所有剩余的财产都留给小儿子。一般房屋都留给小儿子，姨父上几代都是么儿或独子，所以这房子自然流传到姨父这一代。

姨父走后，小勇到卧室里转了一圈，卧室的墙上挂着穿衣镜，卧室里床前放着书桌和木椅，过去的麻布蚊帐换成了雪白纱布蚊帐，床上都是全新的绸面被盖，枕头都是绣花的。看完后他坐下喝茶，想起了自己的家。自己的家也是老房子，堂屋里墙壁陈旧发黑，泥土的地面上摆放爷爷用过的方木桌和四根长木凳，卧室里也是放着爷爷睡过的平床和用过的木柜，柜底有老鼠咬的一个洞，是父亲用木板铁钉补上洞口，连锁扣都是长方形老锁扣，蚊帐也是老麻布蚊帐，靠墙一面的蚊帐也被老鼠咬了两个洞，是用旧蓝布补上洞口，被套是粗布手工缝制的，两端用旧布缝的补丁，里边的棉絮已经板结。

"娃儿他爸快来提箱子"，小勇在思忆中听见喊声急忙走出堂屋。"大姨，中民哥你们好"。"啊，是小勇啦"。小勇边说边跑过去伸手接中民手中的箱子。"你看把小勇一个人晾在家里了，娃儿他爸走哪里去了"？"大姨父上街去买菜去了"。他们说着走进了堂屋。大姨把手提包和皮箱提进了卧室里出来说："我去给你们泡两杯茶"。小勇说："大姨你只给中民哥泡一杯，姨父已经给我泡了一杯"。"小勇坐"，中民边说边用餐巾纸揩额上的汗，又理了一下额前头发，提了一下裤腿，坐在三人沙发上。大姨从厨房里端了一杯茶出来，中民双手接过茶杯放在茶几上，大姨说："你们兄弟慢慢地聊，我去煮饭"，说着进了灶房。

中民端起茶杯打量起小勇来，"哟，几年不见小勇长成大小伙子了，要是在大街上真还不敢认了呢，有一米七吧"？"我只有一来六五"。这时小勇也打量起中民，头发乌黑整齐，面色黝黑透红，一身黑色的便装挺直，不知是什么面料。中民说："去年我回家真想见你，听说你还在读书，我又没时间到你家去。我工作之余，脑子静下来总能想起你，想起我们一起玩耍，想起十多年前我的那次遇险，多亏你那次急中生智相救，不知道你还能记得不？那次我们俩到河边去玩，看到一只小喜雀飞飞停停的，我们去追它，想抓住它，当我们追到它跟前，正准备抓它，它又飞一段距离，我们就这样追一段距离，它飞一段距离，我跑在前面，你跑在后面，我只顾想抓住它往前追，突然脚下坍塌了，我两手乱抓，什么也没抓着滚到了河里，一阵昏黑，鼻子呛得难受，手乱抓，突然我抓到了一根竹杆，死死地抓住，被你拖到了岸边。我不知道你那时才九岁怎么就知道想出那个办法来救我"。小勇说："我在你后面跟着跑，轰隆一声，我看你随那堆砂土滚到河里，河水里冒出了气泡，一会儿水里又冒出了你的头，一会儿又沉了下去，水里又伸出一只手，我忽然想到了竹杆，我抬头环顾四方，前面十来米处有一片丝瓜地，我忙跑进瓜地里的瓜架上拉了一根竹杆，跑过来把竹杆伸到你手抓过的水面，你先是一只手抓住，另一只手马上又死死地抓住，我把你拖到了岸边。这个办法也不是我凭空想出来的，就是你那次落水的前一年，我和我的几个同学到山湾堰塘去戏水，我们都不会游泳，开始我们在浅水区戏水，不知道谢成怎么就到了深水里去了，他在水里一沉一浮的，我们大家急得大喊救命，堰塘旁有一家住户，一个大人看到有小孩落水，立即拿了一根晾衣杆伸到谢成落水的水面，他抓住晾衣杆把他救起来了"。中民放下茶杯，开口说道："这次回来真巧碰到你了，我们正好有几年没相会了。他从裤包里取出了香烟和打火机，抽出两支，递一支给小勇"。"我不会抽烟"。"没关系，没事抽着玩"。小勇从未抽过烟，他觉得中民哥这样热情，他不好拒绝，清坐也觉得尴尬，小勇接过烟就往嘴里放。中民忙说："你把烟掉过头，嘴含过滤嘴那一端"。小勇把烟掉过头放进嘴里，尴尬得脸通红。中民装着没看见，自个儿打燃打火机点燃了香烟，把燃着的打火机又伸到了小勇嘴边给小勇点烟。小勇吸了一口，觉得辣辣的，他不会吐气，烟吸进了气管，立即咳了起来，赶快把烟从嘴里取了出来。中民说："你今后要出去闯天下，我们这种背景身份的人，在社会最下层生存。吃烟是必须要学会的，烟是和气草，普通百姓就凭这东西和人搭腔和人交际。当然在跟那些有地位，有身份的人打交道，送礼，接物，待客那是一门学问。我们目前还没有那个地位，也没有那个机会，进不了那个圈子。你今后如要进入上流社会，接物待人这门学问必须学会。出门在外举目无亲无故又无朋友，到一个陌生的地方，有很多的事要向别人讨教或打听，你必须很礼貌地递过一支烟，尊呼长辈或称兄道弟，别人认为你懂礼貌也觉亲切，就会和你交流，在交流中如实给你指点，在交流中学到知识。如果你的朋友和别人吵架，你递过一支烟给对方，向对方解释一下双方的纠葛和误会，对方也愿意听，也午一场争斗就化干戈为玉帛。现在谈生意多半是在饭桌上或是在歌舞厅里。当双方为争取各自的利益谈判气氛紧张的时候，你递过一支烟，开一个玩笑，缓解一下紧张气氛，各自做出一些让步，也许这笔生意就做成了"。小勇听得很认真，一只手捧着茶杯，一只手夹着烟，凝视着燃烧的烟头冒出的缕缕青烟，揣磨着深意。中民看到小勇听得认真，又继续说道："在外面跑了几年，先是老乡师徒之间，后来是领导朋友之间，近一二年是甲方乙方之间，来来往往，烟酒是少不了也离不开"。小勇说："中民哥我还没想到烟有这么大的用处"。中民吸着烟不时吐着烟圈，打量着小勇，上身穿一件补疤旧布上衣，下面穿一条补疤的劳动布黑色裤子，脚上穿一双破旧的解放胶鞋，脚指甲都露在外面。中民揣摸着小勇为什么穿着这样的穿束来走人户呢？中民问道："你现在还在读书吧"？小勇说："还有几天我就该报名读高三最后一学期了"。中民说："我听我妈讲你的学习成绩很好"。小勇说："一般吧，在我们那个学校两个高三班里九十三个同学中成绩居二三名，要是放在全县应届高中毕业生中就算不上什么了"。中民把燃烧的烟头在烟缸上按灭后放在烟缸里面说道："你比我强多了。我初中毕业就出去打工学艺，历经辛苦，去年开始担任工长，开始感觉很吃力，一年后好一点，但基础差，很多知识仍需努力学习，特别是数，理，化方面，建筑上用得特别多，真后悔当初那点简单的几何也没用心学好，用时方恨少。刚拿到图纸时，那上面的计算公式不知表示什么，不知道如何计算，那横一条，竖一条，粗一条，细一条线条组成的图型图示是什么。各图形之间有什么关联，构成了什么样的三维图象。从技术上讲，我根本不够担任工长的资格，不过在我们那五六十人中，我还能写写算算，在具体操作技术，工艺流程方面，我还是数一数二的。由于人缘关系，组织能力上有一定的号召力，在矮子中充了高个，当上了工长。身上经常揣着好烟，箱子里放着好酒，如果是带小孩的女技术员，经常给她小孩买点糖果，买点玩具送给小孩。有时候工程师技术员到季末经常加夜班搞验工计价，我主动给他们抄计价表，有时候也学着照定型图画一些简单的构件图，画好后，交工程师复核。加班到深夜我就买点卤鹅或卤鸭买瓶酒，大家一起吃喝，总之想方设法献殷勤，讨好他们，学点知识，这样能学到一些与现实工程相关的一些实用知识，但没有系统性。要经过长期不断地通过书本结合工程实践系统的学习，才能学到全面的知识。你要学起来比我容易得多，你毕竟学了高中的数理化"。小勇这时候右手撑在右腿上，不知道他在想什么，还是在认真听中民讲话，小勇突然发问："中民哥你这样学上十年八年能达到工程师水平吗"？"不可能，因为我的基础太差，又没经过正规系统的学习，即使我坚持不懈地学习，由于知识不系统全面，可能某一方面学得很好，也只能达到技师水平"。小勇又问道："你们单位的工程师又是什么出身呢"？"据我知道目前的情况是，分为两部分技术人员，一部分为专业学校毕业生分配到单位从事一段时间专业技术工作，经过考核从技术员一步一步晋升到助理工程师，工程师，高级工程师。另一部分是由工人经过实践技术的不断学习，在工艺技术方面解决一些技术难题，通过考核评定为技师"。

　　"中民把桌子收拾一下准备吃饭了"。这是大姨妈在厨房的声音。中民放下茶杯站起来说："小勇来我们把桌子抬一下"。小勇站起来和中民把一张靠墙的老式方桌抬到了屋中心，中民用手摇了摇桌子，感觉到桌子已经平稳，又把八根新式独木凳安放在四方，进厨房去拿来根擦桌巾擦干净桌上的灰尘。小勇这时候一个人走出了堂屋，在檐廊里漫步，看样子仍然心事重重。"小勇吃饭了"，中民从堂屋里走出来叫他吃饭，小勇从檐廊里走进堂屋。"小勇这边坐"，小勇被中民招呼坐在桌子的左方，中民自己坐在桌子的下方，姨父拍了一下身上的衣服，坐在桌子的上方。大姨妈摆好菜，坐在桌子的右方。桌子上摆满了菜和汤，一大盘卤鹅，一盘腊肉，一盘香肠，一盘西红柿炒鸡蛋，一盘花生米，还有一盘松花皮蛋，两盘炒蔬菜，一大盆汤。大姨妈说："中民你去把那瓶过年没吃的酒拿来，酒在碗柜顶层"。中民起身去厨房拿酒，拿来时酒瓶已被打开，他先把小勇眼前的酒杯斟满酒，接着跟大姨爹的酒杯斟满了酒，给母亲只倒了几滴酒，最后跟自己斟满了一杯酒。礼貌地举起了酒杯对小勇说："今天为我们兄弟幸会干杯"，小勇和姨爹姨妈同时站了起来，四人碰杯互相祝福，把酒一饮而尽。中民放下杯说："我们是一家人，喝多少酒自己随便，不用客气"。姨妈趁小勇喝酒的时候夹了一只鹅腿放在小勇碗里，小勇非常感动，站起身先给大姨爹和中民斟满了酒，又给姨妈倒了几滴酒，为自己斟满了酒，举起杯子声音有些激动对着大家说："今晚我借姨父的酒祝姨父，姨妈，中民哥身体健康，万事如意"，大家一起站起来碰杯一饮而尽。小勇本来很少喝酒，两杯酒下肚，觉得咽喉火辣辣的，脸也微微发红。大姨妈说："你们慢慢喝酒，我先吃饭"。她边吃边斜着眼睛看小勇，感觉到小勇今晚满腹心事，勉强的微笑，一身穿着也不像专门来做客的样子，她想问又不知道从何问起，又想是不是生病了？最后忍不住借故地问："小勇是不是哪个地方不舒服"？"姨妈我很好"。回答以后仍夹着花生吃，那动作非常机械，目光呆滞地看着花生米。大姨又说："小勇这里没外人，都是一家人有什么事尽管说"，他没做声，眼里噙着眼泪。中民看得很清楚想安慰他，他为小勇和自己斟了半杯酒，端起酒杯说："小勇我们兄弟俩难得相会，面前的坎没有过不去的，来我们碰杯"。小勇站起来勉强地碰了一下，把酒一饮而下。小勇本来酒量不大，这几杯酒下肚，觉得头昏昏的，全身发热，在酒精的作用下，今天发生的事在他心里涌动，眼里闪着泪花，眼圈发红，耳根也发红。姨妈想他不能喝了，也不能再追问了。赶紧说："中民铫锅里水烧热了，你把小勇带去洗个澡"。中民心里明白，他站起来拿开了凳子，转过身端起了茶几上的茶杯递给小勇说："小勇你先喝一会儿茶"，转身到厨房里去了，一会儿提了一桶热水出来，又到卧室里拿了内衣和汗巾，对小勇说："你拿上内衣和汗巾我带你去洗澡"。中民提热水桶在前面带路，小勇跟在后面，走到猪圈旁边掀开一扇塑料门对小勇说："你进去以后把门关上"。小勇说：'谢谢中民哥"，"不用谢"。小勇进去，这是一间用瓷砖铺的墙面，地上铺的地板砖，算是目前流行的浴室，洗澡水流到旁边的猪粪坑里。小勇洗完澡，清爽多了，刚才的醉意去了大半。从浴室出来天已全黑了，月光下，两把藤椅摆放在晒坝边上，中间一个小方桌上面放着两个茶杯。中民从屋里出来，手里拿着内衣和毛巾对小勇说："我去洗澡，你先在这里喝茶"。中民提着热水桶向洗澡的地方走去。小勇坐下来，他端起茶杯快到嘴边的时候才打开杯盖，一股清香热气扑鼻而来，他细看一部分茶叶还浮在上面，他盖上茶杯盖放回原处。两手靠放在椅子扶手上，身子靠在椅子的后背上，全身舒展仰面凝视夜空良久，"深蓝夜空似海，伤感遐想无边，身似天空流星，划破夜空无踪"，深暗蓝的夜空好像把他吸了进去，置身于深邃的夜空无边无际，皎洁的月亮悬在上空，星星在它周围闪烁，一切忧愁散去，心胸宽广坦荡，好像脱离世间凡尘，一切都变得那样渺小无为，但他的泪水还是流了出来。

　　"小勇我去睡了，明天是春分，在过几天就该撒谷种了，明天我一早要到镇种子公司去买谷种，你姨父也要到化肥站去买化肥，中午前赶回来，你们俩睡东屋里大床已经收拾好了，明天你们多睡一会儿，你在这里多玩几天"。大姨说完后转身往屋里走，小勇礼貌地站起身来说："大姨太麻烦你了，你去好好地休息"，小勇目送大姨进屋。他坐下随后端起茶杯，品尝了一口，把杯子放回原处，这时候好像才听到一片蛙鸣声，蟋蟀在草丛中鸣叫，在它们叫声间歇时，是一个寂静的世界，皎洁的月光像水一样洒在树叶草丛上，远山的暗影，近处田园反射的月光构成一幅明亮而清静的世界，他从来没有感觉到像今晚这般美好的月夜，但伤感仍在心里翻腾。

　　"真不好意思把你一个人凉在这里"。中民走过来拉了一下藤椅坐下后抱歉地对小勇说。小勇说："中民哥你不要这样说，我两手空空地来，你们把我当上宾一样对待，我才真不好意思"。"两家是一家，我们似兄弟，不要说这话"。中民又接着说："小勇我今天看到你心情十分沉重，你一定有什么事"？中民给小勇的茶杯掺上开水，递给小勇，小勇接过茶杯端在手上。中民又接着说："我们弟兄有什么话不好说的呢？说出来有什么困难，我们大家商量，如果有什么解不开的结，我们可以互相探讨，如果需要保密的话，我可以在这里忘掉"。小勇凝视着手上的茶杯，沉默了一会儿说："我们是最知心的兄弟，其实我有很多的话想向你倾诉，有很多的疑问无法破解，在我那个生活的圈子里向谁说呢？向谁请教呢？向老师诉说请教，我总觉得和他们之间有一道墙，和同学倾诉又难于启齿，向父母诉说要遭斥责，向弟妹诉说他们不理解。中民哥你是我的兄长也是我的老师，你在外面跑了那么多年见多识广，在和你的交流中一定能学到很多东西"。中民说："老师我不敢当，我不知道你要问那方面的疑问，如果是科学技术方面的知识，这方面我的知识肤浅得很，如果是社会方面的知识，我只能谈谈这些年经历的感受，和听到看到的事的理解和看法＂。中民说完这话后端起了茶杯。小勇望着中民说：＂人世间三教九流各种生存的世民凭什么决定他们短暂人生的富贵贫穷？他们赤条条来到人世，当他们离开人世时则各不相同＂？中民沉默了一会儿说：＂你提的这个问题中国几千年来各种流派，宗教作出了各种不同的解释，但没有一个确切而实际的答案。根椐我看到的听到的，谈我的看法：决定人生命运有三点，第一，所处的社会历史条件和历史背景，第二，个人的才智，第三，个人的性格特征。不管社会政治名流或巨商大贾他们成功都同时具备这三个条件中的优势＂。小勇又问道：＂像我这样的人今后人生命运会怎样呢＂？中民一边喝茶一边对小勇说：＂当今社会已改革开放，从制度上形成了自由竞争的社会，没有人为的限制和束缚，只有法律和道德对各种行为的规范，在社会里各个领域只有优胜劣汰，无情的竞争，在这种社会背景下胜出的人，他们必须具备第二和第三条的优势。同时具备三个条件的人不多。像我们这样生活在底层的人，没有祖宗前辈福荫的庇护，没有亲戚朋友可以依靠，只有靠自己的体力，智力和在社会中磨砺培育自己的情格，靠自己强健的身体，聪明才智，优秀的性格在人生的道路上战胜困难，征服你的竞争对手，达到你事业上的成功＂。中民把话说完后端着茶杯看着小勇。在月光下看不到小勇的眼神，小勇在思考中民哥说的三个条件。等了一会儿小勇才说道：＂同君一夜话，胜读十年书＂。

小勇说了这句话后放下茶杯身子靠在椅子的后背上，仰望着星空良久。突然说了句：＂中民哥我该怎么办呢＂？中民说：＂你不是高中毕业马上考大学了吗？根据你的成绩考上大学没问题，今后你的前途光明＂。小勇带着悲腔说：＂我与仕途无缘了＂。＂怎么？你遇到了什么困难了＂？中民端着茶杯望着小勇问道，两个人沉默了一会儿。＂中民哥这些话我只能对你说，我今天到你们家来是被母亲赶出来的，原因是这样的，去年下半年我母亲听镇企业办公室的同志说，养殖长毛兔很赚钱，它的毛每年可剪两次，兔毛比羊毛值钱，兔肉很好吃，餐馆收购价也高，皮也很值钱，总之全身都是宝。母兔每年可以产下三至四窝兔仔，每窝兔仔三至五只，每只小兔值五至十元，兔的饲料就是青草，萝卜之类的。母亲决定养兔，母亲把过年的肥猪卖了一百多元，在你们家借了一百元，但仍不够。听说村里面还有二百多元提留款未用，她又把村长和会计请到家酒宴招待。饭后指着我家那头怀胎大母猪说：'你们看母猪肚子多大，准生下十头小猪仔，也值二三百元，我暂借村里二百五十元，用七，八个月，买三四十只长毛兔。借的钱保证按时归还'。村长盘算四五十只长毛兔值七八百元，加上母猪和猪仔。也值五六百元，这么多值钱的东西作抵押，就把钱借给了母亲。四十多只兔养了快一年，二十三只母兔有十五只母兔怀孕。全家人都高兴地盘算着，十五只母兔所产兔仔，要值好几百元，我们的学费和零花钱是没问题了。昨天上午有几只母兔不吃草，今天早晨就有七，八只兔不吃草，耳朵下垂，眼睛也半睁着，全家人都着急，叫我去镇兽医站去请兽医。我走到沟下，正好碰到秀菊从家里出来满面愁容，眼睛噙着泪，我问她到哪里去，她说她家怀孕的母猪生病了，她妈也生病发烧卧在床上，她到镇兽医站去请兽医顺便给母亲买点药，她问我到哪里去，我说我也到兽医站去，她用乞求的目光望着我说，我母亲卧病在床，妹妹小又不懂事，我实在不舍这个时候离开她，你能不能代我请一下兽医。我的事也很急，但我想到她家的情况，更无法拒绝她那乞求的目光，我应承她的要求。我赶到镇上兽医站时，专医兔的张兽医在，但医猪的李兽医刚出去到张家坝去了。我问张兽医，李兽医还有多少时间才能回来，他说可能要一两个小时。我着急起来，是等还是不等？我的思想激烈地斗争着，我既然应承的事我一定要办到。快到中午时李兽医回来了，我们三个人一起赶路，到离家不远的山口时看到母亲站在晒坝边遥望着进村的路，我们到家，张兽医还没落座，母亲拉着张兽医到兔笼屋里，吩咐妹把米柜里仅有的两个鸡蛋拿出来，再把鸡窝里刚下的一个鸡蛋一起给张兽医煮碗荷包蛋。张兽医打开兔笼看那十九只病兔，掐了掐脊骨，揪了揪耳朵，然后说；这十九只没救了。另外有五只兔我马上给它各打一针，一个小时后看它们还眨不眨眼睛，耳朵在动，眼睛在眨有救，如不睁眼睛耳朵不动就没办法了。当然如果提前一个小时打针，十九只兔可以救活十七八只，如果我们不等李兽医就好了。母亲不解地望着张兽医问：'不就你们俩还等谁'？张兽医把上午等李兽医的事说了一遍。母亲的脸马上沉了下来，眼睛瞧着一动不动的兔。一个小时过去了，病兔仍没有什么反应。张兽医说：'我给其余几只没生病的兔各打一针，预防生病，先前那五针不收你的钱，这后面打的预防针收你十元钱'。张兽医打了针收了钱，荷包蛋也没吃就离开了家。张兽医走后，母亲更生气了，她拿着木棒追赶要打我，就这样被母亲赶了出来"。

在月光下他们没有时间概念，中民一直听着，眼睛盯着茶杯。他听小勇的话停顿了，他放下茶杯说："根据你家目前的经济状况，这次损失是沉重的，我给母亲说一下，我们家借给你们的那一百元就不用还了"。小勇说："我要挣钱，一定要还你们"。中民说："以后再说吧"。小勇望着夜空的星星说："我从来没看到母亲生这么大的气，细想起来也不该责怪她，都是我误事，这次损失这么大，又要开学了，学费在哪里呢，家庭负担太重，压得她喘不过气来，她怎么不生气呢。你知道我父亲不当家，不过问这些事，平时他很少说话，也不拿什么主意，他总是一大早就上地去了，晚上很晚才回来，不知是躲避家里经济压力，还是想在地里刨出点什么希望。我母亲一个人不但要煮饭，喂猪，料理家务，还要料理一家人里里外外的事情，从早到晚没停过手，落过座。每到一开学的时候到处凑钱，借钱"。中民从烟盒里抽出一支递给小勇，小勇说："中民哥我是不能抽了"。中民把手收了回来，把烟放进了自己嘴里，点燃了香烟问道："那你们平时的零花钱，菜钱又从哪里来呢"？"家里卖点鸡，卖点蛋，两宗最大的收入就是卖两窝猪仔，有一二百元，还了债以后所剩无几。还有就是卖点剩余不多的口粮，就这样还是不够我们二兄妹的费用。高一的下学期我的同桌同学沈杰，他的数，理，化成绩不好，经常向我请教。他家就在学校里，他也请我到他家去教他。他父亲是学校管总务的，学校里有什么临工活叫我去干挣点工钱。他问我们那地方有什么菜，可以把菜挑来卖给学校，他按这里的市价收购，我也可以赚点钱。我问了他收购菜的价格，回去调查了我们那个地方菜价格，算了一下包括力钱每斤有二三分钱赚。第一次我挑了六十斤青笋，赚了二元钱。这二元钱够一个星期六一天的菜钱，还可以吃份肉，经过一个学期的锻炼，一个学期结束时我可以挑一百斤，有点零花钱。但不是每个星期都可以挑菜卖，到了菜的淡季就没菜卖"。中民猛摇了几下蒲扇说："树子遮住了月光，蚊子多了起来，我们搬一下椅子和茶几到月光处"。重新坐好后，他又问："一个十八九岁的青年，挑一百斤翻两座大山十多公里路真是不敢想象，你觉得不苦吗"？小勇端起茶杯喝了口茶说："没有比较就不存在，我们那个山沟里的娃从小有空余时间就割猪草，牛草，拾柴火，岁数再大一点帮父母种地，挑粪，日子都是那么过，也练就了体力。没有苦日子和甜日子的意识，到了学校有同学是镇上居民，吃国家的粮食，他们命好是另类人，我们不能和他们比。但觉得自己生活艰难是实实在在的。第一次挑菜刚挑上肩时感觉还能承受，越往前走感觉肩上的担子越重，特别是上下坡的梯坎时感觉千斤重担，每上一步梯，鼓起气，吼一声，撑上一步。下梯坎时，屏住气，咬紧牙，下一步咬一次牙，腿发抖，真体会到泰山压肩的感受。完全是靠毅力，靠顽强，一步一步撑到学校。放下扁担一摸肩，顿感疼痛，还好肩痛还不影响行动。由于重担在肩，上梯下梯，第二天脚小腿疼痛难忍，蹲下去解便更是难以忍受。当手里拿到赚来的二元钱时，心里得到了安慰，忘掉了一切。时间长了，双肩磨起了茧，脚腿不痛了，好像麻木了"。中民又问："你在学校里是怎样生活呢"？小勇没马上回答他，端起茶杯好像在品尝茶，月光下看不清他的面部表情，过了一会儿小勇说道："我每个星期从家里背一升半米，包一包咸菜带到学校，我们学校地处乡镇，生源比较复杂，每个同学经济状况差异很大，学校无法统一伙食，自己用饭盅蒸饭，每月交二元钱煤炭费。每天开饭时我都在最后端饭，饭菜太差不好意思让同学看到，从不在饭堂吃饭，把饭端回寝室里一个人吃。我的座位在教室里最后一排，下课的时候同学都要从我身边走过，他们从来都不看我一眼，好像没有我这个人。只有在考试后公布成绩时才给我一缕蔑视的赞许目光。课间操和自由活动时，他们都穿着时髦得体的服装打羽毛球，乒乓球，踢健子，谈笑风生，展现我们年青人青春活力的风姿。这时我在教室里或是寝室里看书。下晚字习后，天全黑了，我一个人穿着一身我母亲在油灯下手工缝制的青蓝色土布衣服，围绕着操场慢跑。我穿的衣服衣袖特别短，袖口特别大，裤脚也特别短，裤脚口也特别大。母亲说：'这样既节约布，干农活时卷袖口卷裤脚特别方便'。我穿着这身服装，我们班的女同学给我取了一个绰号叫日本武士。我对他们如何嘲笑我，待我，一点也不在意。我觉得我就是我，实实在在的我。假期里什么农活我都干，假期作业我都是下雨天做，晴天干农活。干农活累了坐在山坡的石头上或树荫下脑子里想一想一些数学定理，回忆一下做复杂难题的定理应用和演算过程，概念更加清晰，特别是语文课本上唐诗宋词里那些田园诗词，好像自己就置身于诗意情景中，更加深了对作者心态的理解，诗词深层的寓义。整天干农活还是挺累的。我脑子里总离不开书本，没有空隙，生活的琐事。情绪在我身上没有反应，村里的人见我寡言少语，说我是个书呆子。有时夜深人静的时候，躺在床上想：学校这么多的同学，只有我才这样生活着呢。想起我这十几年的生活，想起了家，想起了父母，想起了山坡上长满野草的祖上土坟，我家世世代代生长在山沟里，先辈为家人的生存世世代代忙碌，春夏秋冬，酷暑寒冬，从早到晚，脸朝黄土背朝天，祖辈留下了我们，留下了这几间茅屋，贫苦艰难的生活伴随着祖辈世世代代直到今天，也留给了我们，能怪谁呢？一九七八年每个人分得了一亩三分地，好地孬地搭配，拈纸团决定哪块地是谁家的，还算公平。中民哥你看这贫苦的生活延伸到父辈，眼看又要延续到我和弟妹，还要延续到哪一代呢"？他用探询的目光望着中民。中民端起茶杯喝了一口茶水后说："你有什么打算和远大目标吗"？"中民哥，我没到外面闯荡过，没有见识，你说我该怎么办呢"？小勇这一问把中民难住了，我该怎么回答他呢？也许我一个建议决定了他的一生，他现在还是一个十九岁的孩子，还未踏入社会，人生还刚开始，今后的路还很长，他沉默着，他想还是提醒他说："你目前还是埋头读书争取考入大学，毕业后找一个工资高有稳定收入的工作，这是一条最好的路"。"中民哥不瞒你说，这是我追求的目标，但这个问题在脑子里徘徊思考了很久，要达到这个目标要具备三个条件：一，要有一定的经济基础，二，我要一定能考上大学，三，要找一个好的工作不但要有学历，本事，还要有社会关系，三个条件缺一不可，我家庭经济条件你是知道的，供我读大学是不可能的，亲戚朋友的经济状况你也知道，资助的力量也是有限的，只有借债。我的学习成绩在我们学校居前面二三名，在全县的本届学生中就算不上什么了，往届高考升学只有百分之七，按这个比例我们学校考上大专以上的就只有那么三至五人，考试结果的成绩好孬还有其它很多的因素，考试情绪和临场发挥，能否升学我心里没底。即使能升学读到毕业，你知道我家的人脉关系，我家数辈生活在那山沟里，所有的社会关系都在那山沟里，没一个当乡长，镇长，所长，主任，更谈不上县长和更大的官，无社会上人际关系，好职位竞争激烈，也不能得到好的工作。根据三个条件我也只能报考师范院校，一辈子当个教师，待遇比民工好一点，算不上满意的工作，也不是一个很好的职业。中民哥你认为我的分析对吗"？"当然你经过长时间的思考分析得有道理，你这样的年纪有这样的深思熟虑，真是穷人的孩子早当家，当然你今后何去何从由你自己决定。我谈一下我的看法供你参考，小勇现在是你一生中最关键的时刻，你如何定位你的人生，如果你愿意平淡而稳定地度过一生，那你就当教师，如果你要展示人生的价值，你愿意为此而付出艰辛，奋斗，拼搏，甚至是痛苦，那你就选择前进的道路上充满风险，刺激，曲折而艰难的道路。在这些道路上奋勇前进的人，都具有忘记自我，百折不挠，一往无前的精神，也许在奋斗的中途倒下，也许奋斗一生一事无成，也许会达到你预想的辉煌目标。这些不确定的因素涉及到个人的素质，涉及到社会人文环境，政治，经济。当然决定的因素还是个人的素质"。中民说完这段话后看了小勇一眼，等小勇对这段话的见解。"我记住了你的这些话，你讲的这些深刻道理是金玉良言，我这点社会经历只体会到的很少一部分"。中民喝了一口茶，端着茶杯说："其实我在外面闯荡了七八年，对这些道理体会也有限。我也是在车上，在旅馆里，在茶馆里，在工地上，在会议室里，跟那些老板，领导，工作人员，工程师，工人，民工，交谈中体会出来的，只有很少一部分是自己的体会"。"中民哥像我这样的人今后干什么工作有发展前途呢"？中民说："要评判一个人的未来是困难的，像你这样一个十九岁的学生预测未来更困难；不过我在你身上发现了四个优点：一，有一个强壮的身体，二，你有一定的文化和聪明的头脑，三，你有乐于助人的精神，四，你有一种顽强，吃苦耐劳的精神。一个成功的人这四个优点必须具备，当然有这四个优点是不够的，还要在今后的社会磨砺中体会社会，体会人生，总结经验，总结教训，陶冶情操，励精图治才能完善人生，当然要做到这些是很困难的"。中民说完这话后端起茶杯在月光下来回走动，似乎在思考问题，又似乎等待小勇的回答。"中民哥至于今后我的人生何去何从，时时在我生活困苦艰难中被强大的生活压力挤压了出来，久久地激荡在心中！我思考过很久，我豁出去了，我年轻有时间，没有牵挂，不管闯荡的结果如何只有我一人承受，我决定跟你出去打工"。中民听到小勇悲壮宏亮的声音非常感动，知道他心里像烈火一样在燃烧，决定带他出去打工。他放下茶杯对小勇说："你选择了一条艰苦的道路，作好吃苦的思想准备"。小勇说："我从出生那天开始经受苦难的折磨，还有什么困苦不能克服，困苦只会磨炼我的意志，像我这样低下的人，在这个世上只有在困苦的磨炼中得到收获，看到希望，在困苦的争斗中体现人生的价值，改变人生"。中民说："我很赞赏你对困苦的态度和不怕困苦的精神。我相信你能闯出一条路来。但是我不知道你父母的态度，你是你们家的希望，你去打工了，父母认为断送了你的前程，我可担当不起这个责任"。"中民哥你看我的处境和我们家庭的经济状况，我只有这个选择，至于后果由我承担，父母方面我自会向他们解释清楚"。中民说："今天晚上你好好地思考一下，明天早晨你再作决定，明天上午我要到社办企业办公室去一趟"。他看了一下手表说："已快到一点钟了，我们睡觉吧"。

1-5 劳务合同

咯咯咯……公鸡的叫声在这平静的乡村比得上那部队响亮的军号。小勇被惊醒，睁开双眼。丝丝的阳光穿过瓦缝，照射到蚊帐顶上。他不知道是什么时候，知道已是不早了。他赶快穿起衣服下了床，走到堂屋，看到中民正在刮胡子。"小勇你起来了"，中民从镜子看到小勇。小勇惭愧地说："我一觉睡到到这个时候，真不好意思"。中民说："这没什么，昨晚睡得太晚了，洗脸盆和毛巾都在洗脸架上，你自己倒温水瓶的水洗脸"。小勇洗漱后，中民已经把二碗粥，两个鸡蛋，一碟咸菜放在饭桌上。"小勇你慢慢吃"。他转身把他的皮鞋和鞋油拿了出去，一会儿他又提着擦亮的皮鞋和鞋油走了进来。这时小勇吃完了早餐正在洗碗，对中民说："昨晚尽管睡得那么晚，但是我在床上翻来覆去仍然睡不着，我不是思考犹豫去打工的决定，我是在规划打工后的人生。我这个人总有一种尝试的冲动，成功和失败是奋斗的结果，我都会坦然面对"。中民说："既然你考虑成熟了，我们今天就到乡企业办公室去一趟，如果李主任在办公室，你就把用工合同签订了"。小勇说："拜托中民哥"。中民细看了一下小勇一身穿着后，进屋去了。一会儿抱了一堆衣服和提了一双皮鞋出来对小勇说："小勇你这一身衣服和鞋太破旧了，也不好意思见领导，这里是我穿过的衣服，还不算太旧，你选一套今天换上，另外选两套出去打工穿的衣服"。小勇低头看了一下自己的衣服，羞愧地说："谢谢中民哥"。小勇选了一套黑色的便装，提着皮鞋进屋去了。

小勇换了服装和皮鞋出来，和中民一前一后地翻过一个小山坡，顺着乡村小道大概走了五六里路到了镇上。乡企业办公室坐落在乡政府的旁边，一栋二层楼的红砖房，上下层各八间房屋，呈一字形。二层走廊是外挑的，走廊栏杆是混凝土预制的，门窗都是实木玻璃普通门窗，楼面和屋顶都是预制混凝土楼板，地面是水磨石地面。楼梯间在第三间，占据了一二层各一间屋，一层楼梯间左边是三间连通的会议室，右边是门卫室，物资管理室，人事室，收发室。二层楼梯间左边是书记室，经理室，企业办公室，右边是技术室，财务室，劳资室，人事室，工会。

　　中民直接把小勇带到企业办公室，一进门就看见靠窗边两张办公桌背靠背地安放着，两把藤椅隔着两张桌子面对面安放着，靠门的墙边摆放着一个三人沙发，沙发前面一个茶几。中民和小勇进去时里边没人，中民叫小勇坐在沙发上，然后在茶几下边拿了一个茶杯，倒了一杯开水放在小勇前面的茶几上。中民说："小勇，我出去找一下李主任，你就在这儿等着"。小勇坐着眼睛四处张望，四周墙面和顶棚都是刷的白色涂料。两边墙面挂着用镜框嵌入手写正楷仿宋体的岗位责任制，一个镜框是主任岗位责任制，另一个镜框是干事岗位责任制，另外还有一个大镜框里是乡镇企业下属企业的关联图，部门的隶属关系用线条和箭头联系示意。图表里有下属企业名称，负责人姓名，中民所在企业是建筑企业，企业的名称叫复兴建筑公司。企业负责人张安成，内部机构编制为，公司经理，书记，技术组，财务组，试验组，材料组，后勤组，劳资组。小勇刚看到这里，李主任和中民边走边说话走了进来。李主任说："你要是晚来一步，我就到乡办纸厂去了，根据目前纸张产销两旺，效益很好，准备扩大生产规模，超过港资纸厂，但是资金还得筹措。啊，这就是你讲的马小勇"？"正是"。小勇立即站了起来，望了一下走在中民前面的是一位中等个儿约四十岁的男子，一身黑色便装，油亮的皮鞋，又看了一眼中民，中民立即望着那男子介绍说："这是李主任"。小勇不知所措，两只手伸进裤包，右手又马上伸进外衣下包，取出中民给的一包香烟，抽了一支递了过去说："李主任请抽烟"。李主任伸出左手斯文地接了过去，但没放进嘴里，目光打量着小勇说："满十八岁了吧"？"去年五月就满了"。中民又赶快把打火机拿出来举起，李主任把烟放进嘴里，中民给他点燃了香烟。"坐下吧"，李主任挥手示意中民和小勇坐下，李主任说："很久没看到你了，这段时间工作还顺利吗"？中民说："这个工程基本完工，就剩下室内的粉刷和室外的道路清扫和绿化，所以我才有时间回来。顺便了解一下下一个工程在哪里？如果工程接得上的话，我们把周转材料和工程机械直接转运到新工地去，以减少租赁往返的运杂费"。李主任说："最近倒是有几个大的工程，但是条件和甲方尚未谈拢。有一个市政工程，条件倒是不错，甲方要求我们垫资百分之五十，而且是不付首期工程款，以工程进度，甲方分项目审核验收后付百分之五十工程款。如果甲方拖延审核验收时间，意味着百分之五十工程款都难以及时得到。施工中的材料费如果赊账的话，材料费要比现款购买高出百分之八至十。工人工资倒是部分可以迟后半年支付，这部分工资只能占到工资总额的百分之三十左右，因为还有工人的生活费，工人平时急需的借资。施工进行中需要大量的流动资金，我们社队企业公司资金很紧张，只有贷款，贷款一年期利息目前是百分之七左右，又增加资金运用成本，既而增加工程成本。要贷款我们还没有足够的抵押物，还得去找关系。但是如果不干这项工程，工程接不上，我们班子工程技术人员和工人中的技术骨干就要散伙。我们这个队伍要维持生存下去，所以还得干。还有一个潜在的巨大风险，市政工程不可抵押，不可拍卖。一旦工程进行中甲方没有资金，工程怎么办？是停？是建？停了意味着前期投入的至少百分五十的资金无法收回，继续建需更多的资金，多久能全部收回投入资金无法预测。银行利息逐年累加。经测算如二年收不回来全款，无利可图，两年以后收不回来的部分资金产生的利息就是亏损。但是有一个有利条件，政府不会破产。另外一个工程是房地产项目，是开发商和建筑商共同开发的项目，开发商买地皮的钱百分之五十都是银行贷款，没有抵押物，银行不再给这工程项目贷款。工程没有启动资金，所以开发商需要建筑商出资修建共同开发。我们要干这个工程，意味着我们只能在甲方得到工程施工图和施工许可证后开工。我们公司全垫建筑款，房屋销售款作为工程款，所垫工程款没有利息，但工程项目的收益甲乙双方各占百分之五十。甲方为开发商，乙方为建筑商。工程竣工交验一年以后，甲方仍未支付工程款，工程项目可抵押给乙方销售。乙方销售房产款扣除乙方工程款和销售费用后，合同规定乙方留下百分之五十收益，余款退还甲方，如果整个项目清算收益为零或是负数，甲乙双方也各承担百分之五十。这样的工程施工的资金需用量大，房地产走向也不清楚。风险难以预测，看来我们目前还没这个实力，只能做劳务包工不包料。你们的项目是劳务工程，虽然不能赚大钱但风险小"。中民说："李主任真是为公司操心，公司全靠你们"。李主任说："这是应该的"。中民心里还有其它事情就说："李主任，我到张经理那里去一趟"。"那你去，回头来我还有其它事给你讲"。小勇笑着说："再见，李主任"。小勇跟着中民上了楼，走过一段巷道，有两扇大门关着，门框上方挂着经理室的牌。中民示意小勇站住，他轻脚轻手地敲了两下门，里面有个男子的声音问道："是谁"？"是我，王中民"。"我现在有事，你在楼下等一会儿"。中民和小勇一前一后轻脚轻手地下了楼，主任办公室门开着，李主任已经出去。他们坐在巷道的木椅上，小勇面向中民探着头想要问什么，中民用手势制止了。两个人静静地坐在那里。约坐了半个小时，楼上响起了脚步声，一个二十多岁的小姐站在楼梯上，手扶着栏杆探着头喊道："哪个叫王中民的？经理找你"。中民和小勇都站起来，中民示意小勇坐下，悄声地对他说，"你在这儿等我一会儿"。中民独自上了楼，过了一会儿中民跟一个四十多岁的男士下楼来，一身蓝色便装，从小勇身边走过。中民示意小勇跟着，小勇跟着走进了一间办公室："啊，张经理你亲自来，你叫秘书来叫我到你那里去就好了"，范主任拉过椅子想让张经理坐。张经理仍站着，回过头望着小勇对中民说："这就是你刚才说的马小勇"？小勇怯声地说："张经理好"。张经理又说："看样子身体蛮好，外貌还挺诚实，什么文化程度"？"高中"，中民答道。张经理又说："范主任，这是中民表弟马小勇，经中民介绍，他要到我们公司当工人，你给他订一个合同"。范主任说："张经理，订合同要有村里盖公章的介绍信，这……"范主任为难地说。张经理说："这没什么，有中民作介绍，可以先订合同以后我叫村长盖个章"，张经理说完了这话后转身走了。张经理走后范主任拉椅子坐下，示意中民和小勇也坐下，对中民抱歉地说："对不起，你也是我们企业的一个干部，人事劳资方面的规章制度很多，我只有严格执行的权力，特殊情况要有领导特许"。中民说："我理解"。范主任在文件柜里拿出一份体检表递给小勇说："你拿着体检表到县医院去体检，体检完后把体检资料连同体检表一同拿来，证明你进公司时体质符合招工条件，身体健康"。

　　三天后拿到体检结果，健康状况一切正常。订合同的那天，中民和小勇一同来到范主任办公室，相互问候后坐下。范主任看了体检结果的体检表后，从文件柜里拿出两份合同分别递给中民和小勇。中民看到合同有好几页，像份文件。范主任说："看了以后有不理解的地方提出来，这是劳动局根据人事部的文件精神和相关法规制定的统一合同文本，这是最新正规完善合法的合同文本。为了执行劳动合同法，县劳动局专门召集我们学习了一个星期"。中民翻开合同，从头到尾看了一遍，用了近十分钟。跟他当时订的合同大不一样，那个时候的合同就是企业对招聘人员的几条规定，受聘人员签字认可。这个合同文本对聘用单位和受聘人员各自的权利和义务作了明确的界定，对合同违约问题的仲裁机构，法律程序和调解也作了明确的规定，对合同补充条件双方必须达成一致，并且必须在法规的允许范围之内。有些专业用语还是有些不解，中民问："小勇读懂没有"？小勇说："这里很多专业语言我都不懂，我想请范主任跟我讲解一下"。范主任拿起合同说："我也是在学习期间听律师的解答，合同是根据有关法规制定，合同中的甲方，乙方，在合同中一般甲方是聘用方，乙方是应聘方，甲方和乙方的权利和义务双方是平衡对应的，甲方的义务即使乙方的权利，乙方的义务即使甲方的权利，至于合同违约的后果和伤害可以通过民事协商调解或通过法律程序由法院仲裁。你们思考一下合同中有没有需要补充的条款提出来商讨"？中民问："近段时间有人签合同吗"？范主任说，"前几天有叫钟明的签过一份合同"。"可以给我们看一下吗"？范主任说："可以"。范主任从文件柜里拿出一个档案袋，从里边取出一份合同递给小勇，小勇又将合同递给中民，中民从头至尾只看了用笔填写的内容和信息，内容和信息也是按合同要求填写的内容和信息，没有补充条款。中民又把合同递给小勇，小勇也看了一遍后说："我没签过合同，也没在社会里闯荡过，看不出有什么不妥和需要补充条款，中民哥你帮我思考一下"。中民思考一会儿说："我也没看出有什么不妥和要补充的条款"。小勇说："工资待遇这一条合同中没有具体的数额，只是原则性的条款，甲乙双方议定"。范主任说："我们目前实行的是集体记件制分配方案，就是你那个作业班组完成一道工序按工程数量，按市劳动局颁发的劳动定额中对应项目，记件单价计算出作业班组应得的总工资，然后作业班组内部根据你工作能力进行分配，这个问题中民很清楚"。中民说："是这样"。小勇又说："生病怎么办？老了不能上班了怎么办"？中民说："你怎么想得那么多那么远"？范主任说："我们是集体所有制企业，我们公司向各项目收取很少的管理费，只够公司管理基本开销，就连公司的经理和公司管理人员都没有买医疗保险和养老保险。只有全民所有制企业正式职工才能领退休金，享受到企业医院或指定医院看病不收钱"。小勇说："原来是这样。其它我也想不出什么事来"。中民说："那你填合同吧"。小勇翻开钟明已签的合同和自己的合同空白处对照着填写，两份同样的合同一会儿就填好了，交给范主任。范主任在甲方栏填写公司名称，拿出公章盖上章，交给小勇，叫小勇在乙方栏内签上自己名字，他在两份合同上签完字。范主任收回二份合同说："等你们村盖上公章后，给一份给你保存"。合同算是办完了。中民说："真是麻烦你，改天你有空时我们一同吃个饭"，范主任说："这是我应该的，吃饭就不用了"。中民说："你为我们项目调配人力费了不少心血，过几天我预约一个好点的餐馆大家热闹一下"。范主任说："中民你慢走"。中民和小勇同声说："再见，范主任"。他们走出了劳资室路过李主任办公室门口，李主任喊道："中民你进来一下，我有话跟你讲"。中民和小勇走进办公室坐下，李主任说："我有个侄子叫李大用在你的项目队当工人"，中民插话说："我们关系熟，也很好"。李主任继续说："他今年春节回来没几天，初三就走了。有个事情请给他带个口信去，他老婆闹着要到广州去打工，她说她在家憋得慌，外面很热闹，要把两个小孩丢给伯父伯母带。你想一个二十几岁女子，没有技术，又没有亲戚在那里，在那个花花世界里，怎么生存？伯父伯母再三跟她讲，家庭经济条件还过得去，在家把两个小孩养好。她就是不听，不知道她想什么。前几天我给大用去了一封信，信上说不清楚也不好说，信上地址和邮编不知道对不对？不知道他收到信没有？你回去后一定把口信带到"。中民说："没问题，李主任，我们去吃顿饭吧"？"今天我有事，以后再说"。"还有什么事需要我帮忙吗"？"没有了"，"再见，李主任"。

1-6 聊天

中民和小勇走出李主任办公室，又走出了办公楼。中民突然对小勇说："你在这儿等一会儿，我上楼去一趟"。中民走了一会儿，他一个人又回来了，边走边对小勇说："我上楼去请张经理吃顿饭，他说他晚上另有应酬，那我就约他中午"。小勇问："他怎么没来"？中民说："这办公楼里多少双眼睛，怕影响不好，我们约他到野味餐馆的一个包间里"。小勇又说："把范主任一同请来吧"？中民说："你初入社会，这个社会很复杂，单位内部虽然没有社会上那样万象丛生，但也是一个小社会，人与人之间交往都是看人说话，单个交往。电视里那种大型宴会，都是庆典宴会，讲的都是官话套话，特别是和当官的交往，都是独来独往。今天饭桌上张经理说的话和我说的话都不要跟其它人说"。小勇说："我记住了"。他们俩走到街上最繁华的地段，看到一个与众不同的地方，琉璃瓦屋面，向上翘起金黄的挑檐，两根大红圆柱落地，一排古典的窗户和敞开双扇古典的大门，大门枋上还雕刻着龙凤之类的雕塑。他们走进餐馆里，是古典的饭桌和座椅。小勇头一次看到这样漂亮古典的装饰和摆设，好像走进红楼梦里荣国府堂厅里的感觉。一位穿绣边连衣裙的小姐走过来说："两位先生，有几位客人"？中民说："有包间吗"？"有，三楼的每间包费二十元"，"那你带我看一下"。中民和小勇跟着她上楼，楼梯间有吊灯，楼梯照得明亮，上完楼梯转过一个角，小姐打开一扇朱红雕花木门，包间里一张绛红色四方桌边雕花的方型饭桌，四根同颜色的雕花木椅，朱红色雕花玻璃窗，两面墙上各挂一幅水墨山水画和仕女画，特别显得古典高雅，富丽堂皇。小姐说："你看怎么样"？中民说："就这间，你认识张经理吗"？小姐问："是建筑公司那个张经理吗"？"就是他"。小姐说："他经常来，有时别人请他，有时他请别人，大多数是他请别人"。中民说："他来了你把他带上来"。小姐说："行"。她泡了两杯茶轻轻地放在中民和小勇面前的桌子上说："这是杭州狮山龙井茶，请慢用，一会儿菜上来时我再来伺候你们，现在你们还需要什么服务吗"？"你忙去吧"。她轻轻地关上门走了。中民和小勇揭开茶杯盖，一股特别的清香味扑鼻而来。中民说："这狮山龙井特别名贵，我很少喝，你知道我为什么今天要在这样高档的餐馆请张经理吗？我这个施工员是他一手提拔的，我在外一直很忙脱不了身，没有答谢过他。今天你也在，今后我们很多事都要靠他"。小勇说："今天这样一餐，大概要多少钱"？中民说："不知道张经理喜欢什么样的野味，一般中档的三人餐大概要一个工人两个月的工资，稍高档的大概要一个工人半年工资"。小勇听了倒吸了一口冷气。中民说："来这里吃饭不是吃什么食品味道，吃的是品位，名声，荣耀和服务＂。中民又说：＂你知道餐馆是谁开的吗＂？小勇直摇头。＂这餐馆是个外地人开的，听说是位凉山州一个专门倒卖野生动植物的人开的。十多年前他从事牛羊和野生动植物倒卖，也为大城市野味餐馆送货。他经常在外吃饭，觉得开野味餐厅利润丰厚，经调查大城市野味餐厅已经饱和，他先在渝州市近郊县开了一个野味餐馆，生意红火赚了不少钱。他又在远郊县和繁华的镇开了很多的连锁店，并设立专用仓库，仓库里有饲养圈，饲养池，冷藏库。肥水不流外人田，自己采购运输野生动植物，搞一条龙服务，名贵动植物都是各连锁店电话预定送货。各连锁店实行经理负责制，他手下有五个管理人员直接由他调用，一个会计专管各店的账目往来，一个出纳专管收钱，由他老婆担任。另外两个司机运送货物，另外一个人专门联系野生动植物，他自己验货订价，真是大权孤家独揽＂。一阵楼梯的脚步声，门开了。＂张经理＂，中民马上站起来招呼，小勇也跟着站起来，向张经理问好。张经理指着一个跟在他后面的一位三十多岁的男子介绍说：＂这是餐馆赵经理＂，赵经理指着刚才那位小姐介绍说：＂这是陈小姐，今天由她来为你们服务，有什么要求直接向她提出来，请各位贵客不要客气，特别是张经理你是我们老顾客，请随便＂。说完后点着头，面带笑容出去了。这时候小勇看陈小姐，二十来岁，瓜子脸，眉清目秀，粉红的脸庞，苗条的身材，一身黑色绣花长袍。陈小姐把菜谱递给了中民，中民又把菜谱递给张经理说：＂张经理你看菜谱上你喜欢什么，请不要客气＂。张经理翻了一下菜谱说：＂中民我们都是老朋友，你是我们公司最优秀的工头，你为我们公司作出了贡献，公司应设宴表彰你＂。中民说：＂哪里，这都是你的教导培养，我有今天全靠你＂。张经理说：＂感谢你在这样高档的餐馆宴请我，那就来个河鲫鱼吧＂。中民说：＂不行，这太不够意思，来个黄花鱼再加一只红烧野兔，一只大闸蟹＂。张经理说：＂大闸蟹太贵就不要了，今晚我还有应酬，再加两个小叶菜就行了＂。中民说：＂汤就来个山蘑菇野鸡汤，来瓶五粮液＂。张经理又说：＂不行，花费太高我知道你的工资，就来瓶'郎酒'＂。中民见张经理再三推辞就说：＂谢张经理客气，处处体恤下属，这份深情我领了，按张经理意思办＂。小姐收好单说：＂张经理你们用茶，我下楼去会儿＂。陈小姐走后张经理品尝一口茶说：＂你们来时我正跟县企业办公室通电话，汇报我们公司经营状况和今后打算。今天是星期六，下午没什么事，我们可以慢慢地喝茶喝酒聊天。晚上六点我要和一个台商一起用餐探讨办纸厂的事，他看起了这满山的竹子和杂木。今天这个包间里是聊天的好地方，高雅清静。今晚也在这包间用餐＂。

　　一会儿菜上齐了，陈小姐给每位客人酒杯里斟了酒，退到后面站立，两手垂在腹部听候召唤。中民首先举起酒杯对张经理说：＂我和张经理一起打拼多年，视如兄弟。他带领我们背着被盖卷，一只手提着塑料编织袋，一只手提着工具箱，工具箱里装满了钻子，手锤，铁板，砖刀，木工工具。坐火车，挤汽车，修水电站，变电站都是在崇山峻岭之中，徒步翻山越岭，风餐露宿，走南闯北，到处打工。打工中我在张经理那里学会了很多知识和技术，得到了他的支持和帮助。没有张经理的带领，我就没有今天。一言难尽，一切语言和情感都在这酒中＂。中民举杯一饮而尽。张经理看到中民语言激动，情深意切，他也非常感动。举起酒杯说：＂我们共同走过这些年，相互照顾，团结互助，是个集体，也是个家。虽然劳累辛苦，但感到温暖快乐，完成一个个大大小小的工程。受到甲方的赞扬，没有大家的团结奋斗，就没有我们今天的公司，也没有我今天，感谢大家对我的支持＂。他说到最后语调也有些激动，他也把酒一饮而尽。小勇受到情绪的感染举起杯说：＂我被生存条件所逼，也想加入你们队伍。在这样的队伍里我会感到温暖，感到快乐，在集体的大家庭中体会人生，锻炼自己。感谢张经理和中民哥为我建立和培育了这样一个美好的大家庭＂。举杯一饮而尽。陈小姐马上给大家斟满酒，张经理望着陈小姐说：＂你这里有盐水煮花生米吗？我很怀念那个年代，坐在草棚里，喝着老白干，吃着花生米和弟兄们聊天的时光＂。陈小姐说：＂我们这里不卖那些小食店的菜品，我可以叫大厨专为你们煮一盘＂。陈小姐下楼，一会儿端了一盘热气腾腾的花生放在桌上。张经理看了一下中民和小勇对陈小姐说：＂我们今天是兄弟相会，很随便，不需要陈小姐这样礼仪规范的服务，辛苦你了，你去休息一会儿吧＂。陈小姐听到要她离开婉转的话语就说：＂你们在这里慢慢地喝酒用茶，需要什么服务把门打开叫一声我就来＂，说后关上门下楼走了。陈小姐离开后，大家没有了拘束和顾忌，中民又端起酒杯说：＂张经理现在已经是堂堂的经理，你怎还穿着一身便装，应该西装革履＂？＂哎，我们这样干粗活出身的人，西装穿在身上犹如绳索捆绑一样，总是拘束不自在。我也有一套西装，前几年冬腊月天要到县企业局去和港资谈一个项目，那个场合必须穿西装，才显得庄重礼貌。穿西装打领带穿白衬衣，无法穿羽绒服和毛衣。那天突然停电，会议室没暖气，冷得我全身发抖，脸发青。那种场合我只好咬牙坚持，会后生了一场大病。后来才听县办秘书说，这样的气候，这种场合，里面穿一件全绒的羽绒背心外面看不到，我才知道他们为什么不怕冷＂。中民说：＂你为公司作出了重大的付出，今后公司都寄希望于你，希望你一定要保重身体，我们兄弟二人还仰仗你的教导，支持和关照。祝福你身体健康，步步高升＂。中民举杯又一饮而尽。张经理也举起酒杯说：＂近两年我们虽然在一个公司，在不同岗位忙各自的工作，交流也少了，不知道下面对我有什么意见，我有什么做得不对的地方，中民你自己感受到的，听到的，一定给我提出来，不然我今后犯了什么错误还不知道。公司这几年发展得还比较好，全靠你们在外劳累奔波历尽辛苦，这里我感谢你们＂。他举起杯一饮而尽。小勇想了很久，站起来说：＂我是新加入你们队伍，你们是我的带路人，是我的老师，是我的领导，是我的榜样，希望你们今后多支持，指导，帮助我，这里我衷心感谢你们＂，他举杯一饮而尽。他坐下觉得浑身热乎乎的，头昏，中民看到他面红耳赤说：＂小勇喝点茶＂。小勇大口地喝茶，茶水下去感觉心里没那么发烧，但仍然昏昏沉沉，困倦，不由自主两只手放在桌上，头放在手上睡着了。张经理，中民知道他醉了，让他休息一会儿。他们俩喝下酒觉得兴奋起来，端起茶杯开始品茶，张经理问：＂中民下边的工人怎么议论我＂？半醉的中民过去那种茅棚喝酒，玩笑，调侃的情绪又上来了，半是玩笑半是调侃地说：＂你让我说真话？还是让我说假话＂？＂当然是说真话＂。＂我说真话有冒犯的地方，不要怪罪我＂？＂你还不了解我，我要没这点肚量，我能走到今天？我问的目的就是要照一照群众这面镜子＂。＂那我说了你可别拍桌子哟＂？张经理笑着说：＂我把你扔到酒缸里去＂。中民说：＂那我就喝酒去。我的兄弟们说你像黄世仁，又像财神爷，你去讨债时，人家久拖不还债，惹怒你上房揭瓦，牵牛，拉猪，甚至开仓收粮，像黄世仁。当工人批条子借款解困，盖章拿到钱，养家过日子，娶媳妇生孩子时，觉得你像财神爷＂。张经理抢着说：＂黄

24

世仁抢喜儿，我可没抢人家闺女"。中民说："兄弟们不是说你抢人家的闺女，是说你收债的那股劲头"。张经理长叹了一口气说："我们企业是集体企业，国家不拨流动资金，我们企业又没有多少资产，抵押物有限，银行贷款有限，企业在经济竞争中自生自灭没有任何保障，钱是员工的生存钱，救命钱，在我的心里是要命的钱，企业生存压力巨大，企业当家人的酸甜苦辣，个中滋味谁能体会"？

张经理接着说："我也穷苦人家长大的孩子，怀着一颗善良的心，美好的愿望踏入社会，我当经理以后经历的事让我难以忘怀"。中民说："我们喝点酒，吃点菜吧"。张经理端起酒杯喝了一口，夹了块大黄花鱼放在嘴里边嚼边说："有时候我感觉到把我当财神爷，但我又没那个法力。我们这个穷乡僻壤的地方，亲身体会到人人都希望摆脱贫困发财，那迫切期盼的目光，像大旱中对水的渴望。凡是认识我需要帮助的人，对我都是那样期盼的目光。如果有事路过他们家门，都非请你到家里坐坐，吃顿饭。有一次我路过峪山村一个茅屋前，一个白发苍苍的老太婆非要请我到她家里坐坐，我看一副老态的样子，我本不忍心去打扰她，看到她白发苍苍眼里诚恳期求的目光我心软了，我没法拒绝。跟着她走到她土墙草屋的屋檐下坐下，她到屋里用粗碗倒了碗开水递给我说：'张经理你先解一下渴'。我端着碗看到她把十来岁的孙女叫到墙角低声护耳地说了几句话，然后她来跟我谈话。我问她是怎么知道我的名字，她说是她孙女和孙女的爸妈去年春节前到公司领工钱认识我的。一会儿孙女从鸡窝里拿出了一个鸡蛋进了厨房，一会儿孙女又出来到邻居家，一会儿又从邻居家里拿一个鸡蛋出来进了厨房。老婆婆对我说：'张经理，你坐一会儿'。她进厨房去了，一会儿出来说：'张经理，屋里坐'，她带路我跟着进了堂屋，堂屋四壁有部分墙面白灰脱落，暴露出黄色的土墙。屋中间一张四方桌，桌四方各放一根木长条凳。老婆婆说：'张经理请坐，吃碗开水'。我看到桌上粗碗里盛着两个荷包蛋说：'我空着手来，怎么好吃你的荷包蛋'？老婆婆诚恳的目光看着我说：'你这样的贵客能在我这茅舍里吃这样下等的东西是对我极大的荣幸'。这样大的岁数的这份盛情我无法推却，我端碗无法下咽，但我却盛情难却，我吞下两个荷包蛋，但我无法收住眼泪，我擦了一下眼睛，看到她脸上满脸的笑容。临走时她叫她的孙女爬上屋前一棵桃树上去摘还没成熟的桃子送我，我阻止她，但她怎么也要坚持去摘桃子。她说：'张经理说个不笑人的话，我实在拿不出什么东西送你，这桃子虽然还没成熟，你拿回去尝个新吧'！我摸了一下身上的口袋，口袋里有十元钱，我拿出来给她孙女，老婆婆无论如何都不要。我觉得这样是不是太势利，不由我眼睛又湿润了，我接过她的桃子什么都说不出来，问她有什么需要帮助的吗？她笑着说：'这几年我家里有油盐钱了，多谢你公司给了我儿子和媳妇的工作，只要你常来家坐坐就好了'。看到她那期望的目光我能说什么呢？我说我一定常来看望你老人家。我离她家走了很远，回头看她，她仍站在那里看着我的背影。以后我带着礼品去看望她过几次，她非常高兴，他的儿子儿媳都在我们公司打工。每每想起我们这些穷山沟的兄弟们，我感到责任重大"。中民说："张经理真是体查民情，对弟兄们充满感情，你真是我们的好领导，好兄长"。他举起酒杯说："张经理，我代表弟兄们感谢你这份深情厚谊"。他把酒一饮而尽。张经理也举起酒杯说："我们从农村出来一起打拼，这些年对一起打拼的兄弟们有一种说不清的情感。每逢春节前，兄弟们带着妻子儿女来公司领一年结余工资，当他们拿到钱准备过年时，一张张笑脸像花儿一样。小孩子蹦蹦跳跳的，甜甜的小嘴不停喊着张爷爷，张叔叔的时候我倍感亲切欣慰。一切辛苦，劳累，烦恼都忘得干干净净"。中民说："张经理我今天听到你肺腑之言，我深受感动"。他给张经理夹了一大块黄花鱼放进他碗里，又给张经理倒了一杯酒，给自己倒了杯酒。张经理端起酒杯喝了一口说道："我们这个集体企业没有任何依靠，自主经营，自生自灭，企业在经济社会大潮中经历风浪，我这经理体味人生百味，真是万语千言也难阐述，就说兄弟们说我讨债像黄世仁的那股劲也是时事逼出来的"。

1-7 讨债路

"记得前年的四月份就是那个峪山村的陈顺良，他的妻子生重病住进了医院。陈顺良从广东打电话给我说，他在广东工地上，项目工期紧，抽不出身，回一趟家又要花不少路费，妻子在医院里没有医药费，医院要停药，请我帮他把半年公司没付他的工资钱拿去医院作医药费，请我代劳交钱，顺便去看一下。我叫劳资员查实，确实只给了本人的生活费，剩余的工资和加班费共计六百三十元。我问出纳我们现在有多少现金，她说只有二十三元，我问银行账户有多少钱，她说一分都没有。她说刚才信用社主任才到办公室问我们到期贷款有一笔二万五千元，一个月前到期，有一笔一万五千元刚到期，问我们多久还贷，我们若不还，信誉不好今后银行贷不到款。信用社主任前脚走，税务所长又跟进来催去年企业税二万六千元好久能付，我给税务所长说外面企业欠我们十三万多，我们收到钱后马上付。我好话说尽，他才走。我说你忙去吧，我知道了。她走后我摸了一下身上有二十元钱，我到水果摊去买点水果到医院去。我问护士谁是陈顺良的妻子，护士把我带到重症监护室，指着一个躺在病床上面色苍白，吊着水，两眼闭着的女的说她就是，护士说她的胃大出血，生命危险，已下病危通知书，丈夫不在，交给她婆婆，现在需要输血，但家属说没钱。你是她什么人？我是她丈夫单位的，我来看她。护士说请你转告陈顺良，若不赶快拿钱输血生命很危险。旁边坐着个老太婆听说我是她儿子单位的，她立即跪下，放声大哭，叫我想办法救她媳妇的命！我安慰她不要急，我马上叫医生给她输血，我找到主治医生说，我马上去拿钱，请医生去给她输血，医生同意。我走出医院想，到哪里去找钱呢？信用社贷款没希望，春节刚过不久，各家的钱用完了，又是春耕季节，肥料，种子都要钱。我站在那里苦思闷想，实在没办法，救人要紧，痛下决心。急步赶往猪牛市场，走到了猪牛市场，卖猪的人多，卖牛的人很少，市场上只有两头小牛和一头母牛。买牛是因为正是春耕季节耕田。专门买卖牛的中介围了过来说，张经理今天堂堂大经理怎么到这儿来？我说我要卖一头牛，去年才'满牙'，已教好耕田的壮牛，你们看值多少钱？几个中介用惑疑的目光看着我说，你逗我们玩的。我郑重地说是真的。你牛在哪里？我说在家里。是什么牛？我说刚'满牙'，教会了耕田的壮牛。你们说值多钱？有说七百的，有说七百五十，有一个说八百。还有谁出高的？没人吭声，我指着一个出八百的说，你带有现钱吗？那人说有。那你跟我走。那人说我出八百是最高的，但我要最好的牛。我说我们去看，如牛不好你各自走人，你可以找一个你信得过的中介跟我们一起去。他叫了一个同姓陈的中介跟我们同去。在路上我跟他商量，你先拿三百元给我，我有病人急用，牵牛后扣除。那人说我牛都没看到，怎么就给钱呢？我说还有这位姓陈的同志作证，我可以写个借条给你。姓陈的中介和张经理认识，就说他是镇企业经理张经理，你放心。他看到中介都这样讨好我，他给我三百元。我到医院收费处对收费员说，我先交三百元，我在天黑前把钱交完。走出医院后我们三人翻山越岭，在路上我心里五味杂陈，我这经理如此无奈到这种地步……中午到了我们家山坡下，看到父亲正在赶牛耕田。我们走到田边叫了声爸，他回过头看是我，面带笑容地说：'你回来了快回家吃饭，吃了饭来接着我耕田，今年争取把我们家的田全耕完，明年我们家就不缺吃的了'。我跟他说我把牛卖了，他看了我一眼不相信。我又重复一遍说真的，他大声地说你真把牛卖了，我说是。他狠狠地瞪了我一眼，突然气愤地把牛鞭狠狠一扔说：'你不管我们一家老小吃什么，不管我们死活'，他越说越生气，最后骂道：'不孝子你当官了给我滚！滚得越远越好！永远不要回来'！他无可奈何地走上田坎，满腿稀泥，气冲冲爬坡走了。我望着他爬坡的背影，我无限地痛苦和伤心。我还是叫买牛的人把牛牵走了。他把五百元给我，我拿着钱没往包里揣。站着看到家的屋顶，我断了父母他们的生计，我太没良心了，眼泪簌簌地流。我是回家给他们讲清楚呢？还是就这样走呢？我给全家带来这样大的痛苦和困难，脚不由自主地往家走，走到晒坝边，父亲看到我，他转身回屋去了。我如果找他说明他会更生气，我只好走进厨房，跟母亲说清楚。母亲看到我进去就说：'儿子你把牛卖了，不种田我们全家吃什么？你拿回那点钱，还不够一家人零用，今后我们生活怎么办'？我跟她谈了为什么要卖牛后，妈的口气有一丝同情的语气，说你撑得起那个公司吗？我说我丢不下跟我打拼的弟兄，他们也靠公司的工资养家活命。你丢不下你的弟兄，你丢得下我们吗？'妈，我深情地叫了一声妈，说我会想办法把公司的账收回来，还上我们的牛钱，春耕的事今天我就找我表弟他牵牛来我家耕田，我付他工钱。家里的事我会安排，我马上回公司去，希望你们二老保重身体'。妈说：'儿子你要是在外面撑不住了，回家来种地吃孬点，人家能过我们也能过'。我出家门时妈看着我走下山，但我没看到父亲的身影。"

　　中民又端起酒杯说："你这举动可歌可泣，充满感情，充满仁爱，可以写成文章，让弟兄们看看"。中民眼眶湿润，一口把酒喝了。张经理也端起酒杯只喝了一口，他好像还没从那个伤感的情绪中走出来。他又接着说："我想起那些拖欠我们款的单位和个人就生气。就是峪山村旁的大桥村的朱富贵，他欠我公司二千五百多元。本来我不会赊那么多的肥料种子钱给他。是前年春耕时，他们村长李民生病了，委托他代表村民来公司买肥料，种子，一共四千五百元。他只带了二千元，他说他一定在一个月内还款，写了欠条。实际上村民也可以自己来买肥料，种子。但村民说山高路远车子运费太高。他们集体来买一车全村的种子，化肥，一车运完，少很多的运费。量大我们还可优惠百分之三。我们也有自己的盘算，村民赊账是难免的，如村民各自赊款，我们收起欠款来，面对很多赊款户。如一村一个人来代购，我们只针对一个人收款，这样少很多的事。朱富贵欠款二千五百元当年年底都未还，他说村民欠款没收到。又过去半年去催收欠款还是说没钱。问村民都说款交清了。到去年底我带了会计员一起去，走到他家门口一看，一座新砖墙房，上下各四间屋，在村里显得特别气派。我一下气就上来了，我敲门，一对老夫妇牵着孙子出来。我问朱富贵哪里去了，回答说他们出去打工没回来。我叫会计员把欠条给他们看，他们转身想往屋里走，我拦住他们。他们说没钱，我说这新房是天上掉下来的？他们不吭声。我生气地说：'我给你们十天时间，如再不还清欠款，我拆你们的房子'！说完转身走了。第十一天我们又去，我们敲了很久的门，还是那老头把门开了一条缝，哭丧着脸说还是没钱，就把门关了。第二天，我叫了七个身强力壮的职工，拿着工具又去敲门。他们不开门，我叫工人把所有的门给卸下。两位老人出来，我还没看清楚他们的面孔，扑通一声跪在地上磕头说，不要拆房！我气愤地说，没钱磕头也没用！我叫工人上房去把猪圈牛圈的瓦全部揭了，把一头牛牵走，把两条肥猪都抬走，并告诉他们，年前必须清账，否则腊月三十天我来拆房。两位老人跪在地上，边磕头边哭，不要拆他的房子。我没理睬他们，转身就走了。我们把猪，牛赶到市场去卖了一千五百元。腊月二十五那天，朱富贵拿来一千元清账，他说要我们把门安好，把瓦盖好。我说你欠款我们一年半，损失多大，光利息就该四百元，你知趣把门拿回去，自己把门安装好，把瓦盖好，他看我口气这般强硬，没法只好把门扛走了"。

中民带着幽默的口气说："你还是没黄世仁的狠劲，没爬上房把他们住房的瓦也揭掉，让他们有家不能归"。张经理说："不能那样做。如果把他家住房瓦揭了，雨水把室内家具和房子泡坏了，那损失就大了，远不只一千元损失。猪圈，牛圈本身都是石材做的，地板不怕雨水，又没有猪，牛在里面，没损失"。中民说："你考虑得很周到"。张经理说："干这些事肯定要考虑周全，要是有一点差失，就不是小事"。张经理慢慢地端起酒杯喝了一口，接着说："收债还是非常危险的事。就是在年前腊月间的事，过年本是愉快的节日，一家人一年辛苦，希望过年轻松愉快。因此负债最怕的是收债人这个时候上门讨债，收走了一家人一年辛苦挣来的过年货，破坏一年的欢快。所以春节农村人都把腊月三十讨债看做最难受，最难接受，不吉利的事。如果有偿债能力的人会在腊月二十三日送灶王菩萨前把账还清。所以我们也要利用这种心态，趁那个时候讨债成功率高。去年的腊月二十五那天我们也是到大桥村收一个叫王顺成的烂账。他多年累计欠我们化肥，种子钱几年加起来共有六百多元。为什么前几年要连续地赊账给他，每年春耕时节买化肥，种子时很多人都付不清货款。他又不断求情，看他那么穷，想到若赊给他，也许他今年收成好，能还清老账的侥幸心理。又想到过了播种时节，没下种他们来年吃什么？想到这里心软了。这两年他家孩子大点了，生活条件好些，所以年前我们就去收他的旧债。她老婆是全村有名的泼妇，我们害怕发生什么不测。我们商量去了六个男人收债，进行了分工，两个力壮精明的人专门负责观察动静，另外四人专门搬运值钱的物品。走到他家门口，看到三间茅屋和两间猪圈，两个猪圈里养了三头猪，围着房子又转一圈，没看到什么值钱的物品。我们敲门，他老婆一头散发的出来，另外三个不同年龄的孩子都坐在地上，光着脚，望着我们。我问她欠的六百元钱好久还？她说她没钱，她还放狠话说，要人我跟你们走。我说我要人干啥呀，我还要供你的生活，我们只要你还钱，要不然把你家值钱的东西拿去抵债。她说除三条猪外其它什么东西都可以拿走，连这三个孩子都可以抱走。我心想你这话真混！我看到她不肯给钱，我叫四个人去猪圈把一条肥猪和一条母猪从猪圈拉出来。她马上跪在地上边哭边说，你们不要拉走我的猪呀，那猪是用来换粮食的，你们拉走了猪，换不了粮，我们吃什么呀？三个小孩也大哭起来。没吃的我们全家怎么活呀？不死也是死，她冲进厨房，拿起菜刀，直奔猪圈。两个观察动静的人立即从后面追上去，把她按在地上，把菜刀夺下。她在地上打滚哭闹。我叫他们四人抬走两头猪，留下一头猪。我们二人监视她，害怕做出过激的事来。我们谁也没理睬她，她在地上打滚哭闹，一会儿没哭了，但仍在抽泣。我去扶她，她一甩手站起来进屋去了，我也跟进去。她坐在板凳上哭，我站着跟她讲，我们公司目前的困难：因为账款收不回来，没钱给工人发工资，有的职工半年都没领到工资，没钱买粮没饭吃。有的职工家属在医院等工资钱付医药费，孩子上学要学费，你替我想该怎么办？她渐渐地没哭了。我说我看你仓里还有粮食，如果以后没吃的，我会给你想办法，明年春耕时，我还会赊化肥，种子给你。这两条猪卖了可能够六百元。多余的钱我会退给你，明天我送一腿猪肉给你们过年。我看她情绪稳定了，我们离开了她家，回去后到市场上买了一腿猪肉，第二天我叫人给送去＂。小勇醒来静静地听着。

中民又给他泡上茶说：＂张经理，喝点茶。这件事你真是软硬兼施，动之以情。是我就不会这样安慰她，借债还钱，杀人偿命，天经地义＂。小勇插话说，＂值得同情＂。张经理说：＂其实她这么穷，我也于心不忍。但是这些钱是我们员工的生活钱，救命钱，不能因为欠职工的工钱导致严重后果，我又怕在讨债中逼出人命，你们说我该怎么办呢？我的心也在痛苦中煎熬，这些事把我炼成像财神，又像黄世仁＂。中民问：＂打工的工资都是项目按完成的工程量计算工资，与收货款没关系＂。张经理说：＂我们公司下面的几个分公司，资金是相互流动的，没有专用资金。我们给工人的工资是年终结算。平时项目结算的资金到帐后，除了职工的生活费和急用的预支款，剩余部分资金用来进货，到年终时又把收回的货款作工资，支付员工年终结算工资，这样周转流动＂。＂啊！原来是这样。那生意上的利润啦＂？＂我们生意都在镇上。乡下人很穷，消费水平很低，商品定价较低，相对利润率很低。除去经营成本利润很少，利润除去公司管理费用的开支外，还有极少部分坏账收不回来，抵销了部分利润。还有就是揽项目联络往来客户的招待费，剩余的作为扩大再生产＂。中民说，＂抱歉，本来我没资格问这些事＂。张经理说：＂没关系，我们也想公布这些账目，让弟兄们知道他们辛苦挣来剩余的钱用到哪里去了＂。中民站起来举起酒杯对张经理说：＂听了你讲的这些事，我心里非常感动。为企业沥尽心血，感谢你＂！他一口把酒喝尽，张经理也端起酒杯一饮而尽。中民又给张经理斟满酒，放在张经理面前。张经理说：＂这些事比起收单位的欠款算不了什么。我收单位的欠款又当乞丐又当黄盖，令人啼笑皆非。因为这些款项数额大，涉及关系复杂。讲出来增加你们对我工作的了解，对我们之间的关系有所帮助。那是前年十二月十三日，我们和日丰纸厂定有合同，是我们长期客户。合同规定甲方即厂方，乙方为我们公司下面的多种经营部。根据合同规定，乙方应甲方要求，保证合同规定中物资的质量和数量的供给，按甲方的要求将货运到甲方指定地点，经甲方验收以市场价格收购。甲方收货后根据甲方财务支付能力，在三个月内分期付货款给乙方。但是甲方每次货款都没全额付清，多年的债务积累，甲方已欠我们七万多元货款。我们公司流动资金枯竭，公司的债主逼债很紧，资金运转极其困难。我们公司会计员多次上门收取日丰公司债款，欠债企业都说没钱，只好我们公司领导亲自出面收债。日丰纸厂由于业务关系我去过几次，这次只好我又亲自出马。那天我赶到纸厂已是下午三点多钟。我直接到了财务室，看到一位二十多岁的小姐在做账，其它办公桌都没人。我向她说明了来意，她很礼貌地给我泡了杯茶说，目前我厂银行账户没有钱，现金也极少，我说我想见一下你们主任，她说他在厂长办公室开会，你坐会儿。她递给我一份人民日报说，同志你先喝茶，看一会儿报纸。过了一会儿还是不见主任来，她说我去看一下，她锁上保险柜出去了。一会儿她回来说，他们在开一个重要会议，还要一个把小时。会完了以后主任来叫你到厂长办公室去。唐主任吩咐为了取信于你，可先把银行的账单给你看一下，不然你怀疑我们推诿。我说不必要。我的眼光盯在报上，但我心思却在揣测他们是不是在研究怎样对付我，叫我在这里坐冷板凳。同时我也在思考用什么语言来打动他们，相信我们公司的困难。过了约一个多小时，唐主任进来招呼我说，对不起让你等这么久，小苏你把银行结账单和账本带上，把张经理公司的往来账户科目也带上，我们一起到厂长办公室去。他对我说请，我说你前面带路。到了厂长办公室，李厂长站起来指着身边的座椅说，张经理，这里坐，我坐在厂长旁边。会议里有六个人，他指一个小伙子说，这是我们财务科专门收款员小袁，又指着一个小伙子说，这是我们销售科代主任，我们刚才开的办公会议就是研究我们厂目前的财务状况。他指着出纳员说，小苏你把目前我们银行帐户和现金账户说一下。小苏拿起账本说，我们银行帐户昨天下十七点钟账户余额六百三十元五角，我们公司现金现在为止二百五十元三角。她又拿起账本说，我把到今天为止所有的账务登记完，应收款为十一万七千六百五十六元八角五分，应付账款为九万一千七百一十三元二角，包括张经理公司应付六万六千一百七十元货款。唐主任补充道，不包括成品半成品折算款和材料库存款，账面经营效益尚可。但销售较为困难，李厂长又指着销售主任问销售情况。销售代主任说今年销售困难，我们厂成品积压很多，看是否降价促销或赊账促销。开会人员你看我，我看你，最后把目光转向李厂长。李厂长听完汇报，沉默良久说，张经理你刚才也听到了，我们厂目前资金确实紧张，拿不出钱，很抱歉，我们尽快抓紧收债，还清你们的债务。我看你这次又要无功而返了。我马上说李厂长开恩，我们公司职工几个月没发工资了，那些卖竹子农户什么样的人都有，又要过年了，要是年前不付他们的钱，不知道他们会干出什么名堂来，我这小命到时能否保住都成问题，请厂长千万开恩，办公室所有人都沉默。李厂长看到没人发言就说，张经理你回旅馆去休息，我们再研究一下，想想办法。他站起身来意思是送客，说，张经理慢走"。

　　"我走出了办公室，在回旅馆的路上，越走越觉得不对劲，猜想他们是在忽悠我？欺骗我？是不是我有什么不妥的地方？不礼貌的地方？礼数不到位？心里生起了好多疑惑。我摸了一下荷包，里面装有请客的六百元。我盘算买点礼品，到了商店转了几圈。钱只有那么点，高档的礼品买不起，买一瓶五粮液酒，一条红塔山香烟，花掉四百二十元。又买了一些水果，花二十多元。肚子饿了，我在路边摊花八毛钱吃碗小面。八点多钟，我敲响了李厂长的家门，当然这不是第一次。他不知道我要登门拜访，一身旧便装，惊奇的目光认出我，相互客气了一番，礼貌地请我进屋。我顺手将礼物递给他，但他这次无论如何不肯收礼物。我心想，这次的礼物并不比以往礼物价值低。我猜想，是不是收了这份人情后，为我办事有什么难处。我又郑重地说，今天来是以老朋友身份来看望你，不谈公事。他看我说明来意，又如此诚恳，他收下了礼物。随后坐下闲谈，谈到他的家事，又谈到当前社会，经济，不自觉的谈到他们厂现况。我也谈我们集体企业的现况，今后的打算，但只字未提货款的事。屋里电话铃响了，他进屋去接电话，电话里说了些什么听不清楚。出来后他对我说明天你见一下黄副厂长，今天下午她从广州回来，你认识她，前次来时在我办公室见到的那位三十几岁，相貌姣好的女同志就是黄副厂长，住在我们斜对面。我说有印象，接着又闲聊了一会儿，我看时间不早了，我告辞回旅馆"。

　　"回到旅馆感觉困倦，关掉灯躺在床上想到了我的公司。我们公司要是国企多好哇，有依靠，可以找上级诉苦要钱。我们集体企业无依无靠，求助无门，我们的职工五个月以来，只给了点生活费，没发工资。干事小陈母亲生病，他两次卖血凑药费。办公室主任小黄妻子生病，无钱住院，买点药吃，躺在家里，下面的员工更不用说。遇到困难，只能把家里值钱物品或把猪牛卖了，甚至是把口粮卖钱渡难关。还有公司欠供货客户的钱，这些债主随时需要资金应急，到时候他们会采取什么过激的手段向我们讨债不可想像。当地因为收债发生过多次过激行为，如果我这次收不回款，我真是不敢面对这一切。我越想心里越像油煎一样，翻来覆去，心发慌，身子发热，我翻起身坐在床上，双手趴在床前桌上，托着头。桌上有一口自鸣钟，夜深人静，嘀嗒嘀嗒的钟声好像是一群愤怒的讨债人，愤怒的脚步声，一步一步地向我逼近，那气势，我将被愤怒的债主撕裂吞没。我突然怨气冲天，我为什么不去把我的债主撕裂吞没呢？如果我把他们撕裂吞没我还有人性吗？我反复自问，沉默良久，忽然想到人性，跟她下跪，能触动她的同情之心，效果会更好，我只剩下这一招了。如果明天我到办公室给她下跪，万一突然闯进第三者，看到那样的场景会变得复杂化，男人跟女人下跪，我的脸面丢尽事小，万一引起其它猜疑，事情变得复杂，同时她会觉得尴尬难以接受，失礼逼人太甚。还是明天晚上到家去求情的办法较为妥当。确定主意，顿感疲倦，醒来时已是上午十点钟。疲倦散去，但打不起精神，到公共澡堂去洗了一个澡，身体轻松，但心里空虚。思考到人家家里去，总不能空着手去，摸遍了全身荷包，一共有一百六十元。留下二十元住宿费，留下三十元生活和回家的路费，剩下一百一十元。到街上漫步寻找礼品店，到一家文具店给她女儿买了点好看的学习用具。到县级市街上最好百货店，心想她才三十多岁，我给她买了盒最好的化妆品。我不知她穿多大号什么面料的服装，店里正在卖鄂尔多斯纯毛毛毯要一百元。计划礼品钱只剩九十元了，我只能在生活费里省下十元钱，忍痛地买了床毛毯。提着礼品无目的在街上漫步。这个县级市街道仍是老街道，小青瓦屋面，穿斗木结构平房，连结成两边街坊，看出来原来都是民居。近来人口增多，商机增加，民居改成前店后堂，商用家居一体式，店铺经营各种各式日用品。有小食店，走过几条街到了最热闹的市中心，有大商场，有电影院，副食品商场，杂货铺，糖果烟酒公司，但都是一层的砖墙平房。我无心去浏览，也无心观赏，肚子咕咕地叫。才想起我还没吃早饭，今天节省一餐，到摊上买了瓶矿泉水边喝边走。走过了市中心，又过了农贸市场，到了河边，找个树荫坐下。视线开阔了很多，放眼望去，河对岸的农田，远处的山，好似又到了乡下，离开了闹市，也远离繁忙，压力，紧张的办公室，恬静而轻松。边喝水边眺望，身体不自觉地靠往了树干，仰望蓝天，自觉轻松悠闲，全身无力，瘫了似的，肚子咕咕地叫，忍受着。已过了中午，但不想离开，遐想在脑子里一幕幕闪过。再过十来年，孩子长大成家立业，自食其力，我还是回到老家，自耕自吃，农活的间息，坐在半山腰的田边也享受这样悠闲的时光，不知不觉太阳偏西，我该回旅馆去了。在回去的街上小面馆吃了一大碗面条，饱餐了一顿。晚上八点钟，我敲响了黄厂长家门。一个三十多岁的女人，一身得体的黑色服装，丰满的身姿，透露出中年女子的韵味，我目光不敢停留在她身上。她一看是我，礼貌地请我进去坐坐，她的女儿珍珍坐在沙发上看电视。我把礼品放下说：'黄厂长，我从未拜望过你，我早应该来拜望你了。由于事多没时间，我们都是合作单位，今后望黄厂长多关照，快过年了，这点意思请笑纳'。她看到包装上鄂尔多斯纯毛毛毯说，这样贵重的礼品，我哪里承受得起。我说感谢你对我们公司一贯的关照，这点东西，不成敬意，请一定笑纳，要不然我没脸见你。她递过一杯茶说请坐，我接过茶杯，问李老师不在家？他说我老公到上海出差去了，还有几天才能回来。黄厂长对女儿说，珍珍你到屋里去看书，我和张经理谈点公事，珍珍进屋把门关上。她说张经理你怎么白天不到办公室来？我说，白天有点事。说完我扑嗵一下跪在地上，她腾地一下从沙发上站起来，惊慌失措，语无伦次地连说：'这！这！这！怎么啦？快！快！快起来'！我说我代表企业全体职工给你磕头了，我连磕三个头后站起来坐在沙发上。她面红耳赤地对我说：'我知道你们公司没资金很困难。今天李厂长跟我商量好了，我们账户确实没钱，我们库房里存货有很多，近段时间货不好销售，明天你和我们一道到几个纸业批发文化用品公司去销售，是现金，你直接收，是支票，收款单位直接写你们公司名称，你们公司的开户行和账号。原来我们一直对口销售给印刷厂，几家印刷厂都欠我们不少的货款，我们再供货给他们也拿不出钱，越陷越深。我们明天销售一定找另外的公司，要对方付现款。哪怕我们降价百分之五十也要现款'。我看她说完了，再也没发言。我为刚才的举止感到尴尬，也说不出话来。她递过一杯茶，我接过喝了一口，说谢谢黄厂长的安排，我明天一定准时到你办公室。她送我到门口，我说黄厂长请留步"。

　　"第二天八点钟，我赶到她办公室。黄厂长说你坐一会儿，工人现正在装车。过了约半小时，销售代主任来说车已装好，可以走了。黄厂长说张经理我们走，我们一起到了库房门口，一辆大货车停在那里。代主任叫三个搬运工上了货车，我们上了面包车。到了鸿运文化用品公司，找到销售科一位二十多岁的男业务员。他告诉我们，他们只管销售不管进货，你们到二楼找业务室陈主任他管进货，听口气有推辞的意味。我们到了业务室门口看到陈主任正在接电话，招呼我们等一会儿，我们站在外面等了几分钟。他接完电话出来问我们有什么事，代主任讲了我们来的目的，他说快过年了，大家都忙着收货款。印刷厂过年的各种日历年画已印刷完毕，不需要什么纸张。代主任说我拉来一批纸张你去看看，如需要降低价格，我们可以商量。他听说价格可以商量，就说那我去看一下。他上车看了样品纸张，说有三种纸张可以考虑，不知价格怎么样。代主任将三种纸的价格告诉他，他说确是市场价格，他又说目前是淡季，价格还可能下降，你们是赊账还是现钱。代主任说我们要现钱。他说过年了，目前各企业资金都紧张。像我们这样经营销售的公司没有固定资产作抵押物，银行根本贷不到款，逼急了只有向私人公司借款，就是高利贷，年利率都在百分之二十五以上，这样算来你们价格高多了。代主任说我们也是急用资金，要是到明年四五月份生产旺季，原料价格还可能上涨百分之十至二十，现在是逼急了才贱卖，在市场价格的基础上忍痛降百分之三十。他说你这个价格刚够高利贷利率，高利贷是以月为期计，一月以后利滚利，如果你降百分之三十五可以考虑，黄厂长说可以，我图个回头客，你赚到好处，不要忘记我们。那你定个数量，他用笔写了一个数，计算共七千三百元。代主任问是现在交款卸货？他说还要去找私人贷款公司，最快也要明天才能拿到钱。代主任说那我们明天一定把货送来，如果明天把货拉来你们不要了，我就白跑一趟，他说这样，我付五百元订金，你打个收条，代主任说可以。代主任给打了一张收条。他拿过条一看说，把车辆的车牌号也写上。代主任说行，他付五百元，收好了订金条，我们第一笔交易完成"。

" 我们从鸿运公司出来，已是十二点钟。黄厂长说，找个餐馆吃午饭。代主任说餐馆吃饭至少一小时，我们时间紧，我到包子店买点包子，每人再买瓶矿泉水，我们边走边吃。黄厂长说这办法很好。我说我去买包子。黄厂长说还是小代去买，他人熟地熟。我说谢谢黄厂长。到了下一个公司群益文化用品公司门前，几辆面包车和几辆货车停在公司门口。我们进去看，很多人围在财务室门口。小代前去打听，到了财务室门口只听里边一个男士气愤地说，我们来过不下十趟，都说没钱，我们今天找你们清账！今天不拿钱清账，我们就把你们公司值钱的东西拉去卖或典当，至到典当款够清帐款为止。另一个男子也高声说你们拿不出钱，就把房产证拿去银行抵押贷款。里面乱哄哄的，代主任回来跟黄厂长说，这些人都是讨债的人，我们另找一家。他们叫司机开往南门锦程文化用品公司。到了南门锦程文化用品公司门口，门前又停了几辆小型货车，门口有十多人在排队。代主任又上前打听。我往队伍前面一看，看到排队有一个亲戚表弟也在排队。我走过去说你怎么也在这儿排队呀，表弟说表哥你好，近几年每年这个时候都来这里排队，提上半年订的货。代主任问你排队买什么呀？我提过年卖的年画，挂历，台历。代主任问不是其它公司都有吗？他说其它公司的年画，挂历，台历版本都是抄袭他们公司过去的图案，只有这家公司有自己的印刷厂，有自己的设计人员，每年都是不同的新版本，新颖好卖。这家公司今年的版本，就是其它公司明年卖的版本。你想新年就一次，谁还挂去年旧图案的年画，挂历。过年了，平民百姓家多花几块钱买个新花样也不在乎，新版本好卖，利润高，所以大家都来这家公司提货。啊，原来如此。我们是来推销纸张的，你忙，过年来玩。代主任回去跟黄厂长说，他们都是提货的，他们说都是上半年订的货。黄厂长说这家公司是个买主。我们三人从侧门进去，看到里面来去匆匆的人，忙碌着。到了业务室门口，看到室内五个人正在商讨什么，其中一位穿工装二十岁的小姐看到我们问，你们干什么？我们说明来意，她进屋去跟一个男子说些了什么，那男子叫我们进去，挥手示意我们坐下。我在沙发上坐下。小姐给我们每人泡了一杯，茶放在面前的茶几上说，请用茶，请问你们销售什么产品，有样品，有现货吗，代主任说我们销售纸张，样品就在外面车上，看好样品订货后，货在仓库里，你们可派车与我一道去拉货，或者我们可以送货上门。那人说我们先去看一下样品，他们到车上看了样品，看中五种产品，带上样品，他叫我们到办公室去谈。我们三人跟他进了办公室坐下，他拿纸和笔写了一张单子交给小代，说这些产品你报个价。小代填好价，把单交回给他。他说你们产品质量过得去，价格也是市场价。你们知道目前纸张市场供大于求，刚才我们正在商讨有几家供货商开出的价格，他们愿在市场价的基础上最多降价百分之二十五，如果你们能降百分之三十我们就进你们的货。黄厂长说我们的产品质量好，成本已是市场价，降多少就赔多少，目前我们缺资金，才赔本卖，我们最多也只能降百分之二十五，要现钱。他说你们这个条件，全市所有文化用品印刷厂商都满足不了。他打电话叫小张来一趟。一会儿一个四十岁左右的女同志进来，他把价单给她，她用计算机算了一下说，我们最多只能付到百分之七十货款，剩下的要明年三月之前才能付清。沉默了一会儿，黄厂长说货款清算事项可以接受，价格你们意见如何？他瞧了另外一位老同志，老同志点了一下头，他说我们成交。他说先把车上的货卸下，我们付现金，另外的货我们派车一道去提货。另外百分之七十的货款，验货完后支票支付，财务的同志跟车去，欠下的百分之三十货款立下欠条。出来后黄厂长对我们私下很高兴地说，这是一笔大单，共计三万五千三百元，首付百分之七十在目前的销售市场现况下也是很高的比例，价格也比第一单高百分之十，虽然没什么利润，也能收回了成本。锦程公司连夜运走了所购货品，想来他们是急着用"。

　　"第二天我们又出去销售了几单货，我这次共收回五万元货款。临走时特别到办公室感谢李厂长，黄厂长，我说感谢你们救急之恩，今后你要什么原料来个电话。这五万元，年关基本够开销"。中民端起酒杯说："张经理，你的经历太动人了，为公司付出太多了，难为你，我们共同干杯"。张经理端起杯说："我每每回想起这些事，心里有难于言表的滋味"。他缓慢地喝了几口酒说："小勇你去叫服务员重新泡几杯好点的茶，今天我们有时间，难得这份闲心，我们慢慢地聊"。中民说："说实话，张经理你不讲出来，只看你表面风光，实际你心里艰难屈辱"。一会儿服务员端了三杯龙井茶放在面前，中民说："张经理，我们酒也喝得差不多了，喝点茶清心"。张经理喝了几口茶，心情轻松了许多，但他没说话，看样子还没从屈辱伤感的情绪中走出来。中民说："张经理，你把你经历的艰难和屈辱都讲出来，你今后不管你怎么批评我们，甚至骂我们，都理解你。我们不生气，不埋怨，你是我们的好领导，衣食父母"。张经理心里得到了安慰。

　　中民说："我们谈点其它的吧"？张经理说："没关系，我们多多交流，加深了解，对我们干群关系，对今后工作会有好处"。小勇一直睁大眼，聚精会神地听，也感动地说："真精彩感人，我刚踏入社会，听这样精彩的经历受益非浅，张经理是我的老师，请张经理多教导多指点"。张经理说："下面我讲当黄盖的经历，你们可能不理解我自讨苦吃，自讨屈辱"。小勇高兴地忙过去给他掺茶水。

　　张经理说："我们下面的食品贸易分公司，是改革开放后组建的公司。跟市里最大的食品公司，长生食品公司有长期的业务关系。这个公司是个地方国营公司，公司下面有糖果糕点厂，酿酒厂，我们供应他们的高粱，稻谷，玉米，黄豆和一些杂粮。由于他们摊子大，资金周转量大，下游客户经营好坏参差不齐，货款拖欠很多。前些年由于是地方国营企业在银行贷款比较宽松，积累了很多银行贷款。这几年公司效益不好，负债率高，每年还利息都很困难。由于银行改革逐步商业化，给他们的贷款大量减少，资金紧张，多年积累共欠我们公司货款六万多元。他们是我们长期往来的合作单位，他们资金的确很困难，压缩各项开支，只保了职工工资。我们会计员去多次收款，他们也把银行账户单都摆在桌面上，让我们看，证明他们资金困难。那还是去年十二月，我们公司资金也极为紧张，你们知道我们是年终工资清算制，平时只给员工生活费和救急钱。员工们一年辛苦劳累，一年望到头就是年终工资结算钱，你们说这资金对我们有多重要，压力有多大。有天晚上我睡在床上想怎么办？！他们公司职工还可领到工资，我们连工资都不保。我们和长生公司多年业务关系，又不能与它撕破脸皮。突然想起我小时候看过连环画三国演义，书中周瑜打黄盖的故事，我想出了用苦肉计来感动他们。第二天，我找了办公室几个同志商量，谈了我的想法。他们都说这样太糟踏人了。我说在当前形势下还有什么办法？有人说我们去拉他们公司的糖果酒来卖，我说这样强行地干，会伤害感情，今后我们还要合作。另外我们没有食品仓库，糖果放在什么地方？卫生条件差，虫鼠侵食怎么？温度不能控制，还要腐蚀霉变，损失更大。这些企业没有什么值钱的设备，那些厂房和仓库都是平房，产权不明确，又没有房产证，既不能转让，也不能抵押。讨论了半天没想出办法，最后同意我的办法。只是委屈我，我说我是经理，企业的头，也是企业的责任人，没办法，商量好明天一早职工没上班前行动，一定严格保密，具体事项由李主任负责"。

"第二天九点钟，我们的汽车到了长生公司大门口，一个穿制服的保安把我们的车拦住，不准我们进去。坐在司机旁边穿工作服的李主任对保安说，我们绑了一个造谣生事的家伙，说你们公司谎言坏话的人，交给你们领导处置。保安听说绑了人，立即上车查看，看到一个手脚被绑着坐在货箱里一脸无奈的中年男子，还穿着一身工整的衣服，四个穿工作服的男子守着，满脸怒气，手里没拿凶器。他下车来问李主任你们要找谁？我们要把他交给你们经理处置。保安说，这样绑着去不太好吧。李主任说，就这样好，我们把他抬到你们经理办公室，当着你们经理的面戳穿他的谎言，坏话。松了绑万一他狗急跳墙，打人怎么办？保安想也对，他在前带路，把车开到停车场。四个人把张经理抬着走进经理办公室，后面还跟着几个员工看热闹。财务陈主任正在经理办公室开会，罗经理一看抬着一个人进来，仔细一看还是张经理，心里跳得厉害，心想：'一定有什么变故'。他看到门口站着很多职工，他马上到门口挥着手说：'去！去！去！看什么热闹？各自上班去'，驱赶围观的员工。还没等罗经理开口，李主任说：'我们一年来至今没领到工资，只给了员工的生活费'，指着穿工作服的小陈说，他的母亲生病无钱住院，至今仍躺在家里。又指着小黄说，他妻子生病没钱治病，靠卖血买药吃，不敢去医院就医。又指小蒋说，他家两位老人，人老不能下地种庄稼，靠他的工资买粮吃，没钱买粮没吃的，只好离家到东北他姐那里去。又指小孙说，两个小孩上学，由于拿不出学费辍学在家，误人子弟。他愤怒地指着张经理说：'就是他当经理，一年来我们工钱没发放，没有救急钱，疾病困苦折磨我们'，满屋开会的人看到他们四个人低着头眼里含着泪，他又指着张经理说：'他多次申辩说，收不回来你们货款，没钱给我们救急钱发工资，我们大家都说他在撒谎，你们这样大的国营公司，那会欠我们这点钱，他一定是撒谎，诬蔑你们，把钱拿去找野婆娘去了，他的谣言毁坏你们商业信誉，给你们脸上抹黑'，李主任他们四人捋起袖子，握紧拳头想打的样子。罗经理他们赶快上前拦住说，同志不要激动，坐下来我们慢慢说。李主任气愤地说，我们才不跟他这样的人说话，今天我们把他送来让你们好好地治治他，这样的经理我们不要了！语气里充满了愤怒和仇恨。财务陈主任嘴动了一下，还没发出声音，罗经理马上制止了。会议室里的各种眼神互相观望，李主任他们四人丢下张经理，气冲冲地走了。罗经理和陈主任马上给张经理解开了绑绳。叫他坐在沙发上，陈主任递过一杯茶。罗经理说，真是对不起，由于我们的原因让你受如此大辱。我说，我能面对，我喝了几口茶。罗经理又说，在这里住几天。我说，不行，我已无地自容，有何颜面。罗经理又说，吃顿饭休息一下压压惊。我说，不用了，心情不好，吃不下什么东西。我们开车送你回去。我说，我不回去，我到我乡下姐那里去避避风，静静心。那好我们送你到车站。我说，不用了，没多远我自己去。我又喝了两口茶出门走了，罗经理送我到门口，一星期过后他们给我们汇了五万元。后来听说为此他们公司员工那个月工资只发了一半"。小勇激动地说，"太动人了！太动人了"！中民说："张经理喝茶，你这样忍辱负重，受尽屈辱，公司应该好好地嘉奖。今年我去提议每年奖励你一万元，成为全乡第一个万元户富翁"。张经理说："一万元哪里够用呀？现在我每年都是两万元奖金还不够花"。小勇睁大了眼睛"哇！那你银行里存了好多的钱啊！你老婆该多高兴呀"！他平静地摇摇头说："千万不要让我老婆知道"。中民说："那你票子肯定发霉了，一定要放好，不能让老鼠给糟踏了"。他依然微笑地摇摇头，中民和小勇不解地对视了一下，中民盯着张经理说："在领导面前大不敬地开个玩笑，是不是把钱拿去养小老婆去了？我一年的工资才剩下千把元，二万元该养多少小老婆"？他哈哈大笑说："我都不知道养了多少老婆，包括你的老婆"。中民睁大眼睛，心里有点醋意，但不便发火，说："我还没老婆你养谁"？张经理说："你们这些员工经常打电话给我，叫我拿钱给你们老婆，每次都在我这里批条子拿钱"。中民说："那是他们的工资钱呀"！张经理说："是我给的项目里找的工资钱呀，要是没有项目你们在哪去挣钱养老婆呀？拿项目不容易，社会上那么多包工头，凭什么把项目给你？是凭关系！拉关系就要多交际，多交朋友，交朋友就要往来，交际中求人家办事还要人家花钱吗？不是喝杯茶，吸根烟那么简单。你在社会上跑了这么多年，也知道一些。但具体的情况，深层次的交往，你可能就不知道了。现在刚开始改革开放，很多制度还是沿用原来的制度，很多费用根据现行的财务制度是不能报销的，如吃饭，烟酒，还有礼品，所有与公事无直接关联，不符合财经制度条款的开销都不能报销"。中民问："还有其它办法吗"？"那就是开假发票，财务入账报销。法律规定，开假发票是贪污行为，贪污累计四百元要起诉劳教，累计一千元劳改一年，累计一万元劳改十年，这样的严惩，谁还敢干？你想吃顿饭要一二百元，高级点的餐馆三四百元，买瓶茅台酒至少一百五十元，买瓶五粮液一百二十元，送一次礼就至少也是三四百元。过年过节，还有关系户领导生日，婚礼，红白喜事，都得应酬。我们公司有多少客户关系，还有上级领导检查工作吃顿饭应该的吧？执法部门检查相关法规执行情况，喝口茶应该的吧？这些应酬你算算该多少钱？但这些开销根据财经纪律制度是不能报销。如果没有这些应酬，社会关系无法维持，企业无法生存，没有了企业你们到哪里去打工拿工资？当然我也只有解甲归田了。我们集体企业是新型诞生的独立核算单位，自负盈亏的企业，在不违背法规的情况下，内部的奖励分配制度有一定的灵活性，但财务制度不能松动。财经纪律制度是税务法规的基础，要严格执行，不然集体经济就要乱。我们利用内部分配奖励的灵活条款，制定企业根据项目效益，对具体负责人提取一定比例奖金。根据这项规定，效益好的年头，我每年可提取二万元左右的奖金。这笔奖金名誉上是我个人所有，实际用于我们公司不能列账报销的应酬费用。这些秘密信息我不应该向你们透露，之所以我要披露，我们是好兄弟。今后某一天我被这些事追查起来，这些事肯定要牵涉到，到时望你替我解释一下，因为你们的言词是有效的。这些事绝对不能跟我老婆讲，你知道我老婆眼睛容不得沙子，沉不住气，嘴又没有遮拦，要是知道我那么多钱，就那样开支了，肯定闹翻天。暴露了，涉及到方方面面的人和事，后果不堪设想。刚才我谈了养小老婆的事是开玩笑，别往心里去，你们也知道我不是那种人"。中民说："我知道是开玩笑，但这事也不能讲出去，虽然是开玩笑，有些员工听到只言片语成了流言蜚语，造成误会，后果严重"。张经理说："中民说得很对"。小勇说："我是不会讲，只是有趣而感触的故事"。中民说："我听说我们公司以我们项目的劳务费为基数向甲方收取管理费是吗？张经理说："是的，是现行政策规定，向甲方以劳务费为基数提取百分之二十的管理费。明文规定这百分之二十的管理费是劳务方管理经营中合法费用，包括劳务方在提供劳动服务过程中所发生的工伤事故费用，劳务人员职业病费用，至于劳务人员的医疗保险费用和养老保险目前还没有明文法规，我们公司全体人员都是这样，包括我自己"。中民又笑着说："这么说是我们挣钱养活你们啊"。张经理说："可以这么讲，所以我们目前公司全体管理人员和员工都是互相依存，共生的小社会。团结一致，共同努力奋斗，才能生存"。中民说："张经理给我们上了一堂当今社会极其生动，深刻，形象，具体的经济，社会课，受益匪浅。小勇，你陪张经理喝茶，我到下面去一趟"。小勇给张经理掺好了茶水说："张经理太形象深刻地描述了我们课本里没有的内容。课本里只有社会，经济，政治的定论，条文定理。无法与社会的生态，社会万象在经济生活中的展现和演绎。张经理的讲述太生动了，今后在公司里请张经理多指导"。张经理说："我文化不高，一个初中生，只认得几个字，也是在人生的经历中，听取大家的意见，集中群众的智慧，时事所迫，坚持，磨炼，有些行为也是无奈，说不上学问，只是自己的感触和经历"。中民上楼来坐下说："张经理还喝什么"？"不喝了，时间不早了，我们回家吧"。中民说："谢谢张经理光临"。张经理走在前面，中民小勇跟着，到了楼下，服务员站在门口，张经理说："小秀，把今天的账记在我的名下，月底一同结账"。小秀说："中民已经结账了"。张经理说："谢谢中民，你们项目完后，后续项目我会优先考虑"。中民说："谢谢张经理"。中民说："我送你回家"。"不用了，今天虽然酒喝了不少，但茶水解了酒，你们慢走"。他们转过街口，不见了张经理身影。中民说："我们回家吧，你回去收拾行李明天一早坐八点钟的车"。

　　小勇昨晚从来没喝过那么多酒和茶，身感疲倦，躺在床上还是睡不着。今天在饭桌上张经理的一席话，给他涉世不深的人生很大的震憾。那些故事给了他启示来参考和借鉴。自己的处境也让他顿感前路漫漫，社会复杂，很晚才睡去。很早就醒了。今天是他人生踏入社会的第一步，今后的路遥远而迷茫，不知走向何方？他没有什么行李，两手空空。中民起床洗漱完后。收拾洗漱用品和换洗服装，还给小勇找了几样过去自己的旧衣服给小勇。中民和小勇一起吃过早饭，匆匆地上路。小勇帮中民提一个小皮箱，和自己装旧衣服的塑料袋。他们翻过一个小山坡，走过一座石桥，到了镇汽车站已是七点半钟。站上已有二十来人排队买票，小勇接过中民行李，中民排队买票。一会儿票买到了，但他们俩不是同排座位，司机还没来，大家挤在车门旁排队。小勇把行李交给中民说："中民哥，我去上厕所"。中民接过行李，小勇上厕所去了。他上厕所出来，刚走出厕所门听到一个女同志在喊："抓住他！他抢我的包"！边喊边追，那贼跑得比女同志快，小勇没有思想准备，不加思索，出于正义的冲动，不顾一切地追了上去，一会儿拿着包回来了。被抢包追赶的女同志是位年青的姑娘，白里透出桃红的脸庞，一头秀发，一身合体的黑色衣服，惊慌焦虑的神色还没散去。她看到包拿回来了，露出了感激的微笑。小勇伸手把包递给了她，表现得理所当然的样子。她接过包不好意思地说："谢谢"。小勇细声地说："不用谢"。她被后面上车的人推着她上了车，小勇落在后面。

　　上车的乘客议论纷纷，对小勇见义勇为的精神大加赞赏。车开动了，车内平静了下来。小勇的座位正好在那小姐的旁边。她眼注视着窗外，小勇落座在她身旁毫无知觉。她双手放在膝盖上，衣袖和裤腿还依稀可见在追赶时沾上的污迹，脚上已换上白色的旅游鞋。小勇看不到她的脸，只看到洁白的颈项。小勇觉得有人在注视他，自己的身世卑微，赶紧把视线收回，平视前方，双手放在膝盖上。他没有因为姑娘的漂亮而心跳，异常的平静，虽然近在身旁，若如隔世，天远地别。车子已到镇郊外，速度加快了，前方公路上大货车，小货车，面包车，自行车为着各自的目的地奔驰着。正逢场期，公路两边有挑菜的农夫，提着鸡蛋的农妇，还有手持拐杖的老人。他们都为生计而奔忙，车流，人流卷起的扬尘迷蒙着前方遥远的道路，公路在蒙尘中延伸，驶向前方。小勇凝视着前方，进入了遐想。他觉得自己坐在这辆犹如社会的车上，无法自主选择，也没有权力选择，被这个社会车载向远方，茫然地向前奔驰，社会未来纷繁复杂，激烈竞争的社会现象，就像前方迷蒙的扬尘，无法辨别远方的景物，前途中的未来。他感到彷徨迷茫，他回头望渐渐远去的故乡，他仿佛看到了半山腰的家。他眼睛湿润了。"这位小兄弟怎么称呼你"？他被这声音从遐想中拉了回来，转过头去碰到她感激的目光。"我叫马小勇"。她又问："高中毕业了吧"？小勇微微点了一下头。她自我介绍说："我叫沈秀兰，多谢你帮我追回了包，我是你们镇合资纸厂的工作人员。今天我乘车到市里递交合同。我的包比较时髦，又鼓鼓的，那人以为包里有不少的钱。其实那包里只有几十元加上包的价值，也不到二百元。但是那包里有一份合同关系我和我们厂今后生存发展的大事。幸亏你给我追了回来。我不知道如何感谢你"。她的语气显得感激，愤怒已经消失。这时小勇才看清楚她的相貌，年龄在二十二三岁，圆圆的脸，脸庞上若隐若现的两个酒窝，一双大眼睛，脸色白里透红，一头短发，头发黑里发亮，上身穿一件说不出什么样式的黑色绣花边衣服，但合身得体好看，女性优美丰满的身姿若隐若现，下身也是得体黑色裤子，透出一股青春的气息。小勇不由自主收了一下身子，拉开了一点距离，两眼平视前方，不知是自卑还是礼貌，他把翘起的腿也放了下来，两手放在膝盖上。一副端坐的姿势说： "我从厕所出来听到你在喊： '抓住他'，我从人们的视线方向看，看到一个人在人群中穿梭地跑，边跑边回头看追赶他的你，顿时我恶从胆边生，没加思索不由自主地追了上去。由于在街上漫步的人对这突如其来的事没有思想防备，他连续闯倒了几个人，也阻碍了他的速度。他回头看我追他。他想冲着逃，突然撞上了一个挑土豆的人，土豆撒满一地，逃跑的人左脚踩在滚动的土豆上，右脚被担子绳索绊住，扑倒在地上，我冲了上去，顺势抓住双手反靠在背上，他顺从没挣扎反抗。我把包捡起来搭在肩上。我说走，到派出所去，他站起来顺从地走了，走到街巷里人少，扑嗵一声跪下磕头说，大哥你饶了我吧！我实在没办法，我母亲卧病床上多年，花光了我们全家的钱，卖光了我们全家值钱的东西，还欠了不少的债，近来母亲的病加重，我卖了几次血买药，今天医生说我身体已很虚弱不能再卖血，再卖血你也要倒下。我们那个地方邻居穷，三亲六戚也穷，借不到钱，没有了办法，我才做出了这样犯法的事，今后一定痛改前非。又连磕了几个头，我看他乞求可怜的目光，腊黄的脸，我心软了，我松了手，他站起来用袖口揩着眼泪低着头走了。他没有跑，你说我这样做对吗"？她的眼睛盯着前方，一会儿说： "不知道他是否说的真话，他要是说的真话，放了他是对的，走投无路的人一时做错事也是可以理解，这种情况过分伤害他，他绝望会做出极端的事情，适得其反。如果是假话，说明他不思悔改，放了他，错过一次用威慑迫使他改过的机会，还会危害社会，就应该严厉地管教，甚至是惩罚"。她用询问的目光盯着小勇。小勇看了她一眼，盯着自己的脚说： "我从他的目光，穿着，脸色，激起了我的同情，认为他是一个诚实的人，一个走投无路可怜的人，放他后并没有跑。我们这地方很穷，山高坡陡都是小块的梯田坡土，灌溉条件极差，遇到大雨洪灾，泥石流，梯田坡土垮塌，遇到天旱无水浇地颗粒无收。交通极不方便，爬坡上坎肩挑背磨，农业产出率极低下，大多数青壮年都外出打工，这个地方很穷，但是很少发生偷盗抢劫事件"。她接着小勇的话题说： "我断断续续地在这里住过几年，从未丢过皮包之类的事。有时晚上也到街上溜达，感觉民风比较纯朴，所以我们厂在附近招的民工，他们很勤奋，也很诚实，也不随意损坏设备材料，也没丢失物品，管理也较为省心，我们工人的工资相对同行业员工的工资高。这里的原材料非常丰富，由于交通不便，材料运不出去，价格比较便宜，我们的经济效益较好，打算在这里扩大生产，把其它设备落后的纸厂都赶出去。我还没问你，你到渝州市去探亲？去玩？去打工"？小勇没回答。她又问： "去工厂？去建筑工地？去餐馆？还是矿山"？小勇摇头，不愿说出他的真实情况，说： "不知道"。 "那你到我们厂来吧，我给老总说一下，安排一个好一点的工作"。小勇说： "我想到外面去闯荡一下"。她又重新把小勇从头到脚地打量了一遍说： "这样也好，像你这样品行端正，侠肝义胆的人，一定能打出一片天下来"。小勇想，自己今天这样的处境听到这样的话，觉得是天方夜谈的鼓励话。她听到小勇叹了一口气。她又继续地说道： "我们集团在香港的老总当年也只是个推销员，也就是一个打工仔，由于人年青，身体好，吃苦耐劳，善于学习。聪明诚实，品行良好的商业行为赢得了很多人的赞誉。征服了很多与他有商业往来的人，和他保持商业往来。他的业务一天比一天好，订单多了经营起了批发业务，积累了资本，先后在各地又开办了十几家纸厂，总资产已达到近亿港币，他也曾经是一个打工仔"。她瞧了一下小勇又继续说："我是女流之辈，受中国传统观念的影响束缚，创业备受社会关注和流言，需要太大的勇气和决心。比男性创业要付出更多的艰辛，承受更大的压力，我们女同志都希望男同志撑起一片天空"。她脸上泛起了红晕，目光移向窗外。好一会儿没说话。车速很快，不知走了多远，她转移了话题说："翻过这座山就到渝州市郊了，这几年渝州市变化很大，建了不少的高楼大厦，交通也四通八达，和以前相比是另一幅景象"。车停了，停在半山腰一个餐馆的门口。前面已停了一辆大客车，旁边有一个公共厕所，公路右边有个餐馆。司机拉出车油门钥匙，转过身对乘客说："有需要用餐的，上厕所的下车，车子在这里停三十分钟，听清楚，只停三十分钟"。说完推开车门下了车，他绕过餐馆正门，从侧门进了餐馆。车内大多数人，都站了起来，有些人已开始下车，她说："小勇跟我去餐馆吃饭"。小勇说："没有饿"。"走吧"！"我确实没饿，你去吧"。她见小勇执意推辞，一个人进了餐馆。中民在小勇的后面下了车。下车后有些人在伸腰，有些人在伸腿，有些人在摔手，还有部分人在车上吃自己带来的食品，边吃边喝自家带来的水，也有喝矿泉水的。"小勇我们去走一走"，这是中民在叫他，小勇跟在中民的身后，中民说："你们在车上好热闹哇"。小勇没说话。中民放慢了脚步跟小勇并排走着，中民又说："看不出那位小姐，人年纪青青还有些学识和社会常识，对事分析有道理"。小勇一边听一边走，公路在山谷中延伸。"小勇我们不在这里吃饭，还不到一小时我们就到了，你能坚持吗？到了工地我叫炊事员给我们弄点吃的"。"中民哥这算什么，你知道我每星期日挑一百斤菜翻山越岭四五小时，饿了喝溪沟水或泉水"。中民感慨地说："这就是我们农民工的一点优势，吃苦耐劳。要是文化程度高一点，城里那些吃白米，白面，喝蜜水长大的子弟，怕苦怕累怎敢和我们比"。"中民哥下次多长时间才能回家"？"要是正常的话每个季度初都得回去一次。到公司去，将上季度劳务工时交与公司劳资室"。"你回来时一定将我这几年在学校学的数，理，化的课本带到工地上来，我给家里写信叫爸爸妈妈一定将我的书送到你们家"。中民说："没有问题"。他们边走边聊，回到客车旁。中民说："你看这餐馆外面看还算漂亮，里面苍蝇乱飞，卫生条件极差。但饭菜价比市中心高级餐馆还贵，经常坐车往来的人了解情况，决不会在这里吃饭。餐馆为了拉生意，司机吃饭不要钱，还要吃好的，拿红包。所以才把乘客拉到这个前不靠村，后不靠店的地方，乘客饿了没选择的余地"。看到沈秀兰从餐馆出来，用纸巾擦着嘴，一脸的不高兴。中民说："小勇我们上车吧"。她上车看到小勇已坐在他自己的位子上，她说："小兄弟你进去坐靠窗的位子吧"，小勇站起来说："你进去，那是你的位子我哪能坐哇"？她说："小兄弟不用客气，一会儿我就要下车了，里边坐，出来不方便"。小勇见她说得有理，把屁股移进窗边的位子坐下。司机从餐馆旁门出来，伸手按了几声喇叭催客人上车。一会儿乘客陆续地上车，这时已超过三十分钟，司机并不着急上车。沈秀兰转过脸对小勇说："今天真倒霉，早晨上车包被抢，中午进餐馆被宰，我要了二菜一汤，饭菜上来了，饭菜刚放在桌上，四五只苍蝇像导弹一样准点地落在饭菜上，那屁股和嘴还一动一动的，一阵恶心，真想吐。

我饿得不行了，我想倒掉走人，又没有其它餐馆，只好把汤倒出来冲洗碗筷，把饭菜上面的刨掉，吃中间的，狼吞虎咽地吃了几口，跟苍蝇抢食。账单拿来一看比市区高级餐馆贵多了，贵一点无所谓，卫生一点也好"，她气愤地出着粗气。餐馆里有客人在吵嚷："苍蝇太多了！不吃了"。有几个人说："我们还没动筷子，要退饭菜"！老板说："谁知道你们动没动筷子？这苍蝇又不是我养的，它要从窗户和门飞进来我有什么办法，我不可能把门和窗户都关得紧紧的，也不让你们进来，把钱交了你们可以走，要是不交钱，看你们往哪里走"？一脸的凶相，乘客无奈地想，荒山野岭的，要是司机走进后堂跟老板串通一气，不交钱不开车怎么办？没办法，气愤地把钱交了，上车。车开动了，乘客怒气还没消，七嘴八舌再骂，有骂不卫生，有骂价高的，也有骂脏话的，不堪入耳。小勇想起了中民说的话，他想看看司机有何反应？但他只能看到司机的后背，车子转了个急弯，小勇在惯性力的作用下，他的脸靠近了窗户，司机侧头看道路，司机面庞正好向着反光镜，小勇从反光镜里看到司机的脸上一点反应都没有，心安理得的样子。小勇在心里骂了一句，真是厚颜无耻。

　　车子进入了市远郊，在小勇的视线中，远郊公路宽了。公路两边的房屋也多了起来，先是平房渐渐地变成了三层楼房，一间接着一间连成了街道。车减速了，司机不停地按喇叭催促行人。沈秀兰指着前面说："小勇，前面的那个高烟囱就是我们公司在渝州市最大的分厂，烟囱的旁边有一栋八层楼房是我们公司分部办公楼，办公楼旁边的平坝上有一大片平房，那是我们厂的车间和库房，在车上看不到"。小勇问："你们公司分部在市内吗"？"我们这样的厂环保局不准我们在市区建厂，那里地皮也贵。我要下车了，我给一张名片给你，你今后用得着我帮忙的事，你就打电话，不用客气"。她在包里取了一张豆腐干大小的纸片递给了小勇，上面印有好几行字，小勇来不及细看，只看了姓名沈秀兰。"两河区有下车的吗"？是司机粗声莽气的声音。"有，前面三叉路口停一下"，沈秀兰这样说。"不行，那里不能停车"，司机回答。"我没行李，你停车一分钟，开门我就下车"。司机强硬的口气说："三叉路口停车要罚款，到站停车"。一会儿车到站了，沈秀兰站起来整理了一下衣服，理了一下额前的头发说："小勇弟我要下车了，我再次谢谢你的见义勇为，帮了我一个大忙，你在渝州市有事找我，有的时候我在双河区这里，有些时候在你们镇上，你有事先打电话我们约定，你回家路过我们厂，请一定来歇歇脚，喝口茶"。小勇想拉住这层关系，说不定今后还有用得着的地方，说："沈姐，我可以叫声沈姐吗"？她高兴地说："当然好！今后我们见面就以姐弟相称"。小勇说："好极了"！她下车后向小勇挥挥手，小勇也向她挥挥手，消逝在人群中。

　　车子开动了，小勇摸出了那张明片，明片上用四号字打印，上面有电话号码，姓名，地址，公司名称，她的职称。他翻转名片背面有公司业务经营范围，有些专业术语小勇不懂。中民从后面上来坐在沈秀兰的位子上。他拿过名片仔细看了后说："你把它收好，说不定今后那一天大有用途"。车子进入了市近郊，远方呈现了模糊的高楼，公路上大货车，小货车很多，小车少，车辆川流不息。一会儿进入了市区，公路上没了大货车，小轿车川流不息，小轿车样儿奇特叫不名来，川流不息，可热闹了。只有在电影里看到过的街景，高高的楼房，明亮的窗户，五颜六色闪着光亮的广告，还有奇形怪状的建筑，说不出来名称，但给人感觉很漂亮奇特。街上的行人穿的服装各式各样，花花绿绿，现在才四月份，有些小姐穿着短袖短裙，亮着膀子粉腿。小勇心里问，她们不怕冷吗？真是不可思议。有的提着布包，有的拉着皮箱，有的挎着小包，也有像他一样提着编织袋，麻袋。有穿皮鞋，高跟皮鞋，胶鞋，也有穿着草鞋，背着竹杠像当兵背步枪一样的人，在人群中穿行。这个世面真好看，小勇被街景迷住，眼花缭乱在街景中。一个声音："终点站到了"。车停了。

　　车门打开了，中民和小勇提着简单的行李下了车。到对面的公路边，那里站满了人，公路边有一个长约五米，宽约一点五米的雨棚。雨棚的端头有一块站牌。中民说："小勇我们就在这里上电车"。一会儿来了一辆顶上拖着两根像辫子一样的客车。车门打开了，一窝蜂向上挤，小勇看到后门人多挤不上去，赶紧跑到前门，挤上了车。还有两个位子，小勇一屁股坐到里边的位子，想给中民哥留下一个位子。一位小姐一屁股坐了下来。她坐下后斜着眼打量小勇，从头到脚，然后她站起来走向车门，中民过来正好坐上了她的位子。小勇心想这位小姐风格真高，中民看小勇用赞许的目光看着她。中民双手卷成一个圆筒附在小勇的耳朵上轻声地说："你想她让座是高风尚吗"？小勇点了一下头。中民说："她不愿跟你坐在一起，嫌你土，一身脏，口臭的农民"。小勇感到自卑，转念一想，农民怎么啦？不是农民种粮，种菜，养猪，养鸡你吃什么呀？还不知道你的祖宗哪一代还是农民呢！他打量这位小姐，金黄色卷卷的头发，那眉毛细长而黑，好像是画上去的，眼皮怎么也发亮，嘴唇红红的，抓着扶手的手指甲也是红红的，一身紧身的黑衣服，那乳房，肢体，大腿，线条轮廓清清楚楚，好像是肉体上贴的一层布。他越看越觉得新奇。他反反复复上上下下地细看，他不是被秀美的姿体感兴趣，只觉得很新奇，他想起像洋电影里的洋人，但眼睛鼻子不像，皮肤没有洋姑娘那么白。中民看到小勇老盯着那位小姐，抿着嘴逗笑地说："你看着迷了吧"？小勇说："什么着迷了，我看她长相怪怪的，是不是她的父母一方是洋人呀？生出了一个混血儿来"？中民说："这是现时时髦小姐的打扮，那些黄头发红指甲都是染的色"。小勇想我真是深山的农民，没见过大世面，没见过稀奇。中民说："下车了，公路对面就是我们的工地，他们拿着行李下了车"。

2-1 打工（一）

　　他们来到工地，远处有三台井架吊，吊臂在转动，吊钩和吊装物被在建楼房遮住，看不到机座。面前几排平房，石棉瓦屋面，四周是用竹席作围护墙。有二排房屋是两端有单扇门，有一排每间都有单扇门。地面都是泥土地面，通向各扇门的人行道是用碎砖瓦片铺成一米宽的道路，便于下雨天行走。左边有一栋石棉瓦屋面的房屋，四周是用砖砌成的。端头边有一根烟囱正冒着黑烟，中民说："走，先到我的工棚把行李放下"。他在前面走，小勇跟着他，到了开了不少门的那排房屋的第一间，中民用钥匙开了门，小勇跟着他进去放下行李。中民转过身说："走，我们到食堂去找点吃的"。小勇跟着他到那栋石棉瓦屋面砖墙的食堂，走过饭堂，进门到了厨房，一个男子在两根木凳架着的一块木板上切白菜，低着头看不到他的面容。另一个人也是在两根木凳架着的一块木板上揉面，是一个三十多岁的男子。他们俩都穿一身黑便装，围着白围裙。中民对着那个揉面的人说："唐师傅我们俩还没吃饭，能给我俩弄点吃的吗"？那人没抬头说："你看这两口锅都不得空，一口在蒸饭，一口在蒸馒头，你拿几个刚蒸好的馒头吧，冰柜里有剩菜"。中民打开冰柜门，里面的菜结冰了。他关上冰柜门说："菜结冰了，馒头票晚饭买饭时一起给"。"行"，那人仍没抬头。他们俩一个拿了两个馒头，在开水壶里倒了两碗水回到中民的宿舍。中民坐在办公桌后面的藤椅上对小勇说："那里有长凳，随便坐"。小勇坐下边吃边打量屋子，屋子有十一二平方米，中民的铺安在屋子后右角，是张单人床，床头有个旧衣柜，衣柜下层放衣服，上两层放书本和一些施工资料。右墙角放洗脸架，靠墙边安放三根长木凳，房顶是粗壮约十公分直径的兰竹作檩木支撑石棉瓦，四周用同样粗壮直径的兰竹作柱子支撑着屋顶，用铁丝捆绑连接，用竹席围护成墙，泥土地面。中民说："我本想让你也住在这里。但我每天工作得很晚，工人下班后我要召集班组长了解当天各工序进展情况，根据甲方施工技术人员的要求，协调各工序进度，根据工序进度，原材料配备情况，调配人力，交待安全注意事项。完了以后，还要向甲方施工技术人员汇报第二天的人工安排情况，征求意见，协商后，我还要作好当天用工情况记录。把这一切做完后已是十一二点钟了，会影响你的休息。我考虑再三，你还是到工人的工棚为好"。他用征询的目光看小勇，小勇说："感谢中民哥考虑得如此周到"。在谈话之间他们啃完馒头，喝了两口水。中民说："我们现在就去食堂后面仓库里去取凉板和草垫"。他跟中民到食堂后面去，经过厨房，做馒头的唐师傅还在做馒头，另一位师傅正在炒晚餐的白菜。转过厨房后面，看到两台鼓风机在嗡嗡地响，一大堆煤炭堆在那里。我们进了一间黑沉沉的屋子，中民拉开了灯开关，一个吊在屋中央的灯泡亮了。有几块两边用两根竹筒，中间用竹片连接成的竹凉板竖靠在墙上。中民指着竹凉板说："你去扛一块竹凉板，我拿一床草垫"。小勇扛着竹凉板跟着中民后面走向工人住的工棚，进门后看到一笼笼蚊帐罩着两排长长的铺位，各床头一端紧靠着竹席墙面，中间是通道，约二米高度，像蜘蛛网一样拉起绳索，绳索上挂着蚊帐，搭着洗脸毛巾，还挂有衣服和袜子。屋顶仍然是石棉瓦斜坡屋顶，屋顶中间巷道上空一组电线上挂着灯泡。干燥平整的泥土地面，中民说："那边尽头还有两个铺位"，到了尽头看到有一块空地。中民说："你把竹凉板放下，你仔细地看一下别人的床是怎么安放的，这宿舍后面有砖头，你把床安好后在我那里来拿草席和棉被。趁这个时候，露天杂货市场还没收摊，你赶快到市场去买点洗漱用品，毛巾，牙刷，牙膏，洗脸盆，塑料桶，拖鞋，杯子，碗筷，另外你自己想一下还买什么"？中民在身上摸了一把钱，凑了一百元零钞给小勇说："你把钱收好，那市场里都是做小买卖的小摊，需要零钞，露天杂货市场在出门过公路有条石梯坎路往上走，再走一段路居民区就到了，途中不知道方向问一下路人，一定要记住走过的路，回来不要迷了路，回来后你先把铺安好"。小勇说："中民哥你好心细，我一定记住你的话。我去了"。

　　小勇出门口过了公路，一条梯坎路向山坡上延伸。他顺梯坎往上爬，爬了约一百多米，看到一片居民区。整齐划一的六层楼房，房子很新，不知有多少栋。他边走边抬头看房屋，玻璃窗干净明亮，阳台上放有椅子和花盆，花盆里绽放各色各样的花朵。有人坐在椅子上喝茶欣赏他的盆花，悠然自得。小勇想，住这样好的房子，不知道房子里面住的什么样的人？他们一定是很有钱的贵人，前世修来的。心想以后我也要买这样的房子。他在遐想中走到了十字路口，不知道该往哪个方向走？迎面走来了一对年青夫妇，小勇上前问道："同志，到露天杂货市场往哪个方向走"？那女的抬起手准备指路，话还没说出来，那男的鄙视的目光瞧了一眼小勇寒酸的穿着，在那女的背上轻轻地推了一下说："走哇，莫浪费我们的时间"。那女的被推得仰了一下头走了。小勇心里一阵难受，这就是城里人吗？都是这样吗？紧跟后面上来一个背竹杠的男子看到小勇站在那里愣着，也看到和听到那对年轻夫妇的举止和话语，说："小兄弟，露天杂货市场往前走，到第一个街口往左走就是，世态炎凉，嫌贫爱富，什么人都有，不要往心里去"。小勇说："谢谢老哥"。他低着头再也无心欣赏街景。拖着沉重的步子往前走，转过街口看到一块平地上，人头攒动。他走过去，看到平地上一摊接一摊，地面塑料布上摆放着各种各样的物品。苍蝇蚊虫在地摊上飞来飞去，站在摊位旁边多数是妇女。小勇在市场里转了一圈，问了一下自己要买物品的价格，同样的物品各地摊的报价相差不多。他走到一个中老年妇女的地摊前问："大姐，这牙膏和牙刷怎么卖"？"牙膏八毛，牙刷三毛"。"牙膏和牙刷一元钱可以吗"？"我的牙膏和牙刷一共才赚了一毛钱，你砍下一毛钱，我日晒雨淋守摊吃什么？你到别处去问吧"。她侧身坐在木凳上，转眼再也不看他。小勇又走到一个卖塑料制品摊前，一个老头站在那里笑着说："小伙子要点什么"？语气随和。小勇问："这塑料桶，塑料盆，塑料杯啥价"？"你安心要，塑料桶二元二角，塑料盆七角，塑料杯一角"。小勇说："共二元六毛行不行"？"小伙子我这是厂价直销，这市场上同质量，一样大小的，你去比一下质量价格。如果同质量价比我低，我包退，你看这盆，桶，杯的厚度，还有一点，有些品牌虽然厚度一样，但易碎，落在地上就破了，用不了几天，我这些制品用料不同，韧性好，不怕摔，不怕碰，来我这里买东西都是回头客"。小勇说："那好，我信你的"。小勇把桶，盆，杯仔细看了一遍是否有疤痕，有裂纹。确认完好，付了钱。提着桶转过去是一个针织品摊，塑料布上摆满了各种针纺织品，坐在旁边是个小伙子在看报。小勇说："哥子我问个价"。"我这摊上这么多样式品种你问哪种？这样吧，你先选好，我一种一种告诉你价格"。他拿起报纸继续看报，小勇选了一根洗脸毛巾，一根洗澡毛巾，三条内裤，二件背心放在他面前。他放下报纸拿起算盘算出一个价说："一共九元五角"。小勇说："每一种物品的单价呢"？"你没买过东西吗？毛巾一元，内裤一元一，背心二元一"。小勇默算了一下总价是正确的，说："九元行不行"？那人仍然看报，没听到似的，面无表情。小勇转身走了。他到对面一个针纺织品摊，一个中年妇女坐在旁边打瞌睡，到了摊前她仍没知觉。小勇问："大姐，我想买几件东西"。那人睁开睡意的眼睛说："你选好，我再告诉你"。小勇又选了刚才那几件物品放在她面前，那人拿出一个本子翻开查看，再用笔算了一下说："十元五角"。小勇说："可以少点吗"？"最多少五角，这几件十元，愿要就要，不要算了"。"如果背心是这种样品，可以再少五角"。她拿出另一种背心说。小勇拿起细看，比较前面的背心薄多了。他放下背心又回到看报小伙子摊前，他仍在看报，那几件物品仍原样地放在那里。他数好九元五角递给那小伙，"大哥这是九元五角"。小伙子抬起头说："还是那几件物品吗"？"是呀"。"涨价了，十元"。小勇生气地说："刚才说好的九元五角怎么就变了"？"当时你就应该买，市场价吗，随行就市"。小勇想走，但一想再回头买他的又加到十元五角，心里有些生气，这些小商贩真是小人性大，很不情愿地加了五角钱。那人用塑料袋装上买的物品交给小勇，小勇放进塑料桶里走了。还剩下牙膏，牙刷和碗筷没买，又转了一圈，选择了一个日杂货品摊。一个脸庞红黑，身材姣小的年青姑娘站在那里正在啃馒头。她看到小勇走过来，面带笑容地说："我看你也是农村出来的，你要点什么尽量优惠你"。小勇选了一支牙膏，一把牙刷问："这两样多少钱"？"你就给一元"。小勇又选了一个搪瓷盅，一个粗碗和一双竹筷。"这三件我收你两元钱，竹筷相送，加上牙膏牙刷一共三元"。小勇把钱给了。那姑娘帮小勇把所购物品装进桶里说："小兄弟，我看你买这些东西，知道你第一次出门。我们都是农村出来的互相照应，今后你需要什么东西，直接到我这里来买，我一定优惠你"。小勇说："谢谢你的关照"。她说："你慢走"。小勇心里涌起亲切感。小勇回到工地，走进工棚，把东西放下，开始安床。他仔细看别人的床是如何安的，床的四只脚是用砖头干砌的，每只脚每层两横二竖每层砖头四块。为了相互错位牵拉互力，每层砖头摆放朝向相反。共八层，约五十公分高，一只脚三十二块砖，四只脚一百二十八块砖。每只脚的距离根据竹凉板的长度和宽度确定搭放点的距离。靠床头用砖头干砌了一个小平台，搁放洗漱用具和碗筷，每层横竖六块砖也是八层，一共四十八块砖，总共要用一百七十六块砖。他走出工棚，转到屋后看到一堆红砖，他先码了四块砖抱起来，觉得轻了点，又加了二块，觉得还可加二块，他一次手抱八块砖。他不停地运砖，大约一个小时才运完砖。身上发热，出了点毛毛汗，他把手上的灰尘拍掉，手掌和指面红红的，但没有血泡。根据其它床铺砖脚的距离和样式，他开始码砖，一会儿码完。放上竹凉板，铺上草垫。又开始码搁放碗筷的平台，码好后把碗，筷，漱口用具，塑料杯，牙膏，牙刷放在上面。其它人把面盆，塑料桶，装衣服的木箱，纸箱都放在床下。小勇也把面盆，装衣服的塑料袋和塑料桶放在床下。做完后，坐了一会儿，走出工棚想去看中民哥。他到中民工棚的门口，门紧锁着。又回到工棚站在门口。工人陆续开始下班回到工棚。第一拨回工棚是两个提着工具的中年人，一身蓝布工作服，衣服肩上补着疤，裤子屁股位置也补着疤，衣服沾着泥浆，脚上穿着胶鞋。他们看了小勇一眼没有搭理，因为经常进来新人和出走旧人是常事，有的甚至头天背着被盖卷进来，第二天就提着被盖卷走人。小勇盯着他们，一个都不认识，其中一个人说："我去食堂排队，听说今天晚餐有土豆红烧肉，天天白菜，萝卜，我早就吃烦了"。另一个说："我喜欢吃萝卜烧肥肠，虽然有股怪味，但也有一股油香味，比肉烧萝卜便宜一毛，才三毛钱，而且还顶饿。这个季节蔬菜只有白菜，萝卜最便宜，我们这些打工仔只能吃季节菜"。"大哥我把饭菜票给你，帮我打一份，今天那吊车的灰浆掉下来，正好掉在我背上，出点汗水熬得又痒又痛好难受，所以我下班把线一收，砖刀，灰板都没洗，就跑在前头回来了，再晚了热水龙头只有一个，洗澡人多，不知又要排多长的队"。"那好，我打好饭菜在工棚等你，我那瓶老白干倒点出来喝"。"好，明天我买花生米，喝你的老白干"。又一个人拿着瓷盅，碗和筷敲得当当地响从工棚出去了。另一个人肩上搭着毛巾，一只手拿肥皂，一只手提桶出去了。小勇回到自己的床上坐下。他的床位靠屋子最后角，由于蚊帐的遮挡看不到其它人，只听到说话声。又进来一拨，"喂，老驴子我俩出去找个摊吃花生米，喝点酒"？"今天我哪有时间呀？我得抓紧时间吃饭，吃完饭就得去上班，我们作业班今天浇灌梁柱混凝土，才浇灌了一半多一点，要连续地浇灌。中间间断不能超过四十五分钟，浇灌完可能要晚上十二点钟以后"。又一个哈哈大笑地说："乖小伙，你那裤裆裂缝了，你那个'东西'都掉出来了吧"。"我只是觉得风豁豁的，还没觉察，还好有内裤遮着"。那人又嘲笑地说："是见那位小姐，你那'东西'顶开的，或者是小姐撕开的"！另外一个嘲笑地说："真是那样，那把他好死了"。那人解释道："是我们俩人四只脚跨在两边模型上，推吊混凝土斗车用力过猛撕裂的。当时我们全神贯注掌握推动方向，只听到裤裆噗噗的声音没注意，倒完混凝土后我们就回来了"。那小伙子说："老哥，我只有一条工作裤，一会儿我要去上班，我找点针线补起来马上要穿，你帮我买一份饭菜，四两饭一份白菜"。"今晚有土豆红烧肉，你不吃"？"我刚出来打工，省着点吧"。"行"。又陆陆续续地回来不少人。有人说："我先去洗澡，身上太难受了"。有人叹口气说："唉，我今天又渴又累没胃口，我先歇会儿，你们先去吃吧"。又有一个人大声逗笑地说："听说你老婆来了，引来见见呀"。"你和老婆今晚跟我们睡大工棚。蚊帐为界，'阵仗'小一点，要是床吱吱嘎嘎地响逗得我们心慌，睡不着觉就是你造孽，要不然你和老婆'潇洒'一回住旅馆去"。"但住旅馆要身份证结婚证，你们有吗？要是没有，警察认为你老婆是小姐，在外面找的小姐可千万别去开房间，半夜三更警察逮个正着"。"看来你在外面风流很在行"。"那是我提醒你"。"找小姐我哪儿有那个胆？有那个胆，也没有那个票子"。"我哪里住得起旅馆呀，有厕所洗漱间的普通套间要二十五元一晚，光是一个房间的也要一十八元"。"老伍呀，我们那个工具房有门，把里面收拾一下铺张凉板床没问题"。那人问："钥匙在哪里"？"可能在王班长那里"。工棚内充满了汗气味和脚臭味，闲言杂语，调皮话，乱哄哄的。小勇从来没在这样的环境呆过，实在呆不下去，出去找中民。到了门前，门仍然锁着。他到食堂前转悠，食堂内排着一行长长的队。头首的人先到卖饭窗口买饭，然后转过身到卖菜窗口买菜。食堂没有饭桌，没有凳子，大多数人都端着饭到各自的工棚内坐在床上吃。少数人坐在食堂外面空地上吃饭。穿着工作服，工作服上多少都有灰砂浆，泥土或者灰尘的污迹，有的甚至头发上，脸上，手二都有污迹。也许他们饿极了来不及洗脸，换衣服。不知有没有女打工仔，在饭堂里没看到女工买饭。小勇转过食堂看到几个女工从后面出来，手里提着塑料桶，桶里装着脏衣服，身上穿着干净的服装。她们径直地走向最后一栋工棚。在空地上吃饭的男工，有些人嘴里嚼着饭菜，目送她们的背影，像野狼似的目光。中民在后面叫他："小勇过来"。小勇转过头看到中民正在开门。后面跟了一个人，小勇也跟了进去，中民说："李班长你坐，小勇你也坐"。李班长递给给中民一个本子说："这本子里记录你走了这段时间所做的工程名，各工序完成的工程量，参加施工工人的姓名和时间"。中民接过本子说："谢谢你，明天的工作吃了饭后来商讨"。李班长走后，中民对小勇说："这本子很重要，作为今后计算工人工资和向甲方计价的依据。要准确无误。我们也去吃饭，你把碗筷拿上"。他们走进食堂已没有人排队，各买了四两米饭，又到卖菜窗口问："还有什么菜"？唐师父说："只剩下白菜"。"我们俩一个来一份白菜"。

　　中民和小勇又回到了寝室兼办公室的屋里，中民拖了一根长木凳到办公桌前，把办公桌当做饭桌，坐下吃饭。中民说："这几天我很忙，回家了一段时间，这段时间里所遗留下来的事都得处理。明天你进城到一个大型的针纺织品服装批发市场，那里有各种服装，衬衣，外衣，鞋，工作服，蚊帐你觉得需要的就买。价格比百货商场便宜百分之三十甚至百分之五十。因为市场大，分布在一条长长的大街两边，不熟悉各市场位置，到了市场要问那里的民警你要买什么东西，他指点位置。市场太大，品种太多，自己去找很费时间"。他们吃完了饭，中民在床下拿出一张灯草席，一床棉被，一些旧衣服交给小勇说："灯草席和棉被用来铺床和盖的，旧衣服是洗干净了的，拿去换洗。今天你买的用品要洗了才能用，因为在制作，仓储，销售，运输的过程中不知沾染上了些什么细菌"。他还拿了一盘蚊香和一张市区交通地图，说："现在有蚊子了，晚上你点上蚊香，放在脚那端"。中民拿起地图翻开介绍道："这里有市区的交通图，街道社区图"。他拿笔在地图的一页上画了一个小圈说："这就是针纺织品服装大市场，你拿回去看一看市场在哪个位置"。他又在包里摸出一百元交给小勇说："这是明天买东西的钱，够不够"？小勇说："足够了"。就这些用过的旧东西和仅有的一百元，小勇心里也感激不尽。

　　吃完饭，小勇抱着棉被，灯草席，旧衣服，蚊香，地图回到工棚。看到工棚内有人围坐在床上打扑克，有几个人在那里聊天。有人躺在床上养神。有三个穿补疤工作服的人坐在一间床上喝酒，一个人拿起酒瓶给酒碗倒满了酒，双手递给另一位说："陈老兄，今天是你的生日，你先喝"。陈老兄接酒碗喝了一口说："感谢你们二位仁兄弟的关心，还记得我的生日，我自己都忘记了，万分感谢兄弟，我们多年工作在一起情同手足，我祝福你们身体健康，恭喜发财"。陈老兄把酒碗递给另一位，另一位接过酒碗说："我同时感谢二位师兄，教授我技术，我才有今天的立足之本，祝你们身体健康，恭喜发财"。他喝了一口。另一个人接过那酒碗说："我们出门在外，在家靠亲戚，出门靠朋友，走南闯北，我们就是一家人。祝陈大哥生日快乐，祝师兄身体健康，恭喜发财"。他喝了一口放下碗。小勇无心看他们喝酒，他铺好草席，用清水和毛巾擦掉草席上的灰尘，把被盖放在上面。把今天买的用品和毛巾放在桶里，拿上中民给他的旧衣服去洗澡，他走过工棚外，没看见有多少人。这时天都黑了，他走到食堂外面看到洗澡的男工从食堂另一端后面出来。他向那里走去，转过墙角看到很矮的一间石棉瓦屋面砖墙的平房，塑料布门帘，一个男工提着桶从塑料门帘里出来。听到里面有放自来水的声音。他掀开塑料布帘进去，里面热气腾腾的，还有几个人排队接热水洗澡。四面砖墙上钉满了上下两排钉子挂衣服，因为人不多，挂的衣服也不多。小勇把所有换洗的衣都挂在墙上，排队接水，整个澡堂就只有一个热水龙头，一个冷水龙头。由于热水用得多，冷水用得少，接热水排队，轮到小勇接热水，大约一分钟，水桶水快满了，后面的人说："够了。再冲冷水装不了"。小勇把桶提开，用手去试水温，有些烫。他又提桶去接冷水，水温合适了，他提着桶走到墙角，站蹲着，先浇水洗头。没浇水几次，水桶的水一半没有了。他赶快揩干头发，浇水洗身子，没擦洗遍全身水就没了。他想重新排队接热水，但有四五人排队，身子冷得发抖，他只好忙擦干身子，穿上衣服。洗完澡后，把所有换下来脏的内衣和今天买的内衣，都接冷水洗干净，回到工棚。衣服晾在哪里呢？看到其它人都是用绳子拉上，绳子上面挂蚊帐，剩余的位置挂毛巾晾衣服。小勇没有绳子，他去找中民。到了中民住处，看到里面有几个人正在商讨明天的工作。中民看到小勇站在门外就问："小勇你有什么事"？小勇说："你这里有绳子吗"？中民知道了小勇拿绳子的用途。他从床下面拿了一根绳子，一把钉锤，一些钉子递给小勇。小勇回到工棚开始看着其它人的做法，钉钉子，牵绳子。忙碌了一阵，绳子拉好。把洗好的衣服晾在上面，但位置有限，只好重叠地挂在那里。已经是晚上九点多了，他又把地图拿来细看，他把几页区域图和交通图看了一遍，找到了自己现在的位置，也找到针纺服装的市场的位置。把两种图联系起来，再把地图上的两地联系起来，找到乘车线路，换乘站。奔忙了一天他感到困倦，他打开被盖想起没枕头，又没有衣服做枕头，看到床头搁放用品的砖头平台，他拿了二块砖头摆放在床头，再把草垫重叠一部分放在砖头上，他脱下外衣，放在枕头上，减少睡觉时枕头硬，头难受的感觉。把中民给他的钱放在内衣荷包里，再用锁针锁上。他睡下，床板和枕头都有些硬，有点难受，但这些不以为难，反复去思考着："自己这辈子今天开始了新的人生。这几天开始接触社会，过去看过一些书，三国演义，红楼梦，水浒传，认为那些只是故事，欣赏故事的趣味，没有体会和社会联系起来。这几天和中民哥，张经理和社会的接触，他们的经历深深地触动了我的心，使我深受感触，也从中认识到社会的多元化，人情社会的复杂，自己在今后的处世中，作好吃苦的准备，处事要小心谨慎，认真思考"。一会儿就睡着了。不知睡了多久，一阵喧闹的骂声把他吵醒了："狗日的！脚好臭呀！弄得我这么久都没睡着"！小勇抬头，一股臭味扑鼻而来。再探头闻自己的鞋，臭得他难受，知道是自己惹的骂，怎么办呢？把鞋放在外面去，又害怕丢，明天没鞋穿。他想起了今天装东西的塑料袋，他爬起来在床下摸到塑料袋，把鞋装进塑料袋，把塑料袋口拧一个疙瘩，封住了口，一会儿没了臭气。他不知过了多少时间，他翻身想睡，蚊子在耳边嗡嗡地叫，他起来点上蚊香放在脚那端，一会儿又睡着了。不知睡了多久，被一阵鼾声吵醒，此起彼伏的鼾声，吵得他心绪烦乱，在床上翻来覆去睡不着。突然听到哇哇的呕吐声，邻床的人问另一个人"你怎么啦"？"我胃不舒服"，邻床的人起来拿起盆子说："吐在这里"。那人一摸他额头"哎呀好烫哟！怎么办"？"给点温开水给我喝就行了"。邻床的另一位也醒了说："我这里有几片阿斯匹林，你先吃两片退烧"。"谢谢老哥"。小勇在床上听得清清楚楚，这一阵闹腾过后，少了许多鼾声，一会儿小勇又睡着了，醒来时天已大亮。工棚内静悄悄的，已没有人。

　　小勇收拾了一下床，拿着面盆和毛巾去洗脸。他路过昨晚呕吐的病人床前，病人睁开眼睛。小勇问："大哥好些了吗"？"头没那么昏了，但胃还是有一点不舒服"。小勇又问："你这里有亲人吗"？"父母老婆孩子都在山区家里，这里没有什么亲人"。"你不打算回家养病吗"？"我回家要路费，还要耽误上班。家里还望着我挣钱买油盐，孩子的学费，我在这里呆几天看看"。"大哥你需要我帮忙吗"？"麻烦老弟你帮我打瓶开水，水瓶在床下"。小勇低头看到一个温水瓶，说："我这就去"。小勇走出工棚看到中民办公室门锁着，到厨房把开水打了回来，用杯子给他倒上水说："冷一会儿喝"。"麻烦老弟"。"你们这里不是有卫生员吗？我去叫卫生员给你看一下病"。"多谢兄弟"。"你们卫生室在什么地方"？"就在王工头那栋工棚最尽头，那间门上有个卫生室的牌子，卫生员姓张"。"我这就去"。小勇出门走到中民住的那栋工棚最尽头，一间屋门开着，里面有两个工人在拿药。一个工人拿好药说："张医生你把账记好，谢张医生"。另一个工人拿了药也记了账，小勇这才上前说："张医生我们工棚陈哥病在床上，你能去看一下吗"？张医生说："他叫什么名字"？"我不知道他名字，只知道他姓陈"。"是家属吗"？"是工人"。"是工人我跟你去"。他拿了听诊器，血压计，温度计，还拿了一个本子，他把门锁上，到了陈大哥病床前。张医生问他："你是哪个班的？叫什么名字"？"我叫陈原，是泥工班的"。他翻开名册看了几页说："有你的名字"。张医生问他："什么时候发的病？感觉哪些部位不舒服？吃了什么药？现在感觉怎么样？原来得过什么病"？"我是昨天下午感觉头有点昏，肚子有点不舒服想吐，下班后回来喝了点水，晚饭吃了半碗饭就睡了，到半夜时，头特别昏，肚内翻腾把吃的饭菜全吐出来了，邻床的兄弟给两片阿斯匹林吃了，现在感觉头没那样昏，但胃还是有点不舒服"。张医生给量了血压，量了体温，还用听诊器听了一下心率后，说："血压和心肺目前正常，体温三十八点五，有点高。等一会儿药效过后温度可能还要上升，我初步确定属病毒感染，目前对这种病还没有特效药，只能靠自己抵抗力恢复。但不用操心，这种病只要多喝水，吃点粥，吃点水果，几天就好了。这里我开点退烧药，六个小时吃一片控制体温，如果到明天更加严重，就得去医院看病，到医院就得自己付钱。我今天开的药是最基本的退烧药，我们药价是进货价，我的工资是单位承担，药不加价，比外面的药价便宜得多。规定只给我们工人吃，家属都不能享受。你的药费可在工资里扣，你好好休息"。他对小勇说："你来帮他拿药"。小勇取回药后，计算时间可以吃了。他吃了药，小勇说："我到厨房看有什么吃的"。小勇拿上自己的碗和陈大哥的碗到食堂买了两碗早餐剩下的粥和咸菜，端回工棚。小勇自己吃了一碗，陈原喝了粥，吃了点咸菜，感觉舒服了点。小勇说："出门在外靠的是朋友，你不用客气，你想吃点什么水果，我上街去买"。"我想吃广柑或桔子"。"我这就去买"。小勇过公路上坡过居民区街口，向左是针纺织品杂货市场，向右是农贸市场。有卖菜卖水果的农户摆摊，小勇买了二斤广柑，一斤桔子，共花了一元一角钱。回到工棚到了陈大哥面前说："陈大哥水果放在搁物板上，想吃拿起就吃，水也放在上面，你好好休息"。陈原说："你比我亲兄弟还好，以后我慢慢地感谢你"。小勇说："我要到天河市场去买点衣服和蚊帐"。陈原说："兄弟到天河市场很大，买什么东西一定要到最里面的摊位去买，或到地下层去买，那里价格最便宜"。"我记住了，谢谢陈大哥提示"。

2-2 逛市场

小勇拿上地图，背上布袋，过街口走了一段路，到了公共汽车站。二十三路车来了，车门开了，下了两个乘客。小勇上车。一位端票箱的小姐走过来："这位到哪站下"？"到终点站"。"二角钱"。小勇买了票。他昨晚已看清楚这趟车的线路，到终点站才下车。小勇环视了车内，没有座位了，他手扶着座椅靠背站着。双眼望着窗外，视线中，一座座二三层的楼房从眼前一晃而过。过了几站，窗外二三层的楼房逐渐变成平房的商铺。又过了几站，平房商铺又变成二三层楼的商场。透过车窗玻璃，看到商铺玻窗里面各式各样的商品一晃而过。"终点站到了"。这是售票员的声音。小勇从浏览的目光中收了回来，乘客依次下车各奔东西。小勇第一次到这里，望了一下街景。这是十字街，各条街都是二三层的商场，一个个连着的店铺，望不到尽头。他拿出地图，看了眼前站牌和街道名牌确定了自己的位置。根据地图的标示，三路车的起点站应该在右边这条街的前面不远处。他顺着这条街往前走，穿过漫步的人群，走了一段街道，看到前面车站棚下站了不少人。他走近站牌一看，正是三路车起点站。他站在路沿上候车，一会儿一辆拖着辫子的无轨电车开了过来，在他面前停下。车门打开，人们蜂拥而上，小勇被人推着，他用力撑住后面的人，他害怕把前面人的皮鞋踩坏或踩脏。自己这身土布衣服土而旧，加上三天没换洗，要是碰到前面的小姐身上会遭人骂。用了很大力气撑住后面的人，但还是被人推上了车。车上还有很多座位供他选择，他选择了最后一排靠边的位子坐下。一会儿车上就挤满了人，这一趟车他还是在终点站下车，不用担心坐过站。两眼望着窗外，车开动了。"各位乘客准备好零钱买票了"，一位女同志的声音。辫子在脑后扎得高高的，她在车头前面人丛中，看不到她的身影，只看到转动的头。小勇摸出点零钞拿在手上，一会儿她依次卖票来到小勇跟前。只看她挤在人缝中的脸庞和一只穿过黑袖口递票收钱的手，另一只手拿着票箱被挤在人后，二十多岁。"到哪里"？"终点站"。"三角钱"。小勇递给她三角钱，她撕了指头大小一张票递给小勇。上面印着渝州市公共汽车票，票价三角，下一行是编号。小勇把票塞进衣袋里，视线移向窗外。街景和人群在他视线中晃过。沿途公路两边都有人行道，人行道边约二三米高一棵棵梧桐树，树冠像伞一样形成林荫道。人行道的后面是一二层的房屋，也有三四层的房屋。房屋的底层是商铺，餐馆，药铺，上面几层住人。房屋约三分之一是现代砖瓦房，泥土烧制土红色砖墙，机制瓦屋面，木制绛红色木框玻璃窗，多数仍是木结构的老式房屋。第一层根据商铺用途，门窗作了修改，上面几层住人，还是老式绛红色木窗。小青瓦屋面，有些房屋还有吊檐，雕饰，画柱等显得古色古香，房屋连结成街，显得典雅漂亮。小勇被窗外的街景吸引，一路观赏。不知售票员报了多少个站名，车也不知停了多少站，身边的乘客不知换过多少批。窗外的房屋变化了，全是三至五层的现代房屋，看不到房顶，木框玻璃窗面积特别大，透着明亮，玻璃窗里面各式各样的商品鲜艳夺目。＂终点站到了＂。售票员的喊声。

　　小勇下车后站在那里，在一个多条街交汇处的一个广场，繁华的市中心。广场上站满了人，有对碑照像的，有人抬头观景漫步的，有三五人站在一起交谈的。人们穿着各式服装，人群里青蓝色中点缀着花花绿绿的服装。广场中心耸立着一个比周围房屋还高的纪念碑，碑尖上是一口大钟。广场周围全是四五层的商场，商场临街面耸立着广告灯箱，白天灯箱里仍闪烁着光亮，映照着醒目的广告文字。有些商场外面还闪烁着不断变换色彩的霓虹灯，五花八门以各种形式炫耀展示自己特色商品画面和文字，以吸引大众眼球。小勇还要转车去买东西无心欣赏，拿出地图看了街牌，找到了自己的位置，确定九路车站就在正前方那条街的尽头十字路口上。他穿过人群，穿过广场，直往前走，到了十字路口。他向右看就是九路车站，站上站满了人，这些人的穿着打扮各式各样。车来了，车门开了，大家又一窝蜂往车上挤，有几个服装鲜艳，打扮时髦的小姐怒目地闪到一边，让其它人上车。这些人上完了，那几位小姐才上车。她们站在车门旁，有两位小姐摸出手绢捂住鼻子，一位说：＂汗味脚丫，屎味好臭呀＂！另一位说：＂就是那帮到北江市场去捡便宜的乡巴佬＂！还有一位说：＂我想下车＂！她背后一位女士说：＂表妹坚持一下，到北江市场只有三站路，他们下了就好了＂。那些没做声的购货人，本来也是去买便宜货，经常坐车往来，这种场面习以为常，无所谓，心情平静。那些挤在中间的市民虽然穷，但不会有汗味和脚臭味。挤在小勇身旁一位穿工作服的男士用愤怒的语气说：＂你们这些城市的千金小姐有钱，外面公路上那么多出租轿车不坐，和我们挤在一起有失身份！买辆宝马轿车，请个司机开车多荣耀＂！又一位棒棒军说：＂说不定她们是舞厅出来的呢＂？几位小姐愤怒的眼光转向说话的方向。售票员说：＂安静点好不好？要吵下车去找个人少的地方吵个够，没买票的把票买了，这趟车是通票制，一角＂。她挤到了最后面，乘客的票卖完了。过了一会儿，＂北江市场站到了＂。售票员的喊声。小勇下了车，其它还有很多男男女女，穿着各式服装的人都下了车。

　　小勇下了车，往街的两头远望，看不到尽头。全是一二层楼的针纺织品店面，店面前挂着各种内容的招牌，批发零售兼营，个体摊位，有的是工厂的批发零售货摊位，有的摊位是个人从加工厂进货做批发零售经营的摊位。街道两边穿着各色各式样服装，缓慢移动的人群，背着包，提着布袋。买货人比较复杂，有周边县市商场采购的人员，地摊个体采购人员，有本市内百货公司采购人员，地下商场，集市个体摊位采购人员，也有外地路过该市作商业调查来的人。多数是市区低收入居民和打工的流动人员，为价格闻名而来。特别醒目的是背着竹杠的棒棒军穿梭其间。还有棒棒军挑着编织袋，里面装着大包物品，在人群中吆喝着让路，一派繁忙热闹的场面。小勇想哪里是我要去的地方？他走向岗亭，向里面站着一个穿黑制服戴胸章的女民警问道：＂同志，卖便装，工作服服装的市场在哪里＂？她指着街道前面说：＂往前走，大约一百米就是＂。小勇朝着指的方向跟在人群里走了大约一百米，街道两边全是服装商铺。铺里木板上摆满了各式服装，许多木板两头站着像真人大小，男女形象，穿着各式服装的木偶，特别是女木偶那身体轮廓线条清晰地凸现在服装上。他突然想起他和中民在车上让座的小姐，她们是不是卖服装的售货员？他胡思乱想，走到一个商铺前，里面站着一男一女的售货员。他想问个价，和最后面商铺的价格作比较。他指着一件用衣架挂起的黑卡其布的便装问："那件衣服多少钱"？那女的打量了一下他，把脸扭向了另一边没回答。他又走向后面一家商铺，一中年妇女站在里面，他又指着同样一件便装问："那件衣服多少钱"？"十七元"。小勇走了，那人说："我知道你不会买，是来问价的"。小勇想我到另一间商场去问个价，他拐弯走出大门，到了另一个商场的中间部位。来到顾客多一点的摊位前，有顾客用衣服放在身体上比较长短。一位女顾客问："有试衣服的地方吗"？"你进来"。那女顾客进去，"我到哪里去"？售货员指着用布围起三方的一个角落，那女顾客拿起选出来的服装走进去，售货员拉起一块一人高的落地黑布，正好把女顾客遮住。另一位男顾客正在和那女售货员讨价还价，小勇看，生意忙，无意顾及他。又到了另一个摊位，一位中年妇女在摊位里，背向着他在整理服装，小勇等她整理后转过身来，她问小勇："你要点什么"？小勇指着同样的衣服问："那件衣服多少钱"？"十九元是卖价"。心想比先前那个店铺还多二元，小勇转身走了。他要到最里边，最后排去看，他走过一个个摊位，今天是星期三，顾客不是很多。他走到尽头，是一排横着的摊位，横排的第一个摊位是位男售货员正在看报，小勇指着一件同样的衣服问："那件衣服多少钱一件"？"十九元"。小勇想怎么最里面摊位价比靠街面摊位的价还高？他又走向旁边的摊位，看没有同样的衣服，接连看了两个摊位都没有同样的衣服，这最里面的摊位，服装堆放的数量多，品种少。他走到第三个摊位，看一位中年男子站在摊位里，里面堆了很多服装，指着同样的衣服问："大哥，那件衣服多少钱"？"十七元，要多少件"？"只要一件"。"一件不卖，我们是厂家批发。你看我们这里还有卡其布的裤子，劳动布的工作服，工作服衣裤，如果这几样都买一件，我可以卖给你"。小勇说："如果几样都各要一件，你报个价"。"卡其布裤子十一元。劳动布工作服十五元。劳动布裤子十元"。"还可以少点吗"？"这是厂里定的批发价，要降价要厂长批，你可以在商场里转一转，问一问同样的服装价格"。小勇不想拒绝，借故说："我去上个厕所"。小勇离开，他又回到第一个报价的摊位，"大姐，我刚才问你那件衣服十七元还可以少点吗"？"那是批发价，你要多少件？最少五件以上，少了免谈"。"那劳动布工作服，劳动布裤子，卡其布裤子，你报个价"？"劳动布工作服十六元，劳动布裤子十一元，卡其布裤子十二元"。"可以少点吗"？"价不能少，几种服装加起来不能少于十件"。小勇又回到最里面的厂家批发摊位。小勇说："大哥，你把那几样服装拿来我试一下"。那人打量小勇的身材，在服装堆里选了几件，交给小勇说："这些服装有一定的缩水，你要选宽松点的型号，你转到摊后边墙角去试"。小勇试完后选了几件交给那男子算账。"一共五十六元"。他用塑料袋把服装装好，递给小勇。小勇付钱后提着服装转到旁边的衬衣摊位，一位年轻漂亮姑娘站在摊位里。小勇想该怎样称呼她呢，叫姑娘不好开口，叫小姐不合适，干脆叫同志。小勇指着一件棉布白衬衣说："同志，那件衬衣多少钱一件"？"你买几件"？"买二件"。"买二件可以考虑，十二元一件"。"可以少点吗"？"二件可以少一元钱"。小勇想今天时间不早了，"你拿几件给我试一下"。她打量了一下小勇身材，取了几件给小勇说："这是两种型号，要适当选大点，考虑点缩水量，到后边去试"。小勇试衣后选了两件。她细心折好，用硬纸盒装好，再用塑料袋装上交给小勇。小勇看她如此细

52

致，说："谢谢"。小勇付钱后说："同志，请问卖蚊帐在哪里"？"出商场门口往右五十米就是床上用品市场"。小勇急步赶往床上用品市场，时间不早了，快步走向商场最里边摊位。快关门了，里面的顾客很少，有售货员开始收拾整理物品。他走向第一个摊位，一个中年妇女正在弯着腰整理蚊帐，小勇问："单人纱布蚊帐多少钱一笼"？"二十五元"，她没抬头。小勇走向另一位个摊位，也是一位中年妇女，她正在对着镜子理她额前的头发，小勇问："单人纱布蚊帐多少钱一笼"？"卖完了"。小勇又走到最后墙角边的摊位。是一位男子站在那里收另一位顾客的钱。看到小勇走过来就问："兄弟要点什么"？"要一笼单人纱布蚊帐，多少钱"？"二十五元"。"可以少点吗"？"你是我今天最后一位顾客，优惠一元钱"。"要一床"。那人给了两床让他选。小勇翻开蚊帐，他从未用过这种单人蚊帐，他细看是否有脱缝的，是否有洞，选好交给那人说："我要这一床"。那人用塑料袋装好递给小勇。小勇看到还有枕头就问："那枕头多少钱一个"？"有两种，一种芯是全棉的七元，另一种芯是纤维的四元"。"我要四元的"。小勇付了钱，收了枕头，蚊帐和先前买的衣服，衬衣，但无法打包。小勇对那位卖蚊帐的男子说："大哥，能给我一根绳子行吗"？那人随手拿了一根用过的编织袋和绳子递给小勇，小勇把所有物品装进编织袋，用绳子捆好背上，向回去的方向赶路。他走到车站，站上站满了下班的人。车过来了，车上已经挤满了人，车门开了，里面有人在吼："让一下！我要下车"！"你自己挤嘛"！过了好一会儿，才挤下了两个人。下面的又一拥而上往车里挤，"兄弟们往里走点"，挤在门口的人在喊。司机关了几次门都关不上。"不要上了，里面齐不动了。你们挤在门口，关不上门，大家都走不了"。挤在后面人看实在挤不动，下去了两个，车门关上了，车子开动了。小勇站在那里，看到站上还是那么多人，大多数人空着两只手，少数人提着包，只有他背着包。现在正是下班高峰期，他要挤上车很困难。街对面一个中年妇女背着一块板，挑着担，她放下担，取下背上的板，用收折架支撑起木板，木板上又支撑起纱帐门的框，把碗瓶罐放在里面，再把一盆凉面放在里面。开始吆喝："卖凉面啦，正宗张氏凉面，五角一碗"。这时候小勇才想起没吃午饭，小勇想现在背着包，也挤不上车，去吃点东西。他过公路，走到凉面摊前说："大姐，这一碗凉面是几两呀"？"是二两"。"我要三两可以吗"？"可以"。"多少钱"？"优惠你，还是五角"。"来一碗"。"要香辣子吗"？"要"。小勇站在街边，背着背包，边吃边看汽车站，上上下下的乘客，一个个都是来去匆匆。小勇吃完面放下碗说："大姐有开水吗"？"有"。她提起一个锑壶给他倒了半碗开水，小勇实在有点口渴端起碗一饮而尽。放下碗，付了钱。又到了对面的汽车站，站上的人少了些。一辆车来了，小勇透过车窗看到，车上座位已坐满了人，过道上站了少许的人，车门开了，大家又往车上挤。小勇由于背着包被挤在最后，刚踏上车，背包被车门卡住了，关不上车门。"背包的下去，这趟车挤满了。你包太大，这车挤不了"。是售票员的声音。小勇退下后，车关门开走了。他站在站上，又陆续地来了几个人，但比以前少多了。等了一会儿，车来了，车内坐了部分人，车门开后依次上车，小勇背着包仍在最后上车。他站在通道上，看到有些人眼望着窗外，有几个人在座位上打瞌睡，大多数人眼光无神，尽显疲态，车内也安静了很多。小勇觉得有人在掀他的背包，"你把背包放到前面驾驶室旁边去"。小勇把手膀从背包带里抽出，放下背包，转过头看是售票员，他拿出零钞买了票，提着包走向驾驶座旁。驾驶员旁边放东西位子很小，被箱子和背包占完。他只好把背包放在一个木箱上，双手抓住栏杆。车子摇晃着穿行在街道上，街道两边的路灯开始亮了，房屋上的广告灯箱，霓虹灯也亮着。但房屋在黄昏中显得模糊，街道上行人少了，但都很匆忙。小勇又转了两趟车回到工地。小勇路过中民房间前，看到中民的房间门开着，他走进去，看到他正在写什么。中民看到小勇进来，他忙问："吃饭没有"？"中民哥我已经吃了"。"你的物品买齐了吗"？"买齐了"。"明天你能上班吗"？"当然要上班了"。"我想跟你商量一下，你先熟悉一下工程施工全过程，先到普工班去干一段时间，普工班的工作是配合各工种工作，可以全面了解工程各工序施工过程，为今后学技术垫底"。"谢谢中民哥考虑周到"。"那你明天早晨八点钟到这里来，我带你到工班去，现在你回去抓紧时间休息"。

2-3 打工（二）

　　　第二天一大早醒了，小勇到食堂买了一个馒头，一两粥，一小份咸菜，一共三角钱。吃完饭后回到工棚。今天要上班穿什么？昨天穿的那一身穿了这些天实在太脏，今天是第一天上班还是穿整洁点。只好把昨天买的黑色卡其布便装拿出来穿在身上。他走到中民的宿舍，中民还在吃饭，看到小勇进来，他打量了一下说："这就是你昨天买的衣服"？"是呀"。"还真合身，我昨天又搜出两套旧衣服，给你上班穿"。小勇说："你跑工地也要穿"？"我有这些年剩下好几套在那里搁着呢，你要不嫌弃，就拿两套去穿"。小勇说："有衣服穿就不错了，还嫌弃，那就给我吧"。中民在纸箱里找出两套，递给小勇，他接过衣服说："谢谢中民哥"。他转身回工棚把新衣服换下，穿上中民的旧衣服。小勇在工棚门口看到中民已站在宿舍门口等他。他走到中民跟前，中民说："走"。小勇他俩转过工棚，看到工地几排整齐高低不一的脚手架。有一栋还没搭脚手架，堆着河沙，石子，砖头。有一栋耸立的脚手架里面砖墙已有三四米高。另一栋脚手架里面砖墙已有二层楼那么高。还有一栋脚手架与砖墙一样高。每栋房子后面中间位置都有一台井架吊。中民带着小勇向一群推着斗斗车，挑着灰桶，拿着铁锹的人群走去。那群人到了一栋楼前排着队，一个中年男子，四十多岁，一身劳动布工作服，走到队前。中民走过去对那位中年男子说："胡班长，给你带来一位新工人，他是我表弟，希望你今后多关照，他是一个学生，刚出来打工，什么都不懂，工作中多指教，多帮助，他有什么事直接跟我说"。胡班长说："是你表弟还有什么话说，我一定尽心"。"谢谢胡班长，我走了"。胡班长指着小勇说："你站到里面去"。胡班长开始讲话："今天的工作面很多，我们每个人去跟师傅打杂，一定听从师傅安排指挥。在地面上搅拌混凝土的人和搅拌砂浆的人，一定要按照混凝土配合比和砂浆配合比备料，要准确。抬料上跳板，要小心防滑摔倒。推斗车的一定要把塔吊挂钩挂好，挂牢。还要互相关注，了望，戴好安全帽，给架子工送钢管扣件的人，一定把钢管配件抓牢，绝对不允往下掉。翻爬架子要把架木抓牢，一步一步地攀登，铺跳板的一定拴好安全袋。你们都必须戴好安全帽，手套，谁到哪个工作面干活，与昨天不变。马小勇新来，到搅拌砂浆组去，今天的注意事项就讲到这里。马小勇跟我来"。小勇跟着胡班长走，胡班长问："你今年多大了"？"十九岁"。"还在上学吗"？"不上学了"。"你就这样出来打工一辈子"？"没办法"。"打工是很苦很累的"。"这我不怕"。"你有这种思想准备就好"。他们边说边走来到一座石棉屋面砖墙的小屋前，只有一扇门。进到屋里，见到一位中年女子坐办公桌后面，穿一身工作服。胡班长对那位女子说："我们公司来了一位新工人，来领点劳保用品"。她看着小勇问："你是劳务公司的吧"？胡班长说："是"。她说："只能领一顶安全帽和每月一双帆布手套，领安全帽的人离开工地，必须完好地交回。如果人为故意损坏要赔偿，在工资里扣，要保管好，手套是消耗品不收回"。她又问："叫什么名字"？"马小勇"。她用复写纸填好两张小单，叫小勇签了字。她又说："回去叫你们工头来签个字确认"。她进屋里拿了一顶安全帽和一双手套出来给小勇。胡班长带着小勇走到一台正在运转的砂浆搅拌机前，对一位正在铲灰的女子说："小苏，我把马小勇交给你，你负责带他，教他工作。今天你们增加一人，明天我把小石抽到楼上挑灰，这里就你们两人"。"今天晚上再说吧，我还不知道他能不能胜任"。"也行"。胡班长转身到楼上去了。"苏姐，我干什么"？这时候她撮满了一桶灰浆，抬起头来打量了一下，一个二十来岁的小伙子，一米六高，身穿一身的旧工作服，是农民？不像，脸没晒黑。迟疑了一下说："把安全帽手套戴好，你来撮灰，就像我这样，撮到桶里，然后提到那边灰盘里摆好"。小勇这时候才看清这女人，三十来岁，瓜子脸，脸盘黝黑，一身蓝色的工作服，头发卷在脑后，强健的身姿，但并不丰满。小勇从她手里接过灰铲，埋头撮灰浆。一会儿把灰浆撮完了，有十多桶灰浆，提到灰盘里摆好了。只听到一声哨声，她马上跑过来说："小勇你过来，我教你拉浪风绳"。小勇小跑过去，她把手里的绳子交给他说："你看这绳子连着那空中的吊钩，你用力把那边的吊钩拉过来，用力不要过猛，只要吊钩在慢慢地转动就行了"。小勇没用多少力，吊钩开始转动，吊钩接近到头顶上空，苏姐突然叫停。她吹了一声口哨，吊钩徐徐下落到地面。她又连吹两声口哨，吊钩的滑轮停止转动。她提起灰盘两边的钢筋挂件合成吊件。"你把吊钩拉过来"，她把吊钩挂在装满灰桶的灰盘合成的吊件上，"注意必须把吊件挂牢"。她吹了一声口哨，灰盘徐徐升起。"小勇你把绳子拉住，稳住灰盘不让它转动"。灰盘升到一定高度，又听到一声哨声，灰盘停止上升。吊钩上另一方绳索拉着灰盘转向施工房顶，又传来一声哨声，灰盘徐徐下降，降落在砌砖的架子上，这一吊灰过程完成。小勇站在那里，思考刚才吊运灰浆的全过程。再观察这井架吊，是角钢制成，定长尺寸的角钢用螺栓连结而成，井架下面的电动卷扬机转动带动钢丝绳运动，运动的钢丝绳带动连结井架上一个约十米长，用小角钢焊接而成的转动支臂顶端的滑轮转动，套在转动滑轮上的钢丝绳连接灰盘挂钩上的滑轮转动，来回运动的钢丝绳使其吊装物或灰盘垂直升降。人力控制支臂转动，全靠浪风绳拉力传递，带动支臂水平转动移位，使吊装物，灰盘到达指定位置。口哨音是指挥卷扬机操作人员控制卷扬机运转，通过钢丝绳运动带动各个关联滑轮转动，从而控制吊装物或灰盘垂直升降，到达理想的高度位置。他想清楚了人，机械协调运作的原理，相互的关联。她说："我们吊灰浆的过程完了，还有一件非常重要的事，就在吊运灰浆或吊运其它物料的过程中，凡是吊装物移动区的下面不允许人员进入，万一吊装物跌落下来砸伤人可就是人命的大事，我们一定要观察制止人员进入"。小勇说："谢谢指教"。"小勇我们去运水泥"。小勇跟在她后面，推着手推车到了一座油毡屋面，油毡做围护墙的小屋。进门的两边各堆放着一堆水泥，她指着水泥说："左边这一堆是325号水泥，纸袋上有文字标注，是我们拌砂浆用。右边这堆水泥是425号水泥，是专门拌混凝土用的"。"来，小勇我们抬水泥上车"。"不用两人抬，我一个人抱上车，你撑住车就行了"。"一百斤你抱得动"？"没问题"。小勇轻松地抱起一包水泥放在车上。她说："小兄弟，两人抬的你一个人就抱动了，体力真好"。"重体力活是我经常干的"。他们把水泥运到搅拌机前，她去工具房拿出绳子和竹杠说："我们用绳捆好水泥，用竹杠抬到搅拌平台上"。她放绳索摆好，小勇又将水泥抱起放在绳索上，苏姐拿竹杠穿过绳索两人弯下腰抬，小勇把抬绳往身边一拉。她说："那样你肩负过重，而我肩负过轻"。小勇说："你是女同志，我是男同志，应该负重一些"。"看不出你这小伙子有这样的好心肠"。"这是应该的"。他们俩把六包水泥分三次抬到搅拌平台上。小勇说："今天早上胡班长说的砂浆配合比有吗"？她从配电开关箱里取出一张纸递给小勇说："你看这单上面325号沙浆配合比"。小勇看到纸上写着河沙，水泥，灰膏，水的各自重量。小勇问："这里有称吗"？"堆河沙那里有"。"我已将称好的河沙和灰膏装在箩筐里，进行过度量，做好了记号，这样每次都以记号为准，水过称后装在水桶里做好记号，也是以记号为准"。小勇问："如果某种材料多了，少了有影响吗"？"我也不太懂，听施工员说不论哪种材料多少都对质量有影响，水泥多了，砂浆硬化后，抗压强度会更高，不影响工程质量，但浪费了水泥。如果河沙多了抗压强度会降低，水多少也会影响抗压强度，会影响工程质量。为什么？其中的原理我就不知道了。水掺的多少我们组挑灰的人也有意见，如果水掺少了，砂浆的柔软性差，泥工不好用，就叫我们挑灰的人给掺水拌合。如水掺多了，砂浆流动性大，泥工师傅叫挑灰的人加水泥拌合，这样增加挑灰人的工作量。所以各种材料必须准确定量"。"谢谢你的教导"。她说："这些都是我们操作工必须掌握的"。她吩咐小石去推两车灰膏放在那里。她用手指了一下搅拌机左边，她又说："小石弟叫石川民，比你大几岁，你应该叫他石哥"。小勇说："这是当然"。"小勇你把那边的箩筐放在手推斗车旁，我们撮河沙"。她边撮河沙边说："你看箩筐的沙，装平筐口就是五十公斤"，她又撮了一筐白灰膏，装到箩筐画线的位置，她说："这个位置白灰膏是四十公斤"。她和小勇抬三筐河沙和一筐白灰膏到搅拌平台上。随即她提一个铁皮桶，在盛水的大桶里舀水到铁皮桶的画线位置，对小勇说："这就是配合比上水的重量"。她把水倒在搅拌机里，接着她打开配电箱，推上搅拌机电源闸刀，搅拌机开始运转。小勇问："为什么不把料上齐了才开机"？"把料都上齐了，河沙，水泥，灰膏加起来太重，压在旋转叶片上，加之水泥，河沙，白灰膏没有拌合前柔性很差，阻力很大，电机马力不够，转动不了"。小勇看了配合比单，他们两人抬一包水泥五十公斤，倒在搅拌机里。等了一会儿，又抬了一筐河沙倒在搅拌机里。又等了一会儿，接着抬一筐白灰膏倒在搅拌机里。搅拌机叶片在不停地旋转，把拌合物搅得清稀柔软。过了一会儿，又把另外两筐河沙倒进去，搅拌机继续运转。他们坐下来休息一会儿。砂浆搅拌好了，又开始撮灰浆，吊运灰浆，运水泥，运河沙，重复这些工作，很快到下午五点了。他们坐下来，她说："上面沙浆还没用完，加上这一盘砂浆今天完全够用了，我们休息一会儿"。她把竹杠放在箩筐上当凳子坐在竹杠上，小勇把装河沙的空箩筐翻转底朝天，直接坐在底上。他们用汗巾各自擦了颈项的汗，这时候小勇才又细看她，黝黑的脸庞，中年妇女强健的身姿，一身半新旧蓝色的工作服，一米六的个子。她说："小勇你这样好学，好观察，这建筑施工技术，要不了多久你就全部学会，加之你人品好，又肯出力气，你以后发展前途无量"。小勇说："我是一个穷学生，打工仔，说不上什么前途，只为求生。我只是对看到的每一样东西都想看个仔细，想个明白，问个清楚，还希望你今后不要保留，多多指教。至于出力气，挨饿，遭骂这是我这样下层人的生态。这方面我没有难受的感觉，饿和累只觉得是身体在人生存活动中的正常反应，不觉得是苦。别人批评和劝告是对我的关心爱护，别人的批评，建议，劝告能从中学到点什么东西，吸取点什么教训，我内心感激他。你想如果是路人，谁会去费口舌，管与己无关的闲事。如果是别人骂我，我想是否我自己在某件事情上伤害了人家？或者语言不当激怒了人家？向别人问个究竟，如果是自己的错，给人家道个歉；如果不是自己的错，也不在意，世上什么性格的人都有"。她说："你这样年青，懂这样的哲理，性格这样好，完美的意识，真是难得"。小勇说："这些想法都是由于自己穷，处于下层社会，在学校和同学之间相处的经验感悟，生存奋斗磨炼中体会到的，还望你在今后的生活和工作中，不要顾及情面随时随地给予指导"。"我有什么指导的呀？一个小学生"。小勇说："不能那么说。学校学的书本知识有限，生活常识，生产中的实用技术，工作经验，社会经历，丰富多彩的社会万象，那才是文理工科中没有的社会大学。不过我所处的社会地位，接触的人群，所从事的行业，对全面了解社会人文，掌握各种技能，还是有局限和不全面的。但我只要肯接触，肯学习，细观察，勤思考，还是会学到很多的知识，以适应社会的发展进步的需要"。"哎呀，小勇你这一套话，我听都听不懂，你才是我的老师"。"你不能那么说。我讲的都是些处事的肤浅哲理，只有经历过经验教训，掌握的技能，深究的理论，才是老师，我一个刚入社会的小子，哪有什么社会经验，技能和理论的积累？不过我会从头开始细心地体味，认真地总结"。她说："你今后的前途无量，我们去收拾冲洗灰桶和搅拌机"。他们收拾冲洗完灰桶和搅拌机，已经是下午六点了，该下班了。

回到工棚后一看，食堂外排起了队，小勇拿起饭碗到食堂买了四两饭，一份萝卜。他端着饭去看中民回来没有，走到工棚前看到门开着，走到门口看到中民和一个三十来岁的男工在谈话。"小勇来坐"。小勇说："中民哥，我去给你买饭"？"我已经吃过了"。小勇进来落座后听到他们在谈话，中民说："我这次回去，李主任特别叫我给你带话，说你老婆要到广州去打工，你父母说家里有一大一小两个小孩，又是喂猪，又是喂牛，还要种地，家里那么多活，谁来干？再说孩子还小，离不开母亲，留下两小孩他们二老哪里忙得过来。但是她不听，老人私下说，年纪青青的到那个花花世界花了心怎么办？这个家就散了，孩子没娘怎么办？所以叫你回去一趟，做一做工作。老人的信不知你收到没有"？"信是收到了，信上也没说清楚，你的话才说清楚了。我春节回去的时候，她跟我说，对门家的张世英跟她一个岁数，去年到广州打工，回来穿那一身衣服特别好看，她看都没看到过，皮鞋亮光光，头发卷卷的黑又亮，脸色也白里透红，像个小姑娘，从村里走过，谁都要驻足回头观看，在广州打工多好哇，她说她也想出去打工。我当时就说，你看这一家人，我走后你再走，这孩子小怎么办？当时她没吱声，我不知道我走后，她闹得这么凶。王工头你给出个点子，怎样才能把她留下来"？中民沉默了一会儿说："我给你提个建议，你这次回去，跟你老婆买点好看的衣服回去。先到你丈母娘家去一趟，跟老人家讲一讲情况和想法，叫他们到你们家去一趟，去跟她女儿做工作。你回去跟她讲，孩子还小，不能离开妈妈，今后孩子大一些，我的手艺学到手了，我们一起出去，要是你找不到工作，我有工作，我们也能有饭吃。好言安慰，让老人小孩把她拖住，我这里写个条子，你拿去到甲方的财务去拿钱，你盘算一下要多少钱"？"我不知道她一套衣服要多少钱，穿多大号的衣服，什么花样的衣服"。"那这样你先拿两百元去，明天油漆班没事休息，她们班几个女工你看哪个女工跟你老婆身材差不多，你去求她明天跟你一路进城去试衣服，征求她的意见，她喜欢什么款式颜色的衣服，当然车费和伙食费得你出"。"那是当然，谢谢王工头"。小勇吃完饭后说："中民哥，你有什么事没有"？"小勇，我没什么事，你回去休息吧"。

　　小勇回到工棚，路过陈原铺位。他躺在床上，小勇问："陈大哥，你吃饭没有"？"吃了"。陈原问："你吃饭没有"？"吃了"。"坐下来聊一会儿"？"我去洗个澡"。"你慢慢去"。小勇洗了澡，又洗了内衣。觉得没事，就到陈原床前。陈原看到小勇到来，非常高兴说："小勇来坐"。他挪动了一下身子，把床让出一个位子给小勇坐。小勇坐下看到他精神比昨天好多了。小勇问："身体怎么样"？"比昨天感觉好多了，头不昏了，感觉不到饿，但不呕吐了，只有养几天才能好。现在不知道是什么病，医生说没有特效药，不像前几年吃点四环素，或打点青霉素针就好了"。"只要好就行"。"多谢你的关心"。小勇说："过去有句俗话，在家靠父母，出门靠朋友，在外没亲人，只有靠互相帮助"。"听说你是王工头的表弟"。"是的"。"王工头也是个好人，他处处为我们老乡打工仔着想，也肯帮忙。我们大家都喜欢他，他的话我们大家都听。我们和他共事好几年，他原来也是泥瓦匠，技术很好，他基本什么工种都干过学过。他处理事情在行，他和甲方的工程技术人员，施工人员关系也不错，配合得也很好，甲方单位也很满意。据说下一个工程已说好给我们留着，这个工程完了马上就上下一个工程，我们工人也很高兴，出来打工挣钱，只要有活干，能拿到钱，大家都高兴。你这么年青就出来想干点什么，学点什么"？"我出来看一看，先学点技术糊口，以后再看看有什么可以适合自己的事做一做"。陈原说："如果你哪天想学泥瓦匠，来跟我一起干，把我学到的都教给你。我当时选择学泥瓦匠，也是经过再三思考，衣，食，住，行是人们的基本生活，其中住是人一生中最重要的生存条件，也是花费最大的一笔开支。泥，木，石工是建筑工程的主要工种。石工在现代房屋用工量已经极少，而且是个强体力活。木工也被混凝土，铝合金门窗所代替。只有泥工现在用工量大，技术含量较高，所以选择泥瓦工。当然这是我农村出来的打工仔，没钱，没文化，也没人脉关系的无奈选择，学点技能，赖以生存，当然有能耐，有机遇，发大财更好"。"陈大哥，你的分析和选择很好，提醒了我，如果我哪天有机会了，一定拜你为师，你一定要收我这个徒弟，毫不保留地教我技术"。"那是当然"。"我现在叫一声陈师傅可以吗"？"当然可以"。"你就考虑好了"？"我肯定要学的。目前我有个打算，我先熟悉一下砌砖工艺过程中的辅助工作，对砌砖的全过程有一个初步的了解，也许对学技术有帮助"。"哇！你怎么想得那么多？将来你一定会成为领导或老板"。"我没有那个能耐和资本，我只是想学点技术，谋生而已"。"你们谈得好热闹哇"！陈原指着说话的人说：'这是木工袁师傅，袁川"。小勇看着袁川说："袁师傅你好"。陈原又指着小勇对袁川说："这是王工头的表弟马小勇"。"小勇你好年青，多大岁数了'？"今年十九岁，袁师傅你好"。"我比你大了'两轮'，称得上你师叔了'。小勇说："你是理所当然的师叔"。他笑着说："你这孩子多有礼貌哇，你称我师叔，我当仁不让，我收这个晚辈徒弟"。"谢谢袁师叔"。陈原看着小勇开玩笑说："怎么我这行拜师学艺还没入门，你怎么又就另拜师了"！"陈师傅，我想过了，我人年青有时间，我要把这建筑业各工种手艺学个遍"。"那你今后自己造房不用请人了，最多请两个帮工扛材料，递工具就行了。你自己从基础到房顶，从里到外，自个做完，我们这些手艺人都挣不到你的钱了。你今后再学个工民建专业，拿个文凭，设计制图都自个儿一手干完，设计，建房子通吃"。"师傅你不要开玩笑，我没那么大的本事"。"你是什么文化程度"？小勇说："高中"。"高中再跨一步就大专或本科了"。"你只要有信心决心，年青有精力有时间，还有高中文化的基础，完全能达到目的"。小勇说："我哪有那个经济条件"？"咳，现在有函授班了，就是一边工作，一边读书，就是把书发给你，你用业余时间自学，每周星期天到一个地方去上一天课，课堂上讲授自学时没学懂的东西，老师给予指点，每科学习课程不受时间限制，每年考试两次，考试科目自己选择，如果考试不及格下次再考，直到及格为止，全部规定科目考试合格，发给相应的自考毕业证书，国家承认学历，跟学校拿的文凭一样"。小勇说："有这样的好事"？"我们木工班李林，现在正在上这种班的课。他还是一个初中生，他家弟妹多，他是老大，初中毕业，弟妹有的还在读初中，有的读小学，家里困难，弟妹都没成年，只有他可以挣钱了。父母把他赶出来打工，但他不甘心，十六岁出来打工，空闲时间就看书。去年在报纸上看到这个消息就去报名，有时候他要请假去上课，我非常支持他，我特别喜欢这样自强好学的年青人"。"谢谢袁师叔给我信息，提醒了我"。"明天下班后，我把他带到这里来，你们认识交流一下"。"多谢袁师叔关心"。小勇说："陈师傅，我去给你接瓶开水，打点洗脸洗脚水"。"我自己去"。"你生病好好休息，病好了还要挣钱养家"。小勇提着水瓶和水桶走了，陈原说："这小伙子心肠好，又爱学，今后有发展前途"。袁川说："值得结交"。一会儿，小勇提着水瓶和一桶热水回来，他把陈原的水杯倒满开水，又从床下拿出洗脸盆倒上热水说："陈师傅，你洗脸，我去休息去了。今晚如果有什么不舒服，叫我一声，我的床就是最里角的那间"。"谢谢你，小勇，你累了一天还惦记着我，真是亲兄弟，袁老兄，谢谢你来看我，明天还要上班，回去好好休息"。袁川起身说："陈老弟，好好休息，改天再会"，起身走了。小勇站起来表示送行，小勇又向陈原摆手再见。

　　小勇一倒下就睡着了，没听到呼噜声，看来习惯了。一觉醒来已是天亮，吃过早饭，赶到工地已是八点钟。全班人员站好队，等待分配工作，胡班长站到队前，先分配了工作，然后说："今天借上班时间人齐，跟大家传达一个非常重要，关系到大家切身利益的大事。现在改革开放已经六年了，各方面新的制度开始建立，上面政府下文，明确我们劳务公司和甲方公司即雇用公司，在安全生产和劳动保护方面各自相关的权力，义务和责任。根据文件精神和实施细则，签订规范的合同。条文很多，由于时间关系，我只大略的讲一下与我们切身利益相关的重点二条：第一条，劳动服务公司，在为甲乙双方合同规定的服务项目中，在服务的过程中，由服务公司组织员工安全培训，负责服务过程中一切安全措施的执行，安全监督，安全检查，有关安全的一切日常事务性工作均由服务公司自行负责。由于安全因素引发或导致的责任和后果由服务公司负责和承担。第二条，甲方，即雇用方，付给乙方，以劳务公司总服务费为计算基数，提取百分之五的安全包干费用。甲方，即雇用方，免责一切相关责任和费用。这里面很多字眼，大家不理解。通俗地讲，就是今后一切与安全相关的一切责任和后果都由我们自己负责和承担。我们服务公司为严肃安全纪律，明确员工自身责任，今后凡是交待的安全事项，必须严格自觉遵守，执行。如果违背和不遵照执行，导致后果由责任人自己负责，公司一律不承担一切责任。具体事项今天晚上开会上宣读，大家可以在会上提出问题。今天我再把各组的安全注意事项讲一下：凡是高空作业的挑灰组，供砖组，配合架子工送料组，配合混凝土浇灌的小组，这些小组所有人员必须带上安全帽和手套上班，上架必须走安全通道，不允许走捷径翻架上架。上架后先检查搭铺的跳板是否牢固，安全护栏是否完好，不得随意挪动走道上铺设的跳板。注意空中的吊装和灰盘，不得在移动的吊装物或灰盘下方区域行走。负责供砖的人，不允许乱扔砖头，以致掉下伤人。装砖的人一定要把砖头装整齐，卡紧。供砖组和供灰组，你们一定要按约定方式吹哨，以免造成卷扬机操作人员误听，导致操作失误。从事各项工作的人员，必须集中精神工作，不得在工作时开玩笑和争吵。休息选择安全地点。如生病或头昏，一定离岗休息。今天我简单讲到这里，其它安全事项，按各工序，工艺安全规则执行，现在各就各位"。"苏姐，马小勇可胜任吗"？"完全能胜任"。"那我把石川民调走"。

2-4 结交

又开始重复头天的工作。小勇和苏姐配合得很默契，一天很快过去了。到了下五点左右，搅拌和装运灰浆的工作已完成，他们又坐下来休息。小勇问她："听口音你是我们那个地方人吗"？"我娘家在复兴乡桥村，婆家是峪山村廖家坪"。"那我们是一个村的，你认识廖书记吗"？"他是我公公"。"是书记家里人，你们那么好的条件还出来打什么工呀"？她迟疑一会儿说："我们是同村的老乡，你比我小我就叫你弟，我就是你姐"。小勇高兴地说："结交你这样的姐是我的福份，三生有幸"。"我们既然是姐弟，我就把我心里话实说。在我们那村里，都认为我们家日子好过，其实外人不知底细。在前七八年前，那时还是公社集体化，大家都集体种地，分粮，虽穷但大家状况都差不多。当书记一个月有三百分误工工分，加之书记有十元钱补助，在当时全村的人的眼里，算是日子好过，我当时就是冲着这个条件，从街边平坝上嫁到这高山坡。现在改革开放，田土下放到户，田土分到各家各户。村长书记没有农业生产可管，只有宣传执行国家有关政策和调解村里民事纠纷，家庭的内部争吵的杂事。没有提留粮，提留款可管理，村长书记没有误工工分，只有十元的补贴款。有时乡里干部检查工作还得招待饭菜，腊肉。鸡蛋自家有，总得买包烟，买瓶酒应酬，除了这些开销，剩不下什么钱。不像我娘家是街边村，村长和村支书可有钱，修个什么公路，建个什么房，从中得点'好处'，占田占土是国家给钱，土地是集体所有。占地只给被占地村民所占田土的青苗费和一定的补偿费。村民没想那么长远，也没计较，因为很多年轻人都出去打工挣现钱去了。有部分田地也没人种，反正也荒着，每年还要交农业税，所以多少给点钱也不在意。至于国家给的多少钱一亩的补偿费，村民不知道，村干部从中有多少'油水'也不知道。但他们生活变了样，底气更足了，跟从前大不一样。说话的声音大了，走起路来直冲冲的，穿衣服更好看，什么样式我也说不上来"。小勇问："你的老公"？"你问是当家的"？"是呀"，苏姐迟疑了一会儿充满怨气地说："我们通过这两天接触，你是个好人，又是弟，我给你说实话；我那个老公这个月初从这里就回去了，别提他了。过年后我们一起到这里来打工，他分到我一个普工组上班，在架子上挑灰。挑灰是不重，但灰浆在盆里一会儿就干了，泥工师傅喊拿水来，给我把灰浆拌稀。另一位师傅又喊，拿水泥来，我这盆灰浆稀了，给我加水泥拌干点。另一位又喊，我没灰浆赶快给我挑灰浆来。呼来唤去，像佣人，他无法忍受，觉得屈辱受气，还累。又加之我们俩住在我们工具房里，全是灰桶灰铲，每天睡前都要堆码工具，才能铺下一间床。考虑到上下班的人早晚时间各不同，等到最后一个人把工具放完才睡，又要在最早一个人拿工具前起床，把床收拾好。只好晚睡早起，房子又窄，又小，又乱，比起家里差多了。他无法忍受这一切，到了工地干了三天就要走，我好歹相劝，干到工资清算最起码一个月的期限，刚满一月就回去。他从小娇生惯养，都没吃过这样的苦。他是他家的独生子，加之是村书记的儿子，大家碰面都笑着叫他廖大哥，廖兄弟，廖叔叔。村民在独田坎，独木桥上相遇，都让他先过去，他感到多有面子。生活上又吃得饱过得去，工地上这样的环境条件他受不了"。她说着说着，脸上流下忧伤的泪水。她用袖口揩了一下眼泪说："他没能力撑起这个家！我得为两个孩子着想，留了下来"。小勇想现在计划生育这么严，说："你还有两个孩子"？"我生二胎是七八年，当时是绝对不能生二胎的，生二胎，罚款二百元。一条肥猪才值一百元，那时一家一年还只能养得出一头肥猪。有些家穷，怀上二胎，没罚款钱，就跟计生委的人去医院打胎，不要钱。有的是想生个儿子传宗接代，生了二胎。乡计划生育办公室组织当地的人去催收罚款，拿不出罚款就牵猪，牵牛，甚至是拆房，手段严厉残酷。开初组织当地人去催收罚款，由于当地催款人看手段太严厉残酷，乡里乡亲下不了手，不愿干。后来又组织其它村互不认识的人，互相交换催款人。我怀起老二，赶快躲在娘家去了。村民问我公婆，你媳妇到那去了，说打工去了，看在村支书的面子上，不好追问。在娘家的最后三个月，肚子看得出来了，人又互相认识，只好躲在屋里不见人。没敢到医院去生，在家悄悄生了，孩子要哭，不见阳光也不行，又赶快躲到姑姑家去。那里周围人互不认识，借故说是家里房子拆了，修新房子，没住的地方，就到这里来。老二到八个月带回家，村民问这是谁的孩子，说是打工的时候，一天早晨去上班的路上听到路边的林子里有小孩的哭声，走进林子一看，是一个被丢弃的女孩，实在可怜捡回来了。村民也有看出长相像我的相貌，但碍于是村支书的情面不言明罢了。现在还没上户口"。这话讲出来她后悔了，"唉！我不该给你讲，我这人太直率，和信得过的人相交，就觉得亲切，没了戒心。我只给你一人谈了这事，你不要跟其它任何人讲"。"苏姐你放心，你这样信任我，我保证不对任何人讲"。"够兄弟"。他们收拾好工具下班。

2-5 打工（三）

　　晚饭后天已黑了，食堂外平地上坐满了开会的人。有的人用废报纸铺在地上坐，有的人用砖头放在地上当做凳子坐，也有用废弃的小木板和木块垫着坐，也有少数坐在自制的小木凳上，那是木工。也有穿着上班衣服坐在地上，男女分坐，各自交头接耳。由于关系到各自的切身利益，所有的人都来了。天气不热，大多数穿着黑色，蓝色上班的工作服，也有人换上了干净的衣服。有的人望着天空，悠闲地吸着烟，有的人在交头接耳，摆龙门阵。大多数人都在议论安全方面的事。中民拿着一份文件站在灯下，提高嗓门大声地说："请大家不要说话了"。场子里马上静了下来。"兄弟们，姐妹们，我今天把我们劳务公司和甲方公司根据新颁布的劳动合同法，和相关企业管理办法，工程施工安全管理细则，协商制定签署的安全责任协议，跟大家读一下，今后有关安全方面的事宜以本协议为准，希望大家仔细听"。会场里鸦雀无声，大家听得很认真。内容跟上午班长讲的内容大致一样。中民边读边讲解，特别是工程施工安全管理细则，结合现场施工，对照细则进行分析讲解，经过半个多小时读完协议。中民说："没听楚的，没理解的，可以提问，通过这次会议引起大家对安全生产的重视，加深理解协议和相关法规，明确责任，保证安全"。现在大家可以发言提问，希望大家先举手发言，避免无序发言。由于时间关系，如果是同样的问题，后面的人就不用再提了。"我来说两句"，一个抽烟的人举手说："这个协议是根据政府有关文件精神制定的，但协议中没讲明有关文件号和相关法律中的条款。协议条文是否具有法律效力"？中民说："这个问题涉及到现行法规的条文和对法规的解释权限，我没有解释权，可以代为向上级反映，小林，你作好记录"。"我来提一点"，一个端开水杯的人举手说："我们架上铺的竹跳板，刚铺上时竹片还没干透，竹片间螺栓连接比较紧密，人在上面行走不摇晃，行走比较稳当，由于太阳晒，温度上升，竹片干燥收缩，使竹片收缩松动，人抬着重物，走在跳板上面摇晃。而因竹跳板摇晃，导致人员跌倒，掉下房架，后果严重，事故的责任方怎么认定"？"我来说两句"，中民打断发言说："你们说话慢点，记录人好完整地记录下你们的发言，小林你记录潦草一点，明天再整理一下。你继续讲"。一个四十多岁的人举手说："我们房架上走道两边只是一根钢管做栏杆，万一走路人被绊倒，从栏杆的空隙里掉下去，谁的责任？应绑两根钢管做栏杆"。一个三十多岁的男子举手说："我是搭架的架子工，我们架管的扣件螺栓由于反复使用，有部分螺栓丝口已坏了，拧不紧扣件，万一因螺栓松动，造成架子垮塌事故，该怎么界定事故责任"？又一个女工举手说："我们装砖的应该保证装砖整齐，砖头卡紧，吊钩把砖夹挂好，这是我们的职责。但如果钢丝绳断了导致事故，该谁负责任"？又有一个男子举手站起来说："我也是一个架子工，我们工地很多地方都是泥土填方，如果天上下大雨，雨水浸泡，填方的泥土收缩下沉，支撑在上面的架太重，支撑点泥土承受不了重力，导致架木坍塌，引发事故，怎么认定责任＂？又一个女工举手站起来说：＂我们工地上很多施工的移动机械，电缆线在工地上移动，一旦遇到意外损坏，电缆线绝缘层被破坏，漏电伤人，导致事故，该如何认定事故责任＂？又一个男人举手说：＂我是一个普工，我们经常在深基坑里作业，或者桩基坑里挖基坑，深度都在一二人深，甚至更深，要是人在里面作业，突然塌方，人来不及，跑不出来，这样的事故谁负责任＂？又一个男人举手说：　＂我们现在想不出来，今后我们发现了问题，该向谁反映＂？会场静了下来，等了一会儿还是没人发言。中民说：＂今晚大家提了很好的意见和建议，我们都作好了记录，整理后抄写两份，一份交甲方公司即雇用公司一份。交我们服务公司一份。由双方公司之间协商明确责任和商讨措施。如果今后大家发现什么有关安全方面的事，可向我或班组长提出，我以文字的方式向双方公司管理部门提出，留下文字依据，今晚的会开到这里＂。

　　散会后小勇回到工棚，路过袁师叔床前，袁师叔叫住小勇，指着一个小伙子说：＂这就是小李，叫李林＂。小勇注目，一张幼稚的脸，比自己矮一点，跟自己一样，一身蓝色劳动布旧工作服，说：＂兄弟你好，袁师叔给我介绍了你的情况，我叫马小勇＂。李林看着小勇一脸和善的面孔，心里感觉亲切，说：＂我叫你小勇哥，行吗＂？小勇说：　＂那好，我们出门打工都是兄弟，到我那里坐一会儿行吗＂？＂好＂。李林跟着马小勇后面，来到小勇床前。＂兄弟坐下，听说你很好学，还报名自考大专＂。李林说：＂我出来打工也是无奈，工地上的活干了一段时间劳累辛苦就习惯了。刚上班干杂工活，有一次我跟袁师傅打杂，在空隙时间里谈起我的情况。他看到我年纪小，勤快，又肯干活，非常同情我。说你还是学个手艺，我这里差人手，我给王工头说，就长期留到这里当下手。王工头同意了，学点手艺今后好找工作，工资也比杂工高一些，我们打工仔就靠这个生存。我非常高兴他接纳我这个徒弟。买了斧头，锯子，推刨，一直跟着他打工学手艺。一段时间后，空闲时间觉得无聊。他们有些人打牌，喝酒，聊天。他们看我是个小孩兴趣不同，和我没什么可玩的，没有什么话可说。我也觉得和他们说不上什么话，孤单无聊，时时想起我在学校的生活。有时候，吃饭后到外面转悠，到了晚上到街边闲步，碰到卖报人，一天卖不出去的报纸，降价五分钱一份，经讲价，三分钱买一份，从头到尾地看，一份报看几个晚上的空闲时间。有一天，我从报上看到一个函授招生广告，细读了工民建专业大专班的函授课方式，学习辅导方式，考试的时间。科目和学习方式很适合我自己，就去报了名＂。小勇问：＂没要求学历吗＂？＂填报名表时，表上面有一栏里注明相似高中学历，我很想读书学习，我就那栏打了勾，交了表，不久寄来了录取通知书。交了书费，授课费，把书寄来了。我打开书，看不懂。我去上函授课，课堂设在本市区的建筑专科学校，利用周日教室，每周日一天五节课。第一次到课堂我听不懂，下课后我站在教室门口等老师出来。我说老师你讲课我听不懂，老师说，你把书本打开看，是那些内容听不懂，我拿的是一本结构力学。我说这力的力矩，力的分解，合成和传递是什么意思。他说你读过高中的物理数学吗？我说没有。那我讲的你当然听不懂，你得补习高中的数，理，化课。我说怎么来得及呀？他说没关系，只要你下决心学，你用二年的时间专门学高中的数，理，化，函授专业课以后每年都要重复授同样内容的课。回来后我买了高中的数，理，化课本，正在学。小勇哥，你是高中毕业，正好当我的老师"。小勇说："不过我的高中数，理，化，也没完全学透彻"。"你不要谦虚"。"那我们互相学习"。"谢谢你，小勇哥"。"那你下次来时，把你几本大专课本带来我看一下"。"一定带来"。"今晚不早了，你回去休息吧"。"好，小勇哥我走了"。

　　新的一天又开始了，小勇已经熟悉这份工作，他知道自己现在应该干什么，推着手推车去推沙。他推回的沙，苏姐一看说："这河沙怎么像泥土一样？不能用"。小勇说："新运来一堆河沙都是这样"。苏姐跑过去一看，她看这沙含泥量是不是太高了？她拿不准，去找施工员。她到工地施工办公室，找到陈施工员。他走来一看，心想这是怎么一回事？严肃地说："这河沙根本不能用，你们来报告得好，要是用上了，那后果就严重了"。他把苏姐和小勇叫到跟前说："这沙含泥量太重，要是拌成砂浆用上，砂浆强度大大降低，承重的砂浆层无法承受上面的荷载压力，后果不堪设想，你去把材料员叫来"。她到材料库，找到管库员谢兰珍说："陈施工员找你"。她随苏姐来到河沙堆前，陈施工员用责问的口气说："这河沙能用吗，是谁收的货"？谢兰珍说："含泥量这样高的河沙怎能用"？"那你们收河沙时，怎么就没发现呢"？"这河沙是昨天下班后运来的，我不在场，是看守工收的河沙"。"今后看守工不能收料，这堆运来的河沙，叫送沙的人把河沙运走，今后不收他运来的河沙，造成后果我们大家都无法承担责任"。谢兰珍说："我马上通知他把河沙运走"。小勇看到发生的事情，给了他一个触动。他又重新推沙，抬沙，抬水泥，抬灰膏，撮灰，吊灰这样重复的工作程序，一天又快过去了，五点钟左右，今天的工作又快结束，他们坐下来休息。

　　他们坐下来眺望，一片繁忙的建筑工地，苏姐说："听建筑公司正式职工讲，去年这个工地上一名看守工，是个公司的正式职工，五十多岁了，身体不大好。工地上干不了体力活，领导照顾他，安排他看工地。因为看工地长时间吃，住，睡都在工地上，看守房是一间九平方米的小工棚。送河沙的车定不了运料时间，不可能派专人长时间守着收河沙，材料员就委托看守工附带收河沙量方。河沙以立方米计价，时间长了那个送河沙的人和看守工熟了，那人私下悄悄地给看守工说，你每次收河沙给我车厢里河沙多写一公寸高的高度，我给五元钱，你这工地这么大，沙用处又多，用了多少谁知道？看守工想，这工地到处都在用河沙，砌砖墙用砂浆要河沙，粉墙面用砂浆要河沙，做地坪砂浆层也是用河沙，谁知道用了多少河沙？我多记点账一定不会被人发觉。他月薪才八十元，每车有五元也是不少了。运沙是东风牌翻斗车，车厢的长度是四米，宽度是二米四寸，车厢高是五公寸，他记账时记六公寸或者五十八九公分，这样一车河沙就多出零点八九立方米，河沙每立方价是十五元，看守工得了五元，卖河沙的每车也多了八九元。后来这件事也是那个陈施工员发现的。事情起因是这样，每个月底管库员都要找陈施工员签字，认可本月河沙，石子，砖头的工程用量，财务把用量记录到工号成本科目里。施工员也要根据所完成的工程量，即使工程项目验收合格的工程量，作为计算工人工资的依据，同时也是建筑公司向项目建设单位收取工程款的依据。工程量根据材料消耗定额，就可以计算出用沙的数量，建筑公司内部财务管理规定，也要根据工程量核销材料用量。施工员每次他签字河沙用量后，都要进行比对核查。看守工收河沙作假后，工程河沙账面消耗量就多出百分之十左右，引起了他的注意，他到材料室索要过去收河沙的记录，根据记录的收方尺寸，又到运沙车厢量尺寸，对照记录尺寸，长宽尺寸是正确的，但高度尺寸超出车厢八至十公分，又观察几次运沙车运来的沙都是平车厢的河沙。这件事反映到建筑公司保卫股，保卫股派人下来查证。先后盘问了卖沙的人和看守工，他们承认了作案事实。查找过去收河沙的记录，一共有五十六车存在问题，看守工共收赃款二百八十元。当时的法律规定，贪污四百元就要坐牢，他已经贪污二百八十元，够开除工作的行政处分。开除工作今后没医疗保险和退休工资。看守工知道问题严重，马上把全部赃款上交，到领导那里去哭诉悔过，央求从轻处理。领导看他坦白交待，态度诚恳，给他记大过处分。去年所有工人普调一级工资，他被取消调级资格，不久后就退休了。他损失太大，少一级工资，每月少八元，连退休工资也同样少，退休几十年少几千元，多亏呀"。小勇问："他不知道要验工收方，按材料定额核消吗"？"他一个普工，又没文化，哪知道技术和材料管理方面的事"？"河沙供应方，又是如何处理的"？"据说后来供应方主动退还多收货款，建筑公司解除了供货合同"。小勇望着远方说："我初入社会不到一年，听到看到的事不少，都很新鲜，好奇，增加了不少社会知识。这里干活与种田不一样。但跟种田一样在烈日下顶风冒雨，出力，流汗，艰辛地劳作。我们从农村出来的打工仔，家庭分散各处，背景相同，年龄相近，性格各异的一群流向城市的人，将流向何方？归宿何处"？"小勇弟你真是想得太远太多了，我是为钱而来，干一天算一天，没钱挣各奔东西，回到我那乡下高山坡的家，别想那么多，我们收拾灰桶下班吧"。

　　小勇回到工棚，拿起碗到食堂，看到人端着回锅肉就流口水，想买一份。想起才出来打工，还是买了四两饭，一份萝卜，走出食堂，中民叫住了他："小勇，你到我这里来一趟"。小勇端着饭碗到了他的宿舍兼办公室的桌旁坐下吃饭，中民边吃边说："你怎么还是买四两饭，一份萝卜，不买份肉"？"这样已经很好了，省一个是一个"。"这里有件好差事，就是姜工程师明天到离这里一百多公里的一个新工地去测量放线，要一个有点文化的杂工。我派你去，说不定还能学点东西。可能要三四天时间，在那里吃住，明天上午九点钟的火车，你要带上斧头和锯子。明早八点钟我带你去材料室领工具，我这里给二百元钱给你作伙食费，你俩所用伙食费在公司劳务项目里报销，你记好账"。"要不了那么多"。"你跟姜工一起，总不能叫姜工给你付伙食费吧。姜工是甲方的工程师，是我们依靠的重要人物，你一定要把他照顾好，你借这个机会认识他，熟悉他，今后你也要跟他多接触，多向他请教学习"。小勇心里一阵高兴，心里想，我要自学工民建专业，他正好是我的现场老师，高兴地说："谢谢中民哥的关照"。"你回去收拾一下洗漱用品和换洗衣服"。"请中民哥给胡班长说一声，另外派人去帮苏姐"。"我一会儿就安排"。"我走了"。小勇回到工棚，李林已经坐在他的床上，还是穿的上班的工作服，旁边放了几本书，他在看数学书。小勇说："兄弟你来了"。"小勇哥，你吃了饭没有"？"吃了，你拿了几本什么书"？"高一的数学，物理，工民建大专的普通物理和高等数学，建筑学，结构力学"。小勇说："这些书我这几天没时间看了，我要出几天差，等回来后咱们一起学习"。你到哪里去？干什么"？"我和姜工到一个新工地去测量放线，明天就走"。"小勇哥你一走，我的希望又落空了"。"兄弟我们主要是自学，即使我在这里，也只能利用休息时间，给你讲一下书中不理解的难点，不可能像老师一样按课本一章一节地讲。回来后我们再一起学习，我走了这里没人，你把书拿回去"。小林说："那我先看一下，你回来我再来请教，我回去了"。李林走后，小勇收拾了一下行李就睡了。

　　小勇一早起来吃了早饭，把洗漱用品连同衣服装在中民那里借来的布包里，早早地来到中民的宿舍。中民也在等他，他们到了材料室，管库员谢兰珍已在那里。中民说："小谢，姜工要去放线，要带一把斧头，一把锯子，用完后，马小勇拿来还你"。谢兰珍到库房取了一把斧头和锯子给中民。小勇拿斧头和锯子一起到了姜工的技术室，看到一个四十多岁的男子，戴一副眼镜，一身黑色便装，坐在藤椅上和站在旁边的陈施工员正在看图纸，指点着图纸上的图形在讨论着什么。那男子看到中民和小勇进来，说："你们坐一会儿，我正在交待工作"。他们坐在一条长木凳上，小勇听不懂他们在讨论什么。坐着观看办公室，房顶也是石棉，四周是砖墙，地面是平整的泥土地面，大概有十多平方米，靠左边墙摆放两张办公桌，后面墙靠放着两个文件柜，一个文件柜的两扇门关着，另一个文件柜两扇门开着。里面共有四层，装满了图纸和大小不同，厚薄各异的书和本子。过了一会儿，陈施工员对中民说："你一会儿到我那里来一趟"。中民说："我一会儿就来"。他转过头笑着对那男的说："姜工你要的人我叫来了"。指着小勇说："他叫马小勇，高中生，但刚出来打工什么都不懂，希望你多指点"。姜工注目小勇，一个二十来岁的男孩，绛红的脸色，一米六的个儿，一身蓝布衣服，身体健康。说："高中生很好，只要他学习成绩好，帮我打杂，一指点就会懂"。他望着中民说："那你去吧"。小勇很拘束地站着说："姜工，我来打杂，什么都不懂，望你多指点"。姜工说："随身用品准备好了吗"？"都在这包里"。"你在这里等我，我去把我的包拿来"。一会儿他把包拿回来，放在桌上，打开文件柜门，拿出了皮尺，一瓶墨汁，铅笔，两个本子和一捆麻线对小勇说："你到材料室向小谢说，要两个没用过的灰桶，一个桶装大半桶灰粉，一个桶拿回来"。小勇到材料室，给谢兰珍说明了姜工要用的东西。她说："这些我拿给你，你一定给陈施工员讲清楚月底好除账"。"我一定记住"。他提着灰桶和空桶回到技术室，姜工已卷好了一大卷图纸用纸筒装好。对小勇说："把这桌上的东西全部放在空桶里，把你的锯片锯齿的一边用报纸包上，以免在火车上伤人，把斧头放在桶下面，以免掉落伤人"。姜工背好行李，提着两个精致的小木箱，还拿一个木制的三角架。小勇说："姜工，你就提两个小木箱，其余全部由我拿"。"你拿得了"？"我有办法"。小勇把灰粉桶和工具桶绑在一起，锯子套在背包上，一只手提桶，一只手拿三角架。姜工说："你很会想办法"。小勇说："姜工你走前面，这点东西不重"。姜工说："你做得很对，这两个小木箱装的一个是经纬仪，一个是水平仪，这两件是我们搞工程的宝贝，也是我们工程测量的重要仪器，不能碰，不能撞，不能摔。我们路途上其它东西都可以丢，这两样东西不能丢，途中我们共同照看一下"。到了火车站，上车的人已在检票口前排队，小勇说："姜工，你等一会儿，我去买票，那车站叫什么站名"？"票我已经买好了"。"多少钱"？"我把钱给你"。"我们是因公出差，车票和住宿都可以报销的"。姜工和小勇到了检票口，姜工拿出两张火车票对检票员说："这是我们两人的车票"。她看了一下小勇说："他的东西多了，超重了"。姜工说："这桶是我的，他帮我提的，不超重了吧"。检票员放过了小勇，到站台上等了几分钟，火车就进站了。

2-6 社调

车停稳，大家又一窝蜂涌上车门。小勇提着桶，拿着三角架上车，上车的人都害怕小勇的三角架和桶碰到自己，都让着他，他第一个上车。看到中间靠走道还有个位子，他赶快过去放下桶和三角架，把背包放在座位上占上位子。看到姜工还在车厢尽头，他叫了一声："姜工，我在这里"。看到他挤了过来，小勇接下姜工手里两个小木箱放在座位上，又接下了背包。姜工说："你脱下鞋，站到座椅上，把两个背包放在行李架上"。小勇脱下鞋，站上座椅上，把行李放在行李架上，腾空了位子。小勇说："姜工，你坐下"。小勇把三角架放在座位下面，再把桶绳解开，也分别放在下面。小勇要把两个小木箱放在下面，姜工说："座位下面，不便看管，我坐挤点，就放在座位上"。小勇站在过道里，一只手撑在座位靠背上。身子也靠在座椅的背靠上。他第一次坐火车特别新奇，一声汽笛长鸣，有节奏的轰轰响声，火车开动了。他观察车厢内部，车顶比公共汽车还高一点，也比公共汽宽一米多，大约有二十多米长，有二十几排座位，每排五个位子，左边三个位子，右边两个位子，中间是过道，两排座位相向而坐。木地板，座椅的座垫和靠背都是人造革面层。车厢里闹哄哄的，大概有一百多人，穿戴都是以青蓝二色为主。坐在姜工旁边是一男一女，面目清秀，两个年青人大概二十七八岁。男的穿的黑色上装蓝色下装，女的穿的一套黑色服装，说不出是什么面料，两人穿着都比较整洁，因为是坐着，看不出身高。那男青年对那女青年说："这次我下乡收获很大，我从小在城里读书，一直读到农大毕业，出来分配到县委农业科，以前下乡都是乡镇干部陪着，到农村转悠一下就回去了，对农村了解不深，没有生活体会，没有像这次住在村民家，吃在村民家"。那女青年问："你住在什么样的村民家"？"我住在村长家"。"那条件不错吧"？"在那个村里比较其它家庭也不算最好的，最好的有几户都是在外面跑生意的，或者在外面当包工头，这些人家都修起了两楼一底的砖房。我也到那些人家去访问过，都没见着年青人，都是老头和老太婆带着孙子在家，问他们儿子在外面做什么，他们都说不清楚，也许他们不愿透露商业秘密，不愿意说。据村民说他们都是到广州去拿服装到本地打批发，还有的就在本地找一些手艺人到外面去包工，靠这些发的财。留下来的都是老头老太婆带孙子，另外少数留守的妇女，或者是没文化胆小不敢外出的年青男人。他们对外面的事情只是一些零碎的信息，怕外面人杂，应付不了社会上的各种事项，不愿出去。我住那个村都是山坡山沟，没有平地，都是坡土梯田，一块田最大也就不到三亩，坡土每块都只有几分地。灌溉条件极差，水源就是溪沟很小的流水，天旱溪水就断流，只有靠天吃饭。全村三百八十户，村民人口一千五百多人，水田一千七百多亩，坡土一千三百多亩，这是十年前土地下放到户统计的数目。据村长说近几年出去打工的都是五十岁以下的人，占这部分年龄段人口的百分之八十，青壮年都出去打工去了，田土荒废很多，据估计有百分之五十的田土都荒废了。由于多年没耕种，有些田里长满野草和灌木，有些田埂也已垮塌"。她问："村民不种粮吃什么"？他说："出去打工的人很多，不在家吃饭，村民种地都是自种够自己吃，所以不需要种那么多地。种的地都是选择靠溪沟边的，灌溉条件好的，土质好，离家近，便于施肥收割的地。离家远的，条件差的，都荒废了"。她问："出去打工收益好吗"？"前几年每月能挣一百元，去年今年能挣到一百二三十元。村民给我们算了一笔账，一个月一百二十元一年除去路费，按十一个月算每年能有一千四五百的工资，除去往返路费和伙食费，一年近千元的收入。如果在农村一个壮劳力，种植梯田，坡土，运肥，施肥，收割都是肩挑，爬坡，上坎又累，挑不了多少东西，又费时间，挑一段路又得休息一会儿。一个壮劳力每年种十亩水稻，三亩坡土，十亩田收四千斤水稻，三亩土收获四百斤玉米，四百斤小麦，四千斤水稻值二千元，四百斤玉米值一百五十多元，四百斤小麦值一百五十多元，一共值二千三百元。农忙时还得请人，给工资，还要化肥，种子钱，抽水灌溉钱，去掉这些费用一年剩下不到一千元，还没算吃的油盐钱。农活比打工辛苦多了。现在的年青人都出去打工，不愿干农活，也不会干农活，连犁铧都打不转，犁过的田像犁滚过的小沟，以后老一代农民岁数大了，种不了地，农活下一代谁来接班"？"他们哪能考虑那么远"？"那你住的那个村怎么样"？那女的回答说："我住的村在一个平坦的坝上，都是高低差别不大的稻田，最大的一块有二十多亩，几家共有，都是用田泥垒起的，田埂为分割线。其它小点的田，一般都是三五亩一块，每块田之间有一定的高差。那个村有五百三十多户，二千三百多人。每人分得水田一点一亩，平坝的两边是小山坡，每人只有三分坡土。由于田土很少，剩余的劳力很多，多年前就有很多人出去挑担赶场，做小生意或做手艺的人。丰收年亩产五六百斤稻谷，除去口粮，统购公粮，余粮不多，没有多余的粮食换钱零用，经济并不宽裕。近几年出去打工和做大小生意的人很多，生活和经济状况也跟你那住的那个村差不多。只是我住的那个村，水田基本都没荒废，出去打工，没人耕种的田，别人就去耕种，种田人给田主每年十五元的农业税款，有百分之二十左右的田修成了鱼池或者围成了养鸡鸭的圈。我去调查了一下养殖户他们的收益如何，他们说比种庄稼强一点，收益与养殖规模相关，风险也跟养殖规模相关，规模越大风险越高。有两个风险，一个是市场风险，开始投入时，无法预测产出时的价格，有可能供求关系的变化价格低于成本，另外一个风险养鱼怕天旱，养牲口，猪，鸡，鸭怕病疫，因此长期收益平均率计算也跟打工差不多"。"那你看我调查报告该怎么写这些数据，粮食产量我们以往上报的亩产，因为各户产粮没有过称，也没统计，也只能估计，总产量都是按分田到户时，田土亩数计算的，荒废的田土和养殖占用田地都未减去。另一个数字就是，家庭年收入，上报每户年净收入都在千元以上，但实际收入是多少无法统计，因为在外打工的收入各地的打工工资水平不一样，每人的技能不一样，工资也不一样。在农村务农的收入，因田土不一样，灌溉条件不一样，种植物种不一样，家庭的养殖不一样，千差万别，一年从几百元到几千元不等，有些收入是估算的"。"我们回去后把调查的情况如实向科长汇报后，征求他的意见后，再写报告"。

　　"江桥站到了，下车的旅客准备好行李下车"，姜工说："到站了，不要慌，这是大站要停十分钟"。小勇将行李架上的行李取下，又把座位下的桶和三角架拿出来，绑好桶，背好行李，提着桶，拿着三角架，姜工背着包，提着两个小木箱走在前面，小勇走在后面。他们出了站，沿着街道找旅馆，姜工问："在车上那一男一女的年青调查员讲话是真实的吗"？小勇说："是真实的，跟我们那里农村情况差不多"。他们走一段街道，找到了一个旅馆，姜工拿出介绍信，订了一个两间床的房间，房间每晚二十元。小勇摸出钱想付款，姜工制止他说："可以报销，我付钱"。小勇把钱放回包里，服务员递出两把钥匙，他们在三楼找到了房间，进去后，里面有两间床，一张写字台，一个衣柜，左边墙有个小门，开门进去里面有个陶瓷面盆，一个蹲式马桶。他们把行李放下，姜工看了一下手表说："已经两点过钟了，我们出去找点吃的"。他们锁门下楼，看到对面有个东北水饺馆。姜工说："我们中午吃简单点"。进了水饺馆，点了二碗各三两水饺，共二十元钱。小勇摸出钱付了，姜工说："你才出来打工，还是我来付钱吧"。小勇说："中民哥已经把我们几天的伙食费给我了"。"中民是你哥"？"他是我表哥"。"原来你们是表兄弟，中民在我们公司干过几个工地了，公司对他很满意，和我们配合也很好，他对建筑工种的工艺技术比较熟悉，但对识图和建筑技术方面还有差距。你是高中毕业？怎么不升学读大学"？小勇不好意思把出走的原因讲出来，借故说："我家弟妹多，父母都在家务农，经济条件不允许我再继续读书"。"你今后有什么打算"？"我想打工学点技术"。"你想学点什么手艺"？"我想如果有时间有条件，我想把建筑工的手艺学个遍，今后打工的机会就多些"。"那你的志向不小"。"客官，饺子上来了，这碟子里是醋，这壶里是酱油，要吃什么调料请自便，请慢用"。一个中年女服务员把饺子和调料放在桌上。他们吃完后回到旅馆。小勇看房间内没有开水杯和水瓶，他对姜工说："我到柜台上去要点开水和拿两个杯子"。一会儿小勇提了个温水瓶和两个杯子进来，他给姜工倒了一杯水说："姜工你喝水"。姜工说："你也喝点水，我们喝完水，到测量的工地去看一看，这是一个地级市，新工地就在火车站后，从旅馆到测量的工地大概有一里路"。他们喝了水，稍事坐了一会儿，出了旅馆，一前一后边走边谈。姜工问："你没想过读书吗"？"我想过，我想读大学，根据我家的经济条件，我只能读师范类大学，师范类大学不交学费，但毕业后找教学条件好的工作也不容易，不然分配到边远地区，工资也跟打工的技工差不多，只不过不晒太阳，没有打工辛苦，我不怕辛苦"。姜工说："这也是不错的选择，你如果在学技术的同时，学点专业知识那就更好"。"姜工，我想问一下，我在学手艺的同时，自学工民建大专能行吗"？"你高中读书期间的数，理，化科目成绩怎么样"？"我在我们班五十个同学里总成绩排名二三名"。"那你怎么不考大学呢？真可惜"。"我不想再给家里增加负担，想在打工中奋斗，靠自我奋斗，我就不信，我不能立足社会"。"有你这种精神和文化基础，一定能学到很多技术和专业性知识。要成就一番事业，不但要有专业技术知识，还要有社会知识，人品和社会交际处事能力，这样才是全面发展的人才。你自学大专课程只要有决心，学习方法得当，坚持学习，你一定会学得很好。你记住书本上所有的知识都是在生活，生产，实验中总结编制出来的，是为生产所用的。你学工民建专业在这建筑工地上，工程施工过程中，通过施工技术和工艺的运用劳作，会帮助你学习，建造构筑物是材料力学，结构力学，建筑学理论的体现。泥，木，石，钢筋，混凝土工种在施工的过程通过生产技艺应用理论到实践的过程，构筑物体现的就是建筑学的结晶。在劳作的过程中结合书本上的理论，对施工过程中各个实体工程结构，工序细心观察，分析，思考，体会理论的应用，比在学校课堂学得更加深透，课堂上学得的知识由于不是实体很抽象，利用课堂上学得的理论性知识，具体指导施工还有很大的距离，理论结合实际，不但对学习有帮助，而且为今后指导施工打下扎实的基础"。小勇说："姜工你这样一讲，我更加坚定了我努力的方向"。不知不觉到了火车站，穿过火车站看到了一片高差很小的菜地。姜工站在菜地边，从左至右地观察了良久说："我们站的这个位置，设计上是一个货场，货场的后面是两栋仓库，仓库后面是一栋办公楼，办公楼后面是两栋家属房。小勇我们沿着这片菜地走一圈"。小勇跟在姜工后面没做声。姜工边走边观察两边的菜地。他们转了半圈到了小坡顶。有户土墙房屋人家，姜工走到院坝边说："我们去问一下房子里面有人没有，不知道有没有狗"。小勇立即在院坝边找了一根木棍拿在手里，跟在姜工的后面。姜工对着屋里喊："有人吗"？一会儿从房子后面走出一个五十来岁的男子，一身变色的黑色补疤衣服，说："同志有什么事吗"？姜工说："你贵性"？"我姓陈"。"陈老兄你是本地人吗"？"我就是本地人在这里长大"。"我想找个人帮我干几天活"。"什么活"？"就是帮我拉线打桩，明天开始帮我干两天每天工钱五元，你有时间愿干吗"？"可以"。"你们进屋坐会儿"。姜工和小勇进屋坐下，那人给他们各倒了一碗开水说："请喝水"。姜工问："你们门前这片菜地政府给了撤迁费和青苗费了吗"？"去年秋天给了十年的青苗费，每亩二千元，和房屋撤迁费，每平米五百元，都给了。听说是要修货场和房子，但没动工，大家看菜地空着今年又种上了蔬菜"。姜工说："要动工了"。陈老兄说："那我们刚种上的蔬菜就白种了，那你们要占那些地"？"过几天放线以后就知道了"。姜工又问："你们哪些人种的菜"？陈老兄说："都是这附近原来的菜农种的，政府还会赔偿青苗费吗？土地是集体的，去年已给了承包户青苗费和房屋撤迁费，不存在争议。不知道，刚种下或者不到收割期不成熟的蔬菜，多少赔偿点种子和劳力费，那些成熟的或到收割期的蔬菜，赶快收割，可以不赔，这只是我个人的想法"。姜工说："我们不是征地方，这个问题，你们去问政府"。姜工又说："陈老兄你安排一下，我们明天九点钟到你家来，一起去放线"。陈说："那我明天在家等着你们"。

　　他们从陈家出来又围绕着这片菜地走了半圈，到了火车站尽头的平交道口，过铁路到了街上，顺着街道往回走，看到一家北渡酸菜鱼馆。姜工说："这种酸菜鱼，听说是远近闻名菜肴，我都没吃过，我们进去尝尝"。进了鱼馆，一位穿白围裙二十多岁女服务员迎了过来，热情地招呼："客官你们有几位"？"就我们二位"。"到这里坐"。她领他们到了左边靠窗的小桌前。"请坐"。递过一张菜谱说："这菜单上只有一道荤菜，酸菜鱼，其余是蔬菜和汤，客官要鱼到那个柜台去，把鱼称了加工。蔬菜和汤随便在菜谱上点，米饭相送随便吃"。小勇接过菜单递给姜工说："你看点什么蔬菜和汤，我到柜台去称鱼"。小勇把鱼称好回来坐下。一会儿一大盘酸菜鱼端上来，麻辣香味刺激胃口。小勇说："来点什么酒"？"就来点青岛啤酒吧"。服务员拿来二瓶青岛啤酒。"来姜工我给你开瓶酒"。打开盖后递给姜工，小勇把瓶里的酒倒了一小半在碗里，姜工说："你就拿着瓶喝"。"我很少喝酒，酒量不行，吃多少斟多少"。"这酒的度数很低，没关系"。"我还是用碗喝"。小勇又说："姜工请喝酒"。姜工说："我们喝酒吃菜自便，不必客气"。他们边吃边聊，小勇说："姜工为什么不在单位多找一个人来，在这里雇当地的人"？"如果在单位多找一个人来，往返火车票费，住宿费加起来比当地雇人的工资还多，这不是主要的原因，最主要的是当地人了解我们施工现场的地质情况，这事对建筑施工极为重要，我在测量放线时，可以随时问他这栋建筑位置下面的地质情况，作好记录，为施工时参考作好准备。如果地质太复杂，难度太大，建议设计者改变房屋基础的设计或改变位置。基础承受整个建筑的荷载。基础是建筑质量的关键。地质条件又是基础质量的关键"。"姜工我又在你这里学到了知识，我要是每天跟着你就好了"。"你要是愿意那好办，你今后下班后没事你到我办公室来，我找点活给你干，你会在干活中学到很多东西"。"感谢姜工，我有一个老乡比我还小二岁，他的家庭条件跟我差不多，但他只有初中文化程度，前不久他公然去报名学大专工民建专业，钱交了，书拿回来了。翻开书一看，看不懂，函授课的老师说大专课程，工科是以高中的数，理，化为基础的，没学高中的数，理，化必须补高中的数，理，化课。他又去买了高中的书，他请我跟他讲高中的数，理，化，我没当过教师，不知如何教他"。"你要给他讲，自学主要是讲学习方法，分析，推理，演算例题。当然高中的数，理，化他必须学习，在学专业课的过程中结合高中学过的知识反复思考，从中体会总结，通过做题推演，论证定理。记住，数学是物体，位，量，形在空间和时间的变化规律用数字的描述，演变。数学还是我们社会交往记录和计算的工具，这就是数学的意义和作用。我们从观察生产，生活和工作中各个环节都与数学，物理，化学相关联，结合书本知识认真思考，这样就会步步深入，再把难点加以他探讨。这样自学才能触类旁通，举一反三，事半功倍"。"我记住你这些金玉良言的学习方法，我会每字每句慢慢地思考体会，牢记心中"。姜工说："其实我们人的一生中，从小学到大学毕业也就十六年，那时才二十三四岁，没有接触学校以外的社会，生产。到退休还有三十六七年。这三十六七年才是对课堂书本知识的实践。理论只是进一步发展创新的基础。运用，发展，创新还靠在生产和工作中去实现。如果从学校出来从事与专业无关的工作，多年后专业知识都忘掉了，留下的只是术语的概念。如果没有学过专业的人，他们从生产的实践中加以钻研，看一些相关的书籍，经过实践，不断地在实践中总结分析，创新，实践也会获得丰富的专业知识，成为一名优秀的专业人士，人生的成功与否，性格和品德决定一切"。"姜工，你这理念真是跨学科的金玉良言"。姜工说："说不上金玉良言，只是人生经历的体会和对社会的感触"。

　　姜工不知不觉地就把酒喝完了。小勇说："姜工，这里还有半瓶酒"。"我不能喝了，我把这点饭吃了，就算酒醉饭饱了"。"姜工你慢吃，我到柜台去一趟"。小勇一会儿回来坐下，姜工问："你把饭钱交了"？"我已交了，这点钱那够我今天的学费呀？你的一席话，胜读十年书，谢谢你的指教"。姜工说："你真是太客气了"。饭后回到旅馆天已黑，一天的奔波，倍感疲备，加之有些醉意，洗漱后就睡觉。一觉醒来已是天亮。姜工说："你带上斧头，锯子和灰桶我们到楼下随便吃点早餐"。小勇拿上工具和灰桶，姜工提两个小木箱，拿着三角架。他们吃过早餐，路过竹木市场，姜工说："我们去买木条，制作木桩用"。找遍了市场只有一个摊位卖木条，姜工问："这种木条有多长"？"有二米五十公分"。"一根多少钱"？"每根一元"。"少点行吗"？"最少九角"。"买三根有发票吗"？"地摊哪有发票？要发票我可以到店里去开，但每根一元不少，因为开发票要交税"。"那去把发票开来"，"单位名称"？"你有纸笔吗"？"没有"。"小勇你跟他一起去，一共买五根"。开发票开回来了，姜工付了钱，小勇拿上木条，他们到了陈家，陈大哥已在家中等候。看到姜工他们到来说："姜工我们走吧"。姜工说："请你和小勇把这木条锯成三十公分长一段，然后用斧头把其中一端头砍成尖状"。用了近半小时，他们俩做完了木桩。姜工说："陈老兄，你找个背篓，装上木桩，我们到工地去"。他们走到铁路边的菜地，把工具放下，姜工说："陈老兄，这片菜地下面在修铁路前是什么样"？"姜工这铁道下面就是我原来的家。在修铁路时，把我家的房基地的地表土挖掉，夯实，铺的铁路。这铁道边沟到这菜地有一米多高，就是修路基时的弃土。后边菜地低的地方就是原来的稻田，后来改成的菜地"。姜工问："你知道这下面多深才有岩石"？"这下面没发现有岩石。我现在的家那里，挖一米多深才有岩石。铁路的对面当年修车站挖了二三米都没岩石只有老土，后来修建车站基础，下面都是在老土上打的钢筋混凝土"。姜工拿出一个本子，把刚才说的情况记上，姜工打开图纸，图纸上面有铁道线，有几栋房子平面图，位置和形状大小标注有尺寸。姜工指着图上的线和数字说："这条虚线是这条铁道的中心线，这条实线是货场边线，这数字就是铁道中心到货场边线的距离，现在我们开始放线。货场的西端线就是道岔交叉南北线，沿中心线，转九十度向北十米，为货场南端的边缘线，沿铁路中心向东三百五十米为货场东端边缘线。为了测量准确，必须满足两个条件，一个是水平距离，量尺时，尺子一定要水平。第二个是测量地形高度，以基准点水平高度为水平基点，高度量尺要垂直，与水平线夹角九十度，一定满足这两个条件。我们先量出铁道中心线，再找到道叉的中心点，以道岔的中心为起点，向北量出十米水平点为距离基点和地形水平基点"。姜工把经纬仪架在基点上转九十度测出水平线，为货场西边缘线和南边缘线的交点，姜工说："小勇和老陈把基点打下木桩，在木桩上用笔划上十字叉，十字叉的交汇点为基点"。姜工又说："小勇你看图上货场南边缘线沿铁道中心线是平行线，三百五十米处是货场南边缘线和东边缘的交点，距离铁道中心线仍然是十米，为了测量准确，你看该怎么办"？"那我们沿铁路中心线，平行水平量长度三百五十米到另一端找出测量基准点，再把两个基准点直线连接，就成了货场南边缘线"。姜工说："这就是书本上的知识和实践相结合"。小勇他们到了另一端，姜工用经纬仪测到基准点。姜工对小勇说："我们现在要将这两个测量基准点用拉线撒灰的办法连接起来，成为货场南边缘线。你们俩顺着铁道，拿上木桩和灰桶，皮尺，每隔五十米打一个桩，我在这里用经纬仪指挥你们确定桩的方向，你们拉尺确定两点距离位置，为了准确，尽量把皮尺拉水平"。他们从近处起点，沿铁道延伸的方向，在姜工的经纬仪测定指挥下，每五十米打上木桩，一共打了八个桩。一直把木桩打到东南交汇基准点，又以木桩为基点拉线撒灰在地面上，连结成货场南地面边缘线。他们连续工作两个多小时才完成。感到有些口渴。姜工说："陈老兄，你回去给我们提点开水来"。陈老兄说："你们稍等，我马上回去"。姜工和小勇坐下来休息，姜工对小勇说："你把我们刚才测量的过程回忆一遍，想一想与书本上的三角几何有什么关联"？小勇思考一会儿说；"这里面贯通了初高中的几何和三角的一些知识"。姜工说："这就是学以致用"。一会儿老陈一只手提着一个陶瓷壶，一只手拿着三个碗，到姜工面前，给倒了碗水递给他。又给小勇倒了碗开水。给自己倒了碗开水。坐在菜地边喝着开水，凝视这片菜地。姜工说："陈老兄这片菜地种了些什么菜？什么时候才能成熟收割完"？"现在是立夏季节，你看那些已在收割的菜是冬季和春季的青笋，牛皮菜，瓢儿白，刚出土的幼苗是四季豆，豇豆，还有刚两片叶的是黄瓜，丝瓜和南瓜，那平整的地，种的藤菜，苋菜。这些菜要在三个月内陆续采摘上亓，到农历的六七月份就完全采割完"。姜工点了点头没说什么。坐了一会儿，喝完了开水，又把图纸摊在地上说："小勇你过来看，根据图示距离，货场东的边缘线与货场西边的边缘线平行，货场南北边缘线垂直于东西边缘线是个长方型货场，货场西边的边缘线又与两栋仓库两侧面墙的轴线平行，仓库南北两面砖墙轴线垂直于东西两面墙轴线，是两栋长方形的仓库"。小勇也领会了平面图，记住了尺寸，姜工在测量基准点架好了经纬仪，小勇带领老陈开始放线。他们在菜地里遇到了难题，有的桩位正好在长满蔬菜的地方无法打桩，灰粉撒在菜叶上，不能在地面上显示灰线，还污染了菜。姜工说：我们不能过多地拔掉蔬菜而惹民怨，轴线的桩点尽量避开蔬菜，把桩钉在土边或空地上，用灰线示意延长线的方向，但在仓库四角两边轴线的交汇点必打桩，如遇到菜蔬也得拔掉。他们把两栋仓库边轴线的木桩钉完已是中午。姜工对小勇说："你去车站饭馆买点包子拿回来，我们就在这里吃。小勇卷起裤脚，用袖口擦了一下额上的汗水走了。姜工和老陈坐在两块石头上，姜工问："陈老兄，你种一亩菜，一年有多少收入"？"你说的收入包不包括肥料，种子，人工"？'当然减去化肥，种子钱，因为人工不好计算，包括在内"。"看你种什么菜，冬季蔬菜就是白萝卜，红萝卜，这些菜产量高，用工少，但价格低，每斤五分钱。青菜，瓢儿白，大白菜这些用工比较多点，但价格稍高点，每斤可卖八分至一角钱。夏天的豇豆，四季豆，黄瓜不但要种植，浇水，施肥，还要搭架，采摘人工耗时多，但卖价也较高，每斤可卖到二三角。总之一个全劳动力可种七八亩地蔬菜，有一千五百元左右，减去肥料，种子有一千元左右的收入。比出去打工累，挣得也少点。但可以照顾家庭"。姜工问："你就不想出去打工"？"我们住在城边打零工的机会多，菜地里有活干，就在菜地里干，菜地里没活干，到城里去找临工活干，住在家里早出晚归，早晚在家里吃饭，中午还可以带饭，可以节约一点伙食费，住在家里也方便，这城边的年轻人出去打工的人也少"。小勇提着两个塑料袋回来了，一个塑料袋里装着三瓶矿泉水。打开另一个塑料袋取出一个纸包说："我买的是三笼小笼包子，陈大哥请你把两个塑料袋铺在地上"。小勇把纸包放在塑料袋上摊开，包子还冒着热气。姜工说："这里没水洗手，用纸擦一下手"。他从裤包里取出纸，一人一张。他们三人边吃又边聊了起来。陈大哥问："姜工你们是什么建筑公司"？"我们是铁路建筑公司，专门修建铁道沿线上铁路内部的建筑和铁路企业的厂房，仓库，家属房，不对外承包工程"。老陈说："我们市里也有个建筑公司，他们也拿不到铁路上建筑的活"。姜工说："我们铁路系统不但有包括水，电，建筑系统，铁路运营系统，还有一个包括公，检，法司法系统，还有医院和学校，内部有负责生产制造自己系统内所有设备的工厂和设备维修的工厂。铁路和设施修建系统，只有原材料由国家分配，这两年才开始少量的自购"。"那你们的工人都是企业的正式职工"？"近几年由于工程多，自己的工人不够用，在外雇用一些乡镇企业的劳务制工人，但管理人员和关键岗位人员都是企业正式职工"。他们吃完了包子，喝了水，姜工说："我们下午的任务是把仓库后面两栋家属房和一栋办公楼的位置测量出来"。下午的工作量与上午的工作量差不多，但由于都熟悉了，很快就测量完了。

　　　　姜工看了时间快到五点了。姜工说："今天就干到这里，陈老兄，你把这些工具和用品都拿到你家去，明天上午八点半钟，把这些都拿到到这里来"。姜工提着经纬仪和水平仪两个小木箱，小勇拿着三角架往回走。他们回到旅馆放下经纬仪和三角架，姜工对小勇说："今天还早，我们到市中心去看一下，顺便在那里吃晚饭"。他们换上衣服，走出旅馆，顺着靠河边的一条小街往前走。小街的两边都是平房，多半是木料穿斗房，有很少的砖墙房子，每家多数都是双扇木门，门开着的都是小铺面。有卖杂货，香烟，水果，糖果，水酒，有卖馒头包子面条的小食店，有的房半开着门，小孩在屋里玩，有的关着门。街道上往来行走的人语言很少，尽显疲态，都是各自忙着回家的人。他们走上一座小桥姜工说："过了这座桥，就进入市区了，这是一座地级市，是近几年才改名，解放后这里叫专区。当时国家行政体制是：中央直辖省，省直辖专区，专区直辖县，县直辖乡。近年取消专区行政机构，由省直辖县，专署所在市改为地级市。这江桥市就是原昆江专区的专署所在地。小勇你们的学校的地理课没有行政区划的内容吗"？"我们地理课本里，只有省和自治区的版图，下一级的行政编制书本上没有"。他们过桥后街道两旁房屋变高了，都是三四层的砖房，宽大明亮的玻璃窗，有百货公司，有酒楼，有宾馆，有电影院，办公楼，有漂亮的路灯，霓虹灯，广告灯箱。他们在华丽的街道转了一圈，到了一条街角，一个雅静的饭馆。姜工说："我们就在这里吃晚饭"。他们走进饭馆，从明亮的玻璃窗看到窗外一个露台，露台上有张桌子，四根板凳围着。姜工问："小姐，我们可以到那外面坐吗"？"可以"。小姐把门打开，他们走上露台坐下，这时小勇才看清楚服务小姐，二十多岁，清秀的脸庞，一身定身制作的黑色绞边服装，女性丰满的身姿尽显无遗，她转身进内堂去了。露台外面是一个私家花园，花园里鲜花盛开。姜工非常喜欢这里的环境，一时高兴地说："我们喝点五粮液吧"。他们翻开放在桌上的菜谱，姜工说："我们今天吃两个名牌菜，一个四川回锅肉，一个脆皮鱼。另一个清炒白菜，一个豆腐汤，你看如何"？小勇说："我刚从农村出来没见过世面，哪知道什么菜肴，这些菜名听都没听说过，一切听从姜工的"。"这回锅肉和脆皮鱼都是四川老一代的名菜，麻辣鲜香俱全"。小勇说："我去叫服务员泡两杯茶来"。他进餐馆内去，一会儿跟着服务员出来。"同志茶来了，请慢喝"。她把茶杯放在姜工面前，姜工问："服务员同志，你们餐馆里有五粮液吗"？"有"。"给我们来两杯"。"每杯几两呀"？"每杯二两"。小勇说："不，不，来一杯二两，一杯一两，姜工你二两，我一两，我从来很少喝酒，一两已经是很多的了"。"行，就来一杯二两，一杯一两"。服务员离开了。姜工端起茶杯说："我刚到四川成都，那是一九五六年，那年我刚满十六岁，考入成都建专，那个时候上中专不交学费，每月学校还给伙食费。刚解放没多长时间，基本上没有什么贫富差距。唯一的区别就是城里人吃国家供应粮，成年人国家分配一份工作，二三十元钱月薪，除去吃和基本费用剩余十七八元，负担家庭费用。农村分田自种自吃，按田亩数卖统购粮和交公粮，统购粮稻谷每斤五分钱，交公粮是公民的义务，国家不给钱。油盐钱靠卖鸡蛋，猪仔，一年能卖一条肥猪的人很少，一条肥猪一百多斤，每斤价五角，这是一年唯一一笔大收入。也有手工业者用稻草打草鞋每双一角钱，用麦草编草帽每顶六七角钱，总之农村村民经济还是比较困难，这是你们四川当时农村状况"。门一开，两个服务员用托盘把菜送来放在桌上。"同志你们要的菜和酒都来了"，她把两个酒杯和两个空碗分别放在姜工和小勇面前，把汤和菜摆好，把一大碗饭放在旁边说："同志，你们各自盛饭，请慢吃"。说完后走了，姜工说："这回锅肉你尝尝"。小勇夹一块放在嘴里，嚼了几下说："麻，辣，香真刺激胃口，好吃"。姜工又说："你尝尝这脆皮鱼"，小勇又夹一块放在嘴里品味，说："不但麻辣香鲜，鱼皮还脆，好吃极了。回锅肉在家里也吃，但没这么香。脆皮鱼从来没吃过，姜工趁热你快吃"。"我经常吃，你不用客气，你喝点这五粮液酒"。小勇端酒杯，舌头顶着吸了一点点说："有高粱酒的味道，但有股香味"。"就是这香味值钱"。他们一边喝酒，一边吃菜又聊起来。"姜工你说话有点不像四川人的话音"？"我不是四川人，我是山西人，我刚来成都上学时，四川话很多都听不懂，还好学校的老师多半都是抗战时来自全国各地的学生，进入大后方云，贵，川的学校读大学，语言大多改变成川音，还能听懂。我毕业后就在四川工作，二十年来语言都川化了"。"我在电影里看到山西都是黄土高坡，住窑洞吃窝窝头，是这样吗"？"是这样，我父母现在还住在窑洞里"。"那窑洞在地下好潮湿"？"一点都不潮湿，你仔细看那窑洞都挖在高坡的悬壁下面，窑洞屋顶离地面很高，雨水从地表上流走了，根本无法浸入到地下那么深的屋顶。里面用砖头砌成圆拱形，屋顶不会塌，里面冬暖夏凉，温度适宜，唯一不好的是空气没有地面房屋那么流通"。"那为什么不建成像我们这里老式的木料穿斗房呢"？"你想那黄土高坡，哪有那么多树木作建材，而且山西在黄河以北，气候寒冷，窑洞里冬暖夏凉，不像四川山上有树有竹作建材"。"没有米饭吃吗"？"我们那里黄土地，沙粒较粗，雨水容易渗漏，蓄不起水造不成稻田，只能种玉米，小麦，高粱之类的旱地农作物，所以常年以窝窝头为食"。"那为什么不移居到江南盛产稻谷的地方去"？"解放前移民是要有钱买了田才能定居。解放后受户口的限制，如果不受限制地移民，生存条件好的地方土地有限，人满为患，条件差的地方无人耕种，荒芜土地，浪费资源，我们国家人口多地少这样行不通"。"原来还有这样深层的考量"。他们边吃边聊，酒一下肚，话就多起来。姜工说："明天我们去测量每栋房屋的地形，目的是计算每栋房屋的地基内的土石方数量，由于每栋房屋的位置地形高低变化相差较大，测出每间房屋的平面位置，再根据地形，以整栋房屋的最高点为基点，测出每间房四角的地形高度。如一间房内地形高度变化过大，在一间房的位置内，多选择有代表性的点，测量高度和水平距离，标出所有每个测量点在图上的水平距离和垂直高度，这些资料带回去作为我们今后搞工程施工计划的依据。也是我们建筑公司向建设方结算工程款的依据，非常重要。小勇你高中毕业，也该会利用图上标注的尺寸计算出土石方数量"。小勇说："测量完后想一想如何计算，我回去后有空时间，把测量图给我试算一下"。姜工说："那当然好"。他们边吃，边喝，边聊欣赏花园的鲜花，很是惬意，酒醉饭饱后端起茶杯喝茶。他们又谈起了改革开放以来当今社会的各种现象。姜工说："我听说你们四川很多年青人都出去打工，有些胆大的作起买卖来，到沿海倒卖日用杂品赚了大钱"。小勇说："我们四川人由于祖辈数代生活在封闭的山区，交通不便，与外界交流少，处于小农经济的环境，思想比较保守，胆小怕摸不准市场亏本。我那天去渝江市百货市场去买点用品，那些店里坐在板凳上，动口不动手的人，听口音都不是我们本地人，只有在店里跑来跑去出货，招呼客的人是本地口音，那些跷脚老板是哪里人就不知道"。姜工说："据我了解都是江浙人或者是沿海一带的人，他们那些地方自古以来都是经商口岸，或者是商人传统地区，他们很多祖祖辈辈亲戚朋友的前辈都是经商发财的，潜移默化成了传统观念，一有机会，人的思想都活跃起来。我们山西也有晋商，但他们是少数，从事出名的行业就是金融业。我来四川二十多年观察，四川人都是农耕和小手工业者，所以没有沿海地区和江浙一带商业和轻工业发达"。小勇说："我们家是山区，我很小的时候婆婆爷爷还在，听父母说祖辈都是务农，自种，自吃，自己种棉花纺纱织布，缝衣服。一家人最大的开支就是盐钱，是标准的小农经济，祖辈最大的梦想就是买田置业。到解放前两三年，全国到处轰轰烈烈的解放运动，打土豪分田地，地主卖田逃跑，有点钱的佃户还想去买田，认为那才是立命之本。我爷爷就是那样，四六年去买十多亩田，债刚还清就土改了，花了一生的血汗钱，土改时差点打成富农"。姜工说："可以理解，如果祖祖辈辈租地种植生存，养家糊口，地主不满意，随时把佃户赶走，携家带小到处奔波流离，那是什么滋味，可以想像"。不知不觉天黑了下来。小勇说："我到里面去一趟，姜工你慢喝"。小勇一会儿回来说："姜工我们走吧"。姜工说："我去结账"。"我已结账了"。"这两天都是你付的钱"。"你也付了住宿费"。"住宿费是可以报销的"。"姜工你经常帮助中民哥和我学习专业知识，这点费用还不够我们的学费呢"。"你们俩真是好样的"。他们从饭馆回到旅馆天已黑，洗澡后就睡觉，一觉醒来已是大天亮。

2-8 钉子户

　　简单的早餐后，他们来到菜地，老陈同志已把工具带到现场等候，不远处的菜地边一位白发的老太婆手拿拐杖在那里看着他们，又有几位农民向这边走来。姜工架好三角架，安上水平仪，小勇和老陈拿着皮尺和标尺。姜工说："你们看昨天撒的灰线，找到这栋仓库四边的边缘线，观察每栋仓库的最低点，量出最低点到四边边缘线的水平距离，把标尺立在最低点，我测出最低点的标高"。小勇和老陈拉着皮尺量距离，那位拿着拐杖的老太婆已走近了姜工，用颤抖的声音说："你们又要占我的地呀"？姜工打量着她。她说："这块菜地解放前就是我的"。姜工说："解放前是你的，不等于现在是你的"。她的眼泪马上就流下来了，"你们还要不要我们活呀，我们一家人就靠这块地生存，这块地折腾了我一辈子，为了这块地，我一生吃够了没地的苦头，我要为我的后人生存留下点活命的土地，只要我还活着，你们就不要想占我的地"！她扑通一声跪在地上，抱住姜工的腿哭，又有三五成群的人走了过来，围着姜工。姜工觉得有些不对劲，他赶快把装经纬仪的小木箱放在脚下，把持住三角架上的水平仪说："小勇你和老陈，你们都过来"。小勇拨开人群站在姜工旁边，有一位中年男子问："你们是不是要开工了呀"？姜工说："我们只是测量一下地形，开工还早"。姜工趁说话的机会，把水平仪装进了小木箱，那人说："去年乡里给我们说，国家要用地修货场，没征求我们意见，给了我们点房屋撤迁费和青苗补助费，想买断土地耕种权。没了土地我们今后依赖什么生存？这不是十年八年生存的事，土地是我们子孙后代的命根子"。七嘴八舌，现场一片混乱。姜工被这突入其来的场面惊呆了，悄声对小勇说："我把他们叫到那边去，你把这两个装仪器的小木箱趁我移动的机会拿走，我在这里控制局面"。"乡亲门，我们到那边去坐下来谈"。他扶着老太婆，到那空地上坐下，小勇趁着移动的机会和瓜架遮挡视线，把仪器拿走了。"乡亲们，我很理解你们，我也是奉上级的指示前来测量，我可以把你们的意见向我们上级反映，你们也可以向你们村乡反映"。一位村民说："我们向谁反映？向乡里反映他们说是上级的指示，我们到县民政部门反映，他们说，这不归他们管，归国土资源部门管。我们连国土资源部门的门朝哪个方向开都不知道，我们不认识那些官老爷，现在唯一的办法只有看守着自己的地，谁来占地，我们找谁"。又有人说："去年拆迁时，安置了一些人的工作，还不到一年，那些企业当官的说，企业效益不好，又把人放了回来，有些到外地去打工的人，老板说不要人就叫走人，我们的生存靠什么来保障？我们今后靠什么生存？给我们那点拆迁费和青苗补偿费买了房，就没剩下钱，楼房就那么两三间房，住着憋促。不能种菜，养猪，吃什么都要花钱，连水都要掏钱，我们到哪去挣钱"？姜工说："我们向上级反映，建议是不是把货场换到别的地方去，这只是我个人的想法，我向上级反映，决策权在上级有关部门"。老陈对那位把三角架抢在手里的人说："小张，姜工是位搞技术的工程师，不是领导，他只有反映你们意见的义务，没有决定权，你还是把三角架给他吧"，老陈从他从手里拿三角架，他没反抗。姜工说："乡亲们，你们回去吧，我也走了"。他拿着三角架，老陈提着工具，回到旅馆。"老陈你坐下"。姜工问："老陈，那老太婆怎么那样伤心"？"那老太婆今年八十多岁了，解放前两年，花光家里所有的钱，还借了不少的债，买了我们要占用的那七亩地。买地后没多久，她丈夫生病，由于没钱治病就去世了。她守寡至今已快四十年了，解放时划为自耕中农（自己买的地正好够自己一家人应有的田地标准），没分到地主一分田土。五八年她是最后强迫入社，六零年饥荒时，她经常到她解放前买的田土上去扳玉米，挖红薯，为此合作社扣她的粮食，也为此受到合作社主任批评，也为此争吵。近十来年来，她经常黄昏时到她解放前买的田边地角上长时间地静坐，有时还揩眼泪。前几年田土下放到户，为了照顾她的情绪，仍然将那片地给她。由于子孙多了，地不够的部分，用其它的田地补充"。姜工说："可以理解她那痛苦难忘的经历，那田地是她一生感情的寄托"。姜工问："小勇你身上还有钱吗"？"有"。"你写张条子，写明雇用临工两天，每天工费五元，共计十元，老陈你条子下面，写上乡村地址，签上你的名字"。老陈接过纸笔写上乡村，签上名字，陈东明。小勇付了钱。姜工说："小勇你把条子收好，回去交给中民，单位结算时是报销的依据"。老陈说："姜工要是没事我回去了＂。姜工说：＂下次我们来再请你帮忙＂。＂我一定来＂。姜工他们回到旅馆，清理图纸资料，收拾行李，退了旅馆房间。到车站食店吃了碗面，买下午一点钟火车票回渝州市。

2-9 打工女

　　＂火车进站了，旅客们为了安全,请站在白线内，依次排队上车＂。这是车站广播员的声音，马小勇拿着三角架，提着桶挤在前面。＂请不要挤，先下后上，上车的旅客请让开一条道＂，一个站在车厢门口的列车员这样喊道。小勇向后退，撑开了挤在后面的人，让出了一条道。下车的人一涌而下，下车的最后一个人脚还没踩到站台上，小勇就被后面的人推上了车。他走进车厢，从头到尾观察了一遍，已经没有座位，他选择了一个中间走道人少的站立位置，他放下桶和三角架，他旁边坐在位子上的是两位年青姑娘。小勇害羞，不好紧盯她们，只觉得她们都穿黑色的外衣。他弯着腰，低着头，看座椅下面，还好是空的，小勇把三角架放在下面，抬起头看到姜工在车厢过道连接处四面张望。＂姜工，我在这里＂。姜工走过来看没有座位。小勇说：＂这样，我把桶里工具拿出来，把桶翻过来底朝天就可以坐了＂。姜工说：＂可以＂。小勇把桶里的工具拿出来放在座椅下，把那只桶翻过来，看到桌子上有张报纸没人看，＂同志这报纸你们还看吗＂？＂不看了，你拿去吧＂。小勇拿过报纸铺在桶底上面说：＂姜工你坐＂。＂你坐＂。＂这桶底坐不了两个人，我人年青，站着锻炼一下＂。姜工坐下，小勇倚着座椅站着，火车在有节奏的轰隆声中前进。小勇望着窗户，坐在靠窗边位子的女孩脸向窗外，里边位子的女孩注目着她。由于她们是漂亮的姑娘，小勇不好意思看她们。坐在里面的姑娘说：＂妹儿我好像在哪里见过你，你是在渝江市百货市场上班吧＂？＂我是在百货服装市场二楼上班＂。＂我是在一楼上班＂。＂那我们是同行，又是邻居＂。＂你老家在哪里＂？＂在峪上村＂。＂我家峪下村＂。＂真是有缘来相会，今后我们下班后就不孤独了，有玩伴了＂。＂你在城里住什么地方＂？＂我在郊外租的农民的房子，租金很便宜，就是上班远了点，要转两次公交车，用一个多小时才能到市场＂。＂过几天有空时间，到我那里来玩＂。＂我一定去，如果你愿意又住得下的话，我们两人合租更省钱＂。那人看了一下周围的人，都是各自地望着别处，她靠近另一位姑娘的耳边轻声地说：＂你没耍男朋友吧＂？＂我们这种漂浮不定的人，要找什么样的人心里没底，我有一个亲戚跟我一样，前几年在渝州市打工，认识了一个男朋友耍得很热乎，那男朋友今年到广州去打工了，几个月来音信全无，对她打击很大。她很伤感，要是这样的话，不如今后工作定性了，再考虑这件事＂。＂我觉得这外面的男人不可信，不可靠，不知根底，这些在外漂浮多年的男人游嘴滑舌，花言巧语，我们这些农村女孩，忠厚老实，社会见识少，重感情容易受骗上当＂。＂那你月薪多少＂？＂我月薪一百元＂。＂有奖金吗＂？＂没有，只有逢年过节，老板给几十元红包＂。＂那这薪水在我们这行业也算中等，你们老板平时抠得紧吗＂？＂抠得可紧了，中午的午餐，有五角和七角一份带肉馅的面条，我们从来没吃过七角的面条，连开水都是她从家里带来，舍不得买瓶装水。工作服只有一套，天热了，一天下来一身大汗，一股酸汗臭气味，晚上回去抓紧时间洗工作服第二天穿。我们那个铺面没有吊扇，夏天比较热，其它铺面都安装了吊扇，我们两个帮工提出了多次，要求花一百多元安把吊扇。老板娘借故说：'安吊扇不安全，万一掉下来怎么办，我觉得不热'。我看她也是一身汗"。"那你为什么不跳槽呢"？"相对来说，我的月薪比邻铺打工的多十元，坚持一下吧"。"你们老板是那里人"？"是浙江女老板"。"男老板呢"？"男老板是个气管炎（妻管严的谐语）。如果男女老板都来铺里，女老板坐在高凳上，翘着腿收款，男老板不做声，整理物品，打扫卫生。到外地进货都是女老板去，到货场取货下苦力是男老板的事"。"女老板出差了，男老板是不是不规矩了"？"哪敢！女老板走后，男老板到铺里来，也不多说话，只是收款，听说这女老板家里有钱，这生意都是她家里的钱"。"难怪如此"。"那铺里的账目谁管呢"？"都是女老板管"。"那要是下人做了手脚，或者被手脚不干净的顾客把东西顺走了，钱少了怎么办"？"她可盯得紧，我们一举一动她都盯在眼里，我们下人只管接待顾客讲价，取货，发货"。"收款是老板的事，我们一律不沾手，至于是不是差钱，我们不知道"。"你只管问我，你讲讲你们铺里故事"。"我们老板是广东人，他们可精了，我们铺里也是两个下人，实行的是基本工资加奖金的办法。我们基本工资是月薪六十元，这点基本工资正好是我的伙食费，交通费，租房费，我们两人年总奖金是年总毛利润的百分之十，年终结算制，我成了他们的管账先生加售货员。每次老板进货回来把货单交我，叫我点数，每天每笔销售的货品价格和数量都要记录，下班后按当天记录的金额清款，如有差错还要找原因，各自承担责任。如果涉及到责任人的责任，在奖金中扣除。每个星期一是盘点存货的时候，统计上星期货品的销售数量和金额，核对结存货品数量是否正确，如有误差，还得找原因，找出责任人。如找不出原因，损失在奖金中扣除，弄得我们两人时时小心，提心吊胆，时时注视着顾客是不是有手脚不干净的人。你看他这招多狠"。"那毛利润的成本是什么"？"就是每次进货单的价，加上门面租金和我们两人的基本工资"。"那它这成本很不完全"？"是不完全。但其它很多成本不好计算，像税收，税率在变化，与税收人员的关系，礼品和招待费用都是不可预料和变化中。还有采购费用，很多是没有票据的。还有应付消防，城管，卫生，审计部门的应酬和无可言明的开销。这一切费用很大一部分都是无可言明，这成本不好计算，所以百分之九十这么大的比例归老板是可以理解"。"那你们工资加奖金，月平均工资有多少"？"大概有一百三四十元"。"那你们工资好高哇"。"你看我们多辛苦，担责，拉客，努力呀"。"你们男老板对你们规矩吗"？"我们女老板看得可紧了，男老板多半时间在外面进货，到铺里都是老板两口子一起来，如果是男老板一个人来，下午女老板都来接他一块回去"。

　　"渝州火车站到了，下车的旅客，准备好行李准备下车"。广播里传出女播音员的声音。姜工站起来，小勇收拾好桶和三角架站立在过道上，姜工说："回去给中民说，感谢你们关照，有什么技术上的事，随时来找我"。小勇说："感谢姜工的教导，今后还多望姜工指教"。下车后，小勇把姜工送到办公室后，回到工棚，已是下班时间。

　　小勇吃过晚饭，到中民的办公室，汇报这几天出差的情况。到办公室门口看到中民正埋着头，边吃饭边看报。听到脚步声，抬头一看是小勇，"

哟！怎么这么快就回来了"？"等你吃完饭再说吧"。"没关系，我听着"。小勇把测量的进度说了，把拆迁户阻扰测量的情况和这几天和姜工相处的情况说了。中民说。"小勇你很会处事"。小勇说："他是我们甲方的实权人物，又是我们学技术，学知识的老师，他是我们的老师，应该这样"。中民说："我们处在市场经济初始阶段，不是完全的开放竞争的社会，社会关系极为重要，你今后处事也要思量和思考这个问题"。小勇说："那是当然"。中民又说："你把这几天的开销回忆一下，写上开销的时间，用途和金额，签上名字，我拿回去到我们企业业务开发项目去报销"，他递给小勇纸和笔。小勇计算一共用了一百一十五元，小勇写好字据，连同老陈的工钱十元的收据，一共一百二十五元，中民给小勇二百元，小勇把剩下的七十五元连同收据一同交给中民。中民说："小勇你把剩下的钱拿去用吧"。"中民哥我不能用这钱，公事公办，你收好"。中民说："你辛苦了回去休息吧"。"中民哥你也早点休息"。

小勇第二天又和苏姐一起搅拌砂浆，到了下午五点钟，一天的活基本忙完，坐下来休息。小勇说："苏姐，我观察了几天，想出了一个减少我们工作量的办法。你看我们运河沙，水泥，灰膏都有重复的工作量，先从水泥库，河沙堆，灰膏池搬运水泥上车，撮河沙上车，撮灰膏上车，再将车推到搅拌处，又将斗车内的河沙，灰膏，再撮进筐抬上搅拌台，水泥再从车里搬上搅拌台。如果我们把运料的架车加高到搅拌台的高度，我们把筐放在车上，直接把河沙，水泥，灰膏撮在筐里运到搅拌台，倒在搅拌机里，这样减少了一道撮和搬运的工作，还不用爬跳板、抬运的工作，基本上减少了一半的工作量"。苏姐说："你怎样把车加高"？"这我已想好了，把斗车的轮和轴取下，用木料钉成跟搅拌平台一样高的车架，固定轮轴就行。这工地上的边脚料多的是。已到下班时间，我们现在就去找木料，板子就用木型板边角料"。苏姐和小勇在工地找到一堆可用的材料。小勇说："我们现在抓紧时间，收拾工具，早点回去吃晚饭，晚饭后我叫学木匠的李林把工具拿来一起干"。"好"。苏姐高兴地说。晚饭后小勇叫上李林，带上工具，和苏姐一起来到工地。由于工具齐备，材料齐全，他们三人同心协力，一个多小时就完成了。回到工棚李林说："今天天晚了，明天我下班后，我来向小勇哥请教，不知道小勇哥有时间吗"？"应该没问题"。第二天苏姐和小勇从事头天一样的活，车架比原来高，跟心口一样平，撮沙，撮灰膏，不太费劲，只是搬水泥要两人抬上车去。把车推到搅拌机旁，就把河沙，水泥，灰膏倒进搅拌机里。不用再撮沙，抬沙，撮灰膏，抬灰膏，抬水泥，省去了很多工作量和力气。苏姐说："你真聪明，我干了那么长时间都没想出来，这下我们俩轻松多了，你是个人才"。"这不算什么，只要你高兴，感觉轻松就好"。他们休息时间多了，话也多了。苏姐轻松了，心情好了放松了。她说："小勇我该怎么办呢？我的两个孩子那么小，每天晚上都哭着要妈妈。我白天忙，没有心绪去念想他们，晚上躺在床上，夜深人静的时候，就开始思念他们。你不是母亲，没体会，你知道吗？身为母亲，孩子是她心头肉，那思念的心情难以言表，真是思念长泪满巾，我真想回去和孩子生活在一起。转念一想，孩子一天天长大，今后孩子如果有出息，念大学学费怎么办呢？你知道我们那地方，山高坡陡，都是小块的梯田梯土，土质差，农作物产量低，不能机械化。靠人力耕种，爬坡下坎，运肥劳作，一个壮劳力也种不了多少地，一年辛苦劳累下来，只够吃，剩不下农产品换钱。等孩子成人了，那时人口更多。解放时每人还可分一亩三分水亩八分坡土，到了一九七八年，田土下户时，每人只能分到八分水田，五分坡土，到了我的小孩成人时，人口更多，还不知道每人有多少地，收获的粮食咋够吃？唯一的办法是多读点书，到外面去找工作谋生。读书要花费，我那当家的（丈夫）抹不开面子，吃不得苦，孩子读书的费用怎么办？我一想起这些事，心里就茫然、懊恼，不知怎么办"。"苏姐，这事以后回去好好地跟廖大哥商量，现在孩子还在读小学，读大学还有一段时间"。他们在一边拉家常、一边工作中，又过去了一天。

2-10 学技艺（二）

　　下班回到工棚，按惯例拿着碗筷到食堂买饭，一份萝卜，四两米饭，他端起饭想在中民办公室去坐着吃，顺便去看一看中民哥，走到工棚前看到门还锁着。他往回走，正好碰到中民下班回来。"中民哥，你现在才回来"？"三号房屋基础完工了，我陪姜工检查基础才完"。"我去帮你买饭"？"你在这里等我一会儿，我自己去买饭"。小勇站着吃饭，等着中民。一会儿中民把饭买回来说："走，到我那屋里坐着吃"。他俩到了办公室坐下吃饭，中民说："我正要找你商量，这个工地基础工程已经全部完工了，普通工（打杂工）需要的人减少，需要更多上部建筑的技术工人。我想让你学门技术，有木，泥，混凝土，钢筋等工种，看你选择学什么技术"？小勇说："你看在建筑行业中，哪样工种用工量最大"？"首先是泥瓦工，其次是木工"。"那我先学泥瓦工"。"吃完饭后，我带你去认识一下陈班长"。"是不是需要拜师学艺的仪式呢？"。"现在工作是组织安排，不是解放前。但是技术是人生存的技能，在学习中，师傅口授技术，自己边干、边观察、边学习、边琢磨，总结出经验。如果你和师傅，师兄弟关系好，还可以交流学习经验，协同工作，搞好关系"。"中民哥对我太好了，考虑得深远、周到"。

　　中民带着小勇走向工棚，到了陈班长的床前，他正在折衣服。看到中民和小勇，陈班长非常热情地说："王工头，小勇请坐"，他马上站起来，让出床边的位子，自己坐在搁物板上。陈班长说："上次我生病，全靠小勇，给我端水、买饭、找医生，还给我买水果，比亲兄弟还好"。中民惊奇地看着小勇说："你已经拜师了"？"他第一晚上睡这工棚，我又拉肚子又吐，把他吵醒了，他过来看我，照顾我，我还不认识他。天亮后，大家都去上班去了，工棚没人，见我躺在床上，又过来照顾我，人品真好"。中民说："陈班长，我来跟你商量一件事，我想把马小勇安排在你班上学泥瓦工，你看怎么样"？"王工头，你放心，我是他的师傅，也是他的大哥，一定尽到师傅和大哥的职责"。"有你这句话，我就放心了"，中民看到他们这样亲密友好，不用再说什么，说："那你们师徒俩慢慢聊，我回去了"。中民走后，陈班长对小勇说："你回去休息，我去给你准备工具"。"我明天去材料库去领"。陈班长说："我们用的工具材料库没有"。"陈师傅，我明天到外面去买工具"。"我这里有现存的，你回去休息吧"。"谢谢陈师傅"。

　　第二天，在上班的路上，陈师傅递给小勇一个工具包说："工具都在里面，等会儿排队讲安全的时候，我把你介绍给师兄弟，你到队前给大家见个面"。"我讲话吗"？"你给大家鞠个躬，说句希望师傅、师兄弟多多关照，就行了"。他们到了工地，工人陆陆续续来到一栋刚砌完一层砖的楼前，今天来干活的人都是二十多岁到四十岁的男人。身穿一身蓝色或黑色的劳动布工作服。排队讲安全，不是很正规，就是大家站在一起，没有列队。陈班长开始讲话："大家注意，今天的工作就是开始砌二层房的砖墙，楼板上施工员已弹好墨线，那墨线是砖墙的中心线，门窗的位置墨线上有注明，希望大家注意。另外在勾外墙灰缝时，身子不要过多往外探身，以免失去平衡，掉下楼去。空中运动的砖夹和灰盘注意避让，安全事项就是这些。另外我跟大家介绍一位新学徒，小勇你过来"。小勇走到陈班长身边。"他的名字叫马小勇，是我的老乡，今后望各位师兄弟对他多多指教"。小勇深深地给大家鞠了个躬说："希望各位师傅、师兄弟多多关照指教"。"今天的注意事项就讲完了，大家各就各位"。

　　陈班长和另一位四十来岁的人，各站在房屋的两个端头，其它人各选择墙中间段的位置。小勇不知选择何处。陈班长说："小勇，你站到这儿来"。陈班长指着自己身边。"你先站在我后面，观察我砌砖，仔细观察分析我每个动作的姿势和技巧，看明白后，你再来和我一起砌砖"。小勇站在后面，看着陈班长。一个人在墙的端头，用右手拿砖刀，挑起一砖刀灰，同时左手已拿好一块砖，右手把砖刀上的灰铺在砖墙上，顺势把灰刮平，左手把砖顺着砖墙铺在灰上，用砖刀敲两下，探头瞄看一下。他的这些动作，左右手同时进行，配合准确协调。接着他又敏捷协调地重复这些铺砖动作。铺好了并排的第二块砖，接着顺着铺第三块、第四块砖，直到铺完第八块砖。接着铺第二层砖，第二层砖的第一块砖是横着砖墙铺，以后的砖又是顺着铺。第三层砖又是重复第一层砖的铺放顺序。第四层砖第一块砖是横着铺的，铺第二块时他先用砖刀把砖头砍掉十分之三，再顺着墙铺，第三块砖也是砍掉十分之三，并排顺着铺，第四块以后都是横着铺。铺完第四层砖后，他用线砣，以线为准，用砖刀轻轻地敲，调整铺砖墙的垂直度，调整完后，站起来看那一端头砌砖的人，他仍在铺砖。"小勇你过来，你看这三层砖都是顺着砖墙铺的，它的铺法我们匠人叫（走砖），这第四层砖是横着铺的叫（丁砖），这三层走砖，一层丁砖叫（三走一丁）的铺法，也有（一走一丁）的铺法。（三走一丁）的铺法对墙的结构整体性较好，抗横向裂缝要比（一走一丁）铺法要好。以砖墙为承重的结构墙都采用（三走一丁）的铺法。以装饰为目的砖墙多采用（一走一丁）的铺法，你再看这砖墙，隔一层砖的垂直斗缝都是垂直的，这说明每条垂直的灰缝宽窄都是一致的，一公分宽，垂直灰缝才能从上到下整齐美观好看。在铺砖时要留意，水平灰缝厚度也是一公分，这是技规的要求。这水平灰缝的厚度和饱满度直接影响砖墙的承重强度，是房屋结构中的承重组成部分，技规要求灰浆的饱满度不得低于百分之七十。饱满度和厚度取决于砖刀挑灰浆的多少，挑多了要把水平缝敲压成一公分厚，多余的灰浆掉落造成浪费。灰浆挑少了导致两个结果，一个是厚度达不到一公分，另一个结果是饱满度达不到百分之七十。所以掌握灰浆的多少很重要"。陈班长看到那边端头站角的师傅站起来。"鲁师兄，把线拉起来"。鲁师傅把一根白线从那端头牵过来交给陈斑长，陈班长把线拉紧用铁钉钉在第一层砖缝上。站在墙中间段的各位师兄以线为准开始砌砖。小勇在陈班长的旁边开始学砌砖，他右手拿砖刀挑灰的同时，学陈师傅左手去拿砖。他左手拿砖，由于注意力集中到左手，右手砖刀面倾斜，灰浆掉在楼板上，他又赶快去撮刮掉到楼板上的灰浆。他把灰浆铺在砖墙上，由于灰浆掉落在楼板上，撮刮起来的量就少了，他又赶快用砖刀到灰盆里去挑灰浆铺在砖上。左手拿起砖是侧拿着的，砖翻不过来，他右手赶快放下砖刀，两只手把砖平放在灰浆上。一看砖平面高过了线，他赶紧用砖刀敲砖靠线一侧，但另一边又翘起来，他又敲另一边，经过几次重复敲砖，砖面虽被敲水平了，但由于敲打灰浆流失，整个砖都低于线，他扳下砖又重新铺灰浆。只听到那端头站角的鲁师傅把砖刀敲在墙上咣当咣当地响。小勇挑了一砖刀灰浆铺上去，又把砖放上去，砖高出了线，他又想用砖刀敲，陈班长制止他说："你先看我敲，砖高出线，说明灰浆多了，是需要砖刀敲，迫使多余的灰浆流出，关键是一定要敲打砖的中心位置，使整个砖体的震动力平均，再用左手握住砖的上平面，直到靠线时停止敲打，砖平面与线水平面一致时就到位了。下一次砌砖时，还是先一个一个动作的操作，动作熟练后，再练习双手协调动作。挑灰浆时，一定要掌握灰浆的量，铺灰时一定要把灰浆铺平、铺到位"。陈班长又拉起了线，大家又开始砌砖，小勇按照陈班长教导的方法一步一步地操作，边操作、边琢磨每个动作的要领和要达到的目的。陈班长低声地说："鲁师傅技术是很好，就是爱张扬，和班里的师兄弟关系不太好，我知道他的性格，不要计较这些，你今后也要大量些"。"他是师傅，我应该尊重他，我哪有资格计较呀"？"有你这种心态就好"。下午下班时，小勇感到脚趾痛，他脱下鞋，脚趾上很多血泡，有几个泡还渗着血。陈班长说："你的脚这样了，灰浆熬得很痛、很难受吧"？"怎么造成的"？"我砖刀挑灰浆常掉在脚上，灰浆浸进鞋里，脚走动磨擦，有点痛没什么，为了学手艺求生，这点痛算不了什么"。"你真坚强"。

　　晚饭后小勇正在想今天傍晚怎么打发时间，他想到街上去买份报来看，或者到地摊书摊买本旧书来看，旧书很便宜。他穿着工作服，刚走到工棚门口就碰到李林，他捧着两本书，"小勇哥，你到哪里去"？"我想上街去买本书看"。"我想请你给我讲书呢"。"好，那我就不去了"。"真是对不起"。"没关系，到床上坐吧"。他们俩到小勇的床上坐下。李林说："小勇哥，我近几天晚上把高中的三角部分看了一下，我还是没弄懂这三条线组成的三个角的角量变化与三条线线量变化之间的关系"。小勇说："这就是三角函数，非常重要，以后我们要利用三角函数解析平面的距离和位置，空间物体在空间的距离和位置，在物理学里力的分解和力的合成，离不开三角函数"。"那我怎么才能学好呢"？"你是自学，自学学习方法很重要，看书时推敲书上的每句话，每项定理，反复推敲，演算，演绎每道例题，利用定理结合以往学过的，涉及到相关的知识综合应用。做一些书上的作业题，加深理解和巩固知识。这样，为了加深理解，你明天自己做六根木条，四根木条从头到尾标注尺寸，作为量尺。另两根木条相互垂直交叉，做成十字架形成直角，以交叉点为原点，向四个方向的木条标注尺寸形成四个方向的坐标，原点上垂直立一根木条，从下向上标注尺寸作为向空的三维坐标。在一根标注尺寸的木条上，以任意的长度选择一个参照点，用根木条作三角中的弦线，移动弦线木条，观察夹角变化，在观察角量变化的同时观察弦线上尺寸变化，坐标上的水平标杆尺寸和垂直标杆上的数据变化，这些变化的数据，按照书上的计算公式计算，计算出的数据是和三角函数是一致的，验证三角函数"。"小勇哥你讲的学习方法，我回去看书体会，我这就回工棚去看书，不懂的地方，我还要向你求教"。

第二天上班，还是继续头天的砌砖工作。小勇站在陈班长旁边，现在已是农历的五月下旬。这天天气很好，天上无云，到中午感觉很热，小勇不断用袖口擦脸上的汗。突然他的眼睛一阵刺痛，觉得是额上的汗水流进眼里，又用袖口擦眼睛，感觉异物仍在眼里刺痛，他又眨眼睛，想把异物挤压出来，但更加剧烈地刺痛。"陈师傅，你看我的眼睛怎么啦"？陈班长扭头过去一看，他满脸是汗，额上还沾有灰浆。"小勇，你不要用袖口揩眼睛，眨眼睛，你拉着我的手，我们到楼下去找水管"。他牵着小勇的手，下楼找到了水管，打开龙头。"小勇，你把头探出来，睁开眼睛"。他感到眼睛一股水冲过。"小勇，你睁开眼坚持一下，我再冲洗一下"。又是一股水冲过眼睛。"行了"。小勇站起来，眼睛不刺痛了，但还是感觉不舒服。"好些了吗"？"好多了"。"干我们这行的，到天热时经常遇到这样的事。但千万不要去擦眼睛，视网膜受到沙粒的摩擦，擦伤视网膜是很痛的"。"多谢陈师傅"。"不用谢，出门在外，我们这样的小集体都要互相帮助"。

到下午三点多时，突然停电了，砖和灰浆都无法运上楼，停工了。大家都到楼下去乘凉，各自选择了位置，拿着砖头铺在地上垫坐。小勇坐在陈班长旁边，坐在小勇旁边是一位三十多岁的男子，他面向着墙凝视着，神情淡定。静坐了一会儿，小勇鼓起勇气问："师傅你贵姓"？"师傅我不敢当，去年我才学泥瓦匠，我姓陈，叫陈占川"。"那我叫你陈师兄，你也是我们老乡吧"？"我是大田坝村的"。"那我们是邻村的老乡"。"那你是去年才出来的"？他叹了口气，很无奈地说："我十六岁就出去闯荡，你知道我们大田坝村人多地少，刚解放分田地时，我们乡平均每人可以分到一亩三分田土，但我们大田坝村每人只能分到一亩田土。土改工作队的同志动员我们移民到其它村，到田土多的地方去分田土，大家都不愿意，都认为移民到其它地方去，虽然可以多分得三分地，但那是坡田坡土，土的比例大、产量低、费工多，不划算。后来农协会代表一致同意少分地，不移民。另一个原因是山沟的姑娘都想往大田坝嫁，那里都是稻田，吃细粮又不劳累。多余的劳力就去学手艺，木匠给人家修板凳、椅子、床铺，挣点钱，主人给点粮食也行，钱粮没有，给点布票、粮票也可以。还有的去作货郎挑着担，走街串巷卖点针线、布头、杂货。还有生意大一点的，专门赶场摆摊卖杂货。那时兴赶集，镇乡的场期是经过研究的，便于商贩流动，经营生意。把三个相邻，距离相近，来去线路呈三角形的三个镇乡联在一起，三个镇乡分别分布三角形的三个角，三个镇乡假设分别名为A，B，C角，把A角镇乡赶集期定为农历个位数日期的一，四，七，把B角镇定为二，五，八，把C角镇定为三，六，九，这样商贩就可以从A镇赶集完后，走AB线到B镇，赶完B镇，又走BC线到C镇赶集，赶完C角镇，又从CA线到A镇赶集，这样循环赶集，避免来回赶集，减少商贩的经商路程，只有逢十无场期，回到原籍休息。这样定制场期比较科学"。小勇说："我就没有注意到这样设计定制集市的日期，我只感到围绕着我家的三个乡镇的赶集都是连续循环的，不知道还有这个学问。那你们大田坝村很富哟"？陈占川说："那时大家都一样穷，在穷人身上能榨出多少油水，只能是补贴家用，比在家闲耍好点，还能锻炼人，不至于惰落人"。

2-11 流民

小勇问："你十六岁出去干啥"？"我先出去是学修檫子，那时没打米机，是用檫子磨出糙米，再用（对窝）把糙米冲去米皮，成熟米，用来做饭。檫子是木片和竹片作齿做成的，后来有了打米机和磨面机，我就没活干了。就到供销社、商店、蔬菜公司、煤球站做点杂工，后来当起了棒棒军。棒棒军的前身：四，五年前改革开放，劳动力市场也开放了，自由了，可以在大街市上名正言顺地揽活了。那些没有技艺的人，拿上扁担或竹杠，棕绳，到街上去揽活。为了在人群中行走方便，就把随身带的竹杠和绳索绑在一起，背在背上，在大街上、人群中行走。路人看到背上的竹杠，很像背着步枪的士兵，大家称呼我们是棒棒军。棒棒军的由来是社会的需求，那些买了家具，需要搬回家、搬上楼的人，那些搬家的人，那些家装修老板要把装修材料装卸车、搬上楼的人，由于雇主的货不多，都是雇用临时用工。他们要找人搬东西，在街上的人流中，不知谁是干活的临时杂工，那些手拿竹杠绳索的人，在人群中不易识别和发现，后来杂工们逐渐意识到背竹杠是揽活的招牌，扛棒棒的故意把竹杠背得高高地在大街上、人群中游走，招揽雇主。服务过程中感触深刻，雇主的身份、性格、人品真是世间舞台，倍感百味，哭笑不得。因为搬运货物贵贱不同，雇主身份不一，会遇到各色人物。有的雇主平等待人，有什么要求，他会以商量的口气跟你说话；有的雇主完全是把你当下人，以命令的口气说话，不容你有说话的余地。常挂在嘴边的一句话'这是我拿钱雇你干活，我叫你搬到这里，就搬到这里，我叫你搬到那里，就搬到那里******'。人生百态，干活过程中体味。有的人，你把物品搬到位，他会爽快把'力钱'给你，有时还会递一碗开水过来，内心感激温暖。很多时候都是搬东西上十层，八层，甚至是几十层楼，楼梯间狭窄，前碰后撞，很难避免，你把家具或物品搬到位，已是汗流浃背，气喘吁吁。他说你把他的家具泊漆擦掉了，弄脏了物品，克扣力钱，或不给力钱。或者说你擦坏了他家墙壁的漆，也要扣你的力钱。有的雇主在物品运输的过程中丢了什么，或者是收货时，未点清楚少了货，他错怪你在搬运的过程中把他的物品弄丢了，不给力钱。真是忍俊不禁，五味杂陈。初入城时，我们这些乡下人，怀着一颗赤诚的心，充满人情味，看到老人扶一把，替病残人拿东西。三年过去，感觉人间真情不在，冰凉的心变得麻木、冷漠，对求助乞讨的人视而不见。我最后的一项活是一个中年妇女叫我从家具店背一面一人高的镜子上五楼，镜框装在包装的纸箱里。那楼是一座老房子，楼梯间很狭窄，没有路灯，楼梯间和过道上堆满了各种废旧杂物，我小心翼翼地爬楼梯，上到三楼不知踩到什么东西，一滚动就摔了一跤，听到咔嚓一声，我赶快从地上爬起来抱住包装箱，碎玻璃片从包装箱缝里滑落出来，把我左手划破一条长口，鲜血从伤口涌出，雇主被吓呆了说：'真倒霉'！我按住伤口，跑到医院缝了几针，休息了一个月。回到农村家里，老婆一会儿说没盐了要钱，一会儿说小孩没笔墨本子做作业，一会儿说借亲戚家的三十元早该还了。总把我当摇钱树，我难受极了。我又只好又毫无目的，到城里找活。但不愿扛棒棒，那活太使我难受，到火锅店洗碗、洗菜，干了几天老板说我笨手笨脚，不要我，我满街乱窜。说起来师弟你莫见笑"。小勇说："你那样坚强，真是好样的"。"我们这样的人，为讨生活，只要能挣点钱糊口，只要不是干见不得人的事，不是好逸恶劳、好吃懒做，我们在底层求生的人，只有凭自己劳力，吃苦、耐劳，奋斗求生就是面子"。他又接着说："有一天我挣点钱快用光了，路过一个废品收购店，看到有人拿废品来卖，有卖塑料瓶、旧报纸、纸箱、旧电器、废铜烂铁，他们卖完废品拿着竹杠绳索走了。我跟在一个卖废品人的后面，转过街口我问他，老哥你是高峰乡的吧？他说你怎么知道我的？我说我听口音是我们那地方的。他说我是峪下村的。他问我是那村的，我说我是峪上村的。那我们都是老乡。你现在哪里工作？我说没工作，想跟你一样去捡收废旧品卖。他说老乡你千万别干这行，干这行又脏又臭，还容易生病，我是实在没办法才收捡废品。我说我也是走投无路，今天午饭都没钱了，我睡在郊区外农家猪圈的草顶上，这几天蚊子也多起来了，无法入睡，进城还得花五角钱的公交车费，我现在身无分文，不知道今天怎么办。他说既然成这样了，为解燃眉之急也只好干这行了。我们是老乡，我把这捡收废品的'行头'给你，一根竹杠一根绳子，一个编织袋，我问他没'行头'，哪你今天怎么办？他说我今天卖废品有几元钱，到杂货店买这套'行头'只要三元钱。老弟我告诉你，现在你的处境，只能捡废品，捡废品要找准点，不然你白跑路。沿街的垃圾桶里，街边墙角不当眼的地方，但要记住，不当眼的地方往往有不规矩人的非法行为，或不堪入目的动作，见此情境你装作没看见，赶快离开，免遭不测。另外你在大街上行走时，避让着人家，特别是那些穿戴整齐漂亮的小姐，小伙子，撞到他们身上，会骂你一通，甚至是揍你一拳，说你身上的脏臭物气沾染到他们身上了。'谢谢老哥的指点，谢谢你给我这套行头'。'那我走了'。我扛着竹杠，提着编织袋，沿街寻找着垃圾桶，好像又有当初棒棒军的感觉，但目的不一样，心情不一样，有一个共同的感受，就是潦倒、下贱、求生和无奈。我走了一段路，街道旁没看着垃圾桶。你要这瓶子吗？一个中年妇女问我，我要，我赶快接过，心里感激，我想说一句谢谢，看她时，只看到她的后背匆匆而去。我猜想她虽然同情我，她又怕我这身臭气，不和我这种人说话"。小勇说："他怎么知道你是捡废品的呢"？"也许看到我这副行头，和这身穿着。沿街看不到垃圾桶，把我当垃圾桶吧。我想不管她怎么看待我，这瓶可以卖三分钱，心存感激。走了一段街，我好不容易看到一个垃圾桶，直走了过去，打开垃圾桶盖，一股说不出来的酸臭味扑鼻而来，旁边路过的人迅速离开。一句刻薄的话，这人怎么这么缺德，把垃圾桶打开，好臭啊。我顾不了那么多，只管翻动里边乱七八糟杂物，多半是餐巾纸，翻动废物没发现可卖的废物，有一团搓成团的报纸我拿出来放在编织袋里，一手沾满了痰液，我在垃圾桶盖上揩了几下，盖上盖子就走。走到一个商场门口的垃圾桶打开一看，仍冒出股臭味，里面好几个塑料瓶和玻璃瓶，高兴极了，但那上面沾满了不知是什么粘液，有红色的，黑色的，管不了那么多了，抓了一把废纸把塑料瓶上的脏物擦掉放进了编织袋里，想到今天中午的小面钱有了，顿时心情轻松了。我走街串巷，不知翻了多少垃圾箱和垃圾桶，有的桶里有可卖废品，有的桶没有，到了下午编织袋里有大半包废品。又饿、又累、又渴，但包里没钱，只好坚持，到了一个小区公园门口，想到那里去休息一会儿。到了里面看到一个厕所，一天没上厕所，扛着包进去解小便，解完小便。看到一根冲厕所的水管，勾起了饥渴的感觉，我蹲下去，打开水龙头，冲洗了水管头，把流水的水管伸到嘴里，好似一股泉水流到肚子里，感觉像喝甘泉水一样。你在干啥子？一个解开裤锁链拉出乂解小便的人问。我不管那么多，当做没听见，我喝够了水，不渴了，也没那么饿了，放下水管，关上龙头走了。我扛着编织袋出来，走到社区公园，看到三三两两的人在景区里漫步，有的坐在石凳上聊天。我走向一条石凳，想坐下休息一会儿，走近一看旁边有两个空塑料瓶，一本广告资料，还有几张垫坐的报纸，我高兴地把它们全收到袋里。我想其它地方一定还有，我扛着编织袋寻遍了公园的各个角落，有些收获。太阳落山了，我想找个收废品店卖掉，到哪里去找呢？大街上肯定没有，因为大街上门面租金很贵，收破烂的小本生意租不起，城管部门肯定不允许。他向城边的一个旧平房区走去，到了平房区，问一个散步的老头，他告诉我靠最后排底层有一家，我走到那里，看到门前堆满各种废品。一个男子正在清理废品，我走过去。他问我你是卖废品的吗？我说是。你是捡废品的还是卖自己废品的？我是捡废品的。我问这里面有什么关系吗？我给你说实话吧，捡废品的人是我的长期客户，他们生活无着，走投无路才捡废品度日，我给他们的价高一点。卖自己废品的人，他们生活无忧，顺便而已，废品价低一点。我把废品从编织袋里倒出来，摊在地上。他说，你先把这些废品分类，是纸张，报纸，理抻展叠好，瓶子把里边的东西都倒干净。我接照他的要求整理完，他用一个小计算器一样一样地计算后说，一共三元五角钱。他把钱给我后说，兄弟你有时间吗，我问他什么事，他说我老婆有事回去了，我需要一个人配合我一起把这些废品打包，大概要一个小时，我给五角钱。我想一个小时五角钱也可以，我说可以。他说我们现在开始，你看我怎么做，你就怎么做。我们边干边聊，那人问你是哪里人？我是高峰乡峪上村人，我是高峰乡陈家坪村人，我们是老乡。他问我住在哪里？我说我住在郊外，离这儿很远。你来回费时又费钱，我说没办法，那儿租金便宜。兄弟我租这间房子后面，有间简易的临时房子，有一个单人床，活干完后你去看一下，这间房原住一个孤老头，是他的房子。这孤老头去年'走了'，这孤老头多年生病，欠了医院很多医药费，由法院仲裁把房子抵押给银行，货款还医院欠款，银行委托资产管理公司管理，我在管理公司租的房。刚进来时屋里一片狼藉，把所有乱七八糟的东西都扔了，留下了床，床上被盖用品和蚊帐，我都把它们洗了一遍，去年我也住了一段时间。我做废品店后，消防检查认为堆放的废品极易引起火灾，就通知天燃气公司和电业局把气和电都断了。你要觉得能忍受和不忌讳的话，你可住在这里，我不收你租金。我有两点希望你配合，一，每天配合我打包废品，二不能用火烧水煮饭。我说只要能住，我一定能做到。他说那你今天晚上就可以住在这里。我说谢谢老哥关照。他说有身份证吗？我说有。他说你给我看一下，我从衣袋里拿出身份证给他，他看身份证上高峰乡峪上村三组陈占山。他说你叫陈占山？我说是。我也姓陈咱们是家门，今后就叫你兄弟。我说我就叫你老哥。伬说兄弟我就回去了，这是门钥匙。我说谢谢老哥。他走后，我肚子实在饿得不行了，锁上门直奔街边的面摊。吃小面，填饱肚子，回到住地，天已黑，借周围灯光余辉的映照，小心地走到住房，开门摸到拉线开关，拉了一下，灯没亮，再拉一下，灯仍没亮，才想起已断电。看来只有摸黑了，我走出房门，在昏暗中模糊看到靠墙有个水龙头，摸过去打开水龙头，水哗哗地流出，我伸出双手捧水洗脸，用衣袖擦干脸，没法洗脚。在黑暗中我摸到了床，上床揭开被盖，有股说不出的怪气味。下床开门，拿起被盖、枕头到门外去抖，让气味散去，铺好床再睡，怪气味少了。盖在身上感觉有点湿凉，太疲倦了，不知不觉睡着了。不知睡了多久，床下叽叽喳喳的声音把我吵醒，心想这是什么声音？细听是老鼠的叫声，是公鼠的打斗声或是公母鼠的求爱声？我起来用鞋敲打地面，吓跑了老鼠。一会儿又睡着了，梦见一个老头瘦骨嶙峋、眼珠突出、面貌吓人，挂着拐杖站在门口说，你怎么睡在我的床上？你给我快走！我吓出一身冷汗被惊醒。眼前一片漆黑，躺在床上再也无法入睡，我明天还睡这儿吗？还是回到郊外农夫家住？那儿太远，往返还要花一元钱的车费，不划算。我想好明天吃晚饭后扛着'行头'到大街上去捡废品直到夜深，尽量疲倦，沉睡到天亮，以免被打扰，作恶梦，明天一定去买根毛巾，买个塑料盆作洗脸洗脚用＂。

＂天亮起来，我用手浇水洗脸后拿着'行头'上街。早上吃点东西，我走到头天晚上的面摊前，早餐这摊只卖馒头、包子、豆浆。我对老板说，我买两个馒头。他问我干吃吗？我说我想要碗开水，他说有豆浆，五分钱一碗。为了省钱，我说我还是喝开水。他说你自己拿碗倒开水，水瓶在那里，他指了一下，说：喝完后把碗拿到洗碗盆洗干净放回原处。吃完后，付了五角馒头钱，拿着竹杠编织袋向街上走去。这几年扛棒棒到过不少小区，住小区的人都是有钱人。垃圾桶前放着废弃物，有的还有可用物品和小电器，特别是高档小区。但小区门卫不让进怎么办？我想了一个主意，选择一个一般的小区，拿着竹杠和编织袋急冲冲地往里撞，'喂，喂，干啥子的站住'？门卫房里保安探出头吼道。我说，'啊，对不起，昨天约定今天上午九点垃圾车来小区拉垃圾，叫我先到小区垃圾池去把那些不好装车的东西收拾一下'。门卫问有身份证吗？我说有。门卫说，拿来我登记一下。我把身份证给他。登记后递给我说，垃圾池往前直走，到西边尽头上。我接过身份证，转身就走。转过一栋房子，看不见门卫室，我开始注意垃圾桶，垃圾桶盖多数都盖着，由于住户瞧得着，不便打开。看到垃圾桶旁有可卖废品，赶快装到袋里。走了一圈，捡到一些塑料瓶和废报纸。到了一个僻静处，有个垃圾桶，这里可能没人看得到。但没瞭望，我打开盖，看到用塑料袋装的瓜皮果屑，手纸，卫生巾，我用手翻动着，下面仍然是这些。我正要关盖，一包垃圾咚地一声扔了过来，打在我手上，汤水溅了我一脸，我正要发火，马上又把火气又压了下去。扔垃圾袋的女人说：'门卫怎么把这样的人也放了进来'。她转背走了，我也扛着袋走了，又转了几圈收获不多，我扛着袋经过门卫。门卫喊陈占山你扛的什么？我假装抱怨地说：'真倒霉，我把那些乱七八糟的东西都收拾好了，等了半天车都不来，工钱也拿不到，连喝碗水的钱都没有，我把这些废品拿到废品收购站换碗水喝'。我把包打开给他看，他看后说：'去，去，去'！我扛着包走上街。到最繁华的市中心去翻垃圾桶，街上人流拥挤，在人流中看到我扛着包，都避让着我，投来一丝鄙视的目光。我若无其事，觉得这样很好，以免碰到人家遭人怨。垃圾桶里多少有点收获。转过百货公司，看到通往背街一条小巷，没人进出，我想那里说不定有收获。走到尽头转角背静处，一个躲在墙角的人正在翻一个包，我想起捡废品老乡的警告，我装着没看见，直往前走，看到全是污水沟，污水沟里偶尔也有塑料瓶，但是手够不着，又没下脚的地方。我又回走，到了那人翻包的地方，看到地上有个漂亮的钱包，拉链已被拉开，口开着，是空的。我犹豫起来，是要，还是不要，要，害怕找包的失主发现把我当小偷，不要，觉得可惜，最后我还是捡起来，把它放在装废品编织袋的最下面。到中午找个废品收购站，把所有废品卖了一元五角钱，那钱包留下拿回家，还是一件贵重的礼品。在街边面摊花三角钱吃碗小面。下午我到高档的花溪别墅区去看一下，走到别墅小区外，老远看到一座高大的牌坊，四周都是高的砖围墙，墙上面还有网线，不知是不是电网，也可能是监控线，只能看到里面的树梢和房顶的琉璃瓦。进出大门都是各种颜色的轿车，没有行人进出，看来是进不去了。我想到大门去看一下里面的稀奇，走到门口看到一个穿黑西装的男子从小区里面走出来。他站在牌坊下四处张望，过了一会儿他对我说，捡废品的你能帮我搬东西吗？到哪里搬？就在这里面。我进不去。我带你进去。我说行。我跟在他后面。门卫问，沈老板，这是你请的棒棒？我想把买回的几个大花盆搬到阳台上去，顺便把种花的土也挑上去。门卫说，你找的人没话说。我跟他进了小区，我用了一个小时把那些东西搬到他屋里，他给一元五角钱。他说你走吧。我拿起绳杠和编织袋走出房门，我想这是好机会，到这豪宅区转一转。小区内都是林荫小道，小道两旁盛开着各种花，小道两边的垃圾桶盖都是盖好的，心想这样的地方可不能翻垃圾桶。我顺着小道走到尽头转角处，那里全被树林覆盖。树下面有个垃圾桶，我好奇地想，这富人的垃圾桶里面是什么？我四处的张望了一下，都是树林，看不到房子，没有人，这里隐蔽。我打开垃圾桶盖，冒出一股香气，心里又想，穷人的垃圾桶一股臭气，这富人的垃圾桶都是香的？好像是小姐身上的香气，这别墅小区是不一样。垃圾桶外型也不一样。我轻轻地揭开垃圾桶盖，垃圾桶里面塞满了报纸，印刷品，广告，果皮，茅台酒盒，巧克力盒，化妆品盒。我心里一阵狂喜，这些废品都可以卖钱，我把可卖物都装进编织袋。又翻下面，看到一包像纱布袋，一坨棉花上面有血污的东西压在报纸上，我把血污的一坨棉花抖开，掉出一张卷着的手纸中露出一张五十元钱的一角，我又一阵惊喜，我不加思索地拉开手纸，确是一张五十元钱，上面沾有血迹，我迟疑了。这是什么血？是动物血，是人血，是作案留下的血？这就是罪证，是血液病的血，或是爱滋病血，传染致命？想了很多，迟疑一阵子，这五十元太诱人，我小心地用报纸包上，把编织袋里所有东西都拿出来不要，都扔进垃圾桶里。只装这报纸包的五十元，以免因为编织袋装有废品，包大引起门卫的检查。我顺利地走出了小区大门，直接回到住地。把报纸打开，用水冲洗沾在钱上的血迹，把它放在隐蔽的地方凉干。到药店买一小瓶酒精，用纸沾酒精消毒，以免钱带细菌传染别人，随后将钱存入银行。

第二天一早，我又出门，到了面摊前，仍然卖包子、馒头、豆浆。我要了三个包子，一碗豆浆。老板看着我说，怎么你发财了？我心里想，我已有了五十元钱，但想起钱上的血，又有点恶心，我还是镇定地说，我好多天没进油水了，心里潮得慌。吃饱喝足后，又走上街头，到连排别墅区去试一试。到了小区门口，我在那里转悠寻找机会。‘陈占山’，我目光寻找叫我的人，又一声‘陈占山’。这才看清是保安在叫我。我走过去一看，原来是我们村的沈从武。我说你不是去参军了吗？他说我去年就转业了。我说这就是你的正式工作？他说我们农村去的转业军人国家不安排工作，只给点安置费，只有城市的转业军人才安排工作，我现在是合同工，作保安。我说你这工作很好，很威风，体面。他说，还威风，体面呀？给人家当看门狗，我也是干一天算一天。我问我这样的人可以进小区去吗？他问我进去会亲戚朋友吗？这里进小区去，都要凭小区居住证，住户的客人要进去，要住户到这里来接，或者凭身份证，我们电话告诉住户，经住户同意方可进去。我说我想进去捡点废品卖。他说要是这样，你可千万别进去，这里面能卖钱的废品确实较多，都是被清洁工霸占了的，小区物管部知道这里的废品多，价值可观，所以给清洁工的工资较少，全靠卖废品补贴。要是发现外人来捡废品，轻则没收挨骂，重则挨打。我想这么凶，是外人谁还敢进去？我说我走了。他说老乡真抱歉，帮不上忙。离开后，我想今天我到哪里去？我边走边想，到那些老房子社区。近处有一个建设厂家属区，那是六七十年代五层楼的老房子，住的都是社会的底层人，近几年里面发财的住户都先后买新房子搬走了。由于是厂分给职工的福利房，没产权证，在市场上不能交易，所以人走了的房主都把房子租出去，里面住的人都比较复杂。我还是去了，走到大门口看没有门卫，自由出入，没有车进出，多半的人都是提着菜进去。也有提着空塑料瓶或废品出来的，我问他们这塑料瓶还要用吗？他说你是收废品的吗？我借故说是。她说塑料瓶三分钱一个，报纸五分钱一斤，我说塑料瓶二分钱一个，报纸三分钱一斤卖不卖？‘我自己拿去卖，你赚得太多了’。我往前走进家属区，没有小区公路，五层楼的房子，房子之间相隔只有三至四米，中间是人行道，没有绿化带。小阳台上搁满杂物，晾着各色衣服随风飘扬。没看见垃圾桶，只有楼梯间有个混凝土板箱，上面有个木盖。走到一栋房前，一个头发蓬乱，一手拿编织袋，一手拿铁钩的妇女打开木盖，用个铁钩在里面翻动，翻了一会儿没找到什么东西，关上盖走了。她走到另一个楼梯间底层，做同样动作，她翻到一个塑料瓶，装进袋里走了。我想这样的家属区没有留下可卖钱的废品，我也扛着竹杠和编织袋走了。我想还是上街去碰碰运气吧，我走过一条条街道，翻遍了我路过的所有垃圾桶，到下午大约五点钟收获不多。我回到住处的废品收购店，店老板正在清理废品，我说："老板，这点废品给你不要钱，这几天回来晚没帮上忙"。"算了吧，这是你全天的收获，也是你的希望，我还是给你算钱，他给一元二角钱。我们俩一起打好包，他说吃了饭你也没事干，我这里有台收来的坏冰箱，这里有锤子，改刀，钢锯子，钳子，还有手套，眼镜。一定要戴上手套和眼镜以免划伤手和飞溅的碎片伤到眼睛，用这些工具分解这台冰箱，解体的所有废品件放在屋里，干多少算多少"。晚饭后，我一个人开始解体冰箱，开始用锤子试着砸冰箱，一砸一个坑，但不裂开，我没办法，我用钢锯慢慢地锯冰箱门的合页，费了不少力，才把门下掉，我又打开后面压缩机的门，压缩机都是铜管连着的，空间狭窄，钢锯无法用，我用锉慢慢地磨，磨了很久才磨断一根铜管，到睡觉时都没把压缩机取出来。

　　第二天开店的老乡来看到说，没经验，多干几次就好了。陈老乡你也可以收废电器来卖给我，我给你报个收购价，这样一台冰箱二十元，一台洗衣机十三元，一台电视机十元，一台窗式空调十元，一台变压器十五元，一公斤废钢铁三角钱，如果运气好，比捡废品强，本钱只要有五十元就够了。"我说那我试着干"。

　　我到银行去取钱，我把存折给柜台里的职员，＂同志，我取五十元＂。＂你先填张取款单＂。她递出一张单来。＂我不会写字，你帮我填好，我签个字＂。她填好递给我签字，＂同志，签到哪个地方＂？她用笔头指了一个地方，我签好后递给她。＂同志，我要六张五元，十五张一元，十张五角的＂。一会儿她从小窗口递出一沓钱，我把钱清理好，放在贴身的衣袋里。走出银行环顾了一下周围，是否小偷跟踪，确认没可疑人员跟踪。心里想，到那里去收废电器，到别墅区肯定进不去。到厂的家属区，那些人买不起电器，只能到比较好的小区，怎样应付门卫，想出一个办法，到了门卫室，我主动上前跟门卫说，三栋二楼的一个老太婆，她要卖坏电器，她搬不动叫我去帮忙，我没她的电话。门卫说，那这样，如果你要搬着电器出小区，一定要她亲自带你来说明，方能放行。我进入小区转过一栋楼，估计门卫听不到喊声。我边走边大声喊：＂收废旧电器＂。叫了一圈没人回应。叫到第二圈时，从五楼窗户里一个人伸出头来说，收荒货的上来一趟。有希望了，我赶紧爬上五楼，一个一身黑衣服的中年妇女开着门等着。她把我引进客厅，指着一台窗式空调说，就是那一台。我说那么高，怎么拿得下来？我也没安装过空调，不知道那里面有什么机关，而且那么重，我一个人也搬不动。她说：＂我帮着你，没有什么机关。我把电源插头拔掉，我把后面冷却水管子拔掉，你从框架里移出来就行了＂。我说那这样，我们两一块抬。她说可以，她端来凳子搭好当梯子，我们俩慢慢地把空调往外移动，到了框架的边缘，我说：＂用力抬好＂，话音刚落，轰隆一声空调掉在地板上，还好没砸着人和凳子，但把地板砖砸烂了。她生气地说，你看把地板砖和空调都砸坏了。我说这不能怪我，是从你手里掉下去的。我说我帮你拆空调纯粹是帮忙，没要你一分钱。她说是你要买我才拆的，我这空调还可以用。我说拆空调和卖空调都是你的要求，与我无关。她说这样，空调我也不要了，也不收你钱，你买地砖找人把地板补好。我说我算帮忙，这修补地砖费用在这烂空调费里折算。我取了一块砸坏的地板砖作样品，找了好多家建材店，才买到了一块同规格、材质、花纹、颜色的地板砖，另外买点水泥，在市场找了个泥瓦工修补好，所有费用一共一五元。补好地砖后，她没说什么，我扛着烂空调，她送我出了小区门卫。我背回空调，卖了十五元，折腾了一天，白忙活一天。从这以后为了生存，边捡废品，边收废旧电器，两个月下来银行里存了二百五十元。一天晚上，突然肚子痛得像刀割，先是拉肚子像水，后来大便带血，把我吓呆了，半夜三更，我昏昏沉沉地走上街头，走不动了，已经没有的士，也没有三轮车。我向路过的行人求助，他们看我一眼，这深更半夜的，带着怀疑的目光无语地离去，我只好按着肚子，咬着牙坚持走到医院。把身上的五元钱挂了一个急诊号。到急诊室，医生听了我口述的病情，我躺下，他用听诊器简单地听了一下心脏，观察我的脸色，叫来护士说，这人可能染上痢疾，很危急，你带他去化验大小便和血。半小时后化验结果出来。护士问我有钱吗？我说没有，只有存折。我把存折交给她，她把存折交给收费员。化验结果给医生看，果然是痢疾，马上开药去病房吊水。并嘱咐我今后一定要讲究卫生，两天以后病情有所好转，护士说你折子上的存款已经用得差不多了，你还住不住院？我说不住了。那我叫医生开点口服药回家休养服用。出院后，我拖着病体回到家，父母和老婆看到瘦得不像人了，他们都很着急，但没办法，在家休息了半个月才基本恢复。从此以后再也不出去了，过紧日子，求个平安。去年我们过年聚会，宴席上碰到远房亲戚，席上谈起了我的经历，他劝我来学泥瓦工，这工种社会需求量大，收入还可以，吃住比较安定，所以就来了。小勇说："陈师兄，你讲了这半天你的经历，让我感慨万千，令人怜惜。你讲出这些'下着'的事，不感到有伤自尊吗"？"我们这些生存在社会底层的人，虽然各自的经历不同，但都有各自的心酸。我讲出这些有辱自尊的事，能激发我们的同感、同情、相惜，融入一体，相互关照"。"你讲得很对，你的故事让我感动，你所讲的经历是中上层人无法理解和体会的，这就是我们低下层人的生存状态，艰辛和无奈"。

2-12 突发事件

　　这一坐就是两个多小时，陈班长从兜里摸出电子表，已是五点了，还没来电。他说："我去问一下施工员，今天还来电不"。他一会儿回来说："来不了电，师兄们下班了"。回到工棚，还是黄昏，工人们赶紧拿起饭碗到食堂买饭，趁天还没黑，尽快把饭吃了。到了食堂，卖饭的窗口已点起了蜡烛，吃完饭后已是傍晚。工棚里没光亮，小勇想去找中民哥到街上去溜达。他到中民宿舍门前，看到中民哥正在关门，中民说："小勇，我正要来找你到外面去转一圈"。小勇说："正合我意"。他们表兄弟二人漫步走在街上，中民对小勇说："我今天收到家里一封信，信上面说，姨妈在向我妈询问你的情况，你还是尽快写封信回家，以免二老挂念"。"我今晚就写信"。"你打工的这段时间，感受怎么样"？"你对我好就不用说了，我接触过的姜工，陈班长，苏姐她们对我都很好。我也很习惯这里的生活，在工作中还学到一些技术知识，在与他们的接触和交流中了解到很多的社会知识，对社会有一个初步的感知"。"这样就很好"。他们转了一圈，中民说："开始刮风了，天上的云飘得很快，我们还是回去吧，今晚没电，回去早点休息"。

　　小勇回到工棚，天已黑尽，工棚里已有鼾声。精神一放松，就感觉疲惫，他拿面盆去接盆水洗脸洗脚，水打回来，坐在床上，拉下毛巾洗脸，毛巾还没完全干，还有一股淡淡的酸气。心想明天还是应该去买块肥皂，他挂上毛巾，脱下胶鞋，一股刺鼻的脚臭味，他赶紧把脚伸进洗脚盆里。"着火了！着火了"！顿时工棚内闪着光亮，小勇赶忙到走道上看，一男子正在用一根竹杠打蚊帐燃烧的火焰。火焰熊熊，"不能打！不能打！火焰飞溅，会烧其它蚊帐"！"快把蚊帐拉下来"！只见一男子跳起来，双手拉断挂蚊帐的绳索，燃烧的蚊帐掉在床上，继续燃烧更大的火焰。"快打水灭火"！一阵脚步声冲出工棚，"快拿东西压住火焰"！工棚里面乱喊乱叫。小勇端起洗脚盆就冲过去，一盆水泼了过去，由于水未散开，火焰很少一部分熄灭，仍有大部分燃烧，火焰马上要烧到竹席墙，那是易燃物，可不得了！危急时小勇跑回去，抱起自己的棉被跑过去，他抖动着棉被，但棉被总是垂裹着，不张开，他索性用两只手提着棉被的两只角，棉被张开了，他双手举着张开的棉被奋勇扑向燃烧的火焰，火熖被身体下的棉被压住。火焰被压住，缺少氧气而熄灭，但浓烟从棉被下面冒出，小勇被呛得大声咳嗽。"你快起来！快起来"！小勇一跃而起，几盆水泼了过去，棉被流着水，棉被水浸透吱吱地响。一场即将酿成的大火被扑灭，外面的风刮得呼呼地响，工棚内工人的心在咚咚地跳，没有光亮，谁也看不清谁的面孔。"这位兄弟你贵姓，叫什么名字"？"我姓马，叫马小勇"。"你真勇敢，立了大功，要不是你压住火焰，火焰烧上易燃的竹席墙，火苗马上就蹿上房顶，房顶是竹席和油毡，更是易燃物，加上刮大风，火势根本无法控制，整个工地的工棚都无法幸免，将成一片火海"。有人说："那人真勇敢，火焰都敢扑上去"。"幸好扑灭了，要不然我这几个月白干了"。"我昨天才给我老婆孩子买的新衣服没了，怎么回去见孩子"？"小李，你给你女朋友买的礼物拿回来了吗"？"拿回来了"。"庆幸这次没燃起来"。"你们这些损失算不了什么，甲方损失可大了，整个工地的临时工棚，堆在库房的工具，建材，办公室房子，办公室里仪器等等价值多少"？还有更惨的是，熟睡的工人被火焰吞没，将是何等惨烈？工棚内顿时七嘴八舌地议论开来。一个人突然抱住小勇，哽咽哭了起来，说："你救了我的命，要是你不把火焰压下去，我惹下了天大的祸，我这一辈子完了，我一家人也完了"！"大哥你不用哭，这是我们每个人都应该做到的，你的床铺没有了，今晚你怎么办"？"我和我徒弟睡"。"兄弟，我今生今世，都忘不了你的大恩大德"！小勇说："你去收拾一下吧，我去休息去了"。他深深地鞠躬。小勇没了被盖，他去找中民哥。他走到中民宿舍门前，咚，咚地敲门，"谁呀"？"我，小勇"。中民从床上爬起来，给小勇开了门，小勇坐在椅子上，把扑灭火的事给中民谈了。中民说："你的精神可嘉，但是你今后遇到这种事，要考虑自身的安危"。"我记住了。中民哥，你这里还有被子吗"？"没有了，啊，昨天沈杰有事请假回家，把被子寄放我这里，你拿去盖"。"好"。中民拿着电筒，取出被子交给小勇。"这电筒你也拿去"。小勇拿着被子和电筒回到工棚睡觉。

  第二天早上起来，还是没来电。小勇拿起笔和纸，找了一块木板，到工棚外找了两块砖头当板凳坐下，把木板放在膝盖上作书桌，给父母写信。

  爸爸，妈妈，你们好：

  请二位老人原谅我不辞而别。由于办事不周，致使家里蒙受损失，我深感自责和痛心，我今后刻苦工作，补贴家用，还清债务，给二位老人减轻负担，我出外已经半年多，不知二老身体如何，希望二位老人保重身体，地里的活能干多少干多少，粮食够吃就行。妹还小，以后妹如有机会上大学，那时我可挣更多的钱补贴她，供她上大学。你们二老已经很辛苦。我要是继续上学，凭我家的条件难以为继。前几年，我想过出去打工，考虑到终止学业，辜负二老希望，你们会伤心。我也想把高中的基础课学完，现在基础课上学期已学完，我的目的已达到了，我很满足，也很高兴。我告诉二老一个好消息，现在国家推行了自学考试科目，国家承认学历。我很幸运，我想好了，利用业余时间自学，选择工民建专业，可以在修建过程中，书本结合实际，加深理解，争取在三五年时间内拿到文凭。我现在对前途充满信心，希望二老放心。我出来半年多的时间里很开心，有中民哥的全面照应，我们这个公司是我们乡劳动服务公司。一起劳动的人都是乡里邻村的乡亲，互相照应，有些师兄弟已在外各行、各业中打工多年，有各方面人文社会经验，技术知识。在和他们一起生活接触中，了解学会很多人文社会经验和技术知识，对我今后的事业帮助会很大。今后有什么事，你们可以写信，也可以到街上去打中民哥的电话，由中民哥转告我。

祝爸爸，妈妈身体健康！

儿子马小勇笔

一九八六，六，五

　　小勇写好信，但没信封，他把信笺折好，放在包里，想好到街上买信封，把信笺装到信封里，写上地址，吃饭后到邮局去寄信。回到工棚电还没来，他到食堂去买饭，到了食堂卖饭的窗口，只有馒头和瓶装水，馒头比以往贵一倍，炊事员说："由于停电，馒头都是外面餐馆买的，瓶装水也是到饮料公司买的"。小勇端着馒头，拿着瓶装水，走到食堂门口碰到陈班长。小勇说："陈班长，今天我请一天假，去买被盖"。"小勇你真是好样的，昨晚我回工棚很晚，大家都睡了，今天早晨才听说你的英雄事迹"。小勇说："哪算得上英雄事迹，不足挂齿"。"你真谦虚，你去吧，听说供电线路坏了，现在电业局还在抢修，今天还不知道上不上班"。

　　小勇到附近市场买了被盖，信封，到邮局寄了信，回到工棚前，已是十点多钟，看到工棚前站了一堆人，在看墙上用红纸写的文字，他走近一看：

表扬

　　劳动服务公司新来员工马小勇同志，昨晚在扑灭重大火灾事故时，表现英勇，避免了重大的经济损失和人员伤亡，经公司研究决定，给予马小勇在本公司内通报表扬，奖励现金五百元，以资鼓励。

渝州市鸿运建筑公司

一九八六年六月五日

旁边一张白纸上写着：

通告

　　经公司研究决定：从即日起本公司所属各分公司，各项目部所有临时工棚内不得使用明火作为照明灯具，违者按照相关规定处罚，造成严重后果者，按法惩处。望广大员工遵照执行。

94

渝州市鸿运建筑公司

一九八六年六月五日

　　小勇转过头，避开大家的视线想走，但是还是被苏姐看见。她拉着小勇的衣袖说："这就是马小勇"。大家一起把赞许的目光投向了马小勇，有人说："这么年青，像个书生，他怎么变得那么勇敢？还受到了甲方公司的表彰"。"这下他长脸了"。"他是哪个村的"？"不知道"。"听说还是王工头的表弟"。大家议论着，小勇抱着被盖，径直地回到工棚，走过昨晚被烧的床旁。"小勇你回来了，真对不起，把你的被盖也烧坏了，今天我进城，买了两床被盖，我们俩一人一床"。他抱着被盖，跟在小勇的后面，走到小勇床前，把被盖放在小勇床上。小勇说："师傅我有了，我不要"。"你为我把被盖都烧坏了，避免一场天大的祸事，那我该怎么报答你？说来也是我粗心大意，昨天我收到家里一封信，我从过年后回工地就没给家里写信，心里有些挂歉，就找只蜡烛点着，刚把信封撕开，一只蚊子嗡嗡飞进蚊帐，我着急，进了蚊帐今晚睡不好觉，举起手想迅速击毙蚊虫，那知左手将蚊帐碰上了蜡烛的火苗，迅速燃烧，我着急顺手拿起竹杠猛打，火星飞溅，燃得更大，多亏你帮忙"。小勇说："我们都是乡里乡亲，应该相互照应"。小勇又说："今后需要你帮助的地方，我一定找你"。"我一定万死不辞，全力以赴，我比你大，我为哥，你为弟，今后我们以兄弟相称好不好"？小勇说："好！这被盖弟不能收，哥你把它抱回去吧"。"谢谢，好，来日方长"。

　　小勇看时间还早，他想到街上去遛达。路过食堂门口，看到食堂里也没人，食堂还卖饭吗？他进去看，卖饭窗口关着，厨房里没人。上街去，顺便找个摊吃碗面，他走出工棚门口，顺着公路走，平时工作忙，没时间到附近闲逛，今天没事，到从来都没去过的地方，往公路前走，左边是山坡，山坡上有零星的一层或二层的居民住房，右边是连排的小商店或者手工作坊。他走了一段路，公路沿江岸延伸，右边没有了街道。看到宽阔的江面，奔腾的江水，远处江面有货船逆流而上，悠长的气笛声在耳边响起。他漫步在江岸的公路上，欣赏沿岸风光。远处岸边有座红顶棚子，里面隐约有人在走动，他漫步向那红顶棚子走去，他走近看到是个茶棚。泥土地面，六根铁杠支撑着红色帐蓬，六张收折的简易桌子坐满了人，茶客坐的都是简易的收折椅。煤炭炉子上放口大铣锅烧开水，煤炭炉旁桌上，放着一个热水瓶，纱窗罩里有盆咸菜和一盆馒头，玻璃瓶的茶叶。喝茶的都是穿着青蓝二色便装的老头，边喝茶边聊天。瞭望着奔腾的江水，江面来往的船只，江对岸的群山，胜似清闲。小勇被这优美的环境所吸引。"老板有吃的吗"？"有馒头，咸菜，没有座位了"。老板也是个近五十多岁的老头，蓝色便服，套着白围裙，小勇说："有把椅子就行"。老板拿一把收折椅打开，交给小勇说："小兄弟你自己选个地方坐，要点什么"？"我还可以要碗白开水吗"？老板说："在这里喝茶用餐，开水相送，馒头一角五分一个，咸菜五分一碟"。"来两个馒头，一碟咸菜"。小勇选了靠江边一块空地，放下椅子坐下，老板用盘子盛了两个馒头，一碟咸菜，一碗开水，一双筷子。小勇把盘子放在腿上，一只手端着开水，一只手拿着馒头，边吃边欣赏这优美的环境。棚子里的人聊天的声音嘈杂，听不清楚。一声喇叭声把他视线拉了回来，一辆轿车停在茶棚旁边，一个中年男子穿一身西服从车里出来，一个喝茶的老头站起来，那轿车下来的男子说："爸！我们快走，航运公司老总在渝江宾馆请客"。他又用责备语调说："城里有的是高档茶楼，你怎么到这种破地方喝茶，和这些人混在一起，有失你的人格"！老头说："不要说了，快上车"。"我就是要说给这些人听，那些年我八方找活干，找口饭吃，就是这般年龄的人，说我是人渣，给他洗脚擦屁股，都不用我这种人，你知道我当时的感受吗"？他又傲气地说："今天我怎么样？他们又怎么样"？一副得意的样子！茶棚里齐刷刷愤怒和鄙视的目光投了过去，他俩上车走了。一个愤怒的老头说："这个年代，不三不四（社会闲杂人员）的人发大财，别看他这样耀武扬威的，十年前还不知道他是劳教犯或是劳改犯"。又一个老头接着说："是呀，要不是劳教期满人员或者是劳改释放人员、小偷、流氓之类的人，谁愿放弃正二八经的工作，去干投机倒把、坑蒙拐骗的行当"？"你说得也是，有饭吃、有衣穿、又体面，谁愿意放弃工作？只有那些不三不四，没工作的闲杂人员，他们没工作、受岐视，低贱没地位，被迫所致，趁前几年改革开放，他们破罐子破摔，反正已是身败名裂，赌一把，如遇事业失败或不测风险，不外乎二进'宫'（第二次进牢房），作破釜沉舟准备，这些人桀骜不驯，胆大包天的性格，政策促成他们的行为遇上机会"。"朱元璋不也是个小混混（闲杂人员），后来当上了皇帝吗"？大家七嘴八舌，各抒己见，议论纷纷，充满发泄愤怒的口气、不满的心态。太阳快要下山了，一个穿旧劳动布工作服的老头站起来说："我要回去接孙子了，媳妇在超市打工，要九点才下班"。又一个穿着黑布衣服的老头站起来说："我也该回去接孙子了，女儿，女婿都在广东打工"，又一个说："我也回去接孙子了"。茶客陆续离开，小勇看太阳下山时间不早了，付钱后往回走。

第三章

3-1 择业

　　小勇回到工棚天已黑。在工棚门口碰到陈明生，手里拿着竹杠和绳索。小勇问："陈师兄，你给别人帮忙了"？"今天停电没上班，我去扛棒棒，找点零花钱"。"几个月都一直上班，没休息一天，你不累"？"我这样的家庭，这样的经济负担休息不起。找一个钱是一个钱，我得赶快回去拿碗到食堂买饭"。"今天停电，食堂没开伙"。"早知道食堂没开伙，我该在外面买两个馒头"。说着陈明生放慢了脚步，他转过身说：'我得赶快到路边摊去吃碗小面，去晚了收摊了"。他又拿着竹杠和绳索匆匆走出棚区大门口。小勇走进工棚，里面漆黑，工棚里有人在聊天，闻到一股酒气。他已经熟悉了过道，没灯光，两只手向前伸着、探着向前走，以免碰到障碍物，他摸到了自己的床铺。想拿盆去打水，心想这样漆黑，端水肯定要把水打泼，没灯光什么事也做不了。他脱鞋上床，一股脚臭味刺鼻，他用被盖把脚捂着，身子靠在墙上，眼里瞧不见事物，脑子空闲下来。工棚里聊天的话语清晰地灌进他的耳朵。"老弟呀，你这酒是在哪儿买的？酒劲和口味这样好"。"我们这号人还能到烟酒公司去买？是在东街城外农民房小酒铺里买的，一元二角一斤"。"没有门牌，也没招牌"？，"店里就两口大酒缸，卖酒老头儿自称是自家在茅房里，用祖宗传下的配方和技术酿出来的"。"真可惜，在那样偏僻背静的地方开店，没有品牌，没有门面招牌"。"老哥呀，你知道品牌是什么吗？是专利，申请专利要花很多钱，要很多的手续，技术资料，应付定期检查，费用很多，还要花很多精力和时间。有门面招牌必须要有营业执照，办营业执照也麻烦，手续更多，要注册资金，有关部门的质检合格证，持有资质的财务人员，财务报表，随时接受工商，税务和质检部门的检查，招呼应酬，花多少钱和精力，这些花费都得打入酒里，那我们就喝不到这价廉物美的酒了"。"老哥呀，你下次去买酒，千万不要别给他出这馊主意"。"老弟，你给他出主意，他会给你的奖金吗"？"老哥，你要知道，他要有这种意识、胆量，还要有资金才行，因为这前期投入很大"。"我们是喝酒闲谈而已，谁去瞎操心？我们还是议论一下我们自己今后的打算吧"。"老弟，前几年你到深圳打工去了，怎么又跑回来干这行"？"老哥，我去深圳到一个中外合资厂流水线上打工，这厂招工条件很简单，四肢齐全灵活、视力好、听力好、没病。培训一个月，培训期没工资，包吃包住，一个月后在流水线上能顶岗，工资一百元，包吃，提供集体宿舍，职工食堂。再试用三个月，吃苦、耐劳、听话、守纪律，订三年合同，工资每月一百五十元。没医疗保险，没养老保险。最大的好处就是，不像我们现在这样，日晒雨淋、冬冷夏热，费体力。在流水线一天干十到十两个小时，每个岗位在规定的时间内，完成这一道工序。规定的时间，是经过测定的，测定的要素是：动作熟练，敏捷有效。没有多余和重复的动作完成这道工序所需时间，就是这道工序流水作业时间，工作时，动作必须敏捷有序，有效完成这道工序，如果在流水作业的时间内，完不成这道工序，半成品就积压在你这里，影响下一道工序，以致影响这条流水线的正常运转。给人的感觉是，动作机械，准确有效，你不是人，是机器。后来我想，如果这样在同一道工序里工作二三十年，那人的举止会变成什么样？最担心的是，你的技能就只有那么几个动作，就被工厂栓住了，任由工厂老板宰割，没自由。要是工厂倒闭了，或者被炒鱿鱼了，人到中老年了，干什么呢？长期流水线上工作，没体力，没有社会民生实用的技能，谁用你？我考虑再三，还是学点社会普遍实用的技术。我们这种下层为生存而劳作的人，只能吃苦耐劳，没有选择"。"老弟，我学这项技术也是无奈被迫来的，我原来是在火锅馆里配料熬汤，工作强度和工资都是和生意好坏相关联，几大节假日和旅游旺季生意好，工资能拿到二百元，当然工作时间也长，早晨九点钟上班，直到深夜十二点才能休息。生意不好时，工资只有一百元，甚至更少。吃住在店里，就是吃火锅的菜品和米饭，晚上顾客走了，把被盖铺在桌子上睡，白天把被盖卷起来，放进储藏室"。"请问火锅店里菜都麻，辣，鲜香的，是配的什么调料"？"我也不知道，我只知道辣椒，花椒是用油炒出辣香味，再放在汤里熬，加上生姜，另外有几种各种颜色的粉末不知是什么，老板只告诉一锅汤里哪种粉末放几勺，味精在汤熬好了再放进去"。"那毛肚，鸭肠那么又香又脆是怎么回事"？"毛肚、鸭肠都是用碱水泡出来的，里面充满了水分，加之不能烫得过久，不至于里面的水分析出而保持脆性，香鲜主要是汤和调料，味精香油的综合作用，那些时蔬是在哪儿买的"？"都是老板一大早，开着三轮车，到郊外批发市场进的货，那里比城里市场的菜价便宜近一半。我在那里干了一年多后，味觉就没了，觉得只想吃火焖菜，吃其它没胃口。吃那么多油腻的东西，身体还没长好，大便还干燥，伙计们交谈中都觉得有这样的感受。认为这样的饮食对身体不好，有几个伙计都先后走了"。"那你们老板跟你们同吃同住吗"？"他买了房子，在家里吃饭。我也想离开那里。正在盘算离开后干什么，有一天五六桌人来吃火锅，饭后有三十多个人又吐又拉肚子，其中有十多个人住院'吊水'，家属找到店里来讨个说法，有几个情绪激动的家属还砸店打人。为了控制局面，派出所警察出动把店封了，把老板，员工，犯病顾客家属都叫到派出所，病人送院治疗。老板和员工送入侦讯室询问，警察问老板是怎么一回事？老板说他不知道什么原因。又问熬汤的人，把我作为重点询查对象，我说我也不知道什么原因，我一贯都是那样熬的汤。警察说，你把熬汤的时间，过程，用的原料，盛装的容器都一一讲清楚，我把要问的其它问题都讲清楚了，只有用的原料中有二种粉末原料不知道是什么，老板只告诉我那种原料的用量，你们要去问他。话问完后，不让我走，我在派出所里吃住了三天后，告诉我没事可以走了。后来才听说，有一种粉末原料中混入了巴豆粉，这巴豆粉是卖原料的摊主故意放入的，是因为老板和摊主生意上的纠纷，产生报复行为，过后我下决心离开了那里，来学这个手艺"。

3-2 学技艺（三）

　　小勇在他们的闲聊声音中睡着了。醒来已是早晨天亮，饭后上班排队讲安全，陈班长站在队前说："昨天由于停电，休息了一天，工程进度被拉下。从今天起，每天都干到天黑下班，争取在一星期之内，把工程进度赶上去。今天都是砌内墙，希望大家注意空中的吊装物，注意避让，挪动跳板时，一定检查确认牢固后才上架，架上的砖，堆码不得超过三层，今天就讲到这里，各就各位"。

今天小勇和陈班长两人砌一壁砖墙，陈班长穿约另一套工作服，小勇穿的是中民的旧衣服，衣服上还有前天沾上的灰浆。陈班长说："工作服最好是两天换一次，要是热天穿一件时，砂浆会浸进去，汗水一出，全身会不舒服"。小勇说："等我挣了一套衣服的钱后去买一套"。陈班长指着楼板上的墨线说："用导板对着墨线，在外墙上画出垂直线，作内墙中心线"。陈班长边说边画线，线画好，小勇靠着线，学着陈班长砌砖方法，开始砌砖。陈班长砌砖的动作协调而麻利，速度很快，他砌了整壁墙的五分之四。小勇用尽了全身的劲，专心致志地模仿砌砖，到了下午觉得腰酸背痛，特别是膝盖痛得无法下蹲，手脚也不灵活。陈班长看到他动作迟缓，知道他是因长时间的弯腰下蹲的动作，造成关节神经受伤，这是初学砌砖者的正常反应。陈班长说："小勇，你站着休息一会儿"。"陈师傅，我的腰和膝盖是有点痛，我尽量坚持"。小勇的动作越来越慢，还是坚持到了下班。在下班的路上，陈班长对小勇说："今天你睡觉前，洗个热水澡，水尽量热点，洗出汗水来，让血液尽快流畅，早点睡觉，把脚杆和腰都打直睡，让血脉流畅，滋养神经，尽快恢复"。"陈师傅，这是你的经验吗"？"这是我的体验，也是卫生员告诉我的"。

小勇按照陈师傅的体验，洗澡，睡觉，第二天早晨感觉好多了。上班又开始重复头天的工作，刚一开始下蹲弯腰，感觉到腰和膝盖隐约作痛。小勇问："陈师傅，我这腰和膝盖是不是受伤要留下残疾"？"不会，初学者近段时间痛是正常的，大概要持续一个多月的时间，以后习惯了，神经系统适应了，就不痛了"。

一晃三个月过去了，这栋六层楼的砖墙房也封顶断水了，小勇也基本掌握了砌砖技术。下班了，陈班长说："下道工序的材料正在筹备中，宣布：'泥瓦工放假一天'"。在回工棚的路上，大家又七嘴八舌地说："好不容易休息一天"。有的说："太累了，明天睡一天懒觉"；有的说："出来打工半年多，还没到这大城市热闹繁华的地方去看一下，明天去逛街"；有的说："明天放松一下，到茶馆去喝茶"；也有人说："明元去扛棒棒，找点零花钱"；有人插嘴说："你可以到王工头那里去预支点工资"。"工资钱补贴家用都不够"；也有人说："要是多放几天假，我就回家去干点农活，现在正是农忙"。有人在讥笑："是农忙，还是亲老婆忙"？那人反讥道："不管是农忙，还是亲老婆忙，总比你走街串巷去亲小姐忙好"。七嘴八舌流露出了各自的境况和心态。也许这一天假，就是打工仔盼望的最愉快的时间。小勇走到中民的办公室前，看到办公室前围着几个人，一个四十多岁的男子穿着一身蓝色补疤的工作服说："王工头你预支一百元给我，我女儿在市里大学读书要伙食费，趁明天休息我给她送去"。中民对围着的人说："你们这些人，都是预支工资的吗"？又一个小伙子说："王工头上次预支的钱用完了，我想再预支一百元零用"。中民笑着说："上次预支的一百元才几天就用完了，你工资才多少？当然舞厅里钱好花"。那小伙子红着脸没吱声就走了。又有男子说："王工头，我老婆带信来说，家里小孩开学时欠的学费，学校催得紧，我想预支一百五十元＂。＂你才上班不到两个月，除去伙食费，顶多预支一百元，因为工程尚未验工结算，不知能摊多少工钱一天，年终才能清算＂。师傅袁川走过来说：＂王工头，我家里今年大旱冬小麦歉收，预支二百元买点粮食吃，买点饲料喂牲畜＂。苏姐走过来说：＂我几个月没回家，想预支一百元，给小孩买点衣服＂。中民把所有预支人姓名和预支数额作了登记后说：＂你们耐心等着，我先到甲方负责人那里商议签字，再到甲方财务去一趟，看财务人员在不在，账上有钱没有＂。中民走后这些人又议论开来，透露出各种心态：＂我们这些打工者，要点血汗钱，要经过好多道关口，工程的工费像流水一样，流经长长的沙渠，到我们手里已经渗透得差不多了＂。小勇想这话讲得土了点，但很形象。他们心里荡起了像诗一样的感念：＂我们这些人是高楼的建造者，也是高楼的远望者，遗忘者＂。＂我们飘浮在繁华的闹市，却视而不见，不留恋这喧嚣的世界，终究会离去，落脚还是深山峡谷，高山坡的茅屋＂。他们是议论，好像也是在发泄牢骚。中民从财务室回来说：＂你们在我这里来拿预支单，写上预支人名字，哪个村，哪个组，大写金额，签上名字，写上年月日，我签字后，下午到甲方财务室去拿钱＂。

　　放假后的第二天排队讲安全，布置当天的工作，陈班长站在队前跟大家说：＂从今天开始作粉饰工作，先抹外墙瓷砖的基层砂浆，这道工序是砂浆基层，目的是将墙面找平，以利于铺瓷砖。因此不规定砂浆找平层的厚度和光洁度，只要求平整。注意清除墙面灰尘和附着物，干燥的墙面要用水淋湿，砂浆找平层不允许空壳，发现空壳要返工。外墙粉饰架都是高空架，而且很窄，注意检查跳板搭头是否空头，行走时脚步不要踩空，注意灰桶不要乱丢以免掉下伤人，上架一定走上下的通道。没有尺方'用来刮灰面找平的木方'的人到料库去领，今天就讲到这里，各就各位＂。

　　今天小勇还是和陈师傅作一壁墙的抹灰，陈师傅看小勇的双脚，穿了一双草鞋。他说：＂你穿草鞋不行，脚背和脚趾都暴露在外，初学抹灰，灰浆很容掉在脚上，脚走动，草鞋线挪动，很容易擦伤皮肤，加之灰浆碱性，会发炎水肿，疼痛难忍，你回去穿双袜子，或者换球鞋＂。小勇说：＂我只有一双旧球鞋和一双袜子，昨天洗了还没干＂。＂就穿湿鞋袜或者找块布把脚包上，用线捆好＂。小勇回到工棚找了块布包左脚，找条布巾包右脚，来到工地。灰浆来了，陈师傅说：＂你观察我抹灰的动作＂。他左手平端灰板，右手用铁板在灰捅里挑起一板灰浆放在灰板上，右手把铁板翻转靠在灰板一侧把灰浆挡住，然后左手顺势把灰板翻转九十度，灰浆滑到右手铁板上，马上灵活快速的把灰浆推离灰板抹在墙上抹平。陈师傅说：＂这个过程注意几点，一，两只手配合要默契，二，动作灵活麻利，三，动作姿势要准确到位，四，灰浆抹上墙时一定要抹平，五，掌握好铁板与墙面的角度，用力要均衡，小勇你再看我操作一遍＂。小勇仔细观察他的每个动作，分析了注意要点，。拿起工具开始抹灰，左手拿起灰板右手拿起铁板，挑起灰浆放在灰板上，右手铁板靠住灰板上的灰浆，左手翻转九十度，灰浆掉在跳板上。小勇赶快用铁板把掉在跳板上的灰浆撮在灰桶里。陈师傅说：＂开始学时少挑点灰，主要是模仿动作，熟练动作＂。小勇又开始抹灰，灰浆经常掉在跳板上或者脚上，有时还掉在衣服上。抹在墙面的砂浆层厚薄也不均匀，用尺枋刮后仍然坑洼不平，又补灰再刮平。陈师傅最多用尺枋刮两遍，再用沙板清除残留砂浆就完成。但小勇要反复多次补灰刮平才能完成。经过一天的琢磨练习掌握了基本动作，但动作仍不熟练。下班的时候鞋和衣服沾满了灰浆，他用手用力拍打衣服上的灰浆，已干燥的灰浆沙粒掉落，留下痕迹。未干燥的砂浆仍粘在衣服上。回到工棚他要先去洗澡洗衣服，衣服明天晾干，后天好穿。他脱下草鞋，把布巾和布块洗净晾着，他囫囵地吃过晚饭，但没有味觉。天已黑，工棚里电灯亮了，他静坐在床上，觉得脚趾间微痛，仔细看脚趾微红，这点痛没什么，脑里仍在回忆今天抹灰的操作过程。"小勇哥你有空吗"？他看小林走了过来说："你有什么事吗"？"前几天你给我讲的三角函数原理和学习方法非常有用和有效，收效极好。今天我想来求你教我立体几何和解析几何的要点和理解的方法"。小勇说："立体几何，解析几何，从文字的含义已经概括得非常准确，立体就是把物体放在空间，利用三角几何原理在坐标系里表述物体在空间的位置或形状，为了表述明白必须要有度量单位表述物体在空间的位置，或形状。在人们自身行为可及的小范围内，一般以米为计算的基础单位。在高空物体只能以地球的经度，纬度，高度为坐标，以地球度，分，秒和公里为基础计算单位。当我们要计算测量点与空间物体的位置距离时，计算的工具就是数学中的三角，立体几何，解析几何。把学过平面几何的位角关系原理竖立到空间，分析与测量空间与地面原点的位角关系和位置距离，这就是立体几何和解析几何的基本原理。你可以设想飞机或卫星在高空飞行，不断变换的角度和距离，也可在书桌上利用尺片，量角器，利用三角函数测量计算出假设空间物体与平面点的距离和位角关系，结合课本例题定理，推理演算加深理解。你就会学懂学透"。小林看着小勇捉摸好一会儿说："小勇哥我按照你的学习方法去学习做题，不懂的地方我还要来请教。我把工民建专业的课本带来了你拿去看，现在我还看不懂放着也没用"。"好：我先看一下，你要用，我随时给你送来"。小林说："我回去看书"。

　　　几天后上班排队安全讲话，陈班长说："室外砂浆层已作完，开始贴外墙瓷砖，外墙瓷砖质量要求，外观上要求横竖灰缝宽窄一致，灰缝直。平整，粘贴牢固。安全上，架板上瓷砖，工具搁放稳当，不得下落误伤下面人员，其他安全事项大家都知道我就不多讲"。今天小勇仍跟着陈班长贴一壁墙的瓷砖。上了架，供灰砖的杂工已把瓷砖和灰浆送到位，陈班长对小勇说："贴砖的目的一是保护结构主体墙抗风化，二是美观。贴瓷砖的质量要求我已讲了，还有两点非常重要的技术，我还要给你讲；第一，这壁墙的边缘线应该是水平和垂直的，所以贴上瓷砖缝的水平和垂直交叉应该是直角，如果有不垂直和不水平的墙面边沿线，应该在垂直和水平边缘的第一线瓷砖把这些误差处理掉，不影响以后瓷砖的灰缝。每条水平和垂直灰缝宽窄一样，瓷砖贴到另一边与墙面交接处的垂直和水平线灰缝也是一致的，瓷砖视觉上宽窄一致整齐美观。为了让最后一线的瓷砖是一块整砖，在贴砖前先测量墙面的高度和宽度，再根据瓷砖的长度和宽度计算出灰缝的宽窄，和贴砖的行数。灰缝的宽窄技术上有要求，但墙面宽，灰缝多，每条缝需调整量极小，对视觉没影响。第两个要素；是瓷砖的牢固问题，也是质量的关键问第。由于外墙瓷砖的跌落造成路人伤亡的重大事故，致使开发商，建筑商的责任导致经济损失，赔偿责任的法律纠纷，报子上也常有报道。这个事故的责任根源则是；工人贴瓷砖为了快，省工，由于室外气温很高，砂浆层面干燥，瓷砖未泡水，含水量不够，粘贴灰浆强化差，灰浆不饱满等原因导致事故。这是贴砖人为了快，省工，瓷砖体水分极低甚至不含水分，操作人抹上灰浆，砖贴在墙上，这样操作有两个省工特点，一，省掉了瓷砖泡水的工序，二，由于墙面和瓷砖都很干燥，抹上的灰浆水分马上被墙体和瓷砖吸收，容易固定，这样贴砖快，省时，省工。由于灰浆里的水分被吸收，加上气温高，余下水分很快被蒸发，水泥强化所需的水分没有了，水泥强化作用失效，粘结不牢固。遇上刮风下雨，或者瓷砖，墙体的热涨冷缩，造成瓷砖跌落。所以一定要注意墙体和瓷砖的水分，用水泡瓷砖和用水浇墙面，保持足够的水分含量"。"贴砖打灰时，灰浆的量一定要打足抹平，但又不能过多，也不能少，过多了因挤压灰浆溢出掉落造成浪费。过少灰浆不饱满，沾接强度不够"，小勇说："多谢陈师傅的传授"。第一天小勇主要是配合陈师傅贴砖，泡砖，浇墙体的水，观察陈师傅的动作要领，多余的时间也学作贴砖。一天很快就过去了。

第二天早晨，"小勇！小勇"！他从梦中惊醒，睁开睡眼一看是陈班长在叫他"。"多少时间了"？"快到八点了"。他赶快穿起衣服，拿上工具到食堂买了两个馒头边走边吃，到了工地陈班长已在脚手架上。他赶紧把剩下的半个馒头吞下肚。上架看到陈班长正在往水桶里放瓷砖，小勇说："陈班长让我来"。他放下瓷砖对小勇说："我知道你睡得很晚，我已经很晚才睡，看你的灯还亮着，你在干啥呀"？"我昨晚在看书没注意时间，睡下后又不能入睡，后来不知道多少时间才入睡"。"今后你要早点睡，如果睡眠不好，第二天没精神甚至恍惚，容易出事故，特别要意"。"哪天有时间我去买个闹钟，闹钟一响我就起床"。"这样也好"。

今天师徒俩又开始贴砖，陈班长说："今天你尽量多贴砖，昨天你已贴过瓷砖不知道你有什么体会"？"小勇说："我总是贴不正，东倒西歪，灰缝不宽就窄，反复纠正，最后位置正确了，但高低又不平了"。陈班长说："这是学贴瓷砖的自然过程，这里要注意几点；一，抹瓷砖背面的灰量要恰当，抹平，二，贴瓷砖上墙时不要急于贴上，三，观测好贴瓷的位置，做到心中有数，四，手要平稳，用力四边一致，五，贴上墙时观测位置争取一次定位，如反复移动纠正会使砂浆流失，导致高低不平，你今天按照以上五项要点，一步一步地实践，不要着急"。"感谢陈班长的教导"。"陈班长，我想问你一个问题，市面上很多清水砖墙房子，其实古朴典雅也很美观，为什要贴瓷砖多花钱"？陈班长说："贴瓷砖也是近几年才流行，一是为了更加美观，二是保护墙体不受环境气候的侵蚀，特别是酸雨的侵蚀，延长房屋的寿命"。小勇又问："贴瓷砖和不贴砖的房屋寿命相差多少"？"这个问题你要去问工程师才知道，我也是听他们讲，具体详细的结论就不知道了"。一天下来小勇基本掌握了贴瓷砖技术的要领。

3-3 施工管理

晚饭后小勇去找姜工探讨学习专业书籍的经验。走到办公室门看到姜工和施工员正在开会，他转身想离开，姜工叫住了他，"小勇我正要找你，你进来坐会儿，我把会开完了以后在和你谈话"。小勇进屋找了根凳子坐在屋角，茶几上放着一本民用建筑房屋构件定型图。下面一行小字"国家建筑科学设计院设计"，在下面一行小字"建筑设计出版社出版发行"。他翻开第一页是目录，目录上有门窗过梁，阳台挑梁，L型楼梯板，楼梯过梁，预应力楼板。他一页一页的翻开看，上面有各式各样图示和图型，标有尺寸标注，文字说明，很多工程术语看不懂，他一页一页地看，越看脑子的疑问越多，觉得自己的知识太少，应该加快学习专业知识。他关上图本凝视着封面，脑子里在想自己的学习计划。

　　会开完了大家陆续离开了办公室，中民站起来转身要走。姜工叫住了他，"王工头这几天我实在忙不过来，明天我想用小勇给我抄一下季度验工报表，给他记杂工"？"当然好，他从来没作过这事，不懂的地方你多教他，感谢姜工的栽培"。"不用谢，这是我在拉'差'"。"还有什么事吗"？"没有了，你回去安排明天的工作吧"。中民走后姜工对小勇说："我要对你说的就是这件事，明天上班你早点来，我具体给你交待，这里我拿两张表格给你，你拿回去看一下，心里好有个准备。不懂的地方明天上班时给我提出来，这两张表格不能丢，特别是记录有数字的这一张，明天上班时一起带来"。小勇说："我这就回去看"。姜工说："你不是找我有什么事吗"？"今晚你忙，我就不耽误你的时间了"。"没关系，你说"。"前几天小林给了我一套工民建大专的课本，我不知道该怎么学，从哪里学起"？姜工说："这个问题因人，因学习环境而异，因人是根据你的数理化基础知识怎么样，环境是；在学校学还是自学？你数，理，化基础还不错，自学的环境已很结合实际。你是在建筑工地上，可以随时到施工现场构筑物的各部位，各部件对照书本上的理论知识进行分析，研究，加深理解，特别是结构力学，结合材料力学在设计理念中的应用，力的分解，力的合成，利用力学原理设计构筑力系框架，各支点结构，达到力系平衡，另加保险系数达到更加牢固，要学好专业先学好数学和物理，化学，数学是工具，物理化学是依据。把工具用在依据上，结合物体的功能和用途设计出房屋，满足人们的需求，这是最终目的"。小勇说；"姜工深入浅出的教导我一定铭记在心。虽然有些话现在我还不理解，我一定把它作为座右铭，作为钥匙来破解我今后学习道路上的难题，谢谢姜工的教导"。"不用谢，你是一个吃苦耐劳，勤奋好学，懂事的人，是一个有发展前途的人，我会尽量帮助你"。"姜工，我谢谢你，你费心了，我这就回去看看这表格"。

　　小勇回到工棚洗漱后坐在床上细看表格，空白表格头一行上面印着建名，表格横格线很多行，竖线分割出表头内容，第一项是编号，第二项是工程项目名称，第三项是单位，第四项是单价，第五项是工程项目预算数量，第六项是已验工数量，第七项是现验工数量，项下两个子目，一个子目为数量，另一子目为项目造价，第八项是未验工数量，最后是备注。再看填有内容的表格，表格和表头都一样，但他不知道表格里填写的文字内容含义和数字之间的相互关联，只有明天请教姜工。

　　第二天小勇拿着表格早早地来到办公室，姜工正在吃早饭。抬头看是小勇："小勇你真是来得早"。"你工作很忙，来晚了你到工地上去了，我还有很多问题还要请教你"，姜工说："你坐下，先看一下这张工程预算单"。他顺手从桌上递过一张表格，表格里各栏都填满了内容，第一竖行：编号项下一格为1，第二竖行；工程项目项下一格为基础土方，第三竖行；单位项下一格为m3，第四竖行；单价，第五竖行；工程项目预算数量项下一格306，第六竖行？已验工项下一格507，第六竖行；现验工数量项下两子目为空白，第七竖行；未验工数量项下一格一151，最后竖行备注项下一格文字内容是；由于部分基础设计深度土质承载力不够，超深所致。小勇看了这些数学和文字内容还是有些不解，这时姜工已吃完早饭。

　　姜工说："小勇你有疑问提出来"？小勇问："姜工你把工程预算表格项目的头目含义给我指教一下"。姜工说："首先这预算表格中预算编号所对应的工程项目在验工报表中不能变，这样才能设计预算工程与实际验工工程对应比照，计量单位当然不能变，一个工号比如一栋房屋，它是由很多工程项目所组成，基础，墙体，门窗，楼板，楼梯，房顶等项目，由于它们所费的工时材料不同，计量单位不一样，价格不同必须分类计价，工程项目预算就是按照设计施工图计算一个工号各项目总数量。由于一个工号的工程完工，施工过程比较长，必须按工程进度分时段计算出完成的工程量。以便掌握和控制工程进度，工程款。但计算有效的工程量必须是经投资方监理验收质量达标的工程量，所以叫验工。这也是甲乙双方支付工程款的依据。一般情况下，除基础因地质情况变化导致验工数量与预算数量有差异外，上部建筑应该是跟工程项目预算数量是一致的。已验工数量是上时段已经验工计量的数量，现验工数量是本时段的验工数量，未验工数量实际上是未完工程量。这里我把表格头目的文字含义和相互关系作了说明，你再把这预算表和空白验工表看一下你就明白了"。小勇找根凳子坐下又开始看表格头目，找出各头目下数据的相互关系，半个小时后对姜工说："姜工你把要抄的表格和资料交给我，我试抄一下，你再检查，错误的地方你给纠正"。"你先实习一下也好"。小勇拿到表格和资料开始抄。他打开资料对照预算项目，第一项基础土方，他按表头的内容要求填到验工表上，接下来资料上第二项是基础石方，但找遍预算表都没找到这一项，他拿着表格找姜工。小勇问："姜工，基础石方这一项预算里没有这一项怎么办"？姜工说："基础土石方是隐蔽工程，在设计钻探时不可能把每个部位都钻探一遍，因此挖开后地质情况变化也是常事，在施工时发现地质状况与设计不符时，施工单位通知投资方和设计单位到现场变更设计，所以产生与原预算不一致，你就按表头目的含义填上，编号栏内填上变字"。小勇又问："未验工程数量栏是不是预算工程量减去已验工程量和现验工程量的差为未验工程量"？"你说得很对"。小勇又开始抄资料，过了一会儿，小勇抄填了几项交给姜工检查，姜工逐项检查对照了一遍后说："填得正确，我要到工地上去检查模型和钢筋，还要到另一个工地检查基础工程，你在这里慢慢地抄"。

　　小勇在办公室抄表到下午下班姜工都未回来，又边抄写边等，又过了半个多小时仍不见姜工踪影。这时候食堂开饭时间快过，他想打份饭给他留着，但又一想不知道他多久回来？也许他在外面已经吃了晚饭。他回到自己的工棚住处拿碗到食堂吃了晚饭。又到办公室接着抄写，一直到晚上八点多钟姜工才回来。一到办公室一屁股坐在椅子上一动不动，喘着气，满脸倦态。小勇问："姜工你生病了"？"没有，太累，太饿，太渴了"。小勇马上拿起水杯给姜工倒杯热开水放在他面前。小勇想去给姜工到食堂买饭，啊，这时候炊事员已下班。"姜工你想吃点什么"？"随便什么都行，越方便越快越好"。你先喝点热水，我到街边饺子馆买饺子，他拿着饭盒大步走出办公室。一会儿饺子端回来交给姜工，他打开饭盒一股热气冒出，小勇说："姜工注意饺子很烫"，他夹起一个饺子呼呼的吹气，片刻过后一口把饺子吞下去了，不到十分钟饺子吃完了。小勇把饭盒洗干净放好。姜工叹了口气说："自从六零年灾荒年有这种饥饿感以来，二十多年从来没有感受过。本来今天上午检查完钢筋和模型已到中午，准备在工地上吃午饭。来了一辆运材料的工程车要到三公里外的一个野外工地去，正好我也到那里去检查基础。心想；路程不远到那里去吃午饭，哪知道，车一上公路就堵上了，一堵就是两个小时到那里快到三点钟了，那里是荒郊，没有餐馆，只好赶快检查基础，完后到城里找点吃的。检查完已是六点钟，正好那辆车要回来，又坐上那辆车。车开到途中突然熄火了，但又总是不能启动，后来测试是电池没电了，蓄电池坏了，公路上又没车通过，无法求援，司机把电池卸下，等到一辆三轮车把电池拉进城去换。我们在那里看管车等他，到七点仍不见回来，我实在坚持不住了，我叫跟我一起坐车的施工员在那里守车，我走路回来了"。"姜工你真辛苦，我去给打盆热洗脚水"。小勇提着桶走出了办公室，提着热水回来，把脚盆放在姜工脚下倒上热水说："姜工你烫烫脚"。姜工把脚伸到盆里，仰躺在椅子上，长叹一口气说："好舒服哇，肚子饱饱的，全身暖暖的"。"姜工这是我今天抄的表，有空你检查一下，我这就回去睡觉了"。姜工说："你对我太好了，像亲兄弟一样"。小勇说："这是我应该的，我这样农村的打工人，能得到你的关照，应该感恩"。姜工说："你这样义气有感情的人，会得到社会的认可和支持，对你今后的事业会有很大的帮助，明天还是继续来"。小勇高兴地说："谢谢姜工"。

3-4 自学（一）

　　小勇回到工棚洗漱后坐在床上又开始看高等数学，他继续看前几晚学习的内容，把这一章又从头看了一遍，拿起笔开始做练习题，根据练习题给出的条件和书上公式和例题含义推敲分析演算，把几道练习题作完该睡觉了。提头一看工棚漆黑一片，不时响起鼾声，感叹今天又睡晚了。

　　小勇被雷声惊醒，天已大亮。翻身坐起穿好衣服，看到有的人把塑料布披在身上作雨衣，有的人在望窗外下雨。小勇还没吃早饭，没有雨衣也没有塑料布，他跑步到姜工的办公室去，路过食堂，门开着已没人进出，他走进去看到炊事员正在忙碌着。"师傅还有什么吃的吗"？"只有馒头"。"我要一个"。他给了饭票。拿上馒头站在屋檐下看着细雨嚼着馒头，简单地填了饱肚子。到姜工办公室，姜工正在看图纸。看到小勇进来头发蓬乱一副睡眼，就问："才起来"？"我是被雷惊醒的，昨晚我作数学题，单元练习题作完，不知道是什么时间，倒下便睡，不是打雷声现在可能还在睡。姜工心里一阵感动，这孩子奋斗精神可嘉，热情招呼他坐下"。"但今后你要安排控制好作息时间，保护好身体"。"今天我一定买个闹钟，让它来控制我"。姜工说："昨天晚上的饺子钱还没给你"。他从身上摸出五元钱递给小勇，"哪里要那么多的钱？姜工你收回去以后再说吧，你经常帮助教导我，哪里抵得上学费呀，我不要＂。＂好，我收着，以后凑多了一定给你＂。

姜工说：＂小勇我已检查核对了验工报表上的内容数字都正确，这里还有一份验工资料你把它抄上。全部抄完后把现验工数量项目下金额计算出来，以单价乘以现验工数量为现验工项目金额，也就是本季度时段内完成的工程造价，争取在上午完成，下午我们俩到二号宿舍去放线＂。小勇接过姜工递过来的计算器开始抄写计算，到中午开饭前小勇完成了任务。

下午小勇拿着三角架，墨斗，和施工图，姜工提着经纬仪，水平仪到了二号宿舍，二号宿舍二层楼已盖好楼板，小勇问：＂姜工这房子已经到了二层楼又不是基础还需要再放线吗＂？姜工说：＂每一层都需要放线，因为下一层楼在施工过程中尽管采用各种方法和技术保证房屋的各个结构，按设计要求的垂直度和水平度，但难免施工中造成微小的误差，如果不加以纠正，多层楼累计起来可不是一个小问题，假设有二三十层楼高误差叠加起来会是多大，如果误差叠加到最后一层楼，墙体中心线与基础中心线垂直偏离太大，说明房屋已倾斜，在房屋的重量下，加上房屋的高度和倾斜度产生的力矩对房屋的结构和使用寿命产生极大的影响。每一层放线就是利用仪器找出偏差，在下层施工中予以纠正。另外还有一个原因，因为楼板的遮盖，已看不到下层墙的中心线，所以我们按图把这层房屋结构用线标注出来，我们现在的操作，是在上专业课，以后你就会理解＂。＂感谢姜工，不忘随时给我教导＂。他们利用仪器，图纸，尺子找到了与基础中心线垂直重合的每一壁墙的中心线，予以纠正垂直误差，并在墙四角标出了水平线，如墙的实际高度与设计高度不一致，必须在下一层楼予以调整纠正。今天放完线早早地回到办公室。姜工说：＂今天还早你趁这个时间去买闹钟，明天你可以不来了，以后我忙的时候还请你来帮我＂。小勇说：＂我很想来你这里上班，会学到很多的知识，我非常感激你，随时听你的召唤＂。

小勇从姜工办公室出来直接到街上去买了一个闹钟，把闹铃定在晚上十点钟，他把钟放枕头边，吃过晚饭洗漱后坐在床上又打开书本学习新的一章，微积分，他细读书中的讲义，觉得式列中含义非常空洞而深奥，他结合立体几何，三维空间的曲线，平面，曲面变化和相交，只有假设和抽象的设定，推理。既然是经过证实成立的定理和公式，也许是我对空间与坐标间的关系认识不够，他决定用实物建立一个三维坐标系。明天去和小林商量用木条标注尺寸建立三维坐标，用平面和立面在空间位置的移动变化，再用数学测量计算证实公式和定理。主意打定，他开始设想球体曲面怎么制作？用什么材料来制作？他身靠在墙上凝视蚊帐顶；想到中学数学中圆的方程，以它的半径位置在平面坐标系中的变化，他又想如果用半个圆，假设用两个同半径圆的曲线相交，或者变换位置又会怎样呢？形成曲面的过程和在空间的位置，又用什么方法去计算它在三维坐标系中位置呢？他突然想到这曲面在旋转变化中是不是数学中有用的定理公式？还是先制成标准的球曲面在实验测量中研究，闹钟响了，他又把闹钟的闹铃调到早晨七点，他关上书本睡觉。

　　第二天七点钟闹钟响了，他吃过早饭排队讲安全，陈班长说："今天开始铺地板砖，质量上；大家注意地板砖的水分含量，地面一定要充足水分含量，清除地面灰尘杂物，灰浆层要饱满，铺好的地砖要平正不要空壳，空壳是要返工的。另外注意选砖，做到颜色一致，缝子直，其它我就不多说，都是大家经常干的活。安全上，在室外注意空中掉物，使用电动工具时检查锯片是否牢固。注意洒水时不要把水洒到插座板上预防漏电，现在各就各位开始工作"。今天小勇还是和陈班长一起铺砖，他们随便选了一间屋，陈班长说："小勇你把这间屋用尺子量一下长度，宽度尺寸，再量地板砖尺寸。算一下需用多少匹砖，然后我们到室外去搬运"。小勇量尺算好数量后，他们俩把需要用的地板砖搬进屋里。陈班长又说："把这些包装的地板砖都打开，先选配颜色，同颜色相近的放在一起，然后选地板砖的尺寸，同尺寸放在一起"。小勇用桶提来水倒进大塑料盆里，再把选好的地板砖放进水里。一会儿陈班长又说："快把地板砖捞出来，水分含量过多，铺砖时不易定位，而且致使砂浆过稀，收缩过大，不容易控制地砖单块的水平和砖与砖的平整"，小勇把砖从水里捞出来。陈班长又说："小勇你把尺子和墨头拿来，我们先把铺地砖的一边墙角线和另一边相交的墙角线找出来，两线相交必须是九十度。因为地板砖是正方形，两条相交的缝都是垂直的，两块砖之间不留缝隙，没有调整的余地，因此角度一定要准确。要找出两条相交线互相垂直，没有量角器该怎么办，这难不倒你"。小勇说："用勾股定理"。他们在地面上弹好了夹角边线开始铺砖。陈班长说："铺地砖也掌握灰浆的量，打灰浆分两步；第一步打地面上的砂浆，掌握好量，要抹平，不能厚也不能薄。第二步是把地砖沾贴面抹砂浆，目的是用灰板压迫砂浆填满地砖每一个孔隙，沾贴更结实"。小勇问："怎样才能检测地砖空壳"？陈班长说："等地砖的砂浆强化后用木棒敲击地板砖，如果声音是噗噗地响，说明砂浆饱满结实。如果是咚咚的空响说明地砖与地面未沾接。如果一块砖面发出这样声音的面积占了整块砖的百分之三十以上，这块砖就得返工。由于砖缝没空隙无法将砖揭开，只有切割机把砖砌成小块取出，这样费工，而且还损失了地砖，损失太大，一定要避免"。一间屋的地砖一上午就铺完了，擦掉砖面的污迹，下午接着铺另一间屋。

　　晚饭后小勇去找小林，因为他是木工，有工具制作木条，制作一个三维空间坐标系和自制测量的器具。他走到小林的床前，他正在看书，全神贯注，小勇问："你在看什么书"？他抬头看是小勇说："我正在看高中的数学三角部分，小勇哥坐"。他收回了脚让出床上的位置，小勇坐下说："我现在也在学高等数学中的微积分，同时也在应用立体几何，需要测量物体在空间位置的变化，同时物体自身旋转变化，在三维坐标系中的定位变量的复杂定理和公式。想在实物的变位中加深理解，我想做一个三维坐标，把物体在三维坐标系里变换位置，对照书本的讲义进行分析研究测量推理，用书上的定理公式计算，这样会加深对定理公式的理解和运用"。小林说："我也在看高中的三角函数，立体几何时也感觉到抽象，作起练习题来，不知道怎样应用公式定理，你这方法可能很有帮助。不知道制作这样三维坐标系要些什么材料"？"我想过，要用一块八十公分直径平整的圆木板，另外要几根八十公分长，四公分正方形断面，光滑且直的木条，其它还要什么，我们在制作的过程中在定"。"这好办，这些东西工地上有的是，明天我就开始准备"。小勇说："另外还有件事要问，就是你报的自考工民建的大专班在哪里报的名？要什么条件？函授课在哪里上"？小林下床打开木箱翻找，找出一份报纸指着上面的广告栏说："这里面讲得很清楚，你拿回去慢慢看"。"谢谢小林，我回去了"。"小勇哥你慢走"。小林坐下又翻开了他的书本。

　　小勇回去洗漱后坐在床上打开报纸，他仔细阅读了函授生的招生广告内容，没有什么限制性条款；唯一要求就是各科考试及格，函授课每节课要交二元钱的学费，考虑到加快学习进程，打算每个星期日上午上两节高等数学课，下午上两节普通物理课，这个星期天就去报名，闹铃又响了。

　　第二天早晨小勇去食堂买早餐[illegible]到中民，"中民哥你这几天很忙吧"？"比较忙，我正要找你，你买好饭后到我那里来一下"。"好"，小勇拿着馒头端着粥走到中民办公室，中民说："小勇你坐下，姜工通知我叫你明天和他一起到渝江工地去放线，车票都买好了，你收拾一下行李，我这里给三百元作为你们这几天的生活费，你一定照顾好姜工"。小勇说："这我知道"，中民说："前几天家里来信了，说，我们两家都很好，叫我们在外安心上班"。"中民哥你多久回家去"？"还有两个多月就是春节，春节回去吧，到时我们一起回去"。"好，我去上班去了"，小勇回到工棚放下碗，就赶紧往工地小跑。

　　小勇到工地安全讲话已经过了。陈师傅正在准备贴卫生间的墙砖，陈师傅把瓷砖给小勇看，他说："这砖是一片白色，没色差，尺寸也基本差不多，不需要选砖，贴砖的要领是贴外墙砖和铺地板砖的综合技术。还是需要在墙面一块砖高的位置弹上一条水平线，然后在墙角弹上一条垂直线，两线相交成九十度夹角。瓷砖是正方形，这样就不会因为墙面与地面相交角度的误差造成砖缝不直"。他们用水平尺弹好水平线，陈班长指着水平线的一端对小勇说："你看这线的这一端明显低于那一端，说明这边地面高于那一边"。小勇问："最下边那一行砖怎么贴"？"只有把瓷砖多余的部分切掉。他又指着墙角的垂直线对小勇说："你看这条线的最上端离相交墙面的距离也比下面宽，说明墙壁略有倾斜"。"那又该怎么办"？"相差不多只有贴墙下端贴砖时灰浆尽量少，灰浆层薄，贴到上端时灰浆尽量多些，灰浆层厚，这样达到调整的目的。你去找一根和这墙宽度一样长的直木条，我们把它固定在下端的水平线上，贴砖时把瓷砖靠在木条上，这样可以最下边一行瓷砖贴得水平，木条又可支撑上面瓷砖不下坠，等上面瓷砖砂浆初步强化，拆去木条，补下面的瓷砖"。这些准备工作作好后开始贴砖，一天下来，他俩贴的瓷砖面积比贴外墙瓷砖和地板砖的面积少多了。小勇说："如果以面积计算工钱，就亏惨了"。陈班长说："贴这种瓷砖小面积的卫生间或厨房，单位面积的工钱每平米要多一倍多，甚至几倍，制定人工定额时经过写实测算制定的，要不然谁愿意干这样小面积，小块瓷砖的活"。师徒俩边贴砖边聊，一天很快就过去了，晚饭后，小勇准备好行李早早地睡觉。

　　第二天一早小勇背着挎包到姜工办公室，姜工已准备好。姜工说："九点钟的火车，我们现在就走"。到了车站检票进站上站台，一会儿火车进站了，今天乘车的人不多，车门打开下车的人也不多，小勇要上车的那节车箱就两个人下车。上车的一个约三十多岁，一身青蓝二色女装的中年女子和小勇他们两人，一共三个人。上车后看到车箱中间还有位子，走到车箱中间相向的两排座椅还有三个空位。跟在小勇后面的中年女子也跟着过来正好坐满。一个在座的中年女子突然幽默地说："哇，我们运气真好，老同学好多年没见面，你还是那么年轻漂亮"！坐着的一位三十多岁一身黑色女装，上衣边绣花的一位女士羞涩地说："你这恭维话没底，我儿子都快十岁了，还年青"。"当年你是我们学校的校花，名符其实，经久不衰"。"你这是张甜嘴还是辣嘴"，"不管什么嘴今天这张嘴就搁在你老公餐馆里吃香的喝辣的了"。"正好我老公餐馆里缺卤猪嘴，正好把你的嘴搭上"！她们俩的玩笑话，姜工和小勇觉得开心好笑。她们俩坐在姜工和小勇对面微笑得也很自然。姜工和小勇放好三角架和仪器行李坐下。微笑着看了她们一眼没说话，似乎还在等着她们的笑话。刚上车的那个年青女子说："秀芬你老公在乡政府当秘书多好哇，怎么就辞职去承包餐馆"？"碧玉，你不知道干秘书工作可忙了，乡长只是点头摇头。开会，干具体都是秘书的事；接待上级，组织会议，处理政务，接待访民，调解民事纠纷，有关土地，田产，房产这些部门管的事都找到政府，出面的首先是秘书。因为老百姓只知道有事找政府，不知道有其它部门权属界线，这些政策，规则，制度，法令相当繁杂，稍微处理欠妥，或者语言不当，导致失误闹事责任都是秘书的。一个月工资才一百多元，还没有一个街边摆地摊的挣得多。这个年代拼的是钱，'下海'也不是一件可耻的事'。秀芬问："你老公承包的餐馆在街上很红火，你们发财了"。"发财说不上，只是比当秘书挣的多一点"。"谁相信，街上唯一个上档次的餐馆，光顾的都是有脸面有钱的客人，吃的都是野味，山珍"。"秀芬你不知道，他那餐馆是承包供销社的，承包费相当高，房租，税收，水电，三个退休人员工资，四个下岗人员生活费，还要上交区供销社的管理费，这些都要在毛利润里开销。还没包括直接成本，买野生活动物相当贵，而且还要饲养，因为活物不可能现买现卖，员工工资，煤炭，炭具，外加不便言明的交际费，到手利润不到营业额的百分之五"。"一天下来剩下就二三十元，有些钱还是水中月，乡政府要招待投资客的上宾是记账，不知道什么时候能拿到钱，但又不敢怠慢，生存都靠他们，名贵酒都不敢摆在柜台里"。秀芬问："名贵酒正好招待上宾，怎么把它藏起来"？"进名贵酒要现钱，垫进去不是小数"。"上宾是些什么人"？"大多数都不认识，都是前呼后拥由头带着来的"。碧玉问："当年你老公不也是秘书吗"？"那些年正规多了，没有那么多的应酬，也轮不上他作陪"。碧玉问："那你老公辞职后悔了吧"？"倒也不后悔，凭辛苦挣钱倒也心安理得"。秀芬问："我们毕业后各散五方，一直不知道你的信息，你现在干什么"？"我和我老公现在种庄稼办养鸡场"。"办养鸡场赚钱吗"？"我们开的养鸡场是利用我们房后一片竹林把它围起来养鸡"。"养了多少只鸡"？"要看什么时段，养鸡都是一波一波的，从小鸡到长大出笼，多的时候有三百来只"。碧玉说："哇！你赚不少的钱，现在市场的鸡卖四五块一斤，一只鸡平均三斤半计算，一只鸡值十四五元，一波鸡卖四千多元。养鸡成本也不少，人工不算，小鸡买来每只二元，成活率百分之八十，每只鸡成本二元五角，注射两次防疫针，每次二角五分共计五角，一只要养六到八个月，喂玉米至少每天二两，养一只鸡得用三四十斤玉米，每斤玉米三角钱，你算，不包括人工直接成本是多少，一只鸡最多剩下二三元钱，还有鸡舍的投入，一拨鸡只有五六百元的收入。一年养二波鸡，年收入一千元左右，比外面打工挣的钱还少一点，但要是碰上鸡疫损失也不小，好处是；一家人在一起"。秀芬又问："碧玉这次你进城干什么"？"我进城去收款，前几天一个老客户欠的鸡款约定今天去拿。顺便去参观一个养鸡场，他们养的鸡长得又大又快，一波鸡只养三个月，每只都是四五斤，那鸡肉又嫩，肉也多，很好卖，专门卖给餐馆"。"炖汤好喝吗"？"炖汤就用土鸡，不用这种鸡"。秀芬又问："他们养的鸡为什么长得那么快"。"听说是喂了一种专卖的饲料，饲料里是什么成分不知道"。秀芬又追问道："那种鸡吃了对人有什么害处吗"？"不知道，现在人们还没有那种意识，到餐馆只讲究味道"。"你们还种庄稼吗"？"离家近的几块水田种点水稻够一家人吃就行了，离家远的稻田都荒着。另外坡土都种上玉米，玉米正好喂鸡，但远不够，还要买很多"。碧玉问："秀芬你们家还种地吗"？"我们家公公在家看房子，他自种自吃，婆婆跟我们在一起，看孩子"。秀芬又问："碧玉你们在镇上买了房子安家了"？"镇上还没有商品住宅楼房，去年在镇上买一个三间老式木架房"。"那算一套房子"？"不算一套，不配套，没厨房，没厕所，是那种老式街道连排木架，瓦屋面平房，很古老一通三间，过去前面是店，后面是住房"。"那你们在那里生根落户了"？"我们户口在农村，今后在哪里定居不知道，社会变化很快，只有走一步看一步"。秀芬问："碧玉你们打算怎么发展"？"现在我们很茫然，我们这些坚守农村的人，种植和养殖还能生存，也只能够生存，没有存储，没有发展的经济实力。许多年青人都出去打工，收入还可以"。"那是一个长久稳定的工作吗，老了又落脚哪里"？"所以打工仔也很茫然"。小勇和姜工他们细听，她们谈起了乡镇人的生活，细心品味。姜工问："小勇你们四川年青人怎么总是想出去打工"？"我们四川都是丘峻地带，种植相当劳累，收获少。现在年青多是独生子女，都是一代传人的唯一希望，从小惯养着，虽穷仍然护着，养成了怕吃苦的习惯，长大后忍受不了种植活的艰辛，加之收获少"。姜工问："那你又为什么能吃苦"？"我们兄妹两个，我是老大，妹是超生还罚过款，拿不出罚款，当时家里没什么值钱的物品，还先后赶走我家养的猪。由于家里负担重，父亲忙于下田种地，母亲忙于种菜，喂猪，喂牛做饭。我们生下来满月后，母亲喂了我们的奶，就把我们放一个用箩筐装上稻草的箩窝里就去忙活，没人照看，任我们哭闹。一直哭累了哭倦了睡着了，半身都是屎尿浸泡着，到中午母亲才回来喂奶换尿布。在大一点母亲把我们带到干活的菜地里滚爬玩耍，只要不犯危险，顾不了冷热卫生了。人家说家穷粗茶淡饭，我们家哪有茶呀，只有粗粮稀饭。长大能干话就帮着家里干活，割猪草，牛草，拾柴火，挑水，干活时间长了，习惯了，只觉得累不觉得苦"。姜工说："要感谢你家庭的状况，磨炼出你一生的优秀品质"。"渝江车站到了，要下车的旅客请带好行李准备下车"。这是车厢广播里女广播员的声音。

110

　　小勇和姜工下车后到了上次住宿的旅馆住下。到旁边的一个北方餐馆吃饭，姜工说："今天我请客吃一吃我们山西菜"。小勇说："吃姜工家乡菜我生平第一次，我好高兴啊，但这钱得由我出"。姜工说："每次吃饭都由你们出，这样不行，你刚工作，中民工资也不高"。小勇说："这钱不是我们出，这是我们劳务公司的招待费，你对我们公司的帮助支持，应该的"。姜工说："这样影响不好，而且对你们公司也是按政策制度办事"。小勇说："姜工说得不完全，你为我们提供很多学习和培训的机会，像对中民哥的教导，有你们公司项目里的活干，学习了各种技术，为我们公司培养了管理人才和技术工人"。姜工说："是你们公司为我们公司提供了管理服务和技术工人，我们公司才有能力揽更多的工程，公司才能发展壮大"。小勇说："总之有你们公司才有我们公司，有你们公司的发展才有我们公司的生存，我们都是相互依存"。一个四十岁的女服务员递过来菜谱，姜工看过菜谱说："来一个山西枣烧羊肉，来一个山菇鸡汤，一个蔬菜，小勇你看还要一个什么菜"？"我对山西菜陌生，还是你点"。"那再来个牛肉丝"？小勇说："好"。服务员写好菜单递上茶水，一口北方口语说："你们稍候"，转身离去。姜工问："小勇你报名读自考工民建大专是吗"？"前几天我才报了名，交了钱还没领到书，这几天我在看小林给我的高等数学，普通物理"。姜工说："我从学校毕业这么多年，从施工技术，到课本知识的运用，有几点体会供你学习参考。高等数学和普通物理都是在高中数学和物理的延伸，高中的数学，物理只表述了特定点和特定条件下的计算和物理特征，高等数学和普通物理是表述物理的常态和变化，在用高等数学函数的无极变化中，用数理公式去计算，它们互相表述物质间的物理和数理。抓住要点从物理的理念中理解数理，公式和结构变化关系，从数理的公式结构和变化中，理解物理的理念。在学习专业书时，到施工现场去看看基础工程与上部建筑的结构和结构力系的关系，基础工程钢筋布置的位置，直径，粗细与结构力系的关系。上部建筑各构件的钢筋位置，直径，粗细与力系的关系，各结构支撑点的结构形式，力系的构成，在结合书本的知识，你会很快学懂"。小勇说："你这体会太宝贵了，我一定牢记姜工的金玉良言"。

　　"菜来了"，服务员把点的菜全数端了上来。"客官要点什么酒"？"来两瓶青岛啤酒"。"客官你们等着"，一会儿服务员拿着两瓶青岛啤酒过来当着面开了酒瓶，每人倒了满满的一杯放在姜工和小勇面前。"客官你们慢用"。

　　姜工和小勇边喝酒边聊，姜工说："小勇你今后要学专业，我想你今后多到我这里来协助我做一些事，对你学习有帮助"。小勇说："好极了，感谢姜工的关照"。"但是你同时还得学好你的技术，对你今后的发展大有用途，这也是立身之本"。"我记住姜工的话"。小勇说："姜工我向你请教，你经历丰富见多识广，像我这样的条件今后发展的方向在哪里"？姜工端起酒杯慢喝后放下酒杯，又夹起一块羊肉放在嘴里慢嚼，像是在思考，又像是在品味。然后说："一个人的发展方向要根据各自的条件和爱好选择，如果选择从政，根据你的条件只能从村干部作起。你没人脉关系，没有文凭，要达到一定的级别，道路漫长变故很大。从事经商可以考虑，但要有一定的资本，市场变化很大，风险很大，心里要有一定的承受能力。当然如果机遇好赚钱也很多，看你有没有那种冒险精神和担当的勇气"。小勇说："我没有什么可怕的，但我还是想踏实的生活"。"要踏实的生活，稳定的收入，必须从事人们生存相关的产业，才有需求，有市场。与人们生存相关的衣，食，住，行。衣，布料纺织目前是国营企业生产，缝制衣服技术简单，没竞争力，食；养殖业这行你很了解。行；车船制造，钢铁厂投资大，技术含量高，都是国营企业生产。剩下就是住；现在房地产政策开放，开始放宽搞活，集体，个体都可以进入，规模可大可小，这个行业人力用量很大，也有一定的技术含量，资金投入大而漫长，风险大，需求很大，市场前景广阔。根据你的条件，你吃苦耐劳虚心好学的人品，在这个行业里比较合适，你要是走这条路，要作好思想准备，面对风险的勇气，这个建议仅供你参考"。小勇喝了一口酒说："姜工你的分析非常精辟，我一定牢记你的指点"。他们边喝酒边聊天，时间很快就过去了，他们走出餐馆已快五点了。姜工说："今天午餐和晚歺就解决了，回去好好地睡觉，明天我们一早去放线"。他们回到旅馆漱洗完毕上床还不到七点，小勇坐在床上没有睡意，小勇问："姜工我来工地快一年了，怎么没看到你回家呀"？"我每年只有十二天探亲假，只好留着春节回去，和春节假一起还可以多耍三天"。"你家还在老家吗"？"是呀"。"现在不是有政策国家工程师以上科技人员家属子女，可以随所在单位地区入户，成为城市居民户口吗"？"老伴一直在农村住习惯了，住城里不习惯。最主要的还是我一个人的工资无法承受城里的生活负担。老伴岁数大了在城里不好找工作。两个小孩外加父母岁数大了。老伴在农村可以种点庄稼，父母还可以干点力所能及的农活，这样还能自给口粮，我剩下的工资钱够他们零花钱，这样一家人还可以过得去"。"那你家的住房"？"我家的住房就是你在电影里看到的那种窑洞，是我祖父留下来的。我父亲在旁边又掏了两间，也够住了，房子老了在夏天雨大时少数砖缝有些浸水，过些时间回去维修一下"。姜工问："你们家是什么房子"？"我们家是那种用原木做成的穿榫老房子小青瓦屋面，铺瓦的椽子有部分都腐朽了。上房检瓦时都是爬着小心翼翼的，也是祖辈留下来的三间房。在房后面用乱石磊起的墙，用石棉瓦作房面盖了一间厨房，猪圈和牛圈都是用竹木搭设的稻草房。经过农业合作化，大伙食团，大跃进，山上的树砍来作伙食团柴火，又建伙食团，学校，山上的树都砍光了，根本就没木料来修建房屋，今后只有用乱石砌墙或者土墙，房面只有用石棉瓦或稻草了"。姜工说："可以用砖砌墙"。"我们那地方没公路，运不进砖，砂和水泥，而且也没那么多钱买砖"。"看来农村要改变现状不容易"。他们又聊到了深夜，一觉醒来天已大亮，用完早餐立即赶到工地。

3-7 测量

　　姜工和小勇到了工地，眼前景象与上次的印象完全改变；货场位置的小土坡被推平，货场的平地已呈现。一台推土机仍在推土作业，半山坡很多村民在观望，货场新土的平地上。很多穿着制服的公安在巡走或观察。半坡上有一个新土堆，土堆上飘荡着纸幡，周围散落着纸钱，是个新坟。姜工心里很疑惑："出了什么事"？说："小勇我们到陈民生家去了解一下情况"。他们到了陈民生家的院坝看到几个中年男子一身旧服装，坐在长凳上在谈论着什么。陈民生站起来说："姜工你俩请坐"，他转身到屋里端出一根木凳请姜工他俩坐下。姜工问："这里出了什么事，那么多公安到工地"？陈民生说："前几天铁路工程公司开来推土机平整货场场地土方，就是你见到过的那位八十几岁的老太婆，见到推土机推她家的地，她拿着拐杖像疯人一样奔向她的地，坐在推土机前面不让推土，施工人员不管怎么解释劝告，她坐着只是流泪不肯离去，最后施工人员只好把她抬到山坡上，等施工人员一离去，她又跑过去坐在推土机前面，这样反复几次，最后一次踉跄的跑到推土机前就倒下了，人事不醒，把她送到医院抢救，她儿子闻讯赶到医院来看她，可能是回光反照，她对儿子只说了一句话："她生后一定要把她葬在她的地里"。说完后就断气了，后来她儿子实在不忍心把母亲葬在货场下让车辆碾压，把她葬在了半山腰，让她守望着她被占用的土地"。姜工问："这老太婆情绪怎么这么激动"？陈民生说："解放前租地的农户一家人靠租地为生，地主不高兴收回租地，一家人就得带着一家老小饥寒交迫流离失所，到处流浪，生存对土地的依赖情感可想而知。她为买那块地倾其所有的财产，借了不少的债，因为买地负债无钱给丈夫治病，失去丈夫，守寡几十年的艰辛和对丈夫思念的情感积累，那块地是她精神的寄托。可以想像那块地的消逝对她的打击"。姜工说："你的诉说催人泪下"。陈民生说："本来村民对土地的补偿不满，加上对老太婆经历的同情。村民趁机借故说：'老太婆是迫害致死'，村民冲进施工现场砸施工机械，阻止施工，所以公安到工地维持秩序。听说今天由乡政府和县国土局牵头组织相关方协商，今天你们放不了线"。姜工说："我们回旅馆去了，陈同志知道协商结果来告诉我，我们还是住在上次住的旅馆二〇一房间"。陈明生说："行"。

　　下午晚饭前陈民生找到房间来对姜工说："已经达成协议，政府按所占用田亩数计算，再给三年产量折价给予补偿，给老太婆儿子一万元丧葬补助费，所有费用由建设单位出资，明天你们可以放线"。姜工说；"陈同志你明天还是来帮我们放线，你回去准备一下锯子斧头"。"行，我回去了"。

　　陈民生走后姜工对小勇说："我们今晚吃简单点，餐餐大鱼大肉花费太大"。小勇说："没问题，姜工你想吃什么就吃什么'。"我看街对面有个牛肉面馆，我们去吃面条"。他们走到面馆每人吃了三两牛肉面。姜工说："这里牛肉面比我老家的牛肉面贵，老家三两牛肉面二元钱，里面的牛肉比这碗里还多，这里要三元"。小勇说："我们这里喂牛是为了耕田，没人专喂牛吃肉的，可能是外地运来的牛肉所以贵"。"你说得对，也许是我们北方运来的"。回旅馆路上，他们路过茶叶店，姜工掏钱买了二两茉莉花茶。回到旅馆，小勇洗净姜工和自己的陶瓷漱口杯倒上茶叶，到服务台要了一瓶开水，给姜工泡好茶放在姜工面前，然后才给自己泡茶。他们各自坐在藤椅上边喝茶边聊天，姜工说："这样喝茶也很好，清静，随便"。小勇问："姜工你修过最高的房子是多少层"？"修过最高的房屋也就九层，按建设部的规定，十层以上的房屋属高层建筑，高层建筑和二十五米以上跨度的厂房，要国家一级设计院设计，国家一级建筑企业施工，具有高级职称的设计师设计，具有高级职称的工程师组织施工。现在高层建筑非常少，整个渝江市就那么几栋，你看到绝大数都是六层以下的房屋"。小勇又问："修房子谁出钱，修在什么地方，修什么样的房子，什么用途有规定吗＂？＂先从房产说起，目前改革开放不久，很多资产的权属还是历史政策的延续，分为三块，一块是；解放时的居民住房，这一块是从资本家或者地主手里分得的住房，权属一直不明确，各个时期对它的解释不同，刚解放打土豪分田地房屋，这房屋分给谁就是谁居住，没有产权意识，居民自有房屋就是自己的，过后合作化又说是合作社的，房屋是公家的，成立了房管所进行登记管理，但是没有确定权属，没有收房租费，自己负责维护，改革开放明确了政策，这些房屋的合法居住者和继承者为产权所有者，但没有房基地拥有权。第二块是企事业单位用房屋，这里面有部分房屋解放时，从地主或资本家手里收归充公的，为国家房产。另一部分由国家划一块空地给你单位，由单位出钱建厂，建家属房，单身宿舍，建办公室，学校，医院，属国家房产。改革开放确权，当然公共设施属国家或企业财产。家属房屋的分配原则是根据你的工龄，职位，人口决定房屋的大小，属福利房性质，确权时要交纳购房费，因属福利房，只收建筑成本，具体收费数额，計算式：收费多少，以年折旧率计算，都是企业自行制定，报相关部门批准执行。当然这个费很少，大多数家庭都可以承受＂。小勇又问：＂你分有家属房吗＂？＂我没带家属哪有家属房，我只一间单位所有的单身宿舍，只有居住权没有产权＂。小勇说：＂你多亏呀，在单位辛苦了二十多年除了工资，什么好处都没沾上＂。＂我们这一代人受社会主义教育，那个年代只要求，平等，公平，合理的生存权。一切按政策办事。近几年改革开放，让一部分人先富起来，富起来的人炫耀，张扬刺激起人们对财富的追求和渴望。不知道这股潮流如何发展，我正在观察。小勇你现在很年轻，路还很长，我把你当兄弟，提醒你现在处在大变革时期，你仔细思考你未来的前程，发展和努力的方向，作好思想上和行动上的准备，为未来打好基础＂。小勇说：＂姜工，我缺乏社会知识和技术知识，望你随时指点和指教＂。姜工说：＂我说的都是推心置腹的话，希望你不要对别人讲＂。小勇说：＂姜工在我们的接触中，我深刻地体会到你对我的关心，爱护，帮助，胜过父母，永世难忘，今后一切事情参照你的建议细加斟酌，决不辜负你的希望＂。姜工说：＂有你这话我感到高兴，时间不早了我们睡觉吧＂。

　　第二天一早小勇悄悄地起来，轻脚轻手地走出房门，到餐馆里买回包子和豆浆，他们吃完早餐后赶往工地。陈民生准备好工具已在那里等候，姜工安放好经纬仪，叫小勇把图纸打开说：＂你看这套图纸有：正立面图，侧立面图，后立面图，平面布置图。把这几样图型联系起来就可以看出这栋仓库的外貌和内部结构，现在我们根据平面布置图找到这栋仓库的位置。在根据平面图测量出各条墙基础的中心线位置，上次测出的各条线桩完全被推平了，只好重新测量。他们找到测量的基点，因为地被推平＂。姜工说：＂这次放的是施工线，位置和尺寸一定要准确不能有误差，拉尺时尺子要水平，尺子的起始点和终点一定要在刻度上，在桩上刻记号时，一定要注意笔尖定在刻度上＂。姜工拿起一根木桩说：＂我先说一下程序，我们先要找到仓库边墙的一条中心线，在起点木桩上作出起点记号，再测出横墙中心线，两线相交点为起点，这记号由两条交叉线交点而成＂。姜工说：＂我先测量出纵横中心线交点的大概位置，打上桩，再用上述方法测出精准的交点。他们开始测量，第一个桩打下后，在第二次精确测量时，有一壁横墙中心线交点不在桩上，经分析：是在打桩时桩打偏了，只好拔出，再用土把孔填上拍实＂。姜工说：＂你们俩进行一下分工，老陈拉尺子的头端的起点上，小勇拉尺子在另一端，按图示距离定桩位，并画出交叉点＂。他们又开始测量，先是基础纵向辺墙中心线放线打桩，沿中心线量出每壁横墙桩的距离，这片土地比较平坦，就以桩面为测量点。由于小勇和老陈都不熟悉，边干边学，到下午太阳落山时，只测量出一栋仓库。姜工说；＂今天就干到这里，明天上午陈同志你挑箩筐到旅馆来，我们一起去建材市场去买点河沙水泥＂。陈民生说：＂行＂。＂你回家吧，我们也回去了＂。姜工和小勇他们回到旅馆放下仪器，姜工拿出二十元对小勇说：＂今天有点累，你把钱拿去买点卤鸭，一瓶几江牌高粱酒，两碗面回来，我们就在旅店里就餐，我就不出去了＂。＂姜工我身上有钱，不用你掏，你在这里休息我一会儿回来＂。临走时小勇给姜工倒了一杯水放在他面前说：＂姜工你休息一会儿喝点水，我这就去餐馆＂。

一会儿小勇提着塑料袋拿着酒回来。把卤鸭和炸酱面，酒瓶放在茶几上，把漱口杯拿去冲洗，把酒倒了半杯放姜工面前，自己倒三分之一杯放在茶几上说：＂姜工你先吃我到前台去拿开水来泡茶＂。说着走出去了，一会儿回来一手提着水瓶，一手拿着两个茶杯，先给姜工泡一杯茶，又给自己泡一杯。然后坐下说：＂姜工你今天累了一天，我们慢慢地喝酒，这里清静随便＂。姜工对小勇说：＂你比我亲兄弟照顾得还周到，我该怎么感谢你＂。小勇说：＂这是我应该的，你像老师一样教我的知识，有些知识我在课堂上书本里都学不到的，我还不知道怎样感谢你呢＂。＂你这样好学又吃苦耐劳，又会为人处事，今后一定大有发展前途＂。小勇说：＂我现在没有任何资本，没有知识，求生只能靠奋斗，今后的前途全靠你们这些前辈指教，关照＂。姜工说：＂在我力所能及的范围内尽量帮助你＂。小勇问：＂这建筑图识别和绘制有什么决窍和常识吗＂？姜工说：＂我给你讲个道理，我们把这茶杯为例；要把它外型和内部构造测绘在纸上，标记上尺寸，交给陶瓷厂生产出同样的产品，怎么测绘呢？如果像画画一样把它画在纸面上由于视点的远近，高低，角度，对物体产生视角，因视角差别，体现物体的部位，但无法标记尺寸，即使按解析几何原理，高等数学计算式来计算，不但复杂而且还有视角误差。如果我们设想一个假设的空间，视线都是水平和垂直的，那么物体在空间的位置不会产生视角，物体各个部位的空间位置和实际尺寸就可以标记在图纸上。如果一个正方体物的六个面的构造和它对应面是相同，那它们就形成了三个同样重合的面，我们就用三视图来测绘，这三视图叫正立面图，侧立面图，俯视图，如果某一个面构造不同，当然还得单独画图。从文字的含义，就可以理解。图示体现的部位和视点的方向，三视图只能体现物体的外形，当然如果各视面形状不同，还有各视面图。物体的内部构造，我们假设切开物体，显示内部的构造，切开的部位，图示内部结构和形状，标注尺寸选择有代表性和重要部位，这就是剖面图，物体剖面体现了由各种物质构成和形状，在建筑设计中各种建筑材料在剖面图示中，有规定代表各种建材的图示标志符号。构成建筑物还有各种构件，所绘制的有构件图，但它们的图示原理是一样的。你可以根据这些图示原理去观察，假设对一个物体或一个建筑物的测绘，这样会大大的帮助你识图和测绘图纸的原理。你也可以利用休息时间到我办公室来看图，或者帮我的过程中从试着画简单的施工构件图开始＂。小勇说：＂感谢姜工的支持教导，给我提供学习实践的机会"。他们边喝酒边聊天。小勇把姜工的话一字一句在心中默记一遍。小勇说："姜工你们那时候在学校学好多的知识呀"。姜工说："我学专业的时候刚解放不久，那时候学校少，读书的孩子特别少，初中毕业的时候在农村算知识分子。远郊县镇没有中学，初中毕业生多数都能升学读高中或中专，中专的第一年多数课程都是学的普高课本中与专业知识有关联的内容，以后三年的专业课。由于涉及专业内容很多，只学了些专业基础知识，真正对专业知识理解深透运用自如还是在实践中。所以你现在既在学专业知识，又在施工的实践中是最好的学习环境，你一定要充分利用好这个机会"。小勇说："我会珍惜每一分钟"。小勇说："姜工你吃好了吗"？"我已酒醉饭饱了"。"那我把它收了"。小勇摸一下姜工的茶杯说："这茶水已经凉了"，倒了又重新给姜工泡了一杯放在姜工的面前说："姜工你喝茶，我把这些收拾了"。小勇收拾完并擦干净茶几，坐下来开始喝茶，闲聊到十点钟睡觉。

　　第二天一早小勇给姜工准备好他喜欢吃的包子和豆浆。早饭后老陈挑着箩筐来到旅馆。他们到建材市场买了一包水泥和一筐河沙，运到工地。他们开始放线；这天放线比头天顺利，速度也快些，下午三点钟就把另两栋仓库的基础线放完。姜工对小勇和老陈说："你们二位现在拌合砂浆用砂浆固定木桩，注意沙和水泥七三比例，七份河沙三分水泥，砂浆不能太稀太稠，不流淌就行。还有两点要特别注意；一定不能遮盖或弄脏木桩顶表面，破坏了标记。二不能碰撞木桩致其松动移位，影响测量基准点的准确位置，我用红色画出基准点便于今后辨认"。小勇和老陈干完固桩工作已是六点多钟，收拾器具准备收工。老陈对姜工说："今晚就到我家去吃顿晚饭吧"？姜工说："就不麻烦你了"。"我老婆已在家准备好了，今后你们在这里施工说不定还要打交道，我们之间还要合作"。姜工说："盛情难却，我们走吧，陈民生在前面带路，到陈民生家，堂屋已开亮电灯，一张老式四方饭桌，四边已整齐的安放四根长条老木凳。老陈指着上方的木凳说："姜工你们坐这里"。姜工说："我们就坐这里"。"你们是客人，又是工程师贵客按规矩理应坐上席"。姜工见礼让不了，只好坐下，小勇坐姜工侧面的位子。一个妇女端着一盘腊肉放在桌上，老陈向姜工介绍："这是我老婆"。姜工站起来说："辛苦了，嫂子"。小勇细看这陈嫂子，五十来岁，一身蓝色新便装，围着白围裙，酱色的脸上略有皱纹，头发里也有几根白发。老陈指着姜工说："这是建筑公司姜工"。"稀客，稀客"。姜工说："今后来这儿施工了，会经常拜访"。"欢迎，欢迎"。陈嫂子又陆续地端上一盘鱼，一盘西红柿炒鸡蛋，两盘蔬菜。老陈说："我们虽然住在城市边上，但还是农村，拿不出什么像样好吃的，这腊肉是去年熏的腊肉，这鱼也是自己池塘养的，这鸡蛋，西红柿，蔬菜都是自己养的和种的不花什么钱"。姜工说："这才是纯天然的好东西，没喂饲料，没农药"。"在食堂和餐馆里吃不到"。老陈拿出一个瓶子里面装满了酒，说："这是我们村一个私人酒厂酿的酒，这酒厂是一家私人作坊，原始的酿酒方式。没有在税务部门和工商部门登记注册，没有执照。十五天才出一次酒，出酒的那天都是本村附近的村民拿着瓶子去接酒，酒里不勾兑任何香精和酒精，原料都是高粱加酒曲，蒸馏出来的，酒多少度就不知道了。还可拿大米，高粱去换酒"。姜工说："这样的酒市场没有了，有幸今天在你这里喝到，不要作菜了，这么丰盛，叫嫂子出来一起吃饭"。陈嫂子出来手里端了一盆汤放在桌上说："这是腊肉骨头熬的缘豆汤，解渴又解酒"。姜工说："还是嫂子想得周到，你辛苦了半天坐下来吃饭"。他们坐下来又边吃边聊起来，姜工问："陈老兄，就只有你们老俩口"？老陈说："我们有个儿子，在本市的医学院读大二，还有一个月就放寒假回来了"。姜工问："怎么选择医科"？老陈说："当时我们报考专业也是衡量思考了很久，我们这样的条件，没有钱，也没有社会关系，读其它专业，毕业后找好工作很难。读工程，化工，制造业之类的理工科出来找工作也不理想。要自己开公司，办厂，要资金。我们没有那个条件。很多学生不愿学医，现在县乡镇医院很缺医护人员，特别是乡镇医院很多医护人员都是过去的赤脚医生，没经过正规培训。儿子如果毕业后即使无法进医院工作，只要考取医师资格证可以自己开诊所，置备听珍器，血压计开处方就行。花费不多，只要有医术生活没问题"。姜工说："你们这样考量也很正确，只是本科要读五年费用也较多"。老陈说："就目前来说还可以应付，我们坐在城边上，有零工做，一天还能挣七八元钱。加之我们养两头猪，自己吃一头，卖一头，能卖三百来元，正好够儿子一年三百元的学费。零用和生活费靠我们打零工，我们俩利用现有的地自种自吃还够。如果雨水好的话，剩余的蔬菜粮食还可以卖点钱，除了一家的开支略有结余，但得精打细算"。姜工又问："你们这个村最有钱是什么人"？陈民生说："我们村最有钱的人，在二百五十五户中只有那么二户；一户是村长他家这次征地补偿最多，村长有津贴每月三十元够零用，另外他是村长，人脉广又靠近城市，附近有什么小项目承包下来，他老婆娘家离这里有三十多里的山村，那里的劳动力比较便宜，叫他小舅子带一帮人来干，赚取差价和管理费。挣了不少的钱"。姜工问："管理费包括些什么内容"？陈嫂子说："不知道，听村长老婆的小舅子的老婆，私下里对她妹说，是承包费的十分之一。如果施工中人员受了伤雇用方不管，还有什么劳保手套，手工工具都是自己带"。姜工又问："承包费是怎么算"？陈民生说："我去干过几个项目，多半是挖土石方，雇用方画线，线内土石方挖多深，弃土运出多运，按计件付工费，完工后一共多少钱交给包工头。包工头和工人他们自己协商分配，当然管理费不包括在分配数额内。管理费是多少钱不知道，还要在工费里面提一点给村长，感谢他，给他的辛苦费"。姜工叹息地说："啊，他的收入不少"。"我们村另一户最有钱是我们村的一位劳教过的人，公社时期他就很少在生产队劳动，据他自己说，在外面做手艺。那时候允许个人在外做手艺，拿钱回来买工分，一元钱买一个劳动日，记十分工分。后来不知道他在那里犯了罪，劳教三年。据说是投机倒把，买卖酒，陶瓷，铁锅，瓷盆之类东西和供销社抢生意，被供销社告发，刑期满出来后正好碰上改革开放，他胆子大，了解市场，生意越做越大。先是到广州，温州拿货回来卖，后来作批发，有自己的门市。前几年回来修了栋楼房，现在据说在外面买了房子，老家的房子空着，全家老小都出去了"。姜工问："你们村最穷的又是干什么的，有几家"？陈民生说："最穷的有五六家，他们都是务农的，家里人口多，老的行走不便，小的又小打不了工，家里由于杂事多，没法出去打工，就靠夫妻二人种地为生。由于没其它收入，老人病了没钱买药，按民间单方在田边，地角，山坡上找点野生草药。小孩交不起书本费在家任其放任玩耍，大一点就到地里干活。还有一户特别的贫困户，那人在外面打零工时，花了一千元买回一个云贵边界的女子，回来后连续生了两个小孩，由于家里太穷，妻子在家无法忍受清贫，离家出走，一直没回来，丈夫带着两个孩子，当父亲又当母亲，种地度日之艰辛＂。那些搞社会调查的人都没到这里调查＂？陈民生说：＂去年县里来了两个年青人来搞社会调查，他们都由村长安排调查对象，富人家怕暴露致富机密借故走了。穷人家里又脏又乱，有伤村长的面子，调查对象主要还是家境较好的＂。＂哪能调查到真实的情况＂？他们边喝酒，吃菜聊天，故事牵动各自的心态，没吃喝出什么味道来，不知不觉就到了九点多了，姜工说：＂时间不早了，我们回去了，感谢老陈和陈嫂子的热情招待，明天还请老陈继续来帮忙＂。＂没问题＂。姜工和小勇回到旅馆已是十多点，他们洗漱后睡觉。

3-8 社会（二）

　　他们三人又经过两天的放线工作，到了第三天上午完成了放线的任务，付了陈民生的工资，下午买好火车票回渝州市。由于买票时间太晚，只买到从北京到渝州市的快车票。上车后找到两个座位，都是乘客刚下车留下的分开座位。小勇和姜工的座位相隔五排，小勇旁边坐着两个年青男子都穿着青蓝色卡基布衣裤，都是三十来岁的年青人，听口音也是本地人。一位蓝布衣年青人说：＂这是快车，还有两个小时就到了，我们相处了两天我还没问你，你到新疆去干什么工作＂？另一个黑衣布年青人说：＂我表哥在新疆承包五十亩地种棉花，他叫我带几个人去摘棉花＂。＂当地找不到人摘棉花吗＂？＂当地的维族人不愿干这行工作，他们骑着马赶着牛羊轻松多了。而且当地人也少，外地人棉花摘完后就回去了。我留下来和他们两口子把棉花晾晒包装，才收拾完，那里是边远地区，乡村小公路，路面差。那里气温很低不到十度，开始下雪了，再不走雪堆厚了，交通断了，要到明年四月份以后才恢复通车＂。＂摘棉花能挣多少钱一天＂？＂摘棉花是按摘的重量计算工资，要是认真干上十小时一天能挣十来元＂，＂那工资还是很高的＂。＂由于是季节性工作，加之往返路费，钱少了没人去＂。＂老兄你在哪里工作＂？蓝衣青年说：＂我在东北辽宁修工路，也是我们村老张，在公路工程公司当施工员他介绍的工作，在那里打混凝土，挖土石方工作＂。＂能挣多少钱一月＂？＂包住，集体食堂买饭，满出勤，一个月二百元钱左右＂。＂离过年还有一个多月怎么就回家了呢＂？＂东北也很冷，到零度以下就不能施工。还有半个月就要放假了，到明年三月中旬以后才开工。如果等到放假，回家人多火车票买不到，还有一个原因，一到放假员工都一起结账，雇用方拿不出那么多钱，留下部分工资明年才拿，家里等着用钱。第二个原因，由于一部分钱没拿到手，把你拴住了，明年你还得去。我借故提前走，我一个人那点钱他们不好说没有，明年有近点的工作，工资差得不多，我就不去了＂。＂你这个主意好＂。＂新疆那里牛羊皮便宜吧＂？＂那里牛羊皮，制革处理过的皮子价格和内地差得不多，因为每张皮子重量不大，运输成本少，没制革处理过的皮，买来不好保管，没制过无用处＂。＂那里大草原多好玩＂？＂我们南方人到那里气候不适应，整天鼻子干干的，有时还要流鼻血，身上也觉得干痒干痒的。平地都是种棉花，剩下都是小山坡草地，由于缺少雨水，很多小山坡没植被，光秃秃的＂。＂你表哥承包地种棉花收入好吗＂？＂说不上好，比打工强点，雨水好的年头，除去种子，化肥，人工，播种机播种费，一年有近三千元收入，要是天气不好，那就说不好了"。"渝州车站到了，旅客们拿好行李物品准备下车，不要将物品遗忘在车上"。一个女广播员的声音，姜工和小勇他们拿好行李出站已是晚上十点多了，他们各自回去睡觉。

第二天小勇回到工班上班，排队安全讲话，陈班长说："这一期的房屋室内和外墙装饰工程已作完，今天我们要作的是屋面防水层，防水层分为三层，第一层是砂浆层，首先将预制楼板间的缝隙用碎石混凝土填满，再用砂浆找平楼面，砂浆硬化干燥后用热化沥青铺油毡，这就是防水层，也就是第二层，待这二层固化后，铺第三层，这第三层也是砂浆层，这一层主要是保护第二层油毡防水层不被外物对它的损坏和风化，以保证防水功能。今天我们开始作第一层，注意这一层砂浆，房屋中间部位砂浆要厚一点形成一定坡度，以利排水。楼板间缝隙过大用编织袋条堵上缝隙下部防止混凝土下漏。安全上注意，在屋顶边缘工作时站稳注意不要掉下去，今天讲话到这里，现在各就各位"。今天是他们整个工班一块儿工作，施工场面大，各自分工协作，到下午五点工作完成，回到工棚。小勇提前到食堂吃饭，晚饭后开始看专业书，他打开解析几何书，结合高中的基础知识推理，课本上的角位关系，定理和公式，不知看了多少时间，想起了这次出差回来还没向中民哥汇报工作和这次开支报账，他放下书向中民办公室走去，到了中民工棚外，办公室门锁着。他又向姜工的办公室走去，走到门前看到里面正在开会。他转身想走，姜工叫住了他说："小勇我正要找你，你进来坐一会儿，我把会开完了给你谈话"。小勇找了一个墙角的凳子坐下听到项目经理在讲话："我们这个工地的工程快结束了。下一个工程在渝江市，那里工程的线已放完，春节过后就全面开工。现在对劳动力和物资，设备，生活设施作如下安排；混凝土工，普工，钢筋工，明天预支部分工资放假，余下的工资回乡到劳务公司结算领取。空出工棚搬运到渝江工地，由木工班拆和搭建，水电工配合，在春节前完成那里的生活设施。泥工班和架子工负责这里的扫尾工作和架木拆卸。管理人员根据需要作好计划，具体的安排由技术和施工员负责"。会计说："张经理我们银行账户的存款不多，明天要给放假的工人付工资有困难"？"王工头下去统计一下有多少人放假，大概需要多少钱，钱不够只发路费，这要王工头给民工做工作，你是他们的老乡又是他们带队的人，你的话管用"。中民说："张经理至少要发给他们百分之七十的工资，他们一年到头就盼着年底结账，拿钱回家过年，他们都不宽裕，一家人都盼着那点钱过年，还账。你知道年关欠账，讨债是个很伤心的事，要是他们拿不到钱赖着不走，工棚拆不了，下步工作没法开展"。张经理说："财务催一下公司财务尽快汇钱来，汇的钱如果有限，材料款先拖一下，先解决工资款"。材料李主管马上站起来说："材料款也要尽快地付，有部分材料款还是上半年未付的，建材商快要踏破门坎了，向我诉苦说，他们的上家也就是厂家或者批发商，都是有背景的，或者是'三流人员''劳改期满人员，劳教释放人员，社会闲杂人员'，他们什么都干得出来，我的电话快打爆了，但我又不敢关机，要是关机他们以为我跑路了，到单位找到我，非揍我不可，或是到公司闹，我们大家都不安宁，还有我们老拖着不给，来年再赊材料就没门了"。说话时语气有些激动。张经理沉默了片刻说："我明天越级去找建设单位看能不能有什么办法，今天的会就开到这里"。散会后姜工对小勇说："我实在太忙，年底了这里的工程收尾很多技术资料要整理，新开工的渝江工地，技术上要作一些准备，请你来帮我把新工地我们测量放线的资料整理一下，明天早晨来，我给你作具体交待"。小勇说："谢谢姜工的信任培养，我明天一早来"。

3-9 工头

　　小勇回到工棚洗漱后坐在床上，为了应付当下的工作，学一点实用的知识打开了工程制图的书，他先看三视图的识图原理和剖面图图示标志代表的含意；他拿了一漱口杯对照三视图的图示原理，对漱口杯进行三视图的剖析设想，在纸上试着画三视图，由于没按比例测量计算，只能画出三视图的相互关联部位和图示形状剖面，由于没有专用的笔，无法图示线条粗细，虚线实线图示的含义。时间过得真快，工棚的灯熄了，该睡觉了。

　　小勇第二天一早来到姜工的办公室，姜工已埋头在写什么，看到小勇进来，姜工抱一卷图纸摊开对小勇说："这是我们渝江工地一号货物仓库测量放线的平面图，上面每两条相互垂直虚线的交叉点注有数字，这个数字就是我们打的木桩顶面的水平高度，你看这数字有的是正数，有的是负数，只有一个桩是oo标记，正和负是以oo为基准点来测定的，我复核后画出切面线图"。小勇打开图纸仔细看了各桩的记录数字，但不知道如何计算，他问姜工："这如何计算"？"你学过立体几何，桩面记录的oo点就是立体坐标中x。y。z轴中相交原点。图上桩位记录的数字，是以原点测出的数据，我们就是以最低点为基点，就是把最大负数的桩作为测绘基点，按立体几何的原理，计算出各桩位的数值，图上按桩位距离和数值，按比例画出剖面图，剖面图上面的起伏线就是地貌线。小勇你理解我讲的话吗"？"基本理解，不理解的地方在画图的过程中就会理解"。小勇把三栋仓库图上的数据重新计算完已是下午下班的时间，姜工对小勇说："你把图交给我，我今天晚上对图上数据核算，明天你来画剖面图，你回去休息吧"。

　　小勇回到工棚吃了晚饭洗漱后，坐在床上翻开书，想在书中找画剖面地形图的内容，在书的后面找到了地形地质测绘的内容，但没找到专门讲地形剖面线的画法，他开始读地形地质测绘的内容，他把这一章看完后，结合三视图的原理对书上所讲内容有一个基本理解。他重新对例题进行分析，对照地形剖面部位的剖面线在坐标中的位置变化，剖面图示符号的含义，认识了剖面地质结构和地质的变化的相互关联，又从多条水平投影剖面线的部位，交叉和方向的变化，剖面的地质结构变化，理解整块图示范围的地形和地质结构，他感到这种绘出的地形地质图非常形象。用语言是无法表述的，他的思维被工棚里议论声打断。"老哥，今天我接到通知，明天我们不上班了，说这个工程完工了，没有我们的工作了，要我们提前回家过年。我问王工头，我们能拿到今年的清算的工资吗？他说甲方现在还没到年终清算的时间，甲方只支付回家的路费，其余所欠的工资在农历腊月二十日到乡劳动服务公司领取。我今天想了一天，我在外干了一年，家人都盼着我拿钱回家过年，我一分钱都没带回去，又快过年了，要还账，还要买年货没钱我怎向家人交待呢"？又一个粗声的男子说："我也想了一天，我们这一走，到了腊月二十日到乡劳动服务公司去领，要是甲方没给公司的工资钱，到那时，我们又到哪里要钱？回工地路途又遥远，到了工地未必能找到甲方的人，又该怎么办呢"？又一个人说："王工头的话我不可信，他可以担保腊月二十在乡劳动服务公司领到全部的钱吗？他凭什么担保，他比我日子可能好过点，他也不是万元户，到时拿不到钱你又把他怎么样？我是决心拿不到全部清算工资钱我决不会走"。又一个声音嘶哑的男子说："我也是要拿到全部清算的工资才走，我要不把工资钱拿完，我明年还得来这里打工，明年我不想来这里了，我准备明年到公路工程公司去打混凝土，打公路混凝土那里是平地操作，不像这里在架木上爬上爬下的费劲，工资差不多"。又一个男子接着说："我也想到公路工程公司去，公路的建设单位是政府，不可能欠我们的工资钱，也不会破产，公路摆在那儿是公共建筑，国家是后台。不像房建公司给开发商建房，要是开发商资不抵债破产，开发商跑路，成烂尾楼，你找谁去"？"你还真有见识，我从还没听人说过有这些事"？"我哪知道？我们整天跟混凝土打交道，又认不得几个字，是去年春节期间，我回家过年碰到我一个表兄是律师谈起这事"。"那我们今后打工还得了解建设方是谁，这次我一定要拿到清算的全部工资才走，要到年关都拿不到钱，我就在外面去找辆车把工地上的架木钢管拉去卖了抵我的工资钱"，"这么多人的工资钱，那点钢管架木抵得了吗"？"抵不了工资钱我们就把工地上的井架吊也拉去卖了，如果还抵不了工资钱我们就到老板家去过年，叫他过年也不得安宁，明天先去找王工头要他给我们一个说法"。小勇边听边想，可以理解，他们是一家人的靠山和希望，他们的绝望和挺险有些过头，作为企业的老板真不容易，小勇在议论中入睡了。

中民今天上床后久久不能入睡，他想今天张经理对提前放假的那些工人的工资问题的解决方案有些不妥，如果甲方到年关都无法清算工资，我又怎面对工人呢？这些工人都是我的老乡，抬头不见低头见。他们也急需用钱，大多数人都是我叫他们到这里来打工的，怎么向他们交待呢？我又是乡劳动服务公司管理人员，有责任义务为公司收债，但如果我向甲方逼债过急，又得伤害甲方的关系，不利于今后合作，左右为难，只好采取中庸之道。

第二天吃过早饭，小勇路过中民办公室门口，看到围着一大堆人七嘴八舌："王工头你也是我们本地老乡，又是我们服务公司在这个工地上的代表，也是你带领我们来到这工地干活，到年关了我们拿不到我们的辛苦钱你看怎么办"？中民说："我们都是乡亲，你们的辛苦和困难我都理解，目前甲方公司资金暂时有点紧张。过几天验工结算后，建设方付款首先解决你们的工资，我尽量争取在春节前把你们的清算工资全部发到你们手里，希望你们理解我，也理解他们"。"谁理解我们呀？王工头你能保证我们到时能拿到全部工资吗"？"我尽量努力办，你们有什么想法给我讲"。"我们就想拿到钱走人，拿不到全工资我们决不走"。"你们先散去，我将你们的意见给甲方报告"。"我们等你的消息"。小勇到了姜工的办公室，姜工将测量图纸和空白图纸，绘图板，丁字尺，三角尺，铅笔和橡皮交与小勇说："按测量图二分之一的比例绘制地形剖面线图，你先绘一张图给我看一下是否正确"。小勇在一旁找了一张桌子开始绘图。中民和项目经理一同走进办公室，张经理说："姜工，渝江工地春节后要开工，工棚里的人又不走，工棚空不出来无法搬家，又没钱买新工棚。昨天我找开发商，项目负责人想与他通融一下；拿点钱解决一下燃眉之急，他们说与我们项目部没有直接的合同关系被拒绝了，我想找你辛苦一下，今天白天和晚上，把项目的验工资料和验工报告完成。明天交甲方工程监理和项目负责人签字，晚上姜工和我，会计一起乘火车去公司，工程部和财务部尽量把验工文件送往开发单位，把工程款要回来。我们走后这里的事就由施工员负责。劳务公司人员由中民负责。那些停工的劳务人员要特别注意不要喝酒闹事，注意安抚"。姜工说："需要做的事太多，叫施工员回来帮我整理资料，小勇你也不要绘图了，帮我把这个月的验工表抄一下"。他们三人一直干到晚上十二点，工作仍未完成，第二天一早他们三人又开始工作，一直到中午才完成。

3-10 验工

　　工作刚结束，张经理到姜工办公室对姜工说："龚领工，小勇你们去吃饭休息去吧我和姜工有点话要说"。小勇和龚领工走后。张经理对姜工说："我已订好了餐馆的包间，约好石监理，王部长一起聚一聚，今天你是主角，你们工作之间好好地磋商磋商。快过年了，我另外准备点礼物给他们，我们要注意送礼方式，这是给石监理的礼物由你送，等会聚完后，借故资料要他去审查，他到你办公室去看资料时给他。你们走后我还要和王部长聊一会儿，现在我们到餐馆去等他们"。姜工说："我们经过他们办公室顺便叫他们一起去"？张经理说："这样他们绝对不会去，这正是中午吃饭时间，工地那么多人看到影响不好"。姜工说："我怎么就没想到这层意思，好的，我们在餐馆楼上包间里等他们"。到了餐馆姜工说："张经理是不是给服务员讲一声，他们来时，叫服务员带他们上楼来"？"我们经常来，他们都熟悉了，他们两人都是分别请，每季度的验工签字都顺利，要不是因为技上的事今天我也不会叫你来"。服务员带他们到了预订的包间，包间顶上挂了一盏毫华的吊灯，墙上挂着山水画，古色古香的饭桌和凳子，桌中央放着一盆鲜花。一个二十多岁的女服务员，一身紧身黑色绣花边制服，粉红的面容，她把鲜花端到靠墙的长方形桌上，泡了两杯茶放在桌上说："先生请用茶，她递过一本菜谱，请点菜"。"我们客人还没来齐，先等一会儿，小姐你去忙吧"。服务员走后张经理问姜工："我们这期工程，在施工的过程中监理提出过什么问题没有"？"这期工程在施工的过程中按图纸施工这是肯定的，工程监理都全过程的监督，检查，确认。相关资料都有记录签字，施工过程中历次进料的砖头，水泥，钢材等结构性材料都有产品合格证。每批买回进库后，又经过抽样到有资质试验站试验合格，由监理签字确认的试验单。混凝土和砌砖砂浆也有现场提取样品试件，试验结果完全达到设计标准，有经监理签认的试验单。从施工规范上讲，不存在影响质量的事件。但在施工过程中监理也提出过一些小问题，我们也按规范进行过纠正，处理后得到监理的认可。这些问题说大也大，说小也小，如砌砖砂浆饱满度不够，混凝土有蜂窝'有少量孔隙'麻面'就是混凝土表面砂浆少许孔隙'，由于无法测试它是否影响建筑体的结构质量，要说找又，总能找到理由"。张经理说："所以需要"勾兑"。姜工问："张经理我今天才听到勾兑二字是什么意思"？"我简单地比喻，你经常喝酒，酒的成分都是高梁酿出来的白酒，那么为什有那么多的品牌和味道？就是在白酒中加入各种香精满足人们口味，这就是勾兑。所以我们今天的目的就是联络感情，达到签认工程验工的目的，我说话直截了当，希望你不要给别人讲"。姜工说："这些话怎能给别人讲，请你放心"。

　　门开了进来两个人，张经理和姜工同时站起来热情地握手，张经理为了避嫌，风趣的借故说："两位大人，上首坐！上首坐！今天太阳从西边出来了，我请你们大驾多次都被你们谢绝了，今天你们赏脸，我们感到无限荣幸"。王部长说："我们赴宴本来是违规的，相处一年多。这期工程很快完工了，今后是否再有机会合作还不知道，朋友一场，算是来告别吧"。张经理说："你们二位能来我非常感激，有你们这样的朋友我三生有幸"，姜工看他们二人，都是四十多岁，一米六七的个儿，跟平常一样，一身黑色的便装，他们一起微笑着坐下。张经理说："难得这样的机会，今天我们喝个痛快，服务员"，一个服务员跑上来气喘吁吁地说："先生有什么要求"？"先给这两位客人泡两杯龙井茶，再给我们来瓶茅台酒，把你们的招牌菜都拿出来"。"我们有三个招牌菜都上吗"？"都上来"。还要其它什么菜吗"？王部长说："不用客气，先吃了再说"。服务员问："要什么汤"？"来个野鸡山珍汤"。王部长说："太奢侈了吧"。"朋友一场喝点酒应该的"。王部长说："你把我抬得太高了"。张经理说："王部长莫客气"。他们边喝茶边聊天。王部长说："上次你来找我谈工程款的事，真是对不起，我们项目部没有支付任何工程款的权利。总部有硬性规定，我们项目部只负责监理工程质量，工程进度，审查工程验工结算资料，这几项工作是我们的职责，出现责任事故我们要负全责"。张经理说："对不起，我不知道你们内部有如此严格的分工管理制度，这可以理解，搞工程每项工作都必须认真严谨才能保证工程质量"。王部长说："这很正常，我前几年也是在建筑公司工作，工程是钱堆起来的，资金链是工程顺利进行的根本保证"。张经理说："谢谢王部长的理解，我们相处一年多了，感谢你们对我们工作的帮助和支持，有什么意见和要求尽管提出来，我们好即时纠正"。王部长说："工程质量上石监理最有发言权"，石监理说："这期工程在结构施工的全过程中，满足技术规范的要求，达到了设计质量标准，在结构工程施工过程中也有不足的地方，但不影响结构的质量，你们作了即时纠正。对内外装饰工程我们也作了全面检查，有空壳的地方我们已作了记号希望尽快修补"。张经理说："这几天我们对你指出的缺陷，已经作了全面的修复，欢迎王部长，石监理再次检查验收"。石监理说："饭后我和姜工一起去看看"。

　　菜上来了，一大盘热气腾腾的红烧大黄鱼，一大盘喷香的红烧野兔，一大盘龙虾，一砂锅野鸡山珍汤，一瓶茅台酒放在桌我。服务小姐打开瓶盖给他们各自倒上一杯茅台酒说："请先生们慢用，品味佫肴味道，这大黄鱼是今天上午从海南岛空运过来的，这野兔野鸡也是昨天从凉山州运过来养着，活的现杀，都是山珍海味"。王部长说："太高档了，我还是第一次品尝"。张经理端起酒杯说："我们都是合作关系，走到一起吃顿便饭，商讨一下工作也是应该的。这期工程快结束了，感谢你们二位对我们工作的指导，我们干杯以示祝贺＂，他们碰杯一饮而尽。张经理亲手给王部长石监理又斟满了酒放在他们面前，端起自己的酒杯说：＂为这次合作愉快，今后再次合作干杯＂。一饮而尽。王部长说：＂这一大杯喝下去，我非倒下不可＂。张经理说：＂招待朋友这头三杯必不可少，干杯＂。大家举杯一饮而尽，他又给他们斟满了酒说：＂这第三杯，各自尽兴，举杯意思一下，尽量喝不要客气，以表我们合作愉快。希望王部长，石监理多在老总那里美言几句，促成我们今后合作的机会＂。王部长说：＂和你们相处一年多，对工程质量和进度评价还是比较好的，老总每次来视察都比较满意。今后有比较合适的项目，我想你们公司是首先考虑的对象＂。＂全靠王部长石监理的美言＂。王部长说：＂今天是朋友相聚，酒后出真言，我们老总雄心很大，明年还想多买几块地大干一场，但后续资金还在筹措，还要看这期房屋春节期间销售怎么样，以定后期的规模。他上次说，如果有建筑公司能垫资修建，所垫资金作为投资共同开发，如果你们公司能垫资，当然是唯一的项目承建商和投资商＂。张经理说：＂我们是国营企业，目前我们公司还没有擅自经营的权利，要投资开发还得经上级部门批准和地方政府有关部门颁发的营业执照。如果是资金的限制，你们老总可以去找近郊的乡镇建筑公司，他们的资金富余，而且他们是集体企业不受政策的限制，拉他们来入股投资和建造＂。王部长说：＂老总去考察过，他们资金是有，但是他们公司都是近几年才建立的。工程技术人员多数都是才出校门的大中专生，很少有本科生，并且施工管理经验不足，职工队伍都是东拼西凑的农民工，技术也不熟练，这样的施工队伍难以保证工程质量＂。张经理说：＂你们可以自己组建一个建筑公司自建工程，肥水不流外人田＂？王部长说：＂我们老总也考虑过组建建筑公司，在现实的社会环境下相当困难，建筑设备有钱就可以买到，但施工队伍的组建很困难，特别是工程技术人员，正规大学的本科生都去了大公司，国营企业。这些刚出校门的大学生没有施工经验，要挖姜工这样有经验的老工程师，就是加倍给他们的工资，他们都不愿意来，他们受多年社会主义的意识型态的影响，历次政治运动的折腾，对新成立的没有国营背景的企业是否能存在多长时间，心存疑虑。加之已过中年面临退休和医疗的问题，因为现在退休工资是在本单位领，就医在本企业医院，挖他们出来不可能。高级的技术工人也是如此，经过调查试探打消了这个念头。你们放心今后我们有了大的项目还得找你们这样的公司＂。张经理说：＂感谢你们的信任，王部长今天的菜味道怎么样，还来点什么＂？＂我从来没吃过这样的山珍海味，这是尝新，口感相当好，我已经酒醉饭饱了＂。＂饭还没来怎么就饱了，吃得太多的鱼虾，兔肉＂。＂那你喝点汤＂。张经理给王部长，石监理，姜工各盛了一碗野鸡山珍汤放在各自面前，姜工对石监理说：＂石工，你还要点什么＂？石监理说：＂我已经吃得太饱了，喝点汤就行了，既然张经理他们已经将需修补的地方修补完了，时间也不早了，我和姜工去检查一下＂。王部长说：＂这样也好，你检查完了没有问题，把质量的认证签了，我也把最后工程验工复核后签了，好上报＂。姜工说：＂我们先走一步，你们慢慢聊＂。

　　姜工和石监理走出餐馆，姜工说：＂石工，我们先到我的办公室把你们检查的记录带上，好找修补的位置＂，到了姜工的办公室，姜工拉开抽屉拿出一个红包递给石工说：＂过年了想买点小东西送给孩子，但不知道买什么好，还是麻烦你给小孩买点礼品＂，石监理说：＂我不能要这红包，这是违规的"。姜工说："这点算什么呀，朋友间礼尚往来，哪个三朋好友过年不送点礼物，你要是不收下，说明我不懂礼节，我今后怎么为人，今后我还怎么处事呀"。"既然姜工说到这份上我就收下，我替孩子谢谢你"。

　　姜工他们走后，王部长和张经理谈了三号楼的基础土石方的变更问题，王部长说："三号楼基础的地质勘测资料与实际地质有差别，开挖后有设计单位到现场确认的资料，变更了设计方案，涉及到土石方量和基础量的增加，验工数量与预算出入较大，虽然有变更设计，总部要求佐证。就是要你们施工日志薄的记录和给施工队收方记件的收方量资料，你们要尽快地准备好交与我们，连同验工资料一同上报"。张经理说："还需要其它资料吗"？"另外就是尽快把峻工图绘制出来"。张经理说："这些资料我们都准备好了，正准备想跟你商量，从你百忙中抽点时间把你们所要的峻工资料，工程质量检验资料，施工质量认证资料和我们要上报的工程量验工资料，我们互相确认签字"。王部长说："我也正好想给你商量这件事，已到年终了，工程也已经结束了，房地产局也要资料对项目进行验收注册，进入现房销售过程。客户可以进入房间看房，利于销售，回笼资金。老总催得很紧"。张经理说："我们今天下午就可以进行"。张经理说："你喝会儿茶，我出去几分钟"。张经理一会儿回来说："我们现在就走"，他们俩并排走在路上，转过街口，张经理见没有行人，从身上摸出一个红包放在王部长手里说："过年了没有实物礼品，这点'意思'给部长夫人买件衣服，给小孩买点礼品"。王部长说："你们太客气了，看在朋友面上，为了今后永远的朋友我暂且收下"。张经理说："这才够朋友"。王部长说："我这就回去审核验工报告，天黑前交给你"。"我也回去检查相关资料，天黑前完整的给你送过去，王部长你慢走"。王部长说："你也慢走"。天黑前张经理收到王部长石监理他们送来签认的资料，晚上张经理，姜工和会计小秦坐上去渝州市的火车。第二天早晨小勇起床时，工棚里还有部分停工的工人在睡觉。小勇吃过早饭到中民的办公室，中民正在伏案写什么，看到小勇进来，中民说："小勇正想跟你商量，我们春节回家过年的事，因为工地上的事太多，我可能要到腊月二十才能回家，不知道你打算哪天回家"？小勇说："我不知道最近还有什么事要做，过几天姜工回来才知道"。

3-11 债务

　　第二天袁领工惊慌失措的跑进来跟中民说："工地来了两辆大卡车，拉来了二十多个人，那神态穿着像地痞流氓。说是来收材料款的，如果今天不付水泥欠款就把架木钢管拉去卖了抵账。材料李主任听说是收材料款的一群人，躲在工棚里不敢露面。张经理他们又不在，我只有跟你商量，中民你看想什么办法"！中民停了一会儿说："这事是你们公司的事，我们劳务公司没理由和权利参与，你赶快给公司打电话请示他们如何处理"。"我们是临时工地没有固定电话，只有张经理有个'大哥大'手机"。中民说："那就只有你拿主意"。袁领工说："你有号召力，把你们劳务公司的人全部集合起来，围住架木钢管不让他们拉走，或者把他们赶出工地"。中民说："看那些人的样子都是一些地痞流氓的'天棒''胆大妄为的人'，要是打起来怎么办"？小勇在旁边思考了一会儿说："现在什么都不要动，你们也不要出面，我去跟他们谈谈"。袁领工说："你怎么跟他们谈？要是谈不好打起来怎么办？你一个人那就惨了"。小勇说："你们就远远地看着，不要作任何动作，装着没事的样子，你们要有一举一动，谈判就失败了，后果严重，请千万记住"。小勇装着若无其事的样子走过去说："你们自己来拉了哇？昨天我们跟市公安局下属的租赁公司说好了，我们已付完租金，已经点数交与他们了，约好我们把所租的架木钢管给送去，怎么好意思让你们自己来拉"。一个男子重复的问："这架木钢管是公安局下属租赁公司的"？"是呀，是我们租他们的，我们工程完工了，昨天我们付了全部租金，点数交与他们了，今天我们给他们送去，想不到你们自己来拉了"？那些人听到这话，互相观望，停止了搬运钢管。等了一会儿一个男子说："郭老板，今天我家有事我先走了"，又另一个男子说："郭老板，今天我家小孩下午要送她去外婆家我先走了"。又有两个男子说："我们也走了"。其它人也互相观望。其中一个男子说："都是些缩头乌龟"！他向小勇走过来说："对不起是误会，弟兄们我们走"。那些人争先恐后的爬上车走了。小勇站着看着他们离开了工地，回到办公室。袁领工兴奋地说："小勇你真行，你几句话就把他们打发走了，真了不起"！中民问小勇："你给他们说了几句什么话"？小勇把话重复了一遍。"你怎么想出那几句话管用"？小勇说："上个月停电休息那天，我到江边蓬布茶摊喝茶，听几位喝茶的老头议论，说，这些年刚改革开放，能胆大做生意的人多半是前些年没工作，有劣迹浪荡的人，因此他们最怕公安局抓住他们的辫子，'二进宫'，所以我利用公安局的名声吓他们，果然奏效"。"你真是聪明"。"我不是聪明，我是急中生智，要是架木钢管被人拉走损失多大，而且还影响后期工程施工。不过瞒得一时瞒不过一世，袁领工你还是尽快把工地上的架木钢管，施工机械设备尽快转移"。袁领工说："你帮了大忙，你到工地不到一年就立了两次大功。我立即安排人转移到渝江工地"。小勇说："我绘图去了"。

　　第二天一早看到张经理出现在食堂。饭后小勇经过中民办公室，看门前围着停工的劳务工人，中民在讲话："乡亲们昨天张经理从公司要到一点钱，但金额有限，只能付给百分之七十的清算工资。不能付全部清算工资有两个原因，一个原因是，甲方公司目前资金比较紧张。另一个原因是我们劳务公司自己的原因，因为我算出的工资还要经我们劳务公司会计复查清算，一年来你们在公司预支的款项虽然经我批准，但没留下账目"。"因此要到腊月二十左右，到我们劳务公司清算"。"你能保证到时能拿到我们全部的清算工资吗？要是建筑公司没钱怎么办"？"钱肯定能拿到，只是时间问题"。"我哪有那么多时间等着拿钱呀"？中民说："我知道你们急着拿钱的用意，即使你来年不再在劳务公司打工，但劳务公司还是存在，不会赖账。你们也不能把事情作绝了，把关系闹得那么僵，多个朋友多条路嘛，给自己留条后路，今后在其它地方干得不顺心，劳务公司还是欢迎你们的"。那些人沉默了一会儿，觉得中民说得有道理，说："既然王工头的话如此真诚，就按你的意见办"。"你们在我这里来拿领款单，到会计那里去领钱，明天你们必须离开，我们要把工棚搬到渝江工地"。

　　小勇离开中民办公室到姜工办公室，姜工正在整理文件，看到小勇进来说："你把昨天绘的图给我看一下"。姜工接过图纸说："听说你昨天智退逼债人，立了一功，不到一年为公司立下两大功劳"。小勇说："这算什么立功，这是一个公司员工应尽的责任，我没感到有什么自豪的地方"。姜工微笑地看着他心想："这人今后一定会是个有前途的人"。姜工说："快过年了，你把图绘完，年前就没什么事了，高高兴兴的回去过年，年后你就到我办公室干些杂活，也可以学点知识"。"感谢姜工的培养，我一定好好向姜工讨教，我需要学的东西太多了，建筑工人的技术我才学了一点点，我争取学个遍，今后我才有更多选择就业的机会"。姜工说："你有如此的志向和决心，今后你一定是位成功的人士"。"姜工你高估我了，我的愿望只想脱离那个贫穷的山沟，有一个更广阔的生存空间"。姜工说："你绘的图上标注的数据和位置和测量图上的位置和数据是一致的，图示的比例也是正确的，你继续绘图吧"。小勇又用两天的时间把绘图的任务完成了。姜工对小勇说："我把这些图纸资料包装，装箱，我请了十二天的探亲假，节后我要晚点回来，委托你节后安全的把这些东西运到渝江工地，不要遗失和不要被雨水浸湿"。"姜工你现在收拾东西需要帮忙吗"？不需要"。小勇说："你放心，你收拾好后叫我一声，我好对所要搬运物品进行一下确认"。姜工说："你真是一个认真负责的人"。"姜工这是我为人的原则，既然是承诺当然就有责任，你走的时候我一定送你上车"。

　　小勇每天下班都抓紧时间吃饭洗漱上床看书，他对学习的内容越来越感兴趣，他晚上看书，白天看到各式各样高耸的建筑也感兴趣；细心观察这些建筑物外部形状跟内部结构上有什么样的关联？又是什么样的设计原理？他总是设想联篇，没有环境的纷扰，能吃饱肚子没有生存的压力，觉得时间过得非常快，工程收尾了，准备回家过年了。吃晚饭时在食堂碰到了中民哥，中民邀他到他办公室一起吃饭，他们在中民的办公室里边吃边聊；中民说："小勇你还是先回去吧，家里来信了，说等我们回去才杀年猪，我这里要等工人都走了我才能走。工人走完了我还要和建筑公司财务清理一年来经济方面的账目，把这些账目资料带回去和我们劳务公司清算还得要几天，我们是不能同路回家了"。小勇说："我已答应姜工节后把他办公室里一切物品，资料连同行李运到新工地，我要等他收拾好走了以后我才能走"。"那这几天你就作一些搬迁的事情，明天一早到我这里来，带你去吊装陈师傅那里帮助拆井架吊的工作"，小勇说："我正好想学点吊装的知识"中民说："那就这样定了"。

3-12 学机械（一）

　　第二天中民把小勇带到陈师傅那里对陈师傅说："你要的打杂的人给你带来了，我来介绍一下，这是马小勇，他来到工地时间不长，对机械不懂希望陈师傅多教导"。"不用你介绍，他是你的表弟，又是我们工地上大名鼎鼎的人物，我很佩服他的勇气和智慧"。小勇说："陈师傅你言过其实了，那些不足挂齿的小事，是出自一个人的本能。你才是有技术有才能的人，我要向你好好地学习，你愿意收我这个学徒吗"？"有你这样的徒弟给我脸上添光了"。"今后我就叫你陈师傅了"。"那好我收你这个徒弟"。"陈师傅有什么重的活，危险的活让我去干，你指挥就行了"。"哪能那样，你是我的徒弟，就是我弟，我一定要照顾好你"。陈师傅又说："你既然是我徒弟，我先把这井架摇臂吊的构造作用和运作原理给讲一下；你仔细地看，这井架，摇臂和爬杆吊钩构成为三部分，井架部分是由角钢连接钢板，由钢板螺栓连结而成。决定井架的高低是由房屋吊装物的高低决定，可高可低，它的作用是稳定爬杆，承受爬杆传递来的压力和爬杆转动时变化角度，角度变化产生的水平推力。平衡井架水平推力，主要靠四个方向四根连接地面的钢丝绳的拉力来平衡。爬杆部分，它的作用主要是支撑吊装物的重量和转动角度把吊装物送到可控范围内。爬杆是由角钢焊接成几段，用螺栓连接组合而成，第三部分由卷扬机，钢丝绳，吊钩组成；它是直接控制由钢丝绳传递动力而升降物体，动力的关键设备就是卷扬机，卷扬机由电动机产生动力旋转，带动皮带，皮带带动钢丝绳卷筒转动，致使钢丝绳移动带动吊钩上的物体升降"。小勇默默的观察良久后说："起吊物品重量与起重的高度有关系吗"？陈师傅说没有关系："起重量与电机的功率和电机皮带轮大小相关联，与钢丝绳卷筒，皮带轮的大小有直接关系，卷筒皮带轮与电机皮带轮倍数越大，也就是产生力矩越大，起重量越大但升降的速度越慢"。小勇说："我看懂了构造，理解了工作原理"。陈师傅说："我们的作业程序是这样，我们先利用卷扬机的功能把爬杆放下来，利用卷扬机把钢丝绳卷在卷筒上，然后断掉卷扬机电源，卸下传动皮带，再分拆爬杆，最后我们是拆井架，这项工作最难也是最危险和最慢的工作。接下来将稳定井架的四根钢丝中对应的两根拆下重新固定在井架中下部稳定井架。然后我们将剩下的两根钢丝绳拆掉。现在开始拆井架角钢，拆角钢时一定注意我们身体在井架上保持平衡，我们两人各站在对应方位操作，进度要一致，捆上安全带，卸下的螺栓和连接配件收好，不能散失，以备后用，现在我们开始工作"。

他们一节一节的往上攀爬，到了顶端铺上跳板开始工作，他们连续工作了三天才把工作完成，小勇也熟悉了井架吊的拆卸工作，了解了安装的基本过程。第二天上午姜工给小勇说："我下午三点的火车，东西已收拾好了你去看一下"。姜工和小勇到了姜工的办公室，看到包装好的纸箱堆在墙角，床已拆卸，文件柜已锁好，姜工说："你搬运的时候一定用汽车运输，你亲自押运，捆牢，特别是文件柜里面有易碎物品，途中不要丢失"。小勇说："姜工你一定放心"。姜工说："你办事我放心"。"我送你到车站"，"我只带了一个包，不用送，我这就走了"。"姜工，祝你一路平安，过年快乐"。小勇回到中民的办公室，中民正在写算什么，看到小勇进来说："小勇这里我给你准备好六百五十元的条子，你到会计小秦那里去领钱，这是你今年除已预支的钱外剩余的钱，但是尚未结算，我回去到我们劳务公司去最后清算。你把钱拿到，赶紧去汽车站买车票，春节临近，返乡的人多，汽车票很难买，我给一十元钱给你，帮我买一个星期后的车票"。"中民哥我这里有钱你不用拿"。"这是车票钱我一定要给。你拿到钱后计划要买什么东西，把要买东西的钱放在外套衣内荷包里，不用的钱放贴身的荷包里用别针锁上，外衣荷包也锁上，街上有小偷，那么多钱被偷了可惜"。"中民哥我记住了"。

　　小勇到了汽车站售票窗口，排起了长长的队。他赶紧到回家线路的售票口排队。他站定后环顾四周，一排排长长的队伍，绝大数都是年轻人，多数是男的，有站着的，有坐在行李包上的，双手放在膝盖上，头放在双手上好像是在睡觉，站着的人一脸疲态，没精打彩，排队的人移动很慢，站了两个多钟头轮到小勇买票，他被告知今天的车票已售完，只有明天下午三点最后一班车，小勇计算了一下到达站的时间已是晚上八点多钟，天已黑，只有到中民家住一晚，第二天才能回家。他仍然买了那班车的票，又买了一张一个星期后的预售票，一共一十六元二角。小勇拿着车票出来，看到候车室的地上和凳子上坐着人，躺在地上铺着塑料布上的人，用行李作枕头躺着睡觉的人。喧闹的大厅对他们好像毫无影响。他走出大厅到外面广场也是站满和坐满了人，各自背着提着行李或把行李作垫子坐在地上，一个个没精打彩，疲态不惶的样子。小勇出来坐公交车到了渝江市场，分别给父母各买了一双皮鞋和各一顶帽子，给妹买了一双胶鞋，便于上学走山路，又买了一书包，又给中民的父母各买了一顶帽子，回到工地已是晚上七点钟。晚饭后小勇把小林的书自己的书和用品整理好装箱，抱到中民那里存放。到了中民的办公室，看到中民仍在忙碌的写算，小勇把车票给了中民，小勇说："中民哥我是明天下午三点钟的车，到站很晚，可能要到你们家住一晚，你有什么东西要带？有什儿话要捎吗"？"没有什么东西带，叫爸妈他们还是早点把年猪杀了，我要腊月二十三以后才能到家"。小勇问："正月初你还到我家来吗"？"我回家跟爸妈商量再定，我尽量争取抽时间来，回家路上你一定要小心，财物要随身带好，不要交与路人或他人看管，钱放到贴身的荷包里，用别针锁好"。"我记住了"。

129

4-1 回家

　　小勇下午三点钟坐上了回家的长途客车，是一辆东风牌长途客车，车内九排座位，每排四个座椅，人造革靠背和座垫，共计三十六个座客。但这趟车不知坐了多少人，车内过道里坐满了人。车内大多数人以各种姿态在打瞌睡，有的坐着闭目养神，有的腿上搁着包，双手放在包上，头搁在双手上，身躯随车子摆动摇晃。好像车内的一切与己无关。令人作呕的脚丫臭气包围着，但没人埋怨，可能车内都是打工仔，埋怨谁呢？小勇坐在靠窗的位子。由于已是腊月，车外温度只有几度，他把车窗打开一条小缝，透风冲淡臭味。他透过玻璃窗瞭望车外，公路两边来时的景色已经淡忘。他脑子里在梳理一年多来的打工经历，逼出来打工的选择没有后悔和埋怨，虽然现在对今后人生的道路还很迷茫，一年多打工的经历和对社会的接触萌生了一点信心。他在规划，一定要多学点知识和技术，为今后的生存打垫基础，年后利用一切业余时间，争取在四年内学完工民建大专课程拿到文凭。在上班时尽量多学些建筑业中各工种技术，趁我年青有精力，有时间，有条件时把这些知识和技术学到手，为今后有个更好的生存条件打下基础。坐在小勇前排座位是两个穿着蓝色牛仔衣和牛仔裤的小伙子和姑娘，都是二十多岁，他们在悄声地谈话。小勇以为他们在谈情说爱，赶快把目光投向窗外，好奇心的驱使装装模作样两眼注视窗外，还是细听他们谈话。姑娘说："我们都是老乡，说点心里话，我在深圳打工已四年了，每到过年时都非常想家，想见父母兄妹，亲朋好友，还有那伴我长大的山山水水。但一回到家又感觉不习惯了，看到土墙的壁，透风的瓦屋顶，泥土的房间地坪，出门走泥泞的山路，最难受是难以下蹲的茅厕。在外打工的环境生活条件改变了我的习惯，回到故乡又留念又不适应，不知道我今后落脚的家应该安到哪里"？那男青年说："你们姑娘好啊，要想脱离那环境，找个城里的老公就进城了"。姑娘疑惑地看了他一眼说："城里的男人瞧不起乡下的女人，嫌乡下人土里土气，谁愿意跟'土包子'结婚，愿跟农村女结婚的城里男人，都是城里的剩男，他们身上多少带有恶习或者是身体缺陷，成家以后不知道会带来什么样的后果？还有一个最大的阻隔就是；现时的户籍制度规定，子女户口随母亲，意味着城里的男子找了乡下的老婆，那他们子子孙孙都是农村人。城里人谁敢娶农村老婆？你们小伙子就比我们姑娘好多了，找城市里的姑娘作上门女婿，根据户籍制度，一家人就你一个是农村户口，不外乎孩子跟老婆姓，就达到进城的目的了"。那年青小伙子说："这可是件大事，现在都是独生了，要是孩子跟老婆姓，意味着这'房'人断子绝孙了，自古以来不孝有三，无后为大。而且城里的剩女，也是视乡下男人为下等人。嫁乡下男人的姑娘自身也有不同的缺陷，不是性格上的缺陷，就是生理上的缺陷，成家以后不但要忍受多少痛苦，还要作一辈子的奴才，我是不干的"。姑娘说："你有何打算"？"走一步看一步，以后再考虑这件事，年后我不到深圳打工去了。这次回去找亲戚朋友借点钱加上自己的工钱，年后到渝州市租个门面卖服装。我在深圳那边缝纫厂的老板比较熟，他同意按出厂价给我服装。他们厂生产的都是出口服装，内地市场很畅销。现时政策我们入不了城市户口，我租个门面可以吧，买间活动床睡在店铺里，白天把床收起来，晚上打开睡觉，买个电饭煲煮饭，买口电炒锅炒菜，买个电水壶烧水，买个结实加盖的塑料桶作夜间的'马桶'，另外买个洗澡桶，天黑静时提桶热水到江边冲澡。不租房住，不登记临时户口，我在城里飘，谁也管不着我"。那年青姑娘说："那你永远也没家"。小伙子说："我就找个乡下老婆，把家安在乡下，买辆摩托车，想老婆孩子时，把店门一关骑摩托就回家"。姑娘说："在店里天天卖衣服，漂亮的姑娘在你店里试衣服，在眼前晃来晃去你不花心吗"？小伙子说："要克制自己，实在不行，就把老婆也叫来一起干，让老婆管着自己，把孩子交给父母"。姑娘说："也许是我们这些飘浮人选择的一种生活方式"。他们还聊了不少的闲话，也不知道停了多少站，下了多少人，车内的人只剩下三分之一，窗外天黑了下来，车子停下了，司机说："终点站到了准备下车"。小勇背了背包，拿了提包下车，下车后街边公路有路灯，还可以看清道路。小勇到大姨家的路很熟，由于天空挂着勾月，走在蒙蒙的路上，约半个小时就到了。小勇敲门，姨爹拉亮檐廊的灯，把门开了一个缝看到是小勇，热情地招呼道："小勇快进来"。"姨爹好"，大姨听到是小勇，赶快从屋里出来说："小勇你还没吃晚饭吧？我去给你下点面"。姨爹把小勇领到堂屋坐下说："我去给你倒点开水"。小勇打量着堂屋，摆设跟我走的时候一样，只是墙壁更白了。姨爹端着瓷杯走出来说："喝点热开水"，小勇接过杯说："谢谢姨爹"。他坐下来问小勇："中民他好吗？哪天才能回来"？"我已帮他买了七天后的车票，回来后还要忙几天，跟乡劳务公司会计清算一年来的账目。我们乡劳务公司，就他一个人在那里管着八十来个人，这些人的用工安排，每个人的工时记录，生活费的预支，与甲方建筑公司的工程量的收方记录，核对，签认，还有人员派工协调，都得面面俱到，总之他的工作很忙"。"他跟你谈起他今后如何打算吗"。小勇说："我们工作不在一起，下班都忙着各自的事，很少有闲谈的时间"。大姨端了一碗热气腾腾的鸡蛋面递给小勇说："有点烫，你慢慢地吃"。"谢谢大姨"。大姨说："小勇我想问你一件事，中民是不是在工地上有女朋友了"？小勇说："我没看到他跟什么姑娘有来往，也很少单独离开工地出去玩"。大姨说："我们两老很不理解，也很着急，快到三十岁了还没老婆，前几年有媒人来介绍附近村姑娘，先后好几拨他都推托说：我还年青，没时间，没心思，想学点东西，以后再说。最近二三年他当了工头，乡里都传遍了，上门的媒人更多了，说：'你们中民有出息了'，又介绍乡里的高中生，中专生，人才都不错，我跟他谈起这些事，他又说："我仅是个乡镇企业跑腿的乡下人，今后还不知在哪里落脚生根。找个文化比我高的老婆，今后有共同的志向，共同的语言吗？随着社会的变化，家庭还能和谐吗？他总是找借口，高不成低不就，我们不知道他为什么，也不知道怎么办"？小勇说："中民哥接触社会时间长，考虑问题很慎密。我出去才一年多，社会给了我很多启发和需要思考的问题。中民哥的个人问题到这个年龄是个迫切的问题。姨妈姨爹只能给他提供线索，由他自己作出选择"。姨爹说："道理是如此，但时间不等人"。小勇说："明年正月初三是我们家'拜客'的日子，你们一定要把他带到我们家来，给他开导一下"。姨妈说："这样好，媒婆决定初六带个姑娘来看家物，你也来一下当个参谋"。小勇说："我可没那眼光，中民比我强多了，我就不来搅局了"。姨妈说："如果这次谈不拢，今后你们经常在一起多谈谈这些事"。小勇说："我比他小，我怎么开口呀"？"你就说姨妈想抱孙子，过几年岁数大了抱不动了，帮不上忙了"。小勇说："这话我可以带到"。

　　第二天一早吃过早饭辞别姨父姨妈回家。小勇走在回家的路上，这条路太熟悉了，他目视着前方，不看脚下仍然自如地走在路上，就像在自家的后院里散步，六年学校的往事和一年多前，最后走过这条路的情景历历在目，一幕幕往事在脑海翻腾，但他心情平静。翻山越岭，不知不觉来到秀菊家门路口，看到她家草屋顶和房前房后的树梢静悄悄的，不知道秀菊现在何处？他心里平静。他回到家门口，看到妹妹正在饭桌上做作业，听到脚步声，抬头看到哥哥回来了，高兴的喊："哥！哥！快来坐"。她跑过去，接过小勇的提包放在座椅上说："哥！哥！我去叫妈妈，你休息一会儿"。妹妹一阵风似的跑出去，跑到地里看到她爹妈正在翻地，"爸妈，哥回来了"！"你哥回来了"？"他正在家里等你们回去呢"！小勇妈激动说："孩子他爹，我们都对不起他，这次回来我们一定好好待他，你去买点好吃的"。"我包里只有这个月卖红薯，鸡蛋的二十多元钱，这是给女儿的学费，钱花光了，学费怎么办"？"先用了再说，以后上学再去借点，你到湾里堰塘里买几条鱼，再到陈家铺里买点酒"。小勇他妈扛着锄头，迈着匆匆的脚步回到家，看到小勇在看妹妹的书，小勇看到妈回来，赶快跑过去接下锄头，连声叫"妈！妈"！妈用袖口揩着眼泪说："孩子你饿了吧，妈去给你做点吃的"。她走进了灶房。一会儿他爸提着鱼和酒回来，小勇赶快过去接过手上的鱼和酒连声说："爸爸你买这么多好吃的，花费太多了"。"你不容易回来，一家人吃点好吃的"。小勇把鱼和酒提进灶房，小勇爸也帮着做饭。小勇到屋里转悠，屋子没有变化，屋里摆设也没有变化，他睡过的床单和被盖仍然是原先那样。一会儿饭菜做好了端上桌。一家人围坐饭桌，他爸给小勇倒杯酒，小勇说："爸我只喝一点点"。他从荷包里拿出一叠钱递给他爸说："这是我一年多打工的五百元钱拿给妹作学费和你们零用"。"你拿那么多钱给我们，你没有零用钱了吧"？"我身上还留有一百多元，这段时间的花费够了。中民哥回来我到劳务公司清算工资，可能还有点零用钱。你们就收着吧"。小勇他妈又流着泪说："你还小，还在上学，我不该把你赶出家门，你恨你妈吗"？"妈，我理解你当时的心情，你们负担过重，压力过大，我换了是您也会那样做，再说我们这样的家庭让我读完高中已是很好的了，即使考上大学也没钱念大学，现在我已想好了我边打工学技术，边自学大专课程，只要我考试及格一样可以拿到大专文凭。等我具备了一定的基础，我自己创业"。妈说："只要你能谅解妈，我非常高兴，今后你不要节衣缩食，你人年青，是长身体的时候，一定要吃好点，出门在外一定要保重身体"。"妈，我记住了你的话"。一席话，母子之间充满了母爱和子孝。他爸说："我们后天杀年猪，请中民家来吃杀猪汤，谁到他家去请客呀"？她妈说："村里村长家安了电话，打个电话到乡劳务公司，他们用广播通知，约他们一个时间到劳务公司听电话，这样又快又省事"。小勇说："我明天去打电话"。妹妹马燕说："哥你走后妈和我们几个晚上都没睡好觉，还到亲戚找你，到了大姨家才知道你跟中民哥一起去打工才放心，我猜到你到中民哥那里去了，你和中民哥最要好"。小勇说："感谢你们关心，弟妹你们一定要好好珍惜读书的机会。我们穷人家，读书的机会来之不易，都是父母艰苦挣出来的钱。我们家太穷，我是不可能有机会上大学，我把这希望寄托在你们的身上，我们穷人家的孩子要出人头地只有读书这条路。没踏入社会，在家和学校的环境里，只体会到饿肚子和冷暖，走进社会才体会到人世间充满世俗的观念，充满了金钱的势利主义。体味到人间冷暖，所以我打定主意一定要充分利用一切时间，白天打工的时候尽量多学技术，晚上利用休息时间学习文化知识，我拿到大专文凭，学到技术，改变自己的人生。你们今后的学费我打工补助，但一定要节俭，同学之间贫富差距很大，不能攀比，也没有那么多钱去攀比"。弟马成说："我再大一点我也想去打工"。小勇说："打工是很苦很累的活，跟农村栽秧打谷一样的苦和累，弟今年栽秧打谷就跟爸一起去干，体味一下就知道了"。妹马燕说："我一定要好好读书，去考师范学校出来当老师"。小勇说："这是你目前接触到的环境就那么大范围，作出了这样的选择。以后接触范围广了就会改变，唯一的条件，是你的成绩要好，还有很多很好的专业供你选择"。他们边吃饭边聊天，饭后已是晚上该睡觉的时候，由于没多余的房间，今晚小勇还是和弟马成合睡一间床，被盖分开，各盖各的被盖。第二天小勇一早，趁村长还没出门，赶到他家跟乡企业办通了电话，李主任都是熟人，委托他转达。姨妈说中民还没回来，还要留一个人喂猪，喂牛，看家，只有姨妈一个人来。小勇爸说："小勇你和你弟今天在院坝边上用乱石垒一个灶，作烧水拔猪毛用，灶的大小按照煮猪食铁锅的尺寸，灶的高度，锅有多高就垒多高，灶膛挖在地下。灶垒好后，你们去找烧水用的柴火，我这就去请杀猪匠"。说完后他走了，小勇拿了尺子去量好锅的尺寸，弟马成找了锄头和绳索抬杠，他们根据锅的尺寸在院坝边挖了一个坑作灶膛，在后面的山坡上抬了片石，利用挖灶膛的土作填充片石缝隙垒成灶台。完成后他们去找了两个树疙瘩作柴火，用斧头劈树疙瘩，由于树疙瘩纹路交错结实，总是劈不开，只好用木锯锯成块状。忙完一天倍感疲劳，晚饭后睡觉。一觉醒来已是天亮。小勇爹说："我们没有杀猪凳"，把剩余的腰装石板'作房屋墙壁用的石板'垫上石头作杀猪凳。一会儿杀猪匠背着一个木箱走来，看了一下说："马老兄你们准备得真完备，我们现在就开始"，小勇爹说："小勇你先去打水烧火，把拔猪毛的水烧沸腾，等一会儿杀猪的时候，帮着拉猪"。杀猪匠休息了一会儿，拿出一把约四十公分长的刀，又拿出磨刀石开始磨刀，小勇抱来柴火开始烧火，但火苗总是不旺，杀猪匠说："小伙子，地灶膛都是湿土，要先用一些易燃的柴火，多烧些火炭，灶膛干了后木柴就好烧了"。过了一会儿，灶膛干了，果然火苗就旺了。"小勇，快过来拉猪"。那猪也灵性，知道要杀它，疯狂乱窜，杀猪匠拉着一只耳朵，小勇他爸拉着另一只耳朵，小勇拉着猪尾，三人用力才把猪推到杀猪的石板上，杀猪匠一刀向猪脖子刺去，血顺着刀喷了出来，猪脚动了几下就不动了。接着杀猪匠又用刀把后猪脚割了两条口，用挺杆'一根圆头约一米七长的铁棍'从猪脚口子里用铁棍从猪的皮下往里捅，一直捅到猪的脖子，来回捅了好几次，又把猪翻过来，把另半边猪捅了几次。小勇不解地问："为什么要这么样做"？杀猪匠说："这是为了能把气通向猪的全身，让猪体在气体压力下都鼓起来，这样那些皱皮也会被拉平鼓起，皱皮里的毛也就好扒了，猪毛也会扒得很干净"，小勇问："这办法是你想出来的吗"？"不知道是谁想出来的，很久以前都是这样做的"。杀猪匠开始用打气筒给猪体打气，一会儿猪体膨涨得圆圆的。把猪抬到沸腾开水的锅上架着，用开水浇，杀猪匠再用铁刨子'一块巴掌大的薄铁板'扒猪毛，一会儿一条黑毛猪变成一条裸体无毛的白皮猪。杀猪匠把铁钩挂檐廊上，三个人抬着猪倒挂在铁钩上。杀猪匠开始破肚取出内脏，清洗干净，然后问小勇爹说："你这条猪打算怎么分割"？小勇爸说："把所有的胁肉和一个腿分成块，作熏制腊肉。另一个腿和猪头留作过年。前腿夹肉，和肚腩的小肠用来灌香肠。其它肚腩年前招待客人"。杀猪匠按照主人的吩咐切割完后说："我的任务完成了，今天我还要给张木匠杀猪，我收拾一下就走"，小勇爹给了他五元钱的工钱。杀猪匠拿出口袋把扒下来的猪鬃装在袋子里，一条猪的猪鬃可以卖二元钱，把猪鬃免费送给杀猪匠是不成文的规矩。

4-2 家事

　　姨妈来到小勇家，今天她穿一身蓝布缝制的新衣，小勇看到姨妈到来热情地招呼："姨妈快到屋里坐"。小勇给姨妈泡了一杯茶递给姨妈说："你走了这么远的路，坐下来休息一会儿，喝点茶"。姨妈说："一点都不累，你爸妈到哪里去了"？"他们在后屋里腌肉"。姨妈走到后屋，看到他俩正弯着腰，一个人在撒盐，一个人在码肉。姨妈说："你们俩好默契呀"。"姐！快到屋里坐，小勇陪你先玩一会儿，这活马上就完了"，姨妈说："不用着急，我来帮忙，你去忙别的事"。"也好，我去做饭"。姨妈和小勇爹腌完肉，又去帮着烧火做饭。两姐妹边做饭边聊天，小勇妈亲切地说："姐，你的脚真宝贵，几年都没到我家来了"。"不是我脚宝贵，家里杂事太多，你知道我家那口子'老公'不会家务，嘴巴不会讲话，直言直语，经常言语不当，得罪人，家里的杂事都是我一手一脚去办。一到年关事更多，乡里和村里干部要来核查退耕还林的面积，乡税务所和村里又要来收农业税"。"姐，你们的农业税怎么收法"？"我们农业税按田亩计算，每亩水田每年交税六元，坡地可耕地每亩交税三元，如果退耕还林的地不收农业税。姨妈问："妹，你们的农业税交多少"？"我们的农业税，水田每亩是五元，坡地可耕地每亩三元，退耕还林的地也不交农业税"。"你们水田的农业税还少点"。"我们是梯田，产量低些，比不上你们平坝上的田，产量高，灌溉条件好，劳力投入少，我们一亩田最多只能产六百来斤稻谷。你们一亩水田能产多少斤稻谷"？"我们一亩水田能产八百斤左右，一亩田多产二百斤，每斤五角钱一共才多产出一百元钱，税就多了一元钱。妹，你们坡土一亩能收获多少红薯和小麦呀"？"如果不天旱的话，每亩土可挖一千斤至一千五百斤红薯，冬季小麦可产二到三百斤"。"那坡土收获真不少，可惜我们坝上没有坡土"。"姐，你知道种植有多费劲吗，下种，施肥，收割都靠我们两条腿爬坡上坎，肩挑背驮，我们那两亩坡地，费去我俩大半劳力。我们今年全年收获了近七百斤小麦，卖了四百斤一共二百六十元。挖了二千多斤红薯，催肥这条年猪，喂了三个多月，每天要二十多斤红薯，三个多月喂了一千多斤红薯，除了人吃和磨粉剩下不到几百斤窖在窖里。把红薯按每一斤一角算成钱，跟买肉吃差不多，不过自种不花钱只是辛苦点"。"妹，你算得多细多精呀"？"我们这样穷家小户，不一个子一个子地算，可能盐钱都没有，你们家就不用着精打细算了，你们家底好，中民又找大钱"。"妹，我们算什么呀，还住在那老房子里，你看我那乡镇街旁，新修的大房子，都是砖墙的小洋楼多气派，那才算是发财"。"你们乡多少户人家"？"不知道，至少上万户人家。"有钱人都抢着在乡镇街上修房子，就那么十几户，你们家在大多数人中还是过得去的"。"也只能算过得去而已"。

　　她们边聊边做饭，小勇妈喊："小勇他爸贡品己做好，拿去贡天地祖宗吧"。小勇他爸把已煮熟的一大盘猪肉和杯子里斟满酒放在神龛上，供奉天地神灵和祖宗，另一大盘猪肉和酒摆在廊台供奉桌上供奉土地神灵和外戚祖宗，小勇和他爸撕开纸钱，点香烧纸钱，叩头感谢神灵祖先保佑全家平安，保佑来年全家平安，顺利，发财。他们祭祀完后。把祭品拿到厨房炒成回锅肉。在堂屋摆起饭桌，一盆麻辣血旺，一盆红烧肥肠，一盆炒猪肝，还有一大碗回锅肉，一壶白酒，还有花生米，蔬莱只有红萝卜。小勇爸对他妈说："你哥和我哥怎么还没来"？说话间有人走到院坝边，小勇妈说他们来了。小勇爸招呼说："请屋里坐，哥，怎么你一个人来了"？"我们那口子'老婆'到她弟那里去吃杀猪汤去了，我们分头行动"。小勇妈说："哥哥，嫂子你们俩怎么舍得一起来"？"我们儿子从广州回来了"。"怎么不叫他一起来"？"他昨天才回来，很困，走的时候毛毛还在睡觉，他要在家看儿子"，"媳妇看儿子不就行了吗"？"哎！别提她了，说来话长，等一会儿慢慢地给你们讲"。小勇爸说："大家请入座"，碗筷酒杯都已摆好，大家陆续入座。他依次跟大家倒了酒，举起杯对大家说："难得你们从百忙中抽时间来团聚，祝大家身体健康，一切平安，恭喜发财"，大家举杯一饮而尽，他又给大家斟酒，能喝酒的男士斟酒量多一点，女的杯里只斟很少一点点表示意思，大家又依次饮酒互相祝贺，酒过三巡，根据各自酒量自饮自便，酒席间聊起了家事。中民妈问："嫂子你刚才说到你媳妇怎么了"？"那个臭婊子，跟人家跑了"！全桌的人都放下了酒杯，筷子，看着她静听。"跟谁跑了"？"她跟台湾的大老板跑了"。小勇妈说："去年过年回来还好好的，怎么变得这么快"？嫂子说："去年过年回来，我看她跟原来有些不一样，可能就不情愿回来，是毛毛在电话里哭着要妈妈，她回来的那天毛毛感冒发烧，我们大家都很着急，她表情平静，若无其事的样子，我们催着他们把毛毛带到县医院去看病，她摸了一百元放在桌上说：'你们带他去看病，我有点困'。她好像只有责任，没有感情的样子，毛毛抱着腿叫妈妈，她也不理睬，不亲他，毫无表情的眼光呆看着儿子，不知道她在想什么，清早起来也不去看看儿子，帮着儿子找找衣服，穿戴一下。一个人在镜子前，照镜子理头发擦粉，腊月二十六回来，过了年就回娘家耍了几天，初六就走了。走的那天我们带着毛毛送她到村口，分别的时候，毛毛哭着叫妈妈，她头也没回就走了。昨天儿子回来谈起媳妇的事，儿子说，就不该带她出去打工，去年经常半夜三更才回来，我问她为什么，她说她现在没在车间流水线上干活，在办公室里干些杂活，如果有订货的客户，或者相关部门来检查，招呼应酬和老总陪他们吃饭。后来我觉得有点不对劲，看在孩子份上，为了挽救我们的家庭，害怕闹得不欢而散，只好好言相告。后来她回来得越来越晚，脾气越来越大，经常骂我口臭，脚臭，一身都臭，不理睬我。有时候回来放一百元钱在桌上，又不说话就走了，直到年前根本就不回家，也不见面"。中民妈说："那年看'家物''到男方家了解家境'时我就看到姑娘长得眉清目秀，皮肤白皙，人才漂亮，散发青春活力，这样的姑娘逗人爱，也难养"。嫂子说："妹，那时为什么不说"？"那时候你儿子爱得像疯了似的，我说他能听吗"。"你说得也是"。

他们边吃边聊，又谈起了小勇他伯伯的儿子，他们俩口子都在农村种地搞养殖业，有一个读初中的女儿，一家人和和睦睦的令中民的舅舅羡慕，中民的舅舅说："像义成孩子那样老老实实在家务农还好些，一家人朝夕相处，平平淡淡过日子"。小勇他伯说："大林兄你不知道我们有多辛苦，我们一家老少三代除了孙女读书外，我们一家四口全部劳力都投入到那地里了。我们自己有五亩地，四亩水田一亩坡土，另外我邻居家一家三口都出去了，他荒着的两亩水田，七分坡土都是我们耕种。我们只给他交了农业税，人家其它什么都没要，一年下来卖粮，卖猪，卖鸡，卖蛋，所有的钱除去所有开支只剩下七八百元。我们可是一年只有过年时才半个月休息，三百五十天都是从早到晚，不管酷暑，寒冬地干，才剩下这点钱，只图了个一家人在一起"。中民舅又问："你不是又种地，又养牛，又养猪，养鸡鸭鱼吗，怎么才剩下这点钱"？小勇他伯说："一年能卖成钱的就那么几样，卖一条肥猪二百斤三百多元，七亩水田养的鱼约二百斤三百元，两窝猪仔能卖到五百元，鸡鸭除了自吃，一年下来能变钱的不到一百元。卖二千斤稻谷一千二百元，至于剩下的三千斤稻谷和所产的一千斤小麦，约三百斤玉米，三千斤红薯，稻谷基本上都是人吃了，小麦人吃了大部分。其余的玉米红薯都是喂猪，喂鸡鸭鱼的饲料，一年能变现的就二千多元。去年记了一个账，一年买化肥，农药，农具去年用去了五百五十元，给猪牛打针用近一百元，还有小孩上学的学费，书本费，零用钱近五百元。一家人的油盐钱，人情客往送礼开支，制穿的，零用钱，一年下来就剩下六七百元"。小勇说："伯伯你真像一个会计，记录得如此详细，去年我们县公布农村人均收入四百元，你这收入还差得远"。小勇伯说，"公布的数字没有扣除我们的投入，数字里面的水分很大"。中民舅说："现在的年青都想出去打工。在工厂里，在建筑工地上，能打一辈子工吗？老了怎么办？是留在城里，还是回老家，留在城里没户口，没房子，没钱养老怎么办？我看还是得回到乡下的家"，小勇爸说："现在年青人没想那么多，只看到打工又体面又轻松，有现钱花就行。从现时经济收入来看打工比务农强得多，一个人打工一年纯收入有近千元。务农一年纯收入有三四百元就很好了。今后怎么发展就不知道了，只有走一步看一步"。中民舅说："农村的年青人百分之九十都出去打工，只剩下老人和小孩留守。老人自种自吃，荒芜很多田土，若干年后可耕地都长满了灌木杂草成了荒地，还得重新开垦。谁来接班搞农业，年青的一代没从事过农业，没种植业经验，更重要的是吃不了种植业的辛苦，人口大国吃饭问题怎么解决？我想叫儿子不出去打工了，他说在家务农又累又苦，没有收入，一家人零用钱怎么办？他提出的问题是我们面临的现实问题，我们村相邻的人都有这艰难的选择，可能也是一个社会问题。我们只能作好两手准备，能打工则打工，没工可打，回来种地糊口，老房子还可以住，这就是打工仔未来的下场"。他们边吃边聊着当今农村人的处境，午饭后又各自忙着回家。

　　晚上小勇接到村长的通知："说乡劳动服务公司来电话，通知劳务人员明天到劳务公司清算一年的工资，还要开个会"。小勇第二天一早上路赶到乡劳动服务公司，看到通知。到会议室清账，怎么不是财务室？是不是因为财务室太小，容纳不下那么多人？还没到会议室，队伍排到巷道里来了。小勇没有立即排队，他从尾到头的顺着队看了一遍，大多数人不认识。认识的人向他点了一下头，走到领款台前，看到中民哥也在那里，另外还有几个不认识的人。中民问小勇说："你如果忙的话，就到后面排队；如果不忙的话，你逛一下街，下午一点钟开会，开完会后再来清账"。小勇没有什么要紧的事，走出会议室，来到街上，街上比平时热闹多了，到处都挂满了灯笼，每个铺面的门枋上都贴满了新对联，把摊都摆在街边，摊面上摆满各式各样新颖的过年货，特别是卖鞭炮的摊。五颜六色，五花八门，各种形状，真是琳琅满目。他想买点鞭炮，一摸包里钱不多。他又顺着街往前走，走到一个面摊前，香味扑鼻，他觉得有点饿，要了一碗三鲜面，一元二角钱。坐在摊前的长凳上，狼吞虎咽的吞下肚。他并不是很饿，看到人来人往擦身而过，自觉不雅，也觉不便，所以赶忙吞下面条。吃完付钱后往前走，到了修表的摊，看到已是十二点半钟，赶快往回走，到了会议室里面已坐满了人。看到主席台前坐着三个人，他只认识张经理，那两个不认识，小勇在门旁找了个位子坐下。张经理看了一下人差不多到齐了，他站起来说："老乡们辛苦了，又一年过去了，平时各位老乡工作在四面八方无法相聚，今天在一起开个会，也是在一起共叙我们情谊。这里我给你们介绍两个人"，他指着穿黑色便装四十来岁的男同志说："这位是刚调来乡政府，任集体经济办公室陈主任"。他指着一位穿黑色西装，二十多岁的小伙子说："这位是保险公司李同志，他给我们讲有关养老保险相关事宜。我先总结一下今年的工作，对新一年公司的发展计划作出安排，大会散会后，同志们有什么想法给项目经理提出来，由项目经理把意见归纳起来，上报到公司，公司再集体讨论，形成决议，再由项目经理向大家传达。去年由于全公司员工的共同努力，公司的总收入比前年增加了百分十三。职工的工资也同比增加了百分之十，这是大家感受到的。我们计划今年公司的收入比去年增加百分之十五，职工的工资增加百分之十三，财务方面争取得到根本的改善。应收款科目的存量减少到最低。财务的改善不仅是财务人员的努力，更重要的是我们每个人都有责任，每个员工努力提高我们的服务质量，提升公司的知名度，赢得更多客户和项目，有更多的项目选择权，选择优质的合作企业和项目，以保证资金及时到位，减少坏账风险。今年还要加强职工技能培训，建筑业和加工业不断使用新技术和新材料，为了适应不断改进的技术和发展的需要，不断提高员工的技能。但我们又没有实力开办培训班。如果是全新技术，我们先组织有一定文化知识的人，采用师傅专业现场传授，在生产过程中培训的方法；如果是传统技术，采用师傅带学徒的办法。我们培训对象的要求是：在公司连续工作两年以上，工作表现好，好学习，稳定的人。这里也要签订一个协议，协议内容请办公室李主任跟大家讲"。李主任从台下第一排走上主席台说："老乡们，我们这个协议是我们公司为了稳定员工队伍，增强我们的技术力量而制定的，里面的条款是公司研究议定的，与上级的有关文件和政策法令无关。是公司和员工双方协商达成的协议。过去有不成文的规矩，学徒在三年的学徒期间是没工钱的，这三年间所创造的价值就是交学费。我们公司的学徒都是按记件和业绩发工资，没有提留费用。从年后开始，凡是未满三年的学徒工的工资只发给百分之七十，百分之三十作为押金，满三年发给全额工资，连续工作满六年一次性退还所有扣留的押金。这个办法也是不得已而为之，这些年来我们公司培养了无数技术工人，但把技术学到手跑掉了不少。那些年就是国营企业招学徒工和合同杂工的工资待遇都不一样，学徒工每月十八元，合同杂工月工资二十八元，相差百分之四十多。我们比国营企业条件还优厚，我们百分之三十的押金还要退还。要学技术的人在我办公室填表，要学什么技术统一安排。我讲另一个问题关系到每个员工的切身利益的问题，就是养老保险的问题。现在国家有政策：国营企业正式员工由企业和个人按一定比例各自向保险公司缴纳保费，缴纳满十五周年以上，男的年满六十周岁，女的年满五十五周岁。可按保险条例领取一定的养老金。我们是集体企业，如何参保，国家没有具体条例规定，为了照顾到职工的切身利益和队伍的稳定，经过研究决定，对连续在我公司工作满三年，而且以后继续在我公司工作的人员，按参保最低缴费标准补助百分之三十，参保人员交百分七十，以后每年公司增加百分之二，递增五年，如果愿意参加养老保险的，到我办公室填表。条件是保证在公司长期工作，不擅自离开，如擅自离开公司，交回公司为参保人所支付的全部保险金。如参保人无过错，公司辞退参保人，公司为参保人已支付的保险金，公司不得追回。但公司不再为离职参保人支付离职后的保险金，这是与公司签定的协议内容。参保人还得与保险公司签订合同，具体条款请保险公司的李同志讲＂。
一个坐在旁边戴眼镜二十多岁的年轻人站起来说：＂借今天公司开年会的机会，向大家介绍一下养老保险的相关事项，如有意愿参保的同志，会后在我这里填表，所交保险金由劳务公司代扣代交，交保金额分为若干档次，我这里有文件，会后填表时，可以来细看选择自己适合的档次，交满十五年后，男同志满六十周岁，女同志满五十五周岁后，可按当年省市平均工资的一定百分比领取养老保险金。交保险金时间越长，比例越高，交保险金档次越高，养老金计算率越高，领养老金越多。有了养老金，老有所养。特别是现在多数都是独生子女，一对夫妻要供养四个老人，如果人老了没有收入，子女供养将是何等的困难。你们会后可以办理，也可以回去与家人商量后再办理，我将在李主任办公室里恭候三天，三天以后我把文件和合同放在李主任那里，你们可以直接找李主任要申请表填上，签上名字，我在李主任那里来收合同。一个星期后你们再到李主任那里取回合同，经过双方签字确认盖章，具有法律效力的保险合同，今后双方按照合同条款，履行各自的义务和行使权利。我现在就讲到这里，不清楚和不理解的地方，下来后再分别给大家解释＂。

　　张经理又站起来给大家讲：＂老乡们，为了公司有计划的发展，壮大公司的力量，作好今年的计划安排，愿意继续在公司工作的乡亲们，除了我们加强技术培训和按规定支付一定比例的养老保险外，根据公司的发展，今后还将推出更多的福利政策，希望大家团结一致，为公司的发展壮大而努力。年后继续在公司上班的同志们，现在就在各项目经理处报名，到年后初十截止，我们好调配人员，实行合同工制度。一旦员工稳定下来，今后不再招收员工，今天就讲到这里，祝大家过年快乐＂。

　　小勇散会后到会议室清算去年的工资，扣除所有预支的生活费和预支款，领取了一百六十元三角。又到中民处报名，年后继续工作，关于保险和学徒的事在大庭广众面前也不便谈论，他揣着钱到鞭炮摊前买了一串鞭炮，又到祭祖用的纸钱和香烛摊前，买了过年祭祖的纸钱香烛提着回家。太阳快落山，他赶快赶路，到家天已黑尽。第二天就是腊月二十三送灶神爷的日子，一早起来，小勇妈按习俗，把家里最好吃的猪背脊肉，鱼，糍粑，酒和香烛准备好，中午祭拜灶神爷，送走灶神爷就是过年期间。很快到了腊月二十九，今年过年要更加隆重，向神灵祖宗更好的祭祀，小勇爸妈准备比过去过年更加丰盛的祭品，小勇爸又特别到镇上买了鱼，水果，糖果和更多的祭拜天地祖宗的纸钱香烛，晚饭后小勇妈布置明天大年三十各自要做的事情，＂小燕明天负责烧火，我负责做菜做饭，小成负责室内，室外打扫卫生，小勇和他爸负责供奉天地祖宗和磨汤圆，今天晚上我把糯米泡好，明天一大早开始各自忙各自的活，三十晚上要守岁，过了深夜十二点放鞭炮，除了旧岁后才能睡觉，你们今天晚上早点睡觉＂。

4-4 过年

　　第二天一早，小勇爸放开鸡圈门，抓住家里唯一的大公鸡，用碗盛了一碗水放了点盐，一只手抓住鸡翅膀，一只手拿菜刀，叫小勇抓住两只鸡爪，他在鸡脖子上拔下一处鸡毛，用刀割断了颈动脉，鸡血喷洒了出来，他叫小勇把鸡爪提高点让气管和动脉的血放完。接着用开水烫，拔干净了鸡毛，清理干净内脏，交给小勇妈把整鸡煮熟。到了中午十一点钟，于始第一次供奉天地神灵，祖宗。一只煮熟的整鸡装在盆里，鸡头伸在盆外面，像活的一样，一盆煮熟的猪头，两个猪鼻孔朝向大门外，两只猪耳朵向上竖着，一碗酒，一盘水果，堂屋神龛供奉的是天地祖宗，堂屋外面檐下的供桌上摆着一盘煮熟的一块肉，一盘水果，一碗酒供奉土地神灵，先辈外戚。他们撕好纸钱，点燃香烛，先在堂屋向神龛磕头烧纸，乞求神佑后辈平安顺利发财，先是小勇爸妈磕头祭拜，乞求神灵祖宗护佑全家平安，顺利，发财，护佑小勇在外平安，顺利，发财，护佑小成，小燕学习进步，一切平安，身体健康。然后小勇，小成，小燕三兄妹跪拜磕头，三个各自嘴里念念有词，向神灵祖宗乞佑父母一切平安，一切顺利，风调雨顺，兄弟妹三人平安，顺利，事业有成，学习进步。接着又向堂屋外面贡桌磕拜，乞求土地神灵，先辈外戚，来年风调雨顺，一切平安顺利发财。约等一刻钟让神灵祖宗享用食品水果，供奉完毕。收拾供品准备过年饭菜，到十二点钟，过年正餐饭菜准备完毕。过年正餐有腊肉，香肠，烧鸡，家常鱼和酒，将正餐饭菜摆在神龛和供桌上，磕头烧纸钱，供奉天地神灵，祖宗，又一次乞求天地神灵祖宗保佑全家来年平安顺利，发财，万事如意。祭拜完后，又等了半小时，让神灵祖宗，尽量享受过年大餐。供奉完祖宗神灵，小勇一家开始年餐。守岁晚上，通电的村，有钱人家买了电视机，全家人守在电视旁，看春节联欢节目，是一年最快乐的时间。小勇家没通电，家里没有电视机，只有山梁上的高音喇叭，喇叭里播放着联欢晚会的节目，笑声，相声和悠扬的歌声，在山间回荡。小勇他们一家围坐在饭桌旁，边喝茶，吃糖果，瓜子，边听广播，谈论着一年来喜闻乐见的事，一家人其乐融融，不知不觉就到了晚上十二点。是除夕的时刻，炮竹声在山间响起，小勇也拿出鞭炮放在院坝点燃，震耳欲聋的响声在整个山沟此起彼伏。突然对面山梁上升起了礼花，鲜艳的花朵在空中绽放，五颜六色十分壮丽，那礼花是从山后升起的。据说山后是一户张姓人家，做生意发了财，修了一栋三层楼的大房子，买了车，过年回来庆祝。预祝来年生意像礼花一样冲天绽放，热闹的山沟充满过年热闹的气氛。过了一段时间，山沟平静了下来，偶尔听到一声爆竹声，已经过了午夜，守岁可以结束，小勇他们也各自睡觉。

4-5 走亲

　　多年的风俗，过了初一，初二开始走亲访友。今年先到大姨家去，往年都是小勇妈和小勇爹去。今年由小勇妈和小勇去，方便小勇和中民交流一下工作上的事。初二小勇和他妈一早到了中民家。一到中民家，小勇妈和中民妈亲热的在一起做饭，有说不完的话。中民泡了两杯茶，坐在沙发上又和小勇聊起来。小勇问："中民哥前几天在公司开会，关于买养老保险的事，你看我现在可以买养老保险吗"？中民说："养老保险金要到六十周岁以后才可以领取养老金，你现在才二十多岁，到六十岁还有近四十年，缴四十年的保险金累计起来是很大一笔数字，这四十年间，还有不可预知的政策性变化和公司的变化，即使政策和公司四十年之内有延续性的保证，缴费时间也太长，缴费年限最好三十年就可以了"。小勇又问："买保险的人多吗"？"这是一项新政策，之前没人买养老保险，那天会后，我也没看到有多少人订合同"。小勇又问："为什么公司给了百分之三十保费还没人买"？"一是这些人有我上面说的原因，另外他们打算离开公司，选择工资更高的公司，因为社会变化很快，给自己留下选择的余地。另外，买保险所交的保险费不能转移，意味着今后只有选择在交保地区工作。出于种种原因，现在还是出于观望的人多"。小勇又问："中民哥，公司要求当学徒，要订师徒合同你看怎么办"？中民说："这项措施是针对那些专学一项技术的人，像你悟性高，学得快的人，一项技术用不着学三年。你在我管的项目部，根据工程进度，我随时可以安排你学想学的技术，这样十来年你就可以全面掌握建筑业所有技艺，成一个全能的人才。不管你今后从事施工管理，或者从事建筑企业管理是极为有利的。我给你讲的这些话不能跟任何人讲，公司推出师徒合同制和提倡买保险，其目的就是要稳定职工队伍，现在沿海发达地区工资水平比我们高，我们无法和他们竞争，才推出了这两项措施"。小勇说："感谢中民哥的提示，我不会跟任何人讲。中民哥，你今年多大岁数了"？"我上小学一年级你才出生"。小勇说："那你今年应该二十八岁了，你在外闯荡这么多年，就没看上一个漂亮的姑娘"？中民叹了一口气："哎，这些年看到的姑娘令人眼花缭乱，先前见到漂亮的姑娘总是心跳，后来在社会上见到和听到种种婚姻百态，见到姑娘，心情逐渐地平静，触及到机缘，总是从多方面考量以至变得麻木"。小勇说："我比你小，在你面前我没有资格谈论，上次我到你家，姨爹和姨妈谈起这事非常着急，他们说错过这个年龄段以后，很难找到年龄匹配志同道合的伴侣"。中民说："

我现在也意识到这个问题，从今后对女方考量要求不要过高过多，人生都在各自的家庭环境和社会环境中长大，各种潜移默化的因素，性格情感多样，要找到情投意合，才貌相配，背景相同的人，概率很低，客观上很难，只有结婚后在共同的生活中磨合"。小勇说："还是中民哥见多识广，我今后也要很好的思考"。中民说："你今后遇到合适的姑娘不能错失良缘，谈婚年龄段不长，良缘极珍贵，不然终身遗憾，我已走过这个时段，回想起来感触极深"。

　　　　中民妈从灶房出来叫中民："中民你把板凳，桌子收拾一下准备吃饭"。中民和小勇把大方桌抬到堂屋中间摆好凳子，中民妈和小勇妈摆了一桌菜肴。他们围坐着，就只有五个人。中民爸给小勇，中民，和自己斟满了酒，又给中民妈和小勇妈斟了五分之一杯酒，各自放在他们面前。然后举杯说："我们都是一家人，大家碰杯共祝两家人今年一切平安顺利，恭喜发财"，放下杯说："都是一家人，大家喝酒吃菜随意，不要拘礼"。在饭桌上边吃又边聊起了家事，小勇妈问："姐，你哥嫂怎么没来呀"？"上次我们在你家会面时我邀请他们，嫂子说到时看有空没有。昨天乡秘书路过家门时对我说，你哥打来电话要他转告说，这几天儿子心情不好，无心照顾孙子，他们俩老在家照顾他们，过节那天他们就不来了"。中民爸叹了口气："哎，这个社会变化太快了。改革开放才十来年，随着社会发展，企业分化，贫富分化，道德观念分崩离析，家庭也开始分离，封建社会虽然贫富差距大，但等级制度森严，婚姻讲究门当户对，三从四德，传宗接代的传统观念。解放后农村公社化大家都是社员，没有贫富，家庭在情感中维系着。现在平静的局面打破了，没有了。中民，小勇，你们将来在这千变万化的世界中要撑起一个家庭更加艰难，你们要树立更大的雄心，积攒尽量多的财富，才能维护你们的家庭，才能维护家庭的长久稳定，抗拒外界的侵蚀。原来我不理解儿子迟迟不愿谈婚，总以为他在挑三拣四的，过后琢磨了很久才体会到这个道理。中民，小勇，你们都要组成家庭，我有一个考虑。我们这样下层生存的人，这样的家庭背景，只有靠你们自己奋斗，选择对象一定要选择农村文化不高，吃苦耐劳，踏实肯干，勤俭节约，身体健康的农村姑娘。她们自知卑微，没有奢望，没有过高的追求，容易满足，这样才能保持家庭的和睦稳定"。小勇妈笑着说："这就是你选儿媳的标准，没有青春的活力，没有美女的风度，中民会要吗"？中民爸严肃地说："那活力和风度就是风骚，风骚能吃能用吗？那是祸水，坚决不能要"。中民妈看到中民低着头，夹着花生米，一颗一颗地往嘴里送，脸上没有表情，好像与己无关一样。小勇边品酒，边吃菜，脸上微笑着。他们一桌人好像不是在吃饭，是在开婚姻研讨会，各抒己见，各怀心思。小勇妈说："你们中民那么好的条件，在城里找位姑娘，子子孙孙都是城市居民，多好多荣耀"。中民爸说："这是我们的奢望，但是不现实，要儿子成为城市居民，现在倒是可买户口，买一个城市户口要五千多元。这不是最困难的，最困难的是买户口还要有住房，现在买套六十平米的房子，每平米五百元，也要三万，哪有那么多的钱呢？即使能买下户口买上房，进城的农民也只能找个城里的剩女。城里的姑娘养得活，拴得住吗？细皮嫩肉，高傲娇气，能干家务吗？合得来吗"？"姐夫，什么是剩女呀"？"就是城里男子挑下剩余的女子，这些女子身体上或者是性格上或多或少有些缺陷"。"姐夫你讲起话来一套一套的，还文绉绉的，进步很快嘛"。"近年来，我认识的同龄人经常谈起儿女的婚姻大事，个个都是一套一套的，我也是从他们那里听来的，我认为他们讲得有道理"。中民妈说："现在是新社会，让他们自己选择吧，路要他们自己走"。饭桌上没有劝酒让菜，在讨论中自便用餐。中民和小勇各自吃菜品酒，一副与己无关的样子，不知不觉地酒醉饭饱，饭后他们一起又喝茶聊天。

　　小勇妈说："感谢中民一年来对小勇的关照，我这个当妈的无力帮助儿子，逼他中止学业去打工，我感到十分的愧疚"。她眼里闪着泪花。中民说："姨妈你不用难过，小勇聪明能干，吃苦耐劳，也许现在这样是一条好的出路。他如果能坚持目前这种奋斗精神，他今后一定能有很好的发展前途"。小勇妈说："我把小勇交给你，感谢你的关照，我们全家永远也忘不了你这份情"。中民说："我们是一家人，不说两家话"。中民又对小勇说："小勇我接到公司的通知，我初八必须赶到渝江工地，到那里把临时工棚搭建好，后续的工人才有住房。你跟我一起去，我好也有个帮手，你也好学点搭工棚的技术，我把车票买好，初八我们一早出发"。"好，中民哥，我在家也没事，我一定准时来"。他们又闲聊了一会儿。小勇妈说："我们该回去了，晚了路上要摸黑"。他俩辞别中民一家，回家赶路，他们回到自己的家天已黑。

第五章

5-1 缝纫工

　　初七一大早，小勇妈就给小勇收拾行李。她翻遍了整个老木柜，也没找出几件没补巴的衣服，裤子和没孔的袜子。她只好找了几样尚可穿的旧衣服放在木箱里。又包了一块腊肉和几根香肠放在背包里。她又忙着去做饭。早饭后小勇妈提着包，去送小勇，一路上小勇妈流着泪说：＇孩子，妈对不起你，让你这么小就出去打工挣钱，孝敬父母＂。小勇说："妈，我已长大了，我应该养活自己了，我出去打工是我自己的选择，只要你们俩老身体好，我就放心了，你们在家一定要保重身体"。"孩子你在外一定要保重身体，不要太累，注意休息，注意安全，不要太节约，现在正是长身体的时候，吃好点，只要你在外平安，身体好，我们就放心了"。"妈，你不用送了"。小勇妈看了一下下坡的山路说："孩子你慢走"。她站在一块石头上目送，小勇不时地回过头来，用手势叫她回去。小勇转过山口，遮挡住了视线，不知母亲多时回家。第二天中民和小勇一早来到汽车站，停车场内人头攒动，多数人都是提着木箱和装满物品的编织袋。男多女少，也有带着小孩的。客车来了，有的人赶快爬上车顶放行李，有的人一窝蜂地挤上车，有孩子在人群中哭闹。两个抱小孩的女人大声地吼："慢点！对号入座你们挤什么嘛"！一阵喧闹后平静下来，检票员上车依次验票，查完票后，核对卖票数，还有两人未到。约等了十分钟，仍不见人上车，收票员站在车门口喊："有到渝江市的上两位"。立即有三个年青人跑了过来，"你们俩个上去在车上买票"。跑在前面的第一位被验票员拦住说："你的行李太多了，过道上放不下"。后两位上了车，上车后验票员喊道："刚才上车的是哪两位，请买票，全程座位票价是十元，你俩是站票，少一元，补票手续费五角，算下来每人九元五角"。验票完毕，验票员下车，车子开动。坐在中民和小勇前排的是两位妇女，看不到相貌，穿一身黑色的便装。一个妇女抱着小孩，一会儿小孩睡着了。坐在抱小孩旁边的妇女问："这位大姐你也是出去打工的吗"？"是呀"。"带着小孩打工方便吗"？"家里没老人，没办法"。"那上班怎么办"？"我们打工的那个地方有托儿所，也是内地打工的人租房子办的托儿所，就是照看小孩。条件差一点，价格比较便宜，每月五十元，自己带吃的"。"不好意思我也是打工的，在温州缝纫厂作缝纫工。我们厂老板钱上抠得特别紧，吃得也不好，每餐都是肉摊收摊时买来的猪下杂烧白萝卜，另外一个炒大白菜很难吃。睡的都是通铺，一间工棚屋两排通铺，睡三十几个，晚上鼾声此起彼伏。工作时间也长，一天干十两个小时，工资才不到二百元，还要扣掉饭钱六十元，我想换个地方"。说话时无奈的口气。"你就在那地方换个厂，换个老板不就行了吗"？"你不知道温州那个地方的老板都一样，我想问一下，大姐，你在什么地方打工，干什么"？"我在深圳打工，跟你是同行"。"我们真是有缘来相会，老乡加同行，以后望你多帮助"。"出门在外靠朋友，今后我们都相互帮助"。"那是当然"。"请问大姐你们老板对你们好吗"？"哎"！她叹了一口气说："天下老板都一样，只不过我们那个地方缝纫厂多，有中资的，有外资的，不但服装要竞争，人才也要竞争，只要你技术好，不愁没人要。为了争夺人才，福利待遇也相互比较，我们每个月工资有二百五十元左右。我们是集体食堂，一般都有五六个菜，自己选择菜品，由于是职工福利，菜品都比较便宜，如果不是吃得特别好，每个月伙食费也就六七十元。我们实行的是记件制，如果技术熟练，一天的任务十到十一个小时就可以完成，但是质量要求高"。"那你们厂比我们厂强得多，要不是我还有一个月的工资没拿到手，我现在就跟你走，你们厂还要人吗"？"即使我们厂不差人，其它厂也要人，工作条件和工资待遇都差不多。很多技术好的人为了工资待遇，经常跳过去，跳过来的，迫使老板提高工资待遇"。"你们厂的地址在哪里"？"具体地址街道我也不清楚，我第一次去深圳也是老乡带我去的，平时没有心思和时间去过问这些事，吃住在厂区，下班后已精疲力尽，也没精力出去逛街"。"那我今后怎么来找你"？"到了深圳你就问工业园区，到了工业园区就问B区，到了B区就问吉利服装厂，到服装厂门卫，叫他打电话到306宿舍找李素群。但是你必须晚上十点以后，早晨七点以前，只有那个时间段在宿舍，如果没人就只好等，可能我们还没下班"。"就你一个人在那里"？"我老公也在那个厂，今年春节厂里有一批外销订单，要求必须在春节期间完成，所以他没回家"。车内乱哄哄的，有些话也听不清楚。中民和小勇边看窗外的风景，边听她们的对话，听她们拉家常，一百多公里的路程感觉很快就到了。

5-2 建工棚

中民和小勇到了工地，看到码在工地上的活动工棚组件，但是没有住房，只好到车站附近找了一个旅店住下。第二天早饭后中民说："我们到农贸市场上，找几个工人搭工棚"。小勇说："现在是初九，很多打工的人都还在家走亲访友，还没出来打工，街上可能还没人打零工。上次我和姜工来测量时，找了个杂工叫陈明生，就住在工地上边的坡上，他是当地人，叫他在当地找几个人"。中民说："当然这样更好"。他们到陈民生家，看到他们夫妻俩穿戴整齐。陈民生的老婆看到小勇他们来，她就走进屋里去了。陈民生招呼他俩坐下说："贵客开年就临门，今年我一定发财"。小勇说："跟你拜年，恭喜发财"。他指着中民介绍说："这是王工头"。中民说："今天我们来找你，想你找几个搭工棚的人有时间吗"？"有活干是好事"。中民说："帮我找二十来个人，最好能找五个木工，五个架子工，两个水电工，十来个杂工能行吗"？陈民生说："过年打工的人都回来了，各种技术工都有，有些可能要走亲访友，但总能找到人，但过年这时节工资可能要高点"。中民说："你说个价"。陈民生说："可能要十元一天"。中民说："可以，今天你就去找，你今天算一天上班"。陈民生说："感谢你关照，我现在就去"。他向着屋里大声地说："王秀兰，我今天有事，你哥那里我就不去了，你一个人去"。中民对陈民生说："今天傍晚来看你落实的情况"。陈民生说："你们俩今晚就在我家吃顿便饭"。中民说："我们就不麻烦你了"。陈民生说："认识了就是朋友，过年过节到家怎么不喝点酒？今后我们相处，还要合作，怎么好意思见面"？中民说："感谢你的盛情，你不要准备得太好，随便一些"。陈民生说："一言为定，你们慢走。那我去找人去了"。中民和小勇往回走的路上，小勇对中民说："要的工资太高了"。中民说："过年期间，按国营企业规定应付给双倍工资，另外过年期间也不好找人，一年中就这么几天走亲访友，快乐地休闲，很多人也不愿意在这几天干活。我们这几天忙着来，主要是我们工地正月十五以后工人就来上班，要有住处。我们必须在正月十五之前把工棚搭好，食堂搭好，保证工人的食宿，工资高点就高点，你带我到工地上去看一下工棚搭在哪个位置合适"。小勇带着中民到了工地，上次测量时打的桩现在还在。蔬菜已收割，桩更醒目。小勇把各栋房屋位置指给中民看，最后中民决定把工棚和食堂搭建在一块离电线杆近的空地上。晚上中民和小勇到陈民生家做客，带去一瓶泸州老窖送给陈民生。陈民生说："过年不兴送礼"。中民说："我们是朋友，又是伙伴，拿酒来也是我们共饮，说不上送礼"。陈民生打开酒瓶盖，往杯里倒上酒，端上菜，他们坐下来喝酒，边喝酒，边聊天，陈民生说："王工头布置的任务我已完成了，他们都是建筑工地上的工人，五个木工，五个架子工，两个水电工，十个杂工共二十二人，明天早晨八点钟到我这里来集合，我还给他们说，带上各自的工具"。中民说："陈大哥办事真麻利，家里就只有你们老俩口"？"我们儿子初五就回去实习上班了"。"那你们儿子是单位上的骨干"？"什么骨干，到医院去实习，这几天医院休假的人多，缺人手。我们这种家庭背景，没钱，没权，没人脉，只靠自己多学点技能"。中民说："陈老兄说得非常正确，没有钱，人脉和社会关系，拿个头给你当你也办不成事，干不下去。另外有件事跟你商量，我们要在这里施工几年，在这期间可能要差些劳力，你能不能在我缺劳力时，帮我们找点劳动力，这期间你可以在我们这里上班，平时没事时就做些杂活，有事时帮我们找人"。陈民生想这是个机会马上说："感谢王工头的信任和关照，这里我敬你一杯酒"。他给中民和小勇斟了酒，端起酒杯说："感谢你们信任和关照，祝我们合作愉快"。碰杯后大家一饮而尽。他接着说："如果现在要劳力很好办，回家过年的技术工人都在家，只要工资过得去，劳力不是个问题。过了正月十五，大年一过，这些人就走了，那时候要人就有点困难"。中民说："你现在注意摸一下底，那些技术工人年后去了什么地方，特别是附近的地方，他们可能经常回家。你去找他们，单位离家也近，建筑单位在施工过程中由于工序的进度关系，各工种的技术活也不平衡，找几个临时的技术工还是有机会的"。陈民生说："我不懂建筑施工，你说的这办法原来没想过，分析起来有道理，我现在开始收集信息"。中民说："近来我们可能要一些普通工挖基础土石方，等姜工回来放了线，就可以开工了"。陈民生说："这个好办，挖土石方的普工好找，在家里种庄稼的人就可以。现在是正月间，要到三月间农活才出来，这之前有两个月时间是农闲，劳力很多，工资还可以适当低一点"。中民说："等正月十五之后，根据到工地的人数我们再商讨"。他们在谈话中吃完了饭，中民说："明天要上班，我们还是早点休息，我们这就走，谢谢陈老兄"。第二天中民和小勇走到工地，看守工陈老头也在。中民问陈老头："活动房屋的那些螺栓配件放在哪里"？"全部都压在墙板下，以防捡垃圾的人顺手牵羊，偷去卖了"。中民又对小勇说："等会儿人哚了，你带领五个人，把这些活动房屋的组件按各种型状和规格分别堆放，方便安装。我带领几个人平整地坪，现在你到陈民生处去叫他们带锄头，铲子"。小勇到陈民生家，干活的人都到齐了。他们各自带了锄头，铲子和工具。到了工地，中民给他们分配了工作。小勇带着五个人开始分类清理组件。他们都是建筑工地技工，多次搭建活动房屋。小勇给他们指定了各类配件的位置，他们都会准确的分类堆放。小勇边干边仔细地观察各种配件的形状构造，没用多少时间小勇也熟悉了。一天下来，小勇双手多处被刮伤。晚上回到旅店，中民买了瓶白酒买了点花生米，又买了四个馒头。向旅店老板要两个碗，两双筷，两个小酒杯，坐在床沿上开始喝酒。中民买酒的目的一是为了解乏，二是为了给小勇手上的伤口清毒，中民叫小勇向旅店老板要了点棉花和胶布，中民把酒浸在棉花上，给小勇擦伤口，又用胶布贴上伤口，然后他们两个开始喝酒，他们边喝酒边聊天。中民说："明天上班我们分一下工，你在下面组装立架和安装墙板，我在上面组装屋顶架和安装屋面板。五个熟练的木工，跟你干两个，跟我干三个，由于是空中作业四个架子工跟我。一个架子工和一个电工跟你。不管是空中，或者是地面，都要留意安全。梯子要搭牢，上下梯时，手抓住梯子，脚不要踩空。上空在安装时，不要在下面走动，以防上空掉落配件或工具伤人。我们雇用的人是临时工，没有保险，如发生事故，我们多少都要担当责任。另外每个螺栓都要拧紧，以防下雪和吹大风时房屋倒塌"。小勇问："电线何时拉"？"等工棚搭好后再拉线"。小勇说："不知道姜工的办公室拆了没有"？"搬迁姜工的办公室还早，要等这批工人工棚通电住人后才搬迁"。小勇挂欠着姜工托他搬迁的事，他们俩边喝酒边谈事，又聊了些无关紧要的事。酒也喝得差不多了，馒头也吃完，肚子饱了，一天的劳累，顿感疲倦，倒下便睡，一觉醒来天已大亮。早饭后到工地工人早已等候，中民分配好人员，跟随小勇的九个人先共同安装第一间的屋架。小勇在旁看着他们安装，有时帮着扶着配件，有时帮着稳住立杆，有时帮着拧紧螺帽，一间屋的围墙骨架已安装好。小勇组的人员继续安装第二间屋围墙骨架，中民组开始安装屋架和屋面板。一位师傅对小勇说："这位小兄弟，你这样年青是刚上班的吧"？"我上班一年多了，搭活动房屋还是第一次，望师傅多指教"。"搭活动房屋很简单，就这么几根角钢立柱，外加几根角钢横杆，用螺栓连结而成围墙骨架，再把多层板的墙板用螺栓连结到骨架上，人字形屋架是角钢焊接而成，用螺栓连结在围墙骨架上，桁条是用十二毫米元钢焊成，三角形结构的长条型，两端用六毫米钢板焊接，用螺栓连接到屋架上，再用螺栓把玻璃纤维板屋面连结在桁条上，安装就完成了。门窗都是配套成型，用螺栓连接在固定位置。你只要细心观察，一栋活动房屋安装完毕，你就学会了"。小勇说："多谢师傅指教"。"小伙子你是建筑公司的正式员工吧"？"不是，我是劳务公司的员工"。"跟我一样，我也是劳务公司的员工。我们公司是私人组建的，老板去揽活专门承包工程人工费，包工不包料。我们老板说，今年给我们买养老保险，他出一半，我们出一半，交满十五年就可以领养老金。他要是不给我们这点好处，我就不去了，就在本地找活干，工资也就少二十来元一月。广州那里太远了，往返的路费加上往返乘车时间和本地比较也差不多了，本地还可以经常回家看看"。小勇说："我现在没家室，除了父母，倒也没什么挂念。只是那边没熟人，路程远，不了解情况，吃住怎么样？工钱好不好拿"？那师傅说："吃住跟本地一样，吃工地食堂，住老板提供的工棚，关于工钱不好说。我们一般跟本地老乡的包工头干活，他去跟当地老板打交道。本地老乡都认织，有什么事，知根知底，走得了和尚走不了庙，不怕他赖账"。小勇问："那里气候条件怎么样"？"虽然那里更靠南，离海近，气温跟本地差不多，只是夏季比较长，没有冬季"。小勇说："那一年中要流更多的汗哟"。"我们这些常年露天作业的人已经习惯了，这些算不了什么。像你这样年青，细皮嫩肉的，可就招架不住了"。小勇说："我虽然年岁不大，晒的太阳可不少，只要能挣到更多的钱，我什么都不怕"。"看不出人小志气大"。小勇说："不是志气大，是穷炼出来的，逼出来的"。那位师傅说："只有穷人才干这些活，有钱人只有打高尔夫球才晒太阳。小兄弟，你看这每根柱子和连接的杆安装在什么位置？安装的方向和所起作用的相互关系，在每间屋都是以同样的方式固定连结，只要你细心的观察研究，你就知道该如何安装"。另一位电工师傅对小勇说："小兄弟你上过高中吗？我初中毕业就出来了，虽然是个电工，只知道拉线，接电线头，用电线连接电器原件和小型电器。至于什叫电压，电磁力，电流和电功能的原理就不知道了"。小勇说："我高中的课是上完了的，没参加高考就出来打工了"。"你学过高中物理知道电流，电功能原理，你能给我当老师吗"？小勇说："我们互相学习吧，电流跟水流原理一样，电压跟水压一样，水位越高水压越大，水压越大产生的能量越大。就像水力发电大坝一样，大坝越高落差越大，产生动量越大。电位越高电压越大，电功能等于电压乘以电流，在同样电流的情况下电压越大电功能越大"。电工问："为什么单相电机要用电容，而三相电机不用电容"？小勇说："由于三相发电机内的线圈一共三组，每组线圈旋转切割磁力线的角度为120度，由于转动角度的变化，每组线圈的电流从正的最大值到负的最大值交替变化，电功能随电流变化而变，由于周期变化角度是一百二十度，电流相间相互函接，所以不用电容。单相电机的电流周期是三百六十度，当电流到负值时，没有电流，就没有电功能，使单相电机停停转转而无法运行。为了要解决这个问题，还是利用蓄水坝的原理，设计一个电容，就像蓄水坝，将单相断断续续的电流蓄存起来，通过电容的蓄存，再从蓄存池里放出来成了稳定的直流电流，单相电机就能正常运转。三相电机跟三相发电机线圈是一样的，都是三组，由于旋转一周，有三组线圈不同角度不同时段交叉，综合电流变得稳定，有稳定的电流产生稳定的动能，电机运转就会正常"。电工师傅说："这位小兄弟讲得形象生动，深入浅出。我也谈谈我这几年干电工活的经验，不叫技术，其实电工技术是经验，就是三点。电路不能漏电，不漏电做到三点，第一点就是检查所铺设的电线是否漏电，由于生产和运输销售过程中可能对电线绝缘层的损坏而造成漏电，在拉线，接线和固定电线时不要损伤绝缘层。电线安装前测试电线是否绝缘，办法就是用摇表测试，接地和相间测试都要达到电阻无穷大，证明电线绝缘良好。第二点就是每根线接头用绝缘胶布包扎，一定要把裸露的导线包扎完全，包扎的胶布一定要超过裸露的部位，结实的包扎五层以上。第三点是拉线的过程不要损坏绝缘层。确认各种连结器具如开关，闸刀，插座，灯头等的接线口都要火线和零线接头分开相离一定距离，不要接错。有的电器上还有火线零线的标注，各种导线接入的位置不能接错。单相二百二十伏电线有红，绿，黑三种颜色，铺线时，一般是红色代表火线，绿色代表零线，黑色代表接地线，用红，绿，黑色导线加以区分。导线接入要牢固，接线桩头外不要有裸露线头，线头之间保持一定的距离。检查各种电器是否完好，仔细阅读说明书。可用摇表和电流表测试绝缘和通电功能。两导线连接头时，裸线头相缠六圈以上，并缠紧，保证两端裸线头有足够的接触面积保证电流量。这些就是基本操作要点。其余的事项在操作中根据具体情况和电学原理考虑，特别是电缆接头暴露在自然环境中，一定要作防水特殊处理。这就是一般的操作要点"。小勇专心地听，细心的思考。说："师傅传授的这些技术我都用心记住了，感谢师傅的教导"。电工师傅说；"我们都互相学习"。小勇和电工师傅配合木工师傅，一边交流技术知识，一边安装，到中午时第二间屋的围墙骨架已做完。中民走过来对小勇说："你去买五十个馒头，这里是二十元钱"。中民递给小勇两张十元钱，小勇拿着二十元钱向火车站走去。中民又走过去对陈民生说："陈老兄麻烦你回去烧壶开水和拿点杯子或碗来，我们今天就简单地喝开水，吃馒头"。陈民生说："我这就回去"。其余的人仍在安装，过了约半个小时，小勇提来了一包馒头还在冒气。干活的人看到热腾腾的馒头，控制不住胃口，把手在衣服上擦几下，拿起馒头就吃，由于没水喝，时不时地卡在喉管里直伸颈，由口水润喉，硬吞下去，等陈民生把开水提来时，他们已经快吃完馒头了。把开水当茶水慢喝着，似在恢复精神。中民说："对不起，今天叫大家吃得太简单了"。其中一个人说："大家都是打工的，招待吃馒头就不错了"。休息了一会儿又开始下午的安装，到太阳下山已经安装好两栋房。他们都是附近的村民，下班后各自回家，第二天又安装了两栋房。第二天下班回到旅店，已经忙碌了两天，感到非常累。中民拿出十元钱给小勇说："我想休息一会儿，昨晚想起很多工作上的事，睡不着，睡眠不好。你拿去在外面买两盒饭，买点花生米，买点卤猪耳朵，那里还有半瓶白酒，今晚我们就在这里喝点酒"。小勇走后中民觉得实在太困，靠在被盖上就进入了梦乡。小勇拿着饭菜回来，看到中民睡得正香不便打搅，他倒了一杯水坐在床上。回想这两天搭活动房的经过，总结一下经验，又回想起电工师傅讲的电工技术经验，觉得这两天收获不小。他又想起函授课的事，还有十天就要上函授课了，我报名的是渝州市的函授班，这里是地级市，是不是有那样的班？是不是可以转学？我得加紧联系。中民翻身坐起说："你回来多久"？"刚回来一会儿"。"我们来吃饭"。小勇把盒饭放在中民面前，再把一个酒杯斟满酒，放在中民饭盒边，又给自己倒了半杯酒，放在自己饭盒旁坐下来说："中民哥你太累了，有些事是公司的事，由公司去处理"。"小勇呀，你已经看到了，这里开工后近百人的一切事情都是我在处理，公司只是挂名，揽活，收钱。其余大大小小的事，都是我一个人操劳，公司除揽活外，后续项目施工的事，都是我与甲方在勾兑联系。甲方选择劳务方，也是看我们上一期项目期间的管理协调和施工过程中的工人素质，服务质量，这些最核心的事，都是我操心，劳务公司只是起了一个中介和财务管理作用"。小勇说："要是这样，你开个劳务公司多好哇"。"小勇，开个劳务公司不简单，各种资质证书，机构和机构里的资质定编人员，办公场所，设备，这些需要多少的经费。法人代表资格的审查，资质要求，各种各样，办个劳务公司的执照，要有工商，税务，政府，公安，消防的认证，检查认可，审查盖章。公司要设立相对应政府机构的人员和资质认证，法人资格，不但要有相关培训资质证书。还要有经济实力，银行开具的存款证明，财产产权证明，如办公场所的房产证或者房屋租赁合同。所有相关资料要经公，检，法，工商等相关部门的审查盖章。法人档案，是否有违法乱纪行为，财产，账务纠纷，这些都要没有问题。还有非常漫长的审查办证过程，拖不起，除非你是名人或者权威，就容易多了"。小勇说："中民哥，我给斟点酒"？"只要半杯，今天花生米真好吃，香，脆，甜"。"只要这工作稳定，有这样的生活我就满足了，辛苦点没关系。你知道我接触过搞房地产的老板，你不要看他们开着小车，笔挺的西装提着‘大哥大’手机，后面跟着一群什么秘书，会计，出纳，漂亮小姐，前呼后拥，多风光，那是做给别人看的。这样的气势有面子，办事通畅。我接触过一些老板，无事时近距离地观察，面容憔悴，言语极少，魂不守舍，一副心事重重的样子，不知道他在想什么？我估计他们的压力太大，这样的日子不难受吗"？小勇说："这样的日子多风光，我做梦都在盼"。中民面带笑容地说："你努力奋斗吧，希望你美梦成真"。他们俩表兄弟，边喝酒，边聊天，边说笑话。小勇又问："中民哥，这次相亲怎么样，有感觉了吧"？"她去年高中才毕业，比我小十岁，她在家闹了一年，要出去打工，她父母不放心，不准她出去"。"漂亮吧，心跳了吧"？"漂亮说不上，在我看到过的姑娘中，人才中等偏上。那天我也没特别的打扮，穿着平时穿的衣服，爸妈倒是把屋里屋外收拾得干干净净，衣服也穿得整整齐齐"。小勇问："女方满意了吗"？"那姑娘在我家连吃饭在内也只呆了两个多小时，总共没说两句话"。"她父母看来没意见，你喜欢吗"？"我要再不点头，我就成罪人了"。小勇问："有那么严重吗"？中民说："中国有句俗话，不孝有三，无后为大。我无可选择，只好找个村姑放在家里喂着，生儿育女，传宗接代"。"中民哥，你怎么这样没有夫妻情感哟？把妻子当造人机器"？"不是我想把妻子当机器，是她们自己把自己当机器，当玩具。我在外面呆长了，看多了。你看那些稍微漂亮一点的女子，一到外面去打工，马上就找个有钱的老头跑了，丢下老公和孩子，还有什么夫妻感情，有母子感情吗？当然也有贤妻良母，但现时变化很大，我就是想找个有感情，有责任，志同道合，同甘共苦的人，至今没有遇上。受制于我自身种种条件限制，没有城市户口，没有文凭，农民出身，只能找个村姑养在老家"。小勇说："啊，这才理解你了"。"小勇，你今后的爱情路还很长，你慢慢地体味"。他们俩边喝边聊天，又该睡觉了。第二天来到工地，中民对小勇说："今天你跟电工师傅一起干，你们俩先清理一下搬过来的旧电线和器具，尽量的不要损坏，修复使用。剩下的人从事昨天的工作"。小勇找到看守工陈老头问："活动房屋的电线和器具在哪里"？"你跟我来"。到了废土墙后面，用塑料布盖着一堆东西，他掀开塑料布，里面全是像乱麻一样的电线和裹着固定在电线上的瓷瓶，开关。电工师傅给了小勇一把钳子，对小勇说："小兄弟，你带上手套，不要着急，慢慢干，注意电线不要扎到手，先把电线头找到，然后小心顺着电线把电线理顺，把绑扎和连结在上面的电器拆卸下来。我们分工合作，我检查电线中的铜线是否断裂，电线的绝缘层是否完好，如铜线断了，我连结上，如果绝缘层坏了，我用胶布包扎。你去找一个灰桶来，把电线一道道的卷在灰桶上，便于牵线时好用"。他们二人协调配合，小勇用钳子扭掉捆在瓷瓶上的铁丝，又用改刀卸下装在电线头上的开关。由于经多次的装运，电线很乱，扭曲变形都比较严重，理顺很慢。理顺约五十米为一段，他们将这一段电线进行测试是否合格。电工师傅拿出摇表说："摇表实际上是台微型发电机，而表盘的数字是电阻欧姆的数字。电流和电阻的关系也是我们测试对应的因果关系。摇表的两个桩头上的两根线夹，一根线夹夹住铜线头，另一根线夹夹住电线另一端头外皮绝缘层，高速摇动手柄，如果指针指向无穷大，说明导线绝缘好，合格可用；如果指针指向零，说明导线不绝缘，不可用。另外还要测试电线是否导体铜线断裂，用一根线夹夹住一端电线的铜线，用另一根线夹夹住另一端铜线，慢速摇动手柄，指针为零，说明无电阻，导线通电可用；如果指针指向一个数字或者无穷大，说明铜线导体连接不完全，或者完全断裂，产生电阻，电线不可用＂。小勇说：＂谢谢师傅的指教＂。他们已理顺了第一段线，开始测试。电工师傅叫小勇自己操作，小勇按照电工师傅口授的方法，接好摇表两个桩头线夹，又分别夹好铜线体和绝缘层，快速摇动手柄，指针迅速指向无穷大。电工师傅说：＂停，可以了，如果摇的时间过长，对摇表有伤害＂。小勇又把两线夹夹住线两端的铜线头，电工师傅说：＂测试导体是否完整没有断裂，可用电流测试表更合适，今天没带来。摇表是发电机，摇的速度过高，时间过长，如果导体完整，导体内电流长时间大电流对导体可能发热，特别是摇表内的线圈直径极小，导体很细容易发热，烧坏绝缘层。所以在测试电流时，慢速摇动，指针指向零不动，立即停止，说明没电阻，导体完整可用。如果指针随摇动速度快慢而波动，马上停止，说明电流的大小影响电阻的大小，说明导体部分断裂，不能用＂。小勇又测试另一根线，摇动手柄，指针总是在一处上下跳动，电工师傅说：＂这条线中间有不完全断裂处，我们现在来检查，特别注意那些弯曲的节点部位＂。他们用手捏细看，找到三处弯曲点，剥开绝缘层，有两处完好，有一处由于在同一部位反复弯曲，致使铜线部分裂纹。电工师傅剪断电线，剥掉绝缘层，重新连接铜线，包扎绝缘胶布，又重新测试，合格可用。他们俩又继续清理修复电线，到下午太阳快落山时，已经清理修复好六段电线。小勇拿钳子的手感觉用力时，三根手指酸痛，拆电器时总是扭不开铁线或扭不动螺钉。他脱掉手套，三根手指红肿。电工师傅说：＂小兄弟，你用力太猛，没关系，过几天就好了。现在你不用钳子了，你只是牵线和把线缠在桶上，把拆下来的电器分类放好，天快黑了＂。他们收拾好电线和旧电器下班。中民和小勇回到旅店，中民坐下叹了口气说：＂我们今晚就到楼下小酒馆随便吃点喝点。他俩脱下工作服，换上卡其布便衣，来到小酒馆。里面摆放着五张老式木制方桌，桌面油漆已经脱落，呈现旧木板，板凳也是脱漆的老式长条凳。酒馆里没几个顾客，也没有服务员，看像是一对中年夫妇在里面跑来跑去＂。＂客官请坐＂。他们找了一个清静的角落坐下，中民叫老板来一瓶啤酒，一盘花生米，他们俩边喝酒，吃花生，边聊天，这是他们一天中最闲散愉快的时候。小勇问中民说：＂中民哥，这几天我们村民的午饭钱怎么办呀＂？＂我想好了。我们的午饭钱正好两个人的工钱，我们每天二十一个民工，我们多报两个民工，给陈民生说清楚每天多签两个民工的工资，是大伙的午餐费，他也会不说什么。从工效上讲，公司也不吃亏。你想，叫他们各自回家吃饭，往返连带吃饭时间要两小时，在这里吃饭至少节约一小时，二十一人正好折算两个多工。而且我们干的工作量，要是甲方工人来干，起码要用二三十个人＂。＂中民哥，你辛苦了多喝点，我给你倒一杯＂。＂你也倒一杯＂。＂我一杯够了，哪敢和你比酒量。中民哥，前几天你谈到后续的项目是我们自揽，还要和甲方联系，这到底是怎么回事＂？＂前几天我讲到的是前期项目的服务质量和关系协调的好坏，直接影响后续项目。这次揽到这个项目里面，离不开你的功劳，去年灭火和智退建材公司催款的事，受到甲方的赞扬。春节回公司，张经理征求我的意见，让你到另一个项目当工头，被我劝阻了。我说，你刚入社会，经验不足，建筑技术方面还不熟悉，工种协调还有困难。虽然品德好，智商高，吃苦耐劳，但还需要锻炼，你对我这样处理有意见吗＂？小勇说：＂你这样处理，完全是为了我，我打算在五年内把建筑业主要的几大工种的技术学到手。还要把工民建专业大专文凭拿到手。如果我过早地离开技术的实践工作，对学

150

技术和学专业都没帮助，对今后工作没好处＂。中民说：＂你真是深谋远虑，你今后要到什么工种去学技术，跟我讲，我给你安排＂。＂感谢中民哥的关照＂。他们俩吃了小面后，回旅店睡觉。第二天他们一早来到工地。中民说：＂今天你接着学电工，你和电工师傅一起拉工棚里电线＂。小勇说：＂电工师傅口授了一些电工技术，今天正好实践＂。一会儿人到齐了，中民作安全讲话说：＂今天电工师傅带马小勇牵电线，希望你俩梯子一定安放稳当，上下梯子一定要慢，身体保持平衡。另外的人继续安装活动房屋，也要注意上下梯子，活动房屋骨架螺栓要扭紧，传递配件时绳索一定要绑牢，人要站稳，必须戴好安全帽，现在各就各位开始工作＂。小勇对电工师傅说：＂为了检验我领会你传授的操作技术，让我独立操作，我们各牵一间屋的线，我完成每道工序，你检查一次＂。电工师傅说：＂每栋工棚都是一组线，没办法分开，这样我给你当下手，我看你操作是否正确，我好即时纠正＂。＂多谢师傅＂。小勇找来几个完好的旧电瓷瓶分别在每榀屋架的下弦中间位置相距两米的地方用铁丝绑两个，将一根蓝色电线拉直，绑在一个瓷瓶上，又将一根红线用同样的方法绑在另一个瓷瓶上。又在每间屋中间位置蓝色电线绝缘层上剥开一个口子，将一根约0.5米长的蓝电线一头剥离出约二厘长铜线，扭了六圈连结在其中蓝色主干线上，并用绝缘胶布将裸线部分包扎好。将另一头剥离一厘米铜线，用改刀扭螺钉连接灯头，将另一根长0.5米同样长的红线，同样操作连接在另一根红色主干线，并用绝缘胶布将裸线位置包扎好。将另一头剥离一厘米铜线用改刀扭螺丝钉，连接在拉线开关上。又将一根约0.5米长红色的电线，两头各剥离出约一厘米长铜线，一头连接在开关里，另一头连接右灯头上。一间屋的灯安装完成了。小勇问：＂师傅，我安装的线路合格吗＂？师傅仔细地观察了火线，零线线路的走向，连结的方法，绝缘胶带包扎的方法和部位都正确。说：＂真想不到，我还没教你，你就会了，你在哪学的'？小勇说：＂这工棚是我原来住的工棚，电线的布置是按原来的布置安装。我分析是根据使用要求设置的。具体的连接方式和操作技术是你给我讲的道理，结合我在拆卸电器时观察总结出来的＂。＂你这位小兄弟真是聪慧过人，任何难题在你面前都可破解了＂。＂师傅你过奖了，这是很简单的事，人人都会的事＂。电工师傅说：＂我也带过几个徒弟，有的手把手的教，操作起来总是不熟练，结果总是不如意。不动脑分析，观察，总结，怎么能学懂学会＂？小勇说：＂你就给他讲道理，讲方法＂。＂我给他讲道理，讲方法，他睁着大眼瞧着我，不说话，也不问，不知道他听懂没听懂，这就是智商的差别＂。小勇心想这可能就是文化的差异问题。＂他们是什么文化程度＂？＂有高中的，有初中的＂。小勇想这也许就是学习方法差异导致的结果。或者是嫌这工作脏，累，低下，不愿学。不好意思在师傅面前说这样的话，怕伤了师傅的面子，应付了事。小勇说：＂他们是不想学这样的技术，有更高的理想和追求吧＂。他们边干边聊，一天完成了二栋工棚的电路安装。中民和小勇回到旅店，中民说：＂这几天我们都在喝酒吃肉，吃面食，肠胃有一种干闷的感觉。今晚我们找个小饭馆要几个蔬菜和豆腐汤＂。小勇说：＂我也有这种感觉＂。＂那我们到火车站后面的农家菜馆去吃饭＂。

　　他们俩换上头天晚上的衣服，向火车站背街走去。走在公路边，不断有厢式货车从身边通过，卷起一阵阵的尘埃；也有像是搬运工人，匆忙的脚步，中民他们避让着往前走。到了一个用石棉瓦作顶棚，三面都是单砖墙的小饭馆，里面有四张老式木方桌，围放在方桌四面的是老式长木凳，没有柜台，他们找了一张桌子坐下。一个围着黑布围裙的中年男子走过来说："客人要吃点什么"？"你们这里有些什么菜"？"我们这里场面小，小本生意，炒各种蔬菜，荤菜只有回锅肉，汤菜只有菠菜豆腐汤，蕃茄鸡蛋汤，大米饭"。"给我们来一个凉拌黄瓜，一个炒青笋，一个炒莲白，来个豆腐汤，两份米饭"。点好菜后，他们静坐着四面观望。坐在旁边桌上的是两个穿黑便衣，戴着墨镜的年青人，二十多岁，正在交头接耳，低声细语在谈着什么。小勇离他们很近，背向着他们细心静听到："这几天生意很好，那些急的人，通宵都在那里排队，还是拿不到，都被姐儿们在机子里用我们办的证给占了。姐儿们捎话来，要在交班前清帐，叫赶快把'子弹'送过去"。小勇听到子弹二字，心里紧张起来，凑到中民耳边把刚才听到的话给中民悄声地说了一遍。中民说："不要紧张，这是火车票犯子和售票员内外勾结倒卖火车票，子弹是钱的意思"。小勇又听到那人说："你赶快吃饭，现在是四点，五点柜台里要下班结账，她们收不到子弹就麻烦了"。"子弹我直接送去"？"那里有公安守着你进不去，她不会认你，你拿去她也不收"。"我们是单线联系，我在暗里不露面，你卖票在明里，有事我们好'脱勾'。利益我们各占三分之一"。那人三口两口把饭吃下肚走了，另一人结账后也离开。另一桌人也在匆忙地吃饭。中民对小勇说："这地方不清静，我们还是赶快吃了饭走人"。小勇他们回到旅店，中民对小勇说："这几天正是民工过年后，回工作单位集中坐车的时候，叫民工潮。大多数民工假期是定了的，到时间回不到岗位，用人单位就另召人顶岗，所以都很着急，不惜高出一倍的价在票贩子手里买票，就出现了刚才那样幕后的勾当。我原先不知道他们在哪个地方联系交易，可见那个地方复杂"。小勇说："听我一起上班的师兄弟说，那些越是热闹的阴暗角落里越复杂，因为热闹的地方人就多，各色人物充斥其间，各式各样的需求，做各种'买卖'的人也就多，光天化日之下，大庭广众之间，恶行容易暴露，他们只好到就近的阴暗角落里去交易"。中民说："我们还是少到那些地方去"。在以后的两天里，完成三栋活动工棚的安装工作，小勇也学会安装活动工棚和安装照明。最后完工的那天下午，中民召集工人说："甲方建筑公司管理人员明天才上班，这几天的工资今天还拿不到，明天下午或后天由陈民生给你们送来，你们领钱时要签字，我们好拿去报账，你们放心吗"？"有陈老兄在，我们放心"。中民说："如果有愿意在这里长期上班的同志，请在我这来拿合同，订了合同就可以上班，你们回去考虑一下，最好是在最近一个星期来报到"。中民他们回到旅店时间还早，换下工作服和小勇一起出去逛街，他们路过火车站广场，广场上人山人海，售票口前排起了长队，那队列不像是排队，而是依次坐卧的一列长床，队列里有人坐在编织袋上，两手放在膝盖上，头搁在手上睡觉。有的人干脆用两个编织袋铺在地上躺下睡觉。也有人坐着聊天，没有一个人是站着的。小勇好奇走到最前面去看，最前面是售票窗口，窗口关闭着。上面贴着一个纸条，上面写着："去广州，北京，上海方向的火车票三天以内的票已预售完，三天以后的预售票请排队明日再售"。几个穿着黑布旧上衣，蓝色牛仔裤的中年女子在坐卧的人群中走来走去，看到焦急疲倦的人就躬下身去附耳低语，多数人都摇头，也有少数跟她向场外走去。特别是那些少数带小孩的妇女，跟她们出广场的比例最大。小勇好奇地跟着她和一个带小孩的妇女往广场外走，那女子悄声的问："后面那个小伙子是你什么人"？"我不认识"。那女子转过头，用戒备的眼光瞧着小勇。带小孩的妇女问她："我买一张票，我一个人上车孩子怎么办"？"我们没半票，全票是有，但你不划算，你带小孩上车，检票员不敢把小孩留下，因为孩子太小。你说你上车在车上补张半价站票，他们没办法，只好放行，你就划算多了"。那人又转头看到小勇还在她后面跟着，恶狠狠地说："你跟着我们要干啥？是要耍流氓？还是要抢东西呀"？中民跑过来，悄声对小勇说："我们快走，那是票贩子，他们一伙人很多，什么事都可以干出来，围过来打你一顿，他们同伙很多，你白挨打"。中民和小勇急忙离开了广场。他们逛了一下午的街。到吃晚饭的时间，中民对小勇说："我们包里钱不多了，我们还是找个街边小馆子随便吃点"。他们走到一条街转角处有一个名叫"回头客"的小餐馆，里面有四张老式木方桌。一个中年妇女正在抹桌子上的饭渣，看到中民他们站在门口，她赶快回到柜台前，对小勇他们说："请里边坐"。从后面走出一个中年男子对她说："这里我来应付，你快去肉市场，快收摊了"。那女的看了柜台里一个挂钟说："今天有点晚了，可能那些剩货都没有了"。"管它什么，货摊上落下的都要"。那女的又问："没有猪油了怎么办"？男的说："落下的货不是可以熬出油吗"？那女子快步地走向街上。中民他们坐在凳子上听他们对话，那男子递菜单给中民，中民站起来说："我们不吃了"，转身往外走，小勇跟在后面。只听那男的气愤咕嘟地说："看那付穷酸的样子，还要挑三栋四的"。走在街上中民对小勇说："那男人和女人看来是一对夫妇，可能也是餐馆的老板。她到肉摊去收那些别人不要的边角下杂冒充好肉，把肠头，肠油来熬油，想起就恶心想吐。今晚我们就吃碗小面"。他们到街达的小店吃了碗小面。在回旅店的路上，中民到邮局去给公司调度室通了电话，调度员通知，明天来两辆货车到渝州市的原工地，将办公室用品连同床铺被盖日常用品，一起搬来渝江工地。中民说："明天搬家汽车要经过这里，我们坐汽车一同去搬家"。当天下午甲方公司财务送来了民工的工资，中民把工资转交给陈民生。第二天上午中民和小勇到公路边等汽车，到了中午十二点车子才到一辆。司机说："另一辆在后面卸货，可能还得等一个小时"。中民对小勇说："你先坐这辆车前面走，我坐后面一辆车"。小勇上车坐在驾驶室里司机的旁边，车辆行驶在盘山公路上。小勇看到司机两眼全神贯注地平视前方，有时双手握方向盘左右旋转，有时脚踩离合器，右手马上推变速杆，手脚并用，忙得不亦乐乎。过了市区公路，又翻过一个山坡来到一段平坦的路段，这时候他手脚没那么忙了。司机对小勇说："小兄弟，你这么年轻，是学校分配来的吧"？小勇说："我是劳务公司的人，不是正式职工"。"啊，原来你也是打工的"？他又说："像你们这样打工的，有什么福利吗"？"我们除了记件工资什么也没有"。"现在很多企业都靠你们这样的劳力扩大规模，创造价值，赚取利润，用你们这样的劳工，单位没负担，医疗，养老金，退职金和其它一切福利都没有。单位没有任何包袱，你们老了，病了怎么办？将来是个社会问题。我有两个堂兄弟在农村，现在也在外打工，跟你一样将来也面临这个问题"。小勇说："我现在还年青，有时间，有精力自己解决问题"。"小兄弟雄心很大，志气不小"。小勇说："身份和现实决定了，没有选择。师傅这车是你自己的吗"？"我哪里买得起车，这车是单位的，是我承包的"。"怎么承包法"？"我每年向单位净交一万元，除大修费由公司负担外，其余的中修费，维修费，零配件费，养路费，过桥路费，保险费，燃油费，润滑油费，这些费用都由我负担。压力大呀，还不如前些年没承包，我啥都不管，只听调度的调遣，只管开车和安全。现在虽然收入多点，但压力好大啊"。前面公路边有人招手，车停住了，司机打开车门问："有什么事"？那人说："我有四十包水泥拉到渝州市要多少钱"？司机说："这里到渝州市还有一百五十公里，四十包水泥两吨重，按运价算要二百元"。那人说："我还是找拖拉机拉，虽然慢点，但运费低得多"。"那你愿出多少钱"？"最多一百元"。司机说："上车"。上车后司机对运水泥的人说："我是顺路捎带，只收了你的油钱，如果是专门运一趟，按车载重量计算要二百多元"。那人说："是那样，只好用拖拉机了，谢谢师傅帮忙"。到了渝州市卸完水泥赶到原工棚地，中民哥已经先到。眼前已是原工棚平地，剩下几间办公室未拆。中民叫看守工地的张老头打开办公室门，看到办公室物品包装仍是原样，叫张老头重新锁上门。中民对小勇说："我们去找个旅店住宿，明天一早来装车"。第二天中民，小勇和另外两"棒棒军"一早来到装车地点，货车已停在那里。两位师傅说："你们赶快装车，我们还要赶回渝江市，如遇上堵车，还不知道多少时间才能到工地"。中民对小勇说："你快去再找两个棒棒军来"。一会儿两个棒棒军和小勇到来，中民说："小勇你们三个人装一辆车，我们三个人装另一辆车，注意把坚固不怕压的物品装在下面，把易碎易破的物品装在上面，贵重的物品装在中间，捆牢，装好后我来检查一遍"。一个半小时后物品装好，车子出发。

5-4　占道诉求

　　　　汽车在蜿延的公路上盘旋行驶，时而翻山越岭，时而穿林过桥，今天司机没说话，两眼平视前方，手脚并用，车速比昨天快。小勇一路上眺望窗外，山坡，树木，麦苗，油菜花在视线中抖动着逝去。预示着春天已经到来，新一年的工作已经开始。窗外明媚的春光，小勇心情舒畅，车子转过山头，车速慢了下来，看到长长的车龙，最后停了下来。这时候司机说："前面停了这么多车，不知前面出了什么事，小伙子你到前面去打听一下"。小勇打开车门，下了车，往'车龙'前走。有的车门开着，大多数的车窗已经打开，有男的往路旁边树林里钻，看到个别女的也往树林里钻，又看到有个男的从树林里出来，右手还在拉裤裆的锁链，小勇知道了是他们尿憋得慌，把树林当厕所。继续往前走，想找个人问堵车的原因，但望长长的车龙没有往回走的人，似乎在静等前面的车随时开动。他走了很长一段路，仍没见到尽头。他往回走，到车前给司机说："我走了一段路，往前看长长的车龙望不到尽头，没看到往回走的人"。司机说："那你上来坐着吧"。小勇上车坐下，静下来蒙眬似睡，不知过了多久，司机叹气说："运气真不好，要是今晚赶不到目的地，明天的业务怎么办呢"！小勇问："师傅有什么事，让你这么着急"？"小兄弟，我答应我重要的业务单位的老总，明天帮他到渝州市去搬运贵重的红木家具。他怕影响不好，要特别保密，所以才找到我这个'老熟人'，这一误事，我怎么面对老总？我该怎么办"？小勇说："等一会儿也许会通车"。中民从后面走过来问："你们知道前面发生什么事"？小勇说："刚才我到前面去了一趟，他们都不知道前面发生了什么事"。一个小时又过去了，太阳落山了，司机更加着急，中民问清楚了原因，对司机说："前面还有一百多公里，看来今晚赶回去的可能性很小。我在建筑公司有个司机是熟人，我打电话叫他去帮你完成任务"。司机问："这哪里有电话呀"？"刚才我问当地老乡说，离这儿有十来里是合江市，我走路到那里邮局去打电话，你把那位老总的电话告诉我"。司机用笔在纸条上写上电话号码，交给中民说："你把这里情况给他讲清楚，叫司机不要问老总是谁的家具，什么样的家具，不要收他的运费，我给运费，天快黑了，路上注意安全"。"这一路都是车，会很安全的"。一个提着竹篮，背上背着瓶装水的人边走边喊地走过来，司机问："你烤红薯怎么卖"？"一元钱一个"，"瓶装水怎么卖"？"一元五角一瓶"。"你乘人之危，心狠手辣"！卖红薯的人说："到这种时候还嘴硬，爱要不要"！中民说："我要到城里去，顺便带点吃的回来，你们坚持一会儿"。中民快步顺着汽车长龙的公路向合江市走去，不时碰到提篮叫卖水和食品的小贩，很少有其它行人。他不知走了多少时间，看到远处闪烁的灯光。又往前走了一段路，在昏暗的灯光下看到一条小河的桥上坐满了人。走近一看，正是这条公路桥上坐满了人，全是老头和老太婆。后面长长的汽车长龙，正是这些老头和老太婆堵在桥头，桥头站着一堆人，几个老头正和几个年青人在对话。中民也想听个究竟，挤进人群。一个中年人说："老大爷，我求你们了，让开放我们过去吧，我拉一车鲜花，明天早晨三点钟赶到渝江市去交货，如果错过时间，一车鲜花坏了，我可赔不起"！满脸焦急，两眼闪着泪花。另一个男子说："老大爷，你们做点好事，我雇一辆车拉的活鱼，鱼缸的水很少，时间长了水里的氧气被吸完，鱼死了损失就大了，我也是农民，一年养鱼的辛苦就白费了"！他说话时双手合十，像是求神的姿势。又有一个中年男子说："我拉的一车顾客，有人明天要上班的，大多数人都是到渝江火车站转车到北京，上海，广州去打工的，都是明天早晨的火车，错过时间赶不上车怎么办？不但损失车票钱，重新买票，现在买不到票，失掉一年的打工机会，那些靠打工养家的人怎么办"？那些老头老太婆也哭丧着脸说："兄弟们，你们的难处和损失我们也痛心，我们也是没办法，我们的田地被占，住房也拆了，当初征地时给每亩可耕地，只给青苗费每亩二万元，我们每人可耕地只有一亩，一家人就只有四五亩地，十来万元，一座房折价一二万元，十多万元就把我们子孙赖以生存的根本地买走了，我们买房每平米八百元，买八十平米的房子加装修费要十来万元，加上搬运费和买点简单家具，用品，就没钱剩了，我们吃什么？一家生老病费用怎么办？政府把土地卖给开发商十万一亩，政府收我们的地都是可耕地。政府卖给开发商是地表地，包括那些没在征收范围内的道路，田埂，荒地，林地，那么多的钱进了政府的腰包。我们是什么下场，没有工作，没有地种，生活无着落！走投无路！求助无门！我们多次找政府诉求，到政府门口静坐，人走楼空，不知到何处去了，我们怎么办？走投无路，只好到这里来造点声势，逼他们出来跟我们谈判，只要你们能把他们请出来和我们谈判，我们立即让开。现在反正我们衣食无着，不死也是死，你们把车从我们头上开过去吧"！中民看到他们情绪激动，怕出事，他扶着桥上栏杆挤着人群小心的踮着脚往对岸走。又看到一些年青人给坐在桥上的老头老太婆送饭，送水，送衣服。那些老头老太婆收下东西说："你们快走，这不是你们呆的地方，你们今后的路还很长，我们是活到头了的人"。年青人走后，老头老太婆互赠着食品和水，有的说着鼓励和安慰的话，有的在诉苦。中民离开了桥上静坐的人群，来到邮局跟熟人司机通了电话，又在摊上买了点包子和瓶装水，在黑夜中靠近汽车，往前赶路，走了近两个小时，回到停车处已是深夜两点钟，他们饥渴难耐，狼吞虎咽，吃饱喝足后，在车上睡了一觉，车子开动时，已是第二天中午十二点钟，到达工地已是下午五点，卸完货天已黑。整整耽误了一天，司机拿出运单叫中民签字，司机对运单上的收费项目说："一天按里程计运费，另一天我不能白等了一天，我开车的工钱算白干，但车的养路费，承包费，保险费是按月交付，算半个台班吧"（租车不计里程按时间计费八小时为一台班）。中民说："我可以代表甲方签字，特殊情况我无权处理，在运单上给你写明原因，帮你把情况讲清楚"。司机说："也只能如此了，谢谢你的关照，以后有运输业务请多关照"。司机收单开车走了。

第六章

6-1 学习实践

  中民和小勇回到渝江工地，找陈民生在当地找了几个泥工，电工，水道工，抓紧时间把食堂和澡堂建好，经过五天的努力终于完成。最后一天是安装水管，小勇和水道工陈师傅一起安装，陈师傅说："安装水管很简单，就是用攻丝扳牙把水管扳出三公分长的丝纹，再用各种管件连接起来，再接上水龙头就完成。连接管件时注意两点：第一点就是用麻丝顺时针方向在丝沟里缠紧，但只缠半沟丝。第二点就是把缠丝的螺纹涂上油漆，这样的目的就是为了堵住丝口未咬合的部分使其不漏水"。陈师傅把水管夹在钳子上，套上攻丝扳牙开始扳丝，扳好一根水管的丝。第二根水管由小勇学着扳丝，他套上攻丝扳牙慢慢地用力扳转，仔细琢磨，经过几根水管的扳丝，基本掌握了这门技术。经过一天的安装，学会了水管安装的技术。经过三天的努力终于完成了水电安装。回家的民工陆续地回到工地，两栋工棚已住满了人。下午三点，袁师傅带着一个男子和两个中年女子来找中民，拿出两份合同书，中民看了这是公司和他们签订的用工合同，袁师傅和他老婆陈秀芳，另两位是新来的木工汪一学和老婆李欣。中民说："袁师傅和汪师傅你们俩住男工棚，你们两位大姐就只有住女工棚了"。袁师傅说："我们夫妻想住在一间屋"。中民说："甲方不会提供这个条件，如能提供这个条件，工棚成了家属房，那要多少的工棚"？袁师傅问："还有其它办法吗"？中民说："倒是有个办法，就是把工具房隔成两层，下面层放工具，层高一米六，上面层住人，层高只有一米三"。袁师傅说："睡觉时还得爬着进去，石棉瓦屋面，层高又那么低。天热时可受不了"。中民说："我们只是提供劳务，所有住宿都是由甲方安排，他们的正式职工家属来工地探亲也只能住工具房。你们自己考虑，如果你们愿意，明天你们自己搭设房间，如果你们不愿意搭设，只能分开住。今天晚上搭工棚是来不及了，你们可以在外面住旅馆。合同放在我这里，如果你们不愿在这里干，在我这里把合同拿回去"。他们出去商量了一会儿，汪一学夫妻要回了合同，袁师傅夫妻留了下来。这几天民工陆续来到工地，中民的事也多了。由于姜工还没回来，新建的房屋没放线，民工们没事干。但饭还得吃，中民急着找甲方项目经理和会计预支生活费，但会计和项目经理是今晚的火车，最快也要明天下午才能拿到钱。中民找伙食团长商量，开饭时由中民给没钱买饭票就餐的民工记账，所欠餐费在以后的工资中扣除，伙食团长同意。另外一个问题是澡堂没热水，现在还是初春，室外的温度也只有十多度，自来水更冷，洗脸洗脚怎么办？中民说："锅炉没安好前，大家只好忍受，煮饭的锅只能提供吃的开水"。中民召集工班长开会说："这两天可能都没有工程上的活，各位班长回去清点一下人数，把名单报上来。另外各工班把自己工棚前的道路修整一下，便于下雨天行走"。第二天姜工回来了，小勇帮姜工安放床铺，办公桌。姜工对小勇说："卧室的拉线开关在屋中心，晚上起床开灯很不方便，还有办公室的开关也应该在墙上，你去叫中民安排个电工重新安装一下"。小勇说："我来安装"。姜工说："你学过电工吗"？"前几天搭工棚时跟电工师傅学了点技术，你这两间屋的电路就是我单独安装的，当时没考虑周到。我不是电工，可能领不到工具和材料"。姜工说："我给你写个条子"。小勇拿着条子到材料库领到了胶布，钳子，电线。小勇说："我现在就开始改线，为了安全我要断电，我去找中民哥帮我守着电闸。因为断电后我不在电闸处，我在操作时，别人不知道有人在操作，合上电闸可就危险了"。小勇找到中民看守电闸，他拉下电闸，来到办公室开始改线。姜工在旁看到小勇熟练的动作，一会儿就完成了。姜工赞叹道："你真聪明，什么都难不到你"。小勇说："这是很简单的技术"。姜工对小勇说："你这就去准备明天放线的工具和材料，明天我们一早就开始放线，这么多工人等着开工，你给王工头说，明天另外还派两人来协助"。第二天一早开始放线，姜工对小勇说："你今天指挥他们两人拉尺子，拉线，撒灰线，我负责看仪器。还要根据地层，地质资料计算基础开挖的深度和宽度。我告诉你的尺寸，你在图上相应位置标注尺寸，指挥他们二人以基础中心线为中心，按图上标注尺寸，量出基础开挖的边缘线，并撒上石灰粉，作为基础的开挖线"。经过一天紧张的放线，三栋货物仓库的基础开挖线已全部完成。明天就可以施工，在下班回去的路上，姜工对小勇说："这段时间我比较忙，我想把你调来我这里上班，帮我整理一些资料和绘制一些草图。这些资料是今后计算开挖基础土石方的依据，也是你们公司记件工资的资料和我们公司验工资料"。小勇说："我当然想来学点技术，但是我什么都不会"。姜工说："我会教你"。小勇说："我有个事想请教你，目前我开始上函授工民建大专课程，所有课程都是根据自己学习进度自行安排，我想结合工程工序进度，结合书本专业知识和现场实践，加深理解，这样每道工序我必须到实践中去操作体会，同时学知识也学技术。我会充分利用白天到工地上学技术，晚上的时间协助你的工作，如果工地上没有技术活，就以你的工作为主，近段时间挖基础，没技术可学，全力协助你，你看我个想法合适吗"？姜工说："你这种学习方法和学习精神很好，我很钦佩"。小勇问："姜工，今晚有什么事吗"？"近两天你可以抓紧时间，学习工程制图专业的课本和基础工程课本，过几天就有很多构件图和基础部分的图纸需要绘制。还有关于建筑基础工程结构知识，基础开挖后由于地层地质的原因涉及到基础工程的变化，你可以结合课本知识与实际相结合，对学习会有很大的帮助"。小勇说："我今后的工作和作息时间就由姜工安排"。姜工说："工作和休息还是要有个度，不要过于劳累伤害身体"。小勇说："我人年青，身体好，吃得饱，不缺营养，就没问题"。到了姜工的办公室，小勇说："我饭后来帮你收拾屋子"。姜工说："你去忙你的，我这里没多少事"。小勇晚饭后又开始看书，他先看工程制图课本，从三视图入手，他细读书中叙述的三视图原理，三个视角的关系，在空间聚焦的成象，反复琢磨书中的例题。他顺手拿起茶杯，从三个角度以理想平行垂直的视线观察它的可见轮廓和不可见的隐形轮廓和边缘，平视的位置。他联想到各种物体用三视图原理在图上的画法，他越想越觉得这种图示方法用途广泛，思考着各种物体形态的图示方法。不知过了多少时间，被一阵鼾声从思考中拉了回来，倒头便睡。第二天开始开挖基础，上班前中民召集所有的民工开会，他说："现在工程的其它工序还没有出来，所有工种的人只有挖基础土石方，各工种开挖的位置，会后由施工员安排。在挖基础的过程中注意三点，第一点就是挖到土质比较硬或者土质发生变化时，就找施工员对土质进行察看。第二点就是锄头一定要安装牢固以防掉落伤人。第三点就是挖出的弃土一定要抛出基槽外一定距离，以防基槽边缘受弃土压力垮塌，注意观察基槽边缘，发现裂痕立即离开，以防塌方，今天讲话到此结束"。小勇今天参加开挖基础，他使用铁铲，锄头已经习惯。一天下来他挖了有一米长，一米深，一米五公寸宽的一段基槽，土质没有大的变化。晚饭后他又开始接着前晚看的课本书继续看。书本接下来讲的是剖面图，剖面的目的是要把不可见的内部构造图示出来，为了图示内部各种物质构造。各学科专业有不同代表各种物质的符号图例，建筑专业有规定的图示图例。图示的目的，是要了解整个物体不可见的内部构造，因此解剖的部位很重要，一定要有代表性和构造变化的部位，在构造图上标注解剖位置。小勇仔细观察了书上的图例，反复对比图示内部构造与外部形状，轮廓的关系，画法，该用何种图例体现内部构造。他设想物体的内部构造和图示画法，他认识到了三视图和解剖图相结合，可以图示整个物体的构造，是一个科学方法，所以成为世界上科学描述物体构造的共同方法。学到了知识感到很高兴，也很满足，他又被一阵鼾声把他从思考中拉了回来，开始睡觉。第二天小勇还是从事头天的挖基础土方，由于基坑很深，凭他用铁铲往外抛土已是不可能，只有两人合挖一个基坑，一个在基坑里挖土装土箕，另一个人在基坑上用绳钩拉土箕倒土。小勇在基坑里挖土，往下挖到两米时出现了褐色的土壤，土质硬实，顺着这一层土质延伸挖，土质的变化呈现出约十五度的坡度。小勇找到施工员察看，他认为已挖到了房基础的土层，但他不敢确认，要找姜工用测试锤来测试后确定，小勇顺着土层继续往前挖。下午姜工拿着测试锤到来，他用锄头试挖了一下说："根据目测和试挖，土质的密度和强度应该达到设计要求，还得测试才能初步确定，最后确定还得由甲方监理和公司检查工程师共同确定"。他将测试锤提到一米高度，自由落下，查看撞击坑的深度，然后说："依据技规的参数，土质的承载力应该满足设计要求。我打电话通知他们来检查，你现在顺着这个土层往前挖，但在这土层上，基坑底一定要挖水平，宽度不得少于一米，挖出的基坑中心线，必须与原放中心线垂直重合"。姜工走后小勇思考着姜工检查的经过和他讲的话，有的过程和所说的话还不理解，打算今天晚饭后开始阅读建筑基础理论方面的书。晚饭后开始看书，书上阐述建筑基础的作用。上部建筑重力对基础地梁的传递和分布，基础基石和地梁的作用，以及传递重力对土质土层承载力的对应关系和要求。联想到今天姜工检查基础时的测试方法和测试目的，讲话的含义。他反复阅读和思考书本上阐述的每句话，每个字，设想所见的各种建筑物，联想到上部建筑物所产生的重力，传递到基础上，形成荷载的分布和传递的方式。他又开始阅读有关对土层土质的形成，识别，鉴别，测试的相关论述。书中的各种公式和计算式，他只从书上的论述，分析了公式和计算式中各种要素在公式和计算式中的位置和因果关系，没有做例题的演算，他想明天在挖基础的过程中，细心的观察土层土质的变化，承载力对土层和土质的要求。第二天小勇又开始沿着头天挖基槽的方向往前挖，褐色的土层仍以十五度的坡度往下延伸。施工员说："这是条石基础，是水平基槽，如果土质变化，以一根条石的长度九十公分为基数为一个水平段，以此类推，以基底土层坡度的变化决定同一水平高度的基坑长度，高度三公寸为一级台阶。基底一定要挖水平，小心不要挖松基底土面层，破坏了土层的原始结构影响土质承载力"。小勇问："为什么要挖出三公寸高，一米宽，一米八公寸长的台阶"？施工员说："我们的条石截面是三公寸乘三公寸，长是九公寸的长方体，要成模数才便于安砌条石"。施工员话说完，姜工来到工地检查，看到小勇说："小勇，明天你来帮我画构件图"。"行，我明天一定来，我想先看一下原图"。姜工说："行，你下班后在我办公室来拿"。晚饭后小勇到姜工办公室，姜工正在看图纸，不时地用笔在纸上写着什么，看到小勇走来说："我已给你准备好了，定型图目录里作了记号的，就是你要画的构件图"。小勇说："谢谢姜工，我拿回去对照书本看看"。晚饭后，小勇坐在床上先翻阅了定型图的前言。看后知道这是建设部第二建筑设计院，专为各种建筑，各种用途，各种荷载标准设计的构件图，供适合设计标准规范的建筑体选用。小勇翻开作记号的构件图，有门过梁构件图，窗过梁构件图，挑梁构件图，他用书本学到的三视图知识对照思考，但有些图示符号不理解，他又翻开说明，对照分析，看懂了图上的三视图。接着他又看解剖图，了解内部结构，根据解剖的部位和外形，想象构件的外形和内部结构的关联。至于为什么要设计成这样的结构和外形，他仍然不理解。他翻开书细读书上的内容，对工程制图有了基本的了解，至于构件设计原理只有在其它课程里去学，知识像浩瀚的海洋，我要到海洋中去遨游，寻找我要的知识。

6-2 描图

小勇第二天上班准时到办公室，姜工把绘图板，铅笔，丁字尺，三角板交与小勇。把绘图纸用图钉钉在绘图板上，又把丁字尺靠放在绘图板边上，三角板靠在丁字尺边上移动着三角板说："小勇，这丁字尺是起导向作用，用铅笔顺着三角板的另一直角边画出的线，都是垂直于丁字尺的边，移动三角板画出任何一条不重合的线都是平行线"。姜工又把另一块三角板靠在画线直角边说："顺着这一块三角板的直角边画出的线都是垂直于上一块三角板画出的线，因为它们两块三角板的边互相垂直。移动丁字尺可以满足在整张绘图纸上，画出相互垂直和相互平行的线条，以满足绘图的需要。线条之间要互相垂直或互相平行的线条，丁字尺和三角板靠边一定要密贴，画线时不能松动和移动，画线的起点和终点手一定要稳要准，这样才能保证线条流畅，垂直和平行的要求，两线相交点显得自然，这些就是基本的绘图技术。你先用铅笔绘制草图，经我审查后再用绘图笔绘制施工图，今天你绘制的构件图是按一比十的比例绘制"。小勇说："谢谢姜工的教导"。小勇选择一幅较简单的过梁图，他用三角板量了一下原图的尺寸，计算了所画的过梁绘制尺寸，开始试着用铅笔画线。开始画线条，三角板和丁字尺总是要移动，画出的线条总是弯曲，或者平行线不平行。琢磨姜工讲解，意识到在运笔的同时，三角板和丁字尺可能由于左右手配合不当，左手用力过大，或用力产生斜角致使三角板移动。他用橡胶皮擦掉所有的线条，检查了丁字尺三角板靠边是否密贴，重新摸索着画，画两条线条，看一下是否相互垂直。又加靠了一块三角板，画了第二条线，是否与第一条线相互垂直。不断地琢磨，总结经验，经过一上午的试画，理解了姜工对绘图要点的理解。小勇下午正式开始绘制构件图。他先把各视图的尺寸算好，规划各个视图在纸面的位置，然后开始画图。画技虽有进步，但总是有这样或那样的缺陷需要修改，一天下来，抓紧时间才完成了一个窗过梁的草图。给姜工审查后，说："画得基本正确，作为草图还可以。明天用绘图笔画施工

图一定注意，线条相交处一定要细心，不要留下相交处线条出头，或者不到位，运笔一定要稳，线条才会粗细一致。剖面图上，由于图示的部位和图示的内涵，不同线条的粗细不一样，还有虚线的点尽量画到等长。剖面图的斜线尽量画到等距"。小勇说："姜工还有什么教导"？"明天试画后再说。你开始学画图，到这种程度，已经是很不错的了"。小勇第二天开始在头天的草图上描图，绘图笔根据笔画线条粗细分若干号，小勇在另一张废纸上试画着各号笔线条粗细。基本掌握后开始按照定型图的笔画粗细虚实开始描图，他既要看定型图图形线条的粗细对号选笔，又要注意三角板与草图笔画的距离，画出的墨汁线条重合铅笔线条。他有些紧张，画得很慢，每描完一笔都要静神片刻，一整天才描完了窗过梁的几幅视图。交与姜工审查，姜工走到画板前，看了一下说："看笔画基本上顺畅，但运笔的手还要更加稳，图示是否正确，我今晚对照定型图检查，你是第一次描图，有这样的效果已是很好的了"。小勇说："谢谢姜工的指导和费心"。晚饭后，小勇又开始看书。他翻开基础工程的下一章，基础工程构筑物的设计与构造。书中分别论述了条石基础，地梁基础，预制钢筋混凝土桩基础，钢筋混凝土基础，地梁，和整体板式钢筋混凝土基础的设计理念，结构力学，施工工艺，各种基础构筑物对地质的要求。涉及到很多专业方面的知识和高等数学方面的计算公式，他仍然有部分不理解，只好在以后专业学习时加以思考。现时是要把书本中基础工程的设计理念和现场施工结合起来思考加以分析。他阅读课文，尽量记下书中的论述，在基础的施工中去对照分析。第三天，小勇动作逐渐熟练，进度加快，经过五天的努力，完成了姜工交给他的任务，回到工地继续挖基础。基础的土层跟前几天一样，到下午挖到一段土质突然变化，好像是断层一样，小勇想起书中对这种变化论述的几种成因。他报告了施工员，施工员带来了姜工。姜工看后说："小勇，你依照目前的基底水平继续断往前挖，看这一土层基础有多长"。小勇遵照这一吩咐继续向前挖，直到第二天中午突然挖到了前几天一样的褐色土层，像是书上描述断层一样的地质构造。小勇又找来施工员查看，施工员也作不了主，又找来姜工查看。姜工说："你们按现在的土层把整栋仓库的基础土方全部挖完，再把这段断层土质的基础往下挖一米。通知设计单位的设计人，建设单位主管，工程监理前来查看，决定施工方案"。小勇他们又经过两天的开挖，按姜工的要求完成了基础的土方工程。几天以后，三方的五个人来到现场。经过仔细查看确认为断层地质，变化是因为若干年前地震造成地层断裂形成裂缝，这段基础要重新设计地梁，将这段地梁承受的荷载，转移到两边能承受的土层上。在下班的路上，姜工对小勇说："为什么地层土质变化，要找三方人员现场查看确认？因为地质变化致使地梁结构设计变化，需要设计人到现场，查看确认，重新设计。由于设计变更，工程量变化需要建设方认可，变更的数据也是我们承包方作为结算工程承包费的依据"。小勇说："环环相扣，有证有据"。姜工说："搞工程的人就是要严谨，疏漏导致后果严重"。小勇晚饭后想去问姜工，前几天描绘的构件图是否可用？哪些地方需要修改？他到姜工的办公室，看到姜工正在书写什么。小勇说："姜工，我前几天描的图，需要修改的地方，拿出来我现在利用休息时间修改"。姜工说："图示基本正确，少数需要修改的地方我已作了修改，小勇，你明天来我这里上班跟我去收方"。小勇说："行，我明天一早来"。第二天一早，小勇来到姜工办公室。姜工指着一堆卷着的图纸说："小勇，你在那里把上次标注的基础地形图找出来"。小勇

把三栋仓库标有地形的基础图找出来卷好，另外找好纸笔，皮尺，标杆。他们来到工地。姜工说："小勇你去找王工头派个人来拉尺子"。小勇去找王工头，在路上碰到木工小林。小勇说："正好我们量土方差人，你来跟我们量土方，你也学点东西"。小林说："好极了"。小勇说："你去给王工头说一下，回头你到一号仓库来"。他们三人分工，小勇和小林拉尺子读尺寸，姜工作记录。第一栋仓库基础地形较平坦，很快就测量完了。第二栋仓库基础和第三栋仓库基础地形较复杂，为了测量准确，一小段一小段地测量，三栋仓库基础整整测量了一天。快到下班时坐下来休息，姜工说："你知道我为什么在图纸上标注尺寸？另外还要在图纸上作记录吗？图纸上标注尺寸是为了留下证据，今后建设方如果对基础工程量有疑问，这就是证据。因为今后上部建筑施工，基础要填埋而被隐埋。另外作记录方便计算基础土方量。明天你来办公室，按今天基础收方记录的数据和开挖的实际断面，画基础剖面图，作竣工资料存档"。小勇说："我明天准时来"。晚饭后，小林来到小勇床前，看到小勇正在看书，小林说："小勇哥，我给带来了课程表"。小勇接过课程表，让出半截床位说："小林请坐，我正想问你，我们的函授课怎么办"？小林说："我这次来渝江之前先到了渝州市，找了函授老师，他说渝江市有我们的分校，就在渝江建筑专科学校内。课程表下边有个电话，你现在学得怎么样"？小勇说："我现在结合我们工地干活的项目学专业课，学习和理解专业理论知识，我自学课本的程序和学校教课的程序相反"。小勇问："你现在在学什么课程内容"？小林说："我现在在学数学课程，你教我的学习方法很好，逻辑，推理，演算一步一步地深入，虽然慢一点，但比较扎实"。小勇说："这样就好，自学不受时间限制，贵在坚持"。"小勇哥，我回去看书去了"。小勇说："哪天去上课，提前头天晚上通知我，我好预先请假"。小林说："记住了"。第二天小勇画基础剖面图，由于技术已经熟悉，三天就把三栋基础剖面图画完。交给姜工审查，姜工说："你放在那里，明天我核对一下"。晚饭后，小勇去找中民，问第二天干什么活。他到中民办公室，中民正在写什么，看到小勇进来，中民让小勇坐下说："明天开始扎地梁的钢筋，想安排你去钢筋班学扎钢筋，你意下如何"？小勇说："好极了，我正来找你安排工作呢"。"明天早饭后，你来我办公室，带你去见蒲班长"。

6-3 学技术（一）

　　第二天见过蒲班长后，蒲班长问小勇："听说你是王工头的表弟"？小勇说："是的，他是我大姨的儿子"。蒲班长又问："是真的吗"？小勇说："难道说这些事，还有掺假的吗"？"现在社会上为了拉关系，什么表亲，表弟，表姐，表妹，干妈，干爹，多的是"。"既然是王工头的表弟来学技术，我毫无保留全教你"。小勇说："谢谢蒲师傅"。蒲班长说："现在我们开始工作，小勇你识图吗"？小勇说："懂一点"。他把图摊开说："你先仔细地看一下图"。小勇看到由编号钢筋组成的钢筋骨架，图示原理仍是三视图和剖视图的原理。还有材料表，表格里有各号钢筋的长度和直径，弯曲的位置，长度，弯曲角度。他虽然看懂了图纸，但是他还是不能确认自己是否理解正确，对于钢筋制作的工艺和过程一巧不通，他只好装着不懂地问："蒲班长，我现在做什么"？"你帮小陈师傅制作一号钢筋"。陈师傅听说是王工头的表弟，从头到脚打量一遍，心想这个小青年还有背景，为了和工头拉上关系，要好好待这个徒弟。他礼貌地摊开图纸和小勇看。图里一号钢筋长度十米，直径十二毫米，陈师傅拿着卡尺在钢筋堆里卡着找钢筋，他找到一捆十二毫米直径的钢筋。"小勇，把钢卷尺拿来量尺寸"。这是一捆等长六米直径十二毫米的钢筋，陈师傅说："钢筋长度只有六米，要制作十米的成品钢筋，需要加长，加长有两种方法：一种是绑扎法，另一种是对焊法。先讲绑扎法，每根相连结的钢筋端头接头还得加长三十五倍直径的搭接长度，以保证钢筋在混凝土构件体内搭接点的抗拉强度，小勇你算一下总长度是多少"。小勇心算了一下说："应该是十米四十二公分"。陈师傅说："你算得对，但应该这样计算，成品钢筋每根只有六米，还差四米，加上搭结长度四十二公分，加长钢筋为四米四十二公分。另一种是对焊法，对焊法，就是通辷焊接，把两根钢筋端头接点熔为一体，不需要加长。我们采用对焊法，我用切断机断料，你过来学断料。小勇量钢筋长度，按长度画线，线画完，赶快过去。陈师傅把钢筋放在切断机台上，合上电源开关，切断机切片来回作切断运动。陈师傅说："你观察好切片切断的位置，趁切片离开时，立即将钢筋切断标记处放在固定的切片处，让运动回头的切片切断。注意手不要靠近切断处，以防伤手，你先看我操作"。小勇站在一旁，看陈师傅操作。他先安放好钢筋，趁切片离开时，两手握住钢筋画线两端，同时将画线位放在固定的切片上，运动的切片回头切断钢筋，动作有序不乱。切断几根钢筋后，陈师傅说："小勇你来操作，不要着急，一步一步地来"。小勇按步骤一步一步地操作，第一次就顺利成功。陈师傅说："很好，记住机械操作必须按程序一步一步地来。如果切断机刀片离开和回切的时间紧，来不及，千万不要赶，等侍下一过程。如果因赶时间手忙脚乱，会导致钢筋断位错误而浪费。更严重的后果是，刀卂扎手和钢筋弹射伤人的严重后果"。"谢谢陈师傅的教导"。"小勇，你把切好的钢筋搬到弯曲机旁，下一步我们弯钢筋"。小勇切断完钢筋，搬到弯曲机旁，陈师傅已做好准备工作。陈师傅说："你先看我操作"。他用粉笔在钢筋上画好弯曲点，把一根钢筋放在弯曲机平台上，根据钢筋调整好弯曲位置，按动电钮，弯曲板自动转动九十度，自动停止，停止片刻后，弯曲板转动回到原位，他取出钢筋，钢筋弯曲正好九十度。他又连续操作几次，然后叫小勇操作。陈师傅说："弯曲钢筋的几个要点：一，根据钢筋直径调整好距离，二，注意弯曲点的位置，三，要把钢筋放平正，紧靠弯曲板，四，不要按错按钮。我再从第一步开始操作几遍"。小勇仔细观察，看懂了每步操作的过程和要点。小勇说："陈师傅，让我来操作，我操作不正确的地方你立即指导"。陈师傅说："好，你来操作，我还是那句话，不要着急，一步一步地来"。小勇比较紧张，小心奕奕，第一次操作结束，钢筋弯曲的角度准确。他继续操作，陈师傅点燃一支香烟，站在旁边看着他。他把几十根钢筋制作完，也基本掌握这项技术。接下来是制作地梁箍筋。陈师傅说："箍筋在结构上起着钢筋骨架的定型固定作用，和加强构件横向抗压作用。因此要求成型尺寸准确，由于钢筋在弯曲的过程中塑性变形而延长，因此在画线确定弯曲点时根据钢筋直径适当缩短尺寸，具体缩短多少根据经验决定，开始学制作可先作试验，根据试验结果决定"。陈师傅说："小勇，你自己动手做试验，我到办公室去一趟'。小勇按图纸图示尺寸切好直径六毫米的钢筋，再按图示尺寸画好弯曲点，在弯曲机上制作好后，用圈尺量，结果成型尺寸大于图示尺寸，他仔细琢磨，是因为塑性变形，转角处被弯曲时塑性拉长导致误差，计算后重新断料试验，结果成型的边缘尺寸与图示尺寸一致。但他不知道图示尺寸是代表钢筋中心尺寸，还是边缘尺寸。陈师傅回来后小勇问："这图示尺寸是成型钢筋的中心尺寸还是内外边缘尺寸"？"原则上是钢筋中心尺寸，以保证混凝土的保护层。如果是内边的尺寸，由于箍筋一般直径小，误差也就三五毫米，也在规范内，因为相差不大。但必须每个箍筋成型尺寸保持一致，主筋捆扎时才能与每个箍筋密贴"。小勇又开始在钢筋上画弯曲点的位置，画完后又开始制作箍筋，经过一天的培训和自己的认真钻研，精心操作，完成了任务，基本掌握钢筋的制作技术。第二天陈师傅和小勇开始绑扎地梁钢筋。搬来了制作的钢筋，对焊机房设在工地上。陈师傅说："对焊的原理是，用强电流，高电压原理，在两根钢筋头接触时产生高温熔化熔合，致使两根钢筋连成为一体"。他们要先用对焊机把二根十六毫米钢筋焊接成长度为二十米长的成型钢筋。操作时先固定好两根钢筋，钢筋头留有一定的距离，然后按下电钮，扳动手把，两钢筋头瞬间火花四溅。几秒钟后，放开电钮，电源切断，焊接完成，两根钢筋头熔化为一体。地梁钢筋的结构为四根十六毫米主筋，每三十公分距离绑扎一个六毫米箍筋。计算出每根地梁需箍筋六十七个箍筋，加上头筋共六十九个箍筋，配好四根主筋，套上六十九根箍筋。抬到垫好碎石的基础上，又在主筋上每三十公分画上箍筋捆扎点，箍筋分配到位，开始用铁扎丝绑扎，扎丝就是直径约0.3毫米柔软的铁丝。小勇开始用摇动扳手扎丝，两手配合不好总是勾不着扎丝，摇动扳手转动也不自然灵活。他站起来看师傅们操作，他一个动作一个动作的观察思考，又学着个一动作一个动作的练。到下午腰酸痛，手腕也酸痛，他坚持着，两手学着配合，动作比开始前灵活。经过几天的制作，捆扎钢筋，学到了钢筋工的基本技术。地梁的钢筋工序完成，紧接作就是安装木型，安装木型是木工的工作。小勇也想学木工技术，他想趁吃晚饭的时候，端着饭到中民的办公室去谈自己的想法，到了中民的办公室，中民正在吃饭，说："小勇请坐"。小勇拉了根靠墙的木凳坐下说："中民哥，我想利用这段时间学点木工技术"。中民说："木工班长是从其它施工队新调来的，我不熟悉，你去找小林跟班长疏通一下"。晚饭后，小勇到小林工棚，看到小林正在看书。小林看到小勇赶快让座说："小勇哥请坐"。小勇坐下拿起小林的书，是高等数学，小勇问："你看得懂吗"？"就是很多数理看不懂，我正在想，把不懂的数理记录下来，星期天上课问老师"。小勇说："你这种学习方法很好，就当是预习，我现在还没学到那么深奥的知识，我也只学一些专业基础理论方面的东西，涉及到计算题先放下，待以后再回头学习。小林我想找你帮个忙，明天要制作安装地梁木型，我想去找你们班长，我想学木工，看他愿不愿收我这个徒弟"？小林说："我们班里有两人春节回家，至今都没回来，也许到其它地方去了，正好差人"。"那你坐会儿，我这就去找他"。小林一会儿回来说："听说你是王工头的表弟，他毅然收下，叫你明天就去上班。他说你没工具，我说我有工具我们两人共用，他说可以，以后再买"。"小林，你的被盖烂了一个洞，我那里有针线拿来补一下"。小林说："没关系，我盖另一面，另一面烂了再补"。小勇说："小林，谢谢你，我明天一早来上班，我也回去看书"。第二天，小勇提前到小林工棚等小林。小勇和小林一同去上班，小林把小勇介绍给朱班长。朱班长问小勇："你识图吗"？小勇说："知道一些"。"你把这图拿上和小林去裁料"。小林说："你识图了"？"我前几天才学的"。小林说："那我今天边干边跟你学"。小勇翻开图纸，仔细地看完了各个示图和图示的说明，小勇说："这木型很简单，就是锯成三十公分宽的木板用钉子钉成长方型就成"。小林说："我们现在就用墨斗弹线"。他们俩一个拉线，一个弹线，由于都是一个尺寸，很快就弹完线。开始切割刨花板，小勇按住刨花板不让移动，小林开始用电锯锯刨花板。小林突然停下说："我们面对的是逆风，锯末和苯的气味扑面而来，这是有害气体，锯灰吸进肺里也不好，对身体危害很大，我们换个方向"。他们将刨花板放在平台上转动一百八十度，又开始操作。小勇仔细观察他操作的步骤，一段时间后小勇说："让我来学锯板"。小林说："好哇"。小林说："这道工序很好学，掌握四点：第一点，先按下开关，让锯片全速转动后接触木板，第二点，电锯压板前边有一缺口，缺口对准木板上的切割线推进，第三点，向前的推力不要过大，速度要稳定，第四点，停止切割时松放开关，等锯片停止转动时才提起电锯退出切割。小勇哥，你记住这四点一步一步地操作。这第一点最重要，开锯时，左手一定不要靠近锯片，拿木板的手也要离电锯远点"。小勇摆好电锯，他遵照四点一步步地操作，他按下开关，锯片飞转起来，并发出刺耳噪音，心里一阵紧张，他镇静片刻，按操作要点，一步步地操作。第一块板锯下来后察看，切割板的边缘有弯曲，小林说："弯曲不大，不影响质量。切割时注意手要稳，速度均匀，不要快"。小勇又接着锯板，小林为了学识图，他在平台板前面固定一块木条，使其锯模型板时在推力作用下不至于移动，这样不用再用人撑着刨花板，由小勇一人操作。锯了几块板后，小勇停下来，把图示原理和识图方法给小林讲了一遍，教他怎样在现场对照实物识图。到中午下班时，木型板锯完，小林识图也有了一些收获。下午开始安装木型板，小勇根据地梁的图示尺寸和施工员拉的木型板水平定位线，裁制木型板的长度尺寸。小林和另一位师傅钉做木型，他们顺着定位线，根据定位线将裁好的木型板竖立，将木桩靠在木型板外侧用手锤打进地里定位。根据水平拉线决定木型板升降定位，木型上口跟水平线一致，再用钉子钉在木桩上，用和地梁横切面一样宽尺寸的钢筋放在木型板底，控制内侧底部尺寸，用木条钉住两上侧木型板，控制木型板上部尺寸，最后两边木型用斜木条支撑，撑住整体木型，不能因为外力作用而移动变型。小勇仔细观察琢磨每道工序，每个配件的安装方法和作用，主动参与安装，工作进展顺利，到下午下班时，一栋仓库木型安装完毕。

6-4 倾诉

　　吃晚饭时，小勇买好饭从食堂出来，正好碰到苏姐埋着头，端着饭往外走。小勇说："苏姐你多久回来的"？苏姐抬起头看到是小勇，满脸伤感地说："小兄弟，我回来几天了"。小勇说："这几天我一直在看你回来没有，我以为你不来了呢"。苏姐左右瞧了几眼说："小兄弟，我们到外面去吃饭"。小勇端着饭跟在苏姐后面，看到她仍穿着一年多前的工作服，衣裳和裤子都沾了许多泥土，步伐无力，走到偏静处一块混凝板上坐下，小勇在她旁边坐下。苏姐边吃边说："我来上班这几天，一直在三号仓库挖基础，由于心情不好，买了饭就到工棚里坐在床上吃，饭后我就坐在床上发呆，回想近几年的往事和今后的打算。这次我本不想来了，但是没收入，没零用钱。在家除父母外没人跟我说话，有些话也不好跟父母说，我也不想跟人说话。在这里干活人多，热闹可以分散心思，所以我又来了。但晚上夜深人静就难受了"。她两眼注视着碗里，低着头吃饭，泪水像线一样流在碗里。小勇心里也很难受，端着碗，拿着筷子，忘记了吃饭。小勇说："苏姐，我们是同村人，又远在它乡，心里你就是我的姐，你有什么心事就跟弟说"？她的眼泪更像泉水一样，她毫无意识的把碗放在腿上，右手的筷子掉在地上毫无知觉，小勇赶紧给她把筷子捡起来，插在饭碗里。她带着悲腔地说："这几天我没脸面见人，也不好意思开口向人诉说，也没跟人讲话。你是我唯一信赖的小兄弟，我只有向你倾诉。过年前我回家，感觉我男人特别冷淡疏远，路人的眼神，对孩子也是漠不关心的样子。我以为我在家里时间少，导致夫妻感情缺失，家庭观念淡漠，我考虑不出去打工了。年后初四的上午，我们近邻郭飞找上家门，说她媳妇和我男人有不正当关系，被他妈撞见，随后媳妇离家出走。本来这事早该给村支书讲，但他爸妈考虑这事后果严重，等儿子从广州回来后商量决定。他们结婚才一年多还没小孩，等儿子回来后商议。儿子回来后说，趁现在还没有'拖累'，分手也没后患。来找我公爹（村支书）在协议上盖个章到乡政府去离婚，公爹看到协议气得手发抖，痛骂了一顿儿子。我听到这话，也被气得昏倒，事后我男人不知去向。我带着孩子回了娘家，呆了十几天，在家呆着觉得没意思，把儿子交给爸妈就来了。小勇你说我该怎么办呢"？小勇说："苏姐你现在还年轻，人生中很多事情自己是没办法左右，决定人一生只有靠自己，靠自己自立更生，放下一生中所有烦恼的事，坚强从容地面对一切，坚强愉快地过好每一天，这才是幸福人生的追求。人静的时候，你静静地想，忘掉过去，重启自己的人生和未来，你就会轻松愉快"。苏姐说："谢小兄弟开导，我刚才讲的话，你不能向别人讲"。小勇说："我会保秘的"。小勇看苏姐情绪平静了许多，小勇说："苏姐，你回去好好地休息，我也回去看书了"。

6-5 学技术（二）

　　第二天小勇又回到钢筋班上班，安全讲话时姜工和施工员都来了。蒲班长说："今天开始我们要制作从来都未制作过的二十五米跨度的大梁钢筋，姜工来给我们作技术交底，希望大家听好记牢"。姜工说："这种大梁是仓库屋面的承重梁，我也没有施工过这样大跨度的混凝土屋面，承重梁在制作的过程中对每根成品钢筋的直径，长度，形状，绑扎的位置都要准确，因为梁的每个截面部位由于受力方向，大小，角度不同，产生的力矩和力的传递，所承受的荷载都是变化的，钢筋粗细是根据各个截面部位变化的荷载力矩设计而定。这图纸上所标注的尺寸很清楚，如有不清楚或不理解的地方可随时问施工员。你们在制作的过程中遇到不懂或不理解的问题随时来问"。讲完后姜工离开了现场。蒲班长从施工员手中接过图纸摊在地上细看，他叫小勇过来跟他一起看图。安排其它人把各种规格的钢筋分类摆放便于配料，看了一会儿图，便和小勇商讨起来："小勇，这大梁两端铁板上方两个方向的主筋在这里交汇，加上箍筋，众多的交汇钢筋，从剖面图上辨不清钢筋编号所图示的位置"。小勇说："我也在辨认，由于图示对象多，面积小不好分辨，还是去找施工员来指教"。小勇找来了施工员，他看了一会儿还是无法具体确认图示所指的某根钢筋，他说："只能以图纸上材料表格中钢筋的编号对照图示部位编号，再根据钢筋的走向分析确认，只要钢筋的布置正确，搭接交汇处就不会错位"。施工员走后他们开始按照材料表格中的数量和形状尺寸制作钢筋。晚饭后，小勇又开始看书，他脑海里浮现出大梁的成品图和大梁的钢筋图，设计人为什么设计成这样？他找出了相关建筑结构设计和混凝土预制构件设计相关内容的课本仔细阅读，课本中阐述了设计理念，涉及物理理论，数理计算，构筑物的用途在设计中的地位。他还没学高等数学和普通物理，很多论述他不理解。他边看书本，边想自学过的数理知识，有关重力，力的分解和力的合成。他理解为什么要把屋架设计成人字形，是因为排雨水的需要和分解屋面荷载压力；屋架两边斜梁，承受屋架自重和屋面传递的压力，而下部水平梁承受两边斜梁产生的拉力；而工字形横裁面的大梁，是一根单独承载荷载的梁，因跨度长度荷载决定力矩，断面成工字型。工字上部承受压力，下部承受拉力，上部压力由混凝土为主承受，而下部承受拉力由钢筋为主承受。所以钢筋架内主筋布置在下方，为二十五毫米四根主筋，下面因跨距长度，荷载的大小决定力矩。理解了为什么要求制作钢筋时准确无误，因为钢筋在大梁内的位置决定了它的作用。结合图纸上梁的结构与书本上的理念，反复的阅读思考，觉得值得进一步钻研，心里觉得满足高兴，一阵鼾声把从思考中拉了回来。一看时钟已到十一点，倒头便睡。第二天上班开始制作大梁钢筋，小勇也跟其它师兄弟比较，虽然动作慢一点，一样能独立操作各个工艺环节，制作的钢筋几何形状尺寸都符合图纸要求。工班五个人经过两个星期的制作，一栋仓库的十八榀大梁钢筋制作完成，小勇熟悉了钢筋制作的工艺和技术。星期天的上午，小勇和小林来到建筑专科学校，他们把通知单给门卫看了，他告诉他们教室在进操场的左栋二楼。走进教室已经坐了七个学生，小勇和小林选了第三排一张靠窗户的桌子坐下。又陆续来了六个学生，一共有十五个学生。其中有三个女生。他们大多穿着蓝黑二色的布衣，脚穿解放鞋。所有男女学生岁数都在三十岁以内。过了一会儿，一个四十来岁的中年男子走进教室，上身穿一件黑色便装，下身一条蓝色裤子，戴一副眼镜，朴素整洁，他自我介绍说："我姓万，以后的数学课由我上。同学们我想调查一下你们的学历，有高中文化程度的同学请举手"。他数了一遍。又说："有初中文化程度的同学请举手"。他又数了一遍后说："同学们，数学是一门逻辑性比较强，推理比较多的一门学科，你们高中学过的知识是学习的基础，如果没学过高中数学的同学还得补上。如果学过而没弄懂的部分还得补习。这里是函授课，讲课的涵盖面较广，授课的内容较快，同学们都是以自学为主，我的授课主要是涉及课本的难点和疑点。课后你们在自学上要下功夫。也不要着急，我们循环授课，明年在这个时候，会有同样的班，授同样内容的课，今天我授课内容是微积分，这门课是以高中数学为基础，在理解课文中数理和公式结构时一定要结合起来"。老师在黑板上写上公式，根据书上阐述的数理对公式中的每一个字母在公式结构中的位置进行分析，对公式进行推演。小勇跟随老师讲解的思路理解透彻。下课休息时，小林对小勇说："老师授课的内容，我只记住了演算步骤和字母的含义，但不知道为什么要这样组合公式，有什么用途，不知道推演的结果代表什么含义"。小勇说："你只要记住步骤和字母的含义，再结合高中数学进行演算你就会理解，再做一些例题，你就会理解运用"。中午在学生食堂就餐时，一个女生主动给小林打招呼，"小林你好，你怎么也到这儿来就餐"？小林说："我在这附近打工，参加这个学校的一个函授班学习，你怎么也到这儿来就餐"？女生说："我在这学校上工民建专业中专班"。小林说："我听同学说你考上了中专，不知道什么专业，是哪个学校，今天在这儿碰到你"。小林向小勇介绍说："这是我初中同班同学陈晓燕"。小勇说："你好"，把陈晓燕打量了一下，微笑没再吱声。小林又向陈晓燕介绍说："这是我们一起打工的马小勇"。小勇微笑着再仔细地看着陈晓燕，一米六的个儿，上身黑布女装，下身蓝色牛仔裤，红润的瓜子脸，一对小酒窝，脑后梳一对小辫。陈晓燕看到小勇在打量她，很不好意思，羞涩地随便拉一根木凳坐下，埋着头吃饭。小林看到小勇这样目不转睛打量着她。小林心想，晓燕一定责备我，怎么和这样的人搅在一起？他赶快叫小勇坐下，小勇坐下后，转眼埋头吃饭。小林边吃饭，边观察晓燕的额头说："晓燕我们有两年多没见面了，你读三年级了吧"？她仍然低着头说："这学期是三年级上学期"。小勇问："你们学制是几年"？"我们中专学制是四年，第一年是补习高中的数，理，化，三年专业课，一共是四年"。小林说："你成绩一贯都很好，学习没问题"。晓燕说："基础课还容易学，专业课没有实物例证，空间立体感概念差，总觉得空洞，想找个建筑工地去看看"。她说话时还是埋着头，两眼注视着碗里。小林说："我正好在建筑工地做木工，如果你愿意随时都可以来"。"谢谢老同学，你们上班有时间规定吗"？"我们上班时间没特殊情况是早上八点至下午六点，中午吃饭一个小时，如果工期紧，有特殊情况按工程工序进度轮班安排，没有星期天"。"那你写个地址"。她递一支笔一张纸给小林，小林写好后递给她，她收好后说："我要到图书馆看书，你们慢吃"。小勇他们下午上完课已是五点钟，晚饭后，小勇又开始复习今天上课的内容，一直到晚上十一点钟才睡觉。第二天上班，蒲班长安全讲话后说："近几天没有多少钢筋制作的活干，留下两个人对焊钢筋外，其余的人都去混凝土班帮助浇灌大梁混凝土"。小勇被分配去往木型里倒混凝土。到了高高的架模上，他已没有了恐高感。一会儿井架吊吊来了灰盘，灰盘里摆放着十多个铁皮桶，桶里装满混凝土。小勇是从灰盘里提桶往木型里倒，一桶混凝土大概有四五十斤，对小勇来说不是很吃力。倒满木型一半高度时，捣固混凝土的师傅说："你暂停一会儿，我把下半部捣固好了，你再倒上半部的混凝土"。小勇开始观察他的操作，他把震动棒的开关打开，嗡嗡的叫声，他插入混凝土内，震动棒周围的混凝土都快速收缩，整个木型都在抖动。他在一个位置震动一会儿，看到收缩的混凝土不再收缩时，抽出颤抖的震动棒插入另一个位置，有同样的效果后，重复操作，插入点的分布点都是等距离，每个点的时间都是十秒左右，有时把震动棒放在钢筋上，钢筋也立即抖动起来，这一段捣固完后关掉了开关。取出了震动棒说："你现在又可以把上半部木型的混凝土装满，我再捣固"。小勇一边倒混凝土一边问："师傅这捣固混凝土有什么绝窍吗"？"小兄弟，这混凝土的质量，取决于混凝土强度，强度又取决于混凝土配合比和捣固，配合比是各种材质比例的问题，有量化的指标，可以度量。这捣固全凭经验，捣固就是把混凝土捣固密实，把微小的孔隙率降到最低，混凝土固化后，体内决不允许有空洞，表面不允许有麻面。体内有空洞，如果是在受压区，减少承压面积严重影响质量，如果是受拉区有空洞麻面，外面腐蚀气体或水浸入，腐蚀受拉钢筋，缩短使用寿命，造成长期的严重后果。所以捣固是保证混凝土质量的重要环节，捣固震动棒插入的角度，深度，距离，位置，震动的时间全凭经验"。小勇说："我可以实践一下吗"？"不行，这是一榀大梁，要是出纰漏，损失就大了，以后在浇灌过梁小件时可以实践"。到了中午十二点，另一榀大梁才浇灌了三分之二，小勇的肚子咕咕地叫。小勇说："我们回去，吃了饭再来接着干"。师傅说："不行，我们必须把这一榀大梁浇灌完，中间不能中断，中断超过三十分钟，混凝土初凝后和后续的混凝土形成断层，大梁将报废，造成重大损失。你如果实在很饿，就开自来水管喝点冷水"。"师傅，哪怕到晚上我也能坚持"。"好样的"。他们直到下午两点才完成这榀大梁的混凝土的浇灌。吃完午饭，下午三点钟又开始浇灌另一榀大梁的混凝土。浇灌完两榀大梁已到晚上九点钟。肚子咕咕地叫，到食堂买上跟他们专门留下的晚饭，狼吞虎咽，吃饭时小勇看到中民的办公室灯亮着。好多天没跟中民见面，他到中民办公室去，看到苏姐伤感的面容，眼里闪着泪花，正和中民讲话。中民看到小勇进来忙说："小勇今天到哪里去了？我两次到工棚找你都没看到，你妈打电话来叫你回去，你爸的手绊伤了，不能耕田插秧"。小勇说："好久来的电话"？"下午快下班时，说伤势不重，希望你不要着急。我这里有一千元你拿去用，八百元作为预支的工资，二百元作为我送给姨父的"。小勇说："我用不着那么多钱"。中民说："家里有病人，钱多得少不得，你全拿去"。"谢谢中民哥"。小勇收好钱，转身想走，被苏姐叫住："小勇弟，你正好要回去，我预支了二百元，你顺便帮我带回去交给我妈，也顺便看一下我儿子好不好？看后到邮局给我来电话，告诉我一下他们的情况，我来这里两个多月了，音信全无，不知道他们现在怎么样？我觉也睡不好"。小勇问苏姐："你有电话号码吗"？"我哪有"？中民说："我们项目经理有手提电话"。中民写了电话号码交与小勇说："就打这个电话，简短地告诉一下家里的情况，经理把话转告给苏姐，通话前一定把话想好，电话里尽量简明扼要，打长途'大哥大'，双边收费都很高"。小勇说："苏姐你放心，我一定照办"。小勇回工棚收拾行李，准备明天一早坐车回家。

第七章

7-1 种田

　　小勇一早到药店,给他爸买了两盒蜂王浆。又急忙赶往汽车站，买上了九点钟回家的长途汽车票，上车后，看到车内四十五个位子只坐了十多个人，时间到了九点十五分仍不见司机。汽车站上也没人来作出解释，大家有些着急，这车到底还开不开？一个三十多岁的男士，一身工作服，像是个打工仔，他把装东西的编织袋顺手放在座位上，匆匆地前去检票口问："同志，这班车还开不开"？检票员说："还要等待两个多小时，等下一班车的开车时间才能开车。因为下一班的客车在回站的路上遇到泥石流，不能准时回站，下一班车没有车辆，因此两班车合为一班车"。站在后面的几个乘客气愤地说："卖票的时候，为什么不说清楚？害得我们多等几个小时，我们去找站长理论"。他们气冲冲地走到楼上办公室，看到一个中年男子正在抽着烟看文件。"你是站长吗"？他抬起头看到几个气势汹汹的年青人，心想一定出了什么事。他只有压低声音和气地说："年青人有事请讲"。他们气愤地说："为什么我们买票时，不说清楚要延误开车"？那人说："售票的时候，我们也不知道，是九点钟才接到电话，因为下一班车在回站的路上遇到泥石流，不能准时回站。如果你们不愿乘这班车，可以退票"。乘客说："耗费我们这么多时间，要求赔偿"。那人说："根据法规，因不可抗拒的原因导致的后果，我们不担责，不过你可以去找相关的部门去理论"。由于没其它客车可乘，几个乘客无可奈何地离开了办公室。十一点半钟，车上的座位基本满员，汽车开动。小勇坐在前排靠窗边座位，满腹心事，眼望窗外。一路上车内议论纷纷，有人说："这是因为乘客太少，公司赚不到钱，借故编造谎言，找个不担责的理由，知道我们没有其它车可乘，欺骗我们"。有人说："那有什么办法，我们这些无钱无势的人只好让人愚弄吧了。要是有钱买小车，随心所欲，游走随便，要是有势的人，别人还争着用专车接送呢"。又有人说："老兄呀，我们这些人无法与人上人攀比，我们种地，只求温饱，但也心安理得，求个平静安稳，远离喧嚣纷争"。又一个男人的声音："老弟，你要是想要远离喧嚣纷争，平静安稳，就去当和尚，那里吃斋念经，没有尘世纷争，终日钟声相伴，心境平静"。那人说："那确是个好地方，只是丢不下妻儿老小，尽孝尽责"。那人又问，"你这次进城干啥"？那人回答说："听说城郊化肥市场，化肥价格便宜，来看一看，顺便买点回去"。那人又问："不是喂猪牛，有粪便，可以作肥料省钱吗"。那人说："我们种粮的地都是坡土梯田，粪便都是要人挑着爬坡上坎，一天施肥不了几分地。农忙时请个帮工一天工钱要五六元，还要跟吃。施化肥轻便多了，一个人一天要施肥十几亩，而且庄稼还长得好，算来划算。所以我们村，多数农田都施化肥，农家肥都用来种菜，或者用在附近的粮田，收获的蔬菜粮食自己吃"。小勇一路上毫无心思，心里平静。平时专心学艺看书，难得放松，到站下车。问路寻找苏兰家，来到坐落在镇郊一座四间屋的土墙平房，小青瓦屋面，像是苏兰描述的娘家位置和房子。他走进院坝看到一位五十多岁的阿姨带着一个小孩。小勇上前问："阿姨，你是苏兰的母亲吗"？"我是，你找我"？小勇说："我找你，我是苏兰一起打工的马小勇，我从工地上回来，苏兰托我带了两百元钱给你，顺便看一下阿姨和她的孩子"。小勇摸出两百元递给她，一只满是绉纹老茧的手接过钱放进衣袋里，她没立即说话，满脸伤感，眼里闪动着泪花。小女孩依偎在她怀里怯生生地看着小勇，她用袖子揩了一下眼泪说："苏兰她好吗"？小勇说："她到工地后天天劳动，跟大家在一起相互交流，姐妹互相帮助开导，现在她也想开了，情绪好了，叫你们二老放心，她放心不下的就是孩子和你们二老。叫我来看望一下"。苏兰妈说："她走后，孩子天天问妈妈好久回来，到了晚上哭着要妈妈，我也流泪，爱恨交加，通夜睡不着。看到外孙女可怜，可爱的样子，想起她那个可恨的爹！千刀万剐的！一个村干部养出那样的禽兽"！她说完话低下了头，小勇安慰地说："阿姨你不要伤心，你女儿是个能干坚强的人，她说她有能力把孩子养大，请你老人家保重身体，她一切都很好"。苏兰妈用袖子揩着泪说："我也想通了，和那样不能吃苦，好吃懒做，不讲道德的人在一起，是一个祸害，早点分开也好。我只是想到小孩可怜，既然女儿坚强，我也没什么担心，你给她说我一定照顾好孩子，叫她安心上班"。看到苏阿姨情绪稳定，小勇辞别苏阿姨，到邮电局给经理打了个电话，把苏兰妈的话告诉了项目经理，叫他转告苏兰。小勇回到家已是傍晚，家里没人。他把背包放在家里，到地里去找爸妈。他从晒坝往山下走，眼睛探望着熟悉的坡土梯田。下到山坳下，看到母亲在一块窄地里挖土，但不像往年那样整块地全部翻挖，而且选择一定距离挖松一小块土，挖一小坑，父亲一只手向坑里丢下两粒玉米种子，再用手放上一点化肥，用手盖上土。他左手用绷带捆着。小勇喊了声爸爸妈妈，他们才抬起头看到是小勇。小勇妈说："儿子，你这么快就回来了，老头子我们回家吧"。小勇和他爸妈三人一起往家走，小勇问："爸爸你手伤得怎么样"？小勇爸说："九号那天，头天晚上下了雨，我挑粪去浇红苕种苗，在下坎时踩滑了脚，翻身掉下坎，摔在石头上，把手腕骨摔脱了位，到乡村医院去接扎好了。但医生说，由于伤了韧带，恢复起来很慢，至少要一个月。这期间手关节不能动，更不能用力。我本不想要你回来，但现在正是犁田插秧的时节，过了这个季节，就插不上秧了，关系到一年的口粮，只好把你叫回来"。小勇问："爸，你现在感觉怎么样"？"我现在只要手不动就不痛，医生也说，长一个月就能恢复"。回到家，小勇妈到厨房煮饭，小勇收拾完行李，把蜂王浆给他爸说："这蜂王浆给你补一下身体"。小勇爸接过蜂王浆说："买这么贵的东西，我一辈子都没吃过"。小勇说："给你补一下身体好快点，爸，这春耕插秧怎么安排"？小勇爸说："你先不着急，休息几天再开始耕作"。小勇说："我一点都不累，我想早点耕种完，要是你的手没事，我想早点回去。我们工地工程正在进行结构施工，正好结合我的专业课程在实践中学习，错过这期工程又得等一年"。小勇爸说："你既然有这样的打算，明天我们就开始耕田。我是这样想，秧苗现在也可以栽插了，目前没下大雨，溪沟的水很少，犁干田没水不行，你先耕种过冬水田，犁头和耙子都是现成的，你没犁过田，明天我在田头教你"。小勇妈煮好了晚饭，一碗腊肉，两个蔬菜，坐下吃饭，小勇妈给小勇饭碗里夹了几块腊肉说："儿子你在外面辛苦，又舍不得花钱吃肉，今晚多吃点"。小勇的弟妹眼巴巴地看着妈妈对哥哥眷顾和热情，各自夹了一块肉放在嘴里。小勇说："爸爸妈妈，弟弟妹妹都吃，我在外面虽然没腊肉吃，隔三差五的，也吃一份回锅肉"。小勇妈说："你不要管我们，你各自吃，我们在家也常吃腊肉。两只母鸡下的蛋也没卖过，往年卖鸡蛋是为了凑学费和零用钱，今年有你带回来的钱就够了"。小勇说："这样好，你们二老干农活劳累，弟妹又是长身体的时候，有条件改善一下生活是必要的"。小勇妈说："全靠你这样能干，孝顺，懂事的孩子"。小勇说："这是我应该的"。小勇在身上摸出一沓钱放在桌上说："这里是一千元钱，八百元是我的工资钱，二百元是中民哥送的，因为爸受了伤，送的慰问钱"。全家人一下都瞪大了眼睛看着钱，小勇妈一下激动地说："你哪得来的那么多钱？你不要在外借债，你爸伤没花多少钱，我们现在还有零用钱"！小勇说："我现在干的都是技术活，工资高一点，没借债，你们放心花吧"。小勇妈眼泪又流了下来。吃了晚饭，为了明天的的劳作，大家早早地睡觉。第二天早饭后，小勇扛着犁头，小勇爸牵着牛到了田头。小勇爸说："你先把犁头放在田角里，把力扣（用竹皮绞成绳，连接犁头和打角的竹绳）套在打角（木制约七十分长的木棒）上，再用这两根特制的竹绳连接枷担（套在牛脖子上木制U型木具）两头"。小勇遵照爸的教导做完了这些程序。小勇爸把牛牵到田里犁头前，叫小勇把枷担套在牛脖子上。小勇爸说："犁田掌握两点：第一点是犁头摇动，大概是这么高，他用手比拟了一下，目的是犁头不断地摇动，致使翻动的田泥能够翻转底朝天。第二点掌握摇动的技巧，犁头垂直田面时，犁尖向下插入田泥，这一过程时间很短，如果时间过长，犁尖继续深入导致无限深入，阻力加大，拉坏犁头。这时如果犁头按下，犁尖就会平行田面，这样不断摇动犁把，犁尖不断变换角度，田泥就会翻转。我先作示范，我只能用一只手，你牵着牛绳，我掌犁，你看我耕田的动作"。小勇看牛往前走，他爸有节奏的摇动着犁头，田泥翻转自如。到了田的另一头，小勇爸把犁头交与小勇说："我一只手，不能打转（掉头），你来耕田"。小勇接过犁头，拉动犁头转动一百八十度，牛掉头顺着犁过的沟往前走，小勇扶直犁头，犁尖向下深入田泥，由于紧张一时没按下犁头，犁尖深入，顿时一惊，猛力按下犁头，犁尖露出水面，田泥未能翻动。他拉了一下牛绳，牛站住了，他也站住了。回想刚才的操作，对照他爸的教导和自己操作的体会，抖动牛绳，牛往前走。他又开始犁田。他摇动犁头的速度加快，并注意规律，犁尖没有继续往下钻，但田泥翻动，时断时续，他不断琢磨自己的操作，逐渐地掌握耕田的要领。小勇爸看到小勇已会耕田就说："你现在会耕田了，我去地里拔草。等一会儿累了，你就把牛拴在树上，你妈把牛草背来，把午饭给你送来"。小勇爸走后小勇继续犁田。过了一段时间太阳当头，小勇满身是汗。牛走的速度慢了，小勇知道牛累了。他拉动了一下牛绳，牛站住了，把牛绳解下，把牛牵到树荫下拴好。他选择另一根树荫坐下，一阵凉风，全身轻松了下来。眼望对面的青山，不时的小鸟叫声和溪水声，幽静的山谷，回想起童年的生活，联想到眼前学艺打工和日后迷茫的未来，诗性而发："满目青山忆童年，溪水潺潺静寒蝉，置身故景千丝绪，求生天涯身何安"？小勇思绪万千，没听到后面的脚步声。"儿子，娘给你送饭来了"。儿子！这母爱的呼唤声，小勇多年没有在山谷里听到娘这样的唤声，心里一酸，眼里闪着泪花，接下饭兜放下，又马上接下妈背上牛草竹篓说："妈！你辛苦了"。"我不辛苦，妈对不起你，你这么小，逼到今天这样撑起一家人的重担"。小勇说："我已二十多岁了，应该为家里出点力，这也是为我今后学点求生的技能"。小勇妈说："你赶快趁热把饭吃了，休息一会儿。犁田不要等到天黑才放牛'收工'，这回家的山路不好走"。小勇打开土陶大碗上面罩着的纱布，看到一大碗白米饭上面盖着腊肉和两个炒鸡蛋，小勇说："这些好吃的都给我一个人吃怎么行呢"！小勇妈说："你犁田很累，吃好点才有力气干活，每年犁田，栽秧，打谷都这样"。小勇好久没吃到妈做的这样可口好吃的饭菜。饭菜吃完，肚子胀了。小勇妈收好饭碗回家，一再嘱咐儿子早点放牛。小勇又坐了一会儿，看着牛把草吃完了，又开始赶牛耕田。犁田动作熟练，时间过得很快，太阳快落山时，小勇解开牛绳，放牛回家，一块一亩三分田，犁了三分之二。第二天小勇又开始犁田。盯着犁头翻转的田泥，动作也自如。不知过了多久，听到有人在叫他，那声音亲切而温柔："小勇哥，你能停下来，我给说几句话行吗"？小勇抬起头，看到一个城里打扮的姑娘，红润的脸盘，脑后垂着两根长辫，上身穿一件蓝色绣边的衣服，得体合身，下身九分白色裤，身姿丰满。背上背了一个跟穿着很不协调的背篓，打量片刻，才认出她是秀菊。他拉一下牵牛绳，牛站住了。小勇不敢久看，他望着田边一棵树说："秀菊，你有什么话请说"？秀菊说："前几年你为我家请兽医，耽误你家治疗兔子的时间，导致你家重大的经济损失，也致使你被逼出走，辍学打工。我们全家深感愧疚，对不起你。我妈经常说，你是个好人，叫我如果看到你，一定要请你到我家坐一坐。几年来我一直盼你回来，昨天我在山上看到你在犁田，特来请你一定抽个时间来我家坐一坐"。小勇说："那是件小事，事情已经过去那么久了，你们不必挂念在心上。我出去打工是我自己的选择。你穿那么一点，一定很冷，快去割草"。秀菊说："我不冷，现在是四月初，山上有很多青杠菌，你哪天我们俩上山去采菌"。她站在那里没动，看着小勇等他回话。小勇心想，只有我们俩人到深山野岭去采菌是什么意思？但又不好拒绝她，伤她的心，借故说："哪天我忙过了来叫你"。秀菊说："小勇哥，我等你的消息，就你我两个人去，我有些话要给你说。讲完这话，羞涩转身，走了几步，又回头斜视了一眼小勇"。小勇目送秀菊的背影。他继续犁田，到太阳下山，放牛时，今天他犁了一亩多田。五块田共五亩一分，经过五天犁完了田，接下来是耙田。耙田就是将犁田翻转的田泥坯，用耙子捣碎弄平，耙子是一根五尺长木杆上装上铁棍，牛拉着在田里来回拖动。小勇一天就把五亩水田耙完，接下来就是插秧。插秧的那天，小勇的爸因手受伤，另请了本村两位老农一起帮忙插秧。两位老农天刚蒙蒙亮就来到小勇家，小勇爸指着一位五十开外，穿黑上衣的介绍说："这位是董大伯"。小勇说："董大伯你好"。又指着一位六十来岁，穿蓝上衣的说："这位是孙大伯"。小勇说："孙大伯你好"。小勇爸指着小勇介绍说："这是我儿子马小勇，他从没插过秧，希望你们二位前辈多指教"。二位大伯说："没问题，那我们现在就去拔秧，等会儿回来吃早饭"。小勇爸挑着箩筐装上稻草，带着他们走向秧苗田。下了秧苗田，孙大伯对小勇说："你先看我们拔秧的动作"。小勇看着他们一招一式的动作，过了一会儿小勇也学着拔秧，他拔出的秧苗总是根下边长短不齐整。孙大伯说："拔秧主要是两手的手指配合要默契，这只手的手指拔秧苗，另一只手手指掐紧手上已拔下的秧苗，秧苗被拔下后，另一只手掐紧秧苗，这只手又拔秧苗，这样重复交换的动作，保证拔出的秧苗在手里不断增加的同时在手里不松动，这样就不会参差不齐"。小勇参照他的教导，边拔秧边琢磨，逐渐地领会了要领，一步一步地试着拔秧。小勇爸一只手把捆好的秧苗放在箩筐里，装满一担运到另外插秧田边，用一只手把秧苗均匀抛在水田里，为插秧作好准备。早饭后他们开始插秧，董大伯顺着田边插秧，每排插五棵，每插一排退一步，每棵纵横方向等距离约三公寸。孙大伯接着董大伯的排路同样的距离插秧，接下来轮到小勇插秧。小勇学着他们的姿势和方法，但插秧每窝秧苗的距离有差异，有的秧苗浮出了水面，有的秧苗叶子在水下面。小勇爸用一只手，把浮出水面的秧苗重新插下说："这株秧苗插入田泥深度不够"。他又拔出淹在水下面的秧苗又重新插上说："这株秧苗插入田泥过深"。小勇琢磨着，插每株秧苗的距离和插入的深度，速度很慢，远远地落后于孙大伯和董大伯。他们插完两行，小勇才插完一行。到下午小勇基本掌握了插秧的技能，速度有所提高。天黑时五亩一分田的秧苗全部插完。晚饭时大家一起喝酒，席间他们边喝酒，边聊山村的杂事，孙大伯说："马老弟你知道吗？廖支书的儿子廖刚和郭东明的老婆私奔了，据说他俩一同去了深圳打工。他俩走的时候，两家的老人都不知道到哪里去了。可怜廖支书两老口，都六十多岁了，平时调解村民纠纷都是条条有理，可自己的儿子却是那样堕落，干了见不得人的丑事，真是无脸见人。儿子，儿媳，孙子都散了。一村之主无脸见村民，老两口一天到晚躲在地里，埋着头干活。田边地角路过村民，也不抬头搭理，村事务也不再过问。前几天乡里召开支部大会他也没去，听说他已经写了一封辞职信，找邻居将信带到乡党委"。董大伯说："我也听说村支书要改选，但现时凑不够党员投票人数，因为很多年青的党员都出去打工了，要到春节打工党员回来时再投票选举，临时由村长代理支书。据说在家的党员都不够条件当支书，在外打工的党员不愿意干。一个月三十元的补助，在外打工可挣一百多二百元。村里的杂事又多，不好处理，都是乡里乡亲，抬头不见低头见，处理家庭邻里纠纷，利益纠葛很为难"。孙大伯说："我们这穷山村的支书没油水，要是乡镇附近的村，村支书和村主任争着当，选举时还要通过各种关系和手段拉选票。当村干部油水可大了，乡镇企业办厂要征地，修路，村干部要协助拆迁。做村民的思想工作离不开村干部，村的土地是集体所有制，要转变成国有土地才能成商用地，要经过土地持有人和集体负责人签字同意认可，征地的过程中利益的分配，取决于相关方的主导地位，决定利益分配，村干部占有特殊的位置，事务不少，当然收获也不少"。董大伯说："这么好的油水谁不愿意干"？他们在闲淡中酒醉饭饱，饭后小勇爸付了他们二人每人五元工钱。第二天仍没下雨，小勇和他妈只好去掏红薯巷，掏红薯巷小勇已干过。他们母子边挖土又边聊了起来。小勇妈说："儿子，你今年已二十多岁了，你个人问题怎么想的"？"妈，我现在还年青，不知道我今后在什么地方'落脚'，'安家'。我现在想趁人年青，无牵挂，学点知识，学点技术，闯荡一下再看结果而定"。"儿子，你这个打算很好。我们父母没有那个能力给你创造优越的条件，结上一门好亲。我想我们目前家庭条件实在太差，只有两间住房，没有你们结亲的房间。我想把你拿回来的钱存起来，在我们屋后再修两间住房，这样定亲看家物时才看得过去"。小勇说："我现在才开始进入社会，人生的道路才刚开始，今后的路在何方还不知道。家庭成员的组成对今后生存状态起着决定性作用，所以我现在不考虑这个问题，我拿回的钱是补助家庭的开销，不用考虑我的个人问题"。小勇妈说："你是孝顺的孩子，你的个人问题由你自己决定，但始终是父母的心事"。"妈，你放心好了，时机成熟，我会考虑，会叫你们满意的。妈，大伯的儿子，我的堂哥还在广州打工吗？堂嫂和堂哥和好了吗"？小勇妈说："别提那个臭婆娘，听说跟那个台湾老板生了个儿子，那老板在台湾有家室，不敢把她和儿子带回台湾。老板的销售总部设在香港，把她送到香港去了。可怜星星那孩子，天天问婆婆，妈妈好久回来？看到别的孩子和妈妈在一起总是流泪不说话，现在变得寡言少语，性格孤僻"。小勇说："妈，当今改革开放，人心性格各异，要找一个情投意合，同甘共苦的人，在这人海茫茫，变化莫测的社会里实属不易"。小勇妈说："你现在开始注意你碰到的姑娘，有合得来的耍一个。我没文化，话说出来不中听，你自己去想"。小勇说："妈，你也看到堂哥的结局和村里的其它故事，你看我的选择有多难"？小勇妈说："我不是逼你，只是这事是我们做父母的心事，还得由你自己作决定"。到中午天上的乌云翻滚，小勇妈说："我们回去吧，马上要下雨了"。他们刚到家，雷声大作，下起了瓢泼大雨。小勇爸说："小勇，我们戴上斗笠和拿上锄头，到要耕的干田处把田埂的决口堵上，疏通水道把山水引到水沟里流到田里，把溪沟的水引进到干田，明天我们就将干田犁成水田"。小勇戴着斗笠，扛着锄头，跟在他爸身后来到干田处，靠山的田边多股细流从草丛中，石缝里流向干田，小勇爸指挥小勇用锄头挖土堵住田头缺口，从草沟里掏出堆积的泥沙和树叶枯枝，溪水从沟里流向干田。风很大，雨斜漂到下半身，他们俩裤子和鞋都湿透了。小勇爸说："我们任务完成了，回家吧"。他们回到家，换上干衣服，坐在屋檐下。小勇说："明天我们就可以犁田了"。小勇爸说："明天也只能拱田边，把水关住，泡上一两天，把干硬的泥土泡软，在犁田时牛和人都轻松得多。你知道拱田边的目的和要领吗"？小勇说："不知道"。"拱田边的目的要把干田边的裂缝堵上不致漏水，要堵上裂缝就是用犁头来回的拖移搅拌泥浆，让泥浆填满裂缝。要领就是赶着牛，拉着犁，摇动犁头在田边犁三条犁道，在这三条犁道上用犁头来回的拖移搅拌至少四到五次。除了拱田边跟犁冬水田不一样，其它犁干田都一样，你记住了吗"？小勇说："记住了"。第二天雨停了，但山路很滑，小勇细心的牵着牛，扛着犁头来到干田边，水灌满了田。他开始按照他爸讲的要领拱田边，他顺着田边犁田，扶着犁头，手有不间断撞击硬土块的感觉，第二次重复地犁田就没有撞击的感觉，轻松多了，反复五次翻转拱田边，泥坯变成了泥浆。到中午时，拱完了田边，放牛回家。以后用了两天的时间犁田，耙田。插秧的那天中午，小勇感觉很累，由于长时间的弯腰插秧，腰酸痛，腿也僵硬。坐在田边的树阴下，腿上沾满了稀泥，轻轻地舒了口气，凝视着层层梯田和山路，想当年祖宗为生存，为子孙的衣食开垦梯田的艰辛，后生们今天安身何方？感叹诗一首："仰望山路梯土田，祖宗挥汗在山间，身影浮现遗痕在，众嗣后生今何安……"？小勇耕田插秧，充分体会到祖宗父辈的艰辛生存不易。经过半个月的艰辛劳作，计算了一下除去化肥，种子，插秧收割的工钱，和农业税，自己的劳作不计成本，如果按稻谷每斤七角计算，一年才剩下几百元，抵不上半年的打工钱。要靠耕作改变现状不可能，他下决心脱离农村，到外面去闯荡！他想起了函授课程，正在进行工程结构施工，必须赶快回到工地，不能错过学习的机会。经过小勇一人两天完成了插秧，第三天小勇向爸妈谈了自己的想法，小勇爸说："我的手好多了，再有几天，我就可以干活了，你去吧"。天黑时，小勇想起了和秀菊的约定，晚饭后他简单洗漱，换了一身干净的衣服来到秀菊家，去跟秀菊说明自己不能去采菌的原因。到秀菊家，他们刚吃了晚饭，正在收拾碗筷。秀菊妈看到小勇到来，马上端出凳子给小勇说："请坐"，问："小勇，你吃晚饭没有"？小勇说："我刚吃了晚饭"。"秀菊，小勇来了"。她倒了杯热水给小勇，但迟迟不见秀菊出来。等了好一会儿秀菊才出来，她穿一身干净合身的衣服，看是刚梳妆过，身材苗条，灯光下脸色红润，头发整齐发亮，透出青春的活力。他们围着方桌坐下，秀菊马上又回到屋里。一会儿用盘子盛了几个剥了皮的橘子放在小勇面前说："这是我们去年摘的，专门留下来，你吃吧"。小勇看到她这般真诚热情，不好拒绝说："我们都吃吧"。他自己拿了一个，看着手上的橘子，手掰着橘子，不敢正视秀菊，也不知秀菊的脸色。他转过头，看着秀菊妈说："婶子，我明天就要回工地去了，我今天前来看望一下婶子，希望你保重身体"。小勇讲了他赶回工地的原因。秀菊妈说："你真是一个有志向，有雄心的好小伙子，讲义气。前几年为我家请兽医，医好了我家的猪，你家确实遭受了那么大的损失。秀菊经常说，想和你见面，当面感谢你。她还向我提出，想和你出去打工，但她又丢不下这个家"。小勇说："你们家离不开秀菊，等弟妹大一点，家里有人主事，再商量"。秀菊问："小勇哥，你真的不想在这山村安家了吗"？说完后脸色羞红。小勇仍然看着她妈说："现在我准备在外干一段时间看情况，在城市里安家是我的理想，也是我为之奋斗的目标。社会变化很快，能不能实现，还要看今后社会的发展和努力的结果"。秀菊又问："你能不能给我一个地址，有事给你写信"。小勇说："我们都住在建筑工地，工程完了就得搬家，没有固定的地址"。秀菊又问："那你们家里给你怎么通信"？小勇说："家里有事打电话到甲方项目经理的'大哥大'移动电话，由他转告我"。秀菊害羞地说："那就算了"。小勇说："明天一早要走，我就回家了"。小勇起身要走，秀菊妈说："秀菊，你送一下小勇"。天已黑，秀菊和小勇走出了院坝。小勇说："天这么黑，我们俩走在一起，要是被村民看到，说些流言蜚语不好"。秀菊说："我才不怕"。秀菊越走越靠近小勇，小勇有些紧张，不小心脚绊到什么东西，摔了一跤。秀菊双手立即扶起小勇，小勇被她紧贴身躯，那柔软的姿体给了他电击的感觉，心跳更紧张，他赶快向前大跨一步保持距离。秀菊问："春节你回来吗"？小勇说："现在离过年还有几个月，这期间有什么变化说不准"。秀菊说："我等你再约会"。过了溪沟小勇说："你回去吧"。秀菊停住了脚步，小勇向黑影中站立的秀菊挥了挥手。

8-1 代理工头

　　小勇第二天一早坐车到工地已是下午三点。他收拾好铺位，来到中民的办公室，办公室门锁着。他到工地上，看到中民和施工员在谈话，他不便打扰，回到工棚。他想起没有牙膏，肥皂和学习用具纸笔。他上街去买这些东西，他到了公路边一个文具店，一个四十开外的女老板正在往架上放文具用品。小勇说："老板，我买五本练习本"。老板转身问："你要哪种练习本"？小勇指着说："我要一角三分一本的那种"。老板从纸箱里拿出一捆放在货架上，取出五本递给小勇，撕掉了一角三分的货签，换上了二角三分的货签说："一共一元一角五分"。小勇说："刚才的货签标是一角三分，马上怎么变成了二角三分，怎么就涨了百分之八十"？老板说："我也不知道为什么，我今天去进货时，同样的练习本就从一角一分一本涨到了一角九分一本，批发商解释说，造纸厂叫苦连天：'现在造纸的原料涨了百分之五十，工人的工资涨了百分之十，外加水，电费都在涨，出厂成本涨了百分之七十，现在出厂价就是成本价，无利可图'。我也很怀疑，回来时我顺便到百货公司去看了这样的练习本，标价二角五分。小兄弟，这练习本你还要不要"？小勇说："我还要三支圆珠笔"。老板说："这些笔都是过去进的货，就按原价，就不涨价了"。小勇说："就按我说的数量买吧"。小勇付钱后提着练习本和笔，走到杂货店去买牙膏，肥皂。到了杂货店，一个五十多岁的老头正在换货价签，他撕下肥皂货价签揉了两下狠狠扔到废纸篓里，不知道他生谁的气，贴上了新货签。小勇想："从我上次买的每块肥皂三角五，涨到了四角五分"。他犹豫了一下，走出了杂货店，顺着街道到百货公司去。到了百货公司，货架上同样的肥皂每块四角八分。又看了牙膏的价格，虽然只差三分钱，还是舍不得多花三分钱，他回到小店买了肥皂和牙膏回到了工棚。吃晚饭时，他买来的饭菜比先前数量明显的少了。小勇端着饭菜走出食堂门口，碰到苏姐到食堂来买饭。苏姐说："小勇，你等我一会儿，我把饭买来我们一起吃"。小勇知道她是要问家里的情况，小勇把饭端到空坝边一根老房子拆下的旧混凝梁上坐下，边吃边等苏姐。一会儿苏姐端着饭，在小勇旁边坐下说："小勇，你回来多长时间了"？小勇从她说话的语气中体会到她更有自信心，说："我今天才回来，经理转话给你了吗"？苏兰说："就两句话，有两句话也够了，我也放心了"。小勇把到她家看到的情况如实地给她讲了，还讲了她老公和郭东川老婆私奔的事。苏兰听到小勇的话，面容上没有反应，好像是与己无关，无所谓的样子，脸上毫无表情。苏兰说："我想开了，世上没有可信的人，可依赖的人，一切只能自强，自立。我想通了，想好了，我这一辈子就把孩子养大成人，就算完成一生的任务。我趁我现在身体还好，多挣点钱留着养老，其它的事，我都不想了"。小勇说："苏姐你想开了就好，今后注意保重身体"。小林端着饭，走了过来坐下说："小勇哥，你哪天回来的"？"今天下午才回来"。小林说："这几天工地上议论纷纷的，说在食堂买的饭菜数量少了许多，花同样的钱买的饭菜吃不饱，一天要多花七角钱才吃得饱，我们工资才一百五六十元钱一个月。光吃饭都要花近百分之三四十的工资，工资又没涨，人心不安定，工作情绪不高，工效差，结算工资时更少，工程进度也跟不上，甲方正在着急"。小勇说："这是暂时的困难，过一段时间，双方会协商解决的"。

　　晚饭后，小勇到中民办公室去报到，中民看到小勇进来高兴地说："你哪时回来的？我正在焦虑，我走以后谁来顶岗。你正好回来了，我有急事，要到甲方公司去一趟，这里的事就交你代理。这几天由于食堂的饭菜涨价，工人意见很大，要求长工资。我们现场双方的管理人员是基层人员，无权协商工资事宜。工人消极怠工，工程进度很慢，落后于工程计划进度。甲方张经理很着急，如果再继续下去，甲方可能解除劳务合同。所以我也着急起来，我要赶快去跟甲方进行协商，把协商的结果带回我们劳务公司进行研究。你去把袁领工请来，把我走后的事宜交给你办，你们好当面地沟通协调今后的施工事宜"。小勇说："我从来没干过工头，我害怕干不好"。中民说："你把袁领工请来，我们三人把工作关系，工作内容，各自的责任讲清楚就行了"。一会儿小勇把袁领工请到了办公室。中民说："你们都看到目前工人的情绪，为了工人工作的积极性，工程的进度，我得赶快到你们公司和我们公司汇报情况，商讨对策，我走这段时间，由马小勇代替我的工作。小勇你要好好地协助袁领工的工作，每天要主动联系袁领工，商讨第二天的用工计划，根据袁领工的用工计划，小勇你和工班长协商，调配劳力并作好记录。还要做好施工日志，做好工程收方记录。希望袁领工多多的指教帮助，袁领工你还有什么要交待的"？袁领工说："你们劳务公司的人员安全，由你们自行负责，你们还要作好安全巡视，发现不安全因素，立即纠正。对那些个别拨弄事非的人要加强思想工作，以免影响大多数人的情绪"。中民对小勇说："这是袁领工对我们的要求。小勇你在工作中注意这些事情"。中民和袁领工对明天的用工进行了协商，小勇在场旁听了他们的协商过程，也算是传授。袁领工走后，各工班长陆续来到中民办公室，中民询问了各班人力情况和工程进展情况并作好记录。根据袁领工的用工计划和各班长协商调配劳力，最后中民说："目前因为饭菜问题，各班长回去给工人说，这是目前的暂时困难，目前我们主管单位正在协商解决，希望大家着眼长远，打起精神，只要我们把工程进度跟上去了，甲方有了效益，我们也就有了收益"。工班长七嘴八舌地说："我们可以这样给他们讲，但这些都是农村出来的人，种庄稼人一滴滴汗收获一粒粒粮，微薄的收获铸就了他们斤斤计较的性格，生存艰难，出外挣点油盐钱，一分一厘都看得很重，小农意识严重，没有那样大度的胸怀"。中民说："你们尽量做工作，我这就去甲方单位和我们单位沟通协商，请大家一定振作精神，把工程进度跟上去，这样我到甲方单位有底气，就好说话了"。班长们说："我们照实给大家讲"。散会后各自回到工棚。工班长走后，中民交给小勇三个本子，一本是各工班人员名单和工人上班的时间记录。第二本是每天工程项目进展记录和工程特别事项记录，善后的处理措施。第三本是工程项目的收方记录。小勇接过本子和办公室的钥匙。中民对小勇说："这些资料一定要保管好，这些资料都是与甲方结算工费和工人计算工资的依据。记录要求准确无误，记录的内容和格式，你拿回去看一下就知道了"。小勇回到工棚打开记录本细看，一直到晚上十二点。第二天中民一早离开工地到甲方公司去了。小勇到中民的办公室，翻开了工程日志本，看了头天工程记录。他带上日志本到工地去核对一下头天的记录状况和现时状况，为今后作记录学习方法。看到第一栋仓库基础工程已完成，正在进行上部工程柱子的钢筋绑扎，跟日志本的记录是一致的。他又到第二栋仓库，看到正在安装地梁木型，和日志本记录是一致的。他又到第三栋仓库看到正在挖基础，日志本纪录为挖基础，没有具体记录基础的部位和深度尺寸，因为还没有收方。他又巡视一遍安全情况，没有高空作业，涉及不安全因素较少。这些工作他都做过，知道安全隐患的环节。他到挖基础的三号仓库叮嘱他们，一定把弃土倒在不影响基坑安全的距离以外，时刻注意基坑塌方的危险。又到二号仓库锯木型板现场吩咐他们一定注意电圆锯的使用安全。到了一号仓库看到袁领工正在跟工人讲什么，他不便打扰。回到办公室，想到回来后还没见姜工，他走到姜工的办公室，办公室门锁着。回中民办公室的路上碰着管库员，小勇问管库员："姜工是否出差去了"？管库员说："姜工到火车站接他父母去了，下午才能回来"。

　　中午吃饭时，小勇遇见了袁领工。袁领工对小勇说："听说姜工的父母今天到，他父母从来没来过工地上，姜工是我的老师，又是我的上司，今天晚上在饭馆我请客接风，你也一定来"。小勇说："论理怎么也轮不上你请客，姜工是你的老师，也是我的老师，你和姜工是我们劳务公司的甲方老板，要是我应酬不好，公司领导一定要怪罪我。你和姜工是现场的直接负责人，从技术和施工上对我们帮助很大，我们公司领导很感谢你们，请你们吃顿饭是公司的谢意"。袁领工说："既然把话说都说到这份上，就照你的办，那今天晚宴设在哪里"？小勇说："我对这地方不熟悉，你帮我定一个饭馆"。袁领工说："我们饭后一同去看一下"。饭后小勇和袁领工一同去找饭馆，一路上袁领工对小勇说："小勇，我们两个单位是利益关联的单位，我们之间的往来，一定要注意在群众中的影响，今晚饭馆一定要找一个离工地远一点，偏僻的地方，在江城花园靠江边有一个幽静的饭馆"。小勇说：'听你的'。他们到了饭馆，小勇问："服务员，有包间吗"？"有，跟我来'，客堂服务员把他俩带到一间三面落地玻璃窗的包间，窗下就是渝江奔腾的江水，不时有小船从江面游过。对岸是翠绿的群山，山间点缀着盛开的山茶花，野花。他们俩被美景迷住了，眼望窗外没说话。服务员问："怎么样"？袁领工说："可以，我们哪个时间可以入座"？"下午三点以后，要先交五十元压金"。小勇说："我们都没带钱"。服务员说："压上身份证，或留下手提电话号码也行"。小勇把身份证给她。他们走出饭馆，在回工地的路上，袁领工说："那里风景太美了，我从没欣赏到那样的美景！我们早一点来，趁天色好，赏一下美景，喝点小酒。小勇你回去就到工地上走一圈，和工班长协调一下明天用工人员。为了避免群众影响，你一个人先来饭馆等我们，我把姜工和他父母请来"。

　　下午三点半钟，小勇来到饭馆，到前台交了二十元包间费，取回了身份证，因为人已来到包间不用交押金。一个年轻的女服务员二十岁左右，上身穿着黑色的衣服，下身蓝色绣花裙子，带着小勇来到包间。小勇要了五杯茉莉花茶，他一个人坐下品茶，四面观望，才注意到唯一的一面墙上挂着一幅山水画，三面玻璃窗外都可以看到远处的景色。小勇独自地边品茶边观望窗外的景色，这正是家乡初夏的山景。他不由得想起了父母，不知道父亲的手好完全没有？又想起了秀菊在灯光下的容貌，站立在月光下的身影。他欣赏美景回忆往事，不知过了多少时间，突然响起开门的声音，袁领工在前，后面紧跟着两位白发苍苍的老人，姜工走在最后，小勇立即招呼他们坐下。袁领工指着白发老人介绍说："这是姜工的父母"。小勇牵着老人的手说："姜爷爷，姜奶奶好，请上首坐，姜工请坐"。两老人坐下又站起来，走到窗前观望窗外远景，赞叹道："江南的景色太美了"。他们两老依次欣赏三面玻窗外的景色后，回坐在位子上说："原来都是听说江南春夏的景色如何美丽，都没有亲眼见过，今天算是看到了"。姜工说："今天窗前的景色，我来四川近二十年了也没见过，主要是今天观景的位子特别好"。小勇叫大家品茶，又叫服务上凉菜，来一瓶泸州老窖。服务员端来一盘卤猪舌头，卤牛肉，油酥花生米。小勇给每位斟了小半杯酒放在面前。小勇端起酒杯向两位老人敬酒说："感谢爷爷奶奶光临，爷爷奶奶你们能喝多少喝多少，祝二老身体健康"，大家碰杯一饮而尽。小勇又给大家斟了酒，举起杯对姜工说："感谢姜工对我的教导。我代表公司感谢你对我们的关照"，三人举起酒杯一饮而尽，二位老人举杯意思了一下。小勇给他们三人斟了酒，端起酒杯对袁领工说："我们劳务工人多亏你现场技术指导，提高了劳务工人的技术水平，对我们劳工队伍整体素质提高帮助很大，我代表工人感谢你"。他们举起杯一饮而尽。三杯酒下肚，头昏昏的，全身热烘烘的，随后袁领工又斟酒举杯和姜爷爷，姜奶奶和姜工依次敬酒。大家品尝着酒，吃着香喷喷的菜，观赏着窗外美丽的景色，心旷神怡，兴高采烈！特别是两位老人，一辈子在黄土高坡劳作，陪伴他们的是窑洞和黄土坡，欣赏如此美景又有佳肴美酒，真是满面笑容。他们聊着天，两位老人用陕西话谈起了他们陕西的农村。姜爷爷说："我们家住陕北，离延安不远，是革命老区，国家给了我们很多优惠政策，前七八年就给我们免了农业税，其它地方至今都未免农业税。但我们那地方，土地贫瘠，雨水少，水源匮乏，只能种耐旱的农作物，土豆，小麦，玉米。由于产量低，收入少，改善生活的条件有限。住了几十年上百年的窑洞至今仍在住，室内有裂缝和下雨浸水的情况，吃的都是粗粮，没有经济来源，改变不了根本的生存条件"。袁领工问："你们吃粗粮习惯吗"？"从小就吃粗粮习惯了"。"你们做饭的柴火是什么"？"玉米杆，麦杆之类的"。"饮水有困难吗"？"到山下沟里的水井去挑，很费力费时"。袁领工说："干脆搬到水井旁去住"？"搬迁要修窑洞费钱多，而且那里地势低也不宜修窑洞，也没有那么多钱。另外离耕地也远了，送肥，收割，种地都得走很远的路，更加不方便，付出更多的劳力"。大家都在聊天拉家常，姜工喝酒吃菜，不时地看望窗外的景色，没发言，一副心事重重的样子。小勇又点了几个菜，一大条脆皮鱼，一盘四川回锅肉，一盘花生炒鸡丁，一盘酱肉丝，一盘麻婆豆腐，两盘蔬菜，一个蘑菇鸡汤。小勇说："爷爷，奶奶，姜工，袁领工你们都不要客气，随便吃，不知道爷爷，奶奶这些四川味道的菜合口味不"？姜爷爷说："我们陕西和四川连界，口味都差不多，这些菜很好吃"。小勇说："爷爷奶奶，这次来多玩一段时间"。姜奶奶说："我们最多玩一个月，家里窑洞已修建多年，已有裂纹，一到夏天下大雨，裂缝就浸水，所以要回去打理，如果长时间不打理就要发霉"。小勇问："裂缝有安全问题吗"？姜工说："我今年春节回去看了，墙壁上的裂缝是竖着的，而且裂缝很窄。由于陕西近年干旱严重，窑洞周围的土壤收缩造成，短期内不会影响安全"。他把话一转说："小勇，目前工程进展缓慢，工期落后，长此下去，我们公司有可能终止你们的劳务合同，你们怎么应对"？小勇说："王工头今天到你们公司去协商，将协商意见带回我们公司商讨。目前我只能尽量稳住工人队伍，作一些安慰工作"。姜工说："袁领工，小勇组织施工一定要精心安排，看懂看清楚图纸，多巡视检查质量，安全。精心施工，不能造成工程返工，导致人工和材料浪费。不能发生安全事故，本来工人情绪都不高，影响工人情绪导致进一步拖累工期，尽量做到合理安排，不要浪费劳力，不要再继续延误工期"。小勇说："在施工方面我不熟悉，主要是靠袁领工和张经理指导，调配工人方面我一定很好的配合袁领工"。姜工说："只要你们通力合作，一定能干好"。小勇说："平时你们俩工作都很紧张，今天放松一下，大家慢慢地喝酒欣赏一下这里的景色"。姜工端着酒杯喝得很少，似乎在品着酒味，两眼望着窗外，大家没言语，有的喝酒，有的吃菜，都把目光投向窗外，他们喝着酒，观赏景色，太阳落山了，对面的山影变成了暗绿色。他们也酒醉饭饱，小勇买了单，大家离开饭馆回到工地已经天黑。

　　小勇又到工地，借着灯光巡视一番，回到办公室作今天的工程日志记录，作完了记录，他又去找袁领工协商明天劳力安排。到了袁领工办公室，袁领工对他说，为了加快工程进度，尽量发挥技术工人的作用，决定钢筋班全部人员，从事技术性的钢筋制作和绑扎工作，运送钢筋由普工调人从事。木工班的技术工人，全部从事木型的制作和安装工作，运送木型板由普工班调人协助。搭架工作由架子工从事。架管，扣件，跳板运送均由普工班抽人从事。这样加快主体工程进度，三号仓库的基础土石方工程暂停。小勇说："袁领工，你把各班需要的劳力用纸写上，我回去找工班长协商"。小勇回到办公室，工班长陆续到来，小勇把工作布置情况和人力安排给大家讲了，商讨针对各工种的工作特点，选择合适的人从事，并作好记录。忙完已是十一点钟，没有精力看书，倒头便睡。

　　第二天，小勇照常巡视安全，观察工程进度。快到下班时，袁领工叫住小勇，把小勇带到一个僻静的角落对小勇说："我告诉你一个重要的情况，今天上午张经理把姜工，我和财务小秦叫到他的办公室开了一个会。鉴于目前工期落后，工期拖长，工程管理成本和设备租用成本增加，为了加快工程进度，想终止与你们劳务公司的劳务合同，另找劳务公司，征求我们的意见。姜工说目前劳务公司的工人技术素质较好，几年来从来没出现过工程质量事故和返工现象。如果目前更换工人，春节已过，绝大数打工的人都各有单位，特别是技术工人，要找到技术好的人不容易。新的劳务公司一时半会也招不齐人，拖延的时间更长。即使有现存的人员，这个时候都还没找到工程，可见技术水平很差。如果工人技术水平差，导致工程质量事故，或因施工质量问题返工，造成工料损失，又拖延工期，得不偿失。商讨了很长时间，决定暂时'不动'，观察一段时间再作决定，我来给你说，你得想个办法"。小勇听说，心里着急说："我也意识到了这种情况。目前影响工人情绪的主要原因是饭菜数量问题，如果能解决这个问题，工人的积极性就能调动起来。我思考了两个办法，目前的民工食堂是我们公司自办的无赢利的食堂，但是究竟有没有利润，只有伙食团长才知道。为了便于双方监管，取消伙食团长，由你们公司派正式职工去专职作食堂采购员，由我卖饭票，食堂账目由你们公司财务主管审核，这样三方共管相互监督，这是第一个办法。第两个办法就是食堂主要粮，菜，肉实行集中统一到批发市场购买，可以节约百分之三十以上费用，这样由你们公司要负担一个采购员的工资和汽车运菜费用，我们公司负责炊事员的工资补助。工程进度是我们的目标，我们共同承担费用"。袁领工说："我做不了主，我把你的意见向张经理汇报"。袁领工随即走出了办公室，到张经理办公室，汇报了小勇的建议。张经理征求财务小秦的意见。小秦说："马小勇这个人，人品好，两年里给公司避免了两件大事，我们应该支持他的工作。根据合同规定，劳务人员在履行合同条款义务的过程中，所发生的一切相关费用，均由劳务公司自行承担。鉴于目前情况，一个月几次短距离的运输费很少，由工程车运输，费用进入工程成本之中，不违背财经制度，一个采购员的工资可列为勤杂人员，进入管理成本，这些费用数额很小，对工程成本基本没影响，这是我的看法，这个事由经理定夺"。张经理说："为了工程进度先这样办，看效果如何"。袁领工把商议情况告诉小勇，小勇说："好极了，我们应该怎么感谢你们"？袁领工说："先不要说感谢的话，把工程进度抓上去再说"。袁领工说："这些话我只有对你讲，你作好思想准备，我走了"。

小勇晚饭时，边吃边想，目前形势严峻，如因工程进度跟不上而终止劳务合同，工人要散，今后揽到工程要重新再招集人员很难，损失可大了。他突然想起陈民生关于承包开挖土石方的事，把基础落后的工期抢回来，决定去找陈民生摸底商谈。他两口把饭吞下，快步爬坡走到陈民生的家。他刚从地里回来，招呼小勇坐下，他把想法讲给陈民生听。陈民生说："现在正好把秧插完，有几天空闲时间，还能找些人来干"。小勇说："至于承包价，按我们承包价，管理费我们只抽一半，剩下百分之五十全部给你，里面包括安全责任费用"。陈民生说："太好了，我们在外承包工程，承包商都要抽掉百分之七十的管理费，我也给挖基础的民工加百分之十的工资，他们会勇跃参加，加快完成任务"。"我这就去找人，争取后天上班"。小勇回到工棚立即去找袁领工，协商明天的人力安排。他到袁领工办公室，张经理也在那里。张经理说："小勇，我正要找你，今天上午开了个会，目前工期落后，工人情绪不高，只是因为饭菜问题。合同约定这是你们公司内部事务与我们公司无关。但是鉴于目前工期落后，我们之间又是长期的合作伙伴关系，我们牺牲一点经济利益，共同调动职工积极性把工期赶上去。把两个决定告诉你，需要你配合的是，把你们管食堂的事务员重新安排工作。明天由你和财务小秦，采购员小冯一起对食堂剩余的蔬菜食品调料进行盘点清算，以前食堂所欠外债由原事务员清算，工人手上的饭菜票由你负责以旧换新和卖新饭票，旧饭票与原事务员清算。这样给财务小秦和你增加很多的工作量，小勇你有何意见"？小勇说："非常感谢张经理为我们公司承担了部分经费，为我们公司操心，我马上按张经理的决定执行。张经理，袁领工，我有一个想法，目前我们为了加快上部工程进度，停掉了三号仓库基础的土方工程，因为开挖土方工程没有技术含量，我已找当地农民承包开挖，由我们公司与他们发生劳务关系，你们只负责基础的技术工作"。张经理说："这样也好，三号仓库的工程也可以按期进行。既然是你们公司跟他们发生劳务关系，与我们无关，安全事宜视为你们公司职责"。小勇说："是这样"。张经理又说："现场施工的具体技术事宜与姜工和袁领工协商，我有其它事我先走了"。张经理走后，小勇和袁领工协商了第二天的用工安排。基础土方和民工事宜第二天在现场协商。

小勇回到办公室和工班长协商了第二天的用工安排，作好人员调配记录和工程日志记录，作完这些事已是晚上十一点。他回到工棚倒在床上总睡不着，明天的事太多，他必须根据轻重缓急作一个安排。明天一早先到工地巡视安全，回来通知事务员作好食物盘点清算的准备，领回未盖章的新饭票，到外面刻一枚新的印章，然后到三号仓库和姜工，袁领工协商基础土方开挖的事宜，剩余时间和财务小秦，采购员小冯对食堂食物盘点，然后盖新饭票章，趁工人下班吃饭时间换饭票，卖新饭票，晚上九点以后重复往日的工头事务性工作，争取十二点完成当天的任务。在思想上作好计划安排后，调好六点半的闹钟开始睡觉。不知睡了多久，闹钟就响了。小勇吃了早饭后，离工人上班还有一个小时。他要充分利用这一小时，到食堂通知炊事员明天使用新饭票和今天盘点的事。又找到事务员告诉他甲方的决定，通知他盘点食物和食堂账目的清算事宜。回头赶到工地开始巡视安全。十点半钟小勇到了三号仓库工地，姜工和袁领工正在放基础灰线。姜工对小勇说："张经理叫传话，我们把不清楚的灰线补清楚，这基础土方工程就交给你了。明天袁领工只负责基础的深度，宽度的检查和地质的观察工作，劳力的调配和安全事宜都由你负责"。小勇说："按合同约定的条款是这样，你们忙吧，我还有很多事"。小勇又赶快到街上雕刻店雕刻一枚章。他到了雕刻店，服务员说："雕章的内容"？小勇说："长兴乡劳动服务公司食堂，四号排笔体字"，"你这食堂是公司福利性或是商业盈利性"？"我们是打工者自主办食堂"。"那就不需要公司介绍信和工商部门的营业执照"。"怎么不用仿宋体"？"食堂换届，要有所区别"。服务员说："下午才能取章，取章必须带上本人身份证"。

从街上回来，他赶到食堂和采购员小冯，事务员小石开始盘点食堂食料。由于是次日一早使用新饭菜票，炊事员把晚餐要用的食料留下，米，面，豆，油都用磅称一一过磅，调料按件清数，煤炭才运回一车五吨尚未动用。过磅清算后，按进货发票单价计算出库存食料金额为七百三十元五角。小勇把盘点单交与采购员小冯，吩咐他转交财务小秦，他赶快带上身份证去取印章。小勇到了雕刻门市，服务员叫他拿出身份证，服务员登记身份证号码，又问道："现在住址，单位"？小勇说："我不是本市人，是来这里施工的流动单位，怎么填呢"？服务员说："单位就填工商局发的执照单位名称和注册地址，签上你的名字"。小勇按要求填好并签上字，交钱领取了印章。顺便买了一盒印泥，回到办公室赶快盖饭菜票的章。盖了部分饭菜票章，一看时间已到五点钟，他又赶快到工地巡视今天的工程进度，好作工程日志记录。回来后准备换卖新旧饭菜票。刚下班的工人都忙着吃饭，这时少数工人来换买新旧饭菜票，饭后排起了长队。小勇笔算速度很慢，他又急忙跑到财务小秦那里借了一台计算器，卖新饭票的速度加快。有少数民工没钱买饭菜票，小勇找来记事本写上姓名，饭票和菜票的金额和数量，欠款人签字。由于这些民工来工地工作时间长短不一，最多欠款不能超过十元作为预支工资款。饭票一直卖到晚上九点半钟，外面还排着队，小勇关了窗口，到门外给大家说："我现在要赶快去和施工员协商明天的用工安排，我明天早晨六点半开始卖票。如果你们来不及换票的同志，旧票明天还可以买饭菜，但过了明天饭菜票就不能再用了"。小勇把当天必作的事务性工作完成已是晚上十二点，忙碌了一天。虽然不像在工班劳动那样腰酸背痛，但觉得头昏沉沉，倒在床上睡不着，一天繁杂的事仍在脑子里回荡，但又不能误了明天的工作，他只好调好了明早六点钟的闹钟，开始睡觉。

183

　　第二天六点半钟开始卖饭菜票直到八点钟。小勇匆忙地吃过早饭赶到工地，袁领工也来到工地。陈民生带着三十多个当地的村民，有男有女都是三四十岁的村民，有些人看是夫妻。他们带着锄头，十字镐，土箕，箩筐，扁担，绳索，各式各样的工具。小勇叫村民站在一起开个会，小勇首先发言："同志们，今天请大家帮助完成基础土方工程，是我们劳务公司揽的活，本应我们自己完成，由于平时大家对我们的支持，加之工期紧，你们近段时间农活较少，干点外活也可以挣点零用钱。陈同志已给你们讲了价格，相信你们也很满意。这里我讲一下注意事项，第一是安全问题，我们之所以把承包价全给你们，这里面包括安全责任费用。你们在施工的全过程中所有安全事故，责任自负，费用自担。第二点是在挖基槽的过程中听从施工员的指挥，挖到土质变化，即时报告施工员查看处理，如果你们有意见可以放弃"。陈民生接着说："为了保证安全，弃土一定堆在远离基槽之外。以防堆土压力造成塌方，使用工具一定可靠牢固，以防掉落伤人。另外我们为了计算你们各自的工钱，你们各自组成小组，根据你们各自的能力，给你们划定工段。七天内完成，愿意干的跟袁领工去选择开挖工段"。村民们还是一窝蜂地跟在袁领工的身后。小勇和陈民生并肩走着，小勇说："陈大哥，这次是你领头，你的责任重大。这里的地质复杂，土质松软，乱石很多，容易塌方，你要不断地巡视安全"。陈民生说："你放心，我也承包过几次土方工程，我会时刻注视"。小勇又问："他们的午饭怎么解决"？"你瞧他们每人都带有包，包里装的就是午餐，还有开水，这是他们以往包工的规矩，也是习惯"。小勇说："陈大哥你多费心了"。陈民生说："你有事就去忙吧"。小勇又到其它工地去巡视安全。想起这两天来卖换饭菜票是否有错？他巡视完工地，回到办公室打开抽屉，清点新旧饭菜票折算金额，领取新饭菜票折算金额，减去旧饭菜票折算金额，剩下应该是现金和赊账金额，他清数了现金和赊账，还是差五元一角钱。他又全部重新清理计算还是差五元一角钱，证明自己清算正确，知道是自己在售换饭菜票过程中发生错误。只有自己补上，今后一定要细心。快到中午了，小勇到厨房找到炊事员说："从今天起卖饭菜，每份数量恢复过去的数量，让大家吃饱"。炊事员说："现在蔬菜，肉食，米面，调料都涨价很多，恢复过去的数量，我们的工资就没了"。小勇说："你们放心，你们的工资我们另外补助，是有保证的"。

　　买饭时工人们发现饭菜数量恢复了过去数量，大家都非常开心，每个月又可少开支十多元了，一家人的油盐钱有了。下午小勇到工地巡视安全，发现工人们脸上有了笑容，工作也主动，动作节奏也加快了。他回去找了事务员小石和采购员小冯一起到财务小秦的办公室，清算食堂换届账目。食堂盘点剩余食料金额，减去退换票金额和食堂回收旧票金额，还剩五百二十元三角。财务小秦问事务员小石："你那里还有卖饭菜票的现金吗"？小石沉默了一会儿，若有所思地说："前天上午我把卖饭菜票的钱全都拿去买菜去了，剩下的也只是分分钱"。小秦又问："五百多元的余额是盈余吗"？他没立即回答，右手抠了一下头，像是思索的样子说："我在脑子里清理了一下，外面赊了很多账，人家催我结账"。财务小秦又问："这个数额结账够吗"？"我还没细算过，我把这些钱拿去结账，把发票拿回来和你们清算"。小勇按数额把钱给了他，食堂换届账目结算结束。晚饭后小勇把炊事员，采购员小冯叫来开会，小冯把采购的发票拿出来，小勇叫炊事员报上今天三餐各种食料的用量，参照发票价格计算出今天全天食料的总价，加上今天估算的煤耗量折价，水电费用进入工程成本，不进入伙食成本，总计为一百五十元二角。食堂卖饭菜票计算总额一百七十七元五角。收支相抵还剩下二十七元三角。炊事员说："不是说食料价格涨价很多，怎么我们今天卖饭菜数量和从前是一样，怎么还是没亏，看来我们的工资没问题了"。小勇说："可能是我们今天是到批发市场买的食料价格要便宜些，今后我们一律到批发市场去买。明天小冯去买一个冰柜，猪肉也到屠宰场买整条猪，当天用不完的放冰柜里"。今后你们炊事员要计划好三天的食料用量，三天买一次，小冯要多与炊事员计划协商。开完会小勇到袁领工办公室，协商明天的用工安排。完后回到办公室又和工班长协调明天的劳力调配，工班长走后，小勇开始作工程记录和人员调配记录。

快做完当天工作事项时，姜婆婆敲门进来，脸色铁青，着急地说："小勇，我有急事求你，刚才我到袁领工宿舍找他没人，我只好找你！我那老头不知怎么的，叫肚子痛得厉害，小肚子鼓了一个包，不让人摸，吐得厉害，吐出清水来了！我在这里人生地不熟，儿子又不在，我不知道怎么办？请你帮一下忙"！小勇听说，知道病情严重，可能住院，他把卖饭菜票的五百多元放在身上说："姜婆婆，你立即回去照顾姜爷爷，我去叫人找车，送他到医院"。小勇赶到小林工棚，找到小林床铺，他正在打鼾，小勇摇醒他说："你赶快去另外找两个人，找一块凉板，到姜爷爷住处，送姜爷爷到医院"！他又赶快到旅店去找开翻斗车的司机，司机在床上睡得很沉，小勇摇醒了他，睁开蒙眬的双眼看着小勇。小勇哀求说："汪师傅，你救人一命吧"。跟他说明了情况，司机开着车和小勇到了姜爷爷的住处，看到姜爷爷在床上呻吟着，床前塑料盆里全是呕吐物，一般酸臭味。小勇说："姜婆婆，你给姜爷爷准备点换洗衣服，你也带点衣服以防夜间冷"。小林找来竹凉板，还有两个工人，他们把姜爷爷扶到凉板上，盖上棉被，抬上车，小林和两个人也爬上车，姜婆婆和小勇坐驾驶室，开车直奔医院。由于是夜间路上没交警，因为翻斗车交规严禁载人。到了医院挂号处，挂号员见此情况，叫他们直接送往急诊室。经医生初步诊断为急性阑尾炎，需立即手术，但还得经过会诊，B超，和抽血化验检查。医生说要先预交费用，医生开一个单，单里写明了检查，化验，治疗项目，叫家属到收费处交费。小勇对医生说："医生，根据病情，需要你们按病情救治，我这就去交费"。小勇拿着单到收费处。收款员根据治疗检验项目计算，需预交款一千元。小勇身上只有五百元，小勇对收款员说："由于走得急，没带那么多钱，我可以马上回去取"。收款员说："由于病情紧急，你可以先交五百元，那五百元明天八点以前交齐"。小勇交了五百元，收款员开了收据，他把五百元的收据给医生看，小勇说："我马上回去取钱，你们必须按病情即时治疗，不得延误"。医生说："我们会按病情需要治疗"。小勇坐车回到工地，半夜三更敲响了财务小秦的卧室门，站在门外说明情况，小秦急忙穿好衣服到办公室，由小勇写借条，借资七百元。小秦对小勇说："这七百元根据财务规定：与工程成本无关联的费用不能入账，你看如何办"？小勇说："这七百元的用途，就列入我们公司账户下的预支款项，我们直接和姜工清算"。小秦说："这样也好，今后我按规定给姜工家属报销的医药费付现金给他，他和你们清算"。

185

　　小勇拿着钱，坐工程车直奔医院。在路上，他想姜爷爷的病治疗效果直接影响到姜工个人情感，事关重大。怎样才能达到最佳的治疗效果，关键是医生。他想好了，他用一张纸包好一百元送给手术医生，另用一张纸包五十元送给护士，五百元预交款，剩下五十元给姜婆婆在医院里零用。小勇到了医院补交了五百元预交款，到病房看到手术医生正在准备手术，小勇给他看了交款单说："大夫，病员家属有话给你讲"。医生跟着小勇后面向病房外走去，到转角没人处，小勇把纸包放在医生白大褂的口袋里说："医生这夜半三更的动手术，你辛苦了，不成敬意，这里一百元给你买点茶喝"。医生想这也是他一个月三分之一的工资钱，说："我尽职尽责，是我的责任，我一定尽最大的努力做好手术"。小勇回到病房外，护士长正在给护士交待病员的护理事宜。小勇站在门外，等护士长出来，小勇走上去说："护士长，我有话给你说"。护士长说，"有话到办公室说"。小勇跟在后面，到了办公室，办公室里没其它人。小勇摸出纸包，放在桌上说："护士长，你深夜工作辛苦了，我想请你吃顿饭，你这么忙，这点意思请收下买点水果"。护士长说："我不能收"，但是她又没退回的意思。小勇说："我回病房去看一下我的领导"，转身出了办公室。

　　姜爷爷被推进了手术室，姜婆婆和小勇坐在手术室外巷道里的凳子上等候手术结束。姜婆婆说："全靠你，要不是你，老头子不知病成什么样"。小勇说："应该的，姜工待我像前辈一样关心我，教我知识，给我学知识的机会，我还不知道如何感谢他呢"。姜婆婆说："我这个儿子是我老大，他从小读书就很认真，自从十七岁考上学校来四川，就没回过陕西工作，只有每年春节回家过年，耍探亲假十二天以外，从来没有耍过事假，就连媳妇生小孩都没请过事假，年年都评为单位的模范工程师，我媳妇说他心里只有公家没有小家。前些年孙子小，农活又多，我们俩老离不开家。这几年孙子大了上学去了，农村土地又到户了。我们那个地方多是黄土高坡，土地贫瘠雨水少，只能种点土豆，小麦，经济价值低的作物，为了在地里多点收获，须付出加倍的劳作。养点猪，牛，羊，但植被少，养殖数量少，收益有限，改善生活不易。儿子寄回的钱只够一家的零用，还要给孙子凑学费。我们三代人现在住的那个窑洞，显得特别狭小，又多年无钱维修。想凑点钱维修一下，把厨房迁到外面去，腾出一小间作孙子的卧室，经过几年的奋斗凑了点钱，但离修房的钱还差很多。今年儿子回家看到我们一年一年地衰老，如果再不带我们来四川看一下，以后就走不动了。早知道老头子要生病，我们就不来了"。小勇说："你们辛苦了一辈子，应该出来玩一玩，人生病是说不准的"。姜婆婆说："你这么年轻就出来打工，就不读书了，实在太可惜"。小勇说："我家的经济条件不好，我再读书家庭拖累太重，也供不起"。他们聊着天，不知不觉三个小时过去了。护士推着车从手术室出来，姜爷爷挂着点滴，像是在睡觉。小勇他们跟在后面，护士把姜爷爷抬到病床上。护士说："病员现在还在麻醉中，他醒来时或者水吊完了来叫我。你们不要在这里说话，保持安静，这里有两把椅子你们坐吧"。护士走后，小勇看时间已是夜里三点多钟，他们无声地坐着望着病员，一会儿睡着了。医生的脚步声把他们惊醒，看到护士在换吊瓶的液体，护士走后他们一会儿又睡着了。过道的脚步声再把小勇惊醒，一看天已亮，小勇说，"姜婆婆，我出去给你买点吃的"。小勇出去一会儿回来，买来三个包子，一杯牛奶。小勇说："姜婆婆你慢吃，我得回工地去巡视安全，一会儿我带个人来替你，替换你回去休息一会儿，等一会儿姜爷爷醒了，有什么事找护士"。姜婆婆说："你一晚没睡觉，又要马上回去工作，真辛苦你了，谢谢你"。

小勇在路边摊买了两个馒头和一杯豆浆，他喝完豆浆，边走边吃馒头。回到工地，头昏沉沉地巡视工地情况，到三号仓库看到陈民生，说："昨天进展怎么样"？"昨天大家干劲大，挖了不少土方"。小勇说："这两天我有点事，来工地时间少，你要注意工地的安全，特别是弃土一定抛远点，注意沟漕两边地面有无裂缝和地貌变化"。陈民生说："我整天都在来回观察，给挖土方的人提示，注意安全，你放心"。小勇找到苏姐，叫她回去换衣服，跟他到医院看护病员。小勇和苏姐一同去医院，在路上给苏姐买了一瓶矿泉水和一份盒饭午餐。他们来到医院病房，看到姜爷爷已经苏醒，小勇问："姜爷爷你感觉怎么样"？"我肚子不胀痛了，但右下腹伤口好像针扎一样痛，刚才吃了药好一点"。姜婆婆说："刚才主治医生查房时说了，病员的手术很成功，今明两天伤口痛是正常的，痛得难忍时，吃点止痛片，两天以后就好些了"。护士说："病员送院及时，若再晚送两小时，肠穿孔造成腹膜炎就危险了"。医生说："病员有什么情况即时找医生"。小勇对姜爷爷说："姜爷爷，姜婆婆昨晚一晚没睡觉，我带她回去休息一下，我领来苏姐照顾你，你有什么事或有不舒服给她讲，她去找医生来"。姜爷爷说："谢谢你"。小勇说："我晚上来看你"。小勇带着姜婆婆回到工地，姜婆婆午饭后就去睡觉。小勇饭后实在太困，趴在办公桌上就睡着了。醒来后到工地上巡视，碰到袁领工，把姜爷爷生病的事告诉了他。袁领工说："昨晚我和老乡到外面喝酒去了，今天才听别人讲起这事，等一会儿我们一起去看一下姜爷爷"。小勇说："今晚我想找小林去照顾姜爷爷"。"你去安排吧"。

小勇，袁领工和小林晚饭后到了医院。袁领工给姜爷爷买了一包苹果放在床头柜上说："姜爷爷，你病好点可以吃东西的时候吃点苹果"。"谢谢"。小勇给小林交待了服侍的事宜，对姜爷爷说："我走的时候，姜婆婆还在睡觉，我叫小林今晚服侍你，明天姜婆婆来服侍你"。姜爷爷说，"谢谢你操心"。这样轮流地在医院里治疗服侍了三天，姜爷爷已感觉到伤口不痛了，只有弯腰和转身时略有痛的感觉。第四天小勇安下心来，处理工地上的事。他巡视了安全，回到姜工的办公室，翻着施工图，对照工程施工部位，设想下一步的工序，特别是三号仓库的基础土方工程，快接近基础设计土质。他思考着村民挖基槽不很规范，把最后少量清理基槽土方由自己工人来完成。突然走进两个人来，一个是小林，另一位是他初中同学。小林说："晓燕今天来现场看一下工程结构，我上班走不开，麻烦你带她去工地上转一转"，他说完就走了。小勇不好意思看她，端过一根凳子说："你坐会儿，喝点水"。小勇拿杯子倒杯水，递给她。小勇继续看图，晓燕说："小勇你看图的架式，一本正经工作的样子，全像一个工程师，哪像一个打工的"？小勇说："我表哥走了，我临时顶几天，这几天姜工又开会去了，技术施工的事我也得管，工地上的杂事又多"。过了一会儿，小勇拿着图纸说："晓燕，你戴上安全帽，我们到工地上去转一转"。他们并排走着，眼睛还是四处张望，看着施工现场。晓燕说："近段时间你都没来上课，你还学不学呀"？小勇说："前段时间我回去插秧去了，回来后我又代理表哥的工作，抽不出时间，表哥回来了，我到工班去上班就有时间了，我一定要学完全部课程"。晓燕说："你真行，才打工三年多就学会管理一个工地，是个人才"。小勇说："别夸了，这几天杂事可把我累坏了，当然也积累点经验"。晓燕又问："你就这样干下去吗"？"目前这样的环境和条件很适合我，我可以学工种技术，还可以读书，学施工技术，有理论结合实际的环境，还可以挣点钱糊口，等我把技术和知识都学到手，再找机会"。晓燕说："你雄心不小哇"。小勇说："不是什么雄心，这是生存的需要"。他们到了一个正在绑扎大梁钢筋的现场，小勇拿出施工图给晓燕说："这就是大梁的钢筋制作绑扎图，你对照图看一看"。晓燕坐在砖头上，摊开图细看，不时地走去问工人这是几号钢筋。小勇说："你在这里慢慢看，我到前面工地去看一下"。小勇到了三号仓库工地，基础土方工程从土质上看已经到位。他找到陈民生说："土方工程已经完成，明天就停工，明天上午各组找一个人来一起收方"。陈民生说，"今天下午我通知他们"。小勇回到钢筋绑扎工地，晓燕还在看图，蒲班长问："这位女同志是来实习的吧"？小勇说："是我们班的同学"。"我还以为是你的女朋友，很匹配的嘛"。晓燕脸上红晕泛起，拿着图纸走了。他们回到办公室已开中午饭，晓燕忙着要出去吃饭。小勇说："我在食堂给你买一份饭回来，就在这里吃，中午不会有闲杂人员来这里"。晓燕思索了一下说："谢谢你"。小勇从食堂买饭出来，看到小林拿着两个碗过来，小林看到小勇端着两碗饭问："小勇哥，你给晓燕买了饭"？"我已买了"。小勇回到办公室和晓燕刚坐下来吃饭，小林也进来坐下吃饭，小林问晓燕："有收获吗"？"收获很大，书本上的理念没有实物，空间和立体概念也不很清晰，理解上存在一定的障碍"。小林说："今天下午欢迎你到木工班来参观"。晓燕说："下午两点半钟有课，吃饭后我就回学校"。住院一个星期后，姜爷爷出院，身体恢复健康。姜工回到工地，了解到他离开这段时间事故变化，想出办法调动工人的积极性，和利用社会劳动力挽回了落后的工期，深感小勇是一个罕见的能人。内心里千谢万谢小勇急救他父亲，回来的那天晚上，姜工一定要私下里请小勇喝酒，两人找了一个僻静的饭馆坐下。姜工对小勇说："这次我父亲生病，全靠你及时送医院，还垫那么多钱，医药费报销以后和你结账，太感谢你了"。小勇说："这是我应该的，你对我那么好，我把姜爷爷当我的爷爷，关于住院费的问题，你对我们公司帮助很大，就作为我们公司招待你吃顿饭"。姜工说："请吃顿饭可以，但决不能收受现金，这是原则问题，我报销医疗费后跟你结账"。他喝了一口酒后又说："你今后如何打算"？小勇说："我一定要把工民建的大专课程学完拿到文凭，还要学好各工种技术"。"你不想脱产跟我学习施工管理吗？我可以向我们公司打个报告，把你招为我们公司临时施工管理员"。小勇说："多谢姜工的关心，现在我只能当工人，从事实际工艺技术的学习，接触工程架构建造，技术操作。在操作中，从构件的构造，分析力学与结构的关系原理，从理论到实践，对我学习大有帮助，我不能放弃这个机会"。姜工说："你这个主意很好，今后你有什么困难需要帮助，我一定全力支持"。小勇说："谢谢姜工，姜工如果你工作上有忙不过来的时候，我可以帮忙，这样我也可以学习工程施工管理方面的知识"。姜工说："我忙不过来肯定找你帮忙"。他们无话不谈，直到晚上九点钟。

8-2 学技术（三）

　　第二天，中民回到工地，看到工地上工程进度很快，把原来拖下的工期也赶了上去。工人们情绪很高，他非常惊奇。他走这段时间，到底发生什么奇迹？吃晚饭时，中民把小勇叫到办公室，边吃边聊他走后十多天发生的事。小勇把他走后这十多天发生的事和采取的措施原原本本地告诉了中民。中民说："你真有智慧，我们甲乙双方都感到头痛的事你'一招'就解决了，看来你是当经理的材料"。小勇说："你不要这样夸我，这都是张经理，姜工，袁领工我们共同的主意，有些事是我胆大妄为，没请示自作主张，有的是迫不得以，急中生智"。中民说："邓小平说：'不管白猫黑猫，捉到老鼠就是好猫'。你这办法我向公司汇报，在公司内推广。其它项目也有这种情况，其中有一个项目，由于工人怠工，工期落后，被甲方终止合同，公司领导现正束手无策，焦急万分，你这些措施应该推广，嘉奖，公司领导不等多久就会把你调去当工头"。小勇说："措施可以向公司提出建议，但你一定要想办法，阻止公司把我调走，我一定要当工人，把技术学好，把功课学好，拿到文凭。我要是当了工头，没有时间，机会和精力来实现我的理想，在这里有姜工和你关照，我想学什么都能如愿，其它地方没有这个条件，求中民哥一定帮我实现这个愿望"。中民说："小勇你真是一个有志向，有决心，有能力干大事的人，下一步打算怎么办"？小勇说："明天我就到钢筋班去上班"。

　　第二天蒲班长安全讲话后，微笑地对小勇说："昨天你还是我的领导，今天你到我这里来当下属，我怎么好意思安排你的工作"？小勇说："蒲班长，我是学徒工，你是我的师傅，也是我的班长，听你的指挥，教导是我的天职"。那你今天就跟张师傅断钢筋和弯曲制作吧，小勇说："好"。小勇到张师傅那里说："张师傅，我干什么"？张师傅说："这些工作你都做过，你识图计算比我强，你先看图计算一下各种钢筋的长度按数量规格配料，在计算长度时减去弯曲的伸长率增加的长度，成品尺寸是图示尺寸，我把各种规格钢筋的弯曲伸长率写给你。有两个作用，一是成型钢筋的几何尺寸和图示尺寸一致，使钢筋在构件中的位置正确，保证构件的质量；二是虽然这点长度的钢筋重量很少，但甲方经理和施工员很在意，特别是箍筋布置的距离，设计规范要求距离误差不超过百分之六，他们要求距离控制在图示的百分之一百零六，这样可节约百分之六的箍筋成本，他们会很高兴"。小勇按图纸上材料表上的数量计算配置数量，他计算配置备料的速度，跟不上蒲班长断料的速度。张师傅协助小勇配置断料，一天下来配置了五榀大梁钢筋。第二天他们开始制作钢筋，张师傅叫小勇用粉笔划出钢筋的弯曲点，张师傅在弯曲机上弯曲，又经过两天的制作。最后是绑扎钢筋，全班七个人一起动手，又经过二天的绑扎，完成了五品大梁的绑扎。小勇在钢筋班工作了六个多月的时间，制作绑扎各种构件的钢筋。手多次被钢筋划破，鲜血直流，酒精消毒包扎后继续干活，也从不叫痛，说苦，像没发生一样，因为这些痛苦在他经历中已经习惯。全班工人完成了两栋仓库从基础，地梁，柱子，过梁，圈梁，大梁钢筋的制作绑扎。小勇的文化水平在班里最高，加之好学，成了班里的技术骨干，各个环节技术操作熟练。六个多月收获不小，在功课学习上细读了建筑结构设计，材料力学和结构力学的书。钢筋在构件中的架构是构件结构力学的体现，对钢筋在构件中的部位和作用原理有了清晰理解。但在手上留下厚厚的茧疤和两条一公分多长的伤痕，他不觉得累和苦，他感到高兴，也很满足。他想是离开钢筋班的时候了，下一步该到哪工班去学习呢？今晚去找中民哥商量。

晚饭后小勇来到中民办公室，中民说："半年来你全身心的投入，收获一定不小"。小勇说："有一定的收获，主要是白天工作很忙，晚上又有学习任务，没有时间来问候中民哥，对不起"。中民说："我不是说你来问候我，我是想从你的收获里学点东西"。小勇说："我学到的东西你早学过了"。中民说："我学的是技术操作，不知道钢筋在构件中的部位和作用的关联，为什么要那样设计"？小勇说：'这些理论问题一两句话也说不清楚，我把我近期没时间看的书先给你看"。中民说："我没有数，理，化的基础知识，怎能看得懂"？小勇说："中民哥，钢筋工的技术学得差不多了，我想换个工种，你看我下一步学个什么技术"？中民说："这要根据你的意愿，以建筑工技术的重要性来讲，首先是钢筋工，其次是混凝土工，泥瓦工。混凝土捣固的质量关系到混凝土质量。混凝土工看起来是个体力活，但是它是一项实践性操作技术，操作的过程中是经验积累的过程，经历各种构件浇灌捣固的时间越长，经验越丰富，技术水平越高，你能坚持那样繁重而脏累的劳作吗"？小勇说："我在那里干了几天，一身酸痛，又累又脏，坚持下去了。脏累我不怕，就怕每天的工作时间太长，没有学习时间"。中民说："工作时间有长有短，有时为了把一项结构关联的构件浇灌完，要连续工作二十个小时，中间只允许半个小时的吃饭时间，完了以后，可休息一至二天"。小勇说："这样也好，休息时，我就可以看书了"。中民说："现在正是浇灌结构件混凝土的工期。明天我就安排你去上班。另外姜工的父亲住院费的问题，前几天他报销了住院费六百五十元，交给我，我不要。他说这是原则问题，他非给不可，我只好收下。他还问到底住院花了多少钱？我只好说是你经办的，我不清楚。姜工对我们公司帮助很大，又是一个值得依靠的人，他要是问到你，该怎么回答"？小勇说："一共花了一千二百多元，还差六百元的账能报销吗"？中民说："我们把账记下，回去到我们公司的物资公司开一张货物发票去报销"。小勇说："姜工要是问我，我就说：'医院结账时，我找了个熟人，他给我很多优惠费，还免了床位费，只有六百多元'，你看这样说行吗"？中民说："你这个办法想得妙。另外我们公司原来食堂那个事务员小石把结账时余下的钱拿去清账后，走了一直没回来。采购员小冯在蔬菜批发市场看到他拉一车蔬菜在市场上搞批发，那余下的钱可能是食堂盈余的钱，被他卷跑了。你看我们是不是到派出所去报案"？小勇思考了一会儿说："款额不到一千元，不到法定由公安机关侦办的数额，只能由民事办法处理。如果由保卫科采用民事办理方式，还需要证据和繁琐的手续，费时费事。我想个办法，就是哪天我们约好财务小秦和采购员小冯一起去蔬菜批发市场找到他，问他多少时间回来清账，如果他当时就把钱拿出来更好，如果他要借故推迟溜了，他又是我们当地人，今后他也没脸面见人，就让他丢面子算了。你看如何"？中民说："你这办法妥当"。他们谈完后，各自忙各自的事，小勇回到工棚，坐在床上开始看书，直到晚上十二点。

第二天，小勇到混凝土班上班。现在已是农历六月中旬，进入伏天，早晨已感觉到热。几个岁数大一点的老混凝土工人，脸膛和臂膀皮肤像老家烘烤的腊猪肉皮，黑里透黄，看似厚实，阳光下油亮。李班长安全讲话后对小勇说："你在我们班干过，基本程序你都知道，今天是浇灌大梁，混凝土量比较大，铲混凝土的人要多用一个人，你就铲混凝土吧"。小勇说："听从班长的安排"。他们一共七个人，两个人捣固，两个人铲混凝土装桶，三个人提桶把混凝土倒在木型内，他们各就各位。井架吊不停地将混凝土吊运到架上，倾倒在铁板上，铲混凝土的人铲到桶里。提桶的人把装满混凝土的桶提到木型上，倒在木型里。捣固的师傅开始用震动棒捣固混凝土，他们像在流水线一样作业，各自完成各自工序的任务，连续两个小时。火辣辣的太阳当空，像烘烤一样，汗水顺着脸庞颈项流下，滴在混凝土里。小勇脱下汗衫，老师傅制止道："你的皮肤裸露在阳光下，会晒伤皮肤起泡，汗水浸熬，会更难受"。小勇说："我穿着汗衫，不能透风散热，热得难受"。老师傅说："你只有坚持忍耐"。到了十点钟，停下来休息十五分钟。他们走下架木，找个荫处坐下后，揩着汗，喘着气，都没有说话，有的缓慢地打开水壶喝水，有的靠在架管上耷拉着脑袋。小勇感到又累又热，伸不直腰，十五分钟后，井架吊吊来了混凝土，他们又开始工作。到中午十二点，炊事员把饭送到工地上，吃了二十分钟的饭，休息了十分钟。半个小时后又开始工作，他们之间话也少了，这时温度已超过四十度，工地上只听到嗡嗡的震动棒声音。这时候听到这声音，像是烤箱烤肉的声音。大家唯一感到舒心就是大口地喝冷水，但汗水像线一样流淌。到吃晚饭时，还有少部分混凝土没浇灌完，袁领工说必须连续浇灌不能中断。炊事员把晚饭送到工地，吃饭时，小勇端饭碗感觉到膀子特别痛，皮肤像针扎，拿筷子的手指僵硬，抓不紧筷子，坐下时感觉膝盖很痛，有长时间挑重担爬坡上坎的感觉。饭后他们又开始工作。奚正峰和陈正山俩人喘着气说："奚大哥我受不了，腰好像要断了似的，脚杆，手杆好像要脱臼似的。臂膀的皮肤不敢摸，摸皮肤像是在撕皮的感觉。我这一辈子都没有受过这样的苦，农村打谷子是最苦的农活，也没这样苦，我不干了，我去找王工头把这几个月的工资结算给我走人"。陈正山说："我也有这个想法，就是因为拿不全前几个月的工资才咬着牙干下去，要是能拿到全工资，我早就走了"。奚正峰说："我实在受不了了，只要给我的路费，我也要走。马小勇你觉得不苦吗"？小勇说："这工作是很苦，我家很穷，从小就在烈日下干体力活，是炼出来的，只有坚持"。奚正峰递过一支烟说："请抽烟"。小勇说："谢谢你，我不抽烟"。奚正峰说："听说你是王工头的表弟，能帮我说句话吗？叫他把这几月的工资算给我"？小勇说："我也不知道劳务公司具体规定。据说，工头只有预支生活费的权利，结算工资的权力是公司财务的事"。奚正峰说："看来拿全工资没门了"。晚饭后他们又开始工作，新来的三个人动作明显地慢了很多，一直到晚上九点多钟才完成浇灌任务。下班回来后，小勇想到中民办公室，把今天在工地上奚正峰和陈正山的对话给中民讲。走到中民办公室，看到他们二人正在和中民讲话，奚正峰说："我的腰扭伤了，痛得难受，不能再上班了，我想回家养伤，你能把这几个月的工资算给我，拿回去当医药费"。中民知道他们借故离开的原因，说："结算工资我没有这个权利，我只能预支少量的生活费，而且现在我们还没有跟甲方结算工程劳务工资款，更没有结算工资款的收方记件资料，我可以把几个月来你的出勤记录写个单给你，去找公司财务处理，我最多只能做到这些"。奚正峰说："你多少得给我点路费吧"？中民说："我最多给你八十元，我只有这点权力，你写张借款条，签上你的名字"。陈正山说："王工头，我父亲来信说生病了，不能干农活，我想回去接替他种家里的地，地里庄稼是我们一家人的口粮，你能不能把我今年几个月的工资给我结算一下"？中民说："你刚才也听到了，我只有那点权限"。陈正山说："我就不回去了，你多预支点工资给我，我寄回去给我爸治病，尽快把病治好，好下田种地。王工头，我体质弱能不能给我换个工作"？中民说："你没什么技术。技术性活你干不了，目前基础土石方已完成，没有其它工作适合你干"。陈正山说："能让我休息几天吗"？"休息几天可以，但没有工资"。"没工资就没工资"。他们俩各拿到八十元的条子，第二天到甲方财务去拿钱，离开了中民的办公室。在路上奚正峰说："陈老弟你不回家了"？"我拿不到全工资，还不知以后还拿不拿得到剩余的工资，我还是坚持到年底，这几天请假出去扛棒棒，躲过这几天"。奚正峰说："我决心离开这里，到广州我表兄那里，他在工厂打工，请他帮找个轻松点的工作，工厂的工作都是机器，没有体力活，不晒太阳了"。陈正山说："奚兄你先去，如果有适当的活，明年我也去那里"。

　　第二天，小勇还是从事头天的工作，经过一晚的休息，一身关节的疼痛略有好转，但是臂膀起了很多的水泡，汗水一出，水泡像针刺一样疼痛。他今天不但关节痛，皮肤也痛，是他最难受痛苦的一天，他咬紧牙坚持着。他问捣固的李师傅："李师傅，我今天一身的关节像是要脱位似的疼痛，皮肤起泡疼痛，这样会造成永久性的伤害和落下残迹吗"？"不会的，因为从事长时间同样重复重力的动作，会对关节韧带造成轻微的伤害，一段时间内会恢复，皮肤也会变得像我一样的皮肤。适应这些重力动作的体能，我们老混凝土工都经历过这个阶段，没有吃苦顽强的精神，是不能干这个活的"。经过近二十天的工作，小勇皮肤变得黑里透黄，关节也没有那么疼痛，习惯了这项工作。第三栋仓库开始浇灌地梁混凝土，李师傅对小勇说："你可以来捣固混凝土，因为地梁切面小，钢筋少，容易操作，也容易捣固密实。你先前已操作过，方法你都知道"。小勇说："谢谢师傅"。小勇按照操作的方法开始捣固，捣固混凝土比铲和提倒混凝土轻松一些，只是手臂动作要频繁些，到下午时觉得手臂有些酸。连续二天的浇灌完成了三号仓库地梁混凝土。

　　晚上小勇吃饭后准备看书，袁领工到寝室找到小勇说："你出来一趟，我跟你说件事"。小勇跟在袁领工后面走到工棚外僻静处，袁领工对小勇说："我今天下班时，到工地上检查工程，看到三号仓库地梁混凝土很多蜂窝，根据施工规范是要报废或返工，是严重的工程质量事故。天黑了甲方的技术人员还没来得及查看，趁天黑你找两个人，人工拌合混凝土把蜂窝补上。这是混凝土配合比"。他把一纸单交给小勇说："配合比上的石子改为0.5-1的石子，石子大了塞不进去，注意补的地方要抹平，不留痕迹"。小勇揣上纸单，他想找谁靠得住呢？愿意帮这个忙呢？中民哥这时候正忙，只有小林和苏姐有希望。他来到女工棚门口，他不敢进去，一个三十来岁的女子走出来，小勇对她说："大姐你帮我叫声苏兰，我找他有事，谢谢你"。那人进去一会儿出来说："她正在洗脚，马上就出来"。苏兰出来看到是小勇说："小勇弟有什么事"？小勇把请她帮忙的事跟她说了。她说："没问题，我去换件衣服，带上灰桶和拌灰的工具就来"。小勇又赶快又去找小林，小林正在看书，小勇把求他的事说了一遍。小林说："哥的事就是我的事，我带什么工具"？"你就带只手电筒＂。小勇回头找班长借抹灰板灰盘，陈班长说：＂这些工具明天我要用，你借去有什么用＂？小勇借故说：＂我的朋友在这里租了间房，墙漏水补点灰，明早就还你＂。小勇拿着铁板直奔工地，小林打着电筒，苏兰已在拌合混凝土，小勇问：＂苏姐你怎么知道混凝土配合比＂？＂我过去也帮李师傅补过。我天天都拌合砂浆或混凝土，都熟悉了＂。小勇说：＂今晚补混凝土的事你们不要对别人讲＂。苏兰和小林说：＂我们一定保密＂。他们三人，苏兰合混凝土，小勇补蜂窝洞，小林用刷子刷平痕迹，经过两个多小时完成了。小勇回到工棚，当晚没看书，他回想起前几天捣固的过程和今天观察到地梁出现蜂窝的位置，多处都在地梁下部浇灌的部位。是由于自己下午操作时手臂酸麻，精力有些不集中，震动棒插入点的距离和振动时间都没认真注意地操作。他分析总结了捣固良好部位的经验。第二天他又开始捣固预制构件过梁的混凝土，前几天的教训，他聚精会神地操作，由于预制过梁体积小，连续操作时间不长，手臂酸麻没有感觉，比往日轻松。

晚饭后，小勇开始看书，他翻书的手上茧皮经常把书划出痕迹，但手指皮肤还没有感觉。作练习题时由于作业本纸张太薄，经常把纸划破。工棚里闷热，他只有不断地喝水，比起白天浇灌混凝土好多了，他习惯了，也不觉得难受。全神贯注地思考着书本上的论述，总想在建筑构作中找到相联的理论应用。他觉得这样的学习方法和环境条件很适合他，有吃有喝，不为生存发愁，还能学知识，他感觉非常满足。一身的劳累，全身皮肤黝黑，手脚掌厚硬的干茧，不觉得苦，时间就这样一天天度过，积累了丰富的经验和技术。快到期末考试了，这学期他想结业两科。抓紧时间把书看完，把不懂的地方作好记录，函授课时请教老师。考试前请了一个星期的假复习功课。自己的实践观察，结合书本的理论，理解容易得多，理论和实践贯通，有困难处请教姜工，姜工拿着图纸对照现场施工进行讲解，融会贯通，具体透彻。接下来考试三科：建筑学，建筑结构和制图成绩都过了关。他总结了学习的经验，为今后的学习找到了更好的学习方法。小勇经过几个月混凝土的浇灌工作，对这项技术已很熟悉。由于这项工作需要连续作业的性质对他学习功课有影响，他决定回到泥工班去学习泥瓦工技术，学技术和书本知识两不误。小勇找到中民说明了来意，中民说：＂现在混凝土主体的浇灌工作已完成，我正想把你调离混凝土工的工作，你明天就可以到泥工班上班＂。小勇回到工棚，又开始看书，直到深夜。

第二天上班集合安全讲话时，还是陈班长讲话说：＂这位新来的小同志叫马小勇，他去年在我们工班干过一段时间，你们很多师兄弟都认识。但干的时间不长，技术上有一定的基础，但还需要进一步的学习，希望大家相互帮助＂。小勇看了一下排队的人，这里有一半是马小勇的新面孔，由于各种原因，原来认识的人离开了。陈班长继续讲：＂新来的学徒，希望你们好好地向师傅学习，注意安全＂。安全讲话后，各自开始砌砖。陈班长对小勇说：＂这里学徒多，师傅少，你原来学过一段时间有点基础，你今天带个学徒砌内墙＂。小勇说：＂你还是要先指点一下＂。陈班长在墙上划好了线，小勇他们按照线砌砖。到中午吃饭休息时，小勇问学徒：＂小兄弟你叫什么名字＂？＂我姓石叫石友才，是今年才来这里做学徒＂。小勇说：＂你当学徒已有近十个月了，比我当学徒的时间还长，你应该是我的师兄了＂。＂不敢当，我没文化，脑子笨，一直在家务农。今年春节是我堂兄把我介绍给劳务公司张经理，订合同来到这里当学徒"。"你堂兄是谁"？我堂兄是石平，去年也在这里作泥瓦工，你可能认识"。"我认识，他为什么今年不来了"？石友才说："去年他老婆到深圳一个工厂打工，他不放心，今年他也跟去了。虽然他们的工作可能不在一个厂，但他们可以隔三差五地相互探望"。小勇说："跟去了作用不大，关键还是看她漂不漂亮，她本人对伦理重要，还是对财富重要，能不能经受住诱惑"。"我堂嫂是我们村最漂亮的女人，当年嫁给堂哥是因为堂哥家屋好。堂哥在外面作泥瓦工每个月有几十元钱寄回家"。小勇说："如果当年堂嫂是因为这个原因嫁给你堂哥，而不是因为人品而嫁给他，那她在那个花花世界里的诱惑很难抵挡"。石友才问："有什么好的办法阻止吗"？"最好的办法就是脱离那个环境"。石友才说："今年春节她就是不想回家，还是她娘家的妈去信说她生病了，才回来耍了几天就走了。所以堂哥才跟了去，后来怎么样就不知道了"。他们一边砌砖一边聊天，一天很快就过去了。

晚饭后，小勇抓紧时间看书，不知过了多少时间。中民来到小勇床前给小勇说："姜工叫你明天去帮他作季末验工报表"。小勇说："我一定去"。中民说："今天我的事还没办完，我这就走了"。小勇说："谢谢中民哥"。第二天一早，小勇来到姜工的办公室，姜工拿出一堆图纸对小勇说："这些都是地梁和混凝土构件图纸，你能看懂这些图纸吗"？小勇说："这次考试三科，其中一科就是工程制图，加之我在劳动中接触的也是些构件，看懂这些图应该没问题，如果有不清楚的地方再请教"。姜工又说："你把这些构件分类计算出体积，分类分项的记录在表格里"。姜工拿出一本工程预算价格表书，对小勇说："对照价格表里相同构件名称的单价，填写在验工报表项目单价栏内，计算出金额"。小勇接过图纸和价格表书开始工作，他把一张一张的图纸清理好，有些定型图上已标有体积数量，比较省事；有些设计图纸上没有标注体积数量，得计算，方形断面的构件的计算也较简单。那些外形复杂，切面变化大的构件计算很繁杂。小勇根据各部位形状尺寸，分割成若干截面进行计算，最后合计成整个构件体积数量。小勇聚精会神，一上午很快就过去了。吃中午饭时，姜工在工地上还没回来。小勇拿着两个饭盒，到食堂给姜工和自己各买了一盒饭，拿回办公室。小勇刚坐下吃饭，姜工回来了，小勇说："姜工快来吃饭"。小勇递过一盒饭，姜工说："谢谢你，你上午工作有困难吗"？小勇说："工作上没遇到什么困难，只是速度很慢"。姜工说："你能达到这种程度，已经很好了，只有专业预算工程师速度会快一点。特别是外形复杂的构件要做到精算是很慢的。这几天正在主体工程施工，很多工序都得监查，所以我很忙。你把这些资料计算整理好，我利用晚上的时间复查一下"。小勇说："你抽半个小时，把今天上午计算的资料检查指正一下，我好吸取教训，避免今后的错误，减少你纠正的工作量"。姜工说："你考虑得真周到"。

下午快下班的时候，姜工回到办公室。紧接着袁领工也来到办公室。袁领工对姜工说："姜工，有件事要请教你，我该怎么办？材料管库员叫我签这个季度的工程材料用量，其中河沙，石子的用量超出了消耗定额核算用量很多，我是签认核算定额用量，还是签认他要求签认的数量"？姜工问："你怎么核算出定额用量"？袁领工说："我是根据给劳务公司收方的数量，以材料消耗定额为依据计算出来的。本来核销材料不是我的职责，上个星期国庆节放假，我在街上碰到我的同学，在市建公司当领工员，一起喝茶，他谈起了他们公司的事。他们公司的业务很好，但近三年来，他们公司年年无利润，不交所得税，引起了税务局的怀疑。税务局组织了会计师，工程预算师，市物价局的经济师一起去公司审计。经查，财务管理制度的执行，财务科目的设置，管理费的分摊，资金的运用管理都规范，没有看出任何问题。后来他们深入到工程成本项目进行核查，根据工程中各项工程量，按材料消耗定额计算出各种材料应耗量和成本项目中的消耗量比较，出入很大。他们又深入调查发票的来源，和库管的核消建材的过程和单据，发现他们从集体经济商贸公司开具假发票，串通库管员，对库管全过程单据造假，最后由施工员签认假单据核销，进入工程成本。由于库管全过程单据，都是属于内部流程摊销的凭证记录，由涉及公司相关工作事项人员签字认可，不存在外部机构的监管，所以不容易暴露。如果内部人员不存在利害和利益的冲突或制约，作假账的全过程不会有障碍。他们设立了一个小金库，把作假账所得来的资金放在里面，这些资金用作公司揽业务和招待客户，和财经法规上不能报销的费用。小金库由经理和财务主管秘密掌管，无人监管。他们在开销的过程中，从中塞入个人消费的事项，还有没有名目的现金流出，不知去向。在清查的过程中，当事人也陈述不清现金的流向。这次事件的深入审计暴露的问题，由于数额巨大，属严重违纪和贪污犯罪行为，最后法院审理判决，相关责任人，主犯经理判刑十年，财务主任判刑五年，材料员劳教三年。他是随从签字人员，不了解犯罪的过程，没有从中受益，只是职责过失，给予行政处分，吊销施工员职照，永远不得从事该职务。如果我也稀里糊涂地签字，我也得承担相应的责任"。姜工说："这事张经理知道吗"？袁领工说："材料员说就是张经理叫他这样做的"。姜工又说："张经理知道你讲的案例吗"？袁领工说："不知道"。姜工说："那你就把这案例讲给他听，说出你签字的顾虑"。袁领工走后，姜工说："我们验工的工程量一定要准确，这些数字是我们工程成本，结算计价的依据，要经得住审查"。小勇说："计算的方法应该是正确的，计算的过程是否有数字计算和计量单位的错误我应努力避免，细心计算，还请姜工审查"。姜工说："我到工地上去了，晚上回来看资料"。姜工走后，小勇继续工作。到了晚饭时姜工仍没回到办公室。小勇想姜工这样关照他学习施工管理技术，他拿不出什么东西酬谢。他到餐馆买了份红烧鲢鱼盒饭带回办公室，他边工作，边等姜工回来。直到晚上九点过，姜工才回到办公室。小勇把饭用热开水焖热，交给姜工，又赶快去给姜工打开水，端洗脚水，姜工吃饭洗脚后就睡觉了。睡觉前说："小勇你真是好孩子，只有你才这样关照我，我真想永久这样，我们工作生活在一起"。小勇说："你关照我才有今天的学习机会，我永远忘不了你"。经过五天的细心工作，小勇完成姜工交给的任务，回到泥工班上班。

　　泥工班上班时间比较正常，每天晚饭后都能准时看书。他计划这学期学习三科，结业二科，高等数学，材料力学，建筑施工。高等数学至少得学习两个学期，学习任务艰巨，难度较大。准备每星期的函授课都去上课，接下来的一个星期天是函授高等数学课。因为民工在建筑工地上班，是没有星期天和节假日，小勇星期天请了一天假，早早地来到课堂。小林今天没来上课，小勇准备了很多不懂的问题，准备向老师提问，老师还没来，他坐后排看题。

8-3 交友

　　不知什么时候，陈晓燕拿着书包坐在他身旁，小勇挪动了一下板凳，保持了一定的距离。晓燕说："你好专心呀"。小勇说："书里边的很多定理，我还不能完全理解，我正在准备上课的提问"。这时小勇才看到晓燕打扮得比过去漂亮，脸庞油光红润，一对黑色辫子垂在脑后，上身黑色绣边衣，合身得体，蓝色牛仔裤裹得肢体丰满优美。小勇马上把视线转移到书上。晓燕说："我也有很多概念上的东西没理解，特别是理论应用到实体设计方面，有很多难点。我还要多到你工地上去实习，特别是工地上建筑施工的技术管理，不知道你能不能帮助我"。小勇不好推诿，心里跳动，不想推诿，说："你毕业后到建筑公司找份工作，又能实习，又能工作，多少还有点薪水"。晓燕说："那样当然很好，但是我目前学习上有很多的障碍，考试如果过不了关，拿不到毕业证，怎么找工作"？小勇说："我目前在泥工班当泥瓦工，我怎么帮助你？我只能把你介绍给姜工，叫他带你，你能在那里干什么呢？他一天很忙，没时间手把手教你"。晓燕说："这样吧，你哪个时间在给姜工工作时，叫我一声，我把我们学校班主任办公室电话号码给你，到时候电话里你给老师说你找我有事，叫老师转告我，我就知道了"。她递了一张纸条给小勇。吃午饭时，他们一起到了食堂，晓燕说："我去买饭吧"。小勇说："还是我去吧，你还没收入呢，你去找两个位子坐下"。晓燕说："谢谢你"。他们俩边吃饭边闲聊，小勇问："你家住在哪个村"？"我家住在离初中学校很近的平坝村"。"我妈在家务农，我爸中专毕业后，分配到县里蔬菜公司当会计。一九七八年蔬菜公司撤消了，到县制服厂当会计。到八六年由于制服行业投资门坎低，技术含量相对较低，和大量的私营企业竞争，效益不好，垮掉了，把厂子和设备卖给了私人企业，给了三千元的一次性补助，辞退回到家务农。由于他从小读书，一直到辞退工作这一时期，都是在学校读书和办公室里工作，根本不会干农活，在家里只是干一些杂活。前几年经人才市场介绍，给服装批发商雇为临时工，清点服装和记账工作，工资很低，近五十岁了也只能这样"。"你家还有其它人吗"？"我家还有爷爷，奶奶和一个弟弟，弟弟还在读高中"。小勇说："你家的条件比我家好一点，我父母都在农村务农，还有弟妹在读书"。晓燕说："差不多，我爷爷奶奶岁数大，干不了农活，经常还得花钱买药吃，父亲那点退职金，拿到现在根本算不上什么钱，而且早被我和弟读书花光了。我很佩服你能文能武，将来你一定能干大事"。小勇说："这都是生活逼出来的"。把饭吃完了，食堂已没有人，他们又赶快到教室上课。不知不觉，春去秋来，几个月又过去了。夏天光着膀子在烈日下砌砖，酷热习以为常。只是大口喝水，汗水在脸上身上流淌，擦汗的毛巾，像沐浴的毛巾搭在肩上，脸上身上的皮肤黑而发亮。经过这段时间，他的砌砖技术提高很多。现在他是一位师傅，每天上班都是站在墙端头和袁师傅领着一帮人用线控制砌砖墙体的垂直度，水平度和高度。学习时间也比较有规律，每天晚饭后，八点钟都能准时看书，作练习题，这学期基本上都能跟上学习计划进度。这天晚上小勇正在看书，中民走到床前说："小勇，明天姜工叫你去帮他放线，袁领工请假回家去了，剩下只有你看得懂图纸，还差一个人，不知道另外还找谁去"？小勇略思片刻说："我有个同学，她正想找个机会实习"。中民说："

那正好，你去叫她一声，明天上班就来"。小勇找出电话号码单一看，上面还有专业年级班别，女生宿舍号码。一想现在已是晚上，办公室电话没人接，他只好坐公交车，赶到陈晓燕的学生宿舍通知她。他先赶到教室，已经下了晚自习，他又赶到女生宿舍，门卫不让他进，小勇说："我有要紧的事，要到205房间找陈晓燕"。门卫说："你在这里等一会儿，我打电活通知她来这里"。一会儿陈晓燕来到门卫室，在灯光下看到是小勇，高兴地问："有什么事，这么晚来找我"？小勇把明天放线的事说了，晓燕说："你有电话号码，为何这么辛苦还亲自来告诉我"。"我得到这事的通知，是一个小时前，学校办公室没人接电话"。晓燕说："你对我太关照了，我送你一程"。小勇说："已经夜深了，你回宿舍去吧，我走了"。小勇走了一段路回头看，晓燕还在灯光下看着他，小勇做了一个手势，示意她回去，回头加快脚步，消失在夜色中。

　　第二天，陈晓燕准时到来，小勇在工地大门接她。她看小勇目不转睛，小勇问："我怎么啦"？晓燕说："你好像电影里非裔人"。她踌躇了一下又说："在老家，长年在农田干活的人也这样"。晓燕对小勇外表酸味实足的笑话，小勇没作回应，心想自己确实是个农村长大的打工仔，心里没有一丝的愧意。他看晓燕今天的打扮很大方，一身黑色的便装，小勇说："几年的打工，这工作更适应我，身体虽然晒黑了，但更强健，更有信心了"。到姜工办公室，小勇对姜工说："这是我函授班同学陈晓燕，她今天到工地实习，帮我们放线"。姜工看了一眼说："欢迎，谢谢你来帮忙，我们走吧"。姜工提着经纬仪和水平镜，小勇和晓燕分别提三角架，图纸，灰桶，锤子和标桩。他们到达工地，姜工说："这里有两份同样的图，我留下一份我看，另外一份给你们。小勇识图放线你都熟悉了，你带着晓燕量尺拉线，钉标桩，撒灰线，她不懂的地方你给她讲"。晓燕摊开图纸细看起来，这图纸是比课本上的图形复杂得多的平面图，每根线条角度变化都标注尺寸，解剖位置符号和尺寸，相关图示的位置，她还没有完全的立体结构的概念。小勇说："今天我们只是放基础的开挖线"。他指着图纸上的粗实线说："就是这种线条图示的图形为基础线，今天我们要进行基础的测量放线，放线的方向由姜工用经纬仪指挥，图上的各部位尺寸，由我们俩用卷尺量，量尺的关键是卷尺要水平，量准，我们第一步把方向线路找出来"。小勇拿着木桩和锤子，晓燕提着灰桶和麻线，由姜工根据图上参照物，量尺决定起点坐标。小勇在指定点打上木桩为基点。晓燕把麻绳按在起点上，小勇将麻绳拉向姜工指定的方向，左右偏差姜工经过经纬仪由手势指挥调整，最后定位。小勇钉上标桩，两标桩间拉尺定位，撒上石灰粉。他们把办公楼基础互为九十度的灰线撒完。姜工将经纬仪移至基础对角线位置，又开始测量长方形基础的另两条基础线，完成后开始用卷尺分割房间内墙的基础线。小勇拿着图纸和卷尺，晓燕拿着标桩和锤子，小勇告诉晓燕尺寸，晓燕右手拉着卷尺看准尺寸，左手把木桩立在尺寸位置，右手放下卷尺，拿着锤子举起打下。听到哎哟一声，她丢下锤子，右手捏着左手，小勇放下图纸，跑了过去，双手托起晓燕左手翻来覆去地看，嘴里连说："受伤没有，痛不痛"？姜工在摆镜处看着小勇握住晓燕的手翻来覆去在细看，晓燕看到姜工微笑着看她们，脸红了，马上把手缩了回去说："没关系，不痛"。小勇说："还是我来看图和打桩，你只是右手拉着卷尺的一端"。晓燕说："我给你拿图，你只是看图，我也顺便学习看图"。他们相互配合默契，到下午下班时，办公楼基础线已放完。回到姜工办公室，晓燕说："我回去吃晚饭去了"。小勇说："你坐车回学校食堂已关门，外面吃不划算，我去食堂打三份饭回来，随便吃点"。晓燕说："谢谢你"。一会儿小勇买饭回来说："今晚上食堂菜很好，有回锅肉，家常豆腐，每人我都各买了一份，我很久没吃家常豆腐了"。他们三人坐下吃饭。晓燕说："这家常豆腐跟家里的家常豆腐不一样，比家里的香"。小勇说："家里的家常豆腐是一块一块的烙的，有锅巴，在食堂这么大的量不可能一块一块的烙，全都是用油炸的，所以很香"。姜工说："晓燕，你们学校难道没有固定的实习单位吗"？"我们学校有固定的实习单位，就是市建筑公司，那单位我没熟人，很拘束。那些管理人员和工人总是目不转睛地看我们女生，后来我们女生都不愿意去了。加之一个班三十几个人去，具体操作抢不过男生，我们女生完全成了陪衬"。姜工又说："你们女生学工程，今后工作风餐露宿，日晒雨淋，拖儿带女，到处流动。你们去学会计，读师范，文科之类，今后工作安定，不晒太阳，多好哇"。晓燕说："我父亲就是学的中专财务专业，在企业里就是一个记账先生，没有具备被社会广泛实用的技术，在企业或者工厂里就跟着老板，厂长屁股后面转。老板，厂长哪天对你不顺眼，不顺他意就走人。企业垮了就失业，读师范中专，或文秘专业出来都要靠人事关系，没人事关系只能去乡镇村当老师。工资低，任课多，还没福利住房。文秘专业，漂亮的女文秘是很多工厂，企业需要的人才，是工厂企业的花瓶，接待应酬处在风口浪尖，我不习惯那种职业，适应不了那个环境。工程技术人员凭自己本事挣钱，和头搞不好关系各自走人，有技能，被社会接纳的企业多，挣点钱，养家糊口就行了，吃苦是我们这些下层人求生的本性"。姜工又说："看不出你这样小小年纪的女学生，对社会了解得如此透彻"。晓燕说："这都是处在下层社会生存的身受和对社会的感知"。姜工说："小勇，晓燕你们的身受和经历相同正好是'一对'"。小勇沉默了一会儿，他猜想姜工的喻义是什么？是指社会地位？还是暗指家庭景况？他赶快申明："姜工不能这样说，晓燕是正规学校的学生，国家认可的文凭，我是一个打工仔，社会地位天差地别，晓燕是一个在校生，校规是很严的"。小勇这话是暗指姜工不要开玩笑，以免造成晓燕的误会。晓燕没做声，但耳根红了一下。晚饭后，晓燕翻开了今天放线的施工图细看起来。姜工说："我有事到张经理那里去一趟，你们在这里慢慢地交流"。姜工借故离开了办公室。姜工走后办公室只有他们两人，晓燕随便了很多，她向小勇提了很多的问题，小勇一一的做了讲解。直到八点多钟，晓燕要回校，临走时，她对小勇说："你能不能送我到公共汽车站，这段路很暗，行人又很少，我有点害怕"。小勇说："当然可以"。他们一前一后走在黑暗的小路上，小勇害怕晓燕路不熟跌倒，时时拉着她的手走，她也很自然随便不在意。她对小勇说："我很感谢你，今天我学到了在课堂上学不到的知识，如果以后星期天你有时间，我们单独交流一下。如果有不同的施工技术我还想来学"。小勇对她的话没理解到有额外的意思，说："我们是老乡，又是同学，随时欢迎你来"。晓燕脸色有什么表情，黑夜里小勇看不见，她坐上了公交车，挥挥手走了，小勇回到工棚看书。

8-4 闲聊

　　冬天来了，小勇他们泥瓦匠站在高高的脚手架上砌砖，墙头边刺骨的寒风呼呼在耳边响起，但他黝黑的皮肤没了知觉，只是那讨厌的清鼻涕不断往下流，常用戴手套的手去揩。讨厌的灰浆又沾在鼻梁上，下班时总要开着自来水管，双手捧着冰冷的水洗一下脸。小勇经常自嘲地说："下班卸装了"。晚饭后，又开始看书。工友们说他看书成瘾，像吸鸦片一样上瘾。小勇听到这样的评价非常高兴，心想就是这样努力，时间还不够用。

　　一天下午，突然停电了，灰砖供应不上，暂时停工。小勇他们到了下层去避风，大家坐在砖头上，有的抽烟，有的闲聊起来。石树平说："还有两个多月就过年了，年后我也不再来这儿干活了。现在我们家那里有不少人在老家修建砖墙房子，明年我就在本地干活，工钱少不了多少，还跟老婆孩子在一起，哪怕每天起早贪黑走山路上班也值"。袁师傅说："你最后那句是老实话，说到点子上了，老婆孩子热炕头"。石树平又说："现在还不跟老婆在一起，老婆变成老太婆了，到那时又没钱找'小三'，就后悔了。我们这些人，只有这个命，再奋斗也在城里立不住脚，到头来还得回到山沟里的老房子里。现在城里的一般地段的房子要八百元一平米，不吃不喝一年的工资也只能买不到二平米，买套两室一厅八十平米的房子要四十多年，那只能是梦"。他把烟头往地上一扔，对小勇说："小勇明年我们在老家一起干，你会画图，农村那些简单的房子你还会设计房子，你又能制作绑扎钢筋，打混凝土，砌砖，你是个全才。一定大有作为，在城里再干也买不起房，成不了家"。袁师傅抢着说："你小看小勇弟了，你没看到前几天，他和一个漂亮的姑娘一起放基础线吗，多温情默契呀。说不定小勇弟哪天有出息，赚大钱买房和那姑娘成双成对了呢"。小勇马上接口严肃地说："师傅师兄们，你们不要乱胡说，人家还是一个在校生，来工地实习。要是胡言乱语传到学校，学校有严厉的校规，酿成严重后果，说话人和传言人是要负相应的法律责任的。这不是我恐吓各位师傅师兄，是提醒各位注意后果"。小勇说完这话，拿起工具回到脚手架上，以示抗议。站立在呼呼的寒风中，遥看市区的高楼大厦，猜想那些居住在家的人，或者是办公楼里办公的人，他们在温室里多舒服，他们不是跟我们是同类人，他们的人生经历又是怎样的呢？今后我在学习生存本领的同时，还得了解社会各阶层各领域，了解这人海茫茫的社会。他站了片刻，实在冷得难受，又拿起工具，到下面楼梯转角处避风，那里他看不到师兄弟们。只听见师兄师傅们在隔壁议论，有人说："我们回去组织一个建筑队，专门承包农房建筑，我们共同揽活，共同修建，共享利益"。又有人说："你办不办'执照'？没有'执照'人家不相信你的施工质量，怀疑你的技术不好，导致工程质量的不良后果。没执照不受法律保护，办执照那资质要求可多了。首先是注册资金，因为企业从事建筑业，对从事的业务要承担相应的法律责任，包括产品质量问题导致的经济损失的赔偿责任，从事经营人员的人身安全方面的责任，责任后果导致的经济损失责任。机构设置方面，技术部门配备有职称的专业工程师，财务部门必须配备有职称的会计师。行政方面必须有职称的项目经理，这些机构必须有固定的办公场所。有施工设备，机械设备的配置费用也惊人，修建农房是无法承受这些费用成本。农房修建只能是以打工的身份参与，按照建房人的图纸和构思建造，使用他提供的材料，听从他的技术指导，按照他的要求，技术标准干活，这样事后不担责。当然工资也是以当地标准，工资不会高。还有一项责任界线不明的是安全事故，唯一的好处就是能陪老婆"。另外一个人说："你怎么知道这么多"？"我有表兄在县工商局做干事，他讲的"。小勇坐在砖头上静静地听，好像上了一堂企业法的课，又听到石树平的声音："你们不要小看马小勇那人年青，他的精神可嘉了，他不但自学书本知识，工人的技术样样都不放过，还能吃苦，今后是个全才。他一个人从设计到修建，可以把一座房子从基础修到房顶，只需要打杂工"。"听说当初他成绩好，可以考上大学，由于管闲事帮忙，误了自家的事，被他妈赶出来的"。"这也许是件好事，苦难激发了满腹的雄心壮志和远大理想，潜移到今后的人生"。小勇听到这些议论，眼里转动着酸楚的泪花，他又爬上脚手架。夕阳西下，余辉映照着高楼大厦，北风呼呼的吹。寒风的刺骨和眼前余辉的美景正是他目前的处境，他只有忍受一切艰难困苦，勇往直前，这是他的选择，也是他唯一的出路。耳边响起了石树平的声音："你真不怕冷，站在这里想什么，下班了回去吧"。小勇没做声，跟在他们的后面回到工棚。晚饭后，他又开始看书，决心更大，他觉得生存的压力大，看书学习的动力更大，把看书学习放在了首位，上班只是为了挣钱糊口。眼看就到年底，春节快到了，回家过年走亲访友又要耽误一个月的学习时间，他决定今年春节不回家过年，就在工地上看书学习，如果有项工作能挣点钱就更好。第二天，小勇在工地上碰到中民，把他的想法告诉了中民，中民说："我跟甲方商量一下"。

　　第二天飘着雪花，刮着呼呼的北风。头晚小勇看书虽然十二点才睡觉，但脚一直没感觉到暖和。太困了他睡下，到了半夜被冷醒了，他起来拿出床下箱子里的所有衣服搭在棉被上，裹紧棉被，到了天亮醒来，脚仍感觉凉。工棚内没有动静，只听到呼呼的风声。突然听到中民在大声喊："你们都睡着了吗，已经八点钟了还不起床！不想上班了吗"？这时听到起床的声音，有人说："天这么冷，我们以为不上班了"。他们起来，吃了早饭到工地集合，听安全讲话，陈班长说："刚才张经理讲了，为了抓工期，我们一定要在过年前完成一号仓库的砌砖任务，不管刮风下雪都得上班。今天天气很冷，希望大家一定戴上手套，不然手指冻僵了抓不住砖头，握不紧砖刀。砖头，砖刀掉下伤人可不是小事，讲话完后他们各就各位开始砌砖。经过一天寒风刺骨，手足冻裂的砌砖，下班的时候大家帮助用塑料薄膜盖住今天砌的砖墙，用草垫盖住薄膜保温，保持墙体温度在零度以上，墙体砂浆层不至于结冰而破坏砂浆内部结构，影响墙体质量"。石树平看着小勇的手说："你的手老茧厚，像老牛皮不怕砖头毛刺，从来不戴手套，今天也戴上手套了"？小勇说："手上老茧厚对毛刺没感觉，但冻僵了还是不灵活"。张希原嘲笑地对袁师傅说："袁师傅，你好像电影里的印巴女，黝黑的脸，头上捆着一根白毛巾"。袁师傅故意翘了一下嘴，鼓了一下眼说："你看我还漂亮吗"？引得大家一阵哄笑，过后他说："我没买东北人戴的有护耳的棉帽子，头感觉冷，特别我的耳朵受冻后要长冻疮"。今天大家都穿得圆滚滚的，戴着帽，有几个没戴帽的师兄弟，时不时地揉揉耳朵，大家干起活来动作也比往常缓慢。只听到砖刀敲击砖头铛铛地响，飕飕的北风，呼呼鼻涕声，没人说话。吃中午饭时，大家快步地走向食堂。到了食堂里，大家叹了口气，狼吞虎咽吃着热气腾腾的饭，放松地挤坐在食堂内，再也没人坐在食堂外吃饭。下午上下班，也都是来去匆匆。晚饭后，小勇用热水烫了脚，坐在工棚的床上看书，感觉特别温暖，全身舒展，这就是下人的幸福。帝王将相，才子佳人，富翁权贵，他坐在温室里思绪万千，怨气，猜疑，懊恼，悔恨，种种心态。平民百姓，世间百态，真是人世间对人生的感悟千差万别，源于他们各自的人生经历，铸就了各自的人生观。他们这样经过两个月顶着严寒的露天作业，完成了一号仓库的砌砖任务，已到过年的时候了。一天晚上，小勇在床上看书，中民到工棚找到小勇，小勇赶快让出半边床说："中民哥你坐"，小勇倒了一杯热开水递给中民。中民接过杯子说："我跟张经理商量，正好春节期间利用工人放假休息期间，把一号仓库的井架吊，拆迁安装到三号仓库，节后工人上班不影响施工。正找不到人协助吊装师傅拆装井架吊，你能干吗"？小勇说："只要有师傅共同工作指导，我当然能干"。中民说："那就这样定了，这几天接近年终事很多，我要回去把今年向甲方公司的所有预支款项和小秦核对清楚，好年终结算"。小勇说："你忙去，你回去之前告诉我走的时间，我要带点东西回去"。"我提前五天告诉你"。中民走后，小勇开始给爸妈写信："爸爸妈妈你们好，我准备过年不回家看望你们二位老人。三月初，我要考试三门学科，这三门学科是我们这专业的核心科目，也是学习难度最大的科目，所以我要充分利用我的一切时间学习，争取考试过关。年关公司清算工资，你们代表我去公司清算，清算所得的工资补贴家用，不用带来，我这里有钱。我这里一切都很好，请你们放心，希望二老一定保重身体。祝二位老人和弟妹春节快乐，身体健康，万事如意！儿子小勇笔，1988.1.16日"。中民回家的前一天，小勇思考着给爸妈和姨父姨妈买点什么礼物，为了身体健康，买了四盒蜂王浆，连同信交给中民说："这封信连同两盒蜂王浆交给爸妈，另外两盒蜂王浆送给姨父姨妈作为我过年的礼物。年终的清算工资就交给爸妈。过年后你一定到我家去做客，告诉他们，我在这里一切都很好，叫他们放心，顺便代我安慰安慰他们。假期里没干扰，静心看书，等我节后考试过关，我再抽时间回去看望他们"。中民说："谢谢你的礼物"。

9-1 学机械（二）

　　中民临走头天晚上，把小勇带到井架吊柘师傅处介绍说："这是柘青云师傅，这段时间你跟柘师傅一起拆安井架吊，听从他的安排指挥，好好向他学习"。小勇赶紧向前一步握住柘师傅手说："今后请柘师傅好好地指教"。柘青云说："你才认识我，你可能不知道我的名字，我可认识你，叫马小勇吧？你经常帮我们姜工干活，代替王工头指挥民工。你人品好，是劳务工里有名的人，来跟我一起工作是低就了"。小勇心想，趁机吹捧一番，赢得他的欢心，在他手里掏点手艺，说："能给柘师傅当下手是荣幸，我们这些下流的劳务工，哪能跟你们国家正式职工相比呀？你还是技术含量很高的机械手，国家企业的技术骨干，顶梁柱，我做梦都想高攀"。柘青云说："你把我捧得太高，掉下来可要粉身碎骨"。小勇说："我不是捧你，在我眼里，你就是名符其实的技术骨干呀"。中民说："你们不要互相吹捧了，柘师傅你是这门技术的师傅，当之无愧，小勇不懂这行技术，应好好地向柘师傅学习"。小勇说："我一定踏实虚心的学"。柘青云说："欢迎你明天就来"。"我一定准时到"。回到办公室，中民把办公室的钥匙交给小勇说："我明天一早就走，走后你搬到我这里来住，有办公桌，有台灯学习也方便得多"。小勇说："谢谢中民哥关照"。中民说："我去收抬行李"，小勇说："你去忙吧"。晚饭后，小勇坐在床上看书，工棚内各种声音交织。有人说："老哥，你知道哪里卖女式服装又便宜又好看的？去年回去我老婆嚷着要给她买套好看点的衣服，走亲访友穿，我没给她买，她很不高兴，今年可拖不过去了"。"到服装批发零售市场去，只有那里价格便宜点，样式可多了。今年你一定得买回去，让她高兴，一年就那么几天'亲热'，一定要亲热到温柔贴身的'程度'哟"。"老哥你真是那方面的'行家'和'专家'"。又一个人说："张师兄，我今年回家给父母买点什么礼物好哇"？"看你花多少钱，你要舍得花半年工资，给父母买部十二寸的黑白电视机回去，他们一定很高兴"。"我们那个地方没通电，电视机没用"。"那就给二老各买一件全毛长大衣。要是身体不好，多买点人参蜂王浆"。"人参蜂王浆到哪里买"？"在大药店就可以买到"。又有人问："龚师傅，你觉得小孩喜欢什么"？"农村小孩没见过玩具，买点玩具一定很喜欢"。"玩具不是我们这样的家庭小孩玩的，我们这点钱，买件好看的衣服实用"。"还是早点睡吧，明天一早好去买车票"。说话声，有收拾物品的叮当声，嗦嗦声，乱哄哄的，小勇时时被奇怪的声音打断他学习的思路。

　　第二天一早，天还没亮，工棚里响起了收拾行李的声音，急急忙忙背着行李走出工棚的脚步声。回家心切，巴不得长上翅膀，天亮时工棚里没了人影。小勇起床洗漱后拿碗到食堂买饭，食堂门半开着，里面没人卖饭，炊事员唐师傅正在收抬行李。他对小勇说："现在只剩下两个看守工和你们三个机械工，只有你们自己做饭了。昨天剩下的饭菜在冰箱里，剩下的蔬菜在后面屋子里，大米，面粉分装在两个木桶里。剩下的猪肉在冰箱的冷冻室里"。小勇洗锅后把剩饭，剩菜倒进锅里，变成了炒饭。他盛了一大碗炒饭后，把锅盖盖上保温。吃饭后，他到工棚收抬好被盖用品，把被盖和用品搬到中民的办公室，铺好床，放好用品。他到柘师傅那里去，到工棚里看到他正在清理工具。柘师傅看到小勇说："快来和我一道拿工具"。小勇提着桶，里面装有扳手，钳子，锤子，手套。柘师傅扛着绳子，安全带，安全帽，他们来到井架吊下，电工王师傅已等在那里。小勇招呼说："王大师傅，你也在这儿，没回家看老婆哇"？王师傅说："我夜思梦想回家看老婆，可我们身不由己，别人上班我们机电工为保证机械正常运转，我们要轮流值班。他们放假，我们要利用设备闲置时间安装，维修，保证他们上班设备完好运转，我们哪有自由哇"？小勇说："领导把你们看作宝贝一样多体面呀"。王师傅说："那有什么用呀，钱不多一分，我们要的是自己的利益和自由，唯一点好处就是体力活少一点"。"你们可是国家正式职工中的技术骨干，顶梁柱'。""我们那点技术在你那里一看就懂，一学就会，建工技术全被你偷学去了。上次安装活动工棚时，我只讲点电工知识，你马上就独立操作了。要是我们正式职工队伍有你这样的人，一有风吹草动，我的铁饭碗就被你捣成泥饭碗了，我们得提防你"。小勇说："王师傅，你言重了，我永远是你们的徒弟"。柘师傅看他俩调侃得没完没了，说："我们今天分一下工吧，我和王师傅负责井架上的工作，小勇你负责下面的工作。希望大家注意安全，每人必须戴上安全帽。架上拆井架的人必须拴上安全带，卸下的部件必须抓牢绑紧，不得往下掉；架下的人接住每件放下的物件，必须立即拖离井架下危险区域，到安全区域卸绑，将物件分类堆放。我们先放下爬杆，再拆架"。柘师傅开动卷扬机，将吊钩放至地面，将吊钩滑轮的钢丝绳卸下。然后他和王师傅爬上井架顶端，用绳把滑轮拉上顶端，把钢丝绳的一头也拉上架顶端，将滑轮固定在井架二，又将钢丝绳套上滑轮。他们下架，开动卷扬机放下爬杆，卸下爬杆，移动到旁边。他们又爬上井架顶端，把三根不同方向的地垅钢丝绳移到井架的中央固定，把一个较小的滑轮捆在井架上，开始用扳手下螺栓，卸下钢夹板放在桶里，用绳索绑好角钢，叫小勇放绳索，绳索移动通过滑轮放至地面。小勇将角钢按不同规格分类堆放。他在地面上工作量很小，他细心的观察井架中的每个螺栓，夹板，角钢在井架中的部位和作用，观察他们在拆卸井架的每个动作，分析每个动作的要领，动作的目的。螺栓和钢夹板放到地面后，小勇按分类放在桶里，经过一天的观察分析，他理解了井架吊的运行原理，构造，和拆卸的过程，一天很快就过去。下班的路上，小勇对二位师傅说："二位师傅，你们今天在架上都很辛苦，你们回去休息，我去做饭，饭做好了我叫你们"。柘师傅说："辛苦你了"。小勇说："没关系"。一个小时后饭作好了，一盘回锅肉，一盘油酥花生米，一盘红烧豆腐，一盘炒白菜。小勇在街边买了瓶白酒，小勇把酒菜都搬到了中民的办公桌上，叫来两位师傅，他们二位师傅进屋一看这么丰富，高兴地赞叹道："小勇你学过厨师吗？这么短的时间弄出这么丰富的菜"。小勇说："我学什么厨师，我家在山村，我是家里老大，父母忙农活，我经常在家做饭。读高中时，在学校劳动课也经常去帮厨，学了一点"。王师傅说："你真是全能，我们这工地上所有的工种技术，哪样你不会二？今后你想往哪个方向发展"？小勇说："师傅们请坐，我给你们斟酒"。小勇用茶杯每人斟了半杯酒，放在他们面前说："二位师傅，今天大家在一起是缘份，时间早，我们慢慢地喝酒，吃饭，聊天。师傅们高看我了，我学习这些技能，全都是为了谋生，谈不上发展。多学一样技能，多一条出路"。柘师傅说："小勇，你来工地两年多了，这两年我们虽然没有接触，但你在工地上的所作所为，我看在眼里，在你身上看到与人不一样的品质：见义勇为，你那种刻苦钻研，学习顽强坚韧的精神，那种不怕困苦的适应能力和与人和谐相处，善于向人学习。一个人要同时具备这些品质不容易，你是怎么养成的"？小勇说："我没特别的追求，是我的人性，处境和现实促使我的行为。我经常想起我的父母为一家人的温饱生存，艰苦劳作的情景，看到那些沿街乞讨的人，警示我：当我艰苦劳作后得到了温饱，是多么的不容易；人世间得到同伴的认可，相视为兄弟的目光，和睦相处，我心灵得到了安慰，种种的事态和因果炼就了我的性格"。柘师傅说："你对人生的体会太深刻了，短短的几句精辟的话，对人生环境和人性的因果关系精辟论述，希望你这种精神保持下去"。小勇说："人性是炼就的，不会磨灭"。小勇又说："你们俩慢慢地喝酒"。柘师傅又说："你来工地不久就跟姜工关系那么好。我和姜工一个单位这么多年，我们接触还少。姜工是我们单位一个有发展前途的人，接近他，你有什么高招和谋划吗"？小勇说："我接近他纯粹是他工作的需要，我会识图，会计算工程量，所以他忙不过来时，或者一个人无法操作时，找我帮忙。你接触少是因为你干的工作与他的工作没有关联。另一个原因是，你们是国家企业正式职工，定岗定位，受人事，工种制度用工的限制。不像我们是编外的劳务工人，随叫随到，招之即来，挥之即去，不受限制"。柘师傅说："你说得有道理"。王师傅喝了一口酒，放下杯子说："我们这些'顶替工'（受户口限制的农村职工，到退休时自己子女可以互换户口顶替工作的人），虽是单位正式职工，但是目前经营不景气的企业，正式职工也得下岗待业，有些企业买断工龄，脱离单位自谋职业。我们在城里长大，没有经过磨炼，要是这门技术在社会上不适用，今后生存又该怎么办？还是小勇有远见，样样都学，东方不亮西方亮。这个社会变化快，三十年河东，三十年河西。小勇，你今后'发'了，不要忘了我们曾经是同事"。小勇说："我现在还没有那个能力和条件，要真有那一天，还要师傅们的大力支持"。两位师傅同声说："竭尽全力"。小勇说："谢谢师傅们对徒弟的深情厚意"。小勇又趁机说："这井架吊的运作原理和重点注意事项，请师傅们赐教"。柘师傅说："你真聪明，又来挖我们的技术来了。你是我们潜在的老板，我们应尽早'巴结'你，给我们留条后路"。小勇说："不敢当，莫笑话我了，我永远是你们的徒弟，多学几样技术为谋生，多条路"。柘师傅说："这井架吊，是起吊重物的设备，已经存在十多年了，很快将被塔吊和轨道吊取代。它的工作原理，就是用井架支撑爬杆，爬杆承受和传递起重物的重量，转动变换角度位置运送物体。升降起吊的原理是，卷扬机转动，带动钢丝绳移动，通过滑轮拉动物体升降，重力通过爬杆和钢丝绳传递，产生的水平拉力由地垄钢丝绳承受平衡，卷扬机和井架承受压力和拉力。重力和水平拉力的大小取决于起吊物体的重量和爬杆的角度，与高度没关系。由于角度关系产生的水平拉力与对应地垄的位置角度相关，如果爬杆与对应地垄拉绳为一百八十度，该地垄承受全部水平拉力，如果小于一百八十度，分散部分的拉力由相邻地垄拉绳承受，爬杆旋转将吊运物送到指定地点。这些原理，有关井架吊构造，在书本里有基本论述，也是我们机械工考证的专业题"。小勇聚精会神地听，牢记了每句话。他犹如在上工程机械课，喝酒吃菜成了他的机械动作，肚子吃饱了没吃出味道来。不知不觉到了九点多钟。二位师傅也有醉意，摇晃着走出了办公室，小勇收拾了剩饭剩菜，留着明天的午饭，他又开始看书。今天特别的安静，没有鼾声，他不知道看了多少时间的书，也不知道是多少时间，觉得实在太困，倒在床上就睡着了。

　　第二天，小勇仍干头天的工作，完成了他的工作程序还有很多的空闲时间，他站在那里回想起昨晚柘师傅讲的井架吊的工作原理。实物就在眼前，他看眼前构件，根据原理分析构件的构造，用途，它在整个构造系统中的位置和在运转中的关联作用，他根据井架吊的工作原理所形成的力系在构件的作用下如何平衡，在脑海里探讨，在眼前的实物构造中找答案。通过一天的思考，对井架吊的运作原理和功能有了较为系统的认识。快到下班时，柘师傅叫小勇提前回去做晚饭。小勇今天晚饭做了一个炒肉片，另外炒了两个蔬菜和一个花生米。花生米是最好的下酒菜。两位师傅回来时，饭菜已放在桌上，还有昨晚未喝完的半瓶白酒，三个人坐下来喝酒，少不了聊天谈工作。柘师傅说："今天我们把井架拆完了，明天挖掏地垅的工作困难就大了。掏出埋在地坑里三四百斤重的条石，把它从地坑里拖出来，取出钢丝绳，平时这种重体力活都是劳务民工干。我只是指挥他们干，他们从小在农村干体力活有力气"。小勇说："我能干，肩负一百多斤没问题"。柘师傅说："你一人还不行，至少还得三个人"。小勇说："附近我认识村民，叫他们来帮忙"。柘师傅说："叫民工的工资咋办，我是工人，没权力给单位雇人"。小勇说："这样，袁领工回来时，你给他讲一下，所雇民工算着我们公司劳务人员，由他签认工时，由你们公司付我们公司工钱，我们公司付他们的工钱"。柘师傅说："你这办法很好，过两天挖坑安地垅，也找他们来"。小勇问："柘师傅，没有我们劳务公司以前，像这些重体力活咋办"？柘师傅说："那时候像遇到这样的重活，外面有干重活的专业搬运队，找搬运队来干。要是自己单位的职工干，就得打人海战术，本来只要三四人的活，十来个人来干"。小勇问："你们单位这些人现在到哪里去了"？柘师傅说："我们这一代年轻一点的人，都是顶替父母来的接班人。政策允许到退休年龄的老职工，退休让自己的子女顶替接班。有些不到退休年龄的老职工，为子女的工作，通过关系到户籍地派出所把岁数改到退休年龄，办子女退休顶替。顶替子女，从小由于父母有工作，生活条件较好，没干体力活，大多数都没练就足够的体力"。小勇问："我们这工地怎么就没看到你们正式职工的普通工人"？柘师傅说："近年来改革开放，国营企业内部实行企业负责人责任制，实行人事制度改革，竞争上岗，落聘人员下岗待业。待业人员可选择退职，单位按每一年工龄支付一个月工资的退职金；也可以选择停薪留职，单位给缴纳社会养老保险和医疗保险，停发工资"。"有两种人离开了单位，一种就是前面那一种人，另一种是自己有人事关系和社会资源，辞职下海创办企业。还有人就是有一技之长，自找门路，发挥专长，挣到比单位更多的工资。最惨的是没有技术，吃不了苦，以往表现不佳，没人聘用的落聘人员，只好回家待业。有待业人员去摆地摊卖杂货，跟农村进城摆摊的人竞争。唯一的优势就是城里有一间住房。我们现在的处境跟你们没什么区别，如果哪天我们建筑业务少了，我们也同样面临这些问题。我们国营建筑企业包袱重，人员老化，承担企业正式职工，各种人员的社会福利和社会职责，企业职能部门多等，导致管理成本高。乡镇建筑企业人员年轻化，集体制企业没有国家企业强制的福利制度负担，没什么包袱，管理成本低很多。和他们乡镇企业竞争，我们企业处于劣势，说不定哪天我们企业就被淘汰了。要是哪天我们到你那里打工，可千万多关照。我只有这一技之长，没人要，那我就没饭吃了。我向你表决心，我干工作绝对是老老实实地把本职干好"。他的语气有些激动，小勇说："你不要开玩笑了，来，我们碰杯"，他们端起杯子一饮而尽。他们边吃边聊天，不知不觉有了醉意。柘师傅说："我们该回去休息了"。两位师傅走后他收拾了饭菜，又开始看书。第二天一早，小勇把馒头蒸在锅里，自己拿了两个馒头，剩下的放在锅里，是两位师傅的早餐。他边走边吃，去找陈民生要三个壮劳力。八点钟，三个壮劳力带着绳杠和铁铲准时来到工地，他们挖开地垅上的土，看到钢丝绳套在六条大条石上。他们扭开钢丝绳螺栓，小勇和三个壮劳力用绳索将条石捆上，一条条地抬到坑外。分布在不同角度一共有三个地垅坑，挖出十八根条石。接着他们四个人用绳索绑好条石，用竹杠一条一条地抬到三号仓库位置。柘师傅和王师傅拆卸电机，卷扬机，清理配件，接着四个人又将卷扬机和电机用竹杠抬到三号仓库旁。接下来他们又开始转运井架角钢，到天黑下班时，尚有三分之一井架角钢未转运完，只好下班，民工回家。临走时，小勇对陈民生说："今天你们的工钱，因为已放假，财务人员已回家，过年后我给你们送来"。陈民生说："没关系，没有多少钱"，民工各自回家。他们三人也回工棚。在回工棚的路上，柘师傅说："小勇你今天太累了，今晚我们就到外面去吃。公路边有个小店，里面卖小面，花生米，白酒很便宜，今晚我办招待"。小勇说："哪有师傅招待徒弟的道理，今晚算徒弟的，只要你们把技术的精髓教给我，我就满足了"。柘师傅说："你什么都学跑了，今后还有我们的事干吗"？小勇说："我学的目的不是我要亲自去干，因为机械原理和工民建专业有关联，我正在学工民建设计科目，如工厂或仓库的机械加工设备，行车，电器等等"。柘师傅说："没问题，在安装的过程中涉及到机械原理我们都会讲，你也会在安装的过程中体会到技能"。

到了小面馆，铺面很小，不到十平方米，一台煤灶，三张饭桌，一个顾客在桌子上吃小面。他们三人进去，一个四十多岁的女人，是老板的口气，又是服务的穿着，围了一条黑布围裙，满面笑容的迎接他们，"同志请坐，来点什么"？小勇说："先来一盘卤花生米，一斤卤猪耳朵，每人半杯白酒，一人一杯茶"。一会儿老板把所点的菜，酒，茶端上桌，小勇他们又开始喝酒，没有新的客人进来。由于餐馆很小，老板站在他们桌前，背向他们，面向公路。王师傅说："老板，人家餐馆招呼客人都称客官，你怎么称呼同志"？女老板说："在单位二十多年，相互间都称同志习惯了，一时半会改不过来"。"你是什么单位"？女老板说："这小餐馆是我开的，不是单位的，我的单位原来是蔬菜公司，前几年撤消了，我下岗了，给了我二千多元就算退职了。二千元哪够生活？这间房和楼上那间房是我父母土改时分的，生活没着落，我们一家五口住楼上，把这间房作餐馆，实在住不下，父母就到我弟那里去了"。柘师傅说："你还算好的，有这么间房开餐馆，有很多地方国营企业撤消兼并以后，人员下岗，生活没着落，没社会上实用的专长技术，只有到街边摆地摊，生存艰难"。女老板说："我们单位下岗的人，很多都那样"。小勇说："到外面去打工一样挣钱"。女老板说："我们这些下岗的人，都是城市居民，当年参加工作的时候，由于社会上都是衣食为重，城市人眼里的好工作就是与吃穿有关联的企业，蔬菜公司，粮店，肉店，纺织企业的工作，轻松不干体力活，还能占点便宜。如今岁数大了，没体力，没技术，落到如此下场，出去打工的多是建筑工地，砖瓦厂，高温体力活干不了。工厂里流水线作业，招收的是年青人，手脚灵活的人，我们这样的人被边缘化了。哪个企业都认为我们是包袱，躲得远远的，你们今天能来我这店，是对我的支持，我非常高兴，感谢你们"。话语里的无奈和无助打动了他们，有同病相怜的感觉。柘师傅说："大姐你比我大不了多少，我们都是同龄人，只是入行不同而已，说不定我们今后哪天也会如此。你再给我们来一盘卤花生米和一盘卤猪头肉，今后我们也常来光顾你"。女老板说："这位小兄弟真够义气，比那些'机构的人'人性多了"。他们边吃边议论，社会变迁，人世沧桑，二位师傅面红耳赤，醉意浓浓。小勇结了账，回到了工棚。小勇坐在办公桌前，思绪万千，融入社会两年多，经历过的，体会到的，听到的，看到的，这个社会是所大学，是座大熔炉，他感到学习任务的紧迫感，他又开始看书作习题。

第二天运完了井架角钢，他们开始找出井架吊的位置，柘师傅把小勇叫到跟前说："几天来我们的接触，你是个讲义气，可结交的朋友。今天我把安装井架吊技术精髓教给你，那天我给你讲了井架吊的工作原理。今天我给讲安装的技术原理，首先我们要了解本次安装的井架吊所要求的功能，功能包括最大起重量。井架的高度，取决建筑物高度加上爬杆垂直地面的高度，井架与建筑物的位置。地垅钢丝绳的角度与井架的距离，取决于地形，最好是与井架夹角为四十五度。有了这些数据就可以计算出每个地垅承受的水平拉力和向上的拉力。我这里有前几天姜工对三号仓库井架吊安装的布置图和数据"。小勇拿着图纸，平面布置井架和地垅图示位置距离的标示清楚，井架高度和最大吊重量，地垅石重量和地垅深度有文字和数据说明。柘师傅和小勇他们根据图示，找到了井架和三个地垅的位置。他们首先挖三个地垅的坑，爬杆所在部位不需要地垅，因爬杆载重量平衡了水平拉力。挖了一天，晚饭后回到办公室，他坐在办公桌前打开井架吊安装布置图，根据井架高度，地垅与井架距离，利用三角函数计算出地垅与井架的夹角角度，再根据最大吊重量，计算出每个地垅最大承受的水平拉力和垂直向上拉力，再计算出它们的合力。结果二种力都小于地垅条石的重量，说明井架吊在起吊最大重量的条件下是安全可靠的。他们三人用了两天才挖完三个地坑。第三天开始埋地垅，他们先将一段钢丝绳铺在坑底，再用钢钎敲动条石压住钢丝绳，每个地垅压了六条条石在钢丝绳上面，用铁卡子锁紧钢丝绳，致使最大负荷时，钢丝绳不会松动。用了两天时间埋好地垅。接下来是组装井架，由于井架吊自身重量和吊重量都传递到基础上，基础承重量大，要求基础结实牢固，不怕雨水渗透，所以要求在原生土质上浇一层二十公分厚钢筋混凝土，表面要求水平，他们按要求浇灌好混凝土。由于混凝初步硬化需要四天时间，他们利用四天时间搭起了卷扬机房，安装了卷扬机，以后是组装井架。那天晚餐喝酒聊天，柘师傅说："小勇，这半个月来，重活你比我们干得多，下班回来我们休息，你还要做晚饭，你不觉得累吗"？小勇说："我没有感觉"。柘师傅说："我现在可受不了，我从来都没这样累过，过去都是动口不动手。你真是铮铮铁骨"。小勇说："你们从小都是不缺吃穿，工作又是接动电钮。我可是从小就食不果腹，肩挑背磨，求生中炼就的"。柘师傅说："看来在建筑业，我们这些人无法和你们农民工竞争。现在企业都讲效益，当头的看谁贡献大，负担少，就用谁。你们农民工不交养老保险金，医疗保险金，有业务就用人，没业务就走人，干净利落＂。小勇说：＂只要你们技术过硬，忠于职守，企业还是离不开你们这些技术人才。农民工虽然他们吃苦耐劳，但他们文化程度普遍偏低。学习文化，技术还有一个时间和过程，要取代你们还是不易。那些不能吃苦耐劳，没有技术专长的人，在这个竞争的社会，终究被淘汰是肯定的＂。柘师傅说：＂小勇，你这么年青，怎么对当今社会了解这样深透＂？小勇说：＂因为我生活在社会底层，亲身的经历，接触到各方面的人，听到的，看到的人和事太多，感触太深＂。柘师傅说：＂文化大革命时，我正在上初中，我们上街宣传破四旧，立四新，到各条战线去铲除封，资，修的残余，要从社会制度，意识形态各个领域根除封，资，修的东西，预防资本主义复辟。现在正在改革开放，发展个体经济，允许集体企业兼并国营企业，这些现象和文革时期倡导的思想和政策法令水火不相容，这是社会主义？是资本主义？还是修正主义？使我茫然彷徨，你能解释吗＂？小勇说：＂我没经过文化大革命，进入社会也是这两三年，我很适应目前的社会。社会给我提供了更多的生存空间和选择，没有过去受户口和就业政策的限制，经过我的努力，找到适应于我的工作和生存空间，至于今后社会如何发展，我也在观察＂。柘师傅说：＂我们这一代，大多数人已年近四十，没有了精力，只有随波逐流，随遇而安＂。小勇说：＂你们不要泄气。像你们这样年富力强，技术精湛的，企业都愿意要＂。柘师傅说：＂再过十年你当了老板，那时我已五十岁了，你还要吗＂？＂假设我当了老板，我还是要你们这样的人，技术好，那年代过来的人老实，诚恳，敬业。我不会时时担心你跑路＂。柘师傅说：＂我衷心祝愿你当老板，我们可以有事干，可以生存了＂。小勇说：＂谢谢你的抬举，那只是我抬头望月吧＂。吃了晚饭，他们回去休息，小勇收拾好碗筷，又开始看书。

　　第二天，他们开始组装井架。柘师傅首先用水平尺检查了混凝土基础平台的水平。井架底座四个支点的距离，量好尺寸，然后用四根工字钢正方形铺在基础上，用埋在混凝土里的十六螺栓连结成井架底座，井架底座完成。他们开始用螺栓连接钢板和角钢。井架是一座水平投影为正方形，垂直投影为长方形的长方体钢架，组装过程就是用螺栓连接钢板，钢板连接角钢的重复结构。工艺简单，一学就会。他们用了两天组装到了要求的高度，最后就是在井架顶端用钢丝绳连接地垅，用手拉葫芦套上地垅钢丝绳，拉紧地垅钢丝绳而使其固定。三个地垅互为九十度，三根地垅钢丝绳连接在井架正方形的三个角顶端。另一个角连接起重爬杆，爬杆钢丝绳的连结点在这一角顶端，这样爬杆钢丝绳传递来的吊物重力，所产生的分力，由三根地垅钢丝绳平衡。最后就是将爬杆下端摇头用螺栓连接在井架上，再将三个滑轮分别固定在爬杆上端，下端和井架下端。用钢丝绳穿过滑轮，一端连结吊钩，一端连结卷扬机，全部安装完成，只剩下接通电源。王师傅说：＂等春节后上班时，再接通电源，这样更安全＂。做完的那天晚上，柘师傅对小勇说：＂还有两天就过年了，我和王师傅明天就回去过年了，你留在这里和看守工守工地＂。小勇说：＂行，你们慢走，祝你们春节快乐＂。

9-2 看守抓贼

　　小勇第二天和两位看守工商量他们值班时间，两位都是近五十岁的人，都是公司正式职工，一位姓张叫张天友，一位性尹叫尹文范。小勇对两位看守工说："二位师傅，我来协助看守，上班时间怎么安排"？张师傅说："我们这段时间两班倒，每班十二小时，当夜班的无法转换，感觉很困。你来了我们三班倒，每班十二小时，正好黑白天转换。你就今晚七点接班，到明天早晨七点交班，多少时间下班，就多少时间接班。值班室在工地中心的工具房里，值班时，时时观察工地动静，有响声和闪灯光必须立即察看，每半小时巡视一遍工地，特别是晚上"。小勇说："我记住了"。小勇今天没事，正好在办公室里看书。到中午时，尹师傅来叫他吃午饭。走到厨房，小饭桌上一碗炒青笋，一碗炒萝卜丝，他们两人边吃饭边谈事。尹师傅说："今后我们轮流做饭，由于下早班的人值班一晚没睡觉，让他在白天睡觉，由接夜班的人做当天的三餐饭和负责给当白班的人送午餐到工地。如有事不能按时就餐，把饭温在锅里自行就餐，蔬菜食品由当天做饭的人购买，至于买什么蔬菜食品，由购买人决定。明天是大年三十，我们每人拿出三元钱买点鸡，鱼，肉，过一个热闹年。小勇，你看这个办法怎么样"？小勇说："这办法很好，今晚我当夜班，明天我休息，明天我和尹师傅一起作年饭"。小勇吃了午饭，又回去看书，晚饭后，小勇去接尹师傅的夜班。他走到值班的工具房，是个屋顶用油毡，四周用竹席围起，约有八平米的房。尹师傅坐在藤椅上用电炉烤火，旁边有四根木条，支撑一块多层板的方桌，方桌上放着一个烧开水的电葫芦和一个茶杯，一支手电筒。尹师傅说："我把这些东西交给你，用电炉一定注意安全"。小勇说："你回去好好地休息"。他走后，小勇开始巡视工地。天已黑了，工地静悄悄的，阵阵北风呼呼的吹。小勇一只手揣进荷包，一只手拿着手电筒，边走边查看。林立的架管，耸立的钢筋，堆码的砖头，用帆布遮盖的各种机械，一堆堆的河沙石子，都一一出现在手电光线里，转了一圈没有人出入。回到办公室，手脚冻得疼痛，流着鼻涕，他搓了搓手，坐着烤火。一夜不断地巡逻，到天亮他感到困倦寒冷，交班后回到工棚。早饭后睡觉，醒来后到食堂吃午饭看到尹师傅已在开始做年饭，小勇饭后也开始帮着做年饭。年饭做好后，为了不影响照看工地，他们把饭，菜，酒，碗，筷，酒杯都全部拿到工地看守棚里，三人一同吃年饭。他们围坐在方桌边，边吃菜边喝酒，小勇没说话，吃饭菜慢而少，没有滋味，脸上略有忧愁。尹师傅问："小勇，你有什么心事吗"？小勇说："往年的这个时候，和爸妈弟妹在一起，欢度一年的最后一天，虽然也回味一年的酸甜苦辣，有五味杂陈的感觉。但一家人在一起忘掉了过去的一切烦心事，对新的一年充满信心和理想。而今天，我不知道他们这个时刻是何种氛围"？尹师傅说："我和张师傅家都有满头白发的父母，还有在校读书的子女，他们在家过年也同样惦记着我们。但没有办法，工作的性质决定了我们的生活。自从我们做了看守工以来，都没有和家人欢度任何节假日，因为其它人都走了，我们必须留下看守工地"。小勇说："你们可以换个工作干"。张师傅说："前几年单位内部竞聘时，我们两人没有专长技能，下岗了。家属都是街道企业里上班，企业解散了，也回家了。两家都有孩子上大学，每年学费四五百元，伙食费，零用费，上学交通费，再节约也要近千元一年，实在没办法。找到单位工会组织，工会主席出面与项目经理协商才安排了这份工作，我们能不珍惜吗？小勇，像你这样的人年青又好学，今后工作不愁，我们那时想着端的是铁饭碗，虚度了年华，才有今天的下场。今天是大年三十，不该讲这样闹心的话，大家谈点高兴的事吧"。小勇说："你们的孩子都能干，今后毕业了，找到好的工作，你们就可享福了"。张师傅说："这是我们的期盼，但愿如此"。他们边喝酒边聊天。外面响起了爆竹声，柘师傅说："我们到外面去看礼花"。他们收拾了剩菜，碗筷，走出看守房，瞭望远处市区。礼花在楼房间不断地冲向天空，噼噼啪啪爆竹声响成一片。张师傅说："你们回去吧，我去工地巡逻"。小勇回到工棚，今晚没有看书的心情。他走出门口，瞭望远处热闹的年夜，又想起了往年在家过年的热闹气氛，触景生情，吟诗一首：爆竹声声震天地，礼花束束冲云霄，除夕独处望天际，游子他乡思故乡。三年多的社会遨游，社会百态就像眼前这闪烁的夜景：有的人默默无闻像夜色中的草，有的人名声远扬像爆竹声，有的人光彩照人像这冲天的礼花，在历史的长河中，出名的人物像升空的礼花，光耀闪烁又瞬间消逝在夜空无踪无影。叹息人生短暂，社会变化万千，光环在宇宙瞬间即逝。他站在室外夜色中遐想，寒气刺激他回到了现实，回到室内，从来没有的孤独使他空虚无聊，拿起了书本开始看书，求知的兴趣使他重新进入知识的海洋。不知道多少时间他睡着了，在梦里他和弟妹正在放爆竹，爆竹闪着火花在地面闪蹿，弟妹双脚跳跃惊叫着躲避……他被人摇醒，"小勇快起来，有人在偷卷扬机"！睁开迷蒙的双眼，在手电筒光中看到是尹师傅，小勇似乎还没反应过来，惺惺的睡眼看着他，他又重复一遍："有人偷卷扬机，起来快走！张师傅等着我们去"。这时他才意识到事态的严重性。小勇穿上衣服，拿上手电筒，跟在尹文范后面，到了夜色中张师傅的隐蔽处，看到他手指着的方向，摇晃的手电筒光中，六个人都戴着墨镜口罩，旁边停着一辆车，有人正在用钳子松螺栓，有的人手里拿钢棒，东张西望，有一个人手里还拿着一把刀。小勇说："我们只有三个人，如果这样空手冲过去，肯定被他们人多，打伤砍伤，甚至更危险。他们手拿凶器，不是来偷，而是安心来抢，这伙人是有预谋的。今天是除夕夜，各家都在过年，一家人团聚，一切都放松警觉，工地放假没人，加之爆竹声掩没了一切其它声音，我们一切呼救都可能无效而得不到支援，这伙强盗利用这个机会来抢机器"。张师傅说："那该怎么办"？小勇略思片刻说："我们只有吓跑他们，我们分成三个方向，让出公路的方向让他们逃跑，我们慢慢向他们靠近，我们身影要在暗处，不让他们看出我们的人数，手电筒光从三个方向摇曳地照射他们。我大声地喊：'三组到位'，张师傅你大声地说：'三组听令'；我又喊：'五组到位'，尹师傅你就大声地喊：'五组听令'。我们三人距离远一点，现在就行动，不要有声音"。那些人已经解开钢丝绳，绑上绳索准备将卷扬机抬上车。忽然三个方向的手电筒光在他们四周晃来晃去，忽然听到："三号组到位"，"三号组听令"，又听到："五号组到位"，"五号组听令"。他们看到手电筒光在他们周围晃得更快，听到其中一位拿刀的人说："公安来了，快上车跑"，一窝蜂涌上车，汽车开动，快速地消逝在夜色中，工具和钢棍都没拿走。车开走后，小勇他们走近一看，地上扔着两把钳子，一把菜刀，一把尖刀，三根铁棍，两只手电筒。张师傅弯腰想捡起这些东西，小勇制止说："不要动，留住现场，明天到派出所报案"。他们回到看守点，张师傅说："如果他们再回头来，我一个人怎么办"？小勇说："估计他们不会再来，为了安全，我们三人今晚都住在这里，我们回去把被盖抱来，工地上有三合板，弄一块铺在地上，两个睡觉，一个人值班。明天白天去找块多层板，草垫，搭个床，两个人睡在这里，一个人值班。有情况三个人可以互相帮助。两位师傅你们看这样能行吗"？"这个办法很好，就这样办"。小勇又说："这里有电缆线，有灯头，灯泡，你们两个拉线，我接灯头线，接好灯头，上好灯泡，你们把线拉到卷扬机处，把灯泡挂在棚檐上，然后我接上电源，这样照亮现场，便于观察保护现场。如果那批人再回头来，看到有照明，知道有准备，就不敢轻举妄动了"。张师傅说："小勇，你考虑得真周到，我们现在行动吧"。安装完电灯后，又回去抱来被盖，小勇和尹师傅太困，在冰冷硬板上睡着了。

　　大年初一的早晨，小勇一早就到了派出所，他找到值班人员讲述了案发经过，值班人员作了记录，并记录了小勇的身份证号，作了报案处理。值班人员说："今天是大年初一，执勤人员还没到位，你回去保护好现场，等候外勤人员到现场进行勘察"。小勇回到工地，他们三人等候勘察现场。十一点钟，一辆警车来到现场，他们对现场照相，对现场的各种物品进行登记，采集了工具和物件上的指纹，仔细地询问了事发经过，并作好记录。记录员问道："是一辆什么样的车，车牌号"？张师傅说："是一辆四轮车，说不出什么车牌名，有点像那种拉一吨重的，前面两座位，后面是蓬布货箱的车，车前面没有车牌号"。询问员又问："能看清那些人的面目，年龄，听出口音和穿的什么服装吗"？"他们都戴着墨镜和口罩，看身材不是老人，都是四十岁以下的人，他们说话少，声音小，听不出口音，都穿着青蓝色便装"。询问员又问："你对他们有什么特征印象吗"？张师傅说："我觉得他们对机械很熟悉，拆机器的动作熟练而且很快，他们之间配合很默契"。张师傅的回答，记录员都如实作了记录，记录员把记录本递给张师傅说："你先看一下记录，是否有不实之处，我好修改，如果事实属实，请签个字"。张师傅说："我识字不多，还是请他看一下"。他把记录本递给小勇，小勇仔细阅读后说："基本属实，但我不能签字，我不是这个单位的正式工，是劳务人员"。询问员说："你们谁是正式工"？张师傅和尹师傅对视了一下说："我们两个是"。"那你们都签个字吧"。他们两个签了字，询问员说："我们要把这些作案工具带走"。张师傅说："你们觉得该带走的，都带走"。警车随即开走。小勇回去做饭，今晚该他值班。

　　小勇把午饭和晚饭都一起作好，分成两份，留下一份做晚饭。午饭后太困，睡了一会儿开始看书。晚饭后他去接班，今晚他和尹师傅一起，他巡夜，尹师傅睡觉。为了让尹师傅睡好觉，他去找了一根绳子拉在看守棚中央，把水泥袋拆开，用钉书机把水泥袋纸连接起来成了帘子，挂在绳子上，把一间屋分成了两间，和尹师傅一起搭好了床。尹师傅非常高兴地说："你真会想办法，造了一个单间，不受灯光和声音的干扰"。他放下像帘子一样的水泥袋纸，一会儿听到鼾声，小勇拿着手电筒出去巡逻。巡逻一周回来，老远听到鼾声，他鼻孔痒痒，流着鼻涕，他不敢进门，害怕喷嚏声惊醒尹师傅，掐着鼻，呼出鼻涕，然后轻脚轻手地走进屋里。他烤着电炉，搓着手，静静地听周围的动静。今晚是初一晚上，恢复了往常的平静。过了十二点进入了深夜，他又拿着手电筒出去巡逻。他到一个堆放架管扣件的地方，看到一个黑影在晃动，他赶快躲在暗处观察。只见黑影在往一个口袋里装东西，发出了轻微的叮当声。静观了一会儿，没发现其它人，估计是一人作案。他开亮手电筒，光柱照射着他，小偷听到叭的一声巨响，又听到人大声地喊是谁？那人放下口袋就往暗处跑，小勇大声地喊："抓贼！抓贼！"。小勇在原地踏步，响着大声的脚步声，那人在暗处突然没了动静，片刻之后又听到逃跑的脚步声渐渐远去。小勇走到作案处，看到一个塑料编织袋里装了大半袋架管的扣件，他把扣件倒在扣件堆里，把袋子拿回了看守棚。第二天早晨，小勇跟尹师傅谈起昨晚的经历。尹师傅说："这种事我遇到多次，那些人多数都是白天捡垃圾，收荒货的。他们白天在走街串巷时踩点，晚上行动。他们偷来的扣件拿到废品收购站去卖。如果完好，螺栓齐全，一套扣件要卖二元。收购店经过清理刷漆当新的卖给那些个体包工队，每套三元，比正规进货每套少五角。黑夜里遇到这种情况还不能穷追不舍，如果猛追，离他过近，他觉得要被抓住了，送派出所他将面临劳教，狗急跳墙，他抓住什么棍棒，回头猛击你。由于黑夜看不见，不易躲避，很容易受到伤害。前些年你还没来我们公司，也是国庆放假，一个看守工夜间值班，第二天接班的人没见交班人交班，他到工地巡视，发现他倒在工地上，立即送医院救治。苏醒后回忆起当时的情况，他巡逻时碰上一个偷扣件的小偷，他穷追不舍，准备把他逮住，快要追上时，小偷拣起一根木棒，朝他打过来，正中他的前额，当时就昏倒，不省人事，遇到这种情况只能吓跑他，你做得很对"。小勇心里暗想，这看守工还是一项危险的工作，下层社会还得认真治理，下班后回去睡觉。

9-3 工班长

　　小勇充分利用一切时间看书，要考试科目的书已看完，练习题也已做完，节后开课时请老师改一下作业。现在开始进入复习阶段，二十多天的假期很快过去。小勇搬回工棚，多数工人回到工地开始复工。当天夜晚，中民来到小勇床前，小勇赶快让出一半铺位给中民坐。中民坐下后说："我回来听项目张经理说，你处理抢窃卷扬机和偷盗扣件事件相当恰当，避免了财产损失和人员伤亡。在工地两年多里，你处理几件大事充分体现了你的智慧，他们非常赞赏你"。小勇说："我没觉得自己有什么超常的智慧，那些小事，谁遇上了都会那样做"。中民说："你心怀世间，遇到什么事都海阔天空"。小勇说："中民哥，你把我看得太聪明了，其实我也是随机应变"。中民说："我们不谈那些事了。这次我回公司，年终开表彰会时，经理特别提到了你在工地的表现，为我们公司争了光，赢得甲方的赞赏，也为公司赢得业务，奖励你二百元，我也沾了光，说我管得好，奖励我一百元。我把去年结算的六百五十元加上二百元，共八百五十元送到姨妈家，姨父姨妈高兴极了。走的时候姨父姨妈再三转话叮嘱你注意身体"。小勇说："爸妈太辛苦了，我给他们零用钱也是应该的"。中民说："我遇到一件难事跟你商量。这次过年回来，钢筋班蒲班长没回来，听说被大桥工程局挖走了，钢筋班就他一人识图算料，其它五个人只会制作绑扎。他这一走，问题就大了，如果让这几人来承担钢筋的全部工作，看不懂图没法制作钢筋。如果制作的钢筋形状和尺寸都错了，由于制作出来的钢筋已发生形变，不能再利用，都成了废铁，损失可大了。我们是劳务公司，经济损失是要担责的，后果严重。我想来想去没有别的人，也没有别的办法，只有求你，你会识图算料，钢筋的制作绑扎技术也熟悉。我知道你不愿意，由于班长杂事多，影响你的学习。我想好了，你当了班长，每天晚上的用工协调会你不用参加，会后我到你工棚来和你一个人协调，最多耽误你十分钟。还有如果姜工要用你，你可以把截料的规格长度和数量用纸写好交与他们，制作的形状你可以做一个样品给他们，他们照样制作，应该设问题。绑扎的时候你可以教他们绑扎一段后离开，去干你的工作。中途抽点时间检查一下，你看如何＂？小勇说：＂中民哥，你猜得很对，我确实不愿意干，我的学习任务很重。既然你有困难，责任又重大，你的事就是我的事，我无论如何也要承担下来。我想起一个人，小林，他现在也在学工民建的函授课，他会识图，正好弥补钢筋班的缺项，我也可以有个帮手＂。中民说：＂没问题，我明天就找他谈，他若愿意立即调他过来＂。中民走后，小勇开始看书。第二天中民和小勇来到钢筋班，中民对班里工人说：＂我就不用介绍了，你们都认识，从今天开始他就是你们的班长，他虽然是班长，毕竟学习钢筋工时间不长，制作和绑扎技术还需向你们学习，但识图计算还得向他学习，今后你们互相学习＂。小勇说：＂各位师傅师兄，今后我们一起工作，不管从年龄上讲，还是从资历上讲，你们是我的师傅兄长。从工作经历上讲，你们久经沙场，我是学步的孩子，你们还是我的师傅，多多的指教＂。中民走后，他们开始工作，有人问：＂我今天干哪项工作呀＂？小勇说：＂我对各位师傅师兄的专长不太了解，你们还是按往时各的自擅长工作吧＂。他们散去后，有的去清扫手工弯曲机平台，有的去清理弯曲机，对焊机，有的站在小勇旁边，准备时刻听从小勇的支配。小勇看完图后，写好一张单，交给身边的陈树说：＂你和对焊机王师傅一起去，按单上的规格长度和数量焊接，这是二十五毫米的螺纹钢是大梁主筋，焊接好后交与弯曲机陈师傅＂。小勇又用笔画了一个单件图交与陈师傅说：＂这是一号钢筋的制作图，等一会儿焊接好后，你按图上尺寸划好弯曲点，我们俩一起弯曲制作＂。小勇在纸上画上图，写上规格和数量交给罗师傅和代师兄说：＂你们断料制作八毫米箍钢，制作好第一个箍筋给我看一下＂。他们都各自干各自的工作。小勇和陈师傅开始在弯曲机上弯曲二十五毫米的主筋。一会儿陈树他们送来了焊接好的钢筋，小勇用卷尺量了尺寸，尺寸正确，小勇和陈师傅开始量尺画弯曲点，随后开始弯曲制作。一会儿，罗师傅他们送来了箍筋样品，小勇量了各部尺寸，都正确，只是角度有误差，不成长方形，制作时注意纠正。到下午下班时，所有制作出的成形钢筋分类堆码，便于绑扎时配置。晚饭后，小勇开始看书。第二天上班，小林来到班上，讲安全时，小勇指着小林对大家说：＂这是李林，从今天开始，他就是我们班的师弟，希望各位师傅多多的指教，小勇又一一介绍了各位师傅姓名＂。小林说：＂希望各位师傅多多指教＂。小勇对小林说：＂这两天都不分配你的具体的工作，你就在各个制作环节来回的观察，不理解的向师傅请教，需要帮忙的，你搭个手，下午下班时协助大家收拾场地，分类堆码部件＂。晚饭后，小林来到小勇看书的床前，小林说：＂小勇哥，你叫我来协助你，我什么都不懂，协助你什么呀＂？小勇说：＂我到钢筋班学，也就那么三五几个月，你只要认真地学习，三五几个月后，基本技能都可以学到，多一门技术。而且对你学习工民建专业会有很大的帮助，钢筋混凝结构是今后主要的建筑结构，你可以从钢筋在构件中的位置和排列组合，钢筋的规格，分析结构力学在建筑结构设计中的应用"。小林惊奇的问："有那么大的用处"？小勇说："我也是在识图制作绑扎的过程中体会到的"。小林说："正好书中涉及到结构力学方面，很多地方不理解，我一定好好地学，小勇哥，我回去看书去了"。

很快三个月过去了，小勇钢筋工的所有技术更加熟练，操作速度也在班里数一数二。小林不但熟悉基本操作，识图计算也熟悉了。小勇不在时，也可以代替小勇的工作。一天，小勇在姜工的办公室里帮助姜工计算工程数量作季末验工，姜工到工地上去了，只有小勇一人。中午时，走进两个男同志，一个大概有五十来岁，一个大概约三十岁，两人都穿着青蓝色便装很朴素。两人进了办公室，自拉了一根长凳坐下，岁数大的一人坐下说："小伙子，你是哪个学校毕业的，多久分配来的"？小勇说："我是劳务公司的合同工"。那人问："劳务公司合同工怎么在这里上班"？小勇心想这两人是干什心的？怎么问起这个问题？我得小心应对，思考了一会儿说："我也不知道，我只听从工头安排"。那人又问："姜工是你什么人"？小勇说："来做劳务工之前我不认识他，听说他是陕西人，我是本省人，离他远着呢"。"你这份工作干了多久了"？小勇说："姜工需要我时，我来干两天，平时我在工班里劳动。到季末时他忙不过来，或者放线时他一人干不了，找我帮忙"。小勇边看图边思考，两眼没离图纸，那人又问："你知道他为什么用你吗"？小勇思考了一下说："我不知道，可能我是个劳务工的原因吧。用我的时候叫我干，不用我时，我又回工班，不受岗位定制的限制吧？又可能是我识图，会计算工程量，熟悉预算，在现场劳作，了解工程情况。我现在正在函授学习工民建专业，他觉得用起顺手吧"？那人又问："你觉得姜工人品怎么样"？小勇心想这人是考察的口气，我的话不能给姜工留下不好的影响说："他这人在社会人际关系上太死板了，一点人情不讲，太累，太辛苦了，也太细致了，事必躬亲。他白天在工地上检查指导施工，晚上回来看图，做内部资料到深夜，星期天也不休息，这样长期下去肯定要倒下。根据他的工作量完全可以在公司内部要一个专职助手，可是他咬牙不吭声，找我这样的临时工。你们是他什么人？是他的朋友吧，你可以劝劝他，但不要说是我讲的"。那人说："我们不会向他讲的，你是在表扬他"。"我说他死板。多不好的词呀，我实在找不到更恰当的词了"。那人说："你好好地干吧，我们走了"。那两个人走后，小勇在思考这两个人肯定是来考察的。是不是姜工要调动工作了？好在我没说姜工的坏话。中午吃饭时碰到袁领工，他说："上午我想来找你，走到姜工办公室门外，看到纪委书记和纪委干事正在和你谈话，我没敢进来，纪委来考察姜工，可能要升官了"。小勇问："升什么官"？"听说现在要选一些技术干部作公司行政工作，具体什么职位就不知道了"。小勇和袁领工端着饭来到姜工的办公室，这时姜工还没回来，他们边吃饭边谈事，袁领工说："我上午来找你想跟你商量。我家里有事要请十天的假，现在工地上施工繁忙，我的工作脱不了身，我想你能不能顶我十天？这也是姜工的主意"。小勇问："张经理的意见"？袁领工说："这临时的情况，他也找不出更合适的人选"。小勇说："你是甲方的现场施工员，我可是一个临时听用的劳务工，谁听我指挥？我也从来没作这样的工作，我恐怕作不了"。袁领工说："你肯定能作好，至于身份张经理可以在工班长面前宣布你的职位，说不定你比我还作得好。你识图，懂专业，还会工人的操作技术，你一定能行，你要是同意的话？明天我们到工地上作技术施工的交底"。小勇说："既然是张经理，姜工和你的主意，我只好服从，我试试看"，小勇到晚上十点钟才完成姜工交给的任务。第二天袁领工带着小勇到工地作施工和技术交底，袁领工说："第一项工作，就是在施工技术规范内，根据各项工程量算出用工量和王工头协商调配劳力，协调完成各工种承担的工程进度计划，实现各工序流水作业程序。第二项工作，到各工种施工现场督促检查按图纸和施工技术规范施工，第三项工作就是如实地作好施工日志"。小勇说："我没有施工技术规范"。袁领工说："我那里有，现在你就可以回去对照目前施工的项目查看，明天可以继续看，如有疑问可直接问姜工，我后天才走"。小勇和袁领工回到袁领工办公室，袁领工在抽屉里拿出厚厚的精装本的书。小勇接过书，封面上印着'建筑施工技术范规'几个大字。袁领工说："规范的项目和内容很多，你首选目前正在施工的相关联项目阅读"。小勇把书带回工棚，开始利用一切时间阅读。书中的各个条文的含义他都懂，特别是那些涉及到操作技术的表述，他在操作时曾经的教训和苦恼的回忆，有些术语又好像是对技艺的总结，有些要求，论述和标准又好像是课本上的条文和内容，总之很多字眼和语言都有亲历的体会，阅读也较为轻松。经过一天多对照施工项目选择阅读，与施工相关项目的技术规范都已看完。他又到袁领工办公室，把正在施工的图纸拿来系统地看，袁领工走的头天晚上，又一次全面地给小勇交待具体事宜。

　　第二天一早，小勇吃过早饭，第一天当领工员心里有些紧张。早早地到袁领工办公室拿个包，装上图纸，技术规范和卷尺。提着包快步来到工地，等着工班长询问相关事宜。一直到工人都全部开工，都没人前来询问，他知道各工种对自己的工作和技术都清楚。他自己开始到各工号去查看，他首先来到砌仓库外墙砖的工地，陈班长带领下正在砌砖。他上楼去查看了楼板上弹的内墙中心线，拿出图纸卷尺对照图纸核对尺寸，都正确无误。又到砂浆搅拌机处，看到苏姐正在备料，搅拌机正在运转。他在开关箱里找出砂浆配合比单，和图上标号进行核对，完全正确。苏姐在铲沙，抬头看到是小勇，惊奇的问："你现在是甲方正式领工员了，祝贺你"。小勇说："我是临时干几天"。苏姐又说："你像孙悟空一样，一会儿是泥瓦工，一会儿变成了钢筋工，一会儿变成木工，一会儿变成混凝土工，一会儿变成工头，一会儿又变成施工员"。小勇说："工头和施工员是赶鸭子上架，逼着干的，其它是我自愿的"。苏姐说："你真能干，三年多的时间你什么都学会了"。小勇说："这些都是为生存，逼出来的"。小勇又到混凝土班，正在浇灌大梁混凝土，他到搅拌机台查看核对了混凝配合比。他又到钢筋班，拿着图纸，用卡尺卡住钢筋直径和图上核对。小林过来笑着对小勇说："你现在正式当官了，不用流汗下力了"。小勇说："我是被赶着鸭子上架，我才不愿意干，逼得我每天从早到晚，工地所有的施工都在脑子里成天的转，弄得我睡不好觉，看不了书，好在只有十天的时间。小林，姜工给我说，明天要放办公楼的线，想抽你出来协助干，但钢筋班离不了你，你抽个时间到学校去告诉陈晓燕来协助一下"？小林说："我下班后去给她讲"。小勇巡查了两圈工地，回到袁领工办公室，他打开了袁领工的工程日志细看。跟中民记录的工程日志内容有所不同，中民记录的是哪些工程项目由哪些人做，做的时间。袁领工记录的是哪些工程项目何时开始施工，何时结束，由谁带领工人完成，谁是技术主导人，施工中有无特异事情，每一道工序完成后质量检查情况的记录。小勇虽然是第一次阅读，由于都是施工中的事和物，易懂也易记录。他放下日志本，又翻开图纸看下一步施工的项目，为下一步指导施工作准备。午饭后他又到工地上去巡视，他巡视的工程工序很多跟姜工的检查点重合，他们一起检查商讨施工中的重点和注意事项，解决办法。姜工经常把过去在同样工程施工遇到的问题和解决方法告诉小勇，叫他一定要留意的地方。姜工有时也提出一些工人操作方面的技术问题，小勇也把自己在操作中的体会和教训告诉他，姜工说："我们俩这种相互交流商讨，很有价值，即使是技术规范的条文，也是在一定施工环境，设备和技术条件下的结论，由于各种因素的变换，规范也有局限性，所以在施工中结合现场条件，要不断地分析探讨，但在没有实验验证有效之前，还得严格按现有的规范执行"。小勇把这些话牢记在心里，心想这是姜工给他上的施工管理课。姜工说："今后你代我多到现场巡查，我实在太累了"。小勇说："我的知识和技术不全面，担心自己的失误造成损失影响不好"。姜工说："我对你，比对袁领工更放心，你懂理论，又有全面的实践技术经验，当然每道工序的最后阶段我还是要来检查的"。他们又各自回到办公室，姜工的一席话，他感觉到无比的压力。坐下来又开始看图，他必须全面理解图中每一根线条所在部位图示意义和目的，注解中每个字的含义与图示的关联，不能有任何的疏忽大意。不知不觉又是晚上十二点。第二天，小勇又早早地到了工地，陈晓燕来到姜工的办公室，她还是穿的上次的服装。姜工已准备好仪器和工具，他们拿着仪器和工具到了办公楼工地。小勇还在巡查工地，姜工架好仪器，晓燕在看图纸，一会儿小勇到来，姜工对他们说："今天放的线是基础的地梁线，是办公楼的基础线，所放的平面位置线，要求准确不能有误差，量尺角度和标记点要正确"。小勇说："我们一定努力做到"。姜工说："为了不走弯路。我们先测量轴线，仓库四面墙轴线三百六十度闭合后，以轴线为基线的基础线准确度才有保证"。按照姜工的严格要求，他们开始放线。中心轴线先用经纬仪和水平仪同时测量每个桩的轴线角度和水平距离，每个桩的中心也是每间隔墙中心。他们测量完一面外墙中心轴线，用了一个多小时，开始测转角基线，架好仪器，小林走来对小勇说："小勇哥，我来请你去看一下我们制作的钢筋样本是否合格标准，这榀大梁钢筋结构复杂，对图的识别理解是否正确，我有些拿不准，如果识别理解错误，成品报废，钢筋量大，损失也大，还浪费工时"。姜工说："你快去指导一下，我们等你"。

　　小勇走后，姜工和晓燕坐下来休息，姜工说："晓燕，你和小勇是一个地方的人吗"？晓燕说："我们俩的家就隔了一座山，以山顶为界是两个乡"。姜工说："你们原来认识吗"？晓燕有点害羞地说："我们是不同乡镇的小学和不同的中学读书，过去又没亲戚关系，没有往来，不认识"。姜工说："小勇这个人我很佩服他，特别能吃苦，特别喜欢学习，那种顽强的精神很少见，令人惊叹。寒冬腊月寒风中站在墙头上，穿一双解放鞋，不穿袜子，不戴手套帽子砌砖，谈笑风生，没有一点痛苦的表情。三伏天，烈日下赤着膀膊，晒得皮肤像牛皮一样，令人心痛，但他干得欢。到晚上工棚内没电扇，闷热得难以忍受，脚臭味，汗臭味令人窒息，人家都到室外乘凉吸新鲜空气，他摇着扇，坐在床上看书，若无其事，真令人佩服"。晓燕说："这样优秀的人，你就招他为你的助手多好哇"。姜工说："我当然想他成为我的助手，但是我没有这个权利，政策制度不允许，政策上，招国营企业正式职工必须是城市户口。就是正式职工退休，子女顶替，也是一顶一，父母退休户口回到农村，子女户口才能进城。制度上我们是国营企业，招人过单位有严格规定。只有三种人可进入单位，一是顶替父母的子女，二是城市户口的转业退伍军人，三是国家正规院校分配的专业对口的本科和大专毕业生。即使小勇今后他拿到函授的大专毕业证，是函授生，不是正规院校全日制毕业生还是不行，他哪一条都不沾边。要是正规院校毕业生，有单位要，就可以进入国营企业成为正式职工"。谈话间小勇回来了，他们又开始放线。中午饭他们到食堂就餐，饭后又开始放线，到下午五点钟线放完。他们回到姜工办公室，小勇招呼晓燕坐下，递上一杯水说："我们休息一会儿，一会儿食堂开饭，你吃了饭回去"。晓燕说："我今天要早点回去，我们班级今晚七点钟在食堂开毕业晚餐会，今晚一过，明天一早有同学就再见了，大家特别的注重"。小勇说："那你好久走哇"？晓燕说："时间紧，我们边走边讲吧，也许我们这次分别，今后相见的机会就少了"。姜工看他们谈话投机，又是少男少女，不便插话，目送他们离去。小勇没换衣服，跟着晓燕走，晓燕说："我来了三次，相隔时间一年多了，每次来你都穿着这身衣服，衣服都皱褶退色了。你的头发这么长，也应该理发了"。小勇说："我觉得这衣服很好哇，又没洞。头发倒是有两个月了，还可等一个月，这样可省一次理发钱"。晓燕心里想："这人怎么这样抠"？但又一想也许是节俭的好习惯，说："过几天我就回家了，我妈托我舅，我舅找你们公司张经理，在你们乡新成立的建筑队找了份工作，是技术员，我回去就去上班"。小勇说："我今年春节没回家，还不知道成立了一支建筑队"。"我这次来，是来向你告别的，如果我有事找你，你们工地有电话吗"？"我们工地没电话，只有张经理有个'大哥大'，号码记不得了。你可到我们公司去问一下我们公司那个张经理，他知道，你的函授课怎么办"？晓燕说："我在想只有自学了，不懂的地方，春节你回来，到你那里讨教了"。小勇说："你可以找小林呀"。"他没你学得深透，没你懂得多，姜工对你的学习赞不绝口"。"我也没他说的学得那么好"。他们到了公交站，车来了，晓燕上车，在车门口向小勇挥了挥手，车开走了。小勇回到工地，晚饭后，他到中民办公室和中民协商用工安排。中民招呼小勇坐下，中民说："小勇，现在你是工地上甲方代表，我们工地上一百多号人听你的指挥，看你的脸色行事"。小勇说："中民哥，你也那样'讽'我。你永远是我哥，我所有的进步都是你关照的结果。什么都听你的"。小勇说："我来跟你商量，今天我到工地看了一下，现在的关建工序钢筋绑扎跟不上，挡住了工程进度，是否把泥工班的杂工抽几个到钢筋班去帮助运送钢筋？让钢筋班的技工全部投入到制作绑扎中去，加快进度"。中民说："按你的意见办，明天就抽五个人去"。小勇说："其它工班不变，中民哥，你看这样如何"？中民说："工程进度是由甲方计划，我们劳务公司只提供劳力。我们之间是兄弟，但今天你是甲方代表，当然有执行工程计划进度的责任，我得配合你"。小勇说："感谢中民哥的支持"。说话间进来几个工班长，看到小勇，泥工班陈班长恭维地说："马工长，请上首坐，有什么指示请大声说，我们坚决照办"。另一个混凝土班班长说："小勇，我看你还是在我们班当混凝土工一样，还是穿的那套褶皱退色的衣服，你现在是国家企业的正式职工，甲方的小头目，应该穿崭新的工装，黑亮的皮鞋，走路也应该昂首挺胸的＂。小勇说：＂各位班长师傅们，你们全都是我的师傅，我不会忘记你们的教授之恩，我今后一如既往的向你们讨教，你们的恭维话让我无地自容＂。中民说：＂你们不要调侃了，小勇你走吧，我们开始开会＂。小勇回到工棚开始看书。第二天小勇提着包，早饭后早早地来到工地巡查。不少人来问他，他从包里取出图纸和规范书对照实物进行指导。姜工也来到工地，看到小勇代替他做很多事。他就回到办公室从事他职责内其它事项，下午下班前再到工地巡视一圈，没有发现工程质量缺陷和技术上的错误，他感觉轻松多了，晚上也不用忙事。十天时间很快就到了，袁领工回到工地，小勇回到钢筋班上班。小林经过几个月的技术工作，操作也基本熟练，加上能识图算料，能顶替班长的职责。但考试临近，两人都想请假学习，钢筋班工作离不开，必须一人顶岗。他们商量，一个人休假三天，另一人上班，轮流休假。一个月后他们考试，小勇这学期学习三科，由于有两课的学习难度大，继续学习，下学期考试，只考一科，小林考二科。一个月后成绩单寄到，小勇考一科成绩及格过关，小林一科及格另一科差五分，下学期再考。由于钢筋班人力加强，钢筋工程进度很快就跟上去了，但混凝土浇灌进度落后了。李班长请假回家，王师傅一个人顶岗捣固，天天加班，劳累过度病倒，其它五个人没有经验技术，也不敢捣固。张经理看到进度落后，急得跳脚。袁领工向张经理建议：＂马小勇在混凝土班干过几个月，干过捣固工作，叫他去顶岗。为了测试一下，我们先浇注一些小型构件，观察一下他的技术水平＂。张经理听到这个建议，惊奇地说：＂他能行＂？袁领工说：＂先测试一下＂。小勇到混凝班上班，袁领工安排浇注过梁和挑梁，袁领工对他们说：＂王师傅生病期间，由马小勇代替王师傅工作，你们都是老混凝土工，马小勇虽然在你们班上了几个月班，比起你们的经历来，他还是一个年轻的学徒工，你们要团结，互相学习技术＂。他讲完话走了。其中一位姓赵的工人说：＂小勇，你在工地上是个活跃的人物，上蹿下跳的，领导把你当宝贝，我看你像'尿壶'，像'万精油'＂。小勇感到一阵恶心和羞辱，他想骂人，转念想，跟这种小人计较没意思，小勇讥讽地说：＂你要是大老板，会把我当什么人＂？那人说：＂我要是用人，一定把你当'万精油'，哪里痛就往哪里抹＂。小勇说：＂我倒想当你的尿壶，救你一命。有我这尿壶，当你想拉尿就拉，有地方拉尿，你身上的尿毒随尿排出。要是没地方拉尿，憋久了得了尿毒症，可是无可救药。'万精油'只有止痛的效果，不能治本，病毒在体内沉积，不痒不痛，不知不觉，到了病入膏肓，无可救药，生命就垂危了＂。那人被小勇连讽带咒的一席讽刺话哭笑不得，不再言语，他们在各自的心态中干活。小勇全身心地捣固，他回想起先前捣固的经历和教训，细心操作每个动作，撑握振动的插入部位和时间，一天下来手臂有些酸软。第二天上午休息时，他赶快去查看头天浇注的构件，已撤掉边模，查看捣固的效果。他从开始捣固的地方查看，一根梁的尾端出现麻面，他对头天这段梁的捣固经过记忆犹新，那是因为一盘混凝土的最后一部分混凝土石子和砂浆不成比例，石子多砂浆少，仍按一般情况捣固，出现麻面，但该梁仍可使用。体会到这种情况应该添加水泥，延长捣固时间，让石子密实，砂浆饱满。小勇总结了经验，第二天又开始捣固工作，以后两天捣固的构件质量良好。往后开始浇注大梁，浇注大梁那天上午，袁领工对小勇说：＂你今天要总结以往的操作经验，细心操作＂。小勇对袁领工说：＂昨晚下了雨，河沙有一定的含水量，适当减少配合比用水量。另外我们今天的人员不多，我又不大熟练操作，浇注的速度会慢，叫他们搅拌速度慢点，成品混凝土不要存放过久，保持好的合易性，你要监督他们"。袁领工说："我会监督他们"。这品大梁浇注完已是晚上十一点，中间只有午饭和晚饭各半个小时吃饭时间。其它人员都可以轮换，可他没有人能顶岗。下班时虽然体力仍可支持，膀膊酸软无力，下班后洗了个热水澡，倒在床上睡着了。第二天早晨被中民叫醒，吃饭后又开始上班。吃晚饭时见到袁领工，袁领工说："今天撤掉大梁边模，姜工检查质量，完全合格，说你是一个完全合格的混凝土工"。小勇顿时觉得全身发热，酸软全消，饭后又开始了工作。第四天王师傅病好上班，小勇和王师傅他们俩分作早晚两班，早班上午八点到下午三点钟为一班，晚班直到当天工作结束。这样小勇又可以有几个小时的看书时间，时间一个多月过去了。最近工地上没看到袁领工的身影。常看到姜工身后跟着一个小勇一般年龄的小伙子巡查工地，但施工秩序没有以往正常，各工班之间忙闲不均，或者是工序函接不上。一天上午小勇到头天浇注的大梁下寻找工具，看到头天浇注的大梁由于支撑架下沉，大梁变形。他意识到问题严重，他立即到姜办公室报告情况，到姜工办公室没见到姜工，出来正碰到那小伙子，小勇问："姜工到哪里去了"？他回答说："姜工今早坐火车到公司开会去了"。小勇把看到的情况和严重后果向他说明，他惊慌失措地说："怎么办？我们去找张经理"！他们到张经理办公室见到张经理，张经理听说后也束手无策。小勇说："赶快打电话请示公司技术科"！张经理在办公室踱着步，沉默了一会儿说："这事不能让上级知道，这是重大质量事故，要受罚"。张经理说："小肖，这是怎么造成的"？小肖说："我也不知道"。小勇说："我仔细看了，是因为没向保育员交待屋基地质构造和注意事项，保育员保育用水过多，地面排水不畅，积水浸入填方，导致土壤收缩，承受模型的地坪下沉所致"。张经理又问："房屋基础受影响吗"？小勇说："由于房屋基础是在岩石上，不受影响"。"那现在怎么办"？小勇说："我有个办法，趁现在大梁混凝土还没完全硬化，混凝土与钢筋尚未固化，清除混凝土后，钢筋骨架不会有大的变形，还可再用。损失的是浇注的人工，河沙，石子，水泥，这些废渣还可以作人行道的垫层再利用，对工程成本影响极小，但必须立即清除大梁所有混凝土，将钢筋上的混凝清除干净"。张经理说："就按小勇意见办，由小勇指挥，小肖你去通知王师傅顶小勇的岗"。小勇指挥泥工班的泥瓦工，打杂合灰工，运灰工和供砖的人，五个人推车运混凝渣，二人铺路，其余的人全部带上桃形锄，掏大梁混凝土。小勇站在掏大梁混凝土工人的背后，观察着每步骤情况，时时指挥他们行动，经过五个多少时掏完了混凝土，又指挥他们用钢丝刷刷干净钢筋上残留的混凝土，再用水冲洗，这一切完成已是凌晨两点钟。

9-4 施工员 （一）

　　第二天一早，张经理找到小勇说："姜工走了，小肖又不太熟悉，我也只有泥瓦工技术，这么大一个工地没有懂施工技术的人不行，你就和小肖一起管理施工，他没有现场施工技术经验，还得看你的"。小勇说："听从你的安排，只是王师傅一个人也支持不了多久"。张经理说："李班长这两天也该回来了，你就不用担心"。小勇从那天起担当起全工地的施工技术管理。从那以后，他手拿图纸和施工规范，带着小肖在工地上来回不断巡查，不得有疏漏。晚上他还要作好工程施工技术记录，仔细地查看第二天施工项目的图纸和相关的施工规范，已没有看书学习的时间。四天后，姜工回到了工地。张经理向姜工讲了事故的经过，姜工到现场查看了情况，姜工说："幸好小勇处理得恰当及时，要不然酿成重大质量事故，不但造成经济损失，还要通报批评。小肖从学校出来，没有现场的施工经验和操作实践的技术知识，管理这么大的施工现场是不妥当的，出现重大事故是早晚的事，即使我在这里也不可能面面俱到"。张经理说："他到这里来，也是公司肖书记托咐给我，上级领导托咐给我，我能不接受吗？按定员编制，我们工地只允许配置一名施工员，你看怎么办"？姜工说："为了两全其美，就叫马小勇带领小肖一同担任施工员工作，马小勇属劳务公司人员，不在我们公司编制内，我们只付给一个技术工人的工资，对整个工程成本影响极小"。张经理说你这建议很好，就这样办。从那以后，小勇只负责技术指导性工作，有时技术工人临时缺技术能手，他去指点操作，是一名名不符实的施工员和技术工人。他不计较这些，他很满意。给他一个更直接理论联系，实际指导实践的机会，有更充裕的时间看书学习。这学期增加两科的学习计划，连同上学期二科一共四科，争取考试过关，土木工程施工和建筑工程预算，两科的学习内容是他目前的工作内容，在工作中学习，不需耗费多少工余时间。小肖是甲方人员，有监督的责任，负责工程日志记录，劳力，调配和用工记录。小勇的日子过得又轻松而紧张，时间也过得快，很快就到九月临近考试的日子。他请了一个星期的假复习功课，接下来三个星期天的紧张考试，又等了一个月成绩单下来，成绩全部及格，学习难度大的科目都已过关。他有了基础，又接触实际，学习其它科目就更加容易，每学期计划学习三至四科，在两年半之内完成学业。一天雨后，小勇和小肖踩着工地上泥泞，小勇的解放鞋被稀泥漫过鞋口，小肖穿的统靴虽然陷得很深，稀泥离鞋口还很远，小肖问："小勇哥，你没统靴吗？稀泥浸入脚里好难受啊"。"我从来不穿统靴，一是统靴贵，二是穿统靴爬高架不方便，我从小就赤着脚走在山间泥泞的山路上，习惯了，小肖你喜欢这工作吗"？小肖说："我不喜欢这工作，下雨天冒着雨，走泥泞路，深一脚浅一脚的，还要爬高架，夏天冒酷暑，冬天冒严寒，一辈子都住活动板房，到处流动，居无定所，整天都和那些满身臭汗的人搅在一起，真难受"。小勇又问："你当初就不该选择这行业"。小肖说："我初中的成绩不太好，上高中考上大学的机率太小，当年应届高中毕业生，升大学的升学率只有百分五。我初中毕业那年，我母亲工作的棉纺厂停产了，母亲下岗了，由于全国处于改革开放工业调整期，很多工业企业被兼并，停产，只有建筑企业还在发展，工作机会多，也稳定。我们住在城里过着市民生活，对从事建筑业的艰辛没有体会和感受，选择了这个专业"。小勇说："你现在改行还得及"。小肖说："我刚进这公司时，分配到公司技术科，在科里，描描图，编编预算，感觉还可以。是我么叔非要我到现场来锻练，说像你这样中专文凭的人，在科里一辈子，就只能干些杂事。在建筑行业从事技术工作，如果不在施工现场练就本事，没有什么前途，在他的督促下来到这里"。"那你今后怎么打算"？小肖说："我工作一段时间看，我能否坚持"。小勇心想，在城里长大的人是不一样。对他的技术指导也就只有尽力而为。小勇天天带着他在工地上巡视，他对一些操作工艺与技术的关联，对质量的影响有很多的不理解，他常常向小勇提出一些问题，小勇作出相关操作技艺方面的讲解。但他不理解，因为他不会操作。书上的理论在工程结构中的应用认知也不全面，小勇建议他到工班当一段时间的工人。他说："我看到他们那样费力气，那样艰苦，劳累，我就不寒而栗"。小勇说："那你就慢慢地锻炼"。近一段时间姜工很忙，上午很少到工地作技术交底和指导工作，都是由小勇代替，他到下午才到工地检查。他觉得小勇作的技术交底和指导很到位，他感到放心和轻松。时间过得很快，两个月过去了，工地上大量的钢筋混凝土结构性的项目接近尾声。大量的构造性的项目开始施工，泥工的工作量增大，小勇建议："抽调其它班组杂工协助泥工班，根据工人各自的擅长，把泥工班分为砌砖班和粉刷两个班"。张经理说："技术骨干不够"。小勇说："我到工班去顶一个岗"。张经理说："姜工才轻松一点，怎么好给他讲呢"。小勇说："我去给姜工说"。小勇到姜工的办公室，看到他正在写什么。他看到小勇进来，他用手指了一下凳子说："你坐"。小勇坐下把他跟张经理说的建议讲了，说："本来不该我管的事，但眼看着构筑工程进展跟不上，泥工班人手不够，其它工种闲着没事干，劳务人员有意见，要回家去休息。我想：要是放他们走了，工程上要人时，一时又回不来，所以我才想出了这个办法。小肖跟我有一段时间了，有一些进步，技术复杂的结构性项目已完成得差不多了。你给我一张图纸，我带领的那个班砌砖墙的门窗预留，暗埋件的暗埋，隔墙的位置我按图施工，你每天下午检查一下当天的工作，在图上指导一下第二天的工作就行了。这样适当给你减少一些工作量，如果有忙不过来时，我抽晚上来帮忙，到年底你忙时，那时泥工担负的工程也差不多了，我又可来协助你"。姜工说："本来目前这样工作对你的学习最好，可你舍己为我们公司的工程进度着想，精神可嘉，我只有赞成"。小勇到泥工班上班，每天都早早地来到工地，把当天要砌的墙体部位，在图上仔细看，把相关预留和预埋件都在楼板上画上线。砌砖时他和袁师傅各站在墙的两端头砌砖拉线，指挥十个人砌砖。小勇现在已是班上的顶尖的技术能手，他左手拿砖的同时，右手挑灰，灰量恰当，铺灰均匀，左手铺砖水平，上下对缝齐准，这一过程时间短，铺砖的速度快。他看袁师傅还未铺完砖，他也学袁师傅先前催陈师傅，张扬自己的做法，用砖刀敲打砖墙当当地响。袁师傅满脸的不高兴，但没言语，敲了一次以后再也没敲了。在下班回工棚路上，袁师傅责备地对小勇说："你的翅膀长硬了，要翻天了"。小勇说："对不起，我是闹着玩的，请袁师傅谅解"。从那以后袁师傅对小勇视而不见，形同路人。小勇在泥工班一干就是两个月，快到年底了，工程进度跟了上来。姜工要求小勇回到协助领工员的工作岗位，他开始作年终验工结算的准备工作。小勇白天带着小肖到现场作技术指导，晚上协助姜工做年终结算工作。看书的时间少了，很快又到春节了，但节后考试科目还有很大一部分书没看，练习题没作，他决定今年春节不回家，在工地上看书学习，也不做看守工作。放假的前两天，小勇提着给父母的礼品和大姨的礼品到中民办公室，小勇说明了不回去的理由，中民说："去年春节你没回家，已经有两年没回家了，你不想家吗"？小勇说："我很想他们，很想立即见到爸妈，可是学习要紧，关系到我一生的前程，又没有时间了，节后就要考试，只要他们好，我就放心了"。中民说："你事业心真强，我不知道你为什么老是'坑'自己，为了甲方的事，白天黑夜，不怕苦，不怕累地干，为什么？不顾自己的身体"？小勇说："中民哥，我这样的条件，放眼社会，谁有能力支撑我事业的发展，只有靠自己。但我们综合资源有限，要争取更大的空间和资源，我唯一的资本就是吃苦耐劳，在我力所能及的社会层面练就本事，积聚人脉，等待时机，我要改变人生，没有其它选择"。中民说："你雄心真大，令我佩服"。"中民哥，你没有我出走的那段时间和经历，我一无所有，无路可走的绝望，埋下了誓言改变人生的决心"。中民叹了口气说："人生是历史造就的，你努力吧"。小勇拿出二百元交给中民，帮他交给爸妈，另外今年结算余额也一并交给爸妈。中民说："我走后，你还是搬到我这里来住，方便些"。小勇说："行，谢谢中民哥的关照"。工人放假走后，工棚一片寂静，食堂停伙了。由于他没上班，不能和看守工一起在食堂煮饭吃，他只有到街边小摊吃小面和馒头。馋得实在受不了，就到小饭馆炒个小菜，要一小份回锅肉，一碗米饭。就餐时他提一个温水瓶向老板要瓶开水，老板看他天天来照顾他的生意，很爽快满足他的要求。小勇觉得清静，学习专注，腊月二十九的那天，他到饭馆去解馋，老板说："这街上所有的食店，小摊腊三十，初一都不营业，你要做点准备"。小勇想了一会儿说："老板你这里有什么现成的菜品"？老板说："我这里现成熟食菜品有卤鸡，鸭，猪耳朵，米饭，你要是没锅灶，全吃冷的，没开水怎么办？你是我的常客，这样，你把菜品点好，你晚上七点钟来取，我借一个电炉和一个铫锅给你，节后你还我"。小勇想了一会儿说："谢谢老板的关照"。小勇点了几个菜后，回到工棚学习。腊月三十晚上，小勇用电炉热了一盘鱼和一盘卤肉，倒了一小碗啤酒，独自地饮了起来，脑海里全是课本里的问题，外面不时传来鞭炮声。他没有过年喜庆的感觉，酒醉饭饱后，泡了一杯茶，喝着茶，脑海里闪过一年来的经历。又计算着考试的时日，思索着各科考试科目中尚未理解练习的内容，计划安排着学习的内容和时日，他顿感压力很大。他收抬好饭菜碗筷，开始学习，这样夜以继日地看书练习，很快假日就过去了。

9-5 机遇

　　开工的前一天晚上，中民回到工地。中民把小勇叫到办公室，把小勇家的情况向小勇如实地告诉他，家里一切都好，叫他一定保护好身体，有空回家看看。中民对小勇说："有个重要的事告诉你，劳务公司决定把我抽回去，到乡建筑队去作施工员，这里由你接替我，我这次来是做交接工作的，你有什么意见"？小勇说："我没什么意见，你对那份工作满意吗"？中民说："我到那里干一段时间看，如果满意就干，不满意就自己组织一个建筑队去包房屋建。从明天开始，我白天上班，带你到工地现场交接，下班后晚上一起参与用工协调会，以后两天我带你熟悉工作，三天以后由你组织工作。今天我把这些人名册，与甲方签订的合同副本，施工现场管理程序，管理事项和职责，记事本，人员工资预支借记本交给你。你先拿回去看一下，那些地方不懂的，不清楚的地方来问我"。小勇说："中民哥，你走后我会感到孤独，没了依靠"。中民说："你已经长大了，一个人总是要独立的，你已经学到不少技术和社会知识，应付日常工作绰绰有余，你的前途是远大光明的"。小勇抱着资料，恋恋不舍地离开了中民办公室。第二天，小勇和中民去工地的路上，小勇问："

借记本里有借款人借记金额和签字，要是丢失了怎么办"？中民说："我这里是他们的签字认可的依据，甲方财务还存有他的借条，当然这借记本一定要保存好"。小勇又问："每个工人的日工资标准，这些资料里没有"？"我们实行的是工班集体记件制，具体个人的工资分配系数在我们公司财务那里，由公司财务结算个人工资，我们提供的是个人出勤天数"。他们到了工地，中民对小勇说："我们是提供劳务的，我们到工地巡视，主要是有四个注意点：第一，核实各工班的上工人数作好记录，第二，作好当天各工班所做的工程项目进度记录，第三，和甲方施工员一起收方记件和签认记时工人工时，现场即时协调临时用工调配，第四，观察各工班施工过程中的不安全因素，提醒防范和纠正，检查安全帽，安全袋和其它安全防护用品，是否按规定穿戴使用，以上事项就是你今后的工作和职责。以前你也代理过几天，那是临时性的，这次正式移交"。他们每到一个工班，中民都对所作工程项目施工过程可能的不安全因素，一一地讲解和分析，如何防范和制定安全措施。他们花了一天的时间才完成现场的移交，晚饭后各工班长陆续地来到中民办公室，人员到齐后，中民对大家说："我明后天就离开工地了，以后我的工作由马小勇接任，希望大家支持配合。他如果有不当的地方，大家即时提出。现在我们进入正题，今天是节后第一天，大家谈一下今天现场的情况，和你们的要求和想法"。小林首先说："大梁的主筋二十五毫米的螺纹钢没有了，另外八毫米的盘圆钢筋拉直的卷扬机坏了，面临停工，尽快告诉张经理，尽快解决"。接着泥工班长陈师傅说："今天普工班挑来的灰，不是干，就是稀。我们把意见告诉挑灰的人，他们说，节后苏兰没回来，是一个新手搅拌灰，新手说他按配合比配料，干和稀也不知道为什么。如果这样下去，我们的工效就差多得，工资也就少了，人心不稳定，你们转告张经理尽快拿出办法来"。接着混凝土李班长说："春节后有几个人没回来，没人运混凝土，是否能调三个人来运混凝土，另外一至二厘米的石子明天不够用"。小勇一一作了记录。中民说："明天从普工班抽三人到混凝土班上班，其余的问题我立即向张经理反映"。散会后，中民和小勇到张经理办公室，将情况告诉张经理，张经理沉默了一会儿说："这些都是小肖现场施工技术实践经验不足，我找姜工商量一下，尽快地解决。关于材料的问题，我尽快地找材料部门解决"。随后两天，中民和小勇在工地上的各个施工环节，现场交流了很多有关的经验和教训，第三天中民带着随身物品和行李离开了工地，小勇一直送他到汽车站上车。

第十章

10-1 施工员（二）

　　小勇这天开始了他全新独立的工作，他早早地来到工地，穿梭在工地上，注视着每个工班作业面的各个环节是否有不安全的因素，意识到有不安全的因素立即纠正，提醒工人注意事项。因为他对每个工种的技术都熟悉，提醒的注意事项，工人们都觉得中肯而正确。有些提示是操作技术的指导，当事工人诚恳高兴地接受，还流露出感谢的目光，小勇也觉得工作起来顺畅舒心。几天以后，工作更觉得轻松，他常常带着书，巡视间隙，找个清静的地方看书。离考试时间只有半个月了，他要利用一切时间看书做习题。一天下午巡视一周，他找了一间毛坯砖房屋里，搬几块砖头放在靠窗框的地上，坐在砖头上看书，光线好又没风，清静，是学习的好地方。不知看了多长时间，一个熟悉的声音响起："你把我找得好苦哇，工地上转了两圈都不见人影，又回办公室找你，门紧锁着。问工人他们说看到过你，但不知你现在在什么地方，你躲在这里看书，张经理和姜工找你，你赶快到张经理办公室去"。小勇快步走到了张经理办公室，随后小肖也到了办公室，看到姜工和张经理坐一根长凳上，屋里坐着十多个管理人员。张经理说："今天召集大家开个会，先由姜工把会议内容给大家讲一下"。姜工说："近来工地上施工技术管理上存在一些问题，我要负主要责任，召集大家来找找原因，商讨一个妥当的办法。昨天试验科送来上次浇灌两根柱子混凝土的试验单，设计混凝土二百号，破坏性试验结果只达到一百五十号，只有设计强度的百分之七十五"。这两根柱子是结构承重柱，规范要求试压破坏强度必须达到百分之九十五以上。这是一桩严重的质量事故，由于体积小，损失少，够不上重大质量事故的经济损失数额，不构成重大质量事故，但事故的性质后果严重，我们一定要吸取教训"。张经理说："你们都回忆一下当天的浇灌情况"。小肖说："我记得那是个星期二，春节后开工才一个星期，混凝土班有一半的人都是节后才来的新人，我把混凝土配合比单交给陈班长，由他分工，我过后看他们各自忙去了。有陈班长带着他们，都是熟手我就没管"。小勇说："那天是我接替工作没几天，思想压力大，专注施工各个环节的安全。我记得那几天经常下雨，工地上全是泥泞。回想起来，柱子混凝土用的石子，河沙都是由一号仓库转运过来的，是不是在转运的过程中混入了稀泥，或者被泥浆水浸泡河沙，致使混凝土含泥量大而影响强度"？姜工说："我一直在脑子里找原因，一个个可能影响混凝土强度因素都被我否决了，没想到小勇提出的原因是客观唯一的因素，原因找到了，今后我们应特别注意，吸取教训"。张经理说："原因找到了，今后千万注意，会开到这里"。开会人员走后，姜工对张经理说："这样下去，质量大事故迟早要发生，得采取一个万全之策避免"。张经理说："原来袁领工他多年从事技术工人和现场施工管理，有现场施工技术管理经验。小肖刚从学校出来，没当过技术工人，没从事过现场施工管理工作，出现管理上的问题难免。他是肖书记的侄子，我该怎么办"？姜工说："他是我们的领导，我们都难办，人事定员就一个名额，小肖占着。原来由马小勇带着小肖现场组织施工，现在马小勇当了工头，代表劳动服务公司，一个人同时兼任甲乙双方业务利益相关联的工作，从这个原则上讲，是不允许的，我们没有选择余地。我想了一个两全其美的变通办法：还是由小勇代表劳务公司工头，履行劳力的协调，调配和安全职责，同时和小肖共同负责组织现场施工，操作技术和技术指导。小勇的工作量会很大，但他有能力胜任。我们适当地给他点报酬，我想另给他一个记时小工的工资，虽然很低，是对他的奖励。他有两份工资他会感到满足，对我们工程成本来讲是微不足道，至于用何种方式，何种名义支付，才能规避财务纪律制度，要与财务小秦商量"。张经理说："这事由我去与小秦商量，小勇的事，姜工你去和他商量"。会后姜工到小勇的办公室，小勇正在做工程日志记录，看到姜工进来，马上站起来让坐，说："姜工请到这里坐。你有事叫人来喊我一声，我到你那里去"。姜工拉过一条长凳坐下说："你坐下，我们之间不必客气，我来跟你商量一个事"。小勇赶快说："你吩咐就行了，我坚决照办"。姜工说："你已经看到了，你自从当工头后由小肖独立组织施工，工地上不断出现大小质量事故苗头。我和张经理商量，你在履行工头职责的同时，带领小肖组织施工和技术指导方面的工作，为了避嫌，涉及到与你们公司利益关联的工程收方记量，计价，记工方面的事项由小肖单独负责。你付出了劳作，我给一个记时工的工资作为奖励，你看如何"？小勇沉默了片刻说："姜工，非常感谢你提供给我继续学习施工管理的机会，还给我报酬，我衷心感谢你。目前我有个难处，还有两个星期就要考试了，有两门重要课程已学了一年，我这次要考试五科，要是考试不及格，我还得重学，所以这两个星期我得抓紧利用一切时间学习，两星期内我无法接受这项任务"。姜工说："你应承下来，这两个星期你不参与技术施工方面的工作，你全身心的学习，争取全部考试及格。这两个星期由我带着小肖，好在目前没多少结构性项目施工"。小勇说："万分感谢姜工"。两个星期里，小勇不管巡视工地，还是做其它的事，课本从不离身，稍有时间，立即看书或作练习题，晚上一般看书到一点钟才睡觉，调好闹钟早晨六点半钟起床。考试结束后，他接过施工员的职责。白天他带着小肖组织施工，姜工只作技术检查。小勇组织施工，对操作技术不熟悉的工人，还要手把手地示范操作，巡视安全，白天比原来单做工头的事多，但他还是应付自如。晚上做完了当天事务后，能在十点钟睡觉，早晨七点起床，一个星期后恢复了精神。大专工民建专业必考的科目还有三科，计划在九月份的考试中完成，他又开始计划着每天的学习时间。一个月后成绩通知单出来，五科考试成绩全部及格。他特别高兴。为了表示对姜工的感谢，他选择了一个星期天的下午，在上次江边招待姜工父母的餐馆，在一个靠江的包间，小勇点了鱼虾和鸡丁，两杯五粮液酒，两杯茅尖茶，他们俩又边喝酒边聊天，姜工说："小勇今天点这么高档的酒和菜，是你们公司买单吗"？小勇说："今天的一切都是我对姜工的心意，与公司无关"。姜工又问："你这次考试过了几科"？小勇兴奋地说："五科全过了"。姜工说："我们举杯庆祝"。他大大地喝了一口说："还有几科没考"？还有三科"。计划好久完成学业"？计划下学期九月份"。姜工又说："你真不错，在三年多的时间里完成了大专学业，还学会了建筑工的各种技术，真是奇迹"。小勇举起杯说："我运气好，一踏入社会，就遇到你和中民两位好人，才有今天的一切，我终身难忘，涌泉相报"，大大地喝了一口酒。姜工说："不是我们的支持，是你自己乐于助人，勤思好学，吃苦耐劳的优秀品质"。小勇说："再好的理想和追求，没有客观的条件是不成的"。姜工说："二十多年一载载地过去，我当年的同事和同学，由于人品性格的差异，他们的各种结局千差万别，各散五方。我希望你坚持下去，会有很好的发展前途"。小勇说："我始终忘不了你的教导和帮助，你是我的再生父母，你也不能忘了我这个晚辈，今后你有什么需要我帮忙的，一定不要忘了我"。姜工说："我也有运气结识你这位朋友，人逢知己千杯少，千言万语都在这酒里"，他大大地喝了一口。由于他们喝酒过猛，干咳几声，几大口酒下肚，有些醉意，小勇说："我们难得清闲，我们喝几口茶"。他们放下筷，开始品茶。姜工说："你看小肖是你们同龄人，有中专文化，他和你差异很大，你对知识和技术追求的那种狂热程度，不惧艰难困苦，和他那种对学习被动，勉强的态度形成鲜明的对比"。小勇说："我从小生存的环境条件就是挣扎求生，就目前的条件和他比，也大不相同。我的压力大，我常想到我的身后是万丈深渊，没有退路。我是什么？我是一个毫无保障，飘浮的临时工。我只有靠我强硬的翅膀翱翔在天空，稍事停息，便坠落深渊，被野兽分食"。姜工说："你这形容，倒也形象"。小勇说："这是感叹。小肖可他的身后有依靠，有退路，回到技术科作一辈子的技术员，轻松，愉快。他从小生存的环境条件，衣食温饱，不需要冒险挣扎求生"。姜工缓慢地端起酒杯，舔了一点酒叹道："英雄出自绝境，堕落源自舒逸"。小勇心想从姜工口里掏出点人生有益的体验说："我不理解你叹息的深奥哲理，姜工你在施工现场二三十年，你感触最深，最难忘的是什么"？姜工夹了菜，放在嘴里慢慢地嚼，像是在思考，又端起酒杯，喝了一口酒说："感触最深的是人性，我天天接触到来自社会底层各方面的人，他们都是为求生忙碌，在各种条件环境的岗位上，在社会人性的拼搏中，千奇百怪，表露无遗，铸就了各自的人生。令我最难忘是几次重大的工程质量事故，一时的疏忽，追悔莫及，差点改变了我的人生，这些都一言难尽。小勇你今后处理施工技术问题，千万不能疏忽，施工的每一个环节都决定着工程质量。技术规程，施工规范和安全规则，这些都是人们长期实践经验的总结，实验技术的总结和血的教训，也是质量的保证，安全的保证。要遵照这些规程和规范付出的是艰辛和细心。不畏艰辛我相信你能做到，但在实践中的技术原理和安全因素，在时代的变化中建筑技术的变化你还得琢磨"。小勇说："我记住了你的每句话，作为我今后的座右铭"。他们俩像父子兄弟，亲热而坦诚，经过交谈，拉近了他们之间的距离。姜工从心里认为小勇是个有作为的人，靠得住的人。由于工作的关系，白天他和姜工大多数时间都在一起，晚上小勇组织用工协调会，完成工头和施工员两个职责的相关记录后看书。三个月后主体结构施工完成，进入附属工程和装饰工程施工，工作压力减轻了，每天还可以抽一两个小时学习。又过了六个月，小勇临近了考试，这次考试是所有考试中最轻松，他有学科的基础，又有几年从事技术实践和工作实践的经验。考试结果，三科考试成绩都是高分。经过三年多的努力完成了学业，三个月后，拿到了自考工民建大专毕业证。拿到毕业证的那天下午，他到姜工办公室要请姜工喝酒，姜工看到他那样高兴的样子问他："你那样高兴，捡到金元宝了吗"？小勇兴奋地说："比金元宝更宝贵"。姜工又问："那是什么"？小勇说："我的毕业证拿到了"。姜工也高兴地说："值得高兴，值得庆贺，就看你今后如何利用这金元宝"。小勇说："还是上两次那个餐馆，我先去订座，五点钟你就来，我在那里等你"。姜工说："我一定来"。五点钟姜工到了餐馆，小勇要了两杯毛尖茶，坐在那里等候。姜工到了，小勇说："姜工上首坐，我们先喝茶，酒菜随后就上"。姜工喝了口茶说："这茶真香，可惜今后我就没时间来品尝你的茶了"。小勇说："难道忙得连吃饭的时间都没有了"？姜工说："今年底这个工程完了，把这工程所有的竣工资料做完以后，我就离开这个分公司了"。小勇惊奇的问：'你到哪里去"？姜工说："上级已通知我，工程完后到总公司报到"。小勇说："你升官了！我为你高兴，但我心里也难过，我唯一的恩人离开了"！酒菜上来了，两杯五粮液，鱼和虾，还有卤鸭，小勇端起酒杯说："祝贺你高升"！姜工也端起酒杯说："祝贺你完成学业，我们共同祝贺"！他们坐下，各怀心绪。小勇说："你这一走，我倍感孤独，没人交流肺腑之言"。姜工说："其实我也舍不得离开，我们相处三四年，我们经常工作在一起，默契配合，得心应手。从感情上，感觉像亲人一样，当我困倦时，你常端茶递水，我倍感温暖亲切；我工作忙时，你分担不少的工作，使我工作轻松愉快。到了上面工作，那里机构多，眼睛多，人员复杂，各施其职，即使有你这样亲密的朋友，也不能这样相处"。小勇问："到总公司，你任什么职"？我到总公司任副总经理，专管全公司工程施工和技术"。小勇说："我今后要见你就难了"。姜工说："你现在羽毛已长丰满了，应该展翅高飞了，你今后有何打算'？小勇喝了一点酒，思索了一会儿说："这三四年来我全身心地学技术，看书做题，没有闲心思考。姜工，你的知识，社会经验和经历都丰富，你给我指点迷津"。姜工夹了一块鱼放在嘴里，又喝了一口酒说："邓小平南巡讲话说：'改革开放，要摸着石头过河'，他还说过：'黑猫白猫，捉到老鼠就是好猫'，现在集体企业，乡镇企业，政策上放得很开，只要是搞活经济，增加社会财富，没有强制性政策法令和制度的约束，这是有智慧，有远见的人施展拳脚的好机会。我们这些国营企业沿袭过去的制度，加之我们这些人岁数也大了，没精力和时间折腾了。你现在正是机会，你有能力组建一个自己的建筑队承包工程"。小勇说："我从来都没想过，我只想凭自己的能力挣点工资"。小勇喝了一口酒，略思片刻后说："这几年接触到各方面的人，听到他们讲到办企业的难处和条件，我现在没有任何经济基础和条件"。姜工说："你现在有能力了，应密切关注，寻找机会"。小勇说："谢谢姜工指点"。姜工说："我走以后要找你怎么联系呢"？小勇说："如果我们公司还在你们公司做劳务的话，劳务合同上有我们公司的电话，你告诉我们公司接电话的人，你要找我，公司会通知我。如果我在我们公司里，我会很快回话，如果在外地，我会到邮局给你回话，但回话的时间没法定。还有一个办法，如果方便的话，你们公司项目经理都有'大哥大'，你可以电话告诉项目经理，他转告我。今后我如果变换单位和地址，我会电话告诉你我新的联系方式，姜工你到公司后，你的电话号码知道吗"？"我还没去，怎么知道？我去以后你问张经理就知道了"。他们边喝酒边聊天，把过去的往事都聊遍了，酒足饭饱后，回到工地。时间已到十一月，工程接近尾声。姜工准备竣工资料，小肖准备收方和用于劳务公司清算工费的资料。小勇准备一年来劳务工人记件工资资料和劳务工人预支生活费和预支款的资料。很快到了年底，姜工忙完了他份内的事，要提前离开工地到总公司报到，接受新的任务。临走头天，张经理在饭店为姜工送行，小勇由于是编外人员，没有参加。临行当天总公司派车前来迎接，小勇帮着姜工收拾行李用品，把行李用品搬上车，直到姜工离开工地。小勇回到办公室整理资料，下午又到张经理办公室，协商放假前搬迁工地的劳力调配。

　　接下来争取一个星期内完成搬迁前的准备工作。姜工走后的第三天，小勇突然接到通知，叫他到甲方总公司开会。还有一个星期就放春节假了，节后的工程项目还没眉目，如果节后在甲方公司拿不到项目，节后到哪里上班还不知道，他心里思考着。这次甲方公司通知乙方人员开会是史无前例，心想是不是甲方公司对雇用劳务人员制度有大的变化？他作好离开甲方公司的思想准备。他整理好一切清算资料，收拾好衣物被盖和用品，把那些不重要不便带走的物品扔掉，晚上召集仍在工地上干活的人开会，布置节前所必须完成的任务。小勇最后说："经小肖检查一切任务完成后，方可回家。节后工作地点，我们公司通知你们，走时带好一切物品"。第二天，小勇带好行李，坐车去渝州市。到了总公司，住进了公司的招待所。第二天，小勇到了公司大门口，他把来意向门卫人员说明，门卫人员带他到一个会议室，里面坐了不少的人，穿着干净整洁，都是黑蓝色服装。只有三五个女同志，女同志也是一身的工装，其余都是男士，有的在交头接耳，有的人坐着四处观望，小勇扫了一眼都不认识，他只好找了一个后排位子坐下。过了一会儿，姜工带着几个人走了进来，姜工看到小勇坐在后排，他向小勇点了一下头，表示问候。小勇也微笑着点头示意，姜工站在台上说："今天召集合作公司相关项目负责人来，一是我们公司跟合作公司今后的合作方式要作一些改变，原来的合同文本是政府相关部门制定的试行文本，有很多条款不能满足现实情况。新的合作方式，政府相关部门尚未制定统一的新文本，所以由我们公司内部各科室参考有关政府相关文件，制定了一个新的合同文本。这个文本参照旧文本作了适当的修改，在这里对起草的合同文本给大家作一些简单的说明，你们带文本回到你们公司商议，在节前返回意见定稿。按新合同文本条款投标明年的劳务工程项目，这项工作在春节前完成，投标定下明年的劳务项目合同，劳务公司才有时间为明年开工组织劳力，下面由劳资科沈科长对文本作一个简明的说明"。沈科长说："我们起草这个合同文本，是为了适应我们目前发展的现实情况，组织了技术施工科，劳资料和行政管理科的人员共同参与讨论制定，我们参照原合同中涉及到的法律条文，劳动保护法，建筑施工规范，技术规程，合同实施管理法；工程概预算中，各工程项目，各项费率；工程总款中，各种费用比例，经过测算和变化前后比较，修改成新的合同文本中相关条款，平衡了合同双方各自的义务和权利，我就简单地讲到这里，下面由施工技术科尹科长讲话"。尹科长站在讲台上，干咳了一声说："刚才沈科长已经讲了文本精神，我只补充一下关于新文本中的施工管理问题。今后组织施工，由承包方组织施工，甲方只负责技术管理，质量监督和材料供应。各分项工程工期，由劳务承包公司控制。项目总工期由建设单位根据施工规范确定，奖惩条例由双方协商确定。我们公司对劳务承包方，根据我们公司与建设方的合同约定工期一致，奖惩条款也一样，我就补充这一点，关于工程劳务工资款的支付事项由财务李科长说明"。一个中年女同志走上讲台，她理了一下额前的头发说："合同文本上对劳务工资的计算方法，依据和标准在文本里都有明确的表述，对工程款的阶段计付，合同上表述，是以季度内完成质量合格的工程量工费单价计算劳务费数额，没有表述付款时间。我这里补充的是：我公司在收到甲方即建设方支付工程款到账的两个星期内，按核定的数额付给劳务方。原因是，这之间审查的部门多，程序多，时间差很大。因为这些验工资料，从施工现场验工盲查到总公司有关科室的转递核查，再送到建设方有关科室的转递核查，中间过程耗费的时间与办事效率关联很大。根据以往的经验，等劳务公司收到工资款最快也要一个季度以后，也就是说劳务公司这季度只能收到前一季度劳务款。还有一个更不可预测的因素是，建设单位是否有足够的流动资金，所以在合同的备注事项中加上以上一条"。最后是行政科孙科长说："各劳务公司的代表，会议结束时，在我这里拿新的合同文本和劳务投标工程项目说明书。说明书里，有项目的地址，房屋类形，规模，一张平面图。你们拿到这些资料后，根据工期，制定出施工策划书，在竞标时作为竞标的参考资料"。最后姜总说："由于时间紧迫，各位代表拿到新合同文本和投标资料后，立即返回你们公司后迅速商讨。在下个星期的今天，如果你们愿意竞标的话，请带上你们对合同文本的意见和工程策划书来到这里竞标，会议就开到这里"。由于时间紧迫，小勇带上资料，带上行李，下午乘车连夜赶回公司，住在镇上的小旅馆，一早来到公司财务室，把所有有关清算工资的资料交与会计员小蔡，又赶到张经理办公室，递交了合同文本和资料。汇报了情况。张经理看了合同文本和资料后说："投标管理办法文本，我可以马上召集各室主任商讨，这图纸我看不懂，策划书还得找工程技术人员策划书写，时间这么紧，一时哪里去找人"？小勇说："我们现在商讨新的合同文本，工程策划书由我来完成"。张经理睁大了眼睛说："你能完成，可这是工程师的事"？小勇说："这几年我在工地上经常接触到这些事，这一年多我是专门干这些事"。张经理严肃地说："小勇这是一件关系到明年我们公司生存的大事，不是儿戏"。小勇说："我写好后，你可以找个工程师看一下"。张经理说："这样好"。张经理把办公室李文松主任，财务夏坤淑主任，连同张经理和小勇共四个人，一起商讨。小勇把新合同文本交给李主任和夏主任，他们看得很认真。李主任又把先前合同拿来对照，条文里涉及到双方法规权责方面的文字没作修改，涉及双方权利和义务方面条款部分作了修改。原合同中甲乙双方，甲方（建筑总公司）负责施工过程中一切技术监管和施工技术管理，组织施工。乙方（劳务公司）提供人力，负责监管乙方参与施工人员的安全监管和责任。新合同中把组织施工写入乙方的义务条款内，但相应的管理费百分之二十没变。张经理说："李主任你作好记录，由于由我公司组织施工，增加了管理成本，要求增加百分之五的管理费"。夏主任说："新合同上人工费，以工程预算定额中工程各项目所含人工费单价为计算单价，以工程量为计算基数，原合同中以工程项目工序定额人工费单价为计算基数，两种完全不同的计算模式，计算的结果到底有多大的差别，没有测算过"。小勇说："会后我们俩根据预算定额立即测算"。夏主任又说："另外还有一个问题，新合同中有一条，建筑方在收到建设方验工工程款到账户两个星期内付给劳务方工费，这里面隐藏着巨大的风险。如果建设方付的不是验工全款，怎么界定这是工费，或是材料费，管理费呢？如建设方说这部分是材料款，我们的劳务费就没'门'了，万一建设方资金不到位，不付工程款，那我们就收不到劳务工费，而且建筑方没有责任。我们的合同方是与建筑方签订，与建设方没有任何直接关系，所以新合同应取消这一条，取消收到甲方即建设单位工程款这一段文字"。张经理说："小勇，你还有什么看法"？小勇说："这里面是有很多的未知问题需要探讨，让我把策划书写好后，可能还会意识到一些新的问题，我们一并提出来 "。张经理说： "你们下去抓紧时间，把你们意见写出来，形成议案 "。小勇散会后，再一次仔细地阅读了工程概况说明事项，又仔细看了图纸，对工程有了基本的了解。粗略计算了工程各项目的工程量和所需人力，工期，各种机械和周转性材料的用量。他开始琢磨工程施工的步骤，工序的衔接，技规和规范对施工的技术约束和工期的约束，施工过程中，各工种人员的协调配合，各种技工技能的充分发挥和相互利用人工，发挥效率。他把这些思考整理写成文字，经过三天反的推敲，计算，修改，形成了策划书。又接着测算预算定额中，人工费和工序定额的累加人工费作比较，他选择了同一混疑土构件，同一计量单位，三道工序累加定额人工费和预算定额中成品混凝土定额人工费比较，预算定额人工费约高出百之七。他又选择了砖墙作测算，结果相差不大，他心中有数了。第四天他把策划书交给张经理，张经理带着策划书找到建筑队工程师王斌，把策划书交给他代劳审查。王斌说： "我看一下，你下午来拿 "。张经理下午到王斌办公室，王斌说： "张经理你还有一份吗 "？张经理说： "我只有唯一一份 "。王斌又说： "你明天来拿策划书行吗？我想今晚抄一份下来作范本，这本策划书写得太好了，不但有施工技术上的含量，还有工人操技术上的含量，组织施工的经验 "。张经理说： "对不起，我现在必须拿走，明天一早带上去参加投标 "。王斌说： "这工程师叫什么名字？只有今后我亲自讨教了 "。张经理说： "他叫马小勇 "。王斌惊奇地说： "是他，听人传闻过，听说他很讲义气，他还有这本事？真是时隔三日，则刮目相看 "。张经理接过策划书说： "谢谢你 "。张经理拿着策划书边走边想，这人不可小觑，海水不可斗量。他回到办公室叫夏主任收拾行装，带上一千元钱，明天一早和马小勇去建筑总公司参与投标。小勇到张经理办公室商讨投标事宜，张经理对小勇说： "你进步很快，策划书写得很好。这次投标你代表公司参加投标，夏主任同你一起去协助你，带了一千元作为必要的招待费，中标以后由你作为项目工头 "。小勇说： "我才来打几年工，就当项目工头是不是升得太快，不能服众 "。张经理说： "根据这几年你在现场上，几件重大事件的处置和你的表现出的各方面能力，我相信你有能力胜任，也是恰当的人选。至于服众的问题，只有让以后的事实来说话，你现在就去准备，明天一早出发 "。

10-3 财务管理

　　小勇和夏主任一早来到汽车站，夏主任穿一身得体的黑色服装，显露出中年妇女那种大方而优雅的身姿。小勇穿着工地上穿的那套上黑下蓝的便装，像是一个打工仔。夏主任买了两张车票，上车他们坐在一排相邻的两个位子。小勇坐着非常拘束，汽车开出车站速度加快，夏主任说： "你年纪青青，名声倒不小，现在还是公司代表 "。小勇说： "我那些小事，不足挂齿，夏主任你掌握公司财政大权，是公司的核心人物 "。夏主任说： "我算什么，公司的管账先生，仆人 "。小勇说： "会计是一门深奥而复杂的学问，一个公司那么多的账目现金往来，资金流动，财产管理，要把它打理清楚不简单，我想起来就眼花缭乱 "。夏主任说： "会计原理和财务系统也不是那么复杂深奥，其实现行的会计系统，也是前人管理资产中摸索和总结出来的经验，经过资金的流程分析，整理和系统化而成。旧时代的管账先生，管理一个大的商贾资产时，老板随时要查询当前的财产状况，以便作出重大的商业决策。以资产的各种形态划分：银元，货物，田地，房产，外面的债权，债务，因为他要掌握当前资产状况，策划买卖，调动资金，管账先生很难随时把各种资产数额瞬时报出。他们想出一个办法，把各种资产各建立一个账户，记录当时实物数量和价格，折算金钱数额。如果资产变卖或买进，就在该科目增记或减记，同时在流入或流出的对应科目账户增记或减记。现金也是这样，债权，债务也是这样，这样就可以随时翻开账目，报出当时各种资产数额。假设从现金账户开始，上午从钱庄里拿出一千元银票买了十匹布，钱庄的账户减记一千元，同时在仓库账户增记十匹布，库存计价增加一千元；下午在仓库里卖出二十匹布，仓库账户减记二十匹布，库存减少二千元，对应账户如果收回一千五百元银票就在钱庄账户里增记一千五百元，如果另外五百元是现银，就在银库账户增记五百元；如果买家五百元是欠款，就在买家客户的账户欠债内增记五百元，总债权应收款账户增记五百元。这样只要资产发生交易，账户就变动，随时可查阅当前资产状况，这样环环相扣就产生了原始会计系统。现在的会计系统更科学完备，账户的设置，根据资金流动去向进入新科目。科目里数额的增减以银行里念字'借'，'贷'为表头词目。假设从现金的流动开始，从公司银行账号开支票，买十吨水泥运入公司库房为例，银行帐户科目记入贷方，以同样的数额转入材料科目记入借方；水泥发往某工程项目建成房屋，材料科目里记入贷方，以同样的数额转入在建工程科目里记入借方；工程完工进入销售，在建工程所耗资金记入在建科目里的贷方，以同样的数额转入销售科目里记入借方，销售后资金转入银行账户为借方，资金运用流程完成了一个周期。每个科目里借贷余额，就是这个环节的资金占用量。在同规模，同收益的工程项目中，各个环节资金占用量越少，资金效率就越高。资产负债表实际上就是各科目的借贷余额的综合反映"。小勇说："夏主任你的讲解，真是深入浅出，形象逼真"。夏主任说："比起你们学工程的简单多了。就是事务性的事特别多，审核发票，分摊帐务，记账作凭证，年终季末作决算等。还有更难办的事就是执行财经纪律制度，财经纪律制度是国家财税征收的依据和保证，靠我们财务人员制执行财经纪律制度，夯实征税基础。企业又往往想少交税，违背纪律制度作假账，我们拿企业的工资，违背企业的意愿，领导不高兴；如果顺从领导意图作假账，我们违法，要受法律制裁，处于两难境地"。小勇问："那你怎么处理这个矛盾"？夏主任说："我们只有向领导宣传国家的财经纪律制度，讲明我们负有执行财经纪律制度的法律责任，有时也在纪律制度的模糊区里，模棱两可的范围内打点擦边球"。他们在交谈和闲聊中不知车开了多远，到了车站，下车后他们坐公交车到了建筑总公司招待所。

10-4 签合同

　　在招待所住下后，他们到食店吃饭，要了一荤两素菜和汤，饭后小勇抢着付了款。第二天一早到投标会议在公司大会议室举行。会议室里坐满了人，会议由姜总主持，他走上主席台环顾了一下会场说："今天我们召集大家来，双方共同商讨一个新的合同协议，这个合同文本大家已经拿到，合同内容很多是我们公司单独拟定的，政府没有规范文本。我们召集大家共同商议，在座的有我们公司各科室代表。投标方代表有什么意见，建议和要求举手发言，由我们公司有关科室代表作出解释，或记录，供我们会后商讨，在座的各公司代表请举手"。有五人举起了手，姜总说："请各位代表把新合同文本和工程策划书交上来"。孙科长收了每位代表的合同文本和策划书。姜总说："现在各位代表发言"。会场里有两位代表举手，一男一女，姜总说："女士优先"。一位三十多岁的女士站起来说："我是新乡劳务公司会计，新合同文本中有关劳务费的清算时间作出了规定，请问是按时段清算还是按工程进度清算？这涉及到资金效率问题"。建筑总公司财务李科长说："因为这是工程工费全承包，涉及到工程质量，工期问题，只能是以工程项目完工，质量检查合格为清算条件"。公司会计又问："一个大的工程项目，全部完工，需要三到五年。我们作为劳务公司，财力小，劳务费百分之九十是工人工资，不可能等到三到五年才能拿到劳务费，工人才能拿工资"？总公司劳资科尹科长解释说："合同中的工程项目，是指一个工号，大型工程分为很多个结构性项目，一个项目的工期一般都在半年内，最多就一年，原合同也是一年清算一次，新合同比较原合同清算期还有所缩短"。紧接着举手的男代表发言："我是塘填乡劳务公司办公室主任，我的问题是：新合同中没明确，配合施工的施工机械人工费由谁负担？脚手架和跳板搭撤人工费用由谁承担"？建筑总公司沈科长说："根据预算定额里这些项目人工费用是包括在预算定额的工费内，如果承包公司为了更好的配合施工，费率按预算定额费率计算"。接着小勇和另一位男同志举起了手，姜总点了小勇发言："我是复兴乡劳务公司代表，我的问题是：合同文本中由建筑公司派出工程技术人员负责施工技术工作，由劳务公司组织施工，本来施工技术指导和组织施工是一项紧密联系在一起的工作，现在把它一分为二，职责的分工如何界定，怎么协调"？沈科长说："劳务公司组织施工的人员，不但要有劳力组织能力，还要有一定的技术能力，配合好工程师作好建筑技术的指导协调工作，保证工程质量"。另一位男同志发言。"我是太平乡劳动服务公司的代表，我的问题是：一旦发生工程质量事故谁担责？劳务公司从责任主体来讲，它只是提供劳务，不承担工程质量责任。派出一个懂工程技术人员来组织施工，和劳务公司的权利和义务是不相称的"。沈科长说："工程质量与技术工人的操作有很大关系，派出懂技术的工头是为了教授工人技术，以保证工程质量"。尹科长说："关于收益和责任不匹配的问题，会后我们可以协商，但组织施工人员的素质和能力问题必须得到保证，确保工程质量"。又一个男士站起来说："我是长兴乡劳动服务公司代表，我的问题是：如果建材提供方提供建材的质量存在问题，导致的质量事故如何界定事故责任者"？建筑公司材料科柘松云说："结构性建材都有合格证，试验资料，河沙，石子的含泥量是可以目测和清洗，以保证质量。所以我们提供的建材质量是有保证的"。夏主任已把在本公司讨论劳务款的清算程序和建筑公司拨付时间，条件的意见写在新合同文本中的建议中，她不想在这里提出这个问题。但她想起另一个问题，她举手站起来说："新合同中没有对预支生活费和预支工人应急用款的条文，是否按原合同标准和条件执行"？建筑总公司财务科李科长说："可以按原合同的这一条款写入新合同中"。会议还讨论了一些其它问题，时间快到十二点，姜总站起来说："大家对新合同文本提出很多意见和建议，我们会郑重地商讨。我们在与劳务公司订立正式合同时，会考虑协商这些问题。如果我们试行新合同文本的合作方式取得成功的话，我们会推出更多的项目，欢迎大家合作，今天会就开到这里。你们可以回去了，哪些公司中标我们电话通知你们"。小勇和夏主任散会回到招待所已到中午，午饭他们决定就在招待所食堂吃，他们到了食堂看到满厅摆好桌凳。有几个卖饭的窗口，吃饭的人只坐了一半的席位，食堂内没有服务员走动。小勇走到卖饭窗口，看到里边长条桌上摆满了各种晕素菜，服务员说："小伙子吃点什么"？"来一个炒鸡丁，一个回锅肉，一个炒青笋，一个鸡蛋西红柿汤，两碗米饭"。服务员说："一共八元钱，你们住招待所吗"？小勇说："是"，服务员说："你们可以到服务台去和住宿费一起交钱，你在这里签个字"。小勇签了字和夏主任一起把饭菜端上桌吃饭，边吃边聊了起来，夏主任说："小勇你在这城住过一段时间，哪个地方的服装又好又便宜"？"这里靠江边有个服装批发市场，那里有来自广东和温州的服装批发商，有大人小孩男女的各种样式，各种价位服装。同品牌同样的服装比零售商店便宜百分之二三十"。夏主任说："我很不容易来一次，我想到去那里去给小孩和我买点衣服，吃了饭就去"。小勇说："夏主任，今天不行了，那个市场从早晨六点至下午两点营业，我们赶去已经关门了，明天我一早陪你去"。夏主任说："那我们明天也回不去了"。小勇说："这样也好，建筑公司经过一天多的商讨和评标，谁中标也应该出来了。走之前我们去建筑总公司问一下，如果我们中标，顺便就把合同签了"。散会后劳务公司人员走了，姜总对本公司各科室人员说："今天下午，各科室把这些劳务公司交上来的合同文本，会议提出的问题和策划书拿去认真的研讨评判，明天上午到会议室评标"。第二天上午，几个科长来到会议室，姜总说："我们先商讨对新合同文本的修改问题，合同文本中采用的是预算定额中的人工费作为劳务费的计算标准，这一项没意见。劳务公司提出，每年政府发文人工费调概增加部分也应纳入劳务费，大家有什么意见"？大家没有吭声。姜总说："你们赞成和反对都表个态"？劳资科尹科长说："按政府发文的目的来讲，调概是为了弥补物价上涨的因素，从这个角度讲，应该把调概按比例增加的人工费部分计入劳务费"。财务科李科长说："如果把这点收益都给与劳务公司，我们公司本来利润都微薄，就没有什么利润了"。尹科长说："我们公司赚钱主要是靠管理费和建材的批零差，所以在建材采购上尽量在厂里或在批发商那里去采购。如果我们把工费压得过低，我们标的可能流产，或者是劳务公司勉强应标。由于近年生活物价上涨快，生活成本上升，工人工资低，劳动积极性差，工期跟不上，中途更换劳务公司，无人接标怎么办？如果工期落后还要被建设方罚款"。材料科柘科长说："批零差是有百分之二三十的价差，我们也想到厂里和批发商那里大批量采购，但采购要现金，资金怎么办"？姜总说："今天不讨论这个矛盾了，集中精力讨论合同问题"。又是一阵沉默，孙科长说："还有其它意见没有？如果没有就按尹科长意见办"。孙科长说："有劳务公司提出，清算劳务费应在清算结束后一个月内将款打到劳务公司账上，我们草拟的条款是：建设方款到我们账户两个星期内付给乙方，但这个时间差有一个季度多的时间，这一条李科长你有何看法"？财务李科长说："这个问题涉及到我们公司当时的资金量和资金周转问题，不可预测的因素很多：公司的经营状况，财务状况，金融环境都相互关联，相关的事项我上次已讲清楚了，大家出个主意"？沉默了好一会儿，都没人发言。最后还是李科长说："按劳务公司的要求两个星期就两个星期"，加上一句，"如遇特殊情况双方协商解决"。孙科长说："有劳务公司提出，如果建材供应不上，影响施工怎么办"？材料科柘科长说："这里面有两个原因：一个是我们的职责没尽到，技术部门没有在计划工期前提出材料采购计划，影响了建材按时采购供应；另一个原因是由于没资金采购。我建议技术部门提前一个月，提出下个月的用料计划，写入合同文本"。孙科长说："有劳务公司提出，由于增加了管理工作量，要求在原管理费百分之二十的基础上增加百分之五"。技术科沈科长说："从施工管理上讲是增加了一定的工作量，最多也就增加了一个人的工资，增加百分之五的比例过大，最多也就百分之三"。财务李科长说："百分之二就可以了"。孙科长说："就定为百分之二，我归纳的重点就这几项，你们还有重要的需要商讨的提出来"？沉默着没人发言。孙科长问姜总说："姜总有什么指示"？姜总说："集思广益，群策群力很好"。孙科长说："我们进行下一个内容，评议一下投标策划书，这个事先由施工技术科沈科长先发言"。沈科长说："几本策划书我已看了，只有复兴劳务公司的策划书，作为施工有一定的指导作用，提出了很多问题，也有很多合理建议，还有一些技术性措施，比较具体，很多建议和措施有实用性，可以采纳。其它几份策划书，内容比较空洞，没有具体的措施和建议，只有表态性的语言，不像是专业人士所写，不知各位对这些策划书有什么看法"？会议室里你看看我，我看看你，李科长说："至于施工和技术问题你当然是内行，你的看法当然是正确的"。姜总说："还是大家讨论讨论"。孙科长说："是不是他们找人代写的，姜总你与复兴劳务公司打过交道，你认识那两个代表吗"？姜总说："我只认识那个小伙子，他在那里打工，当过一年的工头，听说他还自学工民建大专课程，还拿到了大专文凭，他叫马小勇"。孙科长说："啊，想起来了，他就是扑灭工棚大火的人，后来还听说智退强行拉架管的人和抢窃卷扬机的强盗。他有智慧和能力写出来，我看这个公司可中标"。姜总说："还是先考察一下是不是他写的？中标的项目是否由他作为项目的工头？你们考察一下，他对项目的看法和完成项目的信心和能力。这事由尹科长领头考察，你是监管和指导技术的头，我们得慎重。可以先通知复兴劳务公司面谈，如果不成，再通知下一个公司"。小勇和夏主任第二天进城买完东西回到招待所，小勇到建筑总公司办公室，孙科长正在打电话，看到小勇进来立即放下电话对小勇说："你就是马小勇"？"是"。"我正打电话到你们公司，你们公司说，你们还没回去，等找到你们再通知你们来。我正在想时间太紧了，现在我通知你明天上午到会议室面签合同。我把合同给你，合同里面加入了我们协商会上你们提出的意见，你们先看一下，作好思想准备"。小勇说："孙科长今晚有空吗"？孙科长说："什么事"？小勇说："我们初次认识，相互交流一下，今晚吃顿便饭"。孙科长说："我们有规定，不得参加有业务关联单位宴请"。小勇说："谢谢孙科长"。小勇回到招待所，给夏主任谈了签合同的事，他俩都很高兴。小勇说："今晚请孙科长吃顿饭，被他谢绝了"。夏主任说："你在这个敏感时段请他吃饭，肯定被拒。你想如果签合同失败，你产生怨气，八方宣扬请客的事，后果会怎么样？即使合同签署成功，他对你人品不了解，口风不紧，泄漏流传，是你因为请吃喝，另外还不知道你送了多少红包，才拿到了项目合同，那孙科长有口难辩了"。小勇叹道："请吃还有这么多学问"。夏主任又说："明天如果签署合同成功，我必须请他们吃顿饭，这是礼节。快过年了还得表示一下意思，每人还得送个红包，我们得准备八个红包，每个红包最少一百元，加上餐费，至少得一千三百元，我身上只剩下九百元，差几百元怎么办"？小勇说："我身上还有六百元的工资，我们两人的钱正好够"。第二天小勇和夏主任被孙科长带到小会议室，参加会议的还是前几天那些人，姜总对大家说："人都到齐了，很抱歉我今天有事不能参加会议，今天由孙科长组织会议"，说完后他离开了会场。孙科长说："马小勇同志，你们公司提交的策划书你仔细看过吗"？小勇回答说："是我写的"。孙科长又问："今后承包的项目由谁来组织施工"？小勇说："这次公司派我来有两个身份，一个身份是我代表公司与你们公司协商合同条款，签署合同的职责。第两个身份是，我既是合同条款认可承诺的签约人，也是合同履约执行的担责人"。孙科长说："你既然负有全权责任，你对你拟定的策划书有什么解释和补充的地方吗"？小勇说："由于时间仓促，又没有全部的图纸，策划的内容难免缺失，签署合同后，对整个项目各种资料仔细阅读深入地研究后，才能制定具体的策划细则。在你们提供的图纸里没有全面的地质资料，基础开挖后可能有大的变化，对基础结构导致大的变动，影响工期。另外工期里没有阶段性工期目标，还没有保证施工正常进行的应急措施，如供电设施，还有开发商把项目分为A区和B区是什么意图，A区和B区之间，对施工的连续性有什么关联"？沈科长说："有关设计图纸和技术资料我们没有全部提供给你们，等签署合同后我们将全部提供给你们。有关施工过程中影响工程质量和工期的事，按建设部颁发的相关技术规程和我们公司与开发商合同中约定的条款执行"。夏主任站起来说："对于开发商划分A区和B区我的猜想是，是为分阶段开发，以解决资金周转的问题。可能是开发商将项目的全部土地权抵押给银行贷款修建A区，以A区房屋销售的资金，作为B区建设的启动资金。这里可能出现一个问题，如果A区房屋销售不畅，开发商觉得房屋市场不好，风险增加，终止开发B区，如果出现这种情况，给我们双方造成损失。如专用材料的合同定购取消，机械租用设备，周转性材料提前终止合同的违约责任，经济损失在你们和开发商的合同中有什么涉及这方面的约定条款吗"？柘科长说："我们公司和开发商的合同中对这类事件的条款只有一条，就是；因甲方（开发方）单方面中途终止合同，甲方负责赔偿导致乙方的直接经济损失，本条文不适应第三方"。夏主任说："我们是第三方，不是受益方，如果开发商中途终止合同，机械进出场运输费，安装费，周转材料进出场运输费，单方终止合同的违约金都是由我们自己承担吗"？柘科长说："从我们项目合作上讲，你们是第三方，从执行项目职责上讲，你和我们都是第二方，就把相关条文移入我们双方合同中，把你们公司视如第二方"。夏主任又说："终止合同的直接经济损失可以用数字来计算，但是毁约对社会和员工，对公司的信誉伤害长远而持久，导致企业长期效益损失无法估量"。孙科长说："我们在与开发方签约时也提出这样的问题，开发商说，间接损失和信誉损失成因是多方面的，扩展的范围和伤害的程度难以界定，目前相关的法律条文中也没有具体条款诠释这类问题，因此他们也不承担这类责任"。夏主任说："当然我也不是律师，只是提醒我们双方，共同关心这个问题"。孙科长听取了各方的意见，思考后说："几天来，你们的发言，对项目的策划，对项目的看法和可能发生的问题都考虑得深入周全。我们认可你们作为合作伙伴，我们已把修改后的合同文本交与你们，不知道你们对我们修改后的文本还有什么看法和要求"？小勇说："根据各位行家几天来的提问和对合同文本条文的诠释，在现实的条件下，尽可能地协调平衡了我们双方的权利和义务，作出了很大的努力，我们表示感谢。但是可能还是有没意识到的疏漏，和发生一些意想不到事件，因此我建议在合同的条文里加上一条：双方在履行合同中发生意想不到的，或合同约定条款外的事件时，双方本着协商平等地解决问题"。孙科长说："这个意见很好，合同里加入这一条，看来合同得到双方协商认可，现在双方再一次校核后签字"。经过一个半小时，完成了合同的校核和签字，合同终于成立，孙科长宣布会议结束。小勇站起来说："各位师长和领导，为了感谢各位对我们公司的关照和我们今后的合作，今晚我们公司请大家到滨江饭店吃顿便饭，交流一下今后交流协调事宜，希望各位光临"。会议室一共七人你看看我，我看看你，谁也没说话，最后大家把目光投向了孙科长。孙科长迟疑了一会儿说："为了我们今后共同的把工程项目作好，沟通协调好工作，加强交流，我们过一会儿分头去聚会"。小勇说："谢谢大家光临，我先去恭候"。

10-5 晚宴

晚上七点，小勇在包间里泡好了茶，坐在那里等候。夏主任在饭店门口迎接客人，小勇坐在那里静心地观察包间，一盏水晶吊灯挂在中央，进门的对面，落地窗淡黄色山水图案，窗帘收折在窗户两旁，两面墙面挂着水墨山水画，显得格外的高雅而华丽。小勇在心里盘算着今天点什么菜，总价不能超过七百元，这些都是重要的客人，普通菜肴不会引起他们的兴趣。他心里盘算着，包间费一百元。他顺手翻开桌上的菜谱，一瓶五粮液一百五十元，一斤大黄鱼八十元，一斤野生长江鲢鱼五十元，一盘干煸鳝鱼五十元，一盘红焖泥鳅五十元，一份东坡肘子五十元，一大盆鸽子汤三十元，一份时蔬五至八元。小勇拿起笔在菜单上点了五个晕菜，三个时蔬，一份麻婆豆腐，一份卤花生米，一盆鸽子汤，一瓶五粮液。小勇把菜单交给了服务员。对服务员说："你先来卤花生米，卤鹅和酒，客人到齐后再上菜"。夏主任站在门口，将客人分两批带进包间。他们还是穿着开会时的服装，都面熟，互相握手坐下。小勇给每位客人面前酒杯里斟满酒，举起杯说："尊敬的各位师长和领导，晚辈内疚，对各位照顾不周，请各位谅解，感谢各位光临，请各位尽情畅饮"。大家碰杯后一饮而尽。夏主任又给大家一一斟满了酒，小勇又举了杯对大家说："这第二杯是：各位师长，领导，我们第一次和你们见面，我在你们面前是晚辈，资历薄，见识浅，在今后项目实施的过程中，多多给予及时的指导，帮助，支持"，他们举杯碰杯后一饮而尽。夏主任又给各位斟满了酒，举杯说："我是一个女流之辈，世面见得少，知识浅薄，在今后的合作中，希望各位师长领导多多指教，谅解，谢谢大家"，大家举杯一饮而尽。几杯酒下肚，夏主任看到有些人脸已经红了，她斟酒时都征求各位的意见斟多少，小勇的酒杯里只滴了两滴。小勇再次举起酒杯说："晚辈不胜酒力，面红耳赤，有失礼数，请大家谅解，酒后出真言，我每字每句都出自内心，预祝我们今后长久愉快的合作"，他一口喝下去。接着孙科长举起杯说："借主人的酒，我代表我们公司的同志，感谢复兴劳务公司的热情款待，预祝我们今后合作愉快＂，他举杯一饮而尽。礼节性的礼仪之后，大家边吃菜边自由地聊起来。小勇坐在孙科长旁，孙科长说：＂马小勇，你年记虽然小，工作没几年，但是在我耳闻里是位有胆，有谋，有知识，有技术的小青年。我们充分信任你能把项目做好，今后有什么困难可直接打电话找我，我们可以协商＂。小勇说：＂感谢孙科长的支持，今后多到现场视察，指导＂。坐在右边的技术尹科长说：＂马小勇同志，我听姜总谈起了你经历，你这么年轻，能有那样的精神和能力令人钦佩。今后在施工中，如果是技术上的问题，可以和现场的工程师商讨，我们的工程师多是学校分配出来的，有理论知识，现场技术管理经验，但是缺乏工人的操作技术，这方面你还是老师，你们在合作中多多的商讨，交流，协作，配合，共同地把工程质量和工期做到两不误＂。小勇说：＂你是公司的技术权威，欢迎你多到现场指导我们的工作＂。夏主任和李科长坐在一起，自然谈到了工程项目的资金问题，李科长说：＂我们在与开发方订立合同时，到过开发方的财务处，处长介绍项目资金的筹备和后续资金来源。他说项目启动资金是以地权抵押在银行贷款，贷款可以应付A区资金的一半。据可靠消息称，从明年一月开始试行预售制。条件是预售项目工程完成工程量的三分之一以上，并且有样板房，就可以申请，批准后可以预售。如果市场好，预售资金完全可以满足后续工程的资金需求。如果不能预售，还可将主体工程完成的工号抵押贷款。如果还不能满足资金需求，还有社会贷款公司，只不过利息高一点，他说他们绝不会到那一步，叫我放心＂。夏主任说：＂开发方的资金链步步充满了风险，可得小心＂。李科长说：＂在开发公司中，他们资金状况还算好的，有些开发方还要求修建方垫付资金，待房屋销售后付款，这中间还有一个销售风险。如果要找到资金充足，保证每阶段资金需求都满足，这种开发商凤毛鳞角，那就揽不到业务＂。夏主任说：＂感谢李科长的肺腑之言，了解到开发商的资金运转实情＂。李科长说：＂我们这些财务人员真难，处在风口浪尖，随时都会被大风大浪卷走＂。夏主任说：＂我们公司规模小，资金的流量少，但是我处在社会的底层，接触到，涉及到的都是社会底层劳苦人的利益。个别人处于绝望时，经常为保命的钱而触发怨恨，产生过激行为。我们财务人员常常成为他们怨恨的发泄对象，常处在危险境地＂。她们谈着谈着声音变得缓慢而低沉，很无奈的神态。李科长说：＂我们这些财务人员都处在这样的风口浪尖，下层老百姓对我们是这样，税务局也是这样，总认为为了避税，做假账都是我们的责任，其实也是无奈，不知其中味＂。他们聊了一些其它社会现象，不知不觉到了晚上九点。夏主任从包里取出红包说：＂各位领导快过年了，我们走得仓促，没给孩子们买过年礼物，这点小意思给孩子们买点过年小礼物，希望各位笑纳＂。她边说边把红包放在各位面前，但谁也没伸手，你看看我，我看看你，最后把目光投向了孙科长。孙科长知道大家的心思，他说：＂既然劳务公司这般的心意，还给孩子们送礼物，我代表大家感谢劳务公司今晚的热情招待＂。宴会结束后，小勇和夏主任把他们送到了饭店门口，回到前台付款，一共六百五十元。夏主任说：＂服务员同志，是不是把这个款项开成住宿费发票＂？服务员说：＂可以，也有这样的先例，宴会费都开成住宿费发票＂。夏尘任又问：＂你这发票是税务专用发票吗＂？服务员说：＂大小企业，三五千元的招待住宿费都是这种发票，你放心＂。她开好发票递给夏主任，夏主仔细看后，确实是税务发票，还盖有滨江旅馆的财务公章。他们坐车回到招待所住宿一晚，第二天一早坐上长途大巴车回到公司。

看后，确实是税务发票，还盖有滨江旅馆的财务公章。他们坐车回到招待所住宿一晚，第二天一早坐上长途大巴车回到公司。

第十一章

11-1 招工

　　小勇和夏主任坐在回公司的长途汽车上，他们坐在一排的相邻的两个位子，小勇的目光一直望着窗外，没说话，夏主任问："小勇，今天你心事重重的，怎么不说话"？小勇说："合同订下来了，我感到压力很大。我在想今后怎样开展工作，怎样才能招到素质好的工人"。夏主任说："你多给点工资，大家就来了"。小勇说："甲方只按定额给我的钱，我又在哪里去多拿钱给他们？夏主任，我们公司有几个劳务队"？夏主任说："包括你们劳务队在内一共五个，一个是修大桥的劳务队，一个是修公路的劳务队，三个是建房子的劳务队"。小勇又问："这些劳务队，工人年工资多少"？夏主任说："只有大桥劳务队工资高点，年工资有二千五百元左右。修公路的劳务队最低年工资只有二千一百元左右。三个建房的劳务队都在二千三百元左右"。小勇说："那大家都往大桥劳务队里跑"。夏主任说："不一定，各有优缺点，大桥队工资高一点，但劳动强度大，工作环境条件恶劣。在水下围堰里挖桥墩基础，安装木型，浇灌混凝土，空间小，闷热缺氧，难受。由于都是抢工期工程，单一工程量大，每天工作时间都在十二小时以上，连续工作几天，有很多人在那里工作不了多久就离开了。修公路劳务队的人，多半都是技术含量低的工作，挖土石方，铺路打混凝土的工作，都是初次打工的农民工居多，建房的劳务当然你更清楚"。小勇问："夏主任，如果我在年终清算职工工资大会期间写出招工通告，其它劳务队的头会有意见吗"？夏主任说："意见是有的，但不违规，工人有选择的自由，打工仔自由流动实际上已在流行。他们都是通过熟人朋友的交流，工资待遇比较，选择劳务队。你的通告主要是看你通告的内容，如果通告内容是，招收什么工种，招多少人的简短语言，反响不会很大。如果有工资福利性的诱导言词，打工仔倒是中听，但劳务队的头反响就大了，他们会担忧引起各劳务队之间工人工资待遇的竞争"。小勇问："那我应该怎么办"？夏主任说："你在工地上和工人同吃同住相处那么久，你对他们最了解，你可以思考一个万全之策"。小勇想，工人都是来自农村的农民工，环境和条件的限制难以摆脱小农眼前利益的狭隘思想，能吸引他们和驱使他们的就是眼前工资和福利，记件制要提高工资必须提高劳动生产率。他回想起他在作技工时的情景，技工和辅助工之间不协调，物料堆放位置不正确，造成很多的无效动作，相互之间的企求不理解，产生误解，产生矛盾影响协作配合，导致工效不佳。还有就是工种之间为了自己的方便，相互不配合，影响工序衔接，也同样影响效率，甚至拖延阶段性工期。这些现象的根源在于，双方对对方操作工艺不熟悉，难以理解对方期望，还有全局观念不强，整体利益关系认识不够，而对这些问题如何解决，得想出一个方案。在思考的过程中不知不觉到了车站。下车后他没回家，在公司的招待所里住了下来。他吃过晚饭，早早地上床，坐在床上又开始思考招募工人的方案和今后用人的方略。招募公告内容上，阐述本工程项目合同的特殊性，试验性，赢得其它服务队头的理解，不使用导致误解性的言词，又能使工人感兴趣，踊跃报名。思来想去，在脑子里反复修改，最后定了腹稿。他又开始思考用人方略，工种内，工人各操作之间相互配合默契，杜绝无效动作，提高工效，增加效益。措施是要使他们之间相互熟悉对方操作，理解对方企求，配合对方的操作，为此提倡互相学习对方操作工艺，灌输协同操作的重要性和效益。不同工种之间相互配合，以减少不必要的重复动作和工艺衔接的不协调。提倡工人一专多能，多才多艺，可以解决工种之间由于工序工作量不同导致人力短缺和富余人力的调济，又能提高工种之间的配合，提高整体效益，缩短阶段性工期。因此决定，开工以后根据各工种劳力情况提倡一专多能，利用下班后的空余时间，组织学习，进行技术培训。一个人的素质提高，有了客观条件，还要与人品的本性相关。小勇想对关键的岗位和主要技术工人进行面试，他经过一夜的思考，第二天他把招募公告改为了用人通告。年终清算大会当天，一早，劳务公司门前的广场前围着一大堆人在看一个通告，中民挤进去看："用人通告：我们劳务队合同，承接了渝州市建筑总公司承建的渝州市一个大型商品房工程项目，是一项全新的承包方式。甲方只提供建材和施工技术管理，建设方即开发方质量监理，其余施工的全过程，均由我们劳务方负责。这种全新的承包方式是建筑市场上第一个试行项目，也是今后的发展方向。为了我们劳务公司今后赢得市场份额和积累经验，也对我们劳务队提出从未有过的全方位施工管理的要求，为了适应新的管理模式，我们内部的一些制度，也将实行一些变革以适应新的变化。在新的管理制度下，发挥每个人主观能动性和积极性以达到最佳效益，增加工人收入。实行以工班为单位，工种的单项承包激励制度，提供每个工人学习各种技能的机会，提倡一专多能，协同配合的工作方式，达到最大的综合效益。我们还将开展利用业余时间进行免费的技艺授课，提高职工的多技能技术知识，学技艺期间以工效平等支付工资，不扣压学徒费。有志的年青人报名，招收名额如下：泥工班正副班长各一名，要求：技术精湛，有组织能力；熟练工人十三名；木工班正副班长各一名，要求能识图，能使用各种木工电动工具，技艺精湛，最好熟悉两种以上技术，有组织能力；熟练工人六名；钢筋班正副班长各一人，要求识图，熟练的制作绑扎技术，有组织能力；熟练工人六名；混凝土班正副班长各一名，要求有丰富的捣固经验，从事混凝土工作三年以上，有组织能力；熟练的混凝土工五名；另外普工五十名，要求是吃苦耐劳和积极热心好学的精神，随时因工程需要学习各种技术，并转入技术工种，补充技术力量。有意愿加入我们劳务队的人员，到行政办公室马小勇处报到，作简单的面谈，原三队的劳务人员愿意在新项目中继续干的，请到李主处登记招名即可。特此通知，复兴公司第三劳务队，一九八八年二月十六日"。中民看到通知，心想小勇揽下了大工程，又耍出新招。他走到行政办公室门口，门关着，有人站在门口排队，一会儿门开了，一个小伙子走出来，垂头丧气的。有人问他："怎么样"？那小伙子说："我进去，他问我名字，我告诉了他。他又问我家住在哪里，我说我家在镇上，他说，你还是去上学吧，工地上很艰苦，就把我拒了"。又一个小伙子又推门进去，中民站在门口不好进去打扰。他想在这里打听小勇到底耍的什么招数？一会儿小伙子出来，手里拿着一张纸条，满面笑容地走出来，有人问他："如意了"？那小伙子点了一下头。那人又问："他问了些什么"？小伙子说："他问姓名，我回答了他，接着问我，是哪里人，我回答是高台山村人。他问我有什么专长，我说我是大桥队的木型工，在那里干了两年。他又问，那里工资高怎么要离开，我说，我想学点别的技术，那里不允许。他又问，当学徒工工资低，我说我不在乎，只想趁年青学点技术，他就写这纸条叫我到李主任那里去订合同"。又一个穿着补疤衣服的小伙子进去，一会儿拿着纸条高兴地出来，有人问他："要你了"？小伙子点头。那人问他："跟你讲了什么话"小伙子说："没说什么，就问了家住在哪里，为什么要出来打工。我说我家兄妹多，没钱上学，出来打工养活自己，如有机会学点手艺，他打量我这一身穿着，就把纸条写给我"。一个三十多岁的人进去，小勇说："看来你是我的兄长，师傅。我该如何称呼你"？"我叫蒋文峰，是建筑队的混凝土工，我看了你们的公告，我在混凝土工岗位上已经干了四年，我想换个环境，体现一下我的能力"。小勇问："你干混凝土工这几年有什么感想"？蒋文峰说："对我心里最大最深刻痛苦的教训，是在一年多前我捣固大梁，拆模后，在大梁上部出现大的空洞，造成质量事故。事后分析了事故原因，我作了深刻检查，从中也吸取教训，扣了我半月的工资，这些都是我一时粗心造成的，对我的批评和经济惩罚也是应该的。但是从此以后，不再让我捣固大型构件，我心里想不通，所以我想换个单位"。小勇说："你是一个真诚好学的人，我们欢迎你，希望你今后继续发扬真诚好学的精神"。小勇写给一张纸条，他拿着纸条走出办公室。门外排队的人看到他没表情的面孔，也没问他。一位姑娘走进去，小勇睁大眼睛打量着她，一米六的个儿，一身半新旧的黑布衣服，一身暴露的部位，除眼和嘴像汉人外，显露的皮肤都像印巴人的褐色皮肤。小勇问："你家住哪里，叫什么名字，多大年龄"？姑娘说："我叫董大秀，今年二十三岁，家住长石沟村"。小勇说："你知道吗，我们这行业工作艰苦，又费体力，你吃得消吗"？姑娘说："我小学时候就干家务，农活，爬坡上坎，肩挑背磨，暑热寒冬，田野山坡上什么活都干，我不怕苦"。小勇说："你们女子适合到工厂流水线上工作，那里不流汗，不受强光刺激，有利养颜，又还可以挣钱"。那姑娘略带愤怒的语气说："流水线上的活是那些娇姑娘干的，我没那耐心。你们这些男人总把我们女人看成是，成天养身，养颜，美容，美如玉，秀如花，讨男人的喜欢，找个有钱的男人，穿得好，吃得好，耍得好，你把我看成什么样人了"？小勇马上道歉地说："对不起，我用词不当，伤害了你。我们欢迎你这样吃苦耐劳的人，你打算干个什么样的活"？那姑娘说："男人干得了的活，我都可以干，像挑灰搬砖的活，我都可以干"。小勇问："你月薪要多少，心里才满足"？姑娘说："只要吃饱了肚皮，剩下一百元，我就高兴了"。小勇写了一张纸条递给了她，门外排队的人看到她拿着纸条昂着头走了。又一个四十来岁的男子推门进去。小勇问："这位老哥怎样称呼你"？"我叫蒲永川，是劳务一队钢筋班班长。我在一队干了七年多，从学工干起到现在"。小勇说："你是一队的骨干力量，你走了你们队长责怪我不地道，挖他的墙脚怎么办"？蒲永川说："三四年前工头拜托我，收他小舅子为学徒，现在他小舅子能独立操作了。近一年他对我的态度有所变化，我猜测他是不是想，小舅子有技术了，可以接替我当班长了，碍于面子又不好言语，我还是想我自己走了的好。今天我看了你的公告，我觉得你这组织施工理念很新颖，能激发每个人的活力，还能参加多种技术学习，我也想到你那里来上班，如果有机会学点其它技术"。小勇说："你识图吗"？"在我们班里都是我识图算料，作技术指导，他小舅子也帮着干"。小勇说："我们钢筋班有一个班长，但他还可作木工班班长，如果你能来，你们俩共同干一段时间，你确能顶岗时，他就调走。我这里写张条给你，你去找你们队长签个字，征得他的同意"。又一个小伙子进来，小勇问他："小伙子叫什么名字"？小伙子说："我叫石中山"。"你为什么要出来打工"？"我看了你的公告，我就是想学门技术"。小勇说："要是工程上不需要学徒，你怎么办"？"我就打杂候着"。小勇又问："打杂和学徒工资都较低"。"我只想学门手艺，只要能填饱肚子就行"，就这几句话就过了。又一位中年男子走进去，小勇一看，说："堂哥你怎么也来了"？堂哥说："小勇你不知道，我实在太孤独了，我整天忙碌在静静的山沟里，没人跟我说话，也看不到人，心里觉得空荡而孤独。晚上半夜醒来，一片漆黑寂静，只听到窗外蟋蟀的叫声和毛毛的鼾声，日子真难熬。我想出来打工，可以挣点零用钱，工地上人多，有人说话不寂寞"。小勇问："你走后毛毛怎么办"？堂哥说："毛毛已八岁，读二年级了，有爸爸妈妈照看，我放心"。小勇问："到工地你想干点什么"？堂哥说："听从你的安排"。小勇又问："你在广州打工，怎么又回去干农活"？堂哥说："我讨厌那个地方，致使妻子离我而去，呆在那里总感到伤心"。小勇写了一张纸条给他说："你到李主任那里去报到"。经过整个下午的面谈，不知道写出了多少张纸条，也不知道拒了多少人，他没作记录，下午七点他决定停止面谈。等李主任那里人数统计出来后再作决定，他到门口看还有一些人在排队，他说："小兄弟，实在对不起，我今天实在太累了，你们回家吧，明天再来"。那些排队的人走后，小勇也走出了办公室。

11-2　会餐

　　　　他转过走廊，看到陈晓燕在那里站着，说："晓燕，你怎么站在这儿"？"我在这里等你一个多小时了，我以为你五点半钟结束面试，所以我不敢走远"。小勇问："你有什么重要的事吗"？晓燕说："没什么重要的事，我只想见见你，和你说几句话"。小勇看她今天打扮得特别清秀，脸色红润，四肢丰满，一身得体的黑色女装，透露出姑娘的丰姿秀美。小勇心里荡起轻浮的激动，马上又平静下来说："晓燕今天晚上我已经请了客，明天下午你下班后我有时间，我们找个地方聊聊，你看怎么样"？"你现在是大忙人，当然得你定哟"。"晓燕你不能那么讲，我现在担子压在肩上，放不下来，有很多的事要跟相关联的人商量，争取他们的同意和支持，希望你理解"。晓燕说："你定个时间和地点"。"那就明天下午五点钟在桥头餐馆"。在众人的眼下，她不好久留，说："行"。说完后转身走了。小勇目送着她的背影消逝在楼梯处，他转身走到李主任办公室，看到他正在整理档案。他看小勇进来，他拉出一条凳子给小勇坐下，接着说："小勇你公告上的总人数还差七人，具体各工种人数我还没来得及统计"。小勇说："你辛苦了，谢谢你，我来请你和张经理吃顿便饭，顺便聊聊"。李主任说："我还不知道张经理今晚还有没有其它活动"？小勇说："李主任，你稍等，我到张经理那里去一下"。小勇走到经理办公室门口，门开着，张经理正在埋头看文件。小勇轻轻地敲了一下门，他抬起头看是小勇，他关上文件夹招呼说："小勇，进来坐"。小勇拘束地坐下说："张经理，我签的劳务合同是否有不当的地方？今天我又面谈了很多工人，这些都给领导添了很多麻烦，我想找个地方给你详细汇报，听候你的指

示？我找了野味餐馆，那里人少也清静，我们两个加上李主任我们三人，人少
也便于交谈"。张经理说："那里耗费太大，你还没入行，哪有那么多钱呢？
这样，我叫餐馆把账记在我们公司帐上，你就不要争抢了，你也是为我们公司
的发展出力"。"那谢谢张经理，那我先去找个地方，我在那里等候你们"。
小勇到李主任办公室，告诉了他聚会的地方。出来到了野味餐馆，转眼四年过
去了，餐馆还是那样。他要了一个包间，要了三杯茶坐下。脑子里思考着施工
队将来可能遇到的困难，需要公司支持的事项。一会儿张经理和李主任来到餐
馆，服务员把菜谱递给小勇，小勇递给张经理，他没细看，在菜单上随便的划
了几下递给服务员。他端起茶杯，喝了一口茶说："我仔细看了这次小勇签回
的合同，是一个承包内容全新的合同。对我们劳务队，原来只提供劳务到现在
劳务和组织施工全承包，对劳务队是一个考验。如果获得圆满成功，对今后工
程全承包提供经验，打下基础，小勇你肩上的担子不轻"。小勇说："感谢张
经理的理解，这次我贴出公告，进行面谈，目的就是为了挑选出能带领一个工
种完成任务的班长和技术工人。另一目的也是为了摸清我们劳务人员的素质，
为今后进行技术培训摸索经验，制定计划。我想经过我的努力能够完成合同项
目的任务"。服务员把菜摆在桌上，一个麻婆豆腐，一个回锅肉，两个蔬菜，
一盘花生米，一个蔬菜汤，一瓶江津白酒。张经理说："我们都是内部职工，
在这里来主要利用这个机会商讨一些问题，所以简单一点"。小勇说："本来
应该是我感谢两位领导，表示点意思，结果颠倒了，我只有今后努力工作来报
答"。张经理说："小勇，我记得你来公司没几年吧"？"今年刚满四
年"。"你的进步真大，听说你还拿到自考的大专文凭，受到甲方多次夸奖和
奖励，也给我们公司赢得信誉和业务，所以公司今天请客，是对你的奖励"。
小勇说："我有今天，全靠公司张经理当年收留了我，才有饭吃，有学习机
会，才会有今天"。张经理说："你对公司有什么要求"？小勇说："施工组
织和施工技术方面我没什么要求。只是我在想，今后由于组织施工，与外面接
触往来更多，招呼应酬更多，我要事事请示你们，通讯又不方便。我想在我的
项目地附近立个银行账户，由甲方直接转一点经费到账户上，由我支付，账户
里所有的资金往来，我与公司财务清算"。张经理说："这个问题李主任记住
与夏主任商量一下"。他们一边谈事，一边喝酒吃菜，少了些礼节性的语言。
张经理说："你们劳务队内部实行新的分配制度，公司与劳务队之间原有的分
配制度是否也应有相应的变化，以激励劳务队的积极性"。李主任说："张经
理就看你的了，要不然明天你召集几个主任议论一下"。张经理说："你就负
责通知一下"。小勇说："张经理，你对我公告招工的方式有什么看法？是否
会引起几个劳务队的头对我有抱怨？你是不是帮我解释一下"？张经理说："
这个问题目前社会上已普遍存在，即使内部不竞争，外部也要竞争，难道能限
制工人不到广州，上海，北京，外省市去打工，聪明的头就搞好内部管理，提
高待遇，留住人才，如果碰到这样的问题我会讲清楚道理，说服他们"。他们
酒醉饭饱后各自回家，小勇回到招待所。

243

　　第二天，小勇根据李主任的统计数字，招齐了工人。下午五点小勇来到桥头餐馆，晓燕已坐在靠墙角的餐桌旁，她穿一件淡红色的上衣，梳着一对长辫，面容也比先前打扮得更加亮丽，一双含笑的双眼望着小勇。小勇不好意思，只好坐在小方桌对面。晓燕说："你怎么还是一年前的打扮，还是那套衣服"？小勇说："我现在是三无，无时间，无心思，无票子"。晓燕说："你现在是赫赫有名的人物，怎么变成三无了啦"？"我现在是全心思考着我的项目，哪还有闲心打扮？兜里没钱，昨天晚上本来我请客，兜里没钱，倒成了张经理请我"。晓燕说："你可是'要人'了，领导请你"。小勇说："你别再'涮'我了，我以后会还礼的。晓燕你现在还在学大专课程吗"？"我回来上班后，就没时间学了，加之上课又那么远"。晓燕问："你还在学吗"？"我已拿到毕业证了"。"你这么快就拿到了，今天我办招待，庆贺一下你双喜临门"！"哪双喜呀"？"一喜你拿到工程，成了工头，二喜你拿到毕业证"。小勇说："这是什么喜呀！这是压力和责任，还是我来买单"。晓燕说："从来都是你招待我，今天还是让我表示一下心意吧"。"好，简单一点，就来一碟花生米，一个豆腐，一个蔬菜，两杯啤酒"。晓燕说："还来一个你喜欢的回锅肉吧"？小勇说："行"。饭菜摆在饭桌上，他们又边吃边聊起来，晓燕说："你怎么学得那么快"？小勇说："我天天接触实践，在工艺的过程中，我是直接生产的操作者，有很多理论都源于实践，对书本上的理论容易理解，加之我又学书本知识"。晓燕说："你承包这工程能赚很多的钱"？小勇说："我和建筑总公司合同里就只有人工费和少量的管理费，到我手里就更少了，没什么油水，承包的目的就是试探和积累经验"。晓燕说："那你还那么上心"。小勇说："一个人要有信誉和责任才能立足社会，既然我去订了合同，我就得履行合同，把项目做好"。"那你这个春节假期怎么玩"？"我哪还有时间和心思去玩？我得赶紧筹备施工"。晓燕说："我妈想叫你到我家去玩"。小勇感到很惊奇，说："我又不认识你妈，她怎么会叫我去你家玩"？"妈说，我一个人不好玩，叫我邀一个朋友到家一起玩"。小勇心里一热，心绪复杂起来。过去的往事和自身的艰辛警告自己，目前不能分散心思，踌躇了一会儿说："对不起，我确实没有时间"。晓燕说："那我到你们家去玩好吗"？小勇说："这几天我要和公司商讨一些事。过了大年，初一我就到工地去组织搭工棚，节后上班的工人才有住的地方"。晓燕在心里骂道："这个木鱼脑袋！是真不理解我的意思？还是借故装傻？她无计可施"，强装笑脸地说："等你忙完了再说"。过后的交谈中，晓燕的心情平静淡漠了许多，没有主动地问话。小勇谈了他今后施工中的一些策划和打算，晓燕没有兴趣，随声应付着。饭后他们各自走在回家和回旅店的路上，晓燕思绪仍然停留在饭桌上，小勇怎么对我就那么麻木不仁呢？也许是我没有明白充分地表达我的意思，也许是他压力过大，全身心的投入到工程项目里，对外界的事淡漠失去兴趣。上班以后多和中民接触交流，通过他了解小勇的人品。

　　第二天，张经理召集李主任，夏主任和小勇商讨商品房合同项目的劳务条款。张经理说："这个合同是全新内容的合同，是我们公司今后发展的方向，具有试验性。今后劳务队承担更多职责，履行更多的义务，所以在利益分配上要相适应"。夏主任说："我们公司跟建筑总公司的合同中只增加了百分之二的管理费，如果今后一切费用都包括在劳动服务队的费用里，我们可以考虑按这比例全给劳务队"。李主任说："小勇提出要求在工程项目当地设立一个银行账户，由他掌管，应付一些招呼应酬的开支，夏主任你看有什么意见"？夏主任说："建立账户只要有营业执照倒是很容易，但是由谁转款入账，是我们公司，或者是由建筑总公司直接转款？规定结算期内转款总额的控制额是多少？由谁与我们财务清算？清算票据必须符合财税局法规，这些问题都必须明确"。小勇说："我提出的建议是我个人的想法，涉及到财务制度方面我不太了解。我的困难是，处在施工现场由于通讯不方便，加之由于甲方只派工程师到现场，取消了工程项目现场财务员，今后都是公司对公司清算工程劳务款，平时的伙食费，工人急用款都是自己解决，不可能我们公司财务背着现金送到工地，我每天背着一大包现金上班。要不然由公司派出财务人员到现场蹲点"？夏主任说："我们公司财务人员编制只有四个人，不可能再增加人，而且增加人还要增加开支。只有一个变通的办法，由公司派试用财务人员到工地现场蹲点，属劳务队人员，工资也由劳务队发。关于各项费用的标准和额度以前没有先例，只有大家商讨"。张经理说："我想试行一个新的模式，为今后闯出一条新路，由劳务队自行找业务，自行履行合同。订立合同以我们公司执照名义订立，公司履行监督劳务队履行合同事项，缴纳税费和安保费用，公司只按清算总额的一定百分比提取管理费，其余款项归劳务队，由劳务队支配"。李主任说："张经理的这个管理模式很好，今后公司管理事务有所减少，监督事务需加强，避免因劳务队的过失导致重大的责任后果，因为依照合同法担责的仍然是我们公司"。夏主任说："关于公司管理费提取百分比的问题，他们这个合同是百分之二十，原先的合同为百分之十八，多了百分之二。我们原合同百分之十八是这样构成的，营业税百分之四，所得税约百分之一至二，安全保险基金百分之一，其余为公司管理费约百分之十一。这里面包括了揽业务和应酬费占百之一到二。这就是过去的开支状况。新的管理模式，如果按职责分摊管理费，税务，安全保险和公司层管理费，公司至少提留百分之十六，劳务队占百分之四"。小勇说："原劳务队由公司直接清算，工头的工资由公司承担，炊事员的工资原由甲方承担。新的合同，工头的工资，炊事员工资和试用财务人员工资都由劳务队自行支付，还有一笔无法估量的招呼应酬费，原来公司管理费中至少百分之一二为应酬费，如果只给百分之四给劳务队，剩下只有百分之二，那劳务队的管理人员和炊事员薪水就不够了。揽业务的事还是由公司负责吧"。张经理说："新的模式最主要的目的就是激发劳务队揽业务的积极性，劳务队处在生产一线和甲方直接交流接触，我们的声誉都是由他们塑造，后续工程业务都是他们直接与甲方沟通，建立关系，所以这个职责一定得劳务队承担，至于管理费的百分比，我们可以商量"李主任说："尽管职责下放到劳务队，但公司还是会发生一些费用，我建议再给百分之三，一共百分之七。当然费用还是紧张，但是公司的压力也不小，只有上下一心克服困难，把规模作大作强。既然是示范模式，还得有奖惩制度，我建议将合同中甲方对我们公司的奖惩事项视作公司对劳务队的奖惩事项，奖励数额按三七开，公司三成，项目承包人七成；惩罚事项，该怎么定大家讨论"。沉默片刻张经理说："小勇你有什么想法"？小勇思索片刻说："如果遭受了重大的责任，导致经济损失，我没什么资产，我人也没什么价值，把我抓起来，还得给我吃，对公司也不会产生任何价值，只有负担。我没成家没负担，除去吃喝，只有一年剩下的年终清算工资，这是我唯一的资产"。李主任提议说："的确这是你们工头唯一的资产，就以项目工头的年工资为最高罚款限额，损失超出部分由公司承担"。张经理说："夏主任你看李主任的建议怎么样"？夏主任说："经理说了算"。张经理又说："小勇你意见如何"？小勇说："先干一个工程看"。张经理说："就这样定下来，李主任起草一个合同文本，我们上下级都签字，明确责任分工，奖惩条款，职责分明"。第二天小勇与公司签订了合同。

11-5 包工头（一）

　　小勇走在回家的路上，还是那条回家的路，已经走过十年了，路上留下他的足迹，留下了他的回忆，也留下了不同时段的情感。今天他走在路上，感到压力特别的大，当年挑菜爬坎，犹如泰山压顶，但可以靠自我肢体的力气支撑，一步一步地向前走。但今天在脑子的压力，他似乎感到自身渺小，压力由社会多种因素构成，自我力量很难左右。计划着时间，但总觉得时间太短，还有两天过年了。初一那天我得赶往工地去看一下，搭设工棚，工程放线，正月十五后工人上班才有住处，工人才有活干。十八个月要完成六栋商品房，约五万平方米的住宅，困难很大，不能浪费每一天。基础土石方量有多大？土层结构怎么样？没地质资料，心里没底。他想利用渝江市工地的经验，利用附近民工，利用当地农民，不需要提供住宿和吃饭。一月份没农活干，利用这段时间搭工棚，挖土方，做完三栋基础土石方的毛坯。劳务队工人上班立即清理基坑，扎地梁钢筋，灌注基础混凝土，紧接着就可以进行上部建筑施工。这段时间他需要两个助手协助工程师放线，他想起了小林和陈晓燕，他决定初一到小林家叫小林去通知晓燕节后到他工地帮忙干几天，完后她回建筑队上班，时间正好接上。他一路思考着，不知不觉就到家了。有三年没见到儿子，小勇妈见到儿子回来，看到儿子变黑了，变瘦了，心痛流泪地说："儿子，你在外面受罪，变成这样子了，以后不出去了"。小勇说："妈，我变健康了，变结实了，你不用担心"。"儿子你坐着，我去给你倒杯水"。小勇妈把水端给小勇说："我去给你做饭"，她快步地走进了厨房。小勇坐在堂屋里，堂屋还是那样没变，但母亲变老了。他的思维又进入他的工程项目，推敲着他的施工计划。天黑了父亲和弟妹回来了，围坐着饭桌，饭桌上摆了腊肉，香肠，猪肝，猪舌头，没有一点蔬菜。小勇妈不停地给小勇碗里夹肉，这就是母爱，巴不得儿子把肉都吞下肚子，长得白白胖胖的。小勇说："爸妈，我明天一早就要走"。小勇爸妈说："你刚回来，怎么这么急"？小勇把他的事告诉了他们，最后说："这些事很重要，关系到我的收入和前程"。他们理解小勇的决定，破例初一大早准备好行李，小勇妈送出很远才与儿子告别。小勇到小林家，他们才刚起床，小勇告诉了他提前到工地的事。又匆匆地赶往汽车站，坐上到渝州市的客车，到渝州市已是天黑，他住了一晚便宜的街边的私人旅店。一早起来，在街边一小摊买了两个馒头，在小店买了一瓶矿泉水，坐在公交车上喝水吃馒头，赶往建筑总公司。到了公司门口突然想起，如果今天到公司遇到领导，大过年的，空着手不好意思，买点什么呢？他在大街上边走边寻找商店，大年初二，大多数商店都没开门。他到一家礼品店，店里摆满各种酒，他花了五十元买了一瓶泸州老窖，一盒酥心糖。店老板用印有恭喜发财的红纸包上，递给小勇，小勇提着包，觉得有送礼的气氛。他马上意识到，要是公司的人看到，影响不好，他马上又把礼包放在背包里。赶到公司门口，跟门卫说明来意，门卫说："你到行政办公室去找孙科长，他今天值班"。他到行政办公室，看到孙科长在埋头看报，小勇喊了一声："孙科长新年好，我给你拜年了"。孙科长抬头一看是小勇，说："老大初二跑来干啥"？小勇说："我到工地去看一下，还有很多准备工作要提前做，搭工棚，建食堂，工程项目放线，我需要工程项目的图纸，确定工棚和食堂的位置"。孙科长在抽屉里拿把钥匙说："走，到技术科去拿"。小勇从背包里取出礼品盒说："过年了，没给孩买什么礼物，这点小意思请收下"。孙科长说："年前已送了红包，怎么又客气了"？小勇说："今天是拜客的日子，本来我应该请客的，想到领导贵客多，没时间，所以送个小礼品表个意思，你一定收下"。孙科长说："你太客气了"。小勇和孙科长到技术科拿到了图纸，又坐公交车，经过打听，找到了工地。工地在近郊的一片菜地上，周围都是新建的大厦，不知道怎么剩下这块菜地。冬季菜收割后，还留下种菜的痕迹，没种春季菜，看来不存在土地征收纠纷的问题。一条公路通过菜地边，来往的汽车很多，最多的是小车和公交车。小勇摊开图纸，辩清了方向和位置，分清了A区和B区的范围和小区内各栋房屋的大概位置，他决定在B区一块设计为小区花园的位置搭建工棚。他看表已是下午三点，他想找村长了解一下情况，这里是否有村民愿在假期里干活。他张望四周，全是高楼和公路，没有干农活的村民，他想到附近高楼的小区打听一下村长的住处。他走到小区，在门口围墙下有个摆地摊卖菜的妇女，头发蓬乱，一身蓝色的便装。小勇想：卖菜的可能就是村民吧。他走到摊前问："大姐，你是这地方的村民吧"？那妇女埋怨的口气说："我自己都不知道我是哪里人，是村民吧，我又没有了地；是居民吧，又没城市户口，算个游民吧"！小勇想一定是个失地村民。面带笑容的问："你们村长住在哪里"？那妇女气愤地说："是老村长还是新村长？老村长住在'班房里'（牢房）。新村长住在这小区最后面靠花园那栋房的顶楼，楼上有花园，外型像别墅一样的两层楼房，你是去拜年的吧？这新村长原来是村会计，老村长'坐进去'了，与他多少有些牵连，他现在一律避忌'外访'。这位小兄弟你到他家要注意，他家门厅房间养了只藏獒，是看家的，凶得很"。小勇说："谢谢大姐提醒"。小勇心想他养藏獒干啥？他离开地摊，在思考是去？还是不去？要在他地盘上施工，早晚得打交道，趁过节时到家拜访也有个借口。他到街上花五十元买瓶泸州老窖酒和一包糖果包成礼品盒提在手上。这次他还找了一个编织袋装上，像是个打工仔，他知道这些村民与村长没了利益纠葛。小勇提着袋，坐电梯到了顶层村长的家门，他鼓起勇气按了门铃，屋里的藏獒汪汪地叫着，撞着铁门咚咚地响。等了一会儿，一个中年妇女，开了一个门缝问道："谁呀"？小勇说："我是修小区商品房的建筑商，想拜访一下村长"。那中年妇女转身进屋去了，一会儿又出来，她把关藏獒的门扣上，出来开门，这时候才看清她的全貌，四十多岁，头发梳在脑后，一身整洁的黑色女装，礼貌地说："请进，这里有拖鞋"。小勇脱鞋穿上拖鞋，跟在那妇女身后走进客厅，室内装修华丽，客厅是两层，通空到屋顶，中间挂着华丽的水晶吊灯，右侧角是转角楼梯，漂亮的木楼梯，木扶手，楼上走廊也立着漂亮的走廊木栏杆，可以看到的还有饭厅。小勇被招呼坐在沙发上，从走道里走出一个四十开外的男子说："小伙子，你就是建筑商"？小勇说："我是这个项目现场施工负责人，姓马，我怎么称呼你"？那人说："我姓郝"。小勇说："郝村长你好，我给你拜年了"，他双手捧拳点头示意。郝村长说："新年好"。小勇说："过年了，一是来给你拜年，二是来找你帮忙，这点小意思请笑纳"。小勇递过礼包，郝村长并没有伸手接，说："无功不受禄"。小勇说："在你地盘上干活，少不了给你添麻烦，这点不成敬意，今后我找机会一定重谢你"。那女的接下礼包，放在柜子里。郝村长陪同坐下说："小马同志，你们准备好久开工"？小勇说："我们马上就搭工棚开工，我来找你了解一下，近几天能否找到劳动力搭工棚和挖地基的人"。郝村长说："说来话长，你都看到了，周围都是高楼林立的小区，就剩下这块地，为开发这块地，闹了近十年了。这块地最先被一个姓杨的开发商买下，那时村民对自己的地和房屋价值认识不够，一下看有几万元，那么多钱，大多数村民都搬了。三家钉子户不愿搬，说赔偿费一万元一亩，房屋五百元一平方米，赔偿费太低。一拖就是两年，两年后旁边小区的赔偿价翻了一翻，村民不干了，发生村民阻挠施工的群体事件。由于第一次撤迁协议价格是老村长代表社员和政府议定的，直到现在开不了工。开发商多次找村镇协商，开发商贷款买地，利息损失也大。老村长觉得这件事自己有责任，就和乡政府私下协商，由老村长出面组织人强拆。他在附近找了打短工的，扛棒棒的，和捡垃圾的青壮年十多人强拆。在强拆中发生争执，有个姓钟的老村民情绪激动，动手打人，被拆房人推倒在地上，由于激动，心脏病发作，倒地死亡。本来村民对赔偿金意见很大，借这件事，村民们集体到公路上，堵公路示威十多天，造成了极大的影响。上级有关部门介入调查，处理善后，调查结果：征地过程中乡长受贿二万元，村长受贿一万五千元，两人各判七年和五年劳改"。"后来姓杨的开发商将这块地转售给姓李的开发商，姓李的开发商不愿意将赔偿金增加到村民满意的数额，村民们不同意。由于钉子户时时防备强拆，不敢离开房子，挣不了钱，生活困难，一些领钱搬走的村民，主动凑钱给三家钉子户解决生存问题，支持为他们争取共同利益。这样又闹了三年多，直到去年这片区房价长得很快，开发商咬牙满足了村民要求，县国土局出面，才解决了这个问题。直到春节前才把多数村民的赔偿金付完，但还有几户由于长年人不在家，而未发放"。小勇问："我们开工是不是会遇到麻烦"？郝村长说："我也不清楚那几户人家过年回来没有"。小勇说："我想明后天就开工搭活动工棚，你们这里有劳力吗"？"过年期间外面打工的都回家过年，各种技工都有，就看你的待遇怎么样"。小勇说："搭活动工棚每天工资十元，挖土方按县劳动定额价，按方量和土质分别计价，另外百分之三管理费包括安全保险金"。郝村长想："这个条件多优厚，工资也高，我做过所有的工程都没有管理费"。他立即说："你算是找对人了，我不便出面，我小舅子专门在本地包点小工程，对村里的劳力情况非常熟悉。还有最重要的是我们是本地人，熟悉本地情况，有一些人缘关系。我在乡政府，派出所的人都认识，遇到什么麻烦，我们还可以帮忙"。小勇说："我来找你的目的就是请你帮忙"。郝村长说："明天上午你来一趟，我们签个协议"。小勇告辞了郝村长，来到街上找了个旅馆住下。第二天，小勇如约来到郝村长家和他小舅子石玉林签了务工协议，出来赶到建筑公司办公室找到李主任，请他安排车把活动工棚拉到工地。开工的那天，小勇早早地来到工地，看到石玉林带着十多个人站在那里，石玉林在向他们讲话，看到小勇来，石玉林说："这就是施工负责人，施工上的问题听他的"。小勇说："搭工棚你们可能都是内行，希望你们互相配合，注意安全"。小勇把他们带到一块平地，指定平地范围。他转过头看到一群人拿着棍棒，穿着各式长袖，长裤脚，粗布旧衣，披头散发的中年男子向这边走来，惊出一身冷汗。走近时，一个拿竹杠的人粗声地说："毛流子，你拿到钱了，就不管我们了。当初我们为争取合理的赔偿，曾经冒着生命危险为大家争取利益，现在你拿到好处了，又来挖我们的墙脚，你这内奸叛徒给我滚"！找来搭棚的民工有两个人拿着锄头灰溜溜地走了，其余的民工观望着没动，小勇站在旁边不便说话。又一个粗声大气地说："你们这些外村人不要来掺和，到时不要怪哥子们不客气"。石玉林说："兄弟们，你们不要生气，我们也不了解情况。大家坐下来谈，我去找个人来给大家解释一下，你们在这里等一会儿"。石玉林快步往回走，一会儿他和郝村长一块儿走来。郝村长面带笑容对大家说："我给大家道个歉，我这个当村长的不够格，我应该一家一家地来通知你们，节后上班就到乡政府领取补偿款，钱已在信用社账户上，请大家放心"。坚定宏亮的口气冲淡了大家的怒气。一个粗声大气地说："不是我们不放心，是我们几年来波折太多了，没有可信赖的人，今天既然是村长出面保证，我们都是同村人，抬头不见低头见，要是到时拿不到钱，我们到你家讨个说法，我们走"。他们散慢地走了，雇工们开始平地。经过两天的平地，第三天开始搭建工棚，小勇把人分成两组，技术熟悉的七人一组，专门负责安装；其余技术不太熟悉的五人，由小勇指挥，专门按安装先后程序配料送到安装人手里，这样有效地利用各自技能，协作配合，发挥最佳效果。经过五天完成了三栋工棚和一座食堂的安装。小勇对石玉林说："他们这些人的工作完了，你能找几个技术工人来砌灶和安装热水锅炉吗"？石玉林说："这几天放假，技术工人都在家里，我这就去找人，明天就来干活"。小勇说："好"。有人问："这几天我们的工资好久能拿到"？小勇说："你们不用担心，这两天还在假期里，银行还没开门营业，财务人员还没来上班。一上班我就把工钱给你们的头，决不会拖欠"。三天后，灶已砌好，热水锅炉都已安装完毕。水，电源都已接通，一切完备，开工准备工作就绪。

第十二章

12-1 包工头（二）

国家法定假期日后，建筑公司水电工接通了水电，小勇也搬进了工棚。小勇把建筑公司工程师办公室安排在小勇办公室兼卧室的隔壁。小林和陈晓燕来到了工地，小勇把晓燕安排在附近的一个旅店里住下，小林住进了工棚。第二天上午，一个戴眼镜的中年男子，穿一身便装走来问小勇："你认识马小勇吗"？"我就是"。"马工头你好，我是杜茂林，来这里管理工程技术的"。小勇说："啊！你是杜工，请屋里坐"。小勇把杜工带到了他的办公室，指着椅子说："杜工请坐，这就是你的办公室，这屋子太简陋了"。杜工说："施工现场都这样"。小勇说："这些都是原来姜工办公室的物品，全搬来了，你看还缺什么"？他扫视了一下屋内说："你辛苦了，非常齐备，谢谢你"。小勇说："你没拿被盖和洗漱用具来，我去给你买"？杜工说："我家离这儿只有七公里多路，我每天跑通勤，不过我几天后还是得拿一套来，工作忙时就住在这里"。小林和晓燕也走进了办公室，小勇对他俩说："这是杜工，你们俩今天听杜工的指挥"。小勇对杜工说："这两个一个叫小林，一个叫晓燕，今天来是协助放线的。他们对施工放线不太熟悉，希望杜工多指导。上午我还要到银行去一趟，下午我们一起干"。小勇回到自己的办公室，劳务公司派来的代理出纳员赵成林带来了一张三千元的支票，五百元现金和公司执照的复印件。小勇和赵成林带着各自的私章和建筑队的公章，复印件到银行办理账户。他们俩到了工商支行，服务员带他们到了办公柜台，经办人叫他们拿出所有证件，小赵拿出了介绍信，复印件，身份证，建筑队公章，两人的私章。经办人核对了两人身份证件照片后说："你们俩谁是今后管理账户的财务人员"？赵成林说："是我"。他递出一张表说："你学过财务吗"？"我是财会中专毕业，干过一年出纳工作"。经办人说："你仔细看一下有关说明，认同后在经办人名下签字"。赵成林看后签上字，经办人说："谁是主管"？小勇说："是我"。"你也在主管名下签上字"。随后经办人在表里单位栏内盖上公章，拿出三张卡片，分别在卡片上盖上建筑队公章和他俩人的私章，然后将身份证，公章和私章退还给他们，收下其余复印证件装入档案袋，递出两本空白支票说："两元工本费，撕下后面扉页作发票。你们要把公章和私章保管好，如有丢失，别人冒用，后果责任人负责，账户办完了"。小勇说："谢谢你"。他们走出支行大门，赵成林说："马工头，我们工地上办公室和住的地方都是活动工棚，四面都是刨花板墙，一锤子都可以敲碎。把现金和支票放在房里面不安全，是不是买个保险柜"？小勇说："最便宜的保险柜多少钱一个"？"去年公司在文具店买了一个三百五十元"。小勇说："那么贵"？"那算最便宜的，功能多的要五百多元，保险柜几百斤重，都是铁造的"。小勇犹豫了一下说："过两天开车来买。小赵，我们项目经费紧张，今后我们用钱用物都得有计划，省着点用，争取工程结算时有点盈余，得点奖金。我想给你加点担子，今后你除了管好账外，还得采购食堂的食品蔬菜，管好食堂账目。过去食堂账目都是一本糊涂账，工人很有意见，今后还得成立民管会。你得每月公布账目，接受民管会的督查，你有意见吗"？赵成林说："其实工地上的账务工作倒是不很繁重。这食堂采购和账务倒是很繁杂，我没干过，尽我最大的努力试着干吧"。小勇说："辛苦你了，今后我们大宗的蔬菜和肉食都在批发市场开车去买，一个是批发价格便宜些，二个也是少费精力，一个星期只买两次。这几天工人还没来，事情不多，你到批发市场去调查一下，回来我们商量着办"。赵成林说："我今天回去安顿一下，明天就去"。小勇说："这几天食堂没开伙，杜工是我们甲方'要人'，小林，晓燕又是我请来帮忙的，这几天我们几个人的伙食费还是从项目里的管理费里开支，就在旁边小区的食店里就餐，早餐包子，馒头，稀饭，咸菜，中午一晕两素一汤，晚上多加一个晕菜和一个花生米，另外啤酒或白酒，你把账记好，今后开成运费发票入帐，你看如何"？成林说："听你的"。小勇回到工地，到杜工程师办公室没有看到他们，他来到工地看到他们三人正围着看图。小勇走过去说："杜工你们不饿哇"？杜工说："我们刚才看了一下地形，正在看图分析一下房屋的具体位置"。小勇说："已到中午了，我们拿上工具和仪器吃饭去"。他们来到食店坐下，赵成林负责点菜，一会儿饭菜上桌，小勇说："委屈大家了，下午大家又很忙，午餐随便应付一下，晚上我们大家喝点小酒，但肚子还是要吃饱"。杜工说："我们都是长期在工地上度过的，这样的午餐算丰富的了"。小勇边吃边说："杜工，这么大一个工地你一个人负责技术工作，工作太繁重，压力太大了，你没要求派个助手来帮你"？杜工说："原来的定员编制一个项目还要配备一名领工员协助工作，现在由于工程多了，试行新的劳务外包方式，这名领工员也被取消了"。小勇说："如果工程进展快，结构复杂，技术工作量大，施工技术工作跟不上怎么办"？杜工说："那就只有叫劳务队减少工人，放慢进度"。小勇说："如果我找技术员来帮忙，你对他的技术工作认可吗"？杜工说："这样是可以减少一些工作量，这要看他的施工技术水平，但还要开发方的监理认可"。小勇说："技术规范标准是一样的，只要你技术主管认可的应该没问题"。杜工说："按道理说应该是这样，但这名协理员工资费用谁出"？小勇说："当然我们出，节后我就要上一百多人，四栋房屋基础要同时施工，你肯定忙不过来，所以我找二位连同我，我们三人来帮你？我有一个想法，今天下午放线时，你指导我看镜子，他们俩人打桩撒灰线，我掌握了看镜的技术，今后我们放好线，你检查验收，然后施工，你看这样的程序怎么样"？杜工说："我已听说，你拿到了大专文凭，姜总在时，你已经干过很多技术性的工作，应该没问题"。饭后他们来到工地，小勇说："小林，你听晓燕的指挥，我跟杜工学看镜"。杜工说："马工头，你在书本上已学过理论的知识，按图定点，定方向你已知道。定点摆镜，调水平，调角度，我操作一个程序，你学着重新操作一遍"。小勇说："谢谢杜工指导"。他们开始放线。小勇跟着杜工，一道一道的程序学着操作，进度慢了很多，太阳落山了。小勇说："我们回去吃晚饭吧，饭后杜工好早点回家"。杜工说："我不吃饭了，我直接回家吃饭"。小勇说："杜工，我们初次见面，今后我们还要一起工作，今晚就算我们见面，多聊一会儿吧"。杜工说："好，马工头考虑周到"。小勇对赵成林说："你去找个好点的馆子，多点几个菜，我们回去放下器具，洗个脸就来"。小勇他们放下器具，洗脸后，去往街上的路上碰上了赵成林。赵成林把他们带到街上一家餐馆，餐馆在二楼。他们爬上了长长的楼梯，馆堂内有二十来张桌子，白色的桌布上摆放着整齐的碗筷。服务员小姐迎上来，把他们带到靠窗边的一张桌子旁，小勇请杜工上首坐下，服务员拿出了菜单，赵成林接过。她又给每位倒上茶水，赵成林在菜单上用笔划着勾，划完后递给小勇，小勇看后说："再加上一个鱼，把酒改成泸州大曲"。饭菜酒上桌后，小勇给每位倒上酒，举起杯说："今晚是我们为共同目标走到了一起，为我们共同的目标，保质，保量按工期完成任务而努力，大家共饮"，碰杯后一饮而尽。小勇又给大家斟酒，端起杯说："感谢杜工对我们的技术指导，借这杯酒，拜杜工为师"。小勇一饮而尽。杜工端起杯说："我早有耳闻，马工头是位智慧过人，聪明好学，有发展前途的年青人，有幸结识你这位同事和学生，我非常高兴"。他举杯一饮而尽。小勇又给各位斟了酒，举杯说："杜工高看过头了，学生今后一定好好地向杜工学习，杜工的事就是我的事"。小勇一饮而尽。三杯酒下肚，他们之间话又多了起来。杜工说："我看了你的施工策划书，你写得很全面周密，结合实际，很有实施价值"。小勇说："我想把原规划工期一年半，再提前三个月，所以这次我要把四栋房屋基础一起挖，只要基础起来了，上部建筑流水作业的余地就大了。可以多用一些劳动力，把进度提前。我不知道开发商资金是否能满足工程进度的需要"？杜工说："你要是能提前工期，开发商当然很高兴。现在房地产正火，房价在上涨，房源供不应求。你要是能提前工期，他提前销售，加快资金流转，增加资金效益，提前B区建设，开发商赚大了，他要拔一毛发给你奖金，那可不少"，小勇说："我要是得了奖金，你也有份"。杜工说："你说话算数哟"。小勇说："工期的快慢，你也有份，我的话一言九鼎"。杜工说："我尽力配合，我们碰杯为誓"。他们俩碰杯一饮而尽。他们酒醉，饭饱，言欢而散。第二天他们早早地来到工地放线，还是按照头天的分工进行。到下午，小勇就独立看镜，杜工在旁边观察他的操作。小勇看镜放完一条线后，杜工进行复查，到下班时小勇学会了看镜放线的操作。下班路上小勇说："杜工，我有个想法，明天上午我们三人放线，下午你来检查。还有三四天工人就要上班了，工程的材料计划还没提出来，你能不能抽点时间把近期建材用量算出来，交上去"。杜工说："下个月施工计划怎么安排？施工些什么项目？我根据施工计划计算材料"。小勇说："我想在一个月内做完成三栋房屋基础。一个月后争取开挖第四栋基础，另外至少预制加工一栋房屋的门窗过梁，挑梁，楼板，楼梯板"。杜工说："不可能，你哪有那么多劳力"？小勇说："我已跟这里的村民定好协议，利用正月农闲时间，组织村民挖基础土方毛坯，我们自己熟练工人清理基础。困难的是混凝土工人太少，我想好把我们的泥工和普工抽部分人员协助浇灌混凝土，都是小断面构件，操作应该不会有问题"。杜工说："你这计划太大了，不过看你如何组织施工，也有完成的可能。我明天把被盖和洗漱用品，换洗衣服带来，晚上就睡在工地好加班"。他们酒醉饭饱后，小勇说："你们两个人回去，我送杜工到车站"。路上小勇对杜工说："我有个想法，每个月给你一百元的加班工资，不知道你敢不敢要？你放心只有我们两人知道"。杜工问："你哪里拿钱开支"？小勇说："你放心，账面上是不会有这笔账的记录"。杜工说："你一定要说明钱的来路，我才放心"。小勇说："我多记一个杂工工人的工资就可以了，你加班加点，拿点加班工资也说得过去"。杜工说："我一定努力，无功不受禄"。小勇说："我们都是在一条船上的人，同甘共苦"。杜工说："我抓紧时间，回去收拾一下行李，明天一早好来上班"。第二天晚上，杜工要求加班，不去餐馆吃饭。小勇他们四人来到附近一个小餐馆吃晚饭，按照小勇原来的吩咐点了几个菜，大家都忙，没时间喝酒，赵成林带回饭菜到办公室和杜工一起吃。剩下小勇，小林和晓燕他们三个人边吃边聊起来，小勇说："晓燕，你这么远来帮我，我该怎么谢你呢"？晓燕说："你现在是老板了，跟你说上话，都是不容易的事，我这样的打工者，不敢有什么奢望"。小勇说："真对不起，这两天我跟你们说话少了。我要把杜工应酬好，一是我要向他学知识，二，他是甲方代表又是工程师，今后得依靠他，对你多有怠慢，希望你谅解"。晓燕说："我刚来工地时看到图纸，你能揽到这样大的工程，真不容易。我也想到你这里来打工，现在看来我是癞蛤蟆想吃天鹅肉，痴心妄想"。小勇说："晓燕，我衷心感你对我的信任，但我现在仍然是个跟人家干活的打工者，没有任何实力，表面风光，骨子里空虚。如果真有那么一天有了实力，有了自己的公司，一定欢迎你来帮助参与"。小林说："你俩不要相互吹捧了，晓燕在过节的日子里，放弃休息前来帮忙，实属一片好心。小勇面临如此大的压力，也实属不易，你们互相理解吧，说不定今后为工作走到一起，还得相互支持"。经过五天的努力，放完了四栋房屋的基础线，也到了正月十二的日子，晓燕也该回去上班了。小勇给晓燕买了回乡的汽车票，小林和小勇送晓燕到汽车站，小勇给了晓燕二百元作为这几天的工资。晓燕说："你给我这么多钱"，但她没拒绝，把钱收下，放进包里。晓燕上车后，从车窗里望着小勇微笑，小勇向她挥挥手，车子离开了车站。小勇回到办公室，开始整理这几天勘测放线的资料，为今后组织施工作准备。第二天，石玉林带着他的包工队来到工地，石玉林召集大家说："这就是马工头，我们挖基础听他的指挥"。小勇说："老乡们，关于挖基础的工钱问题，石玉林已经给你们讲了，我在这里就不重复了。这里讲几点挖基础的注意事项，一，你们这些人先后要挖三栋基础，你们先集中力量挖一栋，争取在十天内完成，至于你们每个人或每小组在这期间内能完成多少土方量由你们定；二，地面上撒有灰线，灰线内就是挖的基础部分，基础两边沟壁预留了十五度的坡度余地，挖出的弃土堆放一定要离基坑远点，不能因为弃土的压力导致塌方，注意你们自己的安全；三，你们挖到土质变化时，一定要报告我们，我们查看后，决定下一步挖土方方案。根据你们所挖土方不同土质的数量，不同土质有不同的工钱，我就讲这三点"。石玉林说："我们现在跟马工头去划分你们各自挖基础的工段，划定后，你们就动工"。小勇划分完工段后对石玉林说："安全责任是由你负责承担，你要不断在工地上巡视，时刻提醒他们不安全的因素，注意安全"。从这天起，小勇担起双重职责，既是组织施工的施工员又是负责技术监查的技术员。因为杜工很忙，到现场的时间有限，小勇整天抱着图纸巡视在工地。几天过去了，小勇劳务公司的员工来到工地，泥工班工人和混凝土工人由于基础还没出来，没有本职工作，安排他们和普工一同挖基础，钢筋工开始制作地梁钢筋和预制构件钢筋。小勇的工作开始紧张起来，白天在现场作技术指导和巡查工作，晚上组织用工协调会议，工程日志记录，还有后勤食堂工作。直到晚上十一二点钟才睡觉休息。时间在忙碌中逝去，一百多人的后续施工，所用建材大部分现在仍未运来。他有些着急，要是没有足够的材料，工人停工；一旦停工，工人散去，已过了年关，工人都各自有了雇主，哪里去招工人呢？他越想越着急，他到杜工办公室，杜工正在复印基础图。小勇问："杜工，材料计划表交上去了吗"？杜工说："早交上去了"。"材料怎么还没运来"？杜工说："我听柘主任说，财务李主任说，开发商要到开工时才拨付第一批工程款，而且拨款数额是总工程款除以总工期，根据工程量价款的平均数，但这是数据理想化。根据实际情况是，工程用料，先期主体工程用料量大，后期用料量少，材料还要有一定的储备，适应调整工程进度的需要。拨付这点钱根本满足不了前期施工的资金需求，离你提前工期的用料计划所需资金差得更远。建议量体裁衣，延后工期，减少用料，我正想跟你谈这事"。小勇犹如五雷轰顶，想跳起来，自己精心策划，费尽心思，已经在施工的进行中，骑虎难下。小勇第二天急忙赶往建筑总公司，找到财务李主任，李主任说："我们现在流动资金非常紧张，年前为了年关清算往来单位款项，用完公司所有资金。年后还没时间把在建项目的合同作抵押到银行贷款，节后刚上班，到银行贷款，银行内部各种审查过程，最少也得一至两个月。开发方先期拨付的那点极少的工程款，可能还有几天到账，即使到账，那点钱离建材用款还差得很远。还有一个办法，就是向建材商赊账，但是价格要高出百分之十，不但部分利润没有了，还可能亏损，这办法行不通。唯一的办法就是延缓工期"。小勇绝望了，他回到工地，无心上工地巡查，晚上在床上翻来覆去，无法入睡。工人已来到工地，有骑虎难下的切肤之痛。他想起那天杜工给他讲的：目前房市很好，开发商迫切期望提前工期的话。他想了解一下开发商的想法，是不是能在和开发商的交流中找到一线希望？他转念又想，自己是一个最下层的施工人员，与开发商的合同毫无关联。社会人际关系也离了好几个层次，自己是个无名小卒，人家愿意见你吗？即使愿意见，又谈什么呢？实在逼得没办法，他下定决心厚颜一次吧。第二天上班，小勇又到杜工的办公室，看到一个中年人正在和杜工交谈。杜工看到小勇进来，杜工说："这就是开发商方的监理，余工程师"。小勇礼貌点头微笑地说："余工好"。余工上下打量着小勇，杜工对余工说："这就是我们现场负责施工的马小勇"。余工心想，这人好年青，能胜任工作吗？想考察一下说："你回办公室等我一会儿，我和杜工交谈后，跟你交流一下"。小勇说："谢谢你，我的办公室就在隔壁"。约等了一个小时，余工来到小勇办公室，小勇让出了自己的位子让余工坐，并泡了一杯茶递给余工，余工说："刚才杜工对你作了详细介绍，你勤奋好学，拿到了自考的大专文凭。你不但懂理论，还熟练多门技术，是一个全才，你来组织施工管理很适合，我很高兴。搞工程是一项严谨的工作，你今后一定按图纸，照技规和施工规范施工"。小勇说："希望余工多多指教，随时随地指正，杜绝隐患"。余工说："你有这种态度很好，是搞工程的人必须具备的"。小勇说："我有一重要的事，想跟你公司老总交流一下，你能帮我请示一下吗"？余工说："我们老总很忙，你的话能跟我讲吗"？小勇心想：很忙是借口，借故推托，这下完了！但还是要试一下！说："这事与施工技术没有关系，是关系地产经营的策略问题，也关系到这个项目的效益问题，很重要"。余工说："这不是我的事，我可以如实向老总报告"。

12-2 越位

　　第三天上午，余工在工地上遇见小勇，余工说："你托我的事，我向我们公司营销部经理讲了，他约你今天下午两点钟，你先和我们营销部刘经理交谈，你准备一下"。小勇说："谢谢余工"。现在已是十点，小勇赶快简单地梳洗一下，脱下工作服，换上干净的便装，赶住市中心的隆兴公司办公大楼。到了那里已是中午十二半点钟，在附近餐馆里简单地午餐。一点五十分钟，小勇走到公司大门，给门卫说明身份和来意。门卫拿上电话说："这里有个姓马的人，说是刘经理要和他议事，你们叫人带他上楼"。门卫放下电话说："你在这儿等一会儿"。小勇走出门卫室，仰望大楼，大楼一共九层，办公楼里透过窗户里面灯光明亮，底层是停在场，不时有小车进出。一会儿，一位小姐走近门卫说："哪位是姓马的同志"？小勇注视了一下，大约二十多岁，不便久视，说："是我"。"跟我来"。小勇小心翼翼跟在她后面坐电梯到了九楼，带他到了一间办公室。一个五十来岁的中年男子坐在一张宽大的办公桌后面，一身笔挺黑色西装。她对小勇说："这是我们刘经理"。小勇赶快上前一步，点头微笑说："刘经理好"。刘经理指着沙发说："你请坐"。那小姐礼貌地放了一杯茶在小勇面前的茶几上说："请用茶"，随后退出了办公室。刘经理说："听余工说你有重要的事要与我们谈，我想你是现场施工人员，一定会有好的建议或重大的信息，不要保留，谈出来，我们共同商议"。小勇想了一下，编出一段故事，说："年前我回乡，听财务科长谈起我们公司想在市区买一层办公楼，说没有房源，现在房产市场很火，价也涨得快。我那时刚好接到你们这个项目的施工任务，我想你们也一定想加快项目的建造进度，尽快进入市场，争取更大的效益，卖个好价钱。我连明连夜策划工期，想把工期提前三到五个月，争取今年九月销售旺季时，至少有三栋房屋满足销售条件，春节时争取全部满足销售条件。节后我把用料计划提给公司，公司财务主任说我的工期比合同工期大大提前，近期用料量大增，甲方合同里没给我们那么多资金，无法满足用料计划所需资金，如果材料赊账价格又要高出百分之十，根本无法承受，唯一的办法是减少用料，不提前工期，按合同工期施工。我说可不可以向开发方建议提前工期，追加资金吗？他们说合同上已写明，按合同工期与工程总款的平均百分比和验工量付工程款。我感到绝望了，所以才找到你们，刘经理，我这想法可能是我个人的'单相思'"。刘经理说："你这想法也正是我们的想法，当初我们订合时，我们也与贵公司商讨过工期问题。贵公司说根据工程量和施工规范已是很合理的工期了，如果再缩短工期，可能到期无法完工。至于分期付款的条款，合同里的条款是行业内通行条款。还有一个考量就是，如果我们为了缩短工期而多预支工程款，有可能承建方将资金挪作它用，如果挪用的资金不能按时回来，反而影响后续工程"。小勇思考了一会儿说："我有一个想法，既能满足我们工地施工的需要，又能解除你们的顾虑。除了你们公司按合同提供的工程款外，提前工期的差额款部分，由你们直接送料到现场，你们所提供材料以市场价格计算，在工程款内扣除。为了减少你们采购的工作量，你们根据我们施工现场提出的急用料数量，只提供河沙，石子，水泥，砖头，钢材大宗建材。其实只要你们跟厂家或商家谈好价格，供货方送料到现场由我们签收，中间环节你们可以不参与，以我们签收的货物数量和价款为准，所需数量由我提前一月提出计划"。刘经理说："你这想法很好，我再跟老总商量一下，如果老总同意，你再来我这里签个协议"。小勇说："很好，刘经理你还有什么指示"？刘经理说："你赶工期很好，但一定要保证工程质量"。小勇说："你放心，我也是学这个专业的，知道质量是工程的生命，我赶工期的措施是严格按规范施工，充分利用计划好的每个工序段的时间，在保证质量的前提下，创造条件，组织好劳力，加大劳力的投入，缩短工期"。刘经理说："你这决心表得如此强有力，我相信你"。小勇说："我工地上的事很多，如果刘经理没什么事，我就走了，感谢你在百忙中抽出时间和我交谈"。刘经理说："我们应该感谢你为我们的利益着想，你慢走"。小勇经过细致思考施工规划，刻不容缓地投入施工，工地一片繁忙的景象，小勇感到高兴，但很紧张，他一刻不停巡视在工地上，注意观察每个施工面情况，注视着每个关键的施工环节。他必须操劳的事很多，责任很大，晚上即使深夜也难以入眠，他想这样不行，必须发挥群众的力量，他决定明天开一个职工大会，发动群众对安全和质量相互监督，对工人的技术培训采取一些措施，以满足工程的需要。第二天，小勇通知各工班长计划好当天的工作量，务必在下午七点钟完成，晚上八点钟召开职工大会。当天小勇抽时间把当天晚上开会发言的提纲和一些规划的数据记录在纸上，思考一些内容的腹稿。开会时间到了，工棚前的坝子里坐满了人，多数人坐在自己放的砖头上，也有人坐在自做的简易木凳上。坝子前面摆了一张桌子，桌子旁边立了一根木条，木条上挂子一盏电灯，小勇坐在桌旁，他干咳了一声说："老乡们，同志们，今晚召集大家开个会，有几件事情要告诉大家，都是关系到大家的切身利益，希望大家要细心听，切记在心上。第一件事是工程质量问题，你们知道你们实行的是定额记件工资制，以完成质量合格的工程量为依据计算工资，质量不合格，不但白费了你们劳力，而且还要赔偿由此造成的损失，所以要发挥每人相互监督的作用，避免一人失误，大家遭殃，把质量事故苗子消灭在萌芽状态。决定每个班组选出一名技术好的质量员，负责对质量的监督作用。第二件，是安全问题，安全的重要性不言而喻，也要发挥大家互相监督和互相关照爱护的作用，有些不安全因素是自身不会觉察的，需要别人提醒，这是人与人之间最大的关爱，也需互相监督，每个班也要选出一名安全员，每天负责早晨的安全讲话，处理安全事宜。工班长组织好班员的工作外，还协助好质量员和安全员的相关事宜。第三件事是，关于各工种班内的协调工作，作好了工种的协调配合工作，可以大大的减少一些无效劳动，达到提高工效，增加我们参与人员的工资。比如说，泥工和供砖灰的普工，你们都是以共同完成的工程量计算工资总额，按每人的系数来计算分配工资。如果你们供砖，供灰到位，而且灰浆柔软，泥工操作顺手，顺势，他们就不会有多余的和无效的动作，效率就会提高很多，工资也会相应高很多。又如混凝土工，如果倒混凝土的人，每次倒混凝土的量合适，部位准确，捣固的人就会合理利用捣固时间，就不会有利用振动来推移混凝土的多余动作，提高工效。当然还有很多工种值得探讨研究的地方，总结提高工效的办法，关键是我们要相互理解，配合协调"。"关于工种技术间相互关联和操作技艺的认识和熟悉，对相互配合和协作产生共识，是我要讲的第四件事。工种技术的相互学习和技术培训问题，为了解决施工中各环节对各种技工的需求不平衡的矛盾，仍需要一专多能的人员，一专多能的人不但能适应工种技术的需要，还有会协调配合工作，提高工效。我们各种技术的师傅们，一定要有这样的认识，我们是一个整体，要多教导学徒，不保留地传授技术，只有整体效益好，我们个体效益才会好。关于学技术的重要性，我们在座的人，都是没有大中专文凭的人，处于下层的劳动人民。农村有句俗话'养儿不学艺，担断箢篼系'，过去三年学徒期，只有吃饭，不拿工资。我们现在实行一项新的办法，学徒开始学技术入门，拿所在技术工种工班平均工资的百分之六十，以后根据你技术熟练程度，由班里师傅们的评议，决定工资水平。虽然比普工工资低百分之十，学到了技术，长期工资会高很多，而且就业门路会宽很多。如果有愿学技术的，在我这里报名，我根据工程需要作出安排。另外我根据具体情况，安排各工种的技术课。另外我在这里强调一条集体纪律，每个人都要遵守劳动纪律和规章制度，晚上工棚内九点以后，不准打扑克，打麻将和高声喧哗，影响他人休息睡觉，上班前不准喝酒。今天的会就开到这里＂。会后各工班长到中民办公室坐下，协调了明天各工班的用工人数，最后小勇说：＂你们班长在班里作了很多工作，希望你们今后作好班员的思想工作，向班里解释增加学员的好处，搞好团结。从这个月开始，给你们每个人每月十元的班长津贴，另外你们下去在班里推选质量员和安全员，一定要选出技术好，认真负责的人，每人每月也给十元的津贴。你们三人一起要配合好，把班里的安全质量搞好，把效率提高＂。经过小勇一番从组织和制度上下工夫，加之大家对食堂饭菜满意，工人们的工作干劲大，学技术热情高，团结互助，施工进度加快。开发方监理很满意，将这个情况汇报给开发方老总，老总觉得提前工期有望，叫余工通知小勇到总部签署协议。来到开发公司刘经理办公室，小勇被刘经理带到了老总的办公室，宽大的办公室，两边墙上挂着两幅山水画，中间一盏黄色罩的水晶吊灯，办公桌足有两张饭桌那么大，暗黄透暗红色，座椅靠背的雕花高出人头，扶手雕塑的图案露在手外。椅子上坐着一个看似五十多岁的中年人，身着衣服却很朴素，一身黑色便装。刘经理介绍说：＂这是我们唐总＂。唐总面容威严而微笑，小勇毕恭毕敬地说：＂唐总你好＂。唐总指着沙发说：＂马小勇同志请坐，今天，本来我没有权利找你私下违反商议法定合同的条款，但经过我们公司研讨，我们的行为并未伤害我们双方的商业利益，而且对双方都有利。我们唯一担心的是，你是否能达到质量标准和预期的工期＂。小勇说：＂唐总你放心，我的建议是经过我反复推敲，慎密的思考定下来的。质量问题有现场监理严格把关，工期问题，只要材料供应能满足，我会全力以赴，三个月就可以初见效果，欢迎你们经常到施工现场视察＂。唐总说：＂如果你能在质量，工期上达到预期的效果，我将在A区完工后，奖励给你一套八十平米的房子，但要到B区也按这样的速度和质量完工后给你产权＂。小勇说：＂感谢唐总的鼓励，但我看重的是贵公司经营效益，我知道房地产投资是巨大的，市场变化也是莫测的，争取有利的市场时机非常重要，时间就是金钱。只要你们的效益好，我们房建公司才会有业务。我很看重我的信誉名声，我只要有信誉和名声，这就是我的资本，比什么都重要＂。唐总说：＂看不出你这么年轻，有这样的商业头脑，我相信你会干出一番事业来。刘经理你把起草的协议拿出来给小勇看＂。小勇看了协议后说：＂协议很好，我建议你们送料的款项半年后才与我们公司清算，目前我们两公司之间仍按合同条款清算，以免引影我们执行协议。半年后工程进展已见成效，初具规模，已成事实，双方利益显现，双方会认可＂。唐总说：＂就按马同志的意见，把那条修改，我们饭后就签字＂。小勇说：＂刘经理你现在就修改，我马上签字，我现场的事很多，就不吃饭了＂。唐总说：＂这样也行，看来你是个干事业的人＂。小勇回到工地已是下午，他到工地巡视一番，来到杜工办公室，杜工正在复印图纸，小勇询问了现场施工进展情况。杜工说：＂如果要达到同时开工三栋房屋，施工技术方面的工作有可能跟不上＂。小勇思索了片刻说：＂这样，我把小林调来协助你，他也自学大专课程，会描图，他来协助你专描加工图，你指导一下，过一段时间他就熟悉了，你主要注重现场的施工技术"。杜工说："那样当然好"。一月后石玉林承包的三栋基础的土方毛坯已经完成，接着他又开始挖第五栋六栋基础的毛坯。小勇自己工人清理完一栋房屋基础，接下来按施工进度有序施工，钢筋工开始扎基础地梁钢筋，钢筋扎好后，安装木型。混凝土工人开始浇灌混凝土，混凝土养护到期，试压强度达到规范，开始砌砖。自己挖基础的工人开始清理另外三栋石玉林包工的毛坯基础。紧接着扎钢筋，安装木型，浇灌地梁的混凝土，砌砖。形成流水程序施工，工程施工全面展开。工地上技术工人不足，小勇把五十个普工中的二十几个人，充实到技工班学习技术。白天由师傅现场教授技术，每天晚上由小勇组织一个工种的学徒进行技术理念和操作要领的授课，这些学徒学理念，技巧加实践的方式，学员技术进步很快，有二十来天的学习就掌握了基本操作技能。由于施工面宽，实行流水作业，既保证了工人工作量饱满，又满足了技术规范对构件养护的时间要求，工程进度顺利。工人长时间在同样的工序中，完成同样的操作技术，动作熟悉，工效提高。由于材料供应及时，一天小勇对赵成林说："你把上季度工程清算的总工资额按相关规定计算到每个人头上，计算好后张榜公布"。几天以后晚饭时，食堂里挤着一堆人在榜上寻找着自己的名字，从人堆里往外挤的人，脸上都带着笑容，往里挤的人都睁大了眼睛，伸长了脖子，他们都拿着空碗筷，出来的人议论说："真好，我今年的工资比去年多了两成，吃得也比去年好，看来我今年运气好"。人们个个笑逐颜开，议论纷纷，随之工地上干活也热火朝天，工程有序快速地进展。七月份第一栋房屋封顶断水，第二栋已到了第八层，第三栋到了第三层，第四栋开始砌第一层。工程进度奇迹般地向前推进。一天唐总来到工地，看到一个全新的场面，耸立的房子，热火朝天的施工场面，赞叹到，真是奇迹，做梦也没想到我现在就可以卖房子了。他由余工带领走到小勇的办公室，办公室门锁着。他们又往工地上走，到钢筋房看到小勇穿着一身沾有尘土的工作服，正拿着图纸给工人讲解。小勇看到唐总走来，他放下图纸过去迎接唐总，小勇说："唐总你好，我这一身脏，很不好意思，我早就盼你来视察指导"。唐总说："你干得不错，我已定好滨江饭店，我们到那里去交流一下"。小勇说："谢谢唐总的盛情，你看这工地上，实在走不开，你有什么指示，请在这里讲"。唐总看到实在太忙，就说："对于工程进度我们很满意，已有一栋达到销售条件，我们想尽快上市，为了买房人有样品房看，我们想立即装修第一层楼两套房，作样品房和售楼处。一楼以上的水电铺设，门窗安装尽快完成，趁旺市进入销售，回笼资金"。小勇说："明天就可以进行装修，整栋房屋的水电铺设和门窗安装我们在二十天内完成"。唐总说："我们就不打扰你了"。唐总和余工边走边说："你在现场，他们在抓进度时是否有忽视质量的现象"？余工说："我们对施工过程进行全方位的监视，没有放过任何环节，我们有完整的施工日志记录和现场取样的试验报告，这些资料市房监管局验收时有严格的规范。马小勇同志自学自考大专毕业，他不但有理论知识，更可贵的是他有各工种熟练的技术操作知识，一般的工程技术人员不具备。由于有理论和实践技术，又有吃苦耐劳精神，踏实肯干，善于思考，创造一套独特有效的管理体系和制度，从质量到安全调动每个人的积极性，从施工的过程中没发现过失误"。唐总说："在他身上看到是一个全面发展的人才，我在想，是不是我们把他挖过来，我们自己组建一个建筑公司，自己的项目自己建，把建造的利润也捞在包里"。余工说："等这个项目完工后再找机会"。唐总说："这话我只给你说过，你不能对任何人讲"。余工说："我一定守口如瓶"。

12-3 弃男弃女同居

　　小勇被繁忙的施工忙得不知天日，一天晚上，工班用工协调会后，其它工班长都离开了小勇的办公室。普工班长罗长安坐着不动，其它人走完后他说："马工头，我们工具房里住了一对男女，不知道他们是一对夫妇，还是一对同居者，工班的人很有意见，说他们把工具房搞得乱七八糟的。要是同居者，后果不谌设想，如果工班的人告到派出所，是要抓人的。这两人可能你也认识，女的叫苏兰，男的叫马树久，你是不是可以过问一下这件事"？小勇一听立即惊奇起来，他不敢明说自己和两人的关系，只说道："罗班长，这事说大也大，说小也小，在我没弄清楚以前，你也不要声张，由我来处理"。罗班长走后，小勇想，这段时间我很忙，堂哥来工地上班，我没时间也没心思去与他接触交流，他们怎么就这么快走到了一起？只有找个机会与他们交谈，第二天工地巡查时，分别给苏兰和堂哥说了今晚七点在味全食店聚餐。晚上七点钟小勇要好了酒菜等候，马树久准时到了食店，坐下后说："小勇弟，我在大门口碰到苏兰，她问我到哪里去？我说我堂弟请客，约我到味全食店，她望着我像是在思考，片刻后说，'他也请了我，我就不去了，你代我谢他'，请我转告你"。小勇斟满了酒，递给堂哥说："哥你坐下，我们边喝酒边聊，我这段时间很忙，我这个当弟的不够格，没有关心你"。堂哥说："你一天都没睡几个小时的觉，哪有时间？你只要把你的事业搞好了，我这个当哥的就高兴了"。小勇说："哥，你知道我约你来聊什么吗"？堂哥说："不知道"。小勇说："苏兰像是猜出来了，你和苏兰的事，有人反映到我这里来了，你谈一下吧"？堂哥喝了一口酒，低下头，满面羞色，不敢面对小勇。过了一会儿他说："我刚来工地，又没有什么技术，罗班长分配我和苏兰一起搅拌灰浆，空闲时坐下聊天，不免谈起家乡的事，家里的事，后来越来越熟，谈起了各自的所见所闻的事。开始谈起自家的事，自己的事，表情上看不在乎的样子。后来我们越谈越觉得有共同的语言，共同的感受，她说话时也开始经常流泪，我很受感动，用言语安慰她。那段时间她说，她经常睡不着觉，失眠，下班后她常约我出去散步，这样晚上入睡好一些。我陪她到外面散步，春天晚上外面散步还很冷，我们又没其它地方可去，就到工具房去坐着谈，那里一片漆黑，谈着谈着，在一起控制不住感情，我们就走到一起了"。小勇说："你们遭遇相同，同病相怜，又是同龄人，可以理解，你们今后如何打算"？堂哥说："我想我们就在一起"。小勇说："你们俩都没离婚，是有妇之夫和有夫之妇，法律上你们这样是犯法的。从道义上讲，他们出轨在前，你们同居在后，有情可原，但走法律程序还是必要的"。堂哥带气愤的口气说："这些烂婆娘，野男人在什么地方，音信渺无，没有当事人找谁离婚去"？小勇说："这种情况听人说，可以到法院申述离婚，由法院传讯，开庭时如一方不到庭，只好休庭，经过多次传讯，仍不到庭，视为原告申述是实，可判离婚"。堂哥说："我们哪有那个钱请律师，耗得起那个时间"？小勇说："听说，只要村里出证明，没有收入，可以申请法律援助"。堂哥说："我到村里开个证明是可以的。苏兰可就难了，他公爹就是村支书，他能盖那个章吗"？小勇说："我想要是威胁他一下，他只有盖章这一条路可走"。堂哥问："怎么威胁他"？小勇说："只要苏兰跟她公爹说，他儿子跟有夫之妻私通，有人证在，追诉起来是违法坐牢的事，要是和平离婚，就算了事，他就盖章了"。堂哥说："那要多长时间"？小勇说："你只要走了法律程序，今后有什么事也好办了，但这是你们今后一生的大事，你们好好地商量"。他们饭后各自回到了工棚。

12-4 后果

　　小勇回到办公室，开用工协调会，做工程日志记录，忙完后想到杜工办公室去，一看已到十一点，杜工可能已睡觉。他感到身体疲乏，但恼子里很乱，他喝了几口水，静坐着，想着近几个月每样事务性工作，赵成林的开支账务，工人的预支账务，伙食团账务都没有过问，这些账务是否合规和清楚，他想第二天通知赵成林归纳一下账目给他看。民管会所提出的建议是否落实同时过问，好在各班都有质量员，安全员对工程质量和安全起到了时时的监督作用。开发方监理对工程质量的监督也起到了不可替代的作用，这样大的工地，管理人员少，进度又快的情况下，能达到目前的效果已是很不容易。工程在紧张的进行，不能松懈，明天一定找杜工交谈一下工作情况。第二天小勇和杜工到工地巡视和技术指导的间隙，他们坐在毛坯房里楼梯坎上，小勇说："杜工这段时间多亏你的操劳，才有今天的进度，你对施工技术方面有什么好的主意和意见"。杜工说："工程面是宽了一点，进度是快了一点，我虽然累一点，但还能应付，好在有小林的帮忙，他学习进步快，现在除了绘图外，还能协助做一些施工技术方面的工作。加之我们各施工点都是同一套图纸，熟悉以后，工人操作少一些操作技术熟悉的过程，我们的技术指导量也相应少了许多，巡查工作有质量员和安全员做我们的耳目，给我们减少了一些工作上的压力"。小勇说："杜工如果你工作忙不过来，一定给我讲，不能把身体拖垮了"。杜工说："目前我还能应付，我建议我们目前还要加强巡查力度"。小勇说："从现在开始，我提前一个小时上班，对前一天的工程面进行巡查，中间也增加巡查次数"。杜工说："这样更好"。在紧张忙碌中又过去了两个月，已经有三栋房屋封顶断水，房屋销售进入火爆季节，销售部挤满了人。门前停满了小车，一到星期六和星期日，无停车位。销售部与小勇商量，把一块绿化地平整后，作为临时停车场，修建的速度赶不上销售的速度。工期大大提前和开发商利好的消息不断传入建筑总公司。一天下午，姜总突然出现在工地上，没人陪伴，一个人东瞧瞧，西望望，又到销售部去看墙上的销售图表，走到销售部门口，碰到巡视回来的小勇。小勇马上迎上去说："姜总，你这贵脚好久到的"？姜总说："三日不见，当刮目相看，你现在什么都不要说，走，我们找个地方说话"。他们俩打一辆车到了滨江饭店的单间坐下，小勇要了茶，点了酒菜。他们边喝茶喝酒，边聊起话来，姜总说："我们公司的领导和各科室的头，耳朵里灌满了你项目花样繁多的消息，对我们震动很大，议论纷纷，我这次受公司委托，实地考察。你用什么办法越权合同约定条款，得到了开发方的材料？又用何种办法调动了全体人员的积极性？工期又出奇的快＂。小勇说：＂姜总，我没有什么魔法，也没有三头六臂，我只是关心了工人的生活，让他们吃饱，吃好，吃省，叫他们工作中团结合作。我亲自利用有余的时间给他们上操作技术课，普及各工种的技术知识，提高学技术的兴趣，使各工种间协作配合提高工效。工人挣得更多的工资，激发工人的干劲，施工组织上策划好时段工期，就这些＂。姜总说：＂你这些高招在哪里学的＂？小勇说：＂我不是学的，我是在当工人学技术中的经验教训和体会。至于如何激发工人的积极性，是我生存在下层社会的人生经历，理解他们生存的压力和来自人性追求利益的本性，并加以利用。至于组织施工，工期的策划，施工规范中已经阐述得很清楚＂。姜总说：＂你又为何要越过公司，私下和开发商订立协议，满足材料的需求？这是违规的事，你是如何想的＂？小勇心想这是姜总在追讨违规的罪责吗？但我没给公司带来负面影响和经济损失，而且是带来利益，于是说：＂希望贵公司对我的越权行为给予理解，原谅，是我的幼稚和无知。当初我们劳务公司是我代表公司到贵公司订立的合同，我应该无条件的遵守。是我脑子发热，当我把材料计划交与你们公司材料科，后来财务科说资金无法满足购料计划的要求时，我绝望无助了！因为我与工人签订了劳务合同，我无法面对外出打工求生的打工仔！利用开发商追求利益而越权。当时幼稚地想，房地产市场后市将火爆，开发商一定想尽快建成销售，为开发商赢得时间和利益。只要他们有了利益，我们就有了声誉和业务市场，就主观私下越权和开发商订立了协议。虽然贵公司没有经济损失，我的越权行为是错误的，我应深刻反省，检讨＂。姜总说：＂我只是想了解你的想法，但不认为是错误的。现在开发商很满意，给予了很高的评价，我了解后回公司向我们公司管理层作出解释＂。小勇说：＂感谢姜总的理解＂。小勇给姜总斟了满满一杯酒，又给自己斟了一杯，举杯说：＂感谢姜总多年对自己的教导和关照，今天又给予理解和支持，我终身难忘＂，他一饮而尽。姜总说：＂我今天只针对你近段时间的表现，我个人认为，你是个有发展潜力的人，做出的成绩应予以肯定＂。小勇说：＂上次我到贵公司订立合同时，想与你交流，你很忙，我很遗憾＂。姜总说：＂其实上次订立合同时，我是有时间的。由于我们之间相处多年，如果我来组织投标，别人会怀疑我们之间有什么背后的交易，对投标施加影响。我知道你有竞争优势，投标成功是无疑的，所以我借故离开。这次我来考察是想来了解你用一种什么样招数，把工程进展这么快？开发商为什么愿掏钱支付料款？了解以后，你这种方式不一定是错误的，说不定在新形势下的一种新模式。希望你继续发扬这种精神，把工程做下去＂。小勇说：＂感谢姜总的支持＂。小勇给姜总打了一辆车回公司，预付了车费，小勇自己坐公交车回工地。姜总一路在想，马小勇是位奇才，能使未曾蒙面的开发商相信他，能调动那么多人的积极性，能把施工策划得有条不紊，是位难得的人才，今后好好地对待和利用他。小勇坐在公共汽车上也在思考，我这样做并没伤害他们公司的利益，而且还给公司增加了利益，赢得了信誉，好像公司还有兴师问罪的意味。这个项目我得坚持做好，尽快完成。如果公司还不理解，B区项目有我对开发商影响力，我带着项目去投靠另外的建筑公司。姜总回到公司第二天开办公会，会上姜总把考察到的情况如实作了汇报。材料科长说：＂他们劳务队只是一个承担劳务的第三方，与开发商没任何的直接关系。他越权与开发商私下定协议，把我们合法方不放在眼里，这样发展下去，今后很可能抛开我们，另立山头，如果其它项目队也仿效，其后果不堪设想，所以这次一定要惩罚一下，成为个榜样"。劳资科沈科长说："柘科长的发言很有道理，今后我们对合同要有严肃性和权威性，无关方不得随意单方越权更改"。行政科孙科长说："目前我们公司扩展很快，各施工队里我们公司正式职工已经很少，主要劳力来自劳动服务公司。我们自己的职工在工地上只起到后勤服务作用，施工技术的指导，工程还得靠他们去完成，我们的声誉还得靠他们去赢得，充分发挥他们的积极性很重要。马小勇这个项目干得很好，开发方很满意，评价很高，还是我们公司的招牌，赢得的还是我们公司的声誉和业务，而且还有我们的经济利益。如果我们惩罚他，其它项目队也会寒心。我们的客户也会认为我们不能接受好的施工管理模式，不接纳好的施工队伍，对我们的声誉是极大的伤害，对后续业务极为不利。我们如果教训小勇的施工队伍，反到使他名声大振，带着客户离我们而去。我的办法与你们恰恰相反，我们应大张旗鼓地表扬他们，奖励他们。表明下面项目部取得好的成绩，代表我们公司，是我们公司领导有方，职工努力的结果。这样把下面的好声誉上升到公司，我们就会接到更多的业务，交给他们去努力完成，我们不是坐收名利了吗？至于他们要抛开我们，另立山头，他们这样的劳务公司就只有劳力，要另立山头，还差得远！立山头要有资质，有资产，有企业机构，科室，有职称的各类管理人员，经过政府各部门审批，不是那么容易。有一点倒是很容易，有声誉了，带着客户另投山寨。也许这是我的谬论，供各位探讨"。姜总说："孙科长的发言给了我提示，今后是否从制度上给基层项目部一定的权利和灵活性，充分发挥他们的主观能动性和积极性，这个问题留到以后讨论"。时间很快又过去三个月。一天，建筑公司开来一辆大客车，车上坐满了人，由姜总带队，各科室的头，各劳务队的代表来到工地参观学习。下午在工地开了一个表彰大会，表彰了参与工地施工的管理人员，特别奖励马小勇一千元，号召大家向马小勇学习。会上叫马小勇介绍经验，马小勇内心很不情愿，别人会认为我张扬，这样会伤害其它项目头的感情。自己费了很多心思，好不容易摸索出来的经验，捧手献给他人，心有不甘，但是又碍于姜总的面子，他只好应付地说："各位领导和朋友们，我没有什么经验，我人年轻，社会经历浅，不及在场的各位领导和朋友们，见多识广，知识渊博。所有的成绩，都是各位领导的支持和工人的努力，还有开发商的支持"，还讲了一些客套话，会后由公司出钱在饭店吃一了顿饭。

12-5 第一桶金

　　到了十二月初，A区房屋已有五栋封顶断水，被销售一空。小勇给杜工说："为了后续工程施工的连续性，B区工程如果还是由我们承建，应尽快签署合同，作好施工策划安排"。杜工说："我一定传话"。第三天，杜工说："叫我带口信给你，明天到公司去一趟"。第二天小勇到了行政办公室，孙科长说："开发商要求你参与订合同，并提出施工策划书，在会上宣读，让大家商讨。所以叫你来，领取图纸，草拟施工策划书"。小勇说："我是第三方，没资格参与"。孙科长说："是人家点名叫你参加，我们拿不拿得到这个项目，关键看你的了"。小勇说："我遵命执行"。小勇拿到图纸，回到工地，仔细看了图纸，经过三个夜晚的慎密思考书写，完成了施工策划书。订合同那天，公司开了一辆丰田牌七座车，由姜总带队，有孙科长，沈科长，尹科长，李科长和马小勇参加。到了隆兴地产开发公司小会议室，会议室四周摆满了沙发。根据沙发的座位，茶几上放上茶杯，一个一身工装，二十多岁的女秘书，给每个人的茶杯泡上青茶，招呼他们坐下。一会儿房产公司唐总带着四个人，每人身着黑色工装也走进会场，相互招呼后坐下，唐总说："首先感谢贵公司派出了最优秀的施工队伍，提前保质保量完成了工程任务。我们对A区的质量和工期非常满意。所以B区项目，我们就不在社会上进行招投标，直接与贵公司签署合同，对贵公司前来商谈表示感谢。还要向贵公司道歉，我们A区工程中越权地和施工队签署协议"。姜总说："马小勇同志为了提前工期，主动地与贵公司达成协议，保证了工程顺利进展，我们公司表彰他这种为合作公司的商机而努力的精神，只有合作方有了发展，我们才有发展，合作共赢。我们今后大力提倡和发扬这种合作共赢的精神，感谢贵公司的支持"。接着由施工方读工程策划书，沈科长把策划书递给小勇，小勇说："沈科长，还是你念，这个场合只有你能代表公司，才有资格发言"。沈科长瞪了他一眼说："还讲那些规矩！你写的，你读更合适，也讲得更清楚"。小勇只好接过策划书，边念边解释。念完后，沈科长说："请唐总提意见"。唐总说："对于现场施工我不熟悉，我只注意了工期。工期跟A区项目差不多，只是没有详细具体阐述每栋房屋的封顶断水时间，至于质量问题有监理把关"。小勇说："唐总，我知道对于封顶断水是销售的基本条件，对于每栋房屋封顶断水时间，受很多的不可预测因素的影响，如地质条件，资金和材料市场，劳力等因素。当然我会像A区施工一样，创造一切条件，尽最大的努力提前工期，配合贵公司的销售"。唐总说："我可以说，我们公司从各方面全力配合施工，满足施工的资金需求"。姜总说："感谢唐总的支持，我们还是把合同商讨一下吧"。刘经理把合同文本逐一送到每个人手里，会议室里沉默了一个多小时，人们陆续地抬起头来相互观望。唐总说："姜总，你们对合同有什么不同意见"？姜总看了一下尹科长，示意他发言。尹科长说："合同条款的内容跟A区合同一样，是不是把贵公司A区与施工队签订协议条款补充进去"？刘经理说："补充进去并不难，形成具有法律效力的条文，必须严格执行，但文字内容细化到每个施工点，施工时段，施工过程中影响变化的因素很多，不切合实际"。柘科长说："刘经理说得有道理，要现在细化，难度是很大。我们之间资金如何划拨？确定标准和时间也有难度。我建议给现场施工队更大的灵活性，采用A区的经验模式，他们直接与地产公司协议合同之外事项，只要协议不违背合同条款和伤害双方利益为前提，放宽施工队的事权空间"。姜总说："这倒是可以考虑的事项"。李科长说："只要不影响我们公司款项的清算和清算价格不违背合同条款可以考虑"。唐总看了一下财务处张处长，示意他发言。张处长说："不管采取什么模式，必须坚持合同清算条件，质量合格的工程量为工程款清算的依据，以工期为奖惩前提"。小勇说："这是我们搞施工的最基本原则，也是我们的目标"。会场里静了下来，没有人发言，唐总说："看来对合同内容加上上述一条，其它没有异议，合同通过，成立。为了庆祝我们再次合作，今天中午我们在滨江饭店设便宴招待大家，希望大家光临"。在午宴席上，唐总和姜总举杯言欢，交头接耳，充满社交场面客套话，尽醉而散。车子把小勇送回工地，一路上小勇在车上想这个项目开发商一定赚得盆满钵满，在酒桌上那样高兴，他许愿奖励我一套房子的诺言忘记了没有？但又不好向开发商讨要。到了工地，小勇又开始忙活，到了十二月份，年终结算快要来临，争取年底A区最后一栋房屋封顶断水。他要把一年的工程资料准备好，办理年终清算。白天在工地上组织施工，晚上整理资料，已是寒冬，冻得手脚麻木，他去买了一个电炉取暖。年底将验工资料交给公司进行清算。春节前小勇回到公司，公司财务室夏主任向他通报了他的项目结算情况，按照劳务合同价计算整个工程人工费，除去所有已支付款，结余六千五百元。管理费结余七千三百元。一共结余一万三千八百元。按照项目合同三七分的比例分成，项目队分得九千六百六十元，由马小勇支配。马小勇经过仔细思考，为了今后长期的发展，搞好公司的人际关系，不能独自揣入腰包，成为人人羡慕的万元户，遭人嫉妒，把这些钱作为项目队应酬的备用金。小勇想和公司管理层搞好关系，在镇上最好的饭店野味饭店要了一个包间，邀请公司七位领导和各室负责人聚餐。在宴会上大家互相敬酒，互相祝福，客套话和笑声充满了包间。坐在桌上方的张经理说："马小勇同志是我们公司劳务队工头中最优秀的人才，因为他的项目得到了建设方的高度赞扬，提振了我们公司的声誉，我代表公司，借马小勇的酒，祝贺他的功劳，鼓励他继续发扬光大，我们大家举杯祝贺"。大家一饮而尽，小勇示意服务员给每人斟满酒，举杯说："我所有的成绩都是各位领导的大力支持，指导所获得，归功于各位领导，今天各位领导能光临，我深感荣幸，在今后的工作中还望各位领导赐教和支持"。他举杯一饮而尽，大家跟着举杯同饮。春节过后，小勇初五来到工地，看到销售部已关门，门上贴着一张告示。告示：尊敬的客户，A区的所有房屋已销售完毕，如客户中意本小区房屋，即将开工的B区是同类型同结构房屋，将在今年八月后陆续交房。为了满足客户的期望，节后上班时间来本销售部签订意向协议，签协议者有优先购房权和以顺序号优先选房权。由于房源有限，本次活动只到二月底为止。特此告示。隆兴房地产公司销售部，一九八九年二月九日。小勇看了告示，心里一阵紧张，又一阵高兴。紧张的是工期太紧了，但还是可以实现；高兴的是，许愿的那套房有望了。小勇又打电话通知小林，节后法定假满就上班放线。又去找石玉林签订挖基础土方的协议。由于都是熟人，一切都很顺利。节后上班小勇把河沙，石子，水泥，砖头，钢材用料计划提交给余工，请他转交给刘经理。第二天余工通知小勇到公司签署协议，小勇准时到达唐总的办公室。小勇说："唐总好，刘经理好"。唐总说："今天找你有两件事，一件是你的用料协议，这个就按原协议办理就行了。另一件就是上次承诺奖励一套房子的事，我特别向销售部打招呼，给你留了一套二楼坐南朝北八十平米的房子，你在协议上签个字，到B区工程完工交验后，才能过户"。小勇说："谢谢唐总的关心，我一定竭尽全力，按唐总要求的工期完成工程任务"。唐总说："我全力支持你"。小勇签完字，道别后赶回到工地。采取A区的措施组织施工，甲方配合，工人对去年打工生活和工资都满意，技术更加熟练，热情更高。经过一年的忙碌，终于保质保量完成了B区工程的任务。小勇也拿到了奖励的房子，又得到B区的工费和管理费盈余一共一万八千五百元，给杜工一万元。小勇加上奖励的房子，小勇的资产达到八万多元，在当时已是很大一笔财富，在老百姓眼里他已是个富翁土豪。他做梦都没想到自己一下变成了有钱人！又高兴，又感到有无数双眼睛在看着自己，猜想他们在想什么呢？是想办法挣你的钱？

是想伸手要钱？还是逼着抢钱？他种种的猜测，越想越觉得害怕，现在不是吃穿生存的压力，是精神的压力和负担。他想怎样掩盖自己的财富，他决定穿着，吃喝，出行跟以前一样俭朴，简洁；说话处事要更加地低调，随和，不能暴露自己的财富。就是父母，弟妹，亲朋好友之间都一样地保密。他思考着，怎样利用这些资产和发挥自己的能力，为自己的未来一生事业的发展铺垫。

第十三章

13-1 别墅的秘密

　　又经过一年的精心组织施工，圆满地完成了B区全部项目，房屋销售接近尾声，小勇一套八十平米的奖励房也已过户到小勇名下。一天上午，唐总一个人开着小车来到工地，看到小勇正在指挥工人拆活动房屋准备搬迁。唐总下车，走到小勇背后对小勇说："今天你有时间吗"？小勇这时转过头来，看到是唐总，马上笑脸相迎地说："唐总多久到的"？"我刚到，有事找你商量"。"有什么事尽管吩咐"。唐总说："上车我们找个地方慢慢地谈"。"唐总你稍等一会儿，我去安排一下就跟你走"。小勇找到小林，把现场的事宜交待给他。随后上车来到滨江茶馆，到了一间包间，要了两杯龙井茶，坐下后唐总问小勇："你结婚了吗"？"没有"。"你家里有几个兄弟姐妹"？"就一个弟一个妹。弟妹都在读初中"。"你爸妈都在家吗"？"都在家务农"。"你家的亲戚朋友情况怎么样"？"我高中没有读完，就出来打工了。我的家祖辈都生活在那偏远的山沟，加之穷，与外面没有什么联系，也没有什么亲戚朋友，我母亲只有一个姐，姑父姑母都在农村务农，表哥也在建筑队打工。我父亲有一个哥，伯父伯母也在农村务农，有一个堂哥也在外建筑队做零工"。"有没有亲戚朋友当官的"？"哪有那个运气和人脉"？"所以都是务农或打工仔"。"你认识和往来都是些什么人"？"我从出来打工开始，就和一起上班的工人在一起，直到现在，劳务队里还是原来的师兄弟。和劳务公司的领导，除了工作关系外很少交往，接触你这样的高层次老板还是第一次"。唐总说："你觉得好像我在审问你一样，知道我为什么问你这些事吗？对于你的知识面和技术水平我已问过余工。对于你的能力我也有体会。就是对你的背景不了解。我要和你商量的事保密太重要，我要拜托办事的人，社会背景就要像你这样的人，社会背景不要复杂，又要有知识和技术，有能力。我观察了很久，有知识技术的高级工程师很多，但他们接触面广，背景复杂，没有合适的人选。今天算是找到你了，不知道你愿意不"？小勇说："唐总你看得起我，算是我的福份，我涉世浅，社会知识浅薄，技术水平有限，害怕你交给我的事办不好，辜负了你的希望"。唐总说："我观察了你的能力和技术水平绰绰有余，我只要求你，交给你办的事不要对任何人讲，即使别人问到你，只说是一个外国投资老板建的房，皮肤是白的，说话听不懂，不认识不知道是谁。把真相掩盖过去，只有你一个人知道这件事"。小勇说："只要你唐总的话，我一定牢记"。唐总从包里取出一本图纸递给小勇说："这次我在国外旅游时，在一个外国房地产经纪人那里要来的。这房子是外国的house，内部结构都是木架子，外面砖墙只是装饰，我们不可能建那样的房子。我要建的房，外型一样，内部房间布局一样，只是房屋结构全部墙体改为砖混结构，木楼板和楼梯改为现浇混凝土，承重墙体间垂直交接处现浇混凝土抗震柱，和现浇圈梁连接，屋面改为现浇混凝土屋面基层，基层上铺设琉璃瓦。你按照图示尺寸进行设计，画图。图画好交我找人审查一下，然后你按图施工"。小勇大致地翻看了一下图纸说："房子的外形好像电影里欧式别墅，内部结构房间布置较为复杂，现浇体形状木型制作安装较为复杂费时"。唐总说："由于房屋结构复杂的因素，工人按记件工资可能难以满足工人的工资要求，就按平时的平均工资高出百分之五的水平，按记时工计算工资，只要工人认真干活就行，你的工资就按月工资一千元计算，就从明天开始"。小勇说："唐总我不配拿那么高的工资"。唐总说："小勇你不要客气，我给你高工资是有理由的。搞工程按常规需要两个人，一个工程师，一个施工员，你一人顶了两个人，加之承包工程还有奖金，按常规，如果是保密工作还有保密费，几样加起来这点工资就不高了"。小勇为难地说："唐总我有一个难题，劳动服务公司把一百多号人交给我，你这工程用不了一百多号人，现在是三月已过了招人的时节，把他们丢了，他们到哪里去找工作？对不起师兄弟，不能为了我个人的利益，这样做不好"。"小勇，你真是个讲义气的人。这样，我有其它项目也在施工，你把剩下的劳力交给我，我去安排，记件工资水平不变"。小勇说："我代表工友们谢谢你"。唐总说："你看这工程需要多长时间建好"。小勇说："工程量虽不大，但工序和养护时间的限制，上部建筑工程所需时间最快也要四至五个月，下部基础工程不知地势和地质情况怎么样"。唐总说："午饭后我带你去看，看后你抓紧时间设计，画图，计划用料，尽快开工。今后我不会再与你联系，今后供料，供款都由这个人跟你直接打交道"。他从包里拿出一张纸条交与小勇。小勇看纸条上，名字：张宏兵，电话：97635566。小勇和唐总喝茶吃糕点后，坐车来到一个湖边。一条单车道水泥路从湖边山垭口蜿蜒下山一直延伸，经过一段约有一百米长，六来米宽的小道，小道两边是湖水。到了岛上，岛约有十多亩地，除了一条小道与岛连接外，四面都是二十来米高参差不等的悬崖，悬崖下面是湖水，岛靠湖心的一边是沙滩，岛上长满了参天的樟树。他们到岛上已是下午四点，走到岛中心，在一块平缓的地方唐总说："房子就建在这里，建房时用多少地，就砍多少地的樟树，不能多砍，保持森林原貌，弃土堆在林间。在林间低洼处挖一口水井，尽量不砍树。在屋外设计高于房屋的一个水塔，塔上设两个各蓄五立方水的水池，作为过滤池和蓄水池，作为生活用水"。小勇一边看地势和地质，一边听唐总的规划安排。他们转了一圈来到沙滩上，这时夕阳西下，湖面波光鳞鳞，对面青山间点缀着黄瓦屋顶，隐约的公路穿梭其间，湖光山色，小勇陶醉在美景中。"小勇我们回去了"，小勇像在梦中被拉了回来，跟在唐总身后上车。唐总把小勇送回旅店，临走时唐总对小勇说："拜托你了，不要忘了注意事项"。小勇说："我一定牢记，唐总你慢走"。小勇回到旅店找到小林说："有个朋友要我帮个忙，这个朋友对我很好，我必须帮他。我这里的工作就交给你，这个事由我告诉张经理。关于下一步你们的项目我已找好了，你带着部分工人去那里上班，我可能带一部分工人跟我走。如果公司不同意，要你们做公司的项目，你也可以带剩下部分人去作公司的项目，但我这部分人必须带走"。小林说："这个朋友就那么重要？你这个决定意味着脱离开公司另立山头，后果严重"。小勇说："我也考虑过这个因素和可能的后果，就看公司领导如何看待。他们认为我另立山头把我除名，随他们便，我决心冒这个险。这是我们弟兄俩的知心话，你对公司领导和工人说，我去干一个小工程，完工就回来。明天早晨，我写张我带走人的名单给你，通知他们上午十点钟我给他们开个会"。小林说："小勇哥你既然下定决心，就照你的办"。第二天十点钟，名单上的工人都来到搬迁的工地上，小勇对他们说："师兄师弟们，今天叫你们来，有个重要的事跟你们讲。我在外面揽了一个小工程，不属于劳务公司项目，这工程完工后我们就回劳务公司，这段时间你们的工作和工钱由我全权负责。如果有什么问题就提出来，如果你不愿意跟我走，你们可以跟小林在公司项目干"。下面低语交头接耳，有一个才来一年多的泥瓦工说："马工头，我们干完了你的工程，公司不要我们咋办"？小勇说："工作没问题，我可以找到另外的项目"。那人又说："我还是相信公司的力量，你一个人的力量有限，我还是跟公司走"。又有两个也说要跟公司走。小勇记下了他们的名字，一个四十来岁的木工说："我愿意跟马工头，我们相处几年，他为人很好，处处为我们着想，这几年我们吃得也好，工资也比其它项目队高"。小勇说："愿意跟我走的，今明两天你们在小林的指挥下把工棚拆迁完，随后你们就回家休息十天，十天内我给你们带薪假，是平时工资的百分之五十，十天后准时到这里集合"。听说有带薪假，两个要跟公司走的人说："马工头，我愿意跟你走"。小勇说："你们考虑好啊"？"我们坚决跟你走，永不回头"。小勇微笑了一下说："欢迎"。小勇心里想，这人真势利。小勇回到旅店开始认真看图，研究房屋的结构，思考着结构设计。第二天他到商店买回纸张，夜以继日设计绘图，经过十天的努力，设计图出来了，并加注了说明。他到邮电局给张宏兵打了电话，当晚张宏兵来到旅店，一个三十来岁的小伙子，朴实的乡下人穿着，走进小勇的房间问："同志你贵姓，叫什么名字"？"我叫马小勇，你贵姓叫什么名字"？"我叫张宏兵"。"你好，我正在等你，请坐"。张宏兵坐下，小勇对他说："唐总交付你的事清楚吗"？"他全权委托我协助你"。"今后我称呼你张哥吧"。张宏兵说："今后我就叫你小勇弟"。小勇说："张哥我们就不客气了，直截了当吧。唐总交给我的任务，设计图和设计资料交给你，你带回去交与唐总，麻烦他尽快找人审查，争取在一星期内完成，我们工人闲着在等候着开工。另外这两天你尽快地把搭工棚的地方找好，我去联系租用工棚，争取在一星期之内把工棚运到工地，你看有什么困难"？张宏兵说："搭工棚的地方没问题，湖边那块地是朋友已经买了的土地，随时都可以用"。小勇说："我们去吃个饭吧"？张宏兵说："这么忙，我要回去办事，以后有的是机会"。小勇说："好，你去忙吧"。小勇赶到租赁公司，租下两栋活动工棚，付租金后提货。回来后又与张宏兵电话联系，第二天到搭工棚的工地上现场查看，一个星期后工棚搭好了，图纸审查完毕，没有什么改动，开始放线施工。挖开表层土后下面全是坚硬的岩石，在岩石上人工凿基槽很难，只好把个别尖薄的岩石打掉凿平，在岩石上浇灌混凝土地梁，地梁里设计上下各三根十六毫米钢筋为主筋，地梁上面砌砖基础。基础内外两面抹上砂浆，硬化后涂上沥青和铺上油毡作防水层。用泥土将屋内填平夯实，准备进行上部建筑砌砖。一天上午，从湖面上划过一只木船，船上走下五个人，小勇以为是游船，从树杆间看到他们穿着藏蓝色制服，戴有袖章，袖章上绣着小字'市规划局'，大字绣着'执法队'。小勇心里一下紧张起来，来者不善，心里打鼓，他们来干什么？其中一个像是领头的高喊："谁是领头的"？小勇没做声，思考着应对的办法。规划局的人肯定是与规划有关，想起了唐总的话，告诉他是一个外国老板建的，在这上面编故事打主意。那人连喊几声没人应，工人们都放下手中的活看着他们。僵持了一会儿，小勇走出林子带着笑脸地说："我是这里的工头，有什么事"？"这房子是给谁建的"？小勇说："不知道"。"那才奇怪了，你工头不知道给谁干活，那你找谁拿钱去"？"我们是劳务公司卖力气的，只知道把活干好，向公司要工钱，管他是谁的房子"。"你们是哪个公司的"？"我们公司那个地方是山旮旯，我们也是山旮旯出来的打工仔，坐了一天的车才来到这里，说出来你也不知道"。"那我们今天就把这工地上的发电机和卷扬机拉走，房主来领"？"小声"！一脸惊慌的表情说："官人你小声点，你这话不能让他们听见。为了挣钱包工，这些机器都是这些工人凑钱买的，你想这些人穷，钱就是他们的命，你要是弄走这些机器就是要了他们的命，他们要拼命的。要是有个三长两短，你们是贵人，身子骨受损多不划算哇"！那人又说："你跟我们走一趟"？"官人，饶了我吧，这些工人都是我从穷山沟带出来的，都是穷朋友，鸡犬相闻的老乡，这天气又热，一身汗，看到清清的湖水，经不起诱惑，我要是走了，他们下湖洗澡出了事怎么办？平时都是我时刻盯着他们不准下湖，另外我们都在挖土方，要是塌方埋了人怎么办"？小勇又说："你们要是实在不好交差，你就带几个工人走"。那人说："我带他们有什么用，一问三不知，还要管吃管住，你有施工图吗"？"图纸工程师带走了，今天他没来"。小勇又说："官人，我告诉一件事，你们见多识广，前几天我们正在挖基础。一天上午，一个人开了一辆小轿车来，我从没看到那样的人，我只在电影里看到过，个子高高的，鼻梁高高的，像鹰钩鼻子，皮肤白白的，眼仁蓝蓝的，他一看到我说一声'哈罗''哈罗'，当时我一股火气冒到了头顶，他骂我傻罗！傻罗！但一想他是洋人惹不起，又不敢吭声"。他在岛上转了两圈，走到沙滩上看到湖面，吼了一声beautiful。临走时他又对我说一声："拜拜，又一次咒人气我。骂我是瘫子，洋人怎么这样讨厌"。那人苦笑着脸，上船离开了小岛。那些人上船走后，小勇赶到邮局给张宏兵打电话，小勇把情况如实告诉了张宏兵，张宏兵在电话里说："你放心施工，他们敢在顶头上司头上动土"？小勇放下电话，想这房子是谁的？怎么又由唐总出钱修啊？想了一会儿，啊，原来是那样'。执法队长回去向局长汇报说："青山湖小岛上有支施工队在修房子，青山湖是我市规划的唯一风景区，湖里的小岛是唯一的标志性景点，这样一破坏，风景大受影响，我建议采取果断措施给予制止"。他把和小勇的对话一字不漏向他汇报。尹局长说："这事很重要，你们先不要写报告，也不要声张，我去问一下相关部门，弄清楚情况再说"。队长说："听领导的"。

　　滨江饭店顶层的包间里，唐总正和一个五十来岁的人在举杯喝酒聊天，唐总说："尹局长，春节聚会后，又有几个月没有见面了。我这朋友不够格，你对我帮助那么大，无以回报，我这次约你出来，有个事本来我想办好了以后才给你讲。现在遇到点麻烦，我看你住在城里环境又吵闹，空气又不好，工作日夜繁忙，其心难忍。清山湖是我市唯一休闲的好地方，我在小岛上给你修座房子，按照欧式别墅的结构和外型，休闲时你在那里好好地清闲一下。但今天遇到点麻烦，可能你也知道了"。尹局长说："唐总呀，这事可闹大了，幸好那工头什么也没透露，随机应变，我们执法队什么也没捞着"。尹局长把小勇的对话讲了一遍，唐总哈哈大笑说："想不到小勇还那样机灵，随机应变演戏，把你们队长弄得哭笑不得"。尹局长说："要是真的弄上什么人或设备来，那事情就闹大了，惊动了各科室，影响面大了，处理起来就难了"。尹局长又说："位置倒是好地方，有山有水，山青水秀。你给我，我也不敢住呀，可是贪赃枉法，而且也言不顺，名不正呀。要是查起来，我脑袋就保不住了＂。他面呈难色，唐总说：＂只要你不声张，也不邀朋唤友地去那里，你一家悄悄地去休闲，谁还跟踪你吗？关于房产的事我已想好，你不是有个表妹在美国入籍了吗？把她的护照复印件拿来，就行了。房产是外国人的，与你有什么关系？关于购房款的问题，我已经想好了，如何用人民币换成美元。办法是：我有个朋友说福建有个港口的海关，只要给点钱，就可以开进口货物清关单，有了清关单，就可以把人民币换成美元，用我的钱换成美元，再将美元汇往香港银行你表妹护照开的账户上，再以买房的名义将美元汇往内地我的银行账户，资金转一圈，作为购房款回到我的账户，合理合法＂。尹局长说：＂你怎么把这事搞得这么清楚＂？唐总说：＂我们这圈内的人都是有钱人，为了逃税，因为外资投资纳税优惠，在前几年就玩起这游戏＂。尹局长说：＂听表妹说，她们在国外的资产要报税，不知道她愿不愿意＂。你跟表妹说，叫他放心，房产在中国，应向中国纳税，与她无关。而且我们现在房产信息连国内各省市之间没联网，信息都不相通，更说不上国外。再说这么一栋别墅当前也就值三四十万人民币，折合美元也就四万多美元。尹局长面容轻松了许多。他说：＂唐总，承建的公司放心吗＂？＂什么公司呀，自己购料，连购料发票都销毁了，就是那个工头马小勇组织几十个人建。要是公司来建，财务会留下证据，技术和施工也会留下记录和档案＂。他又问：＂小勇这个人怎么样＂？＂我寻找很久才看准了他。他的家庭背景简单，全家亲戚朋友都在偏僻山区务农。他自己高中没毕业就出来打工学技术，自学工民建专业，拿到毕业证，现在正在考工程师，有理论有技术。他诚实，脚踏实地，能干事的人，他涉世浅，接触社会人员都是工人，背景不复杂。这个事只有你我知道，没有第三人知道，小勇也不知道这房是谁的。麻烦你帮忙的事就是岛的地皮问题，这你知道＂。尹局长说：＂这个事由我想办法＂。第二天，尹局长叫秘书通知执法队长和规划办主任到办公室议事，他们迅即赶到会议室，他们二人坐下后尹局长说：＂前几天，陈队长在青山湖执法时在小岛上看到有人建房的事，我已向有关方询问清楚了，确是一位美国投资商所建，他在我市投资办企业，在美国住惯了林间别墅，住在市中心宾馆里，那里嘈杂，空气不好，很不习惯。'上面'同意他自己选一个地方建座房子。现在改革开放，发展是工作的重中之重，引资是重点，要是把这事弄砸了，上面怪罪下来，我这饭碗就端不稳了。这件事陈队长处理得很是恰当，为了配合市里的工作，我们把小岛划归湖边开发地块，由地块开发商支配＂。＂这事由侯主任办理。只要不破坏植被，今后这事我们就不过问了，你们还有什么意见＂？他们二人异口同声地说：＂按领导的指示办＂。

13-2 别墅装修

　　小勇很顺利地用五个月的时间完成了别墅的施工。一天唐总开车来到工地，在房内视察了一遍，对小勇说：＂这房子外形和内部结构，房间布局，都非常新颖，欧化。最后还要看装修，衣服穿好了，就更能体现韵味，你没到过欧洲吧＂？小勇说：＂连省会都没去过，还出国呢＂？唐总说：＂这装修的人哪去找呢？让我思考一下＂，心想有装修经历，有技术，能胜任欧式装修的大公司，他们接触各类业主，与各种人打交道，背景太复杂，加之位置特殊，装修新颖会引起各方人士注意。唐总说："还是由你来承担吧"？小勇说："我哪能承担？欧式装修连见都没见过"。唐总说："这样，我拉你去参观几个欧式装修的房子，再去看一下欧式装修的工地，我给你一个月时间到装修工地去观察，了解，学习，网罗工人"。小勇说："我可以试一下，但心里没底"。唐总说："一个月后你就有信心了"。小勇说："我那些工人怎么办"？"我工地正缺工人，就直接进入我的工地，你怕我收编了你的队伍？你没了'本钱'是吧"？小勇说："哪里话？我是为我那些兄弟们的饭碗着想"。唐总说："你还是工头，按你原来实行的合同关系办，现在你只是挂名的工头，工钱的清算人。你主要的任务仍然是管装修"。小勇心想这是一个学装修技术的好机会，说："唐总你既然这样相信我，关照我，我就使尽浑身解数，全力以赴，你有照相机吗"？"当然有，你要用吗"？"我借用一下，去参观学习的时候，把那些可借鉴的东西照下来"。"你要悄悄地照。如果遇上设计师，是他的杰作，会有意见。跟我上车去办公室去拿，然后去参观"。小勇到了唐总的办公室，唐总取出两个照相机，一个是老式的索尼照相机，体积较大。一个是新式的松下照相机，体积较小。唐总问："你要哪个"？小勇说："为了好携带和隐蔽，我要小的"。唐总说："你要收捡好，这机子可贵了"。小勇说："当然，这么贵重的东西，我一定视宝如命"。唐总说："沈秘书，你教他一下如何使用"。唐总开车把小勇带到一个朋友新装修的别墅里，装修完工了正在打扫卫生。唐总对工人说："小兄弟，你们装修的房子很漂亮，我们想参观一下，我也想装修一套房子"。那人说："欢迎，欢迎，你们随便参观，这里有我们公司的名片"，他递过一张名片。小勇接过，唐总和小勇他俩楼上，楼下，客厅，卧室，书房，厨房，卫生间，门窗，顶棚，地面的用料，样式仔细地观看。小勇第一次看到这样豪华的装修，他边看，边照相。参观完后，他们又到别墅区里另一套外观更为壮观的房子，大门开着，门外堆放一些装饰剩下的边角余料，屋里不时传出空压机的轰轰声和手电钻的嗡嗡声。小勇他们细心观察着走了进去，里边正在安装木门和厨房灶面花岗石，工人在忙碌着，没有闲人。噪音很大，空气里飘浮灰尘，充满了多种气味。唐总他们屏着呼吸向忙碌的工人点头示意，算是打招呼。他们楼上楼下看了一遍，这套房子的装修比先前那一套更豪华，小勇又把特别之处照了相。看完之后小勇坐在车上，唐总问："小勇你有什么印象"？"太豪华了，过去在电影里看到的呈现在眼前，不敢想问，唐总你那房子也要按这样规格装修吗"？"要让人家惊喜高兴，已经花了那么多钱，就不吝啬了"。车子回到市中心，小勇说："唐总，你工作那么忙，我就在这里下车，坐公交车回去"。唐总说："也好，你要抓紧时间，这一个月我还是给你开工资"。小勇说："我无功不受禄"。唐总说："你也在为我奔忙"。小勇说："谢谢唐总"。小勇回到旅店晚饭后，由于旅店位置偏僻，没有可夜游的地方，坐在床上，开始思考近一年多来的往事。唐总对他不薄，出手大方，他怎么就这样看重自己？他想起自己为他的工程提前了工期，他可能在项目里赚钱不少，又想起他对自己身世的调查，可见得保密的重要性，这方面今后要千万留心。他出手大方，送一套房子，开一千元工资一月，在我看来已经很多的钱，赢得了我的心。我为他的恩赐而奔波，竭尽全力，但在他看来，赐给我一套八十平方米的房子，在几万平方米的房子中是九牛一毛。悟出一个道理，过去开国帝王揭竿起义争夺天下，兵士前赴后继，抛头颅，洒热血，为的道义官禄，人的本性被利用驱使，达到帝王富豪的目的。人们在社会中能独立于世道吗？不为五斗米折腰吗？找不到答案，他思索着自己的未来。唐总的作为给了他启示：他要借他人之梯，利用人性达到自己的目的。他决定去买两包最好的烟'红塔山烟'，去向装修工地工人讨教装修技艺和网罗技工。第二天小勇背着背包，里面装着一瓶矿泉水，照相机和包里揣着两包'红塔山'香烟。花掉他五十多元钱有些心痛，但为了达到目的，心里也就坦然许多。他到了头天那家装修的别墅。那里工人仍在安装木门，和厨房的花岗石。他先走向安装门的两位工人，说："师傅抽烟"？他故意把烟举得高高的，'红塔山'的牌子向着他们，二位工人马上放下手中的活，接过香烟说："我从来都没抽过这烟，是毛主席抽过的烟，这位仁兄你是何方贵人"？小勇说："说不上贵人，我是来向师傅讨教的"。"有什么事，请尽管问"。"你们这欧式木门还是比较好的传统欧式样，是你们自己生产的吗"？"是厂方专业生产的，我们只是销售门市的安装工人"。"你们这门有什么特点吗"？"我们这门全是实木制作，而且铁杉木是俄罗斯高寒地带所产，木质坚硬，木质经过挑选，蒸煮干燥，不变形，不易腐烂。相对一般同款式的实木门要贵很多，是房主点名的款式和牌子"。小勇问："你们安装有什么特点"？工人说："木门，门枋，线条都是成品。安装的技艺，就是将这些线条组装到门框上，关键是要把门枋固定牢，线条装配得与门枋浑然一体，又不能有瑕疵。门要固定牢，你可以仔细观察一下我们已经安装好的门和正在安装的门，你就知道安装工艺和过程"。小勇边看，工人边给他讲解，经过观察和思考，小勇已了解门的安装和质量优劣标准。小勇最后问："我今后要安装这样的门你能来给我干吗"？"你要到我们门市买了门就包安装，我们门市在长安装饰材料市场，圣西门门市部"。小勇作了记录，又走到客厅，看到两个工人正在安装吧台花岗石，他又同样喊他们抽烟，那两人也同样放下手中的活，用惊奇的目光接过香烟。小勇说："师兄们，你们安装的板材颜色这么鲜艳，是天然的石材还是人造石"？"这位老兄，我还没铺过人造石板，这是天然的上等花岗石材"。"这种质地坚硬，耐磨，花纹颜色有多种。你到装饰建材市场就可以看到，质地颜色不一样，价格相差很远，甚至是几倍。有些颜色花纹相近而产地不同，价格也相差很远，甚至翻倍。你如果要装修，一定要到市场亲自选定"。小勇问："这样坚硬的石材，你们用什么工具进行切割"？工人拿起一个手电锯说："就用这个工具切割"。小勇说："这么大块又硬的石板，能切割得开吗"？工人说："这手电锯刀片是合金钢齿，刀片线速度很快，是合金钢齿把花岗石磨成细粉排出，用水降温和润滑刀片，只要刀片切割的宽度大于石板的厚度就行，只是切割石板的厚度越厚，切割的速度越慢，我们切割给你看"。他们量好台面的尺寸，用笔画上线，一个工人右手握着切割机，左手稳住切割机前把，按下开关切割机锯片飞转，他把飞转的锯片对准花岗石线开始切割，顿时石粉从切口处喷出，机器的噪音大作，另一工人用水管喷着水对准刀片，顿时没有石粉喷出，只见黄色石粉水喷出。大约五分钟，一块一公尺长的石板被切割成两块，他们放下工具。小勇问他们："你们安装台面还安装其它吗"？"我们是泥瓦工，砌砖，抹灰，铺地板砖，铺花岗石，大理石地板，铺台面我们都干"。小勇问："铺设的质量怎么判定"？"只要板与板的缝连接直，不错位，板平面缝与缝之间平整，就合格"。小勇说："我铺过地板砖，墙砖，没铺过花岗石，大理石"。工人说："其实要领都差不多，只是大理石花岗石是机器切割磨制的，产品平整度和几何尺寸有差异，安装时要量尺寸，选色配料，这样才能缝直，严正，色差小＂。小勇问：＂你们是公司固定的员工吗＂？＂装修的大公司很少，大多数都是家装小公司，由于工作量不均衡，工人不可能固定。每个工人都与几个装修队有联系，工人之间相互也有联系，这样互通信息，大部分时间都有事干＂。＂假如我找你们干活，我怎么跟你联系＂？他从包里摸出一张纸条递给小勇说：＂这上面有我的住址，你照住址来找我。你先买齐备材料，提前几天来找我，我好安排时间，如果我抽不出时间，我可以通知我的朋友。另一个办法就是，到装饰小区去找几家正在装修的工人，预约你所要的工种工人。还有一个办法，到装饰市场门口，那里有带着工具做临工的工人＂。小勇问：＂我怎样才能了解他们的技术水平呢＂？＂如果是装修现场，你可看成品的质量。如果找临工，你就要给他讲好质量要求和工价，如果质量达不到要求，导致损失要赔偿材料费＂。小勇说：＂谢谢你们，我到时买好材料来找你们＂。小勇临走时拿出相机，把厨房的厨柜和灶台，客厅的吧台，吊顶，阴角线，欧式木门全都照了相，感觉比先前看到的都要漂亮。小勇背着包走出了大门，看到对面山头上一座独栋别墅前堆着装饰边角料，估计那里也在装修。他走到了那家大门外，听到里边空压枪打钉子的噼啪声，他走进屋里看到个中年妇女，正在递阴角线给架上的中年男子。那阴角线特别漂亮，又拿出相机照了下来。架上的人钉好了一根阴角线，小勇向他喊道：＂师傅下来抽杆烟＂。他把'红塔山'烟高高举起，那人看手上的烟，边下梯子边说：＂这位老板怎么这么客气，我本来不抽烟，看到这烟是毛主席抽过的，我也来尝尝是什么味道＂。他接过烟，小勇用打火机点燃，他吸了两口，咳了几声说：＂这烟味是与一般的烟味不一样，但我分不出好孬，这位老板你到这儿来看装修吗＂？小勇说：＂别人托我看一下装修，好给他提点建议，我看你钉出来的阴角线特别好看＂？那人说：＂你知道吗？我也是第一次钉这样复杂的欧式阴角线，为了达到最好的效果，我专门到销售部去请教他们，销售人员非常热情。因为装修效果好也是他们商品的广告。他们给我讲了视角的方向，各线条组合的位置和角度，整体固定在墙角的位置角度＂。小勇说：＂那每个卖线条的门市都要传授技艺吗＂？那工人说：＂也看品牌，一般贵的，大的品牌都有这个服务，一般小厂生产的就没有这个服务。要讨房主的喜欢，各人的审美观不同，要跟着房主感觉走，他认为什么阴角线条好看，就依照他的意见办＂。小勇问：＂你是怎样固定在墙角上的＂？＂一般情况是用电锤打上洞，洞里塞上木塞，再用气枪打钉子固定线条，钉子打到木塞里，固定在墙上＂。小勇问：＂线条的质量和价格怎么定＂？＂看线条材质和加工工艺的复杂程度来定＂。小勇接着看了他钉阴角线的操作过程。小勇又往二楼走，在二楼楼梯上有两位工人正在安装木栏杆，小勇又拿出他的'红塔山'香烟递过去，那两个工人睁大眼睛，接过香烟说：＂老板，你这房子好漂亮呀＂。小勇说：＂我不是房主，我是来看装修的＂。两位工人用奇怪的眼神打量了一下小勇，小勇说：＂师傅安装木栏杆有什么要领吗＂？＂没有什么特别的要领，要领就是安装好的栏杆要垂直，牢固，立杆等距离。栏杆部件都在这里，你看我们的安装过程就清楚了＂。他们在梯步端头量好距离，画上打孔的点，对接部位的木扶栏杆上画孔的位置，在栏杆的另一端头中心画上打孔的点，用连接栏杆和扶手的木栓一样直径的钻头，在梯步端头，栏杆两头，扶手等画线点钻孔，深度为这连结木栓的二分之一，然后孔里

273

灌上一种白色的乳胶液塞上木栓，连结梯步端头，栏杆柱，扶手，然后用锤子敲紧矫正。工人说："常温二十五度二十四小时内不能动，不然破坏了胶的硬化"。小勇问："这样牢固吗"？工人说："胶的连接强度高过木质，胶液在孔里溢出已经溢满所有连结的接触面，整体的连接程度是很牢固的"。小勇问："老板给你怎样结算工资呢"？"都是按安装栏杆长度每米为计算工资单位"。"每米栏杆多少工钱"？"这要看什么样的栏杆"。小勇问："我要你们安装栏杆怎么跟你们联系"？"你到马家岩装修建材市场第一栋商场木佳栏杆门市，那里卖出的栏杆除了房主自己安装外，都是由我们安装"。"谢谢师傅"。小勇拿出照相机照了相，他又上楼到了三楼，屋里面已装修完。只剩下灯还没安装，他拿出相机把木地板照了相。他出来后又在小区转了几圈，到了小区最靠后面的一栋别墅，大门开着，他走进大门。客厅地板是大理石，石纹很好看，他拿出照相机照了相。听到二楼电钻的声音，走上楼去，看到那一对中年男女正在铺木地板，小勇摸出烟，递给正在用电钻钻孔铺木地板的男子，那男子看到香烟的牌子说："小兄弟，你这样的贵人到这种脏乱的地方来有失身份"。小勇说："天下一家人，不分高低贵贱，我来是想看看木地板"。那人说："这家铺的木地板算是好的了，是檀香木制作的，二平方米的价格就当我一个月的工资"。小勇问："你这搁木地板的地木条怎么固定在到水泥地面上"？"这很简单，在水泥地板上按木地板的长度分成几段，弹上墨线用电锤打上孔，在孔里塞上木塞，再用钉子把地板木条钉在木塞上"。"老板给你们怎样计算工资"？"按我们完成的面积平方米计算"。小勇说："我要装地板怎样与你们联系"？"我们铺木地板的人都和几家卖木地板的门市有联系，买木地板，包安装的就找我们。你如果到马家岩装饰建材市场的佳佳木地板门市，长丰木地板门市，圣象木地板门市，找张文俊，就是我。这三个门市出售的木地板高中低档都有，我们安装的木地板三年内出现问题，如果出现材质问题包换，如果是安装问题包修"。"如果三年以后出问题怎么办"？工人说："一般新房经过一至二年的干燥，建筑物体内没有了湿气，木地板只要没湿气腐蚀，是不会坏的"。小勇问："你有名片吗"？"我们这些作工的人哪有名片？我这里有木地板门市的名片，你只要打电话到门市问我就行了"。小勇收下名片，又拿出相机，把客厅。卧室，厨房，卫生间，门窗，地面，顶棚都照了相。他走出大门，太阳下山了，他思考装修项目中的主要项目都有了初步的了解。他要把这几天照的胶卷到相馆里洗出相片来，坐车到了市中心的相馆，交了胶片和定金，服务员叫他明天九点以后来取照片。他走出相馆，不知道是多少时间，只觉得肚子咕咕地叫，饿得难受。他到附近一家面馆点了一碗炸酱面，狼吞虎咽地吃下肚，才看到墙上的闹钟正打五点。他回到旅店，倒了杯开水，坐在凳子上，他脑子里梳理着这几天到装饰工地，所看到的，了解到的作了分析，归纳，总结，对装修有了一定的认识和了解。他计划明天取了照片，到马家岩装饰建材市场去对装饰材料作一番对照，进行调查。

　　第二天小勇到相馆取出相片，又坐公交车到了马家岩装饰建材市场。市场建在一个山下的平地上，他在山上下了公交车。站在山上公路边，瞭望山下市场，一大片玻钢瓦屋面，望不到尽头，视线已经模糊。他走入市场，一个一个仓库式的门市，各样装饰材料目不暇接，琳琅满目，小勇像欣赏奇珍异宝一样，观赏着各式各样的材料配件。木门的造型千奇百怪，有中式的，有西式的，有现代式的，有老式的，西式的造型很多。但不知道那种样式最流行，是老式或是新式的，材质也有各种树种和胶合板压制的，窗户样式很少，只有中国古典式和铝合金玻璃窗。线条门市摆设着各种样式，各种造型的线条，五花八门，小勇也不知道这些线条用于何处。门市门口挂着木板上展示的一小段组装线条的成品效果样品，小勇想：这种组装的方式是介绍给房主观赏的好办法。他拿出相机拍下了照片，一个售货员马上出来问："你是木线厂的吗"？小勇说："我是搞装修的"。"你照相干什么"？"我把照片拿回去给房主看，给他介绍这种产品"。售货员说："你是用户可以拍照，要是木线厂来抄袭，我们行规是不允许的"。小勇说："要是我买回去，装在房子里，木线厂的人来照相怎么办"？售货员说："本市场内不准第二家卖同样的产品，我们的分店例外"。小勇说："谢谢你"。小勇想这个市场太大了，要想细看不知要多少时间。他摸出相片看照片上的装饰材料，他觉得印象最深，最好看的是樟木欧式门，他边看又边留意那个'圣西'木门门市部。他走到一个卖门的门市，看到样品门造型特别好看，他走进门市，问男售货员："同志，这门是什么材料制作的"？那人操着东北口音说："这是俄罗斯冷杉，比樟木门还耐气候，特别适合南方潮湿天气"。小勇问："你这样品可以照相吗"？"你照相干什么用"？"我们房主特别忙，没时间来这里看样品，我拿照片回去给他看，这样品他一定很满意"。"你不用照相，我这里有产品说明书，书中有图片，对产品有详细介绍"。他递给小勇一本彩色木门照片的说明书，小勇接过说明书大致地翻了一下，放在包里，又到另一个门市。他刚踏进门，一个女售货员过来说："对不起，关门了"。小勇退了出来，看到三个穿制服的人走过来，在大门上贴上封条，他没闲心去留意封条的公章。小勇又到旁边一个门市，他走进去听到两个售货员在议论："圣西门市部卖的樟木门，樟木是假的，那樟木香味和木质颜色都是用药水泡出来的，有安装的客户作了检验，检验结果交到市管会，市管会来把门封了"。另一个售货员说："可惜了牌子，那门的造型和工艺都好"。小勇探出头去看，果真是'圣西木门门市部'。心想：这木质造假还没听说过，这造假水平也太高了，今后怎么去识别真假呢？他又看了几个木门门市的木门，把造型好看的木门都照了相。现在要到木栏杆门市去看，他又想起了'木佳'栏杆门市，他边看边留意。每个门市前，都有一段组装的成品栏杆的样品，小勇看到颜色型状好看的，都问售货员是否可以照相，售货员都说可以。小勇注意观察到栏杆的造型大同小异，只是木质，颜色和亮度略有差别，小勇清楚了这里门市为什么不怕抄袭。他选择一个最大的门市里，三种组装样板照了相，他又到几个门市分别照了几样不同组合式样的栏杆相片。剩下的还有木地板和石材。他到了木地板门市，经销售人员介绍：木地板分为实木地板和强化木地板，强化木地板是胶合板，档次太低，专选实木地板。经过询问，实木地板优劣，取决于树种和加工工艺。颜色都是绛红色，咖啡色，只是颜色深浅区别，规搭长短和宽窄的区别。小勇选了几种木质好，工艺好，各种尺寸的木地板照了相，他想品种应该足够了。他想找石材市场，找了几圈都没见石材门市。他问市场保安员，保安员告诉他，石材有专门的市场叫巴山石材市场，离这儿有七八公里远，你可以在市场门口外坐三路公交车去。小勇用了约二十分钟走出了装饰材料市场，坐上去巴山的公共汽车，又用了半个小时到了巴山石材市场。公交站旁有卖馒头和矿泉水的小摊，小勇买了两个馒头和一瓶矿泉水，当做午餐，边吃边看。这个市场在一块平地上。都是石材切割厂和门市在一起，市场也很大，在视线可见范围内，全是各种石材，各种颜色，各种石纹的石材板，小勇从未看到这样丰富色彩石纹的石头，他怀疑这是人工涂画的。他一个门市一个门市地看，看到好看的，问卖石材的人："可以照相"？卖石材的人说："欢迎，欢迎，你除了照各种石材还可以把门牌也照上"。还非常热情地介绍各种石材的产地，优点，用途。小勇问："你们哪种石材最受客户欢迎，最好卖"？"这是我们的商业秘密，用什么样的石材，就看你各人的爱好"。小勇说："这石纹和颜色这样好看，是不是画上去的"？那人用责备的口气说："你到那切割机旁边去看刚切开的石材，难道能用笔画到石材里面去吗"？小勇走过去仔细观察，石材里面石纹和石材面石纹相连接，他放心了，说："对不起，我太缺乏这方面的知识"。小勇把各种漂亮的石材都照了相。心想他们为什么不告诉我他们的销售情况呢？可能是怕热门货大家竞销，影响价格，导致利润收窄。小勇知道照相不受干涉。每到一个门市看到有不同样的，好看的都照了相，并记下了用途。转了一圈不知照了多少照片，他觉得已经足够了，这时太阳下山了，他坐车往回赶。经过市区，又到相馆洗了相片，回到旅馆天已傍晚。他在旅馆旁的饭馆里吃了碗小面，回到旅馆休息。他把前几天照的相片拿出来细看，每栋别墅的装修风格都有些不一样，各种各样装饰可能是主人的社会地位，文化背景，欣赏水平不一样。我装修的房子主人可能是规划局长，他所欣赏的又是什么款式风格呢？唐总交待按西式风格，小勇在图片中寻找着西式风格，西式风格中门窗，顶棚，栏杆，厨房，卫生间，地板都有欧式古典的韵味特点。这些装修过程和技艺要领自己了解还不深入，为了更有把握，他决定从明天起用两个星期的时间深入到操作中去，但是人家能接受他吗？小勇第二天开始揣上香烟，提着水果早早地来到别墅区，到那些最高档的西式装修的别墅门口。看到那些工人拿着工具走进大门，他也跟进去，跟人家套近乎。人家问他来干什么，他说我是学装潢专业的技校毕业生，我想找个地方实习，掌握一些专业技术。我有一个朋友办了一个装修公司，他需要一个懂技术的人去管理。这些工人听说他将成为装修公司的掌权人，心想今后说不定还能在他那里找份工作，那些工人都很热心。工作间休时，小勇又递烟，又给水果，深得工人们欢心，都悉心教他的要领技艺。装修老板来到工地，看到小勇问他们，小勇是什么人？他们都说是老乡，来当学徒的。小勇经过两个星期的帮工，仔细观察学习，基本地掌握装修各项目的基本技艺和要领。唐总给小勇一个月时间只剩下十天了，从第二天开始，他到了青山湖装修的房子里，开始对装修进行设计。他参考了看过的装修和自己参与过的装修项目，丈量房间尺寸，开始设计，为了更好真实地把装饰的效果呈现出来，他把各房间部位装饰造型描画在纸上成效果图。由于是线条画，类似工笔画，没有颜色效果，他想了一个办法，为了达到装饰的完美效果，他把彩色的照片编上号，房间的各部位装饰造型写上照片编号，这样型和色对应，联想效果。小勇这样用了整三天才完成，他给张宏兵打了电话，预约唐总过目，唐总通知他第二天到办公室。小勇第二天带着图纸照片来到唐总的办公室，小勇递上图纸，拿出照片，唐总打开图纸注目细看，非常惊讶地说："这就一幅西式殿堂画，太漂亮了"。小勇说："唐总，你再看图上标注细小的数字，对应这些照片上的编号，联想一下效果"。唐总越看越兴奋地说："太漂亮了，今后我如果要装修房子，也请你来设计装修，就按这个图纸装修。沈秘书，你把这图纸拿去复印几份，小勇你赶快把材料计划拿出来，你和张宏兵一起去买材料，尽快开工"。第二天小勇和张宏兵到装饰建材市场。每到一个门市，小勇选看材料的材质颜色和工艺，张宏兵负责讲价。一边订购材料，一边向销售人员约谈装修工人事宜。销售人员说："装修工人白天都在工地装修，只有晚上才回到门市来一下，具体事宜只有你们直接跟他们谈，这上面有门市电话"。他递出一张名片，小勇接过名片问："要是你们门市没有工人或者他们不愿意干怎么办"？"不愿意干只是工钱问题和时间安排的问题，你们可以协商，另外还有办法就是多找几个门市要名片，或者到装修工地直接与工人商谈"。小勇想也只有这样了。他们一项一项材料地选购，他们到了木线市场，对照照片上木线的造型，一个一个的门市寻找相片造型相同的木线，但是都没有，只好买了造型接近相似的木线。直到午饭后才把几样主要的木质材料选购完。又到租车市场租了一辆大货车，一个门市一个门市地点货，装车。货装齐了找了几个'棒棒军'坐在货厢里去卸货。'棒棒军'说："我们坐在货厢里交警看到要罚款哟？罚款我们可不负责哟'。张宏兵说："那可怎么办？驾驶室又坐不下，工地上又没人卸车"？小勇往货厢里看了一会儿说："你们把木门竖着放，门面向前方，这样可以留下位置你们坐，又可以遮住前方警察的视线，一路上没有隧道，不会超高，但是车上的货物一定要绑牢，以防急刹车货物翻倒伤人"。'棒棒军'说："这办法好"。他们顺利到达工地，安全卸完货。第二天小勇和张宏兵又到石材市场去买地板和订做灶台面花岗石，到了石材市场，看不到尽头的石材商铺。小勇根据照片的石纹和颜色一家家地看，选了几家同样的产品，他们反复比较价格，质量，最后选定了产品。找铺地板的工人也是面临的问题，只好要到名片以后联系。他们又先后选购了墙面瓷砖和卫生间地板砖，订购了灶台面花岗石板，由于是定做，几天后才能取货。租了一辆货车，装花岗石地板时，销售员说："装石板我们有专业人员，工钱要高一点"。张宏兵说："外面到处都是'棒棒军'，为什么还要由你们指定的专业人员装车"？销售人员说："这是一项有技能的工作，不是随便叫个人就能干的。你可以随便找人装卸，但是在装卸过程中的损坏你们自己负责，装车前把质量检查好"。小勇想：他和装卸工人之间有什么利益关联吧？孰重孰轻，还是保证安全为重，说："还是他们找人装卸吧"。在装车时，小勇发现花岗石板用纸箱封装，打包带捆绑，无法观察花岗石的石纹和颜色是否一致，是否破损，残缺？小勇要求解开检查，销售人员很不情愿的脸色，但无理由反驳。装卸工人说："我们的工钱是按吨位计算工钱，你这一折腾，浪费时间和体力，给我们双倍的工钱我们也不干"。小勇说："我们给你们记时工资可以吧"？工人说："我们来回坐车的时间也得算上记工时间"。小勇一下怒气冲上头顶，这明明是销售人员和装卸工联合要挟，生气地说："我们自己找人装车，你们走吧"！装卸工说："你叫我们来我们就来，你们叫我们走我们就走！我们是破鞋吗＂？ ＂你们到这里来不到二十分钟，给你们五元工钱走人＂，两个工人无话可说，接过五元钱走了。小勇怀疑花岗石有什么问题，对销售人员说：＂我们上车前要把花岗石解开包装检查质量，如果颜色与样品有差异或者破损残缺，我们要进行挑选＂。销售员说：＂颜色的差异是肯定有，只有安装时选配。破损和残缺可以挑选＂。小勇说：＂我们在购买时只给了我们样品看，没告诉我们颜色差异的问题，我们要求退货＂。销售人员说：＂你上午给的货款已经进了银行，只有明天到银行取出来给你们＂。小勇说：＂我们要的货车已经在等了这么久，怎么跟司机交待＂？销售人员说：＂那是你们找的车，你们的事与我们无关＂。小勇和张宏兵非常气恼，碰上了这样的无赖，气愤地说：＂我们去找市场管理委员会。他们给了司机二十元钱退了车，找到保安询问到市管会的位置，找到办公室，一位年轻女同志听了他们的控诉后说：＂你们写一个报告，内容包括门市单位名称，事由经过，控诉内容，签上名，然后我们一起去协商＂。小勇写好报告，签上名字交与她。她到楼上找一个小伙子跟小勇他们来到门市，见到了销售人员，销售员说：＂退货的事他作不了主，要等老板回来＂。市管员说：＂这事，市场管理条例里很清楚，是你们没遵守规则，责任在你们，不管谁主事都得按规则办。你给他退货或是按样品供货由你选择，如你们老板有什么疑问，我给他讲清楚＂。销售员只好同意退货付款。小勇他们回到市管会，再三感谢他们公正执法。走出办公室，又到市场上购买花岗石地板。他们看了几个门市，都没有满足开包验收挑选的条件。小勇非常纳闷，难道我们要求的条件过高？脱离现实？他们走到一家没有包装石材的门市，看中了样品的颜色。小勇说：＂同志，我们可以按照样品颜色和石纹挑选吗＂？ ＂可以，但在挑选的过程中如有损坏，应由你们负责。最好是找懂搬弄石材的人来挑选，以防在挑选的过程中损坏石材＂。小勇说：＂你能帮忙找熟练的人吗＂？售货员说：＂这里'棒棒军'流动性很大，这些人我们也不认识，不了解＂。小勇想：这又怎么办呢？好不容易找到这么一家。张宏兵说：＂市场门口有很多的'棒棒军'，去问一下他们谁会搬运花岗石板＂？小勇说：＂只好如此＂。他们到了'棒棒军'聚集的地方，问他们几个人，都摇摇头，又连续问了几个人，最后问到两个人说：＂搬弄石材，石材很重，表面光滑，搬运时容易滑落或碰伤，滑落时容易划伤手，砸伤脚，是项危险的工作，只能尽量避免出事，不可能百分之百保证不出事＂。小勇说：＂你愿意干吗＂？ ＂我倒是干过几次，你怎么给我们的工钱＂？张宏兵说：＂就按往常的记时工资算＂。 ＂我们干这样工作每人每小时三元＂。张红兵说：＂可以＂。他们跟着小勇来到门市，销售员说：＂我们从来都没碰到你们这样挑选的，价格要高出标出价格百分之十，每平米八十八元。你们自己考虑＂。张宏兵沉默了一会儿说：＂可以＂。购买了八十五平米，一共一百三十三张。小勇把样品平放在地上作比照品，搬运来一张比照一张，认可的摆放在一起，淘汰的搬回原处。在挑选搬运的过程中滑落两次，幸好手没划伤，碰撞一次，一共损伤三张。搬运的人说：＂老板，其实这三张还是可以利用的，房屋不可能都是整张铺就，边角还要切割，这三张只损伤一个角，完全可以切掉残部利用＂。小勇说：＂这三张算我们的＂。他们整整地用了三个小时挑选完。张宏兵找来了汽车，用了半个小时装上了车。小勇觉得两个'棒棒军'还可再用，叫他俩上了车。到地板砖和瓷砖市场，找了几个门市对瓷砖和地板砖的质量，颜色和价格进行了比较，认定了品牌。小勇对销售人员说：＂你们这两种地板砖和瓷砖样品，和仓库的产品颜色和质量是一样的吗"？"兄弟，所有地板砖和瓷砖都是人工计量配料烧制的，同批号产品都是一样的。可以保证，比天然石材的颜色好，你可以在点货时细看批号，抽查比照，不同质量包换"。小勇想，这个人有商业道德，按计划购买了瓷砖，地板砖。装车时小勇仔细地查看了批号，抽查了几件，和样品一样的颜色，质量也完全一样。他们折腾了一天，完成了任务。第二天开始按工序组织工人进行装修施工，他先调来了他原来队伍的水电工，开始进行水，电，气，电话，闭录线，电视天线，网络线路的暗埋。线路铺设后，小勇亲自进行线路绝缘检验，水管试水，合格后封闭，以防装饰完后发现问题，返工导致破坏装饰的严重后果。接下来小勇要按照工艺程序招揽工人，进行一道一道工序的装修施工。二十天后，下一步是顶棚和线条施工。他找出线条门市名片，到邮电局打电话，约定晚上八点半钟在门市电话里面谈。这天上午没事干，他到工地上去作一些调查，他背上水和图纸来到别墅区，去了几栋正在装修的别墅，里面都已完成顶棚的装修。他要找一栋正在装修顶棚的别墅，走到小山顶一栋外形最大的别墅，里面正在装修客厅顶棚。小勇没做声，站在门外观看，一个多小时后装修的工人从架木上下来，小勇赶快向前递上烟说："师傅，打扰了"。一位满脸粘灰的师傅接过烟说："小兄弟你有什么事吗"？小勇说："我一是来讨教，二是来找工人装修顶棚。你装修这顶棚造型很漂亮，这些造型的线条饰件是你们制作的吗"？"我们这些线条饰件是石膏饰件，是定型产品。我们也可以用线条和多层板制作，但很费工时，但材质比这石膏材质好。石膏多年后会分解，石膏粉和玻璃纤维漂浮在室内空气中，人呼吸了是有害的。最好是实木，在厂里加工成饰件，现场安装，但时间长，价格高，你要装修什么样的顶棚"？小勇从包里取出图纸递给他看，那人接过图纸，仔细端详了一会儿说："你这完全是欧式造型，整个大厅都是一体图案，像这样的造型图案，市场上是没有现货。只有将图细化，图案标注四维尺寸到厂里加工，现场组装，时间至少也得三个月以上，价格双方议定，我无法估计。我曾经在市装修协会大堂安装过这种类型的顶，那是石膏饰件。也曾经在工地上按图制作过这类型的顶，但很费时，装饰效果不可能完全理想，只有石膏饰件可以做到理想效果，各有利弊"。小勇问："在工地上由你制作行吗"？"是可以，但看你要求如何，如果你允许效果与图示有相似的效果，在市场买线条和多层板制作，这样相对费工少一些，费用也少一些。如果你要求完全与图示一样，那线条得到厂里定型加工，厂里还得定制模具，加工刀具，生产线条，时间至少要一个月，成本也会高"。小勇心里为难起来，拿不定主意，他对工人说："如果我找你们安装和工地制作，工钱怎么算"？工人说："这种装饰很少，底层结构复杂，造型曲线变化大，而且复杂，只能在摸索思考中制作，无法估算工时，只有做记时工，你可以在现场监督我们"。小勇经过他这一阵阐述，心里更加没底，细想起来他说得有道理，证明他有一定的经验，决定用他，约定第二天下午到现场商谈。小勇说："谢谢师傅指教"。走出大门，他决定到头天买线条的门市与那里的工人再进行切磋，看还有什么好的选项。他赶到门市天快黑了，一会儿两个像装修工的人背着工具走进门市，门市老板正在整理商品：没看他们。两工人进前，笑着对老板说："杨老板，你休息一会儿，我们谈谈事"。他对另一个人说："你去整理一下"。杨老板坐下后，那工人对他说："杨老板，我们的事越来越少，不知道你的生意怎么样"？杨老板说："我正在思考我近两个月来效益不好，不知道为什么原因"。工人说："你的生意不好，我们是连带关系，我们也没事干。今天我碰到原来我的工友，他现在活多，忙不过来，正在找人，我今天在他那里干了一天。他装的线条跟我们的线条不一样，听说是什么欧式的，现在很吃香，是一个浙江老板引进来的。今天我悄悄地把那些线条的头锯了一小段放在工具箱里，上面还有厂家和电话，你可以到那里去进货，你还可以把这些样品拿到你联合的线条加工厂去，按样品加工，厂里还会批发一个最低出厂价给你"。杨老板接过样品说："张老弟你帮了大忙，我今后业务好了，你业务多了，干脆成立一个装修公司，我们大家发财"。小勇装着看样品的样子，听他们的对话，听到这里，小勇转身走了。去寻找那个卖欧式线条的门市，他走遍了市场，静悄悄的。到了转弯处，看到一群工人围在门市前，门市里灯火辉煌，里边正在讨论着什么。小勇看到灯光下呈列的线条，正是那工人所讲的那欧式线条，小勇悄悄地拿出相机拍下了照片。小勇回去路过市区到洗相馆洗出了相片。回去后把木线照片和装饰造型比较，完全一模一样。他犹豫了，是用现在已买的木线？还是重新买欧式木线？客厅是接待宾客的重要场所，也是体现室内辉煌的主要厅堂，他决定重新购买欧式木线。他给张宏兵讲了自己的建议，张宏兵同意了他的建议，第二天去退货。第二天用小货车拉着木线到了马家岩门市，小勇低三下四哀求地对销售员说："哥子，真对不起，给你添麻烦了，昨天我们在你这门市买的木线，拉回去老板看了非常生气，说这木线跟设计图上造型完全不一样。我们是'丘二'，是看老板眼色行事，你可怜一下我们吧，要是我们退不了货，挽不回损失，我的饭碗就没了"。销售员说："我也是'丘二'，昨天我把这些木线卖给你，下午来了个大老板，把这种造型的木线通通买完了，还不够他要购买的数量，价格比你高，老板责怪我给你价格卖低了。你这一退回来，错失一个机会，给门市造成损失，老板能不生气吗？我的饭碗又咋办呢"？小勇心想咋办呢？他想如果降价退给他，数量不大，损失也不多，他悄声对张宏兵说："我们降价百分之二十退给他怎么样"？"可以"。小勇对销售员说："我们考虑到哥子不好向老板交差，我们降价百分之二十退货可以吗"？销售员说："你降价多少都不能退货，我是'丘二'，作不了主。当初你们是看样品买的，你们房主的态度与我无关"。小勇的绝望涌上心头。杨老板在后屋对他们的对话听得一清二楚，他笑着走出来说："这两位兄弟也着实为难，我们都是同道上的人，说不定今后我们往来多了，还是生意上的朋友。我体谅你们的难处，你们也通情达理，考虑到退货对我们的损失，就按你们的意见，降价百分之二十退货，我们门市的采购员也去进西式木线去了，下午就到货，明天你们就来提货"。他把前天那工人从工具箱拿出的样品拿出来说："就是这造型吗"？小勇说："正是"。他说："这些漂亮的欧式木线是才从外地进的货，价格比本地老式木线高出百分之五十，你要的话，你的退货款就在新货款里扣除，你要吗"？小勇犹豫了一下说："要"。心想没办法，这是被人家绑定了。小勇他们退了货，清算了账走了，杨老板说："小曾呀，讲生意一定要灵活，你看我今天这笔生意，老木线赚了百分之二十，西式木线赚了百分三十，还作了人情"。销售员应承的微笑了一下，心想这就是奸商的技艺，做了婊子又立牌坊。第二天小勇他们补了差价，买回了西式木线。

13-4 装修技艺

　　小勇请来了钉木线的工人，一个近四十岁的男工，一个二十多岁的男工，一个三十多岁的女工。他们在楼上楼下地走了一圈，小勇拿着图纸，带着他们一间屋一间屋地对照图纸，给予讲解指导。最后来到一楼客堂，这里顶棚和阴角线造型最复杂美观，小勇对照图纸作了详细的讲解，年长的师傅说："你这图纸只是一幅画，没有各部位的解剖图和必要的施工尺寸和参数，不具备施工的条件，我们怎么施工呢"？小勇想：你也说得对，但这样复杂细微的轮廓变化，无常的造型，要画图难度极大，还得进行测量，测算曲线方程，工作量极大，工期也不允许。小勇问："师傅你看怎么办"？"我们习惯做法是，我们参照图纸，根据材料型状，作出相应造型，由主人认可。要求按图尽善尽美地完成是不现实的。如果要那样高要求，只有画出标准的模型图，到加工厂先按图作出一模一样的石膏木型，像塑人相一样，按照模型利用特制的工具加工，那时间和工钱我无法估计。我建议最好办法是参照图像，参照木线造型，综合你的意见和我们尽可能达到的精度进行订制。你先在屋顶棚上根据图形的水平投影，按比例放大画出造型轮廓线条的位置。我们再在屋顶棚线条上按图订制线条，造型轮廓的三维图像，对照图像视角和曲线变化，以造型相似的木线制作。由于木线横剖面竖立水平投影是直的，为了满足曲线变化，只好根据曲线率，将木线锯成一小段一小段，用板材和木条做成跟屋顶图像相同的图形，将锯成小段木线按照图上造型组合钉在上面，就成了相似的造型。由于一小段木线也是直线，为满足曲线效果，再用曲线刮灰补缺的办法"。小勇听后说："就按师傅的办法"。小勇用坐标分格法将图上各部位轮廓水平投影按比例放大画到顶棚上，再将顶棚曲线按一比一的比例用层板和木条制作曲线模型。工人按模型定制顶棚，小勇一步也不敢离开，随时商讨技术性问题和底层结构的牢固问题，电线，通信，线路的走向和预留空间问题，经过十天的工作，完成了所有房间线条顶棚的装修工作。接下来是门窗安装，窗户是铝合金玻璃窗，由销售门市制作，派人到现场安装。门是由出售的门市派工人到现场安装。木栏杆也是由销售木栏杆的门市推荐工人安装。小勇检查了他们使用粘接的胶符合要求，栏杆是小勇挑选的，酱色和木纹都一致，造型一致，很快就完成了。下一步工序就是顶棚墙面刮灰和瓷砖的铺设，这些工作都是工人常作的工作，不需指导，只有最后检查墙面是否平整光滑。只有顶棚造型和阴角线条的刮灰，为了不致裂纹，对造型部位进行了用塑料网全覆盖在腻子层中，按图像造型补缺腻子灰，经过多次修补打磨，终于达到了图纸效果。下一工序就是厨房灶台面和卫生间盥洗台面的安装，这些都是二十毫米厚的花岗石，价值一百元一平方米，属于很贵的高档材料，由销售花岗石门市推荐的工人安装，他们专业熟练，很顺利地完成。下一工序就是铺客厅和饭厅的花岗石地板，工人也是由销售花岗石地板门市推荐，花岗石地板也是二十毫米厚，八十公分边长的正方形板材，也是比较贵的材料，每平米八十八元。安装工人首先向雇主问："你要求地板从房屋的哪两边开始铺？因为房间宽度不可能正好是整张板边长，最后截边是房屋另外两边，为了给人一个好的感受"。小勇问："你们通常的做法是怎么样"？工人说："一般从进门为一边，另一边看主人家具和电器如何摆设，摆设电视和音响，古董，花瓶为另一边，因为沙发，茶几摆放在截角的一边，被沙发茶几所遮盖"。小勇说："就按你们通常的做法铺设。我有一个特殊的要求，你把所有的花岗石板材像铺地板一样比对颜色和石纹进行选配，对相邻几块地板的颜色石纹基本一致，有天然形成的感觉，你们选配的时间我给你们算记时工"。工人很满意，经过三天花岗石地板也很快铺完。刷涂料是很普通的工作，找刷漆工人，到装饰市场，站在卖涂料门市前拿着油漆刷和滚筒的工人清早特别多，男女中青年都有。小勇找了三个衣服上粘满涂料，工具也很旧的中年男女，问了他们涂刷几遍，每平方多少工钱？那人说："我们干这行已多年，一般墙面涂刷三遍，造型复杂部位还要多刷二遍，看你的要求。如果你要求不高，又是纯白色，很多人把涂料渗水少，浓度大，刷两遍颜色就一致了，但墙面的光洁度就差些，每平米工钱也就三角钱；如果要有光洁度，就必须刷三遍，每平米工钱就四角；如果是带色的，要求颜色一致，又要有光洁度，每平米工钱就要五角。我这是一口价。但我们的质量说到做到，不像别人为了揽活，先把价叫得很低，活干到中途和你讲价"。小勇说："就按你讲的价，但质量不能马虎"。几天后涂料刷完，装饰效果就出来了。最后是灯具和电器的安装，灯具和电器档次不同，价格悬殊，效果也不一样，得由唐总决定。小勇打电话给张宏兵告诉了想法，经过唐总到商场亲自选择品牌，大约一星期后所有电器和灯具都运来了，都是由销售门市派人安装。小勇在旁观看，但也从中学到一些技术，因为自己也干过多种技术活，融会贯通容易理解。灯具安装好后，辉煌就闪跃出来，小勇才体会到什么叫金碧辉煌，西式宫殿的辉煌典雅。小勇安排人员打扫清洁。他在殿堂里走来走去，一边在欣赏这华丽的殿堂，一边在思考富人的生活，金钱的魅力，人世间的天堂，人间和地狱，真是千差万别，人生百态，小勇想自己是从地狱走向了人间，以后的道路会是怎样？他很茫然……有清洁工人走来问他："工头，你建的这房子是谁的"？小勇说："我跟你一样，个是打工仔，还是埋头干活吧，谁是房主与我们无关"。一个穿西装的人走了进来，楼上楼下参观一遍，对小勇说："你是马小勇吧"？小勇说："是，你有事吗"？"我是唐总的朋友，想找你商量一件事情，你有空吗"？"对不起，我不能离开这里，这些电器，灯具和设施，都是安装好，进行了测试完好。我要对房主负责，我要是走了，工人弄坏了，怎么办？你要是有事，下午下班后，或者明天上午我们约个时间和地点交流"，尹局长想：这人人品很不错，找对了人，很负责任，他说："今天晚上七点，在这里来接你，你等我一会儿"。小勇说："行，不见不散"。小勇见那人坐上小车离开走了。

14-1 城堡的秘密

　　傍晚房间的清洁已做完，工人下班了，小勇把房间的所有设备，电器，开关都检查了一遍，锁好门。那人已在门外等候，小勇上车，车往城里方向开去。小勇问："这位大哥，我如何称呼你"？"你就叫我尹大哥吧"。一会儿车子到了城郊一个靠江的茶馆，车停了，小勇和他一起走进茶馆的包间。小姐服务员泡来两杯龙井茶。尹大哥说："我也想找你帮个忙。你给唐总建的宅子唐总非常满意，我也想找你建个宅子，你的情况我在唐总那里有所了解，我很放心。当然我没有唐总那样气派和对你那样慷慨，你待遇还是按唐总的标准"。小勇说："唐总给我那么高的工资，我心里有愧，我们还没结算，最后我还是不要那么多。尹大哥，我是个打工仔，只要有事二，就是对我的关照，我尽全力干好，关于工资，我只要唐总给我的一半就算高工资了"。尹大哥说："关于工资问题，以后再商量，我还是不会亏待你，关于工人工资问题，还是按唐总的办法"。小勇说："那样可以。那是目前略高于其它工地工人工资，但还是合理的水平"。尹大哥说："关于工程上的技术，施工上问题由你全权处理，材料还是按唐总的办法，今后由这个人专门负责，有什么事都与她联系"。他拿出一张纸条递给他，小勇看了纸条的名字，李女士，电话9068568，把纸条放在包里。他又递出一卷图纸交与小勇说："这本图纸也是从国外带回来的，是一个城堡的图纸。我出去考察时住过城堡，它是一百多年前权贵的别墅，它的结构，承重墙全部是乱石头片用石灰砂浆砌的，内部的楼梯和楼板都用原木嵌入墙内梁，一寸厚的木板作楼板和楼梯，我们目前建筑材料不可能建这样的城堡。但为了有那种建筑风格，所有的墙体都改为砖体，楼板改为现浇钢筋混凝土板，楼梯和走廊都改为现浇钢筋混凝土，屋面也改为现浇钢筋混凝土，面层用水泥砂浆铺新式大筒瓦，外墙面为了体现城堡风格，用页岩石片作外墙面装饰，用水泥砂浆贴在外墙上。你看这样改动可行吗"？小勇说："我把图带回去仔细地研究一下，如果没有大的问题，我就按原图设计，图纸交与你审查，如果有大的问题，我打电话找李女士"。尹大哥说："就这样，我还要赶回去抓紧时间睡一会儿觉，明早五点钟起床到机场去接个人"。尹大哥付了茶钱，上车说："我送你回去"。小勇说："你那么忙，就送我到公交站就行了"。"那就辛苦你了"。小勇回到旅店，打开图纸仔细看，结构改动没问题，只是楼梯和走廊的改动，从结构计有些复杂，他采用了现浇和预制构件相结合，有个别结构实在难以支撑，采月型钢焊接。一个星期设计完成，他到邮局打电话给李女士。第二天上午小勇吃了早饭从街上回来，走到旅店门口，看到一位女士，四十来岁，上身穿着整洁蓝色的便装，下身穿黑色的裤子，穿着得体，才貌清秀，她正在和服务员谈话。服务员看马见小勇，对那位女士说："你要找的201房间的人就是他"。那位女士打量了一下小勇说："你是马小勇吗"？"是我，你是谁"？"我们到你房间去说"。小勇带她到房间，挪动一根唯一的木枋凳说："请坐，我叫你大姐可以吗"？"这样当然好，更亲切些，我就叫你小勇弟"。李女士掩上门，坐下说："我就是尹大哥说的那位李女士，老尹要的东西弄好了吗"？小勇把一捆用报纸包着的图纸和资料交给了她。小勇说："李大姐，审查的结果尽快地告诉我，我好计算材料"。那女士说："我尽快地拿回来，但具体得由审查人说了算，你等着吧"，那女士接过图纸转身点了一下头，拉开门走了。小勇这几天没事干，趁这时间认真看书，看提纲，离助理工程师的考试时间越来越近，他住在旅店里不分白天黑夜地看书，饿了喝开水，吃馒头，包子，困了睡觉，又过去了六七天。一天上午李女士拿来了图纸，交与小勇说："小勇弟，图纸审查完了，没有改动，你把图收好，我们一起去工地看看"。小勇跟着李女士来到公路上，叫了一辆出租车，开了约半个多小时，出租车从大公路转到一条混凝土路面的小公路，汽车一路沿着之字弯道爬坡，公路两旁都是二三层的小楼分布在树林间，外型像别墅，有些房前停放着小车。车子翻过山，到了一块很小的平地停下，他们俩下了车，李女士对司机说："你在这儿等我们，等的时间算计时费，我们到前面去，一会儿回来，坐你的车回去"。小勇跟着李女士往前走，到了一块平地，李女士说："房子就修在这儿"。小勇环顾四周，右侧不远是立在水面的悬崖，前面是映在湖水里的远处群山，左边看过去是水面和水面中浮现的小岛。李女士说："小勇弟，你看这里的环境怎么样"？小勇说："李姐，你先休息，我到周围看看"。小勇向前走到不远处到了尽头，脚下也是立在水面不高的悬崖，有十多米高，前面是宽阔的水面。由于较远，水面对岸是一片模糊缓坡的树林，林间点缀着黄瓦。远处湖面右侧有一个小岛，小岛林中隐约看到琉璃瓦屋面，仔细看正是他修在清山湖小岛的别墅，这里位置正是别墅的斜对岸。看过去碧波，小岛，青山绿水，湖水成了一个诺大的镜面。正是中午，太阳当头，水镜里青山在四周，层层环形银波围绕着水中太阳，闪耀着银光，小勇赞叹道："好一幅幻想绝妙的画"。小勇在欣赏中忘记自我。"小勇弟，你在观赏什么"？听到李姐的询问声，小勇说："这风景我从来没见过，太美，太梦幻了"。小勇往停车的方向走，面对的是进来方向狭窄的路，说："这地方下面三面都是悬崖，只有进来方向唯一一条可进来的路，要是在这狭窄段路上，修上高高的围墙，这里就成了城门关口。在这里修建城堡，真就是欧洲皇室城堡，中国古代权贵的山寨也是选择这样的环境条件，既雄伟又安全。李女士说："你把这地方描绘得如此辉煌雄伟的宝地，谁还敢住"？小勇说："这是我一个乡下打工仔的见识，在权贵人眼里，是理所当然的宅地"。李女士没有吱声，她说："小勇弟，这地方的地质条件可建你设计的房子吗"？小勇说："完全没问题"。"你看临时工棚搭在哪里"？小勇说："就搭在停车的地方，就是用水从哪儿来？我去找一找，你等我一会儿"。小勇想，在老家一般山泉都在悬崖脚下。他向进来方向的岩石下走，树丛中荆刺很多，又害怕有毒蛇，他找了一根树棒，撑开荆刺，敲打荆刺，惊吓蛇虫。走了一段路看到从岩下石缝里流出酒杯大的清泉，他回头目测了一下离停车场大约一百五十米。回来给李女士谈了泉水的情况，并建议说："我们首先要在新建的房子后面挖一个蓄水池，把泉水引进池里，可以解决修建用水和饮用水，也可以作为今后住户的饮用水，你看怎么样"？李女士说："这些问题由你决定"。她又说："小勇弟，你尽快地把建房所用建材的用量计算出来，并且注明用料时间，我好安排进料。今后在施工过程中，施工管理，技术管理，施工安全，都由你一个人独自负责，不用问我。一切材料供应，工资的支付，由我负责。一切建材运到工地，你只管卸货，不问货源，不记车号，不作收方清点数量记录＂。小勇心想，这是怎么一回事？她与供货方凭什么清算？但嘴上还是说：＂李姐我听你的，工人住的工棚怎么办＂？李女士说：＂你准备搭工棚的人，五天过后来搭工棚＂。小勇说：＂听李姐的＂。他们坐上来时打的车回到旅店，小勇下车，李女士坐车走了。五天以后小勇带工人来到工地，搭工棚的材料，配件齐全，小勇想还是内行备的料，这样齐全。小勇组织工人建好工棚。紧接着建材按小勇的计划陆续运到工地。但运材料的车不是很早运来，就是很晚运来，运料车各不相同，没有正班运料到工地，为此小勇和卸料的工人总是睡不安稳觉，但没办法。多年的磨炼和吃苦已养成了习惯，对这点困难也没觉得难受，几个月的顺利组织施工，工程进展到屋面工程。一天下午李姐坐一辆出租车来到工地，哭丧着脸把小勇叫到工地外的树林里，着急的对小勇说：＂小勇弟，我有一件重要的事，这件关系我'老公'和我们全家和全家未来的大事，我左思右想，只有你能替我们处理，因为你涉世不多，社会接触面小，认识你的人不多，影响小，你办事踏实。我和'老公'商量请你出面处理，涉及所有的费用由我们负责，我们通过各种渠道协助你＂。小勇说：＂李姐，你不要着急，我一定帮忙，你把事讲述一下，我好想办法应对＂？李姐迟疑了一下说：＂这事我给你讲了，你不要对任何人讲，就是民事部门或公安人员问到你，你也不要说明事情真相，要是暴露真相，认识我们的人很多，会造成恶劣的社会影响，必然牵扯到我们全家，后果不堪设想＂。小勇说：＂我既然承担了的事情，我是一个男子汉，一定扛到底，决不半途而废＂。李姐说：＂多谢小勇弟，事情是这样：建那房子外墙是用页岩片石装饰，页岩片石市场没有销售。我就在高山村找了个页岩外露的地方，与那户山场持有人董大江商量，我给他一千元的开采费，在当地找了几个民工开采片石。他们放炮震动了岩石，前几天下大雨，一块巨大的岩石滚落，滚动的巨大冲击力，将下面的一座民房里一个房间砸坏，当时房间里床上睡着一位八十多岁的老太婆被当场砸死。他的儿子回来看到这副惨相，当场晕倒，他媳妇和邻居闻讯赶来，无不伤心落泪，也非常愤怒地把几个开采的工人，抓来关起审问，一阵耳光，几个工人说出是帮别人开采石片，但不知道主人叫什么名字，只知道电话号码，给我打来电话告诉了情况＂。小勇心里一阵打鼓，这是一件人命关天的大事！我把这事扛起来，后果可能坐牢，是扛还是不扛？思量起来，虽然后果严重，但这事不是主观故意而为，还有不可抗拒的天气因素，李姐的背景可靠，今后我在前行的道路上没有可依靠的人，我为她扛起这事，他们会幕后帮助，事后也会感恩回报，事件中可能遭一顿打骂，而且工程都干到这程度了。还是去随机应变，他只好硬着头皮说：＂李姐，我这就去＂。李姐说：＂我深深地谢谢你，别人问到你开采石片干什么，你说，是自采自用，用来砌两间干打垒房子自住＂。小勇和李姐坐出租车来到山下，小勇一个人怀着忐忑不安的心情，爬坡走山间小路到了出事的家，看到一些人正在清理屋子里乱石，尸体停在堂屋里。他们看一个陌生人走来，有人问他：＂你是什么人＂？小勇说：＂我来看望伤者＂。＂你是采石的主人吗＂？是＂。那些人七嘴八舌愤怒的吵骂：＂你这狗日的，没良心的东西，你为了自己的利益，不顾人家的性命，跟我打！＂。一群愤怒的人冲过来，有的拿着木棒，围着小勇拳打脚踢，小勇双手抱着头，棍棒拳头像雨点一样，小勇觉得头和周身剧烈疼痛，一会儿昏了过去，倒在地上。两个记者到来，不知发生了什么，记者的本能抓住镜头，拍下了全过程，又过来几个公安，发现情况不妙，要是出了人命，断了证人线索，对调查案件更为不利，赶快冲了过去，高声喊："住手！住手！这样会出人命案的"！有村民愤怒地说："一命抵一命，活该"。公安推开人群说："你们这样不问清红皂白地打人是不对的，我们正来调查，国家有法律，发生的事件，我们会按律定性处置"。公安看到小勇满头是血，手臂也在流血，公安赶快扶起背走了。临走时说："我们将当事人带去调查"。小勇被送进医院，对伤口进行了包扎，随后对头部作了CT，确认脑内没出血点，对肝，心，肺，脾，肠胃作了B超，没发现积血和出血点，确诊为皮外伤。当晚在市电视节目里播放了殴打的全过程，电视评论员阐述了原由，告示观众开采石料自用，要注意防范滚石和泥石流。李姐和尹大哥也看新闻的全过程，深为感动和忧虑。小勇在医院里进行包扎，外伤治疗，观察了一天一晚上，没有大碍，第三天由公安接到了看守所。公安告诉小勇，因为涉及人命案，你现在的行动自由，在没弄清案情定性之前受到限制，你就住在这里接受调查。他被安排在一间小屋，一扇铁门锁着。四面壁墙只有一扇铁栏杆的小窗，比头大一点，在手够不着的墙上。一间单人床，一个便桶。屋内一股从来没闻过的说不出的怪气味，就是在几十个农民工住的工棚里也没这个怪气味，不知是屎味，尿味，还是霉味，他猜测是不是吸毒人员的白粉味。他全身皮肉一动就痛，只好不动地躺着。晚上一个穿便装的人送来一碗饭，一个缺油和盐味的瓢儿白，他肚子很饿，一口气吃完了，又勾引起了刚打工时饭菜的味道。吃饭后又躺下，黑静的屋子里，环境的诱惑，脑子里翻腾着近一年的琐事，经过自己艰苦的奋斗挣了那么些钱，目前虽然没了体力劳动，但觉得到了一个陌生的社会。钱够用了，不愁吃穿，但人际关系复杂了，一些事干得不明不白，不知就里。清山湖岛上的别墅到底是给谁盖的？谁出的钱？唐总舍得花巨资修建，是自住？是送人？送给谁？他们之间到底是什么关系？想到规划局执法队无果而终，我与尹大哥从不认识，他为什么从唐总那里知道了我的情况？别墅是送给规划局长的？规划局长对他的事业有重大关联？规划局长是谁？可能就是那个尹大哥？因为我的身世只有唐总知道，他是唐总的朋友？尹大哥是局长？李姐和尹大哥是什么关系？听她口口声声说全家，包括尹大哥？修城堡自住？假设他已经有了唐总送给他青山湖别墅。他修城堡是卖？是送？送给他有重大利益关系的人？是谁？肯定是一个更大的人物，他无法猜想。自己现在已陷入在纠葛中，是好事？是坏事？如果我暴露其中的奥秘，后果会怎么样？如果我使他们满意，我能有什么好处？也许我在他们的保护下得到发展的机遇，这是回报！想到这里热血沸腾，充满幻想。下一步我该怎么办？首先我要处理好目前这件事，我所有的付出！会赢得他们同情，接下来我得把这事件担当得滴水不漏。怎样对付事件的事主？他想起了三国演义中诸葛亮吊孝。对受害者给予情感上的投入，再与事主商量给予经济上的补偿，把事件摆平。他打定主意。第二天看守人员前来查房时，对小勇的态度明显的好了很多，小勇对看守人员说："我想找所长谈件事，你能转告吗"？看守人员说："可以，所长同意后，我来叫你"。一个小时后，他被看守人员带到了所长办公室，所长说："你要交待问题吗"？小勇说："我负有责任要把事件原因向你们说清楚，但现在最重要的是控制事件的进一步发展。昨天现场人员情绪激动，我害怕他们进一步找开采石料的村民闹事，目前最要紧的是控制事态进一步的发展。解铃还需系铃人，我想今天去向事主赔罪，协商善后事宜，争取得到事主的谅解，平息事件。等我回来再向你们交待，我给你们增加了很多麻烦，对不起你们。我有一点要求，我胳膊和腿一用力，肌肉就疼痛，我要几条白布巾，我自己包扎一下，另要一根棍或拐杖"。所长也想尽快平息事件，得到各方的谅解，说："你这想法我支持"。随即叫看守人员拿来白布条和拐杖，小勇当面用白布条裹住头，包好胳膊和腿，攥着拐杖上了车。到了现场，两个公安牵着小勇到了灵堂，放下拐杖，跪着痛哭起来，哭诉着自己有罪，对不起婆婆和家人，到灵前谢罪，哭诉了很久。头上绑着白布条，膀子和脚上都绑着白布条，全像一个吊孝的孝子，感动了婆婆的儿子，儿子将他扶起走向后堂。小勇对公安说："我跟大哥讲几句话"，公安没有跟进，到后堂坐下，小勇对她儿子说："大哥真对不起，我的过失给你带来极大的伤害和痛苦，造成不可挽回的损失，今天我特来谢罪，我来跟你商量，你的一间房子被砸垮，你母亲亡故，精神上的打击无法补救，我唯一能做的是给经济上补偿，你的房子修复费给五千元，你母亲的丧葬费五千，另外给一万元的精神安慰费，当然作为我一个打工者来说，一笔二万元钱是一笔天文数字"！确实对这山沟里的人当时二万元确实是天大的数字。小勇看到那儿子脸上表情的变化，小勇继续说："我内心深感内疚，只有经济补偿心里才能平静。但是我目前身无分文，我只有出了看守所，回老家把老宅卖了可能有一万多元，另外找三亲六戚借几千元，凑够两万。但是如果我出不了看守所，受到法律制裁，判刑入狱，就没机会凑钱了，你得不到补偿，我也心痛。唯一能帮我走出看守所的人就是你，调查人员来询问时，你就说，情况弄清楚了，我为了修两间房子，买不起砖头，开采片石砌两间干打垒房子，是自采自用，不是卖，没有商业行为。由于下大雨冲垮了巨石，事故与开采片石没有直接关系"。"这样我就无罪，事情就好办了。你谅解了我，大哥你拿张纸和笔来，我给写个条子"。儿子拿出了纸和笔，小勇在纸上写道：保证书：保证人马小勇给被伤害人陈林给予补偿款贰万元。待马小勇无罪释放二十天内生效偿还。保证人：马小勇，十月十七日。陈林收下欠条后说："这样行吗"？小勇说："这本身就是无意伤害的民间事件，政府和公安机关不会深究，只要双方和解，政府和公安机关多一事不如少一事，只要你坚持立场"。陈林说："我还是为母亲难受，但人去了，也只有这样"。小勇被押回了看守所，等待民政部门和派出所的问话。在滨江饭店的包间里，唐总，袁总和尹局长边喝酒边聊天，唐总问："袁总，你堂哥在交通局怎么样"？"交通局工作可多了，可把堂哥累坏了。我生日那天，他的秘书和我的秘书我们四个人正在喝酒聊天，聊得正高兴的时候，他秘书的手机响了，秘书出去接了电话回来，在堂哥耳朵边悄悄说了几句，堂哥放下酒杯说，堂弟对不起我要走，有个重要的人要召见我，我必须去"。我说："现在已是晚上十点了，明天去不行吗"？"这是命令，这个时候召见是常事，你看他忙成什么样子"。唐总说："看来这官不好当"。袁总说："你们前天晚上电视上看到天天630节目了吗"？唐总说："看到了，那个为了开采片石的小伙子被打得好惨啊"。"你看清楚了那是谁吗"？唐总说："满脸是血，看不清楚"。尹局长沉默着。袁总说："是开采石片惹的事"。他们边喝酒边聊天，尹局长心事重重的样子，很少说话。饭后唐总送尹局长回家，在车上尹局长说："我们是知心的老朋友，有事实说。电视里你也认出他是马小勇，是我家老婆开采片石惹的祸，叫他去顶着。你帮我出个点子，我现在该怎么办"？唐总说："尹局长，现在这个时候你千万别出面，你是台面上的人，现在正是敏感时期，马小勇他出面顶着这样很好，一来可以考验观察这个人的人品怎么样，二来可以断绝你跟事件的关系。即使捞人找关系，也由我去，我是商人，在和各个方面的人接触也是常事，你就不一样，你千万不能有个三长两短，你要是有个三长两短，我靠谁去？那我损失就大了。我无论如何也要为你作想，我赴汤蹈火也要上"。尹局长说："我一定记在心里"。唐总把尹局长送回了家。小勇在看所里接受民政局和公安局的询问员共同调查询问："你是马小勇"？"是"。"片石是你自己开采的吗"？"是我找几个人为我开采的"。"你开采的用途是什么"？"我的经济条件有限，没钱买砖头，采点片石修两间干打垒房子"。"你准备开采出去卖吗"？"我没有那个念头，也没有那个能力"。"你打算怎样善后处理这件事"？"由于我没有自然灾害的意识，也没想到雨下那么大，没意识到水的冲涮力那么强，导致如此严重的后果。我对不起他们，我心里很难过，我去给他们道过歉，他们也谅解了我，我承诺我尽我最大的努力给予他们补偿。同时也对不起你们，给你们增添了不少的麻烦"。"你打算拿什么去赔偿"？"我想变卖家产和向三亲六戚借钱，我尽了我最大的努力，我心里才不会内疚"。询问员问："你能把这事处理好吗"？"我会尽我一切的努力把事情处理好，这是我的责任"。"你还有什么要讲的吗"？我没有其它要说的"。"你先看记录，如果属实就在这上面签字"。小勇签上字，询问员说："你现在回房去"。陈林被叫到派出所，民政局和公安询问员问："你是陈林吗"？"是"。"你对你母亲的亡故和房屋的损坏你有何申述和要求"？"我对我母亲的亡故。我特别难过，起初是非常的愤怒。后来马小勇忍着伤痛上门赔罪，态度诚恳，并主动提出变卖家产给予补偿，我认为他已经尽到了他最大的努力弥补过错。导致事故的主因也不是他开采的行为导致，后来我仔细查看了砸烂房间的巨石，巨石上并没有凿打的痕迹，又到实地查看，由于雨大水多，浸泡冲涮，导致巨石滚动"。"所以我谅解了他"。"你决定不起诉他"？"事故的原因主要还是自然灾害，当事人已经体现了最大的诚意道歉，我谅解了他"。"你决定不起诉"？"我决定不起诉"。"你看好纪录，同意记录的内容，请签字"。陈林签上字。小勇在看守所呆了十天，出所的那天上午，所长叫他到办公室，给了一份文书，文书的内容大致是：事故的具体情况和经过，事后双方当事人对事故的认知和态度一致，认为导致事故的主因是自然灾害，双方和解并协商达成协议和解。经民政局和派出所对事故的调查共议为：民事，不具有犯罪特征，不具备上诉条件，双方和解结案。小勇看后签字，小勇说："还有什么事"？所长说："你可以走了"。小勇说："谢谢所长"。小勇出来后，带上房产证和身份证，到工商行办理贷款，贷款员审查了相关证件，办理了贷款合同，他给小勇说："我将合同和相关证件交主管审批，一个星期后来看结果"。主管查阅了房产资料，抵押房屋是市中心繁华小区，房价在八百元以上一平方米，八十多平方米，总价在六万五千元以上，贷款两万元只是抵押物的百分之三十，给批了。小勇也很快拿到了贷款，小勇把两万元送到陈林手上，陈林说："你把没拉走的石片拉走，如果不够还可以开采点，但注意开采作业面的自然排水要流畅"。小勇找人把石场的排水沟疏通，不至于雨水积存浸泡造成后续事故。小勇临走说："感谢陈大哥的仁慈"。小勇回到工地，没有了工人，只有一个看守人员。小勇问："工人到哪里去了"？看守工说："到建筑工地上去了"。"到哪个建筑工地上去了"？"不知道，你打电话去问李女士"。小勇到邮局给李姐打电话，李姐接到电话，在电话里李姐说："小勇你在哪里"？"我在工地上。我已经出来三天了，工人到哪里去了"？"你在工地上等我一会儿，我们打车来接你，见面后再说"。小勇在工地上转了一圈，工程还是他离开的样子。他等了一会儿，尹大哥和李姐打车来，把小勇接到滨江饭店的包间里。李姐说："这次你为我们的事，被打得头破血流，我们不知道怎么报答你"？小勇说："你们对我那样好，这是我应该的，今后遇到有什么事我能帮忙的，我一定帮忙，义不容辞"。尹大哥问起了整个事件的处理过程，看守所的情况，调查询问的内容和最后结案的结论，小勇将处理过程，询问内容和结案结论如实地讲述了，但没讲二万元的赔偿，他想这事他终究会知道，从别人口里知道，比自己说出来更好。尹大哥说："你真会办事，我没想到你利用人的感情，把那么严重的事故纠纷化解了，把事件处理得那么圆满，你是个人才"。李姐从包里拿出一张报纸包着的包裹，递给小勇说："这是一万元钱，是你这几个月剩下的工资和你这次处理事件的费用"。小勇说："你给我的工资够优厚的了，四个月的工资，除去已用的，我最多再收五千元，多的钱我不能要"。他数出五千元后，把剩下的五千元交给了李姐，李姐坚持要给，小勇说："李姐，我们当初说好的，不能变。我们是姐弟，受伤的事算不了什么，在外办事总是要磕磕碰碰的"。小勇心想，要把人情做到底。小勇说："李姐，你把工人调回来，把计划的材料运来，我们尽快把工程做完"。李姐说："你休息几天"。小勇说："没关系，我能坚持"。"我打个电话给唐总，叫他明天就把工人调回来，材料会按计划运到"。小勇说："李姐，出来后我已到采石场去过，事主陈林说可以把开采的石片运走。如不够还可以开采，但注意排水，你去运石片碰到陈林就说是我叫你来运的"。小勇又开始他后续的施工，装修。七个月完成了全部工程和装修项目。清洁已经作完，工人已转移到新工地，高墙和悬崖围护一座城堡，耸立在湖边，格外显得雄伟。里面静悄悄的，小勇一个人在城堡中来回走动，脑子里仍在思考着城堡的主人是谁？一天上午，一阵敲门声，小勇打开高墙的铁门，尹大哥和一对五十多岁的男女站在门外，便装，穿戴整洁，都带着眼镜。尹大哥说："这是我的朋友，我们来参现一下"。小勇心想这对男女是什么人？他想试探，说："尹大哥，需要向导介绍吗"？"忙你的吧，我们随便看看"。他们走到那房间，小勇悄悄走到隔壁房间，假装检查室内的装饰和设施，他们讲话时断断续续："这房子太奢华了，像是走进了欧洲的皇室城堡"。"尹老弟，还是留着你自己住吧"？"张大哥，这么多年在你关照下，才有我今天，我无以回报，我心里时时内疚，我知道害怕给你造成不好的影响，所以我才选择了这个风景优美，安全僻静的地方。你的工作很忙又紧张，这个地方正好幽静，适合你放松休闲一下。只要你不邀三朋四友来，你的家人管住嘴，有谁知道？至于产权问题你想好，找个可靠人的身份证交给我，一切事由我来办。如果你今后要变卖转移，你不便操作，我可以将资金帮你转到世界的任何地方。只需要你在对方国家银行开个账户就行，银行开户你很方便，你经常出国考察，特别是瑞士或者开曼群岛，这些国家开户手续简单，又安全，我们是深交相依的朋友，都要相互关照"。小勇听得心惊肉跳，心想，尹大哥是局长，他又是什么人呢？小勇赶快悄悄地从隔壁房间溜走。第二天李姐打电话约小勇次日下午五点到滨江茶馆喝茶。当天小勇晚上回到旅店泡了一杯茶，房间里有黑白电视机，播放着电视节目，小勇无心看电视，坐在房间喝着茶，细想一年多来感触颇深，犹如梦中，是好事？是坏事？自己犹如飘浮在大山上空！深山峡谷！随时坠落山间无影无踪！风也可以把你送上山顶，遍览天下！腑视万人！我要是急流勇退，回归过去，那一幕幕穷困，艰辛，流离！求生苦痛的经历在脑子里翻腾，我要是投其所好，为其效劳，有可能在社会人脉的关照之下，财源滚滚！平步青云！改变人生！该何去何从？困苦的经历，穷困的老家，不堪回首的过去！他决心继续向前，他在脑子里规划着以后的人生。第二天下午五点钟在滨江高雅的茶馆包间里，喝着龙井茶，望着滔滔的江水，尹大哥，李姐和小勇三人对坐着，李姐说："半年多了，这半年多小勇弟为了我们的房子，流血，流汗可歌可泣的往事，历尽艰辛，我们不知怎样感谢你？你有什么要求吗"？小勇说："我认识尹大哥和李姐，已经是很幸运的了，我称呼你们为哥姐，哥姐有困难时，我只是尽了我这弟应尽的微薄之力，是应该的，不足挂齿"。李姐说："我已在电视里看到和开片石的工人嘴里知道你的感人事迹，令我们深受感动，这里有二万五千元钱，这些钱也只是你实际的工资和你给陈林两万元的赔偿金，本来还应该给你点慰问金，目前手里有点紧，以后补偿"。小勇把包从桌上推了回去，李姐又推了回来，他们推过去，又推过来，李姐说："这点钱已经是远远不够"。小勇说："我们既然是姐弟相称，为弟的应该为哥姐出力分忧，何以论你我，我决不收"。李姐看小勇执意不要。她看了尹大哥一眼，尹大哥没吱声，李姐说："我们暂时记下这笔账，今后我们一定偿还"。小勇说："既然是哥姐，今后若有用得着为弟的，我竭尽全力"。尹大哥至始至终没有说话，平静无事的样子，看着小勇的一举一动。他想也许是小勇听到李姐说手头紧，而引发小勇的朋友义气，还是有其它目的。他想当今这两万多元不是一笔小数，这钱也是朋友的支助，是一个工人十来年的工资，是老百姓追求的万元户，他居然怎么也不肯收。他思索着接触小勇的感受，处理事件的智慧和能力，还有为朋友的意气，认为这人可以交朋友，可以利用。他们走出茶馆时，尹大哥给了小勇一张纸条说："这是电话号码"，再三叮嘱："电话号码千万不要告诉任何人，哪怕是父母，妻子，不要紧的事不要打这个电话，你可以去买个传呼，我有事好呼你"。小勇说："感谢尹大哥对小弟的信任，我一定尽快买传呼，把传呼号码告诉你"。尹大哥打车把小勇送回了旅馆。小勇十分的兴奋，今后自己找到了靠山。

第十五章

15-1 承包

　　一天小勇和唐总又坐在滨江茶馆里，唐总拿出一个纸包递给小勇说："这是你给我建青山湖房子结算的工资余额五千元"。小勇说："我没理由收那么高的工资"。唐总说："当初我已经给你定的工资标准，我说话得算数。你也不要硬撑着了，你为了摆平李姐的事故，已经贷款两万元"。小勇说："唐总你怎么知道的"？"我已经从看守所的朋友和银行的朋友那里听说了，为了摆平对方当事人，你的所作所为，朋友都一点不漏地告诉了我。尹大哥当然知道，为此深为感动，对你的人品大加赞赏。但他没谈赔偿两万元的事，我想把两万元补偿给你，我又想回来，既然他在我面前都没说，说明你这份人情他领了，如果我把这两万元补偿给你，这份人情就转移到我身上，对你是一种伤害。你要是成了他心中的朋友真值，你一定要抓住机会。我有了你，我和尹大哥感情更深了，朋友圈又多了一位朋友，今后他对你讲的话，你一定一字不漏地告诉我，我们在话语中共同寻找商机"。小勇思考了一下说："我没有想得那么多，我想的是为了保护朋友，需要我出力时，理应义不容辞。而且我也深陷其中，我必须那样做"。唐总说："我听了很多有关你的传言，我深感不解。你一个年纪轻轻，涉世不深的年青人，遇到各种各样的事件，总是处事不惊，处事妥贴恰当"。小勇说："我是一个生存在下层社会的打工仔，天天和下层社会的各种人生活在一起，又听了原乡镇企业张经理的经历，对我很大的启示，对于人生的情感意识有深入的感受体会。我又看了四大名著，《孙子兵法》，《三侠五义》，《春秋战国》等书里纷繁有趣的故事情节，给了我的启发"。唐总心想：小勇说得有理，只有深入了解体会生存在下层的大多数亡命穷苦人的思想和诉求，他们生存的环境炼就了他们的性格，利用他们吃苦，勇敢的精神达到目的。刘邦也是个小混混，在那样复杂的社会环境下，揭竿起义，争得天下。小勇这人不可小觑，大有作为，是个可深交的朋友。他思考了一个办法拉拢小勇，培养支持他，今后有可能他成了'气候'，还可互相帮助。我又买了块地，两个月以后就可以开工。唐总说："小勇，你有技术，又有组织施工的能力，你来承包工程，这样我们可以经常接触往来，你也可以挣点钱"。小勇说："施工方面没问题，就是没有营业执照和启动资金"。唐总说："你们乡办企业不是有建筑队吗？借用它的执照，给公司一定比例的管理费，剩下的就是你的了。关于资金问题，我们订合同后，我可根据需要，预付一定的建筑资金，在工程完工后的清算资金里扣除"。小勇说："感谢唐总的关照"。唐总又说："这里我有个条件，在工程进度上，我叫你加快进度，你就加快进度，我叫你放慢进度，你就放慢进度"。小勇说："加快进度要更多的工人，临时到哪里去找人？放慢进度工人又往哪里放"？唐总说："加快进度的办法不是你上次工程施工时，创造出来的办法吗？放慢进度叫工人不加班，还放周末和节假日"。小勇说："我们是记件制，工人工资减少他们不愿干走人怎么办"？唐总说："放慢进度一般是房市不好，很多工程都停工了，工人都回家了，不在这里工作，他们又到哪里去找工作？工资少点总比没事干好，所以你不用担心"。小勇说："唐总你思考问题真是深入周到"。唐总说："这是行内普遍的做法，也是经济规律"。小勇说："谢谢唐总的教导和关照"。

15-2 挂靠

　　小勇回家，来到乡建筑公司找到公司经理汪济民，小勇谈了他想借用公司执照承包工程。汪经理说："公司法里是不允许的，也没有先例，你打着我们公司名义承揽工程，你代表的是公司，你在外的一切经营活动，从法律上讲都是公司承担责任和后果，对你的经营活动我们又如何监督，这个问题我只有和各部门负责人商讨后答复你"。小勇走出办公室，正好碰上陈晓燕从工地上回来，她一眼看到小勇，异常兴奋地招呼小勇："小勇哥，你失踪了一年多，从哪里冒出来的"？小勇心想找晓燕摸一下公司的情况，于是坦然地说："一言难尽，你有时间吗"？晓燕说："我到技术室去查一下相关资料，到晚上五六点钟下班后才有时间"。小勇说："我六点钟在永福餐馆的包间里等您"。晓燕心想：他为什么要在包间里请客，是不是有不可告人的目的？脸红了一下说："行"。小勇在餐馆的包间里一直等到六点半钟晓燕才来，她一身打扮与两个多小时前判若两人，一头秀发披在脑后，日照给她留下了酱色的面容，仍然清秀，一身得体的黑色服装透露出女性年青优美的身姿，姿体线条透出女性的美感。小勇的目光不好意思久视，手指了一下凳子，目光转到饭桌上，他的心思是如何跟晓燕谈话，了解公司情况。说："请坐"。晓燕说："对不起，迟到了"。小勇说："没关系，你工作忙，能抽出时间来吃顿饭，已是很不容易"。他们边吃边聊，晓燕说："一年多来，我多次打听你的消息，都没有结果。我问过劳务公司张经理，他也不知道你去了何方，只听说你带走了部分工人，脱离了公司"。小勇说："我带了二三十个人去给朋友建房去了，我找你想了解一下你们公司的情况。我有个朋友给工程给我做，我想借你们公司执照去订合同。你们汪经理说还要研究，我不知道他是什么意思"？晓燕一听有工程做，高兴地说："你自己成立公司就行了，我来帮你"。小勇说："目前我还没有那个实力"。晓燕说："我们公司内部实行都是老一套的记件工资制。最近才试行工头工费包干制，就是工头按预算定额承包工程工费，才开始在王中民的项目试行，还不知道结果如何。我们公司当头的对下属像对佣人一样，头对下属说话，开头语就是'我给你讲'的命令式口气，不容你发言阐述，他的主意是错的，你也得照办，导致的不良后果都是下属承担。我要是有机会，毫不犹豫地走人"。小勇问："你们公司去年效益怎么样"？"我们公司效益一年不如一年，主要的还是业务越来越少，其原因还是计划经济的管理模式和理念，管得太死，没有发挥下级和各部门的积极性。据说他们正在探讨新的经营管理模式，不知道进展如何"。小勇问："汪经理跟谁关系友好"？晓燕说："跟我们公司关系密切的是劳务公司，我们的劳动力都来自劳务公司，所以汪经理跟张经理关系最密切"。小勇又问："你们公司工程项目的管理人员有些什么人"？"我们项目的管理人员跟你在原项目队的管理人员一样，如果你要承包项目，由于涉及到材料采购，资金管理还得公司派人专人管理"。小勇说："现在我还没考虑好这些人员设置，你在工地上负责什么"？晓燕回答说："我在工地上主要负责构件加工图，施工图的描绘，现场钢筋，模型的检查，楼面和基础的放线"。小勇说："如果我承包工程，组建建筑队你愿意来吗"？"我早就盼你组建一个建筑队，来你那里上班"。小勇说："我这建筑队编制人员很少，一人要当两人用，可能更累，你还愿意吗"？晓燕说："只有你对我好，再累我也愿意"。小勇说："我们是师兄妹，还会亏待你吗"？"那我等待你的好消息"。小勇他们饭后各自回家。第二天小勇请张经理在镇上最豪华饭店包间里吃饭，饭桌上张经理说："有快两年没见你的踪影了，到哪里发财去了"？小勇说："这两年我给一个朋友建房子去了。当时我离开公司时，想当面向你请假，朋友说就几个月时间，工程完了你就回去，哪知道一个小工程完了，朋友的朋友又要我建房，我盛情难却，只好又去了。几个工程下来，他们都说我人老实，工程质量可靠，所以接下来还有工程给我，我跟他们说我可以找公司来接工程吗？他们说，只相信你，除了你自己来接工程以外，其它公司一律免谈。这几年他们外包的工程，偷工减料，弄虚作假，扯皮的事太多了，伤透了脑筋，也没精力去应付。他们对工程严格管理，实打实的按设计和规范检查验收，对他们不了解的公司一律免谈"。张经理问："他们信赖的人挂靠一个单位可以吗'？"但是合同工程的承包签字人必须是他们信赖的人"。"承包人不是执照的法人怎么办"？"不是法人没资格签字，他们说你可以叫法人写委托书，委托信赖的人全权代表公司法人签字。盖上公司的公章，不知道这样合法不"？张经理说："公司法里有这么一条"。小勇说："你和汪经理很熟，我想麻烦你去疏通一下，我已经找过汪经理，他说还要管理层集体研究一下，我不知道他们有什么想法和商讨的结果。如果他们不同意，我好找另外的公司，如果他们同意，我们本乡本土的，今后好说话，好沟通"。张经理说："能否达成协议，关键还是利益分配和权责问题"。小勇说："只要他们愿意，条件我们可以商量"。张经理说："这几年你变化真大，马上就要成为老板了"。小勇说："张经理你高看了，你仍是我的领导，还是我的师长，今后还望你多支持关照"。张经理说："我虽然经历各种酸甜苦辣，但是文化水平低，只有这点能力，目前的职务已竭尽全力了"。小勇说："你那些经历的故事对我的启发很大，帮助也很大，今后还得向你学习"。他们边喝酒边聊天，两个小时过去了，小勇结账后走出饭店。分手时小勇递给一包东西给张经理说："这里面是件羊绒衫，给你冬天保保暖，不成敬意"。张经理说："你送我这么贵重的东西，受之有愧"。小勇说："这是应该的，好好地保重身体"。小勇回家看望父母，到家天色已晚，爸妈和妹正准备吃晚饭，看到小勇回来，他们都很惊喜，小勇爸说："过年你都没时间，这个时间有空回来"？小勇说："我回来到镇建筑公司办事，顺便回来看望你们"。小勇妈赶忙去给小勇做晚餐，被小勇拦住说："妈，我在镇上吃得很饱，一点都不饿，你们吃吧"。小勇倒了一碗开水，坐椅子上说："爸妈你们还好吧"？二老都说很好。"爸妈都变黑变瘦了"。他爸妈说："这个天气热，又刚打完谷子肯定要变黑变瘦"。"妹怎么没上学"？小勇妈说："她这次学校组织预考，她没上线，老师说叫她补习，她不愿去，说补习没意思"。小勇问妹："妹，你打算今后怎么办"？马燕没做声，低着头夹面条往嘴里送。小勇不知道她的想法，小勇妈说："她不愿读书算了，在家帮我们干农活"。小勇想，包工程没人管钱管材料叫她去，试着问她："妹，过几个月要是我的工程包下来，你去帮我买材料管材料，付料款，管工钱，管食堂账怎么样"？马燕听说哥要她去管物管钱，马上放下碗，高兴地说："哥，你的事我一定办好"。小勇说："这工作虽然不用体力，但是很繁杂，很累，而且还要有一定的专业知识"。"我一定边干边学，我不怕累"。"等我把工程拿下来了，我打电话你就来，这段时间在家帮爸妈干活，有空时看点书"。他从包里摸出五十元递给妹说："你去书店买两本书《会计入门》和《物资管理》两本书看看"。马燕接过钱说："明天我一早就到县书店去买，抓紧时间看"。小勇又拿出一千元给父亲说："你拿着给弟交学费和家零用"。小勇爸说："你拿这么多钱给我，你还有钱用吗"？"这你不用操心"。第二天小勇到了中民承包的工地，想找中民聊一下天。他现在承包的项目是承包工程的工费，其一是想了解一下预算定额中工时费的水平与实际工资开支的情况，另一个是了解公司管理层的情况。小勇上午到工地，中民见到小勇，惊喜地说："两三年不见了，你忙得春节都不见人，怎么舍得到我这里来"？小勇说："我们是兄弟，你又是我的领路人，永远我也忘不了咱兄长"。中民说："很抱歉我上午没时间陪你，只有下午四点到七点可以稍微放松一下"。他们边巡视工地边聊。小勇说："你紧张到如此程度"？中民说："你知道我是按预算定额包工的，工人又是按劳动定额计算工资的，这之间只有百分之五的差额。这百分之五，从面上看是我的收益，实际上预算定额是按工程量计算工费，而给工人计算工资的劳动定额是工程工序计算工资，这之间虽有关联，但不是一对一绝对的关联。所以在施工中，在保证质量的前提下，尽量少耗工时，剩下的才是我的收益"。小勇说："按这种模式存在着偷工的隐患"？中民说："那就看你的监管的力度了，这种模式也有好处：就是加快施工进度，保证建设方工费不会亏损"。小勇问："听说由于物价上涨，工资增加，要'调概'（调整工程承包预算工费）吗"？"'调概'那是事后的事，是根据上一年的通货膨胀率由国家建委下文到各地方执行，这程序和过程要几年，那时候是工完人散的时候，利益都落在承建公司的包里"。三点钟小勇在工地上辞别了中民。下午五点，小勇他们又坐在饭馆，边吃边聊。小勇问："中民哥，你承包工费收益怎么样"？"比当工头工资要高一点，这里面也有油水，但你不要对别人讲，这是绝密。比如说，隐蔽基础工程，承建单位为了获得更多的利益，弄虚作假。假设实际是一米深的基础，说是地质不好，需要一米五深，多出五十公分的土石方和基础工程量，设计者现场也是走马观花，酒醉饭饱后再收点礼物，签字认可。按工程量计算工费我也占点光。但我也要出点力，'意思一下'"。小勇想还有这招。小勇问："你们公司领导层怎么样"？"我们公司的领导人员都是有'背景'的，相互之间经常为各自的利益争斗，下面各部门的头又都是各领导的关系人，也经常为各自帮派利益争吵"。中民问："你目前在哪里干"？小勇说："我有个朋友给工程做，但我没有自己的公司，我这次回来就是想挂靠你们公司，中民哥，你看如何"？中民沉思了一会儿说："像你这样挂靠的'二包'工程，第一要看预算执行什么定额，如果实行国家预算定额，利润要高一些，如果执行地方定额，利润空间很小。第二点要看，一包承建公司和你承包的合同协议条款内容和费率的百分比，主要是管理费的分成比例和所涉及到的义务权责。这个问题你可以去向公司财务奚主任讨教，弄清工程成本中各项费用所占的百分比"。小勇说："我不认识她，前几年我在复兴建筑公司承包了一个小工程，对各项费用比例有个大概的了解"。中民说："那就好，今后工程揽下来，施工方面不但要组织好，管理好，以保证质量，用料也要精打细算，采购材料和管材料的人也要靠得住，不弄虚作假，管钱的人也要靠得住"。小勇说："我正在思考这个问题，技术方面我想增加一个人，你们公司的技术人员有谁合适"？中民说："我们公司的技术人员我接触的不多，接触过的技术人员都是大学生，心高气傲，他们不一定瞧得起你这样'二包'的小公司"。小勇说："陈晓燕怎么样"？"我与她没共过事，听他们与她共过事的人讲，办事还是认真，就是性格上有点'小家子气，目光短浅'"。小勇说："你来我们共同干怎么样"？"我现在还走不了，我承包的这工程还要一年多才能完，你先干着，如果你发展好，自己开个公司多好哇"。"我现在还没那个能力，虽然我可以组织施工，保质保量完成工程项目，但是我没有资质，没有注册公司资质的最低注册资本，机构设置和具有证书的工程技术人员"。他们哥俩边喝酒边聊天，饭后他们各自回到自己的住处。小勇没接到唐总的通知，他回到渝江市，只好到唐总给他房子里住。房子里什么都没有，他去买了张床垫放在地上，买了水龙头接好水，买了台灯插座安装好，买了个电饭锅，再把原工地上那套被盖和用品摆在屋里，厕所没装修不能使用，他去买了个塑料桶作尿桶，夜间解小便方便，大便就到附近的公厕去解决。现在他过起了流浪者的生活，他清理了一下现金和银行存款，一共有二万零三百五十元。是这五六年打工剩下的钱，他打算明天到银行去把贷款二万元还掉，但这些存款存在不同的地方，还得去一个银行一个银行地转账。第二天他到了银行营业部去询问，办事员说："你这是五年期贷款，你要提前还贷，是违约行为，这期间的利息还得按五年期利息计算"。小勇想不划算。小勇回到他的房子里，坐在地板上的床垫上，放了一碗白开水在地板上，开始看书，倒也清静。离工程师考试时间还一个月，他正好利用这一个月看书。他不分白日昼夜的学习，馒头，咸菜，水果，白开水，隔几天到饭馆去吃份回锅肉或红烧肉，他快入魔了。一个月后他走进了考场。考完后的第二天他接到了唐总的通知，他不知道怎样去拜访他。他到商场去转了一下午，买贵的礼品自己的钱太少，又怕人家怀疑自己故意讨好，心术不正。买大众化的礼品，人家那么高贵的人格，是对人家的不恭。想来想去，最买了一盒最好的毛峰茶叶，饮茶是雅俗共赏，毛峰也是茶中之王，不伤大雅。第二天小勇提着茶叶的礼品盒，来到唐总的办公大楼前。门卫电话通报了唐总，一会儿秘书来到门卫室引导小勇到了办公室，小勇到了唐总的办公室见到唐总坐在椅子上，小勇说："唐总你好，今天来打扰你，不好意思"。小勇递过茶叶盒，唐总叫秘书收下，对小勇说："不用客气，请坐。文件我们准备好了，你看一下"。他对秘书说："你把我们给准备的合同，连同我们和宏达公司已签订的合同文本，一起给小勇对照看一下"。秘书把两份合同交给小勇。唐总对秘书说："茶几上看文件不方便，你把小勇带到你的办公室，在你的桌椅上坐着慢慢地看，不清楚的地方你给他解释一下"。小勇坐在秘书的办公桌椅上，秘书给倒了一杯茶，放在桌上说："我不打扰你，你慢慢地看，不清楚的地方作个记录，最后我们一起商讨"，说完后退出了办公室。小勇翻开合同文本，两份合同页对页，条款对条款进行比对。因为他是第一次接触这种合同，没有经验，唐总也可能出于这种考虑，才这样做。本来合同是商业秘密，不可轻易泄露，唐总的动机和目的是为显示自己对小勇的信任，公平，支持朋友的义气。小勇花了两个小时的时间比对细读，两个合同中同样的工程设计项目的单价是一样的，使用的定额和各种计价费率是一样的，权利和义务条款相同，工程款的清算程序和支付期限和方式是一样的。只是给小勇的合同另加了两条，一条是：合同签订生效时，甲方'即建设方'预付十万元到乙方'承建方'承建工程项目的账户上，由项目负责人支付，工程完工清算时在工程款里扣除。第二条是：为了更快更好地发挥建设资金的效率，乙方在施工的过程中，甲方清算给乙方的工程款一律支付到乙方工程项目账户上，由项目负责人支付。小勇看到这两条特别高兴，他正在为自己今后在资金流动运用和资金保证上发愁，甲方在合同中给予了保障。看完后把合同交给秘书说："合同条款太周全了，考虑得太周到了"。秘书说："备注栏里的两条，我经历过所有的合同都没有这两条，这是第一次在合同里注明这两条，是唐总特别的关照"。小勇说："谢谢唐总的关照"。唐总说："你把合同带回去商讨，你都比对了，合同条款我们不会有改动，备注栏内的两条，主要是针对承建方挪用工程款，影响工程进度的问题而设定"。小勇说："合同条款已很周全了，我会向公司说明解释"。小勇带着合同赶回镇建筑公司，汪经理说："明天你带上合同来我们一起来商讨"。小勇出了办公室，在镇上随便找了家旅店住下，又翻开合同仔细阅读，理清合同中甲乙双方的各自权责，他感到从来没有过的压力。明天的商讨中可能遇到建筑公司各主管部门的激烈争论，有可能达不成共识，我又该如何应对？假如我作出过多的让步，结果我可能无利可获，费力不讨好。如果谈判坚持自己的利益底线，挂靠失败我又将如何办？思前想后，最后决定坚持自己利益底线不动摇，如果谈判失败，自己交回合同，在唐总公司名下承包直接费，适当给我一点管理费。他想好了应对各种问题的方案。第二天小勇带着合同来到办公室，办公室里圆桌周围已坐了七个人。给小勇留下一个座位，每个座位前放了一杯茶，汪经理叫小勇坐下，坐下后小勇从包里拿出合同交给汪经理，他没翻看就交给旁边办公室主任朗读，他边朗读边对重要条文和数据重复一遍，给听众一个深刻记忆，读完后他目光扫视了一遍说："我对合同条文和采用的数据看不出大的不当之处，我要问马小勇同志，这项工程是我们直接承包完成工程项目或是其它形式"？小勇说："这项工程是朋友在我以往交往中深得他的信任，交付我完成的工程，由我组织人员施工完成，是因为目前社会上还没有个人承包工程的方式，所以我挂靠贵公司"。主任问："今后合同条款中乙方的权责由谁承担"？小勇说："当然由我承担全部责任，可以将这份合同中的条款为蓝本，我与公司签署一份协议"。办公室主任又说："根据目前试行的企业法里没有这样的条文依据，签署的协议不具备法律效力"。小勇说："这个问题由你们自己考量，我想在履行协议的过程中，承建公司没有大的风险责任。我组织有职称的工程技术人员，按照建设部颁发的施工规范组织施工。有合法的工程检验机构对工程质量的检测报告，甲方派有工程监理在施工现场监督施工，全天候监督检查认可，所以工程施工质量风险不存在。唯一风险就是施工中的人身安全，可以在协议中明确由我负全部责任"。汪经理说："技术室袁主任你有什么建议"？袁主任说："从施工和工程质量管控上讲是可行，但由谁收集，整理，绘制竣工资料，出具竣工报告，接常规应是施工单位技术主管部门，一个施工队没资格出具。另外施工过程中我们公司技术部门是否还有责任监督和指导工作"？小勇说："施工队是挂靠关系，有它的独立性，当然必要的监督和指导还是需要。至于竣工资料的收集和整理，绘制由我们施工队自己完成，竣工报告由我们书写，交由公司技术部门确认"。财务林主任憋不住了，抢着说："业务工作可以循规问责，分辩清楚，划清界线，但为此投入的人力付出的成本又怎样分割"？小勇说："工程价的构成里有直接成本人工费，材料费，机械费，临时设施使用费无疑也是工程直接成本，剩下的管理费构成也有明细的项目和费率，我们可以根据项目的性质和各自的投入程度，权责分工，进行分割"。"你这办法有道理，怎样界定投入的程度"？小勇说："这就根据各自分担的工作量和承担的职责，由相关业务部门商讨确定"。办公室主任说："这个过程太漫长，要统一认知和意见可难了"。汪经理说："大家把主要方面讲到了，现在我们来议论一下管理费的分割，林主任你把工程预算中的管理费的构成比例讲一下"。林主任翻开试行的国家工程预算办法草案说："关于民用建筑，三个级别的建筑单位有不同的费率，我们属于第三级建筑单位，管理费率最低，占工程总价的百分十九，其中税占百分之三点六，剩下的百分之十五点四为企业的管理费，包括管理人员工资，差旅费，办公用费，办公设施费，培训费，交通费，保险费，工伤保险预提费，具体的各项费率占管理费总费率的百分比没有明确"。小勇说："林主任，公司一级一年总的开支是多少，把税除开，公司一年完成工程总额是多少，这样就可以计算出管理成本的百分比"。林主任说："如果按这样计算，去年大概是百分之五左右，不包括工人的工伤保险预提金，和下面施工队的管理费，业务招待费。当然根据全年完成工程总价的多少决定百分比，因为公司管理成本是一个变化不大的开支，工程完成得越多，比例就越低，完成得越少，比例就越高"。小勇说："这样就可以有一个大概的比例，你们公司一级的总员工还没有下面一级各施工队管理员工总数多。可以这样说，各施工队的管理费比例高过百分之五，这样就可以明确根据各自所尽的责任和义务，确定各自的应得的百分比。还有件事没明确，就是工人的安全保险由谁支付"？汪经理说："这要和职责挂钩，安全事宜是现场施工的职责，当然由施工队承担"。小勇说："这分成比例就清楚了，税由公司支付，百分之三点六，公司级管理费百分之五，合计百分之八点六，剩下的百分之十是项目施工队的"。其它人七嘴八舌地说："哪有这个道理？你们占大头，我们公司还占小头"。小勇说："你们不要急，我给你们解释，你们公司下面很多施工队，完成的产值基数大，总额自然大，项目施工队基数小，像我们这样挂靠的建筑队，你们不用与甲方交涉，沟通，往来事务，不管材料的采购，运输，供应成本。即使施工技术你们也少了很多的工作量，我们这样拿着业务来投靠你们，你们也少了揽业务活动经费，这可是一笔百分之二三的巨款"。小勇说这话语气有点高，有摊牌的口气，他想也应该这样，不能老是低三下四。财务林主任说："备注栏里两条甲方把财权都交给施工队，我们公司财务如同摆设，这两条应该去掉"。小勇说："这是甲方设定的，甲方是大公司，他们经历很多由资金引起的事件，影响工程质量和进度，所以才加注了这两条。如果去掉这两条，合同肯定不成立，公司老总还口头强调，由我签字，合同才成立"。办公室主任声调很高地说："你又不是法人，有什么资格签字"？小勇说："甲方信任我的人品，和乙方公司没有接触，不了解，你们可以开具一张法人委托书"。"那公司的权你都垄断了，还挂靠我们干啥呀"？汪经理看场面气氛不对，和气地说："大家都是第一次碰到这样的问题，可以理解，马小勇同志你让我们商量两天答复你行吗"？小勇说："我也是心直口快，第一次遇到这样的问题，可以理解。希望你们两天内答复，我好考虑另外的方案，再见"。小勇走出了会议室。小勇走后，大家目光都投向了汪经理，汪经理说："你们的意见如何"？下面七嘴八舌地说："他口气都那么牛，今后怎么共事？我们看就算了"。汪经理说："我们公司目前的业务不太好，市场竞争也那么大，我听广州深圳那边也在试行那种模式，我们也可以试行一下。那个开发商是个大老板，赢得了他公司的信任，今后对我们也大有好处。现在开发商对马小勇充分信任，看来还得按他的意见签署合同，和马小勇订立协议"。汪经理停留了一下，想听大家的建议，会场里目光相互对视，没有发言，汪经理说："如果没有意见，谢主任你把合同拿去对照书写协议，协议写好后你们相互传阅，集中意见进行修改"。马小勇两天后拿到了合同和协议，小勇仔细地审察核对了他和公司协议的内容，协议中的权责内容除了管理费公司收取百分之八点六以外，其余合同中的全部条款转移到协议中，这是应该的。因为是挂靠关系，协议的备注栏内，加了一条：公司派出财务会计人员主管项目队的财务工作，技术室派人现场检查施工技术工作。这是公司应尽的职责。小勇看后在协议上签字，另外还拿到两份原合同，上面盖有乙方建筑公司公章，建筑公司营业执照复印件，盖有公章的法人委托书。资料齐全，他收好资料说："谢谢谢主任"。小勇来到经理室，看到汪经理正在埋头看文件，小勇说："汪经理你好，文件已齐全，我这就去甲方签署合同，欢迎你今后多来现场指导工作"。汪经理说："寄希望于你多发展业务，为公司增光"。小勇说："感谢汪经理的信任和支持"。小勇辞别汪经理，赶车回渝州市，凭公司营业执照复印件，到当地银行开立了账户。第二天到开发公司，经门卫同意自行上楼，来到唐总的办公室门外，他轻轻地敲了一下门，秘书把门打开，唐总说："你这么快就把事情办好了"。"多谢唐总的合同考虑得周全，他们没有修改的理由"。唐总说："就连备注栏内的两条都没异议"？"我跟他们说，由于你们公司经历多次由于信任危机引发的教训，没有接触了解的企业没信心"。"你这理由说得很恰当"。唐总把小勇的协议大致地看了一遍，还查看了小勇的法人委托书，盖公章和小勇签字的二份合同，他也在甲方法人栏内签了字。他对秘书说："你带马小勇到相关部门办理登记手续"。他们来到对外联络办公室，复印了合同，小勇的身份证，法人委托书，记录了小勇的传呼号码，9663325。小勇说："谢谢张主任"。随即又到了财务部，财务部主任在合同上填写甲乙双方各自的银行账户，开户行和账户名称，小勇说："谢谢侯主任"。随即又到了工程监理办公室，陈主任问："谁是工程项目施工的负责人，谁是主管施工项目的工程师"？小勇说："都是我"。"你还有助理工程师吗"？"有，叫陈晓燕"。"有施工员吗"？"有，他叫李林"。"他们都有职称证书吗"？"都有，都是多年从事工程施工"。"那好，希望你们按职责行事，按规范施工"。"那是当然，工程质量是生命，也是责任"。"有这个认识就好，施工前把这些人的职称证书拿来复印存档"，他一一作了记录，复印了合同。小勇说："谢谢陈主任"。最后到了经理办公室，办公室鲁主任登记了小勇的名字和传呼号，收了一份合同和法人委托书存档。鲁主任说："剩下的文件由乙方保存"。小勇说："谢谢鲁主任"。他回到唐总办公室，秘书对唐总说："相关的手续办完了"。小勇说："我们出去喝杯茶，吃顿饭"。唐总说："不用客气，今后有的是机会，今天中午我已预约了客人"。唐总随手从桌上递出了一张图纸说："这就是开发的地址和平面布置图，施工图开工前由监理送来。你拿去看一下位置，作一些施工调查和准备工作，一个月后就可以施工了"。小勇说："谢谢唐总"。小勇坐公交车回到住处。

第十六章

16-1 开工准备

　　小勇在街上面馆吃了一碗杂酱面，回到旅馆，泡了杯茶，坐在床上打开平面图。平面图上是个住宅小区，共有八栋住宅，有绿化带，车道，人行步道，没有具体的尺寸，只有总面积三十亩，没有更详细的信息。他收好图纸，思考着将来的计划，一丝自豪感涌上心头，但很快被巨大的压力淹没。他思考着前期的准备事项，场地平整，小区临时道路的修建，电力的来源，临时设施的租用和搭建，人力的招聘，原材料的采购。他找了一张纸，拿笔在纸上一笔一笔估算记录，如果同时开工三至四栋住宅，前期投入流动资金约二十万元，甲方预付十万元，自己有二万元，还差八万元怎么办？他想到那已抵押的房屋，按目前抵押物的最高贷款额为抵押物估价的百分之七十，已贷二万元，还可以再贷款四万元，一共十六万元，还差的四万怎么办？没有可借贷的对象，只好到时再说。他想到了管理人员，想来想去，自己认识，可靠和比较熟的人，只有陈晓燕和小林。出纳和管料只有自己的妹，再想不出有可靠信赖的人。剩余的工作量只有自己承担，想好明天到工地上去调查一下。第二天一大早到小食店饱餐了一顿，买了两个包子，两个馒头，两瓶水放在背包里，作为当天充饥解渴的食品和饮料。准备今天徒步考察，小勇坐了一段路的公交车，又沿着正在铺沥青的公路走了一段路，来到龙江村。看到一个村民正在割地里黄豆。小勇问："大伯，这里是龙江村五组吗"？大伯说："正是"。小勇说："这里稻子黄豆都收完了，田里没了水，怎么不犁板田呢"？大伯说："这片地已经被老板买了，还犁板田干啥"？小勇说："老板买了马上要开发"？大伯说："我们还有部分撤迁款没拿到，他来用地时，向老板要，老板现在用地，可能还有点麻烦"。小勇想这就是迟迟没开工的原因，小勇在心里问一个月后开工行吗？但这不是他的责任范围。这片地左侧也是正在建的一片住宅，右边是丘林，后面是山崖，前面是渝江，公路边耸立着等距离的电杆，电杆上的电线好像新架设的。小勇想到左边工地上去了解一下情况。他走到工地上，一个中年妇女还在开搅拌机搅拌灰浆。小勇上前问："大姐，你们这河沙和碎石哪里运来的"？那女人弯着腰掏砂浆，背向着他说："我也不知道，你去问那房子里的小姐"。小勇向油毡屋顶的房子走去，一扇门开着，一位约二十多岁的女孩在记账。那女孩听到脚步声抬头看到小勇，问："你找谁"？"请问你们用的河沙石子从哪里拉来的"？那女孩说："我也不知道具体从哪里运来，有专人送料，我们只管看质量收方"。小勇问："价格是多少钱一立方米"？"价格也没一定，根据季节和市场而定，具体你去问我们老板"。小勇问不出什么具体情况，他走出工地，在门口看到一辆卡车装满了石子开进工地，小勇跟在卡车后面来到工地，刚才那个女孩拿着卷尺量了车厢石子的体积尺寸，作了记录，开了收据给司机。小勇趁司机尚未关门，走到车门前，递上烟说："师傅抽烟"。那人接过烟说："这位小兄弟有事吗"？小勇说："我想到采石场去一趟，搭个车行吗"？司机说："你上车吧"。小勇上了车，司机开车把碎石倾倒在堆石子的场地，开车出工地上了公路。司机问：＂你到石场去干啥呀＂？小勇想了一下说：＂我是旁边那个即将开工的住宅小区的材料采购员，我想到石场去调查一下情况＂。司机说：＂山上的石场可多了，都是近几年才兴旺起来的。前几年浇灌混凝土，都是用鹅卵石，在江边去筛的那种。这几年用量大了，江边鹅卵石都筛光了＂。小勇问：＂师傅，你这车是石场的车，还是建筑公司的车＂？＂是我自己的车，专门作河沙石子的运输，我的业务是与建筑公司采购员定协议运输，他们要用石子时，给我打个电话到他指定的石场去拉＂。＂那你们怎样结算运费＂？＂我们半个月结算一次，按照工地收方的数量和运输里程结算费用＂。＂你今天运这一车石子运费多少钱＂？＂是这样算：所运石子的体积乘以比重每立方二点五吨，就是这车的总吨位，每吨公里运价一元五角，这一车满载约五立方米计十二点五吨，运距八公里，算下来这一车运费为一百五十元＂。＂那一车除去成本，成本不包括你的工资，有多少钱＂？司机说：＂这就难算了，成本的构成项目可多了，有燃油费，润滑油费，大修费，维修费，配件费，车子消磨折旧费，养路费，保险费等十多种费用。最大的变化因素是运输业务量，这些费用有些与跑的里程消耗，消磨有关，有些费用是时限内固定费用如养路费，保险费，摊销到每车运费中不知该怎么算，只能一年下来，除了上述费用和自己在外吃的费用，住的费用外，剩不了多少钱。一年下来业务好，不出事故，大概有七八千元的收入，要是业务少，车况不好，有可能亏损＂。小勇问：＂今后你给我拉石子，河沙行吗＂？＂好哇，感谢小兄弟关照＂。小勇说：＂你的运费还可低点吗＂？＂这要看油价怎么样了，你如果运量大我可以优惠＂。他们沉默了一会儿，各自在心里猜测着，盘算着，停止了谈话。车子在盘山道上爬坡，车窗外一晃而过裸露的石灰岩和油毡工棚重复出现。他们不知不觉来到石场，车停在一堆石子旁，一个中年妇女从棚里走出来说：＂陈师傅，你今天还拉几车＂？＂今天我拉最后一车，下午我要去拉河沙＂。他顺手把一张纸条递给了她，她端出一条长木凳说：＂师傅坐＂。她到棚里端了两碗开水出来说：＂二位喝点水＂。小勇说：＂老板娘，你这石子咋卖呀＂？＂这要看什么规格的石子，2—4'厘米'的每立方米二十五元，0.5—1'厘米'的石子每立方米三十五元，石粉每立方米十元＂。小勇说：＂你这价有点高＂？老板娘说：＂你到别处去问一下就知道了，如果你量大长期定货，我可以优惠百分之五＂。老板娘望着小勇，等待他回应，小勇说：＂我考虑一下＂。小勇默记下了这个价。从背包里取出包子和馒头对师傅说：＂午饭我们就这样解决了＂。陈师傅说：＂谢谢你＂。他们边吃包子和馒头边喝水，肚子也饱了，车子的石子也装满了。老板娘说：＂陈师傅你看车厢装平了的，你帮我代交一下石子，你把收条给我带回来＂。陈师傅说：＂你放心，我从来都没出个差错的＂。老板娘说：＂过年我请客＂。车子把石子运到工地卸车后，一个不认识的女孩爬上了车。他们三人坐在车里，沿着江边公路大约行了五公里，到了渝江拐弯处，转过一个山头，前面视野开阔，向下游望去，都是平坦的农田，江边是宽阔的沙滩。车子下公路开往沙滩，从凉棚里走出几个人，其中一个男子问：＂要买沙吗＂？那女孩问：＂包括上车费多少钱一立方米＂？男子说：＂一十五元＂。女孩说：＂你这价高了＂。＂你要看质量，我这河沙是这流域最好的河沙，又粗，又没石子，没含泥量，是拌混凝土的好材料。便宜的沙细有含泥量，拌混凝土达不到抗压强度，责任就大了＂。女孩说：＂不用你给我上技术课，我们走＂。车子往前开了约一公里，又到了一个沙滩。一个口年男子过来问：＂你要河沙吗"？女孩又问："河沙包上车费多少钱一立方米"？男子说："你先到沙滩看一下河沙再说"。女孩和小勇走到沙滩上，抓起一把河沙细看，呈淡黄色，颗粒约芝麻大小。小勇抓一把沙，狠狠地捏了一下，一松手沙粒又立即松散开来，说明没含泥量。他们回到凉棚，那男子说："质量还可以吧"？女孩说："可以用"。那男子说："你的用量有多少，如果你用量大，长期用我的河沙，我给你一个最低价，十三元五角，不能再低"。女孩说："长期用是多长时间，三年，五年"？"到明年洪水期前，我只承包到那个时间，以后我不一定承包"。女孩说："就这个价，我可以拉一车，待我这一车拉回去后，经过试验员检测，老板同意，可以定货"。那男子说："可以"。河沙拉回工地，小勇也完成河沙石子的考察。晚上小勇躺在静静的旅馆床上，脑子却静不下来，思考着开工前的种种准备工作，样样事情在脑子里翻腾，不是人的事，就是物的事，最后都集中到钱的事，他决定明天到银行办理再贷款事宜。第二天九点钟前就赶到银行，银行还没开门，他在门外来回踱步。九点门开了，他到办事处，他向工作人员递上上次贷款合同书说："我上次贷款二万元，根据抵押物估价，贷款额度还有余额，我想把额度用完，再贷四万元"。接待的工作人员说："抵押物不可重复抵押，如果你想再贷款，必须把贷款还完，取出抵押物证，重新抵押申请"。小勇想了一下自己有两万元存款可以还贷款。小勇问："我可以现在还贷款吗"？"你可以办理还贷，但你是五年期一次性还贷，你提前还贷是违约行为，你虽然只有一年半的贷款期，但仍然按五年期利率计算利息"。小勇想，这是什么政策？借债还钱，天经地义，一年半期利率是三分八，五年期利率是六分，得多付利息五百五十元。他难受极了，但有什么办法呢？由于自己穷，才被咬了一口，他忍气地说了一句"我考虑一下"。走出了办公室，到街边一个小酒馆要一杯白酒，一盘花生米，边喝酒，边想还有什么别的办法？他把所有的亲戚朋友在脑子里梳理了一遍，没有一个人能拿得出五千元，更别想借到四万元钱。唐总有钱，但他特别破例地预付十万元，没有再借款的道理，还是硬着头皮去银行任他宰割。下午到银行理财办公室，还是那位工作人员，说："你来了，上午我请示了领导，他说你如果还是在我们银行贷款的话，我们可以把违约利息减一半，包括一年半的利息，你只交一千四百七十元利息"。小勇说："我只拿得出两万元还贷"。"我们可以这样，你还上两万元现款，利息在再贷款中扣除"。小勇说："可以"。"我现就给你办"。她在电脑里打出一千四百七十元的利息条说："你在条上这里签上字"，"拿出身份证，你的现款带来了吗"？"二万元是你们银行的活期存款"。"我给你填好表，你到前台去交款，回来办理再贷款合同"。小勇到前台取出活期二万元还贷，剩下两百元活期利息。交了款，回到办公室，经办人和小勇协商重新贷款数额为六万元，年利率百分之六点五的五年期贷款，一次还贷的相关条款。经办人填了合同的相关事项交与小勇说："你仔细阅读各项条款，认可后签字"。小勇看了所有条款，除了贷款额，贷款期限，抵押物和年利率外，其余全都是打印字，意味着是固定文本，不可改动。他只有签名同意，经办人签字盖了银行信贷部公章，交了一份与小勇保存，另一份连同产权证装入档案袋。经办人说："你的手续办完了，但还要等风险部评审，领导同意签字才能生效，大概要两星期，两星期后来看结果"。小勇说："谢谢"。小勇回到旅店已是晚上，他思考着赶回镇建筑公司交回合同，同时还要找陈晓燕商量，把她调到他的施工队来的理由。交回合同是顺理成章的事，办公室主任存档就完了。他在思考：是自己向汪经理要陈晓燕？还是她自己向领导提出？第二天，小勇一早赶回镇建筑公司交了合同，又赶到陈晓燕工地，她已经吃了晚饭。她看到小勇惊奇又高兴，面带微笑没说话，小勇把她叫出工棚外，跟她讲了找她的原由。晓燕思考了一会儿说："你先去找汪经理要我到你的施工队，看他的态度，也体现一下我的价值。他要是同意，当然很好，他要是不同意，我就辞职"。第二天，小勇到汪经理办公室，相互问候坐下，小勇向汪经理提出要陈晓燕到他的建筑队主管技术工作，汪经理沉默了一下，笑着说："你是看起了她的才能，还是看起了她的才貌"？小勇的脸一下红到了脖子说："汪经理，别乱开玩笑，我们是同学，共事好沟通"。汪经理风趣地说："沟通可以，不能勾引啊"。小勇又红着脸说："汪经理，你这玩笑可开大了，这样说，我都不敢要她了"。汪经理说："你放心，我一定把她给你调来。我去做项目队经理的工作，把她调给你"。小勇心里说不出是啥滋味。小勇回到家，叫妹马燕收拾行李跟他到工地。小勇和马燕到了工地附近的旅店住下，他要办的事很多。他要带妹熟悉她要管的事，他们整天坐公交车，面包车，三轮车，到采石场，采沙场，建材市场，教她如何辩别建材质量，如何讲价，如何找车运输，各种建材的计量单位，如何计量各种建材，单价，金额，忙得不可开交。一天接到唐总的传呼，他赶快到电话亭跟唐总打了电话。唐总告诉他村民的事已经办妥了，用地手续也办下来了，规划也批了，许可证也拿到了，可以开工了，叫他第二天把出纳带去，和财务部的人一同去转款。小勇说："谢谢唐总"。第二天，小勇带着马燕到开发公司财务部，和财务部同志一同到银行转完款，小勇招待财务部的全体人员吃午饭，相互认识，便于今后开展工作。饭后又到邮局给汪经理打电话，请他把陈晓燕调来。放下电话，他又带着马燕到工程机械出租公司，订立租用挖土机合同。办完后又到租赁公司租用活动工棚，办完这些事，回到旅店休息，忙完一天已精疲力尽。马燕把当天所有合同资料归档收拾好，感到特别困，比干农活累多了。第二天小勇和妹到银行信贷办公室，办事员说："贷款批下来了，你签署文件，办理贷款"。小勇签了字，填了银行开户户名账号，留下小勇和马燕的私章印件，办事员说："手续办完了，过几天款就到户"。小勇说："谢谢"，他们走出办公室。第二天推土机来到工地，小勇摊开平面图，指挥推土机平整场地，图上图示停车场位置是一块低洼地。他指挥推土机将建房位置的表面土推掉，减少基础和地平开挖的土方量。把土推到低洼地的停车场位置，填平后作为堆料场。推出小区的公路线，作为临时车辆通行线。小勇叫马燕记录推土机的牌号，开始工作和结束工作的时间，推土的位置，一天的推土的大约数量。推土机经过五天的推土，基本完成场地平整。小勇和马燕到银行取出二千元，在文具店买回账本和保险柜，马燕开始行使出纳职责，分类记账。小勇向马燕交待说："账面上银行账户的科目，每笔支付的用途记录清楚，保存好原始凭证，一个星期交与我审查一次。掌握银行余额，资金用途，流向。银行账户余额有重大变化随时报告，每笔支付在五百元以上你先写用款报告，我签字同意方可支付。签字报告贴在记账凭证后面，资金是工程的命脉。你也在学财务出纳的知识，在实践中认真学习"。马燕说："哥，我一定牢记"。他们到了住宿的旅店，找到老板说："你这旅店有多少张床位，有多少张餐桌"？老板说："有二十张床，五张餐桌"。小勇问："你一个月有多少收入"？"我们这里郊区，人员往来少，生意不好，一个月除去开支剩下不到八百元"。小勇说："我承包半个月，给你五百元，所有的开支由我负责＂。老板问："水电费怎么算＂？"水电费缴费后，凭票我付钱＂。老板说："从哪天开始＂？"从后天开始＂。"我有三名顾客还要住五天怎么办＂？"我只住十六个人，能住下＂。老板问："三名顾客的住宿费是谁的＂？"归你的＂。老板说："好，就这样，我明天收拾房间＂。

16-2 备料

　　陈晓燕和小林也来到工地，他们开始放线。租用的活动房屋也运到了工地，小勇将原借出的三十五个工人，调回来十人搭工棚。小勇叫马燕取出二千元，作为食堂未搭好前统一到承包的旅店里吃饭住宿的费用，所有油，盐，米，菜，肉都由马燕到批发的农贸市场购买，价格比零售便宜百分之三十。经过半个月工棚搭好，工地食堂开伙。管理人员和工人住进了工棚。小勇要回借出的三十五个工人。又从劳务公司要来二十多个工人，一共有六十多个工人，施工正式展开。小勇白天要处理施工技术问题，监管施工安全，晚上要计算各种建材用量，审理财务方面的开支，规划资金的运用，基础土石方完成后，上部建筑的建筑材料得尽快购料，满足施工需要。小勇和马燕包了辆面包车到采石场去定购石子，在路上，看到路边一个很大裸露的开采石面，没有机器碎石的轰鸣声。小勇心中自问，这是怎么一回事？也没有车辆出入。小勇叫司机开进石场里，石场里静悄悄的。听到汽车声，从工棚里走出一个人问："你们来买石子的吗＂？小勇走下车，递了一支烟说："我们是买石子的＂。那人接过烟，小勇给他点燃。看他样子愁容满面，说："我没有石子卖，场子已经停产了＂。"为什么要停产＂？他叹一声："哎！都是我太诚实了。打谷农忙前，工人们都说要回去打谷，需要用钱，要求把工资清算给他们。我一片好心，都把工钱给他们了，后来他们共同去承包了另一个停工的采石场，每人都持股。工人一走，现在这时候又招不到人。我这石场是承包一年，还有四个月才满承包期，这一停，我亏惨了＂。小勇问："你是怎么承包法＂？"我们按年承包，承包费一年二万元，开采量不限，四个月不开采，承包费就亏了六七千元＂，小勇问："你原有多少工人＂？"一共有二十个人＂。"一天能产出多少石子＂？"如果正常工作，每天十个小时，能出三十吨＂，小勇又问，"开采的设备有吗＂？"在那儿闲着呢＂。小勇思索了一会儿问："要是有人来承包，你怎么收费＂？"四个月我只收成本费，如果他自有开采设备，自己拿来。如果没有设备，我可以卖给他，或租给他都行＂。小勇还和他交流了石场管理的其它事项，小勇都默记在心里，沉默了一会儿说："我回去给你问一下＂，那人说："谢谢你＂。小勇回到工地，翻开了工程材料计划单，各种石子用量每栋约二百五十立方米，八栋共计二千立方米，加上道路，化粪池用量约六百立方米，一共二千六百立方米。石场产量每天一十二点五立方米，四个月产量近一千五百立方米，加点班能达到二千立方米。石子按市场价折算，除去人工费，机械租用费，山场费，爆破费，电费等成本还有百分之三十到四十的利润。如果加点班，产量高点，成本会更低。他决定承包。他回到旅店，接到唐总的传呼。他到电话亭给唐总打电话，唐总告诉他，目前房市不太好，叫他一期工程延期半年完工。小勇想工人已到现场，人往哪里安排？正好把人调到石场砸石头，他决定承包石场四个月，抽出二十多个人到石场去。第二天，他来到石场定好合同，交了一个月的山场承包费和机械设备租用费，原承包人和小勇一道去公安局专业爆破公司延续爆破合同。爆破工作是公安局控管人员操作，因为爆破材料严加控管，小勇交了压金。小勇回到工地，找小林商议合适人选去石场上班，最后决定找一个懂机械的技工负责修理机械，选原学过石工的人和普工一共二十二人，由谁去负责？想来想去，还是相信自家的人，叫堂哥去管理，堂嫂苏兰去买菜煮饭。小勇找堂哥谈话说："哥，我想找你去管理石场"。堂哥说："我只有小学文化，可能胜任不了"。"你只要写得出那些人的名字，写得出阿拉伯数字就行，写不出的名字，叫他本人写给你看。还有就是认识尺子，会作乘法就行，你这几天向马燕学一下。最重要的是要学会管人，观察每个生产环节，充分用好每个劳动力，充分发挥每个人最大的劳动力，不能有丝毫的磨洋工偷懒。你多吸取原老板的经验，我给一个月工资给石场老板，让他带你一个月"。工地在挖基础阶段，加之工人少，工程进度较慢，管理的事少，小勇抽出时间到石场观察，学习。一天他带着堂哥在生产现场观察，看到碎石机前原料快用完，说："哥，你看，砸石头的人力少了，每台碎石机前石料只够两小时用，两小时后有的机器就要停下来等候原料，造成人机浪费。你主要职责就是观察哪个环节人力有余缺，协调调用，现在抽人去砸石头。你要注意，这些人是雇用的记时工，他们没有主动性和积极性，只要他这道工序不存在压力，他就放慢动作，导致工效低下，只有你合理调配，保持他的工作压力，他就会发挥主动性，提高工效。你在工地上的主要工作就是观察每道工序的用料量，和供应量的平衡合理。促使他们发挥自己的潜能，克服无效动作，提高生产率"。堂哥说："你的管理办法很好，照你说的办"。小勇说："堂哥呀，你不在位，没有感受和压力。要是造成亏损，这钱从哪里来？我们都是上无片瓦，下无分文的出身。你看我是个小老板，多风光，可我一到夜深人静时，各方面的事和压力像泰山一样压在身上，各方面的事后结果，最后都集中在一个字'钱'上，无法入睡"。堂哥说："我一个农民，只知道吃饱肚子，身上不冷，哪有那么多想法？我一定按你的吩咐办"。小勇说："你一定帮弟一把，多动脑筋"。堂哥经过一段时间的学习锻炼，能力大大地提高，石场每天的产量达到六车以上。为了资金的周转，小勇吩咐堂哥以低于市场价每立方米低一元的价格出售。闻风而来买石子的车多了，每天产出的一半被卖掉了，另一半运到工地上。四个月下来，工地上的石子堆得像山一样，足够一期工程的石子用量。卖石子的钱也够石场的开支，这些石子就是赚来的。小勇很高兴，经过这次承包采石场的成功，尝到了甜头，胆子更大了。他把材料计划中的各种规格的钢材用量统计出来，利用房市疲软，很多项目停工，钢材需求量大幅下降，价格低廉，加之春节临近，经销商年终要清算上游厂方的货款，又要兑现一年员工薪酬，偿还债务，急于变现，他到钢材市去转悠，寻找机会。到了钢材市场，市场上冷清，到处都打出招牌，大削价赔血本的告示，他到那些打招牌的门市问价，作好记录。在市场转悠了大半天，反复比较价格，查看合格证，最后选择了一家大厂，有质量合格证，价格较低的经销商。小勇问老板："你这价格还可以降百分之十吗"？老板说："我这价格已经是进货价的百分之九十五了，加上运杂费我已经亏了百分之十。我是去年跟钢厂订的合同，由于进货多，厂家催款急，我只有跳水了，这个价我一定要现金"。小勇说："我可以给现金，我各种规格，共要三十吨，但还要降百分之五才是市场价"。老板说："那些低价钢材有质量保证书吗"？小勇说："进入这个市场，都是经过市管会检查具有合格证的钢材，这个问题你比我清楚"。老板说："你不怀疑有冒牌作假的吗？要是买劣质钢材回去，试验不合格退货，麻烦事可多了"。小勇说："你再降百分之三，如果不行的话，我另找别的门市"。老板说："我看你的购买量还可以，就这个价，一千七百五十元一吨"，老板一脸的无奈。小勇说："今天我没带支票，明天我一早来拉货"。老板说："口说无凭，睡一晚明天就变卦，怎么办"？小勇说："我们写个协议，双方都签个字"。老板用复写纸垫在白纸上，写上钢材名称，规格，价格。数量和交易时间。双方签字，各持一份。第二天小勇带着妹马燕租了三辆大货车，到了钢材门市，马燕专门作过磅记录，小勇负责查验各种钢材的规格和合格证。经过过磅，装车，开车回工地，卸完货，很快一天就过去了。

16-3 老板的琐事

晚上小勇到晓燕的办公室，她正在看图，看到小勇进来，高兴地说："我们都开工半个月了，你都没走进我们的办公室。你这个老板工程师，把你的重点放到哪里去了"？小勇说："有你和小林，外加监理我很放心"。晓燕说："基础工程看似简单，但是工程质量的关键部位。一期工程四栋房屋，从开挖出来基础的地质情况看，两栋与设计差别很大，需要设计单位变更基础设计。你赶快与开发商和设计院联系，尽快到现场勘察变更，以免影响施工"。"你是哪天查看到的"？晓燕说："我也是今天才查看到，我正在看图，思考应对措施"。小勇说："你讲得及时，我明天就去联系。这段时间现场施工技术有什么困难"？"施工技术没什么困难，就是施工进度落后了，预制构件现在应该生产了"。小勇说："进度落后是开发商的要求。预制构件的钢材已买回来了，可以组织生产了"。晓燕摆弄着手，看着手指头说："我原以为在这儿有你，会有说话的人，不会感到寂寞，结果比先前工地更寂寞"。小勇说："这段时间工人少，以后工人多了就热闹了，就不寂寞了"。晓燕说："你是老板，又是主管的工程师，你不可以多抽点时间，我们一起探讨一下工程上的事吗"？小勇说："晓燕你不理解我的压力，表面上我是承包的小老板，实则我的压力大极了，主要是资金和成本的压力。一个工地只要见到太阳升起，耗钱就开始，我心里时刻惦记着资金链，要是哪天资金链断裂，我这小老板的恶梦就开始了。所以我得管好每一分钱，用好每一分钱，我妹不懂得管钱，购物。这段时间我得带她到银行了解学习相关规定，制度的知识，到建材市场购料，学习一些识别材料质量和讲价的技巧。不能因为缺乏知识，导致经济损失，因为建材的质量和价格是构成工程成本和工程质量的主要因素，我不能掉以轻心，这段时间感谢你替我操劳"。晓燕说："感谢我的最好办法是多来我这里，和我一起完成工程技术性工作，解除我的忙碌和寂寞"。她说完后，拿起杯转身倒开水，小勇看到她耳根泛起红晕。她倒了一杯开水递给小勇，脸都没转过来，又倒了杯开水坐下，两眼瞧着杯子。小勇一阵心跳，脸发热，不知如何应对？转了话题问道："你爸妈还好吗"？晓燕看着杯子说："还是那样，妈在家种菜养猪做家务，爸还是在那公司记账，做财务工作"。"哥，我到处找你，公司派来的会计石大姐要和你商量财务相关的事"。这是妹马燕的声音，她进屋看到晓燕那副不自然的姿势和神态，退出了办公室。第二天小勇来到石大姐和马燕的财务室，石大姐说："这几天我清理了一下各种凭证和发票，与银行账户和现金的明细账很多对不上号，流量不相符，这账我确实无法登记科目"。小勇说："实在对不起，我们不懂财务，马燕才从初中毕业，不懂专业知识，望你多加指教"。石大姐说："银行账户账单名目和总额与实际记录开支的凭证总额相差很大，有的发票是无效的，有的是收据，不能成为合法有效的凭证，有些数据仅是文字记录，这样会导致严重的后果"。她的语气有些不客气地说："如果你认为企业是自己的，往里放钱和往外拿钱随心所欲，资金的流向不明，凭证不合法规，工程成本如何计算？所得税是以利润的百分之三十交税，往里放无效凭证的钱和物是不能入账的，这部分的钱不能进入成本，账面体现的是利润，你放进的钱被征百分之三十的所得税。要是往里造假拿钱，意味着你偷百分之三十的所得税，是要受处罚的。所以你所有为工程的投入都必须有合法规的凭证，合规资金用途。这些制度是保证企业成本的真实性，也是国家计算征税的依据，是国家财政的命脉。违规是要付出沉重政治和经济代价，所以以前资金的来源和资金的流向，必须如实提供有效合法的凭证"。石大姐的教训口气长篇大论，小勇心里难受，但是还是克制自己的情绪，以免伤害石会计的感情。无奈地问："我们开工前管理人员和工人在前期准备工作期间，住旅店吃饭的费用，在哪里去找合法规的凭证"？石大姐说："这些费用可以分为三部分，吃的费用可以列入职工借款在工资中扣除收回。住宿费可以由旅店开出发票，交通费可以凭车票报销"。小勇问："在外吃住，多出标准的部分怎么办"？"你可以按企业规定给予生活补助或津贴，或者由当事人自己承担，在工资里扣出收回，但这些都要有合法合规的凭据"。小勇又问："我自己花的钱怎么办"？"如要反映到企业银行账号现金流里，可以作为个人借款入账"。小勇说："马燕，你把近段时间所有的费用都列出清单，附上凭证，交石大姐审查，审查的结果交与我处理，石大姐你看这样如何"？"尽快地办理，不然越积越多，又要到季末结算了"。小勇临走时对马燕说："你听从石大姐指导，好好地跟她学"。几天后马燕把石大姐审查后的清单交与小勇，不合规的和不合法的凭证都列了出来，主要有这几方面：承包旅店的吃住费用只有记录，材料的运输费用只是收条，石子成本费用也只是各项开支的记录。他叫马燕到采石场老板那里去结算承包费，碎石机租金，水电费，一共一万四千元的发票。石子按市场价每立方米二十八元，发票碎石数为一千五百立方米，金额为四万二千元。另外交通费用，没有保留车票，他想起了张经理在乡企业应付招待费的办法，到乡企业去开运输发票，把运输费，交通费和在旅店里高出常规部分的费用，还有平常用去的不知名目的费用都计算进去，开为运输发票。百分之八的开票费用只有用现金支付，以后开成运输发票。旅店正常的住宿费，由旅店开住宿发票。小勇打定主意，到邮局去给张经理通了电话，张经理同意，他派马燕回去办理。这次小勇处理财务问题得益于自己丰富的人生经历。后来小勇单独宴请石大姐表示感谢，并对石大姐说："今后的工作多多指教，发现问题即时告诉我'。石大姐说："我也是没办法，我是注册会计师，有法律管着我，我要是不按税法和会计法规，做

307

成违规票据作假账，造成国家税收流失，轻则注销我的会计师资格，重者法律惩处＂。小勇心想马燕回乡开的运输发票是交营业税的税务发票合规，石会计认为发票合规，当然她不知道底细。小勇说：＂这个项目里的账务我绝不难为你，谢谢你对我的指导和支持＂。马燕顺利地到石场老板那里开回了一千五百立方米，四万二千元的石子发票，又回乡镇企业按要求数额开回了总额二万一千二百八十元的运输发票，财务上的事算是摆平了。一天下午，马燕带车拉回河沙，对小勇说：＂哥，我今天拉回的沙，价比我们原先拉沙的沙场价格还要便宜，只是远了二三里路，那老板说你如果要得多，他可以打批发，把你们领导叫来我们商谈一下＂。小勇当天又把材料计划单上河沙用量统计了一下，一期工程用量约八百立方米。第二天小勇和马燕来到沙场找到老板，老板说：＂你要买多少河沙＂？小勇说：＂大约一千立方米＂，＂你能全给现金吗＂？小勇猜想他销售不好的原因，又急着用钱，是杀价的机会说：＂当然可以，只是快过年了，资金有点紧，但我还是尽量想法满足你的要求。过年后就是三月，再过两个月洪水就来了，你这大片河沙卖给谁？今年房市不太好，年后也不会有大的变化，你打算咋办＂？沙老板说：＂你这老板真精，尽戳我的短处，我打开窗子说亮话，你把这些不利的因素都给我捅明了。到了这份儿上，我打批发卖给你，你自己来人装车，我以车数收点'板板费'。每车就收你十五元。平时我一车收五十元，去掉上车费二十元，我也有三十元，我只收了你一半的钱＂。小勇说：＂可以，我有要求，我付给你的钱要按河沙市场价开发票给我＂。老板说：＂可以，你真精，还要向税务掺沙，还可以多开发票数量和金额，但多出部分要给百分之八的手续费，反正我也是亏起的，不交所得税＂。小勇说：＂我后天就来拉沙＂。小勇回到工地，挑选了十个精强力壮的小伙子，给他们说：＂明天开始，每天早晨七点半钟集合，坐货车到沙场装河沙，我给你们记件工资，拉十吨的货车给你们算十二吨货的上车费，但每车必须装满车厢，车厢中心高出车厢二十公分以上，车厢边缘持平，以沙不掉为限。早晚饭在食堂吃，另外免费每人带一正餐盒饭和加餐的包子馒头，带两桶开水＂。大家听了很高兴，吃得好还拿高工资。租了五辆大货车，给司机说：＂你们货车是十吨位的，我给你们记十二吨位，但河沙要高出车厢二十公分，你们起早贪黑很辛苦，我给你们每人每天补助二十元＂。司机听了也很高兴，二十元一天伙食费都够了，多拉快跑，第一天每辆车跑了六趟。以后每天都保持这个数量，拉了六天，共计拉了一百八十车，一千五百多立方米。小勇担心老板不可靠，不放心，老板按市价只开出了七百六十立方米发票，其余七百四十立方米的发票还是回乡企业局去开发票。整个二期工程的场地都堆满了河沙，石子像小山一样。花了一半的钱买了一期工程的全部河沙，石子。转眼到了一月份，一期工程的基础工程已完工三栋。年底完成工程量验工和计算工程款报表，已由甲方监理签字认可，报送开发商。春节前要对年前所有账务进行清算，兑现。石大姐向小勇报告当前的财务状况和规划：＂银行存款余额为五千三百元，应收工程款为五万一千元，应付款为，清算应付工人工资为五万六千七百元，到期应付设备租金四千元，活动房屋租金七千八百元，水电费一千六百元，零星流动资金需一万元备用金，春节前还差二万元。本来还应向公司交四千多元的管理费，我去给公司汪经理讲，一季度末交＂。小勇问：＂工程款还抵不上工人工资＂？石大姐说：＂工程量计价截止时间是十二月底，工资清算时间是一月份，有一个月的时间差。还有生产的预制构件没列入清算工程款项目内，算是投资。有些工资投入与验工工程量没关系，前期搭工棚，备用的河沙，石子，钢材等建材占款，减少了后期工程用款，后期效益就好些"。小勇说："谢谢石大姐，我去想办法"。当天夜里，小勇在床上无法入睡，自己再也没有抵押物在银行贷到款，又没有有钱的铁杆朋友借到钱，在床上翻来覆去睡不着。时间一天天逼近年关，压力一天天加大，感到孤身无援，想来想去还是只好去找唐总。第二天，小勇到唐总的办公室，唐总说："你坐，工程款你收到了吗"？小勇说："谢谢唐总，收到了"。唐总想试探小勇对承包工程的态度，说："你干这工程感觉怎么样"？小勇说："施工方面没什么问题，就是管理方面涉及的事太多，压力很大，特别是资金方面，人人都说过年好，一家人团聚，其乐融融。对我来说，过年是难关，支付所有的应付款，讨债的人催得紧，清算工人一年的工资，工人的工资更不能缺，感觉无计可施，走投无路"。唐总说："你遇到了资金的压力"？小勇把为了便宜价格购料的过程如实地讲了一遍。唐总心想小勇是来向他借钱，说："你经营的智慧是高超的，策略是正确的"。唐总心想，是不是小勇在骗他？于是借故地说："近来不知道我们公司的财务状况怎么样，我找他们商量一下答复你，我尽量想法帮助你，你到底差多少钱"？"只要三万元就够了"。"你回去，我会尽快答复你"。小勇走后，唐总召集办公室主任，材料主任，财务主任叫他们到小勇工地上查看，查看回来向他汇报。三个主任查看后回来汇报说："根据我们估计，工地上的河沙，石子，钢材一期工程都用不完，价值在二十万元左右"。唐总放心了，叫财务主任给小勇项目额外转款三万元。小勇也很快地收到了转款。小勇盘算着节前资金没问题。节后开工各种费用又从何来？他琢磨有些工人领去工资把钱存入银行，我也叫他们存在我这里，唯一能打动他们的是利息，存入银行年利息百分之二点五，我到银行贷款是百分之六，如果我再提高百分之二到百分之八，是银行存款利息的三倍多，够有吸引力。放假的前两天，召集工人开会，发放年终清算工资，在大会上小勇说："兄弟们辛苦了，今天我发放一年的清算工资，你们拿着钱不要忘了给父母，妻子，孩子买点礼物带回去，让他们高兴一下。这里我有一个想法供大家参考，你们如果有余钱存入银行，凑钱建房讨老婆的话，你们可以把钱存在我这里，我这里存钱满半年年利息按百分之六计，满一年按百分之八计，是银行存款利率的三倍多。反正我也要到银行去贷款，贷款年利率是百分之六，我们是师兄弟又是老乡，再给你们加百分之二，到百分之八。银行赚我的利钱，不如把这利钱让师兄弟老乡赚"。有人问："我把钱存在你那里，要是我用钱时，你拿不出钱给我怎么办"？小勇说："我们相处这么多年，对于我的人品你们应该了解，说话算数。还有工地上这么多材料，还不够你们的存款吗"？下面的人议论纷纷。到工资清算完，共有十人交了存款，每人存款数额多少不等，一共有一万多元。存款人都是相处多年的工人也是老乡，领到钱的工人都已回家过年了，晓燕，小林和小勇留了下来，利用节前的几天，把节后开工的技术工作提前作好准备。小勇在回家过年的头一天，接到唐总的电话，要他到唐总办公室有要事相商。小勇心里打起鼓来，工地马上进入上部建筑的重要施工期，如果有什么变故怎么办？他马上赶到唐总的办公室，唐总叫小勇坐下，秘书给他泡了杯茶，放在面前。唐总说："我们公司经过讨论研究，目前房市不好，公司存量房很多，资金回笼很慢。其它两个项目都处于上部建筑施工的尾声，施工停下来，意味房屋无法满足销售条件，大量再建资金积压。只有你的项目刚进入施工阶段，资金占用量极少，只好把你施工项目暂停下来，我预付给你的资金，你已购料，放在那里不动，以后工程款中清算。已进场的架木和机械退掉，违约费用由我们公司承担，工棚已搭建，租金也由我们公司承担。剩下就是员工，你现在有多少员工"？"有六十多个人"。"春节后你提前统计一下各工种人数，通知我，我将员工分配到公司另外两个施工项目中去。你的管理人员很少，就只有四个人，节后就到公司来上班，小勇，你的意见如何"？"唐总，你们的决策是正确的。房市是由市场决定，也是市场经济的规律，一己之力无法左右，我赞同你们的决定"。唐总说："你对房市判断如何"？"正如你讲的，决定房市的市场因素很多，要房市复苏，估计最少也得一年以上"。唐总说："你要做好思想准备，回去要把现场的建材清理好，保管好，看守好"。"唐总我一定不辜负你的希望，做好工作"。小勇走出唐总的出办公室，心情十分失落，充满希望激情的工程，正进入上部建筑施工期，转眼间成了泡影，还好，还有复兴的希望。小勇回到工地和小林，晓燕商议，下一步最重要的是看守材料的事，要选最信得过的人看守好工地材料。商议决定，由马燕，小林和表哥作看守工。小勇处理好善后工作，将钢材封闭存放在库房里，租用的工棚，架管和机械设备退租。晓燕，小勇节后到唐总公司技术科上班。节前他们各自回家过年。

16-4　啃骨头

　　姜总召集各科室主任和各项目经理开会，会上姜总说："同志们，我们在川渝铁路沿线各电气化附属房建工程已接近尾声。现在遇到一个艰巨的工程项目，登峰岩变电站的修建。变电站输出电源是电气化机车用电，电气化通车，关系到国庆四十周年献礼项目，是国家五年计划重大项目。现在是十二月份，在明年六月份必须准时完成任务，剩下三个月是电业局和电气化安装设备调试时间。十月一日必须通车，明天全体与会人员到现场考察，集中集体智慧，解决项目难题"。第二天他们乘火车到达当地火车站，分乘几辆面包车到靠近现场三公里外的公路边下车。他们沿着梯田弯曲的田坎爬坡走了近一个小时到了现场。山顶高耸着高压线的铁塔，高压线挂在铁塔上，变电站就建在铁塔旁。站在山顶上，前面三十多米垂直的悬崖，悬崖下是滚滚的江水。左边也是三十多米垂直的悬崖，悬崖下是一条支流，铁路从山下进隧道通过，跨过支流沿江边往上游延伸。另外两个方向都是陡坡和梯田梯土，他们在山坡上转了几圈，仔细观察了地形，大家都没说话，晚上他坐火车回到渝州市。第二天他们又坐在会议室里开会，财务科长把项目工程预算资料发给各个项目经理说："你们仔细看一下预算资料，做到心中有数"。这也是各项目经理最关心，最注重的事。大家翻开资料全神贯注地看，会场一片寂静，只有翻纸张的声音。过了半个多小时，姜总走进会场。看到部分人低头看资料，也有少部分人在低声交头接耳。他坐到主持人的座位上扫视会场。又过了一会儿大家抬起头，姜总说："我们大家都到现场察看了，有什么好的主意，请大家提出来"？会场里你看我，我看你，没人发言。姜总把目光投向几个项目的头说："你们都是施工队的头，有多年的施工经验，你们出点主意"？沉默了一会儿，一个姓李的项目经理说："我们看了预算价格，是我们以前施工过所有项目单位面积价格的一倍多，令我们'眼红'。但是，要在四五个月内完成工程决不可能。建材，构件和设备的运输怎么办？三公里弯曲的田坎，爬坡狭窄的山路只容得下一个人的两只脚，预制楼板，门窗过梁，钢材，砖头，河沙，水泥怎么运进去？如果现浇楼板，过梁，规范养护期的限制，四五个月工期根本不可能。运材料只能人背，上万吨的建材怎么运？打人海战术，崎岖的道路容不下，春节临近，哪里找人？还有一个问题，走农民的田地边运材料，难免踏坏庄稼，农民阻挠通行怎么办？这些不可克服的困难，要保质保量按期完工，除非请出神仙来！姜总，还是你尽快推掉这项工程吧"。姜总说："上面已经讲了，这一段路的工程都是我们公司全包承建的，你们光吃肉，别人来啃骨头，哪有这个道理"？会场一片寂静。姜总说："你们就没一个人敢站出来"？会场里还是你看看我，我看看你，没人做声，姜总说："我们只好外包出去了"。静了一会儿，劳资科沈科长说："要全包出去，现在我们公司没这权力，也没这法规，工程费怎么支付"？会场一片寂静，姜总说："既然内部无人敢承担，我只好请示上级特例全款外包"，会场里还是鸦雀无声。姜总会后反复思考，找谁承包？找社队企业？人海战术可以打，但社队企业技术水平不行，工程质量无法保证；找正规建筑企业，工期紧，施工条件差，没公司愿意干。最后想到了马小勇。小勇回家过年刚到家，接到姜总传呼，小勇马不停蹄地赶到乡邮电局给姜总回电话，电话里姜总要他到办公室有要事相商。小勇立即赶到长途车站，坐车经过一天，到了姜总办公室，姜总叫小勇到议事室，两人坐下喝茶。姜总说："你的工程完了吗"？小勇说："目前房市不太好，工程停了，休息一会儿"。姜总说："我们公司有个小工程，施工条件差，工期紧，公司内各项目队都不愿干，准备外包，我想你的智慧过人，一定有办法胜任。你可以先去调查一下，这工程很重要，工期紧"。小勇说："既然姜总信任我，我就试一下"。姜总叫秘书拿来平面布置图和地址交给小勇说："由于工期紧，你必须在三天内答复我"。小勇当天拿着图纸赶火车到了目的地，第二天一早走路到了现场，他转了几圈，又仔细观察了悬崖和江水，又看到江对岸沙滩。展开了图纸，一座二百平方的变压房，一栋二层楼十间房宿舍，一栋办公室，会议室和娱乐室。一座二百平米的厨房兼食堂。这些建筑有些建在裸露的页岩石上。他揣测他们项目经理为什么不干的原因，可能是工期紧，建材无法运进来。他看到垂直的悬崖和江面，突然想起了井架吊的原理。他到江边仔细观察了悬崖和江面，完全可以在悬崖上立个井架，用船将建材运至悬崖下江面，用井架吊吊起来。但船在哪里找呢？他又在图上看到基础是混凝土，何不就地取材用条石呢？他有这个想法，接下来他要去作调查，他拿着图纸往回走。他走了三公里多的崎岖山路到了公路边，看到一个废弃的晒坝和一排废弃了的一座房子。心想晒坝上正好搭工棚，还可以利用废弃的房子作工棚，决定找附近村民了解一下。他走到一座青瓦房前，看到一位白发的老太婆在檐下晒太阳。小勇走近问："婆婆你好，请问对面那排空房和晒坝现在还在用吗"？那婆婆说："那晒坝和房子，是生产队集体时的晒坝和仓库，土地下户后有十多年没用了"。"现在是谁的"？"你要问生产队石队长，他就住在上面的那栋房"，她手指了一下半坡上一栋砖房。小勇说："谢谢婆婆"。小勇向那栋房子走去，走近一看，房屋门紧锁着。他往回走，走到门户前不远的田边上，一个背猪草约五十岁的妇女。小勇问："大姐，你知道石队长到哪去了"？那妇女说："老公出去打工去了"。"请问大姐，你们队上那晒坝和堆谷子的仓库现是谁在管"？"老公走后都是由老会计在管，他的房子在那里"。她用手指着半山腰的一座青瓦房，小勇说："谢谢大姐"。他又向那青瓦房走去，到了青瓦房，看到一个老头坐院坝边抽烟，小勇向前问："大爷你就是这队的会计吗"？老头说："那是十多前的事了"。小勇说："我想用一下那晒坝和仓库行吗"？老头想了一会儿说："你作什么用处"？"我想在晒坝上搭点工棚住人，那仓库里也想住人，用的时间最多不超过半年"。老头说："有人出三千元一年，租来作养鸡场，我们嫌养鸡脏，没租给他，你要用半年就拿一千五百元吧"？小勇想了一下说："可以，我下个月来交钱订合同，谢谢会计"。小勇回到火车站，火车站就在镇旁边。在镇上住了一晚上。第二天小勇到了镇旁的一个小码头，看到搬运工正在卸船上的石子，小勇走近船头，问一个正在船头抽烟的中年人："这位老哥，这船是你的吗"？"是我的，你要运东西吗"？小勇说："我也想运河沙，卵石，水泥和建材，你这运费怎么收"？那人说："运费有两种收法：我这船装二十吨，二十吨以内不管你装多少都按二十吨计价；也可以按用船时间计算；也可以按逆水，顺水的里程算。装卸按时间算。逆水每公里六十元，顺水每公里三十元，装卸十元一小时"。小勇说："我运得多，你可以优惠点吗"？那人说："你如果一个月内能用十天以上，可以优惠百分之十"。小勇说："我怎么和你联系"？那人手指岸边一座二层小楼说："我就住在那里，如果你晚上找我，我都在"。小勇离开码头，又到工地对岸的沙滩上去调查。他走到沙滩看到沙粒很粗的河沙，沙层很厚，沉积卵石的地方卵石层也很厚，个体大小不等，卵石很干净，河沙卵石的质量完全能满足技术规范的要求。他又去找附近的村民摸底价格。他眺望近处的农房，约一里外的山脚下有农舍，他走到最近处一栋农房，看到近四十岁的一男一女正在吃午饭。小勇走近说："对不起打扰了，请问你们这里有人愿意筛河沙卵石卖吗"？那男的说："我才从镇河边筛卵石回来，你想在哪里买卵石，河沙"？小勇说："就在前面的沙滩上"。"没公路你怎么运"？"我用船运，你们筛卵石，河沙多少钱一立方米"？那人说："我们目前1一2厘米卵石是二十元一立方米，2一4厘米的卵石是十五元一立方米，河沙八元一立方米"。小勇说："这江边的河沙，卵石没人筛过，石子河沙又厚又多，价是不是可以少点"？那人说："到时候我们到现场再谈"。小勇辞别了村民回到码头，观察了地形场地，今后其它建材也可以从这里上船运往工地，这段路是顺水大约有五公里。小勇赶要火车回渝州市。第三天小勇坐在火车上，思考着工程施工规划，材料的采购，运输，工程机械的运输安装，劳力安排，资金的来源，和甲方的合同条款。车厢里乘客一切动静对他没一点干扰。第二天来到姜总的办公室，姜总看到他疲惫的神态，说："你这么快就回来了"？小勇说："我去大致地看了一下，困难是很大，如果预算费用够的话还是能按期完工"。姜总一听，小勇愿意干，心里一块石头落了地，高兴地叫秘书取来了图纸和工程预算表交与小勇。小勇说："工期实在紧，材料人力运输，道路又不好，运费超过实际料价好几倍。为了按期完成，开工时人力多，费用大，要预付百分之三十的工程预付款，为了保证夜以继日的施工，要两部二十千瓦的发电机，另外要两部井架吊卷扬机和一座井架吊，多出一部发电机和卷扬机作备用。另外由于工期实在太紧，我想把混凝土基础改为条石基础减少养护时间，因为开工时间是一二月份，室外气温很低，养护期长，这些变更设计的工作要立即作，不能影响开工时间＂。姜总说：＂关于材料运输费用，已按实际情况充分地考虑到，都包含在预算里，还有其它要求吗＂？小勇说：＂暂时还没有，待我看了图纸，三天内答复你＂。小勇拿回图纸计算了工程量。仔细地看了预算的材料价格，通过自己实地调查单价和预算单价比较，预算单价高出调查单价二倍多，多出的部分就是陆上人力运输费，小勇高兴极了。他又以陆上人力运输计算，预算单价还是要高出百分之十。小勇在心里暗想：决不能把水上运输的办法透露出去。策划书里只作了工期的阐述和确保工期的措施。小勇用二天时间作好施工策划书，来到姜总办公室，把策划书交给姜总。姜总召集各科室的科长开会，讨论策划书和订立合同的事，施工科孙科长念了策划书说：＂策划书里的内容有实用性和可行性，不知道他如何保证材料的运输和供应？我们认为不可实现的原因，是通过何种方式实现？因此我们必须派出'监理'＂。姜总说：＂对策划书还有什么意见＂？会场里一片肃静。姜总说：＂对策划书大家没意见。我们讨论一下合同的事，我已向总公司请示，鉴于项目的特殊情况，允许我们全外包，但要作好财务管理，经得起财税的检查＂。财务科李科长说：＂我们是建筑公司，没有再承包的权利，再承包属二包行为，为非法行为，只有在公司内部立项目，以协议的方式立项。他们只能以劳务费，材料费，运输费，租用费的税务发票予以报销领款，其它各项管理费开支也要有合规发票领款＂。姜总说：＂具体操作，下来与他们协商，如果没有其它意见，我们尽快地签订协议，进入施工阶段＂。会场仍然一片寂静，姜总说：＂没有新的建议，会议结束＂。会后办公室主任和小勇双方在协议上签字生效。小勇仔细思考施工方案，在自己的施工队里筛选三十名技术骨干，其余人员造名单交给唐总安排。订立项目承包协议时，只是承包协议而不是合同，协议里规定了承包项目和承包总额，凭有效发票予以支付。公司转十万元给小勇账户作为职工生活费和备用金，没有其它事项，完全是以内部项目承包方式。小勇和财务科李科长到银行转了十万元到小勇的账户上。小勇开始了施工准备阶段，他调来小林，晓燕和妹马燕住在旅店里，到现场作准备工作。另选两名信得过的人去接替小林和马燕的看守工作。小林，晓燕和小勇到现场放几栋房基础线。小勇又整天忙碌，订好租用晒坝和库房的合同并交了全部租金。请来临时工清扫库房房间，运来砖头砌灶，库房够住先期的三十多人。他又到镇上联系船只订好水上运输协议，经过小勇的讨价还价，节后的业务淡季，船运价在原价基础上降价百分之十五。又到沙石场购买沙石，这次他们直接找到村长。村长姓陈，陈村长说：＂你算是找对了，你如果找其它人私下订立协议是无效的，因为这片沙滩是沿江村民共有，卖出的所有收入都要抽出百分之十作为村的公积金＂。小勇说：＂沙石的协议价怎么定＂？陈村长说：＂1一2厘米卵石二十三元一立方米，2一4厘米卵石十七元一立方米，河沙九元一立方米。小勇说：＂你这价太高了，你这里没交通，但价格比镇上还高出百分之十几＂。陈村长说：＂高出百分之十是公积金，你了解的价是工价＂。小勇说：＂我还是到镇上去买，那里运输费比这里少很多＂。村长看生意要'黄'，心想这里沙石没交通没人买，过了明年四月又要涨水了，卖一个赚一个。他说：＂小兄弟，我公积金不要了，再降百分之五可以吧＂？小勇说：＂这里运输不方便＂。村长犹豫了一下说：＂公积金不要，再降百分之十，一口价＂。小勇心想价到位了，说：＂看在村长份上，可以，但你要按协议时间内保质保量供应＂。村长说：＂你只要在明年一至四月份内都可以，但你要提前一个月提计划"。小勇说："我们在协议中注明时间，地点，规格，单价，供应数量"。小勇和村长当下订了协议，交了一千元保证金。小勇忙完了施工准备工作，已到年关。他们放假一个星期回到老家。小勇从初二开始又到当地石匠家去招工。石工在八十年代末期已没有多少活干，都家在务农，小勇要招他们出去干两个月石工活，工资高出本地工资百分之十。包吃包住，他们特别高兴，因为节后两个月也是农闲，小勇招到二十个人，决定初五出发。他租一辆客车把石匠，管理人员和另外几个杂工，一共三十五人，带上被盖衣服工具，一车拉到工地，住进租用的仓库。小勇在附近村民家买了一条肥猪请杀匠宰杀，叫炊事员切片熬去水分放在大缸里，吃多少拿出多少，这样比到街买肉便宜不少。蔬菜也在近处村民地里买，也便宜不少，又在镇上买一缸批发价的白酒，每天晚餐工人都可以喝酒吃肉，工人们特别高兴，白天工作干劲十足，开石挖基础工程进展顺利。小勇从公司运来井架吊，卷扬机，发电机，动员了工地所有工人花了三天时间才从公路边运到工地。请来了井架吊柘师傅，电工唐师傅和发电机张师傅。又抽调了五个杂工协助安装，又经过十天，所有设备安装完毕。小勇联系船只开始运输沙石，水泥，水泥直接从镇水泥厂上船运到工地。每次运二十吨，船运到工地悬崖下江面上，再用井架吊吊上工地，放在油毡棚里。沙石就在对岸，运得很快，沙石很快就堆满了场地。现在就差钢材，要到渝州市去采购。小勇把材料单给马燕，叫她去和柘科长一起去进货。钢材用汽车运到码头，又用船运到崖下水面上，用井架吊吊上工地。一切施工建材准备齐全。这时基础土石方已完成，基础用条石按计划数量已开采完成，石匠给了工资走了，小勇又调回了三十个技工，租了几间附近的民房居住。主体工程展开。建筑公司杜监理对工程质量和进度都很满意。建筑公司后续资金也按时到位，经过三个月到四月底主体工程完工。一天姜总来到现场，看到工程已基本完工，对小勇的智慧赞口不绝，姜总说："你真行，怎么就想出这么多妙招"？小勇说："还是与我的经历相关，我是'土包子'，了解山区情况，加之这些年什么活都干过，特别是我拆装井架吊，了解了它的机械原理和结构功能，还得益于你平时的教导"。姜总说："你这工程赚了不少钱吧"？小勇说："这些费用很高，为了刺激工人的积极性，保证工期，工人的工资都比平时高出百分之一二十，船运费也很高"。姜总说："你还是赶快把各项发票开来入账，发票必须合法合规，清算各项成本，清算工程款"。小勇说："我把工程完工验交后就去办理"。经过一个月工程收尾验交，清理账务，八百五十平方米房屋承包价五十三万。现有合法发票额二十八万元，还差二十五万元发票。小勇只好回乡企业局按费用比例开各种名目的发票十万元，工人签字工资表八万元，交纳包括营业税和管理费共百分之八的费用，共付一万四千四百元，实际利润只有五万六千元。小勇带上发票到财务科清算，李科长说："公司目前资金紧张，先付给你三万元，余下二万五千六百元以后支付"。小勇得到三万元现金支票到银行开户入账。

　　一晃就是七月份，一天小勇又接到姜总传呼，小勇回电话里姜总说："我有事找你帮忙，你今晚七点钟到茶馆里来我们面谈"。小勇心想他有什么事？不管怎么样他对我的帮助太大了，无论如何也要帮助他。说："姜总，我一定准时来"。七点钟赶到老地方茶馆里，姜总已泡好茶等候。小勇看到姜总说："姜总，你好"，姜总说："你坐下边喝茶边谈"。小勇坐下，姜总说："昨天接到家里父亲的长途电话，电话里父亲很着急，前几天老家连续下了几天大雨，我家老窑洞顶上裂了一条大口，水从缝口里往下流，害怕垮塌，他们已搬出窑洞，到弟家去了。叫我回去处理一下，你知道铁路沿线我们承建的电气化相关工程项目进入最后交验阶段，我脱不了身。我又没有别的可靠信得过的懂工程技术的人。我弟他对工程技术一点都不懂，我只有拜托你去帮我处理一下，我这里有八千元，你带上回去，可能还不够，回来后清算"。小勇心里没底，房子到底怎么样了？八千元能做啥，好事做到底！还是硬着头皮说："姜总你的事就是我的事，你对我多年的关照，我感恩不尽，无以报答，钱我不要，我还有点活动的钱，你留下，以后再说"。姜总说："你真是我的好兄弟，每次我有难事都是你出手相助，你把账记好"。小勇说："你放心，我一定尽心尽力办好，你把地址写上纸条给我，我明天准备一下后天我就出发"。姜总说："我有个弟在老家农机站当技术员，他对当地很熟悉，找他协助你"。他把地址条给了小勇，小勇拿上纸条说："姜总，这茶我不喝了，我回去把家里安顿一下，明天到银行去一趟"。姜总说："你真是我的骨肉兄弟"。小勇思考："我们之间的友情不是一二天建立起来的，我们从事这个行业，今后少不了相互的往来，说不定哪天他给我一个商机就发了，他们是国营大公司，有国家作后盾，我们这些小企业今后少不了依靠他们，一定不能放弃这个机会"。小勇第二天到银行取出二万元现金，用针缝在内衣里。坐上北去的火车，他的座位靠窗户，他从未出过省，兴奇的两眼望着窗外的风景，先是长满庄稼的平坝和丘林，逐渐变成高山峡谷，穿隧道，过桥梁。经过一晚的似睡非睡地坐车，天亮时外面是一片黄土地，坡土上长满绿色土豆苗和黄绿叶相间的玉米，九点三十分火车到站。下车后，小勇在车站附近找了一家小面馆，第一次吃了碗正宗的陕西面条。面馆里坐着几位头包白头巾的陕西老头，他们的话小勇有些听不懂，不理解大热天还包着头巾。他想向人家问路，又怕人家听不懂。他吃完面付了一元钱面钱，走出面馆到了街上。看到一辆客车开进一条转弯街路，他顺着公交车走过的街道走到了汽车站。候车室里墙上有交通图，他找到姜总老家所在县的位置。选好客车车次，到了售票口，前面一个买票人的对话他听不太懂，轮到小勇买票，一句陕西话小勇没听懂，两眼望着她，售票员又用普通话："你买那趟车到哪里去"？小勇说："晋西县十二点的汽车票"。小勇坐车到晋西县城已是下午三点，他用纸条写上地址，到拉客的面包车场，每到一辆上客的面包车旁把纸条给司机看，找了好几辆面包车司机都摇头。好不容易找到一辆上客的面包车，司机打手势让他上车。车开了约半个小时车停在公路边，用生硬的普通话说："你下车，那边就是你要去的村"。他用手指着远处的山岗。小勇下车提着帆布箱顺着他指的方向，踩着碎石单车道，往前走了约十分钟，到了一个窑洞。里面走出一个头裹白巾的中年妇女从窑洞半圆框门里走出来，小勇上前问："大姐，姜正晋家在哪里"？那妇女睁大眼睛望着小勇，很久没说话，小勇又把纸条递给她，她摆了摆手，没接纸条。这时一个约十五六岁的学生走来，那妇女说："伢子……"，以后的话没听懂，学生接过纸条看了一下用普通话说："姜正晋家就在山包后，你顺着这小路往前走就到他家"。小勇说："谢谢你们"。小勇顺着小路转过山包，看到一个窑洞，跟其它窑洞一样，大门上框部呈半圆形，大门的左右方各一扇窗户，门窗都是陈旧的老门窗，右侧有土墙干草屋面的猪羊圈。小勇走近大门用手敲门，门开了，看到姜爷爷，小勇高兴地说："姜爷爷，你好"。姜爷爷盯着小勇，嘴动了一下没有声音，小勇说："姜爷爷我是马小勇，姜总单位的人"，姜爷爷恍然大悟地说："我这人记性太差，恩人的相貌都忘了，快进来坐"。到屋里他赶紧用衣袖擦去藤椅上的灰尘，让小勇坐。姜婆婆从屋里走出来定神看了一会儿说："是小勇，我去给你倒开水"。小勇边喝开水边告诉姜爷爷，姜总委托他的事，姜爷爷说："我们俩老口也是昨天才从二儿子处回来，二儿子说，大哥来电话说，托人回来修理房子，我们才从他那里赶回来。把这样大的事拜托你，我们怎么报答你"。小勇说："姜爷爷，我和姜总亲如兄弟，你们二老就是我父母，一家人不说两家话，今后我们就是一家人，你们二老有什么要求就直说，不用客气"。姜婆婆走进厨房去做饭，小勇说："姜爷爷我想看一下房屋裂缝的地方"。姜爷爷说："你今天累了，明天再看"。小勇说："这时没事，我先看一下"。姜爷爷在外面拿来梯子，拉亮了屋里所有电灯，看到屋顶部一块塑料布遮着，他上梯子拉开塑料布，塑料布淌下了一些水，一条贯穿整个拱顶的一条大缝，约有一公分宽，深度无光看不清楚，顶部呈圆拱型，拱顶已裂缝变形。小勇仔细看后分析：承载压力的拱顶砖头受压部位抗压作用已大受损害，由于窑洞顶部原始土层很厚，分散了部分土层压力，暂时没有下塌。但如果上部土层受气候变化，温度变化，雨水浸蚀，可能造成下塌，后果严重。他思考着如何处置？如果用砂浆堵塞裂缝，表面修复，由于承重的砖体已受损变形不能承压，隐患仍然存在。如果因此引发事故，反而伤害了姜总，如果更换全部承载的砖体，工程量大，成本大，还不能改善住宿条件，只有选择在平地上盖新房。姜婆婆作好了晚饭，桌上一盘烘干羊肉，一盘烘干猪肉，一盘土豆丝，一盘蔬菜，两杯高粱酒，他们三人边喝酒，边吃饭，小勇问："姜爷爷你上次手术后有什么后遗症吗"？"一点后遗症都没有，一切都很好，多亏你上次及时把我送院及时手术，要不然肠穿孔，引发腹膜炎，命都没有了"。小勇说："那是我应该的，姜爷爷我想谈一下我的想法。我仔细看了裂缝，由于房屋已经多年，地质变化，屋顶承重的弧形砖顶裂缝，丧失了抗压能力，彻底修复工程量大成本高，效果不好，我建议放弃修复，另找一块地盖新房"。姜爷爷说："我们这里发了财的人都选择放弃维修旧窑洞，另盖新房，但我们没那个财力"。小勇说："如果简单修复，危险因素仍然存在"。姜爷爷思考了一会儿说："那要多少钱"？小勇说："看你选择什么结构，多大面积"？姜爷爷说："越简单越好，只要有二三间住房，有猪羊圈就行了"。小勇说："我想还是不能太小，一排三间一楼一底外加猪羊圈，卫生间还是要的。至于钱的问题，你们二老不用考虑，最要紧的是，在什么地方建，当地政府对建自住农房有什么规定，要办一些什么手续"。姜爷爷说："我也不清楚，明天我到二儿子那里去叫他来帮忙，他是农机站的技术员，他对这些事知道得多"。第二天姜爷爷的二儿子姜丘成到家，他们经商议

316

建一栋一楼一底各三间房屋，另加单独简易修建猪羊圈和卫生间，占地面积六十平方米。另外以后自己平整一个占地五十平方米的晒坝。由姜丘成负责办理相关手续。姜爷爷说："丘成你怎么去跟土地办的人'说话'呢"？丘成说："土地办和我们在一栋房里办公，和土地办谭组长在工作上有联系，很多事情需要我为他提供资料，在这过程中有很多为难的事都是我为他'解困'。另外登记员他家就住在镇上，他嫌晋河水质不好，自己打井抽水，水泵都是我免费提供的，维修也是我为他维修。核查员家居农村，浇地的抽水泵也是我免费提供的，维修也是派人免费维修。我们有这层关系，应该没问题"。当天晚上丘成就去拜访相关人士，一个星期拿到相关手续。小勇负责设计，计划材料，为了加快工期，小勇到附近的预制场购买现有的楼板，梯步，门窗过梁。根据构件的尺寸进行设计，三天设计完成。小勇来到预制场按计划购买构件。姜丘成拿到了许可证，又到建筑队要了技工和普工共二十六人。正式开始施工，一个月后房屋断水。小勇的二万元也快用完了，他给张经理挂了长途电话，告诉了小勇在山西晋县农行新开存款账号。叫马燕汇一万五千元到账户，委托张经理转告。三天后小勇收到了汇款，又经过一个月，工程全面完工。儿子丘成和小勇组织村民帮忙搬家。住进新房的那天，设宴感谢小勇的帮助，姜爷爷特别到县上买了一瓶汾酒，在酒桌上姜爷爷全家千恩万谢小勇，小勇说："姜总侍我太好了，这点小事是我应尽的职责"。大家在新房里，欢声笑语到深夜。第二天一早小勇坐上火车回渝州市。

第十七章

17-1 出轨

　　小勇回到渝州市，一晃八九个月过去了。他想还是先到他挂念的工地上去看一下，看守工作的妹马燕带着他到工地转了一圈，像小山一样的河沙堆上点缀着小草，开挖的房屋基槽里长满了青草，低洼处还有积水。堆放钢筋的库房封闭着，一片荒凉的景象。看完工地，他去唐总那里去了解一下情况。他坐车来到唐总办公室，唐总看到小勇到来，挥了一下手，示意他坐下。秘书放了一杯茶在面前的茶几上，说："这几个月你那工程完成得怎么样"？"工程已完工交验了"。"下一步还有新的项目吗"？"暂时还没有"。唐总说："我这里两个项目，一个项目已全部完工，另一个项目，也很快要全部完工，你那六十多个人怎么办"？"我回去找一下乡企业是否有活，要是没活只好放人。我忧虑的是：如果工人散了，他们为了求生，必然各散五方，今后要召集很难，而且短期无法召集到足够的工人"。唐总思索了一下说："我已完工的项目，他们是全承包工程，工完料尽合同终结。我们之间刚开始合作，我想：你的项目主要材料已购回，堆在那里，后续资金用量不大，你的员工不多，开工后按步就班，不赶工期，还可以适当放一些假，稳住职工队伍，还有三个多月就是春节，你回去准备一下，我把人调过去，你看怎么样"？小勇说："感谢唐总特别关照，我这就回去准备"。随后原班人员陆续来到工地，开始施工，由于小勇组织施工的各项技术已经很熟练，又加之有晓燕，小林他们协助，工程进展顺利，工作也很轻松，两个多月又很快过去，员工都放假回家了。一天小勇，晓燕，小林他们三人坐在办公室里，各自干自己的工作，晓燕在画构件图，不时斜眼看小勇和小林。开始小林没在意晓燕的目光，后来他感觉晓燕对小勇的目光和对自己目光有些不同，对小勇总是斜着眼瞧一眼马上离开，对他却是正眼细看片刻。到中午饭时，小勇拿出钱叫小林到食店买回包子和饮料，在办公室用餐时，小勇和小林交谈着工作上的事。晓燕喝着饮料吃着包子，一言不发，满腹心事的样子。她是小林技术上的领导和老师，猜想是不是自己有什么做事不当得罪了她？反复地思索着自己对她的言行，没有什么不当之处？突然醒悟，心里啊一声！自己当了'灯泡'。这该怎么办呢？晚饭小勇请他们二位到餐馆用餐，晓燕回寝室去打扮了一翻，上身穿着得体浅蓝色女装，下身穿着黑色紧身裤，展示了女性青春线条优美的身姿，由于长期从事现场施工露天作业，她脸庞呈绛红色，但五官端正清秀。小勇和小林餐桌上喝着酒聊天，晓燕喝着饮料仍然是满腹心事的样子，小林实在是忍不住了，借故对小勇说："小勇哥，我母亲后天的生日，我想明天就回去给她做生日酒"。小勇问："你母亲后天生日？走了那你的工作怎么办"？晓燕抢口说："他的工作我可以给他干。让他回去吧"。小林说："我节后早点回来"。"既然你们都商量好了，那你明天就回去吧"。小勇从包里摸出五十元说："小林，你拿去给你母亲买点礼品，祝她生日快乐"。小林的脱身之计在小勇心里没多想，小林看晓燕低着头吃饭。他只好说："谢谢小勇哥"。第二天小林回家去了，那天刮着北风，开始飘雪，到下午雪越下越大。办公室里就只有小勇和晓燕。

晓燕今天比头天还穿得少，柔美的身姿诱发出青春的活力，她不时理一下额前的头发，偷窥小勇表情，小勇心情涌动一丝情意，燥动被一种无形的压力压迫着，装出一幅正经的样子，没有了语言，专心的样子书写着节后的施工规划。早，中，晚餐都是小勇在餐馆买回食品，在办公室里吃，吃饭时交流语言不多，都是工作上的事。晚饭后天渐渐地暗下来，雪下得更大，静悄悄的，室外呼呼的北风，一片漆黑。室内只有他们两人。晓燕拿着图纸凑近小勇，看样子要问他的什么事，她突然钻进小勇的怀里说："我好冷啊，你抱我一下"。小勇感觉到她心咚咚地跳得厉害，小勇没有推她，心里荡起了一股暖流，但也没有搂她。他被目前施工和经济压力控制着，他赶快关掉桌上的台灯，怕巡视的看守工看到，晓燕在小勇的怀里感知小勇没有语言和动作，她说："小勇哥，难道你就没有一个男人对女人诱惑的情感吗"？室内静默了片刻，小勇说："男女之情是人之常情，我又怎能超越？只是责任和压力迫使我不能有常人的非份奢望，你知道我的家庭背景和自身的处境，你看我是小老板，但我的肩上和身后都是负担和责任！一刻都没能松懈，如果有了老婆孩子，要尽父亲和丈夫的责任，我哪有那个精力和能力？待我有一定的经济基础后，遇上一个知心的，志同道合的人与我共处"。晓燕心想我已经做到这种地步，他仍然没有感觉，难道我在他心里就不是他理想的人？但我还是不能放弃，温柔地说："从我第一次相处时我就喜欢上你，我不会嫌弃你的身世，喜欢你的吃苦耐劳，勤思好学，几年来多少男人追我，我都谢绝了，只等你，难道我一份爱心就不能打动你的心吗？我今后就仰仗你，依靠你，过上好日子"。小勇又沉默了一会儿，被她一片真情打动，搂住了她，她把他抱得更紧，外面寂静的雪夜和呼呼的北风使他们拥抱得更紧，控制不住男女情感，他们在沙发上缠绵纵情的初夜，到他们精疲力竭时已是半夜，晓燕拉着小勇到她的寝室共枕。到了第二天，天刚亮，晓燕推醒了小勇，穿好衣服，她到门外瞭望一番，叫小勇离开了寝室。白天他们在办公室里没有了往日的拘束，工作位置靠得很近，随便碰头触手，交流自如，晚上拥抱一起相互温暖，度过寒夜。一天早晨，他们睡过了头，看守工一大早到小勇寝室敲门报告昨晚追赶小偷的事，敲了一会儿门，不见动静，细看门是锁着的，看守工在工地上转了几圈仍不见人影，以为小勇回家了。路过晓燕寝室门外，小勇乱着头发从屋里走出来，看守工赶快躲避，但被在屋内的晓燕看见，看守工装着不知情的样子。一直到下午才去报告昨晚追小偷的事。上班时办公室只有他们两人，晓燕把看到看守工的情况给小勇讲了，小勇有些紧张的口气说："要是他们看出来了怎么办"？晓燕反而淡定地说："光看到了从屋里走出来不足为凭，但是我们之间的事要赶紧办，目前我处在受孕期，后果要有思想准备"。当天晚上小勇无论如何也不到晓燕寝室去睡，晓燕拉着小勇到了小勇寝室过夜。他们甜密的时光过得很快，转眼到了腊月二十八日，该回家过年了。晓燕对小勇说："我们两个的事怎么办？我们这次回去办了吧"？小勇说："这太突然了，不知道两家老人的意见如何，我们这次回去分别征求两家老人的意见，相互见面交谈一下，如有不同意见，好做工作"。晓燕说："如果'有了'，时间来不及了，孕期上要'现象'，我脸往哪里放"？小勇说："如果感觉到'有了'，到时立即办，七个月的孕期也属正常"。他们给两家老人都买上礼品回家过年。

　　过年的前一天，他们各自回到自己家中，腊月三十除夕夜，看完春晚电视晚会节目已是一点半钟。晓燕把耍朋友的事和小勇的家庭背景，经济状况告诉了父母，母亲说："我们从来都没听到你讲过这事，听你讲，马小勇的家庭经济状况也不是很好，实际情况也不知道，还是约个时间到他家去看一下，心里才有底"。父亲接着说："婚姻是大事，郑重点好，你母亲讲得有道理，等我们看了家境和人以后再商议"。晓燕心里很纠结，但不能把实情说明，于是说："我明天去打个电话，约个时间"。第二天小勇接到晓燕传呼，到村公所回了电话，约定初六到小勇家看家物。小勇回到家把事情给父母讲了，母亲说："太突然了，时间太紧，我们打扫收拾屋子都来不及"。小勇说："她家也不富裕，把屋子收拾打扫干净就行了"。初六的那天，小勇全家翻箱倒柜把最好的服装拿出来穿在身上。小勇一早到镇上接晓燕一家，接近中午，小勇才把晓燕爸妈接到家。晓燕穿着一身时髦的黑色服装，一头秀发垂肩。晓燕母亲上身穿一件蓝色流行的中年妇女服装，下身是黑色裤子。晓燕父亲一身黑色西装，一副办公人员的装束。走过十几里的山路皮鞋沾满尘土和干草树叶碎片。到小勇家院坝边，他们拍掉身上的树叶碎片和干草叶，擦干净鞋上的尘土。小勇一家出门迎接，小勇妹穿戴花俏，脑后一对长辫。小勇父母和弟都是一身农村流行的新衣服。两家人的装束体现两个家庭背景和文化。晓燕和爸妈被迎接到小勇家堂屋坐下，四方桌上摆满了水果，糖果和茶杯。小勇父母去厨房煮饭，小勇和小勇妹陪着客人，他们围坐在方桌四周，小勇泡上茶，一一递在手上，削好水果用瓷盘装上，放在桌面上。小勇说："伯父，伯母，一路辛苦，不用客气，请随便吃点水果，我工作忙，临近年关才回家，没有什么准备"。晓燕父母喝了两口茶，四处张望，脸上没有什么表情。晓燕用牙签戳苹果吃，她瞅了一下小勇，忙手忙脚的小勇没有注意到她的视线。一会儿晓燕妈站起来要走动的样子，接着晓燕的父亲也站起来，小勇意识到他们要参观他们的房间，小勇说："伯父伯母跟我来，看看我们房间"。小勇带路参观了三间卧室，三间卧室里是老式木板床，父母床的蚊帐是旧式麻布蚊帐，被盖叠放整齐，也是土布缝制的。另两间卧室，床蚊帐是纱布蚊帐，被盖叠放整齐，是旧白布缝制的。小青瓦的屋顶，木椽子都已发黑。小勇带路经过繁忙的厨房，案板上摆满了菜，两口大铁锅嵌入石板的灶台中，冒着浓烟，小勇父亲看到他们进来，手握着锅铲说："哥嫂见笑了，我们这灶房太老土了，等两年就改造，按照城里人的样子做"。晓燕父母微笑着点头，随后他们又参观了猪圈，猪圈里养了两头小猪和一头母猪。牛圈里没有牛，但有牛拴过的痕迹和牛粪。参观完后他们来到晒坝边，俯视山下被灌木包围的梯田，梯土，远处群山，见不到有道路的影子，这完全是深山僻地。他们无心观赏，回到方桌坐下，晓燕父亲问："你们这房子是那一年建的"？小勇说："听爷爷讲是爷爷的父亲花了二十个大洋建的"。晓燕父亲说："到现在有一百多年了吧，能保存到现在真不容易"。小勇说："像我们这样的地理环境，交通不便，只能修这样的房子，住这样的房子，要拆掉重新用这种材料建同样结构的房子没有木材了，要建砖瓦房，交通不便，砖瓦水泥无法运进来"。晓燕父亲问："你打算今后在哪里建房安家"？小勇沉思了一会儿说："今后只有买商品房"，他没给他们说，他已经拥有一套抵押的房子。小勇父母把饭菜端上桌，桌上摆的都是过年菜品，有腊肉，香肠，红烧鱼，家常豆腐，回锅肉，几样菜蔬，一大盆炖鸡汤。小勇给大家斟了泸州大曲酒。席间晓燕父亲问起了小勇目前承包工程的情况，小勇谈了目前经营的情况。他又问："利润率有多少"？小勇说："我是第一次承包工程，工程刚开工，还谈不上利润率"。席间晓燕妈问："小勇是那间房"？小勇父母对视了一下，小勇父亲说："就是中间最大的那间"。晓燕一直没说话，饭后坐了一会儿，晓燕妈说："时间不早了，现在我们就走，还要走十多里山路，到镇上才能坐上面包车回家"。小勇再三挽留，晓燕父母坚持要走，小勇只好把他们送到镇上，找好面包车并预付了车费。晓燕他们回到家天已黑，晚饭后他们三人坐下来。母亲说："晓燕呀，我看这门亲事就算了，你看他家里有什么，房子就百多年的破旧房子，还是三个兄妹和两老人住在一起，共有产权，分到你头上就一间房，还能生子成家吗？你的子女住哪里"？父亲说："小勇家景就那样子，他要挣钱买商品房谈何容易，即使买了商品房还要买户口，才能合法地住在城里。现在建筑商面临风险也很大，没有社会关系，没有人关照，建材价格波动很大，风险高，开发商信用风险难测，这些不确定的因素，这些风险因素最后都会集中到建筑商头上，你要考虑好"。母亲又说："你的条件比他好得多，你是正牌的中专毕业生，又有城市户口，又是助理工程师，你离开他那里，回到你原来的建筑队当工程师，在大学里堂堂正正找个副教授为伴没问题，工作稳定，又有保障，还要分住房。今后我们全家就靠你，特别是你弟晓川，还在读高中，他今后读大学，结婚都要靠你资助"。晓燕低着头，没做声。父母看她没反应，不知道他们之间感情是何种程度。父亲说："晓燕你也不小了，婚姻是一生中的大事，你一定慎重考虑，作为父母只能提醒你，最后拿主意还得你自己"。晓燕抬起头，望着墙壁说："你们睡吧，让我仔细想想"。小勇送走晓燕和他父母坐车走后，回到家中。晚饭后小勇和父母坐下来，小勇详细的介绍了晓燕的情况。母亲说："这女孩才貌很好，不知道家务活怎么样"？父亲说："她有工作，就别想她干家务"。母亲说："难道今后家务活就儿子干吗"？父亲说："就看儿子的本事如何，如果儿子有本事，挣了大钱请保姆，如果挣不了大钱，只有谁有空谁就干家务，做家务也应该"。小勇说："你们不要争论那些闲事，凭你们看，这人怎么样"？父亲说："今天我观察他们三人的表情，她父母一直很少说话，猜想他们对我们家物简陋，穷乡僻壤看不上。女孩的目光里透露出一丝彷徨"。母亲说："强摘的瓜不甜，随她吧"。父亲说："只要你们之间合得来，我们父母尽量支持"。小勇说："就这样吧"。小勇今天也从晓燕和她父母的表情看出了他们的心态。晓燕面临父母的压力和自身思想矛盾，他们之间有了'私情'，生米已煮成熟饭，她没有了选择，可以想像她的压力。处于目前的处境，小勇无计可施，还有三天就该回工地了，他决心鼓起勇气到她家去一趟安慰一下晓燕。第二天小勇买上礼品来到晓燕家，他们一家正准备吃午饭，桌上已摆好了一些家常菜，还有过年尚未吃完的腊肉香肠。小勇的到来出乎他们的意料，小勇说："晓燕在工地上很辛苦，工作也很认真，过年了我理应前来慰问感谢她"。他顺便递上礼品。晓燕母亲出于礼义，要去厨房炒两个菜，小勇说："伯母不用麻烦了，菜已很丰盛了"。饭桌上语言不多，聊的都是一些家常事。饭后晓燕说："小勇，我们到镇上去逛街"。小勇正找不到两人讲话的机会，立即说："我们走吧"。小勇跟在晓燕的后面，他们并没有到镇上，而是到了满是柳树的小溪边，两人坐下，一会儿晓燕就流下泪来，小勇安慰她说："晓燕没有什么大不了的事，你讲出来我们共同商量应对"。晓燕把父母讲的话原本地讲给他听，最后说："我该怎么办呢"？小勇说："年前我们俩在工地上已经想好的吗"？晓燕说："父母说的话不是完全没有道理，我跟你在一起确实存在很多的不可预料的因素，我已经是你的人了，我今后的路该如何走呢"？小勇意识到晓燕思想有些动摇，他被感情感动，说："晓燕，父母所说的因素，人是可以主导的，只要我们在一起，团结一致，齐心协力，精心计划安排，是可以克服的。在今后干事业的过程中，我一定要同心协力，刻苦努力奋斗，我们的事业一定会成功"。小勇说得铿锵有力，晓燕依偎在他的身上，收住了眼泪说："我现在该怎样做父母的工作呢"？小勇思索了片刻说："现在你不要表态，稳住他们不要生气就行了，等我们干出成绩来，他们就会同意，你收拾一下，我们后天就回工地好好干，提前作好施工准备"。小勇回到家收拾行李，辞别父母弟妹回到工地。

17-3　建筑商

　　回到工地，小勇和晓燕没有住在一起，每天晚上小勇，晓燕，小林都在一个办公室里办公，晓燕总是默默地做着自己的事，满腹心事的样子，没有了年前那样激情。只有遇到工作上的事时，他们才相互交流讨论，小林感觉到与年前的气氛不一样，但不知道他们之间发生了什么事。有一天看守工悄悄地告诉小林他年前看到的事，叫小林不要告诉任何人。从此以后，一到晚上小林总是避让着他们。节后工人上班了，一切恢复了正常的忙碌。近几天晓燕经常上厕所，面容也消瘦了。一天晚上夜深了，协复了夜间的平静，只有小勇和晓燕在办公室。晓燕关了桌上的台灯，靠近小勇悄声地说："我已经有了，有两个多月没来'月经'了，近来我每天看到饭就想吐，这样下去我会露'馅'的，我该怎么办？我是把他做掉呢？还是让他在肚子里长大呢？做掉他，总觉得他是我连体的一块肉，实难忍，让他长大，情感上宽慰，但要承受未婚先同房的耻辱和父母的压力"。小勇一听就紧张起来，但一想自己不能表现得懦弱，"晓燕，我们立即就回去办手续"。晓燕说："我们父母反对怎么办"？"我们回去就住在镇上的旅馆里不回家，到镇政府办手续，办好后就回工地，不让他们知道"。"难道今后永远瞒着他们"？"等我们把这项目做完有了钱，买了房安了家，再把他们接来，看到我们和从前大不一样，他们就会同意"。晓燕说："这两天工程上忙，工地上离不开我们"。小勇说："我们只回去两三天，如果是技术上的事不能开展施工，就把技术工人调去挖道路土方，两三天时间对工期影响不大"。晓燕说："都是我一时冲动，导致的后果"。第二天小勇给小林交待好工地的事。他们回镇政府顺利办完了结婚手续，回到工地。他们住到了一起。晓燕一天天工作时感到困倦，对小勇说："近来我觉得工作力不从心，每当我爬高架时总感觉到腿软无力，气喘吁吁，施工又这么繁忙，我害怕由于我的原因影响工程进展"。小勇说："可能是妊娠的反应，以后肚子也会越来越大，我们交换一下工作，今后你就坐在办公室里，画图，作验工资料，计算材料计划，管理材料采购，食堂的账务，资金运用，银行帐户这些室内工作，我负责现场的施工技术"。晓燕说："材料采购，财务管理，这些工作我都没作过"。小勇说："材料外出采购是马燕的事，你只是按工程进度控制材料采购量，以免造成过大的库存量占用过多资金，导致资金紧张。财务方面你只是掌握账户上的资金，合理地运用资金，防止资金漏洞，重大的资金运用我也要掌控"。晓燕说："我先试着干，遇到问题和你商量"。小勇整天在工地上忙碌着，使出了以往各种行之有效的手段，六十多个工人干出了七十多个人的工效，工程进展顺利。到了七月份二季度的验工报告已送去甲方公司十多天，一天晚上晓燕说："银行账户上的资金不足五千元了，保险柜的现金也不足千元，不知道开发商二季度工程验工款多久能到账，近几天来要工资回家打谷子的人也多，你看怎么办？我这几天每晚为这事睡不着"。小勇开玩笑地说："人家现在都叫你老板娘了，你该感到荣耀才是"。"那些虚荣的东西有什么用，我还是吃原来的饭菜，穿过去的旧衣服，我不但没感到荣耀，反而增加了压力"。小勇说："我明天到唐总那里去一趟"。第二天小勇到了唐总的办公室，秘书说："唐总正在会议室开会，你坐一会儿"。秘书泡了杯茶放在小勇的面前，并递给一份人民日报。小勇翻开报纸，第一版的内容是；国营企业改革开放，实行企业负责人责任制，淘汰效益不好，技术落后的企业，对企业下岗人员实行再培训上岗制度。或者买断工龄下岗，自谋职业。小勇在思考这些'铁饭碗'是人们曾经追求的目标，怎么这么容易就砸掉了呢？他们又何去何从？自己从事这行业前途又将如何？今后要多抽点时间看看报，多听听一些社会人士有关对社会的见解，了解一些社会知识。唐总散会后回到办公室，看到唐总，小勇立即站起来说："唐总你好"。唐总说："我们召集各部门负责人开会，根据形势的发展研讨今后的发展方向和模式，小勇你有什么好的建议"？小勇说："我初出社会，又整天跟工程技术和工人打交道，对企业发展这样的课题，我是一窍不通"。唐总说："我们开会研究一个新模式：就是今后我们开发商和建筑商共同开发，共担风险。我们开发商提供土地，提供前期的立项设计，办理相关证件，许可证等工作，纳税工作和后期确权，销售，和办证工作。建筑商负责项目的建筑施工和建筑资金，最后的利润按投资比例分成"。小勇问："这样的模式有什么好处"？唐总说："可以共担风险，共享利益"。小勇说："我是没有资本，没资格参与"。唐总说："当然是有实力的大建筑商才能承担，你也可以由小变大嘛"。小勇说："还望唐总多关照"。唐总问："你目前工程进展中有什么体会吗"？小勇说："施工进展比较顺利，就是资金方面压力较大"。"二季度的工程款收到了吗"？小勇说："我今天来就是为这事，当然你的公司不差我这点钱，公司大事情多，可能一时忘了"。唐总说："我过问一下财务部"。小勇说："谢谢唐总"。唐总问："你还有什么难处吗'？小勇说："我们工程进展顺利，谢谢你关心"。小勇回到工地，工程款分三批两个月才收到全款，但也不影响资金链。马燕这段时间更加忙碌，常常半夜才能入睡。不但要应付工作上的事，还要经常照顾嫂子，女人的事男人无法插手。由于晓燕在孕期，许多工作事都要小勇承担。眼看晓燕肚子一天天长大，她的工作能力在下降。小勇思考着找一个人来顶替晓燕的工作，他给张经理去了电话，求他去其它建筑队找个技术员来顶替晓燕，张经理很快经过一个熟人的介绍，找来一名姓杨的男助理工程师，四十来岁，小勇把现场施工技术工作交给了他，他接过了晓燕的工作。杨工程师原是一个地方国营建筑公司的一名助理工程师，由于改革实行市场经济，建筑业竞争加大，公司项目不多，管理人员精减，他被下岗了。他来到小勇工地有些不适应，原来公司技术工作分工很细，他是专管构件生产，加之他在城里长大，从小上学开始到大专毕业，从没参加劳动和干过现场施工技术的工作。从事现场施工技术工作感到很吃力，小勇常常到现场指导，晓燕也分担小勇办公室里一些事务工作，闲下来时也作些孩子的尿布，婴儿用品之类，怀孕已经八个月了，还有近两个月就要'生产'了。晓燕对小勇说："工棚里这么热，生了小孩，大人小孩怎么受得了"？小勇想起了抵押的那一套房子空着，但没装修，小勇说："我有套被抵押的小三室一厅的房子没装修，我们简单地装修粉刷一下住进去"。晓燕惊喜地说："你怎不告诉我"？"我想已经抵押给银行不属于我的了"。晓燕说："抵押出去房产证名字还是你，你还是有权居住呀"。"那明天你就计划，装饰材料叫马燕去买，你去监督一下装修"。"我这样大的肚子，宝贝特别调皮，在肚子里经常动手动脚，我不可能天天都去，还是找个装修队，包工包料给人家吧"？小勇说："我去安排"。由于是简单装修一个月后装修完毕。晓燕也临产了，他们赶快搬进新屋，把小勇妈也接了过来，小勇仍然住在工地上。一天下午小勇接传呼，到邮局打去电话，对方接话员说是医院妇产科电话，有位大妈要找你，小勇说："有个叫陈晓燕的产妇吗"？"有，302房间，我去叫她接电话"。"喂，是妈呀"？"我是你妈，你是小勇吗？媳妇生了一个女孩，母女都很好，你来看一下嘛"？"我把工作安排一下就来"。小勇把电话放下，付了话费回到工地，召集杨工，小林，马燕交待了事项，匆匆地赶到妇产医院，到晓燕的房间，晓燕正在睡觉。小勇妈带着小勇来到婴儿室看到宝贝也在睡觉，红红的脸膛，脸形像晓燕，身上的肌肉丰满，小勇一脸笑容，心里涌动着幸福感。他们回到晓燕房间，晓燕醒了看到小勇说："你去看了宝贝了，你看像哪个"？"我看脸形跟你一模一样"。小勇妈说："没想到才七个月的孩子长得这么好，跟'足月'的孩子一样健康"。晓燕的脸红了一下，小勇瞅了妈一眼，心想晓燕口紧，没讲同居的事。小勇问晓燕："你感觉怎么样"？"近几天孩子在肚子里像坠在小肚子里一样，走路都觉得困难，昨天我觉得肚子痛，到医院检查，医生说，临产了，收我住院，今天生宝贝的时候痛得很，医生说鼓气用力，肚子像裂了一样痛，宝贝出来后就好多了，余痛就不算什么。医生说大人小孩都正常，住三天医院就可以出院了，工地上的事多，离不开你，你回去吧"。小勇说："你好好休息，医院里有什么好吃的，补人的多吃点，有事给我打传呼，三天后我来接你出院"。小勇回到工地，紧张的组织施工，第三天小勇在医院里交了住院费，接回了晓燕，晓燕当起了母亲，休息了二十多天，抽出时间在家里画构件图，和整理验工资料。小勇妈照看孩子，日子过得很快，转眼又快到春节了。清算了工人工资，去年工人的存款按承诺的利息如数地清算，工人们看有利可图，今年存款增加到三万五千元。小勇夫妻带着女儿回到晓燕家，父母对她违背父母意愿，背着与小勇结婚的事心存不满，但已成事实。想考验一下小勇的经济能力和对他们的孝心，回到家的那天晚上，晚饭后晓燕母亲说："晓燕，你弟今年高考没上线，想上一所技校，但学费要一千五百元，我们一时也凑不齐，你能想点办法吗"？晓燕看了一下小勇，小勇说："明天我就取二千元，一千五百作弟的学费，五百元作二老的过年钱"。晓燕父亲说："你们的效益怎么样"？小勇说："工程没完，还没清算，明年二期工程完后才知道"。"你们这样拖娃带崽的到处流动，住工棚孩

324

子怎么受得了"？小勇说："年后我们把孩子放在我们家里，由父母带"。晓燕母亲说："几个月的孩子就隔奶不好"。小勇说："没办法，现在有奶粉，应该没问题"。晓燕父亲说："你们打算长期这样流动吗"？小勇说："先干一段时间，视情况而定"。晓燕父亲又说："你可以长期流动，晓燕作为母亲不行，现在有设计院招人，像晓燕这样有职称，又有现场施工经验，在设计院找份固定工作没问题"。晓燕说："我们现在是承包建筑商，涉及到重大经济责任，管理人员要信得过，我暂时还不能离开，今后有经济实力了，成了大企业，在总部上班就可以固定下来"。晓燕父亲说："你想得倒美，到那一步路还很长"。晓燕说："我们尽量努力，只有走一步看一步"。他们在晓燕家住了两天，又回到小勇家，收拾安排晓燕的住房，由于女儿隔奶有一个过程，晓燕在家住了两个月，把女儿交给了奶奶爷爷回到了工地。为了节约开支，晓燕接替了杨工的工作，多给杨工一个月工资一千元辞退了杨工。一期工程在两个月后完工，经房管部门验收合格进入销售。紧接着施工二期工程四栋住宅，他们采取各种手段提高工效。在后来的一年多的时间里，开发商按季度准时拨付工程款，工程得以顺利进行，工程按期完工。经房管部门验收合格，准许进入销售，小勇验收报告交给开发商。小勇给工人清算工资，对工人存款本金利息一并支付，愿意续存的按原利率给予续存。为了保留劳工队伍，小勇联系了一个建筑队把工人临时安置在那里作劳务，由小勇与对方清算劳务工资。接着小勇退租了工棚和工程机械，完全结束这个项目。一天小勇接到唐总的传呼，通话后，唐总叫小勇去商量事情。小勇到了唐总的办公室，唐总叫小勇坐下，秘书泡上茶放在小勇面前的茶几上。唐总说："我们都是老熟人了，有话就直说，你承建的工程质量达标，我很满意。你在现场也看到，近来房市不好，一期的房子只卖了百分之三十，其它项目也卖不动，流动资金有些紧张，你这项目清算完后我还应付给你二十六万多。当然一次性也能付清，但我没有了应急的流动资金，我想与你商量。一种办法分期付款，首付你六万多，剩下二十万分三次付。另外一种办法是，首付你六万多，剩下的二十万给三套八十多平米的房子给你。这三套房子是按我们目前销售价的百分之九十计算的，你看选择哪样办法"？小勇说："我有今天全是你的支持，你建议我选哪种办法，我就选哪种办法"。唐总说："我建议你要房子，房子还有升值空间，如果你急用钱还可作抵押贷款"。小勇说："我就要房子"。唐总说："你把身份证复印件交与售房部，并签售房合同给你过户。你打算下一步怎么办"？小勇说："我也不知道，现在房市不明朗"。唐总说："我的存量房很多，我也要放慢开发速度。下一步的经营模式是与建筑商共同开发，共同承担风险减少资金压力，如果今后我有新建项目我通知你，如果你有什么开发信息一定通知我。第一，我可以给你当参谋，第二，看我能不能帮上什么小忙"。小勇说："谢谢唐总的关照，如果有什么信息，我肯定请教你"。唐总请小勇在餐馆吃午饭，饭桌上他们又共叙了两年多来的往事，他们之间的友情，今后保持联系，饭后辞别了唐总。第二天小勇到售房部交了身份证复印件，签署了售房合同，购房款二十万元由公司内部清算。

第十八章

18-1 商议

　　一天小勇接到传呼，一个陌生的电话，回电话后才知道对方是姜总，要小勇到荷花街茶馆有事面谈。小勇如约到了茶馆，茶馆在顶层的一个单间，茶馆里可以浏览周围市景，姜总已在包间里，还是原先的那身衣着。见到小勇，姜总说："一年多不见了，音信渺无，你在哪里发财去了"？小勇说："姜总你这一年多一定高升了，我可攀不上你了，我想给打个电话，害怕你忙，吃闭门羹"，姜总说："再忙也不能忘记我们之间的情谊"。小勇说："姜总是个礼义之人"。姜总说："前几天在商会里，我和房产公司唐总闲聊时谈起了你。他说你是个能人，是一个有发展前途的人，说你和尹局长还有一面之交"。小勇心想不能把真相告诉他，说："说不上深交，只是认识而已"。姜总说："你有重量级人物的社会关系，有件事想和你商量，我们公司有块五十亩的地，在渝江市郊梁脊山那边，属于我们公司十多年前国家划拨给总公司作为市区的置换地，由于那边与市区有高山阻隔，没有交通，没有水电，仍处于偏僻的农村状态，一直没办法用上。我们公司研究决定出让，或找与政府部门有关系的企业联合开发，我想起了你，想通过你找相关部门了解情况和协商办理。你也可以组建公司购买或者和我们联合开发，如果你组建公司开发，我们之间好商量"。小勇说："这方面我还不了解，我可以找人了解一下"。姜总写了地块地址交给小勇说："我等你的好消息"。他们又聊些其它的事情，都是些相互感激的话。小勇心想房地产方面事还是唐总最清楚。第二天小勇到了唐总的办公室，说明了来意。唐总说："这里不好谈话，到议事室谈话"。他叫秘书泡上茶，吩咐十二点钟准时送午餐到议事室。唐总和小勇来到议事室，他们到了一间有十多平方米的房间，一面有窗向着公园，三面是沙发，靠窗一面是花盆，室内非常安静。唐总和小勇坐下后边喝茶，边谈事，小勇把姜总托办的事如实讲了，唐总思考了一会儿说："这是一个很好的商机，是件大事，成功了，效益可观，要办妥办成功这件事，要发动各方面的力量才能办成。要动员和规划局，国土资源局，交通局，环保局，房产局，教育局，这些部门和市政府有关系的人，利用各自的人脉关系与关联部门联系，相互协商才能规划成。交通方便，商业配套，环保设施完备，水，电，气设施配套齐全，学区配套，这是一个浩大的工程，需要时间，经费。在达成协议后，在未公布规划前的这段时间严格保守秘密，在这段时间里出力的各位老板抓紧时间买地。因为这个时段，地块还处于交通不便的荒野，没体现商业价值，土地购置费和撤迁费极低。等到土地购置完成后，公布方案，实施基础设施建设，地价马上疯狂上涨，所以这段时间我们要联系这些关系户协同'发力'"。小勇说："我应该怎么办"？唐总说："这就是我当初看重你这股力量的价值。你可以把这五十亩地块的位置标注在市区图的区位图上，作出地块用途策划书交给尹局长，求他关照，你也要把地块的区位图复印多份交给我，我好联系其它相关人员"。小勇问："请教，这块地我目前应该怎么办"？唐总说："你趁现在还没有体现商业价值前把它买下来，目前我估价两万元一亩，五十亩约一百万元左右，以后会翻几翻，但你必须在我通知你时立即购买＂。小勇说：＂我哪有那么多钱＂？唐总说：＂只要你把钱用在买地上，我贷给你二十万元，年息按银行利息＂。小勇说：＂谢谢唐总，你又一次扶我上马＂。唐总说：＂今后我们是一条船上的人，同甘共苦，不说外人话＂。小勇回来后又找姜总协商，他到了姜总办公室，姜总说：＂现在我有点事，下午下班后，我们找个地方好好地聊＂。小勇说：＂我去找个地方，找好后电话告诉你，我在那里等你＂。姜总说：＂不见不散＂。下午六点钟姜总接到了小勇电话，约定在滨江饭店包间，姜总如约到来。他们边喝酒边聊，姜总说：＂小勇你想好了，是买地块还是合作开发＂？小勇试探性的问：＂你的想法是买地块好？还是合作开发好＂？姜总说：＂我当然想甩手好，合作开发有很多与相关部门打交道的麻烦事，这其中各个部门所要求的资料各不相同，整理，收集，书写，申报，备案，理顺各方面关系，有些涉及到的事，说不定事后还要连累自己，等等＂。小勇说：＂你现在端着铁饭碗，几十年好好的，为公司的利益而连累自己实在不划算＂。姜总说：＂我们这一代人，经过社会主义，毛泽东思想的教育，经过三反，五反，四清运动，文化大革命，思想比较保守，对当前的改革开放，心生疑虑，变得谨小慎微，总害怕不知何时又来什么运动。这是我心里话，我是党员，又是一个小头目，应紧跟形势，你是我最好最知心的兄弟才坦露心扉，你千万不要对任何人讲＂。小勇说：＂你放心，我不会对任何人讲，这样看来为了兄长的前途，我只有买地块了。我是一个社会人士，没有任何顾虑和束缚，为了减少你的琐事。你公司出售这块地，你的上级同意吗＂？姜总说：＂卖这块地是上级的主意，这块地在那里闲放了十多年了，上级了解到，现在出政策，地可以转让了，想见点效益＂。小勇心想我要杀杀价，说：＂我去那块地去看了一下，为了找那个地方，我绕去绕来的转了几趟公交车，又步行了很长一段路才找到。那么偏僻的地我买来干什么呀＂？姜总说：＂从目前看来只有办一个什么加工厂＂。小勇说：＂办加工厂要通水，电，道路呀，那里什么基础设施都没有配套，还得修路，得花多少钱＂。姜总说：＂你拿过去，盖一个简易的厂房出租，铺设管道，拉电线，修路的钱叫租厂的老板先垫上，你在租金里扣还＂。小勇说：＂这样的老板不好找，你那块地要多少钱＂？姜总说：＂我们财务室去调查了一下，那里偏僻，农民撤迁地补偿费每亩至少二万元，五十亩地要百万元＂。小勇说：＂我们老家那些地方是以农民种地的田亩计算补偿费，那些田边，地角，道路，小块草地都没计算在内，如果以地面积计算还要多出百分之三四十的面积＂。姜总说：＂具体的计算方法，国土局相关文件有规定，如果你决定要，我们再谈价钱的问题＂。小勇说：＂我哪有这么多钱呀＂？姜总说：＂这几年你在外承包工程赚个三四十万应该有吧＂。＂哪有那么多＂？姜总说：＂如果你真的要买，你先付百分之二三十，其余的以后分五年还清。这仅是我个人的想法，我还要回去和我们领导班子集体商讨一下＂。小勇说：＂我也回去调查一下是否有这样的老板愿租厂房＂。他们吃饭聊天后各自回家。

18-2 实施

　　小勇回来后反复思考，决定买下这块地，要去拜访尹局长。小勇有尹局长给他的电话号码，但自己没有电话，到邮局去那里人多，不便讲话，自己从来没有拜望过这么高级别的人，还是请教一下唐总。给唐总去电话询问，送点什么礼？唐总说："还是我先给他通过话后约个时间你再去，送礼吗，送重了你又承担不起，送轻了，那个层次的人又伸不出手，你就买个四五千元的虫草包装好送去"。小勇问："哪个地方虫草正宗，价格合理"？唐总说："这样吧，你明天来我这里，秘书带你去一家专卖店，那里虫草正宗，价格合理，我是他的老客户"。第二天秘书带小勇去买了五千元的虫草，叫老板用礼品盒装好。一个星期六的下午唐总来电话，叫他晚上七点以后到青山湖别墅去见尹局长。小勇七点钟准时赶到青山湖别墅岛外，一座桥头，高高的围墙挡住了他的视线，他对这里很熟悉，他按了一下门铃，一会儿一个小伙子走近铁门问："你找谁"？"我找尹局长"。"这里没尹局长"。小勇又说："我找李姐"。"你叫什么名字"？"我叫马小勇"。小伙子转身进院里去了，一会儿小伙子出来，开锁打开铁门说："请进"。小勇跟在后面走进客厅，那人指着沙发说："你坐下等一会儿"。那人走进后堂，一位小姐端杯茶走出来放在茶几上说："请用茶"。李姐从后面走出来看到小勇说："小勇，好久没见了，近来好吗"？小勇说："近来工作上还可以，今天来打扰你不好意思"，他随手递上礼品。李姐把礼品递给那小姐，对小勇说："你不容易来一次，你帮了大忙我还没谢你，你随时来家玩，还送礼，太客气了。小勇说：你是我姐，为弟的只表示个意思"。"今天老尹临时接到市领导电话有事找他，不知道多久才能回来"。小勇说："没什么大事，我有点小事请教他，他是专家也是内行请他指点"。他把开发规划书和地块区位图递给李姐。李姐接过文件说："他回来我交给他"。小勇说："这房子设施有什么问题吗？有什么问题你打传呼找我，我给你维修"，他把传呼号写给了李姐。小勇说："李姐，你忙，我就不打扰你了"。李姐说："吃了饭走"。小勇说："谢谢李姐，我忙着回去工地上事很多"。李姐把小勇送出门外。

18-3 筹款办照

　　小勇回到家中，思考着今后地块拿过来怎样开发的问题，他决定回乡镇去和企业公司商讨成立房地产开发公司的问题。他坐车回到乡镇又找到张经理，张经理召集各室主任开会。与会的各室主任和小勇都认识，小勇在会上把自己的想法全盘托出来。办公室李主任说："成立房地产开发公司必须具备的基本条件，要有办公地点，注册资本最少五十万元，有注册工程师，助理工程师，会计师，出纳员，法人代表"。小勇说："我有注册工程师证，老婆有助理工程师证，就是会计师和出纳员没有"。张经理说："这个问题好办，我们公司有资质的会计师和出纳员顶上，先把证办下来，工作出来时找人顶上就行了。办公地点也好办，把我们公司房契证拿去就行了，就是注册资金的问题比较麻烦，我们公司全部的流动资金就只有十多万元"。小勇说："张经理，你们公司具体能借用多少数额资金？用十来天，我只在办照时在银行过个户，开个户头资金证明后，钱就还你"。财务夏主任说："最多只有十五万元，只能借用十天，实际上这十天是不够的，同银行间转进转出，由于数额较大，相关的利益考量，拖的时间较长"。小勇说："数额我想点办法，钱差的不多，就是时间问题，我听说有私人借贷公司可以在那里借点"。夏主任说："私人借贷公司就是高利贷，月利率至少百分之三以上"。小勇说："到时我只要在银行开到了资金证明，我当天就在本银行取现款分批还账，节省转账时间"。夏主任说："银行取现金有限额，还得头天预约，逼急了也只能那样"。夏主任又说："你借那么大一笔资金拿什么作担保"？小勇说："我借用公司十万元，我自有二十万，另外还要筹二十万，都放在那里，如果你还不放心，我银行户头有两个印鉴，交一个印鉴给你保管，待还款后把印鉴还我"。夏主任说："可以，但要按年利率收取利息"。小勇说："可以"。张经理说："各位主任还有什么补充意见"？李主任问："开发公司隶属于镇企业公司，还是独立公司"？张经理说："房地产公司风险很大，如果隶属于我们企业公司，母公司要承担相应的连带责任，还是让它独立吧。我们之所以开会讨论支持他，是因为我们镇成立的第一家房地产开发公司，今后公司发展了，我们下面的建筑公司，建材公司，劳务公司都可以沾光嘛"。小勇说："感谢各位领导的支持，要是有一天我发展了，远亲不如近邻，我们还是互相支持"。会后小勇邀请全体人员在饭馆里请客。小勇在回家的路上，坐在车上盘算着资金的问题，自己目前拿得出来的资金就只有五万多元，离注册五十万元还差得很远。唐总同意贷款二十万，但他规定了用途，用来作注册资金他是否同意？张经理公司同意借十万，还差十多万就只有在三套房子上打主意，房市不好，卖不起价钱，只有抵押贷款。回到家已夜深，他与晓燕商议办房地产公司的事，谈到资金问题，晓燕说："为了开公司，项目还没有开工，就拉了一屁股的账，贷款的利息每天就是七十元，我们两人的工资还不够利息，想到这些我就睡不着觉。我们现在有三套房子值二十万，还有几万元的现金，我们一辈子都够用了。另外还可以去找份工作，日子可轻松了"。小勇说："我出来近十年了，经历了各种磨炼，也经历了艰辛，回想起来，在前的六七年尽管自己历尽艰辛，还是身无分文。这两年多，遇到机遇和自己胆大，才挣了这点钱，要是自己不抓住机遇，至今可能还是身无分文，这块地有可能又是一次机遇。唐总也是看起了我的人格，和人脉关系，愿意贷款给我，是对我最大的支持，加之张经理支持，我要是错过这次良机，也许我这一生也没有这样的机会了。我们目前那点钱，现时看来已经很多了，十年二十年后又价值几何？听我父亲说，刚解放时，月薪三十元算高工资，现在三十几元值几何？我不想回到不堪回首的过去"。晓燕说："我是女流之辈，看到的就是这个家，我没有那样的意识"。她有点生气地说："我犟不过你，你自己选择吧"。小勇夜里翻来覆去睡不着觉，老家山沟里祖辈劳作的身影，被母亲赶出家门，走投无路，家庭的穷困和自身艰辛的历程，一幕幕往事在脑海里翻腾，刻骨铭心，如果我退缩，失去了机会，十年二十年后可能又将回到过去，痛下决心，决不后退，不能放过这次机会。两个月后，小勇收到唐总的传呼，小勇去电话，唐总说："你尽快地拿定主意，半年内成立公司，买下地块，过了这个时段，地块价可能翻翻"。小勇说："谢谢唐总"。小勇一下子忙了起来，他到银行办抵押贷款，

329

银行根据房价核定三套房子贷款额度为十六万元。小勇又去找唐总说明贷款原因，唐总说："我可以贷给你二十五万，按银行年利息百分之六，但用途必须是买地，并以地块作抵押，我们签署一个协议，这是我们行业内规矩"。小勇说："可以，感谢唐总的支持"。小勇签了借款协议，赶快将贷款和借款转往镇农行支行他的账户上，又将企业公司的十五万元转入他的账户内，他到农支行去开资金证明。农支行的业务人员说："我们有规定，资金证明的数额必须在账户内存半月以上"。小勇神精一下就紧张起来，镇企业的十五万怎么办？事到如今他只好硬着头皮，等到十五天后开了资金证明，再转账还给社队企业。半个月后小勇将办执照的相关手续送到县工商局，等待执照下来。这段时间小勇度日如年，经常半夜惊醒，无法入睡，他不敢回家给晓燕谈这事，他只好回老家的山沟里度过这艰难的十五天，也随时到企业公司财务了解情况，安抚社队企业财务人员。

18-4 买地

　　一个月后，小勇拿到了长荣房地产公司执照，回家跟晓燕商议买地的事，小勇说："我们现在有现款五万元，唐总借款二十五万元，银行贷款二十万，共有近五十万元。买那块地大概要一百五十万元，姜总同意差的几十万元，分五年还清，你看怎么样"？晓燕一听说如此庞大的债务，大惊失色，说："我们净资产就三套房子值二十万，现款五万，一共二十五万，如果要买地还得借贷款一百二十多万元，月利息就七千多元，相当于三个人的年工资，这压力太大，我无法承受"！她的语气激动，"我们现有资产已是很富裕的了，何必去折腾"！小勇说："唐总说那块地很有投资价值，我已经递了报告，没有回头的余地"。晓燕生气地说："你一意孤行，问我干什么"？她气愤地离开了。小勇经过三思，还是坚持买地，不能错过这次机会。小勇到姜总的办公室，对姜总借故地说："姜总，我找到一个织布的老板他愿意租厂房，他先出二十万作定金，为以后五年租金，我自借贷了二十万加上现款，可凑到五十万，你们可以商议和请示一下，尽快答复我"。姜总说："你只要买，我尽量成全你"。姜总召集行政科孙科长和财务科李科长商议，姜总说："那块五十亩闲置了十多年的地，上级同意出让"，姜总心想先报出一个数额供大家参考，"现在有人愿出八十万元，你们看怎么样"？李科长说："我去调查了一下，当地村民的补偿费都要二万元到二万五千元一亩，他出价太低了，至少要一百三十万"。姜总说："参考周围环境和地价，我已向对方说明价格，对方说你那块地没有交通，水，电的基础设施，又在偏僻的地方没有用，要用还得花几十万修路和配套水，电设施。另外，那块地原有征收的耕地没有五十亩，最多四十亩，因为村民补偿是以耕地面积算，最多值一百万，加之没交通，水，电，对方最多出八十万"。孙科长说："那里确实很偏僻，我们那块地也没用，叫他出九十万"。姜总问："李科长你的意见怎么样"？李科长说："目前也只能如此"。姜总说："孙科长你写个报告交到上级去"。半个月后报告批复，同意按报告价转让。小勇接到姜总电话同意九十万出让，叫小勇来公司交款，办理过户手续。小勇带着执照到公司签署协议，办理相关手续，随后到银行转款五十万，欠款四十万元分三年还清，以地产证作抵押。又到房产局交相关资料过户。

18-5 机遇

　　又过了三个月，小勇拿到地产证。他到渝州市要买的地块看了一下，又赶车回乡下。这时正是农历三月，他坐在车里，车窗外遍山树青草绿，桃花盛开，满园春色，小勇无心欣赏这美丽的景色，他思考各种应对办法，但相互矛盾，无从排解。下车后走在街上，突然听到："马小勇同志十年不见了，你在哪里高就"？小勇定神一看，是位三十多岁的女士，似曾相识，但叫不出名字来。"你忘了十年前我们坐车到渝州市，你在车站帮我抓抢包的小偷的事"？"啊，想起来了，你就是秀兰姐，秀兰姐你好"。沈秀兰说："小勇弟，你这十来年到哪里去了"。"秀兰姐，这些年我在渝州市打工包点小工程做"。"小勇弟，你既然在外包工，为什么不跟我联系？这几年我们建厂建宿舍都在外面找公司承包"。小勇说："在外打工，包工都很忙，我想你一定也很忙，不好意思打扰你，这次来住多久"？"我的办公地点搬到市里总部去了，这次来，主要是处理峪上村办厂的地块问题，我们给了土地的补偿费，镇政府不想把这笔钱一次性给占地的村民，想分时段给村民，村民不同意，我们也不知道镇政府到底给了多少钱给占地的村民，如果不一次性补偿给村民，时间长了，政府换届，钱不知到哪里去了，下届政府推诿拖延不认账，不担责，到时村民就找我们的麻烦"。小勇说："峪上村就是我们村，我这次回去了解一下，过两天我来告诉你了解的情况"。沈秀兰说："再一次麻烦你"。小勇踏上回家的石板路，十年前出走时情景又一幕幕在脑海里翻腾，回想起自己不堪回首的往事，思量着今天在金钱中搏弈的艰难。思考着未来，自身没有依靠，没有退路，今后人生的路只有向前闯。他翻过大山来到家对面山沟下土路上，突然从油菜花丛里走出一个人来，定神一看是秀菊。"小勇哥你回来了"，羞涩泛红的面容，转过脸去，装猪草的背篓向着他，上身被背篓掩盖，剩下隐现丰满的两只黑色手膀和裤腿，后脑头发上沾有几片菜花。小勇说："秀菊你妈还好吗"？"我妈经常唠叨着你，自从去年你带回了女儿后，就没听她唠叨了"。小勇心里涌起一股热流。秀菊说："我们还等着吃你的喜酒呢，你就那样偃旗息鼓地给'办了'"。秀菊说这话时仍没回头。小勇说："工地上事多，没时间"。秀菊扭动身姿消逝在丛林中。回到家的第二天下午，秀菊来到小勇家，还是头天的那身穿着，对小勇说："小勇哥，你在外面见多识广，我们有事要问你"。小勇说："请坐，有事你说"。秀菊说："有件重要的事，你今晚到我家来我们慢慢地讲，你一定要来，帮我们出个主意"。小勇说："好，我一定来"。傍晚时，小勇到了秀菊家，跟十年前没有变化。小勇到堂屋坐下，她早已准备好晚饭，一碗腊肉，几碗蔬菜，专门给小勇准备了一杯白酒。秀菊妈满头白发，对小勇说："只有你一个人喝酒，你就随便，你出去这些年，我也老了，秀菊没有那个福份，要是我有你这样的女婿多好哇"。"妈！你不要这样说"，秀菊满脸通红地制止她妈。小勇说："秀菊是好女儿，会有好家庭的，很遗憾我不能成为你家庭的一员，但我会把你们当成我最好的朋友和邻居"。秀菊妈说："我请你来就是帮我们出出点子。我们孤儿寡母的女流之辈，没在外面闯过，不了解社会，你见多识广又有文化，你给我们指点一下。去年底一家合资企业，要在我们这里建纸厂，占地二十亩，我们家五亩，其余还有五家，出价青苗补偿费和土地承包费每亩二万元，先付给我们每亩五千元，其余的分五年给我们。我们听说其它地方占用地都是三至四万元一亩，这么低我们不干。后来村干部、镇干部给我们做工作说，我们这个地方是偏远山区，土地不值钱。但这地是我们生存的地，一旦卖了地，我们没地种，吃什么？村干部说这土地是集体所有，你只是包产到户的耕种权，没有所有权，最后决定权在村乡政府"。小勇说："目前现行政策农村耕地是集体所有制，但要占用必须解决被占用地村民的生活来源，双方要达成协议，方可占用"。秀菊妈说："乡村干部说，给二万元一亩就是解决生活费问题，但这钱还不能一次给我们。村干部、乡干部都是几年一换，换成下一届不认账怎么办？我们信不过他们"。小勇问："其它占用户是什么意见"？"大家私下里多次讨论过这个问题，认为阻挡占地不可能，尽管我们地处偏远，但也应该至少二万五一亩，要一次付清，如果达不到这些要求，我们会想尽办法抗争，今后下届政府不认帐，我们就找厂里要钱"。小勇说："我和占地的厂和乡政府有认识的人，我可以把你们的意见向他们讲一下，我为你们争取一下"。秀菊妈说："如果你能为我们争取到这些，我们都会感谢你"。饭桌上还谈了这十来年乡村的变化。第二天小勇到纸厂找到沈秀兰，把了解到的情况如实地告诉了她。她说："我们给土地占用费和青苗补偿费每亩是三万元。另外还给了乡镇每亩一千元的活动经费，而且是一次付清的，他们克扣了钱，部分钱可能是挪作它用了，要是他们强行把地从村民手中收来，给我们建厂占用，事后我们会有麻烦不断。要是当初我们知道是这样，我们就不干这项目了，现在我们也被套进去了，即使我们把占地用的款拿回来，我们修公路的十万元就打水漂了。小勇你现在是唯一能帮我们的，你两头都有熟人，便于在中间疏通调解，拜托你了"。小勇心想机会又来了。小勇提着大礼包找到张经理。他和镇干部非常熟，小勇谈起了这件事。张经理说："这个项目是乡里吸引外资的功绩项目，绝对不能搞砸的"。小勇说："拜托你去疏通一下"。几天后，小勇到张经理办公室，张经理说："还是找个清静点的地方聊吧"。小勇说："下午六点钟，还是老地方"。下午六点钟，他们又坐在饭馆的包间里，边喝酒边聊起来，张经理说："镇长是我的老领导，我们俩无话不讲。我对他谈起这事，他迟疑了一下说，我去过问一下，过几天答复你。直到昨天才答复我说，这项目绝不能弄砸了，但目前这事涉及到机构层面和人际关系很复杂，我也说不清。关于村民要求每亩增加五千元补偿费他们商量同意。兑现补偿占地款的事有点困难，原厂方付给地亩补偿款剩下不足百分之五十，用去的百分之五十里包含我们企业公司挪用了十万元，另外村里挪用了五万元，镇政府也挪用了十四五万元，要马上补上这个缺口一时半会不可能"，所以村民要求兑现补偿款困难很大。小勇说：企业公司挪用的十万元是不是为我办执照挪用的吧？张经理说："有可能，正好是这个时段"。小勇为难起来，村民逼债有自己的责任，该怎么办呢？小勇想到秀菊被占用五亩地，有十二万五千，她存款在银行利息很低，我给她贷款利息她一定愿意。于是说："张经理企业公司挪用的十万元由我负责，占用地的村民都是我们村的邻居，熟人，我去做工作，这十万元就算在我的头上，算我借他们的"。张经理说："即使这样还差十万元"。小勇说："这就只有他们另想办法了"。小勇付了饭钱，辞别了张经理。又去找到沈秀兰，把情况如实告诉了她。小勇给她出点子说："既然镇政府视为政绩，你可以倒逼他们一下"。秀兰问："怎么倒逼他们"？"你说外资老总要求立即交地动工建厂，如果不能及时交地，就退款取消这个项目"。秀兰想了一下说："这是个好主意"。小勇回家找到秀菊说："我到镇上去帮你们办了事，要大家坐拢来一起商量一些事"。秀菊通知了另外四家，四家当家人准时来到秀菊家。会上小勇说："我受秀菊委托，到镇政府去谈判地价和兑现补偿款的问题，镇政府我有熟人与他们沟通，经过多次谈判达到了你们每亩增加五千元和兑现的要求"。他们齐声说："谢谢你"。小勇说："你们的钱是取现金还是存银行"？他们沉默一会儿，张大嫂说："我男人出去打工去了，我带两个十来岁的孩子在家，那么多钱放在家里不安全，小偷知道家里有那么多钱，半夜三更持刀来抢怎么办？那就直接存银行，不带钱回家"。韩爷爷说："我已经六十多岁了，没和银行打过这样大数额的交道。解放前那些地主老财听说他们的钱存过银行，一到解放，旧银行没了，存在旧银行的钱没了"。陈大哥说："存在银行里存折本丢了或被老鼠咬了，银行里新来的人不认账怎么办"？李爷爷又说："现在存银行要身份证，还要什么密码，我们这些人老了，没有记性，我想找个信得过的人帮我到银行去办理一下"。小勇说："你们提这些问题，我也不清楚，只有你们自己去银行问。我有一个想法，我买了五十亩地修房子卖，我没有那么多钱，要到银行去贷款，贷款利息是百分之六，要是你们把钱放在我这里，如果存十万元，一年期每月给你们五百元的利息，你们一家的费用基本够花了，还不动用本金，要用大笔钱随时可以取，你们如果存入银行十万元，一年期每月利息不到二百五十元"。李爷爷问："存在你那里有存折吗"？小勇说："我们可以签个借款合同，双方签字认可"。沉默了一会儿，你看我，我看你，小勇知道他们不好当面开口议论。小勇借故说："你们各自考虑一下，我有其它事情，告辞走了"。小勇走后，李爷爷说："小勇的建议可以考虑，他的利息高，又帮我们争取到每亩多五千元，还可以兑现"。韩爷爷说："他要是拿钱跑了怎么办"？张大嫂说："这个我不害怕，他父母兄弟女儿就是我们邻居，他们跑不了，我是害怕他生意做砸了，到时拿不出钱来怎么办"？陈大哥说："五十亩地在城郊至少值二百万，我们全部存进去也就四十来万，这我不担心"。最后秀菊妈说："我觉得小勇人品好，我决定存十万元在他那里"。他们七嘴八舌地议论，除了秀菊妈表态存十万外，其它人没表态。十天以后除了小勇为企业公司担保的十万外，其余款项政府都凑齐了。签协议那天，县国土局，企业局，乡镇政府，外资纸厂都派人参加。小勇也带上借款合同参加，镇长说："今天把你们召来，当着各部门签协议，我们经过多方努力，才满足了你们的要求，签署协议后，不得反悔，不得干扰厂方建厂，生产经营活动，如有干扰，以法律论处"，镇长讲完，村民户与相关部门签字盖章。约定明天到信用社转款。会后小勇带着合同到秀菊家，家里已有张大嫂和李爷爷在那里。小勇首先和秀菊签好借款协议各存一份，说好明天在转款时小勇拿六千元现金作第一年的利息。接着和李大爷，张大嫂分别签了五万元的借款合同，同样按年利息各拿三千元现金预付一年利息。一天小勇接到沈秀兰传呼，由于山村没有电话，他连夜赶到镇纸厂找到秀兰，秀兰把一卷图纸交给他说："我跟老总经过长谈，建厂地方征地的情况和你的特殊身份，归功你多次的调解疏通，项目才得以落实，如果找一个外地建造商去建厂，可能会遇到很多麻烦，经我鼎力推荐，老总同意由你建厂，同意给五万元作先期的施工准备，以后以工程验工量按合同价付工程款"。小勇说："谢谢秀兰姐关照，还是按常规，你们派出工程监理吧"。秀兰说："你有工程师证，老婆又有助理工程师证，我们相信你"。小勇说："还是按法规办好"。秀兰说："你还是一个认真的人"。小勇办好这一切，跟老婆陈晓燕商议，陈晓燕说："你太冒险了，你现在借款，加上房屋抵押贷款一百万，每月利息就是五六千，我想都害怕"！小勇说："要借贷到这么多钱是不容易的，全靠我的人缘关系，不冒险怎么改变我们的人生呢？我们还是商量怎么开工建厂的事，这个工程就在家门口，多方便呀"。晓燕问："你现在还有钱吗"？"我们现在账户上还有二万多元，外资厂方同意预付五万元，在两个月内还可以应付，以后工程款收回来就可以周转了"。晓燕说："你去安排吧，我管施工，不管钱，管钱压力太大"。小勇说："也好"。入夜小勇在床上翻来覆去思考施工方案。如果要租活动工棚需要租金，安装和拆卸的人工费，运输费。附近很多人出去打工了，空下很多房屋，给很少一点租金他们会很高兴，反正房子都是空着的。修池子，挖基础，供砖供灰这些不要技术的体力杂活都可以雇用附近村民，他们可以回家吃住，只有二十多个技工由外地调来需要租用四五间房屋和很小的食堂，厂房监理的住房，办公室。我们管理人员办公室可要正规点，附近没有这样的房子，只好新修。但工程一完办公房就废弃太可惜，突然想到何不给自己家建座房？先作办公房，后作家用，家离工地也很近。农村建房也要批宅基地，明天去找村长，担心村长一早出走。第二天，天没亮，小勇起身赶往村长家，到村长家，村长家还没开门，他坐在院坝边等候。渐渐东方朝霞尽染，村长妻子从屋里走出，看到小勇坐在石墩上，忙招呼进屋坐。小勇说："一大早来打扰真不好意思"。村长夫人问："你找廖老头吗，他昨天在镇上开会，很晚才回来，刚睡下没多久"。小勇说："我现在不打扰，下午再来"。"不用走，我叫他"，她大声喊："廖老头，有人找"。坐了一会儿，看到他蒙眬的睡眼一脸不高兴的样子走出来，看到是小勇，变脸为笑说："是马老板"。小勇说："打扰你了"。"屋里请坐"。小勇说："廖村长有件事麻烦你，我家的房子是三代祖传的老房子，木架子，椽子有些已腐朽断裂，外面下大雨屋里下小雨，已成了危房。我想在老房子旁边修套新的砖瓦房，有什么政策吗"？廖村长说："现行政策规定：农村土地属集体所有，新占用宅基地必须是本村村民自住，不得交易，占地面积不超过一百五十平方米，经村，镇政府核实批准，上报县农业局土地科备案，并交占用费。占用费标准根据地理位置，地块类别而定，如果你的新房修在现成院坝或荒地每亩交一千元，如果是农田地会更高，如果拆旧房、修新房经核查属实只交办理手续费工本费。听你说，是属于院坝地，每亩交一千元，当然手续费，工本费在外，这些费都是定数。还有就是客观存在和灵活掌握的费用，如测量费、核实费、办证加快费等都是由申请人灵活掌握。如果这些费用经办人觉得到位的话，很多过程都可以免除，你只是把申请和身份证交上去很快就会办下来"。小勇问："这些费是多少"？村长说："就看你大方"。小勇计算一百五十平方米地价约二百五十元，再加一倍也就五百元。他到银行取了一千元，写好用地申请和带上身份证再次来到村长家，把钱，申请和身份证交给村长，村长把钱数后笑着说："不愧是外面跑的人懂事，半个月内把证给你办下来"。小勇说："谢谢村长"。小勇又召集几家被征地的村民开会，会上说："外商投资方催着我马上开工建厂，现在开工意味着要铲除庄稼，厂方已经给了你们的青苗赔偿费，铲除庄稼是理所当然的事。现在是六月间，稻田里水稻扬花了，再等一个多月就收割了，这是你们全家一两年的口粮，我也是农民，我们又是同村的邻居，我哪能忍心现在开工铲除水稻呢，我决定等你们收割完田里水稻和田埂上的黄豆后才开工，水稻成熟后你们抓紧时间收割"。几位村民齐声激动地说："谢谢小勇，不愧是邻居"。小勇说："由于推迟开工，开工后我要赶工期，希望你们支持我。我有二十多个技工要找临时住房，要四五间房屋，要赶工期，没时间搭工棚，如果你们有空房租给我，每间房屋月租金十五元"。几个村民七嘴八舌地说："四五间房我们几家能提供，你那么关照我们，我们不要你的租金"。小勇说："一间房一年有一百八十元的租金，够你们一家人两个月的零用钱了，我一定要给。另外开工后我需要大量的劳力，我实行记件工资，做多少得多少，按打工价给你们，你们可以加入，如果你们三亲六戚愿意干的，把谷子打完都可以来"。几个又七嘴八舌地说："你真是好老乡，什么好处都给我们，我们也一定好好报答你"。小勇说："我们是老乡邻居，亲如一家，不说外人话"。这消息传到村里，村民都说马小勇是好人，大家争着出租房子，争着打工，马小勇这一招收到预想不到的好效果。开工那天，田野梯坎站满了围观的村民，是这个村开天辟地以来从未有过的大工程，马小勇在这一带成了有名的老板，人人称赞羡慕。先建食堂和办公的房屋，调来了十来技工，住房没问题，吃饭和小勇一家同吃，两个月后稻谷收割完，食堂和办公室也盖好。大量的农民工来到工地开挖两个三千七百五十立方米的纸浆池和一个一千立方米的畜水池，两栋五百平米的厂房基础，一栋地面积一百八十平米三楼一底的宿舍楼，一栋地面积一百平米的一楼一底的办公楼，一栋一千平方米的车间和仓库，一栋三百平米厨房和食堂。由于村民多，同时开挖土方基础，普工六十多人都是本村村民和亲戚朋友，吃住在家，中午自带午餐或家人送餐，只有技工吃住在工地。小勇，晓燕，小林有多年从事施工和技工工作，又有几年施工经历，组织施工经验丰富，工程进展顺利。工程款外资方也如期兑现。小勇也将工人工资如期兑现。在这山区能挣到满意的工资，个个工人兴高彩烈，都恭维马小勇是本地的好人，运输建材踏坏了庄稼也没人要青苗费。到了十月份后，农闲期工人更多，工程进度加快，到来年农忙前，主体工程完工。剩下扫尾工程在七月一日前按期完成。进入工程验收结算阶段，总共八千五百立方米的三个池子造价十万元。总共三千二百平方米的厂房和宿舍办公楼计价一百一十万。总计工程款为一百二十万。验工一个月后，小勇收到结算尾款三十六万，小勇付清工人工资和建材款后剩下十一万五千元。加上一栋一底一楼共八间砖房的住宅，这就是辛苦一年的报酬，包括小勇夫妇和马燕的工资。小勇分给了妹马燕五千元的工资，又给了小勇父母和晓燕父母各五千元，剩下十万元。一天傍晚，张大叔来到小勇家，小勇和晓燕正准备吃晚饭，桌上已摆好鸡蛋西红柿面条，小勇招呼张大叔坐下吃晚饭。张大叔说："我刚从镇农行回来，路过你们家，就顺便来了，有事找你们商量"。小勇说："大叔不用客气，坐下吃饭慢慢讲"。张大叔走了十多里乡村小路，感觉有些饿，很尴尬，进退为难，只好坐下，边吃边说："我今天到银行去取点钱，家里修猪圈用。我去年补偿款剩下九万元存一年定期，利息百分之三，我今天去取五千元，银行职员说，还有一个月才到期，你现在取只能按活期利息算"。"我说我只取五千元其余的八万五千元还是存在你这里，职员说剩下八万五千元也只能从今天起，一年内不动用才算定期利息，今天以前十一个月按活期利息算，只有八百一十元。我想这五千元我急用，必须取，取出五千元，另外才给了我八百一十元的利息，我后悔莫及，去年我要将这九万元放在你这里，当时就能得到五千四百元，损失了四千五百多元，可以买四千多斤谷子，一家人两年都吃不完，小勇我想把钱取出来放在你这里行吗"？小勇沉默了一会儿说："我到银行去查一下，我账户上还有多少钱，明天告诉你"。张大叔说："麻烦你"。张大叔走后晓燕说："我们账上可能还有十来万吧，我不能再借钱了，我们应该尽量还债，我们在银行贷款和各种借款已经是一百二十万，一年利息就是七万二千元，资产只有房产值二十多万，加上现金就三十万元，只够四年利息，仔细算起来真吓人。那块地还不知道值不值一百二十万，要是地价降百分之二十，我们现在就资不抵债"。小勇说："你算的账不错，但是你想我们现在这十万元流动资金能做啥？很快就到年底，除了银行和唐总的四十万元外，其余的八十万，年底兑现利息需四万八千元，还要还建筑公司二十万买地块钱还没着落，我想还是将张大叔的八万元借来，加上自有的十万元，差点钱就好说话了"。晓燕抱怨地说："这账何时了啊"！第二天小勇和张大叔签署了借款合同，到银行转了款，小勇给了一年利息四千八百元。

18-6 团结协作

　　小勇回到渝州市，有近一年没到渝江市自己买的地块处去看。今天他到了地块附近二公里的便道两边，全是荒芜的田地没人种植，靠近便道的农房也无灯光人迹。小勇在路上碰到一位五十来岁的农民挑着一担旧家什，但不像收荒货的货郎。小勇问："大叔，你是本地人吗"？那人放下担子说："我原来就住在那里"，他手指后方不远处一座弃住的农房。小勇问："这庄稼怎么不种了呢"？"你看这道两旁荒芜的田地民房都是被征用了，几个大老板买了，撤迁户拿着钱，各散四方去了"。小勇想他们怎么这么快？小勇的传呼响了，他一看是唐总的电话，他急忙往市区里赶，到了邮局，他给唐总回电话。唐总说："今晚到滨江饭店开个商会，你一定得参加"。小勇火速赶往滨江饭店，到了饭店，不知他们在何处。问大堂经理，他被带到楼顶一个大包间里，四面都是落地玻璃窗，包间内灯火辉煌，包间里人个个黑色西服领带，穿着整齐，满面笑容，都是五十多、六十岁的男士。看到小勇进来，唐总叫小勇坐下介绍说："这就是我说的马小勇同志"。他们都把目光投向小勇，说："好年青啊"。马小勇说："各位前辈，抱歉晚辈迟到了"。唐总继续介绍说："这位是恒大公司何总"。小勇点头握手说："何总好"。这位是长城公司蒋总"。"蒋总好"。"这位是华福公司李总"。"李总好"。"这位是永丰公司王总"。"王总好"。唐总一一作了介绍，唐总说："今天我们聚在一起，多亏小勇的搭桥牵线，大家齐心协力完成了一个大项目。我们六家公司总规模达到六百多亩，是渝州市目前为止最大规模的房地产项目，但是也是近郊地价最便宜的地块开发项目，最有发展潜力的项目。一条高速路和一条轻轨也将通过这里，五年后这里将成为繁华的商业区和高档住宅区。还有后期规划在我们前方区域为大学校区，市内很多所大学扩展校区都将在这里。这块地将成为一块宝地，我们今天聚在这里，就像在一艘船上，我们要同心协力，划好这艘船，同舟共济。为了我们共同利益，今后各公司有关本地块的重大决策和行动都要互相通报协商，当今社会的商业竞争激烈，政府部门人事变动频繁，涉及其间需要协调关系。我们在座的老总都有各自的朋友，希望你们不能因为各自的利益，而伤害整体利益，这话我讲得有点直白，望大家理解＂。大家边喝酒，边议论。李总说：＂我们这项目大，目标大，远期效益可观，遭人嫉妒，唐总的话说得很好，要是我们步调不一致，被人钻了空子，被人家撕了一条口子，伤害的不止是一家，是整体的利益。特别是今后转让的地价，或者是出售的房价，都要协商，如果今后开发中遇到政策性问题，我们通过协商，发动我们集体多渠道沟通协调的力量解决问题＂。蒋总说：＂两位老总都说得好，我们今后的行动一定要协调一致，同舟共济，开发项目资金问题至关重要，今后我们在座各位朋友如发生资金问题，我们要互相帮助，协商，不能为了自己脱身而贱卖地块，导致后期的恶果效应。如市场出现不利的趋势，也要通过协调统一意见应对。我们每位老总，探听到什么相关的秘密，或重要信息都要互相通报，作好商议，一致应对＂。王总说：＂几位老总都是商业场上的老手，经验丰富，策略妥当，我双手拥护，坚决照办＂。何总说：＂现在规划还没对外公布，公布后可能震动很大，特别是撤迁的村民，认为地被贱卖了，可能会有强烈反响，各位老总买地产的地产证没拿到的，撤迁户还没搬走的，尽快地办理证件。开工时可能会遇到村民阻碍施工的事件，遇到这种事件，大家千万要理智，不要冲动，肇事者就是想利用我们的冲动把事态扩大，争取社会舆论支持，从中渔利。我们大家要齐心协力和相关部门沟通，争取他们的支持，还可能产生一些费用，我们可以大家分摊。但是造成刑事案件，收拾起来就难办了＂。酒桌上沉默了一会儿，唐总说：＂小勇你有什么要讲的＂。小勇说：＂我年青，社会经历少，感谢各位老前辈赐教，我铭记在心，坚决照办＂。唐总说：＂今天的宴会达到了目的，今后希望各位老总多联系＂。他们之间互相交换了（大哥大）电话号码。小勇只有传呼号码，李总说：＂我们有重要的急事怎么联系你＂？小勇很尴尬地说：＂我只有打车或跑步到邮局去回电话，还望各位老总谅解＂。唐总说：＂你还是应尽快买部（大哥大）＂。唐总送小勇回家的路上，唐总说：＂今天饭桌上你不认识的四位老总，他们都是房产界的知名人士，他们都有广泛的社会关系，利用政府招商引资的机会，所以这个项目得以办下来。办得这样快，没有他们的活动，根本无法办成，当然老总们也付出不少心血，你回想一下你这两年的经历就理解了＂。

第十九章

19-1 办许可证

　　小勇开始着手修建商品房，先到城建局咨询相关商品房开发的事宜。到了城建局办公大楼办事处，进大门左边一个窗口，里面坐着一位三十多岁的一位女士。小勇问："同志请问，商品房开发要办些什么手续"？"我几句话也说不清楚，这里有'商品房开发指南'，工本费二十元"。小勇掏二十元递给了她，她从文件柜里拿出薄薄的几页纸递给小勇。小勇接过心想，这么几页纸就是一个人二三天的工资二十元，但他不得不买，还强着笑脸地说："谢谢"。小勇拿回'指南'，细细的读'指南'，上面规定的大部分事项已经办完，剩下的就是办'开发许可证'。根据'指南'上的办证流程，审查备案的部门，流程依次是：规划局，国土资源局，工商管理局，城建局，环保局，税务局，房产局，公安消防局，街道办事处，最后还有一条是，根据政府的相关文件和新的政策法规随时办理相关事项。小勇一看就晕了，这么多的手续要办多长时间？！还有未知的，没有定数的，随时变化的事项，一个人哪能跑得过来？还得找秘书，秘书要工资，又得多花一笔钱，为了省钱他决定自己亲自办。办证的几个主要资料就是；公司开发申请报告，公司执照复印件，商品土地使用证复印件，商品房规划复印件，商品房平面图，法人身份证复印件，商品房施工图纸，还有不同部门要求的各种不同资料。小勇把马燕叫来，叫她专门负责复印资料，每种资料复印一十五份备用。其它资料都有现成的原件。但地产证抵押在建筑公司。他只好找姜总。第二天小勇到姜总的办公室求姜总借用土地证原件，姜总说："土地证和借款协议存档在财务科，须经李科长同意"。姜总叫来秘书通知李科长来议事，李科长来到姜总办公室，姜总说："小勇要借地产证复印办理许可证"。李科长说："地产证是抵押物不能离开公司"。小勇说："我是借用复印，你们公司有复印机，你们复印十五份给我，我给复印费"。李科长说："可以，你明天来取"。小勇说："谢谢李科长"。小勇辞别姜总回到家，开始整理各部门备案审查的资料，第一个要去的是规划局。第二天小勇提着资料到规划局大楼，那天是星期一的上午，规划局各办事科要开半小时早晨的简要会议，总结上星期工作，布置本周工作，传达最新文件和事项。小勇在门外等候，九点钟开门，小勇第一个到柜台前，科长还没走。小勇递上资料，办事员看到身份证复印件上照片和执照上的法人名字，说："你就是法人马小勇"？小勇说："是"。科长听说是马小勇，他注视着马小勇，这个人名给他的印象深刻，一年多前那块五十亩有争议的地块，当时由于是国有企业作为企业工业用地，要规划成商品房用地，大家争议很大，最后由局长定夺，尹局长力排众议说："周围其它地块报告都要求规划成商品房用地，留下中间一块地建厂房，对周围环保影响大，由于工业排放有可能伤害周围居民健康"。他决定规划为商品房用地，这地块拥有人就是马小勇，看来这个年青人社交能量不一般。现在尹局长已升为副市长，他看了小勇的资料对办事员说："小肖你给办了吧"。小肖说："就这么简单"？科长说："老局长都了解这地块环境，我们还有什么说的"。小肖心跳了一下，副市长认识的人不简单，严肃的面容马上变成微笑，对小勇说："马老板你星期五来取"。小勇说："你这里有符合规划要求的施工设计图吗"？"我们这里有对口设计院设计的各类，各种户型的图"。他从资料柜里取出三本图纸交给小勇说："这里有三种户型的设计图，拿去看后选择"。小勇看后选择二种户型图，交了款。小勇说："谢谢科长，谢谢小肖"。小勇走出办公大楼的路上还在思考定位房型。小勇第二个去的部门是国土资源局，他提着相关资料到了国土资源局的办公大楼，大厅里人头攒动，小勇去问一个保安。"同志，办理登记核查手续在哪里"？保安用手指了一下。小勇向手指的方向走去，看到挂的招牌上面写着'开发登记稽查处'，柜台前已有两人排队，小勇排在第三名。第一个人走近柜台把资料递了进去，那人翻资料看了一下，把资料递出来说："你这地块资料没有具体的商业用途，回去重新补资料"。那人说："我这是第三次来，前两次都没说这个问题"。办事员很不耐烦的样子说："是我审查还是你审查，前几次又不是我"。那人取回资料悻悻地走了。又一个人递上资料，办事员接过资料翻看了一下说："你是永丰公司张秘书"。"是"。"你的资料很齐全，星期五来取，回去代问王总好"。"谢谢沈干事，约个时间来喝茶"。沈干事说："你慢走"。那人向沈干事微笑地点头离开了大厅。接着小勇递上资料，沈干事大致地翻看了一下资料后说："我把资料收下，待各都门审查后再作定论"。小勇问："要多长时间"？沈干事说："这我可说不好，各部门各项审查时间安排有松有紧，时间长短不一样，半个月后可以来问一下"。这没底的回答让小勇心里直打鼓，但没办法，只好等半个月。半个月后小勇到取件处去查询，办事员翻了档案柜，没有长荣公司的档案袋，办事员说："还没来"。小勇问："还要多长时间"？"我也不知道，你还是到收件处去问"。他到开发登记稽查处，今天还是那办事员值班，小勇拿出收件条给他，他看后说："你再等个星期来查询"，小勇无奈地离开了办事厅。一个星期后小勇选了一个下午人少的时间来到办事大厅，大厅里人很少。小勇先走到登记稽查处，今天换了个办事员，三十来岁，小勇把收条递给那人，那人看了好一会儿收条，又看了收件记录说："你是马小勇，是法人"。小勇说："我是马小勇，是公司法人"。"现在是四点钟，五点钟你再来，我有话给你讲"。"好"。五点钟小勇准时来到大厅，大厅里工作人员正在收拾办公用具准备下班。小勇走到登记稽查处，那人看到小勇来，低声地对小勇说："我们另找个地方说话"。小勇马上意识到有重要的事要谈，马上说："就在滨江饭店，我等你"。那人说："我六点钟来"。小勇在滨江饭店要了间包间，那人六点准时到来，还是一身工作时的便装，小勇把那人迎进包间坐下，那人马上说："'家门'我也姓马，叫马顺义，你今年多大"？"我今年二十八"。"我比你小三岁，我叫你大哥"。小勇说："今后我就称你为弟"。"大哥呀，在大厅里人多我不好说，我们是本姓兄弟，我就无话不说；我来局里已有五年了，刚来时，像你们这些来办事很快，登记就完了，后来看到你们这些开发商发了财，想在你们身上捞点好处，摸清了你们心态，就无端的增加了很多环节和事项，从中挑出点毛病，故意找岔，拖拉办事，办完流程少则三五几个月，多则一年半载。你们这些开发商多数都是贷款买地，利息数额巨大拖不起，心急如火，想方设法，找人拉关系，送礼送红包，大开发商就送房子，很快就办完了。给一套经济房子，只要修房成本，不要地价和利润，修建成本只有卖价的百分之三四十，拿到房子转手卖掉赚四五万，我们这里会钻营的人发财了。前几年我很老实，我们单位同事经常请我吃饭打招呼说，这个公司老板叫什么名字，是他什么亲戚，那个公司老板又是他什么亲叔，同姓的都是自家的亲叔，不同姓的都是舅子姨亲，请你高抬贵手，网开一面，碍于同事的面子就放行"。我暗想：他们个个祖坟埋得好，个个亲叔，亲戚都是富人，官人，后来才知道，他们傍大款捞好处。小勇心想这里面还有这些'缘故'，问："你们的头'亲戚'多吗"？"头不但亲戚多，还有'招呼'多"。小勇边喝酒边想：我该怎么酬谢他？小勇说："兄弟，我该怎么酬谢你"？"大哥呀，我也是第一次认你这个哥，既然是一家人，就不谈酬谢了"。小勇说："我刚起步，不是什么大老板，涉世浅，不懂'事故'，既然是一家人，当哥的就优惠一套房给你"。马顺义说："既然当哥的这样慷慨情义，当弟的义不容辞地为哥办事，下个星期五来取资料"。小勇结账后回家。回家的路上小勇想，要把这些关系都理顺，七八套房子就白干了。他还是想去讨教唐总。第二天小勇给唐总去了一个电话，唐总问："有什么事"？小勇说："我想向你讨教一个事"。唐总说："今晚上我和领导有约会，明天晚上有时间"。小勇说："明天晚上七点钟，还是滨江饭店"。唐总说："可以，如果临时有什么变化，我给你打传呼"。小勇说："恭候你光临"。小勇和唐总第二天在滨江饭店包间里边喝酒边聊起来，小勇说："你又攀上领导了"？唐总说："就是尹局长，他升为副市长了"。小勇想探点秘密问："唐总你现在是通天的人物，今后你就可以从政了"？唐总说："我算什么，就是尹副市长也是如履薄冰，听他说要换届了，新的市委书记来，还不知道他喜欢什么样的人才，我当然想他升为市长"。小勇说："我今天来向你请教，我要办开发许可证，我办了一个部门的证可难了，那么多部门要办，道道都是坎，要花多少的时间，精力和经费"？唐总说："你没入门，不知门坎有多高，要正规地走完程序，是件漫长的事，哪里等得起，都得有人缘才行"。小勇说："你说我该怎么走法"？唐总说："你还有哪些部门还没办理"？"还有工商局，城建局，环保局，税务局，房产局，公安消防局，街道办事处"。唐总说："这些部门中最重要的是房产局。城建局涉及到房产的验收认可，销售许可和产权登记，带什么见面礼他给你说，如果你自己去，即使送他的礼，他也不敢收。环保局和消防主要职责是消防和环卫设施认可和验收。其它税务是登记和抽查，招呼应酬也有礼数，鲁主任会告诉你。饭店出来时唐总说："哪天约个时间，我们片区开个商会，你务必参加"。小勇说："我听你的召唤"。小勇接到鲁主任的传呼，小勇回话，约鲁主任到滨江饭店面谈，他们如约到饭店，坐在饭桌上小勇说："鲁主任，我约你的目的你心里也清楚，你就直说我该怎么办"。鲁主任说："像房产局这样重要的部门都是新设立的部门，国家现在没有统一的法规，各地市实行条款又多，灵活性又大，可操作性强。涉及到我们房产市场的条款多，各个方面繁杂，审查，检查工程过程长。工作人员多，工资低，员工住房紧张，一般小的初次开发商，给一至二套八十平米以内的经济商品房，大的开发商大的地块一次给二至三套经济商品房，由他们内部去分配。不是熟人他们又不敢要。其它城建，消防，税务，环保这些部门，抽检人员来抽检，每次给小礼品，或请吃一顿饭，礼品不能超过半月个工资"。小勇说："谢谢鲁主任赐教"。鲁主任说："你准备一下资料，我们明天一起到房产局"。小勇说："谢谢鲁主任"。第二天小勇和鲁主任到了房产局，鲁主任直接把小勇领到主任办公室，鲁主任说："陈主任这是我的表弟，他新办了一家小公司，买了一块地，这是他的资料，请你过目 "。陈主任接过资料翻了一下说："目前新开发的地块很多，新成立的公司也不少，需要立项和审查的事项也很多，可能时间要长一点 "。鲁主任心想又在讨价了，忙说："陈主任你看我这位表弟虽然很年轻，但很'懂事'，他和尹副市长只见过一面，尹市长就欣赏他很'礼貌懂事'"。陈主任马上改口说："你鲁主任的表弟肯定会处事，我们多年相处的老朋友，不看僧面看佛面，我尽快办调办完相关事项 "。鲁主任说："另外还有事想跟你私下谈一下 "。陈主任和鲁主任走进后面议事室，鲁主任说："表弟初次见面，不知'底细'，不好表态，他跟我说你们室里人员工资低，住房困难，他的项目完工销售时，首先给你们两套经济房 "。陈主任说："鲁主任你的表弟，还有什么可说的，你是信誉好的老朋友，我一定尽快地办好所有事项 "。他们走出议事室，鲁主任说："销售前还得麻烦你，如果我没时间来，表弟来也一样 "。陈主任说："有幸结识你表弟，你们谁来打个照面，一切都好办 "。鲁主任说："上班时间你工作忙，我就不耽误你时间了 "。小勇说："谢谢陈主任，再见，后会有期 "。在回去的路上鲁主任说："今后你可以以我表弟的身份单独与他会见，这次我给他许下两套经济房，但也划算，如果不这样，费去的精力大，这事关重大，售前还有很多事项要他们认可，房屋验收，产权登记，还有将来要推行的预售制，这预售权很重要，利用购房者的资金作开发资金，既减少了贷款利息，还拉住了客户 "。小勇说："谢谢鲁主任 "。小勇为鲁主任在高级餐馆招待午餐以致谢意。一个星期后小勇拿到了许可证批件。从这以后小勇提着规划局，国土局，房产局的批示资料，先后到城建局，环保局，税务局去进行登记，小勇到各部门看到办公室办公有序。每个办公室都有两张办公桌两把椅子，他们的办公桌和椅子都是背靠背的安放，每到一处都是一人在办公，如果有两人同时进来办事，他们都说请在门外等候，一个人办完事出来，工作人员也跟着出来相送，另一个工作人员进去，带进一个办事人员。小勇进去交上资料，资料里夹着礼品，办事员没注意，没看见，连同资料放进抽屉里，然后取出资料看，大致地浏览了一下内容说："一个星期后来问一下办好没有 "。小勇说："谢谢 "。小勇就这样办完了三个部门的登记。最后是公安消防和街道办事处，他们只留下开发批件和地产批件，执照复印件。小勇用了两个月时间办完许可证的事项。又等了一个月拿到了许可证。

19-2 团结互助

　　一天小勇在报纸上看到了规划的消息。小勇接到唐总的传呼，在电话里唐总叫小勇到老地方滨江饭店里开商会。他们六位老总又坐在了一起，穿着便装，相互祝贺，问候，也很随意。桌上摆满了山珍海味，服务员给每人酒杯里斟满了茅台酒，小勇看到各位老总边聊天，舔着酒，夹着时蔬往嘴里送，山珍海味却很少光顾。唐总说："各位老总不要客气，这些海味都是专门从大海里捕捉打捞的鲜货 "。老总们异口同声地说："谢谢唐总，你知道我们在座的人，招待重要的客人都是这些菜肴，都吃腻了 "。他们边喝酒又边议论起来，唐总说："好消息你们已经看到了，各位老总心知肚明，各位老总为了这好消息付出了不少，好消息会引起社会上各种议论，议论会煽起巨大的社会舆论，如果引起高层的注意和猜疑，为了平息舆论，取消规划，我们的前功尽弃。大家心里明白，这个风口上我们千万不要高价转让，即使你高价出手，也脱离不了干系，越是跑得快，获利越多，怀疑越大，后果可想而知，伤及朋友"。何总说："唐总说得很对，在这个风口浪尖上大家一定要团结一致，度过这个关口。一二年后公路修通，基础设施齐备，到那时木已成舟，现在我们千万保持冷静，低调。如要开发，进度要慢，不要广告喧嚣房价。如果哪位老总觉得贷款数额大，利息压力大，我们相互抱团过冬，相互担保，但是资金必须是用于本地块，我想各位老总不会为二三百万贷款，每年十多万的利息而发愁吧"。蒋总说："我们为了尽量获取我们投入的价值，各位老总发挥我们各自的后续力量，目前仅是规划。水电，交通基础设施尚未形成，没人气，没商业氛围，体现不出投资价值"。几位老总都表态要步调一致，统一行动，充分发挥各方面的潜能，促成规划中基础设施项目的建成。宴后他们各自开车回家。唐总又送小勇回家，唐总说："近来项目还不能开工，我给点小项目给你做，一，可以养活你的队伍，二，可挣够你的贷款利息钱"。小勇说："唐总你真是我的救命恩人"。唐总说："我们都是一个船上的人，同舟共济，你明天就来签合同"，小勇说："谢谢唐总"。小勇第二天到唐总办公室签署了一个修建二万平方米小区房的合同，接下来他开始施工前的准备工作，他拿着图纸到现场作规划，要回自己的职工队伍七十多人，管理人员就他，晓燕，小林和马燕。小勇现有十万元的流动资金，可以应付开工的费用，后续资金的来源是工程款，得到唐总的关照，工程款得到及时兑现。小勇又有丰富的施工经验，工程进展顺利，一年半后工程接近尾声，施工管理的工作量减少，进入验工清算阶段。一天上午，小勇利用空闲时间来到他牵挂的购买地块，满目的荒草地，那些被遗弃的民房多数都是断壁残垣，有用的门窗和旧木料都被拆走，有的砖头都被拆走，剩下残瓦碎片，一片荒凉的感觉。一条混凝土路面的公路直通山脚下，公路边立起了电杆，正在拉线施工。走近山脚下隧道口，运土石的工程车来往穿梭，小勇看这繁忙的景象，心情轻松了许多，心想商会的作用真不小，他高兴地回到家，开始策划开发的事。通过验工结算，除去开支，这期工程净收入近十万元，支付贷款利息近五万元，剩下五万元，总算度过高负债压力的一年。开发的所有手续都已齐全，小勇筹划着来年开发的资金，他现有资金加上原有资金十万，一共有二十万，这点资金远远不够，至少得四五十万元，还差二三十万哪里去筹呢？在脑子里对亲戚朋友梳理了一遍，有经济能力的人只有唐总，但唐总已贷给他二十万，不好再开口，想来想去还是只有找他商议。他给唐总打电话，唐总说："现在是动工的时候了，你打算一年完工多少平米"？小勇说："我打算一年完成工程量最低维持在三千平方米，所需资金八九十万，我现在能流动的资金只有二十万，你帮我出个点子怎么筹资"？唐总说："现在我们那地块已涨到每亩三四万，你那块地价值至少一百八十万，你可以抵押贷款"。小勇说："谢谢唐总指导"。小勇想：要贷款，抵押证件地产证在房建公司，怎么能拿得出来呢？他只有找姜总协商。小勇打电话约姜总到滨江饭店，在饭桌上，小勇说："我借你们钱，贷银行的款，压力太大，我想早点修房子卖，还清债务，但没有启动资金，我想将地块抵押给银行贷款，地产证在你们那里是不是可以通融一下？我先拿来地产证，在银行贷到款，还你的贷款"？姜总沉默了一会儿说："这个问题我要回去商量一下，我尽量想

法成全你"。小勇说："谢谢姜总"。姜总在回家的路上想：怎样向大家说明
小勇的请求，只有借助资金的话题引导他们商议小勇的要求。第二天下午，他
召集各科负责人开会，商讨资金流动的问题，在会上姜总说："李科长你把当
前资金情况给大家讲一下"。李科长说："目前的资金比较紧张，临近年关，
建材供应商催着欠款过年，工程款年终验工清算，明年一二月份才能入账，目
前我们已没有抵押物在银行贷到款，只有永丰公司的地产证可作抵押，但法定
资产是长荣的，我们无法抵押"。孙科长说："我们那块地，现在值二百万
了，我们当初就不该出让，他赚多了"。姜总说："就是不该出让，留到现在
就好了，当时商讨的时候人家还砍价，大家都没驳斥，让他赢了"。沈科长
说："他的运气真好，正在那结骨眼上他拿走了"。姜总说："前几天马小勇
打电话说，他想拿地产证去抵押贷款还我们的账，你们看如何"？孙科长
说："我们现在唯一能栓住他的就是地产证，他再把地产证拿走，要是他贷到
款就跑了，怎么办"？李科长说："根据银行贷款条例，地产抵押最多贷到评
估价百分之五十的额度，他不可能丢下百分之五十不要而跑路，不过要订一个
协议，贷到款后第一个要偿还的是我们的欠款，如果违约，将以地块作为担
保"。姜总说："李科长这个建议可行，大家还有什么建议"。会场里没人发
言，姜总说："就这么办"。小勇得到地产证到银行贷款，经过银行一个月对
地块评估价为一百八十万，按百分之五十的最高额度，可贷到九十万，小勇在
银行办好贷款相关手续拿到九十万贷款，还建筑公司三十万，利息一万八千，
年终偿还另外二十万贷款利息一万二千，还唐总公司利息一万二千，其它借款
利息一万三千，剩下五十四万。

19-3 分岐

　　小勇回家与晓燕商议开发建设的事，他们首先对已有的资产进行盘
点，三套房子值二十万，地产价值一百八十万，现金十五万加上贷款余额五十
四万，共二百六十九万。债务方面，银行现贷款九十万，加上原先贷款二十
万，私人借款二十一万，唐总公司借款二十万，总负债一百五十一万。净资产
百多万。晓燕高兴地说："我们已成百万富翁了"！小勇说："不要高兴得太
早了，这只是账面数字，要变为现实还有很多不确定因素，我们现在要把这点
有利因素利用放大，年后就开始房产开发施工"。晓燕说："我们把那块地卖
了，还清所有债务，还剩下一百万，存入银行利息一年就有三万元，我们也不
用上班了"。小勇说："你老是裹足不前，上次我借款买地你也阻挠，说我们
有二十万已经满足了，这次有百万，你又出来阻挠，要是没有我的一意孤行，
哪有今天"？晓燕转喜为怒，"你又在捅我的'伤疤'"！气愤地说："这都
是你一个人的功劳？没有我一点苦劳？我提醒你，这一百八十万只是那块地的
现实价，不等于将来市场没有变化。要是市场价降到原价九十万，你又是身无
分文的穷光蛋！你要是坚持己见，一意孤行，我们财产现在分开记账，以现在
的净资产一分为二，五十万记在我的账上，五十万记在你的账上，要是今后亏
损由你承担！记在你的账上！要是你的净资产亏空为零时，退出我的股份"！
小勇毫不犹豫地说："所有风险我来承担"！他们面红耳赤地争吵，心里坚持

着各自的主张，小勇心里波涛汹涌，夫妻之间还有同甘共苦，志同道合吗？自
己人生的感悟迫使他不能回头，一定要坚定信心，改变人生！从那以后一心忙
于开发工作。

第二十章

20-1 稽查

　　春节前劳务公司清算工资那天，趁劳务工人开会的机会，小勇又贴出了招工通告，招收泥瓦工十一人，木工六人，钢筋工和混凝土工各五人，电工，机械工各二人，炊事员二人，杂工二十一人，共招收五十四人。来应召工人多数还是小勇旧部人员和师兄弟，他们知道小勇项目队，工资高一点，吃得好一点，小勇对每个来应召的工人都说明："由于项目小，工程流水作业不能完全衔接，要打破工种界线，一专多能"。他们都表示乐意一专多能，学习更多的技术。大年过后上班，所有工人集中挖基础土方，一个月后，挖完一栋基础后，开始进行基础施工，半个月基础完工，进入工程上部建筑的流水作业。一天上午，环保局工作人员来到施工现场，在施工现场转了一圈，走进了办公房，看到有人在绘图，问："谁是负责人"？小勇说："请坐"。小勇站起拉出一根靠墙的一根凳子自己坐下，让出座位，两人坐下，"请问有什么事"？环保人员说："你是负责人"？"是"。环保人员说："有人反映你们施工队人员的粪便和生活用水到处横流，一片臭味，污染环境，还滋生蚊虫，苍蝇。你们必须修建化粪池和管道。污染环境，要是导致流行疾病，卫生部门将处以大额罚款"。"你们是环保局的"？"我们局接到举报前来稽查"，那人拿出证件晃了一下。小勇思考了一会儿问："你们有化粪池的图纸和修建规模的要求吗"？"你们有多少人员常住，我们有各种容积的图纸"。"就五六十个人"。环保人员说："至少要修一百立方米的两个化粪池"。小勇说："我们明天就来买图纸，立即动工修建"。环保人员说："修建化粪池和铺设管道，有专业施工队修建，你们只需签合同付款就行了"。小勇说："一百立方米的两个化粪池，一百米管道需要多少费用"？"大概要五万元左右"。小勇在心里盘算了一下，实际工程成本约三万多元，但不知道还有没有其它设施。小勇说："我们是个小企业，这笔费用太大，我得请示领导决定，谢谢你们"。环保人员走后，小勇打电话找到唐总，唐总说："我找人通融一下"。一个星期后的一天下午，小勇接到唐总的电话，唐总说："你可以自己修两个池子，每个池子容积在一百立方米左右，池子要密封不能漏水，还要便于出渣。到溪沟的排水管也要暗埋，修好后通知环保局验收，验收时招待一下验收员，表示你的敬意"。小勇说："谢谢唐总，你又给我省了一些钱"。唐总说："这都是以商会的名义，你今后有一天发达了，也要给商会作点贡献"。小勇说："那是应该的"。又一天上午，税务局来检查财务，小勇叫马燕把开工以来的帐务登纪和发票凭证给他们审查，稽查员说："你们这账务系统根本不规范，你们有注册会计师吗"？马燕说："现在还没有"。"那你们办执照登记的会计师到哪儿去了"？小勇思考了一下说："她现在正在原单位移交工作，过一段时间就过来"。"难怪你们公司还没有交税记录，叫她尽快来上班，把账务登记整理好报税。我们下次来检查还是这样，我们将按税法规定，取消你们公司税务登记，没有纳税义务的公司，自然就是非法的公司"。小勇说："谢谢你们，我们一定按照你们的指示办"。稽查人员走后，小勇，晓燕，马燕他们商议，怎么办？要找一个注册的会计师在哪里去找呢？最后只好联系张经理，请他帮忙找一个。几天后张经理来电话说："他有一个远房亲戚叫王静，她的成份不好，她的祖父是大地主，刚好大专财务专科毕业，已考取了助理会计师，由于成份不好，还没找到工作"。小勇说："现在不讲成份，叫她尽快来上班"。

20-2 筹款

  小勇现在成天应付各种检查，处理各种事务，最后都是整改和协商来了结。王静上班后，小勇把精力部分转移到施工上，进度有所加快，到年底一期工程第一栋楼房到了五层楼，第二栋到了一层楼，第三栋楼刚开挖基础。快过年了，是小勇最难受的日子，王静按年终结算的报表和各项结算清单交给小勇过目。小勇接报表和清单细看，银行账户余额，二十五万元，应支付银行利息七万二千元，支付公司借款利息一万二千元，支付私人借款利息一万六千八百元，清付工人工资十一万元。剩下四万余元。不看账心里没有数，一看账小勇睡不着觉，思考着节后的资金压力。他决定节后再放慢施工进度，裁减工人，把二十多位普工裁减到六个，用技工充当普工，便于今后扩充工人时，无技术普工容易招。打电话给唐总央求他公司的借款利息转为新的借款，唐总派人到工地查看了工程进展，同意了小勇的请求。小勇在年终清算工人工资的大会上说："乡亲们，一年来辛苦！近来房市不好，房子卖不掉，我决定明年裁减工人，在座的普通工人，明年你们另找工作，技术工人全部留下。之所以我现在通知你们，你们好早作准备，今后房市好了，欢迎你们再回来。你们今年的工资全部清算给你们。你们存放在我这里的钱我连本带利全部还给你们"。"留下来的技工，你们若是干普工工作，在普工工资标准上提高百分之二十。如果不愿留下的也可以走。另外现在银行存款利息低到百分之一点五，愿意继续干的人，如果你们愿意把钱放在我这里，我仍给你们百分之六的利息，如果你们亲戚朋友愿意把钱放在我这里，我同样给百分之六的利息"。清算结束后，技工都留了下来，新增加工人存款一万五千元。春节放假，晓燕，马燕带着二岁的女儿回老家。小勇留守在工地上和三个看守工一起过年。腊月三十那天，小勇留一个看守工值班单独宴请，另两个看守工一起过年会餐，餐桌上虽然是年宴，小勇并没有欢愉的心情。他们边喝白酒边聊天，看守工老林说："我跟你有五六年了，我刚打工时你还是一个工头，四五年时间你变成了老板。但我看你成天满腹心事的样子，没看见你开心的笑脸，当工头时还常看到你脸带微笑"。小勇说："我现在才体会到不是瓮中粟，不知个中味的意思。原来当工头的时候，只管工友们的出工安全，工友们的利益与我无关，现在不但要考虑工友们的起居食宿，利益，生存和他们的未来，还要考虑自身的事业。企业的生存和工友们的利益是并成的关系，社会与企业的依存和矛盾，这一切自己都身在其中，被困扰和纠缠，倍感压力和疲备，甚至是煎熬"。老林说："那你为什么还要坚持"？小勇说："什么叫骑虎难下吗？你想一下那骑虎的态势就体会到了"。老林说："今天过年，借老板的酒，谢老板对我们的关照"。小勇说："现在房市不好，企业生存困难，希望我们大家团结一致，同舟共济，共渡难关！只要我还能坚持，你们就是我的工友＂。他们碰杯一饮而尽，老林说：＂我们一定尽职尽责，干好我们的工作＂。小勇说：＂感谢你们的支持＂。他们酒醉饭饱，在声声的爆竹声中回到宿舍。小勇跟唐总通电话，祝贺春节快乐，唐总说：＂他已回老家，和其它老总通话，他们都已回老家过年。听尹副市长的亲戚柘总说，尹副市长这几天还在渝州市。他的父母从河南信阳过来过年，我们商会没有老总在渝州市，委托你代表我们去拜年，看望老人家＂。小勇说：＂我们送他点什么礼品＂？唐总说：＂他家什么都不缺，人老岁数大了体弱，你去买点野山参和虫草去，费用由我们几人出，你先去把礼品买好，我通知你去的时间＂。小勇说：＂我明天就去办理＂。

20-3 拜年

　　正月初三的下午，小勇接到唐总的电话，小勇换上干净的衣服，提着礼品，来到青山湖别墅。按门铃后，还是那个门卫，一看是小勇，带领小勇到客厅。一会儿尹局长从楼上下来，一身黑色便装，小勇说：＂尹市长你好，听说你升为副市长了，我代表商会特来祝贺，从现在起我称呼你尹市长了＂。尹市长说：＂小勇，我们有几年没见面了，你人瘦了＂。小勇递上礼品说：＂听说尹爷爷和婆婆老远来到渝州，我们片区地产商会委托我来看望老人家＂。尹市长喊：＂秀，来一下＂。一个小姑娘从后厅走出来，尹局长说：＂给客人泡杯茶，把礼品放到柜子里去＂。小姑娘给尹市长和小勇各泡一杯茶放在茶几上，拿着礼品走了。他们都是熟人，没有那么多礼节，随便坐下。尹市长说：＂你们片区开发得怎么样＂？小勇说：＂我们片区只有我们公司和另一家公司目前在准备开发，其它几家没动静＂。＂你们几个老总没有开会＂？＂上半年开过会，由于大家都很忙，见面的机会少，经常在电话里沟通交流＂。尹市长又说：＂目前房市不太好，大家都在观望。另一个原因是：虽然公布了规划，但基础设施建设，除水电在建设外，交通公路动工不久，还没完工，交通不便也有影响。市里节前开会，协调相关部门，敦促公路和隧道加快施工，要建成通车可能还有一年时间。基础设施完备后，你们那里变化就大了＂。小勇说：＂感谢尹市长对我们片区的关心＂。尹市长问：＂你们这些老总对市里经济发展是有贡献的，市领导也在想法把房地产发展起来，增加土地收入，税收收入，解决市里的财政困难。带动其它行业的发展，解决就业问题＂。接着问：＂你的公司怎么样＂？小勇说：＂我刚进入这个行业，实力有限，规模很小，进度慢，处于观望阶段＂。尹市长说：＂房地产这行业资金投入很大，见效慢，但总体来讲，还是有发展前途的＂。小勇初次这样深度和尹市长这样的官员聊天，心情有些紧张，加之小勇涉世不深，话题很少，总是问一句答一句，唯恐把话说错。尹市长的话也是堂面上的话，他们聊的都是些堂面上的事。最后尹市长终于问到他要揣摩的事，问：＂你们老总间对我们的工作有什么看法＂？小勇心里一下紧张起来，尹市长这话是什么意思？他思量了一下说：＂你们规划很辛苦，也很尽责。个个都是能人，专业知识丰富，具备多学科知识，要作实地调查，又要了解各行业生产技术，行业适应的环境条件，经济整体布局，社会总体经济效益，协调各方利益，是一行艰难复杂的工作。特别你是市长，主持这方面的工作，加之其它部门的工作，辛苦，难度大，对渝州市这几年的发展，起到了至关重要的作用"。"这是你们老总们的共识"？小勇说："我们在一起聊天时，大家都这样说"。尹市长叹一口气说："终于听到一句公道话，我们搞规划，不知情的人以为我们是随心所欲地划定归属产业范围。其实我们要做很多的调查研究工作，由于各行业，各部门，各自的区位利益不一致，相互予盾，我们还要做各行业各部门的协调工作，有时要经过多次上门协调，达成共识"。小勇为自己的发言感到高兴。尹市长说："今后你们老总间对我们规划有什么想法和意见，要毫不保留地提出来"。小勇为了不露出一丝隐情地说："尹市长，我们大家都认为渝州市有这样协调的发展，应归功于你们市领导有方，规划科学合理"。尹市长开心地说："终于有人对我们工作认可，光顾聊天，该吃饭了"。尹市长在前，小勇在后，到了饭厅，古朴典雅的桌凳和房间布置，饭桌上摆了五菜二汤，围坐在桌边的人，加上李姐就他们三人，他们边喝酒边聊天。李姐端起酒杯说："我本来不喝酒，感谢小勇弟在我遇到困难时出手相助"。小勇端起酒杯说："我们为姐弟，何足挂齿"。三人碰杯一饮而尽。小勇给李姐和尹市长斟了酒，端起酒杯说："借李姐的酒，感谢尹市长的关照"。尹市长端起酒杯说："为了渝州市的发展，是我应尽的责任"。三人碰杯一饮而尽。李姐说："听说你结婚了"？小勇说："孩子都两岁多了"。"那么大的事，怎么就不通知一下当姐的"？小勇说："我们俩都在工地施工，搁不下工作，办了手续没请客"。"你们的大事也太简单了"。"李姐你知道我们家底薄，人脉关系少，施工管理的全部工作都是我们一家人自己干，时间很紧张"。李姐说："创业艰难啦，今后你有什么困难找当姐的"。小勇说："谢谢姐的关照，李姐你今后有什么难事、不好出面的事找我这个弟，我没牵挂，没有头衔，不受众人关注"。李姐说："你已经帮了大忙，还给我出钱，感谢你"。尹市长说："我在市里还是主管这方面的工作，我原来局里的工作已交给张副局长，希望你们今后多多支持他的工作"。小勇说："恭贺你升迁，我回去后通报几位老总，我们商会为你庆贺一下"。尹市长说："你们千万别这样，特别是你们搞房地产的，你们的一举一动备受人关注，本来就敏感的关系，今后我们见面的机会要少，你们商会有事要找我，我的事多，我给你们准备一个专用电话号码，到时我告诉唐总"。小勇说："感谢尹市长的一贯支持"。饭后小勇辞别回到工地。

20-4 逼债

　　春节后上班，小勇召开了一个管理人员会议，除小林和王静外，实际上是一个家庭会议，会上小勇说："鉴于目前房市不太好，我们要适应市场的变化，施工计划作一些调整，开工后首先集中人力把第一栋房屋断水，接下来我们集中人力挖基础，为下一步施工打好基础，小林你有什么建议"？小林说："按你计划办，目前应抓紧断水前建材的购买"。小勇说："我会安排"。会后小勇召集晓燕和马燕商议说："目前我们账户上的资金只有四五万元，我的施工计划考虑到节省开支。第一栋房断水后，我们退租一部分脚手架和一台井架吊，减少租金。下一步集中挖基础土方，减少建材用量占用资金，争取这点钱维持三个月以上，所以我们要用好每一分钱。马燕你今后买材料，除了急用料外，其余的料款应尽量赊账，延迟付款，拖一天是一天，后续资金再想想办法"。马燕说："赊账的价格普遍要高百分之十以上，很不划算"。小勇说："你辛苦点，多跑点市场，调查价格，比较一下，争取到最佳的价格"。晓燕说："资金如此紧张，不如干脆停工"？小勇说："这个问题我思考了很久，如果我们中途停工，意味着开发失败，导致烂尾楼，造成极坏的社会影响。我们欠了那么多银行和私人债，所有的债权人都会蜂拥而至来讨债，那将是何种场面！何种后果！目前我们只有采取拖延战术，稳住场面，留住工人"。晓燕责备的口气说："你这种踩钢丝的做法，能维持多久"？小勇说："我正在观察市场，等待机会"。晓燕激动起来说："你这样会给我们全家带来不可预想的后果"。小勇本来心里压力大，最亲近的人说出这样责备的话，激起他的怒气，大声地说："如今后有什么恶果，我一人承担！今天的谈话内容你们不能向任何人讲，每天上班把头发梳光点，衣服穿整洁点，表情放松点"。节后施工按小勇的计划进行，两个月后，退租了塔吊和一部分脚手架。一天工程机械出租公司和周转架料出租公司的人来到财务室，看到工人正在挖基础，办公室灯光明亮，干净整洁，办公人员衣着得体，各自忙碌。他们来到财务室看到王静问："你是管财务的吗"？王静一脸微笑地说："请坐，你们有事吗"？并为他们各自泡上一杯茶递上。两人接过茶说："我们是出租公司的，前来收取租金"。他们递上合同和租金单据，王静接过单据看了一下，借故地说："马总刚走，你早来一会儿就对了，他们商会的几位老总，组织到外地去考察一个大项目去了"。"多久能回来"？"至少要十来天"。那两人问："难道你们财务没有支付权"？王静说："银行开户时我还没来，银行账户留下的是他的印鉴，刚才他走得忙，忘记交待，对不起"。两个收款人无可奈何地走了。小勇从工地上回来，王静谈起这事，小勇说："你做得很好"。王静说："现在账户上只有一万多元了，每天几十个人的油盐米菜肉钱都要二百多元，这点钱必须保证，还没算职工的应急用款，更不用讲材料款，每一笔都是上千上万元"。小勇说："你有什么好办法吗"？王静说："我只能尽量节省开支，对债务只有采取拖延战术，对上门讨债的人，我千方百计的想法应付，顶住场面，维护正常的景象。所以你少来办公室露面，有要紧的事，我们另找个地方或者我打电话找你，但你还得抓紧时间筹款"。小勇想了一会儿说："我把传呼给你，我有事给你打传呼"。小勇把几个重要电话抄给她说："这上面的几个电话号码你收到后即时回话，传呼上其它别的电话你不要理他"。王静接过传呼，放在办公桌里。从那以后，小勇的办公室，灯光明亮干净整洁，空无一人。小勇穿着工作服在工地转悠，实在无聊还和工人一起干活。工人们说："马老板你不在办公室里喝茶，怎么和我们下人一起干活"？小勇说："师兄弟们，我们过去一起干活多年，大家一起流汗学技术，永远忘不了我们兄弟情谊，怎么你们把我当外人？我这人骨头贱，坐下来一身都不舒服，还是和你们在一起感觉轻松愉快"。小勇这样整天和工人在一起，拉近了工人的关系，稳定了工人的情绪，有时也穿戴整洁地坐在茶馆喝闷茶思考问题。这样的状况可把王静难坏了，上门讨材料款的人越来越多，她给每个讨债人泡杯茶。王静总是绞尽脑汁，编造谎言搪塞。最麻烦的是不同时间段前来讨债的人凑在一起，由于时间不同，搪塞的谎言不同，他们凑在一起互相交流，谎言不攻自破。有人开始骂王静："你这骗人的把戏骗谁呀？你是老板的遮羞布！老板的狗"！王静强装笑脸地说："兄弟姐妹们，你们说我是狗我认可，我们打工的人就是狗腿子。说我是遮羞布，我的确没为老板遮掩什么，老板确实很忙。我们公司小，没有秘书，他还是主管工程师，要主管工程技术，要应付各部门的检查，向相关部门汇报情况，协调关系。这样吧，你们把欠条给我看一下，作个记录，五天之内我叫人把支票给你们送来"。到吃饭时，王静在食堂给每人一份盒饭。王静忍辱负重，彬彬有礼，语言和善，讨债人无话可说，空手而去。陈晓燕的办公室就在隔壁，讨债人的言语在耳，她深感压力和危机，彻夜难眠。晚上小勇和王静在办公室里商议着债务问题，王静把每天讨债的情况如实向小勇诉说，小勇问："今天记下的债务你看怎么处理"？王静说："账上还有一万多元，留下十天的生活费外还有五六千元，每个债主先付百分之三十，稳住一下，我开出支票并附上欠条叫人送上门去，后续欠款一个月内还清，你能凑到款吗"？小勇说："现在我还没想出凑款的办法，为了稳住局面只有按你的办法处理"。这一波债权人暂时稳住了，下一波讨债人陆续到来。王静天天应付着讨债的人，讨债的人越来越不耐烦，他们坐在王静的办公室里喝着茶，故意羞辱王静，是男士脱掉鞋袜，大口大口吸烟，脚臭味和烟味充满屋子，他们甚至脱掉外衣，坦胸露背，只穿内裤，摇着纸扇，翘着二郎腿，一脸奸笑，一副流氓相。王静是个未婚姑娘，无奈的表情，受辱挣扎的内心，何其难受！为了减少臭味恶心，常常泡一杯浓茶，难受时喝上一口，下班时王静只好无声地离开了办公室。后来听说，这些讨债人是债权人雇来社会上的讨债人，专门羞辱年轻女士的逼债方式。晚上小勇和王静在办公室里，王静诉说讨债的情况，眼泪直流，小勇被她忍辱负重的精神深深地打动，流下了泪水说："你走吧！我实在顶不住就放弃"。王静说："你能做到今天已经是很不容易，放弃意味着毁了你一生，我受点屈辱没什么，你尽快想办法凑钱"。小勇有一天在街上听说，有人放高利贷，走投无路的他，无奈向那里走去，到了银行街转角是后街，一个映入眼帘的招牌'长顺当铺'。他走了进去，一个身材魁武，四方脸，面无表情，一身黑衣服，光着头，三十多岁的小伙子从柜台里站起来问："你想'当'什么"？小勇说："我想借点钱"。小伙子说："你跟我来"，到了后堂，四方桌旁一个身材高大，一身黑色便装，满脸胡须的中年男子正在看书。小伙子说："这人要借钱"，那人打量了一下小勇说："坐下来说"。小勇在四方桌对面的木凳上坐下，看到那书名是《射雕英雄传》。那人问："你想借多少钱"？小勇说："至少十万元"。"你借那么多钱，有什么贵重物品作抵押"？"我正在开发工程，资金短缺，借点钱临时周转一下"。"你有多大规模"？"五十亩地"。"你还有其它借贷吗"？"以地产权抵押在银行贷了一百万元"。"你的负债比例大，风险高"。"你能带我到你工地上去看一下吗"？"可以"。他们打了一辆面包车到了工地转了一圈。又到小勇办公室看了小勇公司执照和小勇的身份证。确认小勇是公司法人，那人说："你的借款风险很大，我们初次打交道，最多只能借七万元，年息百分之二十"。小勇说："利息那么高哇"？"给你这利息算最低的，如果没有抵押或抵押价值低于借款额，最高年利率可达百分之百，而且是每月还息，你可以考虑一下。我也请示一下老板，明天上午你打电话问结果，如果老板同意这些条件，你来签合同"。那人走后，晚上又和王静商议，王静说："如果能从银行贷到款当然更好，如果不行，也只有这个权宜之计"。回到家又跟晓燕商议，晓燕板着脸说："你跟我说什么？你不是说过一

350

切由你承担吗？这利息太高了，百分之二十意味着百分之二十的利润，房市不好，还不知道有没有利润，我一想到这些借贷就心惊肉跳＂。小勇说：＂我想问你还有什么别的办法吗＂？＂我的办法一年多前就讲了，当时把地卖掉还能赚几十万，现在已经套上了，我有什么办法呢＂？小勇无言以对，心里十分憋屈，一夜没睡觉。第二天小勇打电话到‘长顺当铺’，对方答复还是头天的条件，小勇无奈地来到‘长顺当铺’。对方拿出合同，主要内容为，长荣公司借款额为七万元，年息百分之二十，以季度为付息时间，借贷期一年，如续贷，利率和期限另定。抵押物为公司开发的商品房，抵押房价每平方米二百元，破产清算程序为政府债和银行债以外的第一债权人。小勇看完条款后，第一反应条件太苛刻了，二百元一平方米连造价都不够，眼下无奈，只好签署。七万元通过银行转账到长荣公司账户。从那天以后，工地办公室门前的公路边撑起一把遮阳伞，一个五大三粗的男子在那伞下整天卖香烟，目光时时在工地和办公室间转悠。财务室常有讨债人登门讨债，时不时听到骂声，王静还是那套战术应付着，习以为常。一个月后借来的钱只剩一半，一天晚上在办公室里小勇和王静商议，王静说：＂现在借来的钱已用去一半多，最多还只能撑一个月，现在得想办法凑钱。老是借高利贷代价太大，而且再去借高利贷，可能利率更高。是不是我们到银行去咨询一下，把我们现已断水的一栋房子作抵押贷款＂？小勇说：＂你这办法很好，我想了一下，还是你一个人先去了解一下情况，如果银行提出一些为难的条件，又不好拒绝，你就说我回去请示一下老板，有一个转环的余地＂。王静说：＂你这策略很高明＂。一天晓燕在工地上一间毛坯房里看施工图，旁边就在扎钢筋和灌木型施工，工人议论声音从窗口透进来。一个工人说：＂老赵哇，你看见没有，天天都有人到财务室讨债，还经常听到骂声，我看小勇这公司钱有点问题，我们存在他那里的钱和我们的工资到时他拿不出来怎么办＂？＂我也想过这个问题，我又想回来，我们和他都是乡里乡亲的，他们的家我们都熟悉，他要是赖账或跑路，我们就拿他的家人说话，他跑得了和尚跑不了庙。你知道吗？他们还借了高利贷，那个在门外公路边伞下卖烟的是什么人吗？他是高利贷公司在社会上雇的‘探子’，他们有一个专门的组织，专门替人侦探或收债的，收债时什么办法都使得出来，像绑‘票’逼债，甚至还有撕票的，割耳，挖眼，断背都有＂。＂好残酷啊＂。＂没办法，你差人家的钱＂。晓燕听得毛骨耸然，拿图纸的手发抖。晚上晓燕回到家里对小勇说：＂你另外找人吧，我在这压力的环境里实在受不了，说不定我哪天就消逝了＂！小勇说：＂我在哪里去找人，连一家人都靠不住，人家还会伸援手吗＂？晓燕伤心地说：＂你把我当‘炮灰，人质’，哪里还像一家人，还有夫妻情感吗＂？小勇说：＂我天天在工地上，你怕什么＂？晓燕说：＂可能你自身都保不住，还能保护我吗，有句俗话，夫妻本是同林鸟，大难来了各自飞＂。＂你说我那样无情＂？＂你哪还有情？是你那犟脾气导致的，当初要是把地卖掉，就没有今天的结局，我们俩娘母的性命都被你拖进去了＂！他们又开始争吵，小勇复杂的心情难以言表，入夜在床上翻来覆去，如临万丈深渊，如坠深峪，胆颤心惊，魂飞魄散。

　　第二天，晓燕接到家里的电话，说弟婚期定在六月十八日，要晓燕支援五千元钱办婚礼。晓燕知道这时要钱有多难，但没办法，晚上还是向小勇提了出来，小勇非常气愤地说："你知道我现在对钱的感受吗？钱就是我的命，没了钱我四处求人，没了钱意味着我破产，讨债的人会采用各种手段逼债，我已无出路可走，只有跳楼"。晓燕气愤地说："你身上别的那'大哥大'值一万多，到处显'派'，难道我五千元就给不出来"？小勇说："你去问王静我账户上到底有多少钱，我只给一千元"！晓燕气得一脸涨红地说："你们俩一到晚上就在一起叽叽咕咕的，不知道你们在搞什么'名堂'，把钱弄到哪去了，还好意思说"！小勇心已破碎，懒得言辩，啪！的一声桌响，冲出门走了！那夜小勇坐在月光下心情激动，思绪万千。那些艰难痛苦的经历又一幕幕在脑里翻腾，孤身无助，夜深才回到屋，抱着被盖睡在客厅地板上。第二天早晨在外面买了个馒头，在办公室里边喝水边啃馒头，王静走进来说："银行通知今天去洽谈贷款的事，你准备一下，你这身服装怎么好'拜客'？你还有'正装'吗"？小勇从文件柜下取出一套西装。王静说："这套西装也皱巴巴的，我去给你烫一下"。她拿着服装走了，一会儿拿着烫好的西服回到小勇办公室说："你来看一下贷款资料"。小勇到王静办公室看完资料，王静说："快到九点了，你赶快换衣服"。王静也开始梳理头发。小勇接过衣服，没加思索地掩上门，刚好脱下裤子，门突然打开了，晓燕看到王静在梳理头发，小勇光着腿，正穿裤子，本来一肚子怨气，看到如此场景，怒火冲天，骂道"你这个骚婆娘"！冲上前去，用尽全身力气，啪！啪！啪！几个耳光狠狠地打在王静脸上。王静口鼻鲜血直流，冲出了办公室。小勇吓呆了，骂道："你在干什么"！他想发作！马上意识到其它办公室里有人，压住怒火说："你给我滚"！晓燕回敬说："我早该滚了"！小勇回到办公室，绝伤的心情难以言表！反思回来，贷款事关自己的人生，还得去办。他穿好服装，到财务室收起资料，独自一人走到银行门口，看到王静穿着整洁大方，脸上一面红肿，王静说："走吧"。小勇心里说不出啥滋味，五味杂陈！难受极了！在这种情况下她还来帮我？他忍住泪水和王静一起到了银行贷款办公室，一个男工作人员接待了他们。工作人员目不转睛的望着王静说："你脸怎么啦"？王静说："昨晚不小心绊了一跤"。"真是好员工，绊成这样了还来上班"。小勇心里涌起一股难以言表的酸楚和怜惜。工作人员看完了资料说："你们公司的地产权已在我们银行抵押贷款。这次抵押的一栋房屋只是建造成本，按目前修建成本每平米只有二百元，按建造成本的百分之五十计算贷款额度，六千平方米贷款额度六十万。这是我的初步意见，我还要将资料交到风险部，派人到现场查看后，以评估价作出决定，二十天后来看结果"。小勇说："谢谢"。他们走出银行，小勇对王静说："你回去休息几天"。王静说："我明天必须上班，天天都有人上门讨债，我要去应付"。小勇说："我明天去应付"。"工地上很多事需要你，你是'法人'也不宜在那里"。小勇说："我深深地谢谢你"。小勇当天夜晚又坐在露天的石坎上，望着天上闪烁的繁星，不由得心潮汹涌，回想起往事一幕幕在眼前：老家那深深的山谷，自己绝望地被赶出家门，走投无路，不堪回首的过去；祖辈辛苦劳作的身影，自己肩挑重担，爬坡下坎；脚手架上酷暑寒风，手足裂纹，疼痛难忍，艰难的生存；自身的艰辛经历，酸甜苦辣，五味杂陈！如今像秋风中的落叶，随风飘荡。到了今天的地步，债台高筑！回想起张经理讨债的经历，催人泪下！民间逼债手段，惊心动魂，如果我现在放弃或逃避，将被讨债人追杀，哪怕流亡天涯海角，也无处安身。我只有不计一切后果，坚持下去！心里像巨浪翻滚！深夜他趴在办公桌上无法入睡。迷糊梦中，身处无边的沙漠，高温和饥渴令人绝望！天亮醒来，阳光从窗户透了进来，他昏沉地走出办公室，女儿娇娇站在门口叫爸爸，他没了亲情感，呆滞的目光看了一眼离开了。到了工地，看到转动的搅拌机和井架吊，忙碌的工人，没了往日的激情。他不由自主地走上街道，到了舞厅旁，一曲电视剧'渴望'中的插曲，动情的歌曲搅动他的情思，那悲凉婉转的歌声在他心里奔流："……悠悠岁月，欲说当年好困惑，亦真亦幻难取舍。悲欢离合都曾经有过，这样执着，究竟为什么？漫漫人生路，上下求索，心中渴望真诚的生活。谁能告诉我？是对还是错？问询南来北往的客……相伴人间万家灯火，……谁能与我同醉？相伴年年岁岁……"。小勇坐在檐坎上，凄凉的泪水像歌声奔流。一阵阵悲凉的歌声像洪流汹涌澎湃，不知坐了多久，拖着步子走向舞厅。舞厅无客人，只有坐台后一位三十多岁的小姐。小勇说："小姐，泡杯茶"。小姐愣了一下问："老弟你是乐平县人吗"？"我是乐平县复龙镇人"。"哎呀，我们还是同乡，我看你情绪不好，有心事吧？我们到外面走走，这里空气不好"。她喊"五妹，出来一下"，一个二十多岁的小姐走出来。"今天没客人，我陪老乡出去转一圈，你帮我照看一下"。随后他们并没有走上街，小勇拖着步伐，走上了后面农地山坡的小路，小勇问："大姐你贵姓"？"我们这行业不问姓名，你就叫我大姐吧"。小勇说："对不起，我不懂规矩，你怎么知道我有心事"？"干我这行，遇到的各色人多了，也有少数不是常人，时间长了，一看脸色，穿着和语言就能猜出七八分"。"大姐，你看出我是什么人"？"你是正经人，遇到了难事，处境艰难迷茫的时候，我们是老乡谈谈心，也许有好处。我给你讲个故事，也是前年的夏天，一个男子来到舞厅，一副绝望的神态，一进来就叫我帮他找位小姐，陪他耍一天，拿出一千元放在柜台上，这是他身上唯一的钱，他想挥霍后，了此一生。我清楚他的意思，看那绝望的表情，联想到可怕的后果，听他是老乡的口音，产生了同情心。我说大哥我们是同乡，这里的小妹都出去了，我陪你喝杯茶可以吗？那天上午也没客人，我们到包间喝茶，先聊起了家乡的事，后来他没了戒心，他说他原是我们镇商业公司的业务员，借了四万多元到新疆收购了二车皮西瓜拉回渝州市卖，按正常情况这两车皮西瓜至少也要赚二三万元。哪知道运瓜的火车到秦岭的深山，遇到下大雨塌方，火车堵在那里就是十多天，天气又热，运到渝州市火车站，西瓜全烂了，血本无归"。小勇说："那铁路局应该赔偿"？"没有保险公司投保，铁路法院说这是不可抗拒的外力导致，不予以赔偿。他感到绝望，四万多元是多大一笔数字，是一个人二十多年的工资，无法偿还，为了不连累家人，他想在'走'之前来这里寻欢后'了断'自己。这是多么严重的后果。后来我开导他，人生不易，自古以来成功的人都是充满风险的一生，没有风险的事，人人都可以作，风险小竞争大，获益少，只有风险大的事，胆敢冒险的人少，竞争小，才能成就大事业。是否成功要到最后才能定准，男子汉哪能半路而终？经过一上午的喝茶开导，那人树起了信心。回去向镇商业公司诉说了情况，公司认为天灾，不是凭他一己之力能左右的。他以他家房产抵押在银行贷了两万元又去了新疆。到了瓜农场，到处都是烂在地里的西瓜，就是因为那次塌方瓜商损失巨大，无人再来收购，瓜农看到他来收瓜，像看到救星一样，瓜价降了一半，只付给百分之三十定金就运走。他又买了两车皮西瓜顺利运回渝州市，由于没人贩运西瓜，就他一家，市场缺货，瓜价翻了一翻，不但收回了二次贩瓜的成本，还赚了二万多元。他又赶快地贩运了两次，赚了七八万元，后来专门来感谢我，给我磕头，给了我两千元，千谢万谢我救了他一命"。这时小勇从路边拣起一块石块狠狠的扔了出去，落在了红薯地里，一只野鸡呱呱地叫着飞向天空，飞向了远方。小勇说："感谢大姐给我讲的故事，给了我勇气，给了我启发"。小勇当晚回到家里，看到屋里堆着木箱和纸箱，晓燕还在收拾物品，小勇问："这是干什么"？晓燕怨气未消地说："我要逃避这陷阱，明天就带着娇娇走"。小勇心里无比痛楚地说："我们还可以商量吗"？晓燕绝情地说："还商量什么，明摆着，我不是被逼债人绑票，就是被情人赶走，我没有退路"。小勇哀求地说："我可以解释一下和王静的关系吗"？"我已观察了很久，不用辩了，我决心已下"。小勇看到她一副不容申辩和恩断情绝的样子，彻底绝望，已无挽回的余地。小勇说："我体会到你认为我一意孤行，你无法和我相处，也无法承受我给你带来不可预料的后果，连累了你，你要摆脱绝境。我要申明我和王静是工作关系，没有不正当行为，你既然主意已定，我也不强留，你还有什么要求吗"？晓燕说："这几年我的工资没清算过，承建工程的收入没有分割，还有娇娇的抚养费"。小勇说："我目前所有的资产状况你很清楚，除了那三套房产以外，我名下剩下的就是地产，我所有的负债现在是一百八十万，地产值一百五十，负债三十万，我名下没有别的资产。念我们夫妻一场，所有的债务由我承担，你把那三套房产产权拿去，价值也在二十万左右，作为我对你离婚的补偿和娇娇的抚养费"。"我今后的一切后果，坐牢或逃生与你无关。只是现在三套房屋的产权证还在银行里，等我有了资金，把贷款还掉，取出产权证把产权过户给你。你现在可以把房子出租，租金够你们生活"。晓燕说："既然还念我们夫妻一场，你就把你刚讲的写下来，作为我们离婚的约定"。小勇说："是你找我离婚，你写出来我签字"。晓燕当晚就写了离婚协议，双方签字。第二天晓燕和女儿娇娇坐着面包车离开工地，小勇看到面包车离去的车影，涌出了伤心悲凉的泪水。从那以后小勇整天呆在工地上，来回的转悠。

21-1　商场

　　晓燕走后小勇感觉清静了许多，也特别孤独，哪怕是施工的噪音也消除不了内心的沉寂，他为了消除内心的孤独，整天在工地上来回走动指导技术。这几天王静在办公室里像往常一样处理日常工作事务，但她早早地就下班回到宿舍。一天王静到工地上找到小勇说："银行通知贷款批下来了，叫我们去签合同"。第二天小勇和王静到银行签了合同，把第一栋商品房作为抵押，一栋五千八百平方米房屋的修建成本作为抵押，贷款六十万元，年利率为百分之六点五，小勇和王静到银行签署了合同。一个星期后贷款才能到户。小勇心情轻松了许多，他和王静在回工地途中，选择了一个饭馆包间晚餐，小勇点了三个晕菜一个素菜，一个汤，一瓶啤酒。小勇给王静也倒杯啤酒，小勇喝口酒说："王静你怎么近来总是早早地就下班走了，我想晚间的空闲时间谈点事，总是碰不着你，好像是在躲我似的"？王静说："我早就想找你说，但我想，你这段时间情绪不好，害怕火上浇油，等你情绪平静下来给你讲。我在这里给你惹下了不小的事，闹得你家庭分裂，都是我惹的祸，我还是离开吧"？小勇大大地喝了口酒，望着窗外忧伤地说："这些事与你毫无关系，我现在才体会到古人云'志不同，道亦不同'感怀至深的道理，我们结婚三年多来，我每每要作出重大决策时她都坚决反对，她是那种小农意识，胆小，短见，偏执，得过且安，不求进取的人。你知道我的家庭背景，我没有退路，退回去就永远在那穷山沟里生存，还可能因债务，累及家人，甚至是人身伤害，我不甘心子子孙孙沦落下去。她承受不了巨额债务的压力，和债务可能引起的各种后果，她害怕我的所作所为连累她，我们的分离是早晚的事。在这项目开工前，为贷款开工的问题上就已经摊牌"。小勇又大大地喝了口酒，看着酒杯。王静平静地看着他，她马上给他斟满了酒，小勇凝视着酒杯说："人生志同道合的伴侣哪里找？这段时间由于债务导致的各种后果，都是由你一个人顶着，每到我一想起你为我承受的屈辱，我就流泪，不知该如何报答你，你千万不能走"。他说得动情，语无伦次。王静说："只要你理解我，不怪罪我，我可以安心了"。他们饭后各自回到宿舍。一天张大叔来到工地找到小勇说："我儿子成安准备在县上买套房子，很便宜，才六百元一平方米，我想取五万元去买房子"。小勇想资金紧，贷款不易，就把我的房子卖一套给他，小勇说："你儿子不是在渝州市打工吗，怎么想回县城买房"？"他想趁房价便宜，放到那里今后结婚用"。小勇说："我们是邻居，又是好朋友，我卖一套给你怎么样？你儿子不是在山那边上班吗，这里隧道已经打通了，到你儿子上班的地方，过隧道只要十分钟的路程。明年就通公交车，这地方就成市区了，大城市比县城好多了，工作机会多，现在就涨到八九百元一平方米，我就收你六百元一平方米"。张大叔惊奇地说："真的呀"？小勇说："我们是朋友，这个价不要给其它人讲，邻居朋友多，都来买我就亏多了"。张大叔说："我一定保密"。小勇说："我带你去看一下房型和隧道"。小勇带他先到房子里去看了一下，他看到小三室一厅的房型很满意地说："儿子和媳妇住一间，孙子住一间，我们老两口住一间，还有一间客厅带饭厅，面积八十九平方米，房价五万四千元真划算"。他又看了大三室两厅说："房型倒是很好，但我这经济条件不允许"。小勇又带他走了不到五分钟到了隧道口，里面正在施工，洞内一片漆黑，工程车来往尘土飞扬。小勇说："我们就不进去了，这隧道有两公里长，过了隧道就是市区你儿子上班的地方，多方便呀"。张大叔说："房子我要了，但口说无凭"。"我回去写两张条子我们俩都签个字各留一份，这样你就放心了吧：这事你不能对任何人讲"。张大叔说："我保证不对任何人讲"。回到工地，小勇在食堂请张大叔吃了午饭，张大叔坐车回家。一天小勇接到唐总的电话，叫他到老地方开商会。他赶到滨江饭店，大家都如约到了会场，唐总指着中年男子说："这是新朋友，广大公司张总"。小勇说："张总好"。张总又指着一个约五十多岁的老头说："这是新朋友群益公司陈总"。小勇说："陈总好"。唐总说："这位小伙子是马总"。张总和陈总异口同声地说："哇！好年青哟"。小勇忙说："各位前辈今后多关照我这个后生"。"你这么年青就当上老总不简单"。小勇说："各位老前辈不要笑话后生，后生是单打独斗，没秘书，没技术人员，就一个专职的财务人员和一个施工员，没有其它专业的管理人员，事事都要亲为，规模小。多羡慕你们各位前辈老总，公司规模宏大，管理团队人才济济。今后希望前辈老总对后生多指导关照"。小勇说完坐下，各位老总边喝酒，边聊天，陈总用夹带广东音的普通话说："我是从广东过来的，对渝州市人地两生，今后很多的社会关系还靠各位老总给予帮助"。张总接着说："我虽然是本地人，但是这个行业我是初次入门，今后的经营还靠各位老总给予指点"。唐总说："我们走到一起来了，今后我们都是在一条船上，为了我们共同的利益要协调一致，统一步伐，发挥集体的力量。我还是重申已说过的话；我们是利益的共同体，重大的决策，我们一定要商量统一意见，大家听到的一切相关房地产信息要互相通报，共同应对"。广大公司张总说："唐总说得好，我们这一片的开发地块，地理位置处在新开发的特殊环境。今后由于商业发展变化，各方利益诉求矛盾，可能还会出现新情况，光靠我们单个的力量难以摆平，只有依靠我们共同的力量应对。我是新入门的，希望各位老总多多的给予指导"。恒大公司何总说："最近我听朋友说，要对一些地产进行一次清理，对那些购地两年都没开发的地块，政府要按原始地价收回，如果真的那样，我们这些地块至今仍未开发的已经两年了"。长城公司蒋总说："我现在正在办理许可证，可能还有几个月许可证才能办下来，办下来后开发资金又从何来？我这地块抵押给银行贷款，应付江南地块在建资金，各位老总给我出点主意"？唐总说："搞房地产，资金从来都是我们面对的大问题，不像经商，拿到货如果出现资金问题，可以'甩货'应付急用。搞房产不断大量的往里投钱，房屋没达到销售条件前投入时间长，资金占用量大，陷入其中危险大，压力大，所以在投资房地产前一定要量力而行，搞好市场调研，作好计划，规避风险"。蒋总说："唐总说得非常正确，我上一个地块也是贸然进入碰到了好房市赚了点钱，胆子大了，没有教训，这次陷入其中，如果真的像何总说的那样该怎么办"？唐总说："可以采取两种拖延战术，第一种，把你江南地块的建筑队拉过来搞这边地块的开发，那边停一年，这边开发一年后，又拉往江南项目，这样就规避了两年的限期。但这样来回折腾，增加周转材料和设备的拆卸运输费用，另一种办法是两个项目都开工，开工的规模各减少一半，但这两种办法带来两个不好的后果；第一，搬来搬去增加转场成本，第二，两个项目的成品房上市时间延后，占用资金时间增加"。蒋总说："这两种办法都各有利弊，都要增加成本，把地卖掉倒是好办法，但地产证在银行里抵押取不出来"。陈总说："听说有民间借贷款公司，但如果一两个月的短期借款，月利息可能要百分之十"。蒋总说："我在银行抵押贷款是一百万，民间公司肯定一时也拿不出一百万，即使能贷出一百万，没抵押把我当人质'保护'起来多难受！现在政策还没下来，我得抓紧想办法"。蒋总问："何总你那块地怎么办"？何总说："我那地块许可证已办下来，我找了一个建筑公司合伙开发，建房费用由他出资，他所有建造的各时段成本费用加上各时段的利息作为投资额，我的投资额以现实地产价计。合伙后产生的时段费用和各时段的利息为投资额，分红以投资额为基数分配利润"。蒋总说："你这办法好，我也采用这种模式"。何总说："你找建筑商一定要找有信誉有实力的建筑商，要是因为建筑商的债务纠纷跑路，丢下烂尾楼，把你的地块也陷进去了，你是合伙人，你也要担责。而且你和建筑商之间权责不明确，从法律角度上讲，你还得启动法律这一旷日持久的程序，巨大的资金投入耗不起。这些内情我都是咨询专业律师得知的"。张总问："马总，你是怎样开发的"？小勇说："我没有你们那么大的地块，没有你们那么大的实力，也没有你们那么大摊子，管理人员就那么三四人，工人也就五六十人，我一个人担任四个角色，是开发商的法人，建筑商的经理，工程项目的主管工程师，项目经理"。剩下就雇了一个施工员，一个会计员，一个材料员，总的费用不大，'小打小闹'而已。张总说："你这样好，压力小"。唐总说："我也准备动工，我也只上几十个人，目前房市不太好，慢慢地拖着"。他们边喝酒边聊天。陈总说："我们广东的房地产，都被港，澳，台的大老板霸占了。地方政府为了吸引外资，给了他们许多的优惠政策，我们进去也竞争不过他们，我们这些本地人也挤不进去，所以才来到内地。我对当地的一些政策了解不够，还希望各位老总多多的提供一些信息和应对措施"。唐总说："陈总，你们广东的外资房地产开发，由于外资薪资高，开发的人工成本高，施工队伍是哪个地方的？采用何种经营模式"？陈总说："他们根本不用港，澳，台本地的施工队伍。一般也不用内地的大建筑公司，都是雇用一些小的施工队伍，甚至是一些包工头带着几十个人完成一个项目。派住监理严格监督施工质量，按完成工程量付工资，但不拖延工程款，单位工程造价稍比内地高一点点。所以内地的包工头蜂拥而至"。唐总说："他们占有身份优势和资金优势，政策优势，我们没法和他们竞争，陈总你打算何时开发"？陈总说："我过户还不到一年，我现在正在调查，希望能得到你们的建议"。唐总说："看你资金怎么样，如果你资金雄厚，目前就大规模的修建，目前房市虽然不好，开发商都是观望态度，修建放缓，建材供大于求，价格低廉，劳工市场人力充沛，工资不高，一年以后房市可能上涨，修建的成品房正好上市，低成本高房价。如果到那时房地产开发加速，建材和人力成本大涨，等到修建成品房上市时，房市高峰已过，房价下跌，高成本低房价。这就是经济规律。当然如果资金受限，修建规模过大，中途资金链断裂，债务的后果严重，只能小规模开发"。陈总说："唐总，你真是'行家'。你采取拖着的策略也是资金受限"？唐总说："我另外还有两个项目，成品房库存量大，我正在等待房市复苏"。他们又议论其它很多议题，圆桌会议后他们各自开车离开了饭店。聚会后小勇又坐在唐总的车上。唐总说："今天的张总和陈总分别接了李总和王总的地块，他们每人都赚了一百多万，脱手走人"。小勇说："他们赚得多利索洒脱"。唐总说："他们当初和国土局签订了个买卖地块协议，都只花了十万元作定金，协议规定所欠地产款作贷款，收取银行双倍贷款利率作为迟纳金，从文字上看合理合法，惩罚有据，一年多后交了一笔十多万元的迟纳金赚了一百多万"。小勇惊奇的问："有这样的好事"？唐总说："那两块地因为尚未交购地款，只交了保证金，地产权根本就没过户转移。因国土局没收到全款，一直就在国土局，等下波接手人张总和陈总买地的钱转到华福和永丰公司账户上，华福和永丰公司将以原购价款和迟纳金付给国土局，剩下的就是利润。国土局将地产证分别先后日期办理，交与广大和群益公司"。小勇听后思考良久说："啊！原来是这样操作，真是小本赚大钱，他们真聪明"。唐总说："这种生意不是人人都能做"。小勇说："唐总你怎么知道这消息的"？唐总说："有句俗话：商场如战场，打仗双方少得了情报吗？我在各处都有朋友"。小勇说："你也该把地卖了，轻松地就大赚一笔"。唐总说："这块地位置很好，今后发展潜力很大，我们这行业也离不了地"。

21-2 情场

　　小勇回到工地思绪万千，自己的社会见识太少了，今后还得多长几个心眼，多结交些社会关系，但自己的身世，缺乏社会资源，今后还得多和唐总多'走动'。在社会上多认些'亲戚'朋友。一天小勇接到一封信，信封上没有发信地址，好几年没书信来往。他打开信封，信笺上无力散乱的笔迹：马小勇我不想听到你的声音，不想给你通话，我无心情也无心思给你写无关的事，你还是快点回来，我们到镇公所把'手续'办了吧，中断你一意孤行冒险行为的后果，清除你的绊脚石，把娇娇送到她婆婆爷爷家去，了断我的后顾之忧，寻找我避风的港湾。小勇看完那没有落笔人名的几行文字，已知是谁。几行简短无力的笔迹，绝情的字眼，肝肠寸断，黯然泪下。无力笔迹像钢刀，像沸水，又像寒冬的北风，自己短暂的人生经历在心里翻腾，五味杂陈，心绪万千。他扑在办公桌上哭泣。晚饭后他到王静的办公室，看到王静正收拾桌面准备下班离开。看到小勇满眼泪痕，她立即拉了一把藤椅说："马老板你坐"。她又泡了杯茶递到小勇手上，她自己坐下端详着小勇说："马总你遇到难事了吗"？小勇看着茶杯说："王静，你这段时间独自一人忙碌，处理一些烦心事，你心情好吗"？王静思考片刻说："我干这行，处理这些事是我的本职工作，看到你承受着家庭痛苦和事业上的压力还那样顽强，整天忙于事业，我很佩服你"。小勇说："我对事业一意孤行的执着和坚强，对你也会有影响"？王静说："我像我爷爷的性格，佩服那些对事业执着坚强的人。我爷爷在解放前也是一个商人的管账先生。他很佩服老板的职业精神，在军阀混战，土匪横行的年代，作生意风险很大，经常在运输商品，人挑，船运，马驮，翻山越岭，越江过河等等的过程中被抢掠敲榨是常事。爷爷是管账先生，是最危险的职业，他为老板管财物，化风险始终如一，老板发了财，奖励他几十万银元，买了几十亩地，解放时划为大地主枪毙了"。小勇说："你为我任劳任怨，我应该怎样感谢你"？王静说："我不图回报，只要能看到你成功我就高兴了"。小勇眼泪夺眶而出，抹着眼泪端着茶杯走出了办公室，进了自己的办公室。王静慌了神，不知何原因刺激了老板？令他如此伤心？她想来想去，也无法理解他落泪的原因。她想不管是何原因，还是去安慰他。她走进了小勇的办公室，他趴在桌子上，王静走近小勇的身旁小声地说："马老板，对不起，我不该讲那些令你伤心的事"。小勇抬起头，揩了一下眼泪说："不是你对不起我，是我太懦弱了，你是我的精神支柱，是我的心理防线，你永远不要离开我"！王静见他如此悲伤，安慰地说："马老板你放心，我一定跟着你，到你坚强的那一天，到你成功的那一天"。小勇似乎得到了安慰。说："有你的在，我会坚强，会成功的，你回去休息吧"。王静回到宿舍睡在床上，翻来覆去思考着小勇今天的表情和言词，越想身子越发热，一种说不出来的情思在脑子里不断地反复漂浮。他把我当成了精神支柱？当成了志同道合，生死相依的伴侣？我又该如何应对？我很佩服他的智慧，佩服他的吃苦耐劳精神，佩服他的勇气和远大的眼光，但他是一个有家室子女的丈夫和父亲。他的事业前途未卜，静心观察。几天以后一个晚上，小勇来到王静的办公室里，小勇特别告诉王静我要回去和陈晓燕办理离婚手续。王静说："你看在女儿的份上，忍耐一下吧"？小勇把陈晓燕的信给她看，她看后没说话递给了小勇。五天以后，小勇回到了工地，呈现在大家面前是一副自信的新面孔，没有了伤感。他白天忙碌在施工现场和小林一起组织施工，研讨怎样组织施工，提高工效，以最小的投入，获得最大的收益。改变了过去浇灌圈梁，采用自来水搅拌，常温水养护的一贯做法，改为温水搅拌，温水养护的做法，这样可以节省几天的养护期，加快施工进度。又改变过去室内墙砂浆，在房屋断水后施工的做法，改为施工的下两层，选择天气晴作地面砂浆以防水，下层即可以作墙面砂浆施工以缩短工期。一天晚饭后小勇来到王静的办公室，询问资金情况，王静说："由于近期工程进度加快，建材用量增加，资金用量大，原银行贷款六十万只剩下三十几万"。小勇说："近段时间我思考了良久，目前房市不好，建材便宜，我与其它开发商反其道而行之，他们拖着慢进度，我趁建材便宜加快进度，到房市复苏时我有房子卖。我计划了一下，十一月份第二栋房子可以断水，可以将这栋房抵押给银行，又可以贷到六十万，明年五月份，第三栋房子可以断水，又可以贷款，作后续资金。我有一个绝密，现在还不能告诉你，以后实现了再说"。王静说："我看你雄心勃勃的样子，那来的底气"？小勇说："我现在没有了顾虑，轻松了许多，心里只有我的事业"。王静说："你的个人问题处理了吗"？小勇说："处理好了，才有这样的心态"。王静说："还需要我给打气吗"？小勇说："只要有了你在我身边，给了我力量，才有这信心"。王静说："我高兴看到你成功的那一天"。小勇近段时间看到马燕和小林饭后经常出去逛马路，是不是他们有什么特殊关系？想找个机会询问一下。一天晚上小勇请小林和马燕到饭馆晚餐，他们边喝啤酒边聊天，小林说："小勇哥，我真不理解你和晓燕天生的'一对'，怎么说分手就分手"？小勇说："有句俗话'江山易改，本性难移'人各有志，要改变一个人的性格，比改变江河，移动大山还难，她怕我一意孤行冒险的恶果连累她，让她去吧"。小勇又说："我经常看你们俩逛马路，交流着什么密事吗"？马燕筷子夹着花生米没吱声，小林迟疑了一会儿，看了一眼马燕说："小勇哥，我们俩谈心有一段时间了，想征求你的意见，我们春节准备结婚"。小勇说："这么大的事情，这么快就决定了？小林你要考虑好，我妹没什么文化，又没什么专业证书，要是有一天我的企业办不下去了，退出了这个行业，她就是一个家庭妇女，你能接受吗"？小林说："我们相处二年多，她能吃苦耐劳，肯学习，任劳任怨，交流中他理解我工作的流动性，艰苦性。我思考过，我要找个有文化，有专业的女子，她不理解我，像晓燕一样不理解你，不能承受流动分离的处境，最后也是不欢而散。今后要是你退出这个行业，我只有这方面的专业技术，只好另投别处。马燕能懂一些会计出纳和物资管理的知识，建筑企业还是要的，我们还可以在一起。如果你继续在这个行业里干，不管什么样的情况我们都跟着你干"。小勇又看着马燕说："你有什么想法"？马燕放下筷子看着碗说："两年多的相处中，我看到他从来都没有叫过苦，也没骂过人，他谈了今后的打算。我认为我们有共同的性格，理想，互相理解，可长期相处"。小勇说："既然你们俩愿意，我当哥的没话说，你们还是找个机会向双方父母讲一下"。春节很快就到了，小勇安排好放假期间事宜，清算完工人工资，兑现了借款利息，安排好放假期间工地的物资管理和物资看守工作，回家过了一个快乐年。马燕和小林过年期间举行了婚礼。

第二十二章

22-1　商战

　　小勇年后正月初八来到工地，看到另外两个工地的入口通道已被用竹棍支撑蓬布作屋顶，下面塞满了生活用具和竹床，有人睡在床上，有人坐在床上交谈着。另外没有开工荒弃的民房里有人出入，房顶冒着青烟。小勇感到很奇怪，他害怕引起人注意，他回去换上工作服，一副打工仔的装束。走到一处在交流的人群里问："大哥，大叔们你们也是打工的，住在这样的房子里呀"？一个中年男子气愤地说："我们是来讨饭的！你是什么人"？小勇指一下他的工地说："我是那个工地上打工的，我们那工地没人"。那人说："那块地与我们无关"。小勇见那人情绪不好，不便交流，各自走了。回到工地找看守工询问情况，看守工说："不知道这些事，这几天假期里还算平静"。小勇说："你们巡逻要注意，发现情况立即告诉我"。小勇打电话找唐总，唐总说："我在外地度假，不知这情况，你打电话找何总，他应该知道"。小勇挂断唐总电话，找出何总名片，拨通何总电话，何总说："我正着急，那些堵路的人是辙迁的村民，他们要求增加撤迁补偿费，不满足他们的要求决不撤出，你在政府和国土局有熟人吗"？小勇说："我没有熟人，听唐总说老总们在各部门里都有熟人"。何总说："原先李总，王总在政府和国土局有熟人，他们都把地卖了，电话也打不通"。小勇说："只有等唐总回来我们开个会商讨一下"。何总说："你了解到什么情况，听到什么消息立即告诉我"。小勇说："那是当然"。小勇又给唐总打电话，告诉了何总通话的内容，唐总最后说："你那块地没人来干扰，可能是你那块地是十多年前，由国家征用的，当时对撤迁村民都给了生活补助外，所有村民都‘农转非’，即转为非农业人口，成为城市居民，分了住房，分配了工作，生活有了保障。加之十多年后，各散四方。但你要注意事态可能进一步扩大，对你的地块没影响，但交通可能受影响，建材运输的事要作好安排，以免影响施工"。小勇说："谢谢唐总的指点"。小勇马上打电话通知马燕，小林，王静立即回工地上班，作好事前的准备工作。小勇连更宵夜地作施工计划，建材的计算，计划在半月内，备齐三个月的用料。马燕，小林，王静他们回到工地，开会商议决策，在休假期间王静进行资金规划，和账务处理。小林负责工地材料的堆放和工地事务性工作，小勇和马燕负责材料采购。正月十五工人上班时，采购的主要建材已够两个月用量。工地也开始正常施工，这片区也开始更加热闹，除小勇工地正常施工外，其它已开工的各个工地都被村民阻拦无法施工。村民们不但阻断交通，而且还抢工人的工具，拆毁施工机械。建筑商焦头烂额，好不容易招来的技术工人，整天坐在那里没事干，不但要免费吃住，还要安抚他们。由于没有工资，工人提出要离开另找工作，建筑商心急如火，如果工人离去，今年内要再招工人很困难，只好采用安抚办法，给他们计百分之五十的记时工资。停工，租用的施工设备，工棚，架木租金是按日计算，拖下去总的损失可大了，所以他们天天找开发商交涉，处理这严重的后果。一天小勇接到唐总电话："晚上十一点在老地方开会，务必准时到会"。小勇说："可以早一点行吗"？唐总说："老总们都离不开现场，只有那个时间以后才能离开"。晚上十一点钟，一个个老总匆忙地来到饭店，大家端起茶杯大口喝茶，再也没心情喝酒。唐总说："各位老总先谈一下你们目前的情况"。何总抢先发言："我现在万分着急，我和建筑商订立的合同协议是共同投资，现在因土地纠纷无法施工，建筑商天天找我交涉，是因为地皮原因导致无法施工，要我承担导致的一切责任和经济损失。我不能叫他停工，停工即要承担经济责任，如果不开工，还有二年不开发地块被收回的政策，后果损失可大了，怎么办啊"？！张总接着说："我原是经商的，经过十多年才挣了点钱，找私人借了几十万，又在银行贷了一百五十万才买了这块地，一年利息就是近二十万，准备抓紧施工，早点还清借贷，这样拖下去怎么办"？！陈总说："我在节前已和建筑商订好协议，节后开工，施工工棚和设备用火车已从广东发运，管理人员和工人来自全国各地，现在正在途中，他们到来后我该如何安置"？蒋总说："我正在寻找建筑商，观察事态的发展"。唐总说："我也准备开工，发生这种事件，也得往后推。我有一个提议：目前村民正在闹事的风头上，他们正在制造事端，制造舆论，赢得社会的同情和支持。在这个时候我们大家要冷静，不要给他们制造事端的机会，现在关键是政府的支持，在座的各位发挥我们各自的作用，争取得到政府的支持"。何总说："我已找过区政府，相关办事人员说，那片地块前两年已收归国有，作为商业用地出售，履行了相关法定手续，村民也签了协议，合理合法，村民闹事主要原因是因为那片地块升值大，他们心里不平衡。这事没办法，那是市场因素决定。土地升值，政府也没有从中获取利益"。唐总说："看来这问题复杂化了，要是他们都很为难，谁又有权威处理这件事"？张总说："还得找前李总和王总出力，他们不能获利就拍屁股走人"。唐总说："我打了几次电话都没打通，我尽量找他们"。陈总说："我有办法找他们"。唐总说："今天会开到这里"。小勇回到工地，节后工人已到齐，施工正常进行。是这开发区唯一正常施工的项目。小勇感到很欣慰，遇到了好人，好的地块，自己要是碰上他们那样麻烦多事的地块，自己不知该怎么办呢？脑子里思考着未来房市的变化，近来很多地块都遇到来自各方的麻烦事，开工量不足，一年半载后房价肯定会上涨，他决定加快施工进度。他把这个念头埋在心里。一天工地前的公路上，堵车的车辆长龙望不到头，小勇想去探个究竟。他顺着公路边往前走，沿途的公路两旁每隔一段距离的平坦处，都有村民撑起的蓬布。走了约二里路，一段公路上停满了十几辆装满工程机械和活动工棚的大货车，大货车周围围满了人，一辆吊车正在把货卸在公路边，一些背着被盖卷和拿着行李的人在公路边上无奈坐着。小勇想：这可能就是广东陈总的员工和设备，小勇想，自己也无能力帮助他，他只好往回走。第二天下午，有点空闲时间他又到公路上去走一走。到了陈总那块地的公路，看到公路旁堆满了工程机械和活动工棚部件，拦堵的村民更多，有村民在交谈，一个中年男子说："这个买地的老板告诉他，他买这块九十亩地花了四百八十万，我和我们村老会计算了个账，入社以来他一直是会计，他对我们这块地的情况非常熟悉，我们这里哪有九十亩？把田边地角，荒地，道路和宅基地一共算在内可能才有这个数，我们这里住了十一家五十五个人，田土一共才不到六十亩，我按我们实际得到了撤迁补助，每亩地二万五千元，六十亩计算一百五十万，房屋每家按二百五十平米计算，每平米四百元，一家房屋拆迁费十万元，土地补偿和房屋撤迁费总共二百六十万元，还有二百二十万到哪里去了"？他越谈声调

362

越高，火气越大，七嘴八舌地说："这次我们一定要坚持到底！把那些侵吞我们钱的人，害得我们没工作，没收入，没医保，没钱治病，生活没保障，哪怕他们钻到地下十八层，也要把他们挖出来，把钱吐出来"！小勇听得心惊肉跳。他回到工地，夜间睡在床上想：自己买下这块地全靠'运气'和姜总出力，我那点'投资'回报很划算，今后找机会报答他，要不然我要是遇到他们今天这种局面，该如何应对，是何种结局。小勇对这块地更加珍惜，他精心组织施工，保证工程质量，每次房管局来抽检工程质量都很满意，当然小勇也很'懂事'，除了吃喝外，还送上一点小礼品。一天晚上小勇接到唐总的电话，叫他明天找两个壮劳力作护身保安，去观察一个可能发生严重事件的工地，在工地等候他一同去。第二天九点钟，小勇看到一辆出租车开来，停下车，开门走出三个穿着工作服的人，小勇一眼认出其中一人是唐总。小勇说："唐总你好，你今天怎么这身打扮"？唐总说："你的人呢"？小勇喊了一声："走了"。屋里走出两个穿工作服的大汉，唐总说："你们四位今天是来保护我们两位，你们两位跟在我们前面，另两位跟在后面，遇到突发事件，前两位给我们开路，后面两位给我们挡架，我叫你们走就走。我们千万不要暴露自己的身份，不要乱讲话，现在我们就走"。唐总和小勇边走边说："昨天我接到'何总'电话，他说建筑商要坚持开工，村民阻止他们施工，已经闹了一段时间，这两天村民越来越激动，昨天差点打起来，叫我们到现场去看一下，帮助劝解建筑商暂时停工。我想我们是一个集体，一则关系到我们大家的事，二则也可以观察了解现场情况，商讨下一步的对策"。小勇说："你今天怎不开车来"？唐总说："开车来，在你的施工现场不好停车，事发现场更不能停车，目标太大"。唐总他们一行六人到了何总的工地，看到一群人扛着锄头，洋镐向工地走去。一群村民蜂拥而至围住他们，上工的人动手推开村民让路，村民围住阻挡并抢夺工具，互不相让，扭着一团。工地上响起了搅拌机的声音，一个二十来岁的村民突然拿着一把断纲筋的铁把剪子，扛着铁梯冲向电杆，爬上铁梯用铁剪剪电线，瞬时铁剪和铁梯冒着巨大的电火花，那人从铁梯上掉下，电线头落下，掉在那人身上，随即又大冒电火花，一阵火花后随即熄灭，工地停电。村民用竹杆撬开电线，那人的头和胸部电击伤的洞鲜血直流，村民们顿时傻了眼，回过神，愤怒的村民，冲进施工的工人中，抢下民工的锄头和洋镐乱打乱砍，民工四散逃跑，工地上留下几具流血的民工躺在地上。唐总见状，立即拨通了110电话，十几分钟后警笛声响起，唐总他们离开了现场。唐总立即拨何总的电话没人接，接着拨蒋总的电话，蒋总手机提示在盲区。又拨张总的电话，张总说他正在和朋友商讨投资的事，明天才能见面。唐总只好对小勇说："我们两人找个茶馆坐坐"。他们把四个保安民工送回工地，打车到了茶馆。在茶馆的包间里边喝茶边议论，唐总说："这事闹大了，看来这次何总不能独善其身，他是地块的法人，又是因地块原因导致的群体事情，上级可能出面'追查'，影响大，后果严重"。小勇把前天到陈总的地块，村民对话原本的告诉了唐总，唐总一拍大腿大声地说："糟了，陈总怎么如此的愚蠢？上次谈话他说他有办法'请出'李总和王总，我以为他会通过人脉关系求助他们出面，不知道他这样不'懂事'，用这种蠢招，捅了大漏子了"！小勇说："我不理解你讲的话的意思"。唐总说："这不是明摆着，陈总想利用村民怨气和社会舆论迫使利益相关人在暗中协助解决。利益链条上涉及到什么人你去想，弄得不好拔出萝卜带出泥，看来他在这渝州市立不住脚了"。小勇问："那今

363

后我该怎么办"？唐总说："今后涉及到这方面的事你什么话都不要说，只是思考，思考的结果沉在心底，这就是社会知识的'积累'，名流的城府"。小勇记住了字眼，不理解深意，只有在今后的经历中去慢慢地体会。唐总说："你年青，遇事我们多商讨，接下来为了我们共同的利益，还有很多的事我必须处理"。小勇说："谢谢唐总，今后我们会好好感谢你"。小勇他们各自回到了工地，半个月后小勇在一份晚报上看到一则消息："梁坝开发区群殴事件调查结束：事件系开发商和建筑商的工人与村民纠纷引发，造成民工二死一重伤五轻伤的严重后果，初步调查为群殴事件，事件责任人已被拘留，事件的后续处置按法律程序进行，受伤者在医院治疗，死亡者家属已获得到合理赔偿，市政府和区政府都非常重视，对村民们的诉求通过协商得到妥善解决"。小勇思考："陈总这'招'取得了效果，平息了这场风波，村民和民工付出了沉重的代价，但不知道陈总会付出什么样的代价"。又过了一段时间，小勇到陈总地块去看，公路边遍地都是活动房屋部件，刨花板碎片，部件上的钢筋和角钢被人砸下当废铁卖了，工程机械和架木不见踪影，遍地长满野草。水勇心里涌上凄凉的感觉。很快半年过去了，小勇工地第三栋房已断水，以此作抵押到银行贷到六十万元，清算了工人工资，支付了所有借贷款利息，剩下四十多万元。一天小勇接到唐总电话，叫小勇到老地方开会。到了茶馆包间，小勇看到只有蒋总，张总，唐总。小勇说："人还没到齐"？唐总说："坐下喝茶我慢慢给你讲"。坐下后，小勇从来都没看到过唐总那样伤感的表情，唐总说："你们知道吗？陈总'跳楼'了"，大家惊呆了，看着唐总，唐总喉咙像堵着东西一样断续地说："就是昨天上午十一点钟，在国土局大楼五楼窗户跳下，这消息在没查清之前被严密封锁，我也没想到他用这种方式抗争。也就是上前天他到我的办公室来找我，他说国土局通知他的地块三年没开发，国土局已吊销了那块地的地产证，看我有什么办法挽回？我就直说了你不应该把买地真实价告诉村民，村民知道后，比较自己的所得差距很大，反应强烈，以致后来导致重大的伤亡事件，造成了极坏影响。为此地方政府也伤透了脑筋，为平息村民的怨气，政府协商，相关部门给予适龄村民医疗保险福利和无工作的适龄人安排工作，解决生活困难，才平息了事件。本来这些事件与陈总没有经济上的直接关系，但村民们心理不平衡，借故闹事。陈总说我当时想我给钱买地，名正言顺，理所当然，村民阻挡我施工是非法的，村民的诉求与我无关。有村民责问我低价掠夺了他们赖以生存的耕地，我就把实价告诉他们。陈总央求我想法救救他，我说现在已闹到这个场面上，目前不好办，只有等待，让人们在时间中淡去情绪，再设法解决。他说我等不起，这四百八十万元，有三百八十万元都是借贷的。当时买地的冲动，也是看到我们广东房地产暴利，自己眼红赌一把，把自己几十年辛苦挣的一百万现金，用自己的商铺、住房抵押贷了一百五十万，找朋友借了一百万，借高利贷一百三十万。另外为开工，又在当地找人担保租了机械设备，工棚，运到工地不能搭建，遭雨水浸蚀，全部报废，损失二十多万。要是土地收回，只有原价，我所有的一切财产化为乌有，几百万的债我无法面对，无家可归，无法面对债主和家人，他失声痛哭！我安慰他，不要难过，我们想办法。他说他等不起，他前天又到国土局去找了办事员讲了他的处境，下跪央求他网开一面？办事员说他作不了主，今天主任不在，明天来找主任。我好言安慰他很长一段时间，他离开了办公室。昨天我在国土局的朋友来电话说，群益公司法人陈利山今天到主任办公室找到邱主任，说他的地块过户不到二年，不是他不开工，是村民阻挡，无法开工，不是他公司责任。一谈到村民事件，邱主任生气地说，这地块收定了，收归闲置商用地是上面的文件，你不是懂事的人吗？你说这些没用，陈总当时就倒在地上，一会儿爬起，跳上办公桌掀开窗户就跳了下去＂。大家悲伤的沉默着。过了一会儿唐总喝了几口茶说：＂何总的事件处理比较恰当，他现在被拘留，封存了他一切财产，交法院按法律程序处理，涉及事件的取证调查由相关部门公安局和检查院立案＂。小勇说：＂这不合理，导致事件直接原因并没有与何总有直接责任＂？唐总说：＂这是我们请律师通过辩护才有这样的结果，你想看当时那种群情激愤的场面，何总能控制得了吗？可能发生的过激行为，寻致严重的人员伤亡和财产损失，公安机关把何总拘留并封存财产，是公安机关合法的执法，也是对何总的生命和财产一种有效的保护。对事件所有最终的判决结果，走取证，研判，认定的法律程序有长有短，可能三五年，这期间变化很大，三五年后地产价大涨，赔付了损失，地产仍属何总的，判定何总不是事件的主责人，无罪，人财无损，重操旧业是多么好的结果＂。小勇顿感领悟。小勇怀着复杂的心情回家看望女儿，娇娇已经三岁多了，整天跟在婆婆身后，小勇给她买了玩具，她拿着玩具玩着，似乎也没亲近感。小勇看她玩得起劲，想带她到周围转一转，她仍然玩她的玩具。小勇心里一阵难受，晚饭的饭桌上，小勇妈说：＂儿子，你怎么就那样绝情地丢下孩子，让孩子这么小就没妈＂？＂妈，不是我绝情，是她不愿跟我承担风险，怕‘生意’上的事牵连她的人身安全＂。小勇妈说：＂她给我讲了，你太冒险了，拉很多的债，还有高利货，那些‘探子’天天盯着你们。那些‘探子’都是些社会上‘不三不四’的人什么事都干得出来，你何必冒那么大的险？老老实实地干点事，够吃够喝平平安安的就行了＂。小勇回味人生艰辛的经历，心里五味杂陈：＂妈，在竞争的社会中能平平安安的吗？那些发财的人哪个不是胆大冒险的，如果我不发奋，不冒险，就只有在这山沟里种庄稼一辈子，我们祖祖辈辈在山沟里都没走出去，家里穷和辛苦你是有深刻体会的＂。小勇爹说：＂儿子有今天的事业已是很不容易的了，让他去闯吧＂。＂妈就是担心你的安全＂。小勇说：＂妈，你不用担心，有政府，有公安，有行会，还有那么多朋友＂。小勇妈说：＂你和晓燕的事就没有挽回的余地了吗＂？＂我和她不是一种性格的人，不是一路的人，在一起经常吵架，相处一生是一种痛苦，就由我自己选择吧＂。小勇妈脸上掠过一丝痛苦，再也没说话。小勇看到妈的表情，感到他的话引起她的伤感，马上用话安慰她：＂妈，我们都长大了，成家了，你们也有岁数了，这几年我发展得还不错，过两年我在城里给你们留一套大房子，你们在那里去养老，过一下城里人的清闲生活＂。小勇妈的脸色显得平静。一天晚上小勇一家正在吃晚饭，小勇的‘大哥大’响了，小勇拿起电话：＂喂，你是谁呀＂？＂我是唐总，你明天一定要来老地方，我们有要事相商＂。＂我现在老家，要到下午三点以后才能到＂。＂那约定五点，我们在老地方等你＂。＂我一定来＂。小勇关掉电话说：＂我明天一早就回渝州市＂。小勇妈说：＂打工的时候过年回来，还可以一家人团聚到大年十五，现在当了老板，过一个清静年都是奢望＂。小勇说：＂要是成了大佬，腊月三十还得去社交场合宴会，为啥人人争当大佬，有几个能成大佬的＂？小勇第二天准时到饭店包间。看到有唐总，何总，张总，蒋总，小勇和他们相互问候祝贺，唐总说：＂人到齐了，我们边喝酒边谈事。前天下午陈总的妻子找到我，我们在茶馆里谈到她当前的处境：她听到陈总的

365

噩耗，全家都痛哭绝望；坐飞机来到渝州市，到火葬场的殡仪馆里看到那副惨相，殡议馆人员说，尸首是从国土局办公楼运来的。他们又到国土局，工作人员在休假，门卫人员谈了大致情况，她感到痛苦难解。她又去他生前住的旅馆，前台服务员交给她一包遗物，遗物里有个账本，账本里记载了他借贷款情况。她想自己独个讨公道力量太小，她打电话告诉了所有债权人，债权人一窝蜂来了二十几个人向她讨要债款，她对债权人说账面你们已经看了，我现在身无分文，所有资产都抵押给了银行。'老公'生前借贷的事没给家人作任何商量，我们也不知道，是他个人行为，只是在遗物里发现账本。债权人听到这话跳了起来说：'你这是推卸还债的连带责任，我们找谁讨债去'？清算法规定，财产清算程序：第一债权人是政府，第二是银行，中间还有企业，民间组织，最后才是个人。意味着他们的钱全打了'水漂'，血本无归，特别是高利贷，更是非法行为，不但收不回来资金，还要按法论处。借贷公司来了五人，他们说这样的事我们见多了，我们自有办法，他们有个要求；要求他们所有债主要行动一致，否则就不会成功，他们明天抬着陈总的尸体到政府去讨说法，要求讲清跳楼的真相，态度要强硬坚决，声势越大越好，家属要带孝痛哭给予配合。在债务的压力下，我只好听从了他们的安排，这事态是多么严重，你们对这事有什么想法 "。大家都没发言。第二天债主租了一辆小货车和两辆面包车，二十多个人一起到了殡仪馆，人多势众强行抬出尸体，拉到市政府广场。拉起了横幅，横幅上 " 为跳楼者讨公道 " 的刺激字眼。广场里会聚满了人，家属嚎啕大哭，围观者交头接耳，一会儿警车长鸣，围观人多，警车开不进去，警察只好用人墙隔开围观者，留出一条通道。为了控制局面，强行将家属和讨债人拖出现场，强行推入车内，拉到郊外一个专门的旅馆安顿，尸体运回殡仪馆。后来市府公安局介入调查处理，得出结论： " 系死者生前为地产争论采取不当的过激行为导致，相关部门已采取适当措施解决，措施是将地块拍卖，所得资金归死者债主。这实际上是撤消了收回地块的决定，昨天家属来通报了事情经过 "。何总问： " 拍卖的时间是哪天 " ？唐总说： " 定在下星期二，不知道拍卖的情况如何，希望大家都参加拍卖会，观察情况 "。星期二上午十点钟准时开拍，拍卖的地块共有二块，另一块很快就中标拿走。陈总地块拍卖师重复地报出五百万，没人举牌，拍卖师又重复报出四百五十万，没人举牌，接着报重复出四百万，还是没人举牌，拍卖师重复报出三百八十万仍没人举牌，场内有人议论，那块地位置很好，价也不高，就是'风水'不好。最后拍卖师说，已超出底价，流拍。又过了两天唐总通知小勇老地方开会，到了饭店的包间，小勇一眼就看到何总，蒋总，李总，唐总，王总，张总他们又互相问候坐下。唐总说： " 今天召集大家来共商一件大事，你们也知道了群益公司的那块地，上次三百八十万拍卖'流拍'。家属和讨债人现在仍由民政局在安抚他们，他们仍不依不饶要把事件闹个水落石出，这里面的原因各位老总心里都明白。拍卖价低，他们损失大，上面已打招呼，要尽快平息事件，叫我们这几位'原主'协助，尽快想办法 "。" 不包括长荣公司，因长荣地块是公司转让，与村民征地没关系。我想来想去还是我们几位原主来共同承担责任，我们五位共同把这块地买下来，但不能以华福或永丰公司的名义购买，因为它们的名声太露了。但他们也要出力，以剩下三家公司联合的名义或一家公司的名义都可以，我们对股份定个协议为共同持有。这个价以群益公司负债成本五百万为准，因为债主的利益伤害不起，他们受到伤害可能会后患无穷，闹事不休，你们对我这建议有什么意见"？何总说："我同意唐总的意见，但我目前拿不出一百万怎么办"？蒋总说："我也同意唐总的意见，但我也拿不出一百万现金"。沉默了一会儿，唐总说："李总和王总你们目前资金比较宽裕，你们各贷一百万给他们，他们的股份作抵押，利息尽量优惠，你们商量"。王总说："我同意唐总的意见"。李总说："我也同意唐总的意见"。唐总说："这是无奈之举，感谢两位老总的支持，要是不把事件尽快平息，闹到'上面'去，涉及到我们在座的每位'朋友'，今后找谁去帮忙，对大家都不好"。他们共同签署了协议。下星期二上午十点拍卖会又准时开会，先拍卖群益公司地块，拍卖师报出四百万，蒋总举牌："报出四百万"，接着张总举牌报出"四百五十"，拍卖师报四百五十万，唐总举牌报出："五百万"。拍卖师举锤："五百万，五百万"。再没有人举牌。拍卖师一锤敲下："成交"。下面纷纷议论："今天怎么的呀？上星期三百八十万没人要，今天争先恐后举牌，涨到了五百万，真奇怪"！随后又拍卖了几块地。几天以后债主们拿到了各自的借款数，虽然没利息但没亏本，离开了渝州市，从那以后除了拍卖的群益公司地块外其它各地块恢复正常的施工。

第二十三章

23-1 思想教育

　　一天，小勇下班后留王静在办公室商讨近期财务状况，小勇审议季度财务报告后说："我们几百万资金投入到这项目中，对今后'变现'有什么办法和后果"？王静说："我也在思考这个问题，我们自有资金有限，主要靠银行贷款，我们完全在替银行建房子，后期房市如何变化要看政策导向和市场变化"。小勇说："目前房产开发受阻，地产纠纷很多，涉及到各方面利益"。王静说："你看到报纸上的消息和听到社会传闻了吗？那些老板的下场好惨啊！有跳楼的，有'跑路'的，有坐牢的"。小勇想考验一下王静对自己事业选择的看法，说："你对我们老板有何感想"？王静说："商场就是战场，战场上哪有不死人的，战场上胜利者是王，商场上的胜利者是老板，权和钱从来都是人们崇拜和追求的目标"。小勇问："你觉得这种追求值得吗"？王静说："就看你各自的人生价值观"。小勇说："你要是我，你该怎么办"？王静思索了一会儿说："我会坚持下去，最坏的结果不过是玉石俱焚"。沉默了一会儿，小勇忧伤地说："你的话说到我心里去了，你知道我目前的感受吗？我孤独，寂寞，无助，就连我最亲密的人都离我而去，我还能靠谁？谁还愿意靠近我？我想放弃，但又想起了我那祖辈生存的山沟，食不果腹，衣不蔽体，忍冻挨饿的痛苦。又想起了我一路走来的不易和艰辛。我背负重债，骑虎难下，我没有选择，没有退路，只有忍耐坚持，压力，辛苦，劳累习以为常，只是孤独无助让我难受"。王静见小勇如此伤感，安慰地说："马老板今后下班后我们多在办公室呆一会儿，一则解除你的孤独，二则也可以商谈工作上的事"。小勇沉默了一会儿说："我们俩晚上在办公室呆久了，会有'闲话'，你不怕吗"，"不怕，让他们说去"。小勇内心万分感激地说："感谢你的好意"。小勇在工地上巡视检查，发现室内墙面和地坪的砂浆厚度超厚。墙角还有一层掉落的砂浆，流水沟里也沉淀着厚厚的沙层。绑扎的箍筋间距少于图示距离，搭接长度也大于规范要求，这些都是浪费材料，积累起来也是不小的损失。当然工人不是花他们自己的钱，不在意。小勇心里像是掉了肉的痛，他想好要加强职工的思想教育，首先要管理人员开会提高他们对材料管理和节约用料加以重视。晚上下班后召集管理人员开会，实际上除王静外都是一家人。小勇说："你们都看到了工地上的情况。点滴的浪费对工程成本不会造成重大的影响，但是长年累月累计起来也是可观的数字。今后我们每个环节都要注重节约。马燕，你收料不但要查验质量，还要认真查验数量，验收沙石，一定要把车厢的尺寸量准，沙石的实物尺寸量准。小林你在现场看到浪费现象一定要制止，用料必须按设计图纸和规范要求，不得超越，导致浪费，讲清道理"。小林说："我看到浪费现象都进行了制止，但一转背他们照样不改，看来还是思想问题"。小勇思索了一会儿说："明天下午提前一个小时下班吃晚饭，饭后开大会，点名人人必须到，不得缺席"。第二天晚上在食堂开大会，小勇坐在长条凳上，工人们坐在自制的小木凳上或垫纸坐在地上。小勇说："平时我给大家上课，那是为了提高你们的技术水平，今天我讲另外一个话题，我们应该怎么认识理解我和你们之间的关系。我给你们讲一个当今世界最发达的美国，美国是一个法制国家，人人享有充分的个人自由和权利。各州也就是我们称呼的省，各州有立法议会制定相关州法律。由于各州的执政党不一样，制定的州法规不一样，共和党代表有钱人商人的利益，制定的法规有利于商人，企业税负较轻，大量的企业都涌向那里。虽然税负轻但企业多，总税量仍很大，由于就业率高，就业人员多，工资税多，人多住房多，房产税总数多。而民主党代表穷人，掌管的州，对企业税负高，企业纷纷逃离，企业税减少，穷人失业，工资税减少，总税收减少，为了应付财政支付，只有开设其它税收项目，最后负担仍然落到大家头上。当然两党之间也经常争论，民主党人说：'我们穷人受富人剥削，就是应该给富人加税才公平'。共和党人说：'社会是公平自由的，你们也可以当老板发财，我们挣钱多辛苦，起早贪黑深更半夜的工作，承受巨大的压力，寝室难安，你们虽然白天辛苦工作，下班后喝可乐、聊天多清闲'。当然那是美国，不是我们乡亲之间的关系，大家都是乡亲，抬头不见低头见。实际上我现在压力也很大，我的太太正如你们传言中的那样，她承受不了我们的责任，巨大压力和风险，离开了我。我忍受着妻离子散的痛苦和压力坚持下来，一是渴望今后有个翻身之日，二是为了大家有碗饭吃。你们的工资比其它建筑队高，而且省了北，上，广往返的路费和时间，吃得也比其它建筑队好而且便宜。你们知道吗，到批发市场买食品的运费，炊事人员工资都是出在这些房子的人工费和材料费里。我借那么多的钱，修这些房子，还不知后市如何，我承受巨大压力，为了我们共同事业，我一定坚持下去 "。会场里大家低下了头，一个中年工人站起来说："我不叫你马老板，叫你小勇同志，你的语言太动人了，今后我们听你的 "。"谢谢你的理解和支持，这里我有一点小小的希望；希望大家注意，室内的墙和地面的砂浆层只是起找平和装饰作用，只要楼板和砖墙最高点不露头就行了，楼层的高度，不能超过图纸设计的高度，可以在规范允许的最低高度内，在砌砖时注意高度。钢筋的搭接长度不能超过规范的要求，箍筋的间距不能大于图示尺寸，我们砌砖抹灰时灰浆尽量不要掉落地上，灰桶的灰要用尽，更不能丢弃不用。拆木型板时不要损坏木型板，延长使用寿命，用电用水注意节约，老乡们这些一点一滴都是钱呀，虽然每次都是一点点，集少成多 "。陈班长站起来说："师兄，师弟，乡亲们，小勇兄弟为了我们大家有工作，吃好，作出极大的付出和努力。我们大家一定要团结一致，共同努力作好自己的工作 "。又一个小青年站起来说："平时我们没注意这事，认为它是细节小事，希望小勇大哥今后多多的讲清道理，我们今后也要时刻注意 "。还有很多人要发言，小勇说："我知道你们还有很多话要说，谢谢大家理解支持，大家一天工作都劳累，散会回去好好休息，大家心领了，我很感激 "。

23-2 税务稽查

　　小勇对这套图的房屋建筑施工已两年了，房屋施工和各种构件的生产已非常熟悉，工人也是反复的生产同样的构件和砌筑同样墙体也熟悉了，工艺技术熟练，工效有所提高。技术的指导工作也减少了许多，小勇的工作压力轻松了不少。他整天在工地上，脑子里大多数时间没在施工上，思考着将来如何销售这些房屋？有时也感到自己对事业无能为力，无法主导自己的事业，受限于政府，受限于社会，深感自己力不从心。自己路在何方？心里一片茫然。大哥大响了，接听对方是地税局，通知他，明天地税局要来稽查上一年的财务。他感到事情重要，赶紧回到王静办公室商量相关事宜，王静说："财务的资料都已准备齐全，就是商量如何应对稽查人员。你知道吗，财务就是一本形象真实体现了一个企业随时随刻的财务状况，各种形态的资产都在各科目中反映出来，来龙去脉，相互衔接，环环相扣，滴水不漏。稽查人员查找问题不是从数字的计算错误中找问题，因为那是不可能有错误。要认真查核，是要从数字的真实性上着手，严查起来，追溯到源头没有查不清的事。所以稽查过程中，主要看稽查员的态度，所以我们接待和应酬很重要。我们还可以从他们的交谈中知道当前税务稽查的动向和重点。我们财务和其它企业财务有什么不足和需要注意和改进的地方，听取他们的意见，作好以后应对稽查的准备。了解稽查过程中不作深入核查的方向"。小勇问："你看怎么办才能达到接待周到满意"？王静说："要他们说心里话，好的建议，对存在的问题网开一面，不外乎应酬得他们高兴，要他们高兴不但要请他们吃喝还得有礼品，但又要遮人耳目"。小勇问："你有什么好主意"？王静说："明天由你出面招待他们，午饭我陪伴，至于礼品，实物不便隐形，我们准备几个红包，组长的红包重一点，一般人员轻一点"。小勇问："轻一点是多少？重一点是多少"？王静说："这由我办，你不必过问"。小勇说："就按你的意见去准备红包，明天午餐在哪里比较好"？王静说："选一个高档点的火锅馆包间，吃火锅时间长，聊天的时间长，减少他们查账时间，我们也能听到更多的信息，收获会更多"。小勇说："你这主意好，就照你的主意办"。第二天王静采取各种隐蔽的方式把红包分别给了稽查人员，给潘组长的红包，借故说："潘组长你跟我来一下，这里有几种茶你喜欢喝哪种"？王静把他带到小勇办公室，在给他泡茶时把红包给他，他推辞了几下，放进了衣袋悄声地说："谢谢"，给小胡和小谢的红包都是王静带她们上厕所时给她们。上午小勇有事外出，中午赶回来，在德庄火锅店定了一个包间。午饭时王静把稽查人员带到包间里坐下。小勇随后就到，王静指着一个中年男子对小勇介绍说："这是稽查潘组长"。又指着小勇说："这是我的老板马小勇"。他们互相握手问候。王静一一介绍了两成员小胡和小谢，他们互相握手问候。坐下后，服务小姐送上餐具和五粮液酒。各种新鲜食材，有鱼，虾，鱼鳅，黄鳝，牛肉，猪肉，鲜菇，蔬菜。锅里沸腾的汤被隔断为一分二，一半是辣汤，一半是清汤，都是鸡汤作汤汁。王静给各位面前酒杯斟满酒，小勇举杯酒杯说："欢迎各位领导来本单位检查指导工作，希望各位领导不用客气，检查到有不当之处即时指导"。他们举杯畅饮。王静又给潘组长和小勇斟满酒，给小胡，小谢和自己倒很少一点酒，举起酒杯说："我是这单位的会计，财务方面的知识浅薄，还望各位领导多多赐教"。他们举杯畅饮，小勇放下酒杯说："我不知各位领导酒量"，他拿起酒瓶到各自杯前示意，小胡，小谢和王静都摇头。他给潘组长和自己酒杯各斟了半杯，举起酒杯说："谢谢潘组长来本单位指导工作，各位不用客气，用餐随意"。他们各自夹着喜欢的食材，边烫边吃，边聊天。潘组长说："马老板你好年青，你这么年青就当老板，一定'根基'不浅"？小勇脸上掠过一丝苦笑，没作辩解。心里想他们认为我'根基'深，就不会轻视我，说："我这样一个满身是债的小老板比起潘组长这样的国家干部来就差多了，我整天为着我的企业生存寝食难安，倍感压力，不像你们这些国家干部，受人尊敬，生活有保障，日子轻松愉快＂。潘组长说："我们人人都羡慕你们这样的老板，可惜我们没有那样的能力和背景，只能这样凑合着过日子。我们地税局的同事，有能力有背景的都下'海'，到各行各业当老板去了＂。小勇心想潘组长这样误解自己的生世也许对自己有好处，也就不辩解。说："时事变化很快，说不定十年八年后，大家争先恐后地往干部队伍里钻，毕竟那是历史上世人仰慕的官差＂。王静说："潘组长，马老板你们不要互相吹捧抬举了，我们好好地喝酒吧＂。小勇端起酒杯站起来对潘组长和两位组员说："谢谢你们光临我们简陋的办公室，有辱你们的身份，指导我们的工作，希望你们不吝赐教＂。潘组长和两个组员也端起酒杯站起来碰杯，潘组长说："希望马老板，王小姐谅解我们在查看过程中不时地提问和建议，因为那是我们的职责＂。小勇说：感谢你们的赐教，我们碰杯共饮，大家一饮而尽，王静又给大家斟了少许的酒，小勇又举杯说："你们的提问和建议是对我们负责和指导，是对我们的爱护，我深深地感谢你们，还希望你们对我们的账务有什么印象和需要改进的地方毫无保留地指出来，我们万分的感谢＂。小勇一饮而尽，潘组长端起酒杯说："我们从事这项工作多年，去过很多单位，还很少见到马老板这样谦虚，广纳言路的人。很多单位的领导对我们提问和建议，只是应付和沉默，似乎认为我们是在找茬或挑刺，因为我们的职责才使他们保持了沉默＂。他一饮而尽，几杯酒下肚，话就多起来。小谢说："我查验了你们的工程量和工程成本比较，我们查过很多公司的同样结构的项目，单位成本都比你们的单位成本高出百分之十以上，可见你们管理有方＂。王静盯了一下小勇说："目前我们账面上的成本不是实际成本＂。小勇心紧张地跳动，狠盯王静一眼，王静若无其事地继续说："由于我们公司小，资金有限有部分料款，运杂费，租赁费都是赊账，没有按时结账进入成本。我们工程小，建材用量少，采购建材都是到建材门市采购，价格较高，他们大公司批量大，直接到厂里或批发部采购，比建材门市价还低百分之十到百分之二十，我们部分工人的工资也没有按时支付，账面反映不出来，按实际情况我们公司应该比他们大公司的工程成本高出至少百分之十几以上才符合实际＂。小勇把心放在了肚子里，小胡接着说："你讲得有道理，我查看了你们管理费用占工程成本的比例也很低，只有其它公司管理费的百分之六十的比例，管理有方＂。王静说："实际上我们的管理成本也不低，我们工程师工资，监理工程师工资都是实行年薪结算，平时都是借支，没反映到工程科目的账面上，部分运输费和办公公务用车都是我们镇企业的车辆，交钱后才结账开发票，也不能及时反映到账面上，所以账面暂时成本低，但终究会反映出来＂。潘组长说："现在已是年度结算的最后期限，按原则讲现在的账面数据就应该接近年度结算数据，鉴于你们实际情况特殊，你们尽快把全年的账务往来清算入账，明年初我们再来核查＂。王静说："谢谢潘组长开恩宽限＂。潘组长说："现在地税局对纳税户出现的各种各样的避税手段清查很严，特别是虚开发票，加大成本，逃避所得税。上级一再强调那些成本高於正常水平的企业和项目，作为重点稽查对象。当然你们企业账面成本低于正常水平，不在重点彻查之列＂。小勇说："感谢潘组长你们认真公正的评定，我们一定在你规定的时间内认真地清算账务，如实反映成本＂。他们又吃边聊。饭后小勇送走客人回到办公室，小勇对王静说："你今天在饭桌上开始的一句话把我吓了一跳，后来你说的那些事，完全把你的账目全盘否定，有什么用意吗"？王静说："我原来也不知道其它开发商项目的单位'每平方米'成本是多少，我们同行间也不透露，这是商业绝密。他们一说我们项目的单位成本比其它开发商项目单位成本低百分之十几，这可是一笔大数字，这笔数字要交百分之三十的所得税，我折算已投入建造成本约四百多万，百分之十几就是四五十万，所得税就得交十四五万，我们得把成本补上去。好得我们今天'招待'得好，人家给我们透露了这个信息，还给我们一个时间的机会，还给我们提示成本只要不超过单位成本的平均水平就算过关"。小勇说："我们用什么方法把成本补上去？把高利贷利息，部分个人借款利息和建材欠款的迟纳金等隐形费用怎么入账"？王静说："我之所以没讲那部分成本，是因为那是非法集资，要是透露出去，那是违法行为。银行知道了，也是他们贷款的隐性风险，影响企业的声誉，今后哪个银行还敢贷款给你？我们只能从我讲过的那几个方面想办法。你把全部工程计划用料统计出来分类折算出数量交给我，我根据账面扣除已入账的相关金额折算数量，不足部分分类列表给你；还是你亲自回社队企业去想办法，你按分类数量开合法的料款发票，运费发票，还可以适当开一些交通费和住宿费发票以提高管理成本。运费发票要有承运人签字的运单附在发票后面，各种建材发票拿回来，我们还要按自己工程项目会计科目制定"。小勇说："你想得真周到，你把我的事当做你自己的事，我该怎样报答你"？王静说："报答的事还早，不是谈的时候"。

23-3 患难情感

    小勇揣着开发票的纸单回到了镇上，他又到了张经理的办公室，张经理说："马老板请坐"，小勇说："张经理你怎么开这样的玩笑，我现在是负债累累的穷光蛋"。张经理说："你一定会成为大老板的，我想问你，听说你和老婆离婚了，有这事吗"？小勇说："是这样"。"我就想不通，很多姑娘巴结你这样年青的老板都巴结不上，怎么她选择离异，是不是你有新欢，把人家赶出家门哟"？小勇说："一言难尽，她承受不了我负债给她带来的压力和后果，逼债的风险，我又怎能强留她，不谈这事，今天我来找你商量业务上的事"。张经理说："欢迎你回来照顾我们的业务，我给下面各部门打招呼，你去办理就是，一切照你的办，具体事项你与部门商谈"。小勇说："谢谢张经理关照"。随后小勇来到运输公司找到财务主任陈婷芳办公室，一个三十多岁的女子，一身黑色制服，一米六的个子，瓜子脸，白净的皮肤，透露出中年女子的美。看到小勇说："你是马老板吧，在前几年的企业年终清算会上见过，你是我们镇企业里有名的人物，你找我有事吗"？小勇把心里早编出来的事面带微笑地说："陈主任，我来找你帮忙办一件事，我们购买建材多数到批发商那里购买，批发商说你如果不要发票自己运输，打九折卖给你，自己找私家车运到工地，当时我们觉得便宜划算，运费付现金没要发票，现在算来很不划算。想补开发票"？陈主任说："你这办法按理说是违法的，但确你很亏，你把要开的发票数额和名称告诉我"？小勇递给她一张纸单，她仔细看单上的内容，心里一阵惊喜！心想我们公司的承包司机也给私人运货收取现金，没开发票按理也是漏税违法，这种现象在运输业很普遍。税务局为了规避漏税，对承包车辆车主开发票税总额实行固定税，对承包车在税期内，开发票数额计算税额低于固定税额的车实行收取固定税额，目前开发票数额不足固定数额在百分之五十以上，补足另外百之五十运输发票额空间很大，由于总税额没有超出总固定税额，补足发票不用交税，建材商店也是这样，很多建材都卖给私人，没开发票，只要销售发票数量不超过进货数量，税务稽查也无话可说。这样二三十万的发票至少赚得二万多元，司机签运单需几千元，自己也能得一万多元，成了万元户。心想不能暴露，借故说："马老板你原也是我们企业的人员，也是老乡，张经理又打了招呼，本来这是犯法的事，百分之四的营业税还得交，另外还有很重要的事，开发票得有建材销售店盖章，和承运人签字的运单，这些都是发票的原始凭证，他们要承担责任，保守秘密，他们也得有百分之三四的好处费，我算帮忙，至少也得百分之八的费用"，小勇想，这些发票金额抵销了利润，省下百分之三十的所得税，除去开发票费用，还省了百分之二十二，说："就按陈主任的意见办，谢陈主任帮忙"。陈主任又说："我看了条上建材方面数量和名称没问题，只是运单不但要有运货物名称和重量，还要有运距和起止点的地名你得写好。百分之八费用还得是现金，如果是转账或支票，财务银行科目里没法处理"。小勇说："要是现金，由于银行支取现金受限，一二天也凑不齐"。"没关系，我要联系那么多人，办理相关手续至少也得一个星期"，小勇说："那我们出去吃个饭"？"不用了，我这里事很多，把事办完了我们再好好地聚一下"。小勇说："谢谢陈主任"。一个星期后小勇付二万一千元的费用，拿到二十六万元的发票。小勇在高级饭店里招待了陈主任，并送给一千元的礼物。一个星期日的上午，小勇在镇上接到张经理的电话，要小勇当天中午到'河鲜'饭店有要事相告，小勇如约来到饭店。看到张经理和一位漂亮的姑娘坐在饭桌上等候，小勇忙过去招呼张经理，张经理指着姑娘说："这是我侄女张芹，去年从税务大专毕业分配到县税务局工作"。又对姑娘说："这位是房地产开发商马老板"。姑娘用诧异的眼光从头到脚的打量小勇，小勇不好意思的坐下，被那漂亮的姑娘所吸引，不时地斜着眼光偷看，披肩黑黑发亮的长发，一对温情的大眼睛，粉红色的瓜子脸，樱桃小嘴，丰满的胸脯，细细的腰，可能有一米六的个头。被桌面遮蔽的下半身无法看见，张经理看到小勇一副偷窥的表情。看到侄女不在乎的样子，假装没看到，酒菜上桌了，他们边吃边聊起了生意上的事。张经理说："马老板你现在是大忙人，见一次面都很难"。小勇说："我的工地在市区离这里有半天的车程，工地上也很忙，回来的时间少，张经理如瞧得起晚辈，请常到工地指教，只怕我那简陋的居所有辱你那高贵的人品"。张经理说："马老板你不要戏言我这乡镇企业的'走卒'了"。张芹见他们互相讥讽，心想'摸底'，有意转移话题说："我刚踏入社会，对各行业不了解，我们也常到企业去稽查，但那只是账面上的数据而已，对企业的经营很陌生，马老板，我想讨教你是怎么起家的？你现在的公司经营怎么样，今后有什么打算"？小勇说："我成立这个公司，纯粹是朋友的支持和帮助，自己冒昧行事，现在公司负债很重，前途未卜，不好预测，自己个人的前途和命运，被公司债务绑架了，骑虎难下，欲罢不能"。张芹问："你打算今后怎么发展"？小勇说："只有走一步看一步"。张经理说："你今后干不下去了，回到我们公司来吧"？小勇说："谢谢张经理关心"。他们饭后小勇回到自己的旅店。第二天小勇揣着发票准备回工地。他又接到张经理电话，约他到头天的饭店相见，小勇到了饭店，看到只有张经理一个人坐在饭桌旁，小勇说："张经理你好"。张经理说："你坐下，有一件终身大事要给你讲"。他们俩边喝酒又边聊起来。张经理说："你昨天看我侄女怎么样"？小勇毫无顾忌地说："我还没看到过这样漂亮的女孩"。张经理说："你喜欢吗"？小勇心里震动了一下，马上被无形的绳拴住似的，被头上遮天的白云笼罩着被吸附，这情思来自王静的依恋和情感。他沉默了一会儿说："张芹是个漂亮的好姑娘，她人年青漂亮，又有一份好的工作，我已结过婚，又有孩子，年龄也比她大十来岁，我配不上她"。张经理说："前天我叫她和你同桌吃饭，就是叫她看看你，我也把你所有的情况和身世如实告诉了她，她说这些都不是问题，她看起了你的身世和那种吃苦耐劳，刻苦学习，顽强的事业心"。小勇心想，张经理的侄女我不能直言拒绝他，伤他的面子。说："我现在背负三百多万元的债务，还有高利贷，我的住地附近经常都有私人债主雇用的闲杂人员盯梢着我，现在房市的前景如何不好预测，要是亏损百分之十至二十就是几十万的天文数字，到时我只有二条路，一条路是债主把我逼上绝路，另一条路就是坐牢，晓燕就是承受不了压力和后果，选择逃离。我经过很长一段时间的思考，我没有回头路，是一个独斗的忘命徒，我决心在没成功之前我不连累任何人，哪怕是十年二十年，赴汤蹈火，在所不辞。张芹人年青漂亮，又是你的侄女，又有一份好的工作，找一个比我强十倍的人多的是，她也不能为我等那么久，牺牲自己，耽误了一生，到时也对不住张经理"。张经理说："你真是一个铁血汉子"。小勇就这样情真意切的语言巧妙地谢绝了这桩婚事。小勇回到工地，当天晚上和王静商议如何将发票入账的事，以发票的不同时间分类，对照相应科目，按不同工程项目的工程量入账。力争账面数据反映更加合理合规，他们边将发票分类分科目，分时段，分工号登记凭证入账。不知不觉到了深夜，人们早已入睡，外面静悄悄的。小勇说："我们休息一会儿"。王静拿着手中的笔对小勇说："你这次回去办这些事顺利吗"？小勇说："都是熟人办这事，很顺利，但遇到一件尴尬的事，张经理把他侄女介绍给我，那女孩刚从学校毕业在税务局工作，人年青，也很漂亮"。王静说："那正好"。小勇看着王静的手没说话，静了好一会儿，王静想我的这句话刺伤了他的心，她赶快说："马老板你这段时间压力很大，我买了放音机，还买了盘流行歌曲唱片，我放音乐给你放松放松"？她放起了音乐，响起了悠扬宛转的歌声，先一曲电影马路天使插曲，接着是杜十娘插曲，小勇呆滞的目光看着墙，接下来歌声 "有过多少往事，仿佛就在昨天，有过多少朋友，仿佛还在身边，也曾心意沉沉，相逢是苦是甜，……谁能与我同醉，相知年年岁岁，咫尺天涯皆有缘，此情温暖人间……" 小勇突然抱住王静，沉静了一会儿，王静没作反抗，小勇的泪水滴在王静的手上，王静顺手关掉了灯。小勇哽咽地说："我太孤独了，我这颗黑夜里孤独的心只有你才能安慰我，每当我孤独无助的时候，只有你理解我，帮助我排忧解难，担风险，忍受屈辱，你是我心灵的依靠，是我事业的柱石，在我心里烙下了甘苦与共共患难的情感，除了你什么漂亮的女孩我都没有情感，你对我没有一点感情吗"？王静柔声地说："这几年过来，我的一举一动你都看到了，我佩服你的人品。我为了你和你的事业我作出了最大的付出，你心里也明白，我在观察，在思考，有时我也想倾诉我内心的话，但考虑到不是时候，我思考过，如果我们是法定夫妻，你遇到麻烦事，受法律限制我要迴避，特别是财务方面的事，不利于帮助你，要是局外人就方便得多。当然我不怕夫妻连带责任，我可以跟你上床，就是你坐牢我也等你"。小勇感动得抽泣起来，王静掏出手绢给他擦泪，小勇紧紧的抱住她不放，他们被年青的体温融化了，他们在沙发上柔情地度过了一夜。天还没亮，王静摇醒了小勇说："快起来，天要亮了"。小勇穿好衣服悄声地说："静，我们虽然走到一起，但我们目前还不能成为合法夫妻，我负债很多，风险很大，避免连累你，等我们事业成功了再办"。王静说："我的一切都交给你了，我们共同努力"。第二天他们疲惫地在办公室度过一天。从那以后他们在办公室里经常工作到深夜，人们对他们的猜疑也在增加，但碍于老板的身份，谁也不敢言明，时间过得很快，又到了六月份。又一个晚上小勇问："我们的资金还有多少"？王静说："还有八万多元"。小勇问："按我们目前的施工进度和建材用量，资金还能维持多久"？王静说："最多维持两个月"。小勇说："两个月这栋房子也封不了顶，到时又只有借高利贷把这栋房子封顶，再到银行贷款"。王静说："这栋房子封顶后还有两栋房子和小区绿化至少还得四百万，总贷款就是一千万，这债务也太大了"。小勇说："我现在停不下来了，停下来就成了'烂尾楼'，血本无归，后果严重，我只能坚持下去。按目前市场价，到时全部卖出去至少也有两千多万"。王静说："我也只有舍命陪君子了"，小勇说："你这份情我终身难忘，这才体会到什么是患难夫妻"。王静说："你到了'发'的那一天，早就忘掉了"！小勇说："我可以对天发誓，天作证我要是那样，'五雷……'"。王静马上捂住小勇的嘴说："不要说"。他们在办公室里度过了一夜。

23-4　投其所好

　　第二天小勇接到鲁主任的电话："你是马老板吗？告诉你一个好消息，现在可以到房产局办理商品房预售许可证，我想把你们公司的证一起去办下来，但是房产局有规定，一个公司只能办一个项目，只好你自己去办了"。小勇问："办证要些什么资料"？"就是办开发证的那些资料加上城建局的房检资料，以公司的名义写份预售申请书，内容包括项目施工计划，目前工程进度，特别是要保证：预售后按售房合同约定的时间交房的条款，推迟约定期限交房要受惩罚"。小勇说："谢谢鲁主任"。小勇像抓到了救命稻草一样高兴，立即准备资料。第二天，小勇一个人带着资料去房产局，直接到了主任办公室，主任看着小勇提着包，他面无表情地说："同志你有事吗"？小勇说："主任你好，我听鲁主任说你们现在可以办预售许可证，我把资料拿来了，麻烦你帮我看一下资料"。主任听说是鲁主任介绍来的，脸色马上变得和蔼地说："现在刚开始这项工作，办证的公司很多，我有点忙，我带你到小谢那里去，他是专管那项业务的，他帮你办理"。小勇说："谢谢主任"。小勇跟在主任后面来到大堂小谢柜台，柜台前排着办证的长队，主任说："小谢，你看一下马老板的资料是否齐全'合规'？如果没问题，你把资料收下"。小谢看是主任亲自带人送来的资料就说："我这就办理"。主任说完后离开了柜台，小谢看资料后装入档案，对小勇说："手续办完了，等候通知"。小勇说："谢谢你"。小勇回到工地打电话给鲁主任说了办证的经过，小勇说："

我心里没底，不知要多久才能拿到'许可证'，看到主任有心事，苦闷的样子"。鲁主任说："主任姓陈，陈主任和他老婆刚离了婚，他老婆跟一个'下海'的官员走了"。小勇有同病相怜的感受说："我们请他吃顿饭、喝点酒，给他'开导'解一下忧愁，散散心"。鲁主任说："他还少吃的吗？喝酒吃饭那能散心吗？邀他到舞厅去和小姐跳跳舞、唱唱歌还可以"。小勇说："你打个电话给他帮我约个时间，我找个舞厅陪他去玩玩"。鲁主任说："可以"。当天晚上小勇在床上翻来覆去难以入睡，看陈主任的表情，办证成功否？心一直悬着。时间一天天过去，资金一天天在减少，马上面临资金枯竭，要不借高利贷，要不工程停工，成烂尾楼，后果不堪设想。现在唯一的稻草就是预售许可证，只有想尽一切办法在陈主任身上打'主意'。第二天小勇接到鲁主任电话，星期六晚上七点钟在'乐迪舞厅'相会。星期六晚上七点钟小勇准时到舞厅，陈主任已在那里，看到陈主任，小勇立即招呼："陈主任你久等了"。陈主任说："我也刚到"。小勇亲切的拉着陈主任的手说："我们进去先找个位子坐下"。小勇给门岗说："我们先找个位子，再来买卡"，门岗点了一下头，他们走进大厅里人头攒动，穿着各式服装，各种坐式的男女自由的相互交谈着，个个喜笑颜开。小勇他们找位子坐下，小勇说："陈主任你坐一会儿，我去买点饮料，你喜欢什么"？"就来两罐'可乐'吧"。小勇去买了四罐'可乐'和二张门票，回到座位。舞会开始了，先是一位小姐上台给大家唱一首老歌'马路天使插曲''天涯歌女'，歌声把人们带进了三十年代上海滩的歌舞场，人们沉浸在马路天使剧情中。接着又唱一首邓丽君的'何日君再来'，又把人们带进缠绵的意境，又连续唱了几首情歌，舞场内男女情思激涌。陈主任被那清脆的歌声和那约二十岁漂亮年青的小姐吸引。迷痴的目光没离开过那位小姐的身影，专注到旁若无人的神态，直到小姐消逝在舞台上。那悠扬缠绵的歌声把人们的情思随舞姿飘动了起来，随着音乐响起，人们翩翩起舞。陈主任和小勇没带舞伴，坐在椅子上手捧'可乐'易拉罐。陈主任目光仍然盯着小姐消逝的地方。小勇的目光在舞厅里扫来扫去，欣赏着优美的舞姿。一曲罢了，舞者回到各自的位子。又一曲音乐响起，唱歌的小姐从后堂走了出来，马上有两位男士迎了上去，前面的男士已抬起了手握住了小姐的手，后面的男士失望的退了下去。一曲舞曲罢了，一会儿又一曲响起，陈主任立即起身拿着两罐'可乐'快速走进舞场，迴避着舞者的舞姿穿了过去，直往那小姐处走去。舞曲停了，小姐松开舞伴的手，转身欲向后堂走去，陈主任向前礼貌地向小姐示意坐下，小姐坐下后，这时候小勇才看清那小姐就是唱歌的小姐。陈主任递上没开的一罐'可乐'说："小姐你喝饮料，你刚才唱的歌太动听了"。小姐说："我也是凑个热闹，让大家放松放松"。"你是这里的工作人员吗"？"我们这些演唱者都是流动演唱，歌者和舞厅约定出场时间"。"你在这个舞厅约定是多少时间"？"我在这里约定的是星期三和星期六晚上"。"那今后我每个星期六都来听你唱歌"。小姐说："谢谢你捧场"。一曲音乐又响了起来，陈主任牵着小姐的手翩翩起舞，他们连跳三曲。陈主任回到座位上意犹未尽，小勇说："陈主任你的舞跳得不错"。陈主任说："我也多年没跳舞了，你怎么不上场"？"我哪有那本事，上场把人家小姐的脚踩着了，多不好"。"下一次来我教你"。小勇说："我一定拜你为师"。小勇又去买了糕点，他们边吃边欣赏舞蹈和歌曲直到晚上十二点钟，小勇'打的'把陈主任送回家。小勇回去睡在床上久久不能入睡，意识到陈主任的寂寞与孤独，感同身受。这才真切的体会到王静在身边的那份温情，脑海里突然浮现了歌曲'小芳'的歌词："谢谢你给我的爱，使我度过那年代……"。如今的陈主任身边没有'小芳'，在舞厅的举动让人感叹！小勇意识到要救自己于水深火热之中，莫非就是那位小姐？设想在陈主任身上采用特殊手段，但是那行为是不道德的，但是如果许可证办不下来，资金链断裂后果惨烈，房屋被银行拍卖！高利贷借款和私人借款无法偿还！我可能遭高利贷公司和私人债主绑架，割去器官！断其四肢！或者亡命天涯！累及家人，不可想像的恐怖！他在床上翻来覆去一直到天亮，最后决意在陈主任身上隐蔽下招，尽快地拿到预售证。找个'小芳'驱散他的孤独，他决定星期三的晚上自己单独去舞厅找唱歌的小姐跟她谈谈。星期三下午提前到舞厅，他五点钟到舞厅，舞厅里正在布置。他上前去问一位正在搬弄椅子的中年女子："大姐，唱歌的歌手来了吗"？"我不知道，我是清洁工，你六点钟来找前台小姐问"。小勇在外面的面馆里随便吃了碗小面算是晚餐。六点钟来到前台，舞厅还没有客人。见到柜台里站着上星期六卖卡的小姐，小勇问："同志，上星期六晚上那位唱歌的女歌手来了吗"？那小姐用一种特殊的目光打量了一下小勇说："你找她有事吗"？小勇递上一个红包借故地说："我想找她谈一下，她的歌唱得很好，我们公司要举办一个晚会，请她到场表演"。"今天晚上她有节目，我跟她商量一下，要到九点以后看能不能有时间，你在舞厅里等着"。小勇说："行，那红包是给你的小费"。小姐说："九点半钟你到我这里来我给你介绍一下"。这晚那唱歌的小姐，唱的全是邓丽君演唱的流行歌曲。随后的便是歌舞飞扬，小勇坐在舞场里目光在舞场里转悠，心里一直在思考怎样和小姐交谈。近九点钟歌手小姐跳了几曲舞后，换了衣服来到柜台，柜台小姐介绍说："这位就是我们舞厅著名歌手媛媛"。又指着小勇："这位先生要和您谈业务的事，你们就到后面的包间去谈吧"。他们来到包间坐下，小勇拘束地说：'媛小姐想喝点啥'"？"我这嗓子很重要，不能喝酒，来点'可乐'吧"。小勇问："你吃晚饭了吗"？"时间紧，走得有点急还没吃饭"。"媛小姐来点什么"？"来份蛋糕和一份水果"。小勇说："我也来罐'可乐，一份水果'"。他们边吃边谈，小勇说："你的嗓音真好，你人也清纯，我想找你帮个忙，我有非常好的朋友，近来他的心情特别不好，他本来有一份很好的工作，工资也很高，还是一个科级干部，最近他跟老婆离了婚，心情特别不好，我束手无策。上星期六我们俩一起来舞厅散心，他听了你唱的歌，精神一下全变了样，还和你跳了几曲舞，我想今后邀请你星期六或星期天晚上一起在卡拉OK厅唱唱歌，交流交流，你见多识广，就作个心理医生吧？至于薪酬你放心不会亏待你，其它消费一律由我来负责，我可以先预付一个月薪酬一千元的工资"。媛小姐说："薪酬还算可以，一个月就八九个晚上，但我还要观察一下你朋友的情况，是不是有精神障碍"。小勇说："就定在星期日晚上本市最好的'彩云'OK厅见面，那天晚上你有其它安排吗"？媛小姐说："没有其它预约，可以"。小勇提前到彩云OK厅买了两个月包间会员卡。星期天晚上小勇提前来到OK厅选好较背静的包间，买好了水果，糕点和饮料。随后陈主任到来，小勇说："陈主任请坐，你一天工作很紧张，我的工作压力也很大，我们来这里放松放松。我已经买了会员卡，所有的消费在厅里刷卡消费，我给你一张"。小勇递给陈主任，陈主任接过会员卡说："谢谢马老板，我每天上班的会很多；应酬来自市里相关各部门的头和局领导，为了不因为我的处置不当而受到影响，权衡利弊轻

377

重，协调各方关系，有时不知如何适从，心烦意乱，无可奈何。我正在寻思一种什么方式在业余时间来解除烦恼。我上星期在舞厅里活动，觉得心情好了许多"。小勇说："舞厅里人多，受到很多的约束，不利于'放松'。在这包间里既可以唱卡拉OK，又可以跳舞，充分自由，我已邀请舞厅里唱歌的媛媛小姐一起来玩"。说话间媛小姐来到门口，小勇立即招呼媛小姐坐下。陈主任一眼认出了舞伴，立即递上饮料说："请坐"，小勇说："这就是我介绍的朋友陈松林同志"，媛小姐迟疑了一下说："就是上星期跳舞的先生吧"？陈主任说："我一眼就认出你来了"。媛小姐说："和我跳舞的人很多，一时也想不起来了"。陈主任说："你的歌唱得好，给人留下的印象太深刻了"。媛小姐说："马老板今晚安排些什么节目"？小勇说："这方面我是外行，我是欣赏你的歌声和舞姿的，没有什么安排，只要大家玩得开心就可以，坐下来吹吹牛也很好"。媛小姐她拿起了话筒说："还是我先唱几首曲子大家开开心"。她先后唱了电影'上甘岭'插曲'我的祖国'，'南泥湾'，'一江春水向东流'插曲，最后唱了上映的电视剧'渴望'的插曲。陈主任听到歌声，面部表情变化复杂，几曲歌罢了，陈主任马上递上饮料，温情地说："媛小姐喝点水"。小勇的手机响了，他到室外接电话，一会儿回来说："媛小姐，陈老兄对不起，公司有事要及时处理，我要先走一会儿，你们俩尽情的玩。这是媛小姐的会员卡，我如果有事来不了，你们俩随时都可以到这里来玩，所有的费用都在卡里"。小勇将卡递给媛小姐，媛小姐接卡后说："谢谢马老板"。小勇借故离开OK厅，两个星期后，小勇接到陈主任的电话，预售许可证办好了，叫他去领取。小勇到房产局陈主任的办公室没见到陈主任，直接到柜台领取预售证。随后小勇忙着销售的事，到市商报打'广告'，联系房屋'中介公司'的销售员组建销售门市。联系装修公司装修'样板房'，既可以作为'样板房'，又可以作为销售门市。联系模型公司，制作小区绿化和小区房屋布置的微型沙盘，以供买房人参观和欣赏，提高购房者热情。和销售人员商谈讨论合同中的各项备注条款，除了合同中统一的法定条文外，有关房屋交接过户时间，房主装修过程中为了保证不伤害房屋结构，不影响邻里的环境，不破坏小区环境和小区公共设施和绿地等事项。开发商应尽的监管的权责事项和为房主合理要求提供服务，必须在合同中注明的条款。参考了其它开发小区的合同文本制定细则，小勇为此忙碌。两个月过去了，小勇没接到陈主任和媛小姐的电话，也无暇顾及。一天小勇接到媛小姐的电话，说有重要的事情一定要小勇去，还是在'彩云'OK厅相见。小勇到了OK厅包间见到媛小姐，她正在喝饮料。小勇说："媛小姐你好，陈老兄怎么没来"？媛小姐说："你坐下来我给你慢慢讲"。小勇看到她忧伤的面容说："你遇到什么难事了吗"？她低下头含着眼泪说："那天晚上你中途退场后，我们一直玩到了深夜，他玩得非常高兴，我觉得他很随和，体贴人，我也很开心。约好第二天晚上又来，他如约而至，那天晚上我们只唱了几首歌，坐着谈心，谈起他的婚姻，谈起了他离婚后的孤独和痛苦，我也很同情他，感到他成熟的气质和对人的体贴，我也有耍朋友失败的痛苦，我们有共同遭遇和痛苦，那天晚上也谈到深夜，'打的'到他安排的住地过夜，我们走到了'一起'。从那以后我们经常在一起，直到上星期天晚上，看了电视剧'杜十娘'，那忧伤凄切的歌声，看他样子很动情。那天以后，我打电话给他，手机是盲音，再也没联系上，我伤心透了！我原以为他比我大十来岁，我模样也不差，会赢得他的心，哪知道又是这样的结果！马老板你知道他的住处和工作单位吗"？小勇思考了一下后果：决不能讲实话，要是她找上门去闹起来，丢了工作，我失掉了一个非常重要的朋友。借故说："他是租房子住，最近他又换了工作，就不知道住处和单位了"。媛小姐说："我如果'有了'（怀孕了）怎么办？如果是这样，我今后还有脸见人吗？人生还有'希望'吗"？小勇心里'咯噔'了一下，她是威胁？是勒索？要是她和陈主任闹出了问题，我费心费力投奔的靠山就这样崩塌了多痛心！一定要痛下决心挽救！只有决心割肉'打发她'。小勇问："你先前耍朋友又是怎么'告吹'的"？"都是我这职业的原因"。小勇说："媛小姐，你要有信心，你人年青身材好，相貌好，今后一定会有好的未来，只要你换个环境，到一个没人认识你的环境，换个职业就会实现你的理想，明天我给你一万元路费"。这在当时是很大一笔数字，媛小姐思考了一下说："感谢马老板"。小勇说："明天下午你来个电话，我告知你拿钱的地点"。第二天下午小勇如数将钱给了媛小姐。

23-5　平价房

　　　　小勇的商品房子登报'广告'后，正赶上'七五计划'元年，各行业加速发展，流动人口大量增加，住房需求强劲，加之隧道通车后，交通方便，房屋价格每平方七百多元相对较低，销售火爆，资金滚滚而来。两个月之内销售了九十五套房，回笼资金近六百多万，还清到期的贷款和私人借款，高利贷，剩下近二百万元，小勇一下轻松了下来。给王静买了部'大哥大'，自己花一十五万买了部韩国产'现代'轿车，买了几套较高档的服装，拜客和参加宴会时穿。平时到工地，都是熟人还是老一套服装。一天小勇接到陈主任电话，说有重要资料给他，小勇约他晚上七点钟，饭店老地方等他。他们俩坐在饭店的包间里，都是熟人没了过多的礼节。边喝酒边聊起来，陈主任从包里取出了两份文件交给小勇说："这两份文件都是有关房产销售过户的相关规定，你拿回去认真细读，了解房产销售相关文件大有益处，你可以复印一份你自己保管，不要给其它任何人看"。小勇说："谢谢陈主任的关照"，"你现在房子销售得怎么样"？小勇说："目前销售得还可以，多谢陈主任关照，把证办了下来"。陈主任说："你知道办证有多难吗？这是我市第一次办预售证，全市有三百多个项目的申请，这一批只准办五个项目，你认识的只有鲁主任公司一个项目，你一个项目，另外三个项目都是'一把手'点的项目。这次也可能伤害了相关部门关系，其中就有交通局，税务局，环保局，电业局的关系户。你的项目得以通过得益于你的家门小马，处长看他工作这么多年从来没替人办过事，这是第一次，加之我极力推荐"。小勇非常感激地说："多谢陈主任，原先说的给你们两套'平价房'的事你们定了业主了吗"？陈主任说："人员倒是定了，小马一套，小叶一套，但拿不出购房款"。小勇说："拿不出购房款好办，只要签了购房合同，拿来业主身份证过户就行了。至于购房款，八十平方米优惠房款近三万多元在合同里注明已交现金，下欠购房款三万多元分批还款就行了。拿到房产证就可以转让还款，从中还可以赚到三万多元"。陈主任心想不好说自己要了一套，说："其它开发商都是这样办，不好意思在你面前提出来，明天我就叫小马来签合同，另一套我们还要商量，你把合同给我，我们确定房主后签字给你"。后来房主是他侄儿陈浩的身份证名字，这其中的奥秘小勇当然不知道。陈主任拿一张OK舞厅卡交给小勇说："马老板，我把这张卡还给你"。小勇假装不知情的问："你继续用，还我干吗"？陈主任说："我有好一段时间没到舞厅了"。小勇说："难怪媛小姐打电话，找到我这儿来了，说她打你的电话，你一直不接，她和你'好了'，又害怕'有了'，她很着急的样子，叫我带她到你那里去"。陈主任说："你不要听她一派胡言"。小勇说："我说你换了工作，搬了家，不知道你在那里，我当然不相信她的谎言，但是她这种人接触社会各色人物，狠招，怪招多，不知道她会耍什么'花招'，为了避免后患，我给他一万元打发她离开了渝州市"。陈主任说："多谢马老板处置恰当"。小勇说："不用谢，我们都是朋友，今后我们互相关照"。陈主任说："今后你有为难的事直接找我，我再从中斡旋"。小勇说："今后我只有仰仗你了"。陈主任说："你很仗义，我们今后以兄弟相待，互相关照"。小勇说："谢谢陈主任肝胆相照，情深义重"。

23-6 再婚

　　一天小勇给王静商议说："目前房市较好，流动资金充裕，我们加快工程进度，到人才市场上去招点工人，这个时段招不到技工招点普工，把目前我们工地上作普工的技术工调回技术岗位。另外再招一位工程师专门负责现场施工，我抽出部分精力来应付管理事务，房屋销售，对外接待。另外把苏兰抽出协助马燕管理材料"。王静说："你现在是大款了，很多人可能在你身上揩油水，用人要特别小心"。"招工程师我要到人才市场亲自面试，专管施工技术，不涉及财务，苏兰是我堂嫂，不应该有'二心'"。"当然我不能放松对建材采购和保管的监查，账务上你是最好的审查和把关"。王静说："当然我这里是可以审查，但是这一摊子的事都是你们一家子人在从事，我敢得罪谁"？小勇笑着说："我就是这一摊子事的'土皇帝'，你就是'皇后'，谁敢在'皇后'头上动土"？王静羞涩的面容说："我这个'皇后'是名不正，言不顺，是个佣人"。小勇说："你已入后宫，只差'仪式'"。王静说："我正要给你说，我已有两个月没来'例假'（月经）了，近几天开始'恶心'想吐，你得赶快想办法"。小勇惊异地说："你怎么不早说，我们现在有条件了，可以大办一场婚宴"。王静说："这段时间售房资金大量入账，我得清理，核对账户，特别忙碌，我们还是简单地处理，回乡去办个证，请两家的亲戚团聚一下，不要声张，要是陈晓燕听到风声，你现在又'发'了，怨恨加嫉妒，大闹起来影响不好"。小勇说："你提醒得好，就照你的意见办，再等半个月后办理，我到人才市场去招个工程师，到工地熟悉一下工作，把工作交给他，我们就回去办理。你这几天抽点时间教一下马燕，如何清查核对银行帐户和售房资金管理的事，我们回去办证期间她顶替你，你看还需不需要给你另外找个帮手"？王静说："这是需要考虑的事，即使现在可以应付，今后'月子'期间和有小孩后要分散部分精力。但这个人一定要靠得住，这么多资金往来，不能有丝毫的差错"。小勇说："这个人选我们俩都考虑一下，还有我们抵押贷款的两套房子，离婚协议上是给她，得办理过户手续，还是尽快办理，拖的时间越长，我的资产越大，她越嫉妒，我们后患越大。我明天就叫小林回去到陈晓燕那里拿身份证办理过户"。王静说："当前你的事很多，抓紧时间办，你刚拿到驾照，驾驶技术还不够熟悉，加之还没有买保险，还是'打的'安全"。小勇说："就照你的办"。一天下午小林到陈晓燕家，见到她母亲，她母亲说："晓燕已到市设计院上班去了"。小林说："陈婶婶，你知道她的地址吗"？"我不知道她的地址，这里有个电话号码"。她拿出一个本子，他翻本子第一页看到几个数字，693177，小林记下了数字，她又问："你认识晓燕吗"？"我们原来是同学"。"你找她有什么事吗"？"找她有关房产过户的事"。她说："还是让他们复婚吧"。"陈婶，这事还是让他们双方商量"。陈婶想多说也没用，小林出了陈家，到镇邮电屋打了个电话，陈晓燕约他明天下午下班后六点钟在设计院门口见。第二天下午六点小林在设计院门口见到了陈晓燕，看上去比过去'大了'不少，穿戴还比较时髦，小林说："老同学吃饭没有"？晓燕说："刚下班"。小林说："我们一起吃饭去"。他们在街上找了家饭馆坐下，边吃饭边聊了起来，小林说："我受小勇哥所托，来找你要身份证复印件，把两套房子过户到你名下"。晓燕说："我不能把身份证复印件给他，给他以后不知道他拿我身份证去干什么坏事，我信还过他"！小林说："不过他的手，我替你去办"。晓燕说："我细想了一下我们当时财产的一半不止两套房子"。小林说："老同学请原谅我这里直说，为什么当时在离婚协议中财产分割条款是你亲笔书写认可签了字呢"？"我当时在气头上，对财产分割没细想，想尽快离开他，害怕因他的冒险行为遭致恶果，又瞧见他们在办公室里恶心的动作"！小林说："你害怕后果，压力可以理解，后来小勇哥给我讲了，他和王静间没有任何不当行为，那天在王静办公室穿裤子，因为要到银行去贷款，不能穿得太差，但又没新的服装，王静就把他的旧衣服拿去烫了一下，取回服装，时间又紧，王静催着快走，没加思索地就换衣服，你知道当时资金对他的重要和压力有多大吗？你那几巴掌打得王静口鼻流血，那几巴掌打在王静的脸上，打碎小勇哥的心。在他最困难时候不是支持他、帮助他，如果贷不到款，对他将是毁灭性的后果。但王静遭打没逃避，而是洗净了脸上的血迹，装作笑脸到银行协助办理贷款，人家问她为何皮青脸肿，她笑着说是昨晚不小心摔了一跤，你想这对马小勇多大的震撼"？晓燕说："你们现在是一家人，当然要为自家人说话，不管怎么说，我要亲自去要回我应该得的那一份财产"。小林看无法达到目的，结了饭钱，走出饭馆时，晓燕说："老同学再见"。小林回到工地将情况如实向小勇汇报。小勇心里涌起了不祥的预兆，他跟王静说："你把离婚时我的财务状况资料准备一下，特别是负债明细资料，银行贷款，单位借款，单位欠款，高利贷，个人借款，利息等账目清理好。作好应对的准备"。小勇到人才市场经过面试录取了一名破产建筑公司的工程师，任同安，五十多岁，工资八百元，先试用三个月。小勇带他到工地熟悉现场，经过一个星期的熟悉期，熟悉了现场情况，和小林共同组织施工。王静把如何核查合同，核对房屋销售合同，办理房产证和银行入账户数和金额进行核对的知识教给了马燕。苏兰也学会了建材的收方计量，现场施工管理正常进行。小勇和王静回乡办理结婚手续，办理结婚登记那天，小勇揣上了和陈晓燕的离婚证，因为自己进行过一次结婚登记，由于他们手续齐全，很快就办理了结婚登记。办结婚宴在小勇家。没有通知亲朋好友，只通知了张经理，是王静电话通知张经理。张经理接到电话感到很突然。小勇租了一辆大客车，把王静父母和王静从县城接到镇上，张经理还是按时到镇上上车，又开了十几公里新修的村公路，在离小勇家最近的公路边下车走路。小勇和张经理走在前面带路，他们俩边走边聊。王静和父母走在后面，王静母亲没走过山路，时常绊跤，王静扶着母亲边走边歇。小勇在路边的林子里劈了一技树枝给她作拐杖，艰难的前行，用了近两小时走完五公里山路，到了小勇家。小勇父母到晒坝边迎接，小勇妈牵着王静妈的手亲切地说："亲家母辛苦了，我们这山沟里山路真难走，难为亲家母了"。王静妈说："我从来都没走过这样的路，绊了我一身的泥，为女儿的大事才下了这个决心"。小勇立即用盆打水，用帕擦净了'丈母娘'衣服和鞋上的泥污，招呼王静父母坐在前几天才从县城买回的沙发上。小勇妈端热水为王静的父母洗脸洗脚。小勇爸为'亲家'和张经理端来了热茶。小勇招呼张经理坐下，一家忙碌着。王静的父母坐下四处张望，四壁和房顶雪白，屋里上空中间吊着一个灯泡，坐了一会儿，喝了几口热茶站起来，小勇拉着张经理站起来说："你们第一次来偏僻的山村，我们出去看看"。王静扶着她妈走到晒坝边，他们遥望远处的群山，脸上浮现新奇的目光和复杂的表情，心里在责怪女儿怎么看上这样深山的女婿？现在生米已成熟饭，也只有这样。心里自问难道她今后就在这深山度过一生吗？心里涌起了忧愁，他们瞭望了群山。回头看砖混结构的房子，上下两层，每层四间屋。二楼有走廊到各间屋，在农村也算较好的房屋。在晒坝边转了一圈回到堂屋。王静妈还是没说话。王静的父亲说："我小时候听父亲讲，解放前这山上的田土只有平坝上田土一半的地价，买田土，田土边的山林还相送，当时不知为什么这山地这么便宜？今天才知道这山沟里种地有多艰难，所有田间的劳作都得爬坡上坎，付出比平坝上多出一倍的劳力"。张经理调侃地说："表叔你不愧是地主的后代，第一个上眼就是土地，这么多年经过这么多运动还是没改变你的观念"？王静父亲说："我父亲是地主不假，解放这么多年，这么多运动，也没有改变民以食为天的观念，像你这经理是个商人，常念的也是生意经嘛"。张经理说："还是你看问题深刻，现在国家每年一号文件都是有关农业"。王静的父亲说："贤侄你说这样的山区有发展前途吗"？张经理说："有句俗语说，靠山吃山，靠水吃水，就看自己怎样发展了，这村里不是也办起了纸厂了吗"。王静的妈说："我看这穷山沟没有什么前途"。她转过头去看着王静说："你怎么看起了这穷山沟，要是我，打死也不来这穷山沟，不但拖累自己，这是子子孙孙生存的地方吗？你们就打算一辈子住在这里"？王静爸责备她妈说："事到如今，你还说这些难听的话干什么呀，只要他们好，有他们的事业就行"。小勇听到这话心里很难受，也很尴尬，他看了一眼王静，王静说："妈，我们在大城市有自己的资产，自己的事业，自己的房产，有立身之本，何愁这些事"？张经理说：表婶，小勇是这山里的雄鹰，翅膀硬了说不定还要飞出国去嘞"。王静妈说："希望如此，我们也沾点光"。那天下午小勇父母觉得自己'土气'，没'面子'上茶桌和'亲家'聊天，就在屋里端茶递水，收拾房间，忙来忙去。怕'亲家'抱怨卧室不好床板硬，专门给'亲家'安排在正屋大房间，垫床的稻草取下换上自己的被盖作床垫，换上新棉被和新被套，新枕头。小勇父母取出了多年没用的，小勇母亲陪嫁的老棉被，套上那手工纺线织布的旧被套自己用，为了讨好'亲家'两老口，用尽心机。吃饭时桌上摆满了腊肉，香肠，鸡肉，只有一个蔬菜豆角。王静的妈对这些菜不感兴趣，对这些盛菜的碗和盘子产生了兴趣，疑感地看着‘亲家’问："亲家，你这些盛菜的碗和盘子从哪里买来的"？小勇父母见‘亲家母’问起这事，心里很难为情，心想早知道‘亲家’注重这些东西就不该用这些陈旧的碗盘。小勇父亲说："这些碗盘我也不知道在哪里买来的，只知道我小时候爷爷就用这些碗盘盛饭菜，几十年来还摔坏不少。只有来人客时才拿出来用，因为它大，装得多，还有点蓝色图案，光亮，‘亲家母’见笑了"。王静妈盯着‘亲家’看表情，等了一会儿说："‘亲家’能给我两样作纪念吗"？小勇爸说："‘亲家母’你看得起哪样随便拿"。王静妈脸上这时候才有点笑容说："那我就不客气了"。第二天走时，王静妈把各种花纹图案的碗盘各选一件，用干玉米叶包好，找了一个木桶装好，害怕在车上颠簸碰撞损坏。生疏的手法用绳子捆绑几次都无法绑扎牢固，小勇说："妈，还是我来捆"。小勇捆好后小心的放在木桶里。王静父母那一晚第一次睡在深山房内的床上，总是睡不踏实，刚入睡就被大声的鸟叫惊醒，翻来覆去总是被各种鸟声惊扰，实在太困，刚入睡又被野兽声惊醒，一夜过去，疲乏未解，在王静母亲的要求下，吃过早饭一早离开了小勇的家。

23-7 会议

　　婚宴后的第二天，小勇和王静赶紧回到工地，顾不上查看工地上的技术施工管理记录，先到工地上仔细检查一遍，召集全部管理人员开会。会上小勇说："近来一段时间忙于杂事，辛苦大家了，今后我们大家要团结一致，趁现在房市好加快施工进度。目前工地上工人有些松懈，没有往日的工作热情，你们对目前的情况有何建议"？任工说："我来工地已经一个多月了，天天都和工人在一起，他们在私下议论；说现在房产市场火爆，建筑商大量开工项目，需要大量劳力，特别是技工，工资也涨得快。他们比较了一下，他们原来的工资比其它工程队工资高一点，现在差不多了，到明年可能还低一点，特别是沿海地区，只是这里伙食还好一点。有少数技工有离去的意愿，可能要到年底工资清算后离开"。小勇说："任工，你对目前你的工作有什么想法和要求"？"目前我的工作没有难度，只是现在房产局检查工程师要求施工过程中，各种施工资料要求更加多项和严格。要随工序进展实况记录和留下相关检测资料作为验工资料，检测资料严格要求和结构部位施工时间一致，不得疏漏。如果缺资料的后果你是知道的。以前来检查时由于我们招待周到得以过关，但毕竟给工程留下隐患，虽然不至于影响到结构的安全性，但也要引起重视，如果要加快进度，感到力不从心"。小勇说："你讲的这些事由于时局的变化是可以理解的，我思考后会尽快给予答复，包括你们在内我会提高待遇，只要我这企业能生存，就不会亏待你们"。王静接着说："目前看来房产市场不错，但是地方各部门，想尽办法颁布一些地方法规条文，规范市场，实际上是增加收费项目，增加了不少成本。各种检查验收，费用隐性成本随着市场的变化水涨船高，有些费用根据财税法规，财务科目制度，还无法入账，伤透了脑筋。建议我们管理人员还要加强各种法规制度的学习，掌握法规条文的内容，认真做到符合法规的要求，以便减少检查验收时的罚款，收费和其它的费用"。小林说："嫂子的话很有道理，但我们目前每个人都担负着两个人以上的职责，从早到晚都很忙碌，哪有时间和精力来补充我们的知识，如果要参加地方政府各部门的各种学习班就更没有时间了，只有一个办法：找来相关文件，挤点时间自学"。任工说："小林说得对，就我们目前按原施工规范来讲，很多工艺已经翻新，建设部可能已颁发了新的规范，我们现在还没拿到，下一波工程检查验收可能要按新规范执行，还有地方政府颁布的一些规定也要想办法拿到，在施工中参照执行"。小勇说："你们提醒得好"。马燕接着说："目前房地产新一轮热潮到来，建材在涨价，我们是否可以在涨价前与厂家预定部分主要建材，如水泥，砖头，钢材和预制楼板的合同，交部分定金，达到控制成本的目的"。小勇说："这个问题下来后和财务商讨，主要是资金问题"。最后苏兰说："我们的手套和工具的使用没有一个可遵遁的规定，导致工人在使用和保管上不注意保管使用，出现散失浪费的情况，是否要制定一个规定加以限制"。小勇说："这个问题虽然很小，说明我们管理有待加强，这个规定由马燕你作好调查起个草稿，大家讨论"。会场里相互观望了一会儿，再没有人发言，小勇说："大家有什么好的意见随时可以提出来。为了把工作作好，谢谢大家的合作，会议开到这里"。散会后小勇到王静的办公室商讨会上提出的问题，小勇说："关于文件和施工规范的文件由我去建设局去寻问购买。关于工人的工资问题我可以向其它开发商打听，就是几个管理人员工资要我们作出决定"，王静说："几个管理人员增加百分之十至百分之十五也没有多少钱，对成本影响不大，就是工人的工资要作好调查"。小勇说："那管理人员就增加百分之十五，但对工人要保守秘密，以免影响工人的情绪。另外这段时间增加了房屋销售业务，最主要的是有了点钱，各部门上门服务和检查的人接连不断。应酬和应付几乎耗费了我的全部精力，弄得我精疲力尽，对于施工我疏于过问，这样长久下去工程要出问题，我想找个人来顶替我部分工作"。小勇心里不好提出找个秘书，更不好言明找个女秘书，他把话说出后看着王静的"反应"。王静两手趴在桌子上好一会儿没说话，脸上也没表情，室内沉寂着，小勇两眼注示着她，一会儿王静说："你要想找个什么样的人，顶替你哪部分工作"？小勇说："我想找个顶替我接待应酬的那部分工作，我好抽出身来管理工程"。小勇一直注视着王静的表情，王静说："专管接待工作当然是年青漂亮的女孩好，来的是男客人，一见笑容可爱年青漂亮，神魂颠倒，一切责任和德行都被熔化掉了"。小勇听其语言中已散发出醋意和警示，他马上故作调侃地说："你把我们男人都说成了'西门庆'？我的意思是替代了我的那部分工作，我好专心从事我的专业"。王静说："上门客人要是有身份的人，'下人'去接待客人没面子，一般办事人员的客人'下人'来接待，说明老板不重视，心里不悦，须重礼方能挽回，要做到人财双收，年青漂亮的女老板方能实现"。小勇被王静幽默讽刺哭笑不得，压住心中的怨气说："你说说怎么办"？王静说："我讲出来可能不合你心意，你还是找一个男的技术员最好，有以下几个好处；一，可以代替你施工管理方面的事，你可以抽出身来应付接待工作，你老板的面子大，可以收到事半功倍的应酬效果。二，可以接触社会上各行业的人，深入了解社会，对制定企业的经营策略有利。三，要是任工程师有事请假，他也可以顶替，四，还必须是男士，男士具有高空和生理体能方面的优势，还有男士没有拖娃带崽的拖累，影响工作"。小勇被她的理由所折服，说："还是你考虑得全面周到，就按你的意见办"。小勇到人才市场去招了一个三十岁工民建中专毕业，在集体建筑企业工作了几年的技术员冯世林，小勇给他高出原工资百分之三十的工资，试用三个月，月工资五百五十元。

23-8 财产纠纷

　　一天小勇带着冯世林在工地上熟悉施工。介绍各工种的班组长，交待注意事项。手机响了，他拿起手机按下键："喂，你是谁"？"我是你爸，我现在在乡法制办公室，我昨天接到乡法制办通知，今天我赶来法制办，这通知我也看不懂，请张干事给你讲一下"。小勇说："张干事你好"，"马老板，昨天我们收到县法院给你的应诉通知，通知你八月十日到县法院，开庭审理你和陈晓燕离婚财产分割一案，具体控诉内容很多，电话里不便长谈，控诉的中心内容是财产分割不公，原告没有得到应有的财产。法律规定如被告是身体健康的成年人必须准时到庭应诉，如无故不到庭应诉，法庭将按原告诉求判决。望你准时到庭应诉"。小勇说："谢谢张干事"。小勇关掉手机立即回到王静办公室商议对策。小勇将通话内容如实告诉王静，王静说："我早有预感，我已把当年所有账务资料，原始凭证保存完好，经税务局审查的当年年终结算报表，资产负债表，一起带去"。小勇说："还有五天，你再次清理核对相关资料，我把工地事宜交待清楚，我们一起去，虽然你不是被告，但你是企业的财务主管，有责任对企业法人资产状况作出合理的说明和解释"。八月九日小勇他们来到县城。十日上午九点到达法庭，由法警将陈晓燕和马小勇分别带到原告和被告席上坐下。陈晓燕位子后面是辩护席位，席位上坐着县正义律师事务所律师为其辩护。小勇后面辩护席上没人。王静坐在前排的旁听席上，陈晓燕今天梳妆打粉得体，头发整齐，身穿一套黑色便装，显得庄重严肃。小勇仍是常穿的制服，很随便大方。审判长宣布审理开庭，宣读法庭纪律，法官宣读原告诉状，整个诉状书宣读了十分钟。主要内容是原告和被告离婚时有地产五十亩价值一百二十万元，在建房屋三十套，投资六十万元，共有资产一百八十万元。减去债务约八十万元，净值一百万元，原告应分割五十万元，除二套房折价十五万外，被告应再付给原告三十五万元予以补偿。宣读完后，法官说："被告对上述诉状作回应"。小勇举手，法官说："被告发言"。小勇说："原告诉状中列举的事项不是事实，既然原告列入那么多理据，为什么当时自己亲手写下离婚财产分割协议，并签字认可"？辩护人举手，法官说："原告辩护人发言"。原告辩护人说："当时由于两人之间感情破裂，矛盾冲突激烈，情绪激动，没有冷静思考，懵然签字。又由于原告当时只管工程施工，不了解财务状况，不能让感情冲动，想尽快脱离那个环境，不加思索误判不当的行为合法有效"。小勇举手，法官说："被告发言"，小勇说："我这里有当时经过税务审查的企业财务报表资料，望法官细审，小勇递上一大堆资料"。法官看这么多资料一时也看不完，于是宣布休庭，宣布下午三点再开庭审理。陈晓燕转身陪着律师走出了法庭，小勇看到她背影消逝在门口，他和王静也随后走出了法庭。下午三点准时开庭，原告，被告分别坐在自己的位子上。审判长宣布开庭，法官发言："我们合议庭对被告提供的资料分别经过专业人员审查，认为被告提供的资料事实清楚，具有法律效力，如银行贷款合同，抵押物估价证明，建筑公司的借贷款等。但仍有部分资料不具备法律效力；如'长顺当铺'二十万元借款，需要提供借款公司的营业执照和盖有公章的借款合同，私人借款除了借款合同外，还需当事人到庭作证。被告能否对上述资料进一步提供有效证据，可以当庭回答"？小勇看了王静一眼，王静举手，法官问："举手人是什么身份"？小勇举手，法官说："被告发言"，小勇说："举手人名叫王静，是本公司的财务主管"。法官说："她有有关部门颁发的有效合法的职业证书吗"？王静递上了会计师证，法官注视王静的相貌对照相片和查看了职称后说："你可以发言"，王静说："我们可以在一个星期内按法律要求提供新的有效的相关证据"。原告陈晓燕举手，法官说："原告发言"，陈晓燕带着情绪说："王静是马小勇的妻子，应该迴避"！法官说："因为涉及财务问题，她是企业财务主管，从职责上讲她有责任提供合法证据"。陈晓燕的辩护人举手，法官说："原告辩护人发言"。辩护人说："王静是被告的妻子，他们是共同利益的关联人，有伪证的嫌疑，按法律应该迴避"。小勇举手，法官说："被告发言"，小勇说："离婚是三年前的事，当时王静只是公司雇用主管公司财务的会计师，没有任何关系，结婚是最近的事"。法官说："该案发生在三年前，不是现在，当时不存在夫妻关系和利益关联，只要能提供当时原始有效合法的证据仍是合法的"。庭内肃静了一会儿，没人发言，庭长宣布："为了公平合法，暂时休庭，下星期三开庭审理"。出庭后小勇和王静回到渝州市，他到'长顺当铺'说明情况，借回了当时的借款合同，开庭那天'当铺'法人带上执照，并写了一份书面说明书，盖上公章坐小勇的车来到法庭。王静把私人借款的五个债权人包了一辆面包车把他们拉到法庭坐在旁听席上。上午九点审判长宣布开庭，小勇递上原始资料，法官一个个对照证据，传讯证人，证人庭上当众作证，所有证据属实，并盖上手印，随后法官宣布："被告所有补充材料合法有效"。法官问被告："还有什么申诉的"？马小勇说："没有"。法官问原告："原告有什么需要辩护的"？陈晓燕期待的目光看辩护人，辩护人举手，法官说："辩护人发言"，辩护人说："提请法官注意，原告当时所得房产并没有过户到原告名下，而是被被告抵押给银行贷款从事经营活动，当时资产也存在着巨大的升值空间，被告也是凭这些原始资产而产生巨大收益，原告应得的资产应视作投资，原告拥有应有的收益权"。小勇举手，法官说："被告发言"。小勇说："陈晓燕当时对财产的分割没提出异议，对房产的处置也没提出要求，而且房产对她的出租经营并没有产生影响，也没有提出转卖房产的要求，因此不存在造成原告拥有权和经济的损失"。庭内双方经过辩论后没有新的论点，审判长宣布休庭。经审查合议后下午三点钟开庭。下午三点准时开庭，法官宣布审判结果：庭内鸦雀无声，审判长宣布："经法庭三次开庭审理，双方庭上充分发言阐述了各自的诉求和提供了相关证据，合议庭法官和专业人士对证言证词和相关合法证据资料进行查验和确认，经合议庭按相关法律充分讨论作出判决如下：原告诉求内容缺乏合法依据，根据被告提供的证人和证据材料合法，经过测算马小勇和陈晓燕离婚时净资产为二十九万元，分割给陈晓燕两套商品房当时银行估价十五万元，分割财产数额合理合法。至于后期马小勇企业效益是经营和市场因素决定，与原告无关，如原告对判决不服可以在三十天内提出上诉"。原告辩护人举手，法官说："原告辩护人发言"，辩护人说："原告保留'上诉'的权利，并对被告人提供的证据材料进行查证"。法官说："原告有上诉的权利，可以选择'上诉'或庭外和解，法庭不作干涉"。马小勇举手，法官说："被告发言"，马小勇说："我拥护法庭的判决，原告辩护人提出对提供的证据材料进行单方查证，我反对，要进行查证必须由法庭作出"。原告辩护人举手，法官说："辩护人发言"，辩护人说："根据现行法规，取得营业执照的律师事务所和会计师事务所均可以办理查证"。马小勇举手，法官说："被告发言"，马小勇说："目前社会上的律师事务所和会计师事务所水平参差不齐，诚信成疑，我反对"。审判长宣布："你们争论的焦点，本法庭不作评判，本次庭审宣布结束"。当晚小勇接到陈晓燕电话，约他第二天找个地方面谈。小勇思考了一下说："明天中午十二点就在法院那条街有个'合香'饭馆相见"。小勇回到旅馆给王静谈了陈晓燕要面谈的事，王静沉默了一会儿说："陈晓燕可能有和解的意思"。小勇说："你看我该怎样面对"？王静说："如果她提出的要求不高，和解也好，减少麻烦，还有就是如果她真的要上诉，动用会计师事务所对当年的账务进行彻查，资产价值倒是不会出现大的变化。清查有可能带出那些我们到社队企业开的运输发票和住宿发票被查出，那可是违反财经纪律、偷税漏税的违法证据，不但我们要承担后果，还要给税务稽查人员带来麻烦"。小勇说："我只有见机行事。尽量和解"。第二天小勇如约到饭馆，看到晓燕已在那里等候。小勇要了一个包间对着席位坐下点了菜。服务员泡茶放在他们面前。小勇细看，一夜之间她苍老了许多，晓燕开口说："昨天休庭后律师找我谈了话，鼓励我上诉。他说休庭后找了他庭上作笔录的同学，看了你们提供的财务资料，他说这些资料从面上看没有问题，我找个特别能'来事'的事务所没有查不出'猫腻'的。要我立即给他准备上诉资料，找合作的会计师事务所。我思考了一下，我不忍心再给你找麻烦，如果你要出什么事，今后在我们女儿面前我也不好交待。所以我给他说我精神受不了，不上诉了，律师说那我们这件业务就算完成了。我说承诺的五千元过几天给他送去。小勇你知道吗？我现在工资才三百五十元，除去生活费这五千元要三年节衣缩食才能凑齐。我只有向父母和亲戚朋友借。我前几次去看女儿只能买点小玩具，不敢给她买衣服，内心一直很内疚，我常在深夜里反省我自己当时就不应该离开你"。小勇看到眼泪汪汪，心里也很同情安慰地说："我很感谢你的关心，我明天给你一万元，你把律师费给了，你把身份证复印件给我，我把两套房子过户给你，价值也有十五六万，当今也算个富裕人家，平平静静地过好日子。你选择离开我也许是对的，目前我的日子还过得去，但今后的道路还很长，前进的道路上还不知道有多少风险"。陈晓燕收住了泪水说："感谢你慷慨解囊"。他们彼此断续地看着对方，不知道他们心里各自在想什么？一顿饭在各自情思中吃饱，饭菜味道没给留下任何印象。小勇结了账送晓燕离开了饭馆，回到旅馆给王静说明，王静认同了他的决定。第二天王静从银行里取出一万元钱交给小勇，小勇将钱亲手交给了陈晓燕，陈晓燕接过钱眼泪又流了出来。陈晓燕将身份证复印件交给了马小勇。小勇离开时，她站在那里没动，两眼久久的望着马小勇远去的背影挥挥手。一个月后陈晓燕拿到了两套房子的房产证。

第二十四章

24-1 售房技巧

　　一天小勇到房屋销售部了解情况，赵组长说："前段时间销售火爆，近段时间我们这片区又有一个小区拿到了预售许可证，分散了部分客户，好在我们第一个拿到预售证独占鳌头半年，销售了不少，为了下一步的更快销售，我想出一个策略；我们把五栋房屋每套房屋销售与否用挂牌的方式标注在上面，挂在销售大厅里，已售出的房屋用红纸标记贴上，未销售的是空白，让每个看房的人对整个销售情况一目了然。我们采用疑兵之计，把楼层好，结构好未销售的房屋用已售销的标记贴上，剩下楼层位置不好，结构不好未销售的房屋用空白显示待销售。对每一个来看房的人，我们都迎上去热情地招呼，带他们去看各种样品房，他们看中的房子图示被人买走，给看房人一种来晚了，失落遗憾的感觉。如果决心买房的人，看到牌上的房源不多，产生急于购买的念头，虽然对房屋楼层，位置，结构不很满意，还是得赶快买，只好选择剩下的楼层。位置不好的房子，对那些坚持买满意房子的人，在他们离开时对他们说：'你留下电话号码，如果有人买了你满意的房子，但又交不起首付款的，我给你留着，我通知你，你立即来'，买房人为我们的热情所感动，还要千谢万谢，过了两天我们把那些隐藏的房子卖给他，说定原价，这样既销售了房子，又稳住了价格。另外还有一个整体的保房价的效应，片区内另外小区看到我们的房子标示快卖完了，他们也不会忙着降价竞销"。小勇说："你这策略好，你是怎么想出来的"？赵组长说："去年我在深圳一家港资房地产公司销售时他们的伎俩，但这办法不要对外人讲，你马老板人好，我才给你献计"。小勇说："明天我专门找一个作字牌的人，由你指挥他作，我不会忘记你的功劳"。挂牌作好，挂在销售大厅外，还在大厅外公路边立了一广告牌，牌上'小区销售即将结业'八个大字。自从那以后两个月房源售完。

24-2 小区'三通'

　　小勇收到了售房部预售房屋交房统计表，仔细地查看思考着施工计划；最后一栋五号楼交房时间为九三年七月一日以前，只剩下十一个月时间，现在施工的是四号楼也只到了五层楼，房屋虽然已经售出，不能违约交房时间，但工期极其紧张，除了房屋主体施工外，还有已断水的三栋房屋水，电，气到户的工程。门窗安装工程，环境绿化工程。四，五号楼的主体工程。小勇思考着施工计划，主体房屋施工根据以往的经验，目前已是年中要招技术工人已是不可能，只能到九月农闲以后招收秋收后的村民作普工。充分利用经过技术培训的普工进入技术岗位。动员每天加班两小时，计划年内把四号楼主体完工断水。把五号楼基础工程作完，水，电，气和排水工程只有分别找自来公司，供电局，天燃气公司和环保局商量。绿化和小区道路可以自行施工。小勇想还是发挥集体智慧，他召集管理人员开会，在会上小勇把上述情况和自己思考的计划告诉大家征求意见，任工说："我在原建筑企业里，像水，电，气和排水工程都是找相关公司下的项目承包公司完成，但外包成本很高。就是因为这些原因导致公司这些项目没有利润，加之主体项目管理不善，承包项目累累亏损，导致最后公司解散。马老板你的项目是开发商建筑商一体，管理到位，是不会亏损，只是盈利多少的问题。我们这些人员待遇不错，我们也安心，我建议我们找水，电，气和环保部门内部说话管用的人沟通，由他们派出技术骨干指导我们施工，自己找人干活，自己买材料，这样成本低很多。不外乎检查验收时给检查验收人和沟通人一点'好处费'，'好处费'毕竟有限，至于主体工程施工计划，你是内行我赞同你的计划"。小勇说："任工，你的建议很好，感谢你的支持，你在水，电，气，环保公司里有熟人吗"？任工说："我有个同学在天然气公司从事管道铺设的技术工作，以前我没'麻烦'过他，不知道他还念不念同学情"？小勇说："念不念同学情无所谓，你好久请他我们认识认识"。"我可以联系一下他"。小勇说："另外我听说你和供电公司和自来水公司关系密切，天燃气公司有熟人可以找他'曲线救国'"。"马老板这样信任我，尽一切努力"。小林发言说："我们要加快施工进度，找来很多农民工来作一些挖基础，挖管道沟和平路基的工作，这些农民工什么都不懂，时时离不开施工员指导，所以我们还需要一位施工人员指导，避免返工，浪费工时和材料"。小勇说："这两天我去人才市场去找一下，看是否能有合适的人选"。马燕发言说："哥，你的施工计划加快，增加了很多的新的项目，如水，电，气，排水，绿化所用材料规格名称尽快地提出计划单来，我还要进行市场调查，有些特殊材料还得提前定货，以免影响施工"。小勇说："你们的建议都很好，会后你们大家都思考一下，下一步工作计划还存在什么问题，以及应对措施"。散会后小勇感到目前的任务繁重，细细思考，首先要紧的是施工员的问题，根据工作量也只能招收临时施工员，这样的条件招人的难度很大。他只好到人才市场去试试看。他开车到人才市场，到中介公司翻看有关这方面求职登记表，求职人员多数都要求，用人企业交'三险'（养老险，医疗险，人身险）。小勇想自己公司不可能满足上述条件，他又只好找职高毕业生，他们工作是为了实习，优势是：有一定的书本专业知识，缺乏实践经验，只好自己亲自带领。他又想到如果能找到两个从事建筑业多年的老工人，利用他们的实践经验和实习生的书本知识结合，便可以发挥施工员的作用。他在求职登记表里很快找到二位刚毕业的职高生，又在建筑工人求职表中找到两位下岗工人五十来岁，由于职高生是实习生，没有待遇的特别要求。下岗工人有原企业的保险，小勇分别面试录用，给实习生月工资二百元，下岗工人月工资二百五十元，两工人的工资正好是一个施工员工资。他们报到上班时，小勇把他们分成两组，一组由实习生张云生和下岗工谭树林一组。另一组由实习生冯世先和下岗工汪益成一组。他们分别先跟随小林和冯世林学习和熟悉施工，小勇说："你们之间也要互相交流学习，我给你们提供这样好的学习机会不要放过"。两个实习生说："马老板，我们绝不放过你给我们这样好的机会和老师，谢谢你"。两位下岗工人说："我们在单位里干了几十年的各工种的活，有技术就是不会识图，我跟他们学会识图我们的本事就全面了，今后就有重生的机会了，我们代表全家感谢你"。小勇过后专门给小林说："招不到合适的人选，这是应急措施，你们多指导他们，过一段时间就会熟悉"。招来的四人对这样的待遇和安排也很满意。任工到小勇办公室对小勇说："马老板，我约

389

天然气公司我的同学见面，你看到哪里好"？小勇说："时间由他定，就到滨江饭店"。任工电话里告诉他同学，定在今晚七点滨江饭店。小勇和任工他俩提前半小时到滨江饭店，任工在门口等候，小勇定了包间，在包间里等候。七点钟任工带着一个同龄的男子走进包间，任工对同学说："这是马老板"。拉着同学的手说："这是我同学蒋济"。小勇伸手握住蒋济的手说："蒋工好"，蒋济说："马老板好"。问候后落座，小勇叫服务员给他们各自斟了一杯茅台酒，服务员又陆续上菜。小勇说："你们同学相会我十分高兴，为你们聚会干杯"。任工和蒋工齐声说："谢谢马老板的盛情"。大家碰杯一饮而尽。服务员又分别给他们斟满酒，小勇举杯说："我们今天相识就是朋友，祝大家身体健康，事业有成"，。大家举杯一饮而尽，服务员又给大家斟半杯酒，小勇举杯说："蒋工光临，今后还望蒋工多多指教"。大家举杯共饮，小勇放下酒杯说："我不知道大家酒量，又是熟人，不用客气各自随便"。服务员又给大家斟了半杯酒。小勇说："小姐麻烦你给我们各泡一杯'龙井'茶"。小姐应声出了包间。任工喝了一口酒说："我们今天请老同学来是请教燃气管道小区内铺设方面的事，请同学赐教"？蒋工喝了一口酒思考了一下说："目前我们公司对燃气管道铺设有严格的规定，表前（即用户燃气计量表之前）管道由我们公司属下经过培训的专业施工队铺设，因为管道的安全涉及重大事故后果，不容任何敷衍马虎，表后到用户管道因是在建筑物墙体上铺设，由开发商选择施工单位，质量责任由开发商负责"。任工说："表前管道有没有由开发商铺设管道？你们检查验收的变通办法"？蒋工说："涉及的后果太严重了，还没有先例，我想为这点钱去冒这么大的风险不值得，而且我们公司也没有这样胆大的人敢去检查验收，承担责任。不像自来水管道的水流失，不会造成重大事故后果，只是经济损失"。小勇问："蒋工你们铺管道的施工队忙吗"？"由于现在房市好，申请上市的项目特别多，我们目前施工队特别忙，现在申请施工项目排队到半年以后了"。小勇说："我第一批销售的房子合同订的是十月一日前交房，现在只有两个多月了怎么办"？蒋工想了一下说："这样办：我哪天有时间来工地看一下地质情兄，测量一下决定管道深度，管道路径画好。你们组织人工挖管道，管道挖好后我来检查，检查合格后铺上碎石夯实，我组织工人加班安装管道，这样不影响其它项目的施工计划，我不收取管道开挖和回填的人工费。开挖和回填我派施工人员现场指导，但工人一定要听从指挥按技术规范施工"。小勇说："我一定好好感谢蒋工"。蒋工说："看在同学的面上，时间紧，我也是第一次这样作"。饭后小勇开车把蒋工送回家。管道铺设和安装气表用了一个多月时间，另外给了施工员和蒋工各一千元酬谢费。给水工程也采用上述办法通过协商完成，但费用只有燃气工程外包的百分之六十，节约百分之四十的费用。供电工程经过胡主任的关系，由于是空中架线和地下管道土方工程少，由供电局装表到各户门外，安全性和技术性较强，小勇的工人无法插手。排水工程，排水管由小勇施工队将排水管铺设到环保局指定的排水口，进入区内排水系统。绿化和道路工程，小勇带领二位实习生和两位下岗师傅到成熟小区参观，商定方案，由他们带领农民工施工。水，气表后进户管道的安装，专门请了二位专业师傅，三个杂工协助施工。给水管道通过通水试验检查，气管用泡沫水浇各接头检验。水，电，气，排水，绿化，道路配套工程三个月内完成，保证了按时交房。客户按期接房，房款也陆续收回。

24-3 人性

　　一天小勇接到永丰公司王总电话，小勇虽然与王总多次见面，但交流甚少，电话里约他明天十点钟在滨江饭店喝茶。小勇感到意外，小勇准时到饭店，王总也正好到，一身黑色便装。都是熟朋友没有了'礼节'，他们俩一起到了包间，各自就座喝茶。小勇说："王总，我们有很久没见面了，现在房市好，你项目多可成大富豪了"。王总看着茶杯，面容有些憔悴，小勇心里没底，到底有什么事？王总转移了话题说："我想和你这个年龄段的人交流一下，小勇你说'人性'是什么"？小勇被他这一突如其来的问题，不知如何回答，沉思了一会儿说："你提出这哲理很深的问题，我从来都没思考过，太深奥了"。王总说："我已经五十多岁了，为发财当年到深圳倒卖服装，到云南非法倒卖香烟，偷税漏税坐过一年牢。在牢里那样的环境下，各式人物人性表露无遗；有暴烈凶残的，有自视清高的，有无颜自容，终日以泪洗面的，有软弱自尽的。后来出狱，犹如九死一生，变得一切都无所谓。后来做生意，商场中，社会上有了不惧一切的胆量，不惧后果，不外乎二进'宫'（监狱）。到了改革开放，又是另一个世界，进入竞争的社会，人的劣根性随之爆发：尔虞我诈，坑蒙拐骗，劳碌奔波。食欲，情欲，性欲，权欲，享乐腐化，人生百态，一言难尽，难道都是人性吗？我近来才思考这个问题，自己反省自身在荣辱世事变化中，今后该如何面对人生？面对社会"？小勇说："王总我没你那样丰富精彩的经历，这方面我应好好地向你讨教"。王总说："小勇你是我最知心的朋友，你年轻，今后的路还很长，你今后社会地位会越高，越是危险，各色人物怀着各种目的接近你，巴结你，利用你的人性诱惑，让你迷惑，让你得意忘形，忘乎所以，你得保持清醒。过去的开国皇帝，历经艰辛磨难，建立王朝，子孙后代至高无上的权力，无法无天，为所欲为，为人性发挥极至提供了条件，以至皇纲荒废，乱政，最后皇朝灭亡"。小勇说："感谢王总的教导"。王总若有所思地喝了几口茶说："我决定离开这旦，到山西去开煤矿，去闯一个新的行业"。小勇惊奇万分，说："王总你的公司如日中天，就这样放弃了吗"？王总说："公司一切如旧，只是今后由我儿子和老婆经营，法人名义上还是我"。"你这一走，让我们深感惋惜，又少了一个朋友，少了一股力量，谁能有你那样丰富的社会阅力和人脉关系，丰富的经验，你留下吧？我们一起向前走"。王总看着茶杯：说："小兄弟我知道你我的兄弟情深，我选择离开也是无奈之举，个中原由你以后会明白。这里我有一事求你，你知道我在群益公司地块中的一百万元的投资股份，我想拿出来，但是那地块是我们五个人共同投资，我一个股东无法变现，我想由你接替我的股份，过几天我召集股东开会，重新定立协议，把我的股份转移到你的名下。我到山西买煤矿至少得五百万，我现在只有三百万"。小勇说："你是在开玩笑吧，你的资产何止亿万"？王总说："其余资金都在运转中"。小勇说："王总，我有今天，都是你们多方支持关照，只是我舍不得你离开，如果你决心已下，我全力支持"。王总说："我先去闯一闯，如果有前途，欢迎你也加入"。小勇说："看来我们今后还是得互相依靠"。王总说："我们是兄弟，只是我老了，还希望你这样的小兄弟在身边"。说这话后，眼里闪着泪花。小勇不知道他有什么事，不好再问，安慰地说："你这话多温情，终身难忘，有机会我一定来"。王总转了话题说："你知道吗？何总出来了"。小勇说："他不是为债务和群体事件拘留审查了吗"？王总说："那是两年前的事，当年他买地和开发所背负的二百多万元债务，当时买地花了三百万，现在地价涨到近六百万元，他把地块作抵押去银行贷款，估价五百万，给了贷款额度三百万，还清了所有债务，产权仍属他的。那些群体事件经政府安抚和时间的消磨，人们已经淡忘，那块地马上开工，将来还是可大赚一笔。可惜广州群益公司陈总选择了'不归路'"。小勇说："何总有今天，多亏你从中'斡旋'"。王总说："都是圈中的人，互相帮助也是应该的"。他们边喝酒边聊天到深夜。

24-4　股东

　　　　一天小勇带一批客户房主的资料，到房产局办理客户过户手续，碰到了胡主任，胡主任把小勇拉到办公厅外悄声的对小勇说："你知道吗？王总和老婆协议离婚了，没走法律程序，那样影响太大。因为王总在地产界活动多年，人脉关系深而广泛，很多难办的事都是王总的'面子'摆平，如果把离婚这事闹到社会上去，对公司极为不利。王总也念儿子老婆的旧情，公司交给了儿子和老婆经营，他分得资产六百万，三百万房产，三百万现金，听说他要到山西去开煤矿，但这是绝密，现在公司的法人代表仍是王总"。小勇问："他们为什么闹到这种程度"？胡主任说："还是那个女秘书惹的祸，他老婆经常为他和女秘书私密而争吵，最近王总给钱把女秘书'打发'走了，但他老婆仍不依不饶"。小勇想起了他前几天王总的一席话，茅塞顿开。小勇当天晚上找王静商议买地的事宜，小勇说："这倒是一个好机会，我们这个小区项目明年上半年完工，工程正好接上，只是我们目前的资金情况如何"？王静说："我们目前还清了所有债务四百五十多万。还有工程建设，绿化，小区道路，水，电，气，下水道等设施安装建设费用。另外还有各种税费，地产税，商业房产经营税，建筑税，所得税，费就更多了，交通建设费，环保建设费，教育费，城管费，治安费，一共十多种地方收费，税费总共也支付了六十多万，现在账户上只有二百五十万元，当然后期交房还有五百多万的进账，但还有一栋在建房要投入近百万，最后可能剩下四到五百万。全部销售到账可能要到明年七八月份"。小勇把群益地块股东和股东所持股份告诉了王静。王静说："我测算了一下，根据片区规划，按建筑面积摊算，地价约五十元一平方米，房屋建筑，绿化，水，电，气，排水设施安装和小区设施配套等成本每平方米约四百元，各种税费每平方米约三十元，还有其它不便言明的开销每平米约十元，总成本价每平米四百九十元，现在的房价在七百五十元，后期的房市如何要认真推敲"。小勇沉默思考后说："我的想法还是把王总所持股份买来，他股份一百万加上两年多利息约十五万，一是为了感谢王总这几年对我们的帮助。二是我们的施工队不能散，散了今后不容易召集。三是搞建筑施工还可获有百分之十至二十的利润养活队伍，也养活自己"。王静说："五个股东共有，各自的想法不同，在今后的经营难以统一意见，后期的经营难度较大"。小勇说："我思考这个问题，我们召开股东会议讨论，制定投资规则，明确股东的权利和

392

义务"。王静说："既然你已经考虑好就照你的意见办，资金没有问题"。小勇说："你现在重点是要在'月子'前，把所有售房已收账款和未收账款名单清理清楚，作好资金计划，以免在产假期间出现财务混乱"。王静说："这要你和你妹配合，你妹要把材料款项清理清楚，你要督促任工尽快把最后一栋房屋用料计划单提出来，要售房部将所售房屋的房主交款列表交给我以便核对"。小勇说："我督促他们尽快把所有资料提供给你"。小勇在电话里告诉王总，买'群益'地块的股份，出资一百二十万元。王总说："谢谢小勇，但还得召开股东会议，因为原来是我们五人共签协议，变换股东得由新股东重新签协议，明天我召集股东在老地方开会"。第二天四个股东准时来到饭店；看到几位老总面带倦意，他们边喝茶边讨论，王总说："我今天召集大家来，想跟大家商议一个事情，关于群益公司那块地，过户已经过两年，国土局几次来电话催快开工，政策规定开工年限已过，我给他们说，由于我们是几个股东共同持有，我们正在商议开工事宜，国土局说，看到都是本地的大佬面上，再给你们半年时间。我公司还有其它地块正在施工，精力应付不过来，我已将地块股权转让给了马小勇的长荣公司，我预备好四份合同，合同内容都是原合同内容，只是将我公司的股权改为长荣公司股权，请各老总签字认可，原合同作废"。何总，唐总，张总感到非常诧异？但是都没发言，因为这是持股人的权利。何总说："我刚出来，用另一地块抵押贷了款，清旧债，才得以脱身，我持股所有钱都是唐总垫付的，我现在正在高利贷借款开工，如果这块地要开工还需要建筑资金，我还得尽快还唐总的钱，各位老总帮我出点主意"？沉默了一会儿，唐总看了一下小勇说："马老板你现在很轻松，是不是帮一下何总解一下困"，小勇问："如何解困"？唐总说："你把何总的股份也接过去，这样你占有三股，决策上你和张总作主，你又是建筑商和张总商量着办"。小勇思考了一会儿说："帮朋友的忙是我义不容辞的责任，对我这个小老板来说，接这股权是件大事，我要回去查一查我的资金，有没有那个财力"。何总说："谢谢马老板，你如果要买股权，这两年地块的红利我不要，就把我和唐总签的借款协议利息和股本转让，当时那种特殊情况你们也知道，唐总也是看在朋友面上认定年利百分六"。王总说："我现在已是局外人，以朋友的身份建议，你们能够达成协议很好，尽快开工，如果拖延，日久变故，外人插入，带出过去的商业秘密，对你们和相关的朋友都不利"。唐总说："至于今后的开工建设，大家也提出一个框架建议，交公司财务主管讨论，我建议：我们按规划，小区五年完成，每时段按所需建设资金按股份比例投入，最后按投资比例分红"。张总说："地产投资和建设投资如何计算，如何计算建筑商的投入成本？是按建筑成本或是按预算定额单价概算成本？如果按预算定额价的概算成本，国家规定调概还计不计算在成本内？不计算在内，建材，人工涨价怎么办？按实际投入计算，材料，人工价，管理费，机械费如何掌握控制？而且还侵蚀了地产升值的红利，我建议还是采用由建筑商承包的办法，工程交验合格后付工程款，如果股东没钱支付工程款，所欠工程款按时段计入建筑商的投资。我们动用我们每个人在房产局的人脉关系，加快拿到'预售'许可证，这样在建设时期就可以卖房，可以减少建设资金。马老板你是建筑商，对这方面是内行，你有什么建议"？小勇说："在座各位都是常跟建筑商打交道的老'内行'，比我有经验，按你们的意见办"。唐总说："张总的意见可以考虑。马老板你是建筑商，如果你愿意承建，你是大股东又是建筑商两个身份。

我们又是朋友，有什么问题我们可以协商，你是最合适作建筑承包商"。小勇思考了一会儿说："能为大家服务感到荣幸，就是我资金有限，如果我的资金周转有困难时，希望大家支持。我一定把工程做好，让你们放心。我承诺在市场建筑价的基础上降百分之五，大家多得百分之五的利润"。唐总说："马老板你尽快地把预算拿出来，大家看一看，交部门审查一下"。小勇说："现在还没图纸怎么编预算"？张总说："这片区各小区房屋的设计只是每套房屋的面积大小不同，都是'砖混'结构，房间布置就是那几样平面设计图，你可以选几套你在建的房型作参照"。小勇说："开工还有'许可证'要办，办证麻烦事很多，得抓紧"。唐总说："我们每个公司抽出一个人组成一个小组，立即办理"。

24-5 办证

　　一天小勇到唐总的办公室，唐总不在，一位小姐接待了他，那小姐看面容只有二十二三岁，清秀文雅，举止得体，一身黑色外套，看是秘书专业毕业的，有文秘的礼议。小姐问："先生，你是长荣公司的马老板吧"？"是的"。"请喝茶，唐总有事到市'发改办'去了，临走时特别嘱咐我好好接待你。'广大'公司的人还没来，你在这里休息一会儿，我去叫蒲主任来跟你一起去办事"。她走出办公室，一会儿门卫带了一位三十多岁的女士进来，也是一身黑色外套，面容白净，五官清秀，少妇韵味实足。没有客套'礼节'，自我介绍说："我是广大公司杨莉，前来协助办证的"。小勇上前伸手说："我是长荣公司马小勇"。杨莉说："听说了你是一位最年青老板，马老板亲自出动，难能可贵"。小勇说："本公司财微势弱，雇不起贤士"。杨莉说："你这样'高，大，全'的老板哪能瞧得起'下人'"。小勇笑着说："杨姐，我们初次见面你就这样洗刷小弟，我无地自容"。杨姐说："我今天能结识你无限荣幸，今后为姐的还望你多'关照'"。他们在调侃着，秘书带了一个中年男子进来介绍说："这就是蒲主任"。他们互相握手自我介绍，秘书说："你们到这边小会议室议事"。秘书给他们泡上茶，小勇首先发言说："我们三人商议一下，发挥我们每个人的'人脉'优势，办证尽快'过关'，当然'人脉'只是'路经'，必要的应酬还是要的，大家都是过来人，心中自然有数，你们自告奋勇吧"。蒲主任说："我接触多的是国土局和环保局的人，我们也经常联系，过年过节也经常在一起，国土局他们职工住房困难，每次我们都优惠一两套房子，环保局就是下水道，交了环保设施费，管道通过小区门口，他们只是指一下接道口而已，只送点礼品"。小勇说："那你就负责这两个部门，你看怎么样"？蒲主任说："可以"。杨莉说："我原先是干会计工作的，接触税务人员较多，每次我去办事就备个案，都是请客酬谢，主要'应付'还是年检和稽查的时候"。"那你就负责税务怎么样"？杨莉说："可以"，小勇说："剩下的由我来办，最重要的还是房产局，开工办理'许可证'由他们签发。'预售'许可证也由他们签发。他们管住了我们的'命门'，所以礼品要重一点，像我们这个项目，可能要解决三户优惠房，其余的部门备案，只是请客送礼应酬而已。不管哪个部门的应酬你们都写个条，注明数额和用途，作为办公费用开票统一记账进入成本，看这样行吗？还有什么好的建议＂？他们俩都赞成地说："你考虑得周全可行，就这样办＂。由于轻车熟路，资料齐备、完整到位，很快就拿到了许可证，备案完毕。小勇开始组织施工。

数额和用途，作为办公费用开票统一记账进入成本，看这样行吗？还有什么好的建议＂？他们俩都赞成地说："你考虑得周全可行，就这样办＂。由于轻车熟路，资料齐备、完整到位，很快就拿到了许可证，备案完毕。小勇开始组织施工。

第二十五章

25-1 撤迁

　　乡民小勇想利用农闲时间雇用附近村民开挖新项目房屋基础。他走遍了附近村庄，只看到少量点缀在荒草地中的菜地和农田，也没有见到闲散的村民。不远处一块地里有一个妇女在翻地，他想了解一下情况，他踮着脚走在荒草的田埂上，走进一看，一个四十多岁的妇女，一身黑布旧衣服，双脚陷在泥土里，身上沾着细小的土粒和干草叶。小勇走进身旁，她仍若无旁人似的，举着锄头一伸一屈的挖土。小勇问："大姐，这么大一块地你一个人要翻多久"？那人头也没抬地说："男人们都出去打工去了，外面挣的钱比干这活多多了，还没有这样脏和累，我家里有老有小离不开，要不我也走了，我这里种点菜自己吃罢了"。小勇说："这么好的地，又在城边上，种点菜卖，方便又有收入多好哇"？那妇女说："现在大家都往钱上看，那些在外挣了钱，当地产老板，霸占农民的地，修房子卖赚大钱，吃香的，喝辣的，开轿车，找'二奶'，多风光，谁不眼馋，谁还有心思种这'劳什子'地"？小勇一阵恶心，好像是在骂自己，看来没有'交流'余地，转身离开。小勇回到工地住处。心里还是思考着开工的事。如果附近雇不到人挖基础，只有到外地雇人，外地人还得解决吃住的问题，现在还不具备这个条件，开工前工人吃住的临时工棚得尽快地完成，他思考了一下，如果租用活动板房，短期的租金费用不是很多，但如果长期租用就不划算了，决定采用租钢管搭建房架，自购石棉瓦作屋面和围护墙，这样可以遮风避雨，又不会有易燃的火灾隐患，节约费用，决定直接去石棉瓦厂调查定货，可以节约百分之十至之二十的工棚租金成本。小勇开着他的'现代'小车，到了第一家郊区的石棉瓦厂，前后排列着五栋简易的棚式厂房，厂房前面是一栋两层的办公楼。销售科就在楼下，小勇走进销售科，办公室里四张办公桌，坐着一男一女，一位男士主动地招呼："同志这里坐"，小勇坐下后，那人说："你来买石棉瓦吗"？小勇说："是的，多少钱一张"？小勇把料单递给了他，那人说："你要这么多货，我没有现货，要先订合同，如果量少还可以在别的合同里挤一点出来，大批订货合同现在已排期到明年一月份了"。小勇问了一下价格说："你这价还可以降到每张六元吗"？那人说："这已经是出厂批发价了，门市销售价每张八元"。小勇说："我要得急，只好另外找个厂家问一下"。小勇出来后开车到另一家石棉瓦厂。他刚停下车还没来得及看环境，一堆人涌了过来。他们以为什么'要人'开着小车来了。涌来的人都是老年人和中年妇女，一个个都是哭丧着脸。一个一身破旧衣服的中年妇女，一口开就泪流满面地说："先生，你帮我们说句话，作个'主'吧？我们这些人的亲人都是个厂的老职工，近一年来，都先后咳嗽吐血，到医院去看病，经过照光，化验，最后医生说肺部有阴影，可能是矽肺病，问病人从事什么职业？我们告诉医生在石棉瓦厂工作，医生说，这种病有矽肺病的嫌疑，可能还有玻璃纤维粉尘的有害物质侵害，善后不好下结论，你们还是另找一个医院看一下吧，我们先后找了多家医院，他们都是这个说法。最后我们急了，找了一家三甲医院最高级别的'专家'，他再也没理由推脱，他说这个病后果严重，我们不敢妄下结论，叫我们去找合法鉴定机构鉴定。后来我们找到指定的心肺专科医院，他们要_‘开胸’取出‘活组织’进行活检，这开胸是大手术，风险大，费用高，所以我们到厂家讨个说法！厂保安拦着不准进去，老板传出话来，你们这些四处八方打工的人，怎么说就是我们厂的粉尘致的病？要拿出是他们厂粉尘致病的证据来，难道粉尘还有标牌和时间记录吗？你看这话多‘混’！你给我们出个点子吧"。小勇觉得他们确实可怜，但自己无能为力，又怕惹火饶身，于是说："我是买石棉瓦的，对这些问题我也不懂，你们找厂家商量，商量不成找政府有关部门"。小勇说后上车走了。又找到一家小一点的石棉瓦厂，看到他们工人都是手工操作，厂房后面堆了很多石棉瓦碎片，没有办公楼，一个中年男子迎了出来说："先生你买石棉瓦吗"？小勇说："是的"。那人说："我们这里货多，任你选"。小勇问："你这里价是多少"？"六元五角一张"。"你带我去看一下"，那人带小勇到了一个敞棚，里面堆满了货。小勇仔细地观察，石棉瓦表面不光滑，留下了拖移模型的痕迹，个别部位还有细小的裂纹，小勇看后心里对产品质量产生了疑虑，借故说："老板，我要回去统计一下数量"。那人说："欢迎你再来"。小勇回头和第一厂家签了合同，厂家同意如急用，可先提货二百张。小勇又到新项目工地里查看，有被撤迁留下的破旧房屋，他进到房屋里观看，门窗已被拆走，屋面漏雨，木椽部分霉烂断裂，四周土墙虽有边缘脱落，但仍然垂直耸立，还可利用，正好石棉瓦先期数量有限，也可以满足两栋房屋的屋面需要。利用屋架和土墙，不租用钢管，屋面换上石棉瓦，用竹席和木条钉成窗扇，刨花板作门。主意打定，接下来组织木工用石棉瓦换屋面，按计划修复了两栋小区平面图布置在绿化区里废弃的房屋，够二三十个人住宿，利用房屋内厨房里的灶做饭。节约了一半临时工棚费用。小勇回到老家雇用二十五个农闲的农民工挖基础。新项目按时开工。

25-2 后事

　　快到春节，一天小勇在办公室接到张总电话，电话里告诉他，今年房市好，大家心情舒畅，商会租了‘乐迪舞厅’，明天晚七点商会成员带家属一起来娱乐一下。小勇放下电话和王静商量，王静说："我大起一个肚子，怎么好意思到那种场合去"？小勇说："肚子大了，说明夫妻有‘成果’了，又不是丢人的事"。王静心下想：这样也好，向那些窥窃"富人"的风流女子召示，马老板有‘主’了，离他远一点。第二天王静特别打扮了一番，上身一身紧身黑色的绣花绸缎衣服，肚子显得滚圆而大，花了一百元烫发做花，显得特别高雅，下身绣花绸裙，一派贵妇人装束。进舞厅时王静为了向众人召示自己身份，她挽着小勇的手进入舞厅，众人目光齐聚在他们身上。突然一个手拿扫帚的女子上前拦住说："马老板我可把你找到了"，马小勇一看正是唱歌的媛媛，已猜透了她八九分的用意，忙说："媛媛小姐有事请在会后细谈"。暖媛看到众人诧异的目光，让开了路，她放下扫帚紧跟在他们身后。小勇和王静进了歌厅，中后排找了座位，王静大着肚子坐在椅子上，听着音乐，看着舞场里舞姿飘荡，人声欢笑，靡靡之音让人荡气回肠。她被坐在后排的媛媛分散了情趣，猜想后座的媛小姐种种疑虑。两个小时的舞会让她无边无际的猜想，热闹非凡的舞会没给她留下印象。媛媛紧盯着他们形影不离，舞会结束了。小勇夫妻走出舞厅，媛媛紧跟身后，到了停车场，小勇问："媛小姐有什么事"？"我跟你到你家细谈"。小勇说："不行，你原先同意离开渝州市，不再回来"。媛小姐说："我已在舞厅蹲了一个多月就是为了找你，是生活所迫，不得以而为，我决不放过找到你的这次机会，我一定要到你住处去，说不定'那人'就藏在你那里，我去看一下，再把事情说清楚我就走"。小勇看到她态度坚决，也为了证实我那里没'那人'，只好让她上了车。到了办公室坐下，媛小姐泪流满面地说："马老板，我就是和你介绍的那个朋友同居后，我就有了我女儿芹芹，当时他离开我时，我怀孕反应不大，存侥幸心里，后来刚到广州不久，'反应'特别强烈，无法打工，只好回到老家，从那以后我就一直呆在家里，一直到生芹芹。我没有母亲，父亲又跟后妈离开了我，所以只有我独自一人。为了省钱，'生产'时请邻居照顾了十来天，后来就是自己照顾自己和孩子，由于产后体弱很快就得了'月后寒'病，病中不敢住院，请村医上门看病服药。又请邻居照顾，但由于负担过重，压力过大，病一直拖了几个月，嗓子发炎水肿，音带受损，病后声音嘶哑，再也无法唱歌。进城找你，为糊口又找不到职业，只好作清洁工，我落到今天这种地步，全是你朋友导致的，找到他是我的唯一生路。既然他已远走高飞，只有找你联系他"。王静听她的哭述，面部表情复杂，小勇说："你先看一下我这里有'那人'没有？这深更半夜的怎么找"？"我相信他已远走高飞了"。小勇说："你的处境艰难，我知道了，至于我那朋友自从我们那次见面后，他到外地去了，没跟我联系，我也不知道他现在在哪里"。小勇摸出了二百元给她说："你回去等几天，我给你消息"。媛小姐说："你一定要找到他，如果他对孩子有怀疑，可以抽芹芹的血和他的血作DNA鉴定"。媛小姐走后，小勇和王静商议，小勇说："媛小姐讲的那位朋友就是房地产局的陈主任，上次我们能在第一批的五个项目的预售证指标中占得一个名额，全靠他帮忙。在办证之初，我听在房产局的'家门'说，要拿到许可证陈主任是关键。当时陈主任心情不好，为了让他散心，我请他到舞厅去散心，在舞会上他听到媛小姐一部老电影'马路天使'插曲和一首'一江东水向东流'插曲，让他兴奋不已，我买二张卡，一张给了他，另一张给了媛小姐，叫他们有空就去唱唱歌。后来就没听到他打电话来约我到舞厅，我也忙，就把这件事放下了。过了两个月媛小姐找到我，说她和陈主任同居了，近来陈主任不见她了，电话也打不通，我想这事复杂了。陈主任是我的朋友，决不能把这事闹大，给了点钱打发她走了，哪知道又发生了今天这样的事，你看怎么办"？王静思考了一会儿说："摊上这事真难办，还是给点钱叫她走吧"？小勇说："看到她今天的态度，不是给点钱就善罢甘休的，即使一时给钱'了结'，不知道哪一天又找上门来，何时是个了"？王静说："那就叫陈主任认了吧"。小勇说："陈主任二婚妻子已怀孕了。要是媛小姐找到他，告上法庭，那陈主任是要坐牢的，我们今后还要依靠他，但这事我还是要告诉他，利用这事把朋友拴住"。一天小勇和陈主任坐在饭馆的包间里，小勇边喝酒边说："陈主任，媛小姐又找上门来了，看那'架式'找你的态度很坚决，而且还威胁说：要女儿的血和你的血作DNA鉴定。我跟她说你到外地去了，不知道你在哪里，她说你是我介绍的朋友，找不到你，就找我要你，你看如何是好"？陈主任强硬地说："不要听她一派胡言，我不见她，她拿我奈何＂？小勇说：＂看她那事不罢休的态度，我想闹大了社会谣言伤人，影响不好。我也不相信你和她有那种事，不过看在幼小的孩子份上，她也不外乎生活所迫，我想在我们公司安排一个月薪四百元管材料的工作，这样她们俩娘母生活有了'着落'，又宽裕，也就不会生事了＂。陈主任沉默了一会儿，面带心事地说：＂马老板这样善良，难能可贵＂。小勇回到工地，跟王静谈了他的想法，王静说：＂事到如今，也只能这样处理＂。第三天，小勇还没来得及去给媛小姐讲处理意见，媛小姐背着小孩来到办公室，小勇害怕自己独自处理，王静产生别的想法，小勇把媛小姐带到王静办公室关上门说：＂我们在这里谈＂。媛小姐把女儿抱在身前，一双可爱的小眼睛轱辘辘的打转，眼睛，鼻子和嘴型透露出陈主任的形象，脸形像媛小姐。媛小姐看到小勇在打量女儿，说：＂马老板，你看这孩子的相貌像他，我没说谎吧＂？小勇不好直说，改口说：＂这孩子真可爱，媛小姐我至今仍不知道你的姓名＂？我叫孙芳媛＂。马小勇说：＂我那朋友原来也是生意中认识的，也不知道来自何地方，这几天我多方打听，也没有他的下落。我看你处境艰难，我想给你在我公司安排一个材料管库员的工作，月薪四百元，你看如何＂？媛小姐想：比作清洁工一百五十元高多了，高兴地说：＂感谢马老板关照，只是我没做过这样的工作，害怕做不好＂。小勇说：＂你只要认真地学习就行，这里我有个要求，今后工作中不管任何人，任何事都要实事求是，不弄虚作假，你的直接领导就是她＂。小勇指着王静说：＂她是王静，财务主管＂。媛小姐说：＂我叫你王姐行吗＂？王静说：＂可以＂。小勇说：＂今后不要对任何人讲你的身世，更不要讲和我朋友的那些事，以免造成不好的影响＂。媛小姐说：＂我怎会向自己脸上抹黑，你放心＂。小勇叫王静给了她一千元钱说：＂这是给你的安家费，你在附近租间房子方便上班，把孩子送到托儿所，把家安顿好，一个星期后来上班＂。媛小姐在心里默算了一下，房屋月租金五十元，孩子的托儿费每月八十元，月薪四百元很宽裕，还有一千元的安家费。高兴地说：＂我再没有后顾之忧了，我两娘母可以平静地过日子，感谢马老板的关照＂。一个星期后媛小姐来到王静的办公室，马燕随后走进办公室，王静看到她一身半新旧的黑色便装，脑后一对辫子，面色略带疲惫，媛小姐看到王静大着肚子，行动不方便，马上给她挪动椅子，并倒了一杯开水放在桌上。王静说：＂媛小姐，从今后你跟着妹子学习材料的管理工作，她是你的老师，认真跟她学，听从她的指挥，如有拿不准的事就来找我，不要直接去找马老板，他的事多，你要记住离他远点＂。媛小姐说：＂老板娘你放心，我记住了＂。马燕说：＂嫂子还有事吗＂？王静说：＂妹子，你带去好好教她，半年之内必须独立工作＂。马燕带着媛小姐走出了办公室，在路上马燕说：＂芳媛，你理解嫂子要你离马老板远点的意思吗？你离马老板越远，嫂子越喜欢你＂。芳媛恍然醒悟，决心今后碰到马老板躲得远远的。马燕把芳媛带进自己的办公室，指着一张旧办公桌和一根独凳说：＂你就在这张桌上办公＂。马燕翻出一堆已写满数据的单据和凭证说：＂这些单据和凭证都是政府财税统一印刷的版本，记录的数字是财务记账凭据，也是构成建筑成本的凭据，同时也是反映建材采购，验收和项目耗用的凭据，必须真实正确的记载，你先翻看，不懂的地方提出，我给解释＂。一会儿一个男子走进来说：＂马小姐，红砖运来了，你去点一下数量＂。马燕带着芳媛走到砖车旁，叫来装卸工，指定一块平地说：＂车上的砖就卸在这块平地上。一共四个装卸工，两个人上车用砖夹，把砖夹到车厢边缘，另两个人将夹放在车厢边缘的砖整齐的摆放在地上"。马燕说："我们一定监视他们堆码整齐，不允许有空隙，各层各排堆码数量要一致，以便最后按排点数时数量准确，清点数量时是以每排数量乘以排数"。堆码点数后，马燕开始用复写纸一式两份的填写收货单。马燕说："芳媛你看着我一项一项的填写"。芳媛的头伸过来看着，马燕说："品名栏内填上红砖，规格栏填24，（24是砖的长度24公分），单位栏内填上块字，数量栏内填上清点的数量，最后填上收货年月日，在备注栏内必须填上送砖汽车车号，签上收货人名字。把收货单撕下一份交给送货人，作为今后结算货款的依据"。芳媛说："砖的质量怎样评定"？马燕说："砖的质量只有看砖的颜色是否一致，如果有砖上部分灰白色或部分砖头呈灰白色说明砖头火候不够，应即时提出不予以收货。另外砖的抗压强度是否达标，由技术部门抽样试压决定，另外还有没有半截砖头，原则上不允许有半截砖头，如果一车砖只有几块半截砖头还可以认可"。回到办公室马燕拿出材料登记薄，领着芳媛到库房，打开库房门，里面货架上整齐的摆放着各种物品，每种物品有各种摆放的格式。物品下面标签上是物品名称，和编号。马燕翻开登记薄对着货架上物品说："你按照登记薄上物品，名称，编号，数量核对货架上的物品数量，仔细观看物品形状，清点数量，观查摆放格式。以后进料，进货架摆放，都要遵循这种模式，便于今后盘点数量。你在这里查看熟悉，我去办理其它事情，你走后把门锁好"。芳媛用了一天时间查看熟悉库房物品的管理方法。第二天马燕翻开登记薄，拿来点收单和发料单对照登记薄对芳媛说："登记薄上收料项目摘要栏内为点收单上的材料来源，品名栏内填写物品名称，数量填入空白数量栏内，将进货数量累加到库存数量栏内"。"发料单上的工号和发料时间填入发料项目摘要栏内，发料数量填写在发料栏内，将发料数量在库存栏内减去，这样材料的来龙去脉和库存数量随时反映在登记薄中，便于管理，这里有点收单和发料单你对照登记薄"。芳媛用了一天时间看了一个大概。一天小勇在工地上看到芳媛爬上了一辆石子货车，量了尺寸，装卸工卸下石子，写了收料单给司机。小勇走了过去想了解一下她对目前的工作有什么感受。说："芳媛"，芳媛抬头见是马老板，想迴避已来不及，借故说："马老板，王姐还在等我交待事情，我回去了，马老板你有事直接给王姐讲，王姐转告我"，转身匆匆离去。小勇心想，芳媛工作还真忙碌认真。又一天小勇从工地回办公室路上看到芳媛慢悠悠地走在前面。她听到脚步声，回头看是马老板，马上转过头说："马老板你好，我有事得赶快回去"。她加快了步伐，快速的回库房办公室去了。小勇看芳媛异常的行为，有意回避他，不解其因？一天小勇问王静："芳媛为什么总是躲躲闪闪地不愿和我说话"？王静得意地面带微笑说："她是不好意思见你，这段时间她工作还认真，表现不错，你不是授权给我，叫我管她，你就不要插手了，你要有什么事，直接给我谈，我转告她"。小勇意识到她话里的醋意，不再说什么。

25-3 变更规划

　　小勇接到唐总的电话今天晚上七点在老地方有要事相商，小勇如约而至，他和唐总，张总他们坐在包间里边喝茶，边吃饭喝酒，边谈。唐总说："

我经过近段时间的观察，调查，分析，研究，对我们那块地的用途产生了新的想法；我接触到一些政界和商界的重要人物，在交谈感想时，他们到国外去考察，发现发达国家一些权贵人家都住在城郊清静之处，他们现在也想住在城郊清静的别墅里，但为了上班方便又不能离市中心太远，但满足这样条件的房子又没有。根据信息，我到规划局朋友那里去了解情况，他们说现在还处于发展的初期阶段，规划政策还是满以足人们的基本需求为前提。高档住房目前还没有政策性规定，也没批过这样的规划。提倡大胆创新的意识，这是一个极好的商机，目前符合这些人住房需求条件的只有我们那块地的位置条件。规划局的朋友又说，一旦规划批复，规划局无权修改，除非上级政府授意，改变那块地的规划。你们两位老总有什么想法？充分发挥我们集体的智慧和力量"。小勇说："唐总的想法很好，难道你们几个开发项目都没有具备这些条件"？唐总说："我的几个项目里确有一个项目勉强符合这些条件，但小区所有的房屋都已基本建成，有部分房屋已经售出，怎样改"？小勇说："我们的项目已经开工，规划局能同意改吗"？唐总说："我们项目刚开工，才挖第一栋基础，停工损失不大，你可以把已投入成本计算出来我们共同承担。目前最大的问题是如何变更规划，只有发挥我们各自的优势和人脉关系，我在规划局和城建局有我的朋友，可以请他们帮忙。听说马老板你市里有人，房产局也有人你可以找他们帮忙，剩下的交通局，环保局不涉及变更设计，只是备案。比较容易，请张总费心。至于礼节，规划局和房产局当然注重一点，其它各部门视情况而定，所有费用都纳入成本"。小勇说："唐总的建议很好，只是我那些人缘关系，不知道有没有变故，我只能尽快尽力而为"。张总说："我也赞同唐总的意见，我竭尽全力"。唐总说："马老板你是内行，和我约个时间去城建局选择房形图纸，满足规划的容积率，作好平面规划图报审"。小勇说："听唐总的召唤"。会后酒醉饭饱，各自回家。小勇思考着怎样去见尹副市长，他目前地位那么高，不是随便能见的，还是只能走夫人道路。地位越高，管教越严，总不能空着手去见面，也不知道她近来的喜好，最后决定买块瑞士名表，他到市里最著名的钟表店买了块瑞士名表。选择星期六晚上来到青山湖别墅。在围墙大门按了几次门铃才有门卫出来，一看仍是上次的门卫，他们都相互认识，小勇说："有几年没拜会李姐了，想拜会她一下"。门卫说："李姐已搬家了，你们是熟人我可以打个电话告诉她，看她的意见，你等一会儿"。小勇在门外约等了十多分钟，门卫出来说："李姐约你明晚上七点钟在市府家属区院外茶馆见面"。第二天晚上小勇如约到茶馆包间，包间只有李姐一人，小勇进了包间，快步向前握手说："李姐你身体很好，我很高兴，几年不见你们，很想念你们，快过年了来看望你们"。李姐说："感谢你还惦念着我们，近来老尹特别忙，忙着调研我市的发展规划，现在全国都在绞尽脑汁比拼GDP。由于老尹的职位在社会上影响很大，我们家人在社会上的举止备受人关注，所以我们家人近几年停止了一切活动，低调为人，小勇你在社会上听到对老尹有什么议论"？小勇说："近年来下层老百姓生活过得一天比一天好，对市领导很满意。商圈的人对目前经济的发展都一致好评，对尹副市长管辖下的各部门赞誉有加"。李姐说："目前你工作上有什么难处吗"？小勇说："工作很顺利，我只是想讨教一件事，现在社会上有人有高档住宅的需求，这些需求有利于经济发展，但是规划政策上还没有对高档住宅有具体的规定，政府是否可以探讨一下，如果需要我们下面协助市领导推动经济全面高速发展，我们全力支持＂。李姐说：＂我向老尹转达你的建议＂。小勇结付了茶馆费用，把礼品盒送给了她。小勇回到工地，召集挖基础的工人开会，会上说：＂乡亲们，快过年了，这工程要改换项目用途，暂停施工，大家已经开挖的工程量还是按现行工价，计费发给大家，另外给大家一笔回家的路费，回家正好是办理年货的时间，高高兴兴的过年，年后工程复工还请大家参与＂。大家对通告感到突然，接近年关也是该回家的时候了。过了几天小勇和唐总来到城建局他朋友的办公室，城建局技术监督科，从椅子上站起一个中年男子，一身黑色便装，唐总望着中年男子对小勇说：＂这是秦科长＂。小勇赶快向前握住秦科长的手说：＂秦科长好＂。唐总又向秦科长说：＂这就是长荣公司老板马小勇＂。秦科长说：＂二位老总请坐＂，他们坐下后唐总说：＂我们今天来请教秦科长，我们有块地，规划已经批下来了，根据目前市场需求信息，想改变房形，重新申请规划，有什么限制吗＂？秦科长说：＂对规划局有什么具体的规定限制，我不太清楚，只知道对房屋的高度和容积率有严格的要求，你们可以将房形设计图和小区平面布置图，连同申请报告送规划局，看他们有什么意见＂。唐总说：＂你这里有连排别墅图吗＂？秦科长说：＂我还没有听说有什么连排型别墅图，只是在电影里看到欧美国家各样连排别墅，我们中国还没有那么富裕的人，要设计那样的别墅还得政策允许，实地考察＂。唐总说：＂谢谢秦科长，年关马上就到，过几天请秦科长和我们一道联欢，切莫推辞＂。唐总他们辞别了秦科长，回到唐总办公室商量，唐总说：＂变更规划，这是我们第一次，一定要有百分之百的把握才出手，否则被有关部门一旦卡住，没有回旋的余地，项目拖着损失大＂。我们商议出一个策略来，目前渝州市还没有这样的房型，要得到规划局对这种房型的认可，首先要从他们内部高层对这种房型有感性认识，要达到这个目的只有带他们到国外去参观考察；要带他们去国外去考察，那得名正言顺；要名正言顺，得要一定组织形式和项目，我想了一下，由我们出钱，以商会的名义邀请他们到美国去考察国外经济发展的经验，借助国外的经验发展地方经济，这样就名正言顺了。小勇说：＂邀请哪些人？由谁带领队＂？唐总说：＂首先人选当然是原规划局长你的熟人尹副市长，现任规划局长汪志新，请汪局长再推荐一人，我们俩抽一个人同行，到了美国找一位会中文的导游＂。小勇说：＂这费用可大了＂。唐总说：＂这不算什么，按目前汇率九比一计算约十八万元人民币的吃，住，行费用，加上购物费用也就二十多万元人民币，两套房子钱＂。小勇说：＂我的经历太浅了，还是你去的好＂。唐总说：＂我只好临危受命，商会邀请的事由我出面办理＂。一天小勇在原项目工地上和任工正在讨论最后一栋的施工计划。手机响了，唐总预约今晚七点在老地方有要事相商。七点半钟，唐总，张总，小勇在包间里，边喝酒边商议事情。唐总说：＂近十几天我加紧联系相关人员出国考察的事，首先联系尹副市长，我说邀他出国考察国外有关城市规划和商业运营模式的事。尹副市长高兴地说，为了加快发展我市的经济，我们正在讨论如何借鉴发达国家发展地方经济的经验，想出国考察，又苦于没有资金。听说我们愿负担出国经费，他们当即同意他和经济委员会主任石玉山同志一同前往。如果你们愿意可带规划局长汪志新同志一同前去，这是他的意见。当然这意见就是领导的指示，我当时立即同意。有了这三人规划局就不再推荐其它人。后来我坐飞机到北京美国驻华大使馆了解相关签证必备的资料和条件，经咨询；办理护照还必须有美国相关企业或公民的邀请信，这件事我通过朋友的亲戚在美国地产中介公司工作的人，由他以公司的名义发出邀请函。为了防止进入美国的人逾期滞留美国，申请人还得交英文版的银行存款证明，有价证卷证明。经公证处中英文版公证的房产证复印件，公司法人执照复印件。另外根据申请人的身份交保证金，根据我们四人的身份，除交上述证件和资料外，还要另交一百万元的保证金"。小勇问："这一百万保证金，何时归还"？"根据大使馆规定，签证前将保证金打入指定账户，申请人到达签证国旅行，按时返回中国后将保证金退还，如不返回，保证金扣留，并追逃遣返"小勇说："他们如不回国，我们的保证金就'泡汤'了"？唐总说："你放心，他们的资产远远大于他们的身价，他们在国内是众星捧月，如果滞留美国，语言不通，天天担惊受怕，沦为中餐馆后厨的洗碗工，住地下室不敢外出，犹如坐牢，他们能忍受吗"。张总说："目前房市好，资金还可以应对，就按所占股份分担吧"。他们边喝酒边吃饭，达成协议。一个月后他们考察回国，大使馆退回了保证金，唐总在美国带回一摞房屋外型照片和平面房间示意图，他们征询了各方面人士对各种房型的意见，选择了他们喜欢的几种房型。小勇抓紧进行房屋结构设计，又经过一个月的努力工作完成了房屋设计，又立即递交城建局审查。城建局告诉小勇，你没有设计的资格，递交的设计资料不予以审查。你要是同意，我们可以推荐给设计院，参考你的资料进行设计，你要给一定的设计费。没经过你的同意我们不能随便转让设计图，我们可以订立协议，小勇只有同意他们的意见，签订了协议，两星期后小勇付了设计费，收到了设计图，整理资料立即进行规划申请。一天小勇带着通过国土局，规划局，城建局，交通局，环保局，税务局审查和备案的资料来到房产局陈主任的办公室；小勇把资料给陈主任，他浏览了一遍，陈主任说："我们还没有遇到改变已批复过的项目重新备案审查的事件，特别是你们这样新颖特别的房屋结构，容积率很低的项目"。小勇说："这个项目是市领导研究后作为试点项目，所以其它部门都很快批复了"。陈主任说："既然是领导的指示，我们照办，不过容积率低，今后的房价肯定很高，是否有市场"？小勇说："既然是创新项目，风险肯定是有"。小勇把话题转移到芳媛的身上说："芳媛的女儿特别乖，每次见到我，一点陌生的感觉都没有，一张圆圆的笑脸。芳媛工作很认真，看她很安心满意这项工作，天天过得也很高兴，我还没问她四百元的月薪她满意不"。陈主任说："四百元工资已接近我的工资水平，两人生活开支绰绰有余，也该满足了。她还在探听我的消息吗"？小勇说："我再也没有听到她问你的事，那个时候可能也是生活所迫，想敲榨一笔钱吧"。陈主任说："不管她出于何故，只要她过得去，不闹事我就放心了"。小勇说："陈主任你放心，我会安抚的"。陈主任说："马老板你有那样的背景支持你这项目，我当然办理，过两天你就来拿'批件'"。小勇说："谢谢陈主任，过几天有空一起喝个茶"。经过三个老总多方面的关系顺利地办完了政府各部门相关手续，新项目可以开工了。春节临近，小勇召集原项目职工开大会，会上小勇说："乡亲们辛苦了，转眼又过年了。一年来大家齐心协力，我的工程得以顺利进行，放假前大家把各自工序的收尾工作作完，设备和工具收拾好。放假前清算每个人的工资，一年来大家辛苦努力，我奖励大家每人二百元，买点年货回家，高高兴兴地过年'。会场里工人高兴地拍手表示感谢。有工人举手说："马老板，你今年还接收我们的存款吗"？小勇说："本来如今我的流动资金比较充裕，感谢各位乡亲对我的一贯支持和信任，你们辛苦钱存在银行里收益很低，为了感谢你们，如果你们愿意放在我这里，我仍支付百分之六的年利息。另外明年我还要上新的项目，如果你们的亲戚朋友愿意来这里来上工，我们欢迎。工资待遇你们可以向他们介绍，准备增加三十名普工，泥工十名，钢筋工三名，木工五名，混凝土工五名，机械和电工三名，共五十名左右，正月十三到十五在镇企业办广场报到"。有工人举手问："你招用的人有什么特殊的要求吗"？小勇说："还是招收你们时的条件和要求，一专多能，喜欢勤学苦练，吃苦耐劳的人"。有工人说："我们喜欢你这样的老板，会有很多人来你这里干活"。

第二十六章

26-1 别墅修建

　　节后新项目即将开工，小勇，任工和小林提前来到工地，他们对这全新项目房屋结构进行全面的研究探讨，小勇作为设计人员详细的介绍了房屋结构和设计原理。开工的前段时间，由于是全新的房屋结构，结构复杂，施工人员和工人都从未施工过。他们一边施工，一边研讨施工方法，总结经验，施工进度很慢。三个月下来只完成了一栋连排别墅的主体工程，基础工程完成了三栋，一天小林向小勇报告："这个季度工人各工种的记件工资比去年少了百分之二三十，人心不稳怎么办"？小勇问："为什么"？小林说："这种房屋结构复杂，楼层错落，转弯小平台多，楼梯转角平台，加之挑梁阳台这些都是现浇混凝土，由于面积小，转弯多，混凝土薄，钢筋和混凝土量少，按工程量计算工资肯定少"。小勇说："工资差距那么大？我们如果给工人提高百分之三十的工资，根据人工费占工程成本百分之三十的比例，意味着工程成本增加近百分之十，我们的利润也就百分之十左右，弄得不好还要亏本，是一笔不小的数字。我再找唐总他们商量，工人方面你把他们情绪稳住，工程要正常进行"。小林说："我们用什么方法稳住他们"？小勇说："你给他们说，只要你们努力的干，不延误工期，你们知道马老板不会亏待你们，他正在找甲方商量"。小林说："我照办"。第二天上午八点钟，小勇办公室门前围了不少人，木工班，泥工班，钢筋班，混凝土班的班长都在人群中。一位工人上前对小勇说："马老板兄弟们要求把上季度的工资全数付给我们，我们另找工地，你这工程结构我们从来都没做过，操作技术不熟悉，工效低，害怕影响你的工期。马老板你是好人，但我们害怕工效低，拖累工期，对不起你"。小勇一听就知道他话的来由，心里紧绷，思考片刻后说："兄弟们，我们都是多年共处的兄弟，我们坐下推心置腹地交谈一下，今天上午就不上班了，开员工大会，开会你们算计时工，大家商讨一下"。叫来施工员通知全体员工开会，一会儿坝子里坐满了人。小勇首先发言说："兄弟们大家辛苦了，这段时间新项目开工事情多，加之我们现在施工的工程是全新结构的工程，我们大家从未施工过，有一个熟悉和学习的过程。工程进度慢，是因为工程的特殊性，大家已经尽力了，不责怪大家。今后技术熟悉了，工效就会提高。林施工员已向我反映了你们困难，大家都是靠工资养家糊口。上季度结算的工资比过去少了百分之二三十，我也感到很难过，我这就去与甲方商量处理办法，争取工费上调百分之三十。如果达成协议，皆大欢喜，今后工效提高了，工资会比过去高，如达不成协议，上季度已结算的工资，因为已是过去合同的事前协议，由我个人出资弥补结算的工资数额增加百分之三十。你们等我十天，这段时间工资仍在原基础上增加百分之三十。我去和甲方协商，如达不成协议，去留由兄弟们自便，这段时间看在我们兄弟们的面子上，安心的干好自己的本职工作"。小勇说完后会场一片肃静。这时陈班长站起来说："马老板你真够兄弟情份，我们一定跟着你干下去"。会场里开始交头接耳的议论，小勇说："兄弟们还有什么要讲的"？会场里没人举手发言，小勇说："兄弟们愿支持我，表示感谢，会就开到这里"。小勇约唐总和张总他们到茶馆商讨工费问题，边喝茶边议论，小勇如实告诉了情况，唐总说："目前已是五月份，要召工人也很困难，工程绝不能停工，工费只占总造价的百分之三十左右，增加百分之三十的工资，占造价约百分之十，那就在合同总价中增加百分之十，你们看如何"？张总说："我没意见，摊到股份上还是马老板占大头"。小勇说："已经到了这一步只有这样，坚持吧"。唐总说："为了资金的周转问题，我们要创造一些条件，争取早日预售，几种结构的样板房，要抓紧修建装修，小区大门前的绿化，道路，景观喷泉也要抓紧修建，体现高档小区的风格，房价才能上去"。小勇说："对于绿化和景观的施工设计，还是请唐总多操心，这方面你有经验和国外的见识"。唐总说："这方面我也只有观感，至于费用只有实报实销"。张总说："请唐总多操心"。小勇说："就照你们的意见办，多费心了"。回到工地，小勇召集员工开会，小勇说："乡亲们，几个月来，大家作一个全新结构的工程，我们过去也没作过，乡亲们经过努力，还是达不到原来的工资水平。我和甲方商议，甲方看到乡亲们努力辛苦，决定把定额工资水平提高百分之三十。以后你们要不断地总结经验，提高技术水平，加快施工进度，你们也会增加收入"。员工听到这话都非常高兴，从那以后，员工信心增强，施工进度加快。又三个月过去了，几种结构的样板房耸立在小区大门里，喷泉和错落的花坛鲜花争艳，西式洋楼错落的楼层，别致的阳台，从未见过的西式风格浓郁，像电影里一派西式风格的洋楼。渝州市里唯一一个西式风格的小区引起媒体的报道，一时间参观的人群川流不息，引起轰动。吸引了各界人士关注的目光，社会人士通过各种渠道打听开发商，三位老总时时接到不知名的询问电话，初入地产的小勇很多时候接到不知底细、莫名其妙的电话，这些电话有问房价的，有问人缘关系的，也有问是不是专门给外国人建造的。三位老总分析起来，可能是好事，项目得到了宣传。也有不利的因素，把项目当成了唐僧肉，谁都想啃一口。社会的方方面面，形形色色的人物，有些是我们房产界接触到的朋友，或者依靠的朋友，有些是得罪不起的人物，有些是无赖。处在风口浪尖的我们得分辩是非，妥善处置，方能顺利。他们三人坐在饭店的包房里议论着，探讨着，在外人看来，无限的风光，但在他们心里充满疑虑和压力。最后唐总说："我们要尽快拿到预售证，开一个售房仪式会，邀请媒体参加，借他们的口声明，该项目是我们三家公司合伙项目，统一销售，避免他们对我们三人各自分食唐僧肉，又可以得到三方关系人和朋友的共同关照"。张总和小勇齐声说："唐总的策略妙"。唐总又说："我们要尽快地把销售价测算出来，房价尽量定高一点，除了要有合理的利润外，还要留有议价空间。特别是那些关系户，收他半价也不能亏本。至于价高会吓跑那些正当客户的事，可以采取私下秘密议价的办法，既要我们有一定的利润，又要客户能接受的价位"。张总说："哪天，我们叫我们三个公司的财务主管一起找个地方共同商议"。唐总说："就定在后天，在我那小议事厅里，明天叫他们各自把相关数据资料准备一下。关于预售证的事，马老板你在房产局有熟人，你准备好资料尽快办理"。小勇问："如果办预售证时，提出要经济房时怎样答复他们"？唐总思考片刻说："这样，我们统一下口气，就说我们专门给相关部门留下一栋经济房，等项目完工后大家共同参与分配"。张总说："这办法好"。

　　第二天小勇带齐了资料，亲自开着车去房产局，他现在的地位可以差人去办理，但是他和陈主任的特殊关系，其它人无法代理，只好亲自去。他到了陈主任的办公室，陈主任刚从会议室里回来，看到小勇，他勉强的笑容说："马老板请坐，你现在可是商圈的名人，你们那国外风格的别墅吸引了世民的眼球，全市都吵转了"。小勇说："陈主任你可别宣扬了，我们那小区可是三个人合伙的，面子名声在外，里子却是在啃骨头，为的是渝州市的房地产，是市里为了推动经济而倡导的，实际上后市的市场如何还在雾里看花"。小勇边说边把资料递了过去。陈主任问："这是别墅的预售许可证申请资料吗"？小勇说："是，还请陈主任关照"。陈主任说："你这项目名声太大了，可能局长要亲自过问，如果由我直接递上去，那旁人有何质疑？你还是递交到前台，转交到我这里，我肯定要极力主张同意，但你还得找人到上头去说明一下比较有把握。听局长说他对你们项目很感兴趣，听说唐总公司的鲁主任和局长有一面之交"。小勇说："谢谢陈主任的支持和提醒，哪天你有空我们聚会一下"。陈主任说："我们是深交的朋友，应该的。聚会过节的时候再说吧"。小勇告别了陈主任，把资料交到了前台。用电话将陈主任建议，鲁主任去找一下李局长的话告诉了唐总。唐总说："陈主任担心李局长猜疑他独自办理从中得了什么好处，可以理解，鲁主任去和李局长交流只能见机行事"，小勇说："只要事情办妥当就行"。一天三个公司的财务主管把各自整理的资料带到了唐总的小会议室。一个四十来岁的大姐一身的黑衣服穿着得体，一米六的个儿，肤色白净，一张瓜子脸，透露女性四肢丰满的线条，风韵仍存。笑着对大家说："我姓姜，是广大公司搞财务的，今天大家相会在这里十分高兴"。另一位三十多岁的女孩，显得瘦小，一米五几的个儿，得体的蓝色上装，黑色下装，皮肤白净，一对丹凤眼。面带笑容地说："我姓胡，是隆兴公司搞财务的，今天我带来的资料和建议有什么不正确的地方，大家不要客气地提出来"。王静今天穿一身黑色的便装，带小孩的母亲没时间特别打扮，面带笑容地说："我姓王，两位大姐请坐，我的资历浅薄，水平有限，希望两位大姐多指导"。她们坐下互相交换了资料，会议室里顿时安静了下来，各自看资料。约一小时后姜主任说："我看了胡主任的材料，他们公司的建筑成本和我们公司的建筑成本差不多，每平米不包括小区道路和小区绿化大约在三百五十元一平方米。但王主任的资料显示近五百元一平米，请王主任介绍一下原因"。王静说："这个问题是今天资料里的数据上反映出来的，在半年前小区开工时就显示出来了。由于这些别墅是欧式结构，在欧洲这样结构都是错落式的，外墙和内部承重墙都是石块垒成的，内部楼板，楼梯，转角平台，阳台都是木材制成，别致错落，给人以奇特的感觉。根据我们的国情仿造设计，不可能用木材。改用现浇混凝土，普通建筑都是预制构件，这种结构无法沿用预制混凝土构件，只有采用现浇。少不了木型板耗材，人工，加之结构复杂多变，施工特别费工费料。刚开始工人不知道以何种工价计算工资，等第一季度工资计算出来，比其它工程日工资少了百分之三十，大家纷纷提出来要离开，后来经过几位老总讨论，决定工费增加百分之三十，约占建筑成本百分十，但是多耗的建材没提出来讨论，因为我们是建筑商，大家都是熟人合伙，说实话建筑商应该有百分之五六的利润，我们目前能保住本就不错了＂。胡主任说："这个事我建议由预算师再仔细地计算一下，如果真是这样，这合法的利润还是应该计算进去，要不然这百分之五六的利润进了增值税计算的基数里，多交利润的百分之三十不划算＂。王静说："如果要把这多耗的这部分耗材计算进去，每平米建筑成本近五百元，比普通建筑高出了百分之三十几，税务审查那里还不知道过得去不＂。胡主任说："就看你的财务上建造成本资料的完整性和真实性＂。姜主任说："这个项目确实比较特殊，已经绿化和小区道路这部分按已成成品房计算每平米要摊三十多元。现在我们来讨论一下三通费用，根据地形和容积率低，管线又长，我估计成本肯定要翻倍＂。王静说："这方面我的资料和经验都不足，还看两位大姐的＂。姜主任说："水，电，气的费用主要是看管线的长短和项目的容积率，像这样低的容积率测算，我们一般项目一根主气管道供应八千到一万平方米建筑面积，这个项目一条主管道只供了房屋建筑面积近两千平米，而且每根线路长一倍，这样看来至少得翻两番，王主任，现在水，电，气的预算出来了吗"？王静说："现在还没施工，我也没过问这事，我们现在只是估算一下＂。姜主任说："根据以往项目的资料数据显示，建筑面积每平米大约十元，这个项目至少得三十多元每平方米＂。胡主任说："就按三十五元计算＂。王静说："三通费就按这个数计算。各种税费，两位大姐的资料经过长时间的积累具有现实性＂。姜主任说："以往资料数据体现的是当时的房价，税费标准和费率没变，根据房价再定。还有就是社交费用"，王静说："那这个费用怎么估算"？姜主任说："现目前还没到销售结束结算阶段，就按目前发生的费用计算，为了弥补可能新增和漏算的项目和新增费率，在计算杂费的总费用上增加百分之三十。目前现有的税费项目有，土地使用税，房产税，建筑税，增值税，环保建设费，还有其它各种税费共计二十多种，都是根据土地使用面积，房屋建筑面积，销售商品房价格和不确定的所得税。根据以往项目的数据显示建筑面积每平方米约五十元。由于这个项目容积率低的特殊性，只有通过计算来估算＂。她们通过计算结果让他们惊讶，每平方米将达一百元。她们又计算出土地使用费分摊到房屋建筑面积，加上几年买地利息，按房屋面积计算每平米达一百五十元。她们列出按房屋建筑面积每平米统计：建筑造价每平米四百五十元，各种税费一百五十元，三通费三十五元，小区绿化道路费三十元，杂项开支，招待费和其它开支每平米约十元，销售费每平米约十元，初步测算，估算房屋建筑面积成本每平方米八百多元。还有不可预计的百分之十的费用。实际成本达到近千元。她们计算列表交与老总过目，销售价由他们商讨定夺，姜主任说："商讨计算出了实际成本，这个数字我们要绝对保守秘密，不得向任何人透露，包括我们的财务人员＂。王静说："财务人员经手财务，他们会清楚＂。姜主任说："不知道你们公司财务管理的制度，我们公司财务管理有严格的分工，各职能人员只负责本职能范围事项，不得插手和办理职责外的事项，不得查看与本职能无关的资料，汇总资料和财务结算报表都是我一个人作，重要事项的处置都由我直接请示老总定夺。因为有些账务事情涉及到各层次人士和重要人物，商业秘密＂。王静听后非常惊讶地说："姜姐，你是公司掌握绝密核心的人物"？姜主任说："小王，我们公司管里层人员来自四面八方，不像你们公司，老公是老总，老婆是财务主管，妹是出纳，管财务是'家天下'＂。王静问："要是会计注账时发现有违背财经制度规范的票据时，还敢提出异议吗"？姜主任说："那是他的职责，当然要提出来"。王静问："那怎么纠正"？姜主任说："现在社会上和市场上从事各行各业的人很多，各样融通的渠道和办法也很多，找到专项符合财经规范要求的票据取代很容易，就看你去调查研究了"。王静心想目前企业的财务报表的真实性有几分？装着愚昧的口气说："姜姐你见识真广，今后我还得多向你讨教"。姜姐说："难道你在这方面就没作过'手脚'吗"？王静说："姜姐你知道资金的来龙去脉都是有合法的依据凭证，数额的分摊根据科目的设置，借贷科目都是数额真实的分拆和流向"。姜姐说："我要是地税局的稽查，查你的账一看就看出来了"。她们的对话透露出调侃性，王静笑着说："欢迎你当稽查员来查账"。姜姐说："我今天高兴，大家聚到一起口无遮拦，胡言乱语，两位妹妹不要听进去了"。胡主任说："大家都是闲聊，我们都是同行的姐妹，我们还要多来往交流，相互学习"。王静说："姜姐你不要多心，我这个妹来自农村，不懂礼节，口直心快，你多多谅解，你永远是我的好姐姐"。姜姐说："妹儿我们是聊天，那会当真，今天我们把商讨的结果各自回去向老总报告"。她们三人由王静办招待到饭馆吃了午饭，各自坐车回家。唐总，张总和小勇他们又坐在茶馆的包间里，一边喝茶一边商讨销售的房价事宜，唐总说："现在房屋销售市场比较好，要抓紧上市。财务计算的数据你们已看到了，现在市面上普通商品房的房价已经接近一千元一平方米，利润在三四百元一平方米，我们项目的成本已经到一千元，连排别墅是渝州市首个这样的楼盘，利润应该至少是普通商品房一倍以上"。张总说："最近房市是较好，但是这样特殊的大面积房型，有多少人买得起，现在房市好，地产商项目上得多，银行准备金率又高，吸蓄又困难，资金紧，开发商贷款和按揭贷款都困难，我们如果房价高，销售不出去，资金回笼慢，项目后继建设资金从哪里来"？唐总说："有两个因素要考虑进去：一，我们项目的位置好，周围已没有地块了。另一个原因：我们这项目是渝州市房产市场上的亮点，吸引了全市的目光，主要是那些权贵的目光，有钱人选的是位置和房形。有权人我们疏远不起，离不了，他们看起的房子由于钱有限我们还得优惠，优惠的幅度至少百分之五十，如果我们房价毛利不翻倍就要亏本。关于资金的问题就看你在众多项目中的取舍了"。小勇说："张总的项目多，活动会地大，这点资金没问题"。张总思考了一下说："先按唐总的意见办，观察一段时间"。他们把房价定在每平方米二千二百元。小勇把预售资料交给了房产局陈主任，由于鲁主任的努力，李局长的支持很快拿到了预售证。预售开张的那天唐总邀请了报社记者，电视台记者，房地产协会会员，会员都是开发商。由于是渝州市商品房的亮点项目，首个西式连排别墅，现场非常热闹。首先房产协会周会长讲了话。接着唐总代表合伙开发商讲了话，唐总，张总和小勇在聚光灯下亮了相。会后放了鞭炮以示庆祝。项目在报上登载，电视上播放以后，看房的人水泄不通，售房员倍加热情，几天下来没卖出一套房子。售房人员开始泄气了，看房的人一来，售房人员第一句话就是："你要买房吗"？如果看房人没有肯定买房的意愿，就说："你们先看看沙盘和模型，想好了再说"。再也没了当初的热情。一个月下来，只卖出了两套房子，倒是关系户买走了六套房子，房产已过户，这六套房子都没经过售房部的手，售房部没经手六套房子一分钱售房款，不知道开发商财务与关系户之间履行了什么样的买卖手续。

第二十七章

27-1 别墅的诱惑

　　小勇在办公室里向王静了解近期的财务状况，王静说："上个项目的房屋已基本销售完，目前账户上的现金还有二百四十万元。本来应该有四百多万，这半年多在新项目已投入一百多万，广大公司占二股转入建筑款只有二十五万，二十五万已作这个项目绿化用款。现账户上有二百四十万，隆兴公司占两股应该交建筑款二十五万，我打电话找胡主任，她说目前资金紧，他们正在想办法。另外新项目全款销售只有一套五十五万元，另外银行朋友的经济房半价三十九万元，其余四套虽已过户，但房款分文未收到，房产证仍在我这里，你看怎么办"？小勇说："这些都是我们的关系户，我们得很好地维护，只有等待他们交款"。王静说："按法理讲，房产过户已是他们的产权，交易已经完成，我们已没有收款的权力和凭据"。小勇说："你说怎么办"？王静说："我想了一个办法，我们把房产证复印两份，交一份给买房人，并讲清楚；税务局要稽查了，售房合同上注明交易方式是现金。当然不能是赠与，是赠与问题就大了。是现金我们公司财务账户上应该有记录，如果账目上没有现金收入记录，又是每一笔三十多万的数目，是一笔大数目。税务稽查时。他们会重点查核，税务稽查会把房屋销售记录和公司销售房款名录对照，很容易发现，追查起来后果就严重了。所以我们把正本房产证作抵押去银行贷款，作为买房人房款进入我们的账务，贷款利息由我们公司支付，他们可以随时入住。如果他们要转让，过户时才要正本房产证。过户前要求买方要提前一个月交付一半的房款作定金，这期间可以用定金到银行赎回房产证，不影响他们的交易。这样就规避了风险，给他们讲清原由，他们会理解，不会伤害我们与他们之间的关系。这个办法有两个好处，一是我们四套房子得到了银行一百多万元低利率贷款，作流动资金。二，这房款名义上是贷款，实际上是我们收回的房款，贷款由银行去收取，他们不交房款，永远拿不到在银行抵押的房产证，我们的损失只是在他们身上没有任何收益，只收回了成本"。小勇说："你这办法太妙了，你是怎样想出来的"？"我是根据财务法规和银行金融制度，怕他们耍'赖皮'，不交钱，又占着房子。我们又不好催收他们的房款，以房产证贷款是为了规避他们暴露的风险，给他们讲清楚，他们也会理解，这样一举两得"。"你这办法很好，但我还要和唐总，张总商议"。小勇望着妻子疲惫的样子心痛地说："静，你太累了还是请个帮手吧"？王静说："财权是公司的命脉，'外人'来我不放心"，小勇说："请个人专管注账，你管钱，钱经过你的手还是可以监督的"。王静想了一下说："这样可以"。小勇说："这事就交你办"。第二天王静来到人才市场。在求职册里选了一位辞职的助理会计师。工作人员找来了求职者介绍给王静，一米六的个儿，一身得体的黑色便装，二十五六岁，清秀漂亮。王静问："你叫什么名字"？"周文娟"。"什么文化程度"？"你在什么厂工作，为什么要辞职"？"我从渝州大学财务专业大专毕业，就被摩托车厂老板招去担任财务工作。才三年，我不知道什么原因，厂长老板娘容不下我，天天跟我过不去，我实在忍受不了，就辞职了"。"不是因为财务中的过失吧"？"老板从来都没有因为财务和账务方面的过失责备过我，税务检查也没有因为财经方面出现过违规的指责"。王静清楚了老板娘容不下她的原因，太漂亮，太年轻了，我也不能要。借故说："小周我们公司小，待遇低，加之流动性大，你这样能干的人还是找一个好一点单位吧"。周文娟看了王静一眼，脸上浮现说不出的表情离开了。王静又到工作台前看了求职名册，选了一位四十岁名叫曾云的男士。工作人员说："这位男士现在不在这里，你等着，我给他打个电话"。她拨通了电话，曾云说等一个小时就赶到。王静没事在人才市场里转悠，看到拖着步伐，穿着各种服装，面带各种表情的人，女多男少，各种年龄段的人都有，来到登记台前登记，又面无表情的离开，整个大厅气氛消沉，静悄悄的。一会儿工作人员领着曾云来到王静面前说："这就是求职者曾云，你们面谈吧"。王静打量了一下，一米六的个儿，四十来岁，疲惫的神态。王静说："你谈谈你的履历和待遇要求吧"。曾云说："二十年前我中专毕业就分配到蔬菜公司当会计，八三年蔬菜公司垮了，我又被转到区运输公司当会计，近来区运输公司解体，我又失业了。我在二十年的工作中坚守职责，不随波逐流，按制度办事，没有过失，人家说我'呆板'，不灵活，不善接人缘，跟不上社会发展，失业了。我待遇要求不高，月薪五百就行了，我已四十多岁了，养老保险和医疗保险最重要，只要公司给我交文件规定公司应交'两险'的那部分，我自己承担我自己的部分"。王静说："我们是建筑公司流动性大，工作环境差，你适应吗"？"我孩子已长大了，老婆在家附近工作，家庭不需要我照顾，我愿意"。"你有什么病吗"？我没有大病，有时候感冒什么的"。王静心想这人踏实，不'招摇'，正合我意，说："我们先试用三个月，三个月后我们订立合同"。曾云说："可以"，王静给了一张名片说："明天你来报到"。曾云说："谢谢"。一天小勇接到唐总电话在老地方茶馆有要事相商。小勇开车准时到茶馆包间。唐总，张总已在那里。张总说："请两位老总来，我有件事请两位老总拉兄弟一把，我在渝州市包括这个项目共有三个项目，我除了银行贷款外，另有二百万的高利货，目前售房款远远满足不了到期银行债务还款和日常开支。另外高利贷逼债让我胆颤心惊，我想把这个项目转让，我不想拿到世面上去，其它人掺和进来增加经营难度。我想我们内部转让，现在世面上这块地价有所上升，我想转让价就在原地价上加上银行利息，你们两位老总意见如何"？唐总沉默了一会儿说："当然这是你的资产，处置权在你的手上，但我要回去问一下目前公司的资金状况"。小勇听出了唐总话的意思，说："我也要回去问一下财务主管，我们目前的资金状况，你给我三天时间"。张总说："我欠马总公司二十多万的建筑费，请马总谅解，只有转让后给你了"。小勇说："你转让的是地价，建筑款就转给接手人吧"。小勇想：事情已到这种地步，说："张总我们都是同行道的朋友，你有困难，我们责无旁贷"。张总心想，马老板话并没有说出解决办法，只好说："谢谢唐总，马总，我有事先走了"。张总走后，唐总和小勇留下继续商讨，唐总说："我说要回去了解资金情况那是借口，主要是征求你的意见。张总这人很聪明，他看到项目的房子不好销售，那些关系人又连绵不断地找上门来，这样下去无利可图，还要占用资金，他想拍屁股走人"。小勇说："他的想法有道理，根据这两个月的销售情况看就是这样。昨天我老婆想出了一个办法，为对付那些空手套白狼的关系人，为了避免我们的损失，及时收回了成本，又不得罪他们"，小勇把王静的办法全盘托出。唐总说："这办法好。我们统一口径，我想我们不要随市场定房价，现在销售价是成本价的两倍，还要再提高百分之十五的利润，达到每平米二千五百元。当然对买房的人，议价时适当秘密优惠。我对这个项目还是乐观的，整个市场就只有我们这一个项目，目前买房的人不多，是因为本市目前经济发展水平不高。在过几年经济上去了，有钱人多了，要找这样的房型，这样的位置就没有了，价格就上去。目前我们根据销售情况，适当放慢建设速度，关键是资金的占用问题，我想最后的资金收益率至少有百分之百"。小勇说："你的经验丰富，跟着你走没错"。唐总说："张总转让出来的股份咋分摊"？小勇说："听唐总的"。唐总说："我现占二股，张总转让两股，由我收购，这样我占四股，你占六股，张总两股地价一百万，两年利息一十二万，共一百一十二万，我随后付款给他，你资金应该没问题吧"？"目前还没问题，就是后续的建筑资金还要视情况了"。唐总说："我们放慢建设速度，再卖点房筹点款，应该没问题，如果还不够周转，可以把建成的成品房作抵押到银行贷点款"。小勇说："就害怕房市不好，成本增加而房价下降"。唐总说："国家不断地印货币，而资源财产就那么多，货币价值往哪里去？二十年前工资才三四十元，现在的工资是那个时期的一二十倍。各种商品的价值走向，主要是看人们取向和追求。先让部分人富起来的政策，有钱人吃饱，穿好，有车，有房，下一步的追求就是更美好的生活。人性的欲望是没有止境的，现在的'气候'还不到，要不了多久贵人就会越来越多"。小勇说："我开个玩笑，唐总你怎么对人性研究得那么深透，是不是你的心思，还想金屋藏娇"？唐总也笑着说："你现在才三十几岁，王静是第几任老婆"？小勇说："这些年我一路走过来，整天思考的是应对生存和事业的压力，从来都没有你讲的'人性'意识。她离我而去，完全是因为我们各自对事物的看法和处理事情的态度严重对立，是她抛弃我，离我而去"。唐总又笑着说："你是处在创业阶段，等你事业有成，视钱如纸，内心空虚时，你就会有藏娇的那一天"。小勇说："难道说就不可以克服和避免吗"？唐总说："要规避诱惑，那是要有相当大的毅力和决心，这些都是开玩笑的。这里有一件重要的事给你讲，前几天我们商会长聚会时，市教委的付主任透出一个有价值的重要信息；省重点中学，也是市第一重点中学，由于处于市中区域，环境受限，过去的校舍不能容纳迅猛增加的师生，要找一块三十亩地建立分校，市教委只有建筑资金，占地的费用没着落，希望社会给予助资。教委和学校想利用中国有重视教育的传统，这些重点学校的生源有半数都是来自区外有钱人的子弟。还要收很高的赞助费，学校周边的房价也高出其它地区百分之三十至五十。教委故意泄露这个消息，好学校抬高房价，开发商从中获益。目的就是为了利用开发商竞争这项目而掏腰包，三十亩地根据目前的市价要二百多万。由于是公共设施，政府免去了商业利润，只付拆迁费和农民的土地补偿费，大概一百万元。我们这片区有十多个项目的开发商，他们都同意捐钱。我们这片区内，正好规划有一块六十亩地的公共设施用地，可以占用一半三十亩。根据估算，如果我们要争取这个项目，各个开发商平均分摊近十万元，我们这块地大，大概要摊十五万元，摊到房屋面积每平米不到五元钱，马老板你看怎么样"？小勇说："既然大家都同意我也支持，这个钱作为我们的投资分摊"。唐总说："我得找相关人员'协调'落实，另外马老板，如果学校的项目落实了，你是建筑商愿不愿意承包学校的建造"？小勇说："关键是项目资金能否满足工程需要，如果垫资过大，可承受不了"。唐总说："我可以帮你了解一下资金情况"。小勇说："谢谢唐总关照"。三天过后，唐总和小勇与张总签署了转让协议，付给张总一百一十二万元，完成了交易。改革开放的热潮在全国轰轰烈烈展开。广州，深圳沿海各大城市大量的外资企业入驻保税区和工业园区，国家九五规划蓬勃开展，渝州市经济发展迅速，各行各业欣欣向荣，项目片区内所有项目都已开工，公共设施重点中学项目已经开工，另外三十亩的公共设施地块，变更规划为高档商业区。整个片区成为渝州市高档综合社区。周围房价飚升百分之二三十。一般社区房价涨到了一千三百元一平方米。小勇别墅项目房价也上调到了二千八百元一平方米。项目成了有钱人仰慕的房子。但每套房子的总价八九十万，还是难到很多富贵人家。一个月的销售成交量也就二三套，售房款应付项目的建筑资金绰绰有余，小勇也不为资金发愁，转眼到了年底，又到了年底社交朋友聚会的高峰期。一天小勇接到唐总的电话约他到滨江宾馆约会，小勇准时开车赴会。到了宾馆大包间，里面已经坐满了十多位客人，看到小勇进来大家都把目光投向了他，小勇目光扫了一下在座的人大多数都不认识，点头腼腆地说："对不起各位兄长前辈，路上堵车晚点了"。唐总说："这就是我的合伙人马小勇"。他们边喝茶边聊天，实际上他们利用这种机会了解社会，深入各阶层。一个五十来岁的人说："这么年青就当老总，真不简单"。唐总说："他一个人单打独斗，没有背景，能到今天也不容易"。小勇坐下说："在座的各位兄长前辈，后生能参加聚会，倍感荣幸，今后晚辈还请各位前辈和兄长多多的指教和关照"。那位五十来岁的老总说："快过年了，大家聚到一起真不容易，目前房市较好，压力较小，心情舒畅，大家畅所欲言，年终了大家聚在一起拉拉家常"。又一位五十多岁的老总说："乔总你是我们中间最有知识，下海人士中你是最成功的人士，谈谈你的感受经历吧"？乔总说："知识说不上，只是岁数大，经历多，现在改革开放，思想解放了，语言环境也宽松了，我就无顾忌的坦言，我是一个教书匠，我萌生下海的念头是经历的几件事的感触。中国历来有尊师的传统，给我感触刺激最大的是有些家长发了财，子女上课时经常课桌下放着一个日本的放音机，一次一个老板的儿子戴着耳机听音乐，我叫他把放音机收起来，他毫无反应，不予理睬。目中无人的样子，也不交作业，就是仗着他家有钱，目中无人。有一次一个家长将儿子转到重点中学去读书，在上课的时候走进教室来叫儿子走，也不打招呼，直冲冲地走到他儿子书桌前收起书包就走，连我也不看一眼，目中无人的样子，全班的学生都惊讶地看着那家长和学生，头也不回地走出了教室，高傲神气让人难以接受。后来听人讲，那学生的家长仅是一个小学文化程度的农民，有钱了就那股子傲气。我心里问：难道我们有文化的人就不能挣到钱吗？从那以后我就研究市场，寻找机会，终于找到一次机会，利用空闲时间跑学校，跑教育局，印刷厂，为学校的教科书和学生书本的订购和销售，赚了点钱。接触社会多了，对人们生存的基本需求衣，食，住，行的研究，发现'住'是人们最重要的需求和价值最高的财产，选择进入这个行业"。他看着一个同龄说："孙总你的经历最精彩，谈谈你的经历和感想"？孙总喝了一口茶说："我的经历是最不光彩的了，难于启齿，在座都是朋友，见笑了。可能你们好多人都听说过，文化大革命刚结束，很多人都暗里做起了投机倒把的生意，一次一个亲戚的生日，这个亲戚最喜欢抽烟，我到一个烟摊买烟，那个摊主正在和一个背塑料袋的人悄声细语地讲话，我背向着他们，没引起他们的注意，摊主问：'你这烟听说在云南'上线'那里只要三十元一条，你收我六十元一条'，那人说："这烟在烟酒公司要七十元一条，这你是知道的，我虽有近一倍的差价，但我的风险可大了。我是非法买卖，要是在买卖和运输过程中被抓到了，被没收和罚款，不但损失数额巨大，还要坐牢'。丰厚的利润吸引了我，从那以后我就开始冒险做非法贩卖香烟生意。一年后我的生意做大了，一次我在出货过程中，烟快出完了，身上有一万多元的现金，正在和烟摊交货，被一个便衣警察抓了正着，他收走我剩下的十条烟和一万多元的现金，那时候一万多元是多大一笔数字，我当时就急了，那是我一年多冒险挣来的亡命钱！是我的命根子！于是我假装拴鞋带，趁那警察放松警惕，我用尽全身力气一把把他推倒在地，哪知道他头正好摔在檐坎的石轮子上，头摔了一条口，鲜血直流，我趁他昏迷之际，拿走了钱和烟，幸好那警察送医院后没生命危险，治疗后落下一条长长的伤痕。我后来被抓捕，没收全部财产，暴力抗法，判刑七年。在监牢里什么苦都吃过，什么罪都受过，练就了不知苦，不觉苦的毅力。在牢房里，各种各样的人住在一起，各种罪行的人，他们的性格不同，背景不同，文化知识程度不同，跟他们生活在一起，流露出各种心态和言词，在夜深的静思中思考着他们的人生和经历，吸取了很多经验教训和知识，对我的人生有很大的帮助。我刑满释放的那天，我走出监狱门口，坐在台阶上，没有人来接我，身无分文，我的发妻在判刑后与我离婚，父母离世，七年间没人探望我，亲朋好友害怕粘上我的坏名声，给他们惹上麻烦。身无分文，我往哪里去？我真想回到牢房，我顿感自己恰似身处无边的沙漠中，辨不清方向，没有路，没有生机，没有一切的一切，要是饿极了，不管看到什么动物都会抓来生扯活剥、满口鲜血吞下去，不管看到什么植物，不管是有毒无毒都吞下肚里。那种绝望，求生的渴望，是我每每遇到困难和风险时的情思，练就了我勇往直前，不顾一切的决心，成就了我今天的事业"。他望着小勇说："你这样年轻，谈谈你的经历"？小勇思索了一下说："我没有兄长们那样可歌可泣的经历，我的家在山沟里，家里很穷，由于我的义气，导致家里财产损失，母亲一气之下把我赶出了家门，我运气好，遇到了好人关照，才有我今天。当我遇到困难时，回想我那艰辛岁月，穷困的山沟，断了回头的路，我只好向前"。有几位老总讲了他们各自艰辛的历程。但是也有几位老总没有发言，大家心里都明白一二，他们身后都有坚强的后盾和坚实的基础。最后乔总说："我开个玩笑，我们这些三教九流的人各显神通，才有今天的事业，才有今天兄弟的聚会"。孙总说："我们不是三教九流，是各路英雄"。唐总说："不管我们有何种经历，能走到今天很不容易，我们今天要痛快的饮酒，庆祝我们今天的成功"。一会儿丰盛的宴席摆在桌上，大家举起杯中的茅台酒一起碰杯，异口同声地说："祝大家生意兴隆，情同手足，亲如兄弟"。他们又边喝酒边聊天，唐总问："各位兄弟你们对现在的房市有何种看法"？乔总说："经过我细心的观察分析，基础设施建设，房地产业已成为国民经济发展的支柱产业，带动了钢铁业，建材业，装饰材料业和就业市场的兴旺。这些行业的投入资金流入市场，拉动消费。由于50后60后中国没有计划生育，这代人口众多，加之前几十年经济发展迟后，经济因素抑制了住房消费，积累到今天，住房需求大，只要经济不出问题，老百姓能挣到钱，房地产会兴旺一段时间。但有一个问题，由于改革开放，民间企业发展很快，代替了一些资不抵债，面临破产不是主导产业的国营企业和地方国营企业，银行坏账率上升，社会资金流动环节上可能出现问题，从而影响房地产业，房地产业又是资金占用量最大的产业，如果资金链断裂，企业运转停止，烂尾楼，债务波及到的范围涉及到相关产业和行业，影响最大是银行的呆坏账，是政府最不愿意看到的。会采取一些措施，但是市场因素的力量是巨大的，政府想控制也难。我们这些老总们都是在艰难的环境中滚爬摔打出来的，有惊人的勇气和胆量，就是有这种胆量，闯出一片天地。但是这些成就来之不易，大家得注意不要逾越经济发展的规律，不要逾越政策的底线。即使净资产为零，遇到危机，也不过就是回到从前的生活，不至于坐牢"。孙总说："坐牢我不怕，我回不去，没有回头路"。又一位老总说："债务有数字可以统计，资产怎么评估？地价在变，房价在变，投入的材料人工成本也在变"。又一位老总说："关于资产的评估可以按市价的八折计算，留两折作为波动幅度"。又一位不知名的老总说："如按这个比例评估资产，可能有很多房产企业都在红线上，这些企业该怎么办"？乔总说："这些企业应该趁房市好时将部分资产转让变现，控制在红线以内，如果掌握不好，遇到市场风险突变，后果不堪设想"。又一位老总说："如果一半房企都这样作，那房市出现混乱，房市会崩溃，那资金雄厚的企业趁势扩张，那就变成了大鱼吃小鱼的陷阱"。乔总说："这就是市场规律"。唐总说："乔总不愧是知识分子出身，给我们上了一堂深刻的经济分析课。给我提了个醒，我想出一个建议，我们都同在一条船上，风浪不可避免，我们一定要同舟共济，互相帮助，方能战胜风浪。我们在座的老总有财力雄厚的，有财力欠佳的，我们一定要相互团结，互帮互助，在风险来临时，我们每位老总如有重大的财产处置时，一定要和业内商议，共同应对。不要单方面抛售资产，造成市场动荡，为了各自逃生，竞相贬值抛售，以致整个市场整体资产贬值，殃及整个市场。我们要通过业内商议，业界内部评估，内部转移股份或互相参股共担风险和利益，达到共渡难关，稳定资产价格，决不能只顾自己，损人利己，最后市场动荡。资产市值低于银行抵押贷款额度，面临破产，波及市场，殃及自身，我希望各位老总遵守这条规则"。包房里响起一阵掌声，大家齐口说好。一位老总说："唐总你们连排别墅项目现在经营情况怎么样"？"目前销售还可以，就是利润率低"。"你们目前房价多少一平方米"？"二千八百元一平方米"。"怎么那么高？一般的商品房价也不过一千二百元一平方米"，唐总说："你们都是同行，大家都心知肚明，现在很多税费都是以占地面积计算，一般的商品房一亩地可以建到五千平方米房屋，我们那个项目每亩地只建了五百平方米，绿化和道路面积占了总面积百分之七十，这些费用比普通房多出了七倍，水，电，气管道长度差不多，但房屋面积少了百分之九十，这一费用多九倍。建筑费用，由于结构复杂，所有楼面楼梯都是现浇混凝土，劳力，建材。木型等成本又多出百分之二三十。你们算多出多少成本？我们项目的售价才是一般商品房的二点五倍，目前的售价只有薄利，只有不到百分之十的利润。早知道我就不变更规划了"。乔总说："你们的联排别墅吸引全市的目光，很多人参观了，都说像电影里欧式洋房，我那些朋友，也是我们共同的朋友，他们对别墅羡慕不已，我想买两套在关键时刻用"。大家都把目光投向乔总，心里想什么时候是关键时刻？用得着这样贵重的礼品？现时贵重的礼品也就一套房子十多万元，他们突然醒悟，互相注视着，又有一位老总说："我也想买两套"。又一位老总说："我也想买两套"。接着又有几位老总，有的买两套，有的买一套，小勇心里默算了一下一共十九套。乔总说："你们这样竞相购买，唐总要涨价了"。孙总说："我也买两套，张总你那个项目退股了，你也买两套？我们来个团购"。张总说："我目前还不需要找朋友送礼物"。孙总对唐总说："优惠百分之二十怎么样"。唐总说："你们闹着玩的"。买房的老总们说："我们是认真的"。唐总说："我利润还没有百分之二十，你们不是让我跳楼吗。我们是朋友，不要利润也就百分之十，算我帮忙"。买房的几位老总互相对视了一下，一位老总说："就二千五百一平米"。唐总看了一眼小勇，小勇说："唐总你拿主意"。唐总说："看在我们是朋友又是同行份上，就二千五百，你们何时看房订合同"？乔总说："你现在有多少套成品房"？"我们现在只有三四套，其余只有期房"。孙总说："我个人意见，现在就看房定合同"？唐总说："期房只能看样板房和图纸，大家都在场，我叫把图纸送来大家一起看怎么样"？"这样也好，如果我们自住，可以选择邻居房，我们天天都可以聚会了"。唐总打电活叫小林和王静带来了图纸和合同，老总们挤在一起看平面图，结构图和位置，他们边看图边议论，有人说："你们那些朋友喜欢什么位置的房子"？"他们最喜欢隐蔽位置，靠山近水，开车进车库，由于车库在屋里，下车进屋，也不会露面，当然还是要有进屋的正门"。"符合这个条件的只有靠山最后一排的房子"。又一位老总说："我们自住房选在小区中心的房子，那里比较安全"。几位老总选了几套小区中心的房子，又在靠山最后一排里选了十一套房子。所选房子全是期房。他们问唐总何时能交房？唐说："小区中心的几套房子明年下半年可交房，十一套靠山的房子，最快也要后年上半年交房"。乔总说："交房的时间无关紧要，关键是要把协议定下来，预防我们双方在今后一两年的时间里，千变万化的市场环境里，市场的变化导致我们各自经济状况的变化"。唐总说："这样也好，交房的时间也要作硬性的约定吗"？买房的老总通过讨论，最后由乔总代表大家意见说："我们都是同行的朋友，知道交房的时间受很多因素的影响，合同里写明以一年的时间内为限，提前或推迟由买卖双方再协商，这样就宽松了"。唐总说："感谢各位老总的理解"。买房的老总各自签了合同开车回家。张总走在最后，唐总把张总叫到一边悄声地说："张总你够朋友，你还是买两套吧，我按成本价给你，你是知道成本价的"。张总说："我目前还不需要这样贵重的礼品，以后形势变化也可能需要，就留两套。改天我来签合同"。唐总说："可以"。张总走后，随后小林和王静也离开了宾馆回工地。剩下唐总和小勇，他们俩坐下来，唐总说："这个项目我们缺乏对市场客户群仔细分析和研究，目前真正有购买能力的人还很少，那些富商们有能力，但各自忙着扩展事业和寻觅商机而积累资金。我们这个项目太耀眼了，吸引了寻觅的目光，树大招风，今后可能还会有更多的朋友通过各种途经找上门来，我们该如何应对"？小勇听懂了唐总的意思，思考一会儿说："我们现在全价销售五套，半价抵押销售五套，今天签合同一十九套，一共二十九套，还剩下六十套。我想既然这些老总都愿意掏钱买房作珍藏，这些老总只是房地产这一块，其它还有很多行业，这些行业里老板也有潜在的各种用途，我们采取一个策略：房子全部建成两个月后宣布房屋售完，剩下的房屋作抵押分散到各银行贷款，再将抵押房屋分散到中介公司销售，这样缩短现场销售时间，封住了关系户的口，同时解决流动资金问题。关键问题是成品房的问题，我建议趁建材价低，工费相对较低，加快建设速度，我们想出这个办法应付来自各方面的关系户"。唐总思考了一会儿说："你这建议很好，你的流动资金没问题吧"？"还可支持一段时间"。唐总说："下一步我们销售权全权交付给销售公司，避免一般关系户直接找上门来"。小勇说："就按我们今天商讨的办法执行"。唐总说："就这样办"。他们走出饭店，小勇看到唐总的司机打开车门，一手拉着门把，一手护着唐总的头上了车，小勇才打开自己车的车门开车回家。一天下午小勇组织管理人员开会，小勇说："兄弟们有一段时间没有召集大家开会座谈了，今天召集大家在一起，听听大家的意见"。办公室里在座的八个人互相对视了一下，任工说："前几天城建局对成品房竣工质量验工时提出了一条意见；项目结构是多层现浇混凝土，应该是多次分层现浇，根据规范每次现浇混凝土都应该有混凝土的试验报告单，但项目竣工报告里混凝土的试验报告单次数明显不足，这次检查时，我们用到现场敲击测试，感觉上达到设计强度，但这不能代替试验数据，这次算是过关，以后不行。要是接照规范执行，我们这样小面积多次现浇都要作试件，工作量很大，试验费很高"。小勇问："你有什么对策吗"？任工说："我也思考很久，唯一的办法是把施工面扩大，尽可能把每次同结构件同时浇灌，增大浇灌量，一次试验代表的工程量增加，相对减少试验次数，但这样带来不好的负面后果，由于施工面增加，一，每栋成品房建造时间拖长，不利于销售，二，周转材料和工程建材占用量增加，需要占用更多的资金"。小勇说："我正想扩大施工面，增加人手加快进度，我权衡了一下，还是按规范进行，技术上再增加一个人负责'试件'工作，多余的时间协助现场施工技术"。库管员媛媛说："目前工地发放劳保用品没有具体规则，造成一些浪费，周转性材料如木型板的浪费现象存在，是否教育大家尽量多次再利用"。小勇说："小林你在现场组织施工，这方面应该采取一些措施和制定一些规则"。小林说："哥，这方面我不知给工人们说过多少次，但是效果不佳，他们往往为了加快进度，不愿意多费'手脚'去利用废旧料"。小勇说："我考虑一下具体办法"。小林又说："如果要扩大施工面，增加工人，加快工程进度，由于工程结构复杂，工人又没有识图能力，很多都要手把手地教，现场组织施工技术人员不够"。小勇说："我正在考虑如何解决"。任工说："我有个个人问题和你商量，会后再说"，小勇说："不妨事，这里都是我们管理人员"。任工说："我从我原来公司出来有一年多没交养老保险金了，原来我想公司如果好转了我就回去，现在我在这里习惯了，我想和你商量能不能像公司先前那样，把养老金补交上去"。小勇说："我今天开会就是要讲这个事，我们今天在座的每个人从下月起，按国有企业一样，你们自己负担自己养老保险费部分，公司负担公司应交的那部分，医疗保险也按国企的标准给你们买上，任工是我从单位请来的，从来公司上任那天起，由公司补齐由公司应交的和个人应交的养老保险金都由我公司补交。从下个月起就跟大家一样。各位从下月起公司和个人各交一半。离开公司保险金就由自己全部负担，根据目前保险条例，交齐十五年才能领取一定的养老金，根据条例保险金不能异地转移"。任工说："谢谢马老板"。小勇说："只要大家努力，公司发展了，工作有了保障，会有更多的福利，下一步，我想给工人也同样给予养老金补助，但现在还不能讲，资金还比较紧张"。十一月三日地税局来查二三季度账目，由于涉及到开发房产税，兴隆公司财务胡主任也带着资料协助审查，王静热情地接待了他们，在晚饭的酒席上稽查组长小潘说："两天来对两个公司的财务进行半年账务核查，没有发现违规的事项，但是还得补充两项资料，一是根据房产局的过户资料显示，你们房产项目过户房产为八套，但是财务纪录收款只有二百六十五万共三套房款，其余五套约四百万银行账户和现金科目都没有进款记录，应收款科目也没有记录，必须进行应收款账务登纪，这是一笔很大的数目，是无法掩饰的。如果是赠与也应该在过户的合约中予以注明。另一个事：就是你们项目的合同建造成本，比其它公司的项目建造成本高出约百分之二十，你们是开发商和建筑商为一体的公司，这样高的建筑成本，会引起人们对你们公司产生利益输送的嫌疑，这方面你们也要补充资料予以说明。这不是我们为难你们，我们查税人员是要担责的，今后上一级抽查也要说得过去"。王静说："谢谢你们，潘组长的意见值得我们重视和补充相关资料。关于五套过户房的房款问题，这五套房子是内部销售，由我们公司担保办理过户手续，由于房款数额大，买主凭房产到银行贷款筹措资金，以后我们会按制度登记相关合法的财务手续。另外关于建筑成本问题，这里我可以口头说明；你们也可以到施工现场调查，项目建造成本升高的原因有两个，一个是，建材和周转性材料的用量增加，可以由技术部门通过国家预算定额和项目的实际用料作比对，测算出用量差别，整理成资料进入相关科目附件凭证。另外我们给工人的实际工资可以证明工费成本增加，由于工程结构复杂工艺繁杂，实体的工程量定额工资比一般项目实体工程量定额工资水平高出百分之三十，我这里有近两季度发放给工人的計费单工资数额，你们到施工现场作调查，我们对此表示感谢"。潘组长说："你们既然欢迎我们现场调查我们明天进行"。第二天潘组长和组员小胡，小谢来到工地，走到一位中年工人面前，他们正在砌砖，问："师傅你叫什么名字"？那工人头也没抬，还是专心地铺灰，说："我叫胡绩旺"。小谢在工资表找到了他的名字说："你还记得你二季度领了多少工资吗"？"具体数字记不清了，大概是三个月共一千五百元吧"。"你三季度领了多少工资"？"好像比二季度多了几十元"。"你们这工资和往年工资比较怎么样"？"这点工资还是经过我们和老板协商争取到的，刚开始作这项目时，由于构件截面小、体积少，费工费时，工资比往年少了百分之三十，大家不干了，后来经过协商，把单位工程量工资水平提高了百分之三十，我们才留了下来"。小谢核对了工资数跟他说的数额差不多。他们又走到一个扎钢筋的工人面前，他报的姓名和工资数额，和工资表上的数额一致，他们又走到一个正在安装木型板工人前，核对他的姓名和领取的工资数和工资表上的数额差不多，小潘问："你们老板给你们定额工资水平提高了百分之三十，你们应说比其它公司工人的工钱多多了"？工人说："你看这钢筋多小，每根又短，称重量有多少？我们算工资以重量计，要不提高工资水平谁干"？"那你们老板可亏惨了"？"他亏不亏与我有何干，要不是这里吃得还可以，我早就走了"。他们经过调查把调查情况记录下来，存在档案里。一天小勇接到地税局贺主任电话："谢局长要面谢你们项目对地税的贡献，市里很关心你们的项目，是我市经济发展的亮点"。贺主任告诉了谢局长的电话号码，叫他与谢局长联系。小勇心想：我是个什么人？谢局长怎么会主动跟我联系，谢局长要跟我面谈，不仅是经济发展上的问题吧？上次与谢局长在宾馆里见过面，小勇已收到谢局长优惠房购房人易文莲的身份证复印件，房子已经过户到易文莲名下，以作抵押物到银行贷款三十七万元。小勇想，这个办法谢局长能不能埋解？经过这次查税找到了籍口，王静实行的办法有理由了，他拨通了谢局长的电话："谢局长你好，我是长荣公司马小勇"。"啊，你是马老板，我正要找你面谈，你的成功经验值得肯定，值得宣传，对税务的贡献值得表扬"。"谢局长，你如果有空时间，我们今晚在滨江饭店相会＂？＂我一定按时到，谢谢马老板＂。晚上七点钟，小勇和谢局长在宾馆饭店包间里，谢局长今天特别穿了一身便衣，上身穿黑衣便装，下身牛仔裤，比小勇还朴素。进店时服务员也只是瞧了他一眼，他走进了包间，服务员还以为他在找什么人，服务员不放心的跟了进来问：＂你找谁＂？马小勇仔细看，认出是谢局长，说：＂这是我的客人，你可以上酒菜了，谢局长请坐＂。那服务员听说是谢局长，又特别的目光打量了一遍，退出包间。一会儿酒菜上桌，小勇满满的给谢局长斟了一杯茅台酒，放在谢局长面前，又给自己斟了杯酒坐下说：＂谢局长这些年多谢你关照＂。谢局长说：＂你们现在作的这项目在本市房产界太出名了，市里开会局处长们都议论着，都去饱过'眼福'，那些到过欧美的人都说，有到了欧洲的感觉，可惜就是房钱太高了，近三百平方米，八九十万元。要是房产市场上有一半这样的商品房，我局的税源可丰富了，我该有多高兴＂。小勇把目前这种闻名项目的尴尬处境给谢局长讲了一遍。最后说：＂我给你办的事，现在还处在两难境地，前几天你们局里来查账专门查了房屋销售，发现有五套房子过户没有一文钱的房款进账，这些房主都是我的朋友，追问这房子的交易方式和款项去向，这是一笔四五百万元巨款，说是赠与应该在协议里写清楚。但我不能那样做，追查起来后果严重。稽查员担当不起失查的责任，叫我们一定要合法的、完善的相关资料。我和财务主管商讨，根据税法和财经法规，她也想不出有合规合法的应对办法，谢局长你是不是给你下属小藩打个招呼，叫他们放我一马＂。谢局长思考了一会儿说：＂这是重大的原则问题，在下属面前我不能那样讲，即使这次应付过去，这是重大项目，今后是上级重点复查对象，也难过关＂。小勇喝了一口酒，略等片刻说：＂我有一个不成熟的想法，我把房产证作抵押到农业银行贷款，因为是房主的房产证贷款，以房主的名义将款转到工商行我公司的户头，作为房款，银行间往来留下记录，这样就有交房款的凭据，贷款额就房款的一半。我把房产证复印一份给房主，贷款的利息由我公司交，房主可以长久地住下去。如果房主要转让，房产买卖到过户有一个多月时间，这期间可以将买房款还银行贷款，卖房剩余款当然是房主的，取出房产证过户，不影响交易，你看如何＂？谢局长说：＂你这想法合规合法，很好＂。小勇说：＂谢局长，关于我们那项目，先前群益公司被拍卖前，已缴纳了土地使用税，我们接盘应该不再交土地使用税＂？谢局长说：＂这个问题看你怎么理解征税相关条例，如果按土地交易细则中，土地交易以变更业主为据，应该征收你们项目的土地使用税，那块地属政府拍卖，按规划使用合伙开发，可以视作一次使用，没有产生二次交易的商业性行为，可免去征收土地使用税，但这要有国土局的验证资料。我们把国土局的资料在内部讨论，阐述事实经过和土地使用符合规划，免除你们的土地使用税＂。小勇说：＂我代表我和唐总表示感谢＂。他们还聊了其它很多事，他们酒后各自回家。小勇将处理经过向唐总汇报，唐总非常满意，他们用这种方法将各自关系户、朋友的房产作了同样处置。春节放假前，小勇召集职工大会，会上小勇说：＂师兄弟们又过年了，大家拿到一年的辛苦钱，感谢大家一年来对公司的贡献，回家高高兴兴地过年，祝大家新年快乐，在这里我要告诉大家一个好消息，从明年三月一日起，公司将为在本公司连续工作三年以上的职工买养老保险，买满十五年，退休后可以拿到一定数额的养老金。根据目前国有企业实行的办法，职工本人缴纳工资的百分之六，我们公司再给你们交同额度保险金给社保局作为你们的养老金＂。＂离开本公司，本公司停止交纳公司部分养老保险金。还有一种情况是公司亏损或破产，公司停止交纳公司部分保险金。根据社保规则，离开本市到外地，所交保险金不得转移。你们考虑好，愿意的、够条件的写申请报上来＂。一位二十多岁的小伙子站起来说：＂马老板如果缴了几年的养老金，如果公司亏损不给我们继续交养老金，公司补助部分怎么办＂？＂如果你要继续交纳，公司交的部分和自己应交的部分都由你自己交，如果你也不交了，保险公司把已交部分存在那里，以后可以再续交＂。＂马老板，公司亏损与我们何干＂？小勇说：＂这位小伙子问得好，你是学什么技术的＂？＂我是学木工的＂。小勇说：＂这里我们有经税务局审查的年度公司财务报告，每年利润就百分之七八，就拿你安拆木型为例，一块木型板假设周转使用十次，由于你安拆模型时为了省时省事狂敲猛打，乱扔乱丢，只用了九次，木型板这一项工序我就没利润甚至亏损，要是只用了七八次，我就亏多了，所以公司要有利润，还得靠大家共同努力省料才能实现＂。又一个小伙子站起来说：＂马老板，公司赢利了对我们有什么好处＂？小勇说：＂你这问题也问得好，你知道吗，你现在吃得便宜、又吃得好，你们吃的都是用汽车到几十公里外的农贸市场去买的批发肉，食和蔬菜，比菜市场便宜百分之三四十，但是车费，油费，过路费，司机工资都是公司出的钱，炊事员的工资也是公司出的钱，你吃的都是农田出产价，天底下哪有这样的好事？另外，公司百分之七八的利润，还要购买工棚和生活设施给大家改善住宿条件，添加工程设备，改善施工条件，减少工人体力劳作，提高工程质量，提高公司的知名度，提高承揽工程的竞争力，公司有业务，大家才有活干。所以你们可以想想，公司的兴衰是和大家的利益联系在一起的，你们春节回去，有很多在各地打工的亲朋好友好好地交流一下，比较一下待遇情况，有亲朋好友愿意来本公司上班，我们表示热烈欢迎＂。

第二十八章

28-1　叙旧

　　大年三十，小勇用车把王静一家接到家中团年。这几年小勇公司发展兴旺，大家非常高兴，团年的饭桌上除了常年的鸡，鸭，鱼，肉外还有海鲜和茅台酒。这是小勇家从未吃尝过的酒菜。只是在电视剧里看到过。屋里充满了海鲜和曲香酒味。大家举杯相互祝贺。娇娇突然说："爸爸今天你为什么不给妈妈打个电话，要是妈来了该多高兴啦"。小勇说："妈不是在这里吗"？娇娇说："我说的是我那个妈"。王静和她爸妈高兴的脸上变得尴尬。小勇立即说："娇娇今后不准你再提起她，她已经不要你了"。娇娇放下碗筷，进屋里去了。小勇举起酒杯对王静的爸妈说："爸、妈，是我最困难的时候她离我父女而去，不愿同患难，是你们的好女儿在我绝望时帮助我，支持我，我终身难忘"。王静和她爸妈脸上恢复了平静。年饭桌上，他们举杯祝福，喜笑言欢，忘记了过去的一切。酒醉饭饱后，一家人围坐在电视机前，欣赏着电视里贺年镜头，不知不觉到了十二点过年时刻。小勇拿出年前在渝州市烟花市场买的二千元的烟花礼炮，除夕晚礼炮冲上云宵，烟花在空中璀放，爆竹声震动山谷，十里之外空中烟花犹在眼前。娇娇跟在放鞭炮烟花的爸爸身后来来去去的跑，高兴尖叫。儿子才一岁多，妈妈牵着，学着姐姐，乐得哇哇直叫，全家人沉浸在欢乐中，度过了一个欢乐难忘的除夕夜。初二上午小勇用车把王静父母送回家。初三的那天，小勇全家收拾打扮，正准备去中民家拜年。陈晓燕突然到来，全家人没做声的盯着她，她东瞧瞧、西看看，脸上没有表情。她在楼上房间里看到了娇娇，她拉着娇娇的手说："娇娇你收拾一下衣服，跟妈走"。娇娇说："婆婆爷爷这里热闹，我就在这里"。陈晓燕说："这里不是你的家，外公，外婆喜欢你，我也想你。外公，外婆今后天天都陪你玩。我们那里街上更热闹好玩，上学也近，你长大了，这里终究不是你的家"。小勇妈听到这话，心里有说不出的难受，抹着泪水说："这么多年都在我这里长大，你这个当妈的只是过年过节才来看她一下，就这样把她带走了，我们不放心"。陈晓燕说："不放心的应该是我，她那爸只管在外找钱，什么时候管过她"？小勇看到马上要吵起来，就说："妈，让她带走吧"。小勇妈含着眼泪给她装好衣服，陈晓燕牵着娇娇，拿上衣服往外走。王静从包里拿出一叠钱说："这五千元给娇娇作生活费"。陈晓燕伸手拿过钱，瞧都没瞧王静一眼，昂首地向院坝走去。走了几步回头大声地说："马小勇你有车，送娇娇一趟，这么远的路，她肯定走不动"！那声音像打雷一样，小勇瞧了王静一眼，王静说："你就送她一趟吧"。小勇说："照你说的办，我送去就回来"。他们三人走在下山崎岖的小路上没有任何语言。到了公路边坐上车，车缓慢行驶在弯曲盘旋颠簸的乡村碎石路面上，身子不停地摇晃。陈晓燕埋怨地说："现在你成了大老板，过得潇洒了，你心里还有娇娇吗？她还是你女儿吗"？小勇也带讽刺地说："娇娇是不是我女儿，你最清楚"，陈晓燕更生气地说："你这话是什意思？难道是我'偷人'生的野种吗"？她是你身上掉下来的肉，当然是你最清楚了"。陈晓燕大声说："看来我打王静一耳光，没冤枉她"。小勇说："就是你那几耳光，你把她打到我的心中来了。她口吐鲜血、满脸红肿，还为我办事，深受感动。你知道吗？你打她真是天大的屈解，那天我们和银行约定上午十点钟去贷款，会计和法人必须去，拜见银行大佬得穿体面点，人家见你不寒酸，给人家一个好印象。我在文件柜里找出一套唯一的西服，却是皱巴巴的，她赶快拿到街上去烫西装，回来一看时间已是九点半钟，急着走，我没加思考就在办公室换衣服，她也梳理。就在那时你闯进来，不问青红皂白，就给她狠狠的几耳光。她鼻嘴流着血出去了。你走后我思考到，钱就是我的命，几十个工人要工资，建材商逼债，几十万高利贷，债主雇黑帮人员天天盯着我，我要是还不起债，命就没了，钱就是我的命！我只好一个人到银行去，当我走到银行门口，王静站在门外面等我，梳洗整洁站在那里，脸庞红肿，当时我心里一热，泪水就涌了出来，我马上揩干了眼泪，控制住自己，和她一起走进了银行办公室。办事员说这位同志怎么皮青脸肿的？她抢先地说，对不起，我形象不好，是昨晚不小心摔了一跤，不影响我们议事吧？办事员说，马老板你的员工真好，摔成这样子，还坚持工作。你说我感伤有多复杂？那天我们办好了贷款，晚上我睡在沙发上，翻来覆去一晚没睡着，像在梦里：我被海浪卷到大海里，拼命喊救命无人理睬我，在拼命的绝望中突然抓到了稻草，那就是王静，她忍受皮肉的痛苦和天大的屈辱和危险来救我，我抓住了稻草，依偎着它，深深地体会到共患难的深义，我流干眼泪，酸楚的泪水湿透了枕巾。你却在第二天带着娇娇离开了我。我知道你离开我的主要原因是和我在一起风险太大，不愿意承担风险，这时我才深切的体会到患难夫妻的深切含义。你走后，她提出要离开我，我决心追求她，她曾经拒绝过我，在我坚持追求下走到了一起"。听完了小勇的诉说，陈晓燕沉默了一会儿，没有谩骂的话，不知道是不是小勇言词感动了她。一会儿说："我这一辈子真怨，现在我只能找一个三四十岁的老头，被你糟踏掉了十多年的青春年华"。"这能怪我吗"？"那你今后每月给多少生活费给娇娇"？"目前的物价水平一个月生活费二百元足够了，我就给三百元"！陈晓燕说："光填饱肚子就行了？还有穿的，用的，玩的，补习英语，奥数，弹琴。外婆，外公那么大的岁数服侍她，总要给他们点辛苦费吧"。"那你说给多少钱合适"？"至少每个月一千元"，"你是在借机敲榨我，难道你就没义务了"？"你一个月工资多少"？"我一个月工资也有一千元，一千元的抚养费在你那里算什么呀"？小勇沉默了一会儿说："好，就一千元，要是我今后生意不好了，就没办法了"。他们在争吵中，到了陈晓燕家附近的公路边停车，小勇说："你们下车吧，我回去了"。陈晓燕下车没说话，牵着娇娇走了，小勇调转车头，在反光镜里，看到娇娇不断地回头张望。

第二天小勇全家来到中民家，中民热情领着小勇往屋里走，边走边说："小勇这几年真想不到你'发'得这么快，转眼就成了大老板"。小勇说："这几年小有收获，全靠你那几年的关照"。中民把小勇领到客厅沙发上坐下。立刻就到厨房去了，一会儿他领着一个身穿着黑衣服，捆着围裙的姑娘走来，那姑娘面色红润清秀，边走边用围裙擦手。中民指着小勇一家人一一的介绍："这就是我常提起的表弟马小勇马老板，这是姑妈，姑爹"。最后剩下王静不知该怎么称呼。小勇说："我忘记了介绍，你离开时我们还没结婚，这是我老婆王静。这娃是我儿子'全全'"。中民的嘴动了一下，没发出声音，那姑娘伸出手和他们一一握手说："马老板你们坐"。她转身走进了厨房，一会儿她端着一盘茶杯走来，把茶杯一一放在他们面前的茶几上，回头又提出水瓶泡上茶说："马老板你们用茶，我到厨房去帮忙"。转身快步的进了厨房，她动作麻利。随后小勇爸妈和王静牵着全全到屋前屋后转悠。剩下中民和小勇，话就随便了，几年不见的表兄弟见面话多了起来，中民说："你的老婆叫陈晓燕，怎么变成了王静"？"哎！小勇叹了一声说："夫妻本是同林鸟，大难来了各自飞。前几年我刚开始作房地产资金紧张，借了几十万高利贷，债主雇了社会上闲杂人员天天跟着我们，让她胆颤心惊，怕担风险，离我而去"。中民说："看来她不是一'路'的人，也没有那福份"。小勇说："中民哥那几年姑姑，姑爹给你介绍了那么多的姑娘你都没中意，你就看起她年轻漂亮？我听她口音不是本地人，你怎么就选中她了"？"哎"，中民也叹了一口气说："我们这些在外面'跑'久了的人，世面见多了，对婚姻大事总有些不同的想法和顾虑，我走近她，也是在接触中，她的行为举止深深打动了我；第一次是那天在工地上突然下起了雷阵雨，大家都从工地上往屋里跑，我在工地上放线，拉尺子的连贯性一时放不下手，她跑过来把她自己的草帽戴在我头上，她自己淋着雨往回跑，我回头看，不知道她是谁，只看到往回跑的背影，等我回到办公室，她来取草帽，我才看清了她的面目，她是一个红涯黝黑的年青姑娘。我不好意思问她的姓名，只说谢谢你，她没有任何反应地走了。再一次就是我在工地上巡察，有三个人在拌合砂浆，我认出了其中一个人是她，她好像不认识我一样，没有任何反应，她动作麻利，总是抢着干活，脏累好像对她的身体没有任何影响，我佩服她的勤劳，吃苦。从那以后我开始注意她，一次我在吃饭时和她在一起干活的小伙子坐在一起，我问小伙子跟你一起干活的那个姑娘叫什么名字，他说叫苗英，你问她干什么，我说我看她人很勤劳，总是寡言少语，她有什么心事吗，他说她是我同村人，家里很穷，从小母亲去世，弟妹都是她照看长大，出来打工就是挣钱补贴家用，她总觉得自己穷、没脸面，比别人低人一等，不好意思、没资格和别人交往，更谈不上跟你这样的工头讲话。了解她的身世后，我深感同情。一次我在工地上巡视，她推着一车河沙在半坡上推不动了，我主动上去帮着推车，我说苗英你怎么一个人推车，她说我们今天抽走了一个人，去灌混凝土去了。我问，为什么不叫班长加一个人，她说尽量节约劳力，我说我这就去调个人来，她说你这工头真好。我说你今后有什么事，直接来找我，她说我够不上，我说我就喜欢你这样的人，我说喜欢她是因为她吃苦耐劳，她的脸一下红了，推着车就走了。从那以后我们碰面打个招呼，一次停电放假，大家都去逛街，我在杂货批发市场碰见她，正是吃午饭的时候，我说苗英我们一起去吃顿饭，她说我带有馒头和开水。我说今天就请你吃顿饺子，这个人情不大，聊聊天，我想问一下你们对我的工作有什么意见。她低着头跟着我到了江陵饺子馆，找了一个靠江边室外伞下的小餐桌，我们面对面坐下，风景极好，江面船只穿梭波光粼粼，心情一下轻松下来。我说苗英你是哪个地方的人，她说我是云贵川三省交界的山区，我们那地方山高地少人很穷。我问她你家里有什么人，她说还有一个弟和妹，父亲没文化，很老实，在家种地。你母亲呢，在我七岁时就去世了，她眼圈红了，含着泪水，我安慰她说，苗英人生靠自己，从小吃苦也许是好事，你一路辛苦走来，炼就了一身勤劳的本事。她眼望着江面，说王工头你就别夸我了，她收住了眼泪，脸色泛红，她接着说我就是想多干点活，多挣点钱改变我的现状。一大碗热腾腾的饺子端上来，她大口地吃着饺子，饺子快吃完了，她说，王工头怎么不把婶婶也叫到工地上给你当助手，我当时不理解她说的婶婶是谁，她看着我等待回答，我说你说的婶婶是谁？她脸红了，我突然醒悟地说，我还没有耍朋友呢。她不说话了，低着头看桌面，脸上又多了一层羞涩的表情。我也顿感尬尴，她是否在怀疑这顿饺子有不可告人的目的，事到如此，我只好岔开话题掩饰。我说，苗英你听到你的同事对我有什么议论，她抬起头看了我一眼，又把目光转向江面，表情也平静了许多。她说王工头待人很好，大家都很出力，我们这些非老乡担心的是，怀疑你对我们好是装的，不知道你哪天揣着我们的工钱就'跑路'了，又不知道你老家在那里，到哪里去讨工钱。我说你们问一下跟了我多年的老乡，就知道我的'德行'了。我倒是有必要在工人大会上告诉我家地址，表述我的'诺言'。我说你是一个好人，那天那么大的雷阵雨，把你戴的草帽给我，你自己冒着雷雨跑回工棚真叫人感动。她说，我那样作也是为了我自己，你是工头，活是你揽的，要是你病了，揽不了活，我就没事干了，到哪里挣钱。我听她这样的解释，我顿感荣幸和责任，心想这样的好员工我到哪里都把她带上，从那以后我们有空就谈心。我说你把我当叔叔了，她说刚开始接触时，我把你当长辈老板，那是因为你是工头，老板我得尊敬你，了解以后我觉得你人品好、有技能，可以交往。从那以后她也爱打扮了，我在工地见到她时，她总是面带羞色，干起活来扭动着优美的身姿，我也被她诱惑了。一天停电休息，她约我到公园去玩，人熟了无话不说，我问她你觉得我有多大的岁数了，她说也就三十来岁吧。你们那地方我这岁数还没成家的人有没有，她说现在很多，因为我们那地方穷，女孩都往外地嫁，剩下男光棍。可是在过去就不同了，我们老家那地方闭塞，观念落后，妇女仍是家中的主妇，是生儿育女传宗接代的工具，女孩追求的是：过去看他的田地财产，看他养家的技能和德行，她低着头、看着路说话。她说很佩服你的才能和人品。我这样没文化，又穷，面色黑，样儿一般，不知道我今后如何。我说这是你的长处，我在外时间长了，看社会上许多家庭都是因为性格嗜好，社会的诱惑，离离合合，如果找一个花枝招展的娇小姐成家，在这纷繁复杂竞争的社会中，家庭能长久和睦吗，所以这么多年我一直在观察，分析，寻找，时间就这样在犹豫中流逝。她似乎在安慰我，又像是表态，说，王工头你正是成家的年龄，和你组成家庭是幸福的。有她这句话我胆子就更大了，我说我喜欢你这样的人，你喜欢我吗，她满脸通红。等了一会儿说，你到了我那偏远荒凉的山沟，看到我那简陋贫穷的家你就会心凉。我说现在社会开放了，只要我们勤劳奋斗，我们就可以在城里买房安家，改变我们的命运，她一下把我拉下坐在石坎上，一头钻进了我的怀里"。小勇哈哈大笑说："好肉麻呀"！中民说："我们是推心置腹的兄弟，才这样说，你以为我不知道你和陈晓燕在办公室的那些事，你却把人家甩了"。小勇说："不是我甩她，是她甩我"。"谁相信呢？你这样有钱风光的年青大老板，哪个女子舍得甩你，说出去天下谁相信"？小勇叹了一口气说："清官难断家务事"。他们在交谈讥笑中上了饭桌。在饭桌上边喝酒边聊天，小勇问："这几年我过年回家都没碰到你，你到哪里去了"？"我离开建筑公司的第三年，我又带着工人离开了镇建筑公司去了武汉包工，这几年过年我都到贵州岳父家去了。一是欣赏一下云贵高原的风景，那里的风景太美了，喀斯特地貌，你所无法想象的奇山怪石耸立在蓝天白云下。可是那里太穷了，山多地少，山崖上石窝里只要有一点土壤能种上一棵土豆都种上了，但还是只能吃饱肚子。房子也太陈旧，屋面不是小青瓦而是石片。那里民风纯朴，离开时有一种难离难舍，但又不得不舍的情感。观山水，探望一下岳父，安慰一下他那孤独的心，一举两得。我去武汉也是为了挣钱，过几年我们回来，还是把家安在渝州市，还望表弟关照我一套房子＂。小勇说：＂中民哥没问题，我只收你的建筑费，这中间的优惠价比例你是清楚的＂。＂感谢表弟＂，碰杯喝酒，说笑聊天，互相祝贺生意兴隆。

28-2 担当与责任

　　小勇节后提前回工地，在半路上接到唐总的电话，叫他晚上七点在老地方茶馆有要事相告。一路上小勇心里忐忑不安，他把王静送到家。没下车就开车赶往茶馆，包间里就他和唐总两人。唐总端起茶喝了一口，满脸严肃地说：＂你知道吗？尹副市长被省纪委带走接受调查＂。小勇问：＂为什么＂？＂我在市委的朋友告诉我的，据说，是因为原规化划局的人揭发他老婆接受房产受贿。起因是他在当规划局长期间和他下属有矛盾，他在任时，迫于权威压力，下属不便说，借这次反腐风暴趁机报复，调查正在进行中，也许节后上班调查就会全面铺开。你替他修建的青山湖别墅可能成为重点的调查对象。特别是为李姐承担滚石伤人的责任，在公安局留有备案。虽然修建的别墅是给'市里'的，要是牵扯出来，连累的人就更多，涉及面更大，你一定要想好对策。要是这些'朋友'出事了，我们这些年的苦心经营，投入全泡汤了。还有我们批准的项目有可能成为非法项目，损失就更大了。今后办事找何人？我们是利益共同体，如果我们不守住言行，我们也要承担罪责，我也在找朋友帮忙疏通＂。小勇说：＂如果我被询问，该怎么回答＂？唐总说：＂你当时所担当的角色完全可以一口拒绝回答任何问题，你就重复你当时编造洋人言词重复一遍，因为那些言词已记录在案，其它问话一概不知。因为当时你只是打工仔的工头，在任何情况下你都要一口咬定，决不能改口或松口，回去以后不能向任何人泄漏我们的谈话内容＂。小勇说：＂照你说的办，你告诫得及时＂。小勇回去后，整天提心吊胆，把事情告诉了王静一人，两人商议：＂如果他被隔离审查，这事不要向任何人透露，就说我去外地出差去了，他们各自坚守岗位尽责，遇到工程技术和施工问题，多同任工和小林商议，如长时间被看守，你要好好地安慰任工和小林，工地不能出任何事，你把对内对外的账务清理一下，如果我三天不回来，你可以到纪委去问一情况。把账外资金和账户部分存款转移到秘密账户＂。事情最终还是发生了。一天一辆省纪委的专车停在小勇办公室的门口，下来两个人，那两个人在走道里走了两圈。来到小勇的办公室，其中一个人拿出一份通知问小勇：＂你是马小勇吗＂？＂我是＂。＂这里有一份通知你看一下＂。小勇看完通知后还给那人。那人说：＂走吧＂？＂我还要给各室打个招呼，安排一下＂。那两人跟在他后面。小勇走到王静的财务室对王静说：＂我要到市里去一趟，有事你就自行处理＂。随后跟着那二人上了车。小勇被带到纪委办公大楼一间询问室里，里面坐着四个人，两人作记录，一男一女，一个男的作录音，中间一位询问人，小勇没有细看其它人，两眼看着询问人，思考着问话和应对策略。询问人说：＂你是长荣公司法人代表吗＂？＂我是＂。＂你还记得五年前修建的青山湖别墅吗＂？＂我承建的工程太多，一时也想不起来，让我回忆一下＂。小勇望着天花板一副回忆的样子，等了一会儿说："啊，是那湖中间的房子吗"？询问人说："正是"。小勇说："至今还能回想得起的就是那湖和那洋人，那湖很漂亮，那洋人也很有意思，他来了大概有二次，他的话我一点都没听懂，每次来他不是指着混凝土、就是指着砖墙，叽里呱啦的，他表情生气时，对我摇摇头，他表情高兴时，对我点点头，什么也没听懂"。"那房子给谁建的你知道吗"？"是给那洋人建的吧"。"建筑商是谁，你有包工合同吗"？"是一个我同乡工友拉我来做的，他说是私人建的，按时给我开工资就行了，我一个小包工头，只要拿到工钱，管他是谁呢"。询问人又转开话题问："你认识李世英吗"？小勇又想了一会儿摇头说："不认识"。就是那个经常找你交待事情的那个中年妇女"？"找我谈事的有几个中年妇女，有叫我拿工资的中年妇女，有叫我看收材料的中年妇女，也有问我其它事的中年妇女，问话凡是涉及施工的事我就给她们讲，除此之外我就不管了"。询问人说："你在采石场挨打进看守所是怎么回事"？"这事给我感受太深了，那房子外墙是石板装饰，石板的几何尺寸一定要规范。不然贴石板要多费很多的工时，我们是记件工资制，完成的工程量少，工资就少。所以我对石板质量看得特别紧，我经常到采石场去验收质量。时间长了就认识附近的一家人，一次大雨后我去石场，石场里围了很多人，我走过去，那些人围过来给我一阵拳脚，口鼻流血，昏了过去，后来被送到医院，又送到看守所。才知道村民打我，是以为我是开石场的老板，乱石滚下打死了人，村民气愤之下打我，后来我亲自找到死者家属澄清了事由，他们谅解了我"。询问员问："没有人指使你去"？"这纯粹是误会，去验收石板碰上了"。询问员说："今天就谈到这里，你跟他们去休息，在没有叫你离开前，你在居所不能乱走，配合调查"。小勇跟着那人在院子里转了几个弯，来到四面高墙的小院。他指了一个房间说："你就住在这里"。小勇进去，一个很小的房间，有一个窗户，一个小卫生间里有大便器和陶瓷洗脸盆，一间小木床。那人说："你住在这里，不能私自走出这铁大门，到时有人给你送饭"。那人锁上铁大门走了。小勇坐在床上，对目前的处境并不陌生，限制行动自由勾起了七年前的回忆。七年前忍辱负重赢得了李姐的信任，建立了关系，有了后来的发展。今天又为取得的硕果累及自身。思考今天编造的口述是否有不当之处，和当年规划局巡查组的相遇经过和看守所作的笔录作比较，没有大的出入。给相关朋友的经济优惠房，这是目前很多人的行为，目前法规对这类事还没有明确定性，想到这里他心宽了。晚餐看管人员送来一荤一素。送餐人也比较客气，远比看守所待遇好。饭后倒床便睡，第二天早餐送来两个肉包子一碗粥，一碟泡菜。午餐和晚餐都是不同的一荤一素。吃饱喝足后在小院里走来走去，思考着各种问题。心想要是我当年有这样的生活，也许我不会奋斗了。那些大贪官服刑期间是不是也有这样的待遇？要是有这样的待遇，坐牢也是一种解脱。一天没人询问他，第三天上午通知他可以回去了。小勇回到办公室。王静看到他激动地说："你终于回来了，这两晚我都没睡好觉，你要是不回来，我不知道该怎办，会有什么后果，这'摊子'咋办"？小勇说："看这局面不会出大问题，因牵扯面太大，也太复杂了。我们今后还是安心的干好自己的事业"。一天小勇和王静商讨最近房屋销售情况，王静说："现在外面房市很好，但我们的销售情况却不如人意。前几天我到工地，路过我们卖给关系户的几套优惠房都在装修。我问房主的姓名得知，都不是原房主。是不是他们都转让了？我问他们买成多少钱一平方米，他们很不情愿的样子说不知道。房价肯定比我们的售价低，所以客户都去买他们的房去了＂。小勇说：＂现在政府领导都在换届，'风声'很紧，谁不想把'把柄'销掉呢。管住自己的嘴，房子已经优惠出去了，管他怎么处置呢。就那么几套房子，卖完了就没了，不会长久影响我们今后的销售。目前我们流动资金怎么样＂？王静说：＂目前流动资金没问题＂。小勇说：＂只要资金没问题，一切都好办＂。接下来社会环境平静，工程进展也很顺利。自从从事房产开发以来，不是开发方面相关的事务问题，就是资金问题，要不就是施工问题。总是在奔波和各种压力下度日，不得清闲，好不容易安静了一段时日。近段时间房屋销售也逐渐好转，小勇翻看账册上已经完工的五十套房子，已经销售了四十五套。回笼资金三千五百万，减去包括建筑成本和各种税费一千八百万，剩下一千七百万。小勇公司分得九百五十万。一千二百万的建筑款中获得利润一百万。小勇公司账面资金一千零五十，归还银行土地贷款二百五十万，现有流动资金八百多万，这是他奋斗的硕果，他感到从未有过的轻松。很快又到了年关。一天小勇接到唐总的电话，告诉他明天下午三点到商会开会。他准时开车到了会场；会场里热闹非凡，各位老总喜笑颜开。乔总突然看到小勇进来，马上迎上前去，握住小勇的手说：＂马老板你可是业界传闻的新星，大家都在谈论你的别墅项目，远近闻名。是全市评选出来最高档的社区，这次商会专门为你们制作奖牌＂。小勇被这消息震惊了，自己还是一个刚入行的毛头小子，怎么受得这殊荣。一位大姐转过头来看着小勇说：＂你就是那获奖的马小勇＂？小勇紧张的心、红着脸不好意思地点了一下头。乔总说：＂就是他＂。＂好年青啊，我还以为是那位女老总请的男秘呢＂。这带热讽的话小勇的脸更红了。他挤进老总群中。老总们手捧着咖啡罐谈论着各种话题。＂张总你看这房市还能红火多久＂？＂根据目前的情况需求还是很大的，就看整体经济状况如何，只要老百姓包里有了钱，购买力还是旺盛的＂。＂李总呀，你和'上面'很熟，你看新一届市领导对商业房产的态度怎样＂？＂我接触过一些新上任的领导，他们都一致支持房地产业的发展，一是他们要有政绩GDP要上得去，二是财政需要卖地的钱和地税＂。小勇感到有些热，他走到靠窗户的边上。靠墙角的两位老总相互伸着头在低声的讲话：＂陈总哇，你听说了吗？原规划局长尹局长调到市里当副市长，年初被规划局的下属举报，被省纪检调查，经过半年多的调查，结论是查无实据，没作党纪处分，调离岗位到市政协当副主席去了＂。＂我早听说了，他全靠过去的'朋友'嘴稳挺得住，靠那些深交的，有活动能力的'朋友'八方活动才得以'解脱'。这些朋友真义气＂。＂这不是义气，是共同利益，实事求是，要是他'犯了'，要涉及更多的人＂。小勇听得专心，松了一口气。主席台上的话筒响起了龚会长的声音，＂老总们，大家静一静。一年又快过去了，一年来各位老总奋力打拼，迎来了好的房市。感谢市领导和各个部门的支持，这里没领导光临，但是我还是要代表各位老总，感谢领导和各部门对我们行业的支持。在新的一年里，我们要为全市发展经济作出更大的贡献。老总们，我们大家走到了一起成立商会。商会也是行会，是一个民间组织，它不是政府机构，商会是民间和政府沟通的桥梁。商会成员有什么建议可以通过商会向政府和相关机构反映。得到政府和相关机构的支持。商会为了共同的利益，也有自己的组织原则和共同制定的规则。大家要共同遵守，它的核心就是维护共同的利益，不能因为为了自身的利益而伤害集体的利益，特别是市场不好的时候。为了自己脱身，不顾他人的利益而抛售资产，导致市场恐慌，整体市场崩溃。这是我们商会应努力阻止避免发生的事，也是各位老总应具备的义务和职业操守。今后我们商会会员间有意见分岐或利益冲突的时候，首先应该在商会内部协商解决。避免造成社会的不良影响。我们会员间和平解决有利于内部团结，也利于发扬我们互相包容和互相帮助的精神，这也是我们成立商会的目的。有利于行业的发展，商会细则你们认真地看一下"。会场里响起了一片掌声。这掌声意味着老总们一致同意和支持会长的讲话。龚会长又接着说："老总们这里我要表彰隆兴公司和长荣公司开发的联排别墅项目，它为我们房产业作出了贡献，是我市房产业的亮点，满足了我市精英们体面的住房需求，激发市民对欧式住宅的欲望，提振房产市场和促进业界内向高品位住宅的开发升级，特别是提振房产市场的价格起到了促进作用，请两位老总上前领取奖牌"。唐总和小勇走向主席台，下面响起一片掌声，唐总和小勇在记者的聚光灯下接过奖牌。记者问："两位老总你们有什么感想"？唐总说："我们两位首先要感谢市领导和相关部门的支持。也感谢业界的朋友们对项目评价，感谢房主对房屋的满意"。记者又问："你有什么需要讲的话和告诫的吗"？唐总思考片刻说："我们的创意和投资开发这种高端住宅是经过反复思考，多方调查决定的。住宅是文化的体现。我们国家一二百年来，西方国家的武力侵略，文化渗透，中国人对西方的认知始终处于矇眬状态，对欧洲人文琢磨猜想，欧式的住宅会对他们产生极大的好奇心。所以选择了欧式住宅，但是由于欧式房形结构复杂建筑成本高，容积率低，总成本是普通住宅的两倍多。房主都是高端人士，他们对环境，交通，学区，小区人群，治安状况要求很高，能满足他们要求的区域位置不多"。记者问："也许我问了不该问的问题，项目的销售情况怎么样？下一步有什么宏大的计划"？"目前项目的销售很好，由于这种项目投资大，风险高，项目的环境条件要求高，同样高档项目要经过调查分析后慎重考虑"。"谢谢唐总"。龚会长还讲了一些有关地产方面新公布的政策，未来渝州市的发展规划，对房产行业今后发展的建议等事项，会议一直进行到天黑。

28-3 绑架

　　小勇开车回家，路灯闪烁。车子刚出了隧道口，一条支公路上的摩托车突然闯到小勇的车前面，小勇一个急刹车，摩托车连人倒下，他打开车门快步向前走去，昏暗的光线看到那人，摩托车倒在公路边缘。后面突然冲上来三个人，狠狠的扭住了小勇的双手。小勇还没反应过来，就把他推到了车座后排。骑摩托车上的人也冲上了车。一个人抢走了小勇手上的车钥匙，一把明晃晃的杀猪刀架在脖子上，另外两人用绳索把小勇双手反捆在背上，嘴里塞满棉花，用黑布蒙上眼睛。动作麻利熟练。车开动了，在黑暗中，小勇身子左右摇摆，意识到车子上了左边的支马路。一个恶狠狠的声音说："老实点，不然就没命了"，小勇心惊动魄一身冷汗，意识到被绑架。身子在车内左右摆晃没了意识。不知车子开了多少时间，他被拖下了车，被两人架着，一个不男不女怪里怪气的声音："跟着走，把脚抬高点，地下是乱石"。小勇高一脚低一脚，常被乱石绊跤，头，手臂，脚常被荆莿刺痛。就这样又不知走了多少时间，他被人按下，坐在一块石头上。又是那个不男不女的声音："这里是山洞，我们

428

在洞口守着，你不要耍心眼，我给你一个小时间，你想好，到时间通知家人拿二十万来取人，否则后果你自己想"。那人离开了小勇，听脚步声就停留在不远的地方。小勇用脚试探着周围，脚能触及到的地方都是高低的乱石。用身子前后左右试探，后面是石壁，前方左右都是空的。动作不能太大害怕引起绑架人的注意。小勇静了一会儿，理开了思绪，原来只在电影里看到的情景今天却落在了自己身上，他所听到的，书上看到的，所有惊险的故事，都在脑海里梳理。想找出一种应对的办法；绑架为钱，二十万也不算多，就怕这次二十万，下次五十万甚至是一百万，我得想办法把它打住。用什么办法能吓唬他们呢？不外乎是他们的活动和活动区间。有什么力量来打压他们？不外乎政府和公安，怎么能引起政府和公安的重视？那就是舆论和媒体。他想好从这几个方面思考对策，他反复在脑子里思考，推敲，修改着对策言词，时间很快过去了。又是那个令人恶心的语言在耳边响起："想好了吗？你把家人的电话号码告诉我，我拨通后你跟他说"。小勇说："兄弟我不能打电话"。"难道你不怕死吗"？小勇说："我不是那个意思，我这样是为了大家好，我理解你们，你们走到今天这步也是不得以而为之，我的出身也很苦，我很同情你们，你们倒是可以'豁'出去了，但是你们父母妻儿是何种感受"？一个恶狠狠的声音："你到了这种地步，还有同情心"？"不是我有同情心，我们都是父母所生，情所当然"。"你这样义气，我们拥戴你当大哥怎么样"？小勇心一惊，马上说道："我没那个能力和本事，我现在债务缠身，也没那个经济力量"。小勇接着说："我要是打电话回去，家人会吓得魂飞魄散，六神无主，尽管我不要他们报警，在惊险，恐惧和无助中无计可施。即使家人不报警，我是公司法人，公司员工一切期望都寄托在我身上，他们的利益和我联系在一起。我要是'没了'，他们的利益也没了，他们也要去报警。公司员工几百号人闹起来那是什么情况，你们知道我在渝州市小有名气，我们渝州市是全国二线城市，我要是出了问题，震动商界，经过媒体炒作可能惊动公安部，公安部出面查办，那得追根到底查个水落石出，你们想想后果"。怪声音："难道我们白冒险"？小勇说："你们放我出去，我到银行去贷点钱给你们"。"今天在商会上那么'风光'的大老板难道还拿不出二十万现金"？小勇说："小兄弟你不在其位，不知其因，可以理解。我们大笔的账款都是支票转账，一万元的现金都拿不出来，即使到银行取现金也有限额，现金支票也需要我这法人签字盖私章，没有我的签字盖章一分钱也取不出来"。"我把你放走了，你还讲信用吗"？小勇说："小兄弟我在你们这地盘上，不是说走就能走的，都是房屋固定资产能搬得动吗"？"你们是这地盘上的人，地盘上的人和事随时都在你们掌握中，我能跑得了一次，可以永远不现身吗"。"这二十万你多久能给"？"小兄弟，这二十万确实拿不出来，你看我今天那么风光，你看我那车和这身衣服，你就知道是一个下三流的小老板，我买地贷款，建房贷款，甚至还借高利贷，还贷款还利息，发工资，资金非常紧张，求兄弟高抬贵手"。小勇抽泣起来，沉默了一会儿。怪声气说："二十万的标准对你一个人，是根据你的身份定的，那这样办，看你年青，资本可能不雄厚，你这次拿十万，明年再拿十万，只要你讲信用拿钱，我们不会伤害你的。今后你要是在这块地盘上遇到麻烦事，兄弟给'扎起'。兄弟不讲义气，还能在地盘上站住脚吗"？小勇说："感谢兄弟，我回去以后，到银行去贷款要一个星期时间，我怎样把钱给你们呢"？"你留下电话号码，到时通知你"。小勇告诉了手机号，又被他们

429

挟持走到停车处上车，开着小勇的车把小勇送到隧道口已是深夜。大公路很少有车通过，解开绳索，解开眼罩，在黑暗中仍然没看清他们的面貌。小勇在惊恐中开车回家。小勇回到家已是清晨四点钟，王静由于小勇迟迟没回家，心里涌现种种猜想，他现在有钱了是不是另有新欢？是不是路上出了事故？是不是被绑架了？种种疑虑，胆战心惊无法入睡。迷糊中听到敲门声，她不敢去开门。大声地说："哪个"？"是我"。王静听出小勇的声音，打开客厅的大灯后才开门。看到小勇进来，鞋和裤腿上沾着泥沙，衣服和头上沾着树叶和刺进衣服的断莿。王静问："这么晚你到树林去干什么"？小勇惊恐的眼神还没退去，说："我先洗个澡才给你说"。王静穿着睡衣钻到被盖里去了。小勇洗澡后，穿着睡衣钻到被窝里，紧紧的抱住王静，身子发抖。王静惊奇的问："这是咋的，遇到什么了"？小勇把被绑架的经过说了一遍。王静也依偎得更紧，身子发抖地说："这还得了，今后还敢住这地方吗？我们搬家吧"？"不住这地方，到哪里去？现在我们也走不了，房产项目搬不动，不可能丢弃不要了吧。其它地方说不定也有这样的'团伙'。就是香港那样法制的地区，不是李嘉诚的儿子也被绑架过。不知道他后来又是如何和那些团伙了结的？相处的"？王静说："这社会还有安全的地方吗？我们把这项目尽快完工，把房子甩卖掉，离开这个地方"！小勇说："到一个陌生的地方，没有社会关系，没有朋友帮忙，寸步难行。就像陈总一样最后落得跳楼。我想我还是按时把钱送去，听他的口气还是讲义气的，只是我们俩今后下午五点以后，早上八点以前不要出门"。王静说："我们是不是找个'保镖'"？"一个保镖管什么用，团伙出来'绑票'，一般都是四五个人，一个保镖管什么用。交钱就交钱，交钱后只要他们不再捣乱就行了。听他们口气，这块地盘不会有第二个团伙捣乱，这样也倒好。就怕他们'保护费'越涨越高"。他们身子不抖了，睡着了，醒来已是中午。小勇在忐忑中度过了一个星期，一个傍晚绑匪来了电话："你准备好了吗"？小勇说："准备好了"。"你把车往松山方向开，你把防雾车灯开着，你看到左边公路边闪着手电光你就停下"。小勇说："那我怎么能辩认是兄弟"。停了一会儿，怪声气说："你现在在什么地方"？小勇说："我现在在工地"。怪声气："半小时后，就在上次见面的公路叉路口，往左支路走一百米，见手电筒光就停下，不要耍花招"。小勇说："我的安全能保证吗"？"只要你讲信用，兄弟在江湖上这么多年，不讲信用还能立身吗"？小勇胆颤心惊地开着车，准时到达地点。公路边有手电光摇晃，小勇停车，公路边站着一个穿黑衣服，戴口罩，戴墨镜的人。那人问："货带来了吗"？"什么货"？"在山洞里承诺的货"。小勇问："是多少"？"十万"。小勇心想就是那伙人，小勇从车窗口递出编织袋说："你点一下数，当面点清"。那人打开编织袋，用手电光清点了一下说："你可以走了"。小勇掉转车头走了，一路无事。小勇回到家，家里灯火通明。王静坐在沙发上，两眼望着窗外，忐忑的心悬着，嘴里默默的祈祷："菩萨保佑马小勇平安"，小勇进了门，王静双手合十，深深向天鞠躬，感谢菩萨神灵的佑护，日后到庙宇上香还愿。小勇睡在床上翻来覆去，总是无法入睡。脑子里浮思连篇，自从走出家门十多年来，打工挑灰，运石，砌砖，汗流夹背，手足冻裂，那只是皮肉的痛苦，脑子里只有干活，吃饭，睡觉，日子就那样平淡的过去。现在有钱了，天天想着应付来自各方面的应酬，心里总是有各种说不清的压力和困惑。总是控制着自己的欲望和情绪，去讨好别人，迎合着别人的嗜好，甚至坐在看守所里，绑架在山洞里，难道这就是有钱人的生活吗？是平民好？还是富人好？还是古人庄子看得透。自己回不了，突然萌生了一首诗：人人梦想金钱好，尘蒙蒙，路漫漫，拼死一搏梦成真，方知金钱是镣铐，回头望，还是常人好，回不了。在迷惑中又进入梦乡。

第二十九章

29-1 异地购房

　　小勇一觉醒来天已大亮。早饭后到工地巡视，工地上工人有序的忙碌着。他从工人到工程师各项操作技术和施工管理，工程技术管理都很熟悉，管理得当，工程进展顺利，他回到办公室查看施工管理技术资料。但重大事件阴影总是在脑子里浮现，现在摆在面前的已不是施工和资金的烦恼，而是纷繁复杂的社会，他想请教唐总该如何应对。他拨通了唐的电话，约定星期六在老地方茶馆里相会。星期六晚上小勇早早到茶馆里泡好茶等候，坐在包间里心里仍然是心事重重，时间等久了，打电话到唐总办公室总是占线，到九点钟唐总才到来。小勇赶快买上糕点，唐总说："对不起，我和美国的朋友通电话，平时他没时间，通话时候是美国时间上午八点钟，早很了他还在睡觉"。小勇说："唐总你这么忙，不该打扰你"。唐总说："应该的，我们合伙的项目你一个人操心，我该好好地谢谢你"。小勇说："管理这点项目对我来说很轻松，我是想请教你如何应对社会上的事"？"你遇到麻烦事了吗"？小勇心想不能直说，借故说："前几天我在报上看到香港房地产大老板李嘉诚的儿子被绑架了，索要赎金一千万，不知后来怎么样？那样高度法制的社会都会出现这种事，如果我们遇到这种情况如何应对"？唐总看了小勇忧愁的神色，心想他肯定遭到了绑架，不好明说，既然他不明说，我只好安慰。说："黑社会帮派，哪个社会都可能出现，主要针对有钱人，黑帮内部也有严密的帮规，派系和区域之分，他们要生存，向地盘内有钱人索钱，这是他们生存的经济来源，如果你如数交纳了保护费，他们不会生事，如果抗拒不交，他们会残酷的伤害你"。小勇说："可以报警吗"？"他们有丰富的作案经验，不留下任何痕迹，报案容易成悬案，后果是公安找不到线索，抓不到作案人，而绑匪事后报复，伤害严重，不划算"。小勇问："怎样预防"？"人总是要走动的嘛，防不胜防，真到了那时候，交钱保平安，他们要的数目也是根据你的经济能力，不会造成大的伤害"。小勇又问："如果交了保护费就保护全家"。"这要看家人是不是都是在他帮派的地盘内，在他的地盘内按期交费是不会受到伤害的，地盘内别的帮派进不来"。小勇想问："你遭过绑架没有"？他嘴动了一下没发出音来，心想这种事是绝密不能问，把话吞了回去。唐总说："我也正要找你商量事。目前房市较好，我想把我们合作的项目加快修建进度，回笼资金"。小勇说："加快进度没问题，你缺这点资金"？"我正在考虑投资一个项目，需要的资金很多"。小勇想问，但咽了回去说："我一定照办"。交流后他们各自回家。小勇回到家中，王静说："你这么晚回来，我心里又紧张起来了"。"我去找唐总交流一下，想了解一下他遭受过绑架没有，但话到嘴边又没敢问。根据他的见解，我们交了保护费目前没有后患，但我在担心我们的孩子和两家的老人的安全"。王静说："我也在想，这有什么办法呢"？小勇说："我们把两家老人和小孩隐藏起来"，"怎么隐藏呢"？"我们在很远的地方买两套普通人的房子，把他们弄到那里去住，向所有人隐瞒这个消息"，王静问："哪个地方安全呢"？"当然是首都，那是天子脚下，谁敢捣乱"。

王静说："太远了，见孩子一面都不容易"。"其它地方安全情况就不知道了"。过了几天，王静对小勇说："我反复考虑了几天，也没想出一个安全的去处，还是到北京去吧"。他们经过商议，小勇离不开，别的人不敢信任，就由王静去买房子。王静出纳的工作交给马燕，所有一万元以上的支付都由小勇亲自处理。王静买了去北京特快列车硬卧下铺，上车那天王静身揣五千元现金和一个手提箱装的换洗衣服。上车后找到了自己的铺位，把手提箱放在行李架上。上铺和中铺位，就是两块上下相隔一米，近两米长、七十公分宽的吊板，铺上睡具，下铺就是两根铁棍支撑的同样长宽的睡板，铺上睡具，两排六铺位对应着，中间有个小茶几。王静坐在铺上，望着窗外，第一次出远门，要坐两天两夜的火车经过五个省市，心情特别激动，也有悬念，前方的世界让她好奇。她要了一杯茶，两眼直望窗外，丘林，山地，梯田，小溪在眼前像流水一样流过。农舍也五花八门，充分展现了改革开放的印迹，有小栋的砖房，老式小青瓦房，还有茅草房散落在田野间，山林间，小溪旁。丘林地貌尽显无遗，经过了一个下午，天渐渐地暗了下来，窗外景色已经模糊。目光转进车厢内，这时才细看她对面下铺一位中年男子的形象，带着眼镜，一身黑色的便装，一脸疲态，他面无表情的在看报。中铺是位中年妇女躺在铺上看书，看不到的面容，对面上铺不知是男是女只看到露在外面的腿。过道旁的小凳上坐着一个小伙子也在看报。一会儿服务员推着一辆餐车过来，王静买了一份三元钱的盒饭。盒饭里有几块萝卜烧肉，有几个肉丸子，还有一点炒大白菜，几粒泡菜，饭盒小方格里有几口西红柿汤，王静吃完了饭菜，喝完了汤，剩几粒泡菜，饭盒放在茶几上，肚子已饱了。车厢里没有其它可欣赏的，她半躺在床上听音乐，在音乐和节奏的火车轮轰隆的声音中睡着了。在睡意蒙眬中不知火车停过几个站，第二天天亮时，在播音员的声音中醒来。火车已到达襄阳站。车站站台上有人推着卖食品的手推车叫卖，火车停了十几分钟，火车出了襄阳站，改变了行进的方向，车头变成了车尾，车尾变成了车头。窗外流动的风景也发生了变化，山峰没有那么陡峭，悬崖峭石变成了土山坡。过了平顶山站，山坡更加低矮平缓，平缓的山坡间，像流水冲涮出的山沟，山沟壁上点缀着窑洞门，山坡间散落着少数砖墙房。过了南阳，呈现出丘林平原的地貌，小山坡和平原交替出现，大片的麦田被柏杨树分割成块状。柏杨树围起的农舍，有砖墙房，也有土坯房。火车过了洛阳，郑州，黄河宽阔的河面呈现在眼前，浑黄流淌的河水，河面中有沙洲和芦苇。行进在桥上，身后是逝去的楼房和山坡上一个高大的人物塑像，前面是一片麦田，农耕道边的柏杨树和柏杨树围成的土墙和砖墙的农房，点缀在望不到边的麦田中，这样的风景在视线中不断交替中流过，中间经过邯郸，石家庄，城市高楼的市境在眼前一晃而过，第三天下午一点钟到达北京。下车后王静在车站广场外的旅馆里住下。下午在车站附近街道上转悠，各种腔调，穿着各式服装南来北往的乘客，有的拖着皮箱，有的背着布包，有的扛着装肥料的塑料袋，向候车室涌去。也有人从那里出来，涌向大街，社会各阶层人的面貌衣装显露无遗。她买了张北京市地图，回到了旅馆仔细地看了地图，规划下一步的行动路线；她急切想看一下皇宫，地图上找到火车站位置，离故宫不远，离天安门很近，前面就是东长安街。公共汽车可直达天安门，她十分激动，明天就可以看到皇宫了，那可是皇帝住的地方，今晚早点睡，明早一早就去。第二天王静在旅馆旁的早餐馆里吃了三个包子一碗粥，肚子饱饱的，皇宫里没饭馆，准备中午不吃午饭，直到晚上才出来。她坐公交

433

车一会儿就看到了天安门，车停了，她还想更近一点的地方下车，这一站没下车，哪知道公交车直开过了天安门，又往前开了一段路，到了西单才停车。她只好下车，急忙往回走。约走了十多分钟才到了故宫售票处，买票的人排成长队，又等了半个小时才轮到她买票，售票员叫她拿出身份证和二十元钱，买了一张票。又排了十多分钟队到了进门处。门岗又说："行李不能带进去，到那边把行李存放了再来"。他指向红墙外一个临时棚处，她又花了三元钱存放费，回头走过当年太监进宫时走过的金水桥进入故宫，四面宫房围成个大广场，广场正中央是太和殿，皇帝朝会的地方。所有宫顶都是金黄硫璃瓦，屋脊上金黄兽狮昂首排列，顶脊龙身金黄龙鳞，脊端头金黄龙头威严，参观殿堂的人排起长队，王静站在队里观看四周景物，台阶和栏杆都是汉白玉，栏杆上的狮子和盘旋在石柱上的龙，都是大理石雕刻而成，活龙活现，狮子威武，龙飞腾，显示皇权。可惜那狮爪，龙须已风化，斑驳已没了棱角，象征皇权已逝去。进了高大雄伟的宫殿，宫殿里金碧辉煌，盘旋在皇座两边两根巨大庭柱上的飞龙金光闪闪，龙椅后的屏风也是金丝绣成的飞龙，耀武扬威、金光闪闪，红底金黄的各种动物，花卉，珠宝雕塑嵌塑在柱，梁，窗户上，美不胜收。王静看入了神，她被后面的人推着往前走，但还是被一些不耐烦的人把她挤开向前走去。只看了宫庭正殿部分，其余大部分皇宫不能参观，后面的宫殿仍然雄伟，但没有皇宫金碧辉煌。宫殿成了展示各种民间不曾见的高贵的雕塑和皇上用具尽显稀罕珍奇，博物馆里玻璃柜内展示历朝几千年来各种用具和饰品，从未见过，只有看说明才知道它们的用途和年代，珍贵和稀奇。她细看，联想古人的智慧。中国几千年各个时期的文物都有展出，真是丰富多采，美不胜收。看完了由后宫殿陈列文物的博物馆，又参观后妃们起居的后宫，里面陈列着嫔妃们的用品。另外文官宰相办公的宫殿，武臣办公的兵部宫殿，这些宫殿大门紧锁。只有殿前门廊上金黄色的殿名和公示牌上的说明，宫殿雄伟，雕刻的门窗，图案精美各自赋含深意。这些宫殿有各自的功能，整个故宫是一个具备了国家办公和皇室居住的功能，由于内部没开放参观，停留的遊人不多，王静在故宫参观了一圈，最后来到后花园；奇石林立，小桥流水，奇花异草，繁花盛开，奇石花草不知其名。她边慢步赏景，脚踩花岗玉石，细闻花木草香，在不知不觉中时光流逝，走出花园，身体已陷入阴影中。她赶紧参观其它景观，出了故宫已是傍晚。取出行李，坐公交车，往西行进在长安街上，街道两边华丽的路灯已亮，灯光下，像伞一样的松树特别注目，高大漂亮的大厦从车窗外闪过，直至到公主坟下车。她拖着皮箱往西沿街寻找旅馆，走了约二十分钟，找到一家名叫西郊旅馆住下。饭后她又翻开地图，她在地图上找到了自己所处的位置，往西是西郊景山，往北是海淀，往南是六里桥，她思考了一下，明天先往西寻找房屋中介，一天的参观转悠，深感疲倦，睡下便入梦乡。她醒来办完了退旅馆事宜。在旅馆楼下饭店里吃了早餐，走出旅馆拖着皮箱沿街寻找售房处。公路两边街道都是各类商铺，走过一段街后，见到公路南边一段房屋已拆了，推土机正在作业，她走了不知多少时间，看到一个公交车站牌'五棵松站'。她沿街又走了一段路，看到一个房屋销售厅，走进厅里，一个四十多岁的女服务员正在看报，看到王静进来面带笑容，马上放下报纸，站起来一口京腔热情地招呼："同志看房吗"？王静说："我想买两套八十到一百平米的房子，你这里有这样的房源吗"？服务员脸色马上大变，说："你是四川广安人吧？我们这里是贫民窟，没有你们要买的房屋，你到东边去买吧"！一口埋怨的口气，愤懑的表情，她拿起报纸看报，再也没抬头。王静被她这突如其来的态度弄得莫明其妙，她只好拖着皮箱走出了售房厅。来到街上左右环顾，她决定继续往前走去看看，公路两边商铺少了，出现很多三到五层民居，不知又走了多少时间，看到一大片地正在修建房屋。新围墙外有座两层小楼，底层有三个间房，其中一间最大的房间外墙上挂着景山小区售楼处的招牌，王静走进售房厅，里面有四张办公桌，三个穿制服的工作人员，两女一男，有六七个人围着她们；王静走进去，他们视而不见，他们用京腔争论着："这开发区是我们厂的地皮，按道理卖给我们厂职工的房，应该按经济适用房价格卖给我们"！穿制服的男工作人员说："这地皮是你们的不错，你们厂已搬到别处去了，地皮已由国土资源局收回，按市价将地皮转让给我们公司作商业开发"。又一人说："商业转让的差价我们一点都没享受到，我们在厂工作几十年，创造出来的资产我们一点都没有分享到！到那边远的地方也只给了同面积的撤迁房，但那里的房产价和这里比较天远之别"。另一位穿制服的男工作人员说："我也知道你们亏了，这与我们公司无关，你们找相关部门去吧"。王静站在人群背后听着他们争论不休，不知是走还是等待？正在犹豫，一个人说："我们走吧，跟她们争论没用，回去找领导去"。那些人愤懑的表情、拖着脚步走出了大厅。这时一个女服务员走过来说："同志你要买房吗"？王静说："你们目前有现房吗？我想买两套八十至一百米的住房"。售房员睁大了眼睛看了一下王静，心想这个四川婆娘真有钱，不知靠什么发的财？但心里一股无名怨气在心里涌动，带一种嫉恨的口气说："我们没有现房"。再也没说话了，转身走了。王静碰了一鼻子的灰，垂头丧气地走到街上，再也没有再向前走的信心。拖着皮箱走到公交车站上了车，到公主坟站下了车。在附近的餐馆吃了午饭已是下午两点半钟。她想找家旅馆休息一下，她在公主坟附近找到另一家旅馆住下。已是近下午四点钟，她出去转悠；公主坟是一个十字街口，是一个交通转盘，没有看到公主的墓地，只有一块关于公主坟地名庄来的石碑，碑上文字显示公主是一个清朝公主死后埋葬地，那时候这里还是京城外的一片田野，现在这里已是三环路的内城。四个方向的街道，都是繁华的商场和办公楼，贯穿东西的是复兴路。贯穿南北是西三环中路。王静在街上毫无目的，随心转悠，欣赏着首都街道的美景，穿梭的人群里皮肤和穿戴各不一样，有少数黑皮肤和白皮肤的人在人群中，他们交流语言完全听不懂。又有些人的话语，一句话中少数言语能听懂，有些虽是黄皮肤但语言腔调不一样也听不懂，可能是广东人，或许是日本，台湾，香港和东南亚人。王静欣赏街景和其它地方不一样的人群。到了傍晚，太阳刚从房顶上下去，在这陌生的环境中，王静还是有点担心：如果天黑了，虽有路灯，闪烁灯光的楼房街景和白天不一样，找不到回旅馆的路怎么办？还是顺着来路往回走吧，到了旅馆旁，找了一家餐馆点了一份炒肉丝，一个炒青笋花了三十元，比渝州市同样的菜品贵百分之四十。她回到房间，洗浴后睡在床上，脑子里翻腾着白天在中介所遭遇的事，为什么听到我的四川口音就愤怒了呢？难道是四川人伤害了他们？为什么发泄在我的身上？她们可以直接找伤害他们的人讨说法，何必迁怒于我呢？突然想到'六四'事件，平息学潮也是为了恢复社会秩序，为何对北京人留下如此大的影响？五年过去了，还那么大的怨气，宁可不做一笔生意，也要发泄内心的不满？王静不得其解。第二家销售部虽然没有发泄情绪，但从那冷漠的态度和表达的言词，可以看出她也是同样的心态。王静心里自问："我还能在这里买房子吗"？她又想起了买房的目的，这里人群杂居，没有出现案件，还是比较安全，她心里又踏实了，想好明天遇到这种情况该如何应对。第二天王静拖着皮箱沿街往南走，街两旁仍然是各种商铺，她无心观赏，一路只注视着售屋部，不知走了多少时间，不知走了多少路程，看到一块挂牌'六里桥莲花小区销售部'。她拖着皮箱走进去，销售厅里没有几个人，一位二十多岁的女销售员上前说："同志你看房吗"？也是一口京腔的普通话：王静听她的语气和蔼。王静说："我想买两套八十至一百平米的住房"。销售员马上睁大了眼睛说："你这么年青，这么能干有钱，四川真出能人，革命时期出了那么多的能人，朱德，陈毅，邓小平，杨尚昆"。王静说："我们四川人。就只能吃苦耐劳、讲义气，你们北京出文士贵人之地，政治中心，世人皆仰"。女销售员说："我们北京的文士贵人都是全国各地聚居而来，土生的不多"。王静说："自从明朝起各朝的皇子皇孙不都是北京出生的吗"？"但各朝的开国皇帝祖脉都是外地人"。她们一边聊着，一边走向小区平面沙盘模型，销售员说："你先看一下小区平面布置图，选好了位置，再看室内房间平面结构图"。销售员离开后，王静仔细地看了沙盘模型和房间平面结构图，选择了两套较为满意的户型对服务员说："我可看一下这两套房子吗"？销售员说："这种房型只有样品房，没有现房"。王静问："这样的房型多少钱一平方米"？"期房我们可以优惠百分之五，每平米四千元"，"可以再优惠点吗"？"再优惠我得请示老板"。"我想买现房，急着住"。销售员说："只有等几个月再来看"。王静走出销售厅向南再拐、向东进入丽泽路，右安门，一边寻找着售房处，脑子里回想着历史故事，更期盼看到历朝处斩罪臣的菜市口，能看到留下曾经血腥场所的遗迹，一直走到永定门也没见到。道路上除了奔驰的车辆，就是道路两边的楼房商铺，她拖着皮箱，拿着矿泉水走在昔日皇城的大街上，总想看到皇城的古典遗迹。偶尔看到亭子，没有城墙。又走了一段路，总算看到一条古典建筑街，她好奇地走进古城街上；古典式的平房，瓦屋面，砖墙，雕花窗户和门廊，四合院，石板路的街道。行走在街道的人，但没有穿锦袍长袖，旗袍长衫的女人，却是穿现代服装的游客。街道两边是小商铺，铺里摆满了古典陶瓷，饰品，书画，手饰。街道只有三四百米长，走出街道就是另一个世界。她太饿了，进了一家北方水饺馆吃了碗水饺，又拖着皮箱走上街道，她不想坐公交车。对皇城充满了好奇和期待，她漫步穿梭在街道上，看到了左安门路牌。又看到芳泽园售房厅，售房厅是一个在建的小区门口，售房厅是搭建的板房，她走进售房厅，厅内有几个人在沙盘前和人交谈，一位女销售员过来用椒盐普通话："女士你看房吗"？王静说："是"。"你买什么样房型的房子，这里有沙盘模型展示小区环境和房屋平面结构图，你先看一下，你选好房型后，我带你去看样板房"，她离开又忙去迎接其它客人。王静仔细观看了沙盘模型，选择了二套靠近公园旁八十七平方米，两室一厅两卫一厨的房型。找来了销售员问，销售员说："这两栋靠近公园的房子已卖完了"。又指着沙盘模型说："这几栋房子里还有房子，虽然没靠近公园，但在小区中心花园旁，你可以选择你要的房型和楼层"。王静说："可以看一下"。"我带你去看"，王静跟在销售员后面，先坐电梯到三楼看一间八十五平米的两屋一厅两卫一厨二阳台的房型，开门进去是客厅，客厅前面是落地的门框，门框外是一个阳台，客厅进门的左边是一巷道，巷道两边是卧室，巷道顶头是个卫生间，客厅右边是厨房，厨房约有五平米，主卧有卫生间比较大，主卧室约有十七八平方米，外面还有一个阳台，副卧室也有十四五平米，客厅比较大，有二十平米可以隔离一间饭厅，房间布置比较合理。看完后她们又坐电梯到了顶层，顶层房间布置跟三层户型一样。只是在进门的客厅左侧顶棚有个天窗，销售员说："你可以把天窗封掉，也可以做一个楼梯上房顶，房顶是平顶，可以种花成花园，还可作凉棚，在里面喝茶，但花园得作栏杆以防安全"。王静对她这个建议很感兴趣，问："这套房多少钱一平米"？"这顶楼要四千元二百元一平米，三楼的房子四千元一平米"。"如果我买两套这样的房型可以优惠点吗"？销售员说："这位女士我听你口音是四川人，四川人像你这样来买房的人不多。我是浙江人，我们浙江人历代出商人，商人讲究豁达，交朋友，我们都是外地人，说句实在的话，我不知道你是买来住，还是投资出租？如果是住，在北京上班或是投资出租，买这里的房子比较好，离市中心近，交通方面。这里买房人多是外地人，交流较为融洽。不像西边住的人多是本地撤迁市民，他们是京城人士，自觉自己高人一等，特别是外地来京买房的人在他们眼里是'暴发户'。加之'六四'事件对他们印象太深，时时流露出忌恨的言语，不好相处，但房价较低。东边是商业区，房价较高，经商人士可以选择那里居住，北边高校名校林立，是学区房，价格比较高，我观察你也是同行，说实话交个朋友"。王静说："感谢你的指点，我想问一下北京这个地方社会治安好吗"？"这是首都，警力配备，社区管理，社会福利都很到位齐全，社会秩序还是较好的"。王静说："我把这情况告诉'老公'商量一下，你能给我一张名片吗"？"当然可以，你有什么需要帮忙的事，可以电话联系"。王静接过名片，名片上姓名苏珊，王静说："谢谢你，苏姐"。王静走出售房厅，拖着皮箱走在街道上，好奇心不减，她向北走上了广渠门路，六车道的公路上各式车辆如潮水，公路两边全是十多层的楼房，挡住了视线，往前走楼房渐渐地变成了办公大楼，商场，她看到路牌已走到朝阳门路。街景完全改变，全是高大的办公楼和商场，停车场。没了民房，她漫步欣赏着现代化建筑，夹入眼帘的全是现代建筑，没了古城的遗迹。拖着皮箱肚子咕咕地叫，才想到没吃午饭，路边没了小食店，高大华丽的酒店门前停满各式轿车，她犹豫不敢进，这样高档的饭店，心里想不知道卖的什么餐饮，也不知什么价格，肚子饿着难受，她壮着胆拖着皮箱走了进去。站在大门的接待员，穿着黑色的制服向她躬身点了一下头，王静不知怎么回敬他，向他微笑了一下。里面是一个大堂，多盏吊灯吊在顶棚上，每盏吊灯上都有八个白色的大灯泡，各种颜色像花型一样的灯盏中放射着银光，下面垂掉着闪光像珍珠一样的玻璃球，酱色反光的木屋顶嵌着各种造型的图案，像雕塑一样，四面酱色木纹墙上挂着壁灯，造型像手擒火炬一样的灯盏放射着光芒，大厅里灯壁辉煌。服务员得体的服装，个个体形容貌端庄清秀，穿梭在饭桌间。大厅里坐满了人，男客们个个西装领带，女客们长裙短袖，谈笑声音小，没有喧哗，和小餐馆里客群不一样。桌上摆满了不知菜名的菜品，王静自觉卑下，后悔不该进来，一位服务员向前，右手放在前胸礼貌地说："小姐，是用餐，还是住宿"？我想用餐"。请跟我来"，她带路穿过大厅来到一个靠窗两人的餐桌旁"。"小姐你请坐"，王静坐下，服务员递给一本菜谱说："小姐，你先看菜谱，一会儿点菜"。她回头走向后堂拿了一个茶杯和一壶茶水，倒上一杯热茶说："小姐请用茶"，随后离去。王静翻开菜谱；分了几大类，有凉菜，炒菜，蒸菜，烤牛排，大虾，大蟹，燕窝，酒类，价高的有几百元上千元一份的菜，一般的菜也是五十至一百元一份。王静不敢细看，专选数字最低菜品，最后选中面食类一份三十元的牛肉面。比外面一般食店贵了两倍，服务员来，在纸条上作了记录。点菜后王静瞭望窗外，视线中，停车场和玻璃窗高楼相互点缀，也有整栋大厦白色瓷砖的外墙面，排列着整齐发光的玻璃窗。停车场里整齐的停放着轿车。王静不知道大厅里面就餐的是什么身份的人，他们的职业和职位是什么？她总觉得自己处在陌生的世界。服务员用盘子端着一碗面条躬着腰放在王静的面前。退后两步离去，王静吃完后，她向柜台走去，不知道茶是否要收费？她拿出一张五十元的钱交给收款员，收款员说："你是几号桌的"？"我没注意是几号桌"。她用指了一下桌子说："就是最后那一张靠窗户的桌子"。收款员看了一下单子，找了十元给王静。她愣了一下，不知道为什么少找十元钱，她又不好意思问，可能是茶水钱吧？王静走出宾馆，辩别了方向，这是东边朝阳路，继续向北又走了不知多少时间，终于在一座大厦的底层看到一个像广告灯箱一样的牌子；'东直门幸福小区房屋销售中心'。她拖着皮箱走了进去。厅很大，厅内摆放着多个沙盘模型，模型台间游走着人，也有人坐在厅边的凳子上端着纸杯喝水，像是在思考，他们多数是穿着西装打着领带的人。一位穿着工装的女售房员端着纸杯走过来说："小姐，请喝茶，你是来买住房，还是来买商铺"？"我是来买住房的"。"这里有多个沙盘模型，沙盘旁有每栋房屋的房间平面结构图和每栋房在小区内的位置图，有多种房型供你选择。累了可以在凳子上坐着休息，你慢慢地看，你看好了到前台来，我们商谈"。她微笑着离开了。王静走累了，坐在凳子上休息一会儿，她端起茶杯喝了几口茶，目光自然在厅里闲视，穿着各种各色服装的男女，在沙盘间来回走动，多数是四五十岁的人。休息了一会儿，开始一个个的沙盘模型看，沙盘里模型太多，她选择住宅模型看，看完了全部沙盘里住宅模型和房型结构图，每个沙盘模型里的每栋房屋位置布置得比较合理；中间有步道花带，小区中心有花园，花园有大有小，有的小区中心花园有喷泉。每个小区房屋楼层数也不一样，有二十层的，也有十多层的，房间的布置结构也不一样，房间面积大小也不一样。王静选择了一个靠后的小区，靠小区中心花园的一栋楼房，两室一厅两卫一厨的八十三平米住房，她走到前台，前台的销售员热情地问："选好了吗"？王静说："选好了"。"几号沙盘"？"九号"。"跟我来"。她们坐电梯到三楼。她被带到一间办公室，里面有两个人正在面对面讨论着什么。"小聂，这里有位顾客要买房"，那人马上站起来指着凳子说："小姐请坐，你休息一会儿"。售房员拿上纸杯泡上茶递给王静说："你喝茶稍等会儿，他们谈完了，就和你商谈"。说完后，她离开办公室。王静坐着喝茶，听着他们两人在商谈，一个山西口音人说："我买一个单元二十套房，你该优惠百分之三十吧"？聂销售员说："我们这地块是北京位置最好的地盘，都是名商大贾居住的地方，容积率又低，大环境和小区环境都很好，这样的位置环境在京城其它地方找不到，今后的升值空间很大，租金也高，我们主要是因为这块地资金占用量过大，资金周转受限，要不然我们不会这个价钱出售，放上一年半载至少涨百分之二三十"。那山西口音人说："那这样每平米四千元怎么样"？"这个地盘上没有你这个价，最低价四千五百元一平米"。山西口音人说："我回去与股东们商量一下"。聂销售员说："我给一张名片，我们可以在电话上随时商谈"。那人走后，聂工作人员招呼王静坐上了那位置，聂销售员用普通话非常客气地说："我如何称呼你呢？你这样年轻，进住这样的社区，一定是老总级别"。王静被他说得脸红，一口川腔地说：＂我姓王，是一个普通的乡民，到这里来只是想问一下这里的房价，有没有我能买得起的房子＂？＂你看中了哪套房子？这里有平面图＂。他递给王静一张小区平面布置图，王静在图上找到了合适的房子说：＂就是这栋房子三楼和五楼两套八十三平米的房子＂。聂销售员惊奇的问：＂你要买两套＂？＂是＂，你刚才也听到了，我给你最低价四千五百元一平米，那山西老板买二十套都是这个价，你们四川人来买房的人很少，这是我特别优惠给你，你给我打个广告吧，你付现金吗＂？＂我不是本地人，只能付现金＂。＂你决定要吗＂？＂我还要回旅馆和我老公商量＂，＂我给一张名片，你尽快作出选择，你所要的房型不多＂。王静接了名片，销售员站起身礼貌地表示送行。王静下楼走出售房厅，走在街上看了手表已是下午五点钟，她得赶快找旅馆。宾馆容易找，但她不敢贸然进去。她到了公交站上了公交车，车上的人较多，她站在车门旁从门玻璃窗观看沿途的街景，过了几站窗外的建筑逐渐显得低矮普通了，她下车沿着前进的方向寻找旅馆，在不远处找到一家五层楼的旅馆，住进了一个'标间'。晚餐在楼下餐馆就餐，这几天匆忙赶时间，天天吃面食，南方人胃口有些不适应，今天有时间，她点了一个回锅肉，一个炒青笋，一碗鸡蛋蕃茄汤，一碗米饭，饱餐了一顿。王静第二天早餐后，拖着皮箱向北走了一段路，拐向西进入北三环，一路西行。建筑物发生了变化，看到的是学校广场和教学楼，学生宿舍，也有宾馆和商厦，没有看到房屋销售部。有工程塔吊在转动，可能是修建学校和教职工宿舍，没有看到古典建筑，经过北三环中路，北三环西路，她想走了这么长一段路，仍然没看到房屋销售处，她想也许沿途是交通要道？学校，校舍，广场，商场，但民房很少。或许是售房招牌不显眼被她错过？直到下午三点过钟终于看到'万泉庄房屋销售中心'的牌子，她赶快走了进去，厅内也有几处沙盘模型，一个戴眼镜的小伙子走了过来，很文静地说：＂大姐你看房子吗＂？王静点了一下头说：＂是＂。我给介绍一下，这几个沙盘都是附近的小区，为满足不同需求而设计，小区和小区的房型不一样，任你挑选，每个沙盘模型前都有房屋平面设计图，你先看，你认为满意的房型和位置我们再商谈。他把王静领到一个沙盘前指着沙盘模型说：＂这是两室一厅两卫一厨的房型，面积和房间平面布置在这图上。你细看＂，他离开走向前台。王静一个一个的细看各个沙盘模型，有一室一厅一卫一厨的小区，每户四十六平米，小区内有三栋十五层的楼房，小区内有通道花圃。中心有不大的花园，王静不想细看，走到另一个沙盘模型，这小区是两室二厅两卫一厨一阳台的房子，面积八十三点五平米，共有五栋十五层的楼房，小区内有通道花坛，中心花园较大，有假山喷泉和小孩玩的秋千，滑梯。这是王静想要的房型和环境；她看得很细致，平面图进门右侧是一个约六七平米的小饭厅，连着小饭厅的是一个约三平米的厨房，正前面是一个长方型的客厅，有十七八平米，客厅左侧墙中央有一个一米宽的大门框，进入大门框是巷道，左右两侧是进入两卧室的门，主卧内有厕所和衣柜，副卧内只有一个衣柜，巷道头是一个卫生间，王静看后，房间功能满足她的要求，心理定位在这种房型。她又看了下一个沙盘模型，它是一个混合房型小区，有三室两厅两卫一厨两阳台，一百零五平米的户型，有四室两厅三卫两阳台一百三十五平米，都是十五层楼房，共五栋，小区道路两边都是花坛，小区中心有一个广场，有假山，喷泉，这是一个高档小区，王静心里羡慕，但房价总款太大，没有细看。她走到前台，那小伙子马上迎上来说：＂看好了吗＂？＂我想和你商谈一下＂。＂那边请"，他指向一个大门，带领王静进去，是一个大厅，被一人高的隔板围成若干小间，她被带到一个小间，里面一个穿西服打领带的中年男子正在看电脑，小伙子说："肖经理，这位女士要买房"。肖经理马上站起来指着一个单人沙发说："女士请坐"，他拿起桌上纸杯，在电水壶里放开水泡了一杯茶放在王静前的茶几上说："请用茶"。他坐下后说："你看中了哪个小区的房子"？王静说："比较合适我的是两室二厅二卫一厨的房型"，肖经理说："你看中的正是大多数买主看中的，大家看中的是楼盘的位置，这里是名校集中的地方，大多数买房人都是为了孩子能上一个好学校，你也不例外吧"？王静说："我的孩子还小，还没考虑这个问题"。那人犹豫了一下说："那你可以考虑到西边去买，那里房价低一些"，我已去过，那里好像不欢迎我们这样的外地人"。"啊"！肖经理恍然大悟的叹了一声，"那还是在这里买房吧，这里买房的人来自四面八方，都是为孩子上学的高中层人士，社会秩序也好，你买了房就算你占上位子，孩子长大上学不用再发愁"。"我要的房子多少钱一平米"？"一口价，四千五百一平米"，王静说："这价和东边商业区的房价一样高"。肖经理说："商业区的房子主要是商业房产和经商人员的住房，但从事经商人员住地可以流动，学区房是划片招生，不是这片区的居民不能入校，有它的特殊性"。我是外地人买房就能入校了"？"你只要住在这里，办了暂住证，考试分数上线就可以进校"。王静说："我买两套同样户型的房子可以优惠点吗"？"我个人的意见，同意优惠百分之一，不过我得向老板请示"。王静看他在价格不松口，思考了一下说："你给一张名片行吗？我今晚回去同老公商量一下"。"你赶快作出选择，现存的这种房形的房子不多了，已是五月份，秋季买房上学的人很多，等到明年房价可能还要大涨"。王静心里明白这是他推销夸张的语言，但经过她几天的寻找房子，买房选择的余地不大，也许远郊还有更便宜的房源？但是远郊离城中心交通不便，升值空间小。几年以后形势变化可能也要转让，她初步决定在这里买房。王静说："肖经理，容我再看看，我们还可以在电话上商谈"。肖经理递给她一张名片说："我还是那句话，尽快作出选择"。王静走出售房大厅，想看看周围的环境，她拖着皮箱往北走了一段路，看到了人民大学，在公交站牌上看；往北到终点站圆明园站，往西终点站是颐和园。又回头往南走了约半个小时到了北京外国语学院，天色已晚，她坐上323路公交车往南到了公主坟站下车。她翻开地图细看，三天时间围着故宫外围走了一圈。她住进了三天前住的旅馆。晚上她想跟小勇通电话征求他的意见。长途电话费很贵，她想好简单扼要的语言把几个售房点的情况利弊讲清楚，她到邮电局，预交了五十元的电话费。她拨通了小勇的电话，把想好的话讲完了，最后说："长途话费很贵就不再谈了，你今晚上考虑一下，明天我来电话"。她放下电话，讲了五分钟，营业员收了话费三十元。第二天上午王静拨通了小勇的电话，王静说："你考虑怎么办"？"我找了一张北京地图看了一下；海淀在北京西北角离故宫有点远，但学区和周围环境比较好，就选在那里，买了房后想办法给孩子弄个户口，在那里上学，你看怎么样"？"我也是这个想法，就是房价太高，总额较大"，小勇说："还能承受，就算投资吧"。王静放下电话，通话两分多钟十六元。王静放下电话，步出邮电局，站在街边像伞一样的松树下，思考着怎样和肖经理讲房价的策略，她想找一个万泉庄附近的楼盘比较一下价格，她开始顺着西三环往北走，大道两旁有六十年代、七十年代十层以下的民居，有商场，学校。公路两旁像伞一样的松树绿化带，红墙红瓦的房子在蓝色的天空下显得格外古朴典雅。王静一边寻找售房处一边欣赏风景，不知走了多远的路，终于寻到一处售房处，售房处后面塔吊还在转动，挂牌上写着'美林花园售房处'。王静走了进去，厅里有三个沙盘模型，王静看了模型和平面结构图，有两室一厅两卫一厨的房型，也有三室两厅两卫一厨的房型，王静走向前台，问："同志，两室一厅二卫一厨的房子多少钱一平米"？"四千三百"。"如果我是现款买两套可以优惠一点吗"？"最低价四千一百元一平米，现在就签合同"。说完后，售房员注目王静，等待王静的回答，王静说："那我得考虑一下"。王静走出售房处站在街边的松树下，思考着谈价的策略，她想好了一个办法来到邮局，给肖经理打电话，电话通了："你是肖经理"？"是"，我是昨天买两套房的顾客，我已经买好了明上午九点半钟回渝州市的火车票，我今天必须把合同订好回去转款，不然就没有时间了，我现在正在美林花园售房处，他给我四千元一平米，这里离天安门广场还近一点，离中小学远点，如果你给我四千二百元一平米，我就选择你那里购房"。肖经理说："你放下电话等我十分再打过来。我和老板商量一下"。"可以"，王静放下电话，心想这招还管用，要是四千三一平米能拿下，能省下三万多元。她看了一下表，她又打起了心理战，又多拖了十分钟，她拨通肖经理电话："你是买两套房的买主吗"？王静说："是，真对不起刚才我在打电话给我'老公'做工作，他说价太高，花了近二十分钟才把老公的工作作通，他同意四千二百元一平米"。肖经理说："我们这里没这个价，老板说了，四千三百元一平米，少一分都不行，而且今天必须订合同"。王静又沉默了一分钟，说："行，一个半小时后见"。王静付了电话费拖着皮箱走出售房厅已是十一点，她找到一家餐馆填饱了肚子。坐上323路公交车来到肖经理办公室，肖经理位子上还没人，她找把椅坐下等候，过了十多分钟肖经理出现在办公室，看到王静说："对不起馆子吃饭人多，多等了一会儿"。他泡了一杯茶放在王静面前。王静说："没关系，下午还有时间"。肖经理说："把你看中的房子找一下"。他递给王静一张小区平面布置图和房屋结构平面图，王静在平面图找到了她挑选的那栋房子，又在房屋结构图里，找到那套两室两厅二卫一阳台的八十三点五平方米的房型，对肖经理说："就是这栋房子的这种户型，要二楼和三楼两套同户型同位置上下层的房子"。肖经理翻看了销售记录后说："这栋这种房型的房子只有二楼有一套，五楼有一套，和十一楼有一套，其余都卖完了。有电梯，顾客多数都喜欢高一点的房子，站得高看得远，这栋房子朝向好，所以只剩下这三套房子"。王静思索了一会儿说："我这两套房都是老人和小孩住，楼层低遇上停电方便一点，就要二楼和五楼"。肖经理说："你还需要到房里去看一下吗"？王静说："这样当然更好"。他给了王静一张房间结构平面图，肖经珵说："那你跟我来"。王静跟着肖经理来到大厅，肖经理找到头天接待那个小伙子说："你带她到B区二号楼去看一下她要的房子"。王静跟着他到了房间内，她照着图，先看了房间的布置和图上一样，又用脚步量了一下各房间的面积，心算了一下和图上标注的面积相差不多。又到五楼房间去看，和三楼的房间一模一样，看后回到办公室。肖经理说："你看好了"？"看好了"。"你想好了，我就写合同了"？王静说："可以"。肖经理拿出两份北京市房屋销售统一合同说："你把你的身份证拿出来"，王静把小勇母亲和她母亲的身份证交给他，肖经理说："北京市有专门规定，一定要购房人本人的身份证才有效"。王静问："

我一个人买两套房子可以吗"？肖经理说："个人购房套数没有规定，你可以在合同中写上财产共有人的名字和占有比例，房产证产权共有人栏内会注明"。王静只好把自己的身份证给他，王静开始思考产权占有人比例的问题，马小勇的名字不能写上去，他是公司法人，行政司法部门有备案，今后涉及税收或社会事件，一查就出来了，房产会受到牵连。一套写上户主我的名字，父母和孩子的名字，我和小孩各占百分之三十，我父母各占百分之二十。另一套房写上户主我的名字，他们父母各占百分之二十，我和孩子各占百分之三十。想好告诉肖经理，肖经理在合同共有人栏内填好各自的份额后说："另外还有两条需要我们商谈：一条是付款方式和期限，付款方式你是信汇现款，期限怎么定"？王静说："我们签署合同后，我在三个星期十五个工作日内汇款，因为我还要乘两天两夜的火车回家，回家后还要调集资金需要时间，我想分三次信汇，第一次汇十万，是探路，两地相隔这么远，万一中间发生错误，追讨麻烦。等第一笔资金到户后，第两个工作日汇出三十万，收到第二笔汇款后，第两个工作日汇出余下款项。采用这种方式还有另一个原因，银行间第三方大笔资金往来，他们会故意拖延时间交付，这样他们各自利用资金的时间差谋取利益，资金数额越大拖延时间越长"。肖经理说："我们要收到全款后才办理过户房产证，你领房产权证的时间会往后延长"。王静思考了一会儿说："你能否在收到第二笔资金后，启动房产证办理程序"？肖经理说："考虑到你的特殊情况，我们至少收到总款的百分之七十才能启动办产权证程序"。王静又思考一会儿说："第二次汇五十万行吗"？肖经理说："可以，就这样定下来"。王静说："肖经理你们公司有建行的账户吗？同行异地汇款要比异行汇款快得多"。肖经理说："公司有建行帐户，合同上就写建行账户"。肖经理把合同填写好后，两份都交给王静说："这是规范的统一合同，铅印字体都是规定的规范条款，你仔细地阅读合同文本，特别是填写部分是我们双方共同议定的条款，条款内容是否确切的表述了我们商定的内容和事项？两份合同的文字内容事项是否一致，你仔细看内容，合同两份，各存一份"。王静拿过合同开始对照阅读，经过四十多分钟的阅读审查，在合同上签上了名字。交给肖经理说："还有需要我履行的手续和确认的事项吗"？肖经理说："现阶段没有需要履行的手续和事项，我们在交付房产证时附上房屋的质检证书和质保书"。王静说："我会按合同约定的条款履行我的义务，希望肖经理放心。房款到账后请立即电话告诉我，我好即时汇出下一笔款"。肖经理在合同上签上名字并加盖了公章，交一份给王静说："合同上有联系方式，我们随时保持电话联系，你一定要把合同保管好，这是我们房屋交易和产权的法律依据"。王静说："谢谢肖经理"，肖经理说："你慢走"。

第三十章

30-1 装修

　　王静在电话给肖经理说第二天坐火车回渝州市的事是为打心理战而编造的。她当晚就在销售处附近找了一家旅馆住下。第二天她要对小区作更进一步的了解。早饭后她独自走进购买房子的小区。看到有两辆车拉着装饰材料进入小区，从楼里走出人来卸车，一个四川口音的人说："我们等会儿老板来清点了数量再卸车"。其它几个人也就坐在车旁没动手。王静走过来说："小兄弟我听你们的口音是四川人"？小伙子说："我们是四川安岳人"，你是哪里人"？"我是渝州市人"。"我们相隔不远"，他们感觉亲近了许多。王静又问："你们来这儿是来干活的"？"是亲戚叫我们来搞装修的"。"你们在北京装修公司上班"？"我们是在我们县上搞装修的，在这里来把亲戚的房子装修完就回去"。"你们是全包的吗"？"我们只包工"。"怎么给你们算工资"？"粉刷墙，贴砖按平方面积计，安装门窗按樘数计，做衣拒按平方米计，做厨柜和碗柜按长度米数计算，水电安装根据线路长短估价，你也要搞装修吗"？"我现在还没拿到房，过一两个月我拿到房子可能要搞装修，我可以到你装修的房子去看一下吗"？"现在我就带你去看"。他给几个伙计说："等会儿点数后卸车，往楼上运货，进不了电梯的材料，最后经楼梯抬上去，运瓷砖要轻放不要碰坏，我带她去看一下"。交待后，他带着王静坐电梯上了十一楼。推开门进去一看，正是她要买的户型，房屋结构和面积一样大。还没开始装修，只有几块多层板和几个布袋装的棉被，墙上有管线沟槽。王静问："像装修这样房子要多少工钱"？"这要看你的装修项目，如果要全吊顶嵌线条，做衣柜，厨柜一共大概要一万五千元。如果不吊顶，不做柜大概要一万一千元工钱"。王静心里想一万一千元是他们五个人两个多月的工资。王静说："简易装修你们要干两个月"？"至少得干四五十天"。"那这里工钱比四川高"。"这里开支大，伙食高，往返路费。我们睡在装修屋里，要是租房住，房租高得很，那点钱还不够开支"。王静问："你们在这里干到多久"？"这是五月底要干到七月初才能完工"。王静说："我回去问一下我的房子好久能拿到钥匙，拿到钥匙就来找你"。"大姐，你放心，我们装修的质量是有保证的"。王静出来又到另一家正在装修屋里看了、调查了一下，那家装修是湖南工人，北京的装修公司。问工人，他们说是老板包工，现在还不知道多少工钱，大概他们每月能挣一千元工资。她出来在小区转了一圈，坐公交车323路，到公主坟转乘8路公交车到北京火车站，买了第二天火车票回渝州市。回到家，王静把合同递给小勇看，小勇看后高兴地说："你还真有本事又砍下了两百元一平米"。王静描述了谈判过程，小勇说："你谈判技巧真高"。能拿钥匙的时候，还是你去北京负责装修吧？你走了十来天，这里的账目没有核对清算，你得抓紧清理账务，第二天王静按照合同账号从建行汇去了十万元首笔房款。王静首先核对房屋销售款，她找出了房屋销售合同与银行账户账单核对，合同登记上共销售了三套房，但银行账户进款只有两套。她看未付款合同，合同日期是一九九四年五月六日，是她去北京的第二天，已经有九天了，身份证号码购房人是渝州市人毛胜模。但汇款银行是工行广州越秀分行。她不知这中间出了什么问题？她立即到售房部了解情况，销售员小张说："购房人说他是本市人在广州做生意，在这里给父母买套房子，要回广州去汇款，房款汇款是否到账户我就不知道了"。王静说："款还没收到，你们赶快停止办理房产证"。小张说："我们办证资料已送去房产局怎么办"？王静赶快到工地找到小勇开了停办房产证过户说明书，盖上公章。她和小张一起拿上购房合同和说明书到了房产局找到收件处。收件处人员说："我们看了资料合规，送到主任室最后审查备案办证"。王静说："谢谢你"。她们又赶快到备案处，正好陈主任在办公室，看到王静马上站起来说："好久没见面了，今天那股风把你吹来了"？王静拿出合同和证明书悄声地说："陈主任你一定帮个忙，把这个合同的房产证过户的事搁下来，我们还没收买主一分钱"。陈主任把合同看了一下说："我刚审查过，是你们公司当然通过。现在你提出停止办理，为了合规程序，我把这资料和你公司证明书一同送到收件处，收件处作退出办理登记后你取走资料"。王静说："太感谢你了"。陈主任说："不用谢，回去代我向马老板问好"。陈主任把资料和证明送到前台，登记后王静取走了资料。回到销售处给对所有销售员说："从今以后，所有房屋销售办产权证过户前，先经过我们财务室审查后方可办理"。王静又开始对建材采购入库账务和银行账户单进行核对，她发现，材料入库单中水泥数量与银行账户转账支票对应的发票显示数量不一致，还有一笔五千元的现金，只有收据没有发票。为了慎重，她把马燕和小勇找到办公室了解情况，王静问："妹儿这五千元的收据是怎么一回事"？马燕说："前几天运河沙的张师傅说他欠大修厂五千元的大修费，我们都是'老交道'了，想你们预付点运费。今年油费在涨，市场上运费可能也要涨。如果你们预付了运费我就不涨运费了。我请示哥，哥就同意了，钱给他，他就写了这张条子"。王静说："这样很危险，他是一个个体户，没有企业资质，他的行为纯属个人民事行为。又没有什么资产，他要是'跑路'或者耍赖，追讨起来非常困难，今后这种事不要干"。小勇问："还有什么挽救措施吗"？"现在钱已拿走了，他没有担保人和抵押物，只能凭他的信誉了。只要碰见他，催他多拉河沙，常用好话安抚他。另外还有一个问题，就是水泥厂的提货问题，我只看到水泥入库单，但和发票上的购买数量还差得很远，不知是怎么回事"？马燕说："我到水泥厂去购买了五十吨水泥是厂价，我们只提货了二十吨，所以入库单上是二十吨"。"另外三十吨有提货单吗"？"水泥厂销售员只开了一张五十吨的提货单，拉水泥时收走了，另外写了一张三十吨的欠条"。王静说："白纸欠条是发货员一人签字，不具备企业行为的法律效力，要是他们换了发货员，厂方不承认怎么办？你还是趁没换发货员前赶快去换成提货单"。"去换提货单可能他们不理睬。只有去把水泥拉回来，但库房装不下"。小勇说："五吨可以装下，去拉五吨，这样借机叫他们开出提货单"。马燕说："我明天就去"。王静抓紧时间清理账务，发现问题即时予以纠正。一个星期后，北京来了电话，十万元房款已收到了，王静到建行又汇出了五十万元房款，电话通知了北京房产公司。一天小勇和王静商讨下一步房屋装修问题，小勇说："这里离不开你，房屋装修谁去呢？其它人去又不放心"。王静说："你是不能去，最好是小林去"。小勇说："小林不能去，现在施工进行得如火如荼，工地上离不了他"。王静说："那就只有我去了"。小勇说："装修房子至少要一个月半，这么长的时间，财务又要面临季末结算，也离不开你"。王静思考了一下说："我父母退休在家没什么事干。我带他们去。我去找好装修工人，把材料买回来，装修项目确定下来，合同签好，大约需要十来天，我就回来。爸妈在那里看着，这样行吗"？小勇说："要是只耽误十来天是可以，没有你在那里行吗"？"我们简单装修，不涉及复杂项目。把合同项目定好，应该没问题，到最后验收时我又去几天"。小勇说："这样很好，辛苦岳父岳母了，就看岳父岳母的意见"。王静说："我打电话叫他们来一趟"。王静父母来到小勇家，一天晚上小勇和王静，王静父母在一起。小勇把被绑架和赎金的事讲了，王静父母吓得发抖说："今后你们怎么办"？小勇说："根据帮派规矩，我只要交了保护费，他们不会伤害我们。我们现在忧虑的是两家老人和小孩的安全，我们和弟妹又不在你们身边，你们不在交费帮派保护的范围内，得不到保护，所以我们在北京买了两套房子，你们到那里去住。北京景点多，公园多，环境好，你们也可以到处游游，秩序很好、也安全"。王静说："房子已经买好了，但需要装修，我们俩事多又不能长期离开这里。我想带你们去北京，我把装修的事安排好后回来，你们在那里看着"。王静父亲说："我们不懂装修，没有作用"。王静说："你们只管一天去一趟、看一下就行了。差点什么，他们带你们去买就行了。我离开之前已把材料买齐全，只是中途可能缺点小东西而已"。王静说："我们买房的那小区同栋楼里有我们四川安岳的装修工人，他们可以承包装修，成本可能低一点。外面有挂牌的装修公司，成本可能要高出百分之二三十，你看选择什么样的装修队伍"。小勇思索了一下说："安岳工人是北京挂牌公司的人吗"？"他们是安岳亲戚请去的"。"不能用安岳的工人，进住后要是发现有质量问题找谁去维修？不可能去安岳找他们千里迢迢去维修？还是找当地挂牌公司装修，多花点钱，放心点"。王静说："那这样装修项目和质量在合同中有约定，质量有问题他们要返工，还有维修三年的保证期，我们就放心了"。小勇说："爸妈你们去北京住的事，不能向任何人讲，包括一切亲朋好友，别人问你到哪里去，就说到我们这里来住。到了北京也不能向左邻右舍任何人讲自己的真实身份，只说是帮孩子带孙子。人家问起房子的事，就说孩子的单位给购买的经济实用房"。王静爸调笑地说："有钱像贼一样到处躲藏，你们放心，我们一定像贼一样深居简出，守口如瓶"。王静调笑地说："乾龙皇帝微服私访，什么人都扮过，堂堂一国之尊还不敢身着皇袍到处游荡"。大家都笑了。他们商定后，王静父母回家准备行李。十天过去了，王静还没接到北京房产公司收到房款的电话。王静拿着建行的汇款单到支行营业部查询，办事员说："按我们行规定，五十万以上的汇款要先转到分行，由分行办理，我们已在三个工作日内，相关款项转入分行"。她只好又转了两趟公交车。花了一个半小时间来到分行办事处，分行办事员拿着汇票在资料里找了相关资料。十多分钟后说："我们这里业务多，接次序排期办理，按规定五个工作日内办理，你这款是同行信汇，我们已在昨日将款转入总行，可能还要四到五个工作日才能到账"。王静奔跑了大半天，感叹到同行转汇都如此缓慢，异行大笔转汇将是何等情况。又等了一个星期才接到汇款收到的电话，第二天王静把余下的房款一十三万元信汇到对方银行账户。王静给父母买了两张同车次同车厢硬卧下铺的火车票，自己庆幸地买到了一张同车次同车厢中铺的火车票。上车的那天王静父母很高兴，兴冲冲走在上车人流的最前面。第一个上了车，三个人的手提行李塞满了六个人的行李架，小的箱子放在座位下。两位老人一辈子都没去过北京，这次去了北京还要在那里住，托女儿的福，特别高兴。火车开动了。王静的父母两眼一直望着车厢外景色，王静想和他们聊天，看他们那样专注，她爬上中铺睡下看报。一天很快就过去了，第二天窗外的景色发生了变化，王静的父母喝着茶专注着窗外的景色。为了方便，一天三餐都是吃服务员送来的盒饭，唯一不方便的就是上厕所排队，大小便憋得难受。到了北京第一晚他们住旅馆。王静想装修时间一个多月，装修前的准备工作要几天，装修后要散发有害气体至少一个月，前后要三个多月时间，住旅店花钱多，还极不方便，她决定租一间出租民房。第二天王静带着父母在万泉小区旁的一家房屋出租中介里找到一家一室一厅一厨的胡同老房子。月租金六百元，他们很高兴新奇。住一下京城老胡同是什么感觉，他们在服务员的带领下来到胡同出租房，斗拱支撑的瓦屋面，四面砖墙，古朴典雅。打开一扇老木门，里面是间十来平方米的堂屋，屋顶木横梁上一根根木椽上铺放小青瓦，木梁和木椽已发黑，四面是粉刷的白墙。进门左边有两扇门，一扇门进去是一间同样结构的卧室，有十来平方米，另一扇门进去是长方型的小厨房，没有厕所，总共有三十多平方米，这大概是一家贫民家的老式胡同房。多数都没厕所，用的都是尿罐，公厕。厨房里只有烧煤球的灶，其它什么用具都没有，王静问服务员："大姐，怎么都没有人住过，没有家具呀"？"这不是旅馆，你们租期这么短，租金又低，租金还不够配家具的钱，怎么会有家具，用具，你们看着办"。王静心想我们的新房也要买家具，先买点简单家具用后搬到新房去用。说："我们自己带家具来，离开时我买的家具可以带走吧"？"那是你们自己的事，随你们便"。王静说："我们签合同去，从明天开始，租期三个月"。她们回到中介办公室签了合同，一次性付了三个月租金。王静说："大姐，这附近有卖家具的吗"？"出去向左有家家具店，但家具不全，价格有点高。在东南三环有个十里河家具批发市场那里家具齐全，选择余地大，价格相对较低，买好后可以租车运过来"。"谢谢大姐"。王静和父母走出中介所，拿出交通图细看，到十里河走三环路绕北京半圈。一摸身上的现金不多，她是建行的存折，附近有家建行支行，她们走路到银行取了三千元放在内衣荷包里。坐上去十里河的公交车，经过一个半小时到达了十里河，那里是东南三环路。公路两边都是新的建筑，多数是高层民宅，有的塔吊在转动，房屋还在修建中。她们下车的地方前面是一片平房，车辆进出频繁，左边牌坊上'十里河家具市场'。右边牌坊上'十里河装饰材料市场'。王静一阵心喜，这两个市场正是我要找的地方，她们先到装饰材料市场去调查。她们走进市场，首先映入眼帘的是各式门窗，看了几个大棚的门市，门窗琳琅满目。又看了几个大棚门市的各色各种规格的瓷砖，地板砖。往前到了各式线条，木条，胶合板市场。再往前到了涂料市场，她们走累了，王静对装饰材料有一个大概的印象了。她们回到了家具市场门口，肚子饿了，在食品摊上买了三个大饼，三瓶矿泉水，站在街边囫囵吞枣地吃下。王静询问父母说："爸妈你们想买点什么家具"？王静的爸看了一下他老婆，王静妈没说话，他思索了一下说："尽量少买点，难得搬家"。王静说："必用的还得买，一间双人床，一张双人席梦思弹簧床垫，一张饭桌，六把木椅子，一个搁碗筷的厨柜，两个床头柜，一个长沙发作临时床我睡，这几天爸妈你们还需要其它的家具吗"？"足够了"。她们开始寻找要买的家具，到了卖床的市场。先浏览了一遍各个店的产品，高档床有用橡木雕刻的床。价格一千多元，实在太贵，低档床，床头床尾都是三合板做成，二百元多元。王静最终选择了用实木板木线条嵌成图案的酱色中等价位床，六百元一张。又挑选了二百元一张双人弹簧床垫。松木制造和床颜色一样的床头柜两个，三百元买了一个长沙发。挑选好后王静对服务员说："我们买这么多的床具价格应该优惠点吧？其它店用同样材料和工艺制作的产品标价都比你的低"。服务员说："你买这点不算多，经常到我们店的顾客，都是一大家七八口人的床具都在我们店买，我们产品货真价实，工艺材质都好。你如果安心要买，我只能优惠百分之三"。王静说："行，我还要买其它家具，买好后找车一起拉走，我选好的家具你们不要再搬动"。服务员说："你们要赶快去买，六点以后就不好找车了，关门了"。王静她们出来直接找桌椅店，看了几家问了价格，最后选中了一家。买了一张橡木饭桌三百元，六把同颜色配套的木椅子每把八十元，一个碗柜一百五十元。王静叫爸妈在店里等，自己出去找车。她走到停车场，车场里只有几辆车，她走到一辆四轮小货车前，司机在驾驶室里抽烟。王静问："师傅，你这车拉货吗"？"你要装些什么东西"？"一张床，一张床垫，一张饭桌六把椅子，两个床头柜，一个碗柜，一个长沙发"。"我这车装不了那么多东西，虽然重量不大，但很占空间"。她走向一辆六轮货车，司机在驾驶室内低着头看报。"师傅你拉货吗"？他听出是外地口音，又是这个时候，车不多了，放下报，"你有些什么货"？王静又把要运的家具重复了一遍，司机知道这停车场里只有他的车能装下这些家具，狠了一下心说："车是可以装下你这些货物，还是有点多，你运到哪里"？"海淀"，他脸没表情，故意"啊"了一声说："这个时候这么远，货又这么多"，又故意推辞说："你去找两辆小货车吧"。王静一看哪有两辆小货车，明知他故意拉价。王静心生一计说："天是有点晚，明天上午来，反正货也没亡钱"。司机看她转背要走，说："那位大姐你这么远来一趟也不容易，我给你拉"。王静问："多少运费"？司机想了一下这女人也不好'打理'，还是来个'大市价'，说："一百二十元"。王静想还可以接受，也没有多余的车选择，说："行，跟我走"。司机喊道："张老三快过来"，两个中年人跑了过来。司机说："这是两个搬运工，你那些东西上下车怎么办"？王静对那两个人说："你们要多少装卸车费"？"你有多少货，到哪里去"？王静把装车的家具和到达地点说了。"东西那么多，又那么远，来回要花大半天时间，回来还要掏公交车费，我们每人至少六十元"。王静想又在敲竹杠，又心生一计说："走，店里有两个家里人，我们自己装车，到那边装修工人卸车"。那两人看这笔业务要泡汤说："我们作个人情，每人四十元"。王静说："行，走吧"。王静付了家具钱，装好车。司机说："你们这么多人，我驾驶室包括我只能坐三人，你们五人怎么办"？王静说："我是必须跟车，两个工人必须跟车，剩下只有我父母，他在北京不识路怎么办"？司机思索了一下说："张三你们俩坐车厢里饭桌下面，躬着腰不要抬头，不要让警察看到，驾驶室只能坐两人，剩下一人怎么办"？王静的父亲说："天气又不冷，我也坐车厢里，王静你要在司机旁指路"。王静说："你坐在上面手一定要抓牢"。司机说："你们在上面桌下一定不要抬头，要是罚款由你们付"，他们一路顺利到达胡同的租房。两个搬运工卸下家具搬进房内。王静和她父母安放好了家具。第二天她们到附近商店买了枕头被盖，锅盆碗筷和用具，具备了日常生活条件。当天搬进了租用房。王静到售房处拿到了购买房的钥匙。到新房里看了一遍，准备装修。她找了三家装修公司进行价格和合同相关约定条款的商谈，对价格，质量保证和后续服务项目的比较，选择了一家永信装修公司。她到永信公司办公室，还是那一位小伙子接待了她。王静说："我要装修两套房子，我想了解一下你们公司的装修细则"。小伙子递给王静一本说明书说："你先看这本细则中的条款，不理解的地方我给你解释"。小伙子递给她一杯热水说："那里有椅子，你坐着慢慢看"。王静坐下翻开书，书分为几个部分，第一部分介绍了公司的业务范围。第二部分介绍公司装修承包的方式；一种是工料全承包方式，第二种是基础材料承包的方式，第三种是包工费和收取管理费方式。王静选择了基础材料承包的方式，她想全面了解基础材料承包方式的具体细则。王静说："小伙子，你给我具体的解释一下基础材料承包的细则"？"基础材料承包就是；河沙，水泥，石子，墙面底层的腻子灰，钉子，电线管材，吊顶的基层。因为这些材料是世面上通用的材料，品种，质地和价格相差不大，争议较小。其余面层，和具有装饰作用的材料品种，质地各不相同，价格相差特别大，我们和客户间对用料认同经常发生分岐。要是全承包，从装修设计图的内容和造形，用料名称品牌价格都要在合同中双方认可明确注明，双方严格履行合同义务和权利"。王静说："我两套八十三点五平米的房子简单装修要多少费用"？"这事我不能估计，因为不知道你简单到什么程度和具体项目，只有到房屋去实地确定项目，测量数据计算后才能确定"。"你能跟我到房屋里去测量一下吗"？"这里我离不开，我找一位技术员跟你去测算，这位技术员已到一家装修户那里去了，你下午一点钟来，他跟你去"。王静她们在外面吃了午饭，一点钟来办公室。一位小伙子手拿记事本和卷尺在那里等候，小伙子问："你们是要装修测量的吗"？王静说："是，我们走"。小伙子跟着王静来到房内。小伙子在几间屋里转了一遍。拿出记事本把房间布置和结构画在纸上，把门窗位置标注在房间平面图相应的位置。又用尺子量了房间地面四边的尺寸，把尺寸标注在相应的位置。最后对王静说："大姐，现在我们来谈你装修的项目，房间顶棚吊顶吗"？"厨房和卫生间吊塑料板顶棚，卧室和客厅都不吊顶，刮灰刷乳胶漆，墙面也刮灰找平刷乳胶漆"。"房顶阴角要作装饰吗"？王静说："不作装饰"。"门窗套采用哪种装饰"？"采用有木纹的多层板，封边轮廓用木线条"。"卧室做衣柜吗"？王静思索了一会儿问："小伙子，卧室里衣柜作一壁衣柜花钱多？还是买同样一壁衣柜花钱多"？"当然是买一壁衣柜钱多，但自做的衣柜搬不走"。王静思索一下说："主卧室做一壁衣柜"。他们来到主卧室，观察规划了一下床的位置，然后决定了衣柜的位置，小伙子在图上标注了衣柜位置，量了墙面尺寸，作了记录。小伙子又问："其它地方还做柜吗"？王静说："厨房作一壁吊柜，下面做灶柜"。他们到厨房观察了水管，排水管，烟道和煤气管铺设的位置，决定了吊柜和灶柜的位置和高矮，长度。小伙子把规划的柜画在厨房的各个位置，并作文字记录。小伙子说：现在你谈一下厕所和厨房墙面采用什么材料？王静说："采用瓷砖"，"另外卧室和客厅地板采用什么材料"？王静说："客厅用地板砖，卧室用木地板"。小伙子一一作了记录。"现在你思考一下各房间的电气设备，和照明设施"。他们来到客厅，王静指着左边的墙说："这壁墙放电视机，右边墙角放柜式空调，正面放沙发"。小伙子说："电路这样设计，放电视的地方装三组电源插座，一组闭路电视插座，一组天线插座，右墙角一组空调插座，沙发后一组备用电源插座，和电话线插座。客厅顶棚中心一组照明电源，客厅进门上方安装各电路开关"。王静说："你这设计合理，很好，就这样"。小伙子标注了插座的相应位置作了记录，接着他们又到卧室，厨房和厕所作了电源和闭路线，电话线的设计位置并作好记录。小伙子说："这套房子的测量完成，我们到另一室房子去"。他们来到五楼的房间，小伙子转了一圈，跟三楼房间结构一模一样。王静说："这套房的装修和三楼一模一样"。小伙子说："那就不用再测量设计了，我拿回去计算一下工程价，你明天就来订合同，合同订好后我给你开出材料单"。第二天王静来到办公室，那小伙子递给王静一张报价单说："这单上分出了三类费用，第一类是基础材料费和人工费，第二类是家具制作工费，第三类是管理费，每类费用下面有若干项目费用，总费用为二万三千五百元，但不包括，自购材料费。自购材料包括：各种装饰线条，木门，板材，油漆，乳胶漆，吊顶，相关的塑料板，电线，闭路线，电视天线，插座，踢脚线，墙砖，地板砖，木地板，这些项目在合同中有详细说明"。王静说："自费的装饰材料都不包括在承包费里，总价是不是可以优惠点"？"我们公司是注册的公司，质量有保证，后期服务很规范，各项单价都是公司统一实行的价格"。王静想了一下，价确实高，但为了质量和后期服务也只有这个选择。说："采购自购材料你们要派人跟着作技术指导吗"？"我们有三次派人作材料采购技术指导的规定"。王静说："那就订合同"。小伙子把她带到另一间办公室，办公桌前坐着一个穿黑色制服的中年男子。小伙子说："龚经理，这位女士要订两套房子的装修合同"。他把一份报价表和一份图纸交给他，龚经理拉出一根凳子说："女士请坐"，他倒了一杯开水放在王静面前说："女士请你拿出身份证和房产证"。王静拿出身份证说："房产证还在办理中"。龚经理说："根据公司规定，你这种情况我们不能确认你的产权，开工前必须先交百分之五十的装修费作保证金。进场后必须确认你的房产权，你没有正本房产证，房产证复印件也可以，如果都没有，我们立即停工。因为不能证明产权是谁"。王静说："我先交了百分之五十的费，你们不能保质保量的完成任务咋办呢"？"合同是市工商局的规范文本，里面有双方的权利和义务，你可以先看一下"。他递给王静一本合同，王静打开合同，文字前面是双方的名称，甲方为委托方，乙方为装修方。约定项目名称和价格，工期。后面是双方的权利和义务，违约责任的处罚条款；其中有三条，一条是乙方'装修方'在不增加约定项目的情况下，因甲方材料供应不准时到位，停水停电原因，不可抗拒的自然灾害等原因而导致工期延长，乙方不承担责任。如乙方无上述原因，因主观因素导致工期延长，半个月内，处以合同装修总价百分之一的罚款，在工程款内扣除，超出半个月视情况加重罚款。如乙方因施工的原因导致质量问题应即时返工，达到质量要求。如乙方拒不返工，因质量问题导致甲方损失，应给予以赔偿。第二条，如甲方无故拖欠乙方装修款，乙方有权通过法律手段追讨装修款。最后一条，双方对有关事项存在争议可申请法院仲裁。王静看了合同文本，权力和义务分明，用语法理很强，言语慎密，找不出漏洞。只好说："我签合同后好久生效，如何确定开工期"？龚经理说："预付款到账，甲方材料准备齐全，就算工期开始，你这两套房子装修工期至少三个月"。王静同意了龚经理的条件签了合同。第二天王静就按合同账号转款两套房百分之五十的装修预付款二万三千五百元。王静拿到了材料单的第二天，为了买到价廉物美的装饰材料，她拿材料单到装修材料市场作摸底调查。她来到装饰材料市场，按照材料单上的材料逐一到各店进行价格和材质比较，做到心中有数。接下来的第二天王静来到装修公司找到龚经理，他派了一名姓张的技术员和王静去买材料。到了装修材料市场，张技术员说：＂王姐这单上的材料名称只是用途和数量，你喜欢什么造型和材质由你自己定＂。技术员拿着材料单和王静一个一个门市挑选和讲价购买，整整用了一天时间才买齐了料单的材料，装满了一辆大汽车运到装修的房子内。等了两天，预付款到了账户，王静到房产局，但是房产证还在办理中，只好开了证明，证明房产属王静所有，装修开始。开工后王静到工地观察施工，问一位工人：＂你们谁是头＂？一个中年男子，一身的工作服走出来说：＂房主你有什么事吗＂？王静说：＂我公司的事很忙，我明天就要走，以后就我爸和你交往，有什么事就找他们＂。王静把她爸妈叫来和他认识。那中年人说：＂我姓秦＂。王静爸说：＂我姓王＂。他们互相握了一下手。王静说：＂设计图你们看懂了吗＂？姓秦的说：＂这装修简单，技术上如有不清楚的地方我们找技术员，不知道你对设计图仔细看没有？认可没有？一旦做成成品，就没法修改了＂。王静说：＂我们测量设计时，已经确认，如装修过程中有什么问题，合同上有电话号码，如差什么材料，技术员带我爸去买＂。那中年男子点头后，去干活去了。

　　王静回到渝州市两个多月的时间里，也和装修公司在电话里商讨过很多问题。装修很快就要完工了。王静和小勇商量，决定小勇抽几天时间回家和父母讲搬家的事宜。小勇回到家中和父母谈起了搬家的原因，小勇爸说：＂我们这山沟沟里又不通公路，绑匪要来绑架，他们把我们抬着走＂？小勇说：＂你们总不能一年四季都不出门吧，要是他们暗中'吊线'，上街赶场把你们绑走你咋办？他们一年十万'保护费'，这些钱你们三人在北京够五年生活费。你们辛苦了几十年也该休息了，北京那地方名胜古迹多，公园多，环境好，是全国人民梦寐以求的地方。但你们千万注意，千里迢迢躲避，就是隐藏身份。这事不能向任何人讲真话，就是亲兄弟姐妹也不能讲，人家问起你们到哪里去，就说到我这儿来。一个月内把家里的事处理完，把粮食猪牛全卖了。在田里未收获的庄稼估个价，不管多少钱都卖掉，只剩下空屋，走时到水电所去申请断电，把电源闸刀拉下＂。三个月很快就过去了。王静的爸来电话房子已装修好，等你们去验收。王静和小勇商议，由小勇带着爸妈和孩子到北京去，你是工程师，验收工程有经验，二是安顿父母。为了拿房产证，王静写了委托书，委托马小勇代理王静领取两套房的房产证，委托书经过渝州市公证处公证，小勇揣着王静和小勇身份证，委托书，带着父母和儿子坐火车到北京，他们都是第一次到北京，异常兴奋，虽然坐卧铺，但很少睡觉，欣赏沿途风景。小勇按合同项目验收，达到质量要求，予以认可，对房屋的位置，环境，房间结构，装饰都很满意。购置两家的家具，两家老人都很高兴，相离又近，相互又可以照顾。小勇到市房产局登记处，凭身份证和公证委托书领到了两套房子的房产证。带四个老人和小孩游览了故宫，颐和园，圆明园，天坛，地坛，长城，北京市景，游玩九天后回到渝州市。

第三十一章

31-1 凡事

　　小勇回到渝州市，离开工地已有十多天，最不放心的还是现场施工。他一早到工地巡视了一遍，工地上施工一切如常，悬着的心放了下来。碰到正在收料的媛媛，从来都没有看到那样腼腆地走过来对小勇说："马老板我想带着女儿离开这里"。小勇很惊奇的问："你有什么重要的事，需要离开吗"？"我想换个环境，我在这里已经几年了。由于自己的身世，总感到自己很憋屈。觉得总有人用不一样的目光看我，我不能像一个正常人那样与人交往"。"你找到新的工作了吗"？"没有"。"媛媛这是你自卑的心理，你应该放下自身的包袱。这工地上只有我和王静了解你。我们没告诉任何人。以后别人问起你女儿的父亲，你就说，你们离婚了。如果你在工地上有合适的人，你还可以耍个朋友。但是你要慎重，如果你觉得这环境里没有可信耐的人，换环境你要想好，我这里需要你。你离开了，我只好另外找人，你工作也干得很好。你如果要决心离开，当然这是你的自由"。媛媛说："让我考虑一下"。小勇说："媛媛你的工作干得很好，从下个月起，我每个月给你涨两百元工资"。"谢谢马老板"。说完后她转身向办公室走去。小勇想：她一个年青少妇寂寞难忍也是可以理解。但小勇又无能为力。在工地上转了一圈，碰到了小林，他正在一栋楼里二楼放线，看到小勇，放下手中的墨斗说："哥，你出差回来了"。"家里这么多事，我得尽快回来，这段时间工地上有什么事没有"？"施工上没遇到什么难解的事，前几天城建局来检查工程时，提出了几个问题，我作了记录，一会儿我把线放完了，到办公室向你汇报"。小勇回到办公室清理了办公桌上的文件，又到技术室，任工正在看图纸。小勇说："任工，这段时间你辛苦了"。任工看到马老板进来，赶快让座说："马老板你出差回来了，很辛苦，这里坐"。小勇说："你坐，我走后你一个人独挡一面辛苦了"。他顺手拉了一根凳子坐下又说："任工，听说城建局来检查工程时提出了一些问题"？任工说："他们提出的问题也不是什么工程质量上的重要问题，而是一些鸡毛蒜皮的小事，我感觉到好像是鸡蛋里挑骨头，具体内容小林作了详细的记录"。"既然不是涉及工程质量的大问题，让我看了记录后再作商议。那天接待检查组人员是你们哪几位"？"到工地检查工程时是我和小林陪他们去的，前后的接待工作都是由王静安排应酬"。"任工，你对目前施工有什么建议"？他思索了一下说："马老板，目前房子销售较好，我建议趁目前好的市场机遇加快施工进度"。"加快工程进度人力不够，这段时间人力市场上招不到技术工"。"可以组织劳力加班"。"适当地组织加班是可以的，但时间不能过长，因为工人正班工作已很劳累，工作时间过长，体力不支影响效率和质量。加班施工技术管理上能跟上吗"？"我们辛苦点没关系"。"谢谢任工的一番好意，我去和各工班长商议安排"。晚上小勇问王静："那天城建局来检查工程质量，检查人员态度与过去有什么变化吗"？"没有什么可比性，因为来检查的人员不是从前那班人"。"你可以从他们的态度去比较"？"从态度上看不出有什么变化"。"'红包'的'重量'跟过去一样，他们都收了吗"？"每个包都是跟原来一样，我是一个个单独送的，他们都收了。今天你为什么问得这么详细呀"？"这个事情很重要，关系到今后工程验收合格与否的大事。我想从他们的态度去观察他们，是否为今后留下什么预后的难题，今后我们对待这事一定要慎重。另外财务上有什么问题没有"？王静说："从财务管理上没出现什么问题。在收支审查，科目的分类记账我特别注意。从资金链上讲，我们目前资金量比较大，都集中在两个银行的账户上，我想把多余的资金分散到另外银行设立专门账户"？"我们目前有多少资金"？"目前有资金一千八百多万，可以留出八百万作为建筑流动资金，另一千万作为专项资金"。"专项资金有什么投资项目吗"？王静说："我听银行人员介绍，有很多投资理财项目，收益率很高。我看了相关理财项目的说明书，投资前景都很好，预期收益率最高可达年收益率百分之十，但是没有保本的承诺。我看这里面隐藏着极大的风险，我们还是不淌这趟水吧"。"你这样的分析非常正确，专项账户资金的使用一定要慎重，另外对售房账户资金一定加强监督管理"。王静说："这你放心，不管是'现售'还是'预售'我都列表登记，定期到房产局核对'过户'名单，销售合同和印鉴都保管在我这里，不会出什么问题"。"就应该这样，只有我们夫妻才是利益共同体，你管钱我管物，这就放心了"。

31-2 对外投资

　　一天小勇接到唐总的电话，约他下午五点钟到老地方茶馆有要事相商。小勇如约来到茶馆，唐总已在那里喝茶等候。唐总看到小勇进来说："马老板请坐"。小勇说："唐总你好，又有一段时间没见面了，很想和你聊天"。小勇坐下他们又开始聊天，唐总说："我刚从美国旅游回来，我也是第一次去美国，大开眼界，原想像中：美国遍地高楼大厦，一片繁华景象。到了美国才看到，只有纽约有高楼大厦，其它各地城市中心也都是十层以下的楼房，欧式风格，古朴典雅。近郊更多的是散落在森林中的各个时代的各式建筑。现代和原始简陋的木屋，散发着各个时代的气息。公路交通特别发达，深山中的农宅，公路都通到门口。大片的农田都是机械耕种，农民都是机械手"。小勇问："唐总，美国三百多年前那里还是印地安人聚居地，一点都没留下遗迹"？"我只能从车窗里看到，到处都像是原始森林，森林里都倒着枯树和朽木。林间偶尔也看见木屋，可能也是印地安人留下的木屋吧。因为人口少，历史短，又很快进入现代化社会，没有因为人类生存活动而破坏环境。不像我们国家人口多，历史悠久，战事连连和人类的生存需求对环境的破坏。在没有煤和天燃气的年代，光是煮饭取暖的柴火对植被的破坏可想而知"。小勇问："你对美国国度有何感想"？"我很留恋那个国度，人口少资源丰富，环境好，自由公平。我今天约你来有个重要的事与你商量，我在美国华盛顿特区附近马里兰州买了一块十五英亩的地，地价五百万美元，已签了合同，两个月后'过户'。我已交了十万美元的押金。但我现在经营的三个地产项目，'荷塘'项目已接近尾声。另一个项目'曦园'项目刚开工尚未拿到预售证。另外就是我们合作的项目，我现在银行账户有资金三千五百多万，可兑换成美元也就三百六十万美元，去银行贷款没抵押物，我想把我们合作的项目转让换成美元"。小勇感到很惊奇的问："唐总你要到美国去搞房地产"？"我想先把地买下来，等我把'曦园'项目完后抽出建设资金再开发"。"唐总我们合作的项目目前销售情况良好，坚持下去吧"？唐总问："项目全面配套完成还要多少时间"？小勇说："最快也要一年"。"我等不了那么长的时间，买地合同限时两个月，资金必须到位，我只有忍痛割尾巴了。你如果资金受限，只有找其它朋友商量"。小勇说："你一贯支持帮助我，你有困难时我不能袖手旁观。我们合作项目目前利润还是可观，我们还是继续合作开发，有福同享，你现在还差多少资金"？"大概还差一千三百多万"。小勇说："我回去商议一下争取凑足借给你，你哪时有资金再还给我"。唐总说："真是患难之交见真情。这样办，就算你贷款给我，按银行同期利息计算"。小勇说："只需一张借条，利息就不用了"。唐总说："你贷款给我已是天大的情义，付利息是我们的行规，当年我借钱给你也是按银行同期利息，我不能乱了行规"。小勇说："好，就这样"。唐总说："谢谢马老板的大力支持"。小勇说："不用谢，我们是兄弟本应该这样"。小勇回家与王静商议，把唐总在美国投资和借款的事给王静详细说明。王静说："这么大一笔钱没有任何抵押担保的情况下借给他，你就不怕风险吗"？"我考虑过这个事？我们现在的合作项目，后期的收益他还应有近一千五百万掌握在我们手里，而且他原来在我有困难时也帮助过我，算还礼吧，而且今后说不定还要依靠他在国外发展呢"。第二天唐总又打电话来约小勇晚上七点钟到老地方茶馆有要事商谈。小勇按时到达茶馆包间，唐总刚坐下看到小勇也到了。说："马老板快来坐"，他们坐下边喝茶边聊了起来，"唐总今后不要叫我马老板，在你面前我不配，你还是叫我小勇弟，我叫你唐大哥行吗"？"这样以兄弟相称更合适"。小勇说："唐大哥，钱准备好了，你把账号给我，我给你转过去"。"真不愧是兄弟，爽快"。"哥的事就是我的事"。唐总说："小勇弟，我昨晚思考了一晚上，今天约你来告诉你，我有一个想法；你贷给我的钱就算着你在美国的投资入股，入股比例按投资金额计算。目前国家公布的外汇牌价，一美元换八点五元人民币，这汇率是国家贸易清算汇率。国家外汇管制特别严。拿到外国签证只能兑换二千美元，我们这样大额兑换美元，只能通过地下钱庄分批兑汇，汇率高出百分之十，再加上汇费百分之五，这样算下来一千三百万人民币汇兑到美国账户只有一百三十万美元，这样算来占五百万总投资的百分之二十六股份。我之所以产生这个想法，是因为我觉得你诚实可靠，又懂工程技术，如果有你在公司既是股东，又可作技术总监，可靠。在那个陌生的世界里，我们共同办公司搞开发，有依靠、又有朋友"。"唐大哥你在这里发展得这么顺利，怎么就想到逃离"？"小勇弟，我们既然是兄弟就说实话吧，表面上看我多么荣耀，风光，其实我内心充满忧虑和压力。别人都把我们这种人当成富翁而眼红，嫉妒，谁都想在我身上榨出点油水来。采用各种利诱，恐吓和要挟的手段，让你防不胜防，措手不及。我们生存在这个社会中，脱离不了社会。接触到社会各个方面，我们也需要依靠，求助，接受管制。但这些行为，社会上总把我们当块肥肉，利用各种手段方式获取利益。我们委屈求全，忍辱负重，为了自身的生存和发展。我们也利用非法手段，获取非法利益。一旦环节中某人问题暴露，牵连进去。难脱干系。还有社会上的团伙采取威胁手段榨取钱财如绑架，生活在这样的夹缝中，很累，很厌倦"。小勇问："难道社会上还有绑架"？"香港

453

那样发达文明的社会都有，当今社会难免。所以我想离开，找个安静的环境，找个能糊口的职业，过清静的日子，难道你就没有这种感受吗"？"我没有你那么大的名声，社会影响没你那么大，也许对那些在我身上谋取利益的行为麻木了，不在意。求人办事送点礼品红包也理所当然，更没有去深思后果问题"。"可以理解，你还年青，没经过'三反'，'五反'，'四清运动'，'文化大革命'，对社会发展的复杂性没有体会"。小勇说："今后我确实要对大哥刚才的体会加以认真的思考。关于入股的大问题也要和老婆商议，认真思考，大哥我还想问你一个问题，大笔款子通过地下钱庄汇出安全吗"？"这个问题在我第一笔汇款前也有这样的顾虑，地下钱庄汇款的信息也是朋友介绍的，我在香港开了一个银行账户，钱庄是外汇兑换店，专门为外籍人士到国内旅游或商务，兑换少许人民币的小店。我去汇兑时看到店里只有两个人，店员问清楚兑换数额说，这是一笔大额汇兑，汇率很高九点五比一，另加百分之五汇费。我没有还价的余地，我们谈妥了条件。他叫我把钱打到深圳一个银行账号上，又把我香港银行账号告诉他，然后到店里休息等候查证。我按他的步骤将钱打到他指定的账号后，到他店里喝茶。下午三点钟，用电话查证我香港账户，钱已如数入账。第二天我又到香港银行亲自查证无误，后来几天我陆续向香港账户打进二百万美元"。小勇听了惊奇的问："这店本事真大，管制那么严，他是怎么办到的"？"那我就不知道了"。"香港离美国那么远，又怎么汇过去"？"香港是亚洲金融中心，很多世界性大银行都有分行在香港，资金自由流动。你可以将香港银行存款转到欧美各国银行的账户上"。小勇听得全神贯注。唐总又说："小勇弟你想好了尽快告诉我，我好尽快给美国那边房屋中介公司发出你访美的邀请信，有了邀请信。公安局才办理护照，凭护照才能到香港各银行开立账户'。护照姓名也是美国地产过户文件中具有法律效力的股东，有了这个过户文件是今后到美国大使馆申请商务签证的依据"。小勇说："我在两天内答复你"。小勇回家已是晚上十点过，要深谈投资的事时间不够。第二天一早小勇对王静说："我先到工地去把事情处理一下，下午早点回来，有一件重大的事要商量"。王静惊奇地看着小勇说："有什么重大的事，这么重要和着急"？"一两句也说不清楚，下午再谈"。王静心里一直忐忑不安，下午提早回到家里。小勇把工地上要紧的事处理了后回家，王静泡上两杯茶坐在沙发上等候，小勇喝了几口茶。把唐总建议投资的事，和他为什么到美国投资的心态一字不漏的讲了。小勇说："唐总的心态我也有同样的感受，不过我没有他那样强烈深刻，可能是我没有他那么大的名声"。王静也被唐总的话搅得繁乱不安，在她心里想这几年经历种种困扰，特别是绑架一事，让她有一种压力和危机感，面对来自各方面的应酬，低三下四，迎来送往，甚至人格受辱。自己也曾萌生退出的想法，迫于对事业的执着坚持了下来，也许唐总的建议是一个好的主意。王静说："唐总的建议也许是我们摆脱这个环境的好主意。但是我们对那个国度的经济，人文社会，法制不了解。不懂语言，我们把'家当'都放在那里有没有什么风险"？"这个问题我也没问"，"是不是我们再了解一下情况再作决定"？"没有时间了，明天就得作出决定，我们俩明天上午直接到他办公室询问"。第二天九点钟由保安带着小勇和王静出现在唐总的办公室。唐总看他俩到来，心里猜到七八分，说："小勇弟到那边小屋坐"。他们三人来到小会议室，秘书给他们泡了三杯茶放在桌上，退出了办公室，关上门。小勇说："唐大哥你这么忙，我们来打扰你真不好意思，我们俩都来自乡下，没见过世面，对外面的事不了解，特来请教，到那里投资我们俩都可以去吗"？"这个问题我也不太了解，听中介公司人员讲，如果我们在美国成立公司，有一定经营规模和纳税材料，可以以公司管理人员的身份获得商务签证，如果公司长期经营可以向移民局申请绿卡"。"外籍人士到那里长期搞房地产政策允许吗"？"美国是一个法制国家，开放的国家，那里有很多的移民，欧洲的移民占主体。亚洲日本、韩国、印度都有很多移民在那里从事各种行业。你只要遵守法纪，有经济能力，生存没问题"。王静问："唐总，那里经营房地产收益怎么样"？"我订合同买地时，中介介绍说，美国人房屋拥有率只有百分之六十多，有百分之三四十的人租房住，后续阶梯滚动式的需求还是旺盛的。中介老板是个台湾人，五几年从台湾到美国，他有二十几套房子出租，生意红火"。王静又问："唐总，那里买地开发房地产有什么法规吗"？"我买地时中介特别介绍：只要你买的地是按规划建住宅，设计房型经片区管委会和政府审批，是受法律保障的。哪怕是国家修路要过宅地都要你同意，否则修路只能绕道，私人财产不容侵犯。关于收益，他们经过测算，除去所有成本大概有百分之五到十的收益。如果是自有资金开发修建，收益还高一些，当然不可能暴利。但资产绝对安全，这个问题你放心"。小勇看了王静一眼，王静点了一下头。小勇说："唐大哥我们决定入股投资"。唐总说："那我们真成了一家人"。小勇把身份证给了唐总说："唐大哥麻烦你把我的信息给那边中介公司办理邀请信"。唐总收下身份证，叫秘书拿来转款的银行账号交给了王静，唐总说："等你的款到账后，我和小勇弟一起去深圳转款"。时间一个月很快就过去了，小勇把一千三百万元转到了唐总指定的银行账户。但还没收到美国房屋中介公司给小勇的邀请信。看来一个月后过户的时间要推迟，在电话里唐总给小勇说："现在还没收到你的邀请信，中介公司说早就寄出来了，可能在路上或海关被拖延了。看来过户时间还得往后推迟一个月。我现在就给美国中介公司打电话，把过户时间推迟一个月"。小勇说："美国是个讲信用、按章办事的国度，我们这样做，人家能同意吗"？"当然不能说办护照的问题，只能给中介人员说：这笔交易额巨大，外汇管理审批程序复杂、时间长，不能按时换汇"。"那卖家同意吗"？"这就需要买卖双方中介人员去给卖方做工作"。"双方中介愿意去做工作吗"？"双方中介人员会极力去做工作，这笔交易对双方中介的利益太重大了，百分之六的中介费，是一笔三十万元的中介费，双方各得十五万元，是他们平时两年的工资收入，谁会轻易放弃"。"唐大哥你说得有理，我们什么时间到深圳去汇兑"？"等你收到邀请信，卖方同意推迟一个月过户的承诺后再去，因为如果中间有变化，我们百分之五的汇兑费用就损失了。高出汇率百分之十的汇率差也损失了"。"唐大哥听你的，你想得太周到了"。第二天小勇收到了中介的邀请信。立即到市公安局去办护照，交了一百元加急费，两星期后拿到了护照。接到美国中介公司的回话，经过他们多方沟通和解释，卖方同意推迟一个月过户。现在最要紧的是尽快地汇款。唐总和小勇坐飞机来到深圳。唐总带着小勇来到上次汇兑的地方，门紧锁着，招牌也没有了。在不远处有一个新开的外币兑换店，但不是上次招牌的名称。他们走了进去，唐总一眼就认出来就是上次那两个人。唐总说："小兄弟，你们跳槽了"？那两个人笑了一下，没回答他的问题。笑着说："有事吗？请到后面坐"。一个年龄大一点带他们在后屋坐下。那人说："上几次的汇兑没问额吧"？唐总说："没问题"。"你们还想汇兑吗？

有多大的量"？"我们还没定下来"。那人说："现在管制更加严格了，查得更紧了，我们工作的难度更大了，操作的方式也得改变；采取小额度，多家银行、多户头的办法。这样不会引起他们的注意，分散风险，你们这次准备汇兑多少外币"？"我们先汇兑六十万美元"。"你这额度太大，会引起他们注意，一次不能超过三十万美元"。"你们可以先在一个户头上先汇兑二十七八万美元，然后到香港去查对，顺便到各大银行多开几个户头"。唐总说："你建议我们到哪几家大银行开户"？"在香港有全球性业务的大银行有，花旗，汇丰，富国，高盛，这几家大银行总部都分别设在美国和英国，世界各个大国都有他们的分行，你们可以在这几家银行开立户头。把钱汇兑到香港各银行户头后，可以随便直接转入美国本土户头"。唐总说："汇兑的条款还是原来的"？"老客户就按原协议办"。"那今天先汇兑二十七万美元，明后天我们到香港开立户头"。小勇赶快拿着护照到香港驻广州办事处签证，当天拿到了签证。唐总的签证还在有效期内，第二天小勇和唐总坐车到了香港，到银行查证了账户汇兑额无误。晚上他们到铜锣湾欣赏了灯火辉煌的夜晚海景。第二天他们取出了二万美元，到各银行开户，他们在各银行各开了五个户头。又赶回了深圳。唐总和小勇将人民币一千二百万元分别转账到钱庄多个户头。又等了两天，钱庄拿到申请额度，换成了一百二十万美元。第二天上午钱庄分别向香港三家银行的三个户头分别汇兑了十八万，二十万，二十二万美元。下午又向另外三家银行三个户头分别汇兑了十八，二十二万，二十万，今天共汇兑总额一百二十万美元。下午五点以前电话核对银行账户款项，都如数进账。唐总对那人讲："明天我们还要汇兑一百万美元"。那人说："我们的额度已用完，还要去申请额度，你们明天下午来看一下"。第二天小勇和唐总又赶往香港，到各银行户头确认，经确认无误，又急忙回到深圳。他们来到汇兑店，那人说："目前外贸系统查得紧，额度少，一时半会拿不出来，你们只有等候"。唐总和小勇他们只好又找其它门路，他们来到新开张的五星级饭店，在底层接待厅内有一个零钞外汇兑换店。店内只有一位三十多岁的女服务员，小勇问："大姐，可以兑换外币吗"？"可以兑换五百美元等值的外币，英磅和法郎"。"可以多换点吗"？她踌躇了一下说："只有找我们老板，这里有他的电话号码"，她用字条写了一个电话号码递给小勇。小勇问："你老板不在这里"？"他不在这里办公，具体事情你打电话问他"。小勇用'大哥大'拨通了电话，"喂，你是谁"？"你是外币兑换店的老板吗"？"你有什么事找他"？"我想换点外币，你们门店的服务员说找你"。"你到罗湖区沙洲路五号来商谈"。对方挂断了电话。小勇他们回到旅馆。晚饭后泡杯茶边喝茶边商讨，唐总说："这资金跨境流动太困难了，这汇兑店太神秘了。不敢问经营人员姓名，不敢问操作流程，今天你和他通电话的老板不知道可不可靠"？小勇说："我们可以去和他交谈一下，摸一下底，先不汇兑，等现在交往的店实在没办法，再去找他"。"你这办法好"。唐总说："我们是兄弟，今晚没事谈一下交心的话，你知道我为什么要选择出走吗？本来现在房地产市场还是利润可观，前景兴旺的市场。我是经历过'三反'，'五反'，'四清'，'文化大革命'的人，对历次政治运动深有体会。新中国成立，打倒了地主，资本家，反动派，农民分得了土地。工人阶级成了领导阶级，人人平等。对地主，资本家，反动派深恶痛绝。对地主，资本家，反动派的残渣余孽，遗老遗少咬牙切齿。那时候我也有那种情感。改革开放二十年，现在我们也成了资本家，贫富差距扩大。我公司员工，口口声声老总老总的喊，但眼神里流露出各种复杂的目光，内心里充满了隔阂，社会分化，不知今后是不是再来一次均贫富的革命？我们将成为五六十年代自己印象中悲惨命运的资本家，又将如何面对"？小勇说："近来我也有跟以前不一样感觉，当年我当学徒时，和师兄弟大家吃住在一起，流汗在一起，称兄道弟，无比的真诚亲切。我当初刚当包工头时，为了改善生活，采取买批发菜的方式节省工人伙食费，师兄弟感激不尽。现在我不但买批发蔬菜食品，还承担了炊事员的工资，水电费，工人吃到的是蔬菜食品的批发价，没有任何附加工成本，但他们觉得理所当然。没有了师兄师弟的亲切称呼，口口声声老板，语气已经变得勉强生硬，中间好像有一道墙，也许我人生经历太浅，没有更深入的想法"。唐总说："我经过反复思考和多方了解，最后决定离开这个环境，做一些准备工作"。小勇说："我毕竟出生在这块土地上，是我的故土，到一个完全陌生的世界需要很大的勇气和决心"。他们又聊了一些其它事情后睡觉，进入了梦乡。第二天他们九点钟到了兑汇店，那人说："先生，我们还没申请到'额度'王在积极想办法，你们再等两天"。唐总说："谢谢你们"。他们离开兑汇店，小勇给另一个老板打电话，"喂，你是昨天来电话要汇兑的人吗"？"是"。"你到罗湖路沙洲街五号我等你"。小勇他们'打的'到了那里看到五号门牌，双扇门开着，挂着门牌，门牌上写着'忠信珠宝店'。小勇他们迟疑了，怎么是珠宝店？但他们还是走了进去。几个玻璃柜里摆放着各种陶器，珍珠，项琏。手饰。一个四十多的男子坐在柜台后高凳上，看到他们走了进来，那人问："你们是刚才打电话的人吗"？小勇说："是"。"请后面坐"，他们来到后屋沙发坐下。那人给他们一人泡了一杯茶放在面前，唐总说："我们不渴"。小勇他们目光四处张望，那人看出了他们的心思。解释说："两位先生，你是怀疑汇兑店怎么变成了珠宝店？你们知道国家对外汇管制特别严格，像我们这样大笔外汇流出是不允许的，犯法的。这也是你们没办法才找到我们，我们干这事也得隐蔽。但我们必须信用诚实办事，万一出事那就是导火索，我们双方必须做到万无一失。收费标准和汇率你们可能已了解，我不多讲。初次交往有疑虑可以理解，为了消除你们的疑虑；你们可以先把额度告诉我，我电话通知香港上家约定时间，他在香港银行等我们。你的款最好是汇丰户头，你把款子打到我这边汇丰户头，我通知那边将款打进你香港户头。半个小时后你们可以电话查询你香港户头存款"。唐总说："我们各汇兑十万美元，现在就可以办吗"？那人说："我先打电话约上家。你们等一会儿"。那人打电话一口的粤语，听不懂，他放下电话说："我们走"。他们三人'打的'到汇丰银行。小勇他们各打一百万到他指定的账户。小勇他们把香港汇丰银行的账号告诉了他。那人打电话告诉香港上家，还是一口的粤语。他放下电话，他们坐在一起等候。唐总问："老兄你目前的业务好吗"？"业务是很好，货源难进"。"你的存货还多吗"？"眼前存货还充足，要是碰上一个大客户，一笔生意货就没了"。他们的谈话的含意只有他们三人心知肚明。旁人还以为是谈物资交易的事。唐总还想问他姓名，想了一下还是不问的好，他们交流一下深圳发展方面的事，半个小时后，唐总用'大哥大'拨通香港银行客户电话查询账户数额，汇款已进账。唐总想了一下为了安全，借故对那人说："谢谢你，我的朋友可能还要来找你，你有多少额度"？"三五百万没问题"。"你能告诉我香港上家门市地址和电话吗"？"我朋友现在在香港"。"如果能和你上家一起去银行当面过

457

户，又快又省事，多好＂。＂现在我不能告诉你，你的朋友来谈业务时再商量＂。小勇他们回到旅馆。唐总说：＂我们为了更好更安全的完成任务，明天我们分头办事。你到香港去和他的上家一起去银行转账，我在这边和那人一起去银行转账，这样既安全又快，办完后，我赶来香港处理户头账务＂。小勇说：＂你这办法好，趁现在还没下班，我到'移动'电信去办理香港国际漫游电话＂。晚上唐总把香港户头的所有存折交给小勇，小勇把深圳存折交唐总，唐总说：＂我把每个存折的密码告诉你，一本一本的密码要记牢，不要混淆，密码本上密码和存折号不能对应。记录的存折号只能自编一个暗号，以免存折和密码本丢失，而被解密，存折和密码本不能放在一处＂。小勇都一一照办，小勇也把密码告诉了唐总，唐总也按保密的办法记录了密码。小勇第二天来到香港。和上家在电话上取得了联系，约定第二天十点钟到花旗银行相会。第二天小勇九点钟就到了银行，小勇不认识那人。站在大门旁给他打电话，一个身穿黑色便装四十多岁的男子正在他旁边接电话。电话内容正是他的问话，那人也听出了小勇的电话内容。两人放下电话互相握了一下手，示意地走出大门。那人说：＂你就是收汇的人吗＂？＂是＂，＂一会儿我们到了前台你把存折给我。你站在我身后看我办理，服务员问话你千万不要做声，以防露馅，装作旁人＂。他们走进大厅取号等候。那人在包里拿出二份转款单分别填上小勇和唐总的存折账号。一会儿显示牌显示五十六号在三号窗口办理。他们一前一后走向窗口，服务员接过转账单和存折，看了好一会儿问：＂你们贸易公司怎么把货款转入私人账户＂？上家那人说：＂我们进货公司是美国两个华人公司，这存折是两位老总在你们香港银行开的户，因为这是他们的商业行为，我们公司无权过问＂。服务员觉得他回答在理，办理了相关转账手续。所转美元数额打在小勇和唐总的折子上。小勇觉得这样汇兑又快捷，心里又踏实。他们走出银行小勇说：＂谢谢你先生＂。那人说：＂兄弟有需要帮助请打我的电话＂。小勇和那人告别后。立即向唐总去了电话，告诉了转款情况，回到旅馆，他们在电话里商量，第二天再约他们分别到香港汇丰银行和富国银行各汇兑三十万美元。第二天一早唐总电话找到那人商量好，今天到两家银行转款的额度。今天在深训和香港转款都很顺利。第三天他们又分别到香港高盛和雷曼银行把未汇兑的余额三十万美元分别在两家银行转到了唐总和小勇的户头上。唐总在第二天又赶到香港，为了资金安全，用三天时间把几个银行账户上的款归纳到汇丰，花旗和富国银行账号上，重新设置密码。终于完成了汇兑任务。到地产过户前十天唐总赶到美国，房产中介人员带着唐总到过户公司，把过户相关证件资料交给律师拟好过户法律文件。文件是英文版正规文件，拟好后翻释成中英文本交给唐总过目，相关内容太多，他仔细看了地产面积，用途，权利年限，年限是永久的。前提是按时交纳政府房地产税。按规划和政府审批的项目实施用途，不得违规，否则被拍卖、交税或违规拆除。另外仔细看了共有产权人所占产权的比例。其中还有重要的一条就是，为保护买卖双方交易过程中的合法权益，买方应在过户前将双方议定的全额地产款打入过户公司账户。签署过户文件后，产权交易生效。过户公司将地产全款转入卖方账户，交易结束。唐总有很多条文和述语不理解，唐总通过翻释问律师：＂这法律文本是规范的吗＂？律师说：＂除了应你的要求和你提供的相关资料，买卖双方交易约定条款外，其余条款都是依照相关法律由政府制定的规范文本＂。唐总放心的签了字。小勇在香港银行，把过户费在内的五百一十万美元转入美国过户公司账户。二十天后唐总从美国回来，带回地产过户中英文文本。小勇得到了中英文文本复印件，文件中小勇拥有公司地产百分之二十六的股份。重大资产购置完成。

户。二十天后唐总从美国回来，带回地产过户中英文文本。小勇得到了中英文文本复印件，文件中小勇拥有公司地产百分之二十六的股份。重大资产购置完成。

第三十二章

32-1 年报

　　这种全新式的欧式连排别墅，现场的施工已进入项目后期，施工管理和施工技术已进入成熟有序阶段。这方面小勇的工作压力减轻了不少。现在牵扯小勇精力的是企业的运作，发展和经营谋略。眼看一年又要过去了，他开始思考下一年企业的运作。他通知王静今天晚上早点回家，有要事相商。为了节省时间，他们在餐馆吃了晚饭，回到家泡了两杯茶，坐在客厅的沙发上又开始讨论，小勇问："现在流动资金还有多少"？"汇兑用了一千三百万，剩下五百万左右，最近卖了三套房进账近二百万，在建工程用去六十多万，现在帐面流动资金还有六百多万"。小勇说："现在是十月初，很快到年底，年终财务结算的票据和资料，根据年度成本应作好前期的准备工作"。王静说："现有的流动资金作为建筑资金没问题。我担心的是开年后，要交齐一年的营业税和所得税后，这些资金会所剩无几。根据目前我们两个企业运营来看，建筑公司由于我们管理费用低，建筑成本相对较低，利润相对较高，所得税也就多。房地产这块，由于地价是个定数，前期工程以将地价全额摊入成本。后期无土地成本，只有建筑成本和各种收费，利润可能达到百分之四十。卖房营业额六十多套房子近四千万，利润有一千六百万左右，按所得税百分之三十算，今年光所得税就得交纳五百多万。两家各分摊，我们占六股分摊三百万，还有土地使用税，营业税再加各种收费，房产公司名下就得交税三百多万。还有房建公司名下的营业税，预计今年到年底验工工程款有一千二百万。利润有近百万，营业税和所得税近八十万，前两季度交了三十万，年清算还得交五十万，两个公司名下合计要交税约三百五十万元。要是这样我们明年初就没有多少流动资金了，我们得想法减少税负"。小勇问："你有什么好办法"？王静说："最有效办法就是减少年内账面售房的房产过户数量。房子没过户说明房子没有售出，意味着是成本，一套房子六七十万，抵消一千六百万利润中的部分所得税计算基数，相当于十多套房子的利润金额。因为所有建造成本，土地成本，都在房子里，没有销售，没有收入，就没有纳税基数。如果我们有十套房子在年内没过户，我们省下六七百万所得税的纳税基数，少交所得税和房产税费二百多万。税务所查税根据是房产局的过户资料"。小勇说："那样只是拖延了纳税时间"。王静说："你讲得对，但你没流动资金时，比逼得你到银行贷款、甚至高利贷要好"。"那你有什么办法"？"我这里还有三份销售合同待审，我们把合同上的交房时间和过户时间都推到明年一月。借故给买主说，现在房屋还没通水，电，气。水，气要十二月底才能通。为了交房能进房装修，交房定为一月份"。"买家不同意怎么办"？"这不是我们的原因"。"他要是悔约怎么办"？"根据目前房市来看，房价还在往上涨，悔约的可能性很小"。"买家要是拖着不付房款怎么办"？"目前我们还有流动资金。我们还可以威胁他，至少得交五万元的定金，不然合同无效"。"你这想法可以试行"。王静说："我们给售房部把这办法给他们讲清楚，从现在到年底售房都实行这办法"。小勇说："关于建筑公司的成本问题，还是按老办法，增大管理成本和运输费用，建材用量不增加。叫马燕回乡去开点运输发票，另外现在允许企业一定的业务招待费；到我们经常招待客人的饭店开点分时间段的发票，我这次到香港深圳的飞机票，汽车票，宾馆发票我都留着。你填张出差单，事由是参观学习建筑技术，还计算上差旅费。今后我们汽车的折旧费，修理费，油费都要入账，进入管理成本科目"。王静说："我还得查相关规定的折旧率"。"辛苦点，你得抓紧办，很快就要过年了"。

32-2 安抚

  小勇心里想企业的两个重要环节；一个是管钱物的环节，有王静和妹掌管，都是一家人我放心。另一个是生产环节，主管技术的任工有很长一段时间没有交谈了，不知道他目前的心理状态。他的工作很重要，我必须稳定他的心态。第二天他到技术室没有见到任工。到工地上看到任工正在拿着图纸作技术交底，没打扰他。下午再到技术室看到任工正在作技术施工资料。看到小勇进来说："马老板请坐"。小勇在沙发上坐下说："任工，近段时间我的事多，对你的工作关心不够，我想今天我们俩找个清静点地方交谈一下，你有时间吗"？"房型就那么两三种，施工技术已经熟悉了，效率提高了，工作没那么紧张，抽点时间没问题"。"你收拾一下我们现在就去"。小勇把任工拉到宾江大饭店的包间。包间装饰豪华，墙上挂着一幅山水画，窗外就是渝江，江水奔流，船只穿梭，也是一幅美丽的山水画。如此高规格地招待任工从来没有过，心里特别激动。他们坐下，小勇对服务员说："小姐，我们先休息会，喝点茶"。"喝什么茶"？"泡两杯最好的茶"。一会儿小姐端来两杯茶说："这是我们宾馆最好的茶'黄山茅尖'你们慢用"，她放下水瓶退出了包间，关上了门。任工揭开茶杯盖，一股特殊的清香味扑鼻而来。任工说："马老板你这样高规格招待我，我何以报答"。"任工你不要叫我马老板，就叫我马小勇"。"不行，你虽然比我年青，你就是我心目中体贴员工，关心员工，爱护员工的好老板"。小勇说："近段时间我的事情多，多亏你操劳，任劳任怨，把施工组织得有条不紊"。"马老板，这是我一贯的工作态度，我这人不善言语，不懂人情事故。只知道把自己本职工作干好，严守职责，这就是我作人的原则"。"你这原则是一个职业者的典范，我有你这样的职业者我非常满意和高兴"。"只有你这样的企业老板才欣赏我这种人。我在原国企里，我这样性格的人得不到领导重视。国企管理层里出不了脚踏实地的人，领导欣赏的人是：只要你有一定的技术知识，文凭，会察眼观色，鞍前马后，迎合领导意图，说顺耳的话，领导就会欣赏你，重用你。所以企业得不到发展。一遇经济大环境不好，企业经营困难，我这样的人就下岗了"。小勇问："你在我这样私人的小企里你适应吗"？"我非常满意我目前的工作环境和待遇。我的工资比国企里还高一点，我最感谢你给我买了养老保险和医疗保险，我这把年龄的人最重要的就是'两险'，老了有所依靠，别无它求"。"任工你常在工地上听到和看到工人对我有什么意见吗"？"虽然我天天到工地上，但深入的接触了解的并不多。他们对你评价的语言很少听到。我初到你这里时，工人在相互的交谈中谈到你的身世，那表情像亲兄弟一样。很多工人都是你的老乡，师傅，师兄，师弟，那时你刚进入房产开发。资金紧张，借高利贷，放债老板派人跟踪你，师兄弟还为你的安全而担心。在资金那么紧张的情况下，你还资助他们的伙食，让他们吃好，他们感激万分，干活非常出力。自从你买车，穿整齐的服装开着车到处跑，很少到工地后，他们在谈论你时的表情和从前就不一样了。甚至他们议论说，你有今天，是他们奋斗的结果，对于你对他们伙食的大量补贴也是应该的"。小勇问："他们有人提出想离开吗"？"没听到他们有这样议论。不过从他们的工作态度中看到没有过去那种对工作的主观能动性和积极性"。小勇心想：这是马克思对资本主义核心思想的定论。小勇说："任工，你学过政治经济学，你说像我现在给他们创造了就业机会，避免他们失业，生活有了保障，是我养活了他们，还是他们养活了我"。任工思索了一下，喝了一口酒说："你这问题是世界千百年来，社会演变中各种不同观点争论的焦点。最具体的体现是西方社会的争论，西方社会是一个公平竞争的社会。穷人的言论是，资本家剥削了他们。资本家说，社会是公平的，你也可以创业办工厂，经商，办企业、赚钱当资本家。这样的争论延续几千年，有谁能改变这个规律？十月革命好像改变这个规律。由于这个制度漠视了人性的特点，埋没了人性各自充分的发挥，社会创造物质贫乏，几十年后导致了解体。这些工人他们来自山村，文化水平低，视野狭窄，只有小圈子的自我，不可能对这些哲理的理解。资本家艰苦卓绝的奋斗，承受各种压力，他们没有那种的体会"。任工停顿了一下又说："让他们在竞争的社会中去体验吧"。小勇说："任工，你对这哲理的深刻解析，我受益非浅，你对我还有什么建议"？"马老板，我虽然比你年长，但一直从事技术工作，对经营管理工作了解甚少"。"任工，你对今后的房产市场有什么看法"？"我现在住的是我原单位分的七十平米的福利房，我付了单位一万三千元买了，但只拿到产权证，没有土地证，两证合一才能办理商品房房产证，才能上市交易。我现在没财力换新房，永久居住就行了，不关心这方面的事。关于商品房房市，目前的房价还是有点高，一般老百姓是买不起的。对渴望改善居住条件的人还是很多，潜在的购买力还是很大的。主要是看经济发展怎么样，老百姓包里有钱了，自然首选是买房"。服务员把点的菜端上桌，小勇要了两杯茅台酒，包间里顿时充满了浓厚的酱香酒味。任工说："今天的黄山茅峰茶清香味特别清心，心情顿感爽快，这酱香酒味让人陶醉"。小勇举起酒杯说："任工辛苦了，干杯"。他举杯相碰说："马老板，你这样好酒好菜招待我，我实感无以回报"。小勇说："任工，你已经很尽心尽责了，我很感谢你对公司作出的贡献"。"这是我应该的"。小勇又说："你对原公司就没有一点留恋吗"？任工喝了一口酒说："由于建筑公司多，国营竞争不过民营企业，又由于房建项目有限，竞争激烈。但目前公路，铁路工程项目多，我的原公司被工程公司重组了。我们这些'工民建'专业出生的人去从事土建工程专业，虽然学科有部分理论相通，但是要指导施工技术还得从头学。这是一个原因，另一个原因，国营企业里那种人际关系不适合我这种人，我在那里再怎么努力，由于我不会察眼观色，也不会阿谀奉承，不可能出人头地。由于职位上不去，待遇也上不去，我在你这里，没职位上升的空间，但我的待遇很好。还有一点，我们是同行，你理解我，尊重我，我心情舒畅"。小勇说："任工，你在我这里，有什么想法，有什么要求，不要有什么顾虑，尽管提出来。我当过工人，也是工程师，我会充分理解你，我们是一个船上的人"。任工想探询一下公司今后发展的方向，也是为了自己的工作，说："马老板你的企业发展有什么新规划吗"？"房地产这一块随着政策和市场的变化波动很大，我得谨慎从事。建筑公司的业务虽然没有暴利，有业务还是可以养队伍，养活一家人。我们这种民营企业没有臃肿的机构，没有退休养老的包袱，管理效率高，管理成本低，在行业里还是有竞争力的。只要有资本，有流动资金，生存没问题，我绝不会放弃的"。"马老板我只要有活干，我跟你跟定了"。"谢谢你支持"，他们边喝酒吃菜，酒醉饭饱后，小勇把任工送回了家。王静对地产公司和建筑公司的账务进行了清理，核对，根据税务相关规定进行比对，对差别过大的科目进行相关资料的调整和补充，达到尽量避税的目的，列出了相关短缺票据资料的名称和数额，交给马燕回老家相关部门开具合法的票据，半个月后资料补齐，开始年终财务报表的准备工作。

32-3　出国谋划

　　小勇接到唐总的电话，下午七点老地方有事相商。晚上七点小勇准时到达茶馆包间。服务员已泡好茶，他们坐下边喝茶边商议。唐总说："准备作美国房地产开发的前期工作，找美国的朋友咨询关于买地从事房地产开发的相关政策。他告诉我，前期工作有三件事要作；第一是注册房产开发公司，第二是申报开发的规划申请，第三是设计开发房产的房屋图纸交当地政府审批。第一件事注册公司，注册相关资本，有土地价作为资本没有问题。但是相关股东，法人和管理高层人员需要确定，管理层人员可以由公司委派或聘请当地外国人。工人一律雇用当地人，根据朋友的经验分析，像我们规模的公司，委派人员不得超过五人，你看怎么定"？小勇说："我们都不懂英语，派去怎么工作"？"当然可以招聘当地有职称对口的人员或留学生。但我们是股东，重要岗位还是要我们去承担。你是工程师，王静是会计师，你们考职称也是要考英语，说明你们还是会一些英语基础"。小勇说："我们当时考英语完全是为了考职称，应付考试，也只是背记了一些专业术语和日常用语单词，勉强过关，就那点水平"。"你们只要会一些专业术语，我们接触的人群和业务范围就只有那个圈子。加之你们年青学起来也很快。财务和税务方面的事，我们可以先请有会计职称的当地人挂职指导王静工作，你也可以请有工程师职称的人挂职，在他的指导下你作一些具体工作，同类专业很快就熟悉了。边干边学几年以后就能考证顶岗。施工技术方面，按图施工是建筑商承包公司的事，政府有专业机构检查工程质量，我们只是监督质量问题。几年以后你熟悉了施工，二三年后你们也会学很多英语，我们就自己组建建筑公司，你完全可以按图组织施工。这样就像我们现在的合作项目一样，成一个完整的从修建到销售的集团"。"唐总，你了解情况，这设想很好，就按你的意见办"。"现在组建公司要递送委派人员的身份资料，我的想法是，我们委派五个人，你，王静，我，我老婆，我大儿子；我负责协调工作，你负责施工技术，王静和我大儿子负责财务和房屋销售工作，我老婆负责家务。这样我们就成了一家人，初期可能还要请一个翻释，你看这样行吗"？"这样很好，我们把所有重要的事项都掌握在自己手里，在那个陌生的社会里就放心了"。"但目前我们尽快办理护照，我们俩已经有了，他们三人我还得请美国朋友发邀请信。第二事项，征求了美国朋友的意见；规划修五栋联排别墅，共十五户，套内面积三千一百英尺，其余按每栋占地零点三英亩，套内面积四千英尺的独立别墅，不包括地下室面积。房型和附近房型协调。水，电，气，排水，根据现有条件征求相关供给公司意见。这也是听取了房屋中介公司的建议，按这个规划上报申请。第三个事项，房屋设计图委托设计所，根据目前流行的房型和房间布置设计。设计图交相关部门审核。我委托朋友找相关的律师和专职人员办理，费用根据办理的情况而定"。小勇说："就麻烦唐总操心，所有费用计账进入成本"。"你尽快把王静的身份证给我"。"我明天送过来，谢谢唐总"，"不用谢，今后我们就是一家人"。他们边喝茶边吃糕点，商议结束回家。小勇回到家里给王静讲了商议内容和决议，王静说："没想到我们走到了今天这一步，到那遥远的国度里去生活，我心里激动又担忧"。小勇说："这是我们做梦也没想到，一步步走到了今天。这也是环境所迫，无奈的选择。也许是一个美好未来的开始。但是我们还得过语言关，你看怎么办"？王静说："我们工作这么忙，不可能放下工作去学语言，唯一的办法是买点学英语的书，磁带和字典，有空的时间学一学"。小勇说："也只能这样，目前我们仍要抓紧年终的结算工作"。很快就到过年了，他们今年没有老家可回，决定到北京度年假，年前特别对放假期间作了细致周到的安排，特别给小林买了一部'大哥大'，预交了电话费，给小林说："我们走后如果工地上出现问题由你处理，我们在电话中商议"。小勇给看守工借口说："假期间我们要回家过年"。告知小勇，小林，王静的'大哥大'电话号码，看守工用办公室电话联系。

32-4 北京休假

　　　　放假前三天去火车站买票，去北京节前的火车票已售完，他们只好买了飞机票。他们是第一次坐飞机，心里又激动起来，登机后激动的心情一直到降落北京机场才平静下来。到了北京父母家，已是腊月二十九，明天大年三十。第一次在北京家过年，全家人特别兴奋。两家老人准备了丰盛年夜饭，不是饺子，是家乡的过年饭菜。没有乡下堂屋的君亲师位的牌位，只好在客厅里饭桌上摆满了供奉的酒菜，先由两家老人向前磕头祈祷，后由小勇和王静上前磕头祈祷，再由儿子全全上前祈祷。完后老祖宗过年享受供品，由于不能在屋里烧纸钱，只好在初一到月坛公园烧纸钱。供奉一小时后，他们开始吃年夜饭。在饭桌上他们边喝酒，吃菜，边聊天。小勇爸说："我们刚来时不习惯，在家时上山种地，割草喂牛，割猪草喂猪，脑子里总是想着这些事，把时间安排满满的，紧紧的，很快一天就过去，晚上倒下就睡着了。来这里以后一天的事就是到市场上买点菜，觉得一身酸酸的，犟犟的，觉得有点困，但又睡不沉。后来我们带着全全到公园去转一两个小时，回来看新闻看电视剧，电视里有些话听不懂，字幕的字也有些不认得，看着打打闹闹好玩，渐渐也就习惯了"。王静爸说："教书几十年，总是忙着备课改作业，寒暑假又忙着走亲访友，没有时间和心绪看书，这几个月静下心来看了'史记'，'四书'，中国历史几千年，感慨极多"。小勇妈说："你不要看全全人小，在他身上看到了

464

勇儿。有一天我带他到公园去玩，他捡了很多树枝来搭房子，他搭了又拆，拆了又搭，一直到中午十二点过了，我也饿了，叫他回家，他好像没听到似的不理睬我，直到把房子搭好了，才拉着我匆匆地往家走，到家就端碗大口地吃饭"。王静妈说："我就喜欢他这种专注顽强的性格"。大家把赞许的目光投向了全全。小勇喝了一口酒说："我在这里告诉你们一个重大的决定，你们知道后不能告诉任何人，包括自己的三亲六戚"。小勇把投资到美国去办企业的事讲了。王静爸惊奇的问："是真的吗"？"爸，这种事还能开玩笑，等把设计规划和执照办下来就可以办理商务签证。拿到签证，我和王静就到美国去了，你们在这里好好地生活"。王静爸兴奋地说："你们目前的身价，这个选择非常正确，要是我父母在解放前有这样的选择，就没有后来我们这样的波折。我读'史记'，深有体会，由于文化的传承，几千年的历史反复不可预测，几十年后还不知道这社会会是什么样。以后最好把全全也能带过去，脱离这个环境"。小勇说："爸，我们先过去，了解社会，见机行事"。小勇爸说："你们又到那边去了，我们还是想回老家去住"。小勇说："爸，要是我们到美国去了，那么远，坐飞机要十多个小时，我们如果成了美国公民，回国还要签证，等签证还要几天。有个什么事我们也鞭长莫及，你们觉得孤独可以和妹住在一起，但不能回老家，社会太复杂了"。王静爸说："我们很习惯，这里市面热闹。附近还有公园。我们两家老人今后都在一锅里吃饭，一起去逛公园，有说话的伴，还可以交一些朋友。我唯一不方便就是医疗保险转不过来，但现在在外地大病住院可以按一定的比例报销，这问题就解决了。还有一个问题就是住房锁在那里还要生霉"。王静说："我们那房子是单位分房，现只有产权证，没有土地证，今后有土地证，两证合一，办到房产证就卖掉"。小勇爸说："我那房是祖辈留下的老房子，还有一栋是前几年建的新房，放在那里空着实在可惜。什么证都没有，山区里没人要，卖不了几个钱"。小勇说："就放在那里今后妹去打理处置，你们现在有这样安居的地方，好好地享受一下生活"。小勇妈说："我做梦也没想到有今天这样清闲的生活，我很满足"。王静爸说："我也没想到你们有这样美好的前景，我们老人又在这样好的环境条件下养老，我非常满足高兴"。王静说："只要你们老人满足高兴，我们就可以放心去闯世界了"。他们一家高兴地谈论着，喝着酒、吃着山珍海味，其乐融融，到了十二点还没听到鞭炮声。小勇问："难道北京人除夕夜不放鞭炮吗"？王静妈说："门卫岗庭前广告栏内贴有居委会通告，为了小区安全，小区内禁止燃放鞭炮礼花，有放鞭炮礼花者可到公园里指定地点燃放"。他们一家齐聚在电视机前观看春晚节目到深夜十二点半钟。第二天他们九点多钟才起床，吃过汤圆，全家乘坐公交车到月坛公园。下车到公园门口，排着长队买票，再排着长队进公园。北京的春节气候寒冷在零下十度左右，人们排着队，跺着脚，两手揣进裤包里，一会儿又搓着手，但没有人离开队伍放弃进园烧纸钱，供奉天地神仙，祖宗，感恩，祈祷。小勇一家人也站在队伍里，南方人对寒冷更加难忍，他们时不时在队伍里跳一跳，或离开队伍跑一跑，又回到原位，等了一个小时终于进了园子。他们先到放鞭炮的地方，那里圈了一个砖砌的围墙。排着队，有专人指挥，把鞭炮放进围墙里，在围墙外点'引线'，围墙内燃爆。围墙的四面分别排了四个队，四个点分别燃爆，爆竹声震耳欲聋。放爆竹后，他们又到烧纸钱的地方，那是一个二三米的大缸，纸钱点燃后扔进大缸，把香烛点燃后插在一个沙子大盘里。小勇他们点燃香烛，悄声祈祷："保佑，全家幸福，平安，生意兴隆，身体健康，一切顺利"。祭祀的人很多，人靠着人，手举香烛默默祈祷，不断有人挤进来，不能长时间停留，他们祈祷完后离开了祭祀的地方。又到庙里祭祀了天地，菩萨，在园子转了一圈。他们出了公园已是下午两点多钟，他们在附近的街道上找了家餐馆午餐，餐后小勇说："今天还早，我们到天安门去参观一下"。他们坐公交车来到天安门广场。寒风中不少游人在天安门前照相，广场上也有不少游人在漫步，观看着人民大会堂，历史博物馆，人民英雄纪念碑。小勇他们向南走向毛主席纪念堂，越往南走游人越少，到了纪念堂前，大门开着，看到陆续有人从里面出来，也看到陆续有人进去，显得冷清，比起月坛祭祀场景，真是天远之别，令人感叹。王静爸说："真是令人难以置信，文革结束不到二十年，社会信仰变化如此巨大，几千年的风云变换，淹没和遗忘多少叱咤风云的人物，只有宗教和人脉永久传承，经久不衰"。他们漫步广场一圈。又坐公交车来到紫竹院公园已是下午四点多钟。大门处进入园内的人廖廖无几，有游人从园内出来，园内游人不多。进门不远处望见一湖泊，湖面已经结冰，湖岸边柳枝垂挂，楼亭在阳光下格外醒目，他们漫步在湖边小道。这里是燕国，明，清的都城，朝官贵人的宅地林园，没了昔日主人影相，留下这些雕梁画柱，精美辉煌楼宇庭廊。叹诗一首：荣富娇影风烟散，留下遗迹立眼前，世事风云几千年，纵观天下谁永灿？虽然是冬季，没了春夏的花繁柳绿水草青，但湖光亭影透美景。他们虽然奔波了一天，夕阳西下，不觉困倦，游兴未尽，回到家里晚饭后各自睡觉。第二天他们坐火车到了天津。到了海边，有生以来第一次看到大海，海面结了薄冰，蓝天下海面平静，望不到边的海面在阳光下泛着银辉，恰似银面连结蓝天，在遥远的天际触合在一起，顿感心胸宽阔。黄色的沙滩上游人不多，不畏寒冷的游人漫步在沙滩上。小勇他们漫步海滩上尽情欣赏着大海美景，没有汹涌的海浪和飞翔的海鸥，显得平静，祥和，空旷，悠远。他们虽然身感寒意，但心情热乎。离开了海滩，来到了租界，租界是中华民族的耻辱遗址，但也传播了西方文化。走在街上，西式的建筑风格，大理石的雕塑，圆拱的门枋，雕塑的窗框，洋溢着西方的建筑文化。偶尔也能看到白皮肤的洋人在人群中，但没有昔日的威风。边走边欣赏街景，观察着每栋房屋里动静，但全都大门紧闭，没人出入，可能是保护起来作为古迹，警示后人不忘国耻。他们走完了租界，又到市区各景点玩了二天。离开的那天专门到天津名小吃'狗不理'包子店去品尝。到了店，古木雕刻闪着金光的'狗不理包子'几个大字让人气恼和难堪。王静爸说："这招牌也太让人难堪，你要不吃这包子就是狗，那不是在骂人吗"？小勇说："当时取这名就是哗众取宠这个意思。让人们生气而传闻，达到了扩大影响力的作用，比打宣传广告的影响还大，实在是妙"。他们走进店内，古典装修，墙面上挂着山水画，甚是典雅。小勇他们点了三笼包子，鲜肉味道极好，包子芯里有汤汁，有点像汤包，但价格不菲，每笼二十五元。在天津玩了二天回到北京。回到北京后，小勇心里挂着一件事，以后去美国的签证，打算先到大使馆去看看，他决定借这次到北京的机会到美国驻北京大使馆去看一下。他们从地图上找到了大使馆的位置在北京东三环朝阳区。他们全家人坐公交车来到使馆区，下车步行寻找大使馆，一路上看到英国大使馆，德国大使馆，法国大使馆，最后他们终于找到了美国大使馆。大使馆房顶飘着美国国旗，周围有铁栅栏。栏内穿黑警服戴着美国警察领章的警察在站岗。栏外十米有中国警察在巡逻，显得格外森严，每辆车进入都要进行检查。

王静爸说："根据国际法大使馆内属该国领土，那栅栏就是国界，栅栏内是美国领土。外国人要进入经大使馆同意方能进入"。他们只能远远地看了一下，感觉特别威严。小勇夫妻俩在北京六天很快就过去了，在这六天时间里，参观北京的名胜古迹，增添了不少的历史人文见识。

第三十三章

33-1 按揭贷款

　　小勇和王静正月初九坐火车回到渝州市。工人们年假还没回来。他们第一个要去的地方，也是他们最关心的地方，就是房屋销售处。小勇开车到销售处，看到两个销售人员正在和客户交谈，看到小勇进来说："马老板你们坐一会儿，我们正有事向你汇报"。"你忙吧，我们到现场去看一下"。他们走出了办公室，来到已交付房屋的小区里，部分交付的房屋已经住人，门框上贴着大幅红对联。漂亮的窗帘在玻璃窗里显得格外华丽，错落有致的房型，欧式风味十足。虽然是初春，但绿化花卉都是耐寒植物，小区走道的绿化带像花园，各种花木翠绿含苞待放，非常整齐漂亮，扬溢着园艺风味。小勇感到非常高兴，他想今后叫售房员带着看房客户先往小区绕一圈，看看这花园和房子互相映衬，提高他们的兴趣。他们来到施工工地，工地静悄悄的，各种建材堆放整齐，看守工老张看到小勇说："马老板过年快乐"。小勇说："张叔辛苦了，你的家人来了吗"？"在屋里看电视"。"过年愉快吗"？"一家人在工地上过年，别样的风味，很愉快"。"工地上这期间没事吧"？"没事"。"辛苦了，谢谢你们"。小勇回到售房处，售房员小李说："小蔡带着房客看房去了，马老板这几天看房的人很多，都是一家人一家人来看房，看房后他们都很满意。这里签下了十份合同，只有三家交了定金，其余都是意向性的。他们说房型和小区绿化环境都很满意，就是一时拿不出那么多钱，想和老板商议一下，到银行贷款的事。我们作不了主"。小勇思索了一下说："他们要贷款的比例是多少"？"他们说要七到八成的比例"。"这么大的比例到银行贷款，我心中也没数，我到银行去咨询一下再说"。"我等老板的决定，我再通知客户"。小勇说："小李，今后你们带房客看房，先带他们到已交房的小区绕一圈，那是幅现实的活广告"。小李说："我们一定照办"。小勇他们回到办公室商议，决定明天去银行商谈。第二天小勇和王静到了工商银行支行王主任办公室。王静如实地告诉了贷款的真实情况，王主任说："贷款比例不能超过百分之七十，还要明确贷款人，贷款人必须要有抵押物，抵押物如果是交易的房产，现在房产在你手里，是你帮买主贷款？还是买主自己贷款？买主没有房产证贷不了款。这里有两种方案供选择；一种是你把房产抵押给银行贷款，当然贷款人是你，今后所发生经济和法律责任都由你承担，银行和买房人没任何关系，所有事项都是你和买房人之间协商的事。假如今后房价跌破百分之七十，买房人损失过大悔约成拍卖房，所有经济损失都由你承担。第二种方式就是，买房人自己贷款，抵押物必须是他自己名下的资产，这是你们买卖双方协商的事，与我们银行无关。另一种方案，买卖双方协商，卖房方和买房方签好买卖房产合同，将房产过户到买方名下，另和银行签协议，'买方同意将名下房产抵押给银行贷款作房款全额转入卖房方账户，将协议和房产交与银行作抵押物和证据'。当然在这过程中银行只是起了转款的作用，不承担任何经济和法律责任。这过程要通过我们银行专门部门对房产进行估价评估，贷款额度不得超过评估价的百分之七十"。王静说："王主任你这建议很好，回去后与客户协

商，谢谢王主任＂。＂不用谢，你是我们多年的客户老朋友＂。王静回来后草
拟一个协议，房屋贷款协议，协议内容如下：甲方为卖房方，乙方为购房方，
乙方购买甲方一套房，议定房价为x元。乙方首付给甲方房款x元，余下房款x
元，甲方以该套房产作抵押，到工商银行支行贷款x元，全额全权委托支行以
贷款为房款，代付给甲方账户作为乙方支付甲方房款，房产过户由甲方全权办
理，房产证所属房产交与银行作抵押，乙方未付清银行贷款前，由银行保管房
产证，拥有该房产权，双方在履行协议过程中，遵守国家相关法规，甲乙双方
一方有违约行为，由违约方承担导致的责任后果。以上条款共同议定，共同遵
守。甲方（卖房方）代表乙方（买房方）代表　年月日。　小勇看后说：＂协议
言简意赅，权责清晰，很好，作为文本，打印后多复印一些备用＂。

33-2 人性沟通

　　节后开工，小勇到工地巡视，碰到小林，小勇问：＂弟，节后上班到
了多少工人＂？＂哥，所有工人基本都来了，极个别的人带信来说家中有事晚
几天来＂。＂你这几天多注意一下新来的工人，给他们多讲一些技术知识和安
全常识，叫班长也对他们多一些关照＂。＂哥，我照办＂。小勇思考自己和工
人接触交流少了，对他们目前的思想不了解，想找个机会了解一下，过去深交
的各位师傅，泥工陈班长，木工李班长，钢筋班蒲班长和混凝土班张班长，趁
过年后请几位老工友聚会一下，了解一下他们的思想。一天晚上小勇邀来几位
师傅在餐馆坐下，点了他们爱吃的回锅肉，脆皮鱼，麻婆豆腐，香肠，腊肉和
三鲜汤，五粮液酒，没有菜蔬。干活的人都认为肉食品是最高档的。小勇特别
点了他们从未喝过五粮液这样高挡的酒。服务员给他们斟满了酒放在各自的面
前。小勇首先举起酒杯说：＂各位师傅，徒弟给你们拜年了，这些年来杂事
多，疏远了各位师傅，请师傅们谅解＂。一起碰杯后各自喝了一口，师傅们一
起举杯说：＂感谢马老板这几年关照师傅们，有活干，吃得好＂。师傅们一饮
而下。小勇给各位又一一斟满了酒说：＂你们这些年有什么感想吗＂？＂马老
板十多年前你刚出来打工，穿一身破旧衣服，寒冬腊月干活不带手套，脚穿着
草鞋，手足冻裂了口，渗着血，但你从不叫苦，若无其事的样子，你的好学和
吃苦的精神令我们佩服，没有想到十多年后你成了我们的大老板，真不简
单＂。＂感谢大家十多年来对我的教导和支持＂。他们一起干杯，小勇又给他
们斟满酒说：＂各位师傅，我之所以对那时的艰辛能忍耐自如，是因为我的家
庭背景和我人生经历。你们长年和师兄弟在一起，大家对我这个徒弟，师兄弟
们有什么想法和意见？请不要见外，毫无保留的讲出来，便于我改正＂。陈班
长说：＂意见是没有，毕竟我们和其它施工队相比工资还高一点，吃得还好一
点，大多数人心满意足。当然有极个别人看到你目前有车有房，光鲜亮丽，产
生一些嫉妒心理。这些极个别人，他们鸡肚心眼，见识少，目光狭窄短浅，没
什么见识。这些人谈起几十万、几百万的债务，心惊动魄、全身发抖，凭这点
秉性，能有什么作为＂？小勇说：＂陈班长对社会观察得深入细致。我跟你们
学艺时，整天只想到学手艺，晚上看点书，只想多学点知识，困了倒下就睡着
了，没有精神负担和压力。可我从事创业以来，你们都看到了，一步一步地被

各种因素套牢，无法脱身，没有退路，企业就是一只老虎，外貌威风，用骑虎难下来形容，千真万确。骑在虎背上担惊受怕，下虎背又要被老虎吃掉。我能拖欠工人的工资吗？那是一家人的活命钱，我不能拖；建材老板的料款动辄上万，人家狠心的债主，找社会闲杂人员来讨债，能拖吗？威胁人身安全，我能怎么办？！能甩手不干跑路吗？家人跑得了吗？唯一的办法，借高利贷，整天在债主暴力威胁下度日，那是什么样的日子！你们知道我的家人受不了压力，妻离子散"。小勇说到这里，眼里闪着泪花。陈班长看到他如此激动，赶快安慰地说："马老板你终于过来了，你为我们师傅，师兄弟的饭碗操劳承压受惊，给我们高的工资，吃得好，我们感谢你，我们永远跟着你。我会给师兄弟讲，我们有今天全靠你，来之不易，不要忘记你的恩典"。小勇喝了一口酒说："感谢师傅师兄弟的理解，我会尽全力为了大家的生计而努力。这些年来你们跟着我，流了不少的汗，吃了不少的苦，我感谢你们，今后你们有什么要求和意见尽管的提出来"。"我们非常高兴满意，你不但给了我们高的工资，吃得也好，还给我们老工人买了养老保险，我们老有所依，心就放下了。我们希望在你这里长久地干下去"。小勇说："师傅们放心，我不会抛弃这个职业，市场不好的时候，不赚钱，只要和大家在一起，我就满足了"。小勇动之以情的演讲，深深地打动了师傅们的心，他们边喝酒边聊天。聊到一起干活的话题，聊到老家乡下农村的往事，当今的社会，他们酒醉饭饱后，小勇把他们送回了工棚。小勇这次宴请了解工人的思想，有了稳定的职工队伍，省了不少的心，虽然给职工多一点工资和伙食补贴还是值得，这点多出的费用在工程成本里是一个很小的数字。

33-3　土地竞标

　　　节后开工了，小勇走在工地上，各种工程机械的噪音感到有些不适应了。近几年到工地的时间少了，生活工作发生了改变，接触社会多了，社会的各阶层，面对社会各种现象习以为常。过去那种乡村纯朴单纯的思想已经改变，特别是近几年，随着视野开阔，思考的问题更加复杂深远，思考着未来陌生的世界，幻想着一个美好的未来，一个纷繁复杂、令人难安的未来，一个捉摸不定、难以预测的未来。（大哥大）响了，"喂，唐总呀"，是我，马老板你知道吗，明天上午在区政府会议厅有一个拍卖会，拍卖中学旁边原划规为公用地块的五十亩地，你去吗"？"这消息太突然了，我还没有思想准备"。"去吧，凑个热闹，明上午十点钟"。"行，明天上午十点钟"。小勇赶快回到办公室把这事告诉王静，王静说："这事你千万要慎重，目前我们美国的地块不知什么时候开工。我们不可能分身，另外我们目前的项目最快也要年底才能完工，还不知道今后房屋销售的市场情况怎样变化"。小勇说："我只是凑热闹"。第二天上午九点半到了会场，会场里坐了一些与会人士。服务小姐走过来递给小勇一份招标说明书，书里对项目的位置，规划用途容积率作了详细说明。用途为商业房用地；商业房屋的类别，商业用途没有说明。由于小勇对这项目不感兴趣，也不熟悉商业房屋地产，对说明书没有细看，也没细想。一会儿唐总进来了，小勇走过去和唐总坐在一起，唐总把说明书大致地看了一遍。

会议厅里来了约三十来人。小勇的座位旁有人在悄声细语地说："那块地的位置不太好，离市中心太远，没有商业氛围"，"我也那么看，独立的一个市场，形不成商业'气候'。又有人说：周围居住的人有限，没有足够的消费人群"。一会儿宣布拍卖会开始，拍卖师宣读了拍卖的相关事项和规则最后说："各位先生，欢迎你们今天参加会议，有部分先生还没有登记和领证，你们具有竞拍资格的先生请尽快登记和领证，我们将进入拍卖程序"。拍卖师随后退出会场，十分钟后，拍卖师，产权持有人和律师陆续进入会场。拍卖人宣布拍卖开始。拍卖人对拍卖项目用途和地址作了说明，拍卖师说："拍卖开始，二百五十万"，没人举牌，"二百五十万"，还是没人举牌，"二百五十万"，仍没人举牌，停了一会儿，"二百三十万"，没人举牌，"二百三十万"，没人举牌，"二百三十万"，仍没人举，等了一会儿，"二百一十万"，没人举牌，"二百一十万"，没人举牌，"二百一十万"，仍没人举牌。等了一会儿，拍卖师宣布拍卖结束。与会人缓缓地走出会场。唐总和小勇随着人群走出会场。唐总说："今天时间还早我们找个地方喝茶"。小勇说："在南山风景区新开了一个崖边茶馆，那里可以观市区全景，我们到那里去"。唐总说："我也听说了，还从没去过，今天我们到那里去清闲一下"。他们开车来到茶馆包间，打开窗户下面是悬崖，外有两米高的铁栏栅，远望市区的高楼和路道隐约可见，远望渝江像溪水，他们坐下，边喝茶边聊天，欣赏着美景。唐总说："今天那块地流拍了，你觉得那块地有商业价值吗"？小勇说："我对商业房屋地产一点都不懂"。唐总说："今天流拍，对买方可能是件好事，眼目前看不出有什么商业价值，从发展眼光看还是有潜在的商业价值，商业价值有多大，要经过对周围人文环境进行考察分析后就知道了"。小勇问："你打算竞拍吗"？我目前开发项目正在修建中，占用的资金量大、时间长，没有财力去开发"。"唐总，我们美国那个项目还要等多长时间才能开工"？"听朋友讲，根据以往的惯例，政府批规划得二三年，房屋设计和审查图纸批准还得一年多，总共还得三四年时间。小勇心想我目前项目完后还得等二至三年干什么呢"？"唐总你说人文环境和商业价值有关联吗？调查做些什么事"？"人文环境就是居住的人群，层次，人口数量，消费习惯。商业调查就是根据人群的消费习惯，所需要的物资和服务消费数额，再根据消费数额，参照和各行业的营业额确定行业规模，最后估算出商业基础设施规模，作为经营商业地产是必须做的功课"。"唐总你真是知识渊博，我的好老师"。"你如果有时间可以作一些调查，分析研究从中获得一些社会知识"。"唐总，你对我目前有什么好的建议吗"？"就看你目前工作日程的松紧程度，如果时间允许你可以到英语培训班去学习英语，对今后工作有好处。另一个事就是加快我们合作项目的施工进度，趁目前房市好，尽快地销售"。"我们合作的项目今年内完成没问题，以后到美国还有一段时间，这段时间我干点什么事"？"你可以经营你的建筑公司"。小勇说："建筑公司肯定是要经营的，但我还想开发一小块房产，你看时间还允许吗"？"如果你要搞开发时间是紧了点，如果项目未开发完，美国那边又必须去，可以委托人干，一年半载回来看一下"。小勇说："这只是我的想法，目前还没有这样的地块出让"。"地方政府屯集的地块是有，看到房市火爆，囤积涨价"。他们边喝茶边聊天，在茶馆里吃了糕点作午餐。下午他们各自开车回家。小勇晚上和王静在床头谈起了今天的拍卖会，小勇说："这地块的起拍价并不高，附近的住宅商品房地块已到了六七万元一亩。听与会人议论主要是规划为商业用地，大家都觉得那里商业氛围不足，较为偏远，所以流拍了＂。王静说：＂更改规划不就行了吗＂？＂不是那么容易，要规划局同意＂。＂规划局和政府不是一家吗＂？＂规划也要有规则，生活居住片内居民也有生活需求，为了生活方便也要有满足居民生活服务的设施，规划局也不能不考虑这个功能的设施规划＂。小勇说：＂唐总提醒了我，做一个片区内社会调查，研究分析一下这块地的商业价值，如果有商业价值，在今后的拍卖中如果地价低，我想出手拿下＂。王静说：＂社会调查分析很有必要，但一定要慎重，你打算从那几个方面入手＂？＂先调查周围片区的居住的各类人群人数，从他们的基本消费需求入手，估算出他们各种消费额，再调查各种商业机构的营业额，计算出商业机构规模，所需经商场地＂。＂你这调查的程序和事项是可行的＂。＂我打算从生活的必须品，蔬菜，食品，日用品，服务业，餐饮业，走访。如果你有熟人，亲戚朋友从事这些行业或打工的人给我介绍一下＂。王静思考了一下说：＂我有一个邻居在市里开了一个日杂店，我到银行办事经常路过，常打招呼问候，另外我母亲有个远房妹在市场卖菜，但不知道在市里哪个菜市场，只有打电话问母亲，她知道＂。小勇说：＂这两个人你联系下，找个时间聚会一下，你约定时间通知我＂。一天小勇，王静和她表妹素群在餐馆里边吃饭边聊天，小勇说：＂表妹，我想修一个农贸市场卖菜，我想你帮我个忙告诉一下这方面的情况，你经营菜摊多少年了＂？表妹说：＂我刚出来时是在菜摊帮人守摊打工，一年以后自己租了一个菜摊＂。＂一个菜摊月租金一百五十元＂。＂占地面积有多大＂，＂大概有三平方米＂。＂你一个月能有多少毛利＂？＂包括工资在内大概有七八百元＂。＂你们菜场里有多少个菜摊＂？＂菜场内有三个鱼摊，二十五菜摊，还有五个肉摊＂。＂一天有多少人来买菜，一个人能买多少钱的菜＂？＂菜场里买菜的人多少没定数，一般大概有一千多人，每人大概要买六七元的蔬菜，菜场里加上鱼摊，肉摊营业额大概近万元＂。＂毛利率有百分之三十吗＂？＂差不多吧＂。＂你打算还干下去吗＂？＂我肯定还要干下去，虽然钱不多，比种庄稼还是强得多＂。＂我要是开一个菜市场你愿意来吗＂，表妹说：＂在那里卖顺了，一般不敢轻易离开，因为到一个陌生的新地方，不知道那里生意好不好，要是生意不好白干了，还要赔本。我那菜市场，听人说，刚开业时没人来租摊，后来老板打出广告，半年内不收摊位租金，后来才有几个人来租摊，时间长了，名气大人气旺了，租摊的人多了，租金也年年涨，甚至有人出高价买了摊位＂，＂你也想买个摊位吗＂？＂我还没凑齐一万二千元，等我凑齐了一万二千元也去买一个摊，有十年的经营权＂。＂你现在住在什么地方＂？＂我租了一间老房子，离菜市很远，就是因为房租便宜，月租金六十元，我起早贪黑，一天也就在那里睡六七个小时觉＂。＂你们没有人在附近买房吗＂？＂那里房价太高买不起，听说有一个摆摊的朋友，她男的是房屋中介，她在市场楼上买了一家公司撤离的一间办公室，有厕所，茶水间，他们用电饭煲和电炒锅在茶水间煮饭，炒菜，烧开水，在厕所里洗澡，就成了一套住房，最大的优点就是方便，困了还可以上楼去睡会觉。我可就累多了，每天都要（打）个三轮车花三元钱，花一个小时跑一趟＂。＂你老公在哪儿干活＂？＂老公就在附近的一个小区当保安＂。＂他和你住在一起吗＂？＂当然挤在一起，租金省一个是一个＂。王静说：＂你们真是能吃苦耐劳＂。＂那有什么办法，只有这个命＂。小勇说：＂素群你这样也好，省去了很多烦恼和压力＂。＂我也有压力，菜卖不出去，蔫了就赔本了，甚至是扔掉＂。小勇说：＂扔掉也损失不了几个钱＂。＂马老板，作为你们老板，那点可以不算钱，作为我们这样摆摊的小买卖，可是不小的损失＂。＂素群妹，做生意遇到不测的损失是常事，我们要是遇到损失，可是个大数目，要是没好心态是要跳楼的，报纸上不是经常都有跳楼的报道吗＂。＂表哥你说得有理，我得把心放宽点＂。他们边吃边聊天，聊起家乡的父母，小勇没透露父母到北京的事。酒醉饭饱后，小勇把素群送回她的出租屋。走到表妹租房门口，一股臭味和霉味扑鼻而来，他没敢进去，表妹也不好意思强留他，小勇说声再见就离开了。开车回家的路上小勇对王静说：＂今天一席交谈收获不小，你再把卖日杂的熟人联系一下＂。几天以后小勇，王静和卖日杂的范文华坐在饭馆里边喝酒边聊了起来，小勇说：＂今天请范大哥来是向你讨教，了解一下日杂生意情况，我想建个日杂市场，请你多多指教＂？＂马老板我们是老乡、又是老熟人，尽管问＂。＂你经营日杂有多少年了＂？＂今年已经有十五年了＂。＂一个月营业额有多少＂？＂一般情况下八千元左右＂。＂毛利有多少＂？＂这要看市场情况，一般情况包括工资在内有一千五百左右，还包括门面租金在内，除了门面租金五百元只有千元左右，去年我自己贷款买了个门面＂。＂范大哥你生意不错，还自己买了门面，你的门面多少钱一平米＂？＂我们面临街，前几年买的三千元一平米，现在已涨到四千元一平米，比起其它门面是要贵一千元一平米。但还是划算，我那门面空间高有四米五，我自己把它隔成两层，下面层二米七作商店，上面层一米八住人。上下楼用活动楼梯，上面层安了床，安了沙发电视，煮饭炒菜就在下面商店角落里放一个收折的小桌，用电饭煲和电炒锅在桌面上煮饭炒菜，吃完饭后把锅碗一收，腾出空间，不影响营业。唯一不太方便的是上厕所要到附近公厕里，洗澡也提桶热水到公厕里冲个澡。夜间就用尿罐解小便，生活总的来说还是很方便。上下班不走路不挤公交车。每天营业时间可以从早上八点到晚上十点。晚上顾客少，睡前还可以把电视机抱下来放在收折桌上，坐在门市里边看电视边守铺营业，每个月至少还可省下一百元房租还有交通费＂。＂我们这些小店很多都这样干，有的商店主人另有住房，上面层就作为仓库＂。＂你店有多大面积＂？＂建筑面积十五平米，套内有十三点五平米，配有水电＂。＂你经营些什么商品＂？＂都是锅，盆，碗，罐，灯泡，电插座开关，钉，钳，小东西，有钱赚的东西都卖，大东西占位置的日用品就不经营了＂。＂范大哥这方面你确实很有经验，今后我遇到什么问题请教大哥＂，＂不要客气，你生意做得那么大，应该向你讨教经验＂。＂大有大的难处，风险大，一个失误就得倾家荡产，像你这样小本经营风险小、压力小，日子过得轻松多好＂。＂社会上谁瞧得起我们这样开店挣分分钱的店主，像你们这样的大老板，开着车，住高级酒店，歌舞场中都是你们这些人的身影＂。＂范大哥，那都是面子上作给别人看的，内心世界，你不在其中，不知其味＂。＂马老板，我这店里货架上任何一样商品只要你要，我立即联系厂家，给你批发价送货＂。＂好，今后我需要商品的话请你帮忙＂。＂谢马老板，我们俩碰杯以示'拉勾'＂。他们碰杯一饮而尽，他们还聊了一些其它生意上的事，一直到晚上九点多钟，小勇付了饭钱送他回家。送他到店铺已是十点钟，店铺门开着，灯亮着，她老婆正在看电视。小勇到店里看了一遍，货架上摆放着各式各样的商品，有很多商品叫不出名来，也不知道什么用途，小勇辞别了范文华开车回家。星期一下午小勇和王静到经常应酬各种关系户的饭馆，那馆里从老板到员工都认识，王静要开应酬招待的发票也常到这里来开。他们走进大门，结账的收银员也是老板娘沈大姐走出柜台满脸笑容地说："马老板，老板娘今天有什么大喜事要庆贺吗"？王静说："今天我们没什么事，想找老板喝杯茶聊天"？"今天星期一，客人不多，他也觉得没事，正在后堂看电视，跟我来"。他们跟着老板娘到了后堂，秦老板坐在沙发上看电视剧，看到小勇他们进来，马上站起来说："马老板请坐"。服务员端来三杯茶放在茶几上退了出去。秦老板坐下说："马老板你的脚太贵重了，从没放下身段来这里和我喝茶，今天是那股风双双把你们吹来了"？"秦老板，我们杂事多，没时间打扰你，感谢你给我们方便，热情招呼我那些朋友，朋友对你们的服务也很赞赏。今天来，一，我是来表示感谢之意，二，是来向你讨教"？"马老板，热情周到的服务是我们职责，我特别感谢你对我们饭馆的支持和关照，没有你们这些贵客的支持和关照，我就回到失业打工者的人群去了。你有什么吩咐，尽管说"。"我想投资建设一个宾馆，当然里面也设有饭馆，这方面我没有经验，请你赐教"。"对于宾馆我没经营过，没有体会，经营饭馆我有一定经历，说出来仅供参考。我原是地方国营饭馆的人，后来被精减下岗了，领了几千元的失业金。刚开始租了一间小铺卖馒头面食，先是我们夫妻俩自厨自卖。进那种店的客人都是下层人士，讲究的是实惠，价廉物美，利润低，虽然也有一定的收入，但是很累。后来请了两个帮工，开了二三年面食店，手里有了点钱。想起在国营饭店工作时，那里的客户都是有'脸面'的人，出手大方。就是因为管理上，从食材采购，到服务各个环节都存在一些问题，导致关闭。根据自己的体会观察分析，找出了症结，决定自己开店。设想中，会有很好的收益。我现在这个店当时是个被停业的台球室，有近二百多平米。当时我和房主协议每月租金一千元，租用三年的合同，这在当时是非常便宜的租金。哪知道，后来装修和买炊具餐具花去了三万多元，把几年挣的钱二万多元全部塞进去了，另外还找亲戚朋友借了一万元。那知开业后，由于没有声誉，客源不足，连续两年亏损。想放弃但装修，设施是搬不走的，炊具，餐具，桌凳用后根本不值钱，意味着这三万多元全赔进去了，被套住了。心急如焚，跳楼的想法都有。好在后来大片的房地产开发，引来你们这样的客人，生意好起来，第三年赚了钱。合同满后，房主的房租涨到了月租二千元，我曾几次和房主交涉，我前两年的亏本太惨，想唤起他的同情心，房主知道我现在赚钱了，房租一分不少。而且说，前几年的亏损是我经营不善，与他无关。我投入那么多钱，现在有点收益了，放不下，又被装修投资套住了，只好又签了三年合同"。小勇听得仔细认真。问："秦老板如果这三年租房合同满后，房主把房租又涨一千元你怎么办？还租吗"？"就看这二三年经营情况怎么样，如果有效益还得租，因为要创建一个品牌很不容易，没有品牌口碑就没有'人气'，肯定效益不好，因为食客都是附近的人，品牌口碑效应是有地方范围的，品牌效应带不走。在附近买门面钱太多不可能，到一个陌生的地方如果接手别人经营过的饭店，人家经营效益都差，你去经营未必能成功，还得重新花时间，花精力重新树立品牌。如果是租房重新装修经营又可能步入覆辙"。"秦老板你现在一月营业额有多少"？"节假日和星期天一天有三千元左右，平时只有一千多元，一个月下来大概有五六万元营业额"。"有多少毛利"？"除去日常开支，我们俩的工资和房租，税收在内，大概有七千元，要是把税收和房租都去掉不到三千元"。"税收怎么计算"？"除发票由税务控制核实按税率交税外，其余没发票的营业额和所得税就看你人际关系和活动能力，这里不便说"。王静说："我理解你的苦衷"。小勇问："秦老板，你如果你现在要买下这饭馆要多少钱"？"这数额太大了我不敢想，不过这条街有买商铺，一般简单的装修，四千元一平米，像我这样的装修，至少也得四千五百元一平米，这算来也得一百万左右"。"谢谢秦老板"。小勇接下来要做的事是对市场的现场调查，由于地块处于市中心外围，不可能建成高档商品的贸易区，只能建成生活必需品贸易区。他开车到市区居民生活必须品市场，观察超市的规模，超市的个数，农贸市场的规模和个数，日杂品商店的面积和个数，理发店，小食店，饭店等的规模和个数，周围两公里内居住人数，作了分类记录。接着又把拍卖商业地块的商业辐射两公里范围内，居住的人群和人数进行了统计。调查统计的结果：由于是新开发片区，居住的人多是进城经商的商人，企业中高层的管理人员，政府的公务员和获得拆迁款较多而又有固定收入的人员，根据楼房栋数，住户数，推算共有居住人口约四万人。平均消费水平中等偏上，小勇经过调查分析，设计出一套计算模式；人基本生活日消费额乘以片区人数=总消费额x毛利率35％=片区商业总经营收入额，成本（20％人工成本，8-10％企业利润，5-7％的房租和税收）x20％=经营人员日工资总额，除以员工日工资=经营人员数x8（经估算每个经营人员所占经营场地面积平方米）=总商业房产面积。根据片区日人均食品消耗约四元，日杂品五角，饭馆，理发服务，娱乐消费日均一元，合计基本日消费五元五角，目前员工日平均工资二十元，按上述模式计算出商业房面积为二万平方米左右，是这块拍卖商用地块合理的商业房建筑面积。大于这个面积，剩余商业房可能卖不出去，低于这个面积满足不了商业需求。小勇又在开始计算投资成本，假设二百五十万买下这块地，每平米地价约一百二十元左右。建筑成本：商业房比民用房高百分之二十五，每平米约一千一百元，加上公共设施，消防，公厕，道路，绿化，房屋每平米又要增加近二百元，直接成本约一千五百元左右。加上各种税费，贷款资金利息，每平米在二千元上下。利润空间很小。小勇通过这段时间的调查，分析，研究，测算，对这块地的商业价值有了初步的概念，做到了心中有数。一天晚上小勇，王静，小林和马燕一家人在饭馆里聚餐，他们边喝酒，吃饭，边聊天，小勇说："我们一家人有很长一段时间没聚在一起交流了，妹，我给你们的那套房子过户了吗"？"早已过户了，感谢哥的关照"。"你们跟我这么多年，努力工作，这是应该的，我要告诉你们，我们可能要到国外去投资，时间可能还有几年，我们走了以后这个摊子就交给你们，丢弃了实在太可惜"。"但这个消息你们不能向任何人讲，包括三亲六戚朋友"。马燕和小林听到这消息异常惊奇的问："是真的吗"？"现在正在作准备工作，还要一段时间，但你们接替的准备工作现在就要开始。开发公司你们现在还没有那个资本，可以把牌照放在那里，每年只是报个税，但没有地块，没有营业额，没有收入也不用交税。建筑公司你们可以接下来，你们愿意吗"？马燕和小林异口同声地说："太好了，感谢哥嫂的关照"。"我们离开时到工商局去把法人关系变为马燕，其它机构设置，相应的部门有职称的技术人员不变。因为我和马燕是兄妹关系，到县工商局找个熟人就办了。不用注册资金证明，企业管理方面，你们还得提前作一些前期工作。小林你在施工管理方面不成问题，但企业经营管理你没经历过，明天我们去人才市场招一个施工员"。小林说："目前在施工管理方面现有人员还能应付，多一个人，多一个人的工资负担"。"工资待遇由我们负担，你们不用考虑，招来人员要先熟悉施工管理，指导他的施工技术和观察职业道德，如不如意可以更换人。另外可以减轻你的现场施工管理的工作量，抽出时间跟我一起处理一些经营管理事宜，熟悉管理，接触相关政府部门的人员和关联的事项，协调内部管理事宜。特别是和任工多交流搞好关系。了解材料采购管理，财务方面的知识"。小林说："感谢哥，关怀备至得如此周到细致"。马燕说："哥，嫂子走后财务这一摊的事很复杂，银行账务，资金往来，账务处理，成本控制，税务报表这一切的事谁来掌控"？王静说："妹，账务登记，财务报表由会计作。你主要是掌控资金，这是企业的命脉，必须由信得过的人掌控，今后只有由你来负责；以后对资金的往来和审查，你要多想问题，多过问，不懂就问，不能像现在这样，我要你干什么你就干什么，今后你要问个为什么，弄清往来关系，掌控关键环节"。小勇说："关于我们投资国外的事要做到绝对保密，只允许我们一家四人知道"。小林和马燕说："请哥放心，我们一定守口如瓶"。第二天小勇和小林到人才市场人才交流部，服务员询问了招募的人数，职业，作了记录后说："我现在电话通知他们来面试，他们还要赶路，两个小时后来面试"。他们俩坐在大厅的木椅上。小勇悄声说："小林，近年来我到工地时间少了，接触工人少了，这批职工多数都是老乡、老职工了，他们目前有什么想法"？小林说："大家都觉得工资比其它施工队高一点，吃得也比较好，工人就只有这点企求"。"他们没提买两'两险'的事"？"他们听说两险要连续在一个地方买上十五年以上才能享受，还不能转移，谁知道在这个地方能干多久，说不定哪天就到沿海地区去了，政策变化也大，只关心眼前利益"。"你对我们施工方面有什么看法"？"这种欧式连排别墅型施工一年多了，熟悉了，我们已对各工序、操作工艺作过多次改进。已经成熟了，效率提高了"。这时服务员过来说："面试人员已到，请先生面试"。小勇他们跟她来到一间屋里，一个三十来岁的小伙子坐在那里。服务员说："这位应试的小伙子名字叫乔文生，你们交谈"，她走出了面试室。小勇问："小乔你是什么专业毕业的"？"我是渝州建院工民建大专毕业"。"你工作几年了"？"今年四年多了"。"你工作的单位歇业了吗"？"单位的项目很多，但效益不好，我就辞职了"。"你想找一个什么样的工作职位"，"建筑施工技术方面的工作就行"？"待遇方面有什么要求"？"有两险，工资在一千元以上"。"你家住哪里"？"就在本市门头区"。"你的情况我们已基本了解，今天就谈到这里，经我们研究后电话通知你"。乔文生走出了面试室。等了一会儿服务员又带进一位二十多岁小伙子。服务员说："这位面试的小伙子名字叫鲁文俊，你们交谈"，她退了出去，小勇问："小鲁你是哪个学校毕业的"？"我是市建院专科工民建专业的中专生"。"你工作几年了"？"我工作只有三年多"。"你为什么辞职"？"我的公司搬到广州去了，他们要带我去，但我离不开，我家父母有病孩子又小，家里离不开我"。"你想找个什么样的工作"？"我的专业是工民建专业，只要是在本市从事建筑业，理想的是继续从事现场施工管理，用上我所学的一点专业知识，在工作中继续学习"。"你对待遇有什么要求吗"？"这事现在我不便提出，你们给我一个工作学习的机会，待我工作后，你们根据我的工作表现再定"。小勇说："那这样先试用期三个月，三个月后再定"。"你住家在哪里"？"在郊区农村"。"你们可提供住宿吗"？"工地上可以提供一间办公室兼卧室的工棚房"，"那就很好"，"那你现在坐我们车到工地上去看一下，熟悉一下交通线路"。他们到了工地，小林带他到工地上，鲁文俊在工地上看到连排的别墅，兴奋地说："我从未修建这样高档的房子，能参与施工真好，能学一点东西"。小林说："别墅结构复杂，组织施工很辛苦"。鲁文俊说："辛苦我不怕，只要能把工作干好，学到新知识"。他离开时问："大哥，我哪时候来报到"？"你带上日常用品和被盖，毡子，明天就可以来"。"我回去收拾一下，明天就来"。小林到小勇办公室，小林问："哥，小鲁明天就来报到，怎样安排他的工作"？"明天他来先安排他的住处，安排好后带他到任工那里去认识一下，给任工讲一下他今后的工作，先由你带着他熟悉施工管理和技术，根据他的熟悉程度，再逐渐地放手"。小勇在工地上巡视，手机响了，"喂：谁呀"？"我是商会陈会长，上次拍卖的那块商业地块明天又要重新拍卖，希望你能参加"，"陈会长你好，好久没听到你声音，陌生了，一时没听出来是会长，对不起，谢谢你的关照"。"这次区政府找上门来了，叫我动员大家去赴会，一是探一下路，二也是听听大家的建议"。"谢谢陈会长，我一定去"。"再见"，小勇拨通了唐总的电话："唐总你接到陈会长的电话了吗"？"我接到了他的电话，我本来对那块地没什么兴趣，会长的面子我得买账，明天去"。"好，我们明天相会"。第二天小勇按时到了拍卖会场，来的人比上次多，小勇也拿到了说明书，说明书里其它条文都一字未变，只是容积率提高了两个点。有人议论说："提高容积有什么用，修的商业用房越多，卖不出去，亏得越惨"。又有人说："唯一的办法就是，修改规划用途，改变部分商用房为住宅商品房"。小勇听到这个议论心里有了一个盘算：如果这次拍卖不成功，下次拍卖修改了规划值得考虑。十点钟正式开拍，经过三次叫拍，仍没人举牌。果然这次拍卖仍然流标，底价二百一十万元。小勇回到办公室根据容积率计算出房屋的建筑面积，容积率由0.6提高到0.8，五十亩折合平方米为三万一千平米左右，可建筑面积二万五千平米左右。根据调查研究，商业用房只需要一万五千平米，那一万平米的房屋作什么用？想起了调查中有买办公房改成住宅的事，写字楼属于商业房，每套办公房，假如设计成一套住宅的房间结构，配备卫生间，厨房的功能改为茶水间，只是把进户的门改成双扇玻璃门，给人办公房的印象，每套办公间六十到八十平米，一万平方米可建一百二三十套，但这数量太多了，从购买力上看，两千多经销人员中，只要价格适中，有一百多人买房是可能的，用途的改变是否会引来规划局干涉，小勇心里产生了疑虑。这只是他的设想，这块地去向还不明确。这事就放下了。两个月后这块地又在区府会议厅挂牌拍卖。头天晚上小勇和王静商议，把自己先前调查分析的结果告诉了王静。小勇说："如果能将其中一万平米改成住宅商品房，可以收回成本的百分之五十多，另外百分之五十左右的成本由商业房来收回。如果商业房按预测价三千元一平米，卖出商业房百分之四十和住宅房卖完可以收回全部投资。如果全部售出，预期收益在二千五百万元左右，这只是预测"。王静思考了好一会儿说："如果全部按住宅商品房价卖出也能有近七百万的收益，地价控制在二百五十万以内再考虑"。拍卖会那天小勇准时到达会场，拿到了拍卖说明书。这次说明书与上次说明书比较，增加了一条；可以在容积率规定的范围内修建百分四十的住宅商品房，但不得影响小区内交通和经商的秩序，设立安全护栏确保行人安全的条款。其它条款没变。小勇看后正好符合自己测算数据，他到前台登记了竞拍人员身份和营业执照，签署了竞拍保证金的协议，领到三号的竞拍号。走向会场，坐在中间前排位子。小勇目光不断地投往登记前台，看有多少人参与竞拍？他是不是最后的竞拍人？半个小时过去了，再也没人到前台登记竞标，小勇心里松了口气。会场里只有十来个人，律师和国土资源部人员陆续来到会场坐在自己的位子上。竞拍开始，拍卖师宣读了竞标规则和拍卖地块的相关信息，然后宣布拍卖会开始："二百五十万"，他目光扫视会场没人举牌，等了一分钟，又连续宣告两次二百五十万，仍无人举牌。"二百三十万"，没人举牌，又连续宣告两次二百三十万，无人举牌。"二百一十万"，没人举牌，"二百一十万"，会场里举起一号牌，拍卖师说："二百一十五"，会场里举起了三号牌。拍卖师喊出了："二百二十万"，"二百二十万"，"二百二十万"，没人举牌，咚！一锤定音，"二百一十五，三号中标"。小勇走上台和国土局在律师的见证下签署了购地合同。

第三十四章

34-1 新项目

    小勇在签订购地合同的第三天将购地款转入国土局的账户。一个月后收到了国土局的地产权证和地产位置平面图。随后小勇和小林抓紧时间用经纬仪和水平仪对地块进行了测量，根据图示尺寸对实地进行核实定位测量，测量到地块左边已建成的小区围墙点，与图示位置尺寸还差五米，为了准确，小勇又和任工用新经纬仪准确细致的又一次测量，结果仍然与图示尺寸相差五米，五米乘以边长，折合面积七百五十平方米。小勇将测示结果报告给国土局，国土局办事员说："你将地块的位置测绘图和数据报上来，我们复查后给予答复"。小勇向国土局交上资料，又过了一个月小勇到国土局去询问，办事人员说："经我们复查结果，证实为左边小区过界使用旁边地块五米地界，折合面积为七百五十平方米，你们要求怎么处理"？小勇说："当然要求满足购地面积"。办事员说："根据现场已建成构筑物的事实，要拆除过界建筑物当事方损失太大。他们的行为可能也不是故意侵占，也许是测量失误，你们都是同行。还是协商解决为好"。小勇说："我们是向国土局购地，与左边地块开发商没直接关系，只有你们与他们协商"。办事员说："这事我向领导汇报"。两个星期过去了，小勇又到国土局办事处询问，办事员说："我们与左边地块开发商协商，开发商解释说，可能是测量员粗心大意造成，当然我们也有责任没有督查。经协商，他们愿意按地价折算予以八万元的赔偿"。小勇想，开发商我认识，加之国土局出面调解，考虑到都是同行，今后可能还要打'交道'，说："既然是你们出面协商的结果，我们同意"。办事员说："多谢你的合作"。小勇盘算土地到手得抓紧进行设计。一天他到任工办公室，任工热情地说："马老板这里坐"，他挪动一下座椅。小勇说："任工你安排一下工作，明天我们去测量一下地块"。"测量一下地形，回来我们研究一下房屋的设计和平面布置"。"好，我这到工地和小林商量一下施工的事"。小勇说："你明天要两个工人和新来的小鲁一同去，帮忙打杂"。任工说："这样当然更好"。小勇和任工，小鲁和两工人带着经纬仪，绘图板，绘图纸笔，角架，卷尺，锤子和木桩来到地块，任工说："这块地位置很好，周围都是在建的开发小区，这些小区都建成了，人气很旺"。小勇说："任工你知道这块地的规划用途吗？是商业房用地"。"马老板你看得准，这块地有商业价值"。"任工你知道吗，拍卖厅里大家都不看好这块地的商业价值，竞标时那么多开发商到会，两次流标，第三次才有那么两个人举牌"。"马老板，就看你建设经营什么商品的商业房，这里居民人多，生活必需品需求总量还是比较大的"。"任工，你帮我思考一下建什么样的商业房，测量后根据地形和地质，我草拟一份房屋设计规划书交设计院进行设计。你思考一下，为草稿提供建议"。"马老板，你是内行，我只能谈我个人的想法供你参考"。"任工，这事我初稿出来后再研究，今天由你看镜，读数，我负责在图上标注位置记录数据"。小勇把小鲁叫来说："小鲁你的任务是定位拉尺读数，一个工人打桩，另一工人拉尺"。分工后各就各位开始测量，由于测量数据作为设计的依据，点位数据必须准确，经过两天的测量，完成测量任务。小勇把测量的资料进行了整理，开始进行设计规划。根据规划的容积率，商业房和住宅房比例什算出商业房建筑面积一万七千平方米，住宅房一万平方米。他仔细地观察了测量的地形图，地块为二百米乘一百五十米长方形。经过思考，房屋布局为靠山梯田部分为一字型住宅商品房。房前十五米为道络和绿化带。住宅商品房可利用地块长度为一百七十米，按小户型住宅计算每户七十二平米左右，销售对象为商业区的经营人员和打工人员。另外设计一栋一百二十平米的大户型，客户是商业区老板级别，修筑围墙。小户型进深十米，宽七点二米，两室一厅一厨一卫，两户为一单元，共用楼梯间，建二栋，每栋四个单元六层楼，每栋四十八户，共九十六户。另建一栋大户型，套内面积一百二十平米，两个单元，每单元两户共用楼梯间，六层楼，每户进深十米，宽十二米，三室两厅两卫一厨，共二十四户，共占地面积一千六百二十平方米。U字型商业用房规划为：U字型底部规划：建房长度一百六十米，宽度为三十米，第一层高度为四点五米。第二层进深二十米，高度为三点二米。楼顶作为花园。U字型两边计划建房长度各为八十米，底层进深三十米，高度四点五米。第二层进深各为二十米，高度为三点二米。第三层作为办公用房和旅馆，计划利用长度各为八十米，计划办公用房和旅馆进深各为十米，高度各为三米。所有全部建筑结构为框架现浇混凝土，柱承重。房屋进深柱距为五米，以适应三层垂直承重结构的需要。排距为四米，板梁结构，隔墙为轻质泡沫砖。隔墙位置，根据商用要求随意构筑，为了满足设计荷载结构的需要，设计按规范另外增加三分之一轻质泡沫砖墙体重量的活荷载，活荷载为商业用房规范标准。第三层办公用房和旅馆按民用房规范设计活荷载标准。给，排水根据房间用途每两间共设计一条垂直管道进入地下管道，地下管道进入广场中心化粪池和自来水接入点。电和气的管线路径，与相关公司协商。在不影响承重结构和商业活动，居住功能的情况下进行技术磋商。小勇根据设想画出住宅商品房的平面图位置和尺寸，画出商业房三层各层的位置尺寸平面图。商业房总共建筑面积一万七千六百平方米，占地面积九千八百平方米，住宅房占地总共一万一千二百平方米。公共交通和绿化率为百分之六十，正好符合规划容积率的标准。根据上述思考写出了设计规划的说明书，交与任工斟酌，任工看过后说："房屋布局比较合理，商业房用途布局也合适，容积率和交通绿化率都在规划要求以内，我不理解的是；商业房第一层层高四米五十公分，浪费空间，加大了成本"？小勇解释说："我调查中发现有商铺利用多余的空间搭设木楼层作卧室或储藏室，为经商者省了很多费用，受商户的青睐，我也可以提高房价，弥补损失"。任工说："原来如此，这个主意很好，另一个不理解为什么不设计定位隔墙，意味着作结构设计时把墙体重量的三分之一增加为活货载，增加了建筑成本"？小勇说："这是不得已而为之，因为客户经营的商品品种和规模不一样，对房屋的空间要求不一样，如果在设计建筑时把房型面积固化，满足不了各种需求，影响销售，只有在客户订立购房合同后接客户意愿构筑空间"。"这办法马老板你是怎么想出来的"？"也是市场调查中发现的"。"你这规划设计好，现在我认为你这设计规划是很完善和具有商业价值的规划"。小勇问："任工，你有熟人在城建局吗"？"我有一个同学在城建局从事建筑项目审批工作"。"太好了，那天你和他约定一个时间我们聚会一下"，"马老板我一定照办"。一个星期六的晚上，小勇，任工和任工在城管局的同学乔建坐饭店的包间里，他们边喝酒边聊天，小勇说："今天请乔工来是想请教乔工，请乔工毫无保留的赐教。你们城管局最近勒令拆除很多建筑，这里有什么原因？给世人有什么警示意义"？乔工说："这些拆除建筑物，有三种情况：一种是没经过相关部门批准同意的违章建筑，第二种是违规建筑，超出规划范围。第三种是工程质量或设计存在问题"。小勇思考了一下举起酒杯说："感谢乔工赐教，干杯"，他们三人碰杯一饮而尽。放下酒杯，任工马上又给小勇，乔工和自己斟满了酒。小勇说："请问乔工，如果遇到这种情况就没有协商挽回的余地吗"？乔工说："这要看事态的影响面，涉及利益的各个方面，如果影响面大，涉及多方利益，我们想协商也无法，当然在事态可控范围内，当事方沟通协商及时，我们也可以在政策规范范围内灵活处理，尽量避免损失"。小勇说："请教乔工，在开发区项目的设计过程中，你们部门有什么监督和检查职能"？"我们主要是审查设计项目是否符合规划要求。服务功能和检查项目的施工质量"。"如果因为地形地质变化而改变原规划设计和功能，该怎么办"？"这就要看当事方沟通能力和协调能力，当事方发现问题，能及时有效地与设计人和我们沟通协商，问题很快会得到解决。特别是设计人，他会很快制定解决方案报请我们，如果方案合理有可行性，我们会很快给予批准"。小勇又举起酒杯说："你们接触的设计单位多，对情况了解于心，你们公认那个设计单位好，请指教"？他们三人碰杯一饮而尽。任工又给他们三人斟满了酒。乔工说："我们市有三个设计单位，一个国营设计院，管理固化松驰，效率差。一个院校设计院，技术人员流动性大，技术力量不强。另一个是私立设计事务所，虽然规模小，是由一个杰出的设计师组织了一批杰出人才组成的团队，工作效率高，设计的图纸没出现过差错，计算数据准确，设计结构合理合规。而且还有一个专门与各方沟通协商的机构，负责与相关部门沟通，联系，协商在设计过程中遇到的具体问题，能及时解决，就是费用高一点"。小勇思考了一下说："乔工我就选择这个单位，你能帮我'引见'一下吗"？"当然可以，我有一个朋友在那里工作"。"你联系好后通知我"。他们边喝酒边聊天，乔工比先前更加高兴。小勇结账后把乔工和任工送回家。晚上小勇和王静躺在被窝里商量关于选择设计单位的事，王静问："我不理解你为什么选择一个单位小、设计费高的单位"？小勇说："你想乔工他推荐一个单位，难道就没有合作关系吗？我们的目的就是只要符合规划，设计数据符合规范，符合我们的要求，尽快地完成设计，得到相关部门的认可，通过审批，缩短时间。我们虽然多花上一二万元，经济上也划算，你算看我们买地二百多万，如果是贷款利息一年十多万，如果是存款一年也有四五万利息，还没计算拖迟一年对项目投资收益的影响，如果城建局对设计不满意和设计单位来回折腾，一年很快就过去，我们目前这个连排别墅项目不是这样吗"？王静无奈地说："就按你说的办"。乔工很快联系好设计事务所，小勇开车带着乔工到了设计事务所，陈所长亲自接见。一个五十多岁的老头戴着眼镜，穿着便装很文静，随和。办公室主任给他们泡好茶，削好水果放在茶几上，站在一旁待候。陈所长说："乔工你是我们行业的主宰，马老板是我们衣食父母，感谢你们的信任和关照"。乔工说："我们都是为渝州市建设服务，没有级别，没有高低贵贱"。小勇说："陈所长你是技术专家，我们给你添麻烦了，希望陈所长能给予帮助和指导，设计过程中还望随时提出建议，使设计更加完美"。小勇拿出了设计规划书，陈所长打开图纸和规划书，认真地看了起来，小勇他们静静喝着茶。

十多分钟后，陈所长抬起头说："规划书写得很简捷明了，我们在设计过程中随时保持联系，将设计进度和理念告诉你们，你们可随时来看设计草图，提出建议，进行修改，尽量做到完美程度"。办公室主任准备好一式两份合同交给小勇说："马老板这里是一式两份合同，请审查后签字"。小勇打开合同仔细阅读，条文不多，几分钟就看完了。没有修改意见和补充条款，在甲方空白位置填上公司名称，拿出包里的公章盖上。在甲方代表位置签了字。接着陈所长签字，盖上公章，办公室主任随手递了一份给小勇说："马老板你收好"。陈所长说："我们到设计师那里去交流一下"。乔工说："陈所长，马老板，我就不打扰你们了，我回去还有事"。陈所长说："乔工，我今后抽时间一定来拜会你"。他叫办公室主任带他去安排车送他回单位。乔工走后，陈所长和小勇来到设计室，一个四十来岁的人正在写设计文件，看到陈所长和小勇进来，脸上顿时喜笑颜开：马上站起来端了两把椅子说："所长，老总请坐"，泡了两杯茶放在茶几上，"请用茶"。陈所长说："鲁工，马老板有个设计项目，你看一下规划书和平面图，有什么需要问的问题提出来，当面商议"。鲁工先看了规划书，接了平面图说："规划书里项目结构都清楚，只是没有地质资料，我们到现场测量和察看后再提出建议"。小勇说："鲁工的意见很好，现场的地形比较平坦，楼层不高，你们测量时，我们到现场一起商讨方案"，小勇递给陈所长和鲁工各一张名片，鲁工也递给小勇一张名片。陈所长说："你们还有什么建议吗"？鲁工说："暂时没有了"。陈所长说："马老板，回我办公室去喝茶"？小勇说："公司的事多，以后我们再约会"。陈所长把小勇送上车，小勇回到办公室。几天后小勇接到鲁工电话，约他到现场商讨房屋基础事宜。为了今后工程施工，小勇和任工一起来查看商讨。鲁工已到现场，他们查看了土质和地形，住宅位置在梯土上，梯土土层不厚，土坡斜度不大，约十五度。商业房位置是一片较为平坦弃耕的稻田。鲁工说："根据观察到的情况，住宅房基础位置下面是风化的页岩，坡度很小，不会因风化导致滑坡，可以把基础建在页岩上，采用现浇带形钢筋混凝土基础。商业房的基础位置是在沉积平坦的粘土层上，土层的形成年代和土质的密度无法目测，如有钻探资料当然更好，但成本很高。我建议房屋结构为柱式框架，可采用桩基。至于桩基的深度根据开挖土层的密度，基座的面积和荷载量计算决定。但是这样增加了我们设计人员在基础施工过程中到现场对基座土质的鉴定和测试，增加一定的费用"。任工说："可不可以设计时把土质相关测试的方法，数据和基座面积的计算公式列出来，由我们工程技术人员进行设计施工"？鲁工说："这是我们设计人的职责，也是对建筑物安全质量负责，是我们的责任"。小勇说："就按设计规则办，但我有个要求，就是我们受施工进度和气候的影响，需要设计人到现场对相关事项及时处埋"。鲁工说："这是我们必须尽到的职责，但你们必须提前一天预约"。"如遇到突发事件怎么办"？"这样的事是可能发生的，我们尽快地赶到现场，根据我的经验和观察你们这块地发生这样的事件可能性很小，不是滩涂和断层"。他们又仔细进行了查看，已到下午五点，小勇叫他们坐上自己的车，拉进城到一个饭馆包间坐下。小勇说："鲁工，我们第一次合作，今天算是工作上的交流，也是交朋友，今后可能还有项目要麻烦你们，希望我们作一个长期的朋友"。鲁工高兴地说："和你这样的老板长期合作是我们的福份"。酒菜上桌，服务员给他们酒杯斟满了酒，小勇举起酒杯说："祝我们合作愉快"。他们碰杯后一饮而尽。服务员又给他们酒杯斟满了酒，任工举杯说："难得有这样共同语言的朋友相聚。鲁工你知道吗，我们马老板不仅是位具有资质证书的工程师，还具有建筑工的各项熟练技术"。鲁工问："是哪个大学毕业的"？"没上过一天正规的大学，凭自学和函授自考各科专业，拿到全国自考毕业证书，考取工程师证书"。鲁工用一种奇怪的目光从头到脚地打量一遍说："我是感觉到我的建议很快被他接受，必然具有丰富的专业知识"。小勇说："我具备的那点知识比起鲁二还差得远，我们搞施工的人应用的是一些建筑物各构件在结构力系中的作用和关联的理论，设计人对复杂构件力系理论的应用和数据的计算运用，是一件要有丰富的专业知识和细心辛苦的工作"。鲁工说："真不愧马老板知识丰富，说的都是行话"。小勇说："我们在今后的合作中加强联系，协商，尽量减少精力的浪费和尽量节省建筑物成本"。"马老板说得很好，设计中我最感头痛的就是；在设计的过程中，甲方经常提出一些对原设计规划的一些小改变，看是小改变，可是改变在相关力系中已计算出来的所有数据都得重新计算，重新设计，增加很多的工作量。这些难处所长也知道，但为了满足客户的要求，赢得一个好的名声，也只好接受，遇到你这样懂行的客户，是我的幸运"。小勇问："鲁工，我这个项目是你为主导设计师吗"？"当然是我，所以所长派我到现场查看交流"。他们边喝酒边交流中结束晚餐，小勇开着车把他们送回家。三个月后小勇拿到了设计图，他把设计平面图和结构图复印了几份，由于项目小又加之是商业房，带上图纸到城建局，房产局，规划局，环保局，税务局备案办理许可证。由于手续齐备、又是熟人，许可证很快就办了下来。小勇筹备着开工。王静进行了资金清理。又到十月份了，联排别墅项目修建接近完工，剩下绿化工程正抓紧进行施工。金九银十的销售旺季，只剩下十套房未销售，有三套房已签合同但还未交房款，小勇公司银行贷款已还清，剩下资金有一千一百万元。王静把这一数字告诉了小勇。小勇盘算着新建项目的资金需求量，一万七千平方米商业房，由于是框架结构造施成本比较高，虽然是自建，初步估算也要八百元一平米，需要资金一千三百多万元。住宅房约一万平方米，造价五百元一平米，需资金五百万元，总共投入一千八百多万。联排别墅后期销售收入约有四百万元，总共可用资金一千五百万。尚缺资金三百多万。小勇左思右想弥补资金的办法，项目里唯一能变现的就是住宅商品房。可以首先修建住宅房，用住宅房售房款来弥补流动资金。在建的两年工期里，第一年一千二百万资金有保障，没有压力。由于商业房要有商业气氛，首先完工U型底部一百六十米长的商业房，招商营业。重点招商项目是蔬菜，食品和日用杂品的生活必须品，满足周边居民的日常需求，形成商业氛围，拉动需求，推动房价，满足资金需求，缓解资金压力。后期房屋销售趋缓，等待时机，根据居民数和消费人群，后期可能有大型超市，银行，饭店等入驻，房价可能大幅提高，想到这里心情轻松。一天晚上，小勇和王静睡在被窝里，王静把清理资金情况告诉了小勇，小勇又把他的设想告诉了王静。他们俩高兴得拥抱在一起，从来都没这样轻松愉快过，过去也经常在被窝里拥抱，那是生理的愉快，脑子里总是有什么放不下，没这样放松而尽兴。小勇问王静："难道这就是我们共同努力成功的幸福吗"？王静温柔地说："这也是我的感受，我希望我们以后天天过这样的日子"。小勇说："这是我二十来年艰辛奋斗，用酸甜苦麻辣换来的。也是你不离不弃跟着我忍受着各式各样的屈辱和艰辛，我们共同奋斗得来的"。"勇！你不要想过去那些往事，想到我们幸福的未来，愉快地过好每一天"。"静！

你也应该这样想"。他们拥抱着在鼾声中醒来，太阳已经升起。快到年终了，新项目年后就要开工。年终时各行各业都要年终结算，到这个时候，员工是高兴的时候。企业却是最艰难的时候，放假停业，产品销不出去，又需要大量的现金兑现一年员工薪酬奖金和偿还债务，资金压力特别巨大。今年小勇没有压力，流动资金充裕，他想利用手中的资金，趁金融市场资金紧张的机会赚点钱。他思考着新项目的费用，材料和租金，趁目前的机会压价，材料三大类，水泥，河沙石子，钢材，水泥没仓库，气候潮湿容易硬化，不宜库存，河沙石子没有堆料场，价值低，库存价值不大。只有钢材，还有活动工棚的租用，目前应抓紧新项目的前期工作，用料计划的计算，新项目的现场测量，规划道路，仓库和工棚的位置，修建简易的道路供运料车辆进入，搭建仓库放材料，住人的工棚，这些工作都得抓紧完成。小勇召集管理人员开会，会上小勇把新项目的前期准备工作作了说明，问大家有什么建议，任工说："你这安排非常好，只是时间太紧了"。小勇说："时间有点紧，但没有办法，年后就得开工，要不然工人年后怎么安置，这两个月辛苦大家。小林，小鲁和小冯你们三人组织好现场施工，我和任工负责新项目的测量，材料计划和临时工棚搭建工作"。小林说："没问题，这个项目施工已熟悉了，现在处于完工收尾阶段"。

34-2 材料储备

  小勇租了一部推土机，十天就把进场道路毛坯和仓库工棚地面平整了。运来石子，铺好进场路面，具备了车辆通行的条件。租来了三百平方米工棚，抽调工人又用了一个星期完成了仓库工棚的搭建。新建项目的材料计划单出来了，钢材用量近二百五十吨，主要是螺纹钢，从十毫米到二十二毫米共二百二十吨。小勇想二百吨钢材如果到厂家直接购买每吨最少也要节约三百元，能节约六七万元。他与王静商量："到哪厂家去买"？王静说："最近最大的钢厂就是渝江钢厂，外省最近的钢厂就是武汉钢厂，但那里路程远，没有铁路，只有船运输，时间长"。"那就到渝江钢厂，你把支票准备好，那天我们俩去，因为这是一笔大单"。小勇和王静到了年底十二月二十日才到渝江钢厂，因为那时才是企业资金最紧张的时候。到了工厂大门，门卫问："你们找谁"？"我们找销售处买点钢材"。销售科已搬到厂外去了，你往厂前公路左边往前行五百米那里有大招牌，停车场后面的大厅就是销售处。他们开车到销售处，停车场车子很少，他们停了车直接上二楼来到销售大厅。厅里灯光明亮，但厅里冷清清的，只有两个人坐在办公桌后，一个在看报，一个在看书，看到他们进来，非常热情地站起来打招呼："同志你们买钢材吗"？"我们想买二百吨各种规格的螺纹钢"。两人一听这么大的数量，其中一个人说："小贺你去把李主任叫来"。一个小伙子转身走向了后屋，那人把小勇他们引向旁边一间小屋，泡上茶放在沙发前的茶几上说："请坐喝茶"。一会儿小伙子带着一个戴着眼睛的中年男子走了进来，坐下客气地说："对不起久等了，你们要的数量有点大，是现金，支票，还是赊账"？王静说："现金哪能取那么多，而且也不安全，我们用支票"。"先生女士见笑了，我们确实需要一笔现金过年'应酬急用'"。王静说："你也知道银行对支取现金有专门的规定，我们职工工资取现金，银行都有限额，平时取现金，每天不能超过一万元，哪能取那么多现金"。"你们来算是及时雨，还有二十来天就是年关，银行间大笔转账时间不定，这样，我们到你单位分多次来取现，一共只取十万元现金，这十万元我们暂时开不了发票，给你现金收据，如果你的账面上也没办法'摆平'的话，你凭现金收据我们找单位代开发票收取百分之五的营业税，这百分之五由我们负担"，"其余可以用支票转账"。王静思考了一会儿说："这个数，分多次可以"。李主任说："现在我们来谈一下价格，市场价十到十二毫来的螺纹钢市场零售价每顿二千七百元，十四到十六毫米每吨二千五百元，十八到二十二毫米每吨价是二千三百元，我们对经销商是折扣百分之十三至百分之十五。你们是建筑商按行规我们是不能折扣的，折扣给用户，经销商会有意见。只是在这个节骨眼上，加之是现付，我们就按这个比例折扣价给你们"。小勇借故说："我也打听了武钢的价格，他们的价格要比你们的价格每吨至少少一百元"。"这是可能的，他们用的澳大利亚的矿石，合铁量高，成本相对较低，那这样吧，再给你们百分之四的折扣"。小勇看了一下王静，王静点了一下头。小勇说："那就这个价，钢材怎样运输交接"？"就看你们的运输条件，如果你们有运输工具就在厂里交货。如果我们代为运输，就在你们指定地点交接卸货，但运费和钢材款一起付款，看你选择哪种方式"？小勇说："就由你们负责运输，钢材的质量怎么交验"？"我们所售每批钢材都有检验合格证书留存档案，送货交接时都有批号合格证。如果你们按规范试验不合格可以退货，但你们要保留好合格证"。小勇说："就这样"。秘书准备了一份合同，小勇接过合同细看，合同注明了钢材名称，规格，数量，单价，合同总款额，交货地点和时间，付款方式等条款，但没有质量问题的条文。小勇说："合同条款清楚，但还缺保证质量相关的文字说明"。主任说："可以在合同备注栏内加上这一条"。秘书在备注栏内写上相关质量保证的条款，小勇和经理在合同上签字盖章。完成了钢材的采购，回到工地。时间紧迫，小勇租来了推土机推平了场地，用碎石铺好了车道，租来了活动房屋，安装好仓库。钢材分批陆续运来堆放好。又把现在完工项目剩余的材料转运到新项目库房。忙碌中到了年关。小勇特别安排了二十个工人节后提前七天到工地安装工棚以便节后工人有住房，放假前清算了工人一年的工资，在食堂里举办了年饭。宴会上小勇说："乡亲们又过年了，感谢乡亲兄弟们一年来的辛勤劳作，祝你们新年愉快，年后我要搬到新工地上班，临走前你们将被盖和用品用塑料布包装好写上姓名贴上，交与管库员，统一运往新工地。包裹里不要存放任何贵重物品，以免途中丢失。回到家乡，三朋四友有愿意来打工的，给他们介绍一下这里的工资待遇和工作情况，愿意加入我们的队伍表示热烈欢迎"。放假走人的那天，也有个别的带着被盖用品回家过节。这些人过节后是否还会回来不确定，也可能到其它地方，小勇也心知肚明，但也无法阻挡。过节期间，小勇特别多安排了几个看守工，重点看守新购进的二百多吨钢材，组织了三班倒，每班两个人。小勇和王静父母今年都远在北京，马燕和小林，王静的弟和弟媳他们到北京和父母一起过年，留下小勇和王静在工地和看守工一起过年。大年三十那天，小勇和王静在附近饭馆专门请看守工和到工地的家属过年。看守工看到桌上摆着不知名的菜肴和茅台酒，他们一辈子都没尝过这些菜，喝过茅台酒，特别兴奋。小勇举起酒杯说："感谢大家一年来，尽心尽责，也感谢各位家属光临，我们举杯共祝新年快乐，来年幸福平安＂。他们举杯一饮而尽，小勇说：＂各位兄弟过年聚会各自尽兴，喝酒吃菜随便，酒量各不一样，不要强喝，各自尽兴畅饮＂。边喝酒边聊天，张大叔说：＂马老板，你见的世面大，见多识广，我向你讨教一下，像我这一把年龄没文化、没技艺，你看回家种地好，还是在外打工好＂？小勇说：＂这要看你追求什么的生活环境，如果你喜欢田园生活，一家人在一起，过平淡的日子，不怕累，当然还是种地好。只是经济上紧一点，要种十亩水田，产七千斤谷子，七角钱一斤的谷子，除去化肥钱，请人栽秧打谷的工钱，抽水的钱，也就下一二千元钱。这是种地一年的收入。比起打工的工资少得多，还累得很，如果你想轻松点还是打工好＂。他们又各自喝酒吃菜，沈大哥说：＂马老板，你真能干，我听说十多年前你也是打工仔，始今摇生一变成了人人羡慕的大老板＂。小勇说：＂你说得对，十多年前我也是一个打工仔，你看到我如今表面上非常风光，承受的压力就没人理解。像我目前投资的这个项目，投入一二千万，这钱从哪里来，向银行贷，向私人借钱，拖欠建材商的料款，房市好，也可以赚上几十万甚至几百万。如果房市下滑，赔上几十万几百万也是可能的。那是一个什么数字，我就破产了，银行追债，建材商追债，借款人追债，工人要工资，我无法应付，跑路，亡命天涯也要把我抓回来＂。沈大叔说：＂你可以把项目卖了＂？＂到那个时候市场不好，开发商人人自危，都想甩卖走人，谁还要？根据法律，破产清算程序是：第一清算人是：政府欠款，然后是银行贷款，接下来是国有企业，私人企业，最后是私人欠款。那时市场价值资产额根本满足不了债务，清算额根本轮不到尝还私人欠款就没有了，最后损失最大的是私人，打工仔一年结余的几千元的工资钱，是一家人的保命钱，如果这钱没了，对他们是最大的伤害，导致可怕的后果。私人借款债权人的钱，是他们多年艰辛的积累，日后生活的依靠。建材商的钱也是上游厂商的钱，他们也承受逼债的压力。我欠政府的钱，可以注销，坐牢可以保住小命。欠银行的钱，银行可以用坏账准备金冲销，那是存贷款利差的积累。没有伤害个人，对我个人安危最大影响的是工人工资，私人借款，我如果到了那个时候为了我个人安危作想，我得事先把清算程序颠倒过来，首先把工人工资结清，把私人借款还清，然后才是建材商，欠政府，银行的款坐牢，可以保住小命＂。＂马老板你对社会了解得如此深透，思考得如此深入＂。小勇说：＂我的家也很穷，也是打工出身，经历过两种不同的人生，切身的体会＂。看守工和家属都站了起来，举起杯说：＂老板的一席话，承受的压力和艰辛，深深地打动我们的心，感谢老板给了我们一份来之不易的工作机会＂。他们碰杯一饮而尽。坐下后王静给大家斟满酒。小勇举杯说：＂我们大家的艰辛来自不同的家庭背境因素，有不同的感受，只要我们为了一个共同的目标团结奋斗，去创造未来＂。大家又一起干杯。酒醉饭饱后回到工棚。假期间小勇和王静每天早晚都到工地巡视一遍。上下午他们开着车到市里各个景点古迹去参观，这十多年为了事业奔忙，没有闲暇的时间去游玩参观，今年假期几天的游玩参观，对渝州市的历史文化有了更进一步的了解。

第三十五章

35-1 商业房开发

　　年后初八，提前上班的二十个工人来到新项目工地。工人们看到老板穿着工作服，带着手套早已在工地上清理工棚的配件，分类堆放，动作敏捷。大家一起动手搭建工棚，有工人第一次从事这项工作，不知所措，小勇亲自手把手的教，小勇动作技术熟练，手脚麻利，搬墙板轻松自如。有工人问："马老板你怎么和我们下力的人一起干活还这样轻松熟练？这活是我们这些下人干的"。小勇说："你认为我是什么人"？"你不是市长县长的亲戚，就是富豪的接班人"。"你认为我是官二代或者是富二代，你看我像官二代富二代吗"？"看你搬运墙板的轻松自如和熟练的技术，不像官二代和富二代"。"你在这里上班多长时间了"？"一年多了"，"难道你就没听到师兄弟谈起我的身世吗"？"有人谈到你如何聪明能干，但一谈到你的身世就戛然而止，我也不知道为什么。我设想，如果谈到你的过去，辱没了你的名声，你知道后会生气"。"我的家庭出生很穷，住在农村的穷山沟里，我就是一个打工仔，打工有什么丢人的，全国打工仔上亿，是创造社会财富的主力军。一个人要自信，在这社会里人人都是平等的，我从来都是把大家视为兄弟"。那人说："你有这样的胸怀，大家都很敬佩你，都愿在你这里干活"。小勇说："这是作为企业负责人应具备的品质，要不然企业也长久不了"。小勇不放过任何一个机会，作思想工作，鼓动人心，提振员工的士气。员工一个星期包吃包住在旅店里，在他的指导下一个星期建好工棚和食堂，接通了水电，为工人节后作上班好了准备工作。节后开工的前一天，小勇组织管理人员共同商议了施工计划。根据工程的进度，合理有效打破工种界线，组织全部劳力。首先开挖住宅房基础土方，基础土方完工后，根据工程进度，按工序进行施工。在满足住宅房工程用工的情况下，多余劳动开挖商品房桩基。经过统计，节后所到工人比节前多出三十五人，达到一百六十七人，采取老办法，对新来的工人，根据施工对工种的需要，利用余时间进行技术培训。由于资金到位，材料齐备，工程进展顺利，一个月时间住宅房基础土方工程全部完成。混凝土基础完工一栋，可进行上部施工。接下来组织多余人员开挖商业房桩基工程。施工全面展开。小勇特别注重施工安全，三个施工员负责组织施工，强调注重安全，另外找了两个有经验的老工人专门巡视安全。工地上也特别喧闹，两台塔吊，两台砂浆搅拌机，两台混凝土搅拌机，外加各种小型机械噪音，一派繁忙嘈杂的景象。小勇心里又高兴又紧张，时刻提醒自己，这样大的施工场面一刻也不能松懈，任何一点安全隐患和施工隐患都可能造成重大损失。他决定到人才市场去招一位技术人员协助任工的工作。小勇到人才市场职业登记办公室，查看所有求职登记名册，工民建专业毕业具有专业水平和现场施工经验的技术人员没有，只有刚毕业的大中专毕业生。这些才出校门的毕业生没有现场施工经验不能用。他给工作人员留下了招聘人员条件和自己的电话号码。有符合岗位条件的求职者即时电话通知。第三天上午工作人员电话里说："有一位国营建筑公司退休的工程师愿意来工作，他有一个条件，每天的工作时间不能超过八小时，一个星期工作六天"。小勇说："我考虑一下"。小勇想，他这要求也太高了，工程技术规范要求有些工序项目要连续作业，甚至三班倒，不超过八小时怎么能行。他和任工商量，任工说："刚毕业的年青人倒是有精力，但没有施工经验不能用，这退休工程师有经验又没精力。马老板，可再等几天看有没有两全其美的，实在找不到，就叫他当白天八小时的班，其余由我们俩承担。毕竟连续施工这种情况很少，平时他就在办公室里作内摄资料"。小勇说："这办法是可以，就是辛苦你了"。任工说："没关系"。几天过去还是没有合适人员出现，小勇电话告诉工作人员明天我和那工程师见个面。小勇思考着问他些什么呢？这人岁数大了，是不是有什么病？要是在工地上发病了怎么办？家人不同意他出来打工怎么办？是否有医保和退休金？最后小勇决定由人才市场主持签个合同为好，有第三方为证。第二天小勇到人才市场，经工作人员介绍认识那位退休工程师，姓代，头发间隐现着白发，中等个子，一身黑色便装，眼睑上布满皱纹。小勇对工作人员说："同志我想和代工到茶馆去交流一下，回头来麻烦你"。"你们去吧"。小勇和代工坐在茶馆的包间里，边喝茶边协商，小勇说："代工你都退休了、安享晚年了还干什么"？"马老板你知道，我是不想干了，可我老婆要我干。话说回来，确实我的负担还重，我的小儿子才十岁，给孩子挣点生活费，上大学的学费。老婆没有固定工作，再等几年我也没精力了"。小勇想问你结婚那么晚？话到嘴边咽了回去，一定是找了小老婆。代工继续说："我现在住的房子是贷款买的，每月还得付按揭"。"你有医保吗"？"有，我们老职工退休，都是基本医保，基本医保门诊费每月只七十元，超过部分得自掏腰包，住院报销用药品有限制品牌，品牌外药品属自费，铺位费也不能报销，实际上住院费报销率一般在百分之六十左右"。"你身体看来还可以"。"岁数大了精力不行了，还没有什么大病"。小勇说："代工，我给讲清楚，现在税务局查得很严，雇用人员工资得要有合同作为依据，所以我们还得订用工合同"，代工说："这我知道"。"你理想的工资是多少"？"我在退休前的工资月薪一千元"。小勇又问："工作时间上有什么要求吗"？"你知道我们国营企业是八小时工作制，一周工作六天，当然你的企业不是国企，八小时工作制要求有点高，由于年龄关系，最好不超过十小时，当然不能天天十小时"。小勇说："你知道现场施工，不可能天天都超时，如果星期天加班给你算加班工资"。"那可以"。他们回到人才市场，办公室里工作人员给了两份规范的用工合同文本，小勇在备注栏内填写上述协议条款，特别注明此合同不包括医疗保险事项。所有医疗保险事项由原企业医疗保险承担。试用期三个月，试用期满后合同期为一年，一年后双方议定新合同。代工看后签字，约定了上工时间。

35-2 离别恩人

　　一天小勇在工地上和袁工交待工作，手机响了，"喂，你是谁"？"我的声音你听不出来了"？小勇沉默了一会儿，这声音有些熟悉，一时想不起来。"我姓姜"，"啊！姜总呀，多年不见了，你在哪里"？"我退休了，在单位宿舍里收拾行李，过两天我就回老家了"。"你等一会儿，我马上开车过来，我们出去约会一下"。"我们单位搬家了，搬到侯家坪新建的大楼里。公司的名称没变，大楼很显眼，一看就知道了"。小勇说："我现在工地上可能要两个小时才能到"。姜总对小勇的帮助，对小勇的成长发展起到决定性的作用，犹如再生父母。接到他的电话，特别激动，他和三静到银行用私人存折取了五万元现金，用牛皮纸包好，用布袋装好。小勇开着车，赶往侯家坪。到了侯家坪一眼就看到唯一一栋九层楼的办公大楼，车开到大门口，看到姜总站在那里等候。满头白发，小勇一阵心酸，眼泪流了下来，他下车没说话把姜总扶上车，关上车门开往市中心。来到渝州大饭店，停好车，扶着姜总坐电梯来到饭店包间。先要了两杯茅峰茶，一瓶茅台酒，再要了鱼虾，海参之类的名贵菜肴。他们边喝茶边聊了起来，姜总说："近十来年没见了，你发展真快，我退休前也很忙，退休后交接班过渡期轻松了一些。但是没你的电话号码和住址。直到前几天在地产商会里才查到你的电话号码。你的公司在市地产界已排到前十位了。我本不想打扰你，但我不忍心不见面就走了"。小勇抹了一下泪说："姜总你是我这一生唯一的恩人，也是我再生的父母，我有今天的一切都是你的关照，我不知道如何感谢你"。"你有今天的事业，是你吃苦耐劳的打拼精神，聪慧仁义品德感召赢得的。回想起我们相处的那段时间，你对我生活上的关心和照顾打动了我。你刻苦好学的精神感动了我，我体会到你是一个值得信赖、有发展前途的人"。小勇说："我的一切离不开你的教导和培养，你为什么还想回到老家去"？"我的儿子顶替我，现在在一个项目里工作，我在单位分的福利房已经给他住。我和老伴想回到老家的故乡去重温儿时的生活，有儿时的朋友，有养老金能维持我们的基本生活，没有后顾之忧，感谢你给我们修了几间砖房，居有其所"。"那点小事姜总你就不用再提了，姜总你今后行动不方便了怎么办"？"我小儿子在老家县城里上班，他可以随时看望我们"。"姜总你家里安了电话了吗"？"家里没人住，没安电话"。"姜总你这次回去安个电话，把电话号码告诉我，我好随时给你打电话问安"。"小勇，谢谢你的关心，你在事业上有何打算"？"现在只有走一步看一步，对房地产市场的前景，报纸新闻里，专家学者各抒己见，齐说不一"。姜总说："我个人根据人口结构和对住房需求，房产的开发速度来衡量，还有十来年时间的发展空间，以后由于市场饱和，房产市场发展可能变得缓慢"。小勇说："等不到十年，几年以后我可能就要改行，我现在也在作一些准备工作"。"你准备改行干什么"？"我正在思考"。服务员把菜摆上桌，给他们每人斟满了酒，退出包间，小勇举杯说："姜总祝你身体健康，退休生活愉快"，姜总举杯说："小勇，祝你身体健康，事业发达"。他们碰杯后一饮而尽，小勇又给他俩酒杯斟了点酒，给姜总碗里夹菜，他们边喝酒吃菜，聊了起来。小勇说："姜总你退休后，回到千里之外的老家，我怎么孝敬你老人家"？"我回去安个电话，有空在电话上聊聊天，解除我的寂寞，这就是最大的幸福"。小勇说："我这里备了点小礼品，希望你笑纳，这是我一点心意"，小勇把装钱的布袋递了过去。姜总心想是什么礼品，接过包打开看，里面是五个牛皮纸包装的长方块，他仔细看像是一百元宽窄一公分厚的纸包，他用手捏了一下，掂量了一下，他猜出了百元面额，一万元一扎的钱。他顿时紧张起来说："这礼品我不能要，太贵重了"。他顺手递给小勇，小勇没接，姜总放在桌上。小勇说："姜总你必须收下，要不我这一辈子都会感觉对不住你，心里内疚"。姜总激动地说："小勇我要是收了，越过了作为一个领导，越过了党纪国法的红线，也越过我心里的品德红线，晚节不保＂。小勇听到这样的言词，心中自感羞愧，姜总对自己的一片慈心。说：＂姜总你还是对我一片感激之心不理解＂。姜总说：＂你误会了，我这人就是这样坚持心里道德底线不越逾＂。小勇对姜总的感激之情无法表达，小勇举起酒杯说：＂我十分佩服你的高德风尚，干杯＂。姜总说：＂谢谢你的夸奖＂。他们举杯同饮，放下酒杯，小勇又给两人酒杯斟了点酒，表示意思，把酒杯放在姜总面前说：＂姜总你总得给我一次感谢你的机会吧。这样吧；你岁数大了，今后花钱的地方很多，你又没有多少储蓄，要是生个病怎么办？我把这点钱放在你那里，你可以认为是我孝敬你的，也可以认为存在你那里，也可以认为我借你的，不管存或借都不计利息，不计时间。在我心里是我孝敬你的，这样我心里才能得到安慰。我写个借款条一式两份，各存一份，以备今后备用，以解你的顾虑＂。小勇在饭馆要来了纸笔和复写纸，写了借款条。姜总觉得应该给小勇一个报答心愿的机会，小勇和姜总在条上签了字，给了一份给姜总。姜总想到小勇对自己的感激之心到了如此程度，他收下了纸条和钱袋。小勇看到姜总收下借条和钱袋。当着姜总的面把自己的那张纸条撕得粉碎丢入了垃圾桶，表示他不会收回借款。给姜总的借条是借款性质的法律依据。姜总看到他如此举动知道他感激的诚意，心里无比的感动。说：＂小勇，我结交你这义士的兄弟我三生有幸＂。小勇说：＂你是我一生一切关照的亲人，表示我的谢意＂。他边喝酒边吃菜聊天，姜总说：＂小勇你这样身份的人，历来风云变换都处在风口浪尖，你要规划好你的未来＂。＂姜总，我理解你这话深层次的关心之意，我现在已在考虑之中＂，他们一直喝酒聊天到深夜，小勇用车把姜总送回了寝室。

35-3 商业房的销售租赁

　　　时光在小勇的繁忙的生活中流逝，转眼又到年终，住宅房已经基本完工。商业房一百六十米长，三十米宽，二百八十七根高四米五十公分的柱子整齐排列，显得格外壮观。抓紧时间对住宅区的绿化工程和围墙的修建。凭城建局的质量检验资料，很快得到房产局住宅商品房的售房许可证。当然这中间经过自己多方面的努力，一如既往没有变化，在小勇心里习以为常。有了经济基础不觉为难，是心目中的小事。小勇心想如何制作新项目广告，发挥市场效应，他在渝州市商报里刊登广告，他又到市里几个大项目里参观吸取经验，决定在公路边小区前修建临时销售部，销售部门前设立大幅小区立体平面布置图广告牌。销售部按一定的比例制作小区沙盘模型。墙上挂着牌用仿宋体文字对小区的功能进行详尽的描述。让购房者更加有直觉的感受，整体的配套宣传和现场的实物配合，经过商报广告的广泛传播和现场的广告效应，引起房产界和商界经商者的极大关注。特别是那些具有商业眼光的经营者的注意。注意到周边高耸密集的楼房，居民的消费力，特别是日常消费品的经营者。他们蜂拥购买小区上市的住宅房，为下一步进入商区打下基础。因为是普通房价，生活方便。上市半个月住宅房销售过半，回笼资金近千万。小勇测算了一下，下一步建设资金已足够，决定房价提高百分之十。又有经商的老板来洽谈商业房的意向协议，小勇为了给自己观察和测算房价留下时间，小勇对销售员说：＂你们对客户婉言说，由于我们目前没有预售许可证，你们留下姓名，住址，电话号码，我们一旦有了许可证，立即通知你＂。小勇和王静商议说：＂我们目前资金已经足够，房市变化很大，我们再观察一下市场的变化，再决定是否申请预售许可证＂。王静说：＂预售证还得申请，要是等到全部验收完工，还得有一年多的时间，这期间房市向何方向发展还未可知，如果事到临头，办证也来不及＂。＂你这话也有道理。还有另一个原因，我们修建的商业房只有外墙没有内墙，因为只有根据购房者所需的面积和用途修筑内墙，到时能否通过房产局的认可还是未知数，就按你的意见办证＂。小勇到房产局找到媛媛的情人陈主任，他也购了一套七十四平米的经济房，预售证很快就办了下来。住宅房完工后，所有的工人都集中到商业房修建，工程进度加快，半年后U型底部一百米六十米长的商业房半年内断水。U型两边各八十米长的商业房底层二百八十根四米五高的柱子已经整齐的排列。售房员电话通知记录在册的有意向购房的人前来认购。一天一个姓吴的超市老板来到售房部，要购买四百平米作超市用房，数额大，给的价格低，售房员作不了主把他带到小勇办公室，毕恭毕敬地介绍说：＂这就是马老板＂。又指着吴老板介绍说：＂这就是吴老板＂，售房员给小勇和吴老板各泡一杯茶放在茶几上。小勇说：＂吴老板请坐＂，吴老板一看小勇很年青，心想容易'摆弄'；说：＂马老板，我想在你商业房屋面已断水的那排房子一层买四百平米的房子作超市，这只是我目前初步的设想，还没最后决定，这房价怎么定＂？＂房价销售员已经告诉你了，但价也没有最后定下来，现在已经有两个超市的老板来说了要买房作超市，也在等我回话，你愿意出个什么价＂？＂马老板四千元一平米价太高了，和市中心商铺一个价，你这是郊区，比起市区，商业气氛差多了＂。＂吴老板经营食品和日用品这类商品，你是内行，是人们天天必须的消费品，不管市区和郊区都一个价。居民不可能老远天天花上几元车费和半天时间去市区买，当然这种情况你比我心里有数，这周围有多少居民你比我更了解＂。吴老板心里暗骂道：＂这小子能打中要害，得认真对付＂。嘴上笑着说：＂马老板你过奖了，在超市商圈里我是个新手，还是个门外汉，就是卖点食品杂货，利润低，房价高，供不起按揭＂。＂吴老板你这一说，提醒我，我开发商业用房就是为了提供给你们这些经营食品，日用品，服装市场，餐饮业，蔬菜批发，零售，屠宰，食品加工的场所用房，商业用房需求量大，另外还有装修建材市场的这些生意人＂。吴老板被小勇的旁敲侧击感到无奈，改口说：＂马老板，你这些项目的商业策划有道理，对房屋投资我是外行，这房价高了我是承受不了，我咬牙出个价三千二，你思考一下，我留下电话号码＂。小勇说：＂小孟尔记下，吴老板坐一会儿，一起喝一会儿茶，聊一会儿天＂。＂我铺里还有其它事，就不耽误你时间了＂。＂你慢走＂。吴老板走后，销售员说：＂马老板尔的销售技巧可以评选上全国房售员冠军了＂。＂小孟，这些久经商场的老板，足智多谋，得多思考对付，不然他捡了便宜又卖乖＂。接下来有卖杂货商人看房。有卖服装的商人来看房。有开餐馆的人来看房。看房的人很多，下单的人极少。只有一个卖副食品的老板认购了一间前排已断水四十平米的商铺，每平米合同价三千八百元，预交了定金。他最满意的是四米五十公分的空间能隔成两层，一房两用，下层二米七为商店，上层一米八空间住人。他拿到房后，很快装修完毕。商店里经营油，盐，酱，醋，糖果，干椒，花椒，米，面和日用食品，日用杂品。由于是第一家副食店，周围居民又多，跟市里价格一样，买东西方便，生意特别红火。早晚高峰期还排着队，商人的嗅觉灵敏，闻到了商机，房屋层高，一房两用，起了示范作用。又有十多户经营烟酒，杂货的老板先后订合同购房。由于还没有全部完工，是预售房，不能拿到房产证，银行贷不到款。为了烘托市场氛围，让更多的店营业，小勇和购房者协商：购房者交房价百分之三十定金，待到房产过户时再交余下房款。这条款一举两得，购房者缓解了暂时的资金压力，装修后营业，由于买主又投入装修资金不可能悔约，小勇又增加了商业气氛。接下来小勇想更进一步扩大商业气氛，决定拿出已建成的二百四十平方米房子，修建小平台招揽卖菜和卖鱼，卖肉的人员进场。在渝州报打广告："凡来本市场经营蔬菜，鱼，肉个体摊位人员，本商场五个月内不收摊位租金，可以随时撤离，半年后由经销人员续租，去留再定，报名进场时间限半个月之内，过期停止"。这个重磅消息一见报，吸了那些小本经销人员和无业人员的注意；这消息消除了经销人员后顾之忧；即使经营效益不好，可随时撤离，又没有租金的负担，是多好的商机！一个星期内所有摊位全部订完。半个月后营业。自然也吸引了周围的居民，方便了周围居民购买生活必需品和日常用品，生意也红火起来。清息传播，有了人气，有了示范效应，更有人看到那些一房两用的商铺，有点经济基础的人开始买商铺。特别售房条款中百分之三十预付定金的条款，对那些经济条件差的人吸引力特别大。心想有了自己商铺又有了住房，两全其美，底层商铺的销售红火起来。像等待观望的吴老板那样大的老板再也坐不住了。一天他来到房屋销售处看到许多人，销售员各忙各的。他感觉到销售员没有上次那样的热情，他想与销售员商谈，心想数额大他们也作不了主。他直接来到小勇的办公室，办公室门关着，他走到财务室，看到一位女士正在记账，王静看到有人进来问："先生，你找谁"？"我姓吴，我来找马老板关于买房的事"。"你请坐，他在工地忙，我打电话叫他回来"。王静给他泡了杯茶放在他面前。拨通电话："喂，小勇，这里吴老板找你购房的事，你赶快回来"。小勇在工地回来的路上思考着如何应对吴老板，他久经'商场'，是商业谈判的高手，性格狐疑多变，想了好一会儿，才想出了'欲擒故纵，引诱就范'八个字。他到办公室看到吴老板正在低头喝茶。小勇说："吴老板，对不起让你久等了，这几天事多，商家经营火爆，购房订合同的客户催着要房，我得抓工程进度。把给你打电话预约的事给忘了，真对不起"。"没关系，我也是来看一下，如果谈得成，我们可以订个预购协议"。"吴老板，实在对不起，这几天购房的人很多，我也没时间核查售房情况，还不知道你所要的位置和面积还有没有？至于价格，我可以把售房合同给你看一下，除了一家店铺价三千八一平米以外，其余都是四千"。"合同我就不看了，我要的面积大，图个吉利数，三千六百六一平米"？"这个价我得查查还有多少未售面积"。吴老板从小勇的语气中意识到有推脱的意味，于是又说："来个我们双方都吉利的数字三千七百六一平米"？"这个价我还没卖过"。吴老板加重语气地说："三千八"？"吴老板你爽快，今天我先去查一下，把那些小客户挪到后面的商铺去，争取给你留下正面当道的位置，明天你再来"。"今天不行吗"？"你得喝会茶，我到售房部去查实一下，王静你陪吴老板喝会儿茶"。小勇来到售房部和小孟商量，为了稳住吴老板得采取一个策略，小勇的嘴趋近小孟的耳朵细语，小孟连连点头。小孟拿着平面图一起去办公室。吴老板双眉紧锁，略有所思地喝茶，小孟紧步的跟在小勇的后面。小孟走近吴老板面前打开平面图说："马老板叫我来跟你商量，吴老板，这是房子一层平面图，你选择什么位置＂？吴老板仔细地看平面图，好一会儿才指着中间位置说：＂我要这个位置＂。小孟说：＂你们商人的眼光怎么都一样，第一位买房的人就把这位置买走了。你看还有其它位置可选择的吗＂？＂我要买的是个大商铺，当然位置第一重要，位置要当道醒目，给顾客一个方便的好印象＂。小孟假装为难地说：＂我只有回办公室去打电话与买房人商量一下＂，小孟走出了办公室。办公室里剩下小勇，王静和吴老板，吴老板说：＂马老板你这房价高出住宅房一倍，你赚得太多了＂。＂吴老板，你看这周围一大片密密的高楼大厦，为什么没开发商修商铺，住宅房的容积率可达到我这商铺容积率十几甚至几十倍，我这商铺的容积率只有零点五，也就是我商业房地价成本是住宅的二三十倍，我这房价贵吗＂？＂商业房容积率为什么低呢＂？＂商业房要有车道，人行道，消防车道，也不可能修三十层的楼房，要是修二三十层，上下通道如何解决？消防如何解决？商品如何上下楼？除了商业办公楼，或者宾馆之类容积率可以高一点以外，其它商业用房都不准建高楼。就是这些因素，所以规划局对商品商业房的容积率有严格限制＂。半个小后，小孟回到办公室说：＂吴老板经过我努力协商达成，改变原已购房合同位置，给原购房人每平米降价一百元一平米换位置协议＂。小勇说：＂这代价也太高了些，既然你已经同意了，就只有这样，你去理个合同，拿来吴老板看＂。四十分钟后小孟把合同拿来，交给吴老板，吴老板看后说：＂你这定金这么高＂？小孟说：＂吴老板，定金高是你这位置商业房已完工，你可以进场装修营业，你看现在已经有商铺营业。我们这片其它商铺还要一年多才能全完工，完工验收认可才能取证，这期间你不营业损失大＂。吴老板说：＂我没有产权证抵押贷不了款，我怎么交余下的房款＂？小勇说：＂你先交定金，先营业，到时你资金实在紧张，我们可以‘变通’一下，你写份凭你所购房的房产证作抵押委托我贷款，银行所贷款作为购房款＂。吴老板思考了一会儿说：＂可以＂。他在合同上签字盖章，合同成立。小勇说：＂吴老板我们到茶馆喝茶＂？吴老板说：＂我回去抓紧时间对超市进行规划，希望你配合作好隔墙，水电到位＂。＂那是当然，你得提前到现场规划，我好根据你的规划修筑隔墙，完善相关设施，便于你内部装修＂。吴老板说：＂我就不打扰你了＂。吴老板走后小勇说：＂小孟你配合得很好＂。接下来有工商银行来买了一百二十平米开办储蓄所，条件是，由小勇公司简单地装修，墙面顶棚刮灰粉刷，地板安装地板砖，安装电源线路，排水管道接通。照明设备，卫生设备，防盗门，柜台由银行自行负责安装。小勇计算了一下，装修约需三万元，每平米房价四千元，每平米摊装修费二百五十元，剩下每平米三千七五十元，价格还可以接受，于是和银行签订的了合同。小孟带来一位姓周的餐馆老板要租一间二百二十平方米的房子作餐馆。但是要按他的要求把房子装修好租给他。小勇说：＂周老板你决定租期多长时间＂？＂我先租半年，在根据经营效益来决定后期的租期＂。＂周老板餐馆的装修费用特别高，特别是厨房和厕所的装修，还有墙壁壁纸，顶棚造型，壁灯，吊灯等。装修级别差异也很大。费用特别高，要是你经营效益不好，半年或一年你就走了，那些装修也不能再利用，我亏损就大了。如果你成心要作这项生意，可以这样，你自己装修。半年内我不收租金，后半年收一半租金，一年后你作决定是买还是租，我们议定一个价；头两年租金每月二十元一平米，以后你是买还是租到时再议＂。周老板思考了一会儿说：＂你这主意看似给了我的甜头，实则是把我拴起打＂。小勇佯装生气地说："你说话怎么那么难听，我成心让利帮你，你却恶解善意，我知道你看到周围高中层居民很多。有商机，你自己定吧"。周老板思考了一会儿说："马老板，就按你的意见办，我自己装修，一年内租金按你的意见办。我们现在议个一年后的租金，以免一年后起纠纷，一年后租金就按你定的月租价"。"周老板，物价指数的通涨率都在百分之三到五，租金的年增加数也应该这个数"。"好，租金年增加百分之三，如果一年后我要买房，房价是多少"。"周老板，你也知道，我这里售出房价都是四千元一平米，这是现今的价，不知道一年后是什么价？这几年房价每年都在百分之十以上上涨，我们初次'交道'每平米让你一百，三千九百一平米"。周老板看到小勇态度强硬，没有回旋余地。说："就按你意见定合同"。小勇说："周老板我们今天商议了这么多内容，这方面没有规范的合同文本，让我今晚上认真梳理一下条文，写出条理清晰的合同，以免日后对条文解释各抒己见"。"马老板，这样也好，我明日再跑一趟"。"周老板你慢走"，小勇接到陈主任电活约他到茶馆喝茶，心里顿时有些紧张，不知道哪方面有什么事。他想娇娇她两娘母没有异常现象，还有其它事吗？心中没底，他如约来到茶馆。陈主任在门口迎接小勇，"马老板你好，请进"。"你久等了，这段时间事情多、很忙，没来拜望你，对不起"。"马老板不用客气，我们都是老熟人了"。走进包间看到一位三十来岁年青女子带着一个三四岁的小孩在玩耍。陈主任介绍说："这是我妻子陈香玉，这是我儿子，毛毛"，又对妻子说："这是马老板"。陈香玉接过口说："老公多次提起你，如何的能干，今天看到你的相貌真是一个能人，这么年青就当起了大老板"。小勇不知道这些恭维话有什用意，心理没底，只好装穷叫苦，"唉"，小勇思考了一下，叹了一声说："你看我们这样的人表面风光，高处不胜寒，压力大，日子难熬，只是各种因素制约，没有回头路可走"。陈主任说："可以理解，你的项目现在情况怎么样"？"目前工程进展勉强维持，就是资金周转有些困难"。"香玉的姐想投资办旅馆，她经过调查，在你那项目里还有一些商机，想听取一下你的意见"？小勇知道了陈主任动机，喝口茶说："对不起，忙了一下午，我去'方便'一下"。陈主任说："马老板你慢慢去"。小勇借故离开，思考对策，他走进卫生间，坐在马桶上想：我目前还不能得罪他，项目产权认证注册还掌握在他手里，这个项目完了我远走高飞，就顾不了那么多了。先来个缓兵之策，如果我出让产权给他，根据以往的规则，房价只能收市场价的一半，面积大，损失大，不能干，为了既不得罪他，只能'稳住他'，他想好了一计。回到座位上喝了口茶说："陈主任，感谢香玉的姐对我的信任关照，我的项目规划可以开设旅馆"。陈主任说："她姐有一点资金，要投资办旅馆资金还远远不够，想和你通融一下，先订个合同，交点定金，房产过户后，有了房产证到银行抵押可贷到百分之五十到百分之六十的款，贷款还房款"。小勇心想：陈主任要空手套'白狼'！想了一下说："陈主任，我们都是老朋友，你这想法我完全支持。我们是老朋友说实话，有两大风险：第一位置不是市区，流动人员不多，消费群体主要是附近居民，消费品种主要是食品和日用品，外出住宿的人极少，投资大，风险大。万一经营状况不佳，套牢了没有退路，可能血本无归。第二，我要按市价给房子，我们是老朋友，心里过不去，如果房价过低，因为是一笔大的交易，税务局查账时，必然会引起他们注意，追根究底，会影响到你。我们是老朋友，我有个两全其美的办法；我们先合伙开旅馆，我把房间装修好租给你，你只需购床和用具投资很少。至于租金合同里可多可少，我可象征性的收取，这是我们双方的事，不会涉及违规，不影响大局。如果经营效益好，凑足了资本再购房自主经营，如果经营状况不佳，可随时退出，不会导致风险"。陈主任想了一下说："你真够朋友，想得周到"。小勇说："根据房屋设计结构，只有第三层可作旅馆，每间屋设计有给排水管道，我建议先小规模经营，效益好，再扩大"。陈主任说："具休事项由香玉的姐来商议"。他们在茶馆里喝茶聊天吃点心，到了深夜，小勇用车把他们送回家。接着是规划局，城建局，税务局的办公室主任找上门来，借故说兄弟，姐妹或亲戚待业没工作想买个店铺开店谋生。小勇都给他每个人半价四一平米的店，给他们办好房产证，交给他们。他们到银行抵押贷款百分之七十，付了小勇房款，剩下净赚百分之二十现款。有的干脆转让，净赚百分之五十。但小勇的公司只收回了成本，为商业房产整天用尽心术，应付各方人物，弄得精疲力尽。看到滚滚财源，顿觉得宽心。这项目完后远走高飞，离开这个地方。时间紧张地过去，商业房已全部封顶，房屋外墙正紧张施工，商业房销售近三分之一，正在按已销售合同进行内部隔离墙施工。小勇整理了工程相关质检资料和城建局工程质量检查认证的相关资料送房产局陈主任，由他去和内部协商办理产权证，经他近一个月努力，项目商业房总房产证办了下来，小勇组织售房员和王静按合同和协议办理分户房产证，以产权作抵押到银行为购房人贷款还房款，多件办理又经过几个月，收回房款一千多万元。

35-4 保护费

　　一天晚上，小勇和王静好不容易有清闲的时间坐家里看电视，手机响了，"喂，你是谁呀"？手机里响起了恶狠狠的声音："一年多了你也该交费了"。"交什么费"？"十五万保护费"。小勇心一阵颤抖，想起来了说："原说好十万，怎么又涨了"？"你生意这么好，涨这点算是便宜你了，不必讲价了"。小勇心在颤抖，又听到凶恶的声音："不用讲价了，你哪天送来"？！小勇鼓起勇气问："我怎么知道你是我的保护者"？"那给你留下一个深刻的旧记忆，让你认可，你确定哪天交费"？小勇思考了一会儿说："我没有那么多钱，还要凑钱，至少五天以后"。"就这样，五天以后，你把钱准备好，我提前一个小时通知你交钱的地方！你要是想今后生活平安顺利，就按规矩交费，不然后果你自己去想"。对方关掉了电活，王静在旁也听清楚了。关掉电视，王静脸色大变，惊恐地说："怎么办"？小勇说："没办法，只有交，十五万元到不是什么大事，只是想他们采取什么手段让我留下深刻的记忆？这深刻的记忆是什么？莫非断手足？或者是再绑架一次？比上次还厉害？会不会伤害我？他心跳得没法往下想，这地方实在没法呆了，但一时又走不了。我得采取什么办法应对"？王静说："前几天我在银行取款，一个提着铁皮箱的人后面跟着一个人手里拿一根棒，我问取款人，大哥这位是你的同事，他说，妹儿他是我们请的私人保安，他拿的高压棒，他们功夫都很好。是不是我们也请一个"？小勇说："这办法是可以，就是怕引起他们起疑心，留下后患"。"你一个人开车去，我实在放心不下"。她的颤声像哭声，"这样也可以，我交钱时不下车，他坐在后座位趴下，晚上他们也看不到，那你去打听一下是什么保安公司，地址在哪里"？他们俩一晚担惊受怕，无法入睡，直到天亮都没入睡。第二天他们带上被盖到办公室沙发上去睡，那里工棚里，民工多，有看守工巡夜。王静到银行打听到保安公司的地址。小勇到保安公司办公室，办事员说："先生你有事吗"？小勇说："我一件有危险的事，想找一位能保障我人身安全的人"。"你面临是一种什么样的安全威胁"？"我送一笔款到一个对方指定的地方交割，但这是晚上，这过程中存在巨大的危险"。"我知道了，你面对的是群伙对你的威胁，风险很大，这样的保安须具有高超的武功和特殊的装备"。"什么特殊装备"？"电子高压枪和高压棒，"具备这样的武功和装备的人员，出使一次或一天要五千元"。小勇说："费用可以接受，时间有什么限制吗"？"你得提前三个小时通知"。"对方只给了我一个小时的时间"。"你可以预定一天的时间，如果这一天都未出使，你只给一天生活费一千元"。小勇说："就按你们的规矩，我提前一天预定"。小勇在第五天预定了第六天的保安，作好了一切准备，交了五千元的保安费。第六天晚上九点接到电话："十点钟在上次交货地点，同样的接头方式交货"。对方关掉了电话。小勇通知保安，一个年青小伙子，身高一米七八，身体强壮，一身劳动布便装，手上提着一个布套。来到小勇车前，小勇上车让保安坐后排，保安说："不行，要是你打开车门交货时，绑匪顺势把你拉下车作为人质，有座椅和靠背阻挡，我施展不了手段，我必须坐在你旁边随时应付以保安全"。"要是我只打开车窗不打开车门，他们就没法拉我下车"。"要是他们强迫你下车怎么办？黑夜车外情况不明，他们是团伙，在外早有设伏"。"如果我俩在一起，遇到情况你马上趴下，我可以用我的器械应付他们，把他们击昏，然后我们开车逃跑。如果他们看到我，你就说是你的保安，他们就不怀疑我是侦探，也就没事，我们碰到过这样的事，你放心"。送钱的路上，小勇的心咚咚的跳，车速很慢，他们车穿过隧道在山坡下，开着一侧防雾灯。看到手电筒连续亮了三次，这是暗号，小勇开车拐向上山小公路，前行一百米，有两人站在公路中间带着面纱，小勇把车停下。蒙面人问："马老板货带来了吗"？小勇问："多少货"？"十五贯"。"兄弟，货带来了，请兄弟查收"，"老板你好，明年再会"。小勇从车窗递出了装钱的编织袋。那人说："这里带来了我们老板明年接头的暗号，以免你心存疑虑，请你牢记"。那人递上一张纸条。蒙面人发现了保安，"那人是谁"？一个恶狠狠的声音。"兄弟你放心，那是我的保安"，"马老板你不要耍花招，你要是带的是局里的人我可饶不了你"。"兄弟你放心，我也是讲江湖义气的，我们走了"。小勇调转车头，平安回到家里。

35-5 逃离

  第三天上午，小勇接到唐总的电话。约小勇十一点到青山公园茶馆有要事相商，小勇看表已快到九点，他立即开车前往，到茶馆没看到唐总。他要了一间包间，一会儿看到一辆出租停在外面，看到唐总穿着一身破旧的工作服从车上下来。小勇心里非常诧异，上前说："唐总请进来"。他看到唐总一脸焦虑的样子，说："唐总你累了请坐"。唐总坐下来喝了口茶说："你知道我今天不开自己的车来为什么吗？我的车太醒目，被很多人认识，怕有'尾巴'，才坐出租车。目前我遇到一件麻烦事，我想脱身，我在商界政界认识的人很多，鉴于他们的背景，怕惹事，只相信你。前天地方保护组织向我索要保护费一百万，往年一年才二三十万突然涨到一百万，不知他们为什么涨那么多？是不是耍狠招，逼我抗费而采取极端手段？我心里害怕，想逃避，他们可能在暗中盯梢我，我必须显示我一切如常。我秘密地进行着善后工作，我打算把公司遣散的事交给我贴心的主管。通知售房部留两人看管门市，其余的人放假七天。等我走后才宣布解散。我已准备好各位员工的遣散费。唯一没有处理好的事，还没有售出的十套房，九百多平米。几天内要找这样多的客户不可能，要是甩卖也会引起他们的注意，而且房产过户的时间也来不及。想找你来商议，我现在售房价是一千八九一平米，我只收回成本一千三一平米，肥水不流外人田，找兄弟来接盘，时间必须在五天内完成过户。为了不被人用信息追踪，导致事后麻烦，最好不用直属亲戚姓名过户"。小勇说："你这事也太危险了，既然唐大哥有事，为弟的万死不辞，只是你这价太低"。"价就不用讲了，我回去统计平方数明天一早告诉你，你尽快把产权人身份证拿来过户"。小勇说："你尽快告诉我平方数，告诉我银行账号，我明天就把房款打过来"。"谢谢小勇弟，我这里告诉你一件事，今后怕通话被人偷听泄密，以后我们使用我们两人专用手机电话，我已买好了专用手机，这是专用电话号码"。唐总递给小勇二张纸条，一张是电话号码，一张是银行账号。唐总说："我们在专用电话通话：你称呼我张大哥，我称呼谢老弟"。小勇说："这一切事我回去照办"。他们喝了杯茶，简单地吃了点点心，小勇开车把唐总送到半路上，唐总打了辆车回家。小勇和王静当晚找小林和马燕商量说："你们俩跟我们这么多年，又是亲妹和妹弟，我们报答你们，给你们一个机会。我们也要离开这地方，你们接手建筑公司也需要经费，有个公司要卖出十套房子，每平米一千三百元，市价是一千八九，每平米可赚五六百元，一千平米可赚五六十万元。我出钱给你们买下，买下后，你们今后自己到多个房屋中介去分散卖房"。小林问："为什么要分散卖房"？"你们记住，开发商是为了逃避'保护费'才成本卖房。集中卖房怕被信息追踪，你们也绝对保密。买房的钱算我借给你们，有钱后还，赚的钱是你们的，因为你们今后是企业法人，为了避税，不能用你们两口子的名字。时间紧，过户人的身份证最晚不超过后天拿来"。小林一听高兴极了说："谢谢哥嫂的关照，可以用我弟的身份证吗"？"可以，你弟在哪里"，"在老家务农"。第二天小林回老家拿回了弟的身份证，由于唐总的人缘关系好，事情办得很顺利，十天后小林拿到十套房子的房产证。很快就到十月份了，近年来给小勇夫妻的感受，阳光普照、风雨交加的历程，小勇和王静坐在床上被窝里心情感慨："有钱了，倒觉得这个世界更加复杂和不安全，不由得心里蹦出首诗：天涯谋生漫漫路，人事纷争为财权，贫穷期盼财富梦，富贵方知世间难"。他们依偎得更紧，开始担心自身的安全。小勇说："静，我觉得我们的财富越多，越感到不安全，我们住在这里安全吗？虽然小区房屋是我们亲手修建的，除了我们一家，其余都卖给人家，居住人员复杂，往返上班中间还有一段路"。"那你说怎么办"？"我在想把房子卖掉，到我们现在的项目里装修一套房子住，上班也近"。"近是有好处，但如果因项目房产有什么纠葛直接找上门，如果有员工心里产生嫉恨，报复就更方便了，更不安全了"。"你说得有道理"，"那我们请个全职保安，随时跟着我们"。王静说："经过训练有本领的全职保安很贵"。"也就是双倍工资，两千元一月，这点钱不算啥＂。＂保安住哪里＂？＂就住在外间＂。＂陌生人住在隔壁，生活多不方便＂。＂那就把联排别墅还有两套没卖出，装修一套出来自己住＂，王静说：＂装修也要二十来万，加上房产占用资金一百万元＂。＂那点钱也算不了什么，作我们今后回来的落脚点。底层停车，堆放杂物，二层厨房，客厅，保安住房，第三层我们住。安装防盗网，安全门，这样就安全了＂，王静说：＂这样很好＂，小勇说：＂我立即安排装修＂。春节前小勇和王静搬进了连排别墅新居，请了一个全职保安，名字叫卢森山，是武警退下来的，一米八的个子。四十来岁。住在小勇的楼下，一天二十四小时跟随小勇和王静。如果小勇有要紧事要单独出去，保安跟着小勇，王静留在办公室里决不单独出门。小勇放弃了新项目的开发。年后小林承包建设项目，工人和施工管理人员都由小林和马燕管理。小勇和王静全身心清理项目的善后工作和房屋的销售。放假期间和节后一个月，是房屋销售的黄金期。周围居民有在外地工作的人放假回家，和家人一起参观房屋，萌发了他们的购买力，销售员忙不过来，小勇和王静当起服务员在门市里专门接待客人，销售员成了带人看房跑腿人，一个月后，住宅房只剩下五套一百二十平方米大户型住宅房，商业房又销售了三分之一约五千平方米，回笼资金二千七百万元。节后小勇组织工人根据销售商业房合同分割面积，修隔墙，配备水电设施，一个月后交付给购房人，销售房款到账。一天小勇接到唐总的专用电话，＂小谢呀，那边的牌照已经办下来了，项目也批了，就等签证了。你如果有多余的资金赶快换，你决定哪天去换，提前几天通知我，约个地方等＂。＂张大哥，我听清楚了照办＂。就这么几句话，小勇和王静商议如何处理未销售的房子，小勇说：＂我想了很久，由于小林和马燕有了他们自己的公司，精力有限，你弟媳不是在一个民营企业里作会计，请她来组织善后工作，小林和马燕作为协助人，互相监督。另外找我堂嫂苏姐作杂工，成立一个办公室，负责商品房的销售和出租房的管理。因为剩下的商业房销售不了，可能只有出租，还有已出租的几个门面也需要管理＂。王静说：＂也只有这样＂，小勇说：＂我得抓紧时间，根据财务制度，会计法，物业法，消防等相关法规的要点和涉及法律条文写出管理规则，根据规则，将责任落实到岗位责任制中，制定岗位责任制＂。王静说：＂这样责任明确很好＂。经过五天的专心致意的书写，完成了管理规则和岗位责任制。王静找到弟媳朱丽说明情况。朱丽辞职和王静来到办公室。小勇召集小林，马燕和苏姐一起开会，小勇说：＂在座几位都是我们的近亲，话也就直说，我和王静要到外地去发展，这里还剩下一些产业要管理。由你们几人组成一个办公室，负责房产的销售和出租管理。负责人由朱丽承担，苏姐配合朱丽的日常工作，马燕负责资金的管理，小林负责技术和维修工作，你们要互相配合把工作搞好。马燕和小林有自己的公司，根据你们的职责给你们每人制定了岗位责任制和管理制度。每人一份，你们拿去阅读，如有不当地方提出来修改。凡是与管理工作有关的开支一律按制度记账＂。王静说：＂为了做到收支透明，凡是合同签订，票据都由朱丽，马燕，小林你们三人签字认可方能入账＂。小勇说：＂可能刚开业工作有些忙，走上正轨了，工作量就少一些，如果实在忙不过来，你们三人决定招什么人由你们定，这段时间我们还没走，办好交接工作＂。小勇和王静商议善后事宜，王静说：＂房屋销售部要停止工作前，我这两天把已销售的合同清理和房产过户登记核对，为了以后几天销售的监督，朱丽先到售房部负责合同的签署和过户工作＂。小勇说：＂这样好＂。小勇把人事安排妥当，开始清理店面租赁相关的工作，陈香玉姐陈香梅已租赁旅馆半年没交一分钱租金，小勇盘算着收回旅馆。一天小勇来到旅馆，办公室没人，他到各客房寻找，在一间客房里看到李香梅穿着一件蓝布长袍工作服正在打扫房间，她看到小勇进来。马上招呼说：＂马老板到办公室坐＂。小勇和她到办公室，香梅拉了把藤椅说：＂马老板请坐＂，小勇坐下后，香梅泡了杯茶放在茶几上说：＂请用茶＂。＂香梅姐你太客气了＂，香梅说：＂老板脚干贵，从来都没来坐过，今天那股风把你吹来了＂？＂平时我杂事多，今天有事来和你商量；上季度要报税了，税务局肯定要追查房租的事，账面没有记录，我不知道怎么办＂？＂马老板，这旅馆我已经营半年了，没交一分钱租金真是不好意思，我也确实没办法，原以为这里有客源，实际上根本就没人来住，只有星期六和星期天有二三个人来住。原来我还雇用了一个人，付不起工资，上个月我把她退了。我没收入就算了，还要贴上水电费和物业管理费，目前我也不知道怎么办＂？小勇思考了一下；目前催她退房是最好的时机，说：＂看情况要改变目前的状况很难，你是不是考虑退出？以免导致更大的亏损＂？＂马老板你不知道我买办这些床被和用具花了二万多，还拉了一万多元的账，我要是退出，谁接手这些物品？我亏不起＂。小勇说：＂下季度税务局不但要追查房租，可能还要追查你的营业税。我看这样：陈主任是我老朋友，你现在就退出，把门关了，税务局也就找不到经营人了。你把所置办的物品理个价格清单就算卖给我，我把钱付你，房租就免了＂。香梅说：＂看来只有这条路走了，感谢马老板的关照＂。小勇心想终于用钱把她赶走了，以免留下后患，导致更大的损失。回来后小勇给王静谈起'兜底'旅馆的事；王静略带气愤的口气说：＂你就那么'慷慨'，半年的租金不要，还要给她二万多元的用具钱，三四万元就送人了＂！＂小勇说：＂这也是不得以而为之，我是动了心思，才想出这个办法，我要是不这样，她捞不回本钱，是不甘心走的。我们二百三四十万财产就被她占着。要不是她妹夫陈主任，不在我们办理商业房产权证上帮忙，拖后房产证办理我们损失就大了。其一，根据办理房产权的条件，必须商业房产功能设施齐全，也就是要把每个店铺，墙，门和水电到户，如果是那样限制了各种客户不同条件的需求，影响销售。其二，我们和客户签订的合同，首付都是百分之三十的房款，其余都是得到产权证才付全款，多数买主的还要凭产权证抵押贷载还房款，应收房款近二千万，这二千多万银行存款月利息就是五六万，那点损失算什么＂？王静默不做声。又经过半个月的清理移交，移交工作结束。王静把财务方面事务交给曾会计处理，她专门处理债权债务，经过半个月把债权债务处理完毕和苏姐当起了售房员。小勇带着朱丽到各租赁门面熟悉相关租赁事宜，时间又过去了半个月。一天上午小勇接到唐总专用电话：＂谢老弟，时间不能再拖了，下月底我们必须去签证，办款的事哪天去＂？小勇说：＂我刚好办完事，就定在五月二十六日深圳见＂。小勇和王静利用一个星期把二千一百万元款转到了深圳银行户头。五月二十六日，小勇和王静坐飞机来到深圳饭店见到唐总和老婆张清芬。他们在深圳约好五家钱庄，约定好汇价，他们进行分工，唐总和小勇到香港负责收款，王静和张姐在深圳负责打款，经过一个星期，小勇在几家香港银行账户共打进美元二百二十万，唐总账户共打进三百万美元。他们回到深圳，在饭店包间里兴高采烈地喝酒聊天，从来都没有这样轻松愉快，因为他们有钱了，没有了烦心的事务。喝着一千五百元一瓶的茅台酒，吃着山珍海味，坐在高楼里，四面落地的玻璃窗，环顾观赏四周美丽的夜景。唐总说："小勇我们认识相处十多年了，我亲眼看到你由一个打工仔工头，变成今天的富翁，我真为你的智慧和成就而感慨"。小勇高兴地说："我的一切成就都是你的关照，一辈子也忘不了，用一辈子来报答"。"小勇，不是社会上每个人都能像你一样成就一番事业。那是一个人从知识，性格，品德来决定的。要成为一个全面发展的人是不容易的，也是少见的，我第一眼就看中了你的人品，你在为李姐修建别墅的过程中体现了你的人格魅力。让我佩服，是个可深交的朋友，后来你也为我们商业圈作出过重大的贡献"。"唐总，你对过去我本应作出的芝蔴琐事，还记在心中，我心感惭愧，我佩服你对事物的观察，卓识远见，处理的妥当，令我十分的佩服。这里我告诉你一个消息，是我来深圳的前一天，听我一个公安局的朋友告诉我，你的渝州市连排别墅家被人火烧了，殃及旁边一家，把那家也烧了，幸好那家人全家人都不在家，幸亏没造人员伤亡"。唐总的脸上没有一点痛苦和愤恨的表情，小勇接着说："那家是一家外国人，是一个外资企业的老总，案件引起外国大使馆的关注，交涉。被市公安局立为'铁案'。后来抓住了两个案犯，另有五个案犯在逃，据案犯交待；他们要向你收取一百万的保护费，你一分未交，他们四面八方寻人，都不见人，公司关门了，家里不见人，他们为了泄愤才烧了你的家，我听到这消息心惊肉跳，庆幸你预先离开"。唐总说："这伙人作出这样的事，不足为奇，反正暂时我也不回那里去。是混凝土砖墙，火烧不会影响房屋结构，以后把它重新装修一下卖掉，损失几个钱算不了啥，这一烧，烧掉了我余下的一切留念"。小勇说："唐总你很幸运，祝贺你我开启新的旅程人生"。唐总说："我这次回北京去和孩子住在一起，很是轻松愉快，到北京各处去玩一玩，你们如何安排"？"我还是回渝州市去，那里还有些事没处理完"。"签证资料已经报上去了，你们要抓紧时间处理善后事，预约签证时间一到，必须提前到北京等候。这段时间没事的时候，我也找本关于美国那边风土人情的书来看，了解那边的风土人情。美国是个移民的国家，多半是欧洲移民，百分之六十多是白人，百分之三十是黑人，少数的南美洲西语移民，还有极少数的本地印地安人他们居住在美国中西部。黑人是十七，十八世纪作为奴仆随主人白人迁居美国。不平等的奴隶制一直延续到二十世纪六十年代，在杰克逊的带领下经过斗争，才废除了黑人在政治上不平等的条约。黑人至今心里仍有怨气，认为他们世代受剥削压迫，社会不公亏欠了他们。所以他们一些人性格偏激，受教育的总体水平较低。当然也有个别的杰出人才。他们的平均收入水平最低，抢窃偷盗犯罪率的比例比其它族裔高，所以黑人社区治安较差。经济条件好点的人都搬离，导致房价低。他们住宅区族群分化明显，根据自身的经济条件选择区域"。小勇问："我们项目属于那一类"？"这个问题当初买地时中介作了详细的介绍，如果要投资高端的项目，地价高。高档住宅多是高档独栋别墅，占地大，售价高，一般的人买不起。销售慢，资金回笼慢，平均收益率较低。我们项目周围小区都是中等收入家庭。这些人，人口比例大，购买力强，不愁销路。项目的规划和设计图已经完成。跟我们这里合作的项目一样，是联排别墅，房型也差不多，面积也是二百五十至二百八十平米，双车库，没有容积率的规定。不同的是，美国中北部建筑结构，都是木架子，楼板先前用实木楼板，有多层板后采用多层板。不像中国房屋结构采用砖混结构。木架子结构建造速度快得多。初步预算，每套房售价十八至二十一万美元，建造和绿化成本十到十三万美元"。小勇给唐总和张姐倒满了酒，举杯说："谢谢唐总为我们共同的项目操尽了心"。唐总说："现在是我'费心'，到了那边技术工作多，该由你'费心'了"。"唐总，没问题，我年青有精力，有你主导企业经营管理我信心十足"。他们碰杯后一饮而尽，他们四人边喝酒边聊天，兴高采烈，忘乎所以。他们心中没有工作压力，没有一些他们认为的小事而影响情绪，他们一直喝酒，喝茶到晚上十一点才回房间睡觉。第二天一早他们到机场坐各自航班的飞机回到北京和渝州市的家。

36-1 远去的回首

　　小勇回到渝州市的家里，第二天到管理办公室，看到工作一切正常。心里放心了，刚售出的两间商铺正在装修隔墙和门窗。他又到各出租商铺去看了一下，经商的老板都很高兴地招呼他坐。小勇问他们生意怎么样，他们都说还'过得去'。小勇知道'过得去'的言词是应付他的。老板说生意好，害怕下一轮租金涨得更高，租客能赚到钱，小勇心里也踏实多了。晚上小勇对王静说："我想明天回老家去看一下，家里两年多没住人了"。王静说："回去看什么呀"？小勇说："我们这一走，不知道多少年才能回来，我还是想看一下生我养我的那片山水"。"你不是伤心离开家的吗"？"我过去的一切越是艰辛伤感，越是觉得留念"。王静说："那我就跟你一同回去一趟，了你的心愿"。第二天小勇开着车，没有语言，脸无表情。王静说："你今天怎么啦？像'闷生'一样，在想什么？开车注意安全"。"今天我开得慢，这是我离家出走的路线，二十年了，我在看沿途的变化"。四个多小时后，小勇把车停在一个操场边。王静问："这是什么地方"？"这是我读中学时的学校"。他们下了车，放假了，学校很安静。他站在操场边四处张望，又慢慢地向校区走去，校区的变化很大，只有过去的几栋教室还是老房子的砖墙，屋面和门窗都换成新的机制瓦屋面和铝合金窗。旁边矗立一栋三层楼的新教室。原来办公的平房也变成了五层的办公楼。后边是新盖的三栋五层楼的宿舍，楼间空地是道路和绿化带，唯一能勾起他记忆的是那老教室和操场。二十多年前生活学习的景象在他脑海里一幕幕闪过，让他感动，落寞，艰辛，穷困，五味杂陈，感叹。诗一首：母校旧迹映眼里，师情友意涌心头，昔日师生今安在，留念沉积游子心。小勇久久凝望后，回到车里。车沿着上学的路前行，似乎又回到那艰辛的求学路。开车回到老家的山沟下，前面没有回家的公路。他把车停在路边一家农户的晒坝里。农家主妇在宰猪草，给农家主妇十元钱的停车费，主妇收下钱高兴地说："老板你真大方"。小勇说："大姐你费心，打扰你了"。主妇说："你放心，我看着车，今天我不出门"。小勇说："谢谢大姐"。小勇又一次走在上学和出走的小路上，但今天的心情与往昔不一样，他要长久离开这片土地了！不知多久能回来？脚下斑驳的石板路，旧时赤脚卷裤挑担走路的影象又一次在脑海里闪过，两边的青山依旧，一块块梯田。又仿佛看到先人开山造田的身影，传宗接代生存的山沟，祖宗徒步千山万水从遥远的齐鲁大地迁徙而来，而今后生要远渡重洋、他乡而去，心里感慨。诗一首：脚下千斑路，眼前儿时影，祖宗田地在，后嗣故乡徏。小勇一路思绪万千，寡言少语，只听到鸟声和风吹树叶的沙沙声。到家了，小勇打开家门，一股霉味扑鼻而来，老衣柜和四方桌面积满灰尘，长条木凳满是灰尘无法落座。小勇走向后屋，那是他从小睡的木床，麻布蚊帐被老鼠咬了几个洞，床草上积满了灰尘，儿时的一切恍如昨日，静默无声，又好像是在梦里，他拖着脚步走到父母的房间和妹的房间，一切依旧空寂，他退出来到堂屋。他拉来一根长木凳，穿着鞋踩了上去，扭下了总电闸盖，拆下了进闸电源线和出闸电线，并用绝缘胶布包扎好线头、盖上闸盖。在香火前磕了三个头，默许下次回来隆重敬香火、拜祖宗。关上大门，站在院坝里凝望着静静的老宅和群山，心绪万千……赋诗一首：物静人空儿时忆，离别老宅情万思，天空白云远飘去，青山老宅沉万寂。小勇开车回到渝州市的家。

36-2 签证

　　小勇整天忙着到相关部门办理签证资料，出生公证，结婚公证，财产公证，无犯罪记录公证。时间过得很快，二十天过去了。一天小勇接到唐总的专用电话，告诉他带上所有签证资料，三天以后赶到北京到美驻华大使馆签证。小勇立即购买第二天的机票，收拾行李，坐飞机来到北京和父母住在一起。电话约定和唐总于五月十六日上午八时在使馆前等候。小勇如约来到使馆，唐总也同时到达。经过安检进入使馆区内，工作人员根据他们签证的性质，把他们五人单独带到了一间厅里。厅里摆放着两排椅子，有十来人坐在椅子上等候，厅里鸦雀无声。九点钟刚过，一个窗口打开，一个白人伸出头叫了一个人名字，有三个人过去，递上资料，约十分钟后，三个人垂头丧气离开了窗口走出大厅。又听到喊声，一波五个人走向窗口，递上资料，又过了十多分钟离开窗口，有二人笑容满面，另外三人面无表情的离开了窗口。这次听到了唐总的名字，他们五人走向窗口，里面一个白人，一个南美肤色人，他们接过资料，注目他们五人面相，又细看护照相片，他们分别细看了每人公证资料和文件，最后白人用中文说："你们都是公司聘用的职员吗"？唐总指着小勇说："我和他是公司股东，那两位女士和一个男士是公司雇员"。"我们看了你们的资料，你们个人的签证资料齐全无误，但是你们公司的资产资料和公司在银行户头账目没有资料"，唐总说："美国寄来的文件，是委托人代办的，他们在美国无权提取相关产权资料和银行账户资料，所以无法提供"。"你们在美国投资什么项目，多少资本"？"我们在美国马里兰购买的十公顷地，购地价四百三十万美元，另外银行户头存款五百三十万美元的建设资金"。"听你的介绍，你们的资本规模没问题，但目前没有资料显示"？唐总说："你给我们机会去美国到相关部门出具相关资料"？白人和西裔人用英语对了几句话，唐总和小勇听不懂。他转头说："我给你们两股东机会，给你们三个月的旅游签证，根据你们的身份，要交一百万的'保证金'，按期回国'保证金如数归还'。两位女士和男士雇员以后待签"。唐总说："可以，谢谢"。小勇和唐总分别各打五十万元到大使馆指定的账户，他们也很快拿到旅游签证。他们到机票售票中心购买机票。没有直飞华盛顿杜勒斯机场的直飞航班。购买了六月三日全日空航空公司机票。他们的行程是；从北京到日本东京成田机场转机，航空公司专用车从机场把他们接到航空公司提供的旅馆，住一晚，第二天又由专用车从旅馆接送到机场，再由成田机场坐飞机十二个小时到底特律，当天由底特律坐飞机到华盛顿杜勒斯机场，这是他们的全部行程。六日三日上午十点钟，小勇全家打两部出租车送小勇到机场。他们到机场国际候机厅，各种肤色的乘客很多，电视屏幕上显示着到世界各地航班时刻。小勇和唐总在机场相会。他们验票安检进入了隔离区。两家家人很少讲话，面目严肃，只有小勇父母，岳父岳母叮嘱小勇保重身体。唐总妻子嘱咐唐总保重身体，家人在围栏外挥手致意，不断回望远去的身影消逝在人群中。当他们坐上的飞机飞离机场，升上高空，从窗口看到一片云海，小勇第一次远去异国他乡心情特别复杂，吟诗一首：身似飞鸟翔空中，两耳嗡嗡视苍穹，穿梭云海雾峰上，前方世界避想中。经过两天的空中飞行和中途转机，第三天到达杜勒斯机场。各种肤色出海关的外国人特别多，排了长长的队，约排了半个多小时的队，轮到唐总和小勇，他们把护照递了进去，海关人员核对了照片，说了一句英语，唐总不知道说什么，不知所措，海关人员看到排队中一个中国人的面孔，用手指了一下说了一句英语，那人从排队中走到唐总面前说："请你按手印"，并指了一下指盒，唐总按下手印，海关人员说："OK"，盖了一个海关章，递出了护照。那翻译说："可以走了"。小勇上去重复这个程序。过了海关他们来到接客厅门口，一个中国人面孔举着牌，牌上写着唐义成，马小勇，唐总走近那人说："你就是周世成吗"？"我是周世成，你就是唐总和马总吗"？"是，多谢周先生"，"跟我来到外面去上车"。他们走出大厅，过了一个地下通道，来到停车场，上车后，周先生说："你们这趟飞机正点，今天不早了，我们找个地方吃点晚餐，然后我把你们送到旅馆，明天带你们去看那块地"。唐总说："我们对这里不熟悉。听从你的安排"。他们开车来到麦当劳店，周先生带他们进店，店不大有十多张桌子，不是中国饭店里那种大方桌，而是条形方桌，大小长短不一，有两人桌，四人桌，六人桌，简易的靠背椅，没有走动的服务员。周先生问："唐总，这里有鱼的，牛肉的，鸡的汉堡你们吃什么"？"你吃什么我们就吃什么"。一会儿周先生拿着三个纸盒，三个纸杯过来说："这三个纸盒里是鱼汉堡，你们喝什么？有苹果汁，橙汁，可乐"？"来可乐吧"。一会儿两杯可乐放在唐总和小勇面前，周先生说："这饮料随便喝，不限品种不限量"。小勇问："周先生这饭菜还没来"？周先生打开纸盒，拿起两块面包夹一块肉饼说："这就是汉堡包"。他边说就用手把汉堡放在嘴里。"没有筷子吗"？"马老板你看旁桌的美国人就这样吃，中国现在也有麦当劳店了吗"？"我们那个三级市现在还没有"，唐总在北京去过麦当劳店，见识过，不足为奇。唐总问："周先生，你来美国多少年了，汉语还那么好"？"我父母那一代从台湾来的美国，我是在美国出生的，我父亲是湖南人，随国民党军队从大陆撤退到台湾后来到美国。我从小在家里都说中文，父母又教了一些中文。这几年大陆的商业往来多了，需要很多会中英文的双语人，我到广州外国语学院去学了几年中文，回来从事房屋中介，现在我是房美屋业公司的员工。我们公司是马里兰，弗吉尼亚，DC最大的华人房屋中介公司。由于我们精通中英文，客户很多，华人在这边买房的人多了，很多美国卖房人，美国的中介公司都主动找上门来联系，争取华人客户"。唐总说："对这边我们什么都不懂，两眼一抹黑，我们来这里想办点事，你能帮忙吗"？"唐总，以前买地的事，银行账务的事你都全权委托我办理，这样信任我，我无以回报，你亲自来了，为你们服务我责无旁贷"。唐总说："你开车带我们出行，为我们办事，花费精力和时间，车费，油费，你也要生存，还是应该给你点报酬"。"唐总，我们今后合作的机会还很多，这次我就收点油费每天一百元"。唐总说："这点报酬也太少吧"？"其它就不讲了，我们今后合作的机会还很多，你过来开办公司很多的事我们都需要互相帮助"。唐总说："对这边情况我一点都不懂，今后还有很多的事都要依靠你"。周先生说："这次你亲自来了，我把以前你银行账户的支付账目打一个清单，翻译成中文交付你审查，核对银行账户余额"。唐总说："我们很快就会过来开始开发项目，建设资金还要打过来，需要以公司的名义到银行开账户行吗"？"你们公司已经注册，到哪个银行开户，哪个银行都欢迎"。"我想在香港有分行的世界性银行里开户"。"明天我先带你们到政府部门注册公司办事处，开具公司相关的注册资料再到银行办理开户"。唐总说："一切听你的安排，你要忙的事很多，不要急，一件件的办"。周先生把他们送到旅馆，安排好房间，交给唐总一部手机，给了一张纸条、三个电话号码，一个是周先生手机号，家里电话号，公司电话号，说："有什么事打电话"。周先生走后，唐总和小勇感到无限的恐惧，一个陌生的世界，语言不通，寸步难行。过了一会儿小勇拨通了周先生手机："周先生你家里有中英字典吗"？"有"，，"你明天能给我们带一本来吧"？"可以，我还可以带中英文的对话磁带和一部磁带放音机"。"太感谢你了"。小勇打开电视机，电视里都是英语对话，偶尔能听懂一个单词，但没有字幕，不知前词后意。开始寻找有字幕的频道，终于找到一个儿童频道有字幕，中国英文老师教的英语语调不标准，电视里对话的音调，对应字幕显示的单词和记忆单词中发音相差很远，肯定是自己所学的发音不准，小勇边看字幕单词，边思考分析音调，再根据图像人物比划动作理解词意，他利用电视节目学英语。唐总说："我们读书那时，没有英语课，只有俄语课，现在岁数大了，记不住了，生活要自理，逼得学点日常用语"。第二天周先生带着唐总和小勇去看买的那块地，旅馆就在波多马各河旁边，车子出了旅馆，上了495号公路又转95号公路开了半个小时，向右进了一条小路又开了几分钟，来到了一片斜坡和土丘的荒草地，土丘上有一座破房，周先生指着破房说："那座破房就是这片地的主人居住过的房子。他原是英国的贵族，一百年前来到美国买下了这块地，现在你们买的地块只是当初这块地的三分之一，那三分之二已在一百多年里分几次卖了。这块地是他最后一块地，他的后人有的回到英国去了，有人到其它州去了。你们看周围的房子，就是地的边界"。他们沿着这块地周边走了一圈，花了一个小时，在地里查看完地，已是十二点钟。回到车里，开车去找吃午饭的地方，好不容另找到一家韩国餐馆，他们吃了碗面。下午他们开车来到区政府房地产局，他们到了办事厅，周先生说："你们把地产登记的护照给我，我去办理地产权属资料"。唐总和小勇拿出了护照给他，他带唐总和小勇到了柜台把护照递给办事员。周先生用英语和他对话，那人看了护照。用审视的目光看了唐总和小勇，然后按动电脑键盘，资料打了出来，交给唐总。唐总问："这资料没有签字盖章有效吗"。周先生说："这类资料从来都不用盖章，这资料只是一个说明，如需核实，在网上一查就知道，当然在中国查不到，我家里通过专门网站就可以查询"。他们又到另一个大厅去开具公司资料，这次办事员核对了刚才开具的地产资料和两人的护照，接着他按动电脑键盘，公司注册的资料就打出来了。小勇收下资料，他们走出办事厅上车，周先生开着车把他们送回了旅馆。在楼下给他们介绍便餐店，有糕点和三明治，走路到对面找了家麦当劳，又走一段路找了家比萨饼店。周先生说："明天我带你们到银行去开立公司账户，你们把今天的资料收捡好。明天带上，你们回去好好休息，晚餐你们自己选择吃什么，我回去清理账务、翻译资料"。周先生把他们送回旅馆房间，给了一本中英文字典和磁带放音机，唐总说："谢谢周先生"。唐总和小勇回到旅馆，唐总打开电视机开始学习英语。小勇翻开字典开始查看这几天要用到的日常用语单词，又听放音机的读音，生活逼得他们疯狂学习英语。晚餐就在楼下吃了三明治，三明治可难吃了，面包片里夹点生菜和一片像是生肉的肉。小勇和唐总只吃了面包，把生菜和肉一起扔进了垃圾桶。他们到附近的商店买了点面包，苹果，可乐和矿泉水带回旅馆，饿了充饥。第二天九点钟周先生带着他们先到花旗银行开户，他们三人来到了窗口，周先生用英语和职员交流后说："你们把护照和公司资料给他"，办事员接过护照和资料，核对了护照照片，看了公司资料，开始在电脑上操作。过了一会儿，办事员说话，周先生成了翻译，说："唐总你按右手五个指印"。唐总照办。"马总你同样按五个右手指印"。小勇照办，完后，办事员又说话了，周先生翻译说："现在你们俩商量好密码，六位阿拉伯数字最后加一个英文字母的密码。唐总和小勇悄声商议后按下密码"，办事员说了一句英语，周先生说："你们账户没存款，必须在五个工作日内存入至少一千元，户头方可有效，手续办完了"。他们走出大厅，唐总说："我们要从香港他们的分行转款，请他告知一个转款流程"，周先生又用英文对办事员翻译，办事员打出字条给了唐总。他们办完事走出大厅，周先生说："账号和密码是商业秘密，只允许你们两位老总知道，你们拿回字条后，把账号密码牢牢记下，把账号从字条中抹掉。如果丢失或被盗，泄漏密码从账户把款转走，虽然美国法律很严，可以追查追缴，但是法律程序繁琐，时间长，要是盗取者把款取走而无影无踪，就无法追回。我不知道你们要转多少款，银行法规定每个银行同名户头，如果银行破产每个户头只负责十万元的兑付，其余款项无法支取，就是客户自己损失"。唐总和小勇大吃一惊，心想这样的法律对客户是多大的损失。唐总说："有什么规避的办法吗"？"没办法规避，只有两种办法尽量减少损失，第一是分散存款，分存多家银行。第二尽量选择信誉好，坏账率低，破产机率小，安全的大银行"。"你帮我们选择六家美国好的，比较保险的大银行开户"。他们第一天选择了，花旗，汇丰，摩根三个银行开户，手续和程序都一样，到了下午两点钟周先生说："我送你们回去休息，处理一下账号和秘码，不要把账号和密码搞混了。取款时如果连续三次按错密码，账户就要被冻结"。唐总说："感谢周先生的提示"。周先生又把他们送回旅馆。唐总和小勇坐在房间里开始研究怎样书写账号，密码，和银行之间关系，既要自己看得懂，别人看不懂，因为必须记录，如果凭心记，时间长了也会忘，他们思考很久最后决定：用单一英文字母代替银行，密码前三位数和后三位颠倒，密码前面多一个银行代号的英文字母，账号的前面也加上一个代号，这样账号的记录也是假的了。即使被盗取账号和密码也无法使用，找不到开户行，他们按设计的办法把办理的账户重新编写记录了一遍，把真账号和密码背诵了几遍记在心里，把变更的方法牢记心里，把改编的密码和账号记录在本子上。晚饭到麦当劳店，排队到了购买处，服务员问他吃什么，小勇听懂了你吃什么两个单词，这个两个单词中学已学过，但语调有些差异，但处在这时，也可猜出几分，小勇想吃牛肉的汉堡，就只说了牛的英语单词，服务员听懂了小勇的意思，说了几个阿拉伯数字的英语，小勇交了钱，服务员找了零钞。经过这次，小勇学会了买汉堡，回到旅馆又开始学英语。唐总打开电视，小勇翻开字典，寻找明天用得着的英语单词。又找出今天开户的资料对照，学会了账号，开户行，公司名称等英文单词。小勇把这些英文单词记录在本子上，还学了一些日用单词。第二天周先生把他们拉到富国银行门口，唐总问："我们开户的银行存款保险吗"？"只是破产的几率不一样"。唐总问："这些银行在香港都开有分行吗"？"这我没调查过，我们开户前可以问一下"。他们走到窗口，周先生用英语和办事员对话，然后说："他们在香港开的分行在香港铜锣湾"。他们履行了头天同样的程序和手续开了户，索取了相关资料。到下午三点钟又到了美国合众和运通两银行开了账户。周先生把他们送回旅馆。小勇他们又将银行，账号，密码按头天的方法重新编录，将原件毁掉。晚上九点钟，那时正是中国上午九点钟。唐总和小勇在旅馆用国际长途电话给唐总妻张姐和王静通电话："你们在香港签证有效期内，坐飞机后天到香港银行汇款，到港后你打国际长途与我们联系，分别告诉了电话号码"。第二天周先生把唐总和小勇送到华盛顿DC国会山前湖边停下。唐总和小勇下了车，周先生说："这里很不好找停车位，今天我也有点事，你们自己玩。这圆顶像宫殿一样的就是国会山，国会不能进去参观，你们可以围着转一圈，旁边是国家艺术馆。草坪一直到远处的尖塔是纪念塔，这草坪两边都是博物馆，有自然博物馆，航天博物馆，艺术博物馆等，这些博物馆都是免费不收门票，华盛顿纪念碑的右边草坪最里边是白宫，有房子遮着看不到。你们这一路参观下去，下午我们电话约定在哪里上车。中午草坪路边有小摊卖'热狗'，你们可以当午餐"。唐总说："你忙去吧，下午电话约会"。小勇他们围着国会山走了一圈，特别雄伟，特别是方块的大理石垒起的墙，一块大理石都有几吨重。特别是高达几十米，直径达近两米的圆柱，看不到有接头，要是一根整体大理石柱，不知是怎么制造、运输和安装的？他们围着国会山转了一圈。感叹它的雄伟，接下来他们参观了；历史博物馆，航天博物馆，博物馆里各种实物样品，照片，和模型让人惊叹。由于展品陈列多，展馆陈列室多，他们只好走马观花，下午五点，他们预约在航天博物馆前上车。开车一个小时回到旅馆。第二天他们继续参观了自然博物馆，艺术博物馆，在警界线外瞭望了白宫。他们漫步在白宫前南草坪上，小勇说："白宫比起国会山差多了，还不及我国一个市级政府大楼"。唐总说："这很形象的体现美国的政治生态中，政府机构各部门的社会地位。国会是政策，法律的制定者，重大国事的决策部门，白宫总统是执行者，并且要按时向国会汇报执行情况，国会有权罢免总统"。这就是美国的民主政治。小勇说："这两天参观各个博物馆，给我这个见识少的人心里震撼；人文社会，地质生物，文化艺术，航天技术，各个领域时代的变化，变迁，实物，标本的展示，从未见过，令人惊叹"。唐总说："这么多实物样本，只有美国这样强大的国家，才能通过各种手段收集到。弱国小国的历史文物通过各种渠道流入强国，中国的许多文物至今流失国外，特别是火烧圆明园，八国联军侵略中国流失的文物不计其数，有的流失民间，不知去向"。小勇说："我的祖辈穷居荒野山沟，为生存觅食，没有读书学文的机会，哪知道这世上几千上亿年的人文地理。这两天大开眼界，感触颇深"。下午五点钟，周先生把他们接回旅馆。当天晚上九点多钟，唐总接到老婆的电话："我们现在香港宾馆，你告诉我们美国的开户行，账号和公司名称"，"你们拿好纸和笔作好记录，小勇告诉你们"。王静接过手机，记录了六个开户银行的名称，账号和公司名称。一个个的英文字母的书写核对，记录完后连续核对了三遍，确认正确无误。唐总从小勇手中接过电话说："你们每个户头先汇十万元，等我们这边确认账户收到款，以这样的方式证实汇款的程序，方式和操作过程的正确性，再汇余下的款。填写汇单时一定仔细核对收款人的开户行名称，收款单位，账号，数额等不能有一点差错。你们俩互相核对正确无误后方可办理汇款，千万保管好汇款单，不要丢失，以防被人盗取。我们这里是头天晚上九点多钟，你们那边已是第二天上午九点多钟。今天你们只汇三个户头的款。你们那边在当天下午六点钟，我们这边是早上六点多钟，给我们打电话，告诉我们汇款情况，我们立即到银行核实，确认后。在你们那边早上六点，我们给你们打电话告诉到账情况，你们听清楚了吗？汇款中有什么情况立即给我们打电话"？"听清楚了，时差是你们的时间比我们的时间早十二个小时"。"是的"。挂断了电话。小勇和唐总打开电视，翻开字典，又开始学英语，到九点半钟开始睡觉，刚来美国头几天，每天晚上三点多钟就醒了，睡不着。白天总想打瞌睡，但一直在外面，没机会睡觉，坚持了几天后，开始正常睡觉了。第二天六点钟，唐总打电话过去："是王静吗"？"是我，唐总你好"。"你们今天汇款顺利吗"？"顺利，分别给摩根，美国，花旗三家银行户头各汇十万"。"等我们核实确认后，电话通知你们下一步行动"。"我们等你们的指示，安排我们下一步行动"。"好，就这样"，唐总放下电话。小勇他们到比萨店吃过早餐。周先生今天九点钟把小勇他们送到摩根银行，小勇对周先生说："这几天我们学了点英语，今天实习一下"。小勇走向柜台，向办事员问安，接着用英语说了查看账户款项，办事员愣了一会儿用英语问账户名称和账号，小勇用'夹生'英语告诉了账号和公司名称，办事员愣了一会儿，直摇头。小勇把用英文书写的账户名和账号的纸条递给他，他看后用英语复述了一遍，小勇仔细听，音调的卷舌音有些不一样，心里学着背诵了几遍，办事员叫他和唐总按了手指印，计算机打出纸条存款仍然是零，他俩离开了柜台。唐总说："可能还没到账，下午再来"。下午他们又来银行，这次小勇听懂了办事员重复的那几句英语，他们按了手印，纸条出来了，存款余额十万元，唐总细心的收好纸条，又到其它两家银行，履行同样的手续，得到了汇款如数收到的纸条。晚上七点钟唐总又打电话："你是王静吗"？"唐总你好"。"三家银行，三个户头的款如数收到，你们今天到另外三家银行三个户头各汇十万元，记住是另外三家银行三个户头，不是已汇款的户头，还是原来的联系时间通话"。"唐总，我记住了是给没汇款的户头汇款"。"对，就这样"。到了晚上六点通话，王静在电话里说汇款顺利。小勇他们下午到三家银行确认，款已到户，银行给予账户存款纸条。接下来唐总给王静她们打电话："喂，你是王静吗"？"是，唐总你好"，"汇款已收到，接下来，将余下每个户头八九十万余款，分各银行户头一次汇完。你们要比上次更加小心，这次汇款是大数，注意汇款银行名称：收款人，账号和金额不能有一点差错，把前次汇款单带上，填好汇款单后，你们各自互相反复仔细核对，完全无误后方可在汇款单上签字，办理汇款"。王静说："唐总你放心，我们会反复核对，我们俩确认无误后，才签字办理汇款，这次我们每天只办理两个户头"。"好，你们一定细心"。"你们放心"。唐总打电话是晚上七点，王静她们是上午七点钟。接电话后，她们出去吃过早饭就到花旗银行去汇款。她们到柜台拿了汇单，由王静填写汇单，他们拿出上次十万元的汇单的底纸比照填写，填写完后反复核对填写内容，除汇款金额由十万元变为九十万外，一字没漏没错，反复核对确认，又交与张姐反复核对无误后去柜台办理汇款，办事员又用了约五分钟才办完了所有汇款手续。她们收下汇单底纸，出银行大门已是十一点过，她们在餐馆里简单地吃了碗面又赶到汇丰银行。由于是午饭时间只有一个窗口开着，她们在窗口取了汇款单，又开始填写，反复核对无误后排队办理，排了半小时队，又办理了约五分钟，走出银行大门已是下午三点钟。她们回到宾馆等候电话，晚上七点钟唐总来电话："你是王静吗"？"唐总你好，我们今天在花旗和汇丰两银行账户各汇九十万，我们经过多次反复核对无误"。"你们休息吧，我们这就到银行去核实"。唐总挂断电话对小勇说："我们给周先生打电话，叫他下午来送我们去银行"。小勇说："这样好，上午在旅馆里学点英语"。下午两点钟唐总他们来到花旗银行柜台前查询账户，办事员要他们履行了同样的手续，告诉他们账户余额仍是十万元。他们又赶到汇丰银行，办事员叫他们履行了同样的手续，办事员告诉他们账户余额仍是十万元。小勇他们回到旅馆心里有些不安。第二天他们一早九点钟来到花旗银行柜台，办事员看他俩又来了，问他们是否要查账户余额，小勇说："是"，办事员还记得账户名和账号，从电脑里调出账户说："十万元"。小勇着急了，是不是自己语言发言不标准？对方不解，又赶快叫来周先生，小勇把查账户余额的目的告诉周先生，周先生用英语和办事员对话后，他对小勇说："汇兑多少钱"？小勇说："九十万"，周先生和办事员对话后说："大额汇款很慢，两天以后再来查"。小勇他们到汇丰银行查核，得到也是同样的答复，回旅馆的路上，周先生说："上次你们四百多万分二次汇来，足足的等了一个星期才到账，我也不知道为什么这么慢"。小勇他们回到旅馆坐卧不安，好不容易等到晚上七点钟，香港是上午七点钟。唐总电话向王静讲了这个情况，叫他们立即到花旗和汇丰去查证一下是什么原因，十二点前我打电话问个原由。心里紧张，好不容易熬到了十二点钟，唐总打电话："你是王静吗"？"是"，"情况怎么样"？"两家银行办事员说，大笔银行汇款要相关部门和人员审查后方可放款。他们办事人员也不知道要多长时间，我求情他们再次核对一下收汇银行，收款单位，账号是否有误，他们核对后都说无误，只好等着"。唐总说："我们可以随时到银行去核实，下一步汇款听我的通知，你们好好休息"。唐总关掉了电话，又等了三天，两个银行两个户头才收全款。第二天唐总电话通知王静她们，利用两天时间把四个银行四个户头共三百五十万元分别汇出，吩咐她们填写汇单一定要仔细，反复核对，不能有错。又经过一个星期，六个银行里六个户头共五百三十万全数到账，各银行开具了资金证明。周先生送来所有地产过户资料，地价，地税资料，房屋的勘测设计费，和办理地产房屋规划申请服务费的资料和票据。他们这一趟来美的任务完成。唐总说："在这里的费用太高，我们把这些资料带回国清理，今后我们落户后，有房有车，费用就低得多"。

36-3 托管移交

  唐总和小勇回国后，在大使馆附近找专门办理商业签证申请的专业人员填写了申请表。把签证所要的资料递交给大使馆，一个星期后在网上看到签证预约日期九月十六日，现在是八月五日，还有一个多月。唐总留在北京，小勇他们回到渝州市。小勇又开始忙碌，王静查核账面，这一个多月里，卖出了商业房三百六十平米，收回现金一百三十万，租金五万元。小勇说："我们到美国需要生活花费，我们到深圳去把这一百三十多万，换成美元，转到香港，再由香港转到美国的账户"。王静说："还有一个多月，我们再等半个月才去办理，这中间可能还有收入"。小勇说："这样也行，这次把钱全存在你的名下，转入深圳你的账户上，再从你的账户转入钱庄账户。香港那边进入我的账户，再转入美国账户，因为我的账户已转款较多，怕引起外管局的注意"。王静说："要是这样，我们得立即去办理，这中间需要时间"，小勇说："明天你就去开户转款"。一个星期后王静一人赶往深圳，在深圳银行开户。小勇在渝州把银行款转入深圳王静账户，小勇又急忙赶往香港。王静在深圳找到上次汇款的钱庄，老板认识王静说："大姐，你又来转款"？"是"。"你们上次数额太大，引起有关方的注意，进入了黑名单"。"我换个名字和户头可以吗"？"换个户头可以，但数额不要太大"。王静告诉了她的名字和数额，谈妥价格分两次转入香港账户，数额很快到户。小勇又将香港账户款转入美国账户。他们回到渝州市，开始和管理办公室交接账务和资产管理的相关事宜，小勇和王静在饭馆的包间召集朱丽，苏姐，马燕和小林聚餐。他们边喝酒吃菜边谈，小勇说："过几天我们就要走了，从明天起我们开始交接，今后一切由你们主管经营。以后还希望各位亲戚帮忙管理好这摊事情。还是按原制定的各自职责和规则办事。小林负责维修和商业房的隔断墙门窗的安装，按合同办理，其余的房屋销售，以明天为账务清算日。租金，工资和水电费以上月底为清算日，其余的费用开支以明天为清算日，进行财务清算交接"。王静说："今后在银行建立三个账户，一个是卖房款账户，这个账户只进不出，由朱丽和马燕共同管理。另外两个账户由朱丽和苏姐共同管理；一个是租金款账户，一个是开支账户，每个账户的所有收支建立票据明细账，你们相互签认"。朱丽说："有些票据很不规范，如棒棒费，清洁费，小修小补的人工费等"。王静说："这些费用不多，作个记录，注明用途和用处，你们俩签认就行了"。小勇说："朱丽和苏姐下月起每月工资涨一百元，月薪八百，养老和医疗保险照买。马燕和小林有自己的事业，我给你们兼职补助每月四百元，养老和医疗保险照买"。苏姐说："感谢弟的关照，我尽量把工作干好"。朱丽，马燕和小林说："感谢哥的关照，你放心到外面去发展，我们一定把你委托的事办好"。他们边喝酒边聊天。第二天小勇单独召集任工，小林和小袁到饭馆包间里聚餐，他们又边喝酒边聊天，小勇说："任工这段时间由小林主导施工怎么样"？任工说："还是沿用你那一套管理办法，大家还是很满意的"。小勇说："我宣布一个决定，我要到外地去开展项目，我走后由小林代替我，希望你们支持小林的工作，你们的福利待遇不变"。任工和小袁睁大了眼睛，看着小勇和小林。任工说："你这一走多久回来"？小勇说："看发展情况，也许三五年，十来年，甚至是落地生根"。任工说："我们一定和小林好好干，祝贺你在外大发展"。小勇说："希望任工和小袁像支持我一样支持小林"。任工说："我和小袁配合得很好，小林也和你一样好，我们会很好的合作共事"，小勇说："感谢你们对小林的支持"。饭后小勇用车把他们送回住处。当天晚上接到唐总专用电话："小勇吗"？"是我，唐总你好"。"我已住在渝州宾馆，你和王静明天九点钟，开车来宾馆有要事相商，你们带上两人身份证和户口，见面后细谈"。唐总挂断了电话，第二天小勇和王静准时到达宾馆，唐总把小勇和王静带进房间，唐总说："有两件要事要办，第一件事是我们在美国的投资和银行存款数额比较大，会引起签证官对我们洗钱的怀疑，这次签证时带上近五年年终税表以备查，第二件事是张清芬，儿子和王静的签证问题。你们走后，我又到使馆附近咨询了办理申请的代理机构，他们提醒这件事，他们说我们两人作为公司的董事长和总经理，注册公司资料有我们的名字，商业签证没问题。张清芬，儿子和王静她们作为家属签证，现在不是时候。我们还没到美国，公司尚未开业，被拒的可能很大，只能以聘请雇员的身份随同前往，雇员要有聘请书，聘请书要有中英文的公证，所以我急忙赶回来办理。我在咨询处要了一份中文版聘用书，你照着版本给王静和张清芬，儿子各写一份聘用书。关于职称问题我是这样想，王静要是聘用为会计师，在美国必须具有美国会计师证，只有出纳员不需要证件。张清芬她只有大专文学毕业证，把她聘为经理办公室主任，儿子聘为办事员"。小勇说："你这办法好，我照写"。写好后唐总和小勇分别签字。他们五人来到公证处，出示所有证件，交公证费一千六百元，三个工作日后取件。小勇开车把唐总送回宾馆，三天后取件，由唐总带回北京，到美驻华使馆签证处补交资料。

36-4 告别

  几天后一个傍晚，泥工陈师傅，钢筋工蒲师傅，木工张师傅，混凝土工李师傅来到办公室见到小勇特别激动地说："马老板听说你要到外地去发展，我们前来告别"。小勇看到他们个个穿着十多年前的旧衣服，头发花白，一脸黑黄的皱纹。心里升了一股难以言表的情感，激动地说："各位师傅请上车，我们找个地方坐着慢慢地谈"。他们坐车来到滨江饭店的包间，点了一瓶茅台酒，又点了鸡鸭鱼，他们师徒边喝名酒边叙旧。小勇深情地说："我正想哪天找个时间请几位师傅道别，你们来了正好，我万分激动"。陈师傅说："想当年你还是一个不满二十岁的小伙子，穿着一身手工缝制的布衣，转眼二十多年过去了"。小勇微笑深情地说："今后师傅们有何打算"？陈师傅说："我快到六十岁了，体力渐渐不支，年后回到老家的旧房子里，种点地糊口养老"。小勇心里涌起酸楚，脑子里出现了山沟的茅宅，耄年的身影，他忍住泪水说："师傅，你儿子陈兄弟在哪儿"？"他初中毕业，高中落榜，先前我叫他跟我学艺，他嫌我工作太苦，夏天顶着烈火，冬天寒风凛冽，他到深圳进厂，车间流水线上上班，他长大成家，我人老管不着了，由他去吧"。混凝土工李师傅说："二十多年过去了，想当年你自觉争取来学这又脏又苦又累的工作，我想不通你为什么要来学这门技术"？小勇说："我是决心要在这行业干下去，混凝土是房屋结构工程主要工程项目，我必须熟悉这门技艺"。"看来这是你事业成功的要素"。"你的孩子现在哪里"？"当年我的孩子才十三岁，学校放假，老婆带他来工地玩，夏天他看到我下班时衣服上满是砂浆，一身热汗，汗味刺鼻，住工具房里又热又臭，老鼠成群，我经常被他妈奚落，甚至是骂。冬天寒假来玩，白天他看我寒风刺骨中站立在脚手架上干活，四肢发抖，晚上冰冷，难以入睡，恶劣的生存工作条件，激励了他，刻苦学习，考入了复旦大学，毕业后留在大学教书。媳妇是她同学，在上海一家银行里工作。等以后有了孙子，我就去带孙子去。小勇说："你孩子真有出息"。木工张师傅说："我家那小子全被我爸妈娇惯了，只有他一个孙子，我们夫妻都在外打工，没有时间管教他，没经过磨炼。中专学的工民建专业，他说搞工程工作太辛苦，到外地去打工去了。一会儿搞销售，一会儿卖保险，他不听我们的建言，管不了他，趁我还干得了活，挣点钱养老，靠不住他，回老家种点地，吃饱就满足了"。钢筋工蒲师傅说："我的孩子还很年轻，今年刚上大学。我还得努力挣钱，养大学生，学费一年二千，生活和零用钱还得二千。感谢老板给的工资高一点，能养活他，伙食好一点，我身体还好"。小勇说："感谢各位师傅，当年接受我这个徒弟，传授技术，又对我多年的支持。这里一个一千元的小红包送给你们表示谢意，希望你们笑纳"。他们接过红包非常高兴。在这离别之际，各自心绪万千，小勇看到他们一个个苍老，想到日后将各散五方，心里伤感，大家举杯一饮而尽，吟诗一首：人生几何各为业，旧人相见酒泪流，共患友人今离去，别后归宿各千秋。他们各怀情绪，喝酒吃菜。畅言各自人生感受。饭后小勇把他们送回工棚，分手时，这些不熟礼仪的乡村老工匠，情不自禁地和小勇拥抱告别。

36-5　远路

　　　签证的时间快到了。小勇和王静收拾行李，买好火车票，把马燕和小林叫到身边对他们说："明天我们就要走了，不知要多久才能回来，这里的一切都交给你们俩，你们一定代哥嫂管理好这一切。这是我们别墅的钥匙，你觉得方便就搬进去住，车子你还没驾照不能开"。马燕和小林说："哥嫂你们放心，你交待的任务我们一定会很好的完成"。小勇和王静坐上北去的火车。坐在卧铺里，两眼凝望窗外，五味杂陈，已过而立之年。离别这片土地，远去天涯海角，不知何年何月再回来？二十多年前出走故土，伤感和无奈。二十多年后今天远走他乡，百感交集。感叹诗一首：往事历历在目，旧景窗外流去，昔日泪汗如水，感忆世间苦乐，前路蓝天碧海，未来途路几何？两天两夜窗外景物让小勇浮想联翩，感慨万千，来到父母身边。一家人其乐融融。珍惜有限的团聚，吃好的，看影视剧，喝着酒，畅谈过去那些值得回味的美好记忆，憧憬美好的未来，珍惜着难得宝贵的时间。一个星期后，到大使馆签证，排队来到签证窗口，签证官看了他们护照，注视他们各自的相貌，核对了相片，留下了指纹，仔细看了公司资料，美国银行账户存款共五百三十万，地产估价四百八十万，年交地产税六万。又审视了张清芬和儿子，王静公证的聘用书，最后说："你们有你们中国公司的税表吗"？唐总和王静递给他们近五年的年报税表，他仔细看后，收起资料，装进档案，说："你们明天下午来领签证"。他们觉得太容易了，没联想到这是他们多年打拼，精心策划的硕果，高兴地离开了大使馆，第二天下午他们领到三年期的商务签证，购买了五天后去美国的机票。这几天是他们两家最高兴的几天。也是他们最难过的几天。即将离开年幼的儿子，年老的父母。他们两家老人和女儿，儿子，孙子天天漫步在小区的公园里，相互紧拉着手，有说不完的话，特别是小勇妈，天天紧紧拉着孙子的手，眼泪花花，不知道是难舍母子之情，还是愧疚她二十多年前把小勇赶出家门的那一幕。几天很快就过去了。小勇和王静离开家到美国的那天，两家老人和儿子送到楼下，老人们要求送他们到机场，小勇和王静说："这里到机场太远，你们就在这里再见"。特别是小勇妈紧紧的抓着小勇的手，眼泪簌簌地流，车门打开后她松开了手，站着没动，车开动了，小勇从车窗里伸出头，向他们挥手再见，她还是站在那里没动，消逝在车影里。他们到达机场，进海关，登机一切顺利。经过两天飞行和转机，到达了美国。由周先生先从机场把他们送到旅馆暂住，又带他们在开发地附近找出租房，找到一栋独立房，三层楼，月租二千元，一层是客厅，饭厅和厨房，二楼三楼分别有三个居室、两卫生间。唐总夫妇住三楼，小勇夫妇住二楼。唐总儿子住一间，周先生又带他们到各家具店，购买家具，十天后他们搬入租赁房。又在市区租了一间办公室，月租一千元，他们终于安顿了下来。眼下小勇和唐总儿子最紧迫的任务就是学英语、考驾照。在这里不会开车，没有出行工具，寸步难行。张姐负责家务，王静开始清理账务，唐总儿子协助。唐总看电视、学英语，有时在客厅里踱步，思考着未来的规划。一天傍晚小勇漫步在街上，穿梭的人流，语言不通，他倍感孤独，眺望远方，西边的夕阳和金黄的晚霞，又一次勾起他往事的回忆。夕阳下的天边是遥远的故乡，几十年的经历，又一次次历历在目，呈现眼前，艰辛的历程，不堪回首的往事，为迎合各色人物、低三下四、迎来送往，甚至忍辱求全，那忍痛割舍的滋味，印象深刻，特别是那被绑架的日子，心惊胆颤，惊心动魄。来到这陌生的世界，是躲避？是逃离？轻松的背后是狐独，寂寞和感慨以诗为证：

茫茫人海无知音，

天际那边事浮云。

同胞相煎无去处，

孤寂宁静独善身。

9 781737 867906